CAROLINE SESTA

GOLDFADENFLUG

Vom Licht der deutschen Renaissance

SPURBUCHVERLAG

Bibliografische Information der Deutschen Nationalbibliothek. Die Deutsche Nationalbibliothek verzeichnet diese Publikation in der Deutschen Nationalbibliografie; detaillierte bibliografische Daten sind im Internet über
http://dnb.dnb.de abrufbar.

Dieser Roman nahm seinen Anfang im Archiv des Historischen Vereins Neuburg an der Donau e.V., wo ich ungestört stöbern durfte. Dafür meinen herzlichen Dank!

Auflage Juli 2023

info@spurbuch.de, www.spurbuch.de
ISBN 978-3-88778-636-6

CAROLINE SESTA

GOLDFADENFLUG

Vom Licht der deutschen Renaissance

Der Beredtheit der Stille gilt es zu lauschen,
damit längst Vergangenes im Geiste
wieder aufersteht.

SPURBUCHVERLAG

Prolog

Vor den Toren der Stadt Neuburg a. d. Donau, den 30. August 1530

„Der König kommt! Der König kommt!"
Geschrei wurde laut. Maximilian reckte sich auf die Zehenspitzen, aber er entdeckte keinen König. Er blickte nur auf eine menschenleere, staubige Straße, an deren Rand er neben seiner Mutter ausharrte. „Mama", zog er an ihrer Hand, „wo bleibt denn der König? Ich habe solchen Durst!"
Statt ihm zu antworten, winkte seine Mutter nach einem von den Jungen, die mit hölzernen Wassereimern umherliefen und gegen einen Heller aus einer Schöpfkelle Wasser trinken ließen.
Kurz darauf begleitete ihr glockenhelles Lachen Maximilians Schlürfen. *Wie er es liebte, wenn sie lachte!* Doch nicht nur dieses, neben dem gestillten Verlangen nach etwas zu Trinken, verschaffte ihm ein wohliges Gefühl. Vor allem war es die ureigene Angewohnheit der Mutter, bei jeder sich bietenden Gelegenheit seine blonden Locken um ihre Finger zu kringeln.
In seiner Wonne hatte Maximilian nicht bemerkt, dass sich ihm ein umhertummelnder Hofnarr genähert hatte. Die lauernden schwarz umrandeten Augen, die ihn nun aus grell geschminktem Gesicht in verzerrter Miene anglotzten, erschreckten ihn fürchterlich. Zusätzlich ängstigte ihn das Schellen der etlichen Glöckchen, welches der Gnom durch Kopfschütteln seiner knallbunten, zipfeligen Kappe entlockte. „Hi hi, Angsthase, Angsthase!", geckerten fette, dunkelrote Lippen zu ihm.
Es dauerte einen Moment, bis Maximilians Schreckstarre wich. Doch dann drückte er sich instinktiv gegen die Beine seiner Mutter, die sich, trotz ihres Lachens, energisch hinter ihn gestellt hatte. Er fasste nach ihren Rockfalten und zog sie, gleich einem Umhang, schützend um seine Schultern.
Die Wärme, die ihn umströmte, und dazu der wohlbekannte Geruch der Mutter, zerteilten seine Verängstigung. Vertrauensvoll lugte er unter dem von ihrer fortgeschrittenen Schwangerschaft gewölbten Bauch hervor und sah zu ihr auf. Das fröhliche Zwinkern ihrer blauen Augen beseelte ihn. Mutig erwiderte er den Blick des Narren, der herausfordernd vor ihm in die Knie gegangen war und ihn grinsend anstarrte.
Sein Schreckgehabe verpufft, gestikulierte der rot-grün kostümierte Hofnarr herablassend. Er schlug ein Rad und machte sich auf die Suche nach einem neuen Opfer. Glückselig wollte sich Maximilian noch tiefer in die Röcke seiner Mutter vergraben, aber ein unsanfter Tritt gegen seinen Hinterkopf verwehrte es ihm. Zeitgleich hörte er seine Mutter aufstöhnen. Sie unterließ das Kringeln seiner Locken und presste stattdessen die

Hände in ihr Kreuz. „Dein Geschwisterchen möchte wohl auch den König sehen, Maximilian“, traf ihn ihr Lächeln und er spürte, nachdem die Kindsbewegung abgeebbt war, wie er in die Rockfalten zurückgeschoben wurde. Fürsorglich wurde ihm das derbe, graue Gewebe in seine Kinderhände gedrückt, und als er sich abermals schützend ummantelt fühlte, ertönten die ersten Fanfaren, denen sich Trommelwirbel und Ausrufe anschlossen: „Empfangt Euren König! Huldigt Ferdinand I. von Habsburg*!“
An der Spitze des Zuges, der sich im Schritttempo in Richtung des Neuburger Stadttores heranwälzte, liefen die Fahnenträger, Fanfarenbläser und Trommler. Sie waren allesamt in ockerfarbene, knielange Tuniken mit mausgrauem Schulterbesatz gekleidet. Lederne Gürtel zügelten die Weite ihrer Obergewänder in Hüfthöhe. Die Beine der Männer steckten in lederbesohlten, weinroten Strümpfen, wobei sich diese Farbe an den plusterigen Sackmützen auf ihren Köpfen wiederholte.
Wegen des Lärms missfiel Maximilian dieser Anbeginn des hoheitlichen Einmarsches. Die Aufmachung der nachfolgenden königlichen Vorreiter nebst ihren Knappen faszinierte ihn dagegen. Mit offenstehendem Mund verinnerlichte er jedes Detail ihrer farbenfrohen Kleidung und dem Aufputz ihrer Rösser. Dergleichen hatten seine fünfjährigen Augen noch nie gesehen: Lichte Harnische an den Leibern der Reiter, die unter moosgrünen Waffenröcken hervorblinkten, blendeten ihn fast. Die reichliche, federweiße Bebuschung ihrer blankpolierten Helme wippte im Takt der Pferdeschritte. Jenes Moosgrün, in verschiedenen Schattierungen und mit goldfarbenen Borten veredelt, zeigten überdies nicht nur die Satteldecken der fuchsfarbenen Rösser. Auch die lanzentragenden Knappen gingen in diesem Farbspiel. Sie trugen kurze, enge Rumpfkleider am Oberkörper, die ungeniert den Blick auf die Schamkapsel der angenestelten Beinlinge freigaben. Ihre Köpfe bedeckten kleine Kappen mit je einer angesteckten Feder und an den Füßen trugen sie raulederne, knöchelhohe Schuhe mit seitlicher Schnürung.
Dem moosgrünen Tross folgte ein orangefarbener mit Rappen, diesem ein taubenblauer, die Pferde wiederum fuchsfarben. Die Letzten dieses Gefolges zeigten sich in hellem Grau auf Falben.
Maximilians Mutter, die des Lesens und Schreibens mächtig war und die vorbeiziehenden Reiter laut mitzählte, endete bei 140 in genau dem Moment, in dem Jubelgeschrei losbrach.
Aufgeregt ließ Maximilian seine Ummantelung fahren. Mit offenstehendem Mund starrte er wie gebannt auf den König hoch zu Ross, der von einer kleinen berittenen Fürstenschar umgeben war. Die Prachtkleidung dieser Fürsten, gehalten in den Hauptfarben ihrer jeweiligen Landeswappen, nahm er nur am Rande wahr, denn die Aufmachung des Königs vereinnahmte seine ganze Aufmerksamkeit: Ferdinand I.* ritt auf

einem edlen Schimmel mit silbernem Zaumzeug und tiefblauer, samtener Satteldecke. Ihn selbst kleidete ein Wams aus schillerndem Gewebe von gleicher Farbe, durchwirkt mit Silberfäden, diese geführt in feinster Stickerei. Dazu verzierten etliche Silberknöpfe sein Gewand. Des Königs leuchtend schwarzes, schulterlanges Haar bedeckte ein Hut, den ein edelsteinbesetzter Silberreif bekrönte. Die Beine schützten hohe, gleichsam silbern gespornte Lederstiefel. Auch die Hände, die die Zügel locker führten, steckten in schwarzledernen Stulpenhandschuhen, von denen kostbare Fingerringe glänzten...
Für einen winzigen Moment schloss Maximilian seine Augen, weil des Königs Aufmachung ihm einen sternenübersäten Nachthimmel mit Silbermond in die Sinne zauberte. Doch schnell, sich der verlorenen Gelegenheit des tatsächlichen Sehens bewusst, öffnete er die Augen wieder. Das Schallen der Hufe, während seines geistigen Nachempfindens in die Ferne gerückt, kehrte in seine direkte Wahrnehmung zurück, und als er aufsah, trafen sich seine und des Königs Blicke. Noch immer unter jenem Zauber spürte er königliches Lächeln auf sich... Doch nur wenige Atemzüge später war Ferdinand I. an ihm vorbeigeritten, ohne dass er dessen huldvolle Geste erwidert hätte.
Um nicht den Halt zu verlieren, suchte Maximilian nach der traulichen Hand der Mutter. Sie gefunden, schloss er wirklich seine Augen. So fest er vermochte, presste er die Lider aufeinander, um dass sich keiner seiner Eindrücke je aus seinem Kopf verflüchtigte...

Fürstlicher Hof zu Neuburg a. d. Donau, den 30. August 1530

Ottheinrich* spürte des Königs Überraschung, als er ihm während des üppigen Mahls zu Ehren des hohen Gasts von seinen weiteren Bauplänen berichtete. „Was hat sich Ferdinand I. gedacht?“, grummelte er stimmlos in seinen Weinpokal. „Dass ich mein Leben lang in der zugigen Trutzburg der alten Wittelsbacher zu hausen gedenke? In dahingewürfelten Gebäuden, umringt von einer Burgmauer aus finsteren Zeiten? Das Wasser mit Eimern aus einem Brunnen geschöpft?!“ Er ließ sich von einem Tischdiener einige in Honig eingelegte Früchte reichen. Damit gab er sich den Anschein, die Leckerei in Ruhe genießen zu wollen, was ihm Zeit zum Resümieren einräumte, ohne dem König gegenüber unhöflich zu wirken.
Soweit sein Erinnerungsvermögen zurückreichte, war die Festung Ludwigs VII.* sein Zuhause gewesen. Wie oft überkam ihn, seit er davon wusste, das Grauen angesichts dessen späten Schicksals, das sich hier angesponnen hatte. Vor dem eigenen Sohn suchte der gealterte Wittelsbacher Herzog Zuflucht zwischen Neuburgs wuchtigen Burgmauern. Doch nach monatelanger Belagerung unterlag er Ludwig VIII.*, der den

Vater nicht nur einkerkerte. Überdies reichte er ihn in Verheißung eines Lösegelds weiter. Da die erhofften Zahlungen hartnäckig verweigert wurden, starb Ludwig VII. anno 1447, ohne seine Freiheit wiedererlangt zu haben...

Jedenfalls hatte er sich 1527 an ein zaghaftes Bauvorhaben herangewagt, um der trüben Vergangenheit des Neuburger Schlossgemäuers ein Ende zu setzen. Vor allem aber beabsichtigte er, dem neuen Zeitgeist, der so feurig in ihm loderte, ein Antlitz verleihen: Die beiden Obergeschosse des runden, südlichen Stadtmauerturmes aus grauer, grauer Vorzeit hatte er in einen bewohnbaren Rundbau umformen lassen. Begehbar über einen Altan, zog er sich seitdem gerne dorthin zurück. In der Rundstube des unteren Stockwerkes fand er Ruhe zum Arbeiten und, angesichts der Ausschmückung mit Ahnengemälden, sann er dort über seine Abstammung und seine fürstlichen Ambitionen nach. Überkam ihn dabei Hunger, musste er bloß ein Geschoss höher gehen, wo er einen Speiseraum hatte einrichten lassen. Die Gerichte, die er sich da auftragen ließ, kamen seit kurzem aus der neuen Hofküche - sein zweites Bauvorhaben: Seine Vorgänger hatten das Areal der südlichen Stadtmauer, eben nahe jenes Rundturmes, lediglich als Trockengraben genutzt. Diesen Graben formte man im vergangenen Winter zu einem Keller aus. Darüber wurde ein Küchenbau errichtet, den er schon im kommenden Jahr in einen großzügigen Südflügel zu integrieren gedachte... neben weiteren vollblütigen Bauplänen für einen Nordflügel seines künftigen Schlosses...

Obwohl er nur den Rang eines Pfalzgrafen innehatte, sah er sich angesichts seiner wittelsbachschen Abstammung dennoch als Vertreter des Hochadels. Und deswegen beanspruchte er für sich selbstredend eine fürstliche Residenz. *Woher er die Mittel dafür nehmen würde?* Nun, dies stand auf einem anderen Blatt und außerdem war selbst der Kaiser Fugger's bester Kunde...

„Alsbald gedenke ich, mit den Arbeiten für einen Neubau vom Donauübergang her zu beginnen“, schob er deshalb den geleerten Teller entschlossen beiseite und setzte die Unterhaltung fort. „Wie lange schon träume ich, von genau da aus den Anblick zu genießen, wenn im Abendrot die Sonne im glitzernden Fluss versinkt. Viel zu schade ist es, diese herrliche Lage als bloßen Zuweg zum Stadtberg zu nutzen.“

„Noch ein Neubau? Neben Euren durchaus verständlichen Anstrengungen draußen in den Auwäldern? Wo Ihr gedenkt zu Ehren Eurer lieben Gattin ein altes Jagdhaus in ein Schlösschen zu verwandeln? Was schwebt Euch weiter vor, mein ehrgeiziger Ottheinrich? Ihr scheint mir recht baubesessen.“

„Ja, ja, die Krone aller fürstlichen Lustbarkeiten ist die Jagd.“ Ottheinrich verkniff sich, über noch mehr Details seiner diversen Baupläne für das Neuburger Schloss zu berichten, neben seinen Aktivitäten, Susanna[*] mit einem Jagdschlösschen zu imponieren. Des Königs Äußerungen klangen ihm nämlich wie die ewigen Mahnungen seiner Berater in den Ohren. „Und meine geliebte Susanna“, lenkte er ab, „ergötzt sich an dieser Leidenschaft. Aber Ihr, mein verehrter König, werdet mir doch zustimmen, dass es an der Zeit ist, einer alten Festung ein standesgemäßes Antlitz zu verleihen? Um damit der mir auferlegten Pflicht nachzukommen, meinen Kaiser und auch Euch jederzeit gebührend zu beherbergen?“

Ferdinand schmunzelte angesichts des guten Arguments, sich zu verschulden, um eigene, hohe Ansprüche vor sich selbst zu rechtfertigen. Aber, er müsste diese Schulden nicht abtragen. Er dürfte genießen, was seinen lehnspflichtigen Untertan hingegen belastete. Und dass Ottheinrich ein Mann auserlesenen Geschmacks und Kunstsinnes war, stand außer Frage. Er schätzte diesen jungen deutschen Fürsten, vor allem auch deshalb, weil sie gleichen Alters waren. Keinesfalls gedachte er, dessen großen Eifer mit vernünftigen Vorhaltungen auszubremsen. Dies würden andere für ihn tun. Außerdem musste er Ottheinrich Recht geben: Zuerst dachte er noch, er bereitete seiner eigenen Gemahlin eine Freude, indem er sie vom anstrengenden Augsburger Reichstag abholen und in die nahe Residenz von Pfalz-Neuburg bringen ließ. Dann, wenige Tage darauf, überkam ihn selbst das Bedürfnis nach Zerstreuung. Doch was er bisher vom Fürstenhaus der Jungen Pfalz, wie man die bedauernswert kleine, flickenteppichähnliche Domäne der beiden früh verwaisten Enkel Georgs des Reichen* nannte, gesehen hatte, entbehrte herrschaftlicher Pracht: Schon die wuchtigen, teils doppelt angelegten und mit Trockengraben, Eckbastion und Aussichtsturm bewehrten Stadtmauern versetzten in düstere Epochen der Vorzeit zurück. Dieses Ambiente ließ eher einen Raubritter als Hausherren vermuten. Auch die zwei getrennten Wohngebäude, in eines davon eine kleine Kapelle gequetscht, und ein abseits gelegenes Wirtschaftsgebäude erlaubten wahrlich keine fürstliche Hofhaltung. - Und keine standesgemäße Unterbringung des königlichen Paares, dass sich in lediglich einem Gemach mit Alkoven beherbergt fand... Trotz der markanten, lichtverwöhnten Höhenlage des Neuburger Fürstenhauses spürte man nirgends jenes frische Frühlingserwachen der Epoche, die sich von den Landen südlich der Alpen so erquickend neubeleben ließ. - Anders das Leuchten der Augen des jungen deutschen Fürsten, an dessen reich gedeckter Tafel man mit Feinstem zu bewirten und mit Hochgenuss zu speisen wusste. Deutlich spürte Ferdinand Ottheinrichs frische Energie, neben seiner Zurückhaltung, mit der er das Hervorsprudeln seiner energiegeladenen Ideen unübersehbar maßregelte. Deshalb korrigierte er sich: Er versetzte sich allein in die ortsgegebene Realität seines Gastgebers hinein und ließ finanzielle Vernunftsgedanken außer Acht. So kam er zur Erkenntnis, dass auch ihn die Baulust packen würde, angesichts der aussichtsreichen Hügellage oberhalb der Donau, so er diesen Grund als

Landesherr bewohnte... Und Ottheinrichs Idee, den Aufgang zum Stadtberg, den wohl die alten Römer schon als Zufahrt benutzt hatten, mit einem neuen Schlossflügel zu überbauen, fand er geradezu genial. „Wer weiß“, ging Ferdinand mit Blick auf sein Gegenüber durch den Kopf, „was in diesem jungen Landesherrn noch alles für Ideen schlummern.“ Fast bedauerte er, dass sich dieser rege Geist nicht mit den Reichtümern paaren konnte, die seine Landshutischen Vorfahren nur zwei Generationen zuvor aus ihren Besitzungen schöpften. - Doch Wittelsbach gegen Wittelsbach hatte im Erbstreit unsägliches Blut vergossen und... Habsburg als sprichwörtlich lachenden Dritten Filetstückchen, nämlich Tirols Silberminen, zugespielt. Die nun ihm selbst zugutekamen... Ferdinand schüttelte sich innerlich. Er konzentrierte sich wieder auf seinen Gastgeber. Der war jedoch, wohl angesichts der Tatsache, dass er ihm eine Antwort schuldiggeblieben war, seinerseits in eigene Überlegungen abgesunken. „So werde ich Euch immer gerne meine Aufwartung machen, lieber Ottheinrich“, suchte er das Schweigen zwischen ihnen zu beenden. „Aber morgen heißt es, Euer Heim zu verlassen und noch einmal in Richtung Augsburg aufzubrechen. Wie Ihr wisst, gedenkt der Kaiser, mich mit Württemberg zu belehnen, und Ihr verspracht mir Euer Gefolge.“

Ottheinrich sah zu ihm, straffte sich und nickte. „Euch zu begleiten ist mir eine Ehre, mein König.“

„Und, werdet Ihr auch am Feldscharmützel teilnehmen, das der Kaiser zur Feier des Tages ausrichten lässt?“

„Natürlich!“ Ottheinrichs Augen leuchteten. „Ein Ritterturnier nach alter Ordnung! Wer ließe sich das entgehen? Nachdem das letzte im vergangenen Jahrhundert stattfand und es in Zukunft wohl keine Vergnügungen jener Art mehr geben wird!“

„Ihr sagt es. Aber die Ritterschar trägt selbst die Schuld am Verbot, angesichts der wilden, blutigen Schaukämpfe jenseits wirklich feindlicher Auseinandersetzungen. Waffenübungen sollten die Turniere sein, zum Aufzeigen von Mut und Gewandtheit unseres edlen Standes.“

„Oh, ja! Im glänzendsten Lichte vor aller Welt! In den gloriosen Rüstungen der hiesigen Harnischmacher, um die uns alle beneiden! Bewundert von den Damen in prächtigsten Gewändern! Welche Wonne, als Sieger einen Kranz zu empfangen, einen bestickten Gürtel oder gar einen Kuss der Angebeteten! So man nicht zu den Verlieren gehört, die die Schmach des Verlusts von Ross und Rüstung vor aller Augen zu ertragen haben!“ Beide Männer lachten für einen Moment, woraufhin Ferdinand jedoch wieder ernst wurde.

„So hoffen wir auf ein Turnier gemäß Euren hohen Worten, Ottheinrich. Der Kaiser nämlich beabsichtigt, zwei Geschwader mit dem langen Spieß gegeneinander kämpfen zu lassen, neben Säbeln und sogar dem Dolch.“

„Gott bewahre! Davon hatte ich bisher keine Kenntnis!“ Ottheinrich rieb sich in aufsteigendem Unwohlsein das Kinn. Alte Erinnerungen aus den Bauernaufständen von 1525, in denen er blutige Grausamkeiten erleben musste, drängten sich in sein Gemüt. „Meinen besten Reit-Harnisch wollte ich zur Schau stellen“, versuchte er, sich abzulenken. „Eisenfarben, mit vergoldetem Geschmeide und schwarzer Samteinfassung, auf der Roßstirn unser Wappen, allerfeinst ziseliert.“
„Wahrlich, ich sehe Euer Prachtstück vor mir. Auch mir behagt die Aussicht eines blutigen Stechens nicht.“ Seufzend fasste Ferdinand seinen Weinpokal. „Nun, des Kaisers Wunsch ist uns zwar Befehl. Aber sicher wird er Euch nicht verdenken, wenn Ihr das Treiben von der Tribüne aus verfolgt, und nicht vom staubigen Kampfplatze aus. Was seinem kleinen Bruder aber versagt bleibt. Ich muss in dieses Getümmel.“
Mit einer Geste, die Ottheinrich unschwer als eine bedauernswerte deutete, forderte der König ihn auf, auch seinen Pokal zu erheben.
„Knappe, spurte“, folgte Ottheinrich unter einem leisen Kampfesruf. „Bring ihn her, unsern ellenlangen Speer! Damit dieser hurtig sticht! Und wenn er bricht, der Säbel ficht! Hurra, hurra, wir weichen nicht!“
In unausgesprochener Übereinstimmung prostete er Ferdinand zu. Bevor er jedoch trank, wartete er, bis der Monarch vor ihm vom Wein getrunken hatte. Im Anschluss daran spülte er sein Unbehagen in die Tiefe seines Magens, doch nur, um dass der ihm ein Magendrücken zurücksandte.
„Wo wir gerade dabei sind, über Althergebrachtes nachzusinnen“, folgte Ottheinrich ohne zu zögern der drängenden Aufforderung seines Bauchs. „Was meint Ihr zu den Religionsgesprächen auf dem hiesigen Reichstag?“
Zu sehr beschäftigte ihn das Scheitern dessen, was seitens der deutschen Fürsten zur Durchsetzung von Luthers Glaubenslehre mit großer Hoffnung angegangen worden war. Und die Gelegenheit, fast vertraut mit seinem König darüber sprechen zu können, wollte er unbedingt nutzen...
Ferdinand zögerte mit einer Antwort und sah zunächst prüfend in die Augen des Pfalzgrafen. Ottheinrich begegnete diesem Blick mit Offenheit. Wenn auch des Kaisers enger Anverwandter, so verfolgte er spätestens seit dem vergangenen Jahr, dem unseligen ‚Türkenjahr‘, die auseinandergehenden Meinungen der beiden habsburgischen Brüder mit großer Aufmerksamkeit.
„Worte hin, Worte her, mein lieber Ottheinrich“, setzte Ferdinand zu einer Gegenäußerung an. „An unserer guten alten Mutter Kirche gibt es nichts zu rütteln. Vor allem nicht in Zeiten, in denen der Türke mit seinem Krummsäbel vor unserer Haustür herumfuchtelt. Wobei ich damit nicht abstreiten möchte, dass der Heilige Vater in Rom vor so manchem Missstand zu oft die Augen verschließt.“
„Ein guter Christenmensch zu sein ist unsere große Schuld“, pflichtete

Ottheinrich dem König bei. „Doch Philipp Melanchthons* Confessio Augustana[1] war durchaus hörenswert, nicht nur für mich. Selbst mein standhafter Münchner Schwager Wilhelm* äußerte nach der Verlesung, dass die Lutherischen in der Schrift sitzen, wir aber daneben."
„Ich weiß, ich weiß. Heinrich von Braunschweig* ging sogar so weit, Melanchthon zu Tisch zu laden. Sehr zum Missfallen des Kaisers." Ferdinand schlug die Augen zu Boden und seufzte.
„Nun, der Kaiser hat ja auch entschieden. Also, genauer gesagt, verboten", setzte Ottheinrich bestärkt nach.
„Nicht verboten", folgte auf dem Fuße. Erneut tauchten Ferdinands Blicke suchend in Ottheinrichs Augen. „Sagen wir, verschoben. Die Confessio der Protestanten steht der Confutatio von uns Altgläubigen gegenüber, und deshalb pflichte ich meinem Bruder bei, die Lösung der Glaubensfrage einem Konzil zu überlassen."
„Ja, dies ist auch meine Hoffnung, nach diesem Reichstag, mein König." Diplomatisch signalisierte Ottheinrich fürstliche Untertänigkeit, versäumte dabei aber nicht, sich im Selbstbewusstsein eines deutschen Fürsten aufrecht zu halten. „Wie Ihr wisst", fuhr er fort, „liebe ich die Wissenschaften und nehme Anteil an guten geistigen Bewegungen. Seit jeher streiten die Gelehrten, einmal um dies, einmal um das. Warum also nicht auch in Angelegenheiten des Glaubens? Wo doch unbestreitbar Vieles in die Irre läuft. Ein Beispiel erlaube ich mir Euch gegenüber zu äußern. Nehmen wir den Zölibat. Das Bekenntnis zur Ehelosigkeit mag sehr ehrenwert sein. Doch jedermann weiß von den Konkubinen der Geistlichen und dass die Bischöfe gegen die Zahlung einer Hurensteuer diesem Treiben stattgeben. Mancherorts, so hat man mir berichtet, gibt man, versus der Unzucht, sogar denjenigen Priestern den Vorzug, die ihre häusliche Seelenkub haben. Würden die Priester sich mit ihnen ehelichen dürfen, hätten wir anstatt Kirchenunzucht getreue Ehemänner, und anstelle von Huren brave Eheweiber. Gottgewolltes Sakrament der Ehe."
Kein Widerwort des Königs folgte, was Ottheinrich sehr bewegte. Trotzdem erlaubte er sich eine weitere Bemerkung, die jedoch aus Respekt Ferdinands gegenüber seine letzte sein sollte. „Auch der Fromme ist ein Mann aus Fleisch und Blut, dessen Lenden bedürfen."
Zutiefst aufwühlend wirkte das zuletzt Gehörte in Ferdinands Ohren, da er sich Ottheinrichs Logik innerlich nicht zu entziehen vermochte. Doch als des Kaisers kleinem Bruder war ihm seine Logik vorgegeben.
Urplötzlich verspürte er den Drang, sich zurückzuziehen. Hinter die Vorhänge eines Alkovens, in dem seine Gemahlin ihn erwarten würde, und er der Schwere seiner Schickung für einige Stunden entfliehen konnte...

[1] Augsburger Glaubensbekenntnis, noch heute bindende Fassung der lutherischen Lehre

Anna, königliche Gattin“, versank Ferdinand in der gleichen Nacht gefühlsbeladen in den Armen seiner Frau. „Du köstlich Weib, du um meine geheimen Freuden Wissende. Der guten Hoffnung deines Leibes braucht es. Für unser Habsburg. Denn meine Hoffnung schwindet in diesen wirren Zeiten. In dieser unguten Schwüle, die schweres Wetter verkündet.“

Nach dem Landshuter Erbfolgekrieg schuf Kaiser Maximilian I.
für die zwei verwaisten Enkel Georgs des Reichen
die Grafschaft Pfalz-Neuburg.

Ottheinrich von Pfalz-Neuburg,

der ältere der beiden Brüder,
vertrat eine geradlinige, dem Protestantismus zugewandte Politik.
Sein grosszügiger Lebensstil
strapazierte seine finanziellen Möglichkeiten,
fruchtete jedoch in einem reichen kulturellen Erbe.

Im 16. Jahrhundert
gehörte er zu den beeindruckendsten Herrschern
auf deutschem Boden.
Sein unbeirrbares Wirken hinterliess mannigfaltige Pracht,
die bis in unsere Zeit herüberstrahlt.

Teil I
Jahre 1541 - 1543

Kapitel 1

Gegend um Neuburg a. d. Donau, Pfingsten 1541

Eigentlich entschied das Los. Derjenige, der das kürzeste Hölzchen zog, würde einem alten, ländlichen Pfingstbrauch gemäß als ‚Opfer' in die Donau geworfen, damit sich der Fluss für dieses Jahr sanft zeigt und keine Schäden anrichtet. Heuer jedoch hatten sich die jungen Mädchen der umliegenden Dörfer untereinander verbündet und lautstark gefordert, dass der zu opfernde ‚Wasservogel' nicht ausgelost werden solle, sondern sie einen Burschen erwählten. In der ausgelassenen Stimmung der Jugendlichen, angeheizt vom herrlichen, fast frühsommerlichen Wetter, gab man jener weiblichen Forderung ausnahmsweise statt.
Dem Gekicher der Mädchen und ihren forschen Blicken war unschwer zu entnehmen, wer als Flussopfer auserkoren war: Maximilian nahm seine Wahl mit gemischten Gefühlen an. Einerseits wollte er nun endlich im Reigen der Gleichaltrigen die alljährliche Schelmerei mittreiben. Andererseits kostete es ihn Überwindung in seiner Anhänglichkeit zum Vater. Bisher war er ihm in dessen nicht enden wollender Trauer um die Mutter und das ungeborene Brüderchen nämlich nicht von der Seite gewichen. Doch mittlerweile zählte er 16 Lebensjahre. - Höchste Zeit für eigene Wege...
„Maximilian! Maximilian!"
Geplärre riss ihn aus seinen Gedanken. Schon fühlte er sich gegriffen, und fast schien es ihm, als ob die Mädchen danach lechzten, ihn berühren zu können. Jedenfalls wurde er von ihnen von Kopf bis Fuß geschickt und flink mit etlichen kleinen Stoffstücklein und bunten Bändchen regelrecht verpackt, bis er einem Wasservogel glich. Wenn auch einem, dessen improvisiertes Federkleid eher an einen zerlumpten Landstreicher erinnerte.
Nachdem von ihm nichts mehr zu sehen war als seine Augen, die man dazu mit Ruß umrändert hatte, ließ er sich von den Burschen widerstandslos anheben. Anschließend schleppte man ihn, begleitet von der lärmenden Schar der Jugendlichen, direkt ans Donauufer.
„Nun schrei doch endlich, Maximilian!", kommentierte man sein Schweigen. „Du musst schreien wie ein Wasservogel, der um sein Leben gackert! Wie anders soll die Donau unser Opfer sonst anerkennen?! Also schrei, schrei!", gab man ihm in juchzendem Ton vor. - Maximilian überwand sich. Er krakeelte gleich einer aufgescheuchten Ente, was die Dorfjugend als Signal nahm. Augenblicklich wurde ausgelassen in sein Geschrei eingestimmt und der Donau das Opfer angepriesen.
Maximilian verlor jegliche Scheu und Anspannung. Von diesem Moment

an gebärdete er sich so, wie er es sich in seinem stillen Kämmerlein fest vorgenommen hatte: Ungezwungen und frei gemäß dem Recht seines jugendlichen Alters. Opferbereit überließ er sich der lärmenden Horde... die ihn, das Donauufer erreicht, an Händen und Füßen gepackt, mit Schwung in den Fluss warf. Sekundengleich war das Geschrei um Maximilian verhallt. Stattdessen drang gurgelndes Wasserrauschen in seine Ohren. Die für die Opfergabe ausgewählte Stelle der Donau war tief, und schnell war er unter Wasser gesunken. Ganz anders als sonst, wenn er in der Donau badete, zerrte die Strömung an ihm, vor allem an seiner wassersaugenden Kostümierung. Unbarmherzig beabsichtigte der Fluss, sich zu nehmen, was man ihm offeriert hatte.

Mit aller Kraft arbeitete sich Maximilian zurück an die Wasseroberfläche. Obwohl er, wie er vermeinte, nur wenige Momente unter Wasser gewesen war, hatte ihn die jahreszeitbedingte, mächtige Strömung bereits weit abgetrieben. Unterdessen das schnell fließende Wasser ihn unaufhörlich forttrug, orientierte er sich: Die Mädchen und Jungen waren aus seiner Nähe verschwunden. Kaum noch hörte er ihre Schreie. Aber aus ihren wilden Gesten konnte er schließen, dass übermütiger Spaß sich in Angst gewandelt haben musste. - Zu Recht, wie er erkannte. Denn er war nicht nur fortgerissen. Obendrein befand er sich in der Mitte der Donau, in nicht ungefährlicher Entfernung vom Ufer. „*Na, du willst mir doch nicht wirklich ans Leben, meine geliebte Donau?*“, kommunizierte er mit dem vertrauten Gewässer und überwand damit den Schreck, der ihm instinktiv in die Glieder gefahren war.

Derweil er sich weiter treiben ließ, befreite er sich so gut es ging von seinem Pfingstputz, der ihm die Schwimmbewegungen erschwerte. Demgefolgt begann er besonnen, sich in Richtung des heimatlichen, rechten Donauufers zu kämpfen. - Umsonst. An diesem Tag war ihm der vertraute Fluss nicht wohlgesonnen. Ihm blieb nur, sich an der Wasseroberfläche zu halten und auf günstigere Strömung zu hoffen, die ihn in Ufernähe spülte.

Eisern dosierte Maximilian seine Kräfte und bekämpfte seine aufsteigenden Ängste, das kalte, die Muskeln lähmende Wasser könnte ihm zuallererst zum Verhängnis werden. Als er aber eine Schiffsmühle erspähte, die fast in Flussmitte ankerte, mobilisierte er all seine Reserven. Er war sich bewusst, dass er, einmal an der Mühle vorbeigetrieben, diese nicht mehr erreichen würde. So tobte er regelrecht zu ihr. In kraftvollen Schwimmzügen verwehrte er sich der Strömung... und seine Hände fassten in das Gestänge des Schaufelsrades, das, an diesem hohen Feiertag aus der Antriebswelle gehoben, ausruhen durfte. Erst morgen wieder brächte der Müller Getreide ins Mahlwerk ein, damit die Schiffsmühle, in Harmonie mit dem heimatlichen Fluss, ihr klapperndes Tagwerk verrichtete und frisches Mehl lieferte...

Mit einer letzten Kraftaufbietung bugsierte sich Maximilian auf das Wellschiff der Mühle. Heftig atmend lag er mit geschlossenen Augen auf dem Rücken. Während sein ausgekühlter Körper nach Sonnenwärme heischte, wurden Stimmen um ihn laut.

„Nun sag mir einer...", hörte er in seiner restlosen Erschöpfung eine Männerstimme wie aus der Ferne. „Also das ist doch..."

„Rede nicht herum, Mann!", mischte sich eine resolute Frauenstimme hinzu und Maximilian realisierte, wie an den Resten seiner Kostümierung herumgezupft wurde. „Du siehst doch, was das ist! Ein Wasservogel! Jung und unvernünftig! Herrgott!"

Er öffnete seine Augen, um sich aufzurichten und zu erklären, doch da hing er schon, wie ein Sack über die Schulter geworfen, auf dem breiten Rücken eines Schiffsmüllers. Behutsam balancierte der Mann mit ihm über schwankende Holzbohlen zum Hausschiff, wo ihn die Müllersgattin mit warmen Decken empfing. Neben einer Schimpfkanonade.

„Was denkt ihr Lümmel euch nur?!", entließ sie mütterliche Besorgnis in Worte und strenge Bewegungen, mit denen er straff in die Decken eingewickelt wurde. „Die Donau im Frühling zu unterschätzen! Wie oft schon hat man das abergläubische Treiben um den Wasservogel verboten! Lausebengel!" Eine Ohrfeige klatschte ihm ins Gesicht, der er, angesichts seiner Einzwängung, nicht ausweichen konnte. „Müller, koch dem Bengel einen Tee! Oder willst du ihm etwa die Haare trocknen?!"

Auf den resoluten Befehl hin entfernte sich der Hausherr mit leisem Murren und Maximilian machte sich bereit, die nächste Abreibung zu empfangen. Er schloss seine Augen.

„Was machst du deinen Eltern für Sorgen?", hörte er zu seiner Überraschung in warmem Tonfall. Auch folgte keine Abreibung. Fast behutsam wurden seine nassen Haare mit einem Tuch trockengewuschelt. So öffnete er die Augen wieder und sah in das nahe Gesicht einer Frau mittleren Alters, die ihn eingehend musterte.

„Sag, wer bist du denn? Von woher kommst du? Ich kann mich nicht erinnern, dich hier schon einmal gesehen zu haben. Und du wärst mir sicher aufgefallen..."

„Ich bin aus Kreut, der Sohn des Lichtziehers. Maximilian Echter heiße ich."

„Kreut! Jesus! Vom anderen Donauufer! Dorthin ist es doch mindestens eine Wegstunde zu Fuß, von der Neuburger Donaubrücke aus! Oder?"

„Nicht ‚oder', mein schlaues Weib. Vollkommen recht hast du. Man geht mindestens eine Stunde bis da hinüber, aber straffen Schrittes." Der Müller war mit einem Becher zurückgekommen, aus dem es dampfte und nach getrockneten Wiesenkräutern duftete. Maximilians Arme wurden aus den Decken befreit und er bekam das Gefäß in seine zitternden Hände gedrückt.

Maximilian bedankte sich schlotternd und begann, vom heißen Tee zu trinken. Dabei fühlte er sich erneut beäugt.
„Und ich hätte gewettet, dass du oben aus der Stadt kommst." Die Hände der Müllerin wiesen zuerst nach Neuburg. Hernach streichelten sie ihm über seinen Kopf, um versonnen sein langes, blondgelocktes Haar zu ordnen.
„Siehst nicht aus wie ein Lichtziehersohn, der im stinkenden Talg matscht", resümierte auch der Müller. „Eher wie ein Filius von Neuburgs Wachszieherzunft, wenn also schon ein Kerzenmacher", schob er nach und wurde streng. „Du lügst uns doch nicht an, oder?! Willst vom anderen Donauufer herüberkommen! Junge! Da hattest du aber mehr als nur einen Schutzengel!!"
Maximilian schwieg und sah zu Boden. Sofort dachte er an seinen Vater, was seine Hände stärker zittern ließ.
„Nun, wir werden es erfahren. Trink deinen Tee aus, dann bringt dich der Müller nach Hause. Mit unserem Eselgespann. Keinesfalls lassen wir dich zu Fuß gehen." Die Müllersleute tauschten einen Blick, woraufhin der Müller nickte und sich entfernte.
„Nein, nein! Ich kann laufen, vielen Dank. Sie haben mir schon genug geholfen", brach Maximilian vehement sein Schweigen. Schnell trank er den Tee aus. Danach schickte er sich an, sich aus den Decken zu befreien, was ihm resolut verwehrt wurde. Energisch hatte die Müllerin die Decken gegriffen und Maximilian fand sich in seiner Schwäche abermals eingewickelt.
„Willst du deinen Eltern noch mehr Sorgen bereiten?", wechselte der Ton der Müllerin zur Strenge zurück. „Sollen sie dich im Fieber finden? Ein paar Sonnenstrahlen machen noch keinen Sommer! Also höre auf das, was dir gesagt wird! Sonst gibt es noch eine Ohrfeige!"
„Bitte keine Ohrfeigen mehr. Die gibt mir mein Vater heute noch, wenn er erfährt, was ich getan habe." Maximilians Antwort entsprach nicht der Wahrheit. Er wusste sicher, dass sein Vater ihn nicht mit Schlägen, sondern mit seinem ewig gramerfüllten Blick empfangen würde. Was für ihn der schlimmsten Strafe gleichkam. *Wie viel lieber wären ihm stattdessen eintausend Ohrfeigen! Oh, wie ihm graute! Einmal mehr vor dem Nachhausekommen graute!*
Doppelt kleinlaut ergab er sich den hilfsbereiten Müllersleuten. Kurz darauf überquerte er auf einem Eselskarren die hölzerne Donaubrücke zu Füßen Neuburgs. Während sein Blick dabei sehnsuchtsvoll zur Stadt hinaufwanderte, entwich seiner Brust ein tiefer Seufzer.

Reichstag zu Regensburg, den 26. Mai 1541

Sofort machte Ottheinrich sich auf die Suche nach seinem jüngeren

Bruder Philipp*. Es war das erste, was er tat, nachdem er in Regensburg angekommen war. Man hatte ihm nämlich, kaum dass er einen Fuß in die Stadt dieses Reichstages gesetzt hatte, zugetragen, was hinter Philipps Rücken getuschelt wurde: Zum verarmten Adel würde der von nun an gehören, als landloser Fürst, im Einkommen abhängig von fremder Gunst. Was sein bescheidener Einzug auf den Regensburger Reichstag zweifelsfrei beweise, bei der winzigen Reiterschar, die ihn begleitete... *Welche Schmach!* Die Vorstellung der hämischen Blicke, die sein Bruder jetzt wohl ertragen müsste, empörte Ottheinrich zusätzlich. Dass er sich selbst nur in kleinem Gefolge, dazu auf einem eher standesungemäßen Donaukahn, zum Reichstag einfand, scherte ihn wenig. Ihm standen seine ergebenen Gefolgsleute zur Seite, die ihn in jeder Lebenslage unterstützen würden. Philipp hingegen hatte alles verloren, nachdem er in Treue zum Kaiser sein Menschenmöglichstes hingegeben hatte. Zuallererst seine Kraft, seine Gesundheit, immer im Vertrauen auf Anerkennung... Genommen wurde von ihm in Selbstverständlichkeit, in vorgegaukelter Gunst, die Hoffnung schürt, aus der sich Tatendrang nährt. Abgegolten hatte man ihm... nichts: Einen Ritterschlag ohne Mittel. Eine Statthalterschaft auf verlorenem Posten, zu deren Verteidigung er sich anno 1534, in aussichtsloser Unterzahl gegen seine Widersacher, zudem einer Feldschlange[2] gegenübersah, die ihm eine schwere Beinwunde schlug. An dieser unheilvollen Verletzung litt er seither, neben den seelischen Wunden...

„Philipp, mein geliebter Bruder!“, rief Ottheinrich aus und verbiss den Seelenschmerz, der ihm angesichts des abgehärmten Äußeren seines Bruders durchfahren hatte. Stattdessen lief er ihm mit weit ausgebreiteten Armen entgegen und presste ihn an sich im Versuch, ihm von seiner überquellenden Herzenswärme abzugeben.

„Wie kann es sein, dass du mir nicht zürnst, Ottheinrich? Wo ich dir unsägliche Sorgen beschert habe!“ Philipp arbeitete sich aus der Umarmung, der er sich unwürdig fühlte. Denn in den vergangenen Wochen, in der Abgeschiedenheit seines oberpfälzischen Domizils, war ihm mit aller Härte bewusst geworden, in welch betrübliche Lage er sich manövriert hatte. Und vor allem drückte ihn die Scham über die Ungeheuerlichkeit, in der sich Ottheinrich nun seinetwegen befand: Sechs Jahre zuvor hatte er, gegen den Willen Ottheinrichs, die Landesteilung verlangt. Ein eigenständiger Fürst wollte er sein, nicht bloß der kleine mitregierende Bruder von Pfalz-Neuburg. *Und was hatte er erreicht?* Einen Schuldenberg von über 400.000 Gulden hatte er angehäuft, in seinen wahnwitzigen Versuchen, Maria Tudor, die Tochter Heinrichs VIII., zu ehelichen. Greifbar nahe schien ihm das Erbe des englischen Throns...

---

[2] Kanonentyp des späten Mittelalters

Gegriffen hatte er ins Leere, abgesehen von dem Schuldentopf, den Ottheinrich jetzt würde auslöffeln müssen... ‚Nichts unversucht.' - *Wie ihn sein eigener Wahlspruch anekelte!*

„Oh Philipp, hadere nicht!" Ein kraftvoller Kuss des großen Bruders landete auf der Wange des jüngeren und riss diesen aus seiner Gedankenschwere. „Es ist nun einmal kein Leichtes", fuhr Ottheinrich beflissen fort, „wenn man, so wie du und ich, als Fürst ohne fürstliche Mittel in diese raue Welt hineingeboren wird! Vater und Mutter in Kinderjahren vom Schicksal genommen! So nimm das biblische Gleichnis des Klümpchens an Sauerteig, das eine Unmenge Mehl durchsäuert. Ebenso genügt ein Tropfen königlichen Bluts, um in uns hoheitliche Begehren zu entflammen! Und mit jenem heißen Wittelsbacher Tröpfchen bedachte uns der Herrgott. Zudem, gedenke deiner Taten, ebenso flammend! Nur, weil man dir diese nicht vergalt, stünde dir dennoch höchster Lohn zu!" Erneut zog Ottheinrich den Bruder an seine Brust. Er wiegte ihn und damit brachen sich die Emotionen, die er eigentlich zu verbergen suchte, ihre Bahn. „Wie ich deine grame, ausgekühlte Seele spüre! Armes Bruderherz!"

„Die Hitze unserer Mutter", hauchte Philipp wie erschöpft, „so lange fühlte ich sie in mir. Welche Kraft zog ich aus ihrer Mutterliebe, die wir so früh verloren. Immer stellte ich mir vor, wie sie einst in Landshut einritt, streitbar, im weißblauen Wappenrock. Wie man ihr huldigte, sogar als Frau..."

„Du meinst, wie man die Reichsacht[3] über sie verhängte! Nur, weil sie ihr väterliches Erbe verteidigte! Landshut gegen München! Habsburg sah's mit Freuden!" Ottheinrich, emotional überladen, fiel Philipp ins Wort. Er knirschte mit den Zähnen und presste ihn so fest an sich, dass dieser nach Luft japste. „Womit wir beim Thema wären." Er entließ den Bruder und sein Tonfall wechselte zu von Bitternis durchzogenem Spott. „Wie stehen die Dinge auf diesem Reichstag? Komme ich zu spät? Zwei Einladungen schickte mir der Kaiser. Die erste kam im Januar, leutselig und gnädig, angeblich voller friedlicher Gesinnung gegen die Protestanten, ohne eine Silbe zu den Hinrichtungen, die er zuvor in den Niederlanden verfügt hatte. Die zweite sandte er im März, betonte seine Pünktlichkeit im Bemühen um das Reich trotz seines Gichtanfalls. Welcher Einsatz!"

„Also, zu spät kamen viele, zu des Kaisers Verdruss. Jedenfalls verlas unser Onkel zur Eröffnung am 5. April die kaiserliche Proposition."

„Sieh einer an! Unser guter Onkel und alter Vormund Friedrich von der Pfalz*. Wieder einmal das Handwerkszeug des Kaisers." Ottheinrich konnte sich auch gegen die eigene Verwandtschaft eine leicht bissige Zwischenbemerkung nicht verkneifen.

---

[3] auch: Acht, Aberacht: Ächtung, Rechtsloserklärung

„Ja, ja", fuhr Philipp unbeirrt fort. „Zu Anbeginn ermahnte er alle Collocutoren[4] zu einem ernsten und freundlichen Verhandeln. Dann führte er aus, dass in erster Linie die endgültige Vergleichung in der Religionsfrage herbeizuführen sei, und in..."
„Ha, wer's glaubt!" Abermals ließ Ottheinrich seinen Bruder nicht ausreden. Seine Stimme klang zwar gesetzter, aber dafür hatte er die Fäuste geballt. „Der Türke ist wieder im Anmarsch und dazu braucht es viele gutgefüllte Geldsäckel, auch die der Protestanten!"
„...und in zweiter Linie sei über eine Reichshilfe zur Finanzierung der Türkenabwehr zu beschließen", schloss Philipp seinen Satz. Trotz aller Sorgen musste er über seinen großen Bruder lächeln: *Wie temperamentvoll dieser war!* In seiner keck bewahrten Kindlichkeit, die er mit fürstlicher Sicherheit zu verbinden wusste. Ewig positiv, erdenfroh strotzend, blauäugig, rotblond, breitschultrig. Etwas zu füllig die Statur... *Doch er selbst?* Das ganze Gegenteil. Lang und hager, blass sein Antlitz, kantig, spitz und fahl an Haut und Haar. Trüber, lähmender Stimmungen zugeneigt, anstatt sie entschieden abzuschütteln und dem Leben stets das Beste abzugewinnen...
„Nun gut. Dann will auch ich des Kaisers guten Willen anerkennen." Ottheinrich hatte, selig über Philipps kleines Lächeln, zu seinem ureigenen Optimismus zurückgefunden, der jedoch nicht ohne ein Quäntchen Spott einherging. „Seit Anfang April tagen die Stände also auf dem Reichstag. Und, was habe ich seither verpasst? Hat man sich geeinigt? Reibt sich Martin Luther etwa schon die Hände?"
„Aber nein, wo denkst du hin! Die Protestanten, in Unsicherheit, was von des Kaisers Reichstagsabsichten toleriert werden dürfe, schrieben an Luther und harren seiner Antwort. Bei den Katholiken hingegen brach der alte Streit zwischen Fürsten und Städten wieder aus. Die Fürsten wollen die Städte von den Beratungen ausschließen. Und die Städte, man stelle es sich vor, beschwerten sich bei Karl V. darüber. Trotz der Türkengefahr, so formulierten sie, ließen die Fürsten nicht von ihrem Stolz. Stattdessen würden sie versuchen, die Gelegenheit zu nutzen, um aus freien Reichsstädten Sklaven zu machen. Und sollte der Kaiser dies nicht unterbinden, so ihre Forderung, würden sie sich künftig in allen Angelegenheiten den Rat der protestantischen Städte einholen."
„Potzblitz! Ich habe also bereits etwas verpasst!"
„Nun ja, wie man es nimmt. Er wäre nicht Kaiser Karl V., hätte er nicht einen Vermittler zur Hand. Johann von Naves* glättete die Wogen, zumindest zwischen den Katholischen. Dies ging sogar so weit, dass man ihn von beiden Seiten, also von Städten und Fürsten, mit Geschenken umbuhlte."

---

[4] Gesprächspartner

„Johann von Naves? Karls Dolmetscher?“
„Seit kurzem sein Vizekanzler.“
„Ho, ho! Hohes Treppchen auf die Schnelle. Und jetzt?“
„Wartet man auf Luthers Antwort. Und auf König Ferdinand. Seine Meldungen zur Türkengefahr lassen erschauern. So will der Kaiser wenigstens versuchen, die beiden Lager zur Gewährung einer Reichshilfe zu vereinen.“

Regensburg, den 20. Juni 1541

„Zuallererst galt es, den Türken Ofen[5] wieder zu entreißen. Deshalb belagerten wir die Stadt für den Monat Mai, um dann den Ansturm zu wagen. Leider vergeblich. Nichts als Tote und Verwundete sind zu beklagen und schon in wenigen Tagen, wie Sultan Suleiman I. verlauten lässt, bricht er mit einem weiteren starken Heer persönlich nach Ungarn auf.“ Mit diesen Worten schloss König Ferdinand I. seinen Kummerbericht, dem man in ungeteilter Sorge gelauscht hatte.
Karl V. ließ einige Momente des Schweigens verstreichen, um dann umso wortgewaltiger an die Versammelten zu appellieren, die dringende Türkenhilfe zu bewilligen. „Wir alle befinden uns in Gefahr, unabhängig von unserem Glauben! So gilt es, in Eintracht dem Ansturm der Türken zu begegnen! Stellen wir angesichts dieser Bedrohung die Glaubensfrage vorerst zurück, womit ich nicht meine, dass wir die Beratungen abbrechen! Aber ich bitte innigst um sofortige Unterstützung für meinen Bruder! Für unseren König Ferdinand I. von Habsburg!“

Wittenberg im Juni 1541, Martin Luther an die protestantischen Fürsten auf dem Regensburger Reichstag

Hochgeborene Fürsten, gnädige Herren,
auf die gestrige Werbung an mich gebe ich hier meine schleunigste Antwort: Erstlich habe ich mit Freuden gehört, dass unser Herr und Kaiser so herzlich meint, die Religionen zu vergleichen und Frieden zu schaffen. Gott regiere Karls V. Herz zu seinem Lob und des Reiches Wohlfahrt!
So weiß ich aber auch vor meinem Gewissen die zu preisen, denen mein tägliches Gebet gilt. Es richtet sich auf die Fürsten, die dulden und leiden, bis hin zum Mordbrand, und die doch still und ohne Rache sitzen.
Zum anderen: Gerne vernahm ich, dass sich der Kaiser unserer

[5] westlich der Donau gelegener Stadtteil des heutigen Budapest

Ansicht zur der Lehre von der Schöpfung, der Vollkommenheit des Menschen vor dem Sündenfall, dem Ursprung der Sünde und der Erbsünde, anschließen will. Indes muss ich sagen, auch wenn er dies auf das Allerhöchste und Gnädigste gut und ernst meint, so ist es doch nicht ernst. Eher dünkt mir, er wolle uns nur eine Nase drehen. Denn wo es wirklich ernst wäre, vermag er nicht an Rom vorbei sich mit uns zu einigen.
Jene Artikel, die am heftigsten umstrittenen, bleiben sämtlich unverändert! Wo also vier Artikel rein gehen, vergiften alle anderen das tägliche Bad, in dem der Christ im Zeichen der wahren Kirche und ihren Sakramenten sich reinigen soll. Darum widerrate ich hart, der ‚Toleranz' des Kaisers nachzugeben. Halsstarrige, geistliche Tyrannen, die wohl wissen, wollen wir verdammt haben. Und wird der Krieg hieraus auch ärger als zuvor.

Untertänigst,

Martinus Luther, Der Heiligen Schrift Doktor

Regensburg im Juni 1541, Kaiser Karl V. an seine Schwester Maria

Meine liebste Schwester Maria,
ich schreibe Dir in größter Verzweiflung. Noch nie habe ich mich derart überladen gefunden, dass ich nicht mehr ein noch aus weiß! Die deutschen Fürsten rauben mir den Verstand! Bezwinge ich diese Sturköpfe nicht, bezwingt bald der Türke unser Habsburg... Da schildert unser Bruder Ferdinand am heutigen Tage die Notlage der Ungarn. Und was fällt den leidigen Deutschen dazu ein? Luther verspritzt sein Gift und die Protestanten lassen verlauten, dass es zu beschwerlich sei, die Reichsgrenzen vor Gewalt zu beschirmen, wenn sie selbst mitten im Reich vor Gewalt nicht sicher seien. Ohne die Erfüllung ihrer Forderungen nach Religionsfreiheit, Ende der Gerichtsprozesse und Aufhebung aller Urteile hieße dies, das Wasser aus den eigenen Häusern zum Löschen an andere Orte zu tragen, während man daheim ein großes Feuer zu befürchten habe. - Die hiesigen Katholiken, auf deren Hilfe ich ungeteilt hoffte, wissen nichts Besseres, als sich untereinander zu zerstreiten. Du weißt,

welche Unsummen die Unsrigen aufwenden mussten, um für Habsburg die höchsten Posten im Reich zu gewinnen. Demnach, was soll ich nun in dieser Notlage tun? Ich verfüge nicht über die Reserven, um Ferdinand beizustehen! Soll ich ihn sich selbst, und Ungarn den Türken überlassen? Soll ich damit den Verlust Österreichs riskieren? Soll ich die kräftezehrenden, vergeblichen Verhandlungen mit den deutschen Ständen einfach beenden und Regensburg ohne ein Ergebnis verlassen? Aber hieße dies nicht, mein kaiserliches Ansehen zu verlieren? Außerdem, wie kann ich den deutschen Landen zu einem Zeitpunkt den Rücken kehren, in dem sich die Glaubenslager in kriegerischer Erregung gegenüberstehen? Ich muss eine Lösung finden. Möge Gott meinen Bemühungen sein gnädiges Gedeihen geben. Bete auch Du für mich…

Regensburg, den 30. Juni 1541

„…So erbitte ich von Euch, meinem geschätzten Hofrat Leonhard von Eck* Euer Gehör zu leihen, damit er in gestochenen Worten in meinem Sinne vorträgt." Herzog Wilhelm IV. von Bayern verneigte sich vor dem Kolleg der katholischen Kurfürsten und Fürsten, die sich endlich zu ihren Beratungen zusammengefunden hatten.
„*Nicht dieser Aufsteiger von niederem, nichtturnierfähigem Adel!*" Ottheinrich murmelte stimmlos. Er ahnte nichts Gutes. „*Heute…*", dachte er deshalb im Stillen, unterdessen sich jener Parvenü[6] hoheitsvoll vor den Anwesenden aufrichtete, als sei er der Kaiser selbst.
„Wenn auch keine erquickliche Causa", hob von Eck gespreizt an, „so ist es mir doch allerhöchste Ehre, hier ketzerischem Machwerk, nämlich dem sogenannten Regensburger Buch, mit aller Schärfe entgegenzutreten. Irrig und verwerflich wird in diesem, in feiner List durch die Stimmführer Luthers, versucht, die wahre Kirchenlehre zu verdecken. So ist keinem jener Standpunkte entgegenzukommen, da dies hieße, den einzig richtigen Pfad der Christenheit zu verlassen!"
Leonhard von Eck unterbrach sich, um seinen Blick emphatisch durch den Saal wandern zu lassen. Ottheinrich ballte die Hände zu Fäusten und biss sich auf die Lippen.
„Auch der Papst", redete von Eck einige Atemzüge später weiter, „wird niemals dieser bis ins Letzte widerlegten Irrlehre nachgeben. Etwas Feststehendes ist unsere Mutter Kirche. Von jeher wurde nichts anderes

---

[6] Emporkömmling

gelehrt als das, was die Römische Kurie bis in unsere Tage lehrt. Was die Evangelischen sich nämlich anmaßen, als unerträglichen Missbrauch hinzustellen, ist rundweg rechte kirchliche Ordnung und Sitte! Gegen die Autorität unserer Kirche zu verstoßen, ist ungehörig und unzulässig! Gehorsam und Beugung muss man diesen Aufwieglern daher abverlangen!“

Ein weiteres Mal pausierte der hohe Beamte seinen Monolog. Dem Tonfall seiner letzten Äußerungen, mehr und mehr von Schärfe getragen, war unschwer zu entnehmen, dass er lediglich ausholte, um noch stimmgewaltiger zu posaunen... Dementgegen schickte sich der bayerische Herzog jedoch an, selbst das Wort zu ergreifen, indem er sich vor Leonhard von Eck stellte.

Ottheinrichs Anspannung steigerte sich. Kaum noch konnte er sich eines offenen Abtausches enthalten. Diesen jedoch mit seinem Schwager hier und jetzt auszutragen, musste er sich gut überlegen. Schließlich riskierte er damit einen tiefen Bruch in der eigenen Familie. Und diese hatte, nicht nur durch seine Einheirat in die Münchener Linie der Wittelsbacher, in den vergangenen Jahrzehnten nach dem leidvollen Landshuter Erbfolgekrieg unter Zutun beider Seiten wieder zu Harmonie gefunden. Eher wenig scherte ihn demgegenüber, dass er damit auch seinen Onkel und früheren Vormund Friedrich brüskieren würde, der den Kaiser während dieses Reichstages in engster Vertrautheit unterstützte.

„Erinnern wir uns der Worte unseres Kaisers auf dem Reichstag zu Augsburg anno 1530“, lauschte Ottheinrich also aufgewühlt Wilhelms IV. fester Stimme. „An unserem christlichen Glauben, und überhaupt an allen Dingen der katholischen Kirche, wollen wir friedlichen Sinnes und einmütig festhalten. Einte uns Karl V. damals in seinem Reichsabschied, so wollen wir uns ihm auch heute in Gehorsam...“

„Aber er einte die Christen doch nicht! Er befahl schlichtweg!!“ Ein erboster Zwischenruf hatte Wilhelm unterbrochen und dieser entstammte... Ottheinrichs Kehle.

Ein Raunen ging durch den Saal, begleitet von erstaunten Blicken. „*Etwa wieder Wittelsbach gegen Wittelsbach?? Dem Neuburger eilt ja schon länger ein gewisser Ruf voraus...*“

„Nun, mein lieber Ottheinrich“, zeigte sich Wilhelm IV. beschwichtigend, „dann nehmen wir des Kaisers Worte von damals nicht mehr als Befehl. Sondern wir nehmen sie als bekräftigte Überzeugung. Schließlich scheute er keine Mühe, unsere Gegner in ihren unhaltbaren Argumenten durch hochangesehene Theologen widerlegen zu lassen.“

Ottheinrich wurde halsstarrig, vergessen seine Zweifel des Familienfriedens wegen. „Für mich trugen jene Widerlegungen zum Schaden der Kirche bei, so oft ich mich auch offenen Glaubens mit ihnen auseinandersetzte. Und dies tat ich wahrlich. Doch entgegen meiner innigen Hoff-

nungen auf Besserung, auf ein Einlenken, blieben mehr als ein Jahrzehnt die kaiserlichen und die päpstlichen Ohren verschlossen!"
„Wie könnt Ihr es wagen, dem Heiligen Vater zu unterstellen, er würde seinem höchsten Amte zuwiderhandeln? Wo Gott ihm selbst diese Aufgabe zugedachte? Als sein Vertreter auf Erden?"
Entgegen Ottheinrichs Erwartung war es nicht Leonhard von Eck, der sich in giftigem Ton in den Disput einmischte. Einer der Bischöfe, der Abt von Weingarten namens Gerwig Blarer*, war es.
Ottheinrich erwiderte dessen Blitzen aus halb zusammengekniffenen Augen. Böses lag ihm dabei auf der Zunge. Fast war er dankbar, dass sich zeitgleich die Bischöfe von Augsburg, Konstanz und Münster erhoben und die gemeinsame Bitte aussprachen, die Uneinigkeit unter den katholischen Ständen nicht noch zu vermehren. So mäßigte sich Ottheinrich vorerst und überließ seinem Schwager wieder das Wort.
„Suchen wir nicht hervor, was in früheren Jahren irgendeinmal unangenehm geäußert wurde. Nehmen wir es als Tatsache, dass Luthers Schriften in Güte und aus Friedensliebe widerlegt sind. Seien wir an des Kaisers Seite treue Verteidiger der christlichen Kirche und unterstützen wir ihn nun in seiner Forderung nach Gehorsam. Nur damit kann der Friede in Kirche und Reich wiederhergestellt und verteidigt werden."
„Schwach und unhaltbar waren die Gründe dieser angeblichen Widerlegung." Ottheinrich war von seinem Platz aufgestanden. Er sprach jetzt im Stehen. „Und daher ein bloßes Verlangen der einfachen Unterwerfung. Eine fruchtbare Disputation, die zu Einigung und Frieden führt, bedarf des Zugehens aufeinander. So, wie die Schmalkaldischen es fordern. Und zwar zu Recht. Von uns Deutschen, von allen Ständen unseres Heimatlandes."
„Als Doctor iuris utriusque[7] muss ich, in aller Hochachtung, Euch dennoch darauf hinweisen, dass die Reichsgesetze es verbieten, über die von der Kirche angenommene Glaubenslehre zu disputieren." Unter seinen Worten trat Leonhard von Eck hinter Wilhelm hervor. Er verneigte sich untertänig vor ihm und seine Blicke heischten beim bayerischen Herzog um Zustimmung. Nach einem missmutigen Blick auf Ottheinrich wurde sie ihm durch Zunicken signalisiert.
Bevor Ottheinrich dem Schwager gegenüber die richtigen Worte gefunden hatte, erhob sich auch der Bischof von Weingarten, um zum nächsten Schlag auszuholen: „Dem Hohn wollen die Evangelischen den Glauben der Römischen Kirche aussetzen in ihrer Anmaßung, in Glaubenssachen nur das angeblich klare Wort Gottes anzuerkennen", gestikulierte er. „Indes, die Kirche hat klar gesprochen und entschieden. Dabei müssen nun alle Angehörigen des Reiches bleiben und sich fügen! Und

---

[7] Doktor des Rechts und Kirchenrechts

will jemand dem nicht gehorchen, dann ist -kurzum- der wahre Rhabarber, um dies zu heilen, die Gewalt!“
Dem Stimmengewirr, das sich auf seine Äußerung hin breitmachte, entgegnete er mit einem regelrechten Donnerschlag: „Gott wird erkennen, wer seine wahren Söhne sind! Deutschland wird für die Untreue gegen Gott bezahlen! Er wird allen Geschöpfen die Kraft nehmen, die sich erdreisten, ihm zu widerstehen!“ Des Abtes Kampfansage entzündete die Gemüter endgültig.
„So lassen wir vor dem Kaiser verlauten, dass wir uns allein der vom Papst vertretenen Meinung anschließen! Lassen wir die unnützen Wortstreitigkeiten fahren und widmen wir dem Kampfe Christi unsere Kraft! Brechen wir, zu des Kaisers Ehre, mit dem Schwert die Hälse der Hartnäckigen, nachdem sie sich wagten, ihre Verdammung durch Konzile und Kaiser zu ignorieren!“, ließ sich Wilhelm IV. von Bayern entschlusskräftig vernehmen.
„Diejenigen, die laut nach Friede und Recht schreien“, unterstrich von Eck beflissentlich die bayerisch-herzoglichen Worte, „sind es, die dasselbe nicht einhalten! Sie tragen alle Schuld an der Zerrissenheit und Unsicherheit im Lande!“
Das Stimmengewirr wurde lauter. Es erwuchs jedoch nicht in ungeteilte Zustimmung, was den nächsten Sprecher ins Feld des offenen Abtausches holte. „Sind wir deutschen Katholiken etwa feige?!“, erboste sich Heinrich II., Herzog von Braunschweig*, mit hochrotem Kopf. „Zeigen wir etwa Furcht vor diesem protestantischen Geschmeiß?! Sehen wir nicht, was diese Lügenprediger verfolgen?! Nichts als die Besitztümer unserer Kirche sind deren wahres Verlangen! Nieder mit ihnen! Und wenn es auch von unserem Hab und Gut kostet! Der Herr wird es uns lohnen!“
Ottheinrichs Stimmung, eben noch kämpferisch, schlug angesichts der aufgepeitschten Gemüter um. Er mochte nicht sagen, dass er resignierte. Aber ein Schmerz breitete sich in seiner Brust aus, dem er freien Raum ließ. Aufrechten Ganges bahnte er sich den Weg hin zu seinem Schwager. In eindeutiger Geste baute er sich mit dem Rücken vor Leonhard von Eck auf, dass dieser, gleich einem lauernden Getier, über seine Schultern spähte. „Nach den Stimmen, die hier sprechen, habe ich so gar keine Hoffnung, dass wir als Volk in der Glaubenslehre eins werden. Aber, aus meiner Sicht, ist dies auch gar nicht nötig. Die Gegner, die sich hier gegenüberstehen, müssen nur beherzigen, dass man niemand zum Glauben zwingen soll. Der Friede im Reich kann wohl auch bei Verschiedenheit der Lehre bestehen. Denn jede Lehre, hält sie Friede und lehrt sie Friede, besteht aus nichts als der Wahrheit.“
„Mein Vetter“, wandte sich Wilhelm vor allen Anwesenden persönlich an Ottheinrich, „mir scheint, Ihr redet hier mit dem trügerischen Wortlaute

Luthers."
Ottheinrich bedachte ihn mit einem schweren Blick. „Geben wir uns den Fremden doch nicht so hin!", sprach er eindringlich zu Wilhelm, um sich dann an alle Anwesenden im Kolleg zu wenden. „Warum hören wir Deutschen nicht auf, dem Papst in seinen Worten zu glauben, bis sie uns nicht in ein Schweißbad, so wie jetzt, sondern in ein Blutbad bringen? Warum eint uns nicht einfach die Liebe zum gemeinsamen Vaterlande? Ja, ich kann es nicht lassen! Ich sorge mich um die Heimat, der ich kein Arges, sondern alles Gute gönne! Denn ich bin es ihr schuldig, in Gottes Hand und Macht. Selbstredend gegen die Türken, an Ferdinands Seite. Aber nicht gegen die Protestanten."
Alle Augen auf ihn gerichtet, verließ er das Fürstenkolleg.

Regensburg, am selben Abend

Wie Pech klebten Ottheinrichs Emotionen wegen der Ereignisse im Fürstenkollegs an seinem Gemüt. Da er sie einfach nicht abzuschütteln vermochte, beschloss er gereizt, dem Starrsinn der Altgläubigen, vor allem ihrer eifrigsten Ausrufer, etwas entgegenzusetzen. Und zwar etwas Nachdrückliches. Überlegend rieb er sich das Kinn. - Nicht lange, und ein Schmunzeln überzog sein Gesicht: Nun galt es nur noch, fein zu organisieren...

„Seid ihr dabei, meine Freunde und Spießgesellen? Wenn wir diesem stadtbekannten Satyrus eine Lehre erteilen?" Ottheinrichs schelmischer Blick schweifte durch die vertraute Runde. „Du, Jörg von Heideck*, edelfränkischer Freier und hingebungsvoller Hofmeister? Auch du, Jörg von Wemding zu Fünfstetten, Gefährte meiner einstigen Wallfahrt ins Heilige Land, landesherrlicher Rat und allzeit gerecht im Amte des Hofrichters?"
In Anbetracht dessen, was er seinen Getreuen sogleich unterbreiten würde, konnte sich Ottheinrich eines Grinsens, das ihm die Mundwinkel bis zu den Ohren ziehen wollte, kaum noch erwehren. Aber, es galt, alle Anwesenden einzuschwören. „Und freilich auch ihr, treue Gebrüder Arnold", fuhr er also verheißungsvoll grienend fort. „Du, Gabriel*, nimmermüder Rentmeister, der mir allzeit so herrlich klimpernde Dukaten verschafft." Während dieser Worte unternahm Ottheinrich den Versuch, ein sauertöpfisches Gesicht zu ziehen, beim Gedanken ans Geld in seiner desolaten Finanzlage. Die Schatten, die sich zeitgleich auf den Mienen seiner Vertrauten abzeichneten, waren ihm jedoch Signal, fröhlich zu bleiben. *Alles zu seiner Zeit! Jetzt galt es vornehmlich, sich an einem handfesten Spaß zu ergötzen!* Er atmete tief durch und schon lag seine Hand auf der Schulter des kleinen Bruders seines Rentmeisters. „Dich nicht zu vergessen, Christoph Arnold*, mein Oberster Sekretär, Niederschreiber aller

geheimen Kontrakte und bösen Sprüche."
Gelächter brach in der Männerrunde aus, was in Lachsalven uferte, nachdem er seinen Plan detailreich eröffnet hatte.

Ottheinrich gab den Anführer des nächtlichen Zuges bestehend aus seinen vier eingeschworenen Hofleuten, die ihm, in lange dunkle Umhänge gehüllt, mit Windlichtern den Weg durch Regensburgs Gassen beleuchteten. Dazu begleiteten sie einige Zinkenbläser und Trommler, die sich ebenso nicht scheuten, einen handfesten Schabernack zu treiben.
Auf Zehenspitzen huschte man lautlos und wieselflink in jene ausgemachte Herberge, erwartet vom Wirt, der sich schnell hatte bestechen lassen in Anbetracht des unzüchtigen Treibens unter seinem Dach. -
Wollüstiges Gekicher, vermischt aus einer männlichen und zwei weiblichen Kehlen, schallte durch die Kammertür heraus auf den Gang. Der Wirt, ein eiliges Kreuz über seine Brust geschlagen, nickte, woraufhin Ottheinrich die Tür kraftvoll aufstieß. Im gleichen Moment hieben die Trommler gnadenlos auf ihre Pauken und die Zinkenbläser trompeteten aus voller Lunge.
Als ob der Leibhaftige zwischen die Bettdecken gefahren wäre, sprang der Abt von Weingarten unter dem Gekreische zweier entkleideter Konkubinen, die hastig nach den Laken griffen, aus einem Alkoven. Er war splitterfasernackt. So gab er unfreiwillig preis, womit er die Bettgespielinnen zur Schande seines hochwürdigen Amtes beglückt oder zu beglücken beabsichtigt hatte.
Ottheinrich, den konfus lärmenden Musikanten mit der Hand einen Takt vorgegeben, tänzelte an den schreckstarren Kirchenmann heran. „Guten Abend, Hochwürden", säuselte er mit leichter Verneigung und fasste entschieden nach des Bischofs Hand. „Euer Rhabarber liegt mir gar zu sauer im Magen. So versüßt mir mein Unwohlsein wenigstens mit einem Tänzchen in netter Gesellschaft." Unnachgiebig hielt er Gerwig Blarer fest. Er nötigte ihm höfische Tanzschritte ab, unterdessen der Abt ungelenk versuchte, mit einer Hand sein Geschlecht zu bedecken.
Einige Momente später löste sich Jörg von Wemding zu Fünfstetten aus dem feixenden Reigen der Umstehenden und trat, einen leeren Kübel in den Händen, an das Tanzpaar heran. „Mein Fürst", schmeichelte er untertänig und verbeugte sich, „wie wenig ehrenvoll geht Ihr mit Eurem Tanzpartner um? Wo jedermann weiß, dass er im Rechte des Gebrauchs der Pontifikalien[8] steht?" Damit stülpte er dem Kirchenmann den Kübel über den Kopf und drapierte ihm den Henkel unters Kinn. „Den Krummstab hält er ja schon in der Hand", kommentierte er lakonisch sein Tun, was prustendes Gelächter auslöste...

[8] hier: Mitra und Stab des Bischofs

Die Wut des Abtes, nachdem man ihn zur Spitze des Hohns im Anschluss an den Tanz auch noch zu seinen beiden Konkubinen zurück ins Bett geleitet hatte, kannte schier keine Grenzen. Zuerst schrie er die Frauen an. Er bezichtigte sie satanischer Verführung und gab ihnen die Schuld an seiner Schmach. Dann, nachdem er sie hinausgeworfen hatte, wimmerte er zu sich selbst, welches Unrecht man gerade ihm angetan hätte.
Die finsteren Rachepläne hingegen, die er in der restlichen Nacht gegen Ottheinrich geschmiedet hatte, kamen nie zur Umsetzung. Noch mehr Staub würde er aufwirbeln... Stattdessen verschanzte er sich nach außen hin wie eh und je unter seiner ehrwürdigen Kutte und rechtfertigte vor sich selbst, dass er schließlich nur den in seinen Kreisen üblichen Gepflogenheiten nachging.

Regensburg, etwa zur gleichen Zeit

„Mein Vetter Ottheinrich bereitet mir mehr und mehr Sorge!“ Unruhig, den Blick gen Boden und die Hände hinter dem Rücken, schritt Herzog Wilhelm IV. von Bayern in seiner Herbergsstube auf und ab.
„Ich kann Euch nur zustimmen, Euer Hoheit“, erwiderte Leonhard von Eck beflissen. „Seit 1538, also nunmehr schon vier Jahre, verfolge ich den schleichenden Sinneswandel Eures werten Schwagers.“
„Vier Jahre? Ihr zählt mit? Was gab Euch dazu Anlass?“, folgte gedankenschwer.
„Nun, die Zulassung lutherischer Prediger in Wittelsbacher Erbland erregt seitdem größte Bedrückung in mir.“
„Ihr meint des Kurfürsten Ludwig* Zugeständnis an die Oberpfalz?“ Wilhelm sah zu seinem ersten und engsten Berater auf, der mit einem Kopfneigen bejahte.
„Auch. Aber Ihr ließet mich damals ein Schreiben aufsetzen, es nach Neuburg zu senden. Ihr mahntet darin. Gift und Honig seien in den protestantischen Schriften vermischt, die Euch von dort zum Lesen gesandt worden waren. Und Ihr signalisiertet trotz Eurer Besorgnis hohes, vetterliches Vertrauen um Eurer Liebe willen gegenüber dem Pfalzgrafen.“
Wilhelm seufzte tief. „Ottheinrich hingegen, wie wir nun nur zu deutlich erfahren mussten, würdigt unser Ansinnen aber keineswegs. Dass er so weit geht und die Stimme öffentlich erhebt... Nie hätte ich dies auch nur vermutet! Wenn ich nur wüsste, wie ich dieser beharrlichen Unbelehrbarkeit entgegentreten könnte!“
Leonhard von Eck sah seinen Moment gekommen. Längst geisterte eine Strategie gegen den ihm unliebsamen Ottheinrich in seinem Kopf herum...

In glatter Berechnung, kühler Verschlagenheit und geschäftlicher Gewandtheit hatte er sich in Wilhelms Diensten Unentbehrlichkeit erschuftet. Die politische Macht hatte ihm der bayerische Herzog in jungen Jahren in die Hände gelegt. Und Ottheinrich spielte ihm nun mit seinem Auftritt auf dem Regensburger Reichstag haargenau die Karten zu, auf die er gehofft hatte: *Wie kurzsichtig dieser Landshutische Nachkomme doch war! Meinte er etwa noch die Reichtümer seiner Vorfahren in seiner Schatulle? Mahnten ihn nicht seine Berater zur Besinnung auf ihm verbliebene Gönner, sprich die Münchner Vettern? Angesichts des ungeheuerlichen Schuldenbergs, den sein jüngerer Bruder mit seinen überheblichen Heiratsabsichten in England wie ein Unkraut hatte auswuchern lassen? - Nun, ganz offensichtlich beriet man ihn nicht. Oder er war auch in diesem Falle uneinsichtig. Jedenfalls zeigte sich damit, wer des Fürstentums Pfalz-Neuburg würdig war, und wer nicht. Und, überhaupt, völlig überflüssig war dieser Flickenteppich, den Maximilian I.* mit seinem Kölner Spruch am 30. Juli 1505 in Habsburgs Eigennützigkeit zusammengeschustert hatte! Für diese Herabwürdigung des Hauses Wittelsbach, und zwar der einzig berechtigten Blutlinie des sagenhaften Urvaters Bavarus, würde er, Leonhard von Eck, nun geschickt Vergeltung heranholen! Ohne blutigen Erbfolgekrieg! Allein durch gekonntes Kalkül...*
„Mit Verlaub, mein Herzog“, begann er seine gedanklichen Schachfiguren aufzustellen, „Neuburgs Schuldenlast ist erdrückend. Der Pfalzgraf erfreut sich keiner Nachkommen und die Fürstin, Eure erlauchte Schwester Susanna, erfreut sich nicht mehr der besten Gesundheit.“
Eck's Andeutung traf Wilhelms Sinne gleich einem Blitz. „Was meint Ihr damit? Soll ich Ottheinrich finanzielle Hilfe gewähren und Pfalz-Neuburg als Pfand begehren?“
Leonhard von Eck verneigte sich tief. „Wie eine reife Frucht würde Euch das Euch zustehende Erbe Georgs des Reichen in den Schoß fallen“, antwortete er, in seiner Verbeugung ausharrend.
„Soweit, sogut“, resümierte Wilhelm. „Aber eines scheint Ihr nicht zu bedenken. Und zwar die unseligen Landstände, die mir in die Töpfe schauen dürfen, bei den Unsummen, die aufzubringen wären.“ Er ging auf seinen Berater zu und signalisierte ihm mit einem Tippen an der Schulter, dass er sich aufrichten solle.
„Ein mündliches Versprechen, gegeben in verzweifelter Lage...“, erlaubte sich von Eck die nächste Andeutung wiederum mit Bedacht, denn immerhin intrigierte er gegen des Herzogs nahe Verwandtschaft.
Seine Vorsicht war unbegründet. Wilhelm verstand sofort und sprach aus, was von Eck auf der Zunge gelegen hatte. „Gut, ich folge Eurem trefflichen Rat. Ich verspreche Ottheinrich bei Gelegenheit also lediglich eine Anleihe von... sagen wir... 200.000 Gulden zu 5%.“
„Er wird sicher allein mit der Aussicht auf frisches Geld die drängendsten Gläubiger voreilig beschwichtigen.“ Unter seinen Worten sah Leonhard von Eck schon den polternden Ottheinrich, der vor seinen Gläubigern

auftrumpfte: *Umso demütiger müsste der Neuburger hernach in München um Auszahlung der zugesagten Gelder bitten! Schmoren lassen würde man ihn unter Abforderung von Zugeständnissen! Nicht nur seinen reformatorischen Eigensinn könnte man so in die Knie zwingen. Sein ganzes Fürstentum würde man ihm als Pfand abverlangen, was schnell verwirkt wäre... Damit wäre auch der Erbanspruch auf die pfälzischen Territorien gewonnen... Die einstige, unselige Wittelsbacher Landesteilung unter den Söhnen von Kaiser Ludwig IV. im Jahr 1349 endgültig aufgehoben... Blieben nur noch die Tiroler Silberminen heimzuholen, die sich Maximilian I. einverleibt und an die Fugger verpfändet hatte, um damit Habsburgs Aufstieg zu finanzieren. Aber hierfür gab es Habsburgs Erzfeind - den König von Frankreich, mit dem man paktieren könnte... Oh, welche Schachzüge im Spiel der Großen Europas! Die Figuren geführt von ihm, mit unsichtbaren Fingern... In die Annalen der Geschichte ginge er ein...*
Ungesehen von seinem Herzog rieb sich Leonhard von Eck höchst zufrieden seine kalten, knochigen Hände.

Dörfchen Kreut, im Juli 1541

Wie an jedem Morgen öffnete Maximilian zuerst die obere Lade der zweigeteilten Eingangstür des Häuschens, in dem er mit seinem Vater wohnte und auch arbeitete. Er reckte seinen Kopf hinaus in den heraufziehenden Sommertag und schöpfte mehrfach tiefen Atem. Daraufhin wandte er sich mit einem Seufzen zurück in die kleine Lichtzieherwerkstatt, wo er bis zum Abend verrichtete, was sein Vater von ihm verlangte. Ohne frische Luft, im zudringlichen Gestank der Talgkübel. - Dennoch würde er sein Los ertragen. Sein Abenteuer als Wasservogel lag mittlerweile einige Zeit zurück und er war einfach nur froh, dass zwischen ihm und dem Vater wieder Harmonie eingekehrt war. Dasjenige, was ihn als ‚eigene Wege gehen' zum Pfingststreich gelockt hatte, zwang er hinter seinen Alltag zurück, hin zu seinen Träumen, die er schon so lange hegte...
Maximilian begann sein Tagwerk. Zuerst trug er frisches Brunnenwasser herbei. Damit füllte er die Wasserbecken in der Werkstatt, in die sie später, wegen der sommerlichen Temperaturen, die frisch gezogenen Kerzen zum Abkühlen und Aushärten hineintauchen würden. Während er dies erledigte, erschien auch sein Vater.
„Heute bereite ich den Talg, mein Junge", folgte seinem Morgengruß. „Du warst gestern brav genug, beim Fleischer einzuholen. Heute wirst du also die Dochte vorbereiten, und dann ziehen wir gemeinsam. Hoffen wir, dass uns die Kerzen bei dieser Hitze gelingen." Auch er ging an die Haustür. Doch er suchte nicht nach der frischen Morgenluft, sondern er prüfte lediglich das Wetter.
Maximilian nickte still. Er war froh über jeden Tag, an dem nicht er für das Fettkochen zuständig war. Ihm genügte schon der allgegenwärtige Geruch des fertig zubereiteten Talgs, in dem er seine Tage, abgesehen

von den Sonntagen, verbringen musste. Das Talgkochen selber bescherte ihm größten Ekel. Außerdem hatte er gestern klaglos einen unangenehmen Gang hinter sich gebracht: Die Fettvorräte der Werkstatt gingen zur Neige und deshalb hatte ihn der Vater mit einem Handkarren und mehreren leeren Holzfässern zum Metzger geschickt. Heimgekehrt war er Stunden später, umschwirrt von Fliegen wegen der stinkenden Innereien, die er in den vollgefüllten Bottichen nach Hause schaffte. Wobei er und sein Vater darüber dankbar sein mussten, dass der Schlachter ihnen stets eine gut abgehangene, blutleere Mischung an zerhacktem Nierenfett, Gekrösehaut und krausen Därmen von Kühen, Stieren und Ochsen, daneben Schafen und Hammeln nebst Ziegen und Ziegenböcken, zurückhielt. Denn, umso reichhaltiger das tierische Gemisch, desto besser war hernach der ausgekochte Talg, da dieser alle Vor- und Nachteile der diversen Schlachtabfälle vereinte.

So bot er sich dem Vater noch an, Holz herbeizutragen und das Feuer im großen, offenen Herd anzuschüren. Danach flüchtete er eilig an die Dochtbank nahe der Eingangstür, denn schon drang beißender Gestank in seine Nase: Sein Vater hatte ein erstes Fass mit Innereien geöffnet. Er begann, stinkendes, schmieriges Gehäut und Gedärm in den großen, zylindrischen Kupferkessel über dem Herdfeuer zu füllen, um es dann unter stetem Rühren zu erhitzen und langsam auszukochen. Und zwar so lange, bis alle Unreinheiten abgeschöpft werden konnten und alles Wasser verdampft wäre. Hernach blieb, das brodelnde Gemisch mit einem großen, kupfernen Schöpfer in Weidenkörbe zu füllen, die in Wannen bereitstanden. Diese Seihkörbe, gut abgetropft und ihr Inhalt ausgepresst, würden schlussendlich nach draußen getragen, und in den Wannen wartete weißgelblicher Talg auf seine Weiterverarbeitung.

Unterdessen sein Vater also Talg kochte, widmete Maximilian sich den Kerzendochten. Er zupfte Hanffasern aus einem Sack, ordnete sie zu Strängen und schnitt sie mit einer Messerklinge auf gleiche Länge. Anschließend zerteilte er die Stränge nochmals in gleichstarke, dochtdicke Bündel, die er einzeln zwischen den Händen zusammendrehte.

Bei diesem Arbeitsgang musste er sich immer wieder zwingen, nicht in eine alte Gewohnheit zu verfallen: Als er noch kleiner war, ein Kind, das trotzdem an des Vaters Seite mitarbeiten musste, hatte er in Gedanken an die tote Mutter die Hanfstränge um seine Finger gewickelt. Dies hielt in ihm das Andenken an die Mutter lebendig. Er fühlte sich ihr dadurch nahe, weil er sich vorstellte, dass er das Gleiche empfand wie sie, wenn sie seine Haarlocken um ihre Finger gekringelt hatte. Außerdem legte er die Hanfstränge zu fantasievollen Mustern aus Schleifen und Bögen. Damit träumte er sich zurück zu dem Tag, an dem er mit ihr die vielen prachtvoll bestickten Gewänder bestaunte, beim Einzug des Königs... Und ganz obenauf hatte er aus den Hanfsträngen Zahlen und Buchstaben

auf der Dochtbank geformt. Genauso hatte ihm die Mutter neben der Arbeit spielerisch Lesen und Schreiben beigebracht... bis zu dem Tag, von dem an er ohne sie weiterleben musste, nur wenige Wochen nach dem verzaubernden Erlebnis vor Neuburgs Stadtmauer... Heute verschönte er sich seine eintönige Arbeit nicht mit dem Kringeln der groben Hanffasern. Trotzdem kam er nicht umhin, sie durch seine Finger gleiten zu lassen in der Träumerei, es wären Goldfäden, mit denen er selbst sogleich in hoher Kunst Gewänder bestickte...
Als sein Vater nach ihm rief, bemerkte er erschrocken, wie tief er entgegen seiner Vorsätze wiederum in Gedanken versunken war. So beeilte er sich, genügend Dochte auf die Lichtspieße zu schieben, die er am Nachmittag viele Male in die Talgbecken tauchte, bis daraus Kerzen unterschiedlicher Größe und Stärke gezogen wären.

„Nein, nein, nein!“, jammerte Maximilians Vater später, unterdessen sie zu zweit die Leisten mit den Lichtspießen in die Becken voll verflüssigtem Talg tunkten, sie wieder heraushoben und darauf warteten, bis der Talg halbwegs anzog und man die Rohlinge erneut eintauchen konnte. „Wenn wir nur einen Keller zum Arbeiten hätten! Im Sommer ist es hier zu warm, die Dochte saugen zu stark und die Kerzen verkrummen. Und im Winter bricht der Talg unter unseren Händen, weil er viel zu schnell auskühlt!“
Maximilian biss sich auf die Lippen. Er wusste, welches Klagelied nun folgte, und es kostete ihn Überwindung, deswegen nicht aufzufahren.
„Wenn uns deine Mutter nur nicht so früh genommen worden wäre! Von ihr treu umsorgt hätte ich genügend Geld verdient, um uns eine geeignetere Bleibe zu suchen! Eine mit Keller! Viel feineres Kerzenwerk könnten wir fertigen! In schöne Formen gegossen! Welch besserer Zukunft würdest du entgegensehen, Maximilian! Nichts kann ich dir bieten, nichts! Ich spüre doch deinen Ekel! Dass du dich nur von hier wegträumst! Wie es mich in meiner Vaterseele schmerzt!“
„Vater, bitte nicht!“ Behutsam hängte Maximilian zuerst die Kerzenleiste, die er gerade bearbeitete, in ein Gestell. Hernach nahm er auch seinem Vater die Lichtspieße ab. Er ließ eine feste Umarmung folgen, der sich der Vater wie kraftlos entgegenwarf. Dessen Körpergeruch, jenes penetrante Gemisch aus verschwitzter, unreiner Kleidung und Kerzentalg, verschlug ihm den Atem. Trotzdem bemühte er sich wie eh und je, dem Vater Trost zu schenken. Schon als Kind, direkt nach dem Tod der Mutter, hatte er dies getan, anstatt dass er väterlichen Beistand erfahren hätte.
„Sternguckerkind“, wimmerte der Vater an Maximilians Brust. „Ungeboren und doch so stark, um die Mutter mit in den Himmel zu reißen.“
„Du sagst es, Vater.“ Maximilian sprach die Worte, mit denen er ihm seit

Jahren gleich einer Predigt zuredete. „Das Brüderchen nahm Mutter mit in den Himmel. Dort oben sind sie jetzt zu zweit. Und hier auf Erden sind du und ich. Also ist keiner von uns allein. Bitte, beschwere dich doch nicht. Komm, lass uns weiterarbeiten. Mit Klagen verschaffen wir uns kein besseres Auskommen."
Den tiefen Seufzer, der ihm nach seinen letzten Worten unwillentlich aus der Brust fuhr, bereute er auf dem Fuße. Denn dieser war dem Vater Anlass, in seinem Gejammere fortzufahren...

Maximilian hatte bis spät in die Nacht hinein weitergearbeitet. Ohne seinen Vater. Den hatte er weggeschickt. Unerträglich waren ihm dessen Klagen, in die der sich hineinsteigerte und deshalb nur noch missratene Kerzen fabrizierte. Freilich war dieser sanfte Rauswurf nur unter Maximilians geduldigem Zureden vonstattengegangen. Dabei hatte er sich danach gesehnt, dass er selbst es wäre, den man in den einkehrenden Sommerabend hinausschickte. Zudem er wusste, dass der Vater nicht die betörende Abendstimmung genießen, sondern den direkten Weg zur nächsten Schankstube einschlagen würde... Jedenfalls arbeitete er verbissen im Schein des Herdfeuers und des Vollmondes, um in der Nachtkühle eine ansehnliche Menge an Kerzen zu ziehen. Anschließend wusch er sich im Dunkeln draußen am Brunnen in ihrem kleinen Hinterhof, um sich hinterher mit einem brennenden Kerzenstummel in der Hand über die schmale Holzstiege nach oben in seine Dachkammer zu schleppen. Dort warf er sich erschöpft und todunglücklich auf seinen knisternden, stacheligen Strohsack. Sein Blick schweifte durch die Dachluke hinaus in den herrlichen Sommernachtshimmel. Abertausende Sterne funkelten am Firmament, das ihm tiefblau erschien. Es war jenes Blau, das ihm in seinen Träumereien vor Augen schimmerte. Es war das samtene Blau des Gewands von König Ferdinand... Ein furchtbarer Schmerz durchzog Maximilians Brust: Er sah sich selbst, als kleinen Jungen, der nicht ahnte, welch entsetzlicher Schicksalsschlag ihn kurz darauf ereilte... Elf Jahre lag dies alles nun schon zurück. *Wie sein Leben wohl aussähe, wenn die Mutter heute noch lebte? Ob sie seine Träume unterstützen, und mit dem Vater reden würde?*
Maximilian spähte durch seine Kammer: Schlichte Bretterwände umgaben sein kleines, armes Königreich, das im Grunde nur aus Träumerei bestand. Die karge Einrichtung zählte nichts als ein grobgetäfeltes Bett, ein ebensolch rustikales Tischchen mit Hocker und ein Wandregal.
Seinen einzigen Besitz nannte er ein tönernes Krüglein. Sein Vater hatte es ihm gekauft, an einem Markttag, an dem er ihm einen Wunsch freistellte, anstatt ihm etwas Geld zu geben. Niemals bekam er Geld in des Vaters Meinung, Kleidung, Kost und Herberge wären des Lohns genug. Umso mehr hütete er dieses Krüglein mit der dunkelbraunen Glasur als seinen Schatz. Grau umgab ihn allenthalben, begonnen mit den vorherr-

schenden Farbtönen in der Kerzenzieherwerkstatt, fortgeführt an ihrer derben Kleidung, und ufernd am aschfahlen Wesen seines Vaters. So war ihm das kleine, bauchige Gefäß wie ein Freund, der ihm dabei half, etwas Farbe in sein trübes Dasein zu holen, in seine Realität jenseits aller Träume. Wollte er sich nämlich an Buntem erfreuen, so blieb ihm dazu nur die Natur. Bis ins kleinste Detail ergründete er deshalb seine Umwelt. Wachen Auges umriss er die Facetten der Landschaft bis hin zum zarten Blümchen. Und eben jene lieblichen Farbtupfer pflückte er sich zu Sträußlein, die er im Tonkrug auf den Tisch seiner tristen Bleibe stellte...
Maximilian wälzte sich auf seinem Strohsack. Er hatte in diesem Moment nicht einmal mehr Energie, sich davonzuträumen. Quälend erschienen ihm seine Sehnsüchte, an deren Erfüllung er bis vor Pfingsten so inständig glaubte:
Jetzt wähnte er sie in unerreichbarer Ferne. Jetzt fühlte er sich gebunden wie noch nie, nach seinen Beteuerungen dem Vater gegenüber, zu denen ihn dessen Bitternis über seinen Leichtsinn genötigt hatte. Weil er dem Vater Todesangst beschert hatte...

Noch immer Dörfchen Kreut, im Juli 1541

Endlich! Sonntag! Nach dem gemeinsamen Besuch der Heiligen Messe gehörte der Tag Maximilian ganz allein. Er musste nicht überlegen, wie er ihn verbringen wollte. Auch wenn er nicht den winzigsten Kupferpfennig besaß, mit dem er sich vielleicht eine kleine Annehmlichkeit hätte kaufen können...
In seine Dachkammer geeilt, raffte er dort seine verschmutzte Kleidung zu einem Bündel. Damit, neben den verwelkten Blumen aus dem Krüglein, verabschiedete er sich vom Vater. Eben, dass er sich noch einen Kanten Brot und eine Scheibe Speck zuschieben ließ - schon war er draußen. Schon war er auf dem Weg an seinen geliebten Fluss.

Normalerweise umrundete Maximilian den markanten Hügel, der sein Heimatdorf von der nördlich gelegenen Donau abschottete: Dicht bewaldet lag jene Anhöhe namens Burgholz. Niemand betrat sie, da sich unheimliche Geschichten darum rankten. Gespenster gingen da angeblich umher, die ruhelosen Seelen von Raubrittern, die für ihre Untaten büßten, die sie einst auf ihrer finsteren Burg begangen hatten. Jenes Schreckgemäuer sollte auf der Spitze des Hügels gethront haben. Aber was der hochgewachsene Wald tatsächlich verbarg, wusste niemand. Man unkte nur, dass es die Ruine eben jener uralten Burg sei.
Maximilian glaubte nicht an Geistergeschichten. Viel zu sehr liebte er jedes Fleckchen seiner heimatlichen Natur. Trotzdem nahm er lieber den Umweg, der von Kreut aus, zu Füßen des Burghügels, in 20-minütigem

Fußmarsch an die Donau führte, anstatt geradewegs über die Anhöhe zum Fluss zu gelangen. Genauso war er auch heute unterwegs. Im Begriff, Burgholz linker Hand liegen zu lassen, leuchtete ihm von genau dort etwas in zartlila entgegen.
Maximilian dämpfte seine eiligen Schritte. Seine Augen spähten nach der Farbe, die aus einer Wiese von niedrigem Wuchs hervorschimmerte. Ungewollt trugen ihn seine Füße in genau diese Richtung. Der feine Duft, der ihn dazu anlockte, ließ ihn sogar ignorieren, dass es unter seinen Füßen feucht wurde, weil er sich nun in moorigem Terrain bewegte.
Von diesem Moment an war er nicht mehr allein. Unzählige Tagfalter umschwirrten ihn, die doch, wie er, nur ein Ziel hatten: jenes duftende Zartlila. Gleich Elfen, die ihn mit magieerfüllter Tanzerei vom rechten Weg abbrachten, folgte er den Pfauenaugen, Zitronenfaltern und Bläulingen. *Welch ein Zauber!* Gedankenverloren, knöcheltief in glucksendem Sumpf eingesunken, ließ Maximilian seine Bündel fahren und hockte sich in ein schieres Meer aus blühenden Moorveilchen. Er rüsselte nicht wie die Schmetterlinge am Nektar der Veilchenblüten, wohl aber ertrank er in deren Duft, unterdessen seine Augen die satten Farben von Blumen und Insekten regelrecht aufsaugten.
Irgendwann flatterte ein einzelner Schwalbenschwanz vor seine Augen. Wie ein König erhob sich der Prachtfalter aus dem Reigen seines Hofstaates. Auch Maximilian schien ihm hörig. Jedenfalls folgten ihm nicht nur seine Blicke, sondern er erhob sich sogar in der vermeintlichen Aufforderung, dem Schmetterling folgen zu sollen. Behutsam schritt er durch die matschige Moorwiese, die seine Tritte schmatzend kommentierte.
Kurz darauf entschwand der majestätische Verführer in die Lüfte und Maximilian wurde gewahr, dass er sich inmitten eines Weges befand, den er noch nie gesehen hatte. Verwuchert war er, in der moorigen Wiese, aber dennoch deutlich auszumachen.
Unschlüssig blieb er stehen und sah sich um: Kreut lag in seinem Rücken. Hielte er sich nach rechts, so hoffte er, auf seinem gewohnten Weg, dem Umweg um das Burgholz herum, an die Donau zu gelangen. Hielte er sich nach links, ginge er in eine Richtung, die er nicht genau kannte. Aber er glaubte sich zu erinnern, dass er dort auf einen Mühlbach stieß, der ihn zuerst zu einer Mühle, dann ebenso in weitem Bogen um die gespenstische Anhöhe herum zur Donau führte. Folgte er hingegen dem Weg, auf den ihn der Schmetterling geradewegs dirigiert hatte, verschluckte ihn der dichte Wald des Burgholzes. - Ein weiteres Mal ließ sich Maximilian an diesem Sommertag verführen. Er ging auf dem verwucherten Weg weiter...
Stattlich hochgewachsene Laubbäume als ehrsames Hofgefolge, zwischen dem sich Kleinwüchsiges tummelte, schien nur auf ihn gewartet zu haben. In angenehmer Kühle, jenseits der außerhalb des Waldes aufstei-

genden Tageshitze, fühlte er sich regelrecht empfangen. Die Sonnenstrahlen, die ihn in leisem Wind durch das dichte Blätterdach mächtiger Baumkronen antasteten, wähnte Maximilian als stimmlose Laute - als ihn willkommenheißende Grußgesten. - Ungekannte Regungen erfassten ihn. Einerseits war es ein Hochgefühl, eine herrschaftliche Stimmung, die ihn seiner Realität entwachsen und sich von edlem Geblüt fühlen ließ. Andererseits war es ein Gruseln, das ihm kalte Schauer über den Rücken jagte. *Hatten die Dorfbewohner etwa Recht? Ließ er sich soeben vorgaukeln und in einen bösen Bann locken? Aus dem er nicht mehr herausfand und ihn zur Nacht die Geister geradewegs in ihre unheilvolle Welt ziehen würden? Er fortan ebenso verflucht wäre??*

Ein plötzliches Pochen riss ihn aus seinen Gedanken. Er erschrak nicht darüber, denn jenes rhythmische Klopfen war ihm wohlvertraut. Es stammte von einem Specht, der von einem Baum sein Futter begehrte. Also von einem der uralten Gewächse mit ihrer zerfurchten, moosigen Rinde, die ihn selbst zwar nicht mit einem reich gedeckten Tisch, so aber doch mit herrlicher Kühle verwöhnten. *Weshalb sollten diese aufrechten, sich dem Himmel entgegenstreckenden Riesen, die derart Gutes taten, finsteren Höllengeschöpfen Zuflucht gewähren? - Nie und nimmer!!*

Forschen Schrittes tauchte Maximilian nun aus freiem Willen, nicht mehr unter einem buntflatternden Locken, immer tiefer in den Wald ein. Nicht lange, und der Weg endete an einem breiten, ganz offensichtlich von Menschenhand angelegten Wassergraben, der sich hinter einem ebenso noch gut auszumachenden Vorplatz auftat. Jenseits dieses Grabens voll stehenden Wassers klomm sich ein schmaler Pfad hügelanwärts. Wohin jener Steig führte, konnte er im zugewucherten Gelände allerdings nicht ausmachen. *Wäre es jetzt nicht allerhöchste Zeit, umzukehren?*

Maximilian verwischte die mahnenden Rufe seiner Vernunft. Er arbeitete sich so lange am verfallenen Mauerwerk, das den Graben umgrenzte, entlang, bis er ihn über einen entwurzelten Baum überwinden konnte.

Vor ihm lag nun jener Pfad. Nachdem er ihm etwas in die Höhe gefolgt war, drehte er sich um. Längst war er so weit in den Wald eingedrungen, dass er nicht mehr nach draußen, ins Freie, sehen konnte. Aber in seiner erwachten Neugierde erkannte er, dass der Wassergraben nebst Mauer einst die gesamte Südseite des Hügels in großem Bogen bewehrt haben musste.

Frei aller Zweifel und Ängste fasste Maximilian seine Bündel und stieg weiter in die Höhe, ohne zu wissen, was ihn dort erwartete.

Mit dem Erreichen der Hügelkuppe lichtete sich das Dickicht. Vielleicht war er froh darüber, sich unter dem blauen Himmel, im gleißenden Sonnenlicht, zu befinden, denn jetzt bewahrheitete sich eine der düsteren Vermutungen der Dorfbewohner. Er befand sich tatsächlich inmitten einer Burgruine.

Einige Atemzüge lang verharrte er in Unsicherheit. Aber das fröhliche Vogelgezwitscher, dessen er sich bewusst wurde, mobilisierte seine Neugierde aufs Neue. Zumal er einen ‚alten Bekannten' wiedersah. Zumindest erlaubte ihm seine Fantasie die Behauptung, dass es kein anderer als der verräterische Schwalbenschwanz war, der sich unweit auf der nektarreichen Blütendolde eines Natternkopfes niedergelassen hatte. Soeben entrollte er seinen Rüssel zwischen den pollensatten Staubgefäßen, die an eine gespaltene Schlangenzunge erinnerten.
„Du Verräter", lächelte Maximilian in leisen Worten zu ihm. Anschließend widmete er sich mit aufmerksamen Blicken seiner Umgebung: Den Großteil der Hügelkuppe belegte ein Schutthügel aus behauenem Naturgestein. An östlicher Seite hatte sich jedoch ein Mauerrest erhalten. - Maximilian inspizierte die Mauer und so erschloss sich ihm, dass sich da ein Balkon befunden haben musste. Sofort verstand er das Motiv des einstigen Bauherren. Von diesem Balkon aus konnte man mit Sicherheit einen herrlichen Blick nicht nur auf die Donau, sondern auch auf Neuburg genießen. Vorausgesetzt, dass nicht umstehende Baumriesen die Weitsicht für sich beanspruchen würden.
Maximilian ließ sich nicht abhalten. Unbedingt wollte er in den Genuss des Panoramas kommen, so, wie die früheren Burgherren. Wenig hoheitlich wählte er deshalb einen Baum, auf den er hernach kletterte. Die Aussicht jedoch, mit der er belohnt wurde, befeuerte seine noblen Gefühle. Ihm bot sich ein berauschender Blick über das Donautal, die nordwestlich gelegenen Hügel, die weite Ebene im Nordosten... Und am rechten Steilufer der Donau eröffnete sich ihm die Stadt seiner innigen Wunschträume - *Neuburg!*
In aufsteigender Erregung maß er ab, dass er sich in gleicher Höhe wie der Neuburger Stadtberg befand. Er verlor sich in einer einzigen Faszination. *Noch nie hatte er die Stadt aus dieser Perspektive gesehen!* Umso mehr er sie analysierte, desto mehr freute er sich, dass er sogar in größerer Höhe weilen musste, so, wie er auf Neuburg herabsehen konnte: Majestätisch erhoben sich die Gebäude über das Niveau der wuchtigen Stadtmauer hinaus. Zuerst war es natürlich der Herrensitz des Pfalzgrafen Ottheinrich, der seine Blicke anzog. Dem folgten diverse Türme, die seine Bewunderung auslösten. Aber auch die spitzen Dächer und Ziergiebel der Häuser, die er mit halb zusammengekniffenen Augen eisern ausspähte, ließen ihn die Zeit vergessen... *Wer wohl alles darin wohnte? Ehrbare Bürger? Fleißige Handwerker? Angesehene Apotheker? Findige Rechtsgelehrte?* Schon sah er sich selbst inmitten der Stadt... als Geselle eines Stadtschneiders aus deren hohen Zunft... durch dessen Finger Goldfäden glitten anstatt rauer, talgtriefender Kerzendochte aus Hanffasern...
Obgleich der Himmel wolkenlos war, so schob sich doch eine düstere Wolke vor Maximilians Träume einer leuchtenden Zukunft in der Stadt.

Wehmütig verließ er deshalb seinen Ausguck und stieg wieder nach unten in das triste Areal der Ruine. Dort setzte er sich auf einen wuchtigen Stein am Rande des Schuttberges. Er resümierte, dass es nach dem Stand der Sonne bereits weit über die Mittagsstunde sein musste. Nicht einmal ein halber Tag verblieb ihm also noch für seinen Sonntagsausflug. Dann würde er die nächsten sechs Tage von früh bis spät wieder in der Lichtzieherwerkstatt verbringen. *Um dort, gemäß dem Willen des Vaters,... sein ganzes Leben zu verbringen?!* Auf das Innigste hatte er es ihm versichert...
Maximilian fühlte bittere Tränen in sich aufsteigen. Er wickelte seine kleine Mittagsmahlzeit, die er eigentlich verspeisen wollte, zurück ins Tuch. Stattdessen rutschte er vom Stein auf die Wiese. Er rollte sich auf den Bauch, legte die Hände unters Gesicht und weinte. Hatte er bislang seine Nöte der Donau anvertraut, so überantwortete er sich jetzt der Aura des Burghügels. *Wie ihm die Mutter fehlte!*
Blätterrascheln, gefolgt von Kribbeln auf seinem Rücken, holten ihn aus seiner Trauer. Unterdessen er sich langsam aufrichtete, huschte eine Mauereidechse von ihm weg, hin zu dem von der Sonne angewärmten Stein, auf dem er zuvor gesessen war. Dort lagen noch Brot und Speck, eingewickelt in das derbe Tuch, das mittlerweile vom Speckfett aufgesaugt hatte.
„Bist du hungrig?“, wischte er sich, in Dankbarkeit über die zutrauliche Gesellschaft, die Tränen aus dem Gesicht. Leicht ungelenk krabbelte er zu seinem Essensbündel. Er wickelte es aus und zupfte etwas vom Brot ab, um es dann, an der Speckseite gerieben, der Eidechse zu offerieren. Selig darüber, dass sein Angebot munter angenommen wurde, aß auch er. Dabei überkam ihn Durst, der ihm verdeutlichte, dass er normalerweise zu den Mahlzeiten während seiner Ausflüge immer vom Wasser der Donau getrunken hatte.
Für einen Moment war er unentschlossen, ob er an diesem Sonntag nicht inmitten seiner Neuentdeckung bleiben wollte. Aber der salzig-trockene Geschmack des Räucherspecks auf seiner Zunge und das Bündel mit verschmutzter Wäsche trieben ihn von der Ruine weg.
An der Nordseite der Lichtung begann er den Abstieg. Abermals war er von dichtem, mit Gestrüpp durchsetztem Laubwald umgeben. Soweit er talwärts sehen konnte, stürzte sich der anschließende Abhang in die Tiefe. Diese Steillage hatten die frühen Baumeister der Burganlage allerdings in Terrassen auszuformen gewusst.
Nachdem also die eigentliche Burgruine hinter ihm lag, erreichte er eine Treppe. Verfallen zwar, aber dennoch begehbar. Diese verband insgesamt vier Terrassen, jeweils von Mauern mit kleinen Durchgängen abgegrenzt.
Auf dem obersten Absatz erspähte er einen Brunnen. Sofort eilte er zu ihm, aber das Brunneninnere war verschüttet.
An der nächsten Terrasse konnte er bereits das Rauschen der Donau

hören. Freudig erregt hielt er sich deshalb nicht mit weiteren Erkundungen auf, obwohl die dortige wuchtige Mauer mit den Resten zweier Aussichtstürme dazu eingeladen hätte. Für Maximilian gab es nun kein Halten mehr. Wie im Flug durcheilte er die beiden untersten Terrassen, abgetrennt wiederum durch Mauerreste, hier mit etlichen Schießscharten. Nur wenige Schritte noch durch einen Auwald, wohlvertraut das Terrain mit einem Altarm der Donau, den er mit Anlauf in Leichtigkeit übersprang, und schon war er am Ziel: am sonnenüberfluteten Ufer des geliebten Flusses.
Im Laufen ließ Maximilian seine Bündel fahren. Er entkleidete sich nur halb... und stürzte sich ins Wasser.
Sanft floss die Donau dahin, nicht mehr reißend wie an Pfingsten, zudem er sich an einer seiner Lieblingsstellen befand: Der Fluß kam in leichtem Bogen aus westlicher Richtung, gelinde auslaufend das südliche Ufer, an dem er weilte. Deshalb konnte er sich dort gefahrlos tummeln... baden... seine Wäsche waschen... Stunden auf den Uferwiesen verträumen...
Vom Wasser aus nahm Maximilian den Burghügel in Augenschein. Bisher war ihm dieser eher düster und geheimnisvoll erschienen. Doch von heute an wusste er, was sich im Burgholz verbarg. Er freute sich darüber, weil er seine Entdeckung künftig zu seinem Vergnügen auskosten würde. - Eines würde er aber auf keinen Fall. Nämlich, jemandem davon erzählen. Viel zu groß war das Risiko, dass man ihn bezichtigte, von jenem verfluchten Ort aus Unheil in die Dörfer zu bringen, ja, dort gar finsteren Künsten nachzugehen. Am Ende dichtete man den Talglichtern aus der väterlichen Werkstatt an, sie leuchteten in satanischem Lichtschein... Unter seiner Alleinunterhaltung entfuhr Maximilian ein Kichern: Er sah sich selbst, in schwarzem Umhang, das Gesicht halb unter einer Kapuze verborgen, seine Augen starr in die Flamme einer Kerze gerichtet, die Hände beschwörerisch erhoben, eine magische Formel murmelnd... Kopfschüttelnd paddelte er weiter im Fluss. Er tauchte seinen Kopf unter und ließ sich sein Haar vom klaren Wasser durchspülen, ganz so, als ob die Mutter es ihm wusch. Ebenso fühlte er das Donauwasser als die mütterlichen Hände, die seinen Körper behutsam streichelten und ihn reinigten. Nicht nur vom Schmutz der Werkstatt. Auch in der Wehmut seiner unerreichbaren Träume meinte er sich getröstet.
Irgendwann beendete er sein Bad. Sinnend wusch er seine wenigen, verschlissenen Kleidungsstücke, die er in der kommenden Woche in der Werkstatt tragen würde. Anschließend legte er die gewaschene Wäsche zum Trocknen auf die Wiese und genoss die Strahlen der langsam untergehenden Sonne. Bevor ihn das Nachtdunkel einholte, machte er sich seufzend, Donau und Burghügel verabschiedend, auf den Heimweg. -
„Und, wie hast du deinen Sonntag verbracht, mein lieber Junge?“ Unerwartet warmherzig begrüßte ihn sein Vater am nächsten Morgen in

der Werkstatt, vor allem ungewöhnlich an einem Montagmorgen, an dem sechs lange Werktage vor ihnen lagen.
„Ich war an der Donau“, antwortete Maximilian knapp, ohne dem Vater dabei in die Augen zu sehen. *Auch ihm würde er nichts von seinen Erkundungen auf dem Burghügel erzählen.* Er fühlte des Vaters Augen auf sich ruhen und deutete dies als dessen Erwartung, dass es ihn ebenso interessiere, wie der Vater wohl den Sonntag verbracht hätte. - Da Maximilian meinte, es zu wissen, nämlich in der nächsten Weinschänke, fragte er nicht. Zu sehr würden seine Mutlosigkeit und Wehmut damit aufgepeitscht, die ihm das Bad in der Donau am Tag zuvor wenigstens etwas abgemildert hatte.
Des Vaters Blicke ließen nicht von ihm ab. Er gab Maximilian selbst Antwort, indem er ihn genau danach fragte, was Maximilian ihm gedanklich unterstellte. „Du meinst, ich war mich betrinken, richtig?“
Schuldbewusst sah Maximilian zu ihm auf. Als er ansetzte, traurig zu nicken, trat der Vater nah an ihn heran. „Du irrst dich.“ Warmherzig strich der Vater über Maximilians Kopf. „Also halb“, folgte. „Ja, ich gehe in die Schänke. Und ja, dort ertränke ich meinen Kummer im hiesigen sauren Wein.“ Nach einem letzten Kopfstreicheln entfernte sich der Vater wieder von Maximilian, um ihm fest ins Gesicht sehen zu können. „Aber nicht nur“, ergänzte er selbstbewusst. „Vor allem mache ich mir dort Gedanken über dich. In Gesellschaft anderer Väter. Schließlich bin ich nicht der einzige, dem der Herrgott die Frau wegnahm. Obwohl“, kratzte er sich am Kopf, „ich einer von denen bin, die nicht sofort mit einem anderen Weib dort weitermachten, wo sie mit dem vorigen aufgehört haben. Oder es halt mussten.“
Wegen der ungewohnt vertraulichen Art, in der der Vater mit ihm sprach, stieg leises Unbehagen in Maximilian auf. Er versuchte, abzulenken. „Nun ja“, rang er sich ab. „Du musstest deinen Sohn alleine großziehen. Das war bestimmt sehr schwer für dich.“ Kaum ausgesprochen, hätte er sich für seine Äußerung am liebsten geohrfeigt, da er vermeinte, das übliche väterliche Klagelied herausgefordert zu haben. - Wieder irrte er sich. Wieder reagierte der Vater zu Maximilians Überraschung anders als sonst: „Ja, das war es, nach dem Verlust meiner über alles geliebten Frau. Aber weißt du, zuallererst war es tröstlich, dich zu haben. Du ähnelst deiner Mutter sehr, mein Sohn.“
Weil des Vaters Stimme bei seinen letzten Worten zu zittern begonnen hatte, unterbrach er sich. Seine Blicke jedoch ruhten unverändert auf Maximilian, der nichts zu erwidern wusste. Unbeholfen stand er inmitten der Werkstatt, kein Ding in Reichweite, mit dem er seine Befangenheit überspielen, und zu arbeiten hätte beginnen können. Wie festgenagelt verharrte er.
„Ich habe nie verstanden“, fuhr der Vater fort, „weshalb deine Mutter mich geliebt hat. Weshalb sie mich geheiratet hat, wäre mir klar gewesen.

Schließlich war sie in der Notlage, einem Klosterleben entkommen zu müssen. Dass sie mich aber so offenen Herzens liebte... Mich, einen ewig nach Talg stinkenden Lichtzieher, der ihr nichts bot als Armut und Entbehrung..."

Jetzt konnte Maximilian nicht anders, als zu seinem Vater aufzusehen, erwartungsvoll, mit halb offenem Mund. Der Vater sah es, lächelte und erklärte:

„Ich weiß, dass ich dir nie viel von ihr erzählt habe, in meinem Gejammere über ihren Verlust. Anstatt dankbar gewesen zu sein, dass ich sie einige Jahre bei mir haben durfte. Aber der Schock an Pfingsten, als man mir überbrachte, du seist in der Donau ertrunken... Ich konnte an nichts anderes denken, als dass du jetzt bei ihr bist. Und seit dem Moment, in dem die Müllersleute dich auf ihrem Eselskarren zurückbrachten, so nass und todunglücklich, aber eben lebendig, sehe ich ihr Gesicht vor mir. Ihre vorwurfsvollen Blicke spüre ich auf mir ruhen. Zeitlebens genügten ihre Blicke, um mich in meiner Einfältigkeit zu maßreglen. Sie keifte nicht wie andere Weiber. Gott seis gedankt. Aber sie hätte nicht gewollt, dass du unglücklich bist. Und das bist du. Das spüre ich doch, Maximilian. Ich muss endlich akzeptieren, dass du nicht mehr der kleine Junge bist, still und folgsam in allem, was ich gutheiße." Er machte eine Pause, um Maximilian Gelegenheit zum Sprechen zu geben, doch der stand noch immer wie zur Salzsäule erstarrt.

„Soll ich dir von deiner Mutter erzählen?", überbrückte der Vater das Schweigen. „Oder willst du mir erzählen, woran du dich erinnerst?"

„Erzähle du, bitte", presste Maximilian hervor.

„Ein Findelkind war sie. Niemand weiß, wer das Körbchen vor dem Tor zu Neuburgs Kloster abstellte. Jedenfalls durfte sie dort, zwischen den Benediktinerinnen, als Waise aufwachsen. Aber als junge Frau forderte man von ihr die Profess. Einem schweren Leben hätte sie entgegengeblickt, als mittellose Nonne."

Maximilian konnte sehen, wie des Vaters Augen zu leuchten begannen und in die Ferne der Erinnerung abwanderten. Neugierde entbrannte in ihm. Fast wollte er schon zu einer Frage ansetzen, doch der Vater schöpfte tief Atem und sprach weiter.

„Nie werde ich es vergessen, als ich sie zum ersten Mal sah. Barfuß ging sie, in einem derben Arbeitskittel, die Hände schmutzig von der soeben verrichteten Arbeit im Klostergarten. Und trotzdem strahlte sie, aus ihren himmelblauen Augen, mit ihrem langen, blonden Haar. Von da an hoffte ich, sie zu sehen, wann immer ich Kerzen ins Kloster liefern durfte. Ich sah sie. Und eines Tages sprachen wir miteinander." Des Vaters Augen kehrten zu Maximilian zurück. „Sie war so anders. Sie war wie Licht. Es wurde hell, wenn sie lächelte... Nicht in meinen kühnsten Träumen hätte ich es gewagt, mir vorzustellen, sie würde mein. Doch sie wurde es. Mit

Leib und Seele. Mein Eheweib. Wann immer ich ihr zugegen sein wollte, gewährte sie sich mir. Auf ihre besondere Art. Warm und voller Hingabe. Sie machte mich zum glücklichsten Mann auf der Welt."
Abermals wurde des Vaters Stimme brüchig. Auch das Leuchten in seinen Augen verlor sich, was Maximilians Starre nicht nur zerbröckelte: In ihm brach ein Damm und er erzählte haarklein vom Einzug des Königs nach Neuburg, den er als Fünfjähriger zwischen den trauten Rockfalten der Mutter miterlebt hatte. Und der ihm bis ins Detail im Gedächtnis geblieben war. Und der in ihm den brennenden Wunsch erzeugt hatte, das Schneiderhandwerk zu erlernen...

Regensburg, gegen Ende Juli 1541

Karl V. war sich im Klaren, dass er mit direkten Verhandlungen nicht von der Stelle kam. Wertvolle Monate waren verloren und mittlerweile brannte ihm die fortgeschrittene Zeit unter den Nägeln. Der Juli neigte sich. Wenn er nicht in den nächsten Tagen aufbrach, musste er auch seine ehrgeizige Algerien-Expedition wortwörtlich in den Wind schreiben. Gefürchtet waren die Herbststürme vor Algiers Küste... Jedenfalls hatte dieses Projekt für ihn allerhöchste Priorität. - Nicht Ferdinand stand an erster Stelle, auch nicht das belagerte Ofen. Die Eroberung von Algier war es. Sie versprach Aussicht auf Waffenruhm und die Erweiterung des habsburgischen Machtbereiches um die afrikanische Mittelmeerküste. Längst hatte er die Flottenverbände Genuas und Neapels zu den eigenen hinzugebündelt. Bloß seiner Ankunft harrte man ungeduldig in Italien... Deshalb bestand seine Absicht nur noch darin, den Regensburger Reichstag mit irgendeinem annehmbaren Abschied so schnell wie möglich zu beenden. - Er resümierte: Die Religionsfrage war gescheitert und sein Bruder Ferdinand hatte bereits resigniert geäußert, Ofen den Türken zu überlassen. Nach Österreich wolle er sich zurückzuziehen, um wenigstens die Heimat aus eigener Kraft zu verteidigen. Im Endergebnis bedeutete dies für ihn als Kaiser, dass seine gesamte Proposition gescheitert war und er sich die Einberufung des Reichstages hätte sparen können. Aber, in Zähigkeit hatte er sich schon aus misslicheren Lagen herausmanövriert und dies würde er auch jetzt tun. Wenn diese deutschen Fürsten und Stände ihm, ungeachtet seines offenen, guten Willens und seiner Geduld, das Leben schwer machten, umschiffte er dieses unerträgliche Hin und Her einfach zu seinen Gunsten...

Regensburg, am Vormittag des 28. Juli 1541

Erschöpft lehnte sich Karl V. in seinem Lehnstuhl zurück. Soeben hatten die Katholischen seine Herberge verlassen, in die er sie zu nochmaligen

Verhandlungen gerufen hatte.
„Du musst etwas essen, Karl", mahnte Ferdinand besorgt. „Seit gestern Mittag hast du nichts zu dir genommen. Denke an deinen Gichtanfall und denke an deine bevorstehende Reise."
„Ich kann erst essen, wenn auch die Verhandlungen mit den Protestanten so zufriedenstellend verlaufen, wie soeben mit den Katholiken. Keinen Bissen bekomme ich zuvor hinunter." Karl V. winkte nach seinem Vizekanzler, der die frisch unterzeichneten Schriftstücke noch einmal überlas. „Nehmt die Dokumente an Euch, ruft nach Pfalzgraf Friedrich und begleitet mich mit ihm zu den Protestanten, werter Johann von Naves", erging sein Befehl.
„Was hast du vor, Karl? Meinst du etwa, die Evangelischen stimmen diesem Abschied zu? Wo nicht eine ihrer Forderungen darin auch nur ansatzweise erfüllt ist?" Ferdinands Gesicht überzog die gleiche Blässe, die das Antlitz seines Bruders zeichnete. *Nach dem unerquicklichen, monatelangen Schaukelspiel der beiden deutschen Lager lag es jenseits seiner Vorstellungskraft, wie Karl eine zügige Einigung und damit die endgültige Sicherung der gerade in Aussicht gestellten Türkenhilfe der katholischen Stände herbeiführen könnte...*
„Es ist ganz einfach, Ferdinand", lächelte Karl V. unter einiger Kraftaufbietung. „Wir lesen den Aufwieglern unseren Abschied mit den Katholischen vor und sagen ihnen dann schlichtweg, was sie hören wollen. Denn natürlich wissen wir, dass ihre Forderungen darin nicht erfüllt sind."
„Ich kann dir nicht folgen, mein Bruder und Kaiser."
Karls V. Blick schweifte zu seinem Vizekanzler, der freilich sofort umrissen hatte, worauf er hinauswollte: „Eine geheime kaiserliche Deklaration!"
„Ihr habt mich verstanden, Johann. Also, ans Werk." Entschlossen zwang sich Karl V. aus seinem Lehnstuhl und zog seinen Bruder mit sich.

Regensburg, zur Mittagsstunde des 28. Juli 1541

„Aber das ist doch eine Falle!!" Empörung, an Wut grenzend, machte sich unter den Protestanten breit. „Uns dazu unter Zeitdruck zu setzen! Von wegen, wir hätten freie Hand, alle anstößigen Artikel schriftlich abzuändern! Bis nach dem Mittagsmahl!!"
„Ihr gebt mir das Stichwort, verehrte Fürsten und Herren", verschaffte sich Johann Feige* Gehör. „Nichts wird so heiß gegessen, wie gekocht."
„Dem kann ich nur zustimmen! Und ich ergänze: Viele Köche verderben den Brei." Auch Jakob Sturm von Sturmeck* hatte sein Wort über das allgemeine Stimmengewirr erhoben. Die beiden Politiker verständigten sich mit einem Blick.
„So begebt Euch alle zu Tisch", sprachen sie nun gemeinsam. „Wir überarbeiten derweil jene katholische Verlautbarung."

„Ich rief Euch zu mir, verehrter Kurfürst, weil ich guten Willens gegenüber den deutschen Protestanten bin. Obgleich meine Abreise mehr als drängt, verschiebe ich diese um eine Nacht." Karl V. schritt mit im Rücken verschränkten Händen vor Joachim II. von Brandenburg* auf und ab. In seiner übermächtigen Anspannung und Unruhe hatte er den protestantischen Kurfürsten als Unterhändler zu sich gebeten.
„Ihr erweist uns Ehre, kaiserliche Hoheit. So darf ich davon ausgehen, dass Ihr uns für die Überarbeitung des katholischen Abschieds Zeit bis morgen einräumt?"
„Ja und nein", winkte Karl V. nach Eustachius von Schlieben*, dem Rat des Brandenburgers. Er reichte ihm ein mehrseitiges, jedoch noch unfertiges Dokument. „Verlest meine Form der Deklaration, die ich Euch heute Nacht noch einmal und dann vollständig ausgearbeitet zukommen lasse. Mögen sich Eure Verbündeten alsdann umgehend von deren Wortlaut überzeugen. Ihr werdet feststellen, dass darin die Forderungen der Protestanten erfüllt sind und wir den Abschied, wie besprochen im Geheimen, unterzeichnen. Also findet Euch mit Euren Ständen morgen früh um 6 Uhr bei mir ein. Denn anschließend muss ich unaufschiebbar abreisen."
Auf des Kaisers Worte hin begann Eustachius von Schlieben zu lesen.

Trotz der Aussicht, dass ihre mit viel Energie angegangene, anstrengende Arbeit nun entbehrlich sei, ließen sich Sturm und Feige nicht von ihrer Ausarbeitung einer eigenen Deklaration abbringen. Zu viele Lücken vermuteten sie in der kaiserlichen Fassung, die ihnen Eustachius von Schlieben soeben angekündigt hatte.
„Nachtarbeit, mein lieber Sturm?", schmunzelte der hessische Jurist zum Bürgermeister von Straßburg.
„Du sagst es, mein Freund Feige."
Schon beugten sich die beiden Männer wieder über die Papiere, die sie emsig mit feinen Zeilen und mit noch feiner ausgeklügelten Formulierungen füllten.

Regensburg, um 4 Uhr am Morgen des 29. Juli 1541

„Dies entspricht nicht dem, was der Kaiser gestern ankündigte!" Eustachius von Schlieben ließ diejenige Deklaration aus seiner Hand gleiten, die der Kaiser ihm gegen Mitternacht hatte aushändigen lassen.
Fassungslosigkeit machte sich in der protestantischen Versammlung breit. Neben aufkochender Wut derer, denen zu Bewusstsein kam, dass man Karl V. aufgesessen war: Wenn man jetzt nämlich nicht unterzeichnete,

würde der Kaiser abreisen und der Reichstag damit zum großen Nachteil der Protestanten enden. Nicht nur, dass man, wenn auch nur im Geheimen und völlig unzureichend, des Kaisers Entgegenkommen in einigen Religionsfragen verspielt hätte. Obendrein müsste man sich den schweren Vorwurf gefallen lassen, dass die Türkenhilfe nicht zustande gekommen wäre, um die Ferdinand I. und die Ungarn so innig gebeten hatten.
Johann Feige und Jakob Sturm von Sturmeck nahmen die zerfahrene Stimmung im Saal als Fingerzeig. Entschieden traten sie vor die Versammlung und überreichten Eustachius von Schlieben das Ergebnis ihrer Nachtarbeit. „Verlest unsere Fassung, verehrter Rat. Wir sind sicher, dass die Verhandlungen mit dem Kaiser damit zum Abschluss kommen können."
Von Schlieben begann wiederum laut zu vorzulesen. Schnell hatte er alle Aufmerksamkeit auf sich gezogen, obwohl er, angesichts der verschachtelten Formulierungen, sich mehrfach unterbrechen und von Neuem zu lesen beginnen musste...

Regensburg, gegen 6 Uhr am Morgen des 29. Juli 1541

Was hat dich nur geritten, die Versammlung mit den Protestanten zu so früher Morgenstunde anzusetzen?! Übernächtigt und wie gerädert starrte Karl V. auf eine Deklaration, die ihm Eustachius von Schlieben soeben im Namen der Protestanten überreicht hatte. Es war nicht jenes Schriftstück, das er, wohlweislich zur Mitternacht, dem Kurfürsten von Brandenburg hatte überbringen lassen:
Er war sich seines Schachzuges absolut sicher gewesen, in der Überzeugung, dass die Protestanten es nie und nimmer schafften, in kurzer Zeit und dazu während der Nacht, einen eigenen Abschied zu formulieren. - Und er sie damit geschickt in die Knie gezwungen hätte... Doch jetzt saß er vor einem mehrseitigen Dokument in deutscher Sprache, von dem er kein Wort verstand. Und damit saß er in der Zwickmühle. Sein Bruder Ferdinand I. war nicht anwesend, ebenso wie Johann von Naves, sein Übersetzer. Und vor allem fehlte auch Granvella*, sein scharfsinniger Berater. Umsonst hatte er zur frühen Morgenstunde nach seinen Vertrauten gesandt. *Gibst du dir jetzt die Blöße vor den Protestanten? Zeigst du ihnen etwa, wie du auf Hilfe angewiesen bist? Als Kaiser?!* Doch nicht einmal seine Gedanken konnte Karl V. in Ruhe ordnen. Beflissentlich und unentwegt versicherte ihm Eustachius von Schlieben, dass seitens der Protestanten keine Einwände bestünden, die vorliegende, geheime Deklaration anzunehmen. - Karl V. hatte keine Kraft mehr. Er beging einen Fehler. Er unterzeichnete.
Wenige Stunden später, nach dem eiligen Verlesen des offiziellen Reichstagsabschlusses, verließ er Regensburg. Prunklos und in schlichter

schwarzer Kleidung ritt er aus der Stadt. In seinem Gefühl des Versagens gegenüber den Protestanten konnte man ihm ansehen, dass er für die Anstrengung, die nun vor ihm lag, eigentlich gar keine Kraft besaß. Aber er verfügte über die Willensstärke, sie seinem Körper eisern abzufordern. Und zwar mit Hass auf diejenigen, wegen denen er sich jetzt so ausgezehrt fühlte: „*Mein eigenes Leben werde ich daran setzen! Niemals werde ich stattgeben, dass diese elende Sekte weitere Verbreitung findet!*“
Bitterste Gedanken durchzogen sein Gemüt auf seinem Weg gen Süden: Sechs Monate seiner wertvollen Zeit hatte er an die Deutschen vergeudet. Restlos fehlgelaufen war sein Ansinnen, die beiden Glaubenslager zu versöhnen, um mit geeinter Kraft gegen die Osmanen loszuschlagen. Die Zusage der Türkenhilfe, die er sich schwerst erkaufen musste, war ihm obendrein nur vorbehaltlich der Vertagung auf einen erneuten Reichstag schon im kommenden Jahr gegeben worden. Was schlichtweg bedeutete, dass dieses unerquickliche Spiel mit den Lutherischen von Neuem begänne.
Karl V. spürte, wie sich sein ganzer Leib regelrecht dagegen bäumte. Brechreiz stieg in ihm auf. Den schweren Zukunftsgedanken, die folgten, lenkte er entgegen. - Er würde dem nachgehen, was in ihm selbst keimte, und was sein Berater Granvella, dessen Rat ihm am meisten galt, schon mehrfach ausgesprochen hatte: „*Protestantenkrieg.*“ Mit Waffengewalt würde er die Lutherischen unterwerfen, die sich angemaßt hatten, ihn derart in die Enge zu treiben. Mit seiner Friedenspolitik war es jetzt endgültig vorbei. *Er würde der Welt durch Taten zeigen, dass er ein echter katholischer Kaiser war!*
Karl V. wurde sichtlich wohler. Sein aufgepeitschtes Gemüt fand zur Besonnenheit zurück: Nicht sofort konnte er losschlagen. Zuvorderst standen seine Expedition nach Algier und die Abwehr der Türken. Auch seinen Kontrahenten, den französischen König, der mit den deutschen Protestanten hinterlistig und aus Eigennutz sympathisierte, durfte er nicht aus den Augen lassen. Aber sobald sich die politische Lage beruhigt und er selbst zu Stärke zurückgefunden hätte, würde er für Ruhe sorgen.
„*Regensburg 1541. Der Tragödie erster Akt.*“ Mit diesen sarkastischen Worten auf den Lippen gab er seinem Pferd die Sporen.

Granvella war außer sich. *Wie hatte der Kaiser dieses hinterhältige Pamphlet unterzeichnen können?! In seiner Abwesenheit?! Allen protestantischen Forderungen war damit Genüge getan!*
Auch der eilig hinzugezogene Leonhard von Eck gebärdete sich auf das Heftigste. Wieder und wieder las er konfus in der protestantischen Geheimdeklaration herum. *Niemals zuvor hatte er derartig gewundene und hochgeschraubte Formulierungen gelesen!* Nur mit Mühe fand er sich darin zurecht. „Aus meiner Sicht hat der Kaiser hier ohne Befugnis gehandelt“, riss er

sich irgendwann seine Haube an den Ohrenzipfeln vom Kopf und warf sie auf das Dokument mit des Kaisers Siegel. „Nur den Reichsständen hätte eine Geheimabstimmung zugestanden! Wir müssen sofort...“

„Wir müssen die Notlage des Kaisers bedenken“, beschwichtigte Granvella trotz seines eigenen Missmutes den aufgebrachten Bayern. Dessen Übereifer rief Abneigung in ihm hervor. „Und“, überwand er sich sogar, nach dessen knochigen Händen zu greifen, „ich bin mir gewiss, dass Karl V. dies nicht getan hat, ohne einen Schritt weiter zu denken. Vertrauen wir auf ihn. In Anbetracht der Türkengefahr. Alles Weitere zu seiner Zeit.“

Kapitel 2

Neuburg an der Donau, Anfang September 1541

Schon aus einiger Entfernung sah er ihn sitzen, Ruprecht, einen der Neuburger Stadtschneider, zu dem er sich durchgefragt hatte. Mit einer Näharbeit kauerte der Meister im Schneidersitz auf dem Sims eines großzügigen Fensters im Parterre eines schmucken, mehrgeschossigen Stadthauses nahe des Oberen Stadttores.

Maximilians Vater warf einen Blick in den Himmel. Von dort holte er sich ein Quäntchen Mut. Er sammelte sich, atmete tief durch und ging geradewegs auf den Schneider zu. „Guten Morgen! So ein schöner Tag heute“, sprach er ihn beherzt an. „Genau richtig für das Arbeiten unterm Himmel, sozusagen.“

Geistesabwesend sah Ruprecht zu dem ihm unbekannten Mann auf. Noch in Konzentration auf sein Nähwerk erwiderte er dessen Gruß. „Auch einen guten Morgen. Ja, am Fenster hat man einfach das beste Licht.“ In der Annahme, der Fremde ginge seiner Wege, widmete er sich wieder dem unfertigen Kleidungsstück auf seinem Schoß. Zu seinem Erstaunen sprach der Mann jedoch emsig weiter.

„Aber bald wird es sicher zu kalt für das Nähen hier draußen. Und dann? Gibt es drinnen genug Licht?“

Ruprecht unterbrach seine Arbeit, leicht unmutig, denn er fühlte sich gestört. *Nicht, dass er etwas gegen ein Pläuschchen hätte.* Schließlich war dies ein netter Nebeneffekt seines Sitzens am Fenster. Aber er plauderte nach eigenem Gutdünken und nicht, weil jemand ihm ein Gespräch abnötigte, so wie jetzt. Er musterte den Mann, der vor ihm stand: Hochgewachsen war er, aber hager, fast abgehärmt. Das Haar eher licht, die Haut fahl, die Augen glanzlos. Dünne Lippen unter einer knorpeligen Nase, zu deren Seiten die Wangenknochen hervortraten. Sehnige Hände und verschmutzte Fingernägel zeugten von derber Handarbeit. Die Kleidung, die er trug, mutete ihm an wie etwas seit langem Geschontes, das man nur zu besonderen Anlässen hervorholte oder allenfalls zum Sonntagsgottesdienst. - Kurz gesagt, vor ihm stand ein armer Mann, der ganz offensichtlich von außerhalb der Stadt kam. Und der irgendetwas von ihm wollte...

„Mit Verlaub“, wurde Ruprecht direkt, ohne auf die an ihn gerichtete Frage einzugehen. „Ich kenne Euch nicht. Wünscht Ihr etwas von mir?“

Maximilians Vater, in aufsteigender Erregung, nahm eilig seine Filzkappe vom Kopf. Er verneigte sich leicht, und, ohne es zu merken, knetete er die Kopfbedeckung zwischen den Händen. „Verehrter Meister, bitte verzeiht mir die Störung. Helmut Echter ist mein Name. Ich bin der Lichtzieher zu Kreut, ein redlicher Mann.“

„Gut, gut. Niemand spricht Euch ab, dass Ihr ein redlicher Mann seid. Aber, wie Ihr seht, habe ich zu arbeiten. Also, was wünscht Ihr von mir?"
Fast wollte des Schneiders straffer Ton Maximilians Vater verunsichern, bevor er sein Anliegen überhaupt vorgebracht hatte. So zwang er sich zur Vorstellung, sein eigener Sohn würde eines Tages gleich dem Schneidermeister auf dem Fenstersims eines stattlichen Stadthauses sitzen und an einem fürstlichen Kleidungsstück arbeiten. Leiser Stolz stieg in ihm auf. Fest entschlossen, Maximilians sehnlichsten Wunsch zu erfüllen, äußerte er ohne Umschweife seine Bitte. „Ich komme für meinen Sohn, Maximilian, gerade ist er sechzehn Jahre alt geworden. Er träumt davon, den Beruf des Schneiders zu erlernen. So frage ich Euch, ob Ihr ihn als Lehrburschen in Eure Werkstatt aufnehmen würdet. Er ist ein braver Junge, sogar des Lesens und Schreibens mächtig. Seine Mutter brachte es ihm bei, bevor sie vor elf Jahren starb."
Ruprecht meinte, er traue seinen Ohren nicht. Obenauf in sofortigem Vorurteil, der Sohn käme dem Vater in seinem ärmlichen Äußeren gleich, wurde er verletzend. „Mir scheint, Ihr kennt nicht die Gepflogenheiten in der Stadt, Herr Lichtzieher, oder wie immer Ihr heißt. Doch ich erkläre sie Euch. Der Zunftmeister unserer edlen Gilde entscheidet, wer Schneidergeselle in Neuburg wird und wer es nicht wird", sprach er abfällig.
„Oh, das weiß ich wohl", gab Maximilians Vater unbeirrt zurück. „Aber ich dachte, wenn ich Euch meinen Sohn vorstellen dürfte, würdet Ihr für ihn ein gutes Wort..."
„Mit einem guten Wort ist es nicht getan", ließ Ruprecht Maximilians Vater nicht ausreden. „120 Gulden sind für eine Ausbildung an die Zunft zu zahlen. Und Ihr scheint mir nicht über eine solche Summe zu verfügen", schob er einen Riegel vor weitere, aus seiner Sicht lächerliche Bittgesuche. „So. Und jetzt geht Eurer Wege. Oder geht zum Zunftmeister. Es steht Euch frei. Aber stehlt mir nicht noch mehr von meiner Zeit." Damit wandte er sich ab. Er würdigte Maximilians Vater keines weiteren Blickes, obwohl der, in Enttäuschung erbarmungswürdig in sich zusammengesunken, wie angewurzelt vor ihm stehen blieb. Erst nach einer abweisenden Handbewegung, die Ruprecht sich Momente später abrang, setzte sich der unstandesgemäße Bittsteller schlurfenden Schrittes in Richtung des nahen Stadttores in Bewegung.

Dörfchen Kreut, am gleichen Tag im September 1541

Wo der Vater nur blieb?! Schon am frühen Morgen war er, in seiner Sonntagskleidung, obwohl es werktags war, eilig aufgebrochen. Nach seinen knappen Worten, dass es etwas zu erledigen gäbe, fand sich Maximilian allein im Haus. Nun wartete er seit Stunden auf ihn, unterdessen er die tägliche Arbeit in der Werkstatt verrichtete. Still schnitt er die am Vortag gezogenen und ausgehärteten Kerzen, die noch an ihren Dochten im Gestell baumelten, nacheinander ab. Er prüfte die Festigkeit jeder einzelnen Kerze, zupfte ihren Docht zurecht und schichtete sie dann in diverse Holzkästchen. Dabei wanderten seine Gedanken. Für einen Moment ergab er sich der Wunschvorstellung, sein Vater wäre nach Neuburg aufgebrochen. Wegen ihm. Um bei einem Stadtschneider eine Lehrstelle zu erbitten. *Was sonst gab es so Dringendes zu erledigen?! Wie sein Herz bei dieser Einbildung klopfte!*

Auch wenn ihre Gespräche nicht in dieser Richtung konkret wurden, so hatten sie dennoch seit ihrer gegenseitigen Offenbarung Ende Juli harmonische Wochen miteinander verbracht wie nie zuvor. Ohne des Vaters übliche, selbstmitleidige Jammerei wurde jeden Tag in Erinnerungen an die glücklichen Jahre, als die Mutter noch lebte, geschwelgt. Zudem hatte Maximilian frei jeder Scheu ein ums andere Mal von seinen Träumen berichtet, und der Vater hatte ihm aufmerksam zugehört...

„Hallo, Herr Echter! Hallo! Ist jemand da?"

Die Rufe einer Frauenstimme und heftiges Türklopfen holten Maximilian zurück in die Realität. Er wandte sich von der Werkbank ab und ging zur Eingangstür, die, wie immer mit geöffnetem Oberlicht und ausgeklapptem Brett, als Ladentafel diente.

„Ach, guten Tag, Frau Willmers! Der Vater ist nicht im Haus. Womit kann ich Ihnen dienen?" Freundlich begrüßte Maximilian eine Frau mittleren Alters, hinter deren Rücken ein junges Mädchen stand.

„Der Maximilian!", kam zur Antwort. „Allein in der Werkstatt! Tüchtig, tüchtig! Was für ein braver junger Mann! Sieht man dich deshalb nie im Dorf? Mara, komm, begrüße den Maximilian!" Beherzt schob Frau Willmers ihre Tochter an die Eingangstür und griff nach ihrer Hand, um sie Maximilian entgegenzuschieben. - Maximilian wurde leicht verlegen, drückte die Hand aber höflich. Unter seiner Berührung lief Maras Gesicht hochrot an. Schnell sah sie zu Boden und Maximilian beeilte sich, ihre Hand wieder loszulassen.

Frau Willmers schien die Schamhaftigkeit der beiden jungen Leute nicht wahrzunehmen. „Wie alt bist du jetzt eigentlich, Maximilian?", fragte sie wie in Selbstverständlichkeit und maß ihn mit Blicken ab.

Unwohlsein stieg in Maximilian auf. Er fühlte sich wie ein Ross auf dem Markt. Zu offensichtlich zeigte Frau Willmers ihre Absicht, ihn als Schwiegersohn ins Auge zu fassen. Trotzdem antwortete er wie von ihm begehrt. „Gerade sechzehn, Frau Willmers. Aber", schob er nach, „Sie sind doch sicher nicht gekommen, um nach meinem Alter zu fragen?"

Frau Willmers schmunzelte und schob ihre verschüchterte Tochter beiseite. „Nein, freilich nicht. Ein Dutzend Kerzen bräuchte ich, die langen nehme ich immer."

Maximilian schickte sich, die erbetene Ware herbeizutragen. Frau Will-

mers begutachtete, nickte und reichte Maximilian ein Tuch, in das er die Kerzen sorgsam einwickelte.
„Was bekommst du von mir? Oder sollen wir später bei deinem Vater bezahlen? Die Mara kommt sicher gerne noch einmal vorbei."
„Nein, nein. Ich darf auch abrechnen", beeilte sich Maximilian. „Eine Kerze kostet zwei Heller. So bekomme ich bitte vierundzwanzig Heller von Ihnen."
Frau Willmers zog ihren Geldbeutel zwischen den Rockfalten hervor. „Oh, jetzt habe ich nur Kreuzer dabei. Hat der Mann mir heute neues Haushaltsgeld gegeben."
„Gut", entgegnete Maximilian emsig. „Dann rechnen wir. Warten Sie. Sechzig Heller sind dreißig Pfennige. Und für dreieinhalb Pfennige gibt es einen Kreuzer." Maximilian rieb sich die Stirn und nahm seine Finger zu Hilfe. „Also bekomme ich von Ihnen rundgerechnet dreieinhalb Kreuzer." Er sah Frau Willmers ins Gesicht. „Das geht nicht auf. Und ich habe nicht die kleinste Münze zum Wechseln hier."
„Nun", lachte Frau Willmers auf. „Dann muss jemand einen Kreuzer zerbeißen."
Auch Maximilian musste lachen. Dabei fiel sein Blick auf Mara. Unübersehbar war sie des Rechnens nicht mächtig, was ihr gekünsteltes Lachen verriet. Mit gemischten Gefühlen, einerseits Mitleid, andererseits leichte Abneigung gegen ihre Naivität, unterbreitete Maximilian Frau Willmers einen geschäftstüchtigen Vorschlag. „Nähmen Sie noch zwei Kerzen mehr, bekäme ich genau vier Kreuzer. Und Sie sparen an Zeit, weil Sie erst später wieder herkommen und nachkaufen müssen." Damit sorgte Maximilian für Lacher.
„Sieh einer an! Geschäftstüchtig bist du! Aber, nur so kommt man zu etwas." Frau Willmers zwinkerte ihm zu, bevor sie auch ihrer Tochter zulächelte. „Genau so machen wir es. Bloß, wenn der Hausherr meutert, weil ich mit dem Geld nicht auskomme, schicke ich ihn zu dir. Dann lässt er dich sicher eine Münze zerbeißen."
„Oh nein!", kam Maximilian direkt in Fahrt, erheitert über Frau Willmers Frohsinn. „Da lege ich noch eine Kerze drauf und Sie berichten ihm von dem guten Geschäft, das Sie heute gemacht haben!"
Abermals wurde gelacht. Maximilian wickelte zusätzlich drei Kerzen in das Tuch und Frau Willmers zählte vier Kreuzer auf den Ladentisch. „Na, dann wollen wir dich nicht weiter vom Arbeiten abhalten. Stimmt's, Mara?" Sie versetzte ihrer Tochter einen kleinen Schubs. „Aber weißt du was, Maximilian? Komm doch mal bei uns vorbei! Dann kocht Mara etwas Leckeres für dich!" -
Erleichtert sah Maximilian den beiden hinterher, nachdem sie sich verabschiedet hatten. Über jene Begegnung resümierend widmete er sich wieder der Werkstattarbeit: Nicht, dass er Mara nicht mochte. Sie war ein

Mädchen in seinem Alter. Etwas jünger vielleicht. Still und sittsam, durchaus hübsch. Und sie war nicht unter jenen forschen Mädchen gewesen, die an Pfingsten keinen Hehl daraus gemacht hatten, ihn berühren zu wollen. Insgesamt gesehen, kam sie seinem zurückhaltenden Wesen gleich und im Grunde würde nichts dagegen sprechen, die Willmer'sche Brautwerbung anzunehmen, wenn er nicht... Wenn Maximilian sich nicht selbst geschworen hätte, sich vor dem weiblichen Geschlecht zu verschließen. Viel zu groß war seine Angst, eine Frau so sterben zu sehen, wie er seine Mutter hatte sterben sehen müssen. Nur, weil er körperlichen Trieben stattgab, die in einer Empfängnis endeten... Nicht, dass er das Weibliche nicht mochte, im Gegenteil. Er verband es mit der wunderschönen Erinnerung an seine Mutter. An ihre Wärme, an jene besondere Geborgenheit, die nur Frauen zu vermitteln vermochten, an innigen Halt, an die Erfüllung des Wunsches nach einer eigenen Familie... Doch er wusste eben auch, dass, wann immer es dem Herrgott beliebte, er dieses erstrebte höchste Glück in tiefstes Leid wandelte. - Dem würde Maximilian vorbauen. Er würde Glück und Erfüllung in einem Handwerk suchen. Und zwar im Schneiderhandwerk.
Seine Erwägungen hatten ihn dorthin zurückgebracht, wovon Frau Willmers ihn abgelenkt hatte. *Wo blieb nur der Vater?! War er tatsächlich nach Neuburg gegangen?? Würde er alsbald mit der Neuigkeit heimkehren, dass sich seine Wunschträume erfüllten??* Maximilians Gedanken nahmen eine wilde Karussellfahrt auf und er hatte Mühe, den Verkauf der Kerzen ordentlich in das kleine Werkstattbüchlein einzutragen, wie er es stets zu tun pflegte. -
Statt der Rufe des heimkehrenden Vaters drangen ihm Stunden später Schreie einiger Dorfkinder ans Ohr: „Maximilian! Du solltst in die Dorfschänke kommen! Deinen Vater heimholen!!" -
Maximilians Traumwelt zerbarst, als er wenig später seinen volltrunkenen Vater im Wirtshaus zu Gesicht bekam. Laut schnarchend lag er auf einer Bank in der hintersten Ecke der Schankstube. Von ihm ging ein abstoßender Geruch aus, dessen Herkunft man schnell erkennen konnte. Es waren Reste von Erbrochenem auf seiner Kleidung, neben Weindunst aus seinem offenen Mund.
„Was hast du denn mit ihm gemacht, Maximilian?", half die Wirtin, den Vater von der Bank auf seine Füße zu hieven. „So haben wir den Helmut ja schon lange nicht mehr gesehen!" Vorwurfsvolle Blicke trafen ihn.
„Ich weiß es nicht", schickte Maximilian in Hilflosigkeit und Scham dagegen.
„Aber man hat immer gehört, wie er deinen Namen sprach. Und irgendetwas von 120 Gulden faselte. Und dass man ihn wie einen elenden Landstreicher behandelt hätte." In einer Mischung aus ehrlicher Besorgnis, neben leiser Neugierde, kniff die Schankwirtin ihre Augen halb zusammen.

Maximilian schwante und er meinte, ihm würden die Knie einknicken, und zwar nicht von der Last des betrunkenen Vaters. Um sich zu sammeln, ruhten seine Augen für einige Atemzüge auf den staubigen Holzdielen. Nachdem Festigkeit in seine Beine zurückgekehrt war, richtete er sich bestimmt auf. „Bitte vergeben Sie uns die Umstände, Frau Schattner. Ist die Zeche bezahlt?“ Er zog den halbwachen Vater fest an seine Seite und legte sich einen seiner Arme über die Schulter.
„Ja, ja“, winkte die Wirtin ab. „Ich weiß ja, wo er seinen Geldbeutel trägt. War genug Geld drin. Also dann, geh mit Gott und kümmere dich um deinen Vater. Ach so, hätte ich beinahe vergessen. Wenn Helmut das nächste Mal herkommt, soll er an die vier Dutzend von den Mittleren denken. Der Herbst steht ins Haus und die Tage werden kürzer...“ -
Kurz darauf bugsierte Maximilian seinen Vater durch Kreut in Richtung ihrer etwas außerhalb liegenden Behausung. Seine Beschämung über die Blicke, die ihn trafen, ertrug er im Wissen, dass sein Vater ganz offensichtlich seinetwegen in Neuburg gewesen war. Und dass er dort wohl gedemütigt wurde.

Tags darauf hatte Maximilian längst mit der Arbeit begonnen, als der Vater schweren Schrittes in die Werkstatt schlurfte.
„Vater“, ließ er alles aus seinen Händen fahren und eilte zu ihm. „Wo warst du gewesen? Etwa in Neuburg? Wegen mir? Und hat man dir dort angetan?!“
„Ach, mein Junge, es tut mir so unendlich leid.“ Unter einem Seufzen sackte der Vater halb in sich zusammen.
Schnell breitete Maximilian seine Arme aus. Er fing ihn auf und dabei durchfuhr ihn schmerzliche Herzenswärme. „Nein, nein“, wehrte er dessenthalben ab. „Mir tut es leid. Sag, was ist dir denn geschehen?“ Er dirigierte den Vater zu einer kleinen Holzbank und beide setzten sich.
„Oh, was habe ich Schädelweh“, fasste sich der Vater statt einer Antwort an den Kopf. „Und speiübel ist mir.“
Maximilian eilte nach einem Eimer, den der Vater unter schuldbewusstem Blick zwischen seine Knie klemmte. Trotz aller Betrübnis schlich sich ein kleines Lächeln in Maximilians Gesicht: Überraschend fühlte er sich in diesem Moment nicht mehr wie der kleine Junge, der sich in kindlichem Kummer des Vaters annimmt. Nein. Er fühlte sich wie ein Mann, der einem anderen Mann beizustehen vermag. Still setzte er sich wieder hin und wartete, bis der Vater seinen Brechreiz überwunden hatte.
„Diese verdammte Sauferei“, schickte der Vater brummend in den Eimer. „Ich wollte nicht mehr saufen. Schade um das Geld. Hätte ich besser sparen sollen. 120 Gulden...“
„Frau Schattner hat mir auch berichtet, dass du etwas von 120 Gulden erzählt hast. Was sind denn das nun für 120 Gulden?“

„So viel kostet eine Lehrstelle bei Neuburgs Stadtschneidern“, kam verbittert. „Dieses elende, überhebliche städtische Zunftgesindel! Geschieht ihnen recht, wenn die Handwerksleute auf dem Lande dagegen aufbegehren und eigene Gilden gründen!“ Ernste Blicke trafen Maximilian. „Nur leider weiß ich von keinem Schneider hier in unserer Gegend. Also, besser gesagt von keinem, der solche Gewänder anfertigen kann, wie jene, die du nähen willst.“
„Du warst in Neuburg!!“
„Ja. Leider umsonst. Ach, mein Junge, auch wenn es schwer für mich wäre, wenn du weggingst, so wollte ich dir trotzdem deinen Traum erfüllen.“
Resigniert sackten nun Vater und Sohn auf der Bank nebeneinander in sich zusammen. Nachdenkliches Schweigen kehrte ein.
„Aber wieso hat man dich als Landstreicher behandelt?“, fuhr Maximilian irgendwann auf.
Helmut war diese Frage ein Signal. Bis ins Kleinste redete er sich von der Seele. Maximilian hörte konzentriert zu und ungewollt ballten sich seine Hände zu Fäusten...

Schloss zu Neuburg an der Donau, Mitte September 1541

In einer Mischung aus Wehmut und Wonne schweifte Ottheinrichs Blick vom Dachgarten des nördlichen Schlossflügels aus über das weite Tal, dem die majestätisch dahinfließende Donau seinen unvergleichlichen Reiz verlieh. Ganz gleich, in welche Richtung er sich auch wandte, verzauberte ihn die Fernsicht. Am meisten jedoch liebte er das linke Donauufer mit seinen Hügeln, die einmal sanft, dann wieder steil in Tälern ausliefen. Dörfchen bekrönten so manche Hügelkuppe. Üppige Gärten, deren unzählige Obstbäume heimatliche Gaumenfreuden verhießen, wechselten in den Niederungen mit Feldern, welche die fleißigen Hände seiner ihm treu ergebenen Untertanen bestellten. Doch auch nackter Fels reckte sich hie und da in die Höhe und bot, zu seinen Füßen, Laubwäldern ein Dasein.
Malerische Schönheit der göttlichen Schöpfung bannte Ottheinrichs Kunstsinn in schweigsamer Stille und herrlich milder, frühherbstlich würziger Morgenluft.
Weindurst bemächtigte sich der fürstlichen Kehle, ausgelöst vom Anblick der allgegenwärtigen Weinstöcke an den besonders sonnenverwöhnten Hanglagen des jenseitigen Donauufers. Nur allzu gerne hätte er sich dem Genuss eines edlen Tröpfchens überlassen, aber das Nippen am Weinpokal in seiner Hand bescherte ihm ein Anderes. Ob des herb-sauren Geschmacks nämlich, der ihn aus seiner Schwelgerei hinwegholte, verzog es ihm das Gesicht. Wohl spürte er die Energie des Sonnenlichtes, fleißig

aufgenommen vom Laub der Rebe, deren Wurzeln die Kraft des Heimatbodens hinzumischten. Wohl anerkannte er auch die unermüdliche Arbeit derer, die die Weinlagen hegten und pflegten, die die Trauben ernteten und daraus den Wein sorgsam kelterten. Trotzdem schnüffelte er mit verhaltener Erquickung nach dem Bouquet des *Weißen Elbling* der Weingärtler vom *Hörnleinberg*. Mit diesem Rebsaft müsste er sich aller Wahrscheinlichkeit nach künftig zufriedengeben, anstatt sich von den Aromen der Weine südlicherer Gefilde verwöhnen zu lassen. Die Realität bemächtigte sich seiner, auch deshalb, weil erste Baustellengeräusche zu ihm schallten:

Direkt, nachdem der Nordflügel, auf dessen Dach er sich soeben befand, nach vierjähriger Bauzeit fertiggestellt war, hatte er ein weiteres Bauvorhaben begonnen. Bloß, wann er dieses beenden könnte, in dem Ausmaße seiner kühnen Vorstellung, stand momentan in den Sternen. Der Nordflügel nämlich hatte Unsummen verschlungen. Dessen ungeachtet war er nicht gewillt gewesen, an irgendeiner Stelle zu sparen: Wie in Enthusiasmus angegangen, war der Hang, den man seit Römerzeiten lediglich als Auffahrt zum Stadtberg genutzt hatte, mit einem kompakten neuen Schlossflügel bebaut worden. Der frühere Zuweg bestand noch, allerdings als Durchfahrt durch ein mächtiges Stadttor mit angeschlossenen Kellergefilden. Darüber türmten sich mehrere Geschosse: Im Erdgeschoss frönte er der Badelust, sogar mit fließendem Wasser. Als Basis künftigen Komforts hatte er selbstredend auch einen Wasserturm errichten lassen. Ein am Südufer der Donau liegendes Pumpwerk, über ein Wasserrad angetrieben und an ein Rohrsystem angeschlossen, befüllte ihn mit Wasser aus einer ergiebigen Quelle.

Die weiteren drei Obergeschosse beherbergten im Wesentlichen jeweils einen Saal, ein Gemach und eine beheizbare Stube. Der Saal des ersten Stockwerks war der prächtigste. Zwei mächtige Steinsäulen, in meisterlicher Steinmetzkunst behauen, stützten, und aufwändiges Getäfel aus edlem Holz verzierte diese Prunkhalle. Dazu gab es einen erhöhten Erker, der mit Fresken und einem fürstlichen Thronbaldachin ausgeschmückt war. Diesen Saal nutzte er als repräsentativen Versammlungsort für Angelegenheiten höchsten Ranges. Der Saal des darüberliegenden Geschosses diente gleichen Zwecken, vorrangig in der ungemütlichen Jahreszeit, wegen seines wohnlicheren Holzfußbodens. Daneben war ein reizvolles Appartement eingerichtet, denn da bot sich der beste Ausblick auf die Weite der Donauauen. Man genoss diese Aussicht vom gemütlichen Sitzplatz eines Erkers aus, auch an kalten Tagen, weil es hier einen großen, offenen Kamin gab. Das prickelndste an diesem Wohnbereich war jedoch ein heimliches Gemach, das sich hinter einer Tür verbarg. Im dritten, dem obersten Geschoss, gab es sogar zwei dieser diskreten Zimmer.

Selbstredend flutete durch großzügige eckige, aber auch runde, in kostbarem Kalkstein eingefasste Fenster das Tageslicht nach drinnen und die hofseitige Fassade war durch Loggien begehbar. Einzig eine Innentreppe fehlte. In althergebrachter Weise betrat man den gesamten Schlossflügel über eine Wendeltreppe in einem angesetzten Schneckenturm.
Das Krönende dieses Gebäudetrakts war jedoch der Dachgarten. Seine starken Sehnsüchte nach südlichem Flair stillte er dort, obschon das heimische Wetter diese Genüsse schmälerte. Dennoch ließ er eisern nicht davon ab, sich damit daran zu erinnern, dass in seinen Adern welsches Blut floss. Vererbt aus der väterlichen Pfälzer Linie, war Matilda di Savoia-Acaia seine Ururgroßmutter. Seine Urgroßmutter, Margherita di Savoia, entstammte sogar der Hauptlinie des Hauses Savoyen... Aufwendig gestaltete sich die Pflege des Gartens mit den unzähligen, in Terrakotta getopften mediterranen Duftpflanzen, trotz der Tatsache, dass die Wasserleitungen aus dem Wasserturm bis nach hier oben reichten. *Wieviel Luxus er sich auf lange Sicht hin wohl noch erlauben dürfte??* Ottheinrichs Blicke wanderten gen Westen, hin zur neuerlichen, lärmverbreitenden Baustelle: Ein weiterer Schlossflügel war hier im Entstehen, anstelle der uralten Stadtmauer mit ihrem unzeitgemäßen Trockengraben. Der Stadt zugewandt, hörte er schon den Hall von Hufschlägen in einer herrschaftlichen Durchfahrt in den Schlosshof, deren baldigen Fertigstellung er erhoffte. Für die geplante Schlosskapelle jedenfalls hatte er im Zuge der Grundsteinlegung nicht nur eine Orgel in Auftrag gegeben. Auch ein rotmarmorner Altar war bereits bestellt... *Wenn nur das Geld nicht ausging!*
Unter einem tiefen Seufzer riss sich Ottheinrich aus der Idylle der Dachterrasse. Langsamen Schrittes, nicht ohne das Abtasten und Beschnüffeln der diversen Duftpflanzen, machte er sich auf, um seine engsten Freunde und höchsten Beamten zu treffen.

Wie vermutet, empfingen ihn drei besorgte Mienen. Zuerst die von Gabriel Arnold zu Rohrenfels, der bereits seit 24 Jahren sein uneingeschränktes Vertrauen besaß. Anfangs ein fähiger Sekretär der Pfalz-Neuburgischen Kanzlei, hatte er ihn 1523 zum Rentmeister ernannt. Seither war er derjenige, der als Einziger den Gesamtüberblick über die Finanzen im Fürstentum besaß. Und er war auch derjenige, der ihm zumeist die notwendigen Kreditgeschäfte ankurbelte.
Auch das Gesicht seines Kammermeisters Vinzenz Prechtl schien von dunklen Wolken überzogen. Er hatte seit 1538 den Vorsitz der Landesfürstlichen Rechenkammer inne und zu seinen vorrangigen Aufgaben gehörte die Verwaltung der herzoglichen Ausgaben.
Darauf, dass Jörg von Heideck nicht lachen würde, hätte Ottheinrich bedenkenlos mit höchstem Einsatz gewettet. Dieser Edelfreie, dessen Urahnen Kaiser Friedrich I. Barbarossa einst auf seinem Kreuzzug beglei-

teten, stand ihm seit 1535 als Hofmeister und Hofrichter zu Diensten. Jene hohe Amtsbefugnis spannte er sogar so weit, dass er sich selbst in Zeiten der Abwesenheit von ihm vertreten ließ.

„Nun, meine Getreuen, mit welchen Lasten trübt mein lieber Bruder Philipp Eure Blicke?“ Ottheinrich nahm auf einem der wuchtigen Lehnstühle Platz, die in seiner persönlichen Schreibstube um einen ebensolchen Tisch gruppiert waren. Auf seinen Wink, sich ebenso zu setzen, folgte allerdings niemand. Stattdessen wurden emsig allerlei Schriften entrollt und Rechnungsbücher aufgeschlagen. - Ottheinrich seufzte. Schließlich wusste er, was ihn erwartete. Er hatte es bislang nur von sich geschoben: Von Anfang an war er gegen Philipps Bestrebungen gewesen, ihr ohnehin viel zu kleines Fürstentum zu teilen. Vor allem wegen der seit jeher bedenklichen Finanzlage. In seiner Bruderliebe hatte er es jedoch nicht geschafft, Philipps Drängen auf Souveränität einen Riegel vorzuschieben. So teilte man also am 04. Januar 1535. Und in diesem Frühling, nur sechs Jahre nach der Spaltung, konnte er dem reumütigen, todunglücklichen Bruder wiederum nicht abschlagen, auch der Beendigung jener unsäglichen Nutzungsteilung zuzustimmen. Eilig hatte er sich im April, vor dem Aufbruch zum Regensburger Reichstag, Philipps Schuldenregister und Besoldungsverzeichnisse übergeben und einen Vertrag zur Wiedervereinigung der zwei Landesteile fertigen lassen. Keinen Moment hatte er an die Folgen der Schuldenlast gedacht, die damit auf ihn zurollte. Vielmehr ließ er sich vom Schmerz darüber leiten, wie sehr Philipp unter seinem Scheitern und dem notwendigen Verzicht auf all seine landesherrlichen Rechte litt. - Doch nun war es allerhöchste Zeit, sich der Konsequenzen seiner tiefen Bruderliebe zu stellen, um nicht selbst im Bankrott zu enden.

Respektvoll hatten Ottheinrichs höchste Hofbeamte das Ende seines gedanklichen Resümees abgewartet. Auf sein Nicken hin begann Gabriel Arnold als erster zu sprechen. „Gemäß dem Vertrag vom 04. April diesen Jahres habt Ihr *vierhundertundachttausendfünfhunderteinundsechzig* Gulden an reinen Schulden aus dem Burglengenfelder Landesteil übernommen, mein Fürst.“

„Vierhundert-und-was? Bitte, wiederhole er sich, grausamer Rentmeister Arnold zu Rohrenfels.“ Ottheinrich, der seine engsten Vertrauten sonst nicht auf diese Weise anredete, versuchte sich an trockenem Humor.

Gabriel Arnold, anstatt sich in Worten zu wiederholen, ging mit einem offenen Rechnungsbuch zu Ottheinrich und wies ihm die Endsumme des Schuldenregisters. *408.561 Gulden.* - Ottheinrich neigte sich über das zugeschobene Dokument. „Und wo finde ich die Einnahmen?“, hob er seinen Kopf und drehte die Augen in Arnolds Richtung.

„Hier“, rutschte ein Finger auf eine weitere Endziffer.

„Da hat er sich aber verrechnet“, lautete Ottheinrichs nüchterner Kom-

mentar auf die Tatsache, dass jener unvorstellbaren Schuldsumme kaum mehr als 7.000 Gulden an jährlichen Einnahmen gegenüberstanden.
„Nur allzu gerne hätte ich mich verrechnet." Gabriel Arnold verneigte sich leicht und entfernte sich mitsamt dem Rechnungsbuch.
„Und was meintet Ihr mit ‚reinen Schulden'?"
„Dies erläutert Euch der Kammermeister."
„Ungeachtet der Verpflichtungen aus Schuldverschreibungen und Verpfändungen verschlang die Burglengenfelder Hofhaltung allein bereits ein Drittel der Einnahmen." Auch Vinzenz Prechtl begann seine Ausführungen mit einer leichten Verbeugung. „Wenn ich Euch darlegen dürfte, weshalb ich..."
„Dessen erinnere ich mich", unterbrach Ottheinrich den Kammermeister brummig. „Was gibt es da noch darzulegen? Wir hatten vereinbart, dass meinem Bruder künftig ein Hofgefolge von vierzehn Personen zustehen soll." Mit Nachdruck stieß er die Luft aus seinen Lungen.
„Das stimmt", ließ Vinzenz Prechtl sich nicht beirren. „Aber ich muss Euch erinnern, dass der Hofverband dort 8 Räte, 8 Kanzleiangehörige, 10 Edelleute, 2 Edelknaben, 6 Ärzte, 2 Kirchendiener, 8 Chorsänger, 1 Bauschreiber, 7 Jäger nebst 8 Forstknechten, 5 Wächter und 3 Fuhrknechte umfasste. In der Silberkammer waren 12 Bedienstete beschäftigt, 7 im Marstall, in der Küche 11 und 6 im Keller. Dazu abgefunden werden mussten zusätzlich..."
„Genug!", fiel Ottheinrich, nun unwirsch, dem Kammermeister ins Wort. „Erspart mir weitere Einzelheiten! So noch nicht geschehen, beendet alle Verträge! Zahlt die Abfindungen und löst den Hof auf, so schnell es geht!"
Prechtl verneigte sich abermals. „Demnach trägt die Kasse des Fürstentums für Euren Bruder künftig ein Jahresgeld von 1.200 Gulden in bar neben Naturalien für einen vierzehnköpfigen Hofstaat."
„Ach, Philipp, Philipp", jammerte Ottheinrich gramvoll vor sich hin und nahm seinen Kopf zwischen die Hände. „Wie schmerzt mich dein Los!"
„Zehn Pferde gewährt ihm noch, lieber Prechtl", richtete er sich wieder auf. „Und macht ihm ein Geschenk von 5.000 Gulden."
Nun war es Vinzenz Prechtl, der die Luft aus seinen Lungen stieß. „Was darf ich vom Burglengenfelder Hausrat verwerten, mein Fürst?", rang er sich unter einem Blick zu Gabriel Arnold mühsam ab.
„Keinesfalls entzieht Ihr Philipp das silberne Tafelgeschirr. Selbstverständlich behält er auch seine Garderobe. Und vorerst auch die Harnische. Lasst ihm dazu ausreichend Teppiche und fürstliche Bettstatt. Falls er sich entscheidet, in Burglengenfeld zu bleiben. Denn mir wäre lieber, ihn in seinem Trübsinn hier in Neuburg zu beherbergen. Ich hätte da so einige Pläne, ihn auch künftig an der Landesherrschaft zu beteiligen. Was meint Ihr, verehrter Jörg von Heideck?"

„Nun, es ist Eure Entscheidung", antwortete Ottheinrichs Hofmeister, der sich bisher als stiller Zuhörer im Hintergrund gehalten hatte. „Was schwebt Euch vor?"
„Ich meine, es wäre doch ein Frevel, Burglengenfeld wieder Wald und Wölfen zu überlassen, nach Philipps Anstrengungen dort. Man denke nur an die Befestigung der Stadtmauern, der Tore, der Brücke über die Naab, vor allem der Straßen. Es wäre doch nur recht und billig, den investierten Geldern, die Neuburg nun abzutragen hat, Nutzen abzugewinnen, anstatt einen Abzug der Bevölkerung zu riskieren, nach dem Verlust der Anziehungskraft des fürstlichen Hofes. Kurz gesagt: Philipp soll, in unser beider Namen, Burglengenfeld die Stadtrechte verleihen."
„Ein trefflicher Vorschlag", äußerten Ottheinrichs Berater ungeteilte Zustimmung. „Ein Recht auf Wochenmarkt, florierender Handel, Zölle und Brückenzölle, Selbstverpflichtung einer Bürgerwehr..."
„Dies sei Philippens Geschenk zu seinem 39. Geburtstag im kommenden Jahr, was ich Euch also vorzubereiten bitte." Zufrieden lehnte sich Ottheinrich zurück. „Womit wir zu den Annehmlichkeiten dieses Tages kommen."
Die vorsichtige Aufbruchsstimmung, die sich eben auf den Gesichtern der drei Umstehenden hatte ablesen lassen, verpuffte. Zu gut kannten sie ihren Fürsten... Da man sich auch jetzt ungefragt einig war, startete man wie so oft den Versuch, Ottheinrichs kostspieligen ‚Annehmlichkeiten' entgegenzusteuern: „Bedenkt, dass Neuburgs Schultern nun die Last von insgesamt einer Million Gulden an Schuldverpflichtungen drückt. Sparsamkeit ist unabdingbar... obgleich fast nur noch ein Tropfen auf den heißen Stein..."
Ottheinrich grummelte trotzig. Seit seinem Regierungsantritt in 1522 trug man ihm auf, dass er zu sparen hätte. Er war sich dessen zwar bewusst, nur lag es jenseits seines Verständnisses, ökonomische Erwägungen in die Planung seiner persönlichen Vorstellungen und Wünsche einfließen zu lassen. *Schließlich war er ein Fürst der Landshut-Wittelsbacher Linie...*
„Beruft einen Ständetag ein", steuerte Jörg von Heideck der sich anspannenden Situation gegen. „Mehr denn je braucht Ihr die Hilfe Eurer Landstände. Ihr wisst, dass Euch Adel und Gemeinden zur Seite stehen, ebenso der Klerus, wenn auch nur teilweise. Doch dazu gilt es, die Probleme offenzulegen."
„Dringend offenzulegen", erlaubte sich der Kammermeister eine Nachbemerkung.
„Schon wieder einen Ständetag? Hatten wir nicht eben einen solchen?" Ottheinrich machte aus seinem Widerwillen gegenüber den ständischen Versammlungen keinen Hehl. Dort musste er sich denjenigen stellen, die sich eingetragener Rechte an Grundeigentum des Fürstentums erfreuten. Nicht nur lokale Herrschaftsbefugnis ging für diese Privilegierten damit

einher, die ihm selbst die Entscheidungsgewalt entzog. Vor allem aber hinderten ihn deren generelle Anrechte auf Mitbestimmung und Einflussnahme auf Landesangelegenheiten, versichert in diversen Freibriefen der bayerischen Herzöge und Könige bis hinauf zum Kaiser. Seit dem Jahr 1311 existierte die sogenannte ‚Ottonische Handfeste', und auch Ottheinrich musste sich ihr beugen.

„Mit Verlaub", gab Jörg von Heideck an, „die letzte Tagung der Stände liegt fast vier Jahre zurück. Auf den 10. Oktober 1537 hattet Ihr sie einberufen und ich erlaube mir, Euch zu erinnern, dass die Stände damals aus eigener Entscheidung eine Selbstbesteuerung beschlossen hatten. Seither fließt eine ständische Vermögensteuer in die Neuburgische Kasse."

„Oktober 1537?" Ottheinrich rieb sich seinen kupferroten, feingepflegten Kinnbart. „Nun, dann ruft mir einen Schreiber. Sofort will ich die Einberufungsformeln benennen. Wir wollen doch die Stände nicht zu lange darauf warten lassen, sich einer weiteren Selbstbesteuerung zu unterwerfen."

„Es ist bereits nach 8 Uhr, mein Fürst, die Kanzlei also geschlossen. Nach der Mittagsstunde, zur nächsten Öffnungszeit, lasse ich einen Sekretär rufen."

„Immer diese Beamten", beklagte sich Ottheinrich. Ihm reichte die Aussicht, sich bald einer Ständetagung ausgesetzt zu sehen. Demnach wollte er wenigstens die Erledigung der Einberufung, die ihm als Fürst oblag, schnell hinter sich bringen.

„Nennt mir ein Datum", beschwichtigte Gabriel Arnold. „Und so Ihr gedenkt, die übliche, allgemeine Einberufungsformel zu verwenden, lasse ich die Schreiben fertigen und Euch bleibt nur deren Unterzeichnung."

„Ja, ja,", stimmte Ottheinrich zu. „Schreibt etwas wie ‚Die Notdurft erfordert, mit unserer Landschaft davon zu reden und zu handeln.' Erinnert dazu an die in Erbhuldigung abgelegte Treuepflicht und nehmt das Datum der letzten Tagung."

„Also den 10. Oktober 1541?"

„So es denn sein muss."

„Mein Fürst", besänftigte auch Jörg von Heideck mit warmer Stimme und einem kleinen Lächeln. „Seid Euch der Zuneigung Eurer Stände sicher."

„Was Ihr Zuneigung nennt, nenne ich Bevormundung", widersprach Ottheinrich mit sauertöpfischem Gesicht und schob die Dokumente, die man ihm vordem zugeschoben hatte, mit Nachdruck beiseite. Seinen drei Beratern war dies das Signal, dass er für den heutigen Tag über keine weiteren Belange der höfischen Verwaltung zu sprechen wünschte. Jedenfalls nicht über jene, die sie als mit Verantwortung ausgestattete höchste Beamte in der prekären Finanzlage des Fürstentums eigentlich noch vor-

zubringen gedachten. Trotzdem nahmen sie die Schriftrollen und Rechnungsbücher in respektvollem Schweigen an sich, um sich anschließend zu verabschieden.
„Halt, halt!“, rief Ottheinrich aus und erhob sich aus seinem Lehnstuhl. „Wohin so eilig? Habt Ihr vergessen, dass Euer Fürst auch Angenehmes mit Euch besprechen wollte?“
Hof-, Rent- und Kammermeister tauschten ahnungsvolle Blicke, unterdessen sie Ottheinrichs Winken folgten und zu ihm zurückgingen.
„Bevor man Pfalz-Neuburg nachsagt, am Bettelstab zu schnitzen, gedenke ich ein Fest zu geben. Fröhlich zu sein nehme ich als Pflicht. Vor allem, wenn es meinen Liebsten schlecht geht, so wie jetzt. Mein treues Eheweib schaut aus trüben Augen, auch ist sie dünn und blass. Fast habe ich vergessen, wie sie lacht. Und noch größere Sorge bereiten mir Philippens Schwersinn und die Tatsache, dass ich ihn seit dem Reichstag in Regensburg nicht mehr gesehen habe und er auf meine Einladungen abweisend reagiert. Zu einem Fest wird er sicher kommen. Ein Schützenfest soll es sein, draußen in Grünau's Auwäldern.“
Schweres Ausatmen pumpte sich aus den Brustkörben dreier bekümmerter Männer.
„Wann soll dieses Fest stattfinden? Und in welchem Umfang?“, meldete sich wiederum der Hofmeister Jörg von Heideck zu Wort.
„Noch vor dem Ständetag“, antwortete Ottheinrich bestimmt. „Und der Umfang? Ich bitte Euch, fragt mich doch nicht so etwas! Wie hat Neuburg seit jeher seine Feste gefeiert?! Ordentlich sage ich!“
„Für ein derartiges Fest hat Neuburg aber kein Geld mehr.“ Jörg von Heideck antwortete zwar ebenso bestimmt, aber nicht, ohne sich mit Blicken die Zustimmung bei Rent- und Kammermeister einzuholen.
„Wäre es nicht besser, dieses Vorhaben auf dem Landtag als Tagesordnungspunkt vorzutragen?“, gab Vinzenz Prechtl vorsichtig und in der Hoffnung, dass Ottheinrich sich von derartigen Ausgaben abbringen ließe, zu bedenken. „Erhält man Zustimmung“, ergänzte er angesichts dessen unwilligen Blickes, „feiert man doch umso fröhlicher. Zudem könnte man die Stände zum Fest einladen, was der Zahlungswilligkeit vor allem des Adels und der alten Ritterstände sicher zuträgt.“
„Das glaube ich nicht, verehrter Prechtl“, hielt Gabriel Arnold entgegen. „Nicht in Neuburgs Lage. Mit den Burglengenfelder Schulden. Ich sehe uns schon auf dem Ständetag, um Entgegenkommen ringend. Kurzum. Blicken wir dem ins Auge: Auch wenn das Oberpfälzer Erbe mit Sicherheit unter vielen Ständischen bereits ein offenes Geheimnis sein dürfte, so gilt es, von ihnen dringendste Hilfe zu erbitten. Wer meint sich da geneigt, obenauf für ein Fest zu bezahlen? Bedenkt, wir haben keinen Fugger unter uns und für jeden Einzelnen wird es schmerzliche Einschnitte in die Haushaltplanung geben.“ Nach seinen Worten verneigte

sich Gabriel Arnold in tiefer Ehrerbietung vor Ottheinrich, um an dessen Einsicht zu appellieren.
„Wohl gesprochen, Gabriel." Auch Jörg von Heideck ließ eine tiefe Verbeugung folgen.
Vinzenz Prechtl gehörte noch nicht zu Ottheinrichs über Jahrzehnte fest verwachsenen Gefolgschaft. Demnach wagte er sich auch nicht, seinem Fürsten in Arnolds oder von Heidecks Weise zu widersprechen. Aber deren respektvoller und doch entschiedener Ehrerbietung schloss er sich schweigend an.
„Ich sehe mich überstimmt", grantelte Ottheinrich über die vor ihm noch immer geneigten Rücken seiner Getreuen hinweg. „So sei es denn. Kein Geld also für den Fürsten. Bleibt mir wieder nur die Privatschatulle", schob er in unüberhörbar bockigem Ton nach.
Gabriel Arnold war der erste, der sich aus seiner Verbeugung löste. „Auch diese wird, so wir das Geschenk von 5.000 Gulden an Euren Bruder ausgezahlt haben, kein Schützenfest mehr finanzieren können."
Das arge Schnaufen, mit dem Ottheinrich auf jene Feststellung reagierte, tangierte Gabriel Arnold in keinster Weise. Schließlich gab er nur an, was fortan unumgängliche Realität wäre, und er wusste wohl, dass Ottheinrich sich dessen ebenso bewusst war, wenn er sich auch nicht dementsprechend verhielt. - Noch nicht dementsprechend verhielt.
Für einen Moment füllte Spannung das Schreibzimmer... die Ottheinrichs Faustschlag auf den wuchtigen Schreibtisch zerteilte wie eine Schrotladung einen lästigen Krähenschwarm. „Und ich sage, ein Schützenfest!", donnerte er. „Meinetwegen ein letztes", milderte er seinen Ton jedoch sofort ab. „Aber dieses findet statt. Für meine Liebsten. Einmal noch möchte ich mich mit ihnen erfreuen. Und auch mit Euch, meine Getreuen. Wohl weiß ich Eure Treue und Sorge um Euren Fürsten und Pfalz-Neuburg zu schätzen. Doch vor dem Ständetag lasst uns alle feiern, als gäbe es keine Sorgen auf dieser Welt. Danach, so schwöre ich Euch, beuge ich mich dem, was mir vorgegeben wird." Ottheinrich erhob sich und ging auf seine drei Beamten zu. Nacheinander fasste er jeden bei den Schultern, um ihn fest zu drücken. Als er bei Gabriel Arnold angekommen war, raunte er ihm ins Ohr. „Geht zu Bonaventura zu Furtenbach*. Von ihm bekommt Ihr sicher Geld."
„*Mein Herr, Ihr schickt mich zum Wucherer?!*" Die Entrüstung über den Befehl, die augenblicklich aus Gabriels Mund sprudeln wollte, verbiss er sich hinter geschlossenen Lippen. -
Nachdem sich Arnold, von Heideck und Prechtl verabschiedet hatten, verspürte Ottheinrich, dass sich Sorgenschwere in ihm ausbreiten wollte. Bislang hatte er diese, so sie sich an ihn heranschlich, recht zügig und oft mit nur einer Handbewegung vertrieben. Nie bewilligte er derartigen Stimmungen Vorrang vor seiner unerschütterlichen Lebensfreude. Doch

jetzt spürte er eine dumpfe, ungekannte Vorahnung in sich aufkeimen. Deshalb war er fast froh, als es an der Tür klopfte und zwei Diener sein Schreibzimmer betraten: Der eine trug mühsam etwas großes, mit einem Tuch Verhängtes, was Ottheinrich wie ein geräumiger Vogelkäfig anmutete. Der andere Diener hatte es leichter. Er hielt lediglich ein kleines Silbertablett, auf dem ein gesiegeltes Schriftstück lag.

Neugierig trat Ottheinrich näher. „Was bringt man mir?"

„Eine Sendung aus Florenz, soeben hier eingetroffen", wurde sich verneigt.

„Aus Florenz. Aha. Sicher von Cosimo de Medici." Vorfreude bemächtigte sich Ottheinrichs. Genau richtig kam die südländische Ablenkung. Längst wartete er auf Antwort des toskanischen Herzogs, mit dem er schon seit Jahren intensiven Briefwechsel pflegte und Geschenke tauschte. Dieses Mal war es ein Harnisch des Augsburger Meisters Desiderius Kolman* gewesen, der seinen Weg gen Süden angetreten hatte. Rüstungen deutscher Meister galten seit dem Ende des vorigen Jahrhunderts als die besten der Zeit. Zuvor bestückten noch die Italiener, insbesondere die Mailänder, die herrschaftlichen Rüstkammern. Doch sie verloren jene Vorhand. Sie mussten sich der Konkurrenz von nördlich der Alpen beugen und sogar in welschen Landen liebäugelte man nun mit den Rüstungen der süddeutschen Plattnersippen. In höchsten Tönen hatte Cosimo deren Kunstfertigkeit gelobt und so fühlte sich Ottheinrich geehrt, ohne Umschweife und ohne an die Kosten zu denken, für den Medici ein Prachtstück in Auftrag zu geben: Einen schwarzen Reitharnisch hatte er fertigen lassen, edel glänzend, eine einzige Augenweide, die Haube mit drei goldenen Reifen verziert. Brust- und Rückenpanzer, Kragen sowie die Handschuhe trugen außen eine Vergoldung und innen eine ebenso schwarze Samteinfassung.

Deshalb kribbelte es in Ottheinrichs Händen und er wusste nicht, ob er zuerst das Tuch vom Käfig ziehen, oder den Brief öffnen sollte. Schlussendlich lüpfte er gespannt das Tuch... und so, wie er den Stoff zu Boden gleiten ließ, entglitten ihm enttäuscht seine Gesichtszüge: Im Käfig saß lediglich ein kleiner schwarzer Vogel. Kein prächtig-buntschillernder Papagei oder anderer Paradiesvogel, den er sich, angesichts des erwarteten Gegenwertes für den kostspieligen Harnisch, im kurzen Moment der Vorfreude eingebildet hatte. Cosimo de Medici wusste von Ottheinrichs Tiergarten und schon öfters hatte er ihm dafür den einen oder anderen erstaunlichen Exoten geschenkt. Der Florentiner nutzte seine überseeischen Handelsgeschäfte mit Venedig und seine Kontakte zu den Fuggern, die die ausgefallenen Mitbringsel über die Alpen bis nach Neuburg heranschafften.

Doch nun schien Cosimo die Neuburger Großzügigkeit eher mäßig anzuerkennen. *War etwa bis Florenz durchgedrungen, mit welchen negativen Unsummen sich Neuburg fortan zierte? Von der Jungen Pfalz künftig keine Prachtgeschenke mehr zu erwarten waren?? Die Freundschaft rein auf Materielles ausgerichtet?? Der miese Vogel eine beabsichtigte Schmähung, um den Kontakt zu beenden?!* Stehenden Fußes war Ottheinrich doppelt und dreifach sauer. Obgleich allein der Vogelkäfig unzweifelhaft von hohem Wert war, würdigte er den Vogel, der sein Köpfchen unter einem Flügel verborgen hatte, keines weiteren Blickes. Missmutig wies er den einen Diener an, den Vogelkäfig auf dem Tisch abzustellen. Vom anderen ließ er sich den Brief reichen. Danach schickte er seine Bediensteten hinaus.

Mit sich allein, setzte er sich zum Lesen an den Tisch. Er brach das schwere Siegel der Medici und vertiefte sich ins Latein, in dem sie kommunizierten.

Die flammenden Dankesworte Cosimo's besänftigten seinen Unmut. Als er zudem erfuhr, welches Geschenk man Neuburg zugedacht hatte, verfloss seine schlechte Laune: Passend zum schwarzglänzenden, eines Königs würdigem Harnisch hätte man keine Mühen gescheut, ein ebensolch königliches Geschenk zu ersinnen. Lange hätte man überlegt, womit man sich bedanken könnte, was auch die verspätete Rückantwort erklärte. Als dann die Entscheidung gefallen war, galt es, jenes Präsentes überhaupt habhaft zu werden. Auch dies kein leichtes Unterfangen, denn... man übersandte in allergrößter Freude einen höchst seltenen indischen Königsvogel[9]. So hoffe man, schloss der Brief, der deutsche, hochgeschätzte Fürst und Freund fände seine Erquickung an dem grazilen, königlichen Tier. Und dass sich dieses in deutschen Landen wohlfühle und seinen neuen Besitzer mit den allerschönsten Vogelgesängen beehre, von denen sich das Haus Medici für kurze Zeit habe verzaubern lassen...

Direkt beseelt behielt Ottheinrich den Brief in seinen Händen. Ohne zu lesen, bewunderte er die schwungvollen Lettern, gefolgt vom imposanten Siegel der Medici, mit dem der Brief zuvor verschlossen gewesen war. Fast bedauerte er, das Siegel so ungeduldig gebrochen und nun nur Reststücke davon zurückbehalten zu haben.

Ottheinrich erhob sich gedankenvoll von seinem Stuhl. Er ging zu einem Schrank und kam mit einer fein gearbeiteten Silberschatulle an den Tisch zurück. Einen letzten Moment noch besah er das florentinische Schriftstück. Dann schichtete er es zu den anderen in die Schatulle, um es dort, wie alle Briefe mit den welschen Landen, zu verwahren: *Wer konnte sich schon rühmen, mit den Großen Italiens freundschaftlich zu korrespondieren?* Nicht nur Cosimo de Medici, auch der Herzog von Ferrara, Ercole II. d'Este*, zählte seit einigen Jahren zu seinen Brieffreunden. Und Federico II. di Gonzaga*, Herzog von Mantua, war es ebenso gewesen. Sicher wäre er es noch, wenn er nicht im vergangenen Jahr so plötzlich verstorben wäre,

[9] lat. Dissemurus paradiseus

am 28. Juni 1540, genau einen Monat nach seinem letzten Brief. Ein Gemälde hatte er ihm darin versprochen, sein Porträt, gemalt vom großen Meister Tizian höchstpersönlich...
Als leidenschaftlicher Liebhaber auserwählter Gemälde war er über jenes Versprechen derart erfreut gewesen, dass er sich nicht scheute, in seinem Beileidsschreiben an die Statthalter Manuta's daran zu erinnern. Antwort bekam er von der Herzoginwitwe, Margherita Paleologa, Markgräfin des Monferrato. Sie ließ ihn mit der Übersendung des Kunstwerkes[10] wissen, wie sehr man ihn, den Neuburgischen Wittelsbacher, am Hofe der Gonzaga wertschätzte...
Nachdem die Schatulle wieder verstaut war, wandte sich Ottheinrich ein zweites Mal dem Vogelkäfig zu. Diesmal in ungeteilter Neugierde. Erst jetzt wurde ihm richtig bewusst, dass er nie zuvor einen derartigen Vogel gesehen hatte, obgleich dieser bewegungslos auf einem Stänglein saß, sein Köpfchen noch immer unter einem Flügel verborgen. So konnte er nur dessen Körper abwärts vom Kopf bewundern. Schlank war er, eben grazil, wie Cosimo treffend beschrieben hatte. Eine einzige, harmonisch fließende Silhouette aus herrlichem, in reinem tiefschwarz leuchtendem Gefieder zeichnete ihn aus. Vor allem zwei überlangen, hauchfeinen Federn verdankte der Vogel seine majestätische Ausstrahlung. Diese beiden Federn verlängerten den gegabelten Vogelschwanz gleich einer königlichen Schleppe nicht nur um ein mehrfaches. Als ob des Schmuckes noch nicht genug, endeten sie dazu in je einer nächsten Feder, die Ottheinrich an eine umgekehrte Pfeilspitze erinnerte.
Unbedingt wollte er nun auch das Vogelköpfchen besehen. Er begann, an den Stäben des Käfigs zu kratzen.
Tatsächlich schob das Vögelchen seinen Kopf unter dem Flügel hervor. Die Bewegung, mit der das Tier sich aufrichtete, war dermaßen anmutig, dass Ottheinrich, nachdem er auch das kleine schwarze Federkrönchen auf dem Vogelhaupt ausgemacht hatte, ausrief: „Potzblitz! Wie ein König!"
Seine Aufmerksamkeit war vollends gebannt. Spätestens jetzt waren alle negativen Gedanken, die er zuvor gegenüber Cosimo de Medici gehegt hatte, vergessen. Wieder kratzte er an den goldschillernden Stäben des Käfigs, um das Interesse des Vögelchens auf sich zu lenken. - Leider vergeblich. Still saß der Königsvogel auf der Stange. Sein Körper strahlte nun Traurigkeit aus, die für Ottheinrich herrschaftlicher Melancholie gleichkam. Mitleidige Herzenswärme erfasste ihn. Leise sprach der dem Vögelchen Tröstliches zu, doch die schwarzschimmernden Knopfäuglein

[10] Tizian malte dieses Gemälde „Portrait des Federico II. di Gonzaga", Datum 17. Juni 1539. Mit der Plünderung Neuburgs durch die Truppen Karls V. galt es als verschollen. Zuletzt wurde es 1931 öffentlich gesehen: Ein privater Sammler aus Pennsylvania ersteigerte es auf einer Kunstauktion.

behielten ihre trübsinnige Ausstrahlung. Im Endeffekt erreichte er nur, dass der Vogel einen kleinen Seufzer aus seinem Schnäblein entsandte, um dann das Köpfchen wieder unter einem Flügel zu verbergen. In seinem Bedauern überlegte Ottheinrich, wie er dem Tier etwas Gutes tun könne.

„Frische Luft! Bestimmt fehlt dir einfach nur frische Luft! Wer weiß, wie lange sie dich unter der muffigen Abdeckung haben ausharren lassen! Diese stümperhafte Dienerschaft! So einen Königlichen wie dich!" Sicher in seiner Erkenntnis, trug Ottheinrich eines von den holzgeschnitzten Tischchen, die sich an den Wänden aufreihten, in Fensternähe. Er stellte den Vogelkäfig darauf und öffnete ein Fenster.

„Piep, piep, piep", versuchte er, das Vogelköpfchen hervorzulocken. - Umsonst. „Tschilp, tschilp", lieferte auch keinerlei Ergebnis. Deshalb gab es für Ottheinrich nur noch eine Lösung: Körperkontakt. Ihn drängte, den ganz offensichtlich trauernden Vogel zu streicheln. So öffnete er das Gittertürchen des Käfigs, steckte eine Hand hinein...

...und ehe er es sich versah, war das Vögelchen ausgebüchst. Pfeilschnell hatte es seinen Kopf unter dem Flügel hervorgeholt, Ottheinrichs ausgestreckten Arm als Anlaufbahn benutzt und das offene Fenster im Fluge zielsicher angesteuert. Unter jubelndem Gezwitscher flatterte es in die Freiheit.

Für einige Flügelschläge verharrte das Vögelchen noch vorm Fenster. Es richtete seinen Blick auf den völlig verdatterten Ottheinrich, dass es dem schien, als verneige sich das Tier vor ihm. Dann jedoch wendete es behände und flog auf und davon.

Mit offenstehendem Mund sah Ottheinrich dem Ausreißer hinterher. Es dauerte einen Moment, bis er sich der Situation bewusst war, nämlich, dass das Vögelchen ihn an der Nase herumgeführt hatte. „Ausgetrickst, Ottheinrich", entfuhr ihm fassungslos. Nie ließ er sich austricksen. Normalerweise war er es, der andere zum Scherz austrickste.

Er trat ganz nah an das Fenster heran und lehnte sich hinaus. Suchend wanderten seine Augen umher, doch vom Vögelchen war nichts mehr zu sehen. Auch nach dem übermütigen Jubelgesang lauschte er vergeblich. Zwischen Trübsal und Verdrießlichkeit schwankend, hingen seine Augen am türkisblauen Himmel. Er sog von der frühherbstlichen Luft in seine Lungen, um dann das Fenster wieder zu schließen.

Am Donauufer in der Gegend um Kreut, Mitte September 1541

Auch diese schwere Arbeitswoche hatte Maximilian hinter sich gebracht und wie stets war er an seinem freien Tag zur Donau gelaufen. Soeben hatte er sein Bündel an verschmutzter Wäsche entrollt, die einzelnen Stücke ins Flusswasser eingetaucht und mit Steinen beschwert. Dabei

sprach er mit dem Fluss wie mit einer Mutter, die ihm seine Kleidung wusch.
„*Bald*“, resümierte er anschließend, über die glitschigen Steine im Flussbett an das Ufer zurückbalancierend, „*ist es vorbei mit den lauen Sonntagen im Freien. Bald gibt es Regen und Morast und kalte Füße und Schniefnasen.*“ Noch konnte er mildes Herbstwetter genießen, wenngleich die Sonnenstunden spärlicher wurden. Aber jene wertvollen Tage flogen nur so dahin und bereiteten nasskaltem, ungemütlichem Wetter den Weg. Viele trübe und nebelige Sonntage würden folgen, die er frierend in seiner Dachkammer zubrachte. - Maximilian schalt sich für seine schweren Gedanken: Jenes herrliche, sonnige Herbstwetter war ein Glück und er vermeinte zu sündigen, wenn er dieses nicht in Dankbarkeit genoss. Zudem ihn die ersten Herbstfarben nur so überschütteten. Wo er auch hinblickte, leuchtete es buntgolden. Vor allem die Rebstöcke am gegenüberliegenden Donauufer waren eine einzige Augenweide.
So machte er es sich auf der Uferwiese bequem. Er nahm seine Filzkappe ab, legte sich hin und streckte sich wohlig in die Länge. Hernach richtete er sich die Kappe als Kissen zurecht, verschränkte die Arme hinter dem Kopf und blinzelte in die Sonne. Jegliche seelische Last fiel von ihm ab, denn das leise Flussrauschen nahm sie mit sich. Ebenso umfächelte ihn ein sanfter Wind, der die würzigen Düfte der Natur in der Landschaft verteilte. Selbstredend war auch der unsichtbare Konzertmeister zur Stelle, um nach himmlischem Notenblatt die mannigfaltigen Geräusche des Naturreiches zu einem sonntäglichen Ohrenschmaus zu harmonisieren.
Wohlvertraut war Maximilian dieses Ambiente. Mit geschlossenen Augen überließ er Ohren und Nase jene Sinnesfreuden. In seiner schlichten Lebensweise empfand er sie als Geschenk, das er bar jeglicher Zurückhaltung für sich vereinnahmte. Aus diesem Grund gelang es nicht einmal seinen Seelenpeinigern, ihn mit der Hoffnungslosigkeit zu malträtieren, dass sein Traum von einer Schneiderlehre in Neuburg wohl nie in Erfüllung gehen, und er bei debleiben würde, wohin das Schicksal ihn hineingeboren hatte. Nämlich in das Dasein eines schlichten Lichtziehers.
Für einige Zeit lauschte und schnüffelte Maximilian. Dann jedoch erlag er der ihn verwöhnenden Sphäre. Eben, dass er sich sein verschlissenes Wams noch zurechtzupfte, schlummerte er ein. -
Lautes Vogelgeschrei holte ihn irgendwann unsanft aus dem Schlaf. In einem Durcheinander aus hässlichem Gekrächze und heftigem Gezwitscher schallte es aus Flussrichtung zu ihm.
Dermaßen tief, wie er eingeschlafen war, dauerte es einen Moment, bis Maximilian sich zurechtfand. Aber, als er realisierte, was unweit von ihm in den Lüften geschah, war er hellwach: Mehrere Krähen hackten auf einen kleinen schwarzen Vogel ein, der verzweifelt versuchte, seinen

Angreifern zu entkommen. Doch gegen deren Übermacht blieb ihm keine Chance. Eisern wurde er umringt und mit hackenden Schnäbeln bis aufs Blut attackiert. Demzufolge brauchte es nicht lange, bis seine Hilfeschreie abebbten und sein Flügelschlagen aufhörte. Wie ein Stein fiel er aus dem Kreis der Krähen nach unten. Direkt ins Wasser der Donau.

Maximilian beobachtete das für ihn ungewöhnlich grausame Szenario zuerst unbeweglich. Die ungelenken Flügelschläge, mit denen das Vöglein um sein Leben kämpfte, indem es versuchte, sich auf der Wasseroberfläche zu halten, mobilisierten ihn jedoch. Ohne einen Gedanken der Vorsicht sprang er auf. Schon im Rennen warf er sein Wams von sich, und wenige gehetzte Sprünge später stürzte er sich in die Fluten. Er schwamm aus vollen Kräften, nur Blicke für das Vögelchen, das von der Strömung zügig abgetrieben wurde. Dabei betete er inbrünstig, dass er das Tier erreichen könne, ehe es unter Wasser geriet.

Wenige Meter vor seinem Ziel, fast schon seine Hand danach ausgestreckt, ging der Vogel mit einem jammervollen Zwitschern unter. Jenen Sterbenslaut hörte Maximilian noch. Aber daraufhin versank auch er. Untergetaucht, öffnete er eilig seine Augen. Hochkonzentriert suchte er im grünlich-trüben Wasser nach dem kleinen Körper. - Er entdeckte ihn... tauchte ihm wild hinterher... fasste nach ihm... und hatte ihn sicher in der Hand.

Mit dem letzten Sauerstoff in seinen Lungen packte er das Vöglein unter sein Hemd, hernach schwamm er eiligst zurück an die Wasserfläche. Dort schöpfte er den dringend nötigen frischen Atem und beeilte sich, ans Ufer zurückzugelangen.

Sofort, als er trockenen Boden unter den Füßen spürte, holte er das schwerverletzte Vöglein hervor. Behutsam bettete er es auf die Wiese, wobei ihm klar wurde, dass er einen Vogel dieser Art noch nie gesehen hatte. Blutüberströmt und mit durchnässtem Federkleid ruhte er vor ihm, bar jeder Regung.

Maximilian erfasste tiefes Mitleid, das ihn auf die Knie sinken ließ. Spontan faltete er die Hände zum Gebet, besann sich aber eines Anderen. Anstatt ein Totengebet zu sprechen, streiften seine Hände über das zermarterte Gefieder. Leise Worte lösten sich von seinen Lippen. „Nicht sterben, Vögelchen. Und hab auch keine Angst. Du bist jetzt in Sicherheit. Du musst nur atmen und deine Augen öffnen."

Maximilians Flehen wurde erhört. Anfangs fühlten seine vorsichtig streichelnden Finger, wie sich der kleine Leib regte, woraufhin sich sogar die Äuglein öffneten. Für einen Wimpernschlag wähnte er sich angeschaut. Dann jedoch fielen die winzigen Augenlider wieder zu. Auch der Körper des Vogels erschlaffte, ganz so, als ob nun doch alles Leben aus ihm wich.

„Nein, nein, nein!", rief Maximilian aus im Gefühl der Angst, er müsse

den Vogel sterben sehen. „Du brauchst Hilfe! Wer..., wer kann dir bloß helfen?!“ Fast panisch rappelte er sich auf, eilte über die Uferwiese und suchte nach seiner Filzkappe. Fündig geworden, rannte er damit zurück zum Vögelchen und bettete es hinein. Danach hetzte er noch einmal ans Flussufer, um dort seine nassen Kleidungsstücke unter den Steinen hervorzuholen und sie zu einem Knäuel zu winden. Mit dem triefenden Bündel auf den Armen eilte er zum Vögelchen. Er schichtete das behelfsmäßige Nest obenauf und rannte los.
Wohin er wollte, wusste er zunächst nicht. Doch im Rennen kam ihm die rettende Idee. *Die alte Kräuter-Agnes! Die würde bestimmt helfen! Wenn nur das Vögelchen noch nicht gestorben wäre!*
Schneller als zuvor trugen Maximilians Füße ihn nicht nach Kreut, sondern in ein etwas abseits liegendes Waldstück unweit des großen Moorgebietes, das sich seinem Heimatdorf nordöstlich anschloss. Sein Verlangen, nach dem Vögelchen zu sehen, unterdrückte er. *Nur keine Sekunde verlieren!*
Kaum, dass er im Wald in Sichtweite einer geduckten Hütte angekommen war, begann er laut zu rufen. „Kräuter-Agnes! Kräuter-Agnes! Ich brauche Hilfe!!“
Maximilian fiel ein Stein vom Herzen, als er die Alte auf seine Schreie hin aus ihrer Behausung kommen sah. Umringt von einigem gackerndem und schnatterndem Federvieh verharrte sie abwartend vor der Haustüre.
„Warum plärrst du denn so, Bengel?“, empfing sie ihn in Seelenruhe. „Machst mir ja die Hühner scheu. Putt, putt, putt.“
„Ich habe einen Vogel!!“, flehte er und japste nach Atem.
„Geb ich dir recht. So wie du rumrennst.“
„Einen verletzten! Bitte, hilf mir, Kräuter-Agnes!“ Ungeachtet der trockenen Bemerkung streckte Maximilian seine mit dem nassen Wäschebündel beladenen Arme aus, um die Filzkappe vorzuzeigen.
Als der Alten klargeworden war, weswegen Maximilian sie anflehte, verwischte sie ihr allgegenwärtiges Misstrauen, welches sie sich angewöhnt hatte: Auch wenn sie jetzt alt war und es eine Ewigkeit zurücklag, dass man sie wegen ihrer Heilkünste der Hexerei bezichtigt und aus ihrem Dorf vertrieben hatte, lief sie tagtäglich Gefahr, doch noch auf dem Scheiterhaufen zu enden. Oder einem Gottesurteil unterzogen zu werden. Dumm und verblendet wie die Menschen zumeist waren... Aber jetzt würde sie bedenkenlos helfen. Zudem sie den Jüngling mit dem ungewöhnlich schönen Haar nicht nur kannte. Obendrein stand er tropfnass, doppelt aufgelöst von Wasser und Aufregung, vor ihr. Sein Haar hing in Strähnen, von denen sich Rinnsale den Weg in sein Gesicht suchten. Seine zerlumpte Kleidung klebte klitschnass an seinem Körper. Ohne Umschweife fasste sie also nach der Filzkappe, ging zurück in die Hütte, und winkte Maximilian, ihr zu folgen. -

Ganz behutsam nahm Agnes das Vögelchen aus der Kappe. Für einen Moment hielt sie es in ihren Händen, während ihre Finger das blutbesudelte Federkleid durchstreiften. Eingehend beäugte sie den geschundenen, schlaffen Körper mit seinem hängenden Köpfchen und führte ihn nah an ihr Gesicht. Anschließend ging sie zur Herdstelle, in der ein Feuerchen züngelte. Dort, am Rande der Heizquelle, raffte sie mit einer Hand einen Lappen, um dann das Vögelchen daraufzulegen.

„Lebt er noch?“, fragte Maximilian mit banger Stimme. „Du willst ihn jetzt doch nicht verbrennen? Gib ihn mir wieder! Ich werde ihn begraben!“ Augenblicklich verunsichert vom Tun der Greisin, versuchte er, sich dem Vogel zu nähern, um ihn an sich zu nehmen.

Agnes vertrat ihm den Weg. „Was bist du ungestüm, Bursche! Lass eine alte Frau ihr Werk tun! Oder scher dich weg! Und zwar ohne sie!“

„Sie?“ Widerstandslos ließ sich Maximilian maßregeln. Er wich einige Schritte zurück. Dabei wischte er sich das Gesicht, in das durch seine heftige Bewegung wieder Wasser gelaufen war, am Ärmel trocken. Aus großen Augen starrte er zu Agnes.

„Ja, sie. Und sie lebt. Also noch. Wenn du sie begräbst, dann nicht mehr. Ungeduldige Jugend!“ Agnes‘ Strenge war nur vorgeschoben. Sie spürte deutlich Maximilians ehrliche Anteilnahme am Schicksal des Vögelchens. Daher sprach sie sanft weiter, unterdessen sie begann, in allerlei Kräutertöpfchen herumzusuchen. „Geh nach draußen“, wies sie auf einen hölzernen Eimer. „Hole frisches Wasser. Ich werde einige Heilkräuter auskochen.“

Beim Schöpfen des Wassers aus dem Brunnen wurde Maximilian bewusst, wie trocken seine Kehle war. Er erlaubte sich einen ausgiebigen Schluck. Erfrischt spurtete er mit dem vollen Eimer zurück in die Hütte. Agnes hatte derweil diverse Kräuter in einen Tiegel gemengt, den sie jetzt mit dem Frischwasser auffüllte und über das Herdfeuer richtete.

„Soll ich das Feuer schüren?“ In gleicher Weise, in der sich Maximilians Aufregung legte, spürte er seine durchnässte Kleidung. Er begann zu frösteln und heischte nach Wärme, die von dem kaum glimmenden Herdfeuer nur spärlich ausging.

„Freilich. Tu das, mein Junge. Schließlich muss der Sud kochen. Aber achte auf das Vögelchen“, entgegnete Agnes mütterlich. „Dann hole dir den Schemel dort, setze dich und erzähle mir, wie du zu dem Tier gekommen bist.“ Behutsam schob Maximilian einige Holzscheite in die Glut und rückte sich den ihm gewiesenen Hocker zurecht. Unterdessen er seine nassen Haarsträhnen zum Trocknen auseinanderzupfte, berichtete er haarklein, was sich an der Donau zugetragen hatte. Agnes hörte aufmerksam zu. Dabei wiegte sie sinnend ihren Kopf und rührte im langsam aufköchelnden Kräutersud.

„Du hast ihn also nicht gestohlen, um ihn zu verkaufen“, resümierte sie.

„Aber nein!“, wehrte Maximilian ab. Keine Sekunde hatte er an etwas derartiges gedacht.
„Was willst du dann mit dem Tier tun? Es in einen Käfig sperren?“ Agnes bohrte weiter.
„Was fragst du mich?“, wurde Maximilian leicht unwirsch. „Ich weiß nicht, was ich mit dem Vogel soll. Er gehört mir doch gar nicht. Ich wollte ihn nur retten.“
Agnes schickte ihm einen prüfenden Blick aus halb zusammengekniffenen Augen und murmelte etwas vor sich hin, was Maximilian nicht verstand. Aber er mutmaßte, dass der Kräutersud wohl fertig wäre, denn zeitgleich nahm die Alte den Tiegel vom Feuer. Hernach schlurfte sie durch die halbdunkle Hütte und kam mit sauberen Tüchern an den Herd zurück. „Hilf mir jetzt“, befahl sie knapp. „Hast du saubere Finger?“ Maximilians Hände wurden kontrolliert und für sauber befunden. Anschließend bekam er den Rührlöffel und die Stoffstücke zugeschoben. „Du tunkst die Tücher in den Sud und wringst sie aus. Dann gibst du mir eines nach dem anderen, immer, wenn ich es dir sage.“
Maximilian stand auf und wollte der Anweisung folgen, doch sofort hatte er sich am kochendheißen Sud verbrüht. „Das ist zu heiß“, jammerte er und blies an seine Finger.
„Das ist nicht zu heiß“, entgegnete Agnes trocken. „Das muss so heiß sein. Also tu, was ich dir auftrage.“
Maximilian überwand sich. Mit zusammengebissenen Zähnen fasste er ein Stoffstück, tunkte es mithilfe des Rührlöffels in den Sud, um es auf diese Weise wieder herauszufischen. Er erlaubte sich, das Tuch einen kleinen Moment an der Luft zu wedeln, dann packte er entschlossen zu und wrang es aus. Schlussendlich reichte er es der Alten, die damit das Federkleid des Vögelchens von Blut und Schmutz befreite.
„Sauberkeit ist oberstes Gebot“, kommentierte Agnes, unterdessen sie von Maximilian ein Tuch nach dem anderen begehrte.
Nach Beendigung dieser Prozedur öffnete das bisher teilnahmslos liegende Vögelchen seine Äuglein und gab sogar einen kleinen Schnaufer von sich. Maximilian jubilierte innerlich. Sein Glücksschauer, der ihn durchfuhr, ließ seine Augen aufleuchten.
Agnes bemerkte es. Auch sie freute sich. Nicht nur wegen des Vögelchens, das wahrscheinlich überleben würde. - Der emotionale Jüngling war ihr eine Herzerbauung. Stimmlos murmelte sie einen Dank vor sich hin. Maximilian jedoch bremste sie, wiederum mit vorgeschobener Strenge. „Nicht zu früh gefreut, Junge. Noch lauert der Sensenmann auf den Vogel. Jetzt heißt es erst einmal, ihn aufzupäppeln.“ Erneut maß sie Maximilian mit ernstem Blick. „Und das wird deine Aufgabe sein.“
Agnes ruppiger Ton konnte Maximilians Überschwang nicht schmälern. Freudig signalisierte er mit einem Kopfnicken seine Zustimmung.

„Trägst du eventuell einen Brustbeutel? Unter deinen klitschnassen Sachen? Willst du die nicht mal ausziehen? Den Moment kann der Vogel warten. Oder willst du dir das Fieber holen?“
„Nein.“
„Also was jetzt? Nein? Geht es ein bisschen deutlicher?“ Agnes zerrte an Maximilians Hemd. „Ausziehen!“, befahl sie. „Hemd und Hose! Wirst ja wohl eine Bruche drunter tragen. Die behältst du an. Die trocknet an deiner Haut.“ Damit ging sie erneut durch ihre Hütte, kramend, einmal hier und einmal dort.
Als sie zu Maximilian zurückkam, hatte er sich bis auf die Unterhose ausgezogen. Sie griff nach seiner nassen Kleidung, die er etwas unbeholfen in den Händen hielt, und reichte ihm dafür einen kleinen Stoffbeutel und ein Lederriemchen. „Bau dir einen Brustbeutel“, erklärte sie und drückte ihn zurück auf den Schemel.
Maximilian bastelte und Agnes hängte seine Kleidung zum Trocknen auf. Fragenden Blickes präsentierte er sein Werk.
Als Antwort streifte ihm Agnes das Lederbändchen über den Kopf und richtete das Beutelchen an sein Herz. Anschließend widmete sie sich erneut dem Vogel, der seine Augen wie zuvor geschlossen hielt. Unter beruhigenden Worten wickelte sie ihn ganz behutsam in ein trockenes Tuch. Nur den Kopf konnte man noch von ihm sehen.
„Jetzt stecken wir den Pechvogel da hinein.“ Agnes stand vor Maximilian, der den Brustbeutel lüpfte.
Kurz darauf stak der Vogel darin, wobei auch Maximilian sorgsam darauf achtete, dass das Vogelköpfchen herausschaute. „Richtig so?“
„Genau richtig.“ Agnes ließ von ihrer Strenge ab. Sie fasste nach Maximilians Händen. Eine davon dirigierte sie unter das Beutelchen. Wie in einer Schale ruhte es nun in Maximilians Handteller. Die andere Hand legte sie ihm so zurecht, damit das eingepackte Vögelchen gleich einem Säugling behütet an seinem Herzen ruhte.
Sie trat einen halben Schritt zurück und bedachte Maximilian, aber auch den Vogel, mit einem mütterlichen Blick. Dann streichelte sie beiden über den Kopf. Dem Vögelchen mit einem Finger. Maximilian dagegen mehrmals mit der ganzen Hand.
„Hat er, äh, ich meine sie, also, hat sie nicht Durst?“, sah Maximilian bewegt zu ihr auf.
„Bestimmt hat sie das. Halte sie schön warm bei dir. Ich koche inzwischen ein paar andere Kräuter aus und den Sud flößt du ihr dann ein.“
Maximilian nickte ganz vorsichtig. „Armes Vöglein“, stützte er das kraftlos hängende Köpfchen. Ungekannt fürsorgliche Gefühle erwachten in ihm. Innig spürten seine Sinne nach dem hilflosen Wesen.
„Hast du einen Namen für sie?“, schickte Agnes eine Frage über ihre Schulter.

„Nein", kam in seliger Gedankenverlorenheit zurück.
„Aber jeder braucht einen Namen. Auch deine neue Freundin."
„Meinst du, sie wird meine Freundin??"
„Nun, wenn sie überlebt und du sie gesundpflegst, dann trägst du die Verantwortung für sie. Es sei denn, du setzt sie wieder den Krähen aus."
Maximilian sah kurz zu Agnes. Er begann zu überlegen, während sie weitersprach. „Ich weiß nicht, was für ein Vogel das ist. Aber eines ist sicher. Es ist ein Fremdling. Deshalb haben die Krähen angegriffen. Und sie werden es wieder tun. Was bedeutet, dass die Freiheit dieses Vogels mit seinem Todesurteil einhergeht." Agnes zog den Tiegel mit dem fertig gekochten Sud von der Feuerstelle. „Muss noch abkühlen", kommentierte sie und wandte sich Maximilian zu. „Nimm dich seiner an und du hast einen Gefährten, vielleicht für dein ganzes Leben."
„Eine Gefährtin", verbesserte Maximilian sinnend. „Meinst du wirklich? Fürs ganze Leben? Wird denn ein Vogel so alt?"
„Na ja. Ein Spatz eher nicht. Aber ich weiß von fremdartigen Vögeln, die viel älter als Menschen werden können. Papageien nennt man sie. Gaukler verdienen mit ihnen ihr Geld und manche Fürsten vergnügen sich damit."
„Gaukler und Fürsten? Das würde ja bedeuten, dass ich sie wieder verliere, wenn sie jemand bei mir findet." Maximilians Worte klangen ängstlich.
„Du sagst es", steuerte Agnes entschieden dagegen. „WENN sie jemand bei dir findet. Also achte gut auf sie, was dein Vorgänger, wer er auch immer ist, ganz offensichtlich nicht getan hat. Und nun gibst du ihr zu trinken." Agnes rührte kräftig im Kräutersud und prüfte mit einem Finger dessen Temperatur. Danach sortierte sie ein schmales, glattes Hölzchen aus ihrem Vorrat an Zündspänen. Sie tauchte es in den Sud, hob es vor die Augen und ihre Blicke folgten dem Tröpfchen, das zurück in den Tiegel perlte.
„Ich zeige dir, wie du sie tränkst." Agnes stellte den Tiegel in Maximilians Nähe ab. Sie fasste das Vogelköpfchen und drückte mit zwei Fingern beidseitig gegen das Schnäbelchen. Als es sich öffnete und man die kleine Vogelzunge sah, tunkte sie den Holzspan flink in den Sud und leitete das Tröpfchen dem Vogel in den Schlund.
Wenn auch mit wenig Kraft, so konnte Maximilian dennoch sehen, wie der Vogel schluckte. Deshalb begehrte er frei von Scheu, den Vogel nun selbst tränken zu dürfen. *Wie sein Herz dabei schlug! Wie es ihn beglückte, zu spüren, wie das schwache Tierchen seine Hilfe annahm!* Wieder und wieder flößte er dem Vogel vom Sud ein.
„Das ist genug." Zügig bremste Agnes Maximilian in seinem regelrechten Übereifer. „Ein Vogelmagen ist kein Weinfass." Sie trug den Tiegel zurück zum Herd und füllte den restlichen Sud in ein tönernes Gefäß. Sie

verschloss es mit einem Holzpfropfen und signalisierte Maximilian, dass er es mit nach Hause nehmen solle.
„Und was gebe ich ihr zu fressen?“
„Gib ihr anfangs einfach ein bisschen von deiner Hafergrütze. Aber mäste sie nicht damit! Und später, wenn sie wieder gesund ist, musst du dir selber überlegen, wie es weitergeht. Vielleicht wird sie zahm und du kannst mit ihr ins Freie.“
„Oh ja! Zu kleinen Ausflügen! Nicht wahr, mein Vögelchen?“ Glücklich hob Maximilian das Beutelchen an seine Lippen und küsste das Köpfchen.
Agnes war derweil an den Herd geschlurft und hatte Maximilians Kleidung geprüft. „Die Hose ist noch zu feucht“, schüttelte sie mit dem Kopf, wohingegen sie das Hemd von der aufgespannten Schnur abnahm. „Wie spät ist es?“ Sie brachte Maximilian das Hemd. Anschließend reckte sie ihren Kopf aus der Hütte, woraufhin sie flink nach draußen verschwand. -
„Du mein Vöglein“, hörte sie beim Hereinkommen, einige Eier in ihren Händen.
„Ich mache uns jetzt eine Eierflockensuppe. Und dann gehst du heim. Einverstanden?“
„Oh, bitte, keine Mühe. Ich kann auch sofort...“ Maximilian wehrte ab, denn zeitgleich schoss ihm durch den Kopf, dass er der Alten ihre Dienste nicht bezahlen konnte.
„Warum nun wieder diese Hektik? So wird dein Vogel nicht gesund und du wirst am Ende krank.“ Agnes ließ sich nicht beirren. Sie fiel Maximilian ins Wort, während sie die Eier aufschlug.
„Aber ich kann dich nicht bezahlen. Ich habe kein Geld. Der Vater gibt doch mir nie welches.“ Maximilian realisierte nicht, wie kleinlaut er klang und wie zusammengesunken er nun auf dem Schemel kauerte.
„Na sieh einer an!“, stemmte Agnes die Hände in die Hüften und drehte sich zu ihm um. „Stürzt sich in die Donaufluten wie ein Mann! Aber vor dem Vater mimt er das kleine Kind!“
Maximilian entgegnete nichts.
„Du kennst doch sicher Petersilie“, wandte Agnes sich wieder ihrer Suppe zu. „Also geh hinaus in meinen Kräutergarten. Zupfe ein bisschen und bringe sie mir. Und dann wird gegessen. Auch ohne Geld. Aber eine Predigt wirst du dir anhören, du mittelloser Donautaucher!“
Agnes kicherte spitzbübisch und auch Maximilian entfuhr ein Lacher. Irgendwie befreit, mit einem Blick auf sein Vögelchen, stand er auf, um die Petersilie zu holen.
Draußen spähte er durch die Baumkronen. Eine Hand schützend über dem Vögelchen, lauschte er nach Krähengeschrei. Dabei grübelte er, ob die Krähen wohl auch ihn angriffen, so sie den Vogel im Brustbeutel wit-

terten. „...*Es ist ein Fremdling. Deshalb haben die Krähen angegriffen. Und sie werden es wieder tun. Was bedeutet, dass die Freiheit dieses Vogels mit seinem Todesurteil einhergeht. ...dann trägst du die Verantwortung...*“ Agnes‘ Worte klangen ihm im Ohr und ein allererstes Mal erfasste ihn ein Vorgefühl dessen, was auf ihn zukäme...
Maximilian entdeckte keine Krähen. Trotzdem verbarg er sein schlummerndes Anhängsel sorgsam unter seinem Hemd. Er zupfte den Halsausschnitt zurecht und nachdem er sicher war, dass der Vogel genügend Luft zum Atmen bekam aber trotzdem geschützt bei ihm ruhte, widmete er sich seiner Umwelt. Zunächst sah er nach der Sonne. Als er feststellte, dass ihm noch genug Zeit verbliebe, um nicht im Dunklen nach Hause gehen zu müssen, freute er sich. Seine Beweggründe vermochte er nicht richtig einzuordnen. Aber dass die Gesellschaft der Alten ihm guttat, spürte er deutlich. Und die angekündigte Predigt weckte Neugierde und leise Aufregung in ihm. -
Bei Maximilians Rückkehr in die Hütte verbreitete eine Talgkerze vom Tisch her ihr leicht flackerndes, aber warmes und ihm vertrautes Licht. Obendrein war der Tisch gedeckt. Zwei irdene Suppenschüsseln standen bereit, ebenso ein Wasserkrug und Trinkbecher. Holzlöffel lagen daneben und etwas Brot war aufgeschnitten.
Maximilian lieferte die Petersilie ab und nach Agnes‘ Aufforderung setzte er sich an den Tisch. Die Suppe wurde aufgetragen und auf die Teller verteilt. Maximilian fuhr deren wunderbar kräuterwürziger Duft in die Nase. Urplötzlich überkam ihn Heißhunger. Trotzdem kontrollierte er zuerst den Brustbeutel. Erst danach stürzte er sich auf die unerwartete Mahlzeit.
Auch Agnes löffelte mit sichtlichem Appetit. Dabei erklärte sie Maximilian, wie auch er eine solche schlichte, und doch wohlschmeckende Suppe zubereiten könnte.
„Die Mutter fehlt eben, nicht wahr?“, schloss sie ihren kleinen Vortrag. „Sie ist durch nichts und niemand zu ersetzen.“
„Das stimmt“, seufzte Maximilian schwer. „Obwohl ich mich kaum noch erinnern kann, wie es war, als sie Vater und mich versorgte. Es wäre so unvorstellbar schön, sie noch zu haben.“ Maximilian legte seinen Löffel beiseite und lüpfte sein Hemd. Er äugte nach dem Vogel, schickte dann aber traurige Blicke zu Agnes.
„Nun, das hast du nicht“, knüpfte Agnes an seine Worte an. „Der Herrgott hatte etwas anderes mit ihr vor. Und dir muss ich sagen, dass du nicht deiner Eltern wegen auf der Welt bist. Du bist nämlich für dein eigenes Leben hergeschickt worden.“
Maximilian, augenblicklich von seiner aufkeimenden Schwermut abgelenkt, sah aus weiten Augen zu ihr. *Folgte jetzt die angekündigte Predigt?* Auch wenn er nicht verstand, was Agnes mit ihren letzten Worten meinte, schwieg er gespannt.

„Du bist kein Kind mehr, Maximilian“, nannte Agnes ihn zu seiner Verblüffung beim Namen. „Nur, Eltern haben die Angewohnheit, zu verdrängen, dass ihre Kinder eines Tages erwachsen geworden sind. Als Halbwaise musstest du früh erwachsen werden. Und vor allem deshalb ist es an der Zeit, dass du deine eigenen Entscheidungen triffst. Und auch behauptest. Diese Vernunft traue ich dir vollends zu. Denn ich meine damit nicht, dass du deinem Vater keinen Dank und Respekt mehr zollst.“

Damit schwieg sie. Maximilian dagegen sprudelte los. Er redete sich von der Seele wie nie zuvor. Hatte er sich bisher stets mit seinem Vater ausgetauscht, so sprach er jetzt auch über ihn. Agnes hörte aufmerksam zu. Ab und an wiegte sie ihren Kopf, doch sie unterbrach Maximilian nicht. Erst in dem Moment, in dem er ausgeredet hatte, erhob sie sich und schenkte ihm frisches Wasser in seinen Becher.

Maximilian trank gierig, formulierte schlussendlich aber jene Fragen, die ihn plagten und verunsicherten. „Bin ich undankbar, Kräuter-Agnes? Weil mir des Vaters Handwerk nicht genügt?“

„Du bist nicht undankbar.“ Agnes musste für ihre Antwort nicht überlegen. „Dein Vater lebt sein Leben und möchte dich darin festhalten. Verständlicherweise. Er liebt seinen Sohn als Teil seiner geliebten Frau. Aber dieses Recht steht ihm nicht zu. Du bist erwachsen und du möchtest dein Leben in die eigene Hand nehmen. Und so du deine Zukunft nicht in der väterlichen Werkstatt siehst, musst du das in die Tat umsetzen.“

„Aber wie denn?! Vater wollte mir ja helfen! Gedemütigt wurde er wegen mir!“

„Das sehe ich anders. Man wird gedemütigt, wenn man dies zulässt. Der Schneider konnte wohl erniedrigende Worte austeilen. Aber dein Vater hätte sie nicht annehmen müssen. In seinem Geiste. Ja, ihr seid arm“, wurde Agnes tiefernst. „Aber ihr seid deshalb umso stärker. Wer nämlich nicht auf der Butterseite des Lebens geboren wurde, muss für seine Wünsche kämpfen. Das ist das Gegengewicht zur Armut. Also kämpfe! Besinne dich auf deine Stärke und nimm dein Schicksal in die Hand! Genau jetzt, denn jetzt ist die Zeit dafür!“

Schloss Reichenschwand, Ende September 1541

Drei Tagesreisen zu Pferd hatten Gabriel Arnold und seine Begleiter auf sich genommen, um nach Reichenschwand zu gelangen. Demnach lagen wiederum drei Tagesreisen vor ihnen, um das Nürnberger Umland zu verlassen und nach Neuburg zurückzukehren. Blieb nur zu hoffen, dass sie diese geld- und kräftezehrende Anstrengung nicht umsonst getätigt haben würden. Doch ohne ebendiese leidige Hürde der persönlichen

Anreise gab es keine Aussicht auf frisches Geld, mit dem Ottheinrichs Lust auf ein Schützenfest zu finanzieren war: Seines kleinen Bruders abenteuerliche Finanzwirtschaft sorgte dafür, dass Pfalz-Neuburg seine ohnehin schon beklagenswerte Kreditwürdigkeit bei seriösen Geldgebern endgültig verloren hatte. Demnach stand nur noch der Weg zum Wucherer offen. Jener, zu dem Ottheinrich seinen Rentmeister geschickt hatte, maßte sich an, in überheblichem Geschäftsgebaren seinen Bittstellern durch Reisekosten erkleckliche Zusatzkosten zu bescheren, die er nicht selten als Darlehen zu Wucherzins obenauf finanzieren konnte...

In Sichtweite von Schloss Reichenschwand stoppte Gabriel Arnold sein Pferd. Auch seinen Begleitern gab er durch ein Handzeichen Befehl zum Halt.

In Gedankenschwere verinnerlichte er den Anblick des Herrensitzes, den sich Bonaventura I. von Furtenbach aus einer alten Ritterburg erschaffen hatte. Eigentlich hätte gegolten, jenes Prachtbauwerk samt seines Besitzers zu verabscheuen. Indes, angesichts seiner eigenen Bestrebungen, nötigte ihm der Aufstieg der Familie Furtenbach Respekt ab: Der Großvater, Hans Furtenbach, war noch nicht von Adel und diente lediglich im Militärdienst der Habsburger. Der Vater jedoch wusste die Gunst Kaiser Maximilians I. zu gewinnen und geschickt auszunutzen. Zum Ratsherrn stieg er auf, Adelsstand und Wappen folgten im Jahr 1502. Mit dem Titel Hans II. von Furtenbach avancierte er zum Stammvater der Adelslinie, die eben jener Bonaventura I. zur weiteren Blüte brachte. Oder zum Ungewächs durch skrupellosen Wucher.

Gabriel Arnold entfuhr ein Seufzer, obwohl es auch für ihn keinen Grund zur Klage gab. Seit einem Jahr gehörte er als Jungadeliger zur privilegierten Gesellschaftsschicht der Neuburger Landsassen. Ohne den Rückhalt eines Stammvaters hatten ihm sein zielstrebiges Lernen, seine unbedingte Treue und Gefolgschaft in Ottheinrichs höchster Beamtenriege, neben seiner eisernen Sparsamkeit, zum Erwerb des Landgutes Rohrenfels verholfen. Seither war er dem Altadel gleichgestellt und demzufolge zur stimmberechtigten Teilnahme an den Pfalz-Neuburgischen Landtagen befugt. -

Im Bewusstsein, dass ihm diesmal sein Verhandlungsgeschick nichts nützen und er sich in Ottheinrichs Namen den demütigenden Bedingungen eines Wucherers würde beugen müssen, setzte er seinen Weg fort.

Kapitel 3

Dörfchen Kreut, gegen Ende September 1541

Maximilians Vater spürte es deutlich: Seit sein Sohn mit diesem schwarzen Vogel nach Hause gekommen war, hatte er sich verändert. Nicht nur, dass wieder das frühere Schweigen zwischen ihnen herrschte. Maximilian zeigte zudem neue, bisher ungekannte Charakterzüge. Zum einen war er fürsorglich, direkt mütterlich. Was er auch tat, stets trug er jenes Beutelchen an seiner Brust, in dem der Vogel ruhte, und es schien, als kommuniziere er unentwegt mit ihm. Obschon stimmlos, so konnte man trotzdem beobachten, wie das zusehends genesende Tier gleichsam still erwiderte. Zum anderen wirkte Maximilian gereift. Männlichkeit strahlte er aus in seiner aufrechten Haltung, in seinen Schritten und seinem offenen und doch festen Blick. Über des Sohnes tägliche Arbeit in der Werkstatt gab es nichts zu beklagen. Aber immer, wenn Helmut das Gespräch mit ihm suchte, um Maximilians Wandel zu ergründen, wurde ihm ausgewichen. Leise Eifersucht stieg in ihm auf...
Maximilian spürte ebenso sein verändertes Verhalten dem Vater gegenüber. Agnes‘ Predigt war es, die ihn ununterbrochen verfolgte und dazu animierte. Selbstredend schmerzte ihn die Mühe des Vaters, die erneute Kluft zwischen ihnen wieder zu schließen, um ihren kräftezehrenden Alltag in trauter Einigkeit zu bewältigen. Aber er fand einfach nicht die richtigen Worte, um sich zu erklären. Außerdem wusste er, dass der Zeitpunkt für jenen großen Schritt, der seine Abnabelung bedeuten würde, noch nicht gekommen war. Dafür hieß es nämlich, zuvor andere Schritte getan zu haben: Jetzt galt seine Aufmerksamkeit nur dem Vögelchen an seiner Brust. Erst wenn dieses vollends gesund wäre, würde er Kraft und Zeit für seine eigenen Begehren aufwenden.

Wie stets hatte die einkehrende Dunkelheit ihren Arbeitstag beendet und Maximilian war froh, dass auch die gemeinsame, karge Abendmahlzeit hinter ihm lag. Endlich konnte er die Stiege zu seiner Dachkammer hinaufgehen. In einer Hand trug er dabei einen Kerzenhalter, in dem ein flackerndes Talglicht seine Schritte beleuchtete. In der anderen hielt er die Breischüssel mit einem Restchen der abendlichen Hafergrütze. „Gleich gibt es etwas für dich“, sprach er leise aus. „Bestimmt hast du Hunger.“ Ungeachtet dessen, dass er hundemüde war, beseelte ihn die Aussicht, sich vor dem Schlafengehen noch mit seinem Vögelchen zu befassen. Immer munterer zeigte es sich in den vergangenen Tagen... In der Kammer stellte er Kerze und Schüssel auf dem Tischchen ab und sein Blick wanderte in alter Gewohnheit zur offenen Dachluke, durch die ein halber Mond hereinschien. Danach fasste er nach dem Brustbeutel unter seinem Hemd, aus dem es ihm ebenso entgegenleuchtete. Zwei schwarze Knopfäuglein blickten munter in seine Richtung. Ganz vorsichtig befreite er das Vöglein. Mittlerweile war es so kräftig, dass es sich selbst auf seinen Krallenfüßen halten konnte. Vor allem erleichterte es Maximilian, dass die Zeit des Schnabelöffnens mit seinen Fingern der Vergangenheit angehörte. Längst öffnete der Vogel seinen Schnabel nicht nur aus eigenem Antrieb, sondern er pickte sich das angebotene Futter sogar selbst aus Maximilians Hand. - Das tat er auch jetzt. Emsig fraß er von der restlichen Hafergrütze und Maximilian beobachtete geduldig, wie sich sein Zögling sättigte. Erst als das Vöglein zu fressen aufgehört und sich aufgerichtet hatte, schleckte Maximilian den Rest der Grütze aus seinem Handteller. Anschließend wischte er seine Hand an einem Lappen ab und streichelte über das schimmernde Gefieder seiner ihn in seinem Tun beobachtenden Freundin.

Zutraulich duldete der Vogel die Berührungen. Doch plötzlich, ein erstes Mal, trippelte er in kleinen Schrittchen auf der Tischplatte hin und her. Maximilians Überraschung kannte keine Grenzen. Koseworte und Lob ergossen sich aus seinem Mund. Instinktiv schob er dem Tierchen einen ausgestreckten Zeigefinger entgegen... der forsch bestiegen wurde.

Herzklopfen machte sich in Maximilians Brust breit, unterdessen er langsam seine Hand hob. *Wie er staunte, als er seinen Zögling in voller Schönheit bestaunen konnte! Wie es ihn übermannte, als er gewahr wurde, wie der Vogel sich ihm zu präsentieren schien!* Er plusterte sein Gefieder und Maximilian erkannte, dass er ein filigranes Krönchen aus winzigsten Federn auf dem Kopf trug. Auch die geschmeidige Silhouette des Vogelleibs fiel ihm ein erstes Mal auf, neben der Überlänge der beiden Schwanzfedern. „Oh, mein Vögelchen“, hauchte er gebannt, „wie schön du bist! Wie eine Königin!“

Als ob der Vogel ihn verstand, machte er eine Bewegung, die einer huldvollen Verneigung glich. Diese Bezeigung verzauberte Maximilian noch mehr. Auch er neigte seinen Kopf in der Art, in der er sich vor einem Fürsten verneigen würde. Rein aus Intuition, denn noch nie stand er einer hohen Person direkt gegenüber. Geschweige denn, dass ihn jemand auf eine solche Situation vorbereitet und ihm gezeigt hätte, wie man sich zu verbeugen hat.

Die Flügelschläge, die der Vogel folgen ließ, holten Maximilian hingegen aus seiner Verzauberung. Heidenangst bemächtigte sich seiner und es kostete ihn Mühe, den Vogel sanft, und nicht panisch, mit der freien Hand zu fassen.

Seine Angst war unbegründet. Der Vogel verstärkte nicht etwa das Flügelschlagen. Er versuchte auch nicht, sich Maximilians Zugriff zu entziehen. Im Gegenteil. Wie gewohnt schmiegte er sich in die nahe Hand

und kurz darauf, als sich Maximilians Aufregung gelegt hatte, ließ er sich zur Nacht ins Brustbeutelchen zurückpacken.
Trotzdem sorgte dieses abendliche Ereignis dafür, dass Maximilian lange nicht einschlafen konnte. Sorge überschattete seine Freude darüber, dass der Vogel unzweifelhaft gesundete. *Wie sollte es nun weitergehen? Vielleicht wäre schon morgen der Tag, an dem der Vogel nicht mehr, wie bislang, im Brustbeutel ausharrte. Und dann??*

Neuburg a. d. Donau, Jagdschloss Grünau, Ende September 1541

Ottheinrich hatte alle Bediensteten weggeschickt, denn er wollte mit Susanna allein sein. Er wollte mit ihr in Erinnerungen schwelgen, auf Grünau, dem Jagdschlösschen, das er für sie als nachträgliches Hochzeitsgeschenk inmitten der grünen Donauauen hatte errichten lassen: Sein Ururgroßvater mütterlicherseits, Herzog Heinrich XVI. von Bayern*, erkor sich einst die ausgedehnten, wildreichen Eichen- und Buchenwälder entlang des südlichen Donauufers zum Jagdgebiet aus und seit jener Zeit gab es dort ein Jagdhaus. Auch Ottheinrich liebte diese Auwälder, in denen er, nach einem gemütlichen Ritt von kaum einer Stunde, der Neuburger Betriebsamkeit entfliehen konnte. Selbstredend frönte er dort ebenso fürstlicher Jagdgelüste. Und im Zuge seiner Vermählung gedachte er, sie mit Susanna zu teilen. In den Schneemonaten Dezember und Januar sah er sich mit ihr den Wolf hetzen, um Jacobi den feisten Hirsch. Im Spätjahr wollte er sich mit ihr an der Sauhatz erfreuen und zwischendurch am Graben nach dem Dachs oder dem Aufspüren von Fuchs und Hase. Ausgiebige Tafelfreuden und Tanzabende sollten das gemeinsame Jagdvergnügen krönen und dafür schien ihm das alte Jagdhaus wenig komfortabel. Deshalb legte er Anfang April 1530, einige Monate nach der Hochzeit, den Grundstein für ein Schlösschen, dessen Hauptbau schon im Februar 1531 fertiggestellt war. Fortan ließ er an diesem geliebten Gemäuer herumwerkeln, wann immer er Geldmittel dafür abzweigen konnte. Seit kurzem stand es inmitten eines breiten Wassergrabens und verzauberte nicht nur als Jagd-, sondern obenauf als idyllisches Wasserschlösschen.
In Anknüpfung an die unzähligen glücklichen Stunden auf Grünau wollte er jetzt sein ersehntes Schützenfest dort ausrichten und die Pläne dafür mit Susanna ausfeilen. Denn, auch wenn sie schon seit einiger Zeit sehr still war und aus trüben Augen in ihre Umwelt blickte, was ihn unendlich bedrückte, so konnte sie doch feiern, wie keine andere. Daher schien es ihm in ihrer jetzigen, wenig erfreulichen Situation mehr als geboten, diesen Wesenszug in ihr wachzurütteln.
In leiser Sehnsucht spähte Ottheinrich aus einem Fenster in Richtung der Allee, die in schnurgerader Linie zur Neuburger Residenz führte. Sie

zeigte sich ihm menschenleer. Es würde also noch dauern, bis seine geliebte Gattin bei ihm einträfe, und so gab er sich seinen Überlegungen hin...

Natürlich wusste er um die Gründe, weshalb Susanna ihre Gemächer nur noch selten verließ. Die immense Schuldenlast und der Wandel seiner religiösen Gesinnung belasteten sie. Schon einmal, nämlich während ihrer ersten Ehe mit Casimir von Brandenburg-Kulmbach*, hatte sie ihren Alltag in allgegenwärtiger Finanznot und, als unverrückbar fromme Katholikin, in einem protestantischen Umfeld verbringen müssen. Und mehr noch. Nach dem frühen Tod ihres Gatten hatte sie den Kampf um ihre drei Kinder verloren. Bis vor das Nürnberger Gericht war sie in 1528 mit Hilfe ihrer beiden Münchner Brüder Wilhelm IV. und Ludwig X.* gezogen. Vergebens. In der Verhandlung unter königlichem Vorsitz musste sie sich ihrem Schwager Georg* geschlagen geben. Er erhielt die Vormundschaft für die Kinder des verstorbenen Bruders, trotz seines Vorhabens, sie im protestantischen Sinne erziehen zu lassen. Seine Zusicherung, dass Susanna ihre älteste Tochter Maria*, den Sohn Albrecht Achilles* und die kleine Kunigunde* auf ihren Witwensitz, dem Schloss zu Neustadt an der Aisch, mitnehmen dürfe, entpuppte sich als blanker Hohn. Als sie nämlich, auf Georgs Drängen hin, die Ansbacher Residenz verließ, um dort einzuziehen, zeigte sich das Gemäuer baufällig und nahezu unbewohnbar. Ihre Beschwerdebriefe beantwortete Georg lediglich damit, dass das herrschaftliche Vermögen für Annehmlichkeiten ihrer Witwenschaft nicht ausreiche. Daraufhin sah sie sich gezwungen, ohne ihre Kinder in ihr Vaterhaus nach München zurückzugehen.

Jene niederschmetternden Details waren Ottheinrich damals nicht bekannt. Erst im Laufe ihrer Ehe hatte Susanna ihm davon berichtet. Seine Heiratsbemühungen, mit denen er zügig um die junge Witwe warb, erfolgten aus einem ganz anderen Grund. Er war in sie verliebt, seit er sie das erste Mal gesehen hatte, ausgerechnet auf ihrem Brautzug während des Augsburger Reichstags von 1518. Als jugendlicher Fürst gehörte er damals zum kaiserlichen Gefolge, das sie zur Trauung in die Stadt geleitete. Kaiser Maximilian I. war es auch gewesen, der Susanna, seine Nichte, in seiner Heiratspolitik bereits im Alter von zwei Jahren an die fränkischen Hohenzollern versprochen hatte. Unauslöschlich hatte sich ihm der Anblick dieser sechzehnjährigen Braut ins Gedächtnis eingebrannt. In einem vergoldeten Wagen kam sie herangefahren, ihr offenes Haar von einem mit Edelsteinen besetzten Kranz geschmückt. Ihr zierliches Wesen, ihre Blässe und Stille lösten in ihm ungekannte Emotionen aus. Brennender Beschützerinstinkt entzündete sein jugendliches Herz. Zur Qual wurde ihm die kirchliche Zeremonie, in der man die Hand dieser zerbrechlichen Jungfrau in die jenes um einundzwanzig Jahre älteren Bräutigams legte, dem der Ruf eines Draufgängers vorauseilte. Wie

oft war er in den folgenden Jahren des Nachts aufgewacht in der Vorstellung des ehelichen Beisammenseins dieses ungleichen Paars... 1527 endete diese Ehe. Casimir, bereits gesundheitlich angeschlagen, begleitete König Ferdinand I. auf dessen Wunsch nach Ungarn, um als Feldherr den Kampf um die ungarische Krone zu unterstützen. Dort starb er, indes nicht in einer Schlacht. Die Ruhr hatte seinen geschwächten Körper dahingerafft...
Hufschläge holten Ottheinrich aus seinen Gedanken. Mit einem tiefen Atemzug richtete er sich am offenen Fenster auf. Er nahm seinen breitkrempigen, mit einer Feder geschmückten Samthut vom Kopf und schwenkte ihn in freudiger Erregung.

Ottheinrich hatte nicht gewartet, bis Susanna zu ihm nach oben gekommen war. Nach seinem Winken aus dem Fenster, das Susanna von ihrem Pferd aus erwidert hatte, war er ihr entgegengeeilt.
Nun spazierten sie, Arm in Arm, am Schlossgraben entlang in Richtung der ausgedehnten Auwälder.
Ottheinrich musterte seine Frau. Still ging sie neben ihm. Ihre warmen, dunklen Augen wanderten durch die Gegend und sie atmete tief und gleichmäßig. Unübersehbar genoss Susanna den Spaziergang. Allein dieses erfüllte ihn mit höchstem Glück und umso mehr war er entschlossen, ein Fest auf Grünau auszurichten. Blitzartig durchfuhr ihn der Entschluss, dass es ein ausgiebigeres Fest werden sollte, als ein Schützenfest, in Eile organisiert, noch vor dem Ständetag...
„Es ist so herrlich hier draußen", unterbrach Ottheinrich das Schweigen zwischen ihnen. „Nicht wahr, meine Liebe?"
„Ja, das ist es." Susanna seufzte.
Ottheinrich blieb stehen und zog sie fest in seine Arme. „Lass mich dich wärmen. Oh, ich will dich wärmen! Dich beschützen, vor allem Übel dieser Welt!"
Susanna ließ sich von Ottheinrichs mächtigen Armen wiegen. Sie legte ihren Kopf an seine Brust, auch wenn die üppige Pelzverbrämung an seinem Wams ihre Nase kitzelte. Viel zu sehr labte sie sich an der Zweisamkeit mit ihm, trotz ihrer tiefen Wehmut, derer sie sich einfach nicht mehr erwehren konnte. Seit Monaten schleppte sie daran herum. Auch jetzt lasteten düstere Gedanken auf ihr, die sie aber nicht aussprach: *„Wenn es nur so wäre, mein geliebter Gatte! Wenn ich dir für deine Liebe wenigstens den ersehnten Nachfolger geboren hätte! Mehr und mehr schwinden meine Kräfte..."*
Die Eheleute kannten sich zu gut, um nicht den Gemütszustand des anderen deuten zu können. Nur - Ottheinrich war derjenige von ihnen beiden, der sich schütteln und sofort wieder Frohsinn verbreiten konnte. Er schob Susanna ein Stück weit von sich, um ihr einen Kuss auf die Lippen zu pressen und ihr danach in die Augen zu sehen. „Was seufzt du

aus so schwerer Brust? An diesem herrlichen Tag! In dieser herrlichen Gegend! Erinnerst du dich nicht mehr an unsere vergnüglichen Jagden hier draußen?! An die üppigen Gelage, bei denen sich die Tafeln unter knusprig gesottenem Wildbret bogen? Wir vor Lachen und Tanzen kaum noch Luft bekamen?!"

„Natürlich tue ich das, mein lieber Ottheinrich." Susanna streichelte seine Wange. „Aber eine Taufe haben wir nie gefeiert."

Das Zittern ihrer Stimme schlich sich an Ottheinrichs Gemüt heran. Schnell steuerte er gegen. „Du hast wunderbare Kinder geboren, Susanna."

„Ja, aber nicht dir. Außerdem wurden sie mir genommen", entfuhr Susanna, worüber sie sich auf dem Fuße ärgerte: *Ottheinrich bemühte sich um Harmonie und sie schnitt als Dank dafür das schmerzlichste Thema ihrer Ehe an!* Schnell sah sie zu Boden.

Ottheinrich, in festem Entschluss, ließ sich nicht beirren. Er verbarrikadierte sich gegen Trübsal: Natürlich wäre ein gemeinsames Kind die Erfüllung seiner höchsten Wunschträume gewesen. Kurze Glücksmomente der Empfängnis waren ihnen sogar vergönnt. Jedoch zerschellten sie immer an Fehlgeburten. Trotzdem. Er hatte eine Witwe geheiratet, im Wissen, dass deren junger, zierlicher Körper bereits fünfmal geboren hatte. Aber er hatte sich eben nicht vorrangig mit dem Vernunftsgedanken hinsichtlich eigener Nachkommen mit ihr vermählt. Sie war seine einzige große Liebe und allein die Ehe mit ihr war die Erfüllung seines Herzenswunsches. Er wusste nicht, ob er überhaupt geheiratet hätte, so Susanna nicht für ihn frei geworden wäre. Jedenfalls hatte er alle an ihn herangetragenen Ehegesuche, trotz der Aussicht auf reiche Mitgiften, beharrlich ausgeschlagen... „Kinder werden mündig, mein Herz", argumentierte er zum Positiven. „Und dann entscheiden sie selbst, wem sie sich zuwenden. Also gut, nur die Söhne. Aber, vergiss doch bitte nicht, wofür das Schicksal sorgte. Deine älteste Tochter Maria wurde nach Pfalz-Simmern verheiratet. Damit ist sie nicht nur meiner Pfälzischen Linie verbunden. Durch unsere Vermählung wurde sie obenauf meine Stieftochter. Friedrich ist ihr ein guter Gatte und mich erfüllt diese Verbindung mit großer Freude. Aus familiärem Interesse, sozusagen." Ottheinrichs bestimmte Worte füllten Susannas Augen mit Tränen. Er sah es und suchte nach weiteren Argumenten im Willen, dass sie ihre Tränen allerhöchstens aus Sentimentalität vergießen würde.

„Kunigunde ist seit Juni großjährig, aber noch unverheiratet", hörte er dabei Susannas leicht unbeholfene Äußerung.

„Mmhh, ich habe sie noch nie gesehen." Ottheinrich resümierte und hakte seine Frau wieder unter. Er animierte sie, den gemeinsamen Spaziergang fortzusetzen. „Aber dafür habe ich Albrecht erst vor wenigen Monaten gesehen."

Susanna blieb stehen, obwohl sie nur wenige Schritte gelaufen waren. Fragend sah sie ihren Gatten an.
„Auf dem Regensburger Reichstag. Ich habe in dem ganzen Trubel total vergessen, dir davon zu berichten." Ottheinrich schmatzte ihr einen entschuldigenden Kuss auf die Wange und zog sie weiter. „Ein Prachtkerl ist er, aber ihm fehlen die Zügel, wie man unschwer an seinem Auftreten erkennt. Wäre er mein Sohn, ich hätte sein Temperament anders gelenkt, als dein Schwager Georg es tat."
„Georg tat nichts, außer ihn mir wegzunehmen und dann herumzureichen. Wobei ich zugebe, dass er mir als Kind täglich die Nerven raubte. Ich hätte die Unterstützung eines guten, aber gestrengen Vaters gebraucht, um ihn zu formen. Doch der hatte wichtigeres zu tun, als sich um die Erziehung des wilden Knaben zu kümmern, der seiner Ungestümheit nachgeriet. Zum Raufbold und Trunkenbold wurde Albrecht im schlechten Umgang mit adeligen Junkern, mit denen er sich herumtrieb. Und nun... ist er mündig."
„Und nach dem Hausgesetz der Hohenzollern berechtigt, die Nachfolge des Vaters anzutreten, was der liebe Onkel Georg ihm streitig macht." Jetzt war es Ottheinrich, der für einen Moment stehen blieb, um seiner Frau wiederum einen Kuss aufzudrücken. „Indes, ich bin überzeugt, dass sich der junge Heißsporn vielleicht doch zum Guten entwickelt. Lass dir berichten: Dein Sohn steht hoch in der Gunst der Habsburger. König Ferdinand als auch Karl V. zeigten reges Interesse an jenem aufgeweckten Wesen und ihm wurde die Ehre zuteil, dem Kaiser bei Tisch zu dienen. Trotz dringendster Angelegenheiten wie der Türkenhilfe fand man Zeit für eine öffentliche Verhandlung, um den bitteren Streit zwischen Onkel und Neffe zu schlichten."
Ottheinrich zog Susanna mit sich, unterdessen er weitersprach. „Nun gut, zur Landesteilung kam es halt und Ansbach gehört jetzt Georg. Aber umso überschaubarer wird es für den jungen Markgrafen, denn auch die neununddreißig Städte, Schlösser und Ämter, die er zugesprochen bekam, wollen verwaltet werden."
„Und was ist mit den Bergwerken, der Münze, dem Güldenzoll?"
„Unterstehen Georg und Albrecht gemeinsam. Ebenso wie Landgericht und Schuldenwesen. Aus diesem Grund hege ich die Hoffnung, Albrecht wächst an dieser doppelten Herausforderung. Einerseits eigenverantwortlicher Landesherr, andererseits gleichberechtigter Partner des Onkels, was ein gegenseitiges Miteinander abverlangt."
„Hast du mit Albrecht gesprochen?"
„Ja, aber nur kurz. Nach der Verhandlung hatte er es sehr eilig. Er wollte heimkehren, um in Neustadt an der Aisch seine fürstliche Haushaltung einzurichten."
Mit diesen Worten kehrte zwischen Ottheinrich und Susanna wieder

Schweigen ein und jeder hing seinen Gedanken nach. Mittlerweile waren sie so weit in den Wald hinein gelaufen, dass sie das Schloss, wenn sie sich umwandten, durch Gebüsch und dichtes Blätterwerk kaum noch ausmachen konnten. Der Zauber der herbstlichen, weiten Auenlandschaft bemächtigte sich der beiden Spaziergänger. Die vom Laubwald gewürzte Luft verführte zu tiefen Atemzügen und bescherte wohltuende Entspannung. Die Stille der Natur war die Krönung all dessen, und deshalb dauerte es, bis Ottheinrich von seinem Vorhaben für ein Fest auf Grünau zu sprechen begann.

„Weißt du, Susanna, eigentlich wollte ich noch vor dem Ständetag im Oktober ein Schützenfest veranstalten, hier auf Grünau", setzte er behutsam an. „Ich habe mich deswegen sogar mit Prechtl und von Heideck gezankt."

„Ein Fest? In Neuburgs Lage? Ich verstehe die Entrüstung deiner treuen Berater. Aber, was meinst du mit ‚eigentlich'? Haben sich Rent- und Hofmeister etwa bei ihrem Fürsten durchsetzen können und es gibt gar kein Fest?" Entgegen Ottheinrichs Angst, Susanna würde zu ihrer undurchdringlichen Schwermut zurückkehren, überzog ein kleines Lächeln ihr Gesicht.

„Nein, denn der Fürst hat die Gulden für ein Fest schon in seiner Schatulle", gab er sich deshalb schmollend. Dass es fremdes Geld war, was Gabriel Arnold zu Wucherzinsen bei Bonaventura I. von Furtenbach geliehen hatte, verschwieg er in der Hoffnung, Susanna frage nicht weiter danach. - Indes, sie fragte weiter, zu Ottheinrichs nächster Erleichterung jedoch nicht nach der Herkunft des Geldsegens.

„Aber der Ständetag beginnt doch schon in zwei Wochen, oder irre ich?", wollte sie wissen.

„Nein, du irrst nicht. Der erste Tag ist für den 10. Oktober angesetzt. Die Neuburger Kanzlei hat mehr als 150 Vertreter einberufen. Auf mich warten anstrengende Versammlungen. Ich werde dem Landtag die Vermehrung der Schulden offenlegen und über Philipps Regierungsverzicht berichten. Damit kehren wir zu einer ungeteilten Landesverwaltung zurück, was die Stände gutheißen werden, trotz der großen Herausforderung, die mit der hohen Schuldsumme einhergeht."

„Und was ist dann mit dem Fest?"„Meinst du nicht auch, dass man gerade in schweren Zeiten für etwas Freude sorgen sollte?"

Susanna musterte Ottheinrichs Gesicht eingehend, bevor sie ihm antwortete. „Durchaus. Vorausgesetzt, man erfreut diejenigen, denen man zugleich Kummer bereitet."

„Du machst mich glücklich! Wie immer verstehst du mich!" Ottheinrich strahlte.

Susanna lächelte, denn die Aussicht auf vergnügliche Stunden, in denen sie ihrer Schwere würde entfliehen können, wärmte ihre Seele. Dafür galt es jedoch, die Ausrichtung jenes Festes in die rechte Bahn zu lenken. Eine verschwenderische, in ihren Kreisen übliche Lustbarkeit würde sie keinesfalls unterstützen. „Nein, bis jetzt verstehe ich dich nicht. Dazu musst du mir erst erklären, was du genau vorhast. Ein Schützenfest vor dem Ständetag gibt es ja wohl nicht.“

Ottheinrich musste sich eingestehen, dass er gar nichts erklären konnte. Schließlich hatte er die Veranstaltung des Schützenfestes bei Susannas Ankunft auf Grünau spontan verworfen.

Susanna wunderte sich über die ausbleibende Erklärung, denn ansonsten wusste Ottheinrich stets, was er wollte. - Sie überbrückte. „Auf keinen Fall würde ich vor dem Ständetag ein Fest geben. Wie passt das zusammen? Zuerst lädt man ein, und hinterher eröffnet man, dass die Eingeladenen für die Spesen aufzukommen haben. Die Freude wäre verpufft und schlüge in Ärger um.“

„Mir scheint, du hast dich hinter meinem Rücken mit Prechtl und von Heideck verbündet. Mit haargenau diesen Argumenten kamen sie mir nämlich auch.“

„Und du hast dich deshalb mit ihnen gezankt. Wirst du jetzt auch mit mir zanken?“

„Nein, das werde ich nicht, wenn du mir das Fest nicht ausreden, sondern es mit mir planen willst.“ Ottheinrich schlug jenen schelmischen Tonfall an, den er pflegte, wann immer sie scherzhaft miteinander kommunizierten.

Susanna zog mit. Sie löste sich von Ottheinrichs Arm und ging, gleich einem Hofbeamten, in gewichtigen Schritten vor ihm auf und ab. Als sie dazu die Hände auf dem Rücken verschränkte, konnte Ottheinrich nicht mehr an sich halten. Er lachte herzhaft auf - und zugleich wusste er, was für ein Fest er feiern wollte. „Es gibt ein Ritterturnier, zu Ehren einer Dame!“, platzte er heraus.

Daraufhin verharrte Susanna für einige Atemzüge, um ihr Auftreten zu ändern: Nun kokettierte sie. Wie ein junges Mädchen, das sogleich errötet, senkte sie ihre Augenlider. Dazu neigte sie ihren Kopf, um nicht vorhandene Schamesröte zu verbergen.

Ottheinrich schäumte über vor Freude. Wie in jungen Jahren griff er seine Gattin, hob sie auf die Arme und wirbelte sie herum. *Ja, sie war es noch! Seine Susanna! Die Humor hatte und ausgelassen sein konnte! Die lachte und unbeschwert auskostete...*

Trotz dass er einen abgemagerten Frauenkörper umherschwenkte, dessen Hauptgewicht eher von seiner Bekleidung herrührte, holten Ottheinrich seine fast vierzig Lebensjahre und sein zunehmendes Übergewicht ein. Er japste nach Luft. Auch Susanna klagte, dass ihr schwindelig würde, und so stellte Ottheinrich sie wieder auf ihre Füße.

„Das ist eine schöne Idee“, zupfte sich Susanna ihr Gewand zurecht. Sie

behielt ihr Lächeln bei, ihr Tonfall wurde jedoch ernst. „Aber bitte kein herkömmliches Turnier, so, wie das letzte auf dem Augsburger Reichstag von 1530. Erinnere dich, wie entsetzt du von dort heimkamst, nachdem König Ferdinand dich bat, ihn zu begleiten. Nicht nur, dass er selbst schlimm vom Pferd stürzte. Einen Todesfall gab es zu beklagen und etliche brave Turnierpferde verendeten an ihren Verletzungen. Ich verstehe bis heute nicht, was der Kaiser mit diesem Scharmützel bezweckte."
„So genau erinnerst du dich daran..."
„Wie sollte ich mich nicht daran erinnern, in meiner Angst und Sorge. Kein Blutvergießen mehr seit den Bauernaufständen und dann kitzelt man so etwas Unnützes herauf."
„Brrr." Ottheinrich stieß Luft aus seiner Brust. Keinesfalls wollte er sich der Gräueltaten entsinnen, die er in den Bauernaufständen hatte miterleben müssen.
„*Was tust du schon wieder?!*", schalt sich Susanna im Stillen, über sich selbst höchst verärgert. Die Abwehrhaltung ihres Gatten ermahnte sie, zu ihrer beider Frohsinn zurückzukehren, was sie sofort tat: „Umso mehr sollten wir es besser machen, als der Kaiser! Laden wir zu einem fröhlichen Ritterspiel!"
„Ich widerspreche dir", erwiderte Ottheinrich in vollem Ernst, worüber Susanna beinahe erschrak, hätte er nicht zugleich tief eingeatmet, um in verheißungsvollem Tonfall fortzufahren: „Ich sprach von einem Fest zu Ehren einer Dame. Mehr als ein Jahrzehnt war sie verbotne Frucht, und doch die Eva im Paradies für mich. Sie war ein Nebel der Sehnsucht, der mich einhüllte, wenn ich mein Verlangen nach ihr in einsamen Nächten an mir stillte. Kein anderes Weib hätte je diesen süßen Dunst zerteilen können, als du, meine große, einzige Liebe."
Unter Ottheinrichs dackeltreuem Blick konnte Susanna nicht mehr an sich halten. Sie prustete los, Ottheinrich stimmte ein, und sie lachten, bis ihnen die Bäuche wehtaten. Damit hatte es Ottheinrich einmal mehr in Leichtigkeit geschafft, einen ernsten Moment in einen vergnüglichen zu wandeln.
„Natürlich wird es ein fröhliches Ritterspiel geben. Und eine Mummerei dazu. Zur nächsten Fastnacht", versicherte er.
Susanna, schuldbewusst, dass sie diesen schönen Tag auf Grünau beinahe verdorben hätte, nickte lächelnd.
„Und ich weiß auch schon, wer mir dabei hilft, ritterliche Werte trotzdem glaubhaft einzuflechten. Nämlich der gute alte Ritter zu Glatt."
„Reinhard von Neuneck?"
„Jawohl, meine liebe Gattin", folgte Ottheinrichs Kuss auf Susannas Wange. „Wie lange habe ich ihn schon nicht mehr gesehen! Und dabei haben wir einst Wochen und Monate miteinander verbracht, Wunder erlebt und Gefahren überstanden, auf unserer Reise ins Heilige Land!

Auch Philipp wird es sicher eine Herzerbauung, ihn wiederzusehen. Weißt du, als mein Bruder, fast noch ein Knabe, an der Freiburger Universität Latein und Jura studierte und dort die Pest ausbrach, flüchtete er nach Glatt. Frage ihn, und er wird dir von väterlicher Wärme berichten, mit der man ihn dort behütete."
„*Behütete.*" Ottheinrichs letztes Wort löste in Susanna das Bedürfnis aus, sich ebenso behütet zu fühlen. Inmitten des Auwaldes, durch das ein herbstlicher Wind fuhr und Laub von den Bäumen herabrieseln ließ, heischte sie an Ottheinrichs Brust nach Warmherzigkeit, die ihr augenblicklich geschenkt wurde.

Dörfchen Kreut, Ende September 1541

Es half nichts. Maximilian musste den Vater bitten, ihm einige Stunden freizugeben. Zu wild gebärdete sich der Vogel heute unter seinem Hemd und er sah sich außerstande, den Sonntag abzuwarten. Er fühlte sich an dem Punkt angekommen, an dem er meinte, dem Vogel wehzutun. Wenn er nämlich schon vor einigen Tagen in seiner Dachkammer die Dachluke verrammelt und ihm Flugversuche zugestanden hatte, uferten diese angesichts der Beengtheit seiner Kammer stets in einem Debakel... *Aber konnte er deshalb riskieren, sein Vöglein unter freiem Himmel aus dem Brustbeutel zu entlassen??* In seiner Misere war es wiederum Agnes, deren Hilfe er erhoffte.

„Maximilian, das ist nur ein Vogel! Ich habe ja noch verstanden, dass du ihn gesundpflegen wolltest. Aber jetzt verstehe ich dein Treiben nicht mehr. Schenke ihm die Freiheit! Lasse ihn fliegen und damit gut! Und dann arbeite weiter! Es gibt viel zu tun!"
Maximilian setzte sich über des Vaters Schimpfen hinweg. „Schenke ich ihm die Freiheit, schicke ich ihn in den sicheren Tod, Vater. Deshalb muss ich jetzt weg. Nur ein, zwei Stunden. Dann hole ich die Arbeit nach." Ohne eine Erlaubnis abzuwarten, eilte Maximilian aus der Werkstatt. Offenen Mundes starrte Helmut seinem Sohn hinterher.

„Ich habe sie ihr Futter von meiner Schulter picken lassen, in meiner Dachkammer", eröffnete Maximilian kleinlaut sein Gesuch um Agnes' Rat.
„Aha. Und weiter?" Agnes gab sich schrullig, obwohl sie sich sehr über Maximilians Besuch freute. Dauernd hatte sie an den Jüngling und seinen Vogel denken müssen, ohne dass er noch einmal zu ihr gekommen war.
„Nichts weiter. War sie satt, flatterte sie von meiner Schulter..." Maximilian unterbrach sich und seufzte schwer. „Dabei eckte sie überall an, bis ich sie erhaschte und wieder in das Beutelchen zwang." Todunglücklichen Blickes sah er zu Agnes, die mit dem Kopf schüttelte.

„Nun, mein Junge“, kam trocken. „Falls du es noch nicht weißt: Unter freiem Himmel gibt es keine Ecken.“
„So schlau bin ich selber!“ In seiner Aufregung wurde Maximilian trotzig. „Aber wer hat mir gesagt, dass des Vögelchens Freiheit mit seinem Todesurteil einhergeht, he?!“
„Rotziger Lümmel! Was ist das für ein Tonfall?! Traust du dir den auch daheim zu? Oder beim Schneidermeister? Falls du überhaupt schon dort warst! Die Ohren gehören dir langgezogen!“ Agnes blitzte Maximilian an, der sofort seinen Blick senkte. Beschämt gab er den Anschein, sich dem Brustbeutel zu widmen, in dem es heftig rumorte.
„Da haben sich zwei gefunden“, murmelte Agnes. Sie verbarg ihre Belustigung. Entschieden fasste sie nach Maximilians Schulter, um ihn vor sich herzuschieben, in Richtung der Tür, hinaus aus ihrer Hütte.
„Bitte“, verwehrte sich Maximilian Agnes‘ Vorhaben. „Es tut mir leid. Bitte, wirf mich nicht hinaus. Ich brauche doch deine Hilfe.“
„Papperlapapp!“ Agnes schob mit Nachdruck und schon waren sie im Freien. „Jetzt lass den Vogel frei!“
„Aber die Krähen...“, jammerte Maximilian. Ihm war furchtbar zumute. Längst verfolgte ihn jener unaufschiebbare Moment, den Agnes ihm nun abnötigte. Mit zitternden Händen holte er den Vogel aus dem Brustbeutel. Entgegen seiner Angst, der Vogel würde sich nun noch heftiger gebärden, um seinen Händen entrinnen zu können, war das Tier plötzlich friedlich. Wie schon ungezählte Male zuvor, schauten schwarze Knopfäuglein zu ihm.
„Vertraue deiner kleinen Freundin, Maximilian. Du hast dein Bestes getan. Jetzt ist sie an der Reihe. Also öffne deine Hände.“ Agnes tröstete. Doch auch sie erfasste Aufgeregtheit.
„Gut“, flüsterte Maximilian mit brüchiger Stimme. Für einen kurzen Moment richtete er seine Konzentration auf sein Gehör, um nach Krähengeschrei zu lauschen. Als er nichts dergleichen hörte, küsste er das Vogelköpfchen... öffnete seine Hände... und warf den Vogel sanft in die Lüfte. Zeitgleich schossen ihm Tränen aus den Augen.
Jubelndes Gezwitscher ertönte. Der Vogel schlug einige Male kraftvoll mit seinen Flügeln, um dann in geschmeidigeren Bewegungen in der Luft auf und nieder zu tanzen.
Durch verschwommene Augen beobachtete Maximilian jene Fröhlichkeit. Das anschließende Davonfliegen des Vogels sah er hingegen nicht mehr. Nur Agnes verfolgte, wie das Tier in die lichte Höhe flatterte, bis es aus ihren Blicken verschwand. Zwischen Bangen und Hoffen zog sie den mittlerweile jämmerlich weinenden Maximilian auf die Bank vor ihrer Hütte. Zwar hatte sie seine Traurigkeit wohl erwartet, aber seine heftige Gemütsbewegung erschütterte sie. Ohne Worte zog den in Tränen aufgelösten Jüngling an ihre Brust. Sie wiegte ihn wie ein Kind und resü-

mierte, wie fragil er wohl war, trotz der Tatsache, dass er als Halbwaise hatte aufwachsen müssen. Stimmlos schickte sie ein inbrünstiges Gebet zum Himmel.

Maximilian, dem neben seinen Tränen inzwischen auch die Nase lief und er deshalb nicht mehr frei atmen konnte, arbeitete sich aus Agnes Umarmung. Er stand auf und ging einige Schritte abseits, um dort seine Nase freizuschnauben. Abwechselnd ein Nasenloch zugehalten, entledigte er sich in stoßartigem Ausatmen des lästigen Naseninhalts. Nachdem er seine Augen am Ärmel trockengewischt hatte, winkte er Agnes zum Abschied. „Ich danke dir für alles, Agnes", rang er sich unter neuen Tränen ab. „Ich bringe dir bald Kerzen vorbei, was ich längst tun wollte. Ich habe es bisher nur vergessen."

„Aber nein, bleib noch, Maximilian!", beeilte sich Agnes auszurufen, um ihn in seinen Schritten Einhalt zu gebieten, mit denen er sich schnell davonzumachen gedachte. „Was, wenn der Vogel zurückkehrt? Und du nicht mehr da bist? Mich kennt er doch nicht so wie dich! Komm, setze dich noch einmal her zu mir! Dann warten wir noch ein bisschen."

Maximilian zögerte.

„Nun komm!" Agnes klopfte untermalend mit einer Hand auf die Bank. Sie hatte damit Erfolg. Maximilian saß wieder neben ihr. Schniefend. Aber nicht mehr herzzerreißend weinend.

Wie in Gedanken versunken verharrten sie schweigend beieinander. In Wirklichkeit spannte hoffnungsvolles Warten ihre Nerven. Beide lauschten sie in die Stille des Waldes, die lediglich von den Geräuschen von Agnes' häuslichem Kleinvieh hin und wieder unterbrochen wurde.

Und dann, irgendwann, tatsächlich: Wie von unsichtbarer Hand abgefeuert, schoss ein schwarzer Pfeil vom Himmel her in Maximilians Richtung. Zielsicher traf er auf seinem Scheitel auf. In Selbstverständlichkeit hangelten sich anschließend kleine Krallenfüßchen an seinem Haar hin zum Ausschnitt seines Hemdes, in das mit Blicken aus leuchtenden Knopfäuglein Einlass begehrt wurde. Krähengeschrei folgte dem Überraschungsangriff.

Völlig übermannt lüpfte Maximilian den Brustbeutel und flugs, ohne sein Zutun, war das Vöglein hineingekrochen. Aus sicherem Hort lugte es nun munter in seine Umgebung.

Agnes lachte herzhaft auf und, wenngleich es einige Atemzüge dauerte, stimmte Maximilian in ihr Gelächter ein. „Ist das zu fassen?!", schlug sie sich auf ihre Oberschenkel. „Ach, was für eine Freude! Jetzt gebe ich es zu. Ich hatte auch Angst. Aber, dem Himmel sei Dank, umsonst. Und mir scheint", streckte sie eine Hand nach dem Vogelköpfchen aus, das sich widerstandslos streicheln ließ, „diese kleine Dame weiß ganz genau, wo sie hingehört. Nämlich zu dir."

Maximilian nickte überglücklich. Noch immer war er von der unerwarteten Wendung der Ereignisse überrollt. Trotzdem fuhr ihm zeitgleich ein intensives Kribbeln in den Bauch. Ihm gelang nicht, dies genauer einzuordnen. Aber er spürte, dass mit der Rückkehr seiner gefiederten Freundin die Zeit für Veränderungen herangekommen war.

Neuburg an der Donau, Anfang Oktober 1541

„Ihr hattet doch wohl eine angenehme Herreise, mein verehrter Reinhard von Neuneck?" Ottheinrich freute sich über die Ankunft seines alten Getreuen, dem das Pflegamt zu Lauingen anvertraut worden war. Sofort, nachdem man ihm dessen Erscheinen verkündet hatte, war er in die Gemächer des Neuburger Schlosses geeilt, die für Reinhard von Neuneck gerichtet waren.

„Oh ja, sie war amüsant. Ich hatte in Erfahrung gebracht, wann eines der Ulmer Donauschiffe in Lauingen vor Anker geht. Freundlich reservierte man mir sofort ein trockenes Plätzchen auf jener Zille. So bekam ich Gelegenheit, nicht nur an der Fröhlichkeit der Schiffer und ihren Geschichten teilzuhaben. Ich konnte darüber hinaus, abgesehen von etwas Aufregung an mehreren Stromschnellen, eine wunderschöne Flussfahrt genießen, jetzt, wo sich die Landschaft am Donauufer in den goldenen Herbstfarben zeigt. Auch die Düfte der Natur, des Flusswassers, aufgewirbelt durch die platschenden Ruder... Ach, es war ein Genuss!"

Das Antlitz des alten Ritters zu Glatt zeugte von höchster Wonne, was Ottheinrich aufsaugte wie ein Schwamm. „Dann bedauere ich es umso mehr", fuhr er erst nach einer Weile fort, „dass ich Euch die Rückreise nicht ebenso angenehm bereiten kann."

Reinhard von Neuneck schüttelte lächelnd mit dem Kopf. „Nun, vielleicht schippern die Donaukähne eines Tages auch stromaufwärts. Bislang enden sie als Brennholz, so alle Waren abgeladen sind und die Weiterreise mit dem Flusslauf eine Ankunft beim Türken bedeuten würde."

„Gott bewahre! Dann lieber Brennholz! Für König Ferdinand in Wien!"

Beide Männer lachten.

„Ich werde Euch einen Reisewagen kommen lassen, sobald Ihr nach Lauingen zurückwollt."

„Das ist sehr aufmerksam, aber ich reite lieber. Zwei Tagesritte sind mir durchaus willkommen und sie beanspruchen mein wehes Kreuz sicherlich weniger, als eine holperige Passage über Stock und Stein."

„Gut. Euer Wunsch soll mir Befehl sein. Also ein braves Pferd, ein kleines Gefolge und eine Nacht in einer Herberge mit vorzüglichem Essen."

Auf Ottheinrichs Worte hin verneigte sich Reinhard von Neuneck.

„Kommen wir nun zu meinem Anliegen, für das ich Eure Unterstützung erbitte." Ottheinrich räusperte sich. „Wie Ihr wisst, geht Neuburg unschönen Zeiten der Finanznot entgegen. Daher ist es mir ein großes Bedürfnis, für Frohsinn und Späße zu sorgen. Kurzum: Zur nächsten Fastnacht möchte ich zu einem Ritterspiel aufrufen. Und wer, wenn nicht Ihr als erfahrener Turnierer, könnte mir hierbei mit Rat und Tat zur Seite stehen."

Reinhard von Neuneck konnte sich seiner Verwunderung nicht erwehren. Schließlich passten ein Ritterturnier und Finanznot nicht zusammen.

Ottheinrich hatte nichts anderes erwartet und steuerte deshalb sofort entgegen. „Obgleich es nicht gerade der Tradition entspricht, so weiß ich doch, dass für derartige Vergnügungen durchaus Eintrittsgelder verlangt werden. Eine kleine Münze für ein großes Vergnügen. Daher will dieses Spiel ganz besonders organisiert sein, um Scharen an Schaulustigen anzulocken. Auch bin ich für Schausteller offen, für kleinen Handel und andere Kurzweil, die ein bisschen Geld in des Fürsten Tasche spielen, um damit die Kosten auszugleichen. Auch ein Glückshaven könnte ausgelobt werden, verlockende Preise lauthals angepriesen durch Ausrufer und Trompeter, um recht viele Lose zu verkaufen. Ihr versteht?" Ottheinrichs Augen ruhten gespannt auf dem Ritter.

„Durchaus", rieb Reinhard von Neuneck seinen Kinnbart. „Die Zeiten der blutigen Schaukämpfe um Ruhm und Ehre sind zum Glück vorbei und es wird mir eine Freude sein, ritterliche Tugenden mit ausgelassenem Frohsinn zu vermengen."

„Oh, ich wusste, dass Ihr mir folgen könnt", fühlte sich Ottheinrich bestätigt. „Ritterspiel und Mummerei. Fasching eben. Draußen, auf Grünau, wo wir einen Kampfplatz einrichten könnten, neben Schautribünen und viel Platz für weitere Belustigungen."

„Ihr macht mich neugierig, mein Fürst."

„Nun, ich stelle mir Folgendes vor: Zuvorderst soll ein welsches Gestech stattfinden, aber nach deutscher Manier."

Reinhard von Neuneck musste über Ottheinrichs Eifer lächeln. Gedanklich sah er Kaiser Maximilian I. vor sich, in seinen flammenden Ideen für neue Ritterspiele jenseits der alten rauen Turnierordnungen, trotzdem geleitet von den edlen, ritterlichen Idealen längst vergangener Jahrhunderte. Unvergessen war ihm dessen charismatisches Augenleuchten geblieben, das ihm beim Turnier im Mai 1510 auf dem Augsburger Reichstag begegnete. Jenes Leuchten widerspiegelte sich nun in den Augen Ottheinrichs. Wohltuend junggeblieben war er, unerschütterlich in seiner positiven Lebenseinstellung, trotz unübersehbarem Fürsorgebewußtsein seinen Mitmenschen gegenüber. Auch die Verträumtheit, in die er einst als junger Mann während der gemeinsamen Wallfahrt ins Heilige Land verfallen war, hatte er sich in bewundernswerter Weise erhalten. So war ihm Ottheinrich ein wertvoller Fürst. Auch ohne die lebenslange Bestallung, die ihm aus Dankbarkeit für Treue von Ottheinrichs Mutter einst zuteil geworden war, fühlte er sich ihm, wie auch seinem Bruder Philipp, in väterlicher Zuneigung verbunden. So stand es außer Frage, ihn auch jetzt, und mit allem Ernst trotz der ungewöhnlichen Bitte, zu unterstützen... „Nach welscher Art trennen wir die Kampfbahn also durch Planken in zwei Hälften", resümierte Reinhard von Neuneck sachkundig. „An ihr wird im Zweikampf entlanggeritten und darüber hinweggestochen."

„Genau. Das erscheint mir sicherer", bekräftigte Ottheinrich. „Aber das Stechen selbst erfolgt nach deutscher Art mit dem Ziel, den Gegner aus dem Sattel zu heben oder halt die Lanze zu zerbrechen."

„Und die Lanzen tragen ein Krönl an der Spitze, nichts Scharfes."

„Stimmt. Wir wollen Spaß, keine Unfälle. Deshalb soll die Kampfbahn auch gut mit Stroh aufgeschüttet werden. Die Kampfregeln im Detail schreiben wir später nieder. Und nach diesem Zweikampf zu Pferd schwebt mir ein Fußkampf im Sinn. Was meint Ihr dazu?"

„Eine gute Idee, denn die Beschaffung von Ross und Rüstzeug für das Stechen ist kostspielig und wird nicht allzu viele Turnierer herbeilocken. Aber, ich denke, auch im Fußkampf wünscht Ihr keine scharfen Waffen."

„Natürlich nicht. Ich denke hier eher an eine Mummerei, einen Kampf im Kostüm. Stellt Euch vor, die Gegner tragen eine lustige Helmzierde und diese gilt es zu erhaschen. Oder..." Ottheinrich durchfuhr eine Erinnerung: Urplötzlich sah er Reinhard von Neuneck während der gemeinsamen Reise ins Heilige Land, in einem Moment, als die Türken sie an ihrer Weiterreise hindern wollten. Couragiert, seinem Ritterstande gemäß, hatte von Neuneck einen Stein nach einem Türken geworfen. Was ihm im Nachhinein einen Dukaten gekostet hatte, mit dem er sich aus den Händen der Osmanen loskaufen musste...

„Oder? Was, oder, mein Fürst?" Reinhard von Neuneck hakte nach, da Ottheinrich sich nicht aus seiner stummen Erinnerung lösen, man ihm aber seine Erheiterung deswegen ansehen konnte.

„Ach, ich erinnerte mich gerade an Euren Steinwurf nach dem Helm eines Türken, damals, vor Rhodos. Und für einen Moment dünkte es mir einen guten Einfall, diesen Wurf als Wettkampf während unserer Ritterspiele auszuloben."

In der Aussicht auf köstlichen Schabernack lachten beide Männer auf.

„Nun gut. Nicht allzu ritterlich, aber sicher stoßt Ihr damit auf ungeteiltes Interesse." Reinhard von Neuneck sammelte sich wieder. „Nur, weshalb veranstaltet Ihr nach dem Stechen kein Ringelrennen? Oder ein Rennen um den Scharlach?"

„Ach, nein", entgegnete Ottheinrich leicht verdrießlich in Erinnerung früherer Wettkämpfe, die ihm jetzt irgendwie albern erschienen. „Ich weiß ja, einen Ringelbaum aufzustellen, oder einen Pfahl mit dem Scharlachtuch, und das Haschen danach, sind groß in Mode. Aber deshalb

auch überall anzutreffen. Nein. Unsere Fastnacht auf Grünau soll eine ganz besondere werden." In den Tonfall von Ottheinrichs letzten Worten hatte sich Wehmut eingeschlichen, begleitet vom Abschweifen seines Blickes in die Ferne.
Reinhard von Neuneck verstand nur allzugut: Ottheinrich war sich der schweren Zeiten, denen er sich unaufhaltsam entgegengetrieben sah, bewusst. Und jenes Ritterspiel, das ihm jetzt vorschwebte, wäre ein Lichtstrahl, der in düstere Tage hinüberleuchtete...

Neuburg an der Donau, Sonntag, den 02. Oktober 1541

Aufgeregt stand Maximilian etwas abseits des imposanten Stadttores von Neuburg. An diesem freien Tag hatte er sich keinen Ausflug an die Donau verordnet. Sondern er war, im Grunde spontan, vom bereits eingeschlagenen Weg abgewichen und zur Stadt seiner Träume gelaufen. So hatte er auch den Vater nicht gefragt, wo er jenen Schneidermeister finden konnte. Genauso wenig war er sich im Klaren darüber, wie er, wenn er ihn ausgemacht hätte, praktisch vorgehen wollte, um die ersehnte Lehrstelle zu ergattern.
„*Jetzt sind wir hier. Alles andere ergibt sich, nicht wahr?*" Maximilian schickte einen Blick hinunter zu seinem Vögelchen, das von seinem Hemdausschnitt her zu ihm äugte. Damit versuchte er, sich selbst zu beruhigen. Trotzdem klammerte er sich an sein Bündel mit der verschmutzten Kleidung, die er sonntags für gewöhnlich in der Donau wusch, und daher auch heute bei sich trug...
Eigentlich hatte er an der Patrouille, die das Stadttor bewachte, unauffällig vorbeigehen und die Stadt betreten wollen. Aber die Szenerie, die sich vor ihm abspielte, verunsicherte ihn so sehr, dass er einige Schritte zurückwich und verharrte: Ein Junge in zerlumpter Kleidung begehrte lautstark diskutierend von den beiden Wachmännern, das Tor passieren und die Stadt betreten zu dürfen, was ihm allerdings verweigert wurde.
„Aber ich will doch nur ein paar von meinen Pfeifchen verkaufen!", drang an Maximilians Ohren. Unterstreichend nahm der Junge einen Sack von der Schulter. Er stellte ihn vor seinen schmutzigen, nackten Füßen ab, kramte darin herum, um dann einige Rindenpfeifchen vorzuzeigen. - Er blieb erfolglos. Die geharnischten Wachposten beschimpften ihn als Tagedieb und Landstreicher, unterstrichen von einem heftigen Schubs, von dem er strauchelte. Anschließend warfen sie ihm seinen Sack hinterher und verschränkten vor ihm demonstrativ die stahlblitzenden Bartschneiden der Hellebarden, die sie bei sich führten.
Spatzengleich vor sich hinschimpfend, sammelte der Junge seine verstreuten Habseligkeiten zusammen. Dabei fiel sein Blick auf Maximilian, der ihn ungewollt anstarrte.

In seiner Wut lag Paule sofort Bitterböses auf der Zunge. Die Menschenkenntnis, die er sich notgedrungen zu eigen gemacht hatte, hielt ihn jedoch in gleichkurzer Zeit ab, jene Worte auch auszustoßen. Denn der Jüngling, der ihn anstierte, schien zutiefst verunsichert. „Komm mit", raunte er ihm deshalb leise zu, damit die Wachen ihn nicht verstehen konnten. „Hier ist nichts zu holen. Aber es gibt noch einen anderen Zugang." Ohne auf Maximilian zu warten, gürtete er seinen Sack und trottete sich.
Unschlüssig wanderte Maximilians Blick zu den Wachen, die ihn bislang nicht beachteten. *Welche Worte hatte er eigentlich an sie richten wollen, damit sie ihn in die Stadt einließen?* Er besah seine eigene ärmliche Kleidung und schlussfolgerte niedergeschlagen, dass es ihm wohl gleich dem barfüßigen Jungen ergehen würde. Deshalb beeilte er sich ohne noch länger nachzudenken, ihn einzuholen. Zügigen Schrittes hatte der Junge die hölzerne Brücke passiert, die über den breiten, wassergefüllten Burggraben vom Stadttor wegführte. Ebenso lag das Zollhäuschen hinter ihm, das sich unmittelbar an das landseitige Brückenende anschloss. In dem Moment, als er nach rechts auf einen Weg einbog, der am Burggraben entlang um die Stadt herumführte, hatte Maximilian ihn eingeholt. Beide blieben stehen und jetzt duldete Paule, dass er eingehend gemustert wurde. Auch er sah seinem Gegenüber offen ins Gesicht. Seine Blicke wurden aber nicht von etwas angezogen, was mit seinem schielenden Auge vergleichbar wäre, das ihn schlimm entstellte. Nein. Es war das blondschimmernde, langgelockte Haar, das so gar nicht zur ärmlichen Kleidung des jungen Mannes passte.
Im Nachhinein tat es Maximilian leid, dass er den schielenden Jungen regelrecht angegafft hatte. Indes, er konnte es nicht mehr ungeschehen machen. Deswegen reichte er ihm umso herzlicher die Hand, unterdessen er noch immer über sein Äußeres resümierte: Er konnte sich nicht erinnern, je in ein liebenswürdigeres Gesicht geschaut zu haben, so man die Hälfte mit dem schielenden Auge ausblendete. Diese offenbarte die Tragik des Geschicks des brünetten Knaben, die Maximilian aus der Situation heraus vermutete. Auch die Haltung der ausgemergelten, blassen Gestalt erregte sein Mitleid. Geschuldet einem kleinen Buckel, ging der Junge leicht gebückt mit nach von geneigtem Kopf. Seine hängenden Arme wirkten dadurch überlang und die schleppenden Schritte vervollständigten den Eindruck eines geschundenen Wesens, das kaum das Kindesalter hinter sich gelassen hatte. „Ich heiße Maximilian", eröffnete er das Gespräch zwischen ihnen. „Und wer bist du?"
„Das sieht man doch", kam leicht ironisch zurück. „Ich bin ein dreckiger Schieler."
„Aber nein", schickte sich Maximilian mit einer Gegenäußerung. „Sieh mich an. Ich bin auch nicht sauber. Also, wie heißt du?"

„Paule."
„Und woher kommst du?"
„Von überall her."
„Bist du allein?"
„Wen siehst du hier alles?" Paule mochte nicht, wenn man ihn ausfragte, da Derartiges meistens in Spott endete. - Diesmal irrte er sich. Derjenige, der ihm seinen Namen genannt hatte, schien keine Gemeinheiten im Sinn zu haben. Im Gegenteil. Paule fühlte sich am Arm gedrückt, um dann gefragt zu werden, ob er Hunger hätte. *Natürlich hatte er Hunger!!* Sein Herz hüpfte, als Maximilian ein zusammengeknotetes Tüchlein lüpfte, das den Duft von Speck ausströmte. „Wir können uns da drüben hinsetzen", zeigte er schnell mit einer Hand auf eine kleine Gruppe von Laubbäumen unweit des Burggrabens. Eifrig zog er seinen neuen Bekannten in jene Richtung und kurz darauf kaute er selig an einem Brotkanten und einer Speckscheibe. - Maximilians Herz krampfte angesichts des ausgehungerten Jungen. Selbstredend schob er ihm seine ganze Essensration zu und begnügte sich mit einem Apfel im Wissen, dass abends eine warme Grütze auf ihn wartete.
„Was willst du in der Stadt, Maximilian?", öffnete sich Paule in traulichem Ton, den er verstärkte, nachdem er lediglich ein tiefes Seufzen als Antwort erhalten hatte. „Na komm schon, antworte mir."
„Ich suche einen Schneider", folgte resigniert.
Jetzt meinte Paule, zu verstehen. *Deshalb das herrliche Haar und die helle Haut!* „Du bist aus gutem Hause und man hat dich ausgeraubt! Und nun willst du dich neu einkleiden, damit man dich wiedererkennt!"
„Wie kommst du denn darauf?" Leicht irritiert ließ Maximilian von seinem Apfel ab und sah zu Paule. „Ich bin der Sohn vom Kerzenzieher aus Kreut. Ich schufte sechs Tage in der Woche in meines Vaters Werkstatt und ertrage den Gestank von triefigem Talk aus Tiergedärm."
„Ach so." Paules aufgeflackertes Fantasiegebilde verglomm. „Aber immerhin bekommst du Speck zu essen", fuhr er leicht vorwurfsvoll fort. „Und einen warmen Ofen gibt es bestimmt auch für dich. Wir können gerne tauschen." Sehnsüchtig leckte er seine fettigen Finger ab, denn der herrlich duftende Speck war längst vertilgt.
Vehement schüttelte Maximilian das schlechte Gewissen ab, das sich an ihn herangeschlichen hatte, und ohne, dass er es recht bemerkte, erzählte er zeitvergessen von seinem Alltag und seinen Träumen... Paule war ein verständnisvoller Zuhörer, geschuldet dem ungekannten Luxus einer offenen, ehrlichen Begegnung. Geduldig nahm er Anteil am Gehörten. „Ich verstehe dich gut", kommentierte er, als Maximilian mit seiner Erzählung an dem Punkt angekommen war, an dem sie sich begegnet waren. „Aber dir geht es um einiges besser als mir. Willst du jetzt meine Geschichte hören?"

Maximilian nickte und als Paule später geendet hatte, übermannte ihn angesichts des eben Gehörtem eine leidenschaftliche Idee, die sein Herz bis zum Hals schlagen ließ. „Was meinst du, Paule? Ich finde, für heute sollten wir davon ablassen, in die Stadt reinzukommen. Wir haben uns verquatscht. Schau mal, die Sonne geht bald unter. Wir sollten uns lieber auf den Heimweg machen."
„Heimweg ist gut", schickte Paule in leiser Enttäuschung zu Maximilian. *Hatte der blonde Junge ihm nicht richtig zugehört?! Er hatte kein Zuhause mehr!*

Dörfchen Kreut, knapp zwei Stunden später

„Vater, das ist Paule, mein neuer Freund. Ich habe ihn am Neuburger Stadttor getroffen."
„Wer? Wo? Am Neuburger Stadttor? Was wolltest du denn dort?" Helmut verstand nicht. Seine beunruhigten Blicke wechselten zwischen seinem Sohn und dem zerlumpten, schielenden Jungen, der sich hinter Maximilians Rücken duckte.
„Ich wollte zum Schneider", kam kleinlaut.
„Zum Schneider?! Aber warum hast du mich nicht... Du weißt doch gar nicht..." Helmut blieb der Mund offen.
„Ich habe mich nicht getraut, Vater. Ich dachte, ich kann das allein. Bitte, verzeih mir." Maximilian trat zu seinem entgeisterten Vater, fasste seine Hände und küsste sie.
„Ja, ja, schon gut, mein Sohn. Aber, warst du denn beim Schneider?? Was hat er gesagt? Er hat dich auch gedemütigt!"
„Nein, ich kam nicht weit. Ich habe gesehen, wie die Torwächter Paule verjagt haben. Und da hat mich mein Mut verlassen."
„Paule also." Helmut stieß die festsitzende Luft aus seinen Lungen und wandte sich dem Jungen zu, der einen restlos verschüchterten Eindruck auf ihn machte.
Paule verstand sich selbst nicht. Während der Jahre, in denen er heimatlos auf der Straße vegetieren musste, hatte sich sein Wesen verhärtet. Nicht, dass er seinen Überlebenskampf auf Kosten anderer Leidgeplagter ausfocht. Er maß wohl ab, wen er bestehlen konnte, wenn er nicht seine Rindenpfeifchen redlich verkaufte, um nicht zu verhungern oder zu erfrieren. Doch jetzt wurden ihm die Knie dermaßen weich, dass er meinte, er würde einknicken. Die Aussicht, vielleicht eine wirkliche Bleibe gefunden zu haben, zerdrosch seine harte Schale mit wuchtigen Hammerschlägen.
„Was willst du von meinem Sohn, Bürschchen?", gab sich Helmut streng.
„Ich..., also ich..." Paule stammelte. Er fand keine Worte.
„Ich habe ihn überredet, mit mir zu kommen, Vater. Paule hat kein Zuhause mehr."

„So, so“, kniff Helmut seine Augen halb zusammen. „Das behauptet sich schnell, wenn man sich irgendwo einschleichen will, um dann gutgläubige Leute zu bestehlen“, zischte er. „Solche Landstreicher gibt es zu Hauf.“
„Ich bin kein Landstreicher“, zerschellte Paules Hoffnung an Helmuts feindseligem Tonfall. Er richtete sich auf, senkte dabei aber seinen Blick tieftraurig zu Boden. Dann schickte er sich an, die Kerzenzieherwerkstatt ohne ein weiteres Wort zu verlassen.
Maximilian spürte Paules Enttäuschung. Ihn durchfuhr schmerzliches Mitleid, das ihn mobilisierte, Paule fest bei den Schultern zu fassen. „Mein Vater ist nur misstrauisch“, suchte er Paules Blick. „Er meint es nicht böse. Also bleibe hier.“ Entschlossen schob er Paule zurück in die Werkstatt. Unter einem bittenden Blick auf seinen Vater nötigte er ihn, seinen Sack abzulegen und sich hinzusetzen. „Jetzt erzählst du meinem Vater deine Geschichte. Ich koche uns derweil einen schönen heißen Kräutertee. Einverstanden?“
Nachdem sein Vater zustimmend genickt hatte, verließ Maximilian die Werkstatt, um den Tee zu kochen. Als er wenig später damit zurückkam, schnitzte Paule emsig an einem Aststückchen.
„Na ja, ich gebe es zu. Das Messer habe ich gestohlen“, hörte er Paule in gleichem traulichen Tonfall sprechen, der dazu beitragen hatte, ihn nach Kreut mitzunehmen. Ihm fiel ein Stein vom Herzen, denn seinem Vater war nun anzusehen, dass er Paule eher gewogen war. Mit einem Lächeln im Gesicht verteilte Maximilian daher die irdenen Becher, aus denen es kräuterduftend dampfte, um sich danach zu den beiden hinzuzugesellen.
Für einen Moment unterbrach Paule seine Arbeit und schlürfte genüsslich vom Tee. Doch dann fuhr er damit fort, als ob man es ihm befohlen hätte. Beflissen klopfte er mit dem Griff seines Messers so lange auf der Rinde des Weidenstöckchens herum, bis sie sich löste und Paule das hölzerne Innere herausschieben konnte. Von da an dauerte es nicht mehr lange, und er überreichte Maximilians Vater ein fertiges Rindenpfeifchen.
„Leider halten sie nicht lange“, kommentierte er und kramte in seinem Sack. „Nach wenigen Tagen sind sie vertrocknet und funktionieren nicht mehr. So muss ich immer neue schnitzen, denn jeden Tag besteht die Hoffnung, dass ich welche davon verkaufe.“ Er hielt nun ein weiteres Pfeifchen in seiner Hand. „Das geht noch“, urteilte er. Daraufhin führte er es an seine Lippen und entlockte ihm gekonnt einige Flötentöne.
Maximilian staunte nicht schlecht, als sein Vater in das Flöten einstimmte. Unbeschwert, direkt knabengleich, musizierte er mit Paule. Beide waren sogar aufgestanden und tänzelten flötend durch die Werkstatt.
Schnell bekamen sie Verstärkung. Nämlich das schwarze Vögelchen, das sich aus dem Brustbeutel herausgearbeitet hatte. Ehe Maximilian es sich versah, umflatterte es zwitschernd die beiden ausgelassenen Musikanten, die den Neuzugang umgehend in ihrer Mitte aufnahmen.

Paules Verwunderung über den ungewöhnlichen Vogel folgte erst, als ihm die Puste ausging und er auf die Ofenbank sackte. Maximilians Vater japste ebenso nach Luft und das Vöglein suchte sich ein Ruheplätzchen auf Maximilians Schulter.
Traulichkeit hielt in der Kerzenzieherwerkstatt Einzug. Niemand sprach auch nur ein Wort. Stattdessen überließ man sich seinen eigenen Gedanken über die unerwartete Situation. - Der Vogel war es, der jenes stumme Resümee beendete. Zuerst zupfte er an Maximilians Ohrläppchen, als ob er ihn aus seiner Gedankenversunkenheit holen wolle. Danach flog er auf und pickte an einem der geleerten Teebecher.
„Ich glaube, hier hat jemand Hunger", entfuhr Maximilian ein kleiner Lacher.
„Ganz meine Meinung", lachte auch Maximilians Vater auf. „Also, mein Sohn, begib dich nochmals in die Küche und rühre uns eine Grütze an. Aber bedenke, dass wir zu dritt sind." Unter seinen Worten stand er auf, um sich neben Paule auf die Ofenbank zu setzen und ihm auf die Schulter zu klopfen. „Ich habe keine Zeit zum Kochen. Ich will mir nämlich noch die angekündigte Geschichte anhören. Bisher habe ich ja nur erklärt bekommen, wie man ein Pfeifchen aus einem Weidenästchen schnitzt."
Maximilian folgte, Paule zuzwinkernd.
Paule konnte sein Glück kaum fassen. Und so erzählte er selig von seinem Vater, der in Mainz eine Buchdruckerwerkstatt betrieben hatte, bis er an der Ruhr starb und seine Frau ihm bald ins Grab nachfolgte. Auf dem Sterbebett verfügte sie, dass eine Base nach Mainz käme. Sie sollte die Vormundschaft über den siebenjährigen Sohn übernehmen, um dass er nach Großjährigkeit das väterliche Handwerk fortführe. Bloß genügte dies jener Verwandten nicht. Paule stand deren eigenen Plänen im Weg und deshalb ersann sie eine List. Sie machte ihn glauben, sie ginge mit ihm auf Reisen. Aber aus der Kutsche, in die er vertrauensvoll und vorfreudig mit ihr eingestiegen war, verstieß man ihn, in der zweiten Nacht ihrer Reise, irgendwo im Wald, weit weg von Mainz... zu weit für ein Paar Kinderfüße...
Auf das Gehörte hin riss Helmut den Waisenjungen an sein Herz.

Neuburg an der Donau, am Tag darauf

Heute unternahm Maximilian keinen Alleingang. Heute gab es sogar zwei Menschen, die zum Gelingen seines Vorhabens beitragen wollten...
Sein Vater hatte ihn beschworen, Sonntagskleidung anzuziehen. Schließlich müsse er unbedingt einen guten Eindruck hinterlassen. Maximilian folgte dem nicht. Ihm klangen nämlich Agnes' Worte im Ohr, wie sie davon sprach, dass Armut kein Grund wäre, sich demütigen zu lassen. So zog er zwar frische Kleidungsstücke an, aber es waren von denjenigen,

die er tagtäglich bei seiner Werkstattarbeit trug. Als er selbst wollte er dem Schneider gegenüberstehen, sicher in seinem Auftreten, nicht verunsichert durch Kleidung, die etwas suggerierte, was ihm nicht entsprach. Wessen er jedoch genauestens folgen würde, war des Vaters Wegbeschreibung. Sie hatte Paule zu freudigen Ausrufen animiert: Das Haus des Schneiders befand sich unweit desjenigen Stadttores, das Paule als weitere Zugangsmöglichkeit im Sinn hatte, als er und Maximilian sich begegneten. So war es selbstverständlich, dass Paule nach Neuburg mitginge.

„Wir machen es wie besprochen. Also..." Paule blieb stehen, als das Obere Stadttor von Neuburg in Sichtweite kam. Er wiederholte noch einmal, dass er sicherheitshalber die Torwächter ablenken würde, damit Maximilian das Tor unbehelligt passieren könne. Der Vater hatte zwar berichtet, dass man ihm keinerlei Schwierigkeiten bereitet hätte, da jenes Tor, vom Schloss aus gesehen, am anderen Ende der Stadt lag. Es mündete in diejenigen engen Gassen, in denen die Handwerker und weniger betuchten Bürger siedelten. Deswegen benutzten es die hohen Herrschaften eher selten und auch von Händlern, die Zölle leisten mussten, wurde es nicht frequentiert. Alle Markttreibenden waren bekanntlich verpflichtet, sich am städtischen Zollhaus einzufinden. Dieses lag sinnigerweise an der einzigen Donaubrücke der ganzen Gegend, an der sich die Handelswege um Neuburg bündelten, unweit des wuchtigen Stadttores, an dem sie sich begegnet waren... Paule war von seinen eifrigen Schilderungen derart eingenommen, dass er das Menschentrüppchen nicht bemerkte, das an ihnen vorbeigelaufen war.
Eben betraten jene Leute die Brücke über den Burggraben, die direkt zum Stadttor hinführte. Dabei plauderten und lachten sie entspannt. Ganz offensichtlich bescherten ihnen die Torwachen, die sie gleich erreichen würden, keinerlei Aufregung.
Maximilian nahm diese Beobachtung unbedingt ernst, denn seine Anspannung vervielfachte sich unter Paules beflissenen Erklärungen. Ohne weiter auf dessen wohlgemeinte Taktik einzugehen, folgte er der Menschentraube, auch wenn er mit deren Kleidung nicht ganz mithalten konnte. Er mutmaßte, dass es sich vielleicht um Bedienstete handelte, die sich an diesem Montagmorgen zu ihrer Anstellung in der Stadt einfanden.
Was passte besser, als sich ihnen anzuschließen? Ebenso entspannt und wie selbstverständlich?
„Warte nicht auf mich. Gehe zurück zum Vater und helfe ihm an meiner Stelle in der Werkstatt", raunte er Paule deshalb zu, und schon knarrten die Holzbohlen der Brücke unter den Sohlen seiner Bundschuhe.
Maximilian spürte Paules Entgeisterung in seinem Rücken, aber er wandte sich nicht mehr zu ihm um. Entschlossenen Schrittes ging er auf

das Stadttor zu. Wie erhofft, beachteten ihn die Torwächter, die er zeitgleich mit den anderen Passanten freundlich grüßte, nicht. Kurz darauf hatte er den von zwei Türmchen gesäumten Torbogen passiert - und er betrat das erste Mal in seinem Leben die Stadt.

Auch jetzt drehte er sich nicht um. Er sah nach vorn, zur Gasse, die sich vor ihm auftat. In einer engen Kurve, deren Ende nicht einsehbar war, schmiegte sie sich linkerhand an der mehrere Meter hohen Burgmauer entlang. An ihrer rechten Seite begrenzte sie ein langgezogener, mehrstöckiger Gebäudetrakt, der mit diversen Zugbalken und vielen kleinen Fensterluken offensichtlich als Lagerhaus diente.

In seiner Überwältigung war Maximilian nicht mehr in der Lage, dem zügig ausschreitenden Trüppchen weiter zu folgen. Er verlangsamte seine Tritte im Ansinnen, seinem rasenden Herzschlag entgegenzuwirken. *Was, wenn er in dieser Aufgewühltheit sogleich dem Schneidermeister gegenüberstand, der auch ihn mit Demütigungen abspeiste? Und er selbst nicht die richtigen Worte fand, um sich gebührend zu behaupten aber trotzdem nicht im Ton zu vergreifen??*

Indes, sein Puls galoppierte erneut, denn nach wenigen Schritten, hinter der Kurve, türmte sich vor ihm ein weiteres Hindernis auf. Und zwar ein Torturm, der die gesamte Gasse überspannte. An nichts anderes konnte Maximilian denken, als dass an dessen engem, mit einem Gittertor versehenem Durchgang die nächsten Wachen warteten.

Und tatsächlich. Noch während er gegen seine Aufregung ankämpfte, ertönten Rufe, die eindeutig an ihn gerichtet waren... *Warum nur war er zurückgeblieben, anstatt sich im Schutz des Trüppchens weiterzubewegen, bis er sein Ziel, das Schneiderhaus, erreicht hatte?! Was, wenn man ihn nun aus der Stadt wieder hinauswarf?!*

Maximilians Knie wurden weich, denn erneut rief jemand nach ihm. Er war lediglich noch in der Lage, zu ergründen, von woher genau die Rufe schallten, und was man ihm antrug: Aus einem geöffneten Fenster des Torturmes lugte das Antlitz eines Greises. Aus zahnlosem Mund verkündete er, der Stadttürmer zu sein, der jeden Eindringling zu melden hätte. Nur seine Posaune, aus der er drei Warntöne zur Ankündigung eines Haderlumpen ausstoßen müsste, wäre gerade nicht greifbar.

Maximilians Mund blieb ihm offen. Er vermutete einen Scherz, war sich aber nicht sicher, ob er den Alten einfach ignorieren, und weitergehen könnte. Zudem hoffte er umsonst auf weitere Passanten oder Fuhrwerke, an deren Verhalten er sich hätte orientieren können. - Eine resolute Frauenstimme nahm ihm die Entscheidung ab. Auch sie erschien am Fenster.

Sie schimpfte mit dem Greis und als sie ihre Schelte beendet und den Großvater, wie sie ihn bezeichnete, vom Fenster weggeschoben hatte, wandte sie sich Maximilian zu. Noch immer stand er verunsichert am Fuße des Turmes.

„Das war nur unser Opa", rief sie ihm augenzwinkernd zu. „Früher war er hier der Stadttürmer. Jetzt begleitet sein Sohn, mein Gatte, dieses Amt vom Kirchturm aus. Aber Opa meint immer noch, er sei der Türmer, weil wir hier wohnen dürfen. Also gehe ruhig deiner Wege, junger Mann. So du redliche Absichten hast. Oder soll ich doch nach der Posaune kramen?" Sie lachte auf, musterte Maximilian dabei aber neugierig.
Angesichts ihrer Fröhlichkeit wich Maximilians Aufregung. *Was dachte er sich nur! Er befand sich in der Stadt seiner Träume, in der freie Bürger lebten, die fleißig ihr Handwerk ausübten! Viel zu sehr hatte er sich von seinem Vater und von Paule verunsichern lassen...* „Ich suche das Haus von Schneidermeister Ruprecht, gute Frau", rief er freimütig nach oben. „Ich habe mir sagen lassen, dass es hier ganz in der Nähe ist", schickte er selbstbewusst hinterher. *Wie gut er sich auf einmal fühlte!!*
„Das stimmt!", kam ohne jeden Argwohn zurück. „Gehe nur durch das Tor hier hindurch. Dann findest du das Haus bald auf der rechten Straßenseite. Stehst du an der Kirche, bist du zu weit gelaufen!"
Bevor sie das Fenster wieder schloss, winkte sie Maximilian zu, was er frohgemut erwiderte. Auf dem Fuße straffte er sich. Er fasste das Gittertor, öffnete es unter einem Quietschen, und schon hatte er den Torbogen passiert.
Nun streckte sich die Gasse. Zwar führte sie auch hinter dem Tor noch in leichtem Bogen bergan, trotzdem gab sie den Blick auf mehrere Häuser frei, die sich zu ihren beiden Seiten aneinanderdrückten. - Bis auf eine Ausnahme. Zur Rechten. Von Neugierde gepackt, ging Maximilian darauf zu: Jenes Haus überragte die anderen Gebäude um ein Stockwerk. Auch grenzte es stadteinwärts nicht direkt ans Nachbarhaus, sondern dazwischen lag ein Gärtchen. Kaum breiter als das zweiflügelige Gatter, das es von der Gasse abschottete, fanden dennoch zwei Obstbäume darin Platz, und neben einigen kleinen Kräuter- und Gemüsebeeten rankte sich an der Hausmauer eine Weinrebe empor. Das Auffälligste an diesem Haus war jedoch ein übergroßes Fenster mit breitem Sims im Erdgeschoss... und... das schmiedeeiserne Zunftzeichen eines Schneiders über der Haustür.
Ein weiteres Mal schlug Maximilians Herz bis zum Hals und flatternde Aufregung erweichte ihm die Knie: Einerseits wollte er nicht zu lange auf der Gasse stehenbleiben. *Was, wenn man ihn bereits beobachtete?!* Andererseits meinte er in seinem Kopf einen Bienenschwarm. *Wo waren nur die Worte, die er sich in der vergangenen Nacht so fein zurechtgelegt hatte?!* Maximilian lenkte seine Gedanken zu Agnes. Zu ihrer Predigt. Aber auch daran, wie er ihr von genau diesem Moment berichtete, in dem er sich soeben befand... stolz, weil er sein Ziel tatsächlich erreicht hatte und dafür ihr Lob erntete... *Jetzt galt es! Ohne ein Zurückweichen!*
Wie von einem Bändchen gezogen, setzte Maximilian seine letzten

Schritte bis an die Eingangstür des Schneiderhauses. Dort schloss er seine Augen und legte eine Hand an sein Brustbeutelchen. Mit der anderen fasste er nach dem massiven Türklopfer... hob ihn an... und ließ ihn aus seinen Fingern gleiten...
Mit einem lautstarken Krachen schlug er an der Haustür auf, woraufhin im Hausinneren Stimmen laut wurden. In höchster Anspannung hielt Maximilian seine Augen noch immer geschlossen. Er öffnete sie erst, als er einen Schlüssel im Türschloss knirschen hörte und die Haustür aufging. In Erwartung des erzürnten Schneiders, der ihn sogleich mit Schmähungen überhäufen würde, blickte er auf ein leicht pausbäckiges Frauengesicht. Das Lächeln, mit dem dieses Antlitz ihn nach einem kurzen, musternden Blick bedachte, milderte zumindest seine allergrößte Aufregung. Auf die Frage hin, was er denn wolle, nahm er seine Filzkappe ab und verneigte sich. „Ich wünsche bitte den Schneidermeister zu sprechen."
„Oh, er ist immer sehr beschäftigt. In welcher Angelegenheit?", baute die Frau, zu der das freundliche Gesicht gehörte, vor. Im selben Augenblick polterte es hinter ihr.
„Weib", hörte Maximilian eine Männerstimme, „was plauderst du an der Haustür herum? Ich hatte dich gebeten, mir eine..."
Ruprecht brach mitten im Satz ab, als er jemand vor seiner Haustür stehen sah. Für einen Wimpernschlag trafen sich seine mit den Augen des Jünglings, die in Hellblau zu ihm leuchteten. Das nächste, was er von ihm wahrnahm, war sein blondes Haar, das sich in sanften Locken bis über seine Schultern ergoss. Die schäbige, ärmliche Kleidung realisierte er erst, als seine Blicke hin zur schlanken, hellhäutigen Hand wanderten, die der junge Mann an sein Herz gelegt hatte. - Ruprecht schob sich an seiner Gattin vorbei. „Wer schickt Euch zu mir und was ist Euer Begehr?", fragte er vorsichtshalber manierlich, denn die Erscheinung des ihm Unbekannten vermochte er zunächst nicht einzuordnen.
Des Schneiders völlig unerwartete Höflichkeit ermutigte Maximilian, wenngleich es nur einige Atemzüge dauerte, bis er sich bewusst war, dass dies bloß ein Irrtum sein konnte. - Trotzdem. Ohne Umschweife eröffnete er seine Bitte: „Niemand schickt mich. Ich komme aus freien Stücken zu Euch. Aber ich wiederhole die Bitte meines Vaters, von Euch das Schneiderhandwerk erlernen zu dürfen."
Auf diese Worte hin stand Ruprecht der Mund offen. Auch seine Frau äugte aus aufgerissenen Augen über seine Schultern zu dem jungen Mann, der seinem Anliegen eine erneute Verbeugung folgen ließ.
„Mein Name ist Maximilian Echter", richtete er sich wieder auf. „Ich bin der Sohn des Lichtziehers zu Kreut, der im letzten Monat hier war." Frei von Scheu blickte Maximilian dem Schneidermeister ins Gesicht.
Ruprecht erinnerte sich sofort, denn die Begegnung mit jenem Bittsteller

war nicht ganz spurlos an ihm vorübergegangen: Normalerweise war er nicht so überheblich, wie er es gegenüber dem ärmlich gekleideten Mann gewesen war. Aber der hatte ihn auf dem falschen Fuß erwischt. Er begegnete ihm in einer Art von Unterwürfigkeit, die er nicht ausstehen konnte. Im Endeffekt hinterließ dieses Aufeinandertreffen bei ihm Unbehagen. - Völlig anders wirkte der Jüngling, der nun vor ihm stand. Er zeigte keine Spur von Unterwürfigkeit. Er schien selbstbewusst und entschlossen, dabei angenehm offenherzig... Was Ruprecht allerdings stutzig machte, war die Tatsache, dass er dem angeblichen Vater rein äußerlich überhaupt nicht ähnelte. Vor allem fiel ihm auf, dass er auch anders gekleidet war. Zwar sauber, so ging er doch in zerschlissener Kleidung und nicht im Geschonten für den Kirchgang am Sonntag, um sich in ein besseres Licht zu stellen... Kurzum. Ruprecht konnte den Jüngling nicht einordnen. Er wirkte auf ihn wie ein Sohn aus edlem Hause, den man in Lumpen gesteckt hat. Deshalb wurde er misstrauisch. *Wollte ihn der Zunftmeister auf die Probe stellen? Dass er sich an die strenge Zunftordnung hielt? Hatte ihn etwa ein Neider denunziert? Oder schickte ihn ein Übelwollender den jungen Mann im Versuch, ihn eines Vergehens schuldig zu machen, damit er sein Privileg einbüßte? Schließlich gab es nicht wenige, die ihn darum beneideten. Als Schneidergeselle nämlich war er dem Aufruf der hiesigen Schneiderzunft gefolgt, einen Teil seiner Wanderjahre im Gefolge des jungen Fürsten von Pfalz-Neuburg auf seiner nicht ungefährlichen Pilgerreise ins Heilige Land zu absolvieren. Da es ihm gelungen war, Ottheinrichs Ansprüche während dieser Reise zu erfüllen, stand er seitdem in seiner Gunst. Ein- oder zweimal im Jahr durfte er für ihn kostspielige Gewänder anfertigen. Nicht einmal die Hofschneider kamen in jenen regelmäßigen Genuss. Deren Aufgabe lag zumeist in der Herstellung der Kleidung für die Hofbediensteten... Jedenfalls sicherten ihm die fürstlichen Aufträge ein sorgenfreies Auskommen.* „Ich kann Euch Eure Bitte nur erfüllen, so Ihr zuvor beim Zunftmeister um eine Lehrstelle ersucht und die erforderliche Summe hinterlegt“, antwortete Ruprecht also vorsichtig.

„Dies sagtet Ihr bereits meinem Vater. Aber wir sind arm. Wie sollen wir 120 Gulden aufbringen? Ich bitte Euch deshalb von ganzem Herzen, mir dennoch eine Gelegenheit zu geben, von Euch lernen zu dürfen.“ Noch blieb Maximilian standhaft, obwohl ihm sein Herz wieder nicht gehorchte und heftig zu schlagen begann. *Sollte er jetzt von Agnes berichten? Von ihrer Weisheit, dass arme Leute kämpfen müssen? Wonach sich der Schneidermeister seiner vielleicht erbarmte? Welche Argumente könnte er noch anbringen?*

Weil Maximilian in Überlegungen abschweifte, entglitt ihm die Kontrolle über sein Vögelchen. Es nutzte seine Gelegenheit:. Flink entschlüpfte es dem Brustbeutel und auch Maximilians Hand. Zuerst flatterte es übermütig durch die Gegend. Anschließend umrundete es Maximilian einige Male in anmutigen Flügelschlägen, um sich dann mit melodischem Gezwitscher auf seinem Scheitel niederzulassen.

Entgeistert starrte Ruprecht auf den Vogel. Auch seine Gattin war hinter seinem Rücken hervor- und auf die Straße hinausgetreten. Anders als ihr Gatte reagierte sie auf das zierliche Tierchen. Sie lachte Maximilian ins Gesicht und fragte, ob sie es wohl streicheln dürfe.
Maximilian, den die Situation zu überfordern drohte, bejahte dankbar. Er bot seinem Vögelchen einen Finger, der sofort bestiegen wurde. Folgsam duldete der Vogel das Streicheln der Schneidermeistersgattin.
Ruprecht fühlte sich durch dieses Szenario in seinem Verdacht bestätigt. *Zweifelsfrei versuchte jemand, ihm mit diesem Kerl zu schaden.* „Ich wünsche, dass Ihr auf der Stelle geht", presste er hervor. Dabei schickte er sich an, seine Frau zu sich zu ziehen. - Vergeblich. Die Gattin war unwillig und sträubte sich.
„Was für ein herrlicher Vogel!", schwärmte sie zwischen ihren Koseworten, mit denen sie Maximilians gefiederte Freundin bedachte. „So einen habe ich ja noch nie gesehen! Und wie schön er singt!"
Da Ruprecht immer mehr an ihr zerrte, ließ sie vom Vogel ab. Sie ging einige Schritte in Ruprechts Richtung, ohne ihm aber ins Haus zu folgen. Im Gegenteil. Sie hielt ihn fest und hinderte ihn, ins Haus hineinzugehen.
„Sag, Junge", sprach sie zu Maximilian in ernstem Ton, unterdessen sie ihrem Mann bittende Blicke schickte. „Wo hast du den Vogel her? Du hast ihn doch nicht etwa gestohlen?"
Maximilian küsste seinem Vögelchen in aufsteigender Mutlosigkeit das Köpfchen. Sorgsam wies er es an, in den Brustbeutel zurückzukrabbeln. Wie stets folgte das Tier, was ihm in der verfahrenen Situation etwas Erleichterung verschaffte. Freimütig antwortete er. „Ich habe ihn schwer verletzt aus der Donau gefischt, nach einer Krähenattacke. Also sie, genauer gesagt. Es ist ein Weibchen. Das weiß ich von einer Heilerin. Sie half mir, mit Rat und mit Kräutern. Und jetzt ist das Vöglein zahm. Es fliegt einige Runden, so ich unter freiem Himmel bin. Aber danach kommt es immer zu mir zurück."
„Eine schöne Geschichte. Wann hast du sie dir ausgedacht? Oder haben die, die dich in diese Verkleidung gesteckt haben, vergessen, dir dein Spielzeug wegzunehmen?" Ruprecht konnte, angesichts der dreisten Lüge, für die er Maximilians Schilderung hielt, nicht an sich halten. „Komm, Else, gehen wir ins Haus! Bevor ich mich vergesse und diesem Lügenbold das Fell gerbe!"
Maximilian fühlte sich von aller Hoffnung verlassen. Er meinte, die Welt um ihn herum würde beginnen, sich zu drehen. Nur noch mit Mühe hielt er sich aufrecht. „Ich lüge nicht!", ließ er seiner Verzweiflung freien Lauf. „Die Kräuter-Agnes aus dem Donaumoos ist meine Zeugin! Und sie hat mir auch gesagt, dass Armut keine Schande ist! Und wir für unsere Sehnsüchte kämpfen müssen! Beleidigt mich, wenn es Euch Freude macht! Nur dafür, weil ich ein edles Handwerk erlernen will!" Für Maximilian

war alles gesagt. Unter verschwimmenden Augen wandte er sich ab, um zu gehen. - Zu seiner völligen Überraschung fühlte er sich jedoch zeitgleich bei den Schultern gepackt. „Der Schneider sucht aber einen tüchtigen Nähknecht!“ Else war ihm in ihrer Betroffenheit wegen seiner Worte hinterhergestürzt.

„Wieso fällst du mir in den Rücken, Weib?!“ Ruprecht konnte sich an diesem Tag nicht mehr beruhigen.
„Ich falle dir nicht in den Rücken, mein lieber Gatte“, gab Else überzeugt Widerwort. „Ich habe dir nur dazu verholfen, zwei Fliegen mit einer Klappe zu schlagen.“
„Aha“, kam brummig in sicherer Erwartung eines Redeschwalls.
„Erstens suchst du schließlich wirklich einen neuen Nähknecht, nachdem du den alten, also, wenn man ihn angesichts seiner kurzen Dienstzeit unter deinen ewig unzufriedenen Fittichen überhaupt so bezeichnen darf, hinausgeworfen hast. Und dass der Zunftmeister zustimmen muss, wenn du einen Nähknecht einstellst, wäre mir neu. Und zweitens, solltest du Recht behalten und der junge Mann war nur ein Lockvogel, so kannst du dem nun auf den Grund gehen. War er ehrlich, wird er sich mit der Stelle eines Nähknechts begnügen und wie vereinbart seinen Dienst antreten. War er es nicht, sehen wir ihn nie wieder.“
Dieser weiblichen Logik konnte sich Ruprecht nicht entziehen und Else war innerlich mehr als zufrieden: Der Jüngling hatte etwas ausgestrahlt, was direkt an ihr Mutterherz rührte.

Kapitel 4

Residenz zu Neuburg an der Donau, Abend des 06. Oktober 1541

„Ich danke Euch, dass Ihr zu so später Stunde meinem Ruf gefolgt seid, verehrter Gabriel Arnold. Aber jener Brief, der mich soeben aus München erreichte, raubt mir den Schlaf, wenn ich mich nicht auf der Stelle mit Euch darüber beraten kann. Bitte, setzt Euch! Dann lese ich Euch vor, was mir meine werten Schwager mitzuteilen meinten!“ In Sorgenschwere, fast zitternd, richtete sich Ottheinrich einen Kerzenleuchter zurecht und begann, vorzulesen:

„Hochgeehrter Fürst! Lieber Schwager Ottheinrich!

In Erschütterung vernehmen wir die Stimmen, die uns aus Pfalz-Neuburg mehr und mehr erreichen. Sie zertrümmern unsere Hoffnung, Ihr würdet Euch nicht von unserer Religion trennen, respektive, Ihr würdet Euch wenigstens zu einiger Änderung Eurer Absichten bewegen lassen! Offensichtlich verbannt Ihr aus Euren Gedanken, dass die Glaubensfrage in 18 Monaten in des Kaisers gnädiger Bereitschaft erneut erörtert werden soll. So lange wart Ihr der katholischen Mutter Kirche in Frömmigkeit und Liebe zugetan, als dass Ihr nun jene kurze Zeitspanne nicht mehr abwarten wollt?

Kein Geheimnis ist Neuburgs Finanznot. Schimpflich wird man Euch aburteilen, Ihr hättet Euch in unreiner Absicht, nicht im Sinne des Glaubens, der Besitztümer der Kirchen und Klöster in Euren Landen bemächtigt. Von den weiteren üblen Nachreden, die Euch treffen könnten, schweigen wir lieber. Auf das Höchste bitten und vermahnen wir Euch deshalb, in der Religion zu verharren, die uns und unseren Vorvätern gemeinsam ist.

Wir sind der festen Überzeugung, dass uns, dem Hause Wittelsbach, so wir nicht in Einigkeit in der wahren Glaubenslehre zusammenstehen, Gottes Gnade künftig nicht mehr zuteilwird. Daher wollen wir zu unser aller Wohlfahrt dringlich raten, aber auch helfen. Seid Euch unserer Unterstützung der zugesagten Summe von 200.000 Gulden sicher, doch nur, wenn Ihr unseren Worten Folge leistet. Verbleibt im Schoße der römischen Kirche! Seid Ihr nicht gewillt, rechnet nicht weiter auf München. In fürsorglicher Liebe und Treue, Wilhelm IV. & Ludwig X., Herzöge von Baiern-München.[11]“

„Uff“, entfuhr Gabriel Arnold. „Ein harter Brocken. Allerdings hattet Ihr mich nicht über die Aussicht auf 200.000 Gulden in Kenntnis gesetzt.“

---

[11] Baiern / Bayern: von der historisch uneinigen Schreibweise wird in diesem Roman Gebrauch gemacht

„Nun, mein Bauchgefühl ließ mich jenes, wie sich nun bewahrheitet falsches, Versprechen für mich behalten.“ Ottheinrich schob das unselige Schriftstück beiseite. „Auf dem Regensburger Reichstag nahm mich mein Schwager Wilhelm vertraulich zur Seite und eröffnete mir den Geldsegen, wenige Tage nach unserem öffentlichen Disput während der Versammlung der katholischen Stände. Zuerst glaubte ich ihm natürlich, hocherfreut, dachte, es sei ein Signal der Versöhnlichkeit, trotz unserer auseinandergehenden Glaubensauffassung. Etwas später jedoch, aber noch immer auf dem Reichstag, bemerkte ich einen Seitenblick des Leonhard von Eck, den er sich wohl nicht verkneifen konnte. Hämisch war er, und dabei irgendwie siegessicher.“
„Sich seines Sieges gewiss. Hinterhältiges Kriechtier“, kommentierte Gabriel Arnold bitter. Sofort sah er das Bild des hohen Münchner Beamten vor sich. Jenes knochige Gesicht mit seinen hervorstehenden Glubschaugen, das spärliche Kopfhaar von einer Haube mit Ohrenzipfeln kaschiert... Doch nicht nur dafür diente die ewige Mütze. Sie verbarg auch die abgefeimten Umtriebe, die anstelle des Haars darunter wucherten...
„Ihr sagt es“, fuhr Ottheinrich ächzend fort. „Pfalz-Neuburg verkauft seine gesunde Gesinnung wegen seiner kranken Finanzen. Bloß gut, ich habe gegenüber keinem meiner Gläubiger eine Silbe davon verlauten lassen. Wie stünde ich da... Als Landesherr, dessen Wort nichts gilt... Am Ende doch unter Zwang, sich zu beugen...“
Gabriel Arnold nahm jene Neuigkeit trotzdem nicht so schwer wie sein Fürst, der hinter seinem Schreibpult zusammengesunken war. Schließlich hatte er von keinem Geldsegen gewusst und daher trug er, angesichts des bevorstehenden Ständetages, bereits an Lösungsansätzen für Neuburgs desolate Finanznot. „Mein Fürst, mit Verlaub, vergessen wir diesen Eck’schen Schachzug einfach. Es lohnt nicht, weiter darüber nachzusinnen. Entscheiden wir lieber, was zu tun ist. Ich gehe nicht davon aus, dass Ihr von Euren Bestrebungen ablasst, Pfalz-Neuburgs Kirche zu reformieren?“
„Freilich nicht. Wie könnte ich mich dieser mit großer Kraft und Begeisterung verkündeten biblischen Wahrheit verschließen?“ Ottheinrich richtete sich wieder auf. „Nicht nur mein Gewissen treibt mich, Luthers Thesen zu folgen. Auch die Rufe meiner Untertanen vernehme ich schon seit Jahren. Wie lange noch soll ich dem Verlangen des Volkes nach dem Evangelium Widerstand leisten? Nie und nimmer erlaube ich jene Gräueltaten, derer sich die Katholischen bedienen. Kein Fürst der Welt hat die Macht, die neue Lehre unter Gottes Schutz und Schirm zu hemmen. Obgleich dies einen schlimmen Keil zwischen mich und meine geliebte Susanna treibt. Niemals wird sie sich von ihrem Glauben abwenden. Sie hat es als blutjunge Fürstin unter dem Dach der Hohen-

zollern nicht getan. Sie wird es jetzt, als gereifte Landesherrin, erst recht nicht tun und daher versuche ich nicht, mit ihr Argumente auszutauschen. So gut es geht, nehme ich Rücksicht auf ihre geschwächte Gesundheit, was jedoch nicht soweit reicht, dass sich mein ganzes Land jener Behutsamkeit anschließt. Ich hoffe auf einen Mittelweg. *Mit der Zeit.*" Ottheinrich hatte sein kleines Resümee mit seinem Wahlspruch beendet, was, wie stets, wenn er ihn zitierte, seiner innigsten Hoffnung entsprach.
„Klare Worte, die ich gutheiße. Sicher werdet Ihr aber auch auf Widerstand stoßen. Ich denke hierbei vor allem an Neuburgs Klöster. Trotzdem wird Euch die Mehrzahl der Stände einmal mehr zur Seite stehen. Und diese Hilfe wird Euch eine ehrlichere, vor allem beständigere, sein, als eine faule Geldzusage aus München."
„Schön wäre es, wenn uns auch die Schmalkaldischen zur Seite stünden."
„So ist es. Aber leider scheiterte unser Aufnahmegesuch in den Bund der protestantischen Fürsten. Zuerst müsst Ihr die neue Lehre offen einführen. Erst danach macht es Sinn, erneut an Hessen oder Kursachsen heranzutreten, um eventuellen militärischen Beistand zu erhalten, falls die katholische Seite Ungutes im Schilde führt."
„Was bedeutet, dass wir im umgekehrten Falle auch militärische Hilfe zu leisten haben. Womit wir wieder beim Thema Finanzen angelangt wären."
„Nicht ausschließlich, mein Fürst", verneigte sich Gabriel Arnold. „Neuburgs Finanzen und die Einführung der protestantischen Glaubenslehre hierzulande hätten durchaus einen gemeinsamen Anknüpfungspunkt."
„Oh, womit überrascht Ihr mich diesmal, lieber Gabriel?" Ottheinrich wurde hellhörig. „Doch nicht etwa mit der Säkularisation, der man mich schon im Vorfeld bezichtigt? Und die ich nie und nimmer anstrebe?"
„Nein. Ich spreche von der Stadt Nürnberg."
„Von einer Vielzahl meiner Gläubiger also."
„Und von einer Vorreiterin für den neuen Glauben in Person ihrer stolzen, wohlhabenden Bürger. Schon seit fast einem Jahrzehnt existiert die Brandenburg-Nürnbergische Kirchenordnung, die Nürnbergs hervorragender Theologe Andreas Osiander* im Auftrag der dortigen Stadtväter erarbeitet hat."
„Ich weiß, ich weiß. Klar und deutlich ist diese Verordnung, von Luther persönlich abgesegnet."
„Nun stellt Euch vor, wie Nürnberg darauf reagieren würde, wenn Ihr dort um Osiander ersucht, damit er Euch bei der Reformierung von Neuburgs Kirche ebenso unterstützt!"
„Auf der gleichen Kirchenbank würden wir sitzen! Dem protestantischen Schuldner Neuburg gütlich gestimmt, in Zeiten der Finanznot! Potzblitz! Gabriel Arnold! Trefflich! Auch meine Susanna würde dies verstehen!" In freudiger Erregung war Ottheinrich hinter dem Schreibpult hervorgetre-

ten, um seinem Rentmeister auf die Schultern zu klopfen. „Also, worauf warten wir noch? Frisch ans Werk!“ Ottheinrich sprühte vor Eifer. Er ging zurück ans Pult und schob den Brief aus München wie ein belangloses Stück Papier beiseite.
„Zuvorderst gilt es jedoch, sich dem Ständetag zu widmen.“ In seiner gewohnten Sachlichkeit bremste Gabriel Arnold Ottheinrichs Überschwang - und erntete abgrundtiefes Seufzen. Nichts anderes hatte er erwartet. Er lächelte innerlich und wusste einmal mehr, weshalb er diesen Fürsten so sehr verehrte. *Unter ihm konnte er sich genauso verwirklichen, wie er es für sich selbst beanspruchte.* „Der Fürst muss dem Ständetag nicht beiwohnen“, ergänzte er trocken. „Dafür hat er seine Räte. Er muss nur seine landesherrliche Proposition verfassen, über die die Stände beraten und ihre Beschlüsse fassen können. Und dies, ich spreche aus Erfahrung, geht offener und flüssiger vonstatten, wenn eben der Landesherr abwesend ist und die Stände unter sich bleiben.“
Anstelle eines weiteren Seufzens entlockte der kleine Vortrag seines Rentmeisters Ottheinrich ein Schmunzeln. „So, so. Und wie ich Euch kenne, liegt jene landesherrliche Proposition längst vorbereitet in einer Eurer gewichtigen Ledermappen.“
„Punkt 1: Offenlegung der Schuldenvermehrung durch die Beendigung der Nutzungsteilung des Fürstentums“, kam prompt, unterdessen eine schwere Mappe aufgeschlagen wurde. „Punkt 2: Bekanntmachung des Regierungsverzichts durch Pfalzgraf Philipp. Punkt 3: Bitte um Bürgschaftsleistung der Stände für ein Darlehen in Höhe von 100.000 Gulden auf 5 Jahre. Punkt 4: Bewilligung einer Vermögenssteuer über die Landessteuer hinaus.“
Mit jeweils einem zusätzlich erhobenen Finger hatte Ottheinrich die angeführten Punkte konzentriert mitgezählt. Er wartete noch einen Moment, nachdem Gabriel Arnold geendet hatte, dann ergänzte er. „Punkt 5: Hinweis auf die bevorstehende Beitragsleistung zur Reichshilfe gegen die Türken.“
Ottheinrich öffnete ein bereitstehendes Tintenfass, winkte Gabriel Arnold zu sich ans Pult und reichte ihm eine frisch angespitzte Schreibfeder. Kurz darauf überflog er zufrieden die fertige Proposition. „So zieht sich der Landesherr gemäß dem Rat seines Rentmeisters zurück. Er bittet ihn um laufenden Bericht über den Fortgang der ständischen Versammlung. Er selbst wird sich aber in Ruhe Gedanken machen, welche weiteren Möglichkeiten er für die Geldbeschaffung in seinem Lande sieht. Und hernach, je nach Ausgang des Ständetages, plant er seine Schritte in Richtung Nürnberg.“
Das nächtliche Treffen beendend, löschte Ottheinrich die Kerzen am Schreibpult. In einer Geste, mit der er seinen Dank zeigte, hakte er Gabriel Arnold unter und verließ mit ihm seine nachtdunkle Schreibstube.

Dörfchen Kreut, Sonntag, den 09. Oktober 1541

Während der vergangenen Arbeitswoche, seit seiner Rückkehr aus Neuburg, hatte Maximilian in der väterlichen Werkstatt geschuftet wie ein Pferd. Wohl hatte er den Vater davon unterrichtet, dass er schon am kommenden Montag eine Stellung als Nähknecht in Ruprechts Schneidermeisterei antreten könne. Daneben kam er auch Paules Neugierde nach, der sich selbstredend bei ihnen einquartiert hatte. Trotzdem war er in seiner innerlichen Zerrissenheit zu keinem besonnenen Gespräch in der Lage gewesen. - Anders Helmut und Paule. Sie hatten sich zusammengesetzt, abends, in der Werkstatt, neben Paules Schlaflager. Der hatte sich ein Plätzchen nahe dem kuschelig warmen Werkstattofen auserbeten, ungeachtet des Schmutzes und allgegenwärtigen Talggeruchs. Jedenfalls, immer, wenn Maximilian sich erschöpft und wie geistesabwesend zur Nacht in seine Dachkammer zurückzog, hatten sie traulich ihre Gedanken ausgetauscht...
Heute war Sonntag, der letzte Tag, bevor sich Maximilian entweder nach Neuburg aufmachen und in ein neues Leben eintauchen würde, oder alles beim Alten bliebe, weil er des Schneiders Angebot stillschweigend ausgeschlagen hätte.

Unbedingt wollte Paule beim sonntäglichen Kirchgang dabei sein. Auf das Gründlichste hatte er sich deshalb in der Frühe am Brunnen gewaschen. Um saubere Kleidungsstücke hatte er nicht bitten müssen. Sie lagen neben seinen wenigen Habseligkeiten bereit, als er vom Hof in die Werkstatt zurückkam. Obwohl Hemd, Wams und Hose an ihm beutelten, wie an einer steckigen Vogelscheuche, brach man kurz darauf zu dritt in Richtung der Dorfkirche auf.
Paule wurde neugierig beäugt, auch vom Priester, der nach der Messe jeden Kirchgänger mit einem Händedruck in den Tag des Herrn entließ. Im Anschluss an diese Verabschiedung wollte Maximilian wie stets zügig den Weg in Richtung seines Vaterhauses einschlagen, um hernach, mit Essensration und Wäschebündel ausgestattet, an die Donau zu eilen. Doch diesmal hielt ihn sein Vater zurück.
„Bitte, mein Sohn“, hob Helmut feierlich an. „Begleite mich und Paule in Schattners Schankstube. Wir werden dort gediegen mahlzeiten und über die Zukunft reden.“
Paule, offensichtlich über die bevorstehende Annehmlichkeit bereits im Bilde, strahlte über das ganze Gesicht. In Maximilian vermixte die unerwartete Einladung seine wühlende Aufgeregtheit mit dankbarer Erleichterung. Er nickte und folgte seinem Vater, neben dem der unentwegt plappernde Paule eifrig ausschritt. -
„Es tut mir leid, dass ich die ganze Woche nicht mit euch geredet habe“,

beeilte sich Maximilian mit einer Entschuldigung, nachdem sie in der gut besuchten Wirtschaft an einem der Tische Platz gefunden hatten. Schuldbewusst und ohne seinen Vater oder Paule dabei anzusehen, rollte er einen Zipfel der rot-weiß karierten Tischdecke zwischen seinen Fingern.
„Dafür haben wir genug geredet!", bekam er zur Antwort. Als er aufsah, fühlte er zwei freudige Augenpaare auf sich ruhen, die zeitgleich noch mehr aufleuchteten: Frau Schattner war an ihren Tisch getreten und verkündete, dass es heute Schweine-Schäufele mit Kartoffelklößen und Sauerkraut zu essen gäbe. Ohne zu fragen, bestellte Helmut drei Portionen. „Und bringe uns bitte einen Krug vom verdünnten Weißen", ergänzte er. „Aber einen großen!"
Paule jubilierte. Unter einem Juchzen klatschte er in die Hände und angelte nach einem der hölzernen Löffel, die in Tonkrügen auf dem Tisch bereitstanden. - Ihn anzusehen, war eine einzige Herzerbauung.
„Mir deucht, hier gibt es etwas zu feiern", kam von der Wirtin frohgemut zurück, wobei sie Paule neugierig beäugte.
„Maximilian tritt morgen eine Stelle als Nähknecht an", verkündete Helmut stolz. „Bei einem Schneidermeister in Neuburg!"
Nicht nur Frau Schattner stand für einen Moment der Mund offen. Auch Maximilian konnte sein Erstaunen nicht verbergen. *„Vater, was sagst du da?! Die ganze Woche quälte mich mein Gewissen, dich im Stich zu lassen, wenn ich nach Neuburg gehe!"* Freilich war ihm durch den Kopf gegangen, ob Paule nun an seiner Stelle dem Vater in der Kerzenzieherwerkstatt zur Seite stünde. Aber nach nur einer Woche, in der sie den Straßenjungen kannten, hatte er nicht für möglich gehalten, dass sein Vater jenen kühnen Vorschlag akzeptieren würde... Doch er hatte sich ganz offensichtlich geirrt.
Helmut fasste nach den Händen der beiden Jünglinge. „Unser Herrgott sieht mich an diesem Sonntag überglücklich und in tiefer Dankbarkeit über seine Fügung", verkündete er abermals feierlich, wobei sich das Zittern seiner Stimme bereits abzeichnete. „Mein Sohn hat es ohne meine Hilfe geschafft, sich den Weg zur Erfüllung seiner Träume zu ebnen. Und Paule hat seinen Weg nach Kreut gefunden, wo er einem Kerzenzieher tatkräftig zur Seite stehen möchte, der ihm dafür helfen will, sein Geburtsrecht einzufordern."
„Na dann, Prost!" Frau Schattner war an ihren Tisch zurückgekommen und hatte Helmuts Worte mit angehört. Sie stellte Weinkrug und Becher zu drei sentimentalen Wesen, die ihre verstohlenen Tränen zu verbergen suchten.
Gefühlsselig, schließlich kannte sie die leidvolle Geschichte der Echters, schluchzte auch sie auf. Schniefend füllte sie die Weinbecher. Dabei konnte sie sich, trotz ihrer aufrichtigen Zuneigung, einer freudenreichen Aussicht nicht erwehren. Nämlich der, alsbald anderen Gästen von einer

bemerkenswerten Neuigkeit zu berichten, die mit Sicherheit für viele geleerte Weinkrüge sorgen würde.

Neuburg an der Donau, Montag, den 10. Oktober 1541

So stand Maximilian wieder hier. Auf den Tag genau, wie vor einer Woche. Bloß nicht mehr als aufgeregter Bittsteller, sondern als des Schneidermeisters Ruprecht neuer Nähknecht. Was im Einzelnen auf ihn zukäme, wusste er nicht. Denn in der völlig zerfahrenen Situation hatte die Schneidersgattin ihn lediglich aufgefordert, in eben genau einer Woche wiederzukommen. *Ob ihre Aufforderung überhaupt noch galt? Angesichts der grimmigen Miene, mit welcher der Schneider ihn unter den Worten seiner Frau anäugte?* An dieses Risiko hatte er die ganze vergangene Woche überhaupt nicht gedacht, in seiner Zerrissenheit, zwischen dem Hochgefühl von in Erfüllung gehenden Träumen und der Unruhe des Vaters wegen, den er im Stich lassen würde... Maximilian drohten Ängste einzuholen, die ihn schnell nach dem Türklopfer greifen ließen.

Auch an diesem Montagmorgen öffnete die Frau des Hauses die Eingangstür. Als sie Maximilian stehen sah, überzog ein breites Lächeln ihr Gesicht und munter fließendes Blut rötete ihre Pausbacken. „Der Maximilian!“, rief sie frohgemut aus. „Ruprecht, dein neuer Nähknecht ist da!“
Auf dem Fuße durchfuhr Maximilian ein freudiger Schauer. Er lächelte ebenso, um dann mit einer kleinen Verneigung zu grüßen.
„So bring ihn herein, Weib! Oder will er auf der Straße nähen?“ In gleicher Weise wie in der Vorwoche polterte es von drinnen.
Else winkte lachend ab und zog Maximilian ins Haus. Sie führte ihn durch einen schmalen Hausgang. Dessen verputzte Wände waren weißgetüncht und dazu gab es dort zwei kleine Wandtischchen, auf denen Kerzenleuchter standen, die Maximilian an sein Mitbringsel erinnerten. Sofort schickte er sich an, das halbe Dutzend Kerzen, das der Vater ihm mitgegeben hatte, aus seinem Bündel zu holen. Er kam bloß nicht dazu, weil Ruprecht zeitgleich aus einer offenstehenden Tür trat.
„Mehr hat er nicht dabei?“, wies er nach einem angedeuteten Nicken, das wohl seinen Gruß darstellte, brummig auf das kleine Tagesbündel in Maximilians Händen.
Maximilian hielt inne und grüßte höflich. Hernach hing sein leicht hilfloser Blick an Else, denn sein Grußwort hatte nur des Schneiders Rücken erreicht. Ruprecht war ohne ein weiteres Wort in die Stube zurückgegangen, aus der er einen Moment zuvor herausgekommen war. - Else handelte erneut. Entschieden fasste sie Maximilian bei der Schulter und dirigierte ihn ihrem Gatten hinterher.

Maßloses Staunen übermannte Maximilian, als auch er durch die Tür gegangen war. Ein erstes Mal in seinem Leben stand er inmitten einer großzügigen Schneiderstube: Direkt neben der Tür glänzten moosgrüne Kacheln eines mannshohen Ofens, der heimelige Wärme an kalten Tagen verhieß. An den Wänden, rechts und links, klommen sich bis zur Decke Regale empor, in denen sich Stoffballen verschiedenster Farben und Gewebe stapelten. Zwischen den Regalen gab es dazu Bretter mit eingesteckten Stäbchen. Auf ihnen staken unzählige Spulen voller Garnrollen. In der Raummitte standen ein großer und ein kleinerer Arbeitstisch, angefüllt mit verschiedenen Scheren und anderem Handwerkszeug, das sich Maximilian auf den ersten Blick nicht erschloss. Auch in Arbeit befindliche Kleidungsstücke warteten da auf ihre Fertigstellung. Den Platz unter den Tischen füllten diverse Truhen, mehrere Hocker und Fußbänkchen. Das, was ihn jedoch am meisten beeindruckte, war jenes übergroße, mittels Butzenscheiben verglaste Fenster mit einem breiten Sims, der einem ausgewachsenen Mann genügend Platz zum Sitzen und Arbeiten bot.

Trotz seiner weit aufgerissenen Augen, die im Raum umherwanderten, war Maximilian entgangen, wie er gemustert wurde. Schweigend hatte Else, aber auch Ruprecht, den von Staunen überwältigten Jüngling beobachtet. So brauchte es nur einen Wimpernschlag zwischen den Ehegatten, mit dem sie sich in Einigkeit darüber verständigten, Maximilian im Schneiderhaus tatsächlich aufzunehmen. Else zeigte ihre Freude offen. Ruprecht indes verbarg seine aufsteigende Sympathie hinter einem streng-skeptischen Gesichtsausdruck, den seine Gattin dennoch durchblickte...

Erst Ruprechts Räuspern holte Maximilian aus seiner Bewunderung. Peinlich wurde ihm seine Entrückung bewusst und so beeilte er sich, die mitgebrachten Kerzen hervorzuholen. „Die Kerzen schickt der Vater mit Grüßen", kommentierte er, fast schon in einer Bewegung in des Schneiders Richtung.

Das Bild des ärmlichen Bittstellers sofort vor Augen, lehnte Ruprecht das dargebotene Geschenk vehement und unsensibel ab. „Talgkerzen! Die stinken und rußen! Nicht in meiner Werkstatt! Die nimmt er wieder mit!"

Maximilians Hilflosigkeit flackerte erneut auf und ein weiteres Mal war es Else, die abmilderte. „Die Kerzen nimmst du mit in deine Kammer, Maximilian", legte sie ihre Hände auf die Talglichter. „So kannst du an deinen Vater denken, wenn dich vielleicht das Heimweh drückt."

„Ich zeige Maximilian jetzt seine Kammer", schickte sie anschließend zu Ruprecht. „Und dann gehe ich mit ihm zum Nadler, um die Bestellung abzuholen." Ohne eine Antwort abzuwarten, zog sie Maximilian aus der Schneiderstube und schloss hinter ihm die Tür. „Keine Angst", raunte sie ihm zu, unterdessen sie auf dem Hausgang zu einer anderen Tür getreten

war und diese öffnete. „Der Schneider ist etwas brummig, keineswegs böse. Ein gestrenger Meister halt. Umso mehr lernst du von ihm."
Ein mütterlicher Blick streifte Maximilian, der ihm unter die Haut fuhr. Darüber nachsinnen konnte er aber nicht, denn an der geöffneten Tür wartete eine gewundene Treppe, deren erste Stufen Else bereits hinaufgegangen war. Er folgte ihrer Aufforderung und stieg hinter ihr nach oben bis ins Dachgeschoss.
Taubengurren empfing Maximilian, als er wiederum in einen Raum geschoben wurde. Dieses rührte aber nicht etwa von einem spärlich gearbeiteten Dachgestühl her. Die Dachschrägen nämlich waren mit einer zusätzlichen Bretterverschalung versehen. - Die Vogelgeräusche kamen aus der Richtung einer offenstehenden Dachluke, die Else zügig schloss. „Genug gelüftet. Nicht noch mehr Vögel. Bestimmt hast du deinen dabei?"
Maximilian nickte und tastete nach seinem Brustbeutel.
„Gut, gut. Man wird sehen, wie sich das anschickt. Ich habe nichts dagegen. Aber du musst gut auf ihn achten. In der Werkstatt lagern kostspielige Stoffe", kommentierte sie. Anschließend wiesen ihre Hände einladend durch die, im Vergleich zu Maximilians bisheriger Behausung, großzügig und gemütlich eingerichtete Kammer: Auch hier gab es nur wenige Möbelstücke. Eine Schlafstatt, ein Schrank, ein Tisch mit Stuhl. Aber die Einrichtung bestand nicht aus derb Getäfeltem, sondern aus fein gehobeltem Holz. Das Bett war mit schneeweißem Linnen bezogen. Kein stacheliger Strohsack piesackte hier. Maximilian erkannte unschwer, dass Federbettzeug in der Bettwäsche steckte. Auch die Tischplatte deckte ein Tuch, liebevoll mit einer Kreuzstickerei verziert. Dazu stand eine irdene Schale auf dem Tisch, gefüllt mit einigen Äpfeln... daneben ein Kerzenleuchter mit frisch aufgesteckten Kerzen. Diese allerdings waren Talglichter. Dessen ungeachtet konnte sich Maximilian eines Staunens auch hier nicht erwehren. Er stand wie versteinert. *War diese Kammer etwa für ihn hergerichtet? Sollte er darin wohnen? Galt es nicht, fortan jeden Tag zweimal die Strecke zwischen Kreut und der Stadt zu durcheilen??*
„Deine Kerzen kannst du hier verstauen", öffnete Else wie selbstverständlich den Schrank. „Auch deine Kleidung kannst du da hineintun. Wobei... ich sehe gar keine. Hast du nichts weiter bei dir, Maximilian?"
„Nein." Maximilian sah zu den Holzdielen, auf denen ein schlichter, aus bunten Wollresten geknüpfter Teppich ausgebreitet war.
„Na, du wolltest doch nicht jeden Tag hierher laufen? Von Kreut aus? Und wieder zurück? Bei Wind und Wetter?" Else kam auf ihn zu. Sie fasste unter sein Kinn und dirigierte seine Blicke zu sich. „Der Nähknecht wohnt im Hause seines Dienstherrn. Dort erhält er Kost und Lohn. Dafür arbeitet er alle Werktage brav und fleißig. Sonntags und an den Feiertagen hat er frei. So auch du, von heute an, Maximilian."

„*...und LOHN.*" Von diesen Worten wurde Maximilian schwindelig. Else sah seine plötzliche Blässe und leitete ihn eben noch auf den Stuhl. „Du bist doch nicht krank, Maximilian?" Besorgt fühlte sie an der Stirn des Jünglings, der mit fahlem Gesicht auf dem Stuhl kauerte.
„Nein, nein, bitte entschuldigt. Vielleicht bin ich heute früh zu schnell gelaufen, von Kreut bis hierher."
„Hast du schon etwas gegessen?"
Maximilian bejahte und weil sich seine Stirn normal anfühlte, war Elses Hand über seine Wangen gewandert, wo sie seinen zarten Bartflaum fühlte. „Gut, dir fehlt nichts", lächelte sie. „Du bist nur ein Jüngling, der gerade zum Manne wird. Da ist vieles durcheinander. Bleibe hier sitzen, ich hole dir einen Krug Wasser."
Mit sich allein, lüpfte Maximilian seinen Hemdausschnitt und sah nach dem Vögelchen: Es schlief. Friedlich ruhte das Köpfchen an seiner Brust. Durch diesen vertrauten Anblick spürte er, wie ihm wohler wurde. Zufrieden resümierte er, dass er, wenn er nun hierbliebe, in gewohnter Weise verfahren würde. Er ginge in der Frühe, bevor er seinen täglichen Dienst antrat, mit seiner gefiederten Freundin nach draußen. Dort dürfte sie eine Weile Freiheit genießen, bevor sie dann in der Schneiderstube im Beutelchen ausharren müsste, ohne herumzufliegen. Und am Abend ginge er wieder hinaus. *An die Donau!!* Urplötzlich wurde ihm bewusst, dass er nun jeden Tag an den Fluss gehen könnte. Zweimal sogar. Keine ewig lange Arbeitswoche trennte ihn mehr vom geliebten Gewässer. Sicher würde er auch hier einen Lieblingsplatz finden...
Als Else wenig später mit einem Krug voll frischen Wassers in die Kammer zurückkam, fand sie einen Jüngling vor, der sie aus glückstrahlenden Augen ansah und dessen ganzes Wesen vor Tatendrang nur so strotzte. „Na, was ist denn hier geschehen?", schmunzelte sie. „Wie ich sagte: Alles durcheinander." Sie drückte Maximilian einen Becher in die Hand und füllte ihn mit Wasser auf.
Maximilian leerte in einem Zug. *Wie köstlich das Wasser schmeckte!* Abermals durchfuhr ihn an diesem Morgen ein Gedanke. Nun war es die Erinnerung an jenen Schluck Wasser aus einer hölzernen Schöpfkelle, der ihn so unendlich erquickt hatte, am staubigen Straßenrand während des Wartens auf den König. Es war jener Moment, in dem ihn das glockenhelle Lachen seiner Mutter in den Ohren klang und ihm zusätzliche Wonne und kindliche Zufriedenheit bescherte... Jetzt hörte er ihr Lachen nicht. Auch sah er nicht ihr Gesicht über sich. Jetzt sah er in ein pausbäckiges Antlitz einer leicht fülligen Frau in einem hübschen bürgerlichen Gewand mit einer straffen Haube auf dem Kopf, die ihr warmes Lächeln einrahmte. - Und dieses Lächeln schenkte sie ihm. Ein unerwartetes Gefühl beschlich Maximilian. Es war eine zarte Empfindung von Heimatlichkeit. Er erwiderte das Lächeln und dankte für das Wasser.

„Also dann, Maximilian, gehen wir", folgte Elses Ermunterung. „Der Nadler wartet. Sicher warst du noch nicht bei einem?"
„Nein." Maximilian richtete sich auf, wobei er nicht merkte, dass er sich regelrecht streckte. – Else sah es. Wieder lächelte sie und auch in ihrem Inneren züngelte ein Flämmchen. Es bescherte ihr mütterliche Herzenswärme, die ihr ansonsten wenig vergönnt war, denn der liebe Gott hatte ihr kein über das Wochenbett hinausreichendes Mutterglück zugedacht. Ihre beiden Kinder waren kurz nach der Geburt gestorben und danach hatte sie nicht mehr empfangen... Auch sie reckte sich und winkte Maximilian, ihr zu folgen.

Längst hatten sich an diesem Vormittag Neuburgs Gassen gefüllt. Emsig quirlten die Menschen unterschiedlichster Couleur umher und Maximilian musste sich zwingen, der hurtig ausschreitenden Schneidermeistersgattin zu folgen. Am liebsten hätte er sich ein Beobachtungsplätzchen auserkoren, um seine neue Umwelt zu beäugen und zu verinnerlichen... *Er war jetzt ein Teil davon! Alles täte er dafür, um diese Errungenschaft nie wieder zu verlieren! Auch wenn er nur ein Nähknecht war! Seine Ängste dem brummigen Schneidermeister gegenüber würde er bekämpfen! Verbissen würde er lernen...*
„Irgendwie ist mir jetzt nach einem Milchbrötchen", lenkte ihn Elses Stimme von seinen Erwägungen ab. Ihren Worten folgte das Bimmeln einer Türglocke, neben verführerischen Düften frischer Backwaren, die sich in seine Nase schlichen. Freundlich wurde er in eine Bäckerei dirigiert und kurz darauf biss er genüsslich in ein ofenwarmes, herrlich fluffiges, saftiges Milchbrötchen.
„Hach, jetzt ist mir wohler! So viel Aufregung an diesem Morgen!" Else kicherte zufrieden, wischte sich einige Krümel vom Mund und schon hastete sie, den einen oder anderen Passanten grüßend, weiter durch Neuburgs Gassen. An einem Häuschen, das sich in einem Hinterhof an die Stadtmauer schmiegte, schien sie am Ziel. Jedenfalls ging sie dort schnurstracks auf zwei Männer zu, die bei einem mit etlichen Drahtrollen beladenen Handkarren standen. „Guten Tag, Siegbert", rief sie einem der beiden entgegen. „Komme ich gelegen? Sind unsere Nadeln fertig?"
„Ja, ja, Else", ließ der Angesprochene eine Drahtrolle aus den Händen gleiten. Er legte seine Schiesklinge beiseite, mit der er die angelieferte Ware eines Drahtziehers auf die exakte Dicke der Drähte geprüft hatte. Hernach wischte er sich die Hände an seiner Werkstattschürze ab, um Else mit einem herzlichen Handschlag zu begrüßen.
„Das ist Maximilian, unser neuer Nähknecht", stellte Else ihn vor. „Er tritt heute seinen Dienst bei uns an und ich dachte, es sei gut, wenn er sieht, wie sein künftiges Handwerkszeug gemacht wird."
„Treffliche Idee!" Auch Maximilians Hand wurde geschüttelt. „Hier siehst du gleich den Anbeginn unserer Arbeit. Nämlich die Materialliefe-

rung vom Drahtzieher. Genauestens muss die Dicke der Nadeldrähte stimmen und dazu prüfe ich sie mit der Schiesklinge." Siegbert fasste das Drahtmaß und Maximilian durfte einen kurzen Blick darauf werfen. Anschließend schob er das Ende einer Drahtrolle in eine der nummerierten Kerben seines Messgeräts. „Passt", kommentierte er. „Hast du soviel Zeit, Else? Kann ich die Lieferung noch zu Ende kontrollieren?"

„Ja, ja, mach."

„Gut. Derweil kann mir dein neuer Knecht aufzählen, welche Nadeln er kennt."

Über die unerwartete Aufforderung wurde Maximilian leicht verlegen, hatte aber dann die Bilder diverser Nadeln vor Augen. „Nähnadeln halt, und welche zum Sticken. Und Stricken. Schusternadeln und die fürs Pelzenähen, also Kürschnernadeln."

„Die Stecknadeln hast du vergessen. Dann fehlen noch die Nadeln der Bader zur Behandlung offener Wunden und auch die Buchbinder brauchen Nadeln von uns. Obenauf stellen wir mit unseren Drahtwerkzeugen Panzerhemden her. Mitunter auch Vogelkäfige, je nach Bestellung halt."

Der letzte Satz ließ Maximilian zusammenzucken. Elses Augen hingegen durchzog ein kurzes Aufleuchten.

„Fertig", klopfte Siegbert dem geduldig wartenden Drahtzieher auf die Schulter. „Bestens wie immer." Einige Münzen wechselten ihren Besitzer und Siegbert rief nach einem Gesellen, damit dieser beim Abladen der Drähte hülfe.

„Dieser Draht taugt für beste Nadeln", wandte sich Siegbert nun wieder Maximilian zu. „Tadelt dein Meister später deine zu weiten Stiche, hast du sie in zu großer Eile ausgeführt. Den Nadler jedenfalls kannst du nicht vors Loch schieben." Er lachte und Else kicherte. Maximilian dagegen blieb ernst. Er war so dankbar. *Er durfte lernen...*

Kurz darauf standen sie gemeinsam inmitten der Nadlerwerkstatt, in der geschäftiges, teils geräuschintensives Treiben herrschte. -

Als Maximilian und Else später zur Schneiderwerkstatt zurückliefen, wusste er um die Grundzüge der Nadelherstellung: Zuallererst zog man die Drähte auf einem Richtholz gerade. Dem folgte das grobe Ablängen mit einer Beißzange und hernach, mit einer Schrotschere, das Zuschneiden auf doppelte Nadellänge. Diese Zuschnitte, fächergleich gefasst, wurden an einem Schleifstein sorgsam an beiden Enden angespitzt. Dieser Arbeitsgang hatte Maximilian ganz besonders beeindruckt. Nicht nur der umhersprühenden Funken wegen, denen die Augen des schleifenden Arbeiters standhalten mussten. Auch dessen Fingerspitzen suchten vor den heißlaufenden Rohnadeln immer wieder Abkühlung an einem bereitliegenden nassen Lappen. Trotzdem hatte Maximilian in den Modeln, in welche die geschliffenen Rohnadeln eingeschoben wurden, nur gleichmäßige Nadelspitzen gesehen. Mithilfe der Model schnitt man, wiederum mit jener Schrotschere, die Nadeln mittig durch, feilte die Schnittstelle nach und anschließend drillte man mit einem Bohrer die Nadelöhre ein. Acht Tage und länger lagen die Nadeln daraufhin in einer Beize aus Essig oder Speisebier, um sie nach dieser Zeit, gut abgetropft, in einem Topf mit Seife und Hornspänen zu vermischen. Dieser Topf wurde über einem Kohlefeuer zum Erglühen gebracht und in Wasser wieder abgekühlt. Zuletzt trocknete man die Nadeln durch Schütteln in einem mit Sägespänen gefüllten Lederbeutel und putzte sie mit Sand sauber. Fein sortiert und in Briefchen verpackt wurden sie schlussendlich verkauft.

Mehrere dieser Briefchen, gefüllt mit eintausend Stecknadeln und zwei Sortimenten an Stick- und Nähnadeln, trug Maximilian nun wissend in seinen Händen in Richtung des Schneiderhauses.

„Was meinst du, Maximilian, wird das Wetter heute halten?“ Else wies mit einer Hand zum Himmel, an dem von Norden her graue Wolken aufzogen, während sie mit der anderen Hand den Haustürschlüssel zwischen ihren Rockfalten hervorholte.

„Na ja“, spähte Maximilian zum Himmel, „die Wolken stehen sehr hoch. Ich glaube nicht, dass es bald zu regnen beginnt.“

„Gut. Dann kannst du also heute nach Kreut zurückgehen, um deinem Vater Bescheid zu sagen, dass du bei uns bleibst? Außerdem bräuchtest du Kleidung zum Wechseln.“

„Ja, Frau Meisterin.“ Maximilian nickte.

„Sag Frau Else zu mir“, öffnete sie die Haustür. „Aber bevor du dich auf den Weg machst, wird zu Mittag gegessen. Eine Steckrübensuppe mit Speck habe ich der Magd für heute zum Kochen aufgegeben. Ich werde nachsehen, ob sie damit fertig ist. Bringe du derweil dem Meister die Nadeln.“

Auf ihre Worte hin betrat sie den Flur, um sich dann in die Küche aufzumachen. Maximilian, leicht bange, folgte Elses Aufforderung und klopfte an die Tür zur Schneiderstube.

„Wer da?“, hörte er von drinnen. Mit einem tiefen Atemzug drückte er die Klinke und steckte seinen Kopf durch die Tür. „Ich bringe die Nadeln, Meister.“

Über allerlei ausgerollte Pergamente gebeugt, stand Ruprecht am großen Arbeitstisch. Er sah zu Maximilian auf, winkte ihm zu und ein erstes Mal fand sich Maximilian allein in seiner Gegenwart.

„Zeig er mir die Nadeln.“

Maximilian trat zu ihm und legte die Päckchen auf den Tisch.

„Zeigen, sagte ich. Nicht herlegen.“

Verunsichert nestelte Maximilian an der Verschnürung eines Nadelbriefchens herum, doch er konnte die Knötchen nicht lösen.

„Hier gibt es Scheren“, brummelte Ruprecht. Er fasste nach der nächst-

liegenden und schob sie Maximilian zu. Als ihn daraufhin dessen schüchterner Blick traf, nahm er sich vor, von seiner vorgeschobenen Strenge abzulassen. Ein bisschen wenigstens.
Maximilian durchschnitt die Schnürchen eines Briefchens und faltete es auseinander. Vor ihm lag nun ein Satz an Nähnadeln unterschiedlicher Stärke und Größe.
„Der Nähknecht kann nur gute Stiche setzen, so er gute Nadeln hat. Dies sind gute Nadeln." Ruprecht hatte die Nadeln kurz geprüft, um sie dann Maximilian zuzuschieben. „Das sind deine Nadeln. Ich erwarte von dir, dass du sie achtest und dir Mühe gibst, wenn du also für mich arbeiten willst." Seinen Worten ließ er einen auffordernden Blick folgen.
Maximilian gab sich einen Ruck. „Oh ja, das will ich", antwortete er beherzt. „Aber ich muss lernen. Ich kann noch nicht nähen. Aber die Nadeln, die achte ich. Meister Siegbert hat mir gezeigt, wie sie gemacht werden. Das Schleifen der Spitzen ist eine schwere Arbeit."
„Auch das Nähen ist eine schwere Arbeit", entgegnete Ruprecht. „Die Finger schmerzen vom Druck der Nadeln, die Schultern von der gleichförmigen Bewegung, die Augen vom Hinsehen und der Rücken vom stundenlangen Sitzen."
„Und deshalb wird jetzt gegessen." Elses warme Stimme mischte sich in das Gespräch zwischen Meister und Knecht, das sie durch die leise geöffnete Tür mitverfolgt hatte. Sie freute sich darüber. Ganz bewusst hatte sie Maximilian zu ihrem Gatten geschickt, ohne ihn zu begleiten. „Aber mit der Arbeit beginnt Maximilian erst morgen", sprach sie weiter. „Heute Nachmittag soll er nach Kreut zurückgehen, um mit seinem Vater zu sprechen und seine Sachen zu holen. Richtig? Oder möchtest du mit dem Vater reden?"
Else schaute zu Ruprecht, der einmal mehr den ärmlichen Bittsteller vor sich sah. „Nun ja", kratzte er sich am Kopf. „Maximilian ist nicht großjährig, was verlangt, dass ich mit dem Vater übereinkomme."
Zum ersten Mal vernahm Maximilian seinen Namen aus dem Mund des künftigen Meisters. Sein Herz hüpfte.
„Andererseits...", sann Ruprecht für einen Moment nach, um Maximilian dann direkt ins Gesicht zu sehen. „Also, andererseits können wir es auch so machen: Du arbeitest diese Woche zur Probe. Bin ich mit dir zufrieden, und bleibst auch du bei deinem Wunsch, formulieren wir am Samstag eine Vereinbarung. Die nimmst du mit nach Hause. Kann dein Vater lesen?"
„Nein", antwortete Maximilian. „Aber ich kann es. Die Mutter hat es mir beigebracht, bevor sie starb."
„Gut. Dann liest du deinem Vater vor und er unterzeichnet. Und am kommenden Montag kommst du wieder her und deine Zeit als Nähknecht geht an."

Die Rufe der Küchenmagd beendeten das Gespräch. -
Später, mit wohlig vollem Magen, verließ Maximilian die Stadt. Eiligen Schrittes folgte er dem Weg in Richtung Kreut entlang der Donau. Er würde diesen Weg heute nochmals gehen, denn Else hatte ihn mit der Aufforderung verabschiedet, schon zur Nacht zurückzukehren, damit er morgen früh, falls das Wetter umschlüge, nicht im Regen laufen müsse.
Nahe eines Waldstückes verließ er den ausgetretenen Pfad. Er sah sich um, und weil er sich unbeobachtet fühlte, holte er sein Vögelchen hervor. Längst hatte er dessen Blicke aus den leuchtenden Knopfäuglein auf sich gespürt. Weil das Tier trotzdem brav gewesen war, küsste er es unter Koseworten auf sein Köpfchen. Dann warf er es in die Lüfte. Übermütiges, jubelndes Gezwitscher folgte, dem Maximilians Rufe nachhallten, dass er weitergehen würde und das Vögelchen ihm folgen solle...

Das Wetter schlug um. Jedoch erst während der Nacht, in der Maximilian im Federbett kuschelte. Selig erfühlte seine Haut das frische Linnen. Sein Kopf schwelgte auf dem weichen Kopfkissen und das Regenpladdern auf dem Dach, vor allem auf dem mit echtem Glas versehenen Dachfensterchen, war ihm eine einzige Wonne. Kurz holte ihn die Erinnerung an das Marienglas[12] der Dachluke seiner Kammer ins Kreuter Vaterhaus, aber dann versank er in einen Tiefschlaf.
Auch sein Vögelchen schlief, die Krallenfüßchen eine Sitzstange umklammernd, in einem Vogelkäfig, den Maximilian bei seiner Rückkehr in der Dachkammer vorgefunden hatte.

Residenz zu Neuburg an der Donau, den 11. Oktober 1541

Ottheinrich war, nachdem Gabriel Arnold ihn aufgesucht und ihm wunschgemäß Bericht erstattet hatte, zum Nachdenken auf seine Dachterrasse hinaufgestiegen. Grübelnd ging er dort auf und ab. In seinen tiefen Gedankengängen wirkte der herrliche Weitblick über die Landschaft nur wie Beiwerk, seine Lungen hingegen erquickten sich an der milden Herbstluft, der die nahe Donau ihren Geruch eines gemächlich dahinfließenden Gewässers beimischte. Der üppige Sauerstoff um ihn erfrischte seinen Geist und er wollte weiter an einer Idee wägen, die ihn just beschäftigte. Zuvor überdachte er aber das soeben Gehörte: Morgen endete also dieser 18. Ständetag, was lediglich eine Formsache darstellte. Die Beratungen waren heute abgeschlossen worden. Nur die Entscheidungen galt es noch zu verlesen. Dem fürstlichen Gesuch um Erlangung eines Großkredits von 100.000 Gulden hatte man zugestimmt und ein von den Ständen gewählter Ausschuss, bestehend aus 4 Adeligen neben 2

[12] in Öl getränktes Papier

Städten, würde sich nun in vermögenden Kreisen um Kreditzusagen bemühen. Obenauf hatte man sogar 6.000 Gulden für die Neuburger Hofhaltung bereitgestellt, die Einführung einer neuen Vermögenssteuer dagegen abgelehnt. Auch würde die Verwaltung der Steuereinnahmen künftig unter ständischer Regie erfolgen, ebenso wie die Aufsicht über die Verausgabung jener beschafften Mittel. Zu den Ausgabenkontrolleuren gehörten jedoch zwei seiner engsten Vertrauten, nämlich Jörg von Wemding zu Fünfstetten, sein früherer Jugendgefährte, der ihm einst auf der Wallfahrt ins Heilige Land gefolgt war. Und selbstredend hatte sich auch Gabriel Arnold zu Rohrenfels in den Landtagsausschuss wählen lassen.
Insgesamt durfte Ottheinrich mit dem Ausgang des Ständetages zufrieden sein. So der Kredit beschafft werden konnte, hielte ihm dieser auf Monate die größten Geldsorgen vom Leib. Die neuerliche Machtschmälerung durch die ständische Steuerausschreibung behagte ihm zwar nicht, doch seine damit einhergehende Entlastung von der drückenden Verantwortung für einen funktionierenden Haushalt der Landesfinanzen wog ihm mittlerweile fast schwerer.
Mehr denn je rückte infolgedessen eine gut gefüllte, höchstpersönliche Schatulle in seinen Fokus. Schließlich bestimmte nur er über diese Gelder, was ihm einen angenehmen Spielraum verschaffte. Allerdings hieß es, entsprechende Geldquellen zu erschließen, damit die fürstliche Hand auch etwas zum Schöpfen hätte. In der gewonnenen Freizeit, die Gabriel Arnold ihm mit dem Vorschlag einer Ständeversammlung ohne Anwesenheit des Fürsten gesichert hatte, war er unentwegt auf gedanklicher Suche, wo sich in Pfalz-Neuburg eventuell nach unentdeckten Schätzen schürfen ließ. Schlussendlich war ihm der Zufall zu Hilfe gekommen, in Gestalt eines leeren Reissäckchens: Beim Mittagsmahl am Vortag hatte man ihm verkündet, dass nunmehr der köstliche Reis, dessen er sich über Jahre erfreute, bis auf das letzte Körnchen aufgebraucht sei. Wehmut hatte diese Nachricht in ihm ausgelöst. Denn mit jenem Getreide hatte ihn sein italienischer Brieffreund Federico II. di Gonzaga bis zu seinem frühen Tod im Vorjahr verwöhnt. Durch seine Einheirat in das Haus der Markgrafen des Monferrato errang er aus der Hand Karls V. die Herrschaftsbefugnis über deren Besitzungen in Oberitalien, so auch über die wasserreiche, tafelglatte Poebene. Und in jenem Landstrich, um den auch die Linie der Savoyer gerungen hatte, kultivierte man seit geraumer Zeit feinsten Reis, an dem sich die welschen Herzöge ihre Gaumen labten. - Auch in Pfalz-Neuburg gab es Wasserreichtum und glatte Landstriche... Und es gab sogar jemand, der sich dem Reisanbau widmete: Es war der Prior von Rebdorf namens Kilian Leib*. Ihm verdankte das Chorherrenstift nahe Eichstätt eine seltene wirtschaftliche Blüte. Sie basierte nicht zuletzt auf seinen akribischen Wetteraufzeichnungen der Jahre 1513 bis 1531, mit denen er Bauernregeln bestätigte

oder auch widerlegte. Der Wohlstand der stattlichen Zahl der Klosterinsassen rührte aber vor allem vom Enthusiasmus her, den Kilian Leib an einer florierenden, breitgefächerten Landwirtschaft leidenschaftlich auslebte.
So wusste Ottheinrich vom Gesuch seines Bruders Philipp, in dem er einige Stuten aus der geschätzten Rebdorfer Pferdezucht erbat. Er selbst hatte im vorigen Frühjahr seinen Kammermeister Vinzenz Prechtl einen Brief an Kilian Leib schreiben lassen. In diesem fragte er nach mehreren Fässchen Klosterbier, weil Prechtl ihm vom vorzüglichen Gebräu vorgeschwärmt hatte, das er bei einem Besuch des Klosters kosten durfte.
Und Ottheinrich war eben auch zugetragen worden, dass Kilian Leib Reis anbaute, was er als Chance für eigene Bestrebungen ansah. Dieses Vorhaben gedachte er nun mit seinem Kammermeister abzuwägen. Dafür schien ihm die Schreibstube im Rundturm geeignet, vor allem angesichts der Tageszeit. Bald wäre die Mittagsstunde heran und so könnte er dort im Speiseraum über der Schreibstube ein gutes Menü auftragen lassen. Irgendwie hatte er jetzt schon Hunger - auf köstlichen Reis und ein süffiges Bier. - Ottheinrich verließ den Dachgarten.
„Bislang hat Euch Kilian Leib großzügig unterstützt, vor allem finanziell. Bestimmt auch deshalb, weil Ihr Euch mit München ausgesöhnt hattet. Euer Schwager Wilhem gilt ihm als Pfeiler katholischer Standfestigkeit. Aber, mit Verlaub, meint Ihr, er wird Euch auf Dauer gewogen bleiben? Als Kirchenreformator in Luthers Sinne? Leib hasst Luther und sein großer Eifer, dem Luthertum das Eindringen nach Rebdorf zu verwehren, ist allseits bekannt." Vinzenz Prechtl, überrascht von der neuerlichen Idee seines Fürsten, äußerte sich skeptisch. *Herrje! Reisanbau!!*
„Ja, ich weiß", pflichtete Ottheinrich bei. „Schließlich kenne ich Leib seit meiner Jugend. Er ist ein edler und offener Charakter, der jedwede Heuchelei ablehnt. Doch dieser Ablehnung, so meine gute Hoffnung, folgt die Toleranz eines grundgütigen Menschen. Deshalb werde ich mich hüten, ihm meine religiöse Gesinnung nicht darzutun. Vor allem deshalb, weil auch er im Sinne der Sittenlehre, als Vertreter der deutschen Humanisten, am Vorhaben mitwirkte, die Missstände der päpstlichen Kirche ‚auf die Linie des von Gott offenbarten Christentums zurückzuführen', um mit seinen Worten zu sprechen. Er wandte sich erst vom Reformationsgedanken ab, als er feststellte, dass Luthers Faust die alte Kirche zertrümmern, und nicht wieder aufbauen würde. Beseelt vom tiefen Glauben, nur die katholische sei die einzig wahre Kirche, strebt er nun nach wissenschaftlicher Erkenntnis und äußert sich in diversen Schriften."
„Ihr sprecht von Toleranz...", setzte Prechtl dagegen. „Vielleicht ist er dies in dem Maße, dass er verlauten lässt, er habe nichts gegen das Lesen der Bibel, versus der verbalen Zitate der Kirchenväter. Aber er betont die Demut, mit der man dies tun muss. Und nicht mit der Art, wie Luther die

Bibel behandelt. Nämlich, ich zitiere, ‚Luther hat in der Heiligen Schrift des Neuen Testaments umhergewühlt, wie ein wildes Schwein in einer guten Wiese'. Überdies, habt Ihr nicht seine Abhandlung über den Zölibat gelesen? Ich möchte sie als straff bezeichnen, gelinde gesagt."
Ottheinrich entlockten Prechtls Worte ein kurzes Schmunzeln, bevor er in tiefere Überlegungen versank: Nicht, dass er seinem Kammermeister nicht recht gab. Er kannte das genannte Traktat. Aber er setzte eben darauf, Kilian Leib in seiner Leidenschaft für die Landwirtschaft, außerhalb religiöser Fragen, zu kontaktieren. Sich über dessen Ansichten zum Zölibat auszutauschen, würde in einer heftigen Auseinandersetzung enden. Leibs Aussage, der Stolz der Lutheraner treibe sie in ein Leben der Sinnlichkeit, trieb ihn selbst nämlich in Wut. Auch äußerte der Prior zum Missfallen Ottheinrichs, das Vorgehen der Weltgeistlichen, die in die Ehe getreten sind, sei beispiellos angesichts der hervorragenden Priester und Bischöfe des Altertums. *Des Altertums!!* Realitätsfremd erschien ihm diese Begründung, die Leib auf die Worte Christi über eine freiwillige Keuschheit und die leuchtenden Beispiele aus der ersten Zeit des Christentums stützte. Um die Reinheit zu bewahren, so Leib, sei Gebet und Fasten vonnöten, neben Bescheidenheit, Flucht der Gelegenheit und Bewachung der Sinne im Fliehen der Gesellschaft der Weiber. Die Priesterehe der Reformatoren sei ein Gräuel und Luther durch seine Heirat zu einem ‚Priesterchen der Venus' herabgesunken. Verquer erschien Ottheinrich vor allem Leibs Reden, dass Luther es war, der die Sünde der Unreinheit von den im Konkubinat lebenden Geistlichen, Mönchen und Nonnen nun zur Tugend erhöbe. Beweibte Prediger wären nach Leib nur meineidige Priester, die das Gelübde gebrochen hätten. Luthers Anhänger verglich er mit Elstern und Papageien, die man mehr Böses als Gutes lehre, und die nicht wüssten, was sie schwatzten. Wie Luther die Papstkirche als eine Ausgeburt der Hölle bezeichnete, so stellte er, zutiefst überzeugt von der Wahrheit seines reinen Glaubens, die Reformation als Werk des Teufels hin. Anders sei die Begeisterung, mit der man dem Reformator folge, nicht zu erklären. Deshalb solle, was Ottheinrich bestürzte, gegen Luther und seinesgleichen mit Strafe und Hinrichtung eingeschritten werden. Jene Ketzer, derer man schon habhaft geworden sei und die bereitwillig und freudig für ihre Überzeugung in den Tod gegangen waren, bewiesen ihm seine These von Verblendung. Was Ottheinrich hingegen versöhnte, war Leibs Urteil, dass Luther ein belesener und gescheiter Kopf sei, der sich wenigstens eine gute Vorstellung bewahrt habe. Auch leugnete der Prior die vielen Mißstände in der katholischen Kirche und der kirchlichen Praxis nicht. Er gedachte ihrer und beschwor daher zutiefst, im Bekenntnis der alten Lehre zu bleiben und bei der Kirche, die aller Mutter ist, in Erwartung höchsten Lohnes treu auszuharren.
Ottheinrich sah sich in Kilian Leibs religiösen Auffassungen ein Stück

weit selbst, bevor er sich mit scharf eindringendem Verstand der neuen Lehre zugewandt hatte. Nach seiner Meinung litt Leib unter einem Ballast von Gelehrsamkeit, mit dem er idealisierte. Trotzdem sah Ottheinrich in ihm einen Mann, der sich im eng begrenzten Kreise klösterlicher Stille zu tiefreligiöser Gesinnung und ernster Arbeit verpflichtet hatte. Dies nötigte ihm Achtung ab. Zudem bestärkte es ihn in seinem Vorhaben, auch als künftig offener Vertreter der Reformation auf ihn zuzugehen und für ein verständnisvolles religiöses Nebeneinander zu werben. - Ein guter Aufhänger dafür wäre die Umsetzung passionierter Ideen in der Landwirtschaft.

Damit wandte sich Ottheinrich wieder Vinzenz Prechtl zu. Der hatte in respektvollem Abwarten ausgeharrt, bis das Wort erneut an ihn gerichtet würde. „Bleiben wir bei einem freundlichen Miteinander. Es gibt immer einen Weg dafür. Und jetzt zum Eigentlichen.“ Er schob sich ein Blatt Papier zurecht. Anschließend griff er nach einer Schreibfeder. Er prüfte deren Spitze, und während er sie in ein Tintenfass tunkte, sah er zu seinem Kammermeister. „Lasst mich Euch vortragen, was ich nach Rebdorf zu schreiben gedenke, und sagt mir Eure Meinung dazu.“ -

Später siegelte Ottheinrich zufrieden ein Schriftstück, nachdem er es noch einmal in Ruhe überlesen hatte:

„Empfänger: Dem Würdigen in Gott, unserm lieben Kilian, Vater des Gotteshauses Rebdorf

Datum: Neuburg den XI. Tag Octobris anno etc. XLI

Ottheinrich, von Gottes Gnaden Pfalzgraf bei Rhein, Herzog in Niedern und Obern Baiern etc. - Unsern Gruß zuvor! Lieber Besonderer! Nachdem Ihr, wie uns berichtet worden, den Reis bauen und haben solltet, und wir nun solchen Reis oder desselben Samens gern ein halbes Scheffel um Bezahlung hätten, so ist unsere gnädige Bitte an Euch, unbeschwert zu sein und uns denselben hierher zu schicken, neben einiger Anzeigung, was dazu zu tun sei. Wir erbieten Euer Ehrwürden die Bezahlung in Dank zu tun und es auch mit Gnaden gegen Euch anzuerkennen.“

Schneiderei des Meisters Ruprecht zu Neuburg an der Donau, den 12. Oktober 1541

Heute war Mittwoch und Maximilian schleppte sich an diesem Morgen regelrecht in die Schneiderstube, weil er gestern nicht auf die Warnung seiner Meistersleute gehört hatte. Wie er sich nun eingestehen musste, waren die mahnenden Worte wohlgemeint. Er solle es nicht übertreiben, hatte man ihm angetragen. Sein Körper müsse sich erst umgewöhnen... von einer zwar sehr schweren, aber in steter Bewegung ausgeführten Arbeit hin zu einer, in der er saß und sich überwiegend einseitig bewegte... Aber er war so unfassbar glücklich gewesen: Voller Tatendrang

und bestens ausgeschlafen hatte ihn die Küchenmagd zum Frühstück mit einer heißen, süßen Milchsuppe und einem Butterbrot bewirtet. Anschließend, als er die Schneiderstube unsicher betrat, empfing ihn Frau Else mit der freundlichen Aufforderung, sein Vögelchen gerne zur Arbeit mitzubringen, unter der Voraussetzung, dass es brav im Käfig bliebe. Nachdem er mit dem Vogelkäfig zurückgekommen war und sie gemeinsam einen Platz dafür auserkoren hatten, wurden ihm einige Stoffstücke zugeschoben. Sie bestanden aus einem naturweißen Linnen, keines von den ganz feinen, aber dennoch eines, das Maximilian noch nie besessen hatte. *Denn es sollte ihm gehören!* Während seiner Abwesenheit am Montagnachmittag nämlich, als man ihn zum Abholen persönlicher Dinge nach Kreut geschickt hatte, wurden derweil in der Schneiderei Vorbereitungen für ihn getroffen. Nicht nur den Vogelkäfig hatte man herbeigeschafft. Auch eben jene Stoffteile wurden zugeschnitten, in seinen Körpermaßen, von ihm unbemerkt mit sachkundigem Blick abgeschätzt... Jedenfalls hatte Frau Else die einzelnen Zuschnitte auf dem großen Arbeitstisch ausgebreitet. Und von Maximilian war, unter den gestrengen Blicken Meister Ruprechts, verlangt worden, die Teile so zuzuordnen, damit daraus ein Herrenhemd entstünde. Auch fragte man die Arbeitsschritte ab, die seiner Meinung nach auszuführen wären, um das Hemd hernach zu nähen.
Maximilian hatte zufriedenstellend geantwortet, was er daraus ableitete, dass im Anschluss daran Ruprecht zu ihm getreten war. Es folgte seine Erklärung, dass das Hemd sein Lehrstück für die folgenden Tage wäre, an denen er probeweise arbeitete, und unabhängig vom Ergebnis der Probewoche gehöre das Hemd ihm anstelle eines Lohnes in Geld.
Alsdann musste Maximilian eine Nadel wählen, während Frau Else einen Faden von einer Zwirnrolle abschnitt. Diesen Faden hatte er einzufädeln, und die ersten Stiche einer Seitennaht wurden ihm vorgeführt. Danach wies man ihm mitsamt seiner Näharbeit Platz auf einem Schemel nahe des großen Fensters, an dem Ruprecht arbeitete.
„Bedenke, dass ich jeden Stich prüfe“, hatte er noch des Meisters Worte gehört. In den folgenden Stunden hörte er jedoch nichts mehr. Er konzentrierte sich auf seine Aufgabe und vergaß dabei sogar das Vögelchen. Erst am Abend, vor dem Heraufziehen der Dunkelheit, war er mit schlechtem Gewissen aus der Stadt geeilt, um seine gefiederte Freundin wenigstens einige Momente umherfliegen zu lassen...
Jetzt, am Morgen darauf und noch allein in der Schneiderstube, blickten ihn traurig wirkende schwarze Knopfäuglein an. Mit schweren Muskeln und steifen Händen öffnete Maximilian das Käfigtürchen. Brav stieg das Vöglein auf den dargebotenen Finger und ließ sich aus dem Käfig heben. In Erinnerung daran, welche Freiheiten das treue Tierchen in der Kerzenzieherwerkstatt zuletzt genossen hatte, streichelte er das feine Gefieder:

Durch die offene Haustür hatte seine gefiederte Freundin hinaus- und wieder hereinfliegen dürfen, ganz nach eigenem Verlangen...
Mitsamt dem Vogel wandte Maximilian der Werkstatt den Rücken zu und trat ans Fenster. Es zu öffnen, traute er sich freilich nicht. „Es tut mir leid", flüsterte er eindringlich. „Habe ein bisschen Geduld. Sicher erlaubt dir der Meister bald, auch hier frei umherzufliegen. Nur nicht aus dem Fenster. Viel zu gefährlich wäre es für dich hier in der Stadt. Aber dafür gehen wir von heute an regelmäßig nach draußen, an die Donau. Was hältst du von der Nacht? In der die Sterne leuchten? Und der Mond scheint? Und keine Krähen sich auf dich stürzen, weil sie in ihren Nestern schlafen?" Liebevoll küsste er auf das Federkrönchen, um das Vögelchen wieder zum Käfig zu bringen.
Was Maximilian in seiner innigen Beschäftigung mit dem Tier nicht bemerkt hatte, war, dass Meister Ruprecht inzwischen leise in die Werkstatt getreten war. Deshalb erschrak er heftig, als er sich umwandte und seine und Ruprechts Blicke aufeinandertrafen. Reflexartig fixierte er mit seiner Hand die Krallenfüßchen, damit der Vogel ja nicht aufflattere. Unter einer gestammelten Entschuldigung beeilte er sich, das Vögelchen in den Käfig zu setzen.
„Wäre ich einer von jenen Dummgläubigen, würde ich meinen, du paktierst mit dem Teufel in Gestalt dieses schwarzen Vogelwesens da." In trockenem Tonfall kommentierte Ruprecht das Geschehnis in seiner Werkstatt, obwohl es ihn keineswegs erzürnte. Viel zu intensiv spürte er die mütterliche Zuneigung seiner Gattin zu dem Jüngling, was ihn zunehmend berührte. *Wobei dies selbstredend kein Grund war, es auch offen zu zeigen!* Vorerst zum Allermindesten. Bis sich der neue Nähknecht bewährte und bei ihnen bliebe. *Dann könnte man weitersehen...* Trotzdem beäugte er den Vogel neugierig. Dessen Grazie empfand er als außergewöhnlich. Sie zauberte die Vorstellung eines edlen schwarzen Damengewands in gleicher Silhouette vor seine Augen... Ruprecht musste sich einen Ruck geben, um seiner schneidermeisterlichen Illusion zu entrinnen. Ein anderes Gewand galt es fertigzustellen, das in seinen kostspieligen Materialien seine volle Aufmerksamkeit forderte. „Ans Werk, Junge", äußerte er daher seinen Befehl, den er aber zuvorderst sich selbst erteilt hatte.
Maximilian folgte. Sofort legte er sein angefangenes Hemd zurecht und bestückte eine Nähnadel mit frischem Zwirn. Kurz darauf kauerte er mehr schlecht als recht auf seinem Hocker und zwang sich, mit schmerzenden Fingern, Armen, Schultern, Nacken, bis hin zu Rücken und Beinen, ordentliche Stiche auszuführen.

Wer auch immer, jedenfalls war man Maximilian gnädig gewesen. Seine morgendliche eiserne Überwindung wurde ihm damit belohnt, dass dieser Tag wie im Fluge vergangen war. Die unangenehmen Schmerzen hatten

sich im Laufe des Tages halbwegs verflüchtigt. Vor allem nach dem Mittagsmahl. Wiederum hatte Maximilian gut gegessen, wie nie zuvor. Heute war es eine kräftige, sämige Graupensuppe gewesen. Auf der hatten ihn, zwischen feingehackter, frischer Petersilie aus Elses kleinem Gemüsegarten, Fettaugen angelächelt... Zudem war Frau Else, vielleicht auch auf ein Pläuschchen, vor der Mittagszeit aus dem Haus geeilt und später mit einem ofenfrischen Brotlaib zurückgekehrt. Höchstpersönlich und unter Verkündung der neuesten Neuburger Ereignisse hatte sie das duftende Brot bei Tisch aufgeschnitten und mit der Suppe großzügig ausgeteilt.
Mit dem Ende dieses Arbeitstages blickte er also höchstzufrieden auf sein Hemd, dessen Schulter- und Seitennähte nun geschlossen waren. Morgen würde er sich mit dem Einsetzen der Ärmel befassen.
Direkt im Anschluss an die Arbeit ging er in eine kleine Kammer neben der Küche. Dort, so hatte Frau Else ihn angewiesen, durfte er sich waschen. Auch hier führte die Hausmagd das Regiment, was bedeutete, dass sie Maximilian eine Waschschüssel mit warmem Wasser herantrug und ein Handtuch bereitlegte. Dass er das Wasser nach dem Waschen eigenmächtig irgendwo ausgoß, war ihm gleichfalls untersagt. Die Magd prüfte nämlich stets, ob das Wasser noch für etwas anderes zu gebrauchen sei. So etwa zum Boden aufwischen, als Gießwasser im Gemüsegarten oder zum Säubern der Pflastersteine vor der Haustür. Dies war für Maximilian eine weitere neue Erfahrung: Die Bequemlichkeiten in der Stadt waren mit Einschränkungen verbunden, nämlich zum Beispiel damit, dass es öffentliche Stadtbrunnen gab, von denen das Wasser herbeigeschafft werden musste. Einen eigenen Brunnen, so wie an des Vaters Häuschen, besaß niemand. - Nun, der Schlossherr sicherlich. Aber die höfische Residenz hatte Maximilian bislang, aus Perspektive des Stadtinneren, noch nicht inspiziert.
Frisch gewaschen und mit seinem Vögelchen im Brustbeutel betrat er die Küche im Vorhaben, von der Magd ein Stück Brot zu erbitten. Damit wollte er an die Donau. Schließlich galt es, sein Versprechen eines ausgiebigen Abendspaziergangs einzulösen, wenn er schon den Morgenspaziergang bisher aussparte. In der Küche traf er jedoch auch auf Frau Else. Zuerst wunderte sie sich natürlich über seine Bitte. Schließlich wurde am Abend ebenso gemeinsam gegessen. Nachdem Maximilian ihr seine Absichten erklärt hatte, richtete sie ihm eine kleine Mahlzeit zurecht.
„Aber achte auf dich, Maximilian“, ermahnte Else ihn eindringlich, unterdessen sie Brot, ein ansehnliches Stück Blutwurst und einen Apfel in ein Tuch packte. „Brave Bürger suchen die Dunkelheit draußen normalerweise nicht. Strauchdiebe und Tunichtgute lungern dann umher, besonders vor dem Stadttor. - Vor dem Stadttor!“ Else schlug sich leicht an die Stirn. „Maximilian, das Stadttor wird mit der Dunkelheit geschlossen! Man lässt dich nicht mehr in die Stadt, so es einmal zu ist. Es sei denn...

Warte!“ Sie drückte ihn an der Schulter, damit er sich auf einen Küchenschemel setze. Anschließend eilte sie aus der Küche.
Maximilian wartete brav, während er sich in der Küche umsah. Heimelig war es hier am gemütlich knisternden Herdfeuer, erst recht im heraufziehenden Dunkel an einem herbstlichen Abend, dem eine zunehmend kalte Nacht folgen würde. Wäre er seinem Vögelchen nicht verpflichtet, würde er selbstredend nicht mehr hinausgehen. Stattdessen würde er in der Küche bleiben, die Hausherrin oder die Magd bei ihren Verrichtungen beobachten, in Vorfreude auf ein gutes Abendessen, das ihm bestimmt mit ersten Appetithäppchen angekündigt würde...
Frau Else war wieder bei ihm. Zwei Dinge hatte sie mitgebracht. Zuerst eine Laterne, die er bei sich tragen und mit der er sich den Weg leuchten sollte. Und zum Zweiten gab sie ihm einen Schlüssel, was Maximilians Herz höher schlagen ließ: Es war ein Haustürschlüssel mit einem massiven Anhänger aus Metall, den eine Gravur zierte.
„Am besten wäre natürlich“, kommentierte Else ihre Mitbringsel, „du kehrst zurück, bevor das Stadttor geschlossen wird. Sprich auf jeden Fall beim Hinausgehen mit den Torwachen und zeige ihnen unseren Schlüssel. Jeder der Wachen kennt Ruprechts Meisterzeichen. So werden sie auch dich bald kennen.“ Else unterbrach sich, um einen kleinen Seufzer auszustoßen. „Kommst du auf deinem Rückweg aber ans Stadttor, und es ist schon geschlossen“, fuhr sie fort, „zeigst du dem Nachtwächter den Schlüssel. Auch er kennt Ruprechts Zeichen und wird dich einlassen.“ Damit drückte sie Maximilian den Schlüssel in die Hand. „Verliere ihn nicht, Junge. Nun geh in Gottes Namen. Bist du zurück, lege den Schlüssel draußen im Flur auf ein Tischchen. Dann wissen wir, dass du oben in deiner Kammer bist.“
„Vielen Dank, Frau Else. Ich werde wohl alles beherzigen.“ Um seine Rührung über die Fürsorge zu verbergen, griff Maximilian nach der Laterne und ging an den Herd. Dort öffnete er das Laternentürchen, entzündete die Kerze an einem glühenden Holzstückchen... und schon eilte er hinaus in die heraufziehende Oktobernacht.

Neuburg an der Donau, den 16. Oktober 1541

Das Wetter war nicht sehr einladend, an diesem Sonntag in der Mitte des Oktober. Dunkle Wolken verhängten den Himmel gleich einer Bühnendekoration fahrender Schausteller, die eine düstere Geschichte zum Besten geben wollten. Indes, Maximilian ließ sich nicht davon abhalten. Schon beizeiten befahl er sich aus seinem kuscheligen Federbett, denn er hatte sich vorgenommen, rechtzeitig vor der Sonntagsmesse in Kreut zu sein, um sie hernach gemeinsam mit dem Vater und Paule zu feiern.
Unterdessen er sich ankleidete, öffnete er das Türchen des Vogelkäfigs:

Seine kleine Freundin schlummerte noch. Vogelartig saß sie mit klammernden Krallenfüßchen auf einer der Sitzstangen. Ihr Köpfchen war eingezogen, die Äuglein geschlossen. - Liebeserfüllt lächelte Maximilian. *Wie seelenruhig sie wirkte! Wie brav und zahm sie im Käfig ausharrte! Und wie munter sie bestimmt in Kürze sein würde...* wenn er sich nicht zügig nach draußen aufmachte...

Auch für das Vögelchen wäre heute ein besonderer Tag, eben ein Sonntag. Denn sein anfängliches Vorhaben konnte Maximilian nicht in die Tat umsetzen. Vielleicht gelänge es im nächsten Frühling/Sommer, wenn die Tage wieder länger würden. Jetzt allerdings konnte er nicht am Morgen, vor seinem Dienst, mit dem Vogel ins Freie. Die Tagstunden wurden stetig weniger und das natürliche Licht, das man zum Arbeiten in der Schneiderei benötigte, immer spärlicher. So galt es, mit dem Hellwerden die Arbeit zu beginnen, um ein ausreichendes Pensum bis zur Dämmerung erledigt zu haben. Deswegen unterließ Maximilian morgendliche Spaziergänge. Doppelt würde es bedeuten, dass er zu unüblichen Zeiten das Stadttor passierte. Keinesfalls wollte er auffallen. *Was wäre, wenn einer der reichlich herumlauernden Denunzianten, die auf eine Münze hofften, ihn verfolgte und bei seinem ungewöhnlichen Treiben mit dem Vögelchen beobachtete? Ihn danach an die Behörden meldete?? Oder an einen Kirchenmann??*

„Ich wäre entweder ein Dieb oder ein Teufelsanbeter", raunte er aus seinem Gedankengang heraus zu sich selbst. Entschieden, aber in aller Behutsamkeit, fasste er deshalb das Vögelchen, küsste es wie stets auf Köpfchen und packte es hernach in seinen Brustbeutel. -

Unten im Haus herrschte noch Stille. Nur aus der Küche konnte man leises Geschirrklappern vernehmen. So ging Maximilian dorthin, um der Hausmagd Bescheid zu geben, dass er den ganzen Tag in Kreut verbringen, aber am Abend wieder zurückkehren würde.

Trotz, dass die Hausmagd ihre Befugnisse streng ausübte, war sie ihm gewogen, weil er sich ihr ausnahmslos unterordnete. Jetzt honorierte sie ihm sein Benehmen mit einer Wegzehrung, ohne dass er etwas Derartiges erbeten hätte... Später, auf seinem Weg nach Kreut und das Vögelchen am Himmel, verspeiste er jenes großzügige Stück Napfkuchen, in dessen Teig Birnenstückchen seinen Gaumen erfreuten...

„Das hast du selbst genäht??" Sein Vater und Paule bestaunten Maximilians neues Hemd, das er freilich an diesem Sonntag angezogen hatte.

Er nickte stolz und zog sich das Hemd aus, um alle Nähte, auch die innenliegenden, vorzuzeigen und zu erläutern.

„Und ich machte mir die ganze Woche Sorgen, dieser Ruprecht wäre nicht gut zu dir, mein Sohn." Helmuts Augen hingen an Maximilian, während er in seiner Rührung die Hände ans Herz presste.

„Er ist streng, Vater. So, wie du auch immer streng zu mir warst. Aber er ist nicht böse. Und ich glaube, er mag das Vögelchen. Jedenfalls darf ich den Vogelkäfig, den Frau Else mir gegeben hat, mit in die Schneiderstube nehmen. Nun ja, öffnen darf ich ihn dort nicht, der teuren Stoffe wegen. Aber Meister Ruprecht, ich weiß nicht, ob er es selbst wahrnimmt, geht den ganzen Tag, immer wieder, an den Käfig und beäugt den Vogel." Maximilian, das Gebaren seines Meisters vor Augen, musste lächeln. „Deshalb mache dir keine Gedanken um mich, Vater", fuhr er fort. „Höchstens schöne Gewissheit sollst du haben. Denn, siehe, hier ist meine Vereinbarung, die meine Knechtschaft regelt. Ich möchte sie dir vorlesen, damit du ihr zustimmst."

„Knechtschaft. Klingt irgendwie komisch." Helmut kratzte sich nachdenklich am Kopf, redete Maximilian beim Vorlesen aber nicht drein. Paule hingegen, der sich bislang still verhalten hatte, jubelte auf, als er die Höhe von Maximilians künftigem Wochenlohn vernahm. „Weißt du, wie viele Rindenpfeifchen ich dafür unters Volk bringen müsste?", spitzbübelte er.

„Nun, diese Zeiten sind vorbei", warf Helmut, nun ebenso in lustiger Laune, ein. „Jetzt drehst du den Hausfrauen auf dem Markt jammervolle Augen, damit sie dir aus Mitleid nicht nur meine Kerzen in großer Zahl abkaufen, sondern dir sogar noch Trinkgeld zustecken."

„Ich muss nur ein Auge verdrehen", korrigierte Paule und führte vor, wie er mit seinem schielenden Auge seine Erbarmungswürdigkeit auf dem Wochenmarkt wertzusteigern wusste.

Maximilian reagierte mit einem herzhaften Lachen, in das Paule ungezwungen einstimmte. Helmut jedoch zwang sich zu gespielter Beschwerde: „Wegen dieses Buben schufte ich mehr denn je. Kaum zu schaffen, die Menge an Kerzen, die er zu Markte trägt. Maximilian, stelle dir vor: In dieser Woche ging er einmal hinüber nach Oberhausen. Zwei Tage später ließ er sich nicht abhalten, eine Runde von Kreut nach Rohrenfels zu drehen." Untermalend hob Helmut eine Hand, um an seinen Fingern vorzuzählen. „Sehensand, Ballersdorf und Wagenhofen klapperte er dabei ab."

„Auf dem Rückweg ging ich über Egertshausen, nicht zu vergessen", schob Paule hinterher. Auch er hob eine Hand, um einen vierten Finger vorzuzeigen. „Nun ja, die ganzen letzten Jahre war ich unentwegt unterwegs. Das steckt mir wohl noch in den Knochen. Obwohl ich gerne in der Werkstatt mithelfe, so schön warm, wie es hier immer ist. Wenn ich an die vergangenen Winter denke... Brrr." Paule schüttelte sich, was Helmut in einer spontanen Umarmung zu bremsen verstand.

Die Innigkeit, die von den beiden in diesem Moment ausging, fuhr Maximilian unter die Haut. Sekundengleich sah er sich selbst, in Gegenwart des Vaters. Verschlossenheit hatte ihr Verhältnis geprägt, über so viele Jahre. Bis nach dem diesjährigen Pfingsten, an dem sie sich erstmals

etwas näher gekommen waren... um sich jetzt auf neue, andere Art wieder voneinander zu entfernen.
Maximilian spürte dennoch keine Spur von Eifersucht auf Paule. Im Gegenteil. Offenen Herzens freute er sich über die zwei Menschen, die sich auf so unverhoffte Weise begegnet waren und in leichter Fröhlichkeit ihre schweren Seelen zu erleichtern vermochten. Deswegen störte er die anhaltende Umarmung nicht, auch wenn es höchste Zeit war, sich auf den Weg zur Kirche zu machen.

Residenz zu Neuburg a. d. Donau, zweite Oktoberhälfte 1541

Susanna war nicht zum gemeinsamen Abendessen erschienen. Und weil man Ottheinrich tags darauf überbrachte, dass sie auch zum Frühstück nicht kommen wolle, suchte er sie sofort in ihren Gemächern auf: Eingesunken in ihrem prächtigen Säulenbett, ruhte sie zwischen üppigen Kissen. Blass lag sie da, wie teilnahmslos, die Augen halb geöffnet und den Fenstern zugewandt.
„Susanna, was ist dir, um Himmelswillen?!“ Ottheinrich stürzte zu ihr. Instinktiv fühlte seine Hand an ihrer Stirn. „Kein Fieber, Gott sei Dank“, entfuhr ein Schwall aufgeregten Atems seiner bebenden Brust. Er setzte sich auf die Bettkante in Erwartung, dass sie mit ihm spräche... worauf er warten musste. Erst als er aufseufzte und sie wiederholt streichelte, drehte sie sich zu ihm um. „Du hast meinen Brüdern nicht geantwortet“, kam leise. „Gestern erhielt ich Nachricht aus München.“ Dunkle Augen ruhten auf ihm.
Aha, die werte Münchner Verwandtschaft! Wer sonst? Ich habe es geahnt! Ottheinrich zürnte innerlich, beherrschte sich jedoch. Er wusste um jene Kluft. Der einzigen Kluft zwischen ihnen.
„Mein Herz“, setzte er sanft an. „Wenn ich schon mein Seelenheil gegen 200.000 Gulden verkaufte, wegen der kostspieligen Abenteuer meines eigenen Bruders, so kann ich dies nicht mit dem Heil meiner vielen treuen Untertanen tun, die sich die neue Glaubenslehre herbeisehnen.“
Erneut wartete er auf Worte ihrerseits. Susanna entgegnete aber nichts. Deshalb sprach er weiter. „Ich bin ein christlicher Fürst und suche die Seligkeit der Herzen in Pfalz-Neuburg. Sündiges und sträfliches menschliches Wesen erzürnen unseren Herrgott. Er wird es strafen, wenn nicht bald Besserung eintritt. Daher bin ich offen für das Lautere und Reine. Nur biblisches Wort, frei von menschgemachtem Zusatz.“
„Suche dennoch Versöhnung, Ottheinrich. Für Wittelsbach. Sei der Große, der du bist.“ Susannas schmale, bleiche Händen fassten nach ihm. Er griff zu und führte sie an seinen Mund.
„Gut. Noch heute schreibe ich an Wilhelm“, lenkte Ottheinrich kurzentschlossen ein. *Susannas Wohl ging ihm über alles.* „Ich werde ihn zu uns ein-

laden und ihm eine Unterredung anbieten. Auch wenn es schwerfällt, lehne ich das angebotene Darlehen ab und bitte um Akzeptanz unserer religiösen Bestrebungen. Es wäre ein Mittelweg. Bist du einverstanden?“

Unterdessen Susanna mit einem langsamen Nicken ihre Zustimmung signalisierte, überkam Ottheinrich Bitternis: Er sah nicht mehr die sorgenbeladenen Augen seiner Gattin vor sich, sondern zwei unter einer zipfeligen Haube hervorstechende Glubschaugen... „Zwei schlicht weltliche Gründe gibt es vor allem für mein ablehnendes Verhalten gegenüber deinen Brüdern“, steuerte Ottheinrich seinem Missgefühl entgegen. „Zum einen steht Wilhelm unter schlechtem Einfluss. Daher, zum anderen, wird mir Nürnberg näher stehen müssen als München.“

Susanna brauchte nicht zu überlegen. „Du sprichst von Leonhard von Eck und von Neuburgs Hauptgläubigern.“

„Ja. Von Eck macht Politik, die unser Haus Wittelsbach sich eines Tages wird anrechnen lassen müssen. Denn nach diesem Wurm wird dann kein Hahn mehr krähen.“ Ottheinrich lenkte seine Blicke zurück zu Susanna. Sinnend strich er ihr übers offene Haar. „Weißt du, ich schätze deine Brüder sehr. Auch jetzt, trotz der Böswilligkeiten gegen Neuburg, denn sie entstammen einer anderen Quelle und ich verstehe wahrlich den Hergang des Ganzen. Wilhelm ist hochintelligent, aber er bekam eben schon in seinem achtzehnten Lebensjahr die Münchner Zügel alleinig in die Hände. Und daran riss er rücksichtslos, was ihm den Widerwillen der starken bayerischen Landstände einbrachte. Nach Jungleuteart überging er ihre Befugnisse. Der Zusammenprall war unvermeidlich.“ Eher ungewollt lächelte Ottheinrich. Wilhelms Haltung den Landständen gegenüber war ihm nur allzugut begreiflich. Familiäres Verbundenheitsgefühl erfasste ihn...

„Und in diesem Konflikt scheiterte Wilhelm auf ganzer Linie“, flocht Susanna seufzend ein. *Wie gut es ihr tat, ihre eigene Familie aus Ottheinrichs weitem Blickwinkel zu besehen! Wie klar er die Zusammenhänge jüngster bayerischer Begebenheiten verstand, um Gegenwärtiges zu tolerieren, anstatt es zu verurteilen! Wie sehr sie ihn deshalb auch in seinen starrsinnigen Eigenheiten liebte! Wenn nur ihre Angst nicht so übermächtig wäre, in Ungnade vor Gottes Gericht treten zu müssen, weil sie sich aufgrund irdischer Liebe von der römischen Mutter Kirche abgekehrt hätte, im Folgen der religiösen Gesinnung ihres Gatten. Wenn sie nur Antworten auf ihre quälenden Fragen fände! Unübersehbar war die Papstkirche muffig und von Unreinheit durchsetzt. Aber Luthers Anhänger waren so beängstigend hitzig... Und diese Vehemenz traf haargenau auf das Temperament ihres Gatten... Für sie selbst ein Teufelskreis, dem sie sich ausgeliefert fühlte...*

„Genau. Und dies vor allem wegen dem Ritter und Doktor Dietrich von Plieningen*, einem humanistischen Geist höchsten Grades“, hörte Susanna wie aus der Ferne. Schnell konzentrierte sie sich wieder auf Ottheinrich.

„Doppelt und dreifach begründet mir dessen gewichtige Einflussnahme die neuerliche Abneigung Wilhelms uns gegenüber. Sie schlummerte wohl in ihm, wie nun zu Tage tritt“, erörterte Ottheinrich. „Aber Pleiningens Wortgewalt, mit der er argumentierte, musste sich Wilhelm geschlagen geben. Weißt du, was er ihm ins Gesicht schleuderte? In aller Öffentlichkeit? Wortwörtlich erinnere ich mich an das, was später die Runde machte.“ Ottheinrich hielt kurz in seinem Reden inne, um sich die Worte genau zurechtzulegen, denn er rechnete nicht wirklich mit einer Antwort von Susanna. „Jeder Fürst ist nur ein Administrator der Herrschaft. Und wie einem Würmlein, das sich krümmt, wenn es von einem gewaltigen Tier gedrückt wird, ist es auch den Untertanen vergönnt, sich zu krümmen.“

„Oh mein Gott! Ich stelle mir Wilhelm in diesem Moment vor!“ Susanna schlug sich mit einer Hand vor den Mund.

„Du sagst es. Obenauf muss man bedenken, dass Dietrich von Plieningen der Rat des Kurfürsten von der Pfalz war und sich dessen höchster Wertschätzung erfreute.“ Ottheinrich hielt in seinem Streicheln inne, weil seine Gedanken in die Ferne abglitten. „Wenn ich daran denke, dass Dietrich von Plieningen ein lebenslanger Freund Agricolas* war. Eben jenes Rudolf Agricola, um den sogar Kaiser Maximilian buhlte... vergeblich... Aber Heidelberg gewährte er seine Gunst, bis zu seinem Tod.“

„Du meinst also, dass mein Bruder Wilhelm dir nun Böses will, weil Plieningen einst deinem Großvater diente, München jedoch Schaden zufügte? Aber mein anderer Bruder, Ludwig, hat doch nach Plieningen gerufen! Im Verbund mit den bayerischen Landständen! Weil er im Bruderzwist mitregieren wollte!“ Susanna holte Ottheinrich aus seiner träumerischen Nostalgie.

„Und ein weiteres Mal hast du Recht, meine liebste Gattin.“ Ottheinrichs streichelnde Hand war zu Susanna zurückgekehrt. „Bruderzwist“, wiederholte er. „Nur allzugut bekannt im Hause Wittelsbach. Glücklicherweise haben deine Brüder dazugelernt und ihren Streit beigelegt, damit nicht wieder Habsburg zum Zuge kommt. Geteilt haben sie sich letztendlich die Macht über Bayern. Du weißt es. Dennoch. Ich bin davon überzeugt, dass Wilhelm deswegen der Pfalz nachträgt. Schließlich muss er sich seitdem von den Landständen in alle Töpfe schauen lassen. Und leider zieht er infolgedessen Leonhard von Eck in bedauernswert großem Umfange zu Rate, bestimmt als Reaktion auf Dietrich von Plieningen.“

Der Name ‚von Eck‘, der auch Susanna Unbehagen bescherte, ließ sie in ihre Kissen zurücksinken.

„Wo wir gerade über deinen Bruder Ludwig gesprochen haben. Da fällt mir etwas ein. Erinnerst du dich an Heinrich Muckenthaler?“, erzwang sich Ottheinrich ein Schmunzeln angesichts der Blässe, die Susannas Gesicht einmal mehr zeichnete.

„Das war der gestrenge Hofmeister, dessen Zucht Ludwig als Jüngling ertragen musste."
„Stimmt. Habe ich dir je erzählt, dass ich auf dessen Hochzeit getanzt habe? Anno 1524? In München? Zusammen mit den jungen Münchner Prinzen? Also mit deinen Brüdern?" Aus Ottheinrichs Schmunzeln erwuchs aufrichtige Belustigung. Daher versuchte er, Susannas Neugierde herauszukitzeln. Zwar gelang es ihm nur halb, denn sie zuckte relativ emotionslos mit den Schultern. Aber es hinderte ihn nicht, schelmisch zu werden: „Da gab es ein Armbrustschießen. Ich erinnere mich genau an die Kampfpreise. Der erste war freilich eine Armbrust. Der zweite immerhin noch ein Schwert. Aber der dritte war eine fette Sau. Wer diesen Preis gestiftet hat, weiß ich nicht. Bloß, keiner der Herrschaften wollte das grunzende Geschöpf." Auflachend schickte sich Ottheinrich an, Susanna beherzt an seine Brust zu ziehen. Indes, sie sträubte sich. Zu aufwühlend empfand sie den heftigen Herzschlag ihres Gatten, der ihr eigentlich immer eine willkommene Erbauung bedeutete. Jetzt hingegen fühlte sie sich doppelt gemartert.
Susannas Abweisung durchfuhr Ottheinrich auf das Schmerzlichste. Augenblicklich ließ er von seinem Ansinnen ab. Er küsste sie lediglich auf die Stirn. „Gut, gut. Ich verstehe", erhob er sich schwer von der Bettkante. „Du brauchst Ruhe, mein geliebtes Weib. Und eine Medizin. Ich schicke jemand zu Hans Reisbeckh. Sicher weiß unser Apotheker etwas für dich." -
Wenig später schnüffelte Ottheinrich an einem Fläschchen, das ihm aus der Hofapotheke gebracht worden war. Weindunst schlug ihm von der warmen Flüssigkeit entgegen.
„Wie von Euch aufgetragen", erläuterte der Diener, „berichtete ich dem Apotheker von der Betrübtheit der Fürstin. Er meinte, ein Elixier von Aronstab sei ein geeignetes Heilmittel. Im Falle einer schweren Melancholie solle der Trank über vier Wochen lang eingenommen werden, mehrmals täglich, doch nicht mehr als eine halbe Tasse, stets mittels eines heißen Stückes aus Eisen aufs Neue erwärmt."
„Dafür scheint mir dieses Fläschchen aber nicht ausreichend."
„Sehr wohl", erfolgte eine Verneigung. „Herr Reisbeckh bereitet täglich weitere Abkochungen der Wurzel zu, so die Fürstin es begehrt. Vor allem frisch solle der warme Weinsud getrunken werden."
„Dann eile er sich, meiner Gattin den Trank zu bringen, bevor er erkaltet. Und morgen gehe er wieder zum Apotheker, für einen nächsten Trank. Und wenn er einmal auf dem Weg ist, so gehe er zum Schneidermeister Ruprecht. Er soll umgehend bei seinem Fürsten erscheinen."

Schneiderei des Meisters Ruprecht, am Tag darauf

Auch heute umschlich Ruprecht den Vogelkäfig wie ein Kater den heißen Brei. Neugierig beäugte er Maximilians Vögelchen, das sein Köpfchen in weiten Runden, parallel zu Ruprechts Umkreisung, mitbewegte. Jedenfalls meinte er die schillernden Knopfäuglein unentwegt auf sich schauen, was sein Interesse noch mehr anheizte.

„Er sieht mich direkt an. Oder? Maximilian, der Vogel nimmt mich doch wahr. Ist es nicht so?“, entließ Ruprecht sein Staunen in leise Worte.

Das Verhalten seines Meisters erheiterte Maximilian. Gleichzeitig störte es ihn, denn er wünschte, sich auf seine Näharbeit zu konzentrieren. Nun nämlich hatte er an einer Weste zu arbeiten. Sogar abfüttern sollte er sie... Aber weil er wusste, dass dieses Kleidungsstück wiederum für ihn selbst bestimmt war, wollte er sich doppelt bemühen, damit man ihn alsbald zu Auftragsarbeiten heranzog. Nicht, dass er sich nicht freute, sich eigene Kleidungsstücke nähen zu dürfen. Trotzdem verwirrte es ihn. Schließlich war er ein Nähknecht, der für Lohn arbeitete. Und eben nicht als Lehrgeselle... *Oder doch??*

Von seinen Gedankengängen aufgewühlt, unterbrach Maximilian seine Arbeit. „Freilich sieht sie auf Euch, Meister Ruprecht“, antwortete er folgsam.

„Ach so, ja, das ist ja eine ‚sie‘. Ich vergesse es immer“, wurde versonnen erwidert. Ruprecht näherte sich dem Käfig nun so weit, dass seine Nase fast die Gitterstäbe berührte. „Und sie hat keine Angst vor mir.“

Maximilian, endgültig von seiner Weste abgelenkt, schmunzelte. „Nein, das hat sie nicht.“

„Also“, kam weiter, „da war ich im Heiligen Land. Habe dort etliche seltsame Kreaturen gesehen. Aber so einen Vogel... nicht.“

„Ihr wart im Heiligen Land?“ Maximilian fing Feuer.

„Oh ja, mit unserem Fürsten. Vor vielen Jahren.“ Ruprecht ließ vom Vögelchen ab und richtete sich auf. „Anno 1521. Also vor genau zwanzig Jahren. Mein Gott, so lange schon ist es her, dass ich war auf dem Berge Zion und im Tale Josaphat.“

„Was werdet Ihr da alles erlebt haben...“, flüsterte Maximilian, erfasst vom Zauber einer ungekannten Vorstellungswelt.

Für einen kurzen Moment war Ruprecht geneigt, sich der Verträumtheit des Jünglings anzuschließen. Aber als er dessen der Realität entrückenden Blicken gewahr wurde, straffte er sich. „Reiseabenteuer“, schickte er halb streng zu Maximilian. „Lustige und ärgerliche. Vor allem gefährliche. Einmal“, konnte er sich dann doch nicht verkneifen, „kam uns beim Durchqueren eines Flusslaufs ein Krokodil in den Weg. Rachenaufreißend und mit seinem Schwanz schlagend. Ich sah mich schon zwischen den Reißzähnen, zerkaut, im stinkenden Atem dieser Rieseneidechse.“

Jene ungute Erinnerung ließ Ruprecht, wie von fremden Fäden marionettenartig gesteuert, heftig mit den Armen fuchteln. Wodurch er das Vögelchen erschreckte und die schaurig schöne Stimmung in der Nähstube jäh zerteilte. Das Tierchen flatterte wild im Käfig umher und schellte an die Gitterstäbe, dass Maximilian hinzusprang. Ohne um Erlaubnis zu fragen, öffnete er das Käfigtürchen. Unter beruhigenden Worten fasste er sein Vögelchen mit beiden Händen und küsste es aufs Köpfchen. Schnell gab er jedoch den drängenden Bewegungen zwischen seinen Fingern statt und erlaubte dem Tier vertrauensvoll, sich aus seinem Griff zu arbeiten. - Sein Vertrauen war nicht zu Unrecht gewährt, denn wenige Atemzüge später saß der Vogel ruhig auf seinem rechten Zeigefinger. Lediglich ein leises, melodisches Zwitschern war von ihm zu hören. - Schuldbewusst duldete Ruprecht Maximilians Verhalten. Er angelte die verlustig gegangene, überlange Schwanzfeder aus dem Käfig und ließ sie ganz langsam durch seine Finger gleiten. Mit dem sanften Empfinden an seiner Haut erfasste ihn Seelenruhe... Freilich hätte er es Maximilian gegenüber nicht eingestanden, vor allem, weil er nicht sicher war, ob den 16-jährigen die Gedankengänge eines Erwachsenen überhaupt erreichten. Aber der Jüngling, und, zuallererst dessen Vögelchen, erweckten etwas in ihm, was ihm wohltat, wenn er jeden Morgen die Tür zu seiner Schneiderwerkstatt öffnete: Ihm leuchtete ein belebender Lichtschein am Gedankenhorizont, der aus den Tagwerksfurchen hinausblicken lässt und für Schaffensfreude sorgt.

Ruprecht legte die Feder beiseite und machte sich an die Arbeit. Ein Blick auf Maximilian genügte, damit auch dieser das Vögelchen in den Käfig zurücksetzte und sich seinem Nähwerk widmete. - Schweigen legte sich über die beiden Arbeitenden. Und trotzdem konnte man das Zirkulieren deren kreisender Gedanken förmlich spüren.

Eine grazile Bewegung des Vogels, die Ruprecht aus einem Augenwinkel mitbekam, ließ ihn später aufblicken: Es war jenes typische Körperstrecken, das ihn ungemein hoheitlich anmutete. Jedes Mal sah er eine anmutige weibliche Gestalt vor sich, gekleidet in ein meisterlich gefertigtes, leuchtend schwarzes Gewand mit überlangen Ärmeln und ebensolcher Schleppe, welche die Dame in ihren Bewegungen verzaubernd mitzuführen wusste...

„Einen hohen Vorzug besitzt die Kleidung durch die Möglichkeit, die sie hat, Fehler des Körpers zu verbergen“, begann er wie von selbst zu sprechen. „Sie kann ausgleichen und verschönern, ja Schiefes zum Geraden umlügen.“

Ruprechts unerwartete Stimme veranlasste auch Maximilian, aufzusehen. In Überraschung und Neugierde ruhten seine Hände auf den Stoffteilen in seinem Schoß und er lauschte den versonnenen Ausführungen seines Lehrers:

„Meisterlich gefertigtes Bekleidungswerk folgt den ästhetischen Gesetzen des Rhythmus und der Symmetrie, der Steigerung und des Kontrastes. Obgleich sie vom Körper kein Gesetz empfangen will, so nimmt sie doch seine Ästhetik als bindend an. Doch nur willens der Wirkungen, die sie auszulösen gedenkt durch Betonen der Formen und durch malerisches Gewerk von Glanz und Farbe gleich den Grundsätzen, nach denen auch die großen Künstler kreieren. Das hohe Schneiderhandwerk bedient sich derselben Mittel in ihrer bewussten Absicht, den menschlichen Körper anders zu machen, als ihn die Natur erschaffen hat. Alles Natürliche ist vergänglich, so auch des Menschen Leib. Aber exakt dafür hat unsere Kunst die geradezu unendliche Mannigfaltigkeit von Farben und Stoffen zur Verfügung. Von schweren Sammeten und Tuchen bis zum leichtesten Kattun, bis zur schillerndsten Seide. Unabsehbar ist die Vielfalt der Gewebe in einer Skala von Farben. Keine Palette eines Malers könnte sie je fassen. Volle, halbe und gemischte Töne, stumpf und glänzend, warm und kalt, Licht aufsaugend oder reflektierend, ins Unendliche vermehrt durch die Musterung... Dieser an sich schon verwirrenden Vielheit an Stoffen und Farben vermag sich die Schneiderkunst außerdem noch in der verschiedenstartigen Weise ihrer bedienen: Sie kann glattlegen oder in Falten. Sie kann bauschen, raffen, kräuseln, hängenlassen oder schleppen. Träume erwachen im Zusammenbringen durchsichtiger, durchscheinender und undurchsichtiger Gewebe. Der meisterliche Schneider benutzt dies alles wie ein Spiel, in dem er Farben, Linien und Formen durcheinander tanzen lässt. Er ist ein Herr von Launen, die der Sinnlichkeit entspringen."
Ruprecht hielt inne, um zu ergründen, ob Maximilian seinen Worten folgen konnte. Dessen leuchtende Augen bestätigten ihm, dass er wohl verstand. Also sprach Ruprecht weiter: „Die Hauptwirkung jedoch zieht das Geschneiderte aus den Nähten, aus ihrer richtigen Anlage und Führung. Ihre Linien ergeben den Aufbau eines jeden Kleidungsstücks, sie haben guten Sitz und Schönheit zu verantworten. Obgleich diese Linien, nicht zu vergessen, der Kunst des Zuschneiders folgen. Er ist der wahre Künstler, der am höchsten geschätzte. Ihm gebührt der höchste Lohn. Der einfachste Stoff, von unscheinbarer Farbe, richtig gearbeitet, kann das kostbarste Material von den herrlichsten Tönen nämlich in den Schatten stellen, wenn es falsch zugeschnitten wurde."
Abermals unterbrach sich Ruprecht. Er schöpfte kurz Atem, um Maximilian nun direkt anzusprechen: „Richte deine Sinne stets zuerst auf die gesamte Linienführung des zugeschnittenen Stoffes, den du hernach zusammennähen wirst. Mit deiner Leistung trägst du zum Gelingen eines großen Ganzen bei. Sei dir dessen bei jedem Stich bewusst. Er ist ein Schrittchen auf deinem langen Weg hin zu meisterlichem Können, den du hier beschreiten kannst."

Ohne ein weiteres Wort vertiefte sich Ruprecht wieder in seine Arbeit. Maximilian hingegen hatte Mühe, überhaupt die Nadel in seinen Fingern zu erspähen: Tränen waren ihm in die Augen geschossen.

Noch am selben Tag

„Euer Fürst hat kein Geld, die Schwermut der Fürstin zu vertreiben. Deshalb bitte ich Euch, für kleine Münze dennoch etwas Großes zu schaffen, was die Augen entzückt und die Sinne belebt." Ruprecht war soeben vom Neuburger Schloss zurückgekehrt und hatte wortgenau wiederholt, mit welchem Auftrag Ottheinrich ihn bedacht hatte.
„Also stimmen die Gerüchte!" Else schlug die Hände aufeinander.
Maximilian verstand nicht recht, getraute sich aber keine Nachfrage. Umso aufmerksamer hörte er zu.
„Gerüchte sind Weibersache!", baute Ruprecht seinen Unmut über jene Bestellung an Else ab. „Jedermann weiß, dass die hohen Herrschaften mehr Geld ausgeben, als sie haben!"
Auf Elses kämpferische Geste hin - sie stemmte energisch ihre Hände in die Hüften - verzog sich Ruprecht an sein Arbeitsfenster. „Nur hat es mich, und auch dich, mein liebes Weib, bislang nicht nachteilig betroffen", brummelte er gemäßigt mit Blick nach draußen.
„Dann freuen wir uns darüber und jammern nicht, wenn sich das Blatt einmal wendet. Die Zeiten werden eben nicht immer nur besser." Bei ihren Worten sandte Else einen wohlmeinenden Blick zu Maximilian, weil sie sein erschrockenes Gesicht gesehen hatte. „Wir packen an. Gemeinsam. Wir werden nicht verhungern, auch wenn Fürst Ottheinrich dich einmal nicht ganz so sehr verwöhnt wie sonst. Also", noch immer stützte sie ihre Hände an den Hüften, „was genau hat er dir aufgegeben?"
„Ein Prachtgewand für seine Gemahlin. Zu Tragen in der kalten Jahreszeit. Die Stoffe kostbar, aber keine Prunkärmel, keine Perlen, weder Edelsteine noch Gold- oder Silberknöpfe als Besatz. Dafür feinste Stickerei als ‚Unterhaltung für Verstand und Herz', wie er es ausdrückte."
Ruprechts Worten folgte ein Stoßseufzer. Else löste ihre Hände von den Hüften und rieb sich nachdenklich das Kinn. Maximilians Blicke wanderten zwischen den Eheleuten hin und her und er lauschte gespannt.
„Nun, dann auf keinen Fall Brokat. Der nimmt die Wirkung der Stickerei, in seiner Üppigkeit", war von Else fachkundig zu hören.
„Und freilich ist er viel zu teuer", folgte Ruprechts leicht versonnene Zustimmung. „Auch taugt er nicht im Winter. Gar zu kalt sind die metallenen Fäden. Schwerer Samt dagegen, vielleicht im Zusammenspiel mit Seide... in warmer Farbe, der Schimmer der Gewebe als optimale Basis für die Stickerei... Zwei Lagen für die Röcke. Oder nein, besser drei. Das Unterkleid in Baumwolle. Auch die beste Qualität bezahlbar. Kein zartes

Linnen, eben für den Winter. Das Pelzzeug zum Darübertragen solle ich voraussetzen, so Ottheinrich. Auch der Kopfputz wäre zu vernachlässigen. Nur an Biber solle ich denken, als Anhalt für die Farbwahl." Ruprechts in die Ferne entrückten Blicken war zu entnehmen, dass er jenes anzufertigende Gewand just vor Augen hatte.

„Also, was jammerst du?", schlussfolgerte Else. „Es wäre mir ein Neues, wenn du nicht wüsstest, wie du deinen Fürst zufriedenstellst. Ich wette, dass dir der Weg vom Schloss bis hierher ausreichte, um zu wissen, wie du vorgehst." Else bauchpinselte ein bisschen. Sie tat es jedoch nicht vorrangig, um Ruprecht zu schmeicheln. Sie wählte jene Worte, da sie ihn in seinem Können hoch verehrte. Und weil es sie frohgemut stimmte, wenn er seine Handwerkskunst an einem Kleidungsstück von hohem Anspruch ausleben konnte. Auch, weil sie sich wirklich freute und beabsichtigte, die Misslaune ihres Gatten zu zerstreuen.

Ruprecht ließ sich von Elses Worten in seine Gegenwart zurückholen. Für einige Atemzüge labte er sich am Gehörten, bevor er jedoch ernst wurde. „Da gibt es nur ein Problem. Nämlich, die Motive der Stickerei. ‚Unterhaltung für Verstand und Herz'. Ganz ehrlich, ich habe keine Vorstellung."

„Dafür hast du noch genügend Zeit, Ruprecht. Oder? Bis wann soll das Gewand fertig sein?"

„Zu Beginn des kommenden Februar."

„Na bitte. Fast vier Monate also. Außerdem könntest du zu unserem Seidensticker gehen und dir Anregungen holen."

„Ja, ja. Und ihm damit einen lukrativen Auftrag vorenthalten, Schlaumeierin." Ruprechts schlechte Laune gewann wieder die Oberhand. „Oder willst du ihn aus deiner Tasche bezahlen? Der Fürst wird es jedenfalls nicht tun. Und, überhaupt, bevor ich an das Sticken denken kann, bist du gefordert, mein wertes Weib. Von früh bis spät will ich dich von heute an hier in der Werkstatt sehen. Und zwar zum Schaffen und nicht, weil ich nicht von dir lassen kann. Was heißt: Keine Zeit fürs tägliche Stadtgeschwätz draußen."

„Da sieht man wieder, mit welchem Wert der Alltag einer Hausfrau bemessen wird!" Else sah ihre Mühe um Versöhnlichkeit im Sande verlaufen. Sie bedachte Ruprecht mit einem kampfbereiten Blick.

„Ich erinnere dich nur daran, weshalb ich dich zum Weibe nahm," sorgte Ruprecht für weiteren Zündstoff.

Maximilian spürte, dass sich eine Zänkerei unter den Ehegatten anbahnte, was ihn noch mehr verunsicherte. Vor allem, weil er sich von Else in den Disput einbezogen fühlte.

„Pah!", rief sie mit Blick auf ihn aus. „Niemals hätte ich dich gewählt! Wäre ich nur eine der Kölner Goldspinnerinnen gewesen! Und nicht eine, die sich in Süddeutschland ins Ehejoch hat zwängen müssen!"

„Eine von den Beginen wärst du geworden!“, schimpfte Ruprecht zurück. „Ein aufmüpfiges Weibsbild! Unausgefüllt!“ Mit diesem Wort wechselte Ruprechts Tonfall zur Zweideutigkeit. Else kniff die Augen zusammen und spitzte ihre Lippen, als wolle sie sogleich loszischen wie eine Giftnatter.
„Also sittenwidrig in ihrem Verhalten!“, korrigierte sich Ruprecht deswegen. „Und keine Gattin eines werten Schneidermeisters, des Mitglieds einer hohen Zunft!“
„Weil ich selbst das Mitglied einer hohen Zunft wäre!“, lockerte Else ihr verkniffenes Gesicht und warf trotzig ihren Kopf in den Nacken. „Vier Gesellinnen dürfte ich haben, ich selbst deren Meisterin sein! Alle Gewerbe“, schickte sie belehrend zu Maximilian, „welche für unsere Natur geeignet sind, durften wir Frauen selbständig ausüben! Ein stehender Grundsatz des guten alten Handwerksrechts! Bevor die Gesellenverbände begannen, sich zu weigern, neben Arbeiterinnen zu dienen! Welche armselige Niederträchtigkeit, die sich bis nach oben durchgesetzt hat!“ Else stampfte mit dem Fuß auf, Ruprecht schnappte nach Luft und Maximilian zog den Kopf ein.

Tags darauf war der Ärger in der Werkstatt verraucht. Else begann ihren Dienst und ihr besonderes Handwerk machte Maximilian Staunen. Aber auch Ruprecht konnte man ansehen, wie stolz er auf das Können seiner Gattin war. Er hatte sich nämlich, als Else ihre Arbeit aufnahm und ansetzte, Maximilian ihr Tun eifrig zu erläutern, sofort eingemischt: „Aus Mailand kommt die beste Qualität“, kommentierte er, unterdessen sie hauchfeine Goldplättchen zurechtrichtete. „Einmal war mir das Vergnügen vergönnt, einen dieser Goldplätter auf die Finger zu schauen. Wobei die meiste Zeit seiner Arbeit nicht das Auswalzen des Golddrahtes beanspruchte. Die meiste Zeit polierte er wie wild die Walzen mit Blutstein[13], damit sie ja keine Unebenheit aufweisen. Sogar ein Fliegenschiss darauf konnte seine Arbeit zunichte machen. Genau das waren seine Worte. Jedenfalls muss man sich vorstellen, dass der Draht, den der Drahtzieher ihm anliefert, schon so dünn wie ein Haar ist. Doch das Lahn, das der Plätter seinen mit zentnerschweren Gewichten behängten, spiegelglatten Walzen Stück für Stück und mit großer Ruhe und Sorgfalt entlockt, ist um sein zehnfaches verbreitert. Man muss sich also vorstellen, ein Menschenhaar zehnmal zu spalten.“ Ruprecht setzte ein lehrmeisterliches Gesicht auf und seine Stimme scholl erhaben. „So erscheinet der Goldlahn in Vollkommenheit und er strahlet dem Auge auch aus der Ferne seine magisch brennende Goldfarbe entgegen. Nun umwickle du, Else, deine Seidenfäden, um dass auch sie das Auge bestechen mögen.

[13] Hämatit

Und ich, der letzte der Reihe und höchste im Range, lasse sich lose Glitzerfäden in feiner Stickerei wiederfinden."
„So du ein Motiv dazu erfindest", verdrehte Else ihre Augen.
Ruprecht seufzte, ließ ihre ihn auf den Boden zurückholende Äußerung aber unkommentiert. Stattdessen trat er an den Käfig, in dem der Königsvogel ausharrte. Er neigte sich an die Gitterstäbe und beäugte das Tier, dass ihn ebenso musterte. - Nach einigen Augenblicken beendete Ruprecht sein kleines Techtelmechtel am Vogelkäfig. Er richtete sich auf, drehte Else betont den Rücken zu und bewegte sich in Richtung seines Fensters.
Leicht gedankenversunken hatte Else ihren Gatten beobachtet. Nun aber konnte Maximilian sehen, wie sie sich straffte und auf ihre Arbeit konzentrierte. Dabei vergaß sie nicht, ihm weiter zu erklären, was sie sogleich tun würde: „Kommt das beste Goldlahn also aus Mailand, wie wir aus des großen Meisters Munde vernommen haben", konnte sie sich ein Witzeln nicht verkneifen, „so wird die Organsinseide, die ich hier verarbeite, nur aus den besten Seidenkokons gezwirnt."
„Dieser folgen die Tramseide, die Tribbliner und die Messinische vom Eilande Sizilien. Dann gibt es noch die Florseide und die Florettseide. Diese nimmt aber den niedrigsten Rang unter den Seidenarten ein, die für die Goldspinnerei taugen."
„Das hätte ich Maximilian sogleich erklärt, wenn du nicht immer dreinreden würdest", muffelte Else in Ruprechts Richtung.
„Dessen war ich mir nicht sicher", schickte Ruprecht schulterzuckend zu ihr. Wer ihn jedoch gut kannte, wusste, dass er angesichts der Gesellschaft in seiner Werkstatt heiterer Laune war.
Else brabbelte noch etwas, bevor sie eine Seidenfadenrolle zwischen Daumen und Zeigefinger nahm. Danach hielt sie die Rolle in Maximilians Richtung und bewegte sie leicht, damit sich das Tageslicht an ihr spiegelte. „Eine wunderschöne Farbe, nicht wahr? Gleicht sie nicht der Morgenröthe in ihrer Mischung aus Gelb und Karmesin?", schickte sie zu Maximilian, der bejahte. „Aurora nennt man diesen Farbton. Würde ich mit Silberlahn spinnen, nähme ich dazu reinweiße Seide für Silberfäden, die gleich dem Mondlicht leuchten. Für Goldfäden hingegen nimmt man eben diese Farbe der Morgenröte. Aber zuerst muss ich die Seide noch putzen, da den Fäden oft Flöckchen anhaften." Sorgsam löste sie den Anfang des Fadens von der Rolle. Gekonnt zog ihn durch einen feinen Tuchlappen zwischen ihren Fingern hindurch, rollte ihn auf eine leere Spule auf... und schon war sie tief in ihre Arbeit versunken. Demzufolge erklärte sie ihren nächsten Arbeitsgang nicht mehr. Aber Maximilian bedurfte auch keiner weiteren Erläuterung, denn in Elses Händen hüpfte von nun an eine Spindel, mithilfe derer sie Goldlahn und Seidenfaden miteinander verspann.

Ottheinrich ließ das Schreiben des Kilian Leib aus der Hand gleiten und langte in das Säckchen auf dem Tisch. Er holte einige Reiskörner hervor, um sie durch seine Finger rieseln zu lassen. „So viel Aufwand“, stöhnte er. Mutlosigkeit überkam ihn in der Erkenntnis, dass der Reisanbau eine fixe Idee blieb, anstatt sich zur sprudelnden Geldquelle für seine Privatschatulle zu mausern. Ganz abgesehen vom mühsamen Anbau, der mit dem Heranziehen der Stecklinge begann, gefolgt vom Aussetzen der Pflänzchen ins Feld, das für nicht weniger als fünf Monate in eine Seenlandschaft verwandelt werden müsste... Obenauf führte der Priester weitere zeitraubende Arbeitsschritte an, die der Reisernte folgten, bis das Getreide überhaupt verzehrfertig war, nach mehreren Jahren... *Was die Welschen doch für einen Aufwand hinsichtlich ihrer Tafelfreuden trieben!* So las Ottheinrich vom Gegeneinanderreiben der geernteten Reiskörner in einem Mühlwerk, um sie zu schälen, wobei darauf zu achten wäre, den wertvollen Keim des Reiskorns nicht zu beschädigen, was viel Erfahrung und Fingerspitzengefühl abverlangte... Hernach war der Reis für mindestens ein Jahr trocken zu lagern, damit die enthaltene Stärke ausreifte und Gewürze und Aromen besser aufgenommen würden. Das wohlschmeckendste Ergebnis hätte er jedoch erzielt, teilte Kilian Leib mit, nachdem er dem Reis sieben Jahre Ruhezeit eingeräumt hatte... Ottheinrich musste sich eingestehen, dass er jene klösterlichen Geduldsfäden nicht auszuspinnen vermochte.

Für einige Zeit noch wog er an seinen Gedanken, doch dann hatte er sich entschieden. Er folgte dem, was Kilian Leib ihm wünschte. Und zwar einen gesegneten Appetit. - Er befahl seinen Mundkoch zu sich.

Am folgenden Abend lud er seine engsten Vertrauten zu Tisch. Glücklich über Susannas Anwesenheit, labte er sich doppelt selig am Menü, das er sich auserbeten hatte: Als ersten Gang speiste man ein Risotto, zubereitet mit eben jenem Reis und Pilzen aus den heimischen Auwäldern. Dem folgten Wildschwein in Pfeffer und gesülzte Forellen. Zum Nachtisch gab es einen Kuchen aus butterigem Mürbeteig. Dessen Belag bestand aus Scheiben frisch geernteter Äpfel der Neuburger Obstbauern. Wie von ihm aufgetragen, waren die hauchdünn aufgeschnittenen, gleichmäßig aufgelegten Apfelscheiben mit Zucker bestreut worden, der im letzten Zyklus des Backvorganges fein auskaramellisiert war... Begleitet wurde das Mahl vom bislang eher geschmähten Wein der hiesigen Sorte ‚Weißer Elbling‘. Aber an diesem Abend gestand sich Ottheinrich in stillem Genusse ein: Um nichts auf der Welt hätte er jenes heimatliche Menü durch einen schweren, fremdländischen Rotwein gestört...

Die Tage wurden immer kürzer. - Maximilians Feierabende demnach immer ausgiebiger. Was trotzdem bedeutete, dass er seine allabendlichen Spaziergänge jahreszeitbedingt in der Dunkelheit machen musste. Das Stadttor hingegen war nicht mehr sein Problem. Längst kannten ihn die Torwächter, und man ließ ihn, wann immer er zurückkehrte, fraglos in die Stadt ein. Deswegen wurde er zunehmend mutiger, vor allem, weil ihn die nächtliche Stimmung an der Donau mittlerweile richtiggehend verzauberte. Und so dehnte er, je nach Wetterlage, Lust, Laune und Müdigkeit, seine Streifzüge außerhalb der Stadtmauern nicht selten bis weit in die Nachtstunden aus. Das Vögelchen teilte seine Passion. Nie wurde es überdrüssig, auch unter dem Nachthimmel seine Vogelfreiheit auszukosten.

An diesem Abend war Kälte die Vorbotin einer klaren Mondnacht. Dieser Fakt hielt Maximilian jedoch nicht von seinem Spaziergang ab, denn er musste nur seinen langen, wärmenden Wollumhang fester um seine Schultern und die Kapuze tiefer in sein Gesicht ziehen. Nachdem er nämlich sein zweites Kleidungsstück, eben jene Weste, zur Zufriedenheit seines Meisters fertiggestellt hatte, entrollte der mit Schwung einen Ballen von braunem Wollstoff und fasste mit Blick auf Maximilian entschlossen nach einer Schere. Unter Erklärungen schnitt er daraufhin diverse Einzelteile zu, aus denen sich Maximilian einen Umhang nähen durfte. Frau Else hatte sogar eine metallene Schließe beigesteuert.

Den Anlass für diese erneute Großzügigkeit gaben seine nächtlichen Ausflüge und der bevorstehende Winter. Wenn auch nicht ohne Bangnis, so akzeptierten die Schneidersleute sein eigentümliches Verhalten. Längst hatte Maximilians gefiederte Freundin Ruprechts und Elses Herz erobert, was nicht nur das Verständnis für seine Fürsorglichkeit nach sich zog. Obendrein durfte das Vögelchen tagsüber immer öfter seinen Käfig verlassen. Munter nutzte es die neue Freiheit. Zum Beispiel gefiel der Vogeldame, Ruprechts Filzkappe, die er für gewöhnlich trug, als Nistplatz zu beanspruchen. Zielgenau wurde die Kopfbedeckung angesteuert und zurechtgenistet, um dann aus erhöhter Position das Geschehen in der Werkstatt zu beobachten oder dort einzuschlummern. - Der Meister duldete. Er dosierte sogar seine Bewegungen, damit das Vögelchen in seinem Schlummer ja nicht gestört würde... Aber auch Elses warme, weiche Schultern gaben ein gemütliches Plätzchen ab, von dem aus es sich munter zwitschern ließ. Mitunter verließ das Tierchen jedoch diesen Hort. Die glitzernden Goldfäden schienen es sehr zu interessieren, womit das emsige Umtrippeln von Elses Handwerkszeug zu erklären war.

Maximilian war nicht eifersüchtig. Gerne teilte er seine gefiederte Freundin mit Ruprecht und Else. Wenn sie aber zu ihm kam, um sich von seiner Schulter aus zu seinen Lippen zu recken, damit er mit ihr schnäbelte, schlug sein Herz jedes Mal höher... Daran, dass der lebensfrohe Vogelgesang nach draußen auf die Gasse schallen könnte, dachte keiner.

Flink war Maximilian aus der Stadt hinaus und an die Donau geeilt. An einer Stelle, an der das Flussufer sanft auslief, setzte er sich auf einen großen Stein. Dort lüpfte er seinen Umhang und holte den Vogel aus dem Brustbeutel. Wie stets hielt er ihn für einen Moment zwischen den Händen, um einen Blick mit ihm zu tauschen und das gekrönte Köpfchen zu küssen, bevor er ihn dann in Richtung des mittlerweile hoch am Himmel stehenden Vollmondes warf. - Zu seiner großen Verwunderung flatterte seine Freundin diesmal nicht sekundengleich in die Lüfte empor. Auch ließ sie ihren üblichen Jubelgesang nicht hören. Stattdessen breitete sie nur einen Flügel aus, was nicht verhinderte, dass sie im freien Fall in Richtung der Wasseroberfläche fiel.
Maximilian erschrak fürchterlich. *Hatte er das Tierchen etwa durch eine Unachtsamkeit verletzt? Oder hatte es etwas Ungutes aufgepickt, was ihm die Kräfte raubte??* Panisch sprang er von seinem Stein auf, den Umhang ausbreitend, um das fallende Vögelchen aufzufangen. Dass er dabei mit den Füßen ins kalte Flusswasser patschte, ignorierte er... Indes, seine Sorge war unbegründet. Zwar konnte er im Nachtdunkel nicht jeden Augenblick des Verhaltens des Königsvogels ausspähen. Doch wenige Schreckensmomente später erschloss sich ihm das Vogelgebaren. Ein erleichtertes Schmunzeln überzog sein Gesicht: Unter den zweiten Flügel, denjenigen, den das Vögelchen nicht ausgebreitet, sondern an seinen Körper gepresst hielt, hatte sich der Vogelkopf geschoben, um dann mit einem Goldfaden im Schnabel wieder hervorzukommen. Damit endete der freie Fall und mit zwei kräftig schlagenden Flügeln ging es himmelwärts.
„Du bist mir eine rechte diebische Elster!“, rief Maximilian seiner Freundin lachend hinterher. Ganz offensichtlich hatte sie ihre Freiheit in der Schneiderwerkstatt genutzt und sich einen kostspieligen Zeitvertreib stibitzt. *Ob Frau Else davon wusste?* Unter einem Kopfschütteln watete er zurück ans Ufer. Zunächst folgte er den Flugbewegungen des Vogels nicht, da er sich seinem durchnässten Schuhwerk widmete. Als er jedoch aufsah, blieb ihm vor Erstaunen der Mund offen: Nicht nur, dass ihn das Glitzern des Goldfadens im Mondlicht faszinierte. Für immer übermütiger hielt er die Bewegungen des Vogels, mit denen der sich zwischen der Übersaat an Sternenfunkeln und dem vollen Mond tummelte. Nur, umso länger er seine Freundin beobachtete, desto mehr realisierte er, dass sie ihre Flugformationen zunehmend geschmeidig ausführte und in gleichmäßiger Abfolge wiederholte.
Irgendwann verlagerten sich Maximilians Blicke weg vom Schwarz des Vogels hin zum Leuchten des Goldfadens. Er nahm nur noch dessen

Schwingungen wahr. Wie Pinselstriche muteten sie ihm an, die Kreise, Bögen und Wellen ans Firmament malten. Restlos gebannt folgte sein Kopf in selbsttätigen Bewegungen der flimmernden Linienführung des Goldfadens vor seinen Augen...
„Unterhaltung für Verstand und Herz." Des Schneidermeisters Worte hämmerten ihm im Gedächtnis. Konzentriert unterband er das Getaumel seines Kopfes und versuchte, sich die ornamentreichen Flugskizzen ganz bewusst einzuprägen. - Es gelang ihm nicht. Die angestrengte Konzentration auf des Vogels GOLDFADENFLUG versetzte ihn stattdessen in Ekstase: Eine lichtdurchflutete Fantasiewelt baute sich vor ihm auf. In jener märchenhaften Szenerie wähnte er das Vögelchen als geflügelte Fee, die mit ihrem Zauberstab einen Paradiesgarten erschuf... Bäume reckten sich auf ihren Zeig hin in den Himmel, heraus aus einer Wiese voller Blumen. Exotische Früchte reiften daran, zwischen üppigster Blütenpracht, umschwirrt von den herrlichsten Schmetterlingen. Weit schien diese Landschaft, bis an den Horizont reichend, durchsetzt mit Felsen und Wasserfällen, sanft bepinselt von bauschigen Wolken...
Übermannt von seiner unerwarteten Séance verspürte Maximilian die gleichen Regungen in seiner Brust, die ihn als kleinen Jungen beim Anblick des königlich-nachtblauen Gewands durchströmten. Nur, dass sie sich jetzt um ein Vielfaches steigerten. - Maximilian empfand höchstes Glück, das er mit sich und seinem Vögelchen spät in der Nacht heimtrug.

Jener Nachtzauber verfolgte ihn tagelang. Solange, bis er von Meister Ruprecht goldgelben Zwirn erbat. Er nahm ihn mit in seine Kammer, wo er von da an unzählige Stunden damit verbracht, im Schein der Talglichte aus des Vaters Werkstatt seine Weste zu besticken.

Turnier Ausschreibung

Zuvorderst unsern Gruß!

Pfalz-Neuburg zu Dank und Ehren ein Ritterspiel zu halten, nebst vergnüglichen Fußkämpfen, Tanz und Mummerei, ruft Euer Landesfürst nach Schloss Grünau

den Sonntag Estomihi anno etc. XLII.

Geladen sei ein jedermann zu Ehrbarkeit der werten Ritterschaft, des Adels und der Bürger, der Handwerker und Händler! Euer Hausfrauen, Töchtern und Anverwandtschaft!

In geziemlichem Gebaren bei Aufenthalt und Wettkampf, bei Vergnügung, Tanz und Stärkung! Bei Vermeidung allen Schimpfs und Missbrauchs!

Turnierer, ohne Ansehens der Person, sind gehalten, sich zur Vornacht zu Neuburg einzufinden und ihr Erscheinen kundzutun.

Ottheinrich, von Gottes Gnaden Pfalzgraf bei Rhein, Herzog in Niedern und Obern Baiern etc.

Neuburg an der Donau, Ende November 1541

Nepomuk musste sich nicht allzu sehr ducken, um vom Fenster des Schneidermeisters Ruprecht aus nicht gesehen zu werden, denn er war von kleinem Wuchs und dazu krümmte ein hässlicher Buckel seinen Rücken. Als einer von Neuburgs Stadtstreichern ging er keinem festen Beruf nach. Im Wesentlichen lebte er von dem, was ihm der Stadtpfarrer von St. Peter zusteckte, wenn er ihm zutrug, wer in der Pfarrei seinen Lebenswandel nicht nach der Heiligen Schrift ausrichtete. Und zwar nach der strammen Auslegung eben jenes Kirchendieners, eines hingebungsvollen Verfechters des Papsttums. Mehr glaubhafte Denunzierungen bedeuteten für Nepomuk also mehr klimpernde Münzen in seinem stets leeren Säckel. Deswegen sah er es als seine Berufung an, in Regelmäßigkeit und ohne Unterlass mit offenen Augen und gespitzten Ohren durch Neuburgs Gassen zu streifen. Oft genügte ihm schon ein kleiner Aufhänger, um seine Ideenwelt in Gang zu setzen und perfide Unterstellungen auszusinnen. Belanglose Missetaten gab es zu Hauf und zumeist galt es nur, Worte ausreichend zu verdrehen, um Rechtfertigungen von Beschuldigten im Kreise laufen zu lassen, im Ergebnis auszuhebeln und Schuldbekenntnisse zu ernten. Das neuerliche Vorkommnis verfolgte er allerdings besonders akribisch. Es schien ihm tatsächlich ein teuflisches Machwerk zu sein: Mehrfach hatte er vernommen, wie aus des Schneidermeisters Ruprecht Werkstatt eigenartige Geräusche hinaus auf die Gasse schallten. Es war ein Gesinge, eine Mischung von Tönen aus humaner Kehle und Vogelgezwitscher. Was zunächst nichts Ungewöhnliches war, da man sich gerne einen heimischen Singvogel zu Hause hielt. Aber jenes tiersche Trällern, das die Melodie vorgab, der dann schier inbrünstig mit Menschenstimmen gefolgt wurde, war ihm gänzlich unbekannt. Nicht Amsel, Drossel, Fink oder Star... Kurzum - Nepomuks satanisches Gespür wisperte ihm zu, dass hier etwas Sonderbares vorging. Unermüdlich umschlich er jenes Haus, darauf lauernd, dass des Schneiders Fenster geöffnet werde und er in die Werkstatt hineinschauen könne. Die nasskalte, trübe Jahreszeit erschwerte ihm sein Vorhaben. Es dauerte Tage, bis ihm das Wetter hold war, und nur die Aussicht auf besonderen Verdienst nährte seine strapazierte Geduld.

Als die Novembersonne endlich einige wärmende Strahlen durch die Wolken hindurchschickte, machte er sich eiligst zu des Schneiders Haus auf... und wurde belohnt. Wenn auch nur einen kleinen Spalt, so öffnete sich das große Fenster im Erdgeschoß. Obenauf hörte er jenes seltsame Gesinge. Wie beiläufig postierte sich Nepomuk unterhalb des Fenstersimses. Gleich einem Luchs spitzte er die Ohren, und als er sich unbeobachtet fühlte, schob er seinen Kopf vorsichtig nach oben und spähte ins Hausinnere.

Kurz darauf war er vollends im Bilde, was sich in der Schneiderei abspielte...

„Ein Höllenvogel, ohne Zweifel", gab Nepomuk seinem Geldgeber am selben Tage Bericht. „Tiefschwarz gefiedert, von außergewöhnlicher Schönheit. Ein satanischer Verführer, dem der Schneidermeister Ruprecht verfallen ist! Oh, Ihr hättet sehen sollen, wie er ihm nachsang, in Inbrunst! Auch der Geselle, jener Jüngling, blondgelockt wie ein Engel, huldigte dem Wesen. Ihn zahm auf seinem Finger, schnäbelte er mit ihm. Gänsehaut überlief mich beim Anblick dieses Treibens! Herr Pfarrer, Ihr müsst etwas unternehmen! Bevor der Piepvogel sich zum Dämon mausert und ganz Neuburg heimsucht!"

Zuerst war Ottheinrich den flammenden Schilderungen des ungeliebten Stadtpfarrers, der um dringliche Audienz gebeten hatte, nur missmutig gefolgt. *Von wegen, ein Höllenvogel! In Neuburg!* Dann jedoch, urplötzlich, ging ihm ein Licht auf. „Ach da ist der Ausreißer!!", entfuhr ihm vergnüglich zu des Kirchenmannes restloser Verwirrung. Also ließ er wiederum nach Schneidermeister Ruprecht rufen, mit der Anweisung, den schwarzen Vogel mitzubringen, den er widerrechtlich in seinem Besitze hielte.

Am Tag darauf

Niemals wäre es Maximilian in den Sinn gekommen, dass er jemals die Fürstliche Residenz zu Neuburg betreten würde. Doch gleich war es soweit. Allerdings schlug sein Herz deswegen nicht in freudiger Aufregung. Stattdessen war ihm jeder Schritt in Richtung des Stadtschlosses eine unsägliche Qual. Schreien und Weinen wollte er zugleich. Demgeschuldet realisierte er nicht, wie sich die Gassen immer mehr weiteten, wie die Häuser immer vornehmer wurden, mehr Stockwerke sich auftürmten und die Giebel sich in immer stattlichere Höhen reckten... Er realisierte auch nicht das große Brunnenhaus in der Mitte der Stadt, links davon die Anlage des Benediktinerinnenklosters... Keinen Gedanken fand er daran, dass vor dessen Portal einst ein Körbchen mit einem kleinen, blondgelockten und blauäugigen Mädchen abgestellt wurde... Er realisierte nur den Brustbeutel vor seinem wehen Herzen, an dem seine Hände lagen, die unaufhaltsame Leere vorwegnehmend, so er den gleichen Weg in umgekehrter Richtung liefe. *Nur wenige Momente noch, dann hast du dein Vögelchen wieder verloren...*

Auch Ruprecht, der neben ihm ging, litt. Zunehmend nagten Zweifel an seiner Entscheidung, Maximilian solle den Vogel persönlich übergeben. Im Grunde hatte er ja bloß Elses Drängen nachgegeben, im gemeinsamen Schock, als der Befehl eintraf, des Fürsten Eigentum zum Schloss zurückzubringen. Von ihr stammte nämlich die Idee, Maximilian mitzu-

nehmen. Eindringlich hatte sie ihm angetragen, den Jüngling bei Hofe vorzustellen und ihn selbst die Umstände vorbringen zu lassen, unter denen er in den Besitz des Vogels gekommen war... Nun riss ihn diese Entscheidung hin und her. *Was, wenn Maximilian die Beherrschung verlöre? Er sich Ottheinrich gegenüber ungebührlich verhielte?*
Man ihm den Vogel am Ende sogar entreißen müsste?!

Anfangs hatte Ottheinrich nur Augen für den Vogel. Vor allem machte sich, neben seiner Wiedersehensfreude, Erleichterung in ihm breit. Endlich konnte er die Nachfrage Cosimo de Medici's, ob das Geschenk gut angekommen sei und erfreue, beantworten. Bislang war er die Erwiderung in seiner Ratlosigkeit schuldig geblieben, denn Lügen nach Florenz zu senden lag ihm fern... Aber mehr und mehr zog der Jüngling, den Ruprecht als seinen Nähknecht vorgestellt hatte und auf dessen Fingern der indische Königsvogel zahm aushielt, seine Aufmerksamkeit an: Besonders im Zusammenspiel mit dem graziösen Federtierchen wirkte auch er auf irgendeine Art hoheitlich, seine schlichte Kleidung blieb hierbei völlig nebensächlich. Aufrecht stand er, in geradem Wuchs, den Arm mit dem Tier halb erhoben. Diese Haltung mutete an wie die eines Edlen, der seinen wertvollen Raubvogel zur Beizjagd präsentiert, um ihn sogleich in die Lüfte zu werfen... Sein selbstbewusst offen getragenes, blondgelocktes Haar ergoss sich über Schultern, die abzeichneten, bald die breiten Schultern eines stattlichen Mannes zu sein. Die feine Linienführung seines Gesichts von heller Hautfarbe perfektionierten leuchtend blaue Augen..., die jedoch tiefste Traurigkeit ausstrahlten. - Alles in allem wurde Ottheinrich seltsam zumute. Über seinen Betrachtungen trat der wiedergefundene Vogel fast schon in den Hintergrund.
Ruprecht entging das Gedankenspiel seines Fürsten nicht. Auch Maximilians Körperhaltung, die ihn überraschte, blieb ihm nicht verborgen. War der Junge auf dem Herweg nur ein schleichendes Häuflein Unglück gewesen, so stand er jetzt wie der edle Jüngling, den er in ihm gesehen und der ihn irritiert hatte, als er um eine Schneiderlehre bat.
Ganz behutsam erhob Ruprecht seine Stimme. „Bitte verzeiht, mein Fürst. Uns war nicht bekannt, dass Euch jener Vogel gehört. Lasst meinen Nähknecht berichten, wie es dazu kam, Euer Eigentum an sich zu bringen."
Ruprecht ließ seinen Worten eine Verbeugung folgen. Maximilian, sich seines Auftretens ganz offensichtlich unbewusst, verneigte sich nicht. Ottheinrich tolerierte und signalisierte mit einer Handbewegung, dass Maximilian reden solle.
Maximilian eröffnete mit fester Stimme, die zu seiner Pose passte. Obgleich er sich auch seines Tonfalls nicht im Klaren zu sein schien. Trotzdem wirkte er weder überheblich noch unfolgsam oder gar trotzig.

Entrückung strahlte er stattdessen aus, was man seinen in die Ferne abgeglittenen Augen ansah.
Wie von weiten hörte sich Maximilian selbst sprechen. Wohl spürte er die Aura des Fürsten und dessen prächtige Kleidung, die auch jetzt auf ihn einwirkte. Auch die auf ihm ruhenden, aufmerksamen Augen nahm er wahr. Diese gaben ihm jedoch nicht Anlass, unterwürfig zu werden. Offen und ausführlich berichtete er vom zufälligen Zusammentreffen an der Donau bis hin zu dem Moment, in dem er sich jetzt befand.
Ottheinrich ließ den Jüngling ausreden, weil ihm sein Vortrag nicht nur Gelegenheit gab, ihn erneut zu mustern. Obenauf gefiel ihm der Klang seiner Stimme, noch schwankend zwischen jugendlicher Höhe und männlicher Tiefe, das Maskuline aber überwiegend. Auch die gediegene Weise, in der er artikulierte, wirkte anziehend. „Gut, gut. Ich habe verstanden", schickte er mit wohlwollendem Lächeln zu Maximilian, als er ausgeredet hatte und schwieg. „So bin ich ihm zu Dank verpflichtet. Sage er seinem Fürsten, was er begehrt."
„Nur einen Wunsch auf der Welt habe ich." Hoffnung schwang in Maximilians Stimme. Untermalend führte er das Vögelchen, das noch immer brav auf seinem Finger ausharrte, an seinen Mund. „Bitte, lasst mir meine kleine Freundin. Zu sehr hängen wir aneinander."
„Oho", entfuhr Ottheinrich. „Er weiß nicht um den Gegenwert dieses indischen Königsvogels. Eine kostbare Rüstung schickte ich dafür nach Florenz ins Hause Medici. Würdig eines Königs."
Ruprecht wurde heiß und kalt. Hätte er auch nur geahnt, wie wenig Maximilian Standesunterschieden beimaß - niemals hätte er Elses Drängen nachgegeben. Schon hörte er Ottheinrich losdonnern, um Respekt einzufordern. Schließlich wusste er, wie gewaltig der Fürst aus seiner Brust heraus auffahren konnte... *Maximilian! Um Himmelswillen! Stürze uns nicht in Ungnade!!*
„Dann wünsche ich nur, dass Ihr sie nicht wieder den Krähen ausliefert", hörte er Maximilian in sicherer Erwartung eines tosenden Geschützes. Dementgegen sah er Ottheinrich lediglich stutzen. Die schlimme Schelte blieb aus.
Auf seine leisen Worte hin küsste Maximilian das Vogelköpfchen, das sich ihm in anschmiegsamer Pose entgegenstreckte. Anschließend trat er an den bereitstehenden goldenen Käfig. Mit seiner freien Hand öffnete er das Käfigtürchen und gab dem Vogel vor, sich an einer der Sitzstangen anzukrallen. Schnell schloss er alsdann die Käfigtür. Im gleichen Atemzug presste er sich beide Hände vors Gesicht. In unübersehbarer Abschiedsqual wandte er sich ab. Des Vogels augenblicklicher Klagegesang steigerte die Situation ins Grenzwertige.
„Erlaubt, dass wir uns jetzt verabschieden, mein Fürst", beeilte sich Ruprecht mit einer tiefen Verbeugung, in Panik vor Maximilians schwin-

dender Beherrschung. Dabei nahm er in großer Erleichterung wahr, dass Maximilian es immerhin noch schaffte, ihm in seiner Ehrfurchtsbezeigung zu folgen. -

Kurz darauf zog Ruprecht den in sich zusammengesackten Jüngling durch Neuburg. Dessen aufrechte Haltung war verschwunden und als Ruprecht sich etwas neigte, um in sein gesenktes Gesicht sehen zu können, realisierte er, dass ihm dicke Tränen über die Wangen rollten.

„Oh heilige Mutter Gottes! Maximilian! Jetzt weine doch nicht!"

Maximilian reagierte nicht. Mitfühlend suchte Ruprecht daher nach tröstenden Worten. „Sieh nur", sprach er ohne Nachzudenken aus, unterdessen seine Augen in der Umgebung umherwanderten. „Hier, rechts von uns. Das Kloster der Benediktinerinnen! Das ist der Ort, an dem deine Mutter aufgewachsen ist und sie deinen Vater kennenlernte!"

Wäre Else in diesem Moment zugegen gewesen, hätte sie höchstwahrscheinlich die Hände über dem Kopf zusammengeschlagen. Doch sie war nicht hier und der vermeintliche Trost schlug mit voller Wucht ins Gegenteil um: Maximilian sah kurz auf, um dann regelrecht zu erstarren. Von da an schleppte er sich neben Ruprecht her wie eine Marionette mit steifen Gliedern. Auch sein Gesicht, aus dem er sich die Tränen nicht gewischt hatte, wirkte steinern.

Ohne ein weiteres Wort, kaum, dass Ruprecht ihm bekannte Passanten grüßte, lief er so schnell es mit Maximilian möglich war, zu seinem Haus.

Mit dem Eintreffen der sehnlichst Erwarteten bewahrheiteten sich Elses schlimmste Befürchtungen. Unter einem fragenden Blick auf ihren Gatten dirigierte sie den schockstarren Maximilian nach drinnen. Ruprecht zuckte hilflos mit den Schultern. Aber er blieb bei ihnen und verzog sich nicht, wie üblich, in seine Schneiderstube. In stiller Übereinkunft nahmen die Ehegatten Maximilian in ihre Mitte und gingen mit ihm in die Küche. Dort wies Else die Magd an, für Maximilian eine heiße Milch zuzubereiten.

Bis zu dem Augenblick, in dem das dampfende Milchtöpfchen vor Maximilian auf dem Tisch abgestellt wurde, hatte er Jegliches willenlos über sich ergehen lassen. Als Else ihm dahingegen das Getränk unter aufmunternden Worten zuschob, hob er sein Gesicht. Seine verweinten blauen Augen schienen in die Realität zurückgekehrt, was aber täuschte: Maximilian durchschüttelte ein heftiges Schluchzen, woraufhin er plötzlich sprach. Zuerst waren seine wiederholten Äußerungen noch verständlich. Doch nach nur wenigen Silben verzog sich sein Mund, gefolgt von seinem ganzen Antlitz, zu einer einzigen schmerzverzerrten Miene und seine Stimme zerrann in einem unartikulierten Wimmern. „Die Mutter...", stieß er tränenerstickt aus. „Geschrien habe ich. So wie sie, im todbringenden Geburtsschmerz, den das Brüderchen ihr bescherte. Ich durfte sie nicht sehen. Nie wieder habe sie gesehen. Gestorben ist sie. Und das letzte, was sie hörte, in ihrem qualvollen Sterben, waren meine Schreie. Meine Schreie... Zusätzlichen Schmerz habe ich ihr bereitet... Nie, nie werde ich es mir verzeihen können... Oh, Mutter..."

In ihrem Erschrecken über Maximilians Gefühlsausbruch dauerte es einige Atemzüge, bis Else reagierte. Doch dann ließ auch sie ihren Gefühlen freien Lauf. Wie einen Sohn zog sie den Todunglücklichen, in dem sich angesichts des neuerlichen Verlusts offensichtlich ein verborgenes Trauma gelöst hatte, fest an ihren Busen. Dort weinte Maximilian ungehemmt. In Selbstverständlichkeit war er Else entgegengesunken.

Wie lange dieser Moment währte, wussten weder Else noch Ruprecht im Nachhinein zu sagen. Irgendwann jedoch ergriff auch Ruprecht die Initiative. Er stieg in Maximilians Kammer hinauf, schlug das Bett auf und öffnete die Dachluke. Ebenso vergaß er nicht, den Vogelkäfig beiseitezuschaffen, den Else in ihrer großen Hoffnung hatte stehen lassen. Anschließend kehrte er zur Küche zurück. Dabei ließ er alle Türen offen, damit man Maximilian besser nach oben geleiten könne.

Gemeinsam entkleideten und betteten sie den konfusen Jüngling in seiner Kammer, um sich dann zurückzuziehen. Doch stets, wenn einer von ihnen beiden in den kommenden Stunden zu jener Dachkammer schlich und dort lauschte, hörte er lautes Weinen... Wie lange nicht, lagen sich Ruprecht und Else in dieser Nacht fest in den Armen.

Nach der fluchtartigen Verabschiedung Ruprechts und seines Knechts war Ottheinrich noch lange mit dem Vogel allein geblieben. Versonnen wartete er darauf, dass das Tier zu singen begänne. Dabei durchdachte er die ungewöhnliche Begegnung mit jenem jungen Mann. Allerdings, mit dem Weggang des Jünglings, verstummte jedwedes Gezwitscher. Nur das herzzerreißende Klagelied, das der Königsvogel beim Abschied angestimmt hatte, war ihm vergönnt. Alsdann blieb ihm wieder nur ein in sich gekehrtes, schwarzgefiedertes Wesen, das sein Köpfchen unter einem Flügel verborgen hielt. Keines Blickes, geschweige denn eines Gesanges, würdigte ihn die indische Vogelhoheit. Schlussendlich verhängte Ottheinrich den goldenen Käfig mit einem Tuch und verließ das Gemach.

Die Gedanken an das ganze Geschehnis verfolgten ihn bis in den Schlaf, nicht nur in der folgenden Nacht. Auch in den kommenden Nächten suchten sie ihn heim, nachdem er tagsüber vergeblich versucht hatte, den trauernden Vogel für sich zu gewinnen.

Zwei Wochen vor dem Weihnachtsfest beendete er sein Ringen um des Vogels Gunst. - Er befahl Ruprechts Nähknecht zu sich.

„Wie, unser Fürst wünscht Maximilian allein zu sprechen?!“ Ruprecht war außer sich. Else hingegen blieb die Ruhe selbst. Freilich kannte sie Ottheinrich nicht so gut, wie ihr Gatte. Aber sie verehrte ihn, wie so viele Neuburger, weil er ein gerechter und gütiger Fürst war, und man nicht selten von seinen Wohltaten gegenüber Bittstellern oder Notleidenden hörte. In ihrer mütterlichen Zuneigung zu Maximilian trug sie jedenfalls an einer unerschütterlichen Hoffnung: Nämlich der, dass dessen tiefes Leid im Moment des Abschieds vom Vögelchen, den Ruprecht ihr wieder und wieder schilderte, auch in Ottheinrich einen intensiven Eindruck hinterlassen hätte. Daher fühlte sie sich von des Fürsten Aufforderung bestätigt. An nichts anderes konnte sie denken, als dass Maximilian sein Vögelchen zurückbekäme. Außerdem war sie auf jene eingegangene Neuigkeit vorbereitet. Längst feilte sie an einem Plan, der in ihr aufgekeimt war, als Maximilian sie und ihren Gatten restlos überraschte: Zu ihrer wachsenden Sorge hatte Maximilian angesichts seines Gefühlsausbruchs nach dem Verlust des Vögelchens tagelang mit geneigtem Gesicht nur geschwiegen. Obgleich er darum bat, seine Arbeit verrichten zu dürfen. Dann, eines Morgens, erschien er mit seiner Weste in der Schneiderstube. Dies war auch der Moment gewesen, an dem er das erste Mal wieder gesprochen und ihnen in die Augen gesehen hatte.

Der Mund war ihnen offengestanden, als Maximilian das nun bestickte Kleidungsstück präsentierte. Auch wenn die Stickerei selbst nicht perfekt ausgeführt war, so erweckte deren Muster pures Staunen. Eine halbe Nacht hatten sie bei Kerzenschein zu zweit versucht, zu ergründen, welche Motive sich im Einzelnen derart fantasievoll zu einem kleinen Kunstwerk zusammengefunden hatten. Sofort war ihnen Ottheinrichs Maßgabe für die Verzierung des Fürstinnengewandes durch die Sinne galoppiert... Und selbstredend hatte sie Beglückung über Maximilians wiedergekehrte Zutraulichkeit ergriffen, obschon vermischt mit der Wehmut über den Verlust des Vögelchens, das so ungewöhnlich schien, wie sein Lebensretter... Aber in Else überwog eben das Positive. Hier in Gestalt der festen Überzeugung, Maximilians zu Tage getretenes Talent würde weitere Kreise ziehen. Deshalb war es ihr nur recht und billig, den Jüngling zu drängen, jene Weste anzuziehen, wenn er sich also ohne Begleitung zum Neuburger Schloss aufmachte. -

Bei ihrer Verabschiedung zupfte Else die Weste über Maximilians frisch gewaschenem Hemd hochzufrieden zurecht. Ruprechts Versuche, ihn mit Ermahnungen zu verunsichern, verwischte sie mit einem festen Kuss auf seine Stirn. „Bedenke wohl, dass du gleich einem Fürsten gegenüberstehst“, raunte sie ihm dabei zu. „Was nicht heißen soll, dass du dich kleinmachen musst. Auch er ist nur ein Mensch.“

„Ich weiß", hatte Maximilian zurückgeflüstert. „Das hat mir die Kräuter-Agnes auch schon eingebläut."

Auf seinem heutigen Hinweg zum Schloss widmete Maximilian seiner Umgebung mehr Aufmerksamkeit. Freilich war ihm bewusst, dass zum Trödeln keine Zeit blieb. Trotzdem fand er Blicke für das eine oder andere Stadthaus, die Zunftzeichen nebst aufgemalten Familienwappen und farbenfrohen Bildern an den Fassaden. Besonders das Bestaunen der markanten Stufengiebel führte seine Gedanken zurück zu seinen Erkundungen der Ruine auf dem angeblich verwunschenen Burghügel. Von einem Baum aus hatte ihn die erspähte Silhouette Neuburgs innig phantasieren lassen, wobei ihm die Stadt so unerreichbar erschienen war. - Jetzt befand er sich inmitten seiner Wunschträume in einer schier unreal anmutenden und doch unabdingbaren Realität, die seine kühnsten Träume übertraf. Nicht nur, dass er seinem Berufswunsch nachgehen durfte... Vor allem fühlte er sich bei Ruprecht und Else heimatlich, besonders nach seinem ungewollten, dammbrechenden Gefühlsausbruch. *Welche Herzenswärme er im Schneiderhaus zugewendet bekam!* Bei diesem Gedanken durchfuhr Maximilian Bedrücktheit darüber, wie sehr er sich infolgedessen gefühlsmäßig schon von seinem Vater entfernt hatte. Vor allem nagte plötzlich an ihm, dass er an den vergangenen Sonntagen nicht nach Kreut gegangen war, er den Vater damit im Ungewissen über sein Befinden ließ. *Ob er ihm je vom Hervorbrechen seines verschütteten Kindheitstraumas erzählen würde?? Wahrscheinlich nicht. Zeugte dies von jenem Abnabeln, das Agnes ihm ans Herz gelegt hatte?*
Über seinen Erwägungen war Maximilian an seinem Ziel angekommen. Vor ihm türmte sich die Schlossanlage auf, die sich ihm, direkt am der Stadt zugewandten Westflügel, lediglich als aufstehende Fassade mit gähnend leeren Fensteröffnungen präsentierte. Einzig die Durchfahrt zum Schlosshof zeigte sich funktionstüchtig. Ein zweiflügeliges, haushohes Tor mit schweren Eisenbeschlägen, besetzt von einer Torwache, sicherte sie. *Was erwartete ihn wohl diesmal hinter diesem Tor?? Nun, was es auch wäre - heute war er auf sich selbst gestellt. Kein Ruprecht würde ihn durch die Stadt heimgeleiten, so erneute Trauer aus ihm herausbrach...* Auch trug kein Ruprecht den Torwachen vor, weshalb er Zugang zum Schloss begehrte. Beherzt war Maximilian selbst auf die Wehrmänner zugegangen, um seinen Namen zu nennen. Ohne Umschweife gewährte man ihm daraufhin Einlass.
Ehrfurchtsvoll durchschritt er die von rotmarmornen Säulen gehaltene Durchfahrt. Ein kunstvoll geschmiedetes Oberlichtgitter mit den Initialen ‚OHS' wollte ihn zum Rätseln, und Stuckverzierungen und Terrakottabilder wollten ihn zum Staunen verführen. *Jene Pracht hatte er bei seinem letzten Aufenthalt im Schloss gar nicht wahrgenommen!* - Maximilian widerstand der Versuchung und schon stand er am Fuße des Schlosshofes. Bevor er sich

dort weiter umsehen konnte, war Dienerschaft auf ihn zugetreten. Man führte ihn zuerst zu einem Schneckenturm, in diesem über die gewundene Treppe ein Stockwerk hinauf, und anschließend in eine Stube. Dort sorgte ein offenes Kaminfeuer für behagliche Wärme. Sein Umhang wurde ihm abgenommen... und ein goldener Vogelkäfig herbeigetragen.
Sofort fühlte Maximilian Freudenschreie in sich aufsteigen, die sich seiner Brust entladen wollten. Nur mühsam bezwang er sie, denn zeitgleich betrat auch Fürst Ottheinrich den Raum. Er verneigte sich tief, wobei er sein eigenes Blut in den Ohren brausen hörte.
Nicht nur in ihm war ein Sturm losgebrochen. Auch das Vögelchen hatte ihn wahrgenommen und reagierte mit wildem Aufflattern gegen die Gitterstäbe. - Ottheinrich überraschte jene Wiedersehenseuphorie eher wenig. Nichts anderes hatte er erwartet. Trotzdem gab er sich unbeeindruckt und gestreng. Dabei vergaß er aber nicht, einen Diener aufzufordern, den Käfig vorsichtshalber mit einem Tuch zu verhängen.
„Er ist also der Sohn des Kerzenziehers zu Kreut", eröffnete er das Gespräch ohne Grußwort. „Aufgewachsen als Halbwaise, die früh verstorbene Mutter ein Findelkind. Richtig?"
Das wilde Gebaren seiner gefiederten Freundin und seine eigene Ohnmacht, die ihm vor allem das Verhängen des Käfigs verdeutlichte, verstörten Maximilian. Gleichwohl drangen die fürstlichen Worte in sein Bewusstsein. „Ja, mein Fürst", besann er sich. In unbestimmt aufkeimender Hoffnung gab er Antwort. *Weshalb hat sich der Fürst über dich erkundigt??*
„Weiß er Näheres über seine Mutter?" Ottheinrich trat zu ihm. Er fasste ihn bei den Schultern und sah ihm direkt ins Gesicht.
Maximilian hielt der fordernden Begutachtung nicht stand. Er blickte zu Boden und verneinte leise.
„Ich auch nicht", hörte er in festem Ton. „Gerne hätte ich mehr über die Herkunft jenes Jünglings erfahren, der so gar nicht in die Rolle eines Nähknechts passt."
Maximilian fühlte sich am Kinn gefasst und abermals forschten intensive Blicke in seinen Augen. Nervös suchte er eine Antwort darauf, ob es ungebührlich sei, des Fürsten Augen nun erneut auszuweichen, oder in diese hineinzusehen, um die verlangten Einblicke zu gewähren.
Auf Maximilians Unsicherheit reagierte Ottheinrich mit einem warmen Lächeln. Zufrieden entließ er dessen Kinn im Gefühl, eine grundehrliche Seele vor sich zu haben. „Meine Landshuter Muhme Margarete* hätten wir fragen können", milderte er nun auch seinen Tonfall. „In der Zeit nämlich, in der deine Mutter im Kloster gelebt hat, war sie dort die Äbtissin. Aber leider, sie ist tot, seit 10 Jahren. Und ich... kann mich beim besten Willen nicht daran erinnern, eine weibliche Person von deinem Aussehen gesehen zu haben. Also, hier in den Gassen unserer Stadt, denn

schließlich haben weltliche Männer keinen Zutritt zum Frauenkloster. Auch ein Fürst nicht. Abgesehen eben von Handwerkern oder Handelsleuten."

Die Vertraulichkeit seiner Worte, vor allem die seiner Anrede, die Ottheinrich eher ungewollt über die Lippen gekommen war, überraschte ihn selbst ein Stück weit. *Rührte sie etwa daher, dass auch er als Waise aufgewachsen war? Eben in der Obhut jener Muhme, in der einst -die von wem auch immer ausgestoßene- Mutter dieses Jünglings ebenso ihr Heim gefunden hatte?* Die Ungewissheit über ihre Herkunft nämlich, und das edle Aussehen des Jünglings, das ihr gleichkam, was seine befohlenen Erkundungen des Vaterhauses ergeben hatten, weckten in ihm ungemeine Neugierde. Daher beschloss er, während er zum Vogelkäfig schritt und Maximilian nachwinkte, diese Vertraulichkeit beizubehalten.

„Nun nimm das Tuch vom Käfig und begrüße deine Freundin." Ottheinrich meinte damit nicht, dass Maximilian auch das Käfigtürchen öffnen, und den Vogel aus dem Käfig herausnehmen solle. Aber genau dies geschah, noch ehe er es sich versah: Maximilian hatte es in Selbstverständlichkeit unterstellt.

„Heilige Jungfrau!", entfuhr Ottheinrich, begleitet von panischen Blicken in Richtung der Fenster und Türen.

An Maximilian ging jenes Aufschrecken vorbei. *Dein Vögelchen! Dein liebes, liebes Vögelchen!!* Er jubilierte innerlich. Nach dem gewohnten Kuss auf das schwarze Federkrönchen führte er die Hand, auf der der Vogel saß, an seine Brust. Dort schmiegte sich das Tierchen wonnig an sein heftig schlagendes Herz.

Ottheinrichs Aufregung legte sich bei diesem Anblick. Fast eifersüchtig fühlte er sich im eigenen Hause degradiert, und so verfolgte er das innige Treiben zunächst grummelnd. Sein vorgeschobener Missmut währte jedoch nicht lange. Zu erbaulich war das ungewöhnliche Schaustück, das sich vor ihm abspielte, vor allem, weil der Vogel jetzt zu singen begann. Unbemerkt von den zwei Miminnen[14] ging er zu einem Lehnstuhl und setzte sich. Von da an entspannte sich Ottheinrich. Jedenfalls zunächst. Er ergötzte sich am Anblick des hübschen Jünglings, seinem Spiel mit dem zahmen Tier und dessen entzückendem Gesang. Ein erstes Mal erlebte er den Königsvogel so, wie er sich seiner Vorstellung nach auch am Hofe der Medici getummelt haben musste, falls Cosimo's Schilderungen der Wahrheit entsprachen. *Königliche Kurzweil! Welch hoher Glücksmoment zweier Wesen! Wie verändert und offen sich der Jüngling jetzt zeigte! Dieses Strahlen seiner himmelblauen Augen! Das Lachen aus seinem wohlgeformten Mund! Die geschmeidigen Bewegungen seines ganzen Körpers! Diese Harmonie zwischen ihm und dem Liebreiz dieses wundervollen Vogels ...* „Seelenverwandtschaft." Kaum

[14] Akteur, Darsteller

hörbar hatte sich Ottheinrichs letzter Gedanke auf seine Zunge geschlichen. *Zwei reine Seelen, vom Schicksale zusammengeführt in einem schmerzlichen Moment, diesen durch Hingabe gewandelt in zweisames Glück. - Weshalb ist dir ein derartiges Glück nicht vergönnt?!*
Erneut stieg leise Eifersucht in Ottheinrich auf und seine Blicke entschwanden in Gedankenferne, hin zu seinem Tiergarten. Dabei musste er sich eingestehen, dass er dort zwar eine ansehnliche Zahl von exotischen Tieren sein Eigen nannte, er aber niemals auf die Idee gekommen wäre, sich dem einen oder anderen Geschöpf wirklich anzunähern. *Er war der Fürst, der sich Luxus zugestand! Nicht mehr und nicht weniger! Indes - wie wenig dies doch war! Armseliger Reichtum!* Seine bisherige Einstellung hinterließ in ihm Unmut und der uferte darin, dass er sich impulsiv und geräuschvoll aus seinem Lehnstuhl erhob. Augenblicklich unterbrach er damit die unvermindert andauernde Wiedersehensfreude. Maximilians zutiefst erschrockener Blick traf ihn.
Der Vogel jedoch reagierte anders. Er zeigte keinerlei Erschrecken. Er brachte sich stattdessen flugs in Sicherheit: Ottheinrich wurde gewahr, wie er sich durch geschicktes Agieren an Maximilians Haar hin zu einem Brustbeutel hangelte, den der Jüngling zeitgleich aus seinem Hemdkragen zog. Vom geborgenen Hort aus triumphierten nun zwei schwarzleuchtende Knopfäuglein siegesgewiss zu ihm. - Ottheinrich musste herzhaft auflachen und es verlangte ihn nach Nähe zu den beiden Beseelten. Er trat zu ihnen und erst jetzt fiel ihm dabei etwas auf, was ihm bislang im Übermaß der Eindrücke entgangen war: Es war die Stickerei auf der Weste des Jünglings. Ottheinrichs Hände, die eben noch ihn Herzlichkeit fassen wollten, glitten stattdessen über sein Kleidungsstück.
Erstaunt ließ sich Maximilian berühren und als er sich des Leuchtens in Ottheinrichs Augen bewusst wurde, ging auch ihm ein Licht auf. *Deshalb hat Else gewollt, dass du deine Weste anziehst! Niemals wärst du selbst auf diese Idee gekommen!* Zum zweiten Mal an diesem Tage erfasste ihn höchstes Glück. Neben Stolz auf sich selbst. Dieserhalb lockerte er sich und kam den fürstlichen Händen entgegen.
Schier verzückt glitten Ottheinrichs Finger entlang der Stickereien. Doch ein Ende fanden sie dabei nicht. Kunstvoll führten die Fäden von einem ins nächste Ornament. Gleich Arabesken zergliederten sie es in Vielfalt, ließen ein zuvor noch unerkanntes Muster vor Augen auferstehen oder den Blicken entschwinden, die doch meinten, sicher erkannt zu haben. Ottheinrich rief sich die Motive seiner Gobelins[15] ins Gedächtnis, jene Bildteppiche, die in ihrer Ausführung zu den kostbarsten Europas

---

[15] hier: drei Wirkteppiche mit lebensgroßen Bildnissen Ottheinrichs, seines Bruders Philipp und seiner Gemahlin Susanna, gewirkt in Brüssel zwischen 1533/1535, zu bestaunen im Schloss Neuburg an der Donau, Residenzstr. 2, 86633 Neuburg a. d. Donau

gehörten: In purem Selbstbewusstsein zeigten sie sein eigenes Porträt, das seiner geliebten Susanna und seines Bruders Philipp. Zudem waren die Etappen seiner Wallfahrt ins Heilige Land in kostspieligem Wirkwerk in Szene gesetzt und fein festgehalten. Sein Hofmaler Peter Gertner* hatte die Entwürfe gefertigt, die Bildhintergründe, neben Darstellungen von Landschaften, vor allem mit Pflanzen- und Blattwerk, Blütenornamenten und Früchten angefüllt. Auch die Fantasien des Malers gingen ins Exotische. Aber sie blieben in ihrer Ausgestaltung eine Ansammlung von Einzelornamenten. Was er jetzt vor sich sah, war völlig anders: Die Motive flossen derart ineinander, dass sie den interessierten Betrachter auf eine regelrechte Entdeckungsreise schickten. Wie in Magie geleitete die Linienführung der Stickerei von den Blicken hin in den Verstand, der die in sich verwobenen Ornamente zu entschlüsseln suchte. *War dies eine Frucht, ein Blatt, eine Blüte, ein Tier oder überhaupt die Ansicht des Paradieses??*
„Trefflich! Wie trefflich!" Ottheinrich konnte sich kaum sattsehen, ungeachtet der Schlichtheit der Materialien unter seinen Händen. Allein sein Kunstsinn, sein Gespür für das Außergewöhnliche und Feine, inspizierte...
Ein Picken des Vogelschnabels an seinem Finger holte ihn aus seiner Entrückung. Unter fortgesetztem Schweigen, seinen Emotionen nachforschend, tauchten seine weit geöffneten Augen in die des Jünglings, der still und dicht vor ihm ausharrte. Wäre das muntere Vögelchen nicht eine Barriere zwischen ihnen gewesen, hätte Ottheinrich den jungen Mann wahrscheinlich an sein Herz gedrückt. So aber atmete er tief durch und löste sich. „Das ist dein Werk. Ich muss nicht fragen, oder?"
„Einen Goldfaden stibitzte der Vogel von Frau Else", antwortete Maximilian wahrheitsgemäß und streichelte über den Brustbeutel. „Damit flog er umher, eines Nachts, als ich mit ihm an die Donau ging. Ich merkte mir die Linien, die er an den Sternenhimmel zeichnete."
Obschon ungewöhnlich, bezweifelte Ottheinrich jene Antwort nicht. Stattdessen genoss er den kleinen Zauber, der ihn erfasste, und den er nach einigen Atemzügen in ein Schmunzeln umlenkte. „Also hat der Stadtpfarrer von St. Peter recht und hier ist eine Teufelei im Gange."
Die in Maximilians Augen sofort aufgeschossene Angst verwischte er mit einer Handbewegung. „Kleiner Scherz. Nun denn", sprach er unter einem Kopfschütteln, „was Gott zusammenfügt, soll der Mensch doch nicht scheiden. So nimm deinen Zaubervogel wieder mit. Aber halte dich zu meiner Verfügung. Wann immer ich es wünsche, erscheine hier zu meiner Erbauung mit der mir gegenüber unholden Vogeldame. Und richte Meister Ruprecht aus, sein Fürst wünsche eine ebensolche Stickerei auf dem Gewand für die Fürstin."
Maximilian meinte, er traue seinen Ohren nicht. Seine aufgerissenen Augen wanderten zuerst zwischen Ottheinrich und dem Vögelchen an

seiner Brust. Danach war ihm nach Juchzen und Luftsprüngen. „Hast du das gehört?! Das gehört?! Du bist wieder bei mir!!“, rief er aus, überschäumend vor Glück. - Schlussendlich legte er eine Hand an den Brustbeutel und verneigte sich tief.

Wohl reagierte Ottheinrich gönnerisch auf die Verneigung. Aber im Grunde wollte er sie nicht. Viel zu sehr durchfuhr Maximilians Glückseligkeit seine Sinne und er beschloss, jener ungewöhnlichen Zuneigung künftig seine Aufmerksamkeit zu widmen, über das Bedürfnis nach bloßer Zerstreuung hinaus. Denn diese neuerliche Begegnung verdeutlichte ihm einmal mehr, dass es zwischen Himmel und Erde etwas Unschätzbares gab, das mit keinem Geld der Welt aufzuwiegen war.

In seiner Erbauung keimte ein weiterer Gedanke in ihm auf: Zum nächsten Besuch des Jünglings samt seiner himmlischen Sängerin würde er seinen Kapellmeister und Lautenist Christoph Stockhamer* hinzubitten. Und vor allem auch seinen Hofkomponisten Hans Kilian*. Sicher kämen diesen beiden Musikern bei den herrlichen Melodien des Vogelgezwitschers Ideen für gleichklingende Musikstücke. Schon hörte er die reinen Stimmen seiner Sängerknaben schallen, begleitet vom Lautenspiel...

„Eines noch, bevor man den Jüngling samt Vogel aus dem Schloss geleite“, winkte Ottheinrich einen Diener heran. „Bringe er ihn in die Kleiderkammer. Dort soll man ihm Gewänder geben. Beinkleider, Hemd und Wams. Dreifach. Strümpfe dazu. Die Kopfbedeckung...“, Ottheinrichs resümierender Blick ruhte auf Maximilian, „lasse man ihn sich selbst wählen. Mütze, Kappe, Barett oder lieber einen feschen Hut?“

Ein herziges Lächeln traf Maximilian, der sich, zurücklächelnd, zum Abschied abermals verneigte.

Unfassbar glücklich durchquerte Maximilian später nicht Neuburgs Gassen hin zum Schneiderhaus. Trotz des ihn hindernden Kleiderbündels stürmte er jetzt ohne Umschweife durch den in den Nordflügel des Schlosses integrierten Zugang, der vom Stadtberg direkt hinab an die Donau führte. Wie auf Flügeln passierte er das herrschaftliche Portal. Nachdem er an den Torwachen vorbeigeeilt war, wandte er sich kurz um.

Genau hier standest du, als du Paule kennenlerntest! Was doch seither nicht alles geschehen ist!!

Das Bedürfnis, in jener intensiven Erinnerung länger zu verweilen, verspürte er nicht. Viel zu sehr verlangte es ihm nach einem unbeobachteten Fleckchen am Donauufer, an dem er mit seiner geliebten Freundin endlich, endlich wieder Momente der Freiheit ausleben konnte.

Kapitel 5

Ernst und Wehmut spricht die Miene
Und es stiert sein schwerer Blick
Als suchet er in Wog und Welle
Ein längst verlornes tiefes Glück.

Nahe an des Fischers Hütte
Treibt er still und leise hin
Und bei sanftem Ruderschlage
Singet er mit trübem Sinn.

Singt verlassner Liebe Schmerzen
Singt ihr Sehnen und ihr Weh
Und es fallen seine Tränen
Gleich Regentropfen in den See.[16]

Residenz zu Neuburg an der Donau, den 17. Februar 1542

„Philipp, Philipp, wo warst du nur?! Todesängste haben wir um dich ausgestanden! Tagelang!!“ Trotz seiner unermesslichen Erleichterung, seinen Bruder wohlbehalten wieder bei sich zu wissen, konnte sich Ottheinrich seiner Vorwürfe nicht erwehren. Fast zwei Wochen lang, in denen er versucht hatte, Philipp für das bevorstehende Ritterspiel nach Neuburg zu bitten, fehlte von ihm jede Spur. Niemand wusste, wo er war. Schier die gesamte Oberpfalz hatte man nach ihm vergeblich durchkämmt...

Philipp schwankte, ob er seinen Rückzugsort preisgeben und sich damit die Chance verbauen sollte, sich wieder unerreichbar zu machen. Gesuhlt hatte er sich im Selbstmitleid, in der Abgeschiedenheit des Schaunforstes nahe Dachelhofen. Immer öfter gab er sich seiner selbstzerstörerischen Melancholie hin, obwohl sie ihn zugleich anekelte. Sah er sich doch ebenso gern in Verträumtheit als edlen Ritter... seine hochgesteckten Ziele erreicht... von seinem Kaiser würdig honoriert... seine Brautwerbung von Erfolg gekrönt...

Ottheinrichs bohrende Blicke und sein heftiges Schnaufen obsiegten über Philipps Egoismus. „Der Hecht“, hob er zögerlich an. „Gemäß deiner Fischordnung beginnt mit Ende Februar seine Schonzeit. Und mir war danach, ihn zu angeln.“ Ungewollt schwang Trotz in seiner Stimme.

---

[16] nach: Handschrift Manuskript „Fürstentum Pfalz-Neuburg“, 1902, in: Stadtarchiv Burglengenfeld 116/1a, bedichtet wird hier der Mythos, der sich um Philipp rankt

„Aha!" Hochaufmerksam in seiner Sorge, entging Ottheinrich Philipps trotziger Tonfall nicht. Er schürte seinen Unmut. „Der Hecht also! Und meine Fischordnung! Und was wäre da der Grund, niemanden von deiner Anglerlust in Kenntnis zu setzen? Ich kann mich nicht erinnern, dass dir jemand die Nutzungsrechte an den... wie vielen Weihern auf dem Nordgau entzogen hätte! Du bist der Fürst neben mir! Auf Augenhöhe! Herrgott nochmal, Philipp!!"
„Einunddreißig. Und zwei kleine, nicht nutzbare Weiherlein." Philipp spürte spätestens jetzt, dass er mit seinem Abenteuer eindeutig zu weit gegangen war. Reuig neigte er seinen Kopf. Sofort lenkte Ottheinrich ein. „Und, lasse mich raten", zog er Philipp spontan in die Arme. „Du warst an einem der zwei kleinen, mein kleiner Bruder. Verkleidet als Landstreicher. Deshalb zu niemandem ein Wort."
„Nein." Philipp lehnte an Ottheinrichs warmer Brust und schloss die Augen. „Ich war am größten, am Wolfenloher."
Ottheinrich stieß die aufgestaute Luft aus seiner Lunge. Unter einem aufkeimenden Lächeln hob er Philipps Gesicht zu sich. Der folgte zu seiner großen Freude seinem Schmunzeln.
„Na komm, jetzt lasse dir nicht jedes Wort aus der Nase ziehen wie einen Wurm vom Angelhaken. Du bist hier, alles ist vergessen. Aber teile mit mir dein Abenteuer in der Wildnis."
Philipp ließ sich an einen Tisch dirigieren, wo beide sich setzten. Auch den dargebotenen Wein nahm er entgegen. „Ich schämte mich für das notdürftige Fischerhäusel, schon, als ich Brot, Äpfel und Nüsse neben Bier und Wein dorthin bringen ließ."
„Sage nicht von Hans Pressl! Dem dortigen Verwalter! Auch dieser ward befragt!"
„Er ist mir treu ergeben. Bitte, verzeihe ihm, Ottheinrich. Er wusste von meiner Anwesenheit, brachte täglich neues Brennholz und fragte nach meinem Wohlbefinden."
Ottheinrich nickte brummelnd.
„Außerdem schuppte er die Hechte, die ich angelte. Und hernach verzehrte." Philipps Blicke verklärten sich träumerisch. „Diese Stille dort. Diese Ruhe der winterlichen Natur. Der Duft des Sees und des Waldes."
„Und der Duft von frisch gebratenem Fisch. Ein Bierchen dazu. Ein prasselndes Feuer, draußen, vor der Hütte..." Ottheinrich hatte keine Mühe, der brüderlichen Schwelgerei zu folgen. Obgleich ihn ein derartiger Komfortverzicht von der Umsetzung eines gleichen Vorhabens unzweifelhaft abhalten würde. Doch er verstand seinen Bruder, der so völlig anders geartet war, als er selbst. Versöhnlichkeit durchströmte ihn. „Dein Tauchgang im Weiher sei dir verziehen. Wiederhole ihn, so dir danach ist. Aber ich flehe dich an: Gib mir beim nächsten Mal Bescheid. Und sei dir sicher, dass ich dir niemanden nachschicke, geschweige denn,

dass ich dir nachfolgen würde." Er prostete seinem Bruder zu.
„Nun ja. Bald kehrt der Frühling ein und damit tausende von Stechmücken. Vielleicht zur nächsten Hechtsaison." Auch Philipp hob seinen Weinpokal. „Ich weiß, es war kindisch", fuhr er fort, nachdem er vom Wein getrunken hatte. „Und jetzt schäme ich mich dafür."
„Aber nein, was redest du! Wir Männer sind eben Jäger. Wir brauchen ab und an unsere einsame Höhle. Und mir tut es leid, dass du hierfür eine Fischerhütte wählst. Siehe, ich bediene mich Grünau's. Das dir ebenso zur Verfügung steht."
„Nein, nein, der Oberpfalz gehört mein Herz. Die Auwälder an der Donau sind mir zu seicht, zu nahe an den Menschen. Doch ich schäme mich dafür, dass ich dir Sorgen bereitete. In mir schwelte ein Verlangen, meinen Mitmenschen Sorgen zu bereiten, für meine eigene Genugtuung. Hässlich. Ich mag es nicht und doch überkommt es mich."
Wehmütige Bruderblicke trafen Ottheinrich bis ins Mark. „Du bist zu viel allein, Philipp. Das ist alles. Also, gib dir einen Ruck und komme öfters nach Neuburg. Und, vor allem: Feiere jetzt mit uns! Reinhard von Neuneck hat keine Mühen gescheut und anstrengende Wochen hinter sich gebracht, um ein Ritterspiel auszurufen. Gehen wir jetzt zu ihm. Auch er sorgte sich um dich und... bis Sonntag bleiben nur noch zwei Tage. Er wird deine Hilfe gut gebrauchen können."

Schneiderei des Meisters Ruprecht zu Neuburg an der Donau, etwa zur selben Zeit

Man konnte der Hausmagd ihren Unmut ansehen. Freilich äußerte sie diesen nicht verbal gegenüber ihrem Herrn, dem Schneidermeister Ruprecht. Aber Blicke und ein Schnauben erlaubte sie sich. Allerdings ohne Wirkung. Anlass für ihre Verstimmung gab die Tatsache, dass Ruprecht das heutige Mittagsmahl nur wie beiläufig in sich hineinschaufelte, weil er Wichtigeres zu tun hatte: Er redete. Ohne Unterlass gab er gegenüber Else und Maximilian Bericht, was Neuburgs gesamte Handwerkerschaft beschäftigte: Das Ritterspiel am bevorstehenden Faschingssonntag. Die große Aufregung rührte aber nicht daher, dass der Fürst nach Grünau rief, sondern es war seine Aufforderung an jedermann, an den Fußkämpfen teilzunehmen.
„Ich habe sogar die Gürtelschnalle gesehen! Goldschmiedemeister Habermann fertigte sie in Ottheinrichs Auftrag! Pures Silber! Eine feine Gravur trägt sie! Des Fürsten Siegel und das Datum der Spiele!"
„Und? Vom zweiten Preis habt ihr nicht schon gekostet, oder?" Else schluckte ihren Bissen hinunter und schickte der schnaufenden Küchenmagd einen belustigten Blick.
„Wo denkst du hin! Das ausgelobte Fässchen ‚Elbling' vom guten 1540er

Jahrgang lagert im fürstlichen Weinkeller. Weil, wer von uns hat noch von dem ausnahmsweise genießbaren Tröpfchen?"
„Keiner", erinnerte sich Else an den Wein des Vorjahres, dem sie gleichsam hold gewesen war.
„Na ja, auch der dritte Preis lohnt Einsatz. Ein Biberfell... gäbe eine schöne warme Kappe. Vielleicht für dich, Maximilian?", zwinkerte Ruprecht aufmunternd dem Jüngling zu, der sich bisher als stiller Zuhörer gab.
„Ruprecht, jetzt sage bloß, du willst an dem Kampf teilnehmen?! Oder beabsichtigst du etwa, Maximilian zu verleiten? Zum Hauen und Stechen??" Else fuhr auf.
„Ach was! Kampf! Das doch nicht! Schabernack wird es geben! Flachs und Schelmereien! Helmzierdenhaschen, zum Beispiel!" Ruprecht feixte in Erinnerung der vormittäglichen Gespräche und schickte spitzbübische Blicke durch die Küche.
„Helm - was?"
„Das Haschen nach Aufputz am Helm."
„Ach so. Der Metzger spießt also eine Wurst auf seinen Helm und der Bäcker eine Stange mit Brezen. Und dann müssen sie versuchen, die Helme gegenseitig leerzufuttern." Else gab sich trocken. Maximilian hingegen musste auflachen. „Und du, mein Gatte?? Baust dir ein Nadelkissen auf den Kopf?? Oder eine Rolle Zwirn? Oder eine Ansammlung von Knöpfen? Oder etwa dein Bügeleisen? Nebst Kohlepfännchen? Glühend??" Else musste über ihre eigenen Vorschläge kichern, Ruprecht und Maximilian ebenso... und auch die Magd verbiss sich ein Grienen, unterdessen sie, mit dem Rücken zu ihren Herrschaften, in diversen Töpfen am Herd herumhantierte.

Neuburg an der Donau, Sonntag Estomihi, den 20. Februar 1542

Das Wetter zeigte sich an diesem frühen Februarmorgen typisch für die Jahreszeit. In der kalten, aber frostfreien Morgenluft wallte von der Donau her leichter Nebel bis hinauf zum Neuburger Schlossberg, der zum gemütlichen Verweilen im Haus anreizte. Die Morgendämmerung ihrerseits nahm jenen Dunstschleier als Argument, nur gemächlich heraufzuziehen. Dessen ungeachtet zerteilten laute Rufe, abwechselnd unterbrochen von Trommelwirbel und schmetternden Fanfaren, die Winterruhe:

„Wohlauf, wohlauf, Ihr Rittersleut!
Heraus aus Euren Stuben!
Zu rüsten Euch mit Schild und Pferd, treibet Eure Buben!
Unser Fürst erwartet Euch zum ehrenvollen Stechen!
Hurtig hinaus nach Schloss Grünau, die Lanzen heut' zu brechen!"

Von diesem Getöse erwachte die noch morgengraue Stadt und in allen Häusern, ob es nun die der Bürger, der Handwerker oder der einfachen Leute waren, regte sich emsige Betriebsamkeit. Keine Stunde später schallten Pferdehufe durch Neuburgs Gassen, wiederum begleitet von Trommlern und Trompetern, und Farbenfroheit lockte endgültig aus dem Haus. Niemand wollte auch nur einen Moment des Fastnachtsspektakels versäumen, schon gar nicht den Aufzug der Turnierer im prächtigen Farbspiel ihrer Wappen oder Herkunftszeichen. *Wie man auf die bislang unbekannte Vertreterschaft der Turnierkämpfer spekuliert hatte!* Eiligst wurden daher die Morgensuppen ausgelöffelt, die warmen Umhänge übergeworfen, die Wohnhäuser verlassen und die Haustüren gesichert. Wenig später strömte eine Menschenschar aus der Stadt.

Grünau war nicht wiederzuerkennen. Schon von Weitem leuchteten die Banner in Neuburgs Farben Rot und Grün, Silber und Gold, Weiß und Blau. Sie schmückten nicht nur den Zuweg zum Schloss, sondern auch die Schlossfenster, die diversen Zelte, die Tribünen und die Kampfbahn...
Der Kampfplatz selbst, rechterhand von Schloss und Wassergraben errichtet, steigerte die Neugierde auf den anstehenden Rennsonntag. Fachkundig hatte Reinhard von Neuneck dessen Aufbau veranlasst: Bei einer Länge von gut 1.500 Fuß[17] betrug die Breite der eigentlichen Stechbahn 350 Fuß[18]. Eine doppelte Umzäunung sicherte sie. Hierfür dienten jeweils sieben Fuß[19] hohe, starke Holzpfähle. In Knie- und Fußhöhe war der Zaun nochmals mit Querbalken versehen, damit niemand unter der Absperrung hindurchkriechen konnte. Der Zwischenraum der beiden Umzäunungen betrug an die fünf Fuß[20] und war zum Aufenthalt des Kampfrichters, einiger Wachen und der Diener der Turnierer bestimmt.
Wie von Ottheinrich gewünscht, war die Kampfbahn nach welscher Art durch massive Holzplanken in zwei Hälften geteilt, um im Zweikampf daran entlangzureiten und darüber hinwegzustechen. Begehbar waren diese gleichgroßen Bahnen jeweils durch ein mit Balken und Riegel verschließbares Tor.
Nahe jedes dieser Tore gab es ein kleines, vierstufiges Gerüst, das den geharnischten Reitern zum Besteigen ihrer Rösser dienen sollte.
Der Platz selbst war fein geebnet und gut mit Stroh ausgestreut.
An einem Kopfende der Stechbahn gab es mittig die Kampfrichtertribüne, die zusätzlich Raum für zwei Trompeter fasste. Deren Aufgabe würde sein, zum Angriff bzw. Rückzug zu blasen.
Die überdachte Tribüne für den Fürsten und seine besonderen Gäste

[17] ca. 450 Meter
[18] ca. 105 Meter
[19] ca. 2 Meter
[20] ca. 1,5 Meter

erstreckte sich in voller Länge auf der einen Seite der Kampfbahn. Jene Loge war mit bunt bemalten Tüchern verschönert. Wollene Teppiche sollten für warme Füße sorgen und auf dem herangeschafften Sitzmöbel warteten weiche Kissen, so die diversen Lehnstühle nicht über eine Polsterung verfügten.
Auf der gegenüberliegenden Seite der Kampfbahn, wie auch an ihrer Stirnseite, also jene Fronten, die in die weiten Wiesen hin zum Auwald ausliefen, gab es in einigem Abstand zur Bahnumzäunung diverse Tribünen für das schaulustige Volk. Über Holzstiegen konnten dort die in mehreren Etagen eingerichteten Sitzreihen betreten werden, für die ein kleiner Eintrittspreis verlangt werden würde. Freilich waren diese Sitzplätze nicht so großzügig ausgestattet, wie die der Edelleute. Für einen warmen Rücken musste selbst vorgesorgt werden. Dennoch waren diese Tribünen mit unzähligen Tannenzweigen behübscht, um den zahlenden Zuschauern eine angenehme Atmosphäre zu verschaffen.
Der Freiraum zwischen den Volkstribünen und der Stechbahn war für Stehplätze vorgesehen, für deren Zutritt ebenso eine bescheidene Münze zu entrichten war.

Mit dem Einzug der ersten Schaulustigen öffneten einige der mannigfaltigen Zelte, die für den Verkauf von Speisen und Getränken aufgestellt worden waren. Wer sich zu Hause keinen warmen Morgentrunk bereitet hatte, konnte sich diesen hier gönnen. Neuburgs Bäcker waren nämlich schon zugegen, um außerdem ofenfrisches, süßes Backwerk feilzubieten. Auch Neuburgs Metzger hantierten bereits fleißig an diversen Bratspießen, um rechtzeitig zur Mittagsstunde Spanferkel und gebratenen Ochsen anzupreisen. Im Laufe des Tages würden sich Suppenköche zu ihnen gesellen, neben den Wirten von Neuburgs Wein- und Bierstuben. Für das leibliche Wohl war also bestens vorgesorgt, musste nun nur noch das eigentliche Spektakel beginnen. Indes - man wartete auf die Herrschaften.
Reinhard von Neuneck hingegen war längst anwesend und in voller Aktion. Er trug ein prächtiges Hofgewand, gehalten in den Farben derer zu Neuneck: Rot und Gold. Damit man ihn, den Kampfrichter und Hauptorganisator, stets in der Menschenmenge ausmachen konnte, so er nicht auf der Kampfrichtertribüne weilte, hatte Ottheinrich erbeten, dass er einen auffälligen Kopfputz trüge. Gerne war er dem gefolgt und er fühlte sich auch nicht als Gockel, so, wie ihn sicher die eine oder andere böse Zunge an diesem Tage bezeichnen würde. Jedenfalls wippte ein übergroßer, aus Seide gefertigter, ausgestopfter, rot-goldener Hahnenkamm auf seinem früheren Turnierhelm, der ihm von seiner Dienerschaft freudig hervorgeholt, auf Hochglanz poliert und verziert worden war... -
„Das Ritterwesen ist dahin, seit in den Städten die Buchdruckerpressen rattern und in den Schlachten die Feuergewehre krachen!“ Lautstark

eröffnete Reinhard von Neuneck diesen Rennsonntag, wobei er sich einer gewissen Melancholie nicht erwehren konnte. „Aber noch existiert die Ritterschaft und wir wollen jene Zeit nicht vergessen, in der uns Kaiser Maximilian I. aufzeigte, wie der eisenumpanzerte Reiter ein Turniergefecht nach den Gesetzen der Ritterlichkeit, doch ohne einen Ernstgedanken, austrägt. So lasst uns hier und heute jener Lebenslust frönen: Ein Kampfspiel unter Freunden! Und damit dieses Spiel ein Vergnügen bleibt, bitte ich die Turnierer zur Helmschau!"
Auf seinen Fingerzeig hin schmetterten die beiden Trompeter auf der Kampfrichtertribüne einen Tusch. Unter einem nachfolgenden Trommelwirbel wurden die Tore zur Rennbahn geöffnet und ein Raunen ging durch die bereits gut gefüllten Logen und Schautribünen: Neun geharnischte Reiter ritten in prachtvoller Aufmachung und Begleitung ihrer Herolde[21] und Persevanten[22] in erhabenem Schritttempo ein.
Den Anfang machte Hans Jörg von Closen, ein Vertreter derer zu Closen, einem mächtigen niederbayerischen Adelsgeschlecht. Seinen Harnisch deckte ein gelbes, knielanges Rennröckel, zu dem er gleichgelbe Beinkleider trug. Die Helmzierde bestand aus fünf schwarzen Straußenfedern und die Renndecke seines Pferdes leuchtete in Schwarz-Silber. Traditionsgemäß teilten sein Herold und die drei Persevanten seine Farben, die dazu ein Banner mit dem Closischen Wappentier, nämlich einen schwarzen, den Hals krümmenden Storch, mitführten.
Paul Behaim, der zweite Reiter, vertrat die Nürnberger Patrizierschaft. Der Eingang seiner Teilnahmebekundung hatte Ottheinrich besonders erfreut, da es ihn überraschte, welche weiten Kreise seine Turnierladung zog. Außerdem entsprach es seiner Wunschvorstellung. Nicht nur Vertreter des Adels, sondern eine bunte Mischung an Turnierern jenseits irgendwelcher Standesdünkel, sollten gegeneinander antreten... Selbstbewusst kleidete sich Paul Behaim in den Farben seiner Heimatstadt: Rot und Silber. Doch er hatte sich nicht für ein Rennröckel, sondern für eine in beiden Farbtönen gestreifte Schaube entschieden. Die Beinkleider trug er nach der einstigen Mode des Mi-Parti, also ein Bein steckte in weißem, das andere in rotem Gewebe. Das Gelieger[23] seines tänzelnden Pferdes hingegen kontrastierte in hellem Blau und seine Helmzierde erinnerte an Nürnbergs Tradition der Schellenmacher in Form eines Glöckchenspiels, das seine Bewegung zu Pferde rhythmisch zum Klingen brachte. Er selbst gehörte zum Vorstand der Nürnberger Kriegsstube, was wohl erklärte, weshalb seine Augen hellwache Kampfeslust ausstrahlten...
Der nächste Turnierer war ein bloßer Schmiedegeselle. Er ritt nicht in

---

[21] Waffenmeister, der seinem Herrn im Turnier beisteht

[22] Gehilfen der Waffenmeister

[23] die Turnierpferde bekleidende, zumeist prachtvolle Pferdedecken, die vom Hals über den Sattel bis hin zur Kruppe reichten

eigenem, sondern im Namen des Hieronymus Zeller. Der war Ottheinrichs Oberster Sekretär, und, ähnlich Gabriel Arnolds, bürgerlicher Grundbesitzer im Fürstentum Pfalz-Neuburg. Seit 1539 gehörten ihm ein Eisen- und ein Blechhammer zu Ettmannsdorf, verbunden mit allerlei Bauernguts-Begünstigungen jedoch ohne Hofmarksgerechtigkeit, was Ottheinrich zu ändern gedachte. Hieronymus, im besten Mannesalter, war trotzdem nicht in der körperlichen Verfassung, ein Stechen zu reiten. Weil er aber unbedingt zum Ritterfest seinen Anteil leisten wollte, stattete er einen der Ettmannsdorfer Schmiedegesellen zum Turnier aus. Kraftstrotzend kam jener Handwerksbursche einhergeritten. Seine kühne Körperhaltung machte neugierig auf den gestählten Leib, der unter dem Harnisch steckte. Auf der Pferdedecke leuchtete das Wahrzeichen Zellers, ein in der oberen Hälfte rot gefülltes Wappenschild. Dessen untere Hälfte füllten drei rote Kugeln vor weißem Hintergrund. Dazu im Kontrast trug der Schmied die Farbe grün. Auf der Helmspitze verschlangen sich zwei Hämmer ineinander, zwischen denen sich ein herzförmiges Blatt hervorstreckte.

Auch der Hammerbesitzer Jörg Alkover zu Schönhofen ritt nicht persönlich auf dem Kampfplatz. Aber der Turnierer war immerhin sein leiblicher Sohn. Diese Familie zählte zur Regensburger Bürgerschaft, daneben zu Pfalz-Neuburgs dem Adel gleichgestellten Landsassen. Ihnen gehörten Anteile am Eisenhammer zu Schönhofen nebst Hofmarks-Anrecht. Jener Junior trat ganz in Schwarz auf, was nichts Unheimliches, sondern Schönhofens Lebensader symbolisierte. Nämlich die Schwarze Laber. Dieser Seitenarm der Donau trieb die Wasserräder des einträglichen Eisenhammers.

Ihm folgte Sixt von Kreut zu Straß. Wenn auch schon gut zweihundert Jahre erloschen und auch er schon eher über die besten Mannesjahre hinaus, so floss in ihm noch das Blut der einst mächtigen Grafen von Lechsgmünd. Zudem besaß er Straß als erbliches Eigengut und erfreute sich somit völliger Freiheit jenseits irgendwelcher Lehnspflichten. Mit seinem Auftritt erinnerte er an ebenjene Vorfahren. Seine Kleidung zeigte sich in blau-gelb-gestreift und auf seinem Gelieger bäumte sich ein roter Löwe auf den Hinterbeinen. Das Tier streckte sich auch auf seinem Helm hoheitlich empor, wobei dessen Krallen von mächtigen Pfoten hervortraten.

Beim Einritt des Ritters Philipp von Leonrod zu Trugenhoven stach sofort seine Helmzierde ins Auge. Der Kopfputz dieses Vertreters eines fränkisch-schwäbischen Adelsgeschlechts bestand aus zwei wuchtigen rot-weißen Büffelhörnern, unter denen zu beiden Seiten des Helmes ein farbengleicher, in Falten geraffter Stoffbehang wallte. Seine Pferdedecke leuchtete in Rot-Silber. Die Rüstung selbst trug er blank. Mit seinem Erscheinen ging ein Raunen durch die Logen. Obwohl er selbst aufgrund seines jungen Alters keine Mitschuld trug, so hafteten dem Namen seiner Linie ungute Erinnerungen an. Ein skrupelloser Raubritter, Hans Thomas von Absberg, versetzte zwei Jahrzehnte zuvor die fränkischen und schwäbischen Reichsstädte in Angst und Schrecken. Er verschleppte Kaufleute auf ihren Handelsreisen, um hohe Lösegelder zu erpressen, nicht selten durch das Übersenden einer abgehackten Hand seiner Opfer. Dafür suchte und fand er Verbündete, die ihm gegen gutes Geld auf ihren Burgen und Schlössern Verstecke boten. So eben auch ein Angehöriger der Linie der Leonrods, die im Jahr 1523 mit dem Niederbrennen ihres Wasserschlosses zu Dietenhofen, das als eines der Raubnester galt, abbüßten.

„Ja der Schedl!", hallte ein Ausruf über den Kampfplatz, als ein weiterer Turnierer auftrat. Scheinbar war doch etwas von der Herkunft der Kämpfer durchgesickert, denn von seiner Aufmachung her hätte man Christoff Lemblin, Spitzname Schedl, nicht erkannt, da er weder ein Wappen noch ein Familienzeichen mitführte. Er war seit dem Vorjahr der Richter von Rennertshofen und ihm gehörte das Schlösslein zu Hazzenhofen. Von seinem in zartem violett gehaltenen Gelieger hoben sich seine grausilbernen Beinkleider und sein farbengleicher Schulterbehang ab. Seinen Helm zierten zwei im Handschlag vereinigte Hände.

Die zwei letzten Einreitenden waren Vertreter des Landadels mit klingenden Namen, und zwar Jörg Ulrich Ebron zu Sinning und Hanns Rumpolldten von Ellershausen zu Berlitzheim. Auch ihr Kampfzeug farbenprächtig gemustert, die Helmzierden fantasievoll, fast romantisch. Jörg Ulrich Ebron trug zwei in goldene Klemmen eingefasste rote Herzen und bei Hanns Rumpolldten war es ein Schmetterling mit aufgefalteten Flügeln.

Nachdem also die Turnierer sämtlich in einer Reihe aufgestellt waren, ließ Reinhard von Neuneck Fanfarenbläser und Trommler sich ebenso postieren, und zwar direkt vor den geharnischten Reitern. Daraufhin wussten die eingeschworenen Musiker, dass sie ihre Instrumente laut und anhaltend in Klang versetzen sollten. Ihr Gelärme schallte ohrenbetäubend über den Kampfplatz, um sich an den Schautribünen zu brechen und widerzuhallen. Währenddessen beobachtete Reinhard von Neuneck akribisch die Rennpferde, die zu seiner Erleichterung brav unter ihren Reitern ausharrten. *Wie sein Herz dabei zu schlagen begann! In Erinnerung der Turnierzeiten unter Kaiser Maximilian I.! Unvergessen der immense Stellenwert eines guten Turnierpferds! Mit Vorsicht für die Kampfspiele eingeritten und dressiert! Der ‚Renngaul' in bester Kraft und Schulung! Und heute... könnte er jene Art von Rössern noch einmal bewundern...* Wenige Atemzüge später riss sich der alte Ritter zu Glatt aus seiner Sentimentalität und konzentrierte sich wieder auf seine Aufgabe als Kampfrichter.

Die Vorschrift, dass die Augen und Ohren der Rennpferde vom Gelieger

fest umschlossen sein mussten, schien ihm also eingehalten. Ob sich jedes Ross im Einzelnen hernach ebenso fügsam auf der Rennbahn zeigte, blieb in diesem Moment offen.
Spannung bemächtigte sich Reinhard von Neunecks. Er winkte nach seinem getreuen, gleich ihm gealterten, Waffenmeister, der ihm einst bei seinen Turniergängen zur Seite gestanden hatte. Mit ihm begann er nun, das Stechzeug der Turnierer zu begutachten, damit böse Überraschungen, die er in früheren Wettkämpfen zu oft erleben musste, an diesem Tage hoffentlich ausblieben.
Man widmete sich weiter den Pferden. Nacheinander wurde sich versichert, dass sie an Kopf und Hals ordentlich durch ein stählernes Gelieger, die Rossstirn und den Rosshals, geschützt waren, und man darunter auch eine ausreichende Polsterung aufgezogen hatte. Lenden und Kruppe mussten, unter der prächtig verzierten Renndecke, durch Parsen aus festem Leder bedeckt sein. Die Brust schützte der Stechsack, ein mit Stroh ausgestopfter Zwilchsack[24]. Dieser hing dem Pferd eben vor der Brust und reichte bis zum Sattel, womit er zudem die Beine des Reiters behütete. Hinsichtlich der Zäumung der Pferde gab es keine speziellen Anforderungen. Sie bestand aus einem schlichten Trensengebiss.
Dass die Rösser mit einem besonderen Sattel ausgestattet waren, prüfte Reinhard von Neuneck hingegen wieder gründlich. Die hohe Rückenlehne des Kirissattels verhinderte nämlich, dass der Reiter von der aufprallenden Lanze zu leicht aus dem Sattel gehoben werden konnte. Er fiel allenthalben nur dann vom Pferd, wenn dieses selbst von der Wucht des Aufschlages stürzte oder sich gar überschlug.
Als nächstes begann die Prüfung des Stechzeugs der Turnierer. Zuerst hieß man die Reiter abzusitzen und ihren schweren Stechhelm abzunehmen. Der jeweilige Herold ließ sich den Kopfschutz reichen, der noch nicht, wie vorgeschrieben, mit Riemen an der darunter getragenen Harnischhaube aus abgestepptem Zwilch angeschnallt war.
Reinhard von Neunecks Waffenmeister begutachtete jeden Helm, hier vor allem, ob die Helmzierden turniertauglich befestigt waren und das Leder der Riemen keine Risse aufwies.
Alle Helme abgesegnet, wurden sie dem jeweils zugehörigen Persevanten gereicht, um dann den ebenso nur provisorisch angebrachten Schutz des Oberkörpers zu vervollkommnen.
Zu Beginn wurde dem in stark wattiertem und gepufftem Wams und mit bis zu den Knien reichenden Hosen gekleidetem Reiter der Brust- und Rückenschutz angelegt. Diese beiden Teile verband man je unter einem Arm und auf der Schulter durch breite, verschraubte Eisenbänder, sodass sie ein festes, nur auf der Schulter aufliegendes Ganzes bildeten. Der

[24] Zwilch: doppelfädig gewebter derber Leinenstoff

Brustschutz war sehr schwer, an der linken Seite dem Körper entsprechend gewölbt, rechts dagegen stark abgeplattet. An diese Abplattung schraubte man nun zwei massive Eisenhaken. Einer von ihnen reichte weit nach hinten. Er war dazu bestimmt, das rückwärtige Abkippen des Rennspießes zu verhindern, denn der Spieß selbst würde später auf dem zweiten, nach vorn reichenden Eisenhaken aufliegen und bis über den Pferdekopf hinausragen. Der Zweck dieser sperrigen Rüsthaken lag auf der Hand: Der zwölf Fuß[25] lange Rennspieß, in seiner Dicke gerade noch von einer starken Männerhand umgreifbar und von ansehnlichem Gewicht, konnte unmöglich ohne diese Stütze in der Waagerechte gehalten und im Galopp auf den Gegner gerichtet werden.

Die Panzerung der Brust war noch nicht beendet, denn jetzt beschichtete man sie zusätzlich mit dem sogenannten Magenblech, das stückweise bis zu den Oberschenkeln auslief: Dieser Schutz bestand nicht etwa aus nur einem Teil, sondern, gleich einem Krebsschwanz, aus übereinandergeschobenen, zusammengeschnallten Eisenblechen.

Dem Magenblech folgte das Anschrauben des Rennbarts. Jenes feste Eisenteil reichte von der Augenöffnung des Stechhelms bis über die halbe Brust.

Im Anschluss, nach weiteren Handgriffen, bedeckten zusätzlich zwei großzügig ausgeformte Flügel die Schultern. Vor den Achselhöhlen hingen nun je eine runde Blechscheibe.

Auf Brust und Rennbart befestigte man als Nächstes die Tartsche. Dieses einem Schild nachgeformte Teil kleidete nochmals die linke Schulter. Es war aus festem Holz geschnitten und mit starkem Leder überzogen. Mit ihrem schwarzen Anstrich bildete die Tartsche die Zielscheibe für den gegnerischen Lanzenstoß.

Der rechte Arm blieb weitgehend ungerüstet, denn ihn schützte die große Brechscheibe, eine massive Eisenmanschette, die später auf den Rennspieß gesteckt werden würde. Der linke Arm war wiederum gepanzert, sein eiserner Handschuh aber nicht mit einzelnen Fingern versehen. Er zeigte sich als Fäustling mit starken Stulpen: Dieser Arm war, hinter der Tartsche, dem Stoß ausgesetzt.

Auch die Beine selbst blieben, bis auf das auslaufende Magenblech über den Oberschenkeln, ungerüstet. Schließlich mussten sie den festen Anschluss zum Sattel leisten. Aber sie wurden nicht nur durch den bereits erwähnten Zwilchsack des Sattels abgeschirmt. Obendrein hingen von ihm zwei schwere, etwa wie halbe Heerespauken geformte, Diechlinge[26] zu beiden Seiten herab.

Die Füße der Reiter waren lediglich mehrfach mit Tüchern umwunden.

---

[25] ca. 3,75 Meter

[26] eiserne bzw. textile Panzerung der Oberschenkel

Schlussendlich komplettierte man den Rückenschutz am unteren Ende mit dem ‚Schwänzel'. Hierbei handelte es sich um ein schmales, der Form des Sattels angepasstes Eisenblech. Auch dieses wurde wiederum fest verschraubt.
Später, wenn die Reiter wieder zu Pferd saßen und ihren Helm trügen und dieser an den Brustschutz angeschnallt war, würde Reinhard von Neuneck nochmals den exakten Sitz von Magenblech und Schwänzel prüfen. Diesen Rüstungsteilen kam nämlich nicht nur eine Schutzfunktion zu. Sie leiteten überdies, wenn sich der Turnierer etwas zusammenkauerte, die gesamte Last von Spieß und Rüstung auf den Sattel. Auch die Verbindung des Helmes mit dem Oberrand des Rennbarts war so beschaffen, dass sich mit jenem Zusammenkauern der Augenschlitz regulieren ließ. Üblicherweise ohne Helmvisier, steuerte der Reiter auf diese Weise seine Sicht auf den Gegner...

Schon die ganze Zeit über, unterdessen er mit seinem Waffenmeister das Rüstzeug der Turnierer prüfte, steckte Reinhard von Neuneck in einem Zwiespalt. Ottheinrich hatte nämlich vorgeschlagen, das Los darüber entscheiden zu lassen, wer mit wem den Zweikampf austrug. Schließlich gab es nicht wie sonst Fürsten, die sich im Besonderen untereinander messen wollten.
„*Du trägst die Verantwortung*", vergegenwärtigte er sich vor allem in den Momenten, in denen er die Ausrüstung des Sohnes von Jörg Alkover zu Schönhofen prüfte. Von der schwarzen Kleidung des jungen Mannes hob sich nämlich nicht nur sein blondes Haar besonders kontrastreich ab. Auch seine helle Haut, also das, was der Harnisch davon nicht bedeckte, mahnte. *„Willst du Blut auf dieser Haut sehen?"*, hämmerte ihm durch den Kopf. *„Etwa von ihr herausspießende Knochen nach einem schweren Sturz vom übermächtigen Stoß des kraftstrotzenden Schmiedegesellen? Oder des kampfeslustigen Paul Behaim mit seinen ungestüm aufblitzenden Augen?? - Nein, keinesfalls!!"*
Einmal mehr machte er sich die Ungleicheit der Turnierer bewusst. Ihn würde die Schuld treffen, wenn heute jemandem aufgrund seiner unbedachten Entscheidung Schaden zustieße. Freilich trug ein jeder selbst das Risiko des Stechens, aber er hatte es in der Hand, es wenigstens abzumildern zu versuchen. Damit stand sein Entschluss fest: Als Kampfrichter würde er die Paare bestimmen, ohne zuvor irgendwen zu fragen. Bliebe nur der Umstand, dass neun Männer, also eine ungerade Anzahl, auf die Kampfbahn einziehen wollten. Trotzdem. Die Wahl des ersten Kampfpaares hatte er bereits getroffen. Paul Behaim, der Nürnberger Patrizier in Rot-Weiß, und der hünenhafte, in Grün gekleidete Schmiedegeselle, der im Namen des Hieronymus Zeller ritt, würden sogleich gegeneinander antreten. -

„Soll ich dir die Turnierregeln erklären, die Reinhard von Neuneck und ich erlassen haben, mein Herz?“ Ottheinrich zupfte fürsorglich an der schweren Pelzdecke, die Susanna bis unters Kinn einhüllte. Zu seiner großen Sorge war sie heute wieder sehr blass, trotz des Bestrebens der morgendlichen Februarluft, den Menschen in Grünaus Auen rosige Wangen zu zaubern.

Auch Philipp, der zu seiner anderen Seite saß, wirkte wie blutleer. Allerdings bereitete dieser Umstand Ottheinrich weniger Sorgen. Jene Fahlheit des Bruders entsprach seiner Wesensart, und der frische Glanz seiner Augen signalisierte, dass es im Moment keinen Grund zu ernster Bangnis gab.

„Also“, verwischte Ottheinrich seine aufkeimende Besorgnis Susannas gegenüber. „Zuallererst gilt es natürlich, ehrenhaft zu kämpfen. Der Kampfrichter wird nämlich nicht nur die Anzahl der gebrochenen Lanzen vermerken, sondern auch die Art und Weise, in welcher der Reiter sich auf der Kampfbahn bewegt. Bei allem ist aber freilich das Hauptziel, den Gegner durch einen kräftigen Stoß abzustechen.“

Ob seiner Wortwahl entfuhr Susanna ein Aufseufzen.

„Nein, ich habe mich falsch ausgedrückt, mein liebes Weib“, wanderte flugs ein Schmatz auf Susannas fahle Wange. „Die Rennspieße tragen keinen Dorn, sondern ein unscharfes Krönl. Seine drei Spitzen sollen den Gegner lediglich anpacken, nicht abstechen. Das sagt man nur so.“ Ottheinrich wartete auf ein kleines Lächeln seiner Gattin, das ihm zaghaft geschenkt wurde. Er erwiderte und fuhr in seinen Ausführungen fort. „Mit dem ‚Abstechen‘ ist das Zerbrechen der eigenen Lanze gemeint. Der Turnierer vollführt dafür einen kräftigen Stoß auf die gegnerische Tartsche mit dem Ziel, seine eigene Lanze zu zerbrechen. Dem Gegenspieler obliegt es, dem Stoß in guter Haltung standzuhalten, beziehungsweise, ihn gleichsam auszuführen.“

„Genau“, mischte sich Philipp ein. „Der besondere Sattel nämlich, also seine hohe Rückenlehne, verhindert eigentlich das Herabstechen des Gegners. So sich das Pferd dem Stoß widersetzen kann und sich nicht über...“

Ottheinrich meinte, ihm bliebe angesichts Philipps Worten das Herz stehen, und er war mehr als erleichtert, dass ein heftiger, spannungssteigernder Trommelwirbel die unbedachte, angsteinflößende Äußerung im Keim erstickte. Jedenfalls verfolgte er, wie Susanna in unübersehbar aufkeimender Neugierde das Getümmel auf dem Kampfplatz beobachtete... Deshalb nutzte er die Zeit, um ihr weiter zu erklären, damit sich auch ihre beängstigte Miene weiter entspannte: „Trifft nun der gegnerische Stoß auf die Tartsche, so dringt das Krönl in Holz und Leder ein. Dies mildert schon einmal den Aufprall. Und außerdem sind die Rüstungsteile so durchdacht und beschaffen, dass im Zusammenspiel von Brust-, Rückenschutz und Schwänzl der Druck des Stoßes auf den Sattel geleitet wird. Im Endeffekt erreicht er den Rücken des Renngaules. Das Pferd also bekommt den Stoß ab, nicht der Reiter. Ist es nicht so, Philipp?"

Ein intensiver, sekundenkurzer Blick Ottheinrichs zu seinem Bruder signalisierte ihm, seiner Darstellung des Idealfalles nicht zu widersprechen. Denn freilich wusste er, dass sich die Realität eines Stechens oft anders zeigte: Was er zu allererst verschwiegen hatte, war, dass der Stoß meistens nicht zielgenau auf die Tartsche auftraf. Ging er tiefer, funktionierte die Druckableitung über die Rüstung hin zum Pferderücken nicht. Schlimmer noch. Sie konnte sogar ins Gegenteil umschlagen und das Schwänzl, das eigentlich die Stoßgewalt abgab, wirkte als Hebel, der den Reiter aus dem Sattel zu heben vermochte. Und insgesamt, ungeachtet der Stelle des Aufpralls, war eine Grundvoraussetzung, dass der Reiter überhaupt über genug Muskelkraft verfügte, um sich im Moment des Stoßes mit seinen Oberschenkeln auf dem Pferd zu halten.

Urplötzlich schossen Ottheinrich Zweifel an seiner Vorgabe durch den Kopf, die Kampfpaare auszulosen. Unbedacht hatte er jene Entscheidung getroffen, was ihm nun angesichts der ungleichen Gegner mehr als bewusst wurde. *Ob er nach Reinhard von Neuneck rufen lassen sollte?? Aber, würde er damit nicht dessen Autorität untergraben?? In aller Öffentlichkeit?? Bei den großen Mühen, die der alte Ritter zu Glatt in den letzten Wochen auf sich genommen hatte?? - Nein. Undenkbar!* Ihm blieb nur, darauf zu hoffen, dass die Turnierer weniger heftig kämpften, vielleicht nur gegeneinander anritten oder die Lanzenstöße gar ins Leere gingen. Denn wenigstens war als Kampfregel vereinbart, dass nicht mehr als fünf Durchgänge geritten wurden, so die Reiterpaare dies überhaupt bewerkstelligten und nicht schon vorher aufgaben... oder herabgestochen waren. Obenauf sahen die Regeln nicht vor, dass sich der jeweilige Gewinner mit dem Sieger einer anderen Auslosung maß...

Ottheinrich katapultierte seine Aufmerksamkeit wieder auf das unmittelbare Geschehen auf der Kampfbahn, von dem ihn seine Erwägungen hatten abschweifen lassen. Soeben verließen sieben der neun Turnierer, die mittlerweile wieder auf ihren Rössern saßen, mit ihren Gehilfen den Kampfplatz. Ihm fiel ein Stein vom Herzen, als er gewahr wurde, wem nun unter erneut spannungssteigerndem Getrommel die Stechstangen eingelegt wurden: Es waren der kraftstrotzende Schmiedegeselle und der kampfeslustige Paul Behaim. Außerdem... sah er Reinhard von Neuneck zeitgleich auf die Fürstentribüne zukommen... und wenig später war er über dessen eigenmächtige Entscheidung, die Kampfpaare zu bestimmen, im Bilde. -

Die Stechstangen bestanden aus entrindeten Tannenbäumchen, an deren Spitzen jeweils ein Kerbeisen aufgesteckt war. Der Vorrat an Stangen, den man herbeitrug, entstammte Reinhard von Neunecks Auftrag und

Obhut. Gerne mogelten nämlich die Turnierer, so man ihnen das Beibringen der Rennspieße gestattete, etwa mit Stangen unterschiedlicher Holzart, Länge oder Dicke, Einkerbungen... um sich beim Stechen Vorteile zu verschaffen. Umsichtig verhinderte Reinhard von Neuneck auf diese Weise jedwede Mogelei und sorgte für Chancengleichheit... Im ersten Schritt wurden die Stangen in den vorderen Rüsthaken eingefügt. Bevor man sie jedoch im hinteren Haken justierte, schob man vom Griff her jeweils die eiserne Brechscheibe auf und fixierte sie mit einem breiten Eisenring. Hernach umfasste der Reiter den Spieß und man richtete ihn so aus, dass sich die Fixierung rückwärtig des hinteren Rüsthakens befand, um ein Vorgleiten des Spießes zu verhindern. Zuletzt brachte man den Rennspieß in Waage. Somit blieb dem Reiter nur noch, ihn später, im vollen Galopp, auf die Tartsche des Gegners zu richten.
Unterdessen die beiden Turnierer in ihrer jeweiligen Hälfte der Kampfbahn Aufstellung nahmen, gab Reinhard von Neuneck seinen Helfern letzte Anweisungen. Hernach stieg er mit zwei von ihnen auf die Kampfrichtertribüne. Auf seinen Fingerzeig hin ertönten erneut die Fanfaren und einer der Bahngehilfen schwenkte wild mit seiner Flagge, was den Beginn des Zweikampfes signalisierte.
Gespanntes Raunen waberte über den Kampfplatz. Ihm folgte Pferdeschnauben neben dem Klirren von Zaum- und Rüstzeug in metallenem Geschepper verschiedenster Tonart. Das aufmunternde Zungenschnalzen der Reiter blieb jedoch im Stechhelm zurück. Nur das Tippen ihrer Fersen in die Flanken der vermummten Rösser war zu sehen... und schon hörte man Hufgetrappel, das nach wenigen Tritten in temperamentvollen Galoppsprüngen eskalierte... um über die Kampfbahn zu sprengen.
Der Anblick, der sich den Zusehern bot, war derart atemberaubend, dass man meinte, die Abfolge der selten gesehenen Eindrücke in einzelnen Bildern wahrzunehmen, um sie so im Höchstmaß in die begierigen Sinne zu saugen: Paul Behaim, aufrecht im Sattel, begleitet vom Rot-Weiß der leuchtenden Nürnberger Stadtfarben, die Schaube seine Schultern wild umflatternd, kontrastierend mit dem Himmelblau seines Geliegers, symbolisierten wahrhaftig Größe und Kraft seiner fränkischen Heimatstadt in Gestalt eines stolzen Ritters. Der Aspekt, dass er der Patrizierschaft, und nicht dem Adel angehörte, tat diesem Spektakel keinen Abbruch. Man sah nichts als einen glorreichen Kavalier jener Zeiten, denen heutzutage bereits Märchenhaftes anhaftete... Allerdings stob jener Gigant über die Kampfbahn, ohne seine Lanze auf einen Gegner richten zu können: Die Gegenseite der Bahn blieb leer. Kein Hüne galoppierte heran. Stattdessen hörte man Getobe. Und zwar das eines unwilligen Pferdes, das sich dem Willen seines Reiters verweigerte, und dessen lautes, volltönend dem Stechhelm entrinnendes Fluchen.
„Ja verflixt und zugeschlagen! Den Hammer aufs Knie! Den Amboss in

tausend Stücke! Das glühende Eisen am Finger und kein Tropfen Wasser im Eimer!!" Ungelenk in seinem Kampfzeug, versuchte der Ettmannsdorfer Schmiedegeselle vergeblich, sein Pferd zum Losrennen zu animieren. Außer unwilligen, sich verweigernden Bocksprüngen, die ihn drohten aus dem Sattel zu werfen, erreichte er nichts. Auch seine hinzugeeilten Gehilfen kamen nicht annähernd an das tobende Pferd heran...

„Au, au, au!", überging Philipp die nonverbale Ermahnung seines Bruders, Susanna gegenüber Rücksicht zu üben. Sein Blick auf sie offenbarte ihm jedoch, dass sie die Spannung des Wettkampfes längst erfasst hatte.

„Wie viel liegt an der Schulung eines guten Renngaules! Wie viel an seinem guten Willen!", entlud sich emotionsgeladen aus Philipps Brust. „Man versetze sich in das Tier hinein! In das Gelieger gehüllt, ohne zu sehen und zu hören! Man meint doch nicht etwa, damit beherrsche man den feinen Spürsinn eines so edlen Tieres?! Das schon die Belastung von Reiter und seinem schweren Rüstzeug trägt? Umgeben vom Gewusel der Herolde und Persevanten? Vom Schall der Trommeln und Trompeten? Dem Schlagen der Eisenschichtungen? All das, was die feurigen Pferdesehnen erzittern lässt? Wer wundert sich da, wenn ein Ross nicht zugehen will? Ich nicht!"

Unterdessen hatte Paul Behaim die Gegenseite der Kampfbahn erreicht. Er zügelte sein Pferd bis es zum Stehen kam, wendete, und richtete seinen Blick dann hin zur Kampfrichtertribüne. Von dort erschallte ein Trompetenstoß, der das Ende dieses Durchlaufes anbefahl. Behaims Persevanten eilten hinzu, um ihm die Stechstange abzunehmen. Anschließend öffnete man das Tor seiner Bahnhälfte und er verließ nach einer Verneigung in Richtung der Fürstenloge den Platz.

Bis auch der Schmiedegeselle die Kampfbahn geräumt hatte, verging einige Zeit. Denn noch immer, fast schon unverständlich, schlug das Pferd nach allen Seiten aus.

Dem Publikum war gutzuheißen, dass es den verhinderten Ritter, zumal einen bloßen Handwerksburschen, nicht mit Schmährufen bedachte. Zu seiner Verteidigung wäre nämlich kurz darauf bekannt gewesen, dass jedwede Herabwürdigung keine Rechtfertigung gefunden hätte...

Zügig ritt das nächste Kampfpaar in die jeweilige Bahn ein. Jetzt erschienen Sixt von Kreut zu Straß und Christoff Lemblin. Wohlüberlegt hatte Reinhard von Neuneck verfügt, dass die zwei Turnierer eher fortgeschrittenen Alters gegeneinander antraten. Auch diesen beiden Kontrahenten haftete jene Aura an, die ins Träumerische sinken ließ... Farbenprächtig würde sich sogleich ein sich majestätisch bäumender Löwe auf seinen Gegner stürzen, an dessen Tartsche eine Lanze krachend in tausend Stücke zersplitterte...

Nichts zersplitterte, denn das Schauspiel war zunächst das Gleiche: Auch Sixt's Pferd sperrte sich. Noch eben brav auf die Kampfbahn geführt,

begann es, sich unter seinem Reiter zu gebärden. Das Auffällige daran war, dass dies wiederum an der Startposition geschah, an der zuvor das Pferd des Schmiedegesellen den Gehorsam verweigert hatte.
Reinhard von Neuneck sah es und handelte. Schnell versagte er dem Trompeter, zum Start zu blasen. Eilig verließ er daraufhin seine Tribüne. Im Laufen winkte er nach seinen Gehilfen. Kurz darauf war die Quelle des Übels ausgemacht: Tief im dichten Stroh der Kampfbahn, zudem durch Tor und Barriere abgeschottet, hatte sich unbemerkt eine fette Ratte eingenistet.
Während der ungebetene Gast beseitigt wurde, wies man die beiden Turnierer an, ihre Rösser in gemächlichem Schritt auf der Kampfbahn umhergehen zu lassen. Danach erfolgte die erneute Aufstellung.
Dieses Intermezzo, einer Ratte verdankt, hinterließ nichts als gesteigerte Spannung auf das bevorstehende Stechen. Zumindest seitens des Publikums. Ottheinrich nämlich bereitete es fast schon Bauchschmerzen angesichts der Tatsache, dass vier Kampfpaaren jeweils fünf Durchgänge zugedacht waren und obendrein ein neunter Turnierer ins Rennen gehen wollte...
Diesmal krachten die Stechstangen über die mittige Absperrung hinweg auf die gegnerischen Tartschen. Indes, der Galopp der beiden Gegner war eher verhalten gewesen und so reichte die Wucht der Stöße nicht aus, die Lanzen zu brechen. Der immense Schall der aufprallenden Stechstangen genügte aber, um dass das Publikum begeistert aufschrie. Auch beim Verlassen des Kampfplatzes begleitete Applaus die beiden Reiter.
Dieser Applaus steigerte sich beim Auftritt der nächsten Turnierer. Es waren der Sohn des Jörg Alkover von Schönhofen und Philipp von Leonrod. Doch auch der Anritt dieser zwei jungen Ritter blieb eher unspektakulär. Nur das Krönl auf der Spitze einer Stechstange verhakte sich auf der gegnerischen Tartsche, ohne dass die Lanze zerbrach. - Unübersehbar war auch in diesem Durchgang nicht in vollem Galopp aufeinander losgegangen worden, worüber einhellige Meinung herrschte. Schließlich befand man sich im ersten Durchgang des Turniers, in dem sich die unerfahrenen Kämpfer sicherlich zunächst warmliefen. *Wie es wohl in früheren Zeiten zugegangen sein mochte!? Nicht nur splitternde Lanzen, auch splitternde Knochen und spritzendes Blut standen auf der Tagesordnung! Und von der Kampfbahn getragene Ritter, die oft ihren Verletzungen erlagen...* Den einen oder anderen Rücken auf den Tribünen überlief bei dieser Vorstellung eine Gänsehaut, und die mehr und mehr gesteigerte Spannung teilte spätestens jetzt die Gemüter.
Im wievielten Durchlauf die Lanzen tatsächlich splitterten, hatte keiner der Zuschauer mehr mitgezählt, denn die Einzelkämpfe erfolgten kurz hintereinander und versetzten die Zuschauer in einen regelrechten Rausch. So merkte man kaum noch, dass das Grün des Ettmansdorfer

Schmiedegesellen, Paul Behaims Rot-Weiß, aber auch das Schwarz des Alkoverschen Juniors öfter aufleuchteten, als die Farbspiele der anderen Turnierer. Diese drei Kampfeshungrigen lösten nämlich auf ihre ungestümen Bitten hin das Problem der ungeraden Teilnehmerzahl... Und fast schon, aufgrund des bislang unblutigen Fortganges des Stechens, verlor sich die Angst, ein Unheil könne heute noch geschehen.
Indes, das Unheil geschah, wenn auch nicht mit dem Beklagen eines Todesfalles, der Ottheinrichs fröhliches Ritterspiel zu Grünau in eine Tragödie gewandelt hätte. Trotzdem: Philipp von Leonrod überging die Mahnungen seines Waffenmeisters. Dieser hatte das Gelieger seines vermummten Rosses gelüpft und damit kundgetan, dass das schweißgebadete Tier Anzeichen von Erschöpfung aufzeigte. Auch Philipp selbst, wäre er ehrlich zu sich gewesen, hätte sich eingestehen müssen, dass seine Kräfte schwanden, neben seiner Konzentration, die im Stechen sekundengenau funktionieren musste. Alle guten Meinungen in den Wind geschlagen, trat er im nächsten Lauf gegen seinen Gegner, den jungen Jörg Alkover zu Schönhofen, an. Wie in den vorigen Stechen trieb er sein Ross in ungestümen Galopp. Und ebenso wie bereits mehrfach geschehen, richtete er seine Lanze über die Absperrung hinüber zur gegnerischen Bahn, um einen kräftigen Stoß auf die Tartsche seines Kontrahenten zu vollführen. In sicherer Erwartung der ihn ereilenden Wucht des Aufpralls neigte er seinen Oberkörper ausgleichend nach vorn... doch er tat dies, in seiner schwindenden Konzentration, einen Atemzug zu früh... Die Last seines Rüstzeuges, die er dadurch direkt auf die Vorderbeine seines erschöpften Pferdes übertrug, ließ das Pferd straucheln. Beide Lanzenstöße, sein eigener und der des jungen Alkover, gingen fehl. Die Wirkung dieses sekundenkurzen Fehlverhaltens zeigte sich so verheerend, dass das Publikum aufsprang und panische Schreie den Kampfplatz überschallten:
Philipp konnte das Abneigen seiner schweren Stechstange, die seine nach vorn ins Leere ausgerichtete Bewegung zwangsläufig auslöste, nicht ausgleichen. Demzufolge spießte sie, anstatt dass sie, in Waage, auf die gegnerische Tartsche auftraf, in den Erdboden. Dort brach sich zwar ihr oberes Ende. Der Rest der Stange, fest in den beiden Rüsthaken arretiert, wirkte jedoch wie ein Hebel, der Philipp aus dem Sattel schleuderte und sein Pferd unter ihm zusammenbrechen ließ.
Unweigerlich verfehlte auch der gegnerische Spieß sein Ziel. Er traf nicht Philipps Tartsche, sondern er traf ihn an der rechten Seite seines Oberkörpers in dem Augenblick, in dem er in hohem Bogen aus dem Sattel geschleudert wurde. Davon drehte sich sein haltloser Körper entgegen seiner in den Boden spießenden Lanze und er verkeilte sich mit dem Leib seines sich ebenso überschlagenden Pferdes. Begleitet von animalisch entartetem Aufkeuchen bäumten sich Ross und Reiter im Fallen. Dumpf

trommelten die Pferdehufe gegen Philipps Panzerung. Die besonders auffällige, ausladende Helmzierde, nämlich die beiden wuchtigen Büffelhörner mit dem wallenden Stoffbehang in seinen dichten Falten, dramatisierten das Umherschleudern des Ritters zum schaurig-schönen Geschehnis...
Nach atemraubenden Schreckensmomenten ebbte die Wucht des Sturzes ab: Philipp, halb unter dem Pferd, blieb mitsamt dem Ross reglos am Boden liegen. Weder das Tier in seinem einengenden Gelieger, noch der in Eisenzeug eingeschraubte Reiter gaben Anzeichen dafür, sich voneinander zu lösen und aufzustehen. Der junge, unbeschadet gebliebene Jörg Alkover zu Schönhofen schien auf der gegnerischen Bahn zum Ritterstandbild erstarrt. Im gleichen Moment verhallten die ungezählten Angstschreie der Zusehenden und lautlose Schockstarre lähmte das Geschehen auf dem Kampfplatz.
Reinhard von Neuneck war der Erste, der reagierte: Er hechtete regelrecht von seiner Kampfrichtertribüne und zerrte im Laufen einige seiner Gehilfen mit sich. Auch schrie er nach dem Leonrod'schen Herold, der, gleich seinen Persevanten noch immer handlungsunfähig, nahe ihres jungen Herrn ausharrten. Zuallererst befahl er, dem hechelnden Pferd wenigstens die Kopfpanzerung abzunehmen, um auch das Gelieger um Ohren, Augen und Nüstern aufschneiden zu können. Damit milderte man die Unberechenbarkeit des in Panik geratenen Tieres. Nachdem er in Erleichterung festgestellt hatte, dass keines der Pferdebeine gebrochen war, ging man daran, das Pferd zum Aufstehen zu animieren. So gut es ging, die Gefahr weiterer Quetschungen des unter das Ross geratenen Reiters geringzugehalten, kam das Pferd zum Stehen. Zügig wurde ihm der Rest seiner Ausrüstung abgenommen und man führte es vom Platz.
Mittlerweile waren Ottheinrich und Philipp herbeigeeilt. Leise wurde der liegende junge Mann angesprochen und auch ihm nahm man zuerst, unter einiger Mühe, den verbeulten Kopfschutz ab...
Wenig später machte sich Erleichterung breit. Trotz des Sturzes in seiner schockierenden Art blieb ein schwererer Schaden aus. Dank der starken Wattierung des Unterzeugs der Rüstung und der großzügigen Strohschüttung auf dem Kampfplatz waren, außer allerlei Quetschungen, weder Knochenbrüche noch andere gefährliche Verletzungen zu beklagen. Ottheinrich und Philipp ließen es sich in ihrer Mischung aus Bestürzung und erlöstem Aufatmen dennoch nicht nehmen, die Trage zu begleiten, auf welcher Philipp von Leonrod vom Platz gebracht wurde.
Auch Susanna hatte die Fürstenloge verlassen. Ungefragt hatte sie sich darum gekümmert, dass für den Verletzten im Schloss eine gemütliche Stube hergerichtet wurde. Sich der Zustimmung ihres Gatten gewiss, lud sie den jungen Ritter ein, auf Grünau zu verweilen, bis er seine Heimreise ins Fränkisch-Schwäbische beschwerdefrei antreten könne.

Trotzdem endete damit das Rennen. Keiner der anderen Turnierer verspürte nach diesem Zwischenfall noch Lust, die wenigen restlichen Durchgänge abzureiten. Zum einen, weil die Kampfbahn erneut zu richten gewesen wäre, durchgewühlt wie nun das Stroh und der Boden waren. Zum anderen hatten die nahen Kirchen bereits zur Mittagsstunde geläutet, was hungrig stimmte, und überhaupt fror man so ganz plötzlich...
Unter den vielen Zusehenden fand die offizielle Verkündung Reinhard von Neunecks, dass das Rennen beendet wäre, Zustimmung. Einigkeit herrschte darüber, dass weitere Durchgänge vom vorangegangenen Ereignis nur noch überlagert würden. So applaudierte man den acht Turnierern, die sich nochmals auf der Kampfbahn präsentierten, stürmisch. Jene Hochstimmung steigerte sich, als Reinhard von Neuneck die Preisverleihung für diesen Abend ankündigte. Diese stelle den Beginn des Tanzabends dar, zu dem jedermann herzlich eingeladen wäre. Hernach erinnerte er noch daran, dass die Fußkämpfe am Nachmittag stattfänden und die Teilnehmer sich rechtzeitig bei ihm einfinden sollten. -
Der Kampfplatz leerte sich. Die Scharen der Schaulustigen verließen die Tribünen und Stehplätze, aber nur die wenigsten verließen Grünau's Auen, denn die gesamte Gegend glich mittlerweile einem großen Marktplatz. Längst gab es, wie noch am Morgen, nicht mehr nur die Zelte von Neuburgs Metzgern, Bäckern und Wirten. Markttreibende und Marktschreier aller Couleur, wandernde Puppenspieler, Seiltänzer, Tierbändiger und Gaukler hatten sich eingefunden...

„Lass dir bloß nichts andrehen von diesem Storger!“, rief Paule Maximilian zu. Endlich hatte er ihn entdeckt, just in einem Moment, in dem ein Straßenhändler auf ihn zugegangen war.
Nicht, dass Maximilian sich etwas hätte aufschwatzen lassen, war er dennoch darüber erleichtert, dass Paule ihn gefunden hatte. Er selbst hatte nämlich umsonst in der Menschenmenge nach ihm und seinem Vater Ausschau gehalten. Jedenfalls amüsierte sich Paule köstlich über das, was Maximilian soeben angepriesen wurde: Ein Händler, der von einem kleinen Wägelchen aus Diverses verkaufte, hatte ihn im Vorbeigehen angesprochen, wohl aufgrund seiner besseren Kleidung aus Ottheinrichs Kleiderkammer meinend, er sei ein Edler. „Mein junger Herr“, hatte er geschmeichelt, woraufhin Maximilian in seiner gewohnt höflichen Art stehengeblieben war, um jenes Missverständnis, er sei ein Nobler, auszuräumen. Er kam jedoch nicht dazu, da emsig um ihn herumgedienert wurde. „Erlaubt mir, mich Euch in folgender Situation vorzustellen: Das Abendmahl war zu üppig, zu sehr haben die fetten Gänslein gelockt, was Euch jetzt plagt, vor dem Tanz, zu dem Euch die holden Jungfrauen erwarten.“ Der Tandler verzog bedeutungsschwer das Gesicht und fuhr

fort. „Oje! Dieses Grummeln und Rumoren im Gedärm! Diese Zwänge! Vor allem, wenn die Damen der Mode gemäß einen Hüpftanz begehren! Sie in ihrem Frohmut von Euch in die Lüfte gewirbelt werden wollen! Und Euch dabei... nun, sprechen wir es aus, dass Euch ein lauter Furz entfährt!“

Damit hielt der Händler in seinem Reden inne, um vorzugeben, Maximilians Mimik zu ergründen. Paule, der hinter ihm stand, kostete es übergroße Mühe, nicht lauthals loszuprusten. Trotzdem hatte er sich zur Beherrschung gezwungen in seiner Neugierde, was der Tandler weiter vorbringen würde, um Maximilian Geld aus der Tasche zu ziehen. Außerdem genoss er den Gedanken, sich nicht mehr in ähnlicher Lage zu befinden, in der er fürs Überleben seine Rindenpfeifchen hatte an den Mann bringen müssen. Wenngleich diese funktionierten und er damit nicht dreist betrog wie der Trödler, der ausrief: „Ich sehe es! Ihr kennt derlei peinliche Situation! Aber, es gibt Abhilfe! Und zwar bei mir! Nämlich ein bewährtes Pulver! Hier, bittesehr!“

Maximilian bekam ein Säckchen in die Hand gedrückt, unterdessen eine kleine, mit einem grauen Pulver gefüllte Schale hergeschoben wurde.

„Versichert Euch von seinem Wohlgeschmack! Und seid von mir versichert, so Ihr das Pulver ausreichend nach dem Abendmahl zu Euch nehmt, dass Eure Winde geschmeidig und lautlos Eurem Darm entweichen und Ihr in guter Gesellschaft wohl gelitten seid!“

Paule beendete die Szenerie. Er trat hinter Maximilians Rücken hervor. „Der junge Herr hat kein Interesse“, zog er Maximilian vom Marktstand weg und wies zu Helmut, der auf sie zueilte. „Wieso kostest du dein Aussehen nicht einfach aus?“, schalt er Maximilian im Anschluss. „Also nicht vor so einem lumpigen Betrüger, meine ich. Sondern generell. Die ganze Welt besteht aus mehr Schein als Sein! Und du bist wirklich ein feiner Anblick! Drum mache dich doch nicht klein! Ich habe doch deutlich gesehen, dass du das vorhattest! Oder was meinst du, Helmut?“

Paule lachte fröhlich und unterstrich seine Äußerung, indem er einen hoheitlichen Gesichtsausdruck aufsetzte und sich mühte, seinen eigenen, gebuckelten Rücken zu strecken. Dabei zupfte er an Maximilians in warmen Erdtönen gehaltener Kleidung, von der sich sein blondes Haar abhob wie goldenes Stroh beim Abernten von Getreidefeldern. Anschließend stibitzte er Maximilians Filzkappe, unterdessen er seine grobgestrickte Wollmütze vom Kopf zog. Am Ende war dem noch immer leicht verdatterten Maximilian die Mütze übergestülpt und die Filzkappe schmückte Paules Haupt. Auf diese Weise brachte er Helmut und Maximilian zum Lachen, jedoch nur vordergründig:

Maximilian durchfuhr nämlich zeitgleich der ärmliche Anblick seines Vaters, verbunden mit dem schlechten Gewissen, dass er sich immer seltener nach Kreut aufmachte. Und Helmut stach ein bitteres Verlust-

gefühl ins Herz, das ihm verdeutlichte, wie weit sein Sohn sich von ihm aus eigener Kraft entfernt, und er als Vater im Grunde nichts dazu beigetragen hatte. Obschon sich zu dieser Bitternis die Süße von Vaterstolz beimischte.
Paule hingegen war die gute Laune selbst. Er freute sich riesig über diesen Sonntagsausflug, den er mit viel Überredungskunst und Organisationstalent zuwege gebracht hatte. Helmut freilich hatte sich als zu niedrig gewähnt, einem ‚Ritterspiel auf fürstlichem Schlosse', wie er argumentierte, beizuwohnen. Seine nächsten Gegenargumente waren die weite Wegstrecke nach Grünau, die sicherlich schlammigen Wege, die Kälte, die früh heraufziehende Dunkelheit... Paule hatte sich jedoch nicht beirren lassen. Er war, ausgestattet mit Mengen an verkaufsfertigen Kerzen, losgezogen. An unzählige Türen der ganzen Umgegend hatte er geklopft, Talglichte angeboten und nach einer Mitfahrgelegenheit gen Grünau gefragt... die er, angesichts der Tatsache, dass jeder verfügbare Esel oder Ochse an jenem Faschingssonntag vor ein Gefährt gespannt wurde, ergatterte. In seiner ureigenen Liebenswürdigkeit, mit der er Helmut mittlerweile zu lenken wusste, hatte er die Botschaft überbracht - und so standen sie jetzt inmitten des bunten Treibens auf Grünau. Und deswegen duldete er nicht, seine fröhliche Hochstimmung von ‚Echters' Gedankenschwere herabmildern zu lassen. Er agierte dagegen:
Aus seiner hoheitlichen Pose heraus ging er leicht in die Knie, neigte seinen Po etwas nach hinten und kniff wie unter einer Anstrengung die Lippen und Augen zusammen. „Nichts auf Lager“, kommentierte er seinen misslungenen Versuch, zu pupsen. „Wie auch“, richtete er sich mit unschuldiger Mine auf und rieb an seiner Magengegend. „Wenn da nichts zum Verdauen drin ist.“ Damit hatte er die Echter'schen Lacher auf seiner Seite.
„Dann wird jetzt gegessen. Wonach steht den Herren der Sinn?“ Maximilian gab sich spendabel. Auch er hatte keine Lust auf irgendwelche Tristesse. *Jene Zeiten, in denen er die Trübsal seines Vaters ertragen musste, gehörten für ihn endgültig der Vergangenheit an!* Er rüttelte den ledernen Geldbeutel an seinem Gürtel und ließ seine Blicke verheißungsvoll zwischen Paule und dem Vater wandern.
„Gebratenen Ochsen!“, folgte von Paule auf dem Fuße und ungeniert.
„Dann los!“, schloss sich Maximilian Paules Freimütigkeit an. Er schritt zwischen Paule und seinen Vater, hakte die beiden unter, um mit ihnen der Nase nach in Richtung der Bratochsenspieße zu pilgern. -
In Erinnerung der flammenden Schilderungen Meister Ruprechts wollte Maximilian keinen Moment der Fußkämpfe versäumen. Darüber herrschte Einigkeit, denn auch Paule hatte auf seinen Wegen um Kreut allerlei enthusiastische Ideen von Kampfeslustigen aufgeschnappt. Doch bis zum Beginn der Kämpfe blieb noch ausreichend Zeit, sich im Markt-

geschehen zu tummeln. So schlenderte man gesättigt zu dritt durch die Reihen an Marktständen hin zu den Schaustellern, die sich allerorten präsentierten: Einmal lockte sie das Gebrülle eines ausgewachsenen Bären an. Dessen Besitzer hatte sich ein Schaustück ersonnen, in dem der Bär von Hunden angegriffen wurde. Zunächst wehrte sich der Bär, dem die Zähne ausgebrochen waren, gegen die Hundebisse. Dann aber ließ er sich zu Boden fallen und der Besitzer prügelte ihn mit einem Stock ‚zu Tode'. - Blicke zwischen Helmut, Paule und Maximilian genügten, um sich von dieser grausigen Darbietung schnellstens abzuwenden und nach etwas Lustigerem Ausschau zu halten. Gelächter wies ihnen den Weg hin zu einer angeblichen Jungfrau aus Holland. Jedenfalls wurde dieses weibliche Wesen herumgezeigt. Von seinem Wuchs her wohlgestaltet und in ein hübsches Kleid gesteckt, waren der Frau lange, krause Locken aus den Ohren gewachsen und an ihrem langen Bart durfte, dass er echt und nicht angeklebt wäre, nach Entrichtung eines Kupferpfennigs, gerissen werden. Diese Darbietung war wiederum nicht ergötzlich und demnach entfernte man sich von hier fast schon angewidert.
Vom Geschrei in welscher Sprache ließen sie sich ebenso nicht aufhalten, denn sie verstanden nicht, was mit „*Oleum tassi barbassi, la candela del re, ottimissima contro piedi freddissimi*[27]" gemeint wäre... Ein Fabian[28], der von buntangemalten Podesten aus zierliche Luftsprünge und Saltos vollführte und durch Feuerreifen sprang, gefiel ihnen wegen seiner Possierlichkeit wenigstens etwas. Auch ein Hündchen, das ein Landstreicher vorzeigte, sahen sie sich an. Vor allem Paule war hier stehen geblieben, obwohl es spektakulärere Darbietungen gab. Aber der Hundebesitzer schien bettelarm. Er hatte seinen völlig zerschlissenen Umhang auf der blanken Erde ausgebreitet und sein Hündchen richtete sich ohne irgendein Kommando brav auf den Hinterbeinen auf. Seinem Bellen war zu entnehmen, dass es dem Singen seines Herrchens in den Tonsilben *do, re, mi, fa, sol, la, si, do* nacheiferte. Angerührt war Paule auch der erste von ihnen, der nach einer Münze kramte, als das Hündchen mit dem Hut des Bettlers zwischen den Zähnen und abermals auf seinen Hinterbeinchen um einen Zehrpfennig bat.
Beim Anblick der sprechenden Papageien, die an anderer Stelle gezeigt wurden, überlief Maximilian eine Gänsehaut. Sofort erinnerte er sich des Moments, an dem die alte Kräuter-Agnes ihm von Derartigem berichtet hatte. Aufgewühlt fühlte er nach dem Brustbeutelchen unter seinem Gewand und lugte hin zu den schwarzen Knopfäuglein, die munter zu ihm aufschauten. Damit verlor Maximilian die Lust auf weitere Gaukeleien. Weil er aber kein Spielverderber sein mochte, signalisierte er Paule

---

[27] Öl der Königskerze, perfekt gegen eiskalte Füße
[28] Pavian

und seinem Vater, dass er zum Kampfplatz zurückgehen und dort auf sie warten würde. Indes herrschte auch jetzt Einigkeit unter ihnen. Helmut sowieso, fand Paule ebenso keine wirkliche Freude daran, noch mehr Wesen in Unfreiheit und widernatürlicher Unterdrückung anzusehen.
Auf ihrem gemeinsamen Weg hin zum Kampfplatz folgten sie trotzdem noch einem Puppenspiel, in dem von der Zerstörung Trojas berichtet wurde. Dann aber nahmen sie den direkten Weg zurück zum Kampfplatz, und dort erwartete sie etwas wirklich Sehenswertes, wenn auch nicht Ungefährliches: Quer über den Platz, zwischen den erhöhten Tribünen, war ein Seil gespannt und soeben schickte sich ein Mann an, eine Schubkarre auf das Seil zu schieben... Gebannt beeilte man sich, so nahe wie möglich an das Seil heranzukommen.
Mit offenstehendem Mund verfolgten Helmut, Paule und Maximilian, wie der Karren, in dem ein Kind saß, in gleichmäßigen Schritten über das Seil geschoben wurde. Die Erleichterung, als der Karren am anderen Ende des Seils angekommen war, entlud sich in tosendem Applaus. Dieser verebbte jedoch zügig, da nun das Kind aus dem Karren stieg. Mit einer langen Stange, quer vor dem Bauch gehalten, balancierte es über das Seil zurück auf die Gegenseite. - Diesmal verebbte der jubelnde Applaus nicht nur, sondern alle Zuschauer hielten die Luft an beim Anblick dessen, was als Nächstes folgte: Dem Kind wurde ein Sack übergestülpt. Bis hin zu den Knien, wurde er dort verschnürt. In dieser Aufmachung tasteten sich die Kinderfüße schrittchenweise über das Seil. Die Anspannung während dieses Kunststückes war kaum auszuhalten. Umso reichlicher klimperten die Münzen in das Säckchen, aus dem das Kind befreit und damit durch die Reihen der Zuschauer geschickt wurde.
Das Entfernen des langen Seils wurde in anhaltender Aufregung durch das vorangegangene Schaustück kaum wahrgenommen. Erst mit dem Herbeischleppen eines in Teile zerlegten Rondells folgte man wieder in ungeteilter Aufmerksamkeit dessen, was nun anstand: Die Durchführung der Fußkämpfe.
Nur allzu gerne hätte Maximilian sie an der Seite seines Meisters angesehen, um seine sicherlich kernigen Kommentare hören zu können. So sehr er sich aber auch anstrengte, er entdeckte ihn nicht. Seinen Vater und Paule nochmals zu verlassen, um die Schneidersgatten aufzufinden, widerstrebte ihm angesichts der Menge an herbeiströmenden Menschen. So tröstete er sich mit der Aussicht, den Fortgang dieses Tages während der gemeinsamen Arbeit in der Schneiderwerkstatt alsbald auszudebattieren.

„Nun, dem kleinen Mann läuten eben nicht die großen Glocken. Er schafft leise, unhörbar wie Termiten, die einen großen Hügel zusammentragen.“

Für seine Metapher wegen der ansehnlichen Menschenansammlung erntete Philipp einen grübelnden Blick Ottheinrichs. Ihm war bewusst, weshalb er ins Nachdenken geraten war, angesichts des fröhlich-bunten Treibens auf der Kampfbahn: Sein Bruder schleppte an immensen Sorgen, deren Grundstein er gelegt hatte, in seiner Lebensunruhe und Unbelehrbarkeit. Und jene Sorgen würden alsbald auch diejenigen niederdrücken, die vor seinen Augen in ihrer Treue und Zuneigung dem Fürstenhaus gegenüber ausgelassenen Schabernack trieben, als ob ihnen die glänzendesten Zeiten bevorstanden... *Wenn er nur die Uhr zurückdrehen könnte! Wie er bereute! Wenn er nur einen Weg sähe, der vom Pfad ins Düstere, auf dem sie unweigerlich vorangetrieben wurden, abzweigte!* Philipp verwehrte sich mit aller Kraft gegen seine aufsteigenden Depressionen und ließ sich stattdessen vom Gelächter um ihn herum anstecken.
Bevor sich Ottheinrich jedoch einer freimütigen Belustigung hingab, drängte es ihn, seinen stillen Gedanken weiter nachzugehen: Er war verunsichert gewesen, ob seinem Ausrufen eines Turniers überhaupt in ausreichendem Maße gefolgt würde. Schließlich war es eine offene Tatsache, dass die enormen Schulden, die auf ihm lasteten, letztendlich all seine Untertanen mittragen müssten. Was nach sich zöge, so deren Gelder nach der Abgabenlast für den Hof nicht mehr fürs Eigene ausreichten, ihr Finanzbedarf in Anleihen ausuferte. Und jene Schuldverschreibungen lasteten nur auf den Untertanen, nicht auf ihm, dem Landesfürsten. Umso mehr beeindruckte es ihn, mit welcher Leidenschaft und welchem Ideenreichtum man seiner Einladung zu den Fußkämpfen gefolgt war... Ottheinrich verdrückte sich bittere Tränen, die er aufsteigen fühlte. Er äugte zu Susanna und konzentrierte sich endlich auf das bunte Getümmel vor seinen Augen: Reinhard von Neuneck, der auf eigenen Wunsch hin auch die Durchführung der Fußkämpfe regelte, stand inmitten eines leicht erhöhten Rondells, das man für diese Wettkämpfe aufgestellt hatte. Es bot ausreichend Platz zum Zweikampf, und, gleich der Kampfbahn nach welscher Art, trennte auch hier eine Mittelschranke die beiden Kämpfenden voneinander, diesmal jedoch in Hüfthöhe. Die hölzerne Umzäunung war so beschaffen, dass sie die Blicke der Zusehenden nicht behinderte. Ihre Höhe unterband dennoch ein Hinausstürzen, falls einer der Gegner im Kampf zurückwich. Auch war die Lattung derart angebracht, dass sie keiner der Kontrahenten, etwa aus Furcht, einfach überklettern konnte. Anstelle der Strohschüttung bestand der Boden aus massiven Holzbohlen, um den Gegnern Beinfreiheit zu gewähren.
Nach einem Trommelwirbel verhallte das Stimmengewirr aus den aufgeregten Kehlen der unzähligen Schaulustigen, die sich, wie am Vormittag, wieder um den Kampfplatz geschart hatten. So bekam Reinhard von Neuneck Gelegenheit, die grundlegenden Kampfbedingungen zu verlesen. Einleitend ermahnte er auch die Fußkämpfer zu ritterlicher

Untadeligkeit und ehrenhaftem Kampf, ungeachtet des Geräts, mit dem gegeneinander angetreten werden würde. Hernach verkündete er diverse Einzelregelungen. Dabei musste er sich um Ernsthaftigkeit bemühen angesichts dessen, was er beim Anblick der Turnierer, die sich bereits bei ihm gemeldet hatten, erahnte...

„...So richtet Eure Stöße nach dem Kopfe als dem edelsten Körperteil mit Bedacht!“, donnerte er über den Platz. „Wer beim Empfang des Schlages oder Stoßes mit beiden Beinen zurückweicht, den Kopf oder Leib zurückzieht, als fürchte er sich und wolle entweichen, der soll keinen Dank haben! Stöße und Schläge sind hinzunehmen! Festigkeit ist zu beweisen! Und sei der eine des anderen Püffen wegen ergrimmt, gilt es trotzdem, sittlich aufeinander zuzugehen! Unter den Gürtel zu stoßen ist Schande! Kraft, Geschicklichkeit und Gewandtheit des Angriffs, aber auch des Widerstands, entscheiden! Und nun... sei dem Humor freien Lauf gelassen!!“

Mit einer Verneigung, begleitet von übermütigen Pfiffen und Applaus, endete Reinhard von Neunecks Verlautbarung. Kurz darauf kündigte er, gemäß dem gewünschten Motto der beiden zu ihm getretenen Turnierer, das erste Zweierspiel an: „Glocke schlag zwölf!“, rief er aus. „Zweimal den Lauf dieser Sanduhr zum Kampfe mit dem Ziel von zwölf Glockenschlägen!“

Er wies einen seiner Gehilfen an, eine große Sanduhr vorzuzeigen, um sie dann auf ein bereitstehendes Tischchen zu stellen. Bevor die Sanduhr jedoch in Gang gesetzt, und die Kampfhähne in das Rondell eingelassen wurden, prüfte Reinhard von Neuneck deren Kampfzeug: Auch sie waren gut gerüstet. An ihren Beinen und Armen erkannte man wattierte Kleidung. Brust, Rücken und Schultern schützten zusammengeschnallte Metallteile. Der Kopfschutz, ein Eisenhelm mit Visier und Halskrause, war nur lose über den Kopf gestülpt. Dies sollte verhindern, dass sich die Kämpfer am Genick verletzten, denn schließlich war das Erhaschen fantasiereicher Helmzierden das Motto der heutigen Fußkämpfe. So also ein gegnerischer Hieb zu stark ausfiel, fiel auch der Helm eher vom Kopf, als dass ein fixierter Helm seinen Träger verwundete. Umso mehr galt es, Angriffsattacken auszuweichen und daneben gleichzeitig zu versuchen, seinem Gegner den Helmputz abzujagen oder was für Späße die Turnierer sich auch immer hatten einfallen lassen... Jene zwei Kampfeslustigen hatten ersonnen, eine Glocke, die in einem kleinen Gestell am Helm angebracht war, mit einem Holzknüppel innerhalb der festgesetzten Zeit zwölf Mal zum Läuten zu bringen.

Begleitet von einem Trompetenstoß wendete einer der Gehilfen die Sanduhr und die Männer gingen aufeinander los. Es schepperte und krachte und in wunderlichen Verrenkungen wurde versucht, die eigene Glocke vor Treffern zu bewahren, der gegnerischen aber Gebimmel

abzuzwingen. Dabei war es freilich ebenso nötig, zu verhindern, dass die Glocke durch Eigenbewegungen bimmelte, was man negativ angerechnet bekam...
Schnell hatte sich die zusehende Menge von diesem köstlichen Schauspiel anzünden lassen. Von allen Seiten her wurde laut mitgezählt und, noch ehe jene zwölf Schläge erreicht waren, beendete ein erneuter Fanfarenstoß den Zweikampf. Der Gehilfe zeigte zum Beweis die abgelaufene Sanduhr vor, was aus den Zuschauerreihen mit bedauerndem Raunen erwidert wurde.
Dieses Bedauern hielt nicht lange vor, denn schon beim Einzug der nächsten Turnierer brach schallendes Gelächter aus. Zum Kampfe voll gerüstet, saßen zwei junge Burschen jeweils rittlings auf einem Fass, das auf Schlittenkufen befestigt war. Ein bemaltes Brett vertrat den Pferdekopf, und mehrere Buben, mit Seilen vor die beiden Gefährte gespannt und von langen Ruten zum Scherze angetrieben, mühten sich, die Fässer durch das Stroh hin zum Rondell zu zerren. Wenig spektakulär bestand die Helmzierde diesmal jedoch nur aus einer jeweils aufgeschraubten, rot angemalten Holzkugel. Diese sollte, nach den beflissenen Erläuterungen der noch immer auf ihren Fässern Sitzenden, einen Messpunkt darstellen, der genauestens zu beobachten sei. Deshalb wäre auch der Stab, auf dem die Kugel steckte, so bemessen, dass er die unterschiedliche Körpergröße berücksichtige und Chancengleichheit gewähre... denn das Motto dieses Kampfes lautete: „In die Höhe hüpf!“ Voller Selbstbewusstsein rutschten die zwei Burschen von ihren Fässern und zogen in das Rondell ein.
„Jolladihöh“, schmetterte einer der Buschen daraufhin übermütig aus seinem geöffneten Helmvisier hinüber zu seinem Gegner.
„Jolladihöh?“, kam energiegeladen zur Antwort. „Warte, du Oberbaier! Dich klopfe ich klein!“
Kurz darauf sah man die zwei Burschen aus dem Stand kraftvoll in die Höhe springen. Reinhard von Neunecks Gehilfen hatten alle Hände voll zu tun, den Gipfelpunkt der Sprünge mit Blicken zu ermessen und auf ihren Tafeln mittels Strichlisten zu vermerken. Diese Aufgabe war deshalb nicht ganz leicht, weil die zwei Spaßvögel sich gegenseitig mit Drischeln verwehrten, schwungvoll aufzuhüpfen... Auch dieser fantasiereich ersonnene Fußkampf endete in Begeisterungsschreien der Zuschauer, unter denen der Auszug der Kämpfer erfolgte, die sich wiederum in hoheitsvoller Pose auf ihren Fässern vom Kampfplatz abtransportieren ließen.
Der dritte Zweikampf endete damit, dass sich vor Lachen hundertfach die Bäuche gehalten wurden. Nach dem Motto „Eier im Korb“ bestand die Helmzierde nämlich aus einem mit rohen Eiern gefüllten Weidenkörbchen. Auch zogen diesmal die Gegner nicht allein in den Kampf, sondern sie wurden jeweils von einem Knappen begleitet, der sich am

Rand des Rondells in Stellung zu bringen hatte. Die Kampfesregeln waren Folgende: In einer Hand trug man ein aus Holz nachgebautes Landsknechtschwert. Die andere Hand war frei und mit dieser sollte versucht werden, ein Ei aus dem gegnerischen Körbchen zu erbeuten. Das eroberte Ei war alsdann blitzschnell auf den feindlichen Knappen zu schleudern, der ihm ausweichen musste.
Die Eier flogen nur so durch die Luft und die Knappen vollführten putzige Sprünge, entgingen aber nicht in jedem Fall einem Treffer. Dieses Kampfstück sorgte dermaßen für Belustigung, dass sogar die Sanduhr vergessen wurde. Dabei steigerte sich die Angriffslust der Kontrahenten und so manches Ei wurde, ob nun in Absicht oder im Kampfesrausch, bis hin zu den Zuschauertribünen geschleudert. Grölend wurde dort versucht, sich in Sicherheit zu bringen... Der Kampf endete erst, nachdem alle Eier aufgebraucht waren.
Zum Vierten steckten die Gegner von den Beinen her bis zu den Hüften in einem zugezurrten Sack. Auf diese Weise, in gebremsten Schritten, mussten sie mit hölzernen Lanzen versuchen, sich gegenseitig umzuwerfen. Nun belachte man vor allem, wenn ein zu Fall gebrachter Gegner aus seiner misslichen Lage nicht ohne Hilfe herausfand. Er durfte, den Kampfesregeln gemäß, mit dem Ausruf „Feurio“ zwar um Beistand bitten. Doch beim Aufhelfen war von ihm die Lanze zu halten, was das erneute Versetzen in Kampfbereitschaft nicht unbedingt erleichterte.
Auf diese Weise schlossen sich weitere Fußkämpfe an: Fette Würste waren auf Helme gespießt, lose Tüchlein aufgesteckt oder es galt, Ringe zu ergattern. Verbundene Augen und ins Leere gehende Schläge sorgten für Gelächter wie auch mit langen Zangen vom Helm gerupfte Federn... So war die Abenddämmerung viel zu schnell heraufgezogen.

Unzählige brennende Fackeln verwandelten das ansonsten nachtdunkle Areal um Schloss Grünau in einen Ort der Magie. Diesen Zauber wussten feuerspeiende Gaukler für sich zu nutzen, was dafür sorgte, dass kaum jemand Lust verspürte, sich auf den Nachhauseweg zu machen. Ein weiterer Grund fürs Bleiben waren die vielen Feuerkörbe, die man nun großzügig mit Holzscheiten befüllte und entzündete. Sie verbreiteten angenehme, von Holzfeuerduft gewürzte Wärme. Trotzdem schrumpfte die Menschenmenge zusehends. Viele der von auswärts Gekommenen machten sich notgedrungen auf den Weg, um die Mitfahrgelegenheit zurück in die umliegenden Dörfer und Weiler nicht zu verpassen. Dazu mahnte die eingekehrte, sternenklare Februarnacht, in der sich bald Frost vom Himmel her niedersenken würde... Die Neuburger freilich blieben auf Grünau, neben der Mehrzahl der Landadeligen, die ihre eigenen Fuhrwerke besaßen oder sich eine Übernachtung in einer der nahen Herbergen gönnten. -

Maximilian war wieder allein. Auch für Helmut und Paule hatte gegolten, sich zum abfahrbereiten Eselgespann gen Kreut aufzumachen. Als die Finsternis das Gefährt, dem Maximilian hinterhergewunken hatte, verschluckte und auch Paules fröhliche Rufe verhallt waren, entrollte er endlich seinen wollenen Umhang, den er die ganze Zeit über am Gürtel getragen hatte. Bislang, vor allem durch Paules herzerwärmende Unbeschwertheit, hatte er keine Kälte gespürt. Desto mehr traf sie ihn jetzt, im Herzen und auf seiner Haut. Ihn fröstelte. Begleitet von einer inneren Leere fühlte er sich urplötzlich einsam. Und müde. Zu müde nach diesem ungewöhnlich ereignisreichen Tag, um erneut nach Ruprecht und Else Ausschau zu halten.

Behutsam warf er seinen Umhang über und spähte gen der schwarzen Knopfäuglein. „*Was meinst du?*", lächelte er still zu seinem Vögelchen. „*Gehen wir nach Hause? Du in deinen sicheren Käfig und ich in mein gemütliches Bett?*" Maximilian tastete nach dem Hausschlüssel und meinte sich zum Nachhausegehen entschlossen. Doch kaum, dass er sich auf den Weg gemacht hatte, japste es hinter ihm.

„Maximilian, so warte doch! Wo bist du denn nur? Die ganze Zeit schon suchen wir nach dir!" - Else. In ihrer mütterlich-besorgten Art.

Sofort schwand Maximilians Anflug von Einsamkeit. Er machte auf dem Fuße kehrt und folgte der Schneidermeistersgattin, die sich zielgenau durch die Menschengrüppchen bewegte. Kurz darauf fühlte er sich zu seiner Überraschung fest von Ruprecht umarmt. Zu dritt passierten sie die Brücke über den breiten Wassergraben, wonach sie das weit geöffnete Eingangsportal durchschritten... und Maximilian der Mund offen blieb, als er sich im Innenhof von Schloss Grünau wiederfand: Der gesamte Hof erstrahlte im Schein ungezählter Fackeln und Feuerschalen, noch mehr als das Areal draußen vor den Mauern. Dazu gab es Windlichter und Lampions... Von einen Moment auf den anderen wähnte er sich inmitten eines Wundermärchens. Dies rührte zuerst von den tausend Farben her, die ihn bezauberten. Nicht nur das Mauerwerk und die Schlossfenster waren nämlich mit bunten Flaggen, Bannern und Girlanden geschmückt. Obenauf tummelten sich hier in auffälligen Kostümen verkleidete Frauen und Männer. Harlekine und wunderliche Dämonen, groteske Tierfiguren, Höllenfürsten, Zauberer, Feen und Elfen, sogar Husaren, Mohren, turbantragende Sarazenen, Haremsdamen und Schleiertänzerinnen...

Angesichts dieser Vielfalt an Gewändern unterschiedlichster Gewebe, Machart und Gezierden verfiel auch Ruprecht in kennerisches Schwärmen und die soeben vorgenommene Ehrung der Turniersieger verkam zur Nebensächlichkeit. *Wen interessierte beim Anblick dieser herrlichen Kostümierungen schon, wer nun den Siegerkranz und das Recht auf den Vortanz mit der Fürstengattin erhielte? Oder wer von den Fußkämpfern das Fässchen an Weißem*

Elbing leertrinken dürfe?? Ruprecht und Maximilian jedenfalls nicht. Den Nähknecht in Selbstverständlichkeit untergehakt und Else das Nachfolgen verordnet, schlenderte man durch den Innenhof und begutachtete die künstlerische Erfindungsgabe und das Geschick derer, die die Verkleidungen ersonnen und gefertigt hatten. Vor allem wurde Ruprecht nicht müde, Maximilian abzuverlangen, die einzelnen Stoffe zu erkennen und zu beschreiben: Hauchzarte Seide oder griffiges Tuch, Gold- und Silberbrokat, weichfließender Sammet, Damast oder Doppeldamast, Taffet und Tobin, Kattun und Musselin...
Woher all diese auf den ersten Blick kostbaren Gewänder stammten, warf bei Ruprecht und Maximilian keine Frage auf. Das geschulte Auge erkannte nämlich sofort, dass hier viele, viele kleine Reststückchen an Stoffen verarbeitet waren. Auch hätte das Tageslicht offenbart, dass die Kostüme die eine oder andere Gebrauchsspur aufwiesen. Trotzdem. Der Zauber, der von dieser aufwendigen Maskerade im Schein der Fackeln und Feuer ausging, war einfach überwältigend. - Aber, kaum vorstellbar, gab es etwas, was diese Magie noch intensivierte...

Nach der Ehrung der Turniersieger verließ Ottheinrich die extra für heute errichtete Fürstentribüne im Innenhof des Grünauer Schlosses, um Philipp von Leonrod einen kurzen Besuch abzustatten. Dank Susanna ruhte der gestürzte junge Ritter im komfortablen Alkoven einer gut geheizten Stube. Alle Fürsorglichkeit ließ man ihm angedeihen und Ottheinrich stellte mit Freuden fest, dass er sich im Kern bereits von seinem schockierenden Sturz erholt hatte. Lediglich die Prellungen und Blutergüsse würden ihm noch Tage des Unwohlseins bescheren. Aber ernsthafte oder bleibende Schäden konnte man schon jetzt ausschließen.
Erleichtert kehrte Ottheinrich auf das um einige Stufen erhöhte Podium im Schlosshof zurück, wo Susanna und Philipp seiner harrten. Und obwohl der gesamte Tag sehr ereignisreich und vergnüglich verlaufen war, konnte er kaum erwarten, den Tanzabend zu eröffnen: Endlich, endlich gäbe es eine Gelegenheit, seine große Leidenschaft, nämlich die Hofmusik, in umfangreicherem Rahmen als bislang öffentlich zu machen. Ja, nicht nur das, vor allem wollte er seine Passion mit den Menschen teilen, die sicherlich bald seine Sorgen würden teilen müssen. Bedauernswerterweise wurde ihm nämlich auch hinsichtlich der Unterhaltung seiner Hofkapelle von den Landständen Mäßigung angetragen... Vielleicht erlangte er durch sein heutiges, wohldurchdachtes Vorhaben und Kalkül, dass man ihm zugestand, seiner Musikleidenschaft im geliebten Umfange weiter zu frönen. Das Musikvergnügen zu teilen, war ihm also nicht nur zusätzliche Erbauung, sondern eben auch eine Herzensangelegenheit. Mit Stolz wusste er um seine Vorreiterrolle: Neuburgs fürstliche Hofkapelle zählte mittlerweile 20 Musiker und etliche Sängerknaben. *Und wie klein*

hatte er anfangen müssen! Starthilfe gewährten ihm seine beiden Münchner Schwager. Der Wittelsbach'sche Hof war ein Ort hochstehender Musikkultur. Nicht nur seinen auserkorenen Organisten Michael Wünnckler hatte er zur Ausbildung nach München schicken dürfen. Auch einen begabten Knaben entsandte er dorthin, um ihn vom Münchner Hoflautenmeister im Lauten- und Geigenspiel unterweisen zu lassen. Als der im zarten Jünglingsalter nach Neuburg zurückkehrte, war er obenauf des Spielens der Zwerchpfeife mächtig... Selbstredend hatte Ottheinrich seine Fühler auch nach Italien ausgestreckt. In Ferrara erkaufte er sich mit mehreren Harnischen und Kürissen[29] bei Ercole II. d'Este sechs Harfen. Seit 1540 konnte er sich rühmen, der erste deutsche Fürstenhof zu sein, der einen italienischen Instrumentalisten, nämlich den Geiger Giacomo de Mallgrate, verpflichtet habe. Dessen Können, mit seinem meisterlichen Geigenspiel in die Tiefe der menschlichen Seele einzudringen, schrieb Ottheinrich dem südländischen Lebensgefühl zu. Den Deutschen wohnte dieses bekanntlich nicht inne, wohl aber die starke Sehnsucht danach. Jedenfalls vertrat Ottheinrich diese Auffassung. Eben deshalb gedachte er, den welschen Künstler heute Nacht zuvorderst auftreten zu lassen, in der Hoffnung, sein begnadetes Spiel wecke in zahlreichen Seelen eine schlummernde Musikleidenschaft... Nach dem Geiger, so Ottheinrichs Planung, würde der junge Sebastian Ochsenkhun* sein Bestes geben. Jenem Lautenist, dem Sohn einer Nürnberger Instrumentenmacherfamilie, stand nach seiner festen Überzeugung eine große Laufbahn bevor. Zum Tanze selbst sollten später mehrere Trompeter, ein Posaunist und ein Trommelschläger aufspielen, denn bei diesem Vergnügen stand die Freude an der Bewegung, nicht das Hören feiner Klänge, im Vordergrund.

Maximilian vergaß die Welt um sich. Offenen Mundes, dabei mit unbemerkt geschlossenen Augen, sog er die Musik tief in sich ein. Dank der Akustik im Geviert von Grünaus Schlossmauern schien ihn das innige Geigenspiel von allen Seiten zu umfangen. Klagend mutete ihm die Weise an, melancholisch und zu Tränen rührend. Nach wenigen Akkorden jedoch vermochte der Virtuose mit seinem Spiel die hervorgelockten, schwer-heißen Tränen in lebensbejahend-frische Glückstränen herunterzukühlen. Hochgefühle ließ er aufsteigen, bis hin zu himmlischer Seligkeit... Nicht nur, dass Maximilian Derartiges noch nie gehört hatte. Auch die Gefühlswallungen, die die Geigenmusik in ihm auslöste, waren ihm neu. *Wie er seine Seele spürte! Wie sie mit den Klängen der Geige kommunizierte! Wie sich ihm eine Innenwelt offenbarte, die sich über seinen Verstand erhob...*

---

[29] Plattenharnisch der schweren Reiterei

Ungeachtet ihrer Körperfülle hielt Ruprecht seine Gattin später, als die Tanzmusik aufspielte, zum Springtanz fest bei ihren Hüften. Unermüdlich Wieder und wieder hob er sie schwungvoll in die Lüfte, was sich Else wohl gefallen ließ.

Maximilian indes stand etwas abseits der Tanzwütigen. Die überwältigenden Eindrücke dieses Tages erzeugten in ihm keinen Bewegungsdrang. Ihn verlangte vielmehr nach wonniger Verinnerlichung des Lebensglücks, das ihm vergönnt war. Gerne wäre er dem Trubel entflohen, an die nachtstille Donau. Aber ebenso gerne blieb er, um in der Menge der vielen fröhlichen Menschen zu baden...

Kapitel 6

Burglengenfeld, Rathaus, 21. Ständetagung, den 25. April 1542

Es war Ottheinrich zutiefst zuwider, aber es half nichts: Gut zwei Wochen nach dem Ritterspektakel auf Schloss Grünau verdüsterten die beiseitegeschobenen grauen Alltagswolken die lichthellen Eindrücke jener unbeschwerten Stunden. Anfang März hatten ihm nämlich sein Kanzler, Dr. Sebastian Pemler, und Jörg von Heideck, sein getreuer Hofmeister, äußerst besorgniserregenden Schriftwechsel mit Gläubigern vorgelegt. In ihrem Unmut hatten die Geldgeber damit gedroht, vom üblichen Recht Gebrauch zu machen, ihre unerfüllten Forderungen durchzusetzen. Dies bedeutete, dass sich ihre Bürgen in öffentlichen Herbergen und Schankstuben auf Kosten und Spott Ottheinrichs schadlos halten dürften, bis allen Fälligkeiten nachgekommen wäre. Zur Vermeidung dieser Schmach war er sofort einverstanden gewesen, die angeratene ständische Gesamtvertretung nach Burglengenfeld einzuberufen, um dort gemeinsam über die unausweichliche Verpfändung oder sogar den Verkauf von Landesteilen zu beraten.
Jetzt sah er sich im Burglengenfelder Rathaus dem 30 Mitglieder zählenden Ausschuss dieser Tagung, und zwar zwei Prälaten, 19 Adeligen nebst den Vertretern der Städte Neuburg, Lauingen, Sulzbach, Weiden, Höchstädt, Gundelfingen, Monheim, Schwandorf und Hilpoltstein, gegenüber. Obwohl im eigentlichen Landesteil seines Bruders, hatte er Philipp mit Nachdruck verboten, dieser unschönen, auf vier Tage angesetzten Versammlung beizuwohnen. Auch wenn er dort im Namen von ihnen beiden ein landesherrliches Anerbieten mit der Bitte um Zustimmung verlesen würde...
Nach einem tiefen Atemzug fasste Ottheinrich das vorgefertigte Bittschreiben. Um nicht zu stocken, räusperte er sich. Dann stand er auf und begann zu lesen:

„Verschreibung Pfalzg. Ottheinrichs und Philipps gegen die Stadt Neuburg - Erblich versetzte Orte des Fürstentums betreffend[30]
Wir, Ottheinrich von Gottes Gnaden Pfalzgraf bei Rhein, Herzog in Niedern und Obern Bayern etc. bekennen für uns, all unsere Erben und

---

[30] in Anlehnung an den Volltext der Urkunde vom 15. April 1542, abgedruckt in: Collectaneen-Blatt für die Geschichte Bayerns, insbesondere für die Geschichte der Stadt Neuburg a. d. D. und deren Umgegend von Mitgliedern des histor. Filial-Vereins zu Neuburg a. d. D. ; zehnter Jahrgang, 1844. Ites Heft des IVten Bandes ; Druck und Verlag der Grießmayer'schen Buchdruckerei und Buchhandlung in Neuburg a. d. D.

Nachkommen öffentlich mit diesem Brief: Vor den Ständen unserer Landschaft auf jetzigem Landtag allhier versammelt in Sachen unserer empfindlichen Obliegen und Beschwerden die Schulden betreffend, bitten wir für uns selbst, auch für des hochgeborenen Fürsten, unseres freundlichen lieben Bruders, Herrn Philipp Pfalzgrafen bei Rhein, Herzog in Niedern und Obern Bayern etc. Schulden wegen, die wir auf uns genommen haben, um Zustimmung auf unser besonders gnädiges Ersuchen und Bitten der unvermeidlichen und gedrungen hohen Notlage. Zur Erhaltung unserer fürstlichen Glaubwürdigkeit sind unsere auswärtigen Bürgen aller Dinge zu entheben wie es sich gebührt, dass dadurch größeres Verderben, Spott und Nachteil vermieden werden. Auch hierfür unser Schreiben im Ersuchen eines Bewilligungsbriefes mit heutigem Datum zum Erlangen eines Vergleichs.

So wollen wir etliche Flecken mit Namen Heideck, Hilpoltstein und Allersberg und dann noch das Oberland mit allen Anrechten und Zubehör, im Fall der Not auch unser ganzes Land, verpfänden oder verkaufen. Mit dem Verkaufsgeld soll nach der Gestalt und dem Vorbehalte gehandelt werden, dass all die vorhandenen Schulden abgelöst und die Bürgen sämtlich befriedigt werden.

Dazu soll mehr Land angegriffen, verpfändet oder verkauft werden, damit endgültige und völlige Bezahlung und Erledigung aller Schulden erfolgen und gedeihen möge. Aus dankbarer, gnädiger Neigung und eigenem Handeln, auch rechten Wissens für all unsere Erben und Nachkommen, wollen wir wohlbedacht, mit zeitigem gutem Rat, unwiderruflich bei unseren fürstlichen Würden und Worten bewilligt, zugesagt und versprochen haben.

Wir bewilligen und versprechen hiermit und willentlich kraft dieses Briefs, dass unsere geschulten Räte verordnen mögen, alles Verkaufsentgelt und die verpfändeten Flecken und Einnahmen Ihren Händen zu empfehlen. Soweit das Geld reicht, sollen aber auch unsere Erben, falls mit uns verwandt, von aller Verpflichtung ausgenommen und ledig sein.

Wo aber durch Verpfändung oder Verkauf der oben genannten Flecken die Schulden nicht sämtlich bezahlt werden können, so wollen wir ferner schuldig sein und mit dem Rat der Verordneten die nächsten, meistgeltendsten Flecken soweit verpfänden oder verkaufen, auf dass die volle Schuldenbegleichung gedeihe. Dies gelte nicht nur Ihnen namentlich gegenüber, sondern auch für alle anderen landesfremden Bürgen, bis die Auslöschung aller Schulden vollzogen worden ist. Hierzu sei auch das mit der Zeit empfangene oder bezahlte Pfand unverhindert zu gebrauchen.

Ferner sollen durch diese Bewilligung Ihre Privilegien und Freiheiten der alten Handweisen und Gewohnheiten unangreiflich und unschädlich bleiben. Dies gelte auch für ihre Erben und Nachkommen. Weiterhin dürfen sie nicht in anderer Gestalt verkauft, gepfändet, mit keiner Mehrung

gesteigert, noch mit einer Neuerung beschwert oder mit brieflichen Urkunden beliehen werden. In gleicher Weise sollen und wollen wir, ungeachtet der Trennung, für die überbleibenden und unverkauften Flecken unserer Landsleute sie bei ihren Freiheiten, Gewohnheiten und Gebräuchen in Gnade bleiben lassen, sie schützen und schirmen. Wir wollen auch sie mit keiner Mehrung, Steigerung oder Neuerung beschweren oder überlagern. Sofern wir aber in einem oder mehreren Artikeln und Punkten dieser Erklärung säumig erscheinen, oder diese nicht vollziehen, dann sollen Sie für Ihren Teil freistehen, sich zu trennen oder jemandes anderen Huldigung zu tun. Es soll in Ihrer Macht stehen, sich selbst nach Ihrer Gelegenheit und Ihrem Gefallen von all unserer Erben Einrede und Verhinderung zu entledigen und zu lösen, Arglist und Betrug ausgeschlossen. So bekennen wir, Obengenannter, für Philipp, von Gottes Gnaden Pfalzgraf bei Rhein etc., dass diese Verschreibung und Versicherung durch vorgenannten, unseren freundlichen lieben Bruder seiner Landschaft gegeben und bewilligt, mit unserem guten Wissen und Willen zugegangen und geschehen ist. Bei unseren fürstlichen Würden und Worten versprechen wir in unserem Namen und dem unserer Erben und Nachkommen, nicht dawider zu reden und zu handeln.
Zur Wahrung dieser Urkunde haben wir beiden Brüder unser jeder fürstliches Siegel an diesen Brief hängen lassen. Gegeben zu Burglengenfeld am fünfundzwanzigsten Tag des Monats Aprilis nach Christi unseres lieben Herrn Geburt fünfzehnhundertzweiundvierzig."
Mit dem Ende des Verlesens seiner Bittschrift war Ottheinrich, als falle eine unsäglich schwere Last von seinen Schultern. Zumindest für diesen Moment. Er atmete fürs Erste befreit und fühlte sich in der Lage, eine sachliche Erklärung in die stillschweigende Versammlungsrunde nachzuschieben: „Nach den altväterlichen Verträgen gebührt den Neuburger Landständen zwingend das Vorwissen über Verpfändungen oder Verkäufe von Landesteilen. Allentscheidend ist jedoch, zu meiner größten Sorge, die Zustimmung der Wittelsbach'schen Verwandtschaft in München und Heidelberg."

Residenz zu Neuburg an der Donau, den 19. Juni 1542

„Euer Vorschlag vom letzten Oktober, in Nürnberg um Osiander zu ersuchen, war vortrefflich, mein lieber, treuer Gabriel Arnold. Hier, lest, welche Antwort mich soeben von dort erreicht hat."
„So schnell? Auf unser kürzliches Gesuch hin?"
Ottheinrich bejahte und Gabriel Arnold fasste nach dem ihm zugeschobenen Brief[31] mit Datum vom 18. Juni 1542:

[31] nach Nbg StArchiv, BB 128, fol. 50rv, hier: Brief der Nürnberger Stadtoberhäupter

Gnädiger Herr!
Unser lieber Ratsfreund Hans Ebner, der Ältere, hat uns ein Schreiben von E.F.G.[32] an ihn angezeigt und vorgebracht. Daraus haben wir vernommen, dass E.F.G. an benannten unseren lieben Ratsfreund das gnädigliche Begehren richten, für sich selbst oder bei uns zu fordern und zu verhelfen, damit derselben E.F.G. ein verständiger, frommer, auch ansonsten glimpflicher Predicant[33] zugeordnet werde. Anlehensweise ungefähr drei Wochen oder aufs Längste einen Monat zur Aufrichtung und Pflanzung vom Worte Gottes.
In dem wollen wir E.F.G. in Untertänigkeit nicht verhalten, dass uns solcher E.F.G. christlicher Eifer zu gleicher Freude gelangt. Wir hoffen auch zu Gott, der werde seine väterliche Gnade und Gedeihen zu Solchem geben.
Demnach haben wir unserem Predicanten, dem wohlgelehrten Andreas Osiander, Erlaubnis getan, sich E.F.G. zu verfügen und zur Anrichtung und Pflanzung von Gottes Worten auf einen Monat lang alle möglichen und christlichen Erfordernisse und Anweisungen zu tun.
Dann wollen wir E.F.G. nicht allein in diesem Falle, sondern auch in Anderem zu untertäniger Willfahrung geneigt sein. Wir wollen auch nach E.F.G. gnädigem Begehren Solches bei uns in bestem Geheimnis und Stillhalten bewahren, was wir E.F.G. in Untertänigkeit nicht vorenhalten wollen.

Eine doppelt erfreuliche Neuigkeit!“ Gabriel Arnold sah zu Ottheinrich auf, nachdem er zu Ende gelesen hatte. „Ich entnehme den Schlussworten, dass man einem Schreiben von Euch entgegenblickt. Werden wir nun also konkret?“
Ottheinrich nickte. „Bieten wir Nürnberg die Verpfändung der Herrschaften und Gerichte von Heideck, Hilpoltstein und Allersberg an. Sicher wisst Ihr besser um angemessene Konditionen. Ich vertraue ganz auf Euch. Nur, bitte, lasst uns zügig antworten.“

Residenz zu Neuburg an der Donau, den 20. Juni 1542

Ottheinrich war tief beeindruckt. Andreas Osiander war nicht nur ein brillanter Theologe. Er hatte sich zudem mit viel Einfühlungsvermögen in Neuburgs besondere Lage versetzt und auf diese Weise sofort die richtigen Worte für das erbetene Edikt zur Glaubenserneuerung in Pfalz-Neuburg gefunden. Es waren Worte des goldenen Mittelweges. Damit wäre niemandem geschadet und doch allen gedient. – Entschlossen fasste Ottheinrich jene Niederschrift und machte sich damit auf den Weg zu

[32] übliche Abkürzung für Euer Fürstliche Gnaden
[33] Prediger

Susanna.
„Lies es bitte, mein Herz. Und dann gib mir deine Zustimmung. Erst danach gelangt ein Plakat gleichen Inhalts an die Öffentlichkeit."
Seine Gattin las und nickte.

Neuburg an der Donau, den 22. Juni 1542

Nur mit allergrößter Mühe gelang es dem Stadtpfarrer von St. Peter, das an das Kirchenportal angeschlagene fürstliche Plakat nicht herunterzureißen. Doch angesichts der sich um ihn drängenden Menschenmenge beherrschte er sich notgedrungen. *Unfassbar! Dieser Frevler traut sich wahrhaftig! Ein öffentliches Edikt über die Glaubenserneuerung! Auch an meinem Kirchentor! Gott wird ihn dafür strafen! Am Tage des Jüngsten Gerichts!* Verächtlich ausspuckend, danach einen Fluch zwischen geschlossenen Lippen zischend, die Hände zu Fäusten geballt und versengende Blicke um sich schleudernd, zog sich der Geistliche in sein Pfarrhaus zurück. -
Else, die eigentlich nur flugs zum Bäcker wollte, um sich mit dem Vorwand, dass für das Mittagsmahl noch frisches Brot fehle, ihr geliebtes tägliches Milchbrötchen zu holen, sah sich von einer Menschentraube unweit ihres Hauses angelockt. Da sie zuerst nicht so recht verstand, weshalb wohl eine öffentliche Bekanntmachung am Kirchenportal die Gemüter derart erhitzte und offensichtlich auch spaltete, spitzte sie die Ohren. Kurz darauf hastete sie zurück in die Schneiderei.

Wie stets hatte Ruprecht Wichtigeres zu tun, als einer angeblichen Neuigkeit zu lauschen, mit der seine Gattin nach ihrer Rückkehr von einem Stadtgang aufwartete. Doch heute schien es ihm geboten, sich selbst davon zu überzeugen, was sich quasi vor seiner Haustüre abspielte...

„Allen und jeden seiner Untertanen, also uns, spricht Ottheinrich in seinem Edikt zur Glaubenserneuerung an", resümierte Ruprecht, nachdem er viel später in die Schneiderei zurückgekommen war. „Und mit den gefährlichen Zeitläufen der Vergangenheit, aus denen die Lehren zu ziehen seien, meint er bestimmt die schlimme Zeit der Bauernkriege. Schließlich musste er als gerade, lasst mich rechnen, also als gerade Dreiundzwanzigjähriger an der Seite von Kurfürst Ludwig in jene grausamen Schlachten ziehen. Das scheint mir ein sehr glaubwürdiges Argument. Jedenfalls sieht er darin eine Strafe Gottes für das sündige und sträfliche Wesen der Menschen. Und der Zorn Gottes werde sich noch steigern, wenn nicht bald Besserung eintritt. Kein besseres Mittel gäbe es dafür, als das Wort Gottes. Aber lauter und rein, ohne allen Zusatz und der Vermischung irriger und verführerischer Lehren, die in der Heiligen Schrift kein Zeugnis finden und trotzdem öffentlich gelehrt und gepredigt werden."

„Jesus, wir werden Protestanten!“, platzte Else heraus und schlug die Hände zusammen. „Maximilian, stelle es dir vor!“
Maximilian wusste nicht so recht, was er von dem Gehörten halten sollte. Stets hatte er seinen Vater gehorsam zur Sonntagsmesse begleitet, ohne irgendetwas an den Predigten anzuzweifeln oder zu hinterfragen. Deshalb schwieg er, was keinen Unmut erzeugte, denn Ruprecht redete weiter.
„Sünden und Ärgernisse der Seelsorger tragen Schuld, dass Gottes Wort nicht richtig gepredigt wird. Oder sogar falsch aus deren Unverstand und Nachlässigkeit, steht in unseres Fürsten Erlass geschrieben. Er wisse bestimmt, so las ich weiter, dass in seinem Fürstentum immer noch Geistliche vorhanden seien, die ihren Pfarrkindern bloß leere Fabeln predigten. Nun ja. Da fällt mir ein, dass wir einen Höllenvogel unter unserem Dach beherbergen, wenn es nach dem Stadtpfarrer gegangen wäre. Und wir uns mit Sicherheit einem Prozess hätten unterziehen müssen, um uns von Satans Werkzeug läutern zu lassen, am Ende auf der Folterbank.“
Keiner der Anwesenden lachte, aber alle Blicke hingen am Vögelchen, das auf einer der Halterungen für Zwirnrollen saß und vor sich hin döste.
„Als christlicher Fürst“, schlug Ruprecht jetzt einen beruhigenden Tonfall an, „suche er, unser Ottheinrich, die Seligkeit der Seelen und er sieht sich in der Pflicht, gegen derlei Prediger vorzugehen. Deswegen ermahnt er alle Geistlichen seines Landes, von Stund an sämtliche Lehren, die weder in der Heiligen Schrift begründet sind, noch aus den apostolischen Zeiten herrühren, ganz und gar zu unterlassen. Dafür sei die Lehre Christi und die seiner Apostel vorzutragen. Die eingeschlichenen Missbräuche sind abzuschaffen und das Volk ist eindringlich zur Besserung anzuhalten.“
„Pah! Aus welchem Munde eines unserer Prediger soll das Wort ‚Besserung‘ glaubwürdig klingen?! Bei deren Lebenswandel?! Worin soll ich mich bessern, he?! Sage mir eines der zehn Gebote, das ich breche!“ Wieder konnte sich Else einer Zwischenbemerkung nicht enthalten.
„Nun, zum Beispiel könntest du damit aufhören, täglich heimlich ein gezuckertes Milchbrötchen zu vertilgen.“ Ruprecht feixte und zwinkerte Maximilian zu, der sich auf die Lippen biss, um zu verhindern, dass er grinste. Schließlich bekam er von Else oft genug eines der Brötchen zugesteckt. Nur, er trug die Leckerei nicht zusehends an den Hüften...
„Nein, im Ernst, meine liebe, brave Else“, beugte Ruprecht einem Streit vor. Im Moment gab es nämlich Wichtigeres. „Ottheinrich fordert freilich von den Priestern, dass ein jeder selbst das beste Beispiel geben solle.“
„Also müssten sie sich endlich der Hurerei, des Saufens und der Leichtlebigkeit enthalten?“ Auch Else signalisierte mit ihrer Frage, dass sie keine Zänkelei wünschte. Viel zu sehr beeindruckte sie, wie Ottheinrich gegen die Missstände in der Kirche vorzugehen gedachte, obgleich sie sich noch

nicht recht vorstellen konnte, wie dies praktisch vonstattengehen sollte. *Wo kamen denn die untadeligen Pfarrer so plötzlich her??*
Als ob Ruprecht ihre Gedanken hätte lesen können, folgte prompt seine Antwort. „Genau. Und wer auch immer von den Geistlichen noch nicht genug in der neuen Lehre unterrichtet sei, wie bestimmt die meisten, der solle bei den gelehrten Predigern, die bereits an seinem Hofe weilen, den nötigen Unterricht nehmen. So sein heutiger Aufruf."
Elses Skepsis blieb. Ruprecht hingegen war voll der Überzeugung. Zu Maximilians Erstaunen, denn normalerweise war es umgekehrt...
„Demzufolge sind wir ermahnt, die Predigt des reinen Gotteswortes auch fleißig anzuhören", fuhr Ruprecht eifrig fort. „Wir sollen es nicht verachten oder gar darüber lästern. Wir sollen es dankbar annehmen. Und mehr noch." Ruprecht untermalte seine Kundgabe mit einem strengen Fingerzeig. „Wir sollen, so sich Prediger seines Befehls widersetzen und weiterhin falsche Lehren verbreiten, dem Hofe unverzüglich Bericht erstatten. Deshalb gehen wir ab jetzt jeden Sonntag in die Kirche! Das gilt auch für dich, Maximilian! So du nicht nach Kreut zu deinem Vater gehst."
Ruprecht gefiel Ottheinrichs Edikt außerordentlich. Endlich würde er wieder Zugang zur Kirche suchen können, was er angesichts der Scheinheiligkeiten in den Gotteshäusern vor langer Zeit eingestellt hatte. Er fühlte sich deshalb zwar nicht als sündiger Mensch, denn seine Gottesfürchtigkeit trug er auch ohne Kirchgang im Herzen. Aber die Dankbarkeit für sein Schicksal, die ihn erfüllte, würde er von nun an in geweihtem Hause, vor dem Kreuze, wieder zum Ausdruck bringen können.

Königsberg, den 05. Okrtober 1542, Herzog Albrecht von Preussen an Andreas Osiander

An: Andreas Osiander, Prediger zu St. Laurentz etc., den 05. Octobris 1542[34]
Unseren Gruß zuvor. Würdiger und Achtbarer, besonders Lieber! Wir haben Euer Schreiben, mit Datum Nürnberg, den 9ten Augusti gegenwärtigen Jahres, samt weiterem Inhalt erhalten und verstanden. Wir wollen nicht leugnen, dass uns Eure Person mit allen Gnaden empfohlen wurde, weswegen Eurer im Besten gedacht wird. Dazu beglückt uns vornehmlich Eure Treue und die sorgfältige Vortragung des Göttlichen Wortes, die in unserem Gedächtnis weilt.

[34] Wortlaut nach: Herzog Albrecht an Osiander, bearbeitet von Klaus Keyser, Handschrift: a: Berlin GStAPK, XX. HA StA Königsberg, Ostpr. Fol. 29, S. 284-287

Lieb aber ist uns, dass Ihr uns dessenthalben schreibt, um uns an guten Neuigkeiten teilhaben zu lassen: Der Allmächtige hat durch seine besondere Gnade die hochgeborenen Fürsten, unsere lieben Oheime und Schwager, Herrn Ottheinrich und seinen Bruder, Herrn Philipp, Pfalzgrafen bei Rhein und Herzöge in Ober- und Niederbaiern, dahin geleitet, das heilige und alleinig seligmachende Wort Gottes anzunehmen. Gnädigsten Dank dafür, dass Ihr vom ehrbaren und weisen Rat der Stadt Nürnberg zu den beiden Lieben geschickt wurdet, um die christlichen Ordnungen einzuführen. Solcher gnadenreichen und milden Bezeigung des guten, barmherzigen Gottes geschieht von uns an jedermann in hoher Danksagung und mit der Bitte, seine Göttliche Allmächtigkeit wolle mit seinem Werke und in angefangenen Gnaden immer fortfahren, um das Heilige Wort weiter gedeihen zu lassen. Werde es in diesen Zeiten in aller Welt und an allen Orten segensreich vorangetrieben und von jedermann fruchtbringend angenommen!

Dass jedoch der hochgeborene Fürst, auch unser freundlicher lieber Oheim und Schwager, Herzog Wilhelm von Baiern, seinem Vetter, dem Herzog Ottheinrich, geschrieben und ihn das Wort Gottes nicht anzunehmen gebeten hat, haben wir mit Erschrecken und Mitleid aufgenommen. Laut Eures Schreibens ist dies wahrlich der Menschen große Blindheit. Der liebe Gott möge Herzog Wilhelm und allen anderen, in deren Herzen noch das widerwärtige Wort innewohnt, erleuchten, zur wahren Erkenntnis führen und darinnen halten!

Zuletzt: Nachdem Ihr uns ein Gesangsstück übersandt habt, bedanken wir uns gegen Eure Person in höchster und aller Gnade. Solcher Gesang, den Ihr vortrefflich und kunstfertig verfasst habt, ist uns ganz lieb und angenehm. Unser Begehren ist, dass Ihr uns oftmals, nach Eurer Gelegenheit, Gesänge oder anderes, was im Reiche vorfällt, gutwillig und unbeschwert mitteilt. Das wollen wir in Gnaden und aller Hochschätzung gegen Euch anerkennen. Auch wollen wir Euch nicht vorenthalten, Euch in Gänze gewogen zu sein.

Datum Königsberg, ut supra. Albrecht von Preußen

München, zu Beginn des Jahres 1543

Leonhard von Eck spie Gift und Galle. Soeben war ihm zugetragen worden, dass sich Nürnbergs Stadtoberhäupter darauf zu einigen gedachten, der Verpfändung von drei Neuburger Gebietsherrschaften gegen 130.000 Golddukaten in bar zuzustimmen. *Nürnberg also! Wie immer begierig auf Landerwerb! Was dieser Neuburger Wanst für sich ausnutzte! Er war doch schlauer als gedacht! Aufgegangen sein Schachzug! An Osianders Edikt hatte sich nicht einmal Rom gestoßen! Protestantisches Gesindel! Hält zusammen wie Pech und Schwefel! Nun, dann gilt es, andere Seiten aufzuziehen!*

Er musste nicht lange überlegen, um zu wissen, an welchen Rädchen es nun zu drehen galt: Im vorigen Juni hatten die beiden Münchner Herzöge einen Vertrag zugunsten Ottheinrichs unterzeichnet, nun endlich die seit 1509 ausstehenden Zahlungen für den damaligen Verkauf des Niederlandes zu leisten. Von den ursprünglich 140.000 Gulden stand noch gut die Hälfte aus, die eigentlich im Herbst 1542 fällig gewesen wäre. Schon diese Frist hatten Wilhelm und Ludwig durch sein Zureden nicht eingehalten. Spielend hatte er ein Argument hierzu gefunden: Ludwig, der jüngere der beiden Münchner Brüder, verlustierte sich am kostspieligen Bau einer Stadtresidenz in Landshut, seit er in Mantua geweilt, und sich dort in den Palazzo del Tè des Herzogs Federico II. di Gonzaga verliebt hatte. Jene Begründung, die Gelder vorranging dafür zu verwenden, entkräftete, ganz nebenbei, was Hans Weissenfelder, Ludwigs vertrautester Rat, diesem nach München zu schreiben geraten hatte:

Die beiden Brüder sollen sich einmütig untereinander beraten und man dürfe einen ‚Mann' -damit meinte man ihn- nicht allein regieren lassen. Wilhelm wisse selbst, dass er, von Eck, immer gemäß seines persönlichen Gefallens und Gelegens handele. Alles habe er an sich gezogen und führe ohne des Herzogs Mittun aus. Dabei würde sich zeigen, dass seine Handlungen stets zu seinem Vorteile gereichten, und dass er darum niemanden bei und neben sich haben wolle. Vor allem sei es mehr als deutlich so weit gekommen, in Machenschaften die Neuburgischen Lande gewinnen zu wollen. Dies widerstrebe ihm, weil es wider dem Vertrag sei, in dem sie sich als Brüder zu herrschaftlicher Gemeinsamkeit verpflichtet hätten. Er, von Eck, wolle immer volle Gewalt und offene Hand...

Leonhard von Eck lächelte hämisch, denn jenes Landshuter Ersuchen war im Sande verlaufen. Wilhelm blieb in seinem Vertrauen zu ihm unerschütterlich und Ludwig wollte seinen Palazzo nicht auf Sand gebaut wissen. *Also lag es in seinen freien Händen, dafür zu sorgen, dass Pfalzgraf Ottheinrich von den bayerischen Herzögen auch weiterhin keine Hilfe erwarten könne...*

Gedankenschwer verließ Euphemia Pirkheimer* das Refektorium. Soeben hatte sie mit den ihr untergebenen 36 Conventfrauen das gemeinsame Abendessen eingenommen. Die Zeit, die ihr nun bliebe, bis die Glocken zur Komplet läuteten, wollte sie nutzen, um sich ihrem Diarium[35] anzuvertrauen. Zuvor jedoch verspürte sie den Wunsch nach frischer Luft.
Vom sanften Hügel aus, auf dem das Kloster schon seit der Zeit vor der ersten Jahrtausendwende ruhte, schweifte Euphemias Blick kurz darauf über die kaum besiedelte, teils bewaldete Umgegend, die anfing, im Nachtdunkel zu versinken. Stille umgab sie, eben jene Weltabgeschiedenheit eines klösterlichen Lebens in Arbeit und Gebet, derer sie sich bis an ihr Lebensende verschrieben hatte.
Euphemia sog von der klaren, würzigen Februarluft, die den Wäldern entströmte, im Gefühl, vor allem weltlichen Unbill abgeschirmt zu sein.
„Du vermeintest nur, dass der Wald dich abschirmt", korrigierte sie ihre Gedanken, denn das fürstliche Schreiben, das man ihr in der Frühe überreicht hatte, kam einer Hiobsbotschaft gleich. Und doch war es zu erwarten gewesen, seit dem vergangenen Juni, in welchem Fürst Ottheinrich seinen Religionswechsel auch ihnen gegenüber bekundet, und ihm zu folgen innig anersucht hatte. Bislang war sie dem in ihrer Stellung als Äbtissin nicht nachgekommen. Dass sich die Ereignisse an diesem Tage jedoch dermaßen überschlagen würden, hatte sie noch am Morgen nicht vermutet...

Eintrag Diarium zur Nacht des 20. Februar 1543.
Heute früh hat mein gnädiger Herr mit einem Kredenzbrief Folgendes bei uns angekündigt: „Ottheinrich, von Gottes Gnaden Pfalzgraf bei Rhein etc. Unsere Grüße zuvor, würdige und gottliebe Getreue! Wir haben unseren gegenwärtigen Räten und lieben Vertrauten, Mathäum von Haldermannstetten und Christoph Arnold, befohlen, bei Euch und Eurem Convente zu werben und zu handeln, wie Ihr von ihnen nachlängs vernehmen werdet: Mit gnädigem Ernst begehren wir von Euch, ihnen alsbald das Kloster zu öffnen und Euch fürter zur Verrichtung ihres Befehls gutwillig zu erzeigen. Wir zweifeln nicht an Eurer Billigung, die unser aller Gotteshaus zum Guten gereiche, was Ihr in Gnaden anerkennen wollet. O.H."
Die zwei Obengenannten sind kurz darauf hereingekommen, zur Inventarisierung aller Barschaft, Kleinodien, verbrieften Urkunden nebst fahrendem oder liegendem Hab und Gut und dem Getreide. Unter Ermahnung, davon nichts zu verschweigen, verlangten sie die Akten. Sie besahen Saalbücher

[35] Tagebuch

und Register, um die Summen der letzten zwölf Jahre daraus zu notieren. Hernach beschrieben sie die Messgewänder und alles Silbergeschirr, ganz so, wie ich es ihnen angesagt habe. Zum Abschiede betonten sie, dem Willen des Fürsten nach solle nur der unbefugten Entziehung begegnet, Überfluss abgestellt und zur besten Wohlfahrt aller gehandelt werden. Alsdann unterwiesen sie mich in meiner Pflicht, dem uns zugeordneten Oberprobst Gregor Kirner gehorsam und gefolgig zu sein, unser Gotteshaus zum Besten zu fördern und bei Schaden zu warnen.

Residenz zu Neuburg a. d. Donau, den 11. März 1543, Sonntag Judica

Auch wenn sich Ottheinrich noch so sehr anstrengte, er konnte vor Susanna die Zuspitzung seiner prekären Finanzlage nicht verbergen. Sie kannte ihn viel zu gut, um dass sie seine ausweichenden Antworten nicht durchschaute.
Also blieb ihm nur, die unausweichlich auf ihn zurollende erste Rückzahlungsfrist der mittlerweile auf knapp 1 Million Gulden aufgelaufenen Schuldsumme herabzumildern. Und zwar mit der Option, das Oberland für genau eine Million Gulden an Anton Fugger* zu verkaufen. Jener kapitalkräftige Augsburger Handelsherr hatte Interesse am Landerwerb bekundet, um die Grenzen seines Territoriums abzurunden.
Im Grunde, angesichts der aus Nürnberg eingegangenen Zusage, dass in Kürze 130.000 Goldgulden in bar ihren Weg nach Neuburg antreten würden, könnte man sich eigentlich bar aller Sorgen wähnen. Leider stand dem der niederdrückende Fakt entgegen, dass für jeden Landverkauf die Münchner Schwager, Susannas Brüder, zustimmen mussten. Und eben dieses Einverständnis blieb aus, obwohl Ottheinrich es eindringlich und laufend erbat.
Inwieweit Susanna deshalb nach München und Landshut schrieb, wusste er nicht. Er fragte sie auch nicht danach. Aber ihre rasant dahinschwindende Lebenskraft und Gesundheit gaben ihm die quälende, an seinen Kräften zusätzlich zehrende Antwort.
Aus diesem Grund war ihm die Bitte des Neuburger Stadtmagistrats um Audienz eine willkommene Ablenkung.

„Für Neuburgs Bedürftige ein Spital zu betreiben, ist moralische Christenpflicht. Aber das Stiftungskapital von 420 Gulden reicht einfach nicht aus, um das Spital von Heilig Geist und das dazugehörige Siechenhaus zu unterhalten. Wie soll man auch aus lediglich 240 Tagwerk Wald bei Wolpertsau genügend Geldmittel schöpfen, um die Versorgung von Armen und Kranken zu bewerkstelligen? Trotz der 15 Gulden, die wir von jedem

Pfründner beim Eintritt verlangen, mussten wir in unserer Verpflichtung als Oberaufseher des Spitals bereits 1.081 Gulden zuschießen. Deshalb sehen wir uns ohne Eure Unterstützung gezwungen, das Spital zu schließen."

Aufmerksam folgte Ottheinrich den Ausführungen der Magistratsvertreter. Dabei erinnerte er sich an den Ritter Adam von Törring: Als Neuburger Statthalter und Hofrichter in den Jahren 1509 bis 1522 hatte er die Initiative ergriffen, in Neuburg ein Spital zu gründen. Er war mit gutem Beispiel vorangegangen und hatte 100 Gulden gespendet. Mit weiteren Zuwendungen der Hofdienerschaft, der Geistlichkeit, einigen Bürgern und der Stadtkammer belief sich das Kapital dann auf jene 420 Gulden, mittels derer ein Pfründhaus, eine Kapelle und ein kleiner Friedhof errichtet wurde...

Die heutige Bitte des Magistrats wärmte Ottheinrichs Herz auf der Stelle. Sofort sah er sich, trotz seiner eigenen Nöte, noch immer in der Lage, Gutes tun zu können. Und nicht nur das. Es drängte ihn geradezu, Mildtätigkeit zu erweisen. Er sah darin einen kleinen Hoffnungsschimmer, um auch Susannas Leiden entgegenzuwirken. Sicher würde sie daran Anteil nehmen. Sicher verzehrte sich ihr Gemüt gleichfalls nach Milde und Barmherzigkeit gegenüber Bedürftigen. *Vielleicht würde sie sogar neue Kraft schöpfen, um sich des Spitals künftig anzunehmen...* Deshalb zögerte er nicht, der Bitte des Magistrats nachzukommen: Mit diesem Tag unterstellte er das Spital samt dem Siechenhaus seiner Obhut.

Noch am selben Abend war die fürstliche Spitalordnung ausgearbeitet. Eifrig, in Vorfreude darauf, sie mit Susanna im Detail zu erörtern, hatte er den ganzen Sonntag darauf verwendet. - Indes, als er Susannas Gemach mit diesem Ansinnen betrat, lag sie blass in tiefem Schlummer und ihm blieb nur, sich still zu ihr zu setzen.

Zur innigen Fürbitte, nach der es ihn augenblicklich verlangte, legte er sich eine ihrer kalten Hände zwischen die seinen. „Verlass mich nicht, mein Herz", flüsterte er. „Nicht in dieser schweren Zeit. Von woher soll ich noch Lebenswillen schöpfen, ohne dich..."

An der Donau zwischen Neuburg und Kreut, Ostersonntag, den 25. März 1543

Endlich! Das Osterfest war heran! Obwohl das Fest nicht unbedingt Frühlingswetter garantierte, zumal es dieses Jahr zeitig gefeiert wurde, so verband Maximilian es doch mit einem regelrechten Frühlingserwachen: Die ganzen letzten Wochen hatte trübes Wetter nicht nur das Licht in der Schneiderwerkstatt gedämpft, sondern auch die Gemütslagen verdüstert. Vor allem Meister Ruprecht verbreitete seit längerem Missstimmung. Er wisse nicht, so seine laufenden Beschwerden, ob er nun wirklich Gottes reines Wort gepredigt bekäme oder nicht. Seit Juni des vorigen Jahres, also seit der Veröffentlichung des fürstlichen Edikts zur Anerkennung des protestantischen Glaubens, wartete man sehnsüchtig auf eine Kirchenordnung aus dem Fürstenhause, die Sicherheit gäbe. Denn nur Ottheinrich schenkte man wirklich Vertrauen. Den Pfarrern hingegen, die größtenteils noch immer die selben waren wie eh und je, begegnete man mit Argwohn.

Jedenfalls hatte sich Maximilian bereits in der Frühe auf den Weg nach Kreut gemacht. Dort würde er mit dem Vater und Paule zur Messe gehen, oder auch nicht. Er war dessen nicht sicher, weil es schon wieder Wochen zurücklag, dass er zu Hause gewesen war. Und demnach wusste er nicht, ob es auch in seinem Vaterhause, oder in der Kreuter Dorfkirche, einen religiösen Sinneswandel gäbe. Aber dass es ein lustiger Ostersonntag werden würde, daran zweifelte er nicht: Paule würde dafür sorgen. *Undenkbar, dass es ihn nicht in ihrer Mitte gäbe! Wie dankte er dem lieben Gott für die Begegnung mit diesem Knaben, der auf seine ganz eigene Art eine unerschütterliche Lebensfreude auf seine Mitmenschen abstrahlte! Und überhaupt, weshalb bezeichnete er ihn noch als Knabe? Paule war jetzt 14 Jahre alt und in seinem firmen Umgang mit dem Vater, der sich nach wie vor, hin und wieder, in Jammertälern verlor, zeigte er das Rückgrat eines Erwachsenen. Sogar Maximilian selbst, obgleich vier Jahre älter, fühlte sich ihm gegenüber als der Unreifere und Haltsuchende...*

Frauenstimmen holten Maximilian aus seiner Gedankenwelt. Obwohl am flachen, südseitigen Donauufer schon längst in Sichtweite, bemerkte er erst jetzt eine Gruppe von gut zwei Dutzend Frauen. Manche von ihnen waren auffällig, fast aufreizend gekleidet, so eher die jüngeren unter ihnen. Andere wiederum gingen regelrecht in Sack und Asche und wirkten verbraucht oder gealtert. Aber ausnahmslos trugen sie einen grünen Stoffstreifen an ihren Schleiern. Und ebenso durchweg zerrten sie vollbeladene Handkarren hinter sich her. In seiner Verwunderung verlangsamte Maximilian zuerst seine Schritte, bis er, als ihn das Trüppchen erreicht hatte, ganz stehen blieb. Schnell suchte er am Himmel nach seinem Vögelchen. Doch dann verhakten sich seine Blicke an den Frauen. Er musterte sie. - Natürlich wurde man sofort auf ihn aufmerksam. Auch ihn nahm man in Augenschein.

„Was schaust du so, Kleiner?", rief ihm eine der Frauen zu. „Begehrst du von einer von uns etwa einen Blumenstrauß?"

„Das hat uns der Augsburger Magistrat doch schon lange verboten!", schallte es darauf mehrfach aus dem Hintergrund.

„Still!", wandte sich diejenige Frau, die ihm zugerufen hatte und nun direkt vor ihm stand, kurz zu ihren Gesellinnen um. „Mir scheint, der holde Jüngling hier weiß gar nicht, wovon ich rede. Stimmt's?" Sie lachte Maximilian offen ins Gesicht.

„Das stimmt“, gestand er freimütig, obwohl ihm eigenartig zumute wurde. Kein weiteres männliches Wesen zugegen, machte er sich bewusst, dass er sich ganz offensichtlich einer Schar fahrender Dirnen gegenüber sah.
„Nun gut“, hörte er. „Aber so, wie du aussiehst, würde dir zweifelsfrei eine jede von uns gerne Blumen überreichen, damit du sie am Tage oder in der Nacht beglückst.“
Gekicher folgte und man begann, ihn zu umringen. Davon überkam Maximilian Unbehagen und er setzte an, sich zügig zu entfernen. Denn, wenn er sich auch für den Moment unbeholfen verhalten hatte, so war er nicht naiv: Er wusste, dass von diesen Huren nur Ungutes ausging. Obschon er sich wiederum wunderte, weil sich derartige Weiber normalerweise in der Gesellschaft von Abenteurern und Hausierern umhertrieben, was jetzt nicht der Fall war. Diese Gunstgewerblerinnen waren unter sich und irgendwie wirkten sie auch anders auf ihn. Nur wie, wusste er in diesem Moment nicht einzuordnen.
„Kommst du aus der Stadt?“ Die Frau, die bisher direkt mit ihm gesprochen hatte, vertrat ihm den Weg und ihre Hand wies gen Neuburg.
Maximilian nickte scheu. Notgedrungen ließ er von seinem Vorhaben, sich davonzumachen, vorerst ab.
„Aha. Meines Wissens gab es bei euch kein Frauenhaus. Jedenfalls kein offizielles. Und unseres gibt es jetzt zu unser aller Unglück auch nicht mehr. Zu fahrenden Weibern wurden wir gemacht, schutzlos in den Dreck getreten. Durch kein Stadttor lässt man uns mehr ein.“ Unter ihren Worten sah die Frau Maximilian aus aufmerksamen Augen an, weshalb ihm dünkte, dass er es wohl doch nicht mit Gesindel zu tun bekam. Er entspannte sich etwas.
„Aber du scheinst uns gegenüber freundlich gesonnen. Lasst uns hier rasten!“, rief die Frau, die auf Maximilian wie die Anführerin wirkte, ihre letzten Worte laut in Richtung der anderen aus. Danach wandte sie sich wieder an ihn. „Ich möchte mich dir vorstellen. Mein Name ist Alvinia Weidenstein. Ich bin, also nein, ich war, die Zunftvorsteherin der Frauenhäuser zu Augsburg.“
„Zunftvorsteherin?“ Maximilian wunderte sich noch mehr. Neugierde stieg in ihm auf.
„Jawohl. Von unseren Häusern gab es so einige in der Stadt und für lange Zeit waren wir öffentlichen Frauen dort als besondere Standesgruppe angesehen. Wir genossen Rechte. Und wir verteidigten sie in unserer eigenen Frauenzunft, zu deren Vorsteherin ich gewählt wurde. Komm, setz dich zu uns. Es ist Ostersonntag und wir wollen der Zeiten gedenken, zu denen wir an diesem Tag in die Kirche gegangen sind, um wie alle anderen ehrbaren Einwohner Augsburgs die Ostermesse zu feiern.“
Alvinia zog Maximilian neben sich auf die Erde. Abermals winkte sie zu

ihren Begleiterinnen und kurz darauf reichte man ihr, wie auch Maximilian, einen Becher mit Wasser.
„Fahrende Frauen gelten nicht eben als Wächterinnen des guten Tons und der strengen Sitte“, führte Alvinia weiter aus. „Das wissen wir alle wohl. Spielweiber sind sie, herumziehende Gauklerinnen, Leier- und Harfenmädchen inmitten von Possenreißerbanden, rabengleich frech die Hände aufhaltend oder gar stehlend. Freilich zwingt die Not zum widerwärtigen Geschäft, was sonst. Nun ja, manchmal locken sicher auch die Abenteuerlust, Leichtsinn oder ein falsches Versprechen. Uns jedenfalls hat man, wie üblich, gezielt geworben mit dem Anrecht auf Eintragung ins städtische Bürgerbuch. Wir alle sind alleinstehende, mittellose Frauen gewesen, in unserer gewalttätigen Welt. Und die Aufnahme in das angesehene Frauenhaus einer erhabenen Stadt war keine Schande. In Augsburg, wie auch Regensburg, Nürnberg, Würzburg, Frankfurt... Überall besaßen die Städte jene Häuser. Sie unterstanden ihrem Magistrat, der sie beaufsichtigte und an Frauenwirte verpachtete. Vom Standpunkt der städtischen Finanzen aus eine nicht zu unterschätzende Einnahmequelle! Von unserem Standpunkt aus ein besserer Hort als an der Seite eines gewalttätigen Ehemannes oder eben auf der grauenvollen Straße.“ Alvinia wurde von zustimmendem Raunen unterbrochen und für einen Moment schweiften ihre Blicke nachdenklich zwischen den Frauen umher. „Jedenfalls“, sprach sie weiter, „war der Frauenwirt strengen Kontrollen unterworfen. Diese schützten uns vor roher Behandlung, Ausbeutung oder gar Zwang. Im Gegenzug hatten wir dem Wirt täglich zwei Spulen Garn zu spinnen. Wollten wir dies nicht, waren je Spule drei Heller zu entrichten. Davon musste der Wirt aber einen Heller pro Woche in unsere Hilfskasse einzahlen, die für die Kranken und Altgewordenen unter uns diente. Und so, wie man uns nicht in eines der Häuser zwingen durfte, durfte man uns dort auch nicht festhalten. Jederzeit war es uns erlaubt, auszutreten, um einen Mann zu ehelichen oder sogar ein anderes Gewerbe zu betreiben. Nur eigener Schulden wegen konnte uns der Wirt den Weggang versagen, bis diese abgetragen waren. Aber auch diese Schulden entstanden nicht etwa, weil uns der Frauenwirt abnötigte, bei ihm überteuert zu zehren. Falls wir bei ihm aßen und tranken, waren diese Preise ebenso amtlich festgesetzt. Zudem durfte uns der Wirt niemals verweigern, dass wir uns selbst versorgten oder uns anderswo beköstigten. Ebensowenig durfte er uns zum Umgang mit Männern nötigen oder uns gar verleihen. Erschienen die Freier, blieb es unsere Entscheidung, ihnen hold zu sein. Außerdem war uns der Zutritt zu Festlichkeiten erlaubt, wo wir unsere Blumensträuße an diejenigen verteilten, die uns ihr Begehren signalisierten, und die uns gefielen.“
„Ihr sprecht dauernd in der Vergangenheit“, warf Maximilian ein, unterdessen sich lebhafte Bilder des Geschilderten in seine Sinne schlichen. Er

sah Alvinia auf einem rauschenden Fest in einem prächtigen Kleid, passend zu ihrer hochgewachsenen, wohlgeformten Statur, zu ihrem wallenden, kastanienbraunen Haar, ihrem leicht gebräunten Teint und ihren dunklen Augen...

„Eben. Wie du leider siehst. Also, schon 1530 bekannte sich Augsburg zu Luthers Lehre und er predigt streng wider der käuflichen Liebe. Ich will dem nichts absprechen, es mag wohl richtig sein. Aber der gute Pastor vergisst dabei die raue Wirklichkeit. Wo, bitte, gibt es nur treue, liebevolle Ehemänner, wie er einer ist?? Nun ja. Als Mann hat er leicht reden. Jedenfalls vermochte der Stadtrat nicht, die bestens gelittenen Frauenhäuser wirklich zu schließen. Man duldete uns auch weiterhin, allerdings nur noch hinter geschlossenen Türen, im Inneren der Gebäude und Höfe. Die Öffentlichkeit ward uns gänzlich verwehrt, aber wir fügten uns. Was blieb uns anderes übrig? Vor allem, als die unselige Lustseuche von den südländischen Schlachtfeldern zu uns gefunden hatte. Fast aussichtslos wurde es, einen ehrbaren Mann zu finden, der uns ehelichte und uns damit von der jähen Schande befreite. Dem aber nicht genug. Das eigentliche Unheil brachte der Stöcker."

„Der Henker?!" Maximilian überlief ein Schauer.

„Genau der. Die verständliche Angst vor der Franzosenkrankheit, für die kein Arzt ein Heilmittel kennt, ließ Eiferer laut werden. Sie erwirkten beim Obersten Richter die offizielle Schließung von Augsburgs Frauenhäusern. Allerdings nur auf dem Papier. Auch jener Beschluss kam nicht zur Umsetzung. Noch immer durfte es uns geben. Bloß, gemäß geheimer Anordnung, unterstanden wir fortan der Aufsicht des Henkers. Schließlich wollte niemand mit ihm zu tun haben und er stand für Verschwiegenheit. Dazu setzte man uns soweit herab, dass, wenn eine von uns starb, von ihm auf dem Schindanger begraben werden sollte."

„Und deshalb seid Ihr weggelaufen", beeilte sich Maximilian, einen Schlusssatz zu sprechen. *Wie ihm jetzt vom Gehörten graute! Kein prächtiges Gewand sah er mehr vor sich, sondern einen Grabhügel, ohne Kreuz, die Verstorbene ungesegnet...*

„Nein, nein", fuhr Alvinia bitter fort. „Vielleicht wären wir eines Tages weggelaufen, wenn man uns nicht verjagt hätte, eben wegen des Henkers. Er kam nämlich auf die Idee, der Stadt die Pachtzahlungen für unser Haus zu verweigern, als man ihn zur überfälligen Zahlung mahnte. Das Haus sei geschlossen, so seine bauernschlaue Begründung. Und daher sähe er sich nicht verpflichtet, irgendwelche Gelder zu entrichten. Der Aufruhr, den er damit verursachte, blieb nicht verborgen, und wir sahen uns inmitten einer Bürgerwehr, die uns in Unehren aus der Stadt vertrieb wie eine Viehherde."

„Oh, das tut mir sehr leid für Euch." Maximilian ließ sich vom Schicksal der Frauen in seiner unbeschlagenen Weise anrühren, womit er ungeteilte,

erwartungsvolle Sympathie auf sich zog. „Auch ich unterstehe einer Zunft", wusste er nichts anderes zu erwidern. „Die der Neuburger Schneidermeister. Obwohl mein Vater keine 120 Gulden Lehrgeld aufzubringen vermochte. Er ist der Kerzenzieher zu Kreut, müsst Ihr wissen. Des Fürsten Gunst verschaffte mir den Zugang."
„Des Fürsten Gunst? Erzähle!"
Maximilian sah keinen Grund, der ihn daran hinderte, haarklein zu schildern. Zeitvergessen begann er mit dem Tag an der Donau, an dem ein seltsamer schwarzer Vogel von einer Krähenschar bis aufs Blut attackiert wurde... Unterdessen er berichtete, schoss eben jener Vogel, von Krähengekrächze begleitet, wie ein Pfeil vom Himmel herab, um sich in Selbstverständlichkeit auf Maximilians Schulter niederzulassen.
Entzückendes Jauchzen folgte. Jede der vom Unglück gezeichneten Frauen lechzte danach, das Vöglein zu streicheln, und Alvinia kostete es einige Mühe, ihre Gefährtinnen davon abzuhalten.
Nachdem wieder Ruhe eingekehrt war, zupfte sich Alvina einen Grashalm ab. „Deine Geschichte klingt wie ein schönes Märchen", kaute sie nachdenklich darauf herum. „Eigentlich unglaublich, und doch ist sie wahr. Schließlich sitzt du leibhaftig hier, mitsamt deinem Wundervögelchen." Sie strich über Maximilians samtenes Wams und spielte mit den kleinen Metallhülsen, die an einer Kordel von seinem Barett herabbaumelten. Anschließend kringelte sie sogar eine seiner blonden Locken um ihre Finger, wobei sie seinen Hals berührte.
Das Lockenkringeln, eigentlich ein geheiligtes Vorrecht seiner toten Mutter, gestattete Maximilian trotzdem. Ihm gefiel Alvinias Berührung... Else berührte ihn auch. Wie oft zog sie ihn an ihren Busen. Aber ihre Berührungen waren anders. Sie waren gütig und herzlich. Doch jetzt spürte er etwas völlig fremdes, ihm Unbekanntes. Etwas, das tiefer ging, kribbelnd, unter die Haut, hin zu seinen Sinnen...
Alvinias tiefer Atemzug, der ihr Lächeln begleitete, holte Maximilian von dort zurück, wo er soeben im Begriff war, hinzugleiten. „Du kannst uns helfen, schöner Jüngling", hörte er sie. „So, wie du dein Vögelchen vor dem Ertrinken bewahrt hast. Vor dem sicheren Tod bewahrt hast. Der auch uns ereilt, auf der Straße, der Gewalt ausgeliefert, dem Hunger, der Kälte, dem Schmutz. Bitte, wirst du uns helfen?"
„Ich? Euch helfen? Wie denn?" Maximilian war wieder gänzlich in der Realität. Er sah Alvinia aus großen Augen an, während seine Gedanken zu rasen anfingen. *Vielleicht war er doch zu zutraulich gewesen, hatte zu viel von sich preisgegeben... Weshalb nur war er so offenherzig?! Was, wenn sich diese Frauen jetzt an seine Fersen hefteten... sie am Stadttor auf ihn warteten, damit er sich für sie einsetze... er in Ungnade fiel... sein Vorrecht auf die unentgeltliche Schneiderlehre wieder verlor...*

„Jetzt schau mich nicht so entgeistert an!“ Alvinia spürte Maximilians aufgeschossene Zweifel. „Ich begehre nichts Unredliches von dir. Ich bitte dich nur, in deiner Stadt eine Supplikation für uns einzureichen.“
Maximilian verstand nicht, Alvinia hingegen schon. Sie wurde konkret. „Ich bitte dich, für uns eine Bittschrift abzugeben, in der Neuburger Kanzlei. Schließlich können wir dies nicht selbst tun, weil man uns an den Stadttoren nicht nur den Zutritt verweigert, sondern uns auf dem Fuße davonjagt. Du kannst doch lesen, oder?“
Maximilian nickte.
„Gut. Dann wirst du zuerst lesen, worum wir bitten. Nämlich darum, kleine Gewerbe betreiben zu können, in Ansässigkeit, nicht im Herumziehen, das Anrecht auf Handel in der Stadt und auf den Märkten eingeschlossen.“
Mit Alvinias Ausführungen war Totenstille unter den Frauen eingekehrt. Ein weiteres Mal ruhten alle Blicke auf Maximilian. Urplötzlich musste er an seinen Vater denken. Und an seine eigene Zukunft als ärmlicher Kerzenzieher, so ihm nicht das an ein Wunder grenzende Glück widerfahren wäre, in Neuburg aufgenommen worden zu sein.
„Bitte“, bekräftigte Alvinia ihre Anliegen. Ihr Ton wurde leicht kämpferisch. „Hilf uns! Du musst nur zur Kanzlei gehen und unser Gesuch abgeben. Du musst es nicht einmal schreiben. Wie gesagt, das tue ich.“
„Habt Ihr es fertig?“, hörte Maximilian seine eigene Stimme, noch in seiner Entscheidung schwankend.
„Nein. Wir wussten ja nicht, dass uns der liebe Gott heute dich über den Weg schickt. Aber ich verfüge über Schreibzeug, wohlverwahrt. Und so du mir bis morgen Zeit lässt, und mich dann wieder triffst, verfasse ich das Schreiben, dessen Inhalt mir Tag und Nacht durch meine Gedanken wandert und meine Gebete bestimmt.“
Mehr Worte brauchte es nicht. Maximilian würde von dem Glück, das ihm widerfahren war, Gebrauch machen.

Kanzlei zu Neuburg an der Donau, den 27. März 1543

Lustlos beäugte der Kanzleischreiber den Haufen an Schriftstücken, der ihm gerade, nach dem morgendlichen Leeren des Briefkastens, zugeteilt worden war.
„Lass es 8 Uhr werden“, murmelte er vor sich hin. Dann könnte er wieder nach Hause gehen, zur Morgensuppe, mit der sein Weib aufwarten würde. Doch bis dahin galt es, zweieinhalb Stunden zu arbeiten, denn sein Vormittagsdienst begann um 5.30 Uhr...
Nach einem ausgiebigen Gähnen machte er sich daran, die Schriftstücke vorzusortieren, um zu entscheiden, in welcher Reihenfolge er sie abarbeiten würde: Klageschriften sichtete er zuerst, weil er sie einfach nur an

einen Justizbeamten weiterreichte. Ihm war dann aufgegeben, sich zur Entlastung des Hofgerichts an die Beklagten zu wenden, um eine außergerichtliche Einigung herbeizuführen. Erst nach dem Scheitern eines Vergleichs durfte an das Gericht zur mündlichen Verhandlung übergeben werden... Mit Bittgesuchen war es weit schwieriger. Hier kam nämlich ihm zu, vorzuentscheiden, inwieweit und von wem der Bitte abgeholfen werden könnte.

Das Schriftstück, das er nun in den Händen hielt, bereitete ihm besonderes Kopfzerbrechen. Das feine Papier und vor allem die vollkommene, gleichmäßig geschwungene Handschrift beeindruckten ihn. Der Inhalt des Schreibens allerdings hinterließ in ihm eine Mischung aus Ratlosigkeit und Abneigung: *Aus Augsburg verjagte Dirnen begehrten von der Stadt Neuburg das Recht auf Ausübung stehenden Gewerbes nebst Handels?? Angesichts ihrer verzweifelten Lage umgehend?? - Sollten sich andere darum kümmern!*

Mit besonderem Vermerk wanderte die Bittschrift zur weiteren Entscheidung an das Hofgericht.

Rathaus zu Neuburg a. d. Donau, 23. Ständetagung am 17. April 1543

„Mein Herzog folgt damit nur den Beschlüssen des Bayerischen Landtags in Landshut am 31. März." Leonhard Zierer, Sekretär Herzog Wilhelms IV., beendete seine abschlägigen Ausführungen mit einer Verneigung und setzte sich.

Ottheinrich ballte die Fäuste unter dem Tisch und seine Füße pressten am Boden, denn er meinte, jeden Moment den Halt zu verlieren. Schließlich wusste er, dass die Bayerischen Landstände zuerst bekundet hatten, sich mit 600.000 Gulden an einem Landkauf zu beteiligen, um dann jedoch plötzlich davon Abstand zu nehmen... *Wer wohl hatte auch diesmal infam zu verhindern gewusst, Pfalz-Neuburg aus seiner Notlage zu helfen?!* Er sah jene ewige zipfelige Mütze vor sich und nur mit Mühe gab er Christoph Arnold, seinem Obersten Sekretär, durch ein Kopfnicken zu verstehen, dass der jetzt sprechen möge.

„Ich danke dem bayerischen Abgeordneten und fasse also zusammen." Christoph Arnold erhob sich von seinem Platz. „Anton Fugger hat für den Kauf des Oberlandes 1.150.000 Gulden angeboten unter der Voraussetzung, dass München dem Erwerb zustimmt. Herzog Wilhelm IV. lehnt dies wegen seines eigenen Kaufinteresses ab. Dabei sieht er sich jedoch nicht in der Lage, den vorgenannten Preis, oder wenigstens 1 Million Gulden, zu bezahlen. Sein Angebot lautet: 300.000 Gulden für das Oberland oder 1 Million dafür, dass ihm das gesamte Fürstentum huldige. In dem Falle seien ihm sämtliche Siegel auszuhändigen. Damit verbunden ist der Heimfall von ganz Pfalz-Neuburg an München, so Fürst Ottheinrich ohne männliche Erben stirbt. Bei allem bleibt aber die Möglichkeit eines Rückkaufes offen."

Auf diese Worte hin entluden sich unmutige Ausrufe unter den 148 Anwesenden. „Unerhört!!" „Reine Verschleppungstaktik!!" „Inakzeptabel!!"

Unter der Wucht der Hoffnungslosigkeit sank Ottheinrich innerlich in sich zusammen. *Wie nur sollte er seiner schwerkranken Susanna heute begegnen? Schon gestern hatte ihn der Bericht des Leibarztes von Kurfürst Ludwig, der auf seine Bitte hin in Neuburg weilte, zutiefst erschüttert...*

„Euch bleibt noch der Kaiser, mein Fürst." Jörg von Heidecks leise Stimme drang beschwörend in Ottheinrichs Ohren. „Ersuchen wir bei Karl V. einen Anstandsbrief, der München maßregelt."

Resigniert rang sich Ottheinrich eine zustimmende Geste ab. Wenig später beendete er unter Aufbietung aller Kräfte diesen niederschmetternden, schon 15 Tage andauernden Ständetag.

Residenz zu Neuburg an der Donau, den 23. April 1543

In dem Moment, in dem Ottheinrich ihr leises Aushauchen hörte, war er sich der Unumkehrbarkeit des Augenblicks bewusst:

Seine Susanna war tot.

Doch all seine Sinne sträubten sich heftig gegen das soeben Geschehene. Deshalb blieb er an ihrem Bett sitzen und wartete, wartete, wartete... auf ein weiteres Lebenszeichen von ihr.

Als ihm irgendwann die Härte der Realität zur Gewissheit wurde, entlud sich ihm ein Klageschrei. Nachdem er verhallt war, zog er Susannas erkaltenden Leib an seine Brust. Enthemmt weinend klammerte er sich an jene leblose Hülle, die seine große und einzige Liebe gewesen war.

Kirche Zu Unserer Lieben Frau in München, den 01. Mai 1543

Herzog Wilhelm IV. von Bayern weinte jämmerlich. Er sah sein kleines Schwesterlein vor sich, sechzehnjährig, so blass und zerbrechlich. Wie es ihn damals zermarterte, sie dem um viele Jahre älteren Markgrafen Kasimir von Brandenburg-Kulmbach in die grobschlächtigen Hände geschoben zu sehen! Gleich einer Schachfigur! Auf Kaiser Maximilians Schachbrett der Heiratspolitik! Nur, damit der Habsburger einen Fuß ins Haus Hohenzollern bekam! Verschachert die jüngste, unbedeutende Wittelsbacher Nichte! *Einmal mehr Hass auf Habsburg! Nur der katholische Glaube einte! Aber genügte dies??*

Wilhelms Blick schweifte zwischen den wenigen anwesenden Trauergästen, die da waren seine Gattin Maria Jakobäa und zwei von Susannas Kindern, nämlich ihr Sohn Albrecht und ihre Tochter Kunigunde. Maria,

ihre älteste Tochter, fehlte. Sie lag gerade im Wochenbett, nach der Geburt ihres zweiten Sohnes Johann Kasimir.
Einer, der sonst nie fehlte, war aber ebenso abwesend. Urplötzlich vergegenwärtigte sich Wilhelm des Fehlens von Leonhard von Eck. Nicht, dass der im Range stand, einem Familienbegräbnis beizuwohnen. Trotzdem durchfuhr ihn ein Gedanke an den Mann, der ihm wie ein Schatten nachfolgte. *Was trieb ihn bloß zu jenem höchsten Rat, dem er seit seiner Jugend die politischen Fäden von München überließ? Oder, war es mittlerweile gar kein eigenes Tun mehr? Ließ er sich längst ziehen? Angeknüpft an eben jene Fäden, die er einst so honorig aus der Hand gegeben hatte?*
Wilhelm hörte nicht mehr die Leichenpredigt. Stattdessen hallten ihm die Worte seines Bruders Ludwig in den Ohren, mahnend, bittend, am Ende resignierend, im Wortlaut seines vertrauten Beraters Hans Weissenfelder, ausgelöst durch das Misstrauen gegenüber Leonhard von Eck. - Davon unbeeindruckt zeigte er sich dem kleinen Bruder, der sich ihm letztendlich stets beugte: Das schmächtigere Landshut unter das imposantere München. Niederbayern unter Oberbayern.
Doch, beugte er selbst sich nicht ebenso? Hieß er nicht immer das gut, was den unter einer Zipfelhaube hervorstechenden Augen entrollte?
Wilhelm versuchte, sein intensives Unbehagen abzuschütteln. Schlicht, wieder inmitten des Leichenbegängnisses, peinigte ihn ein weiterer Fakt: Es fehlte noch jemand. Nämlich Susannas Witwer. *Wie es Ottheinrich wohl in diesem Moment erginge? Unter der erdrückenden Schuldenlast, obenauf seiner großen Liebe beraubt?*
Wilhelm mochte nicht in dessen Haut stecken. Reue wollte sich seiner bemächtigen, schließlich wusste er um die große Liebe seines Schwagers zu Susanna. Und gleichfalls war ihm bewusst, wie die Sorgen an der zerbrechlichen Gesundheit seiner Schwester genagt haben mussten. - Indes. Für Reue war es zu spät. Wilhelm verbot sich, in dieser Richtung weiterzudenken. Sie alle waren nicht mehr die jungen, unbeschwerten Fürsten von einst und die aufgerissenen Gräben zwischen München und Neuburg reichten tief. Kategorisch führte er sich vor Augen, dass sich sein Schwager in Unbelehrbarkeit und Sturheit selbst in den Abgrund manövriert hatte: Wider aller wohlmeinenden, geduldigen Bitten Münchens handelte Ottheinrich nicht zur Ehre ihrer gemeinsamen Wittelsbacher Blutlinie.
Wittelsbach... Die zarte, kleine Susanna würde heute die ewige Ruhe in der Familiengruft finden, in der auch die Gebeine ihres großen Urahnen, Kaiser Ludwigs IV.*, seit fast zweihundert Jahren ruhten.
Mit dieser Ausmalung tröstete sich Wilhelm. Vor allem auch damit, dass seine Schwester genau hier, und nicht in Neuburg, begraben werden wollte. Er nahm es als ihre Vergebung seiner Verfehlungen Neuburgs gegenüber. Freierdings, denn befragen konnte er sie nicht mehr. *Er würde damit leben.*

Aus trüben, verquollenen Augen musterte Ottheinrich seinen Stiefsohn, der mit der Geburt vom leiblichen Vater den Beinamen ‚Achilles' erhalten hatte. *Ob er wohl seinem Großvater, dem ‚Deutschen Achilles', wie der einst wegen seiner militärischen Erfolge genannt wurde, nachkommt? Nun, Hauptsache, er tritt nicht in des Vaters Fußstapfen...* Albrecht Achilles von Brandenburg-Kulmbach war ein stattlicher junger Mann. Vor gut einem Monat, am 28. März, hatte er das 21. Lebensjahr vollendet, und die zwei vergangenen Jahre, seit ihrer kurzen Begegnung auf dem Regensburger Reichstag, hatten ihn weiter reifen lassen. Vom zarten Körperbau seiner Mutter zeigte er freilich wenig. Breitschultrig, stark und aufrecht stand er. Aber die Augen, die waren die seiner Mutter. Klar und offen blickten sie, aufnahmebereit für alles, was sich vor ihnen abspielte. Dabei zeugten sie von einem klugen Verstand, der dahinter unablässig rotierte.

Für einen Moment versank Ottheinrich in diesen Augen, die sich fest auf ihn gerichtet hatten. Ihr Funkeln jedoch, das kurz darauf aufflammte, riss ihn aus seiner Elegie. Dieses Aufblitzen entstammte eindeutig nicht dem mütterlichen Wesen...

Wegen des Gebarens seines Stiefvaters, das tiefste Trauer offenbarte, fing Albrecht gar nicht erst an, vom Begräbnis seiner Mutter zu reden. Zudem er sich als Sechsjähriger mit der per Gerichtsentscheid zugunsten seines Onkels Georg erzwungenen Trennung im Grunde vollständig von ihr entfernt hatte. Kein Treffen war ihm mehr im Gedächtnis. Einzig ihrer permanenten mütterlichen Klagen ob seiner kindlichen Ungezogenheiten wusste er sich bestens zu erinnern. Der Grund seines Erscheinens in Neuburg war ein anderer: Gemäß dem Ehevertrag zwischen Ottheinrich und seiner Mutter standen ihm und seinen Schwestern ein Drittel ihres Nachlasses zu. Auch wenn er keine Reichtümer erwartete, so nahm er diese Formalität auf seiner Rückreise von München in das Fränkische trotzdem für einen Besuch Neuburgs zum Anlass.

„Lasst Euch ruhig Zeit, die Hinterlassenschaft unserer Mutter aufzunehmen", begann er also ein Gespräch.

„Nein, nein", winkte Ottheinrich ab. „Das Verzeichnis ist fertig. Es gib nicht viel aufzuteilen. Lediglich 587 Gulden Barschaft, einige Schmuckstücke und diese Schaugroschen. Die Wahl der Letztgenannten überlasse ich Euch."

Albrecht öffnete die ihm zugeschobene Schatulle. Da er an solcher Sammelei wenig Interesse hatte, entnahm er eine wahllose Anzahl der Gedenkmünzen. Anschließend legte er diejenigen, die aufgrund ihrer schönen oder merkwürdigen Gravuren seiner Meinung nach den beiden Schwestern gefallen würden, beiseite. -

„...Misshelligkeiten und Streit zwischen dir und deinem Onkel Georg finden also kein Ende?“

„Keineswegs. Zumal der Herzog von Preußen unseren Teilungsvertrag für nichtig erklärte.“

Irgendwann, wider aller Erwartungen, war doch ein reges Gespräch zwischen ihnen in Gang gekommen. Albrecht genoss die angenehme Art, in der Ottheinrich trotz seiner Betrübtheit mit ihm kommunizierte. Deshalb berichtete er freimütig und in einer Art und Weise, als ob sie sich nahestünden.

„Der Herzog von Preußen, dein Onkel Albrecht, ich schätze ihn sehr. Wir beide bewundern Andreas Osiander. Weshalb lehnte er jenen Vertrag ab?“

„Nun, er hält es für unannehmbar, dass alle unsere nachgeborenen Söhne in geistliche Orden eintreten, sich der Lande und des Erbes enthalten und mit einem geringen Deputat zufriedengeben müssen. Es spräche gegen alle guten Sitten, wenn man ungeborene Kinder für rechtlos und erblos erkläre. Es wäre unchristlich und widernatürlich.“

„Ja, ja, die altväterlichen Verträge, in ihrem überholten Auslegen von Gottes Wort. Verständlicherweise sieht der Herzog dies anders. Nur, mich wundert, dass Georg es nicht auch so sah, beim Abfassen der Verträge.“

„Onkel Georg urteilt nur aus seiner Sicht. Und der seines einzigen Sohnes, der ihm erst in der dritten Ehe von einer um dreißig Jahre jüngeren Frau geboren wurde.“ Albrecht ballte die Fäuste. Seine tiefe Abneigung gegen den Onkel war unübersehbar. - Ottheinrich teilte diesen Widerwillen, angesichts des Leids und der Geringschätzung, die Susanna einst von ihm erfahren musste. *Susanna...*

Albrecht blieben Ottheinrichs aufsteigende Tränen nicht verborgen. Er verbiss seine aufsteigende Wut und lenkte dagegen. „Ich nehme es als gegeben hin, aber Onkel Georg heuchelt Schmerz. Angeblich sei er um Güte im Vertrag bemüht gewesen und hätte sich mir nur gebeugt, so schrieb er nach Königsberg. Außerdem sei ich belästigend. Tag für Tag würde ich ihn heimsuchen wegen abzulegender Verwaltungsrechnungen und Nachweisungen.“ Albrecht zuckte gleichgültig mit den Schultern, setzte dabei aber ein Grinsen auf. Seine Ablenkung glückte. Ottheinrichs Mine überzog ein kleines Schmunzeln. „So, so. Tust du das?“

„Wie sollte ich nicht? In den Jahren seiner Vormundschaft hat er mein väterliches Erbe verschleudert mit unnützen Bauten, übermäßigen Jagden und seiner unordentlichen Hofhaltung. Vermehrt hat er die Landesschulden damit. Und weil ich die Hälfte all dieser Schulden zu tragen habe, will ich sie um das vermindert sehen, was er sinnlos verschuldete. Und diesen Nachweis fordere ich. Er soll eine lautere, vollkommene und richtige Rechnung über alle Einnahmen und Ausgaben vorlegen.“

„Und dies tut er nicht."
„Nein. Er jammert nur. Aber nicht mir gegenüber. Schon über ein Jahr redet er nicht mehr mit mir. Es gibt keine Besuche, obwohl Neustadt und Ansbach kaum fünf Meilen voneinander entfernt liegen. Selbst, als Onkel Albrecht in seinem Kummer wegen unserem Streit im vergangenen Sommer mithilfe seiner Räte Vermittlungsversuche plante, lehnte er dies kategorisch ab. Ich nehme ihm sehr übel, dass er eine persönliche Zusammenkunft mit mir abschmetterte. Ich solle erst von der geforderten Rechnungslegung ein für alle Mal absehen, so seine Begründung."
„Und dies tust du nicht."
„Da wäre ich ja schön dumm", folgte trotzig. „Im Gegenteil. Ich folgte meinem Instinkt und setzte eins obendrauf. Mit Erfolg!"
„Was? Erzähle es mir!" Albrechts Belustigung, die er seinem Trotz nachsandte, erreichte Ottheinrich.
„Nun, ich verlangte vom Verwalter der Plassenburg ein genaues Verzeichnis darüber, was dort üblicherweise an Silbergerät, Weinvorrat und Heiligtümern vorhanden ist. So ergab sich, dass vom Wein 2.000 Eimer fehlten. Vom Silbergeschirr war nichts mehr da und auch von den Heiligtümern aus Gold und Silber gab es nur noch einige Stücke. Und dies alles, so der Verwalter, fehle nicht etwa wegen Diebstahls, sondern aufgrund des Befehls von Onkel Georg, der all diese Dinge zu sich nach Ansbach bringen ließ."
„Peinlich kleinlich. Wie reagierte dein Onkel?"
„Mit dem Gegenteil von ‚peinlich kleinlich'. Er ließ mir ausrichten, er erfülle meine Forderung nach der Rechnungslegung für die Zeit der Vormundschaft erst, wenn ich nachweise, inwieweit mein Vater während seiner Regierungszeit im Fürstentum zu dessen Wohle gewirtschaftet hätte."
„Um Gottes Willen. Und was tust du jetzt?"
„Jetzt werde ich mich zum Kampfe rüsten."
„Aber doch nicht gegen deinen Onkel!"
„Das dann doch nicht, obwohl ich Lust dazu hätte. Der Kaiser ersuchte meinen Waffendienst für einen Feldzug gegen Frankreich."
„Ja, ich hörte von den Drohungen aus Paris, nach der Ermordung des französischen Gesandten in Mailand." Ottheinrichs Belustigung war angesichts Albrechts erstrahlender Augen augenblicklich verflogen.
„Ganz in rot, in unserer Farbe, werde ich ins Felde ziehen! Genau wie Moritz von Sachsen! Er schrieb mir. Des Kaisers Berater Granvella hatte auch bei ihm um Unterstützung geworben. Gemeinsam werden wir Franz I.* entgegentreten!"

„Wieder nach England? An den Hof Heinrichs VIII.??" So sehr sich Ottheinrich in seiner Trauer über seines Bruders Besuch freute, so sehr wunderte er sich über dessen enthusiastische Reisepläne.
„Aber ich kann nicht anders, Ottheinrich! Schon im Februar habe ich Mary mein Kommen angekündigt!"
„Im Februar? Bekamst du Antwort?"
„Nein, aber im letzten Oktober, als ich ihr schöne Grüße bestellte, ließ sie mir ebensolche ausrichten. Wir lieben uns! Nie werde ich unseren Kuss vergessen, in den Gärten der Abtei von Westminster!" Philipp richtete sich auf und legte eine Hand ans Herz. „Ich muss sie sehen!", rief er aus königlicher Pose. „Diesmal wird sie meine Braut! Ich weiß es!"
„Das sei dir vergönnt. Niemand verdiente es mehr als du." Ottheinrich sprach spontan und aus voller Seele. *Welch tröstlicher, hoffnungsvoller Ausblick in dieser finstersten Zeit! Großes Glück für seinen kleinen, geliebten Bruder...* An das Scheitern der Heiratsbemühungen, die durchaus hoffnungsvoll begonnen hatten, mochte er jetzt nicht denken. Im Jahr 1539, in Begleitung seiner beiden vertrauten Hofbeamten Jörg von Heideck und Sebastian Pemler, war Philipp sogar auf Einladung Heinrichs VIII. nach London gereist. Warum der englische König damals Philipp als Schwiegersohn ins Auge gefasst hatte, lag auf der Hand: Frankreich und Spanien waren im Begriff, sich anzunähern, und deshalb suchte Heinrich die Verbindung mit einem hohen deutschen Fürstenhaus. Und dazu gehörte Pfalz-Neuburg schließlich. Die Wankelmütigkeit des englischen Monarchen zerstörte jedoch Philipps große Hoffnung auf sehr enttäuschende Weise... Umso mehr überraschte es Ottheinrich, an welchen Plänen Philipp wohl insgeheim die ganze Zeit über trug und dass er diese gerade jetzt nicht nur offenbarte, sondern sogar anging. *Blickte Philipp für sie beide in die Zukunft? Versuchte er nun kraftvoll Neuburgs Geschicke zum Guten zu lenken? Wo er sie doch an den Rand des Abgrunds gebracht hatte... War Susannas Tod sein Signal zum offenen Handeln? Aber Maria Tudor stand nun in ihres Vaters Ungnade und er hatte sie von der Thronfolge ausgeschlossen! Oder baute Philipp eben gerade darauf? Maria zu ehelichen, aus eben dieser Position heraus? Mit Blick auf die Zukunft? Wer wusste schon, welchen weiteren Launen Heinrich VIII. stattgeben würde...*
Für einige Atemzüge labte sich Ottheinrich an Philipps selbstbewusster Pose und seinem Augenleuchten. Doch dann wurde er wieder sachlich, wenn auch ganz behutsam. Keinesfalls wollte er dessen seltene Hochstimmung trüben. „Wie gedenkst du deine Reise zu finanzieren, Philipp? Und deinen Aufenthalt? Es steht leider außerhalb meiner Macht, dir unter die Arme zu greifen."
„Das musst du nicht. Wie ich dir sagte, mein Vorhaben ist wohldurchdacht. Nie habe ich das Brautgeschenk, das mir Heinrich VIII. einst

machte, angegriffen. In meiner Privatschatulle verwahrte ich jene Kleinodien, die ich jetzt zu verkaufen gedenke. Außerdem wird mir der König bestimmt Kost und Logis finanzieren, denn ich werde ihm meine Dienste anbieten."

„Du wirst also nicht um Marias Hand anhalten."

„Nun ja. Vorerst nicht." Mit seinen letzten Worten verwischte Philipp Ottheinrichs Bedenken, wenngleich diese nicht der Wahrheit entsprachen. *Natürlich gedachte er, dies zu tun, auch wenn er nicht mit Reichtümern aufwarten konnte. Wohl aber würde er behaupten, er werde seinem Onkel Friedrich und auch Ottheinrich in der Erbfolge vorgezogen, beim Tod von Kurfürst Ludwig von der Pfalz. Wen scherte diese Notlüge?! Allein sein Eintritt ins englische Königshaus zählte! Für sie alle! Er wusste um seine große Schuld und er wollte wiedergutmachen...*

Benediktinerinnenkloster zu Baring, im Juni 1543

Widerwillig öffnete Euphemia Pirkheimer ein neues Schreiben Ottheinrichs, das einer Sendung von Druckwerken beigefügt war:

„Unsern Gruß zuvor, würdige, andächtige und gottlieb Getreue! Von landsfürstlichem Amts wegen hat uns, aus Verleihung der Gnaden des Allmächtigen, unser Gewissen dahingehend bewegt, das Wort Gottes zu seiner Glorie und Herrlichkeit zu verkünden. Zur Ausrottung der ärgerlichen Mißstände haben wir derenthalber eine Kirchenordnung gemäß der Heiligen Schrift, wie wir gegen Gott und der Welt zu verteidigen wissen, in unserem Fürstentum eingeführt. Wir schicken auch Euch hiermit ein Exemplar samt den biblischen Büchern des Alten und Neuen Testaments mit gnädigem und ernstlichem Begehren, unsere Kirchenordnung umzusetzen. Die „päpstliche Messe" und noch andere widerwärtige Ceremonien sind nicht weiter zu vollziehen. Wir werden nicht daran zweifeln, damit Ihr zu einer solchen Förderung der Ehre Gottes, unser aller Seligkeit und auch für Euch selbst geneigt sein werdet. Umso lieber wollen wir Euch und unserem Gotteshaus gnädigem Schirm beweisen. O.H."

„NIEMALS!!“ Angewidert stieß Euphemia jene drei Bücher mit Schwung von ihrem Schreibpult. Ottheinrichs Schreiben warf sie hinterher. Damit war ihrer spontanen Wut Genüge getan, ihre Nöte milderte sie dementgegen aber nicht: Niemand konnte ihr mehr helfen, denn mit Ottheinrichs Lossagung von der Papstkirche unterstand ihr Kloster nicht länger der Befehlsgewalt des Bischofs von Eichstätt. Jetzt schuldete sie Pfalz-Neuburgs Landesherren in Person des Oberprobstes Gregor Kirner ihren Gehorsam. Der suchte sie immer öfter auf, um sie mit Befehlen zu traktieren, die sie immer hartnäckiger verweigerte. Demnach war es nur noch eine Frage der Zeit, einer kurzen Zeit, bis sie mit drastischeren Methoden zu rechnen hatte...
...doch ganz gleich, was künftig auch geschehen würde: Seit der Nacht, die dem Tag vorausging, an dem der Beichtvater des Klosters mitsamt dem Baringer Dorfpfarrer wegen Nichtbeachtung der neuen Kirchenordnung des Landes verwiesen wurden, befand sich der größte Schatz ihres Klosters in Sicherheit. Gemeinsam hatten sie ihre wertvollste Reliquie, die ‚Heiligen Kreuzpartikel‘, in einen ausgehöhlten Eichenblock eingelegt und im tiefen Schöpfbrunnen der linksseitigen Kirchengruft versenkt.

Wenige Tage nach der Ausweisung der beiden katholischen Kirchendiener erschien Gabriel Arnold in Begleitung eines lutherischen Pfarrers samt seiner Ehefrau in Baring, um den Geistlichen im verwaisten Pfarrhaus seine künftige Bleibe zu weisen und ihn in sein Amt einzuführen. Der Antrittsbesuch bei den Benediktinerinnen endete mit Euphemias Weigerung, den Pfarrer anzuerkennen, worauf Ottheinrich mit einem fürstlichen Verbot reagierte. Am 25. Juni 1543 untersagte er jeglichen Verkehr mit dem Kloster, um katholischen Priestern den Zugang dorthin unmöglich zu machen. Euphemia schrieb in ihr Diarium:

„...Somit gab der Fürst nicht allein den Unsrigen, sondern auch sonst merklich zu erkennen, dass in gegenwärtigem Gotteshaus aus besonderen Ursachen mit Ernst verordnet ist, dass von nun an niemand, wer er auch sei, in unserem Kloster Herberge, Unterschlupf oder Unterhaltung, weder bei Tag oder bei Nacht, suche. Per Dekret habe sich ein jeder zur Vermeidung von Ungnade oder Strafe darnach zu halten.“

Neuburg an der Donau, den 02. August 1543

Zuerst waren es Wochen des Wartens gewesen. Dann wurden es sogar Monate, in denen sich die Unruhe und Angst der Augsburger Frauen, der Winter könne sie einholen, auf Maximilian übertragen hatte. Von da an war er zweimal täglich zur Rathaustür geeilt, wo für diejenigen, die keine

feste Adresse besaßen, die Behördentermine öffentlich angeschlagen wurden.
Eines Tages las er die ersehnte Bekanntmachung:
„Aufruf an Weidenstein, Alvinia für die fahrenden Frauen aus Augsburg! Zu Erscheinen am Neuburger Hofgericht zwecks mündlicher Verhandlung am Zweiten des August, Anno 1543."
Sofort war er ins Donaumoos zur Hütte der Kräuter-Agnes geeilt. Die hatte sich selbstredend dazu bereiterklärt, den fahrenden Frauen nicht zu verwehren, sich in ihrer direkten Nachbarschaft notdürftig einzurichten... und heute war es endlich soweit: Aufrechten Ganges betrat Alvinia Weidenstein den Gerichtssaal des Neuburger Hofgerichts.

Sorgfältig hatte Jörg von Wemding zu Fünfstetten in seiner Funktion als stellvertretender Hofrichter die Urteiler ausgewählt, nachdem ihm der Justizbeamte den zu verhandelnden Fall geschildert, und ihm die Supplikation vorgelegt hatte. Zwei Gründe ließ er in seine Wahl einfließen: Zum einen war es die wunderschöne Handschrift, hinter der er nicht nur eine ebensolche Frau vermutete. Auch die ausgewogene Wortwahl jener offensichtlich gebildeten Person stimmte ihn wohlwollend. Der zweite Grund war seine Vermutung der negativen Voreingenommenheit des Neuburger Stadtmagistrats den fahrenden Frauen gegenüber. Deshalb fiel seine Wahl auf den Rat Matern von Stetten als juristischen Vertreter. Mit Gilg von Parsberg zu Parsberg, Etterzhausen und Lupburg gedachte er, dem altehrwürdigen bayerischen Adel eine Stimme zu verleihen, obwohl der bloß im Range eines Jägermeisters stand. Für Ottheinrich, dem letztendlich im Falle einer Nichteinigung die Entscheidungsgewalt zukäme, sollten Gabriel Arnold zu Rohrenfels, sein Rentmeister, und Dr. Sebastian Pemler, sein Kanzler, sprechen...
Er selbst war alt und reich an Lebenserfahrung. Auch wenn er wusste, dass er gerade in diesen schweren Zeiten seinem Fürsten zur Seite stehen sollte, so trug er trotzdem am Gedanken, alsbald sein Rücktrittsgesuch einzureichen. Doch bis dahin galt es, Gutes zu tun, wo immer es ging, und das Gesuch jener Frauen, die für so lange Zeit als ehrbar galten und deren Dienste man nur allzu gerne beanspruchte, bewegte ihn nicht nur. Ihr trauriges Schicksal belebte auch seinen ritterlichen Beschützerinstinkt...
Mit dem Eintreten der Wortführerin jener Frauen bestätigte sich seine Vermutung. Alvinia Weidenstein, nur in ein schlichtes graues Tageskleid gekleidet und ihr Haar von einem undurchsichtigen Schleier bedeckt, war eine wunderschöne Frau. Allein im ersten Moment ihres Auftretens hinterließ sie den Eindruck einer Partnerin, die sich ein jeder Mann insgeheim wünschte, weil sie die Erfüllung sinnlicher Begehren versprach. Auf den zweiten Blick erkannte man jedoch ihre Willenskraft und Stärke.

Damit schmälerte sie zwar ihre männliche Anhängerschaft. Wohl aber siebte sie auf diese Weise jene aus, die ihrer nicht würdig wären...
Alvinia spürte die Blicke der Männer auf sich. Freilich waren sie ihr nicht neu, allerdings mittlerweile fast ungewohnt, vor allem, weil sie sich heute Männern von Rang und Namen gegenübersah. Es lag lange zurück, dass sich jene Oberschicht zu Frauen wie ihr gesellt hatten. - Deswegen taten sie ihr gut. Sie riefen in ihr ein Gefühl von Wertschätzung wach, das in jener finsteren Zeit hinter Augsburgs Mauern und in der entwürdigenden, scheußlichen Abhängigkeit vom dortigen Henker, aber auch in den Monaten des Umherziehens auf der Straße, stark gelitten hatte. *Doch genau deshalb stand sie heute hier und sie würde mit aller Kraft um ein lebenswertes Dasein kämpfen!* Aus dieser Motivation heraus blieb sie auch stehen, nachdem man ihr angeboten hatte, sich zu setzen...
Mit dem Beginn der Verhandlung wurde die Supplikation der Frauen verlesen. Hernach folgte die Frage an Alvina, ob sie ihrer Bittschrift etwas hinzufügen möchte. - Alvinia verneinte. Alles, was sie und ihre Weggefährtinnen wünschten, sei zum Ausdruck gebracht.
Damit wurde der Vertreter des Stadtmagistrats, ein dunkel gekleideter Herr fortgeschrittenen Alters, zur Stellungnahme aufgefordert. Er verließ seinen Platz und trat vor das Gerichtspodium. Dort nahm sein schroffer Gesichtsausdruck vorweg, was er anschließend in Worte fasste: „Hochverehrter Richter!", verneigte er sich. „Werte Urteiler! Im Namen unserer Stadtväter fordere ich, das Bittgesuch abzuweisen. Stets verwehrte sich Neuburg einmütig den öffentlichen Frauen innerhalb der Stadtmauern. Und nun, da es uns vergönnt ist, dem wahren Worte Gottes folgen zu dürfen, öffnen wir dem Laster und der Unzucht unsere Tore? Allein schon Luthers Lehre verbietet es uns. So lasst mich in seinen Worten begründen, von welcher Art ein Weib zu sein hat, dem wir uns zugeneigt sehen können." Er entrollte ein mitgebrachtes Schriftstück und las davon ab, nachdem Jörg von Wemding ihm Erlaubnis erteilt hatte. „Ein frommes, gottesfürchtiges Weib ist ein seltsames Gut, viel edler und köstlicher denn eine Perle. Der Mann verlässt sich auf sie und vertraut ihr alles. Sie erfreuet den Mann und machet ihn fröhlich, betrübet ihn nicht, tut ihm Liebes und kein Leides sein Lebenlang. Sie geht mit Flachs und Wolle um, schafft gern mit ihren Händen, zeuget ins Haus und ist wie eines Kaufmanns Schiff, das aus fernen Ländern viel Ware und Gut bringt. Frühe stehet sie auf, speiset ihr Gesinde und gibt den Mägden, was ihnen gebühret. Wartet und versorget mit Freuden, was ihr zusteht. Was sie nichts angeht, lässt sie unterwegen. Sie gürtet ihre Lenden fest und streckt ihre Arme, ist rüstig im Hause. Sie merkt, was frommt und sie verhütet Schaden. Ihre Leuchte verlischt nicht des Nachts. Sie streckt ihre Hand nach dem Rocken und ihre Finger fassen die Spindel. Sie arbeitet gerne und fleißig. Sie breitet ihre Hände aus über die Armen und Dürftigen,

gibt und hilfet gern. Ihr Schmuck sind Reinlichkeit und Fleiß. Sie tut ihren Mund auf mit Weisheit, auf ihrer Zunge ist holdselige Lehre. Sie zieht ihre Kinder fein zu Gottes Wort. Ihr Mann lobet sie, ihre Söhne kommen auf und preisen sie selig."
Mehr und mehr enthusiastisch in seinem Vortrag, ließ der Magistratsvertreter das Schriftstück sinken. Er räusperte sich, um dann, ohne Alvinia ins Gesicht zu sehen, mit einer Hand auf sie zu weisen und weiterzusprechen. „Dies sei ein wenig zu Luthers guten Früchten gesagt, die wir uns heranziehen sollten. Nicht das Gezücht von herumwandernden Lustweibern. Weshalb wohl hat man sie Augsburgs verwiesen? Wenn sie sich doch an lauterem Gewerbe zu betätigen gedenken? Unser Magistrat traut diesen Frauen nicht! Folgen wir Augsburgs Handhabe!" Der Magistratsvertreter ließ seine Hand sinken, ging zu seinem Platz zurück und setzte sich.
„Klare Worte des Magistrats", kommentierte Jörg von Wemding. „Jetzt verteidigt Euch gegen sie, Alvinia Weidenstein!"
Nach ihren bitteren Erfahrungen hatte Alvinia natürlich nicht erwartet, dass ihrem Bittgesuch so einfach entsprochen würde. Der herabwürdigende Fingerzeig des Magistrats allerdings überstieg ihre Befürchtungen. Trotzdem, oder gerade deshalb, ließ sie sich keineswegs beirren. „Ihr sprecht mit Luthers Worten und verliert Euch dabei in Selbstgerechtigkeit. So spreche auch ich in seinem biblischen Wort." Alvinia straffte sich und im Gegensatz zum Magistratsvertreter sah sie ihm fest ins Gesicht. „Jesus aber sprach zu ihnen: Wer von euch ohne Sünde ist, werfe als Erster einen Stein auf sie."
„Welche Dreistigkeit! Was erlaubt sich dieses Weibsbild?!", entrüstete sich der Angesprochene, nachdem er sich schon von Alvinias aufforderndem Blick hatte anstacheln lassen.
Alvinia schwieg und suchte den Blickkontakt zu Jörg von Wemding.
„Der Bittstellerin steht das Recht zu, auf Eure Ausführungen zu reagieren. Und diese kommen, worin Ihr mir sicher zustimmt, einer Anschuldigung gleich. Also lassen wir sie weitersprechen."
Der gütige Tonfall des Hofrichters ließ Alvinia ihre Augenlider senken. Sie rief sich die düsteren Bilder der jüngsten Vergangenheit vor ihre geschlossenen Augen und fuhr fort. „Ja, man hat uns aus Augsburg verjagt. Aber es waren Eiferer, die uns entwürdigend vertrieben wie Vieh. Milde hätte uns zugestanden dafür, dass wir uns über Jahre stillschweigend allen Verfügungen des Stadtrats gebeugt hatten, auch wenn diese noch so hart für uns gewesen waren. Verbannt hinter die Mauern des Frauenhauses waren wir denen gefällig, die uns nach wie vor aufsuchten. Trotz der neuen Lehre behielt nämlich die Stadt das Eigentum an unserem Haus und vereinnahmte weiterhin die willkommenen Gelder. Nur eben im Geheimen. Und dafür trifft nur uns Frauen die Schuld? Wo

Männer diese doppeldeutigen Beschlüsse fassten? So, wie Männer es waren, die uns einst für ihr Vergnügen anwarben? Die uns dafür nicht nur eigenes Zunftrecht, sondern auch das Bürgerrecht einräumten? Und plötzlich sollen wir dermaßen verdorben sein, dass man uns auf dem Schindanger verscharrt?? Wir verwehren uns dagegen, zu Straßendirnen gemacht zu werden! Luther spricht vom fleißigen Weib. Also lasst uns fleißig sein! Lasst uns unseren Lebensunterhalt redlich verdienen, so Ihr unser bisheriges Gewerbe als unredlich anseht!"

Weil Alvinia sich bewusst wurde, dass ihre Worte, die sie höchstens in Inbrunst vorbringen wollte, einen kämpferischen Klang angenommen hatten, legte sie ihre Handflächen in bittender Geste aneinander und mäßigte ihren Ton. „Oder gewährt uns die Chance, einem Manne als Gattin zur Seite zu stehen, ganz so, wie Luther es beschreibt." Damit sah sie zu Boden und schwieg.

Ohne sich zu äußern, erteilte Jörg von Wemding nun wieder dem Vertreter des Stadtmagistrats das Wort.

„Ich sehe hier kein redliches Gewerbe", folgte herablassend. „Ich sehe nur unzüchtige Verlockungen und die Lustseuche, mit denen Neuburgs Männer vergiftet würden, so sie eine Ehe mit derlei Frauen eingingen. Ich sehe Siechtum in unserer Stadt!"

„Luther sieht den vorrangigen Wert der Frau an der Seite eines Mannes in ihrer achtsamen Haushaltsführung", konterte Alvinia, als man sie zu sprechen hieß. „Damit kommt für mich zum Ausdruck, dass es jedem Mann selbst überlassen bleibt, wie weit er seine körperliche Zuneigung seiner Gattin gegenüber fortentwickelt. Oder überhaupt fortzuentwickeln imstande ist." Alvinia konnte sich ihre letzte Bemerkung nicht verkneifen, nachdem sie ihre Gegenargumentation abermals mit Luthers Ansichten eröffnet hatte. Denn Luthers Frauenbild entsprach nicht im Geringsten ihrer Auffassung. Für sie widersprach dieses Idealbild schlicht der menschlichen Natur beider Geschlechter... Doch sie ermahnte sich zur Mäßigung, denn sie sprach hier nicht für sich, sondern für die Frauen, die ihr vertrauten. Oder für Frauen, die ein ähnliches Schicksal erleideten oder noch erleiden würden und sich auf sie berufen könnten...

Bevor sich der Abtausch der Parteien in eine ungute Richtung weiterentwickelte, blockte Jörg von Wemding mit einer Frage an Alvinia. „Welches Gewerbe gedenkt Ihr auszuüben?"

„Verschiedene Gewerbe, die für uns geeignet sind. Hinter unseren Mauern hatten wir genug Zeit, um uns allerlei Fertigkeiten anzueignen. Bitte, seht." Sie bückte sich nach dem Bündel zu ihren Füßen und entrollte es. „Schnüre und Bändel lernten wir zu verfertigen", zog sie einige Stücke zur Ansicht hervor. „Auch Hüllen und Schleifen, Knöpfe, Quasten, Beutel und Taschen", fuhr sie fort. „Des Weiteren Zuarbeit zur Hutmacherei, zur Handschuhmacherei und Kürschnerei. Besen können wir binden, Bürsten aufziehen, Matten und Körbe flechten. Wir sind des Webens mächtig und irdenes Geschirr können wir auch bemalen." Vor Alvinia lag nun ein ganzes Sammelsurium an Einzelstücken.

„Gut zwei Dutzend Frauen haben, unverschuldet möchte ich hier betonen, kein Dach mehr über dem Kopf und sie kämpfen darum, eines zu finden", stellte Gabriel Arnold fest, nachdem sich die vier Urteiler zur Beratung und Abstimmung zurückgezogen hatten. „Und unweit Neuburgs, im Kloster Baring, wissen dreißig halsstarrige Frauen das Dach, was sie über dem Kopf haben, nicht zu schätzen und setzen es starrsinnig auf Spiel."

„Ich verstehe, worauf Ihr hinauswollt, verehrter Arnold. Es wäre eine treffliche Lösung, die allen Beteiligten gerecht würde. Denn, die Argumente des Stadtmagistrats müssen wir unbedingt beherzigen. Seiner Sorge um das Wohl unserer Stadt ist nachzugeben, allein schon im Interesse der prekären finanziellen Lage des Fürstentums", kommentierten Dr. Sebastian Pemler und Matern von Stetten.

„Aber die Frauen verdienen, dass ihrem Gesuch entsprochen wird. Niemand sollte abgeurteilt werden, bevor er nicht die Gelegenheit bekam, sich des Erbetenen würdig zu erweisen", resümierte Gilg von Parsberg.

„Zweifelsohne. Ich merke, wir sind uns einig. Zudem bin ich sicher, dass wir in Ottheinrichs Sinne handeln, wenn wir dem Hofrichter das Folgende vorschlagen: Vom Anwesen des Klosters Baring aus sollen die Frauen ihr Gewerbe ausüben und ihrem kleinen Handel nachgehen, um sich selbst ihren Lebensunterhalt zu verdienen. Darüber hinaus sind sie zu Diensten der Barmherzigkeit, wie der Krankenpflege, der Umsorgung von Toten und der Hilfe bei der Armenspeisung verpflichtet. Zu ihren Aufgaben gehört es weiter, arme Kinder im Lesen und Schreiben, aber auch in Handarbeiten zu unterweisen. Ihre Kleidung sei schlicht und in gewissem Maße einheitlich, damit man ihre Zugehörigkeit erkenne. Und einem jeden Manne, so er sich eine von ihnen zum Weibe wünscht, sei es gestattet, sie zu ehelichen."

Auf Gabriel Arnolds Vorschlag hin begab man sich zurück in den Gerichtssaal.

Wenige Tage später siedelte eine fröhliche Frauenschar nach Baring um, und in deren Schlepptau befand sich eine alte Kräuterfrau einschließlich einer Herde Kleinviehs.

Als erstgeborener Sohn Heinrichs des Frommen gierte

Moritz von Sachsen

nach Ehre und Macht.
Verbittert durch eine Schmähung Luthers
machte er sich zum willigen Werkzeug Kaiser Karls V.,
wurde jedoch zu dessen kraftvollem Gegenspieler.

Selbständig, eigenwillig und energisch
stemmte er sich gegen Habsburgs Machtstreben,
das die Deutschen herabwürdigte.
Er ebnete den Weg, auf dem sich die Fürstentümer
im neuen Zeitgeist fortentwickeln konnten.
Trotz seines frühen, beklagenswerten Todes
blieb das von ihm Erreichte unumkehrbar.

Teil II
Jahre 1544 - 1552

Kapitel 7

Schloss zu Heidelberg, wenige Tage nach dem 16. März 1544

Fürs Erste erleichtert ließ Friedrich die Beileidsbekundung, die ihn soeben aus Neuburg erreicht hatte, aus seiner Hand gleiten: Ottheinrich und Philipp hatten lediglich ihre tiefe Anteilnahme am Tode ihres kurfürstlichen Onkels Ludwigs V. von der Pfalz ausgedrückt. *Ob dies nur eine erste Anstandshandlung wäre? Die Einforderung der Pfälzer Kurfürstenwürde, die er nun an sich riss, folgte? Schließlich stand Neuburg, aus seiner Sicht unabwendbar, vor dem finanziellen Ruin und das kurpfälzische Erbe, das seinem einstigen Mündel Ottheinrich zustand, würde die immensen Probleme mit einem Schlage lösen...* Friedrichs Gedanken begannen zu wandern:

Er war der Viertgeborene von insgesamt neun Söhnen des Kurfürsten Philipp von der Pfalz. Müßig wäre es gewesen, überhaupt daran zu denken, einst in den Rang des pfälzischen Kurfürsten aufzusteigen. Und doch war es jetzt soweit, wenn auch mit unlauteren Mitteln. Trotzdem sah er sich in keiner Weise schuldig. Schließlich hatte nicht er, sondern sein Vater hatte per Testament der ‚Goldenen Bulle' zuwidergehandelt. Nach jenem uralten Reichsgesetz gingen die Erbansprüche des Vaters auf die Söhne über. Sein eben verstorbener Bruder Ludwig V. war der Erstgeborene. Zu Recht wurde er mit dem Tod des Vaters in 1508 der nächste Kurfürst von der Pfalz. Da er kinderlos starb, wäre der Erbanspruch auf seinen jüngeren Bruder Ruprecht* übergegangen. Da aber Ruprecht bereits 1504 verstorben war, schrieb die Goldene Bulle[36] vor, dass die Erbfolge auf seine männlichen Nachkommen überging. Damit stand Ruprechts Söhnen, Ottheinrich und Philipp, das Pfälzer Erbe zu. Doch der alte Kurfürst hatte eben mit seinem Testament die beiden Neuburger Enkel, damals im Kleinkindalter, widerrechtlich hinter seine eigenen Söhne gesetzt.

Friedrich sah die beiden kleinen Buben sitzen, bei seiner Ankunft in Neuburg, nachdem er sich als 22-jähriger endlich dorthin aufgemacht hatte. Nur widerwillig und gegen eine Jahresrente von 4.000 Gulden, die Kaiser Maximilian I. ihm dafür ausgelobt hatte, nahm er die Vormundschaft für seine früh verwaisten Neffen an. *Wie war es dazu gekommen?*

Durch ein ebenso widerrechtliches Testament, das geltendes Recht zum Schutz eigener Familieninteressen verletzte:

Herzog Ludwig IX. von Bayern-Landshut*, der zweite der ‚Reichen Herzöge' der Wittelsbacher Linie, verheiratete seinen einzigen Sohn Georg* im November 1475 mit Hedwig von Polen. Jene prunkvolle, acht Tage

---

[36] Gesetzessammlung aus dem Jahre 1356, zentraler Baustein der Reichsverfassung bis 1806, regelt die Rechte der Kurfürsten und die Königswahl

andauernde Hochzeit[37] in Gegenwart Kaiser Friedrichs III.* war eine Zurschaustellung, eine Selbstfeier der bayerisch-landshutischen Herzöge: 9.000 Pferde standen dazu im Futter. 146 Köche verkochten 285 Schweine, 333 ungarische Ochsen, 1.130 Hammel, 11.000 Gänse, 40.000 Hühner, 100.000 Eier, 7 Tonnen Heringe... Der Bräutigam Georg wurde der dritte der ‚Reichen Herzöge', aber auch deren letzter. Von seinen Kindern überlebten nur zwei Töchter. Damit schien, nach geltendem Reichs- und Hausgesetz der Wittelsbacher, der Heimfall der schönen und fruchtbaren Landshuter Lande an die Münchener Linie gesichert. Aber dem war nicht so. Georg gedachte, das ansehnliche Erbe für seine eigene Blutlinie ins Trockene zu schaffen:

Margarethe, die jüngere Tochter, ging freilich leer aus. Sie nahm den Schleier und avancierte zur Äbtissin der Neuburger Benediktinerinnen, trotz ihrer Widerspenstigkeit, die ihr den zeitweiligen Kirchenbann einbrachte. Bis zu ihrem Tod in 1531 lebte sie in Neuburg und in dieser Zeit übernahm sie die Mutterrolle für die beiden Söhne ihrer noch ungestümeren älteren Schwester. Zum großen Zorne Münchens wurde nämlich Elisabeth von ihrem Vater testamentarisch als Erbin eingesetzt. Um ihre Position zu stärken, suchte Georg obenauf einen adäquaten Gatten für sie. Und zwar in der Pfälzer Linie des Hauses Wittelsbach. Die Wahl fiel auf seinen großen Bruder Ruprecht. Doch damit nicht genug. Georg trieb es auf die Spitze und adoptierte Ruprecht kurz vor seinem Tod im Dezember 1503... Dass München diese konstruierte Erbfolge nicht anerkannte, war vorhersehbar. Wenige Monate nach Georgs Tod kam es zum Krieg: Bayern-München gegen Bayern-Landshut. Also Wittelsbach gegen Wittelsbach. - Habsburg, der große Rivale, sah mit Freuden, wie Brand und Raub im Bayernlande wüteten... Trotzdem griff Kaiser Maximilian I. zügig in diesen Konflikt ein. Er stellte sich auf die Seite von München. Nicht von ungefähr, wie sich später zeigte... Jedenfalls erübrigte er für die Gegenseite lediglich die Reichsacht. Diese Verdammung war dem Sensenmann ein Signal: Am 1. August 1504 holte er sich Ruprechts und Elisabeths erstgeborenen Sohn. Er erlag der Ruhr. Genau wie sein Vater. Eben noch ein kraftstrotzender 23-jähriger, verstarb Ruprecht drei Wochen später. Das war am 20. August gewesen. Wiederum gut drei Wochen später traf es Elisabeth. Auch sie überlebte eine angebliche Ruhrerkrankung nicht...

Bei dieser Erinnerung lief Friedrich ein eiskalter Schauer über den Rücken. Das rasche Hinsterben von drei Familienmitgliedern erregte nämlich großes Aufsehen. Die gewagtesten Deutungen rief es hervor und

---

[37] legendäre „Landshuter Hochzeit" aus dem Jahre 1475, Vermählung Georg von Bayern-Landshut mit Hedwig, Tochter des polnischen Königs Kasmir IV. ; heute: mehrwöchiges historisches Fest (www.landshuter-hochzeit.de)

nicht wenige vermuteten Gift im grausigen Spiel... Nun, das Rad der Geschichte ließ sich nicht zurückdrehen und die Kurpfalz sah sich in der Pflicht, sich um Ruprechts überlebende Kinder zu kümmern: Den 1½ Jahre alten Ottheinrich und Philipp, gerade 10 Monate auf der Welt...
Mit dem Ende des Erbfolgekrieges in 1505 trat Habsburgs Kalkül zu Tage: Kaiser Maximilian I. griff sich in seiner Machtposition den sprudelnden Quell des Reichtums von Bayern-Landshut - die Tiroler Silberminen. München bekam den kläglichen Rest des verwüsteten Landes und die Pfalz schaffte es, dass für Ottheinrich und Philipp ein neues Fürstentum geschaffen wurde. Wenn auch nur am Reißbrett zusammengeschustert und territorial nicht einmal zusammenhängend, gestand Kaiser Maximilian I. den beiden Waisenkindern Gebietsansprüche im bayerisch-schwäbischen Grenzland an der Oberen Donau und in der Oberpfalz mit einem Jahreseinkommen von 24.000 Gulden zu.
Die sogenannte ‚Junge Pfalz', lebensfähig auszuformen, wurde seine Aufgabe. Nur widerwillig nahm er sie an: Selbst unverheiratet und kinderlos, zog er vor, das Leben in vollen Zügen zu genießen, am spanischen Hof, als legendärer Reitkünstler, die Damenwelt zu seinen Füßen... Letztendlich er fügte sich dem kaiserlichen Wunsch. Er opferte von seiner Lebenszeit. Und genau dafür sah er sich jetzt im Recht, das widerrechtliche Testament seines Vaters auch für sich zu beanspruchen. Mittels eines feingewebten Deckmäntelchens, das er über seine Rechtsbeugung warf. Infam setzte er mit dem ‚Heidelberger Hausvertrag' am 10. Juni 1524 dem anfechtbaren väterlichen Testament die Krone auf. Er unterstellte einen angeblichen Erbverzicht seines jüngeren Bruders Wolfgang und gaukelte Ottheinrich und Philipp, nun 12- und 11-jährig, damit vor, sie in der Erbreihenfolge eine Position nach vorn gerückt zu haben... *Konnte er sich jetzt, da er das Erbe antrat, dieses Schachzuges sicher sein??* Er wusste es nicht. Er konnte nur, im Falles eines Neuburger Widerspruches, auf Kaiser Karl V. hoffen. Der war ihm wohlgesonnener als Ottheinrich mit seinem offenen Übertritt zu Luthers Glaubenslehre...
Einzig seine junge Gattin, Dorothea von Dänemark und Norwegen*, musste er im Zaume halten. In ihrem 15. Lebensjahr hatte er sie vor den Traualtar führen dürfen, als honorige Gunstbezeigung Kaiser Karls V., wohingegen er bereits 53 Jahre alt war... Jedenfalls verleidete sie ihm seine Tage neuerdings damit, dass sie in ihrer ausgesprochenen Naivität auch in der Kurpfalz protestantische Messen abhalten ließ...

Schneiderei des Meisters Ruprecht zu Neuburg an der Donau, etwa zur gleichen Zeit im März 1544

Ruprecht fröstelte heute, was sich auch auf seine Stimmungslage auswirkte. Mies gelaunt grantelte er mit der Hausmagd, warum sie den Ofen

nicht endlich anschüre. Es wollte partout kein Frühlingswetter einkehren. Seit Tagen stieg von der Donau her dichter Nebel bis in die Stadt hinauf. Der schmälerte nicht nur das nach langen Winterwochen ersehnte Tageslicht. Er kroch auch gefühlt durch alle Ritzen in die Häuser und in die Knochen. Und eben in Ruprechts Gemüt. - Else wich auch heute diesem Nährboden eines Ehezwists aus. Schnell noch instruierte sie die Magd hinsichtlich des Mittagsmahls. Hernach eilte sie, in ihren wollfilzenen Umhang gehüllt, durch Neuburgs nebelfeuchte Gassen hin zum Bäckerladen. Die Schelte ihres schlechtgelaunten Ehegatten, die sie für ein ausgedehntes Wegbleiben einfahren würde, war ihr an diesem Vormittage gleichgültig. Dieser würde sie sich gleichfalls zu entziehen wissen, denn ihre Mitarbeit in der Schneiderwerkstatt war schon seit Längerem nicht mehr vonnöten. Im Gegenteil. Der letzte große Auftrag aus dem Neuburger Schloss war der des Gewands für die verblichene Fürstin gewesen, und momentan musste sich Ruprecht überwiegend mit dem Fertigen von Messgewändern für die neuen, protestantischen Prediger zufriedengeben.
Maximilian hingegen blieb jener Misslaune ausgeliefert. Doch angesichts der vielen Jahre, in denen er neben seinem schlechtgelaunten Vater seine tägliche Arbeit hatte verrichten müssen, ertrug er Ruprechts Gegenwart. Still hielt er sich vor, dass er früher, in der Kerzenzieherwerkstatt, unter noch schlechteren Bedingungen gearbeitet hatte. Gegen die ungemütliche Feuchte, den Gestank des Talgs und dazu die körperliche Schinderei war sein jetziges Arbeiten blanker Luxus. Außerdem hoffte er darauf, dass sein Vögelchen bald sein Ruhepäuschen beenden würde. Im Moment hatte es sich in seinen stets offenstehenden Käfig zurückgezogen, wo es auf einem der Sitzstänglein saß und ruhte. Immer wieder äugte er deshalb zum Vogelbauer...
Ruprecht hatte anscheinend ebenso auf das Erwachen des Vögelchens gewartet. Jedenfalls, jetzt, wo es soweit war und noch bevor Maximilian überhaupt die Lippen gespitzt hatte, um seiner Freundin lockend zuzuzwitschern, lenkte er die Aufmerksamkeit des Tierchens auf sich. Nach seinen Lockrufen reckte sich die königliche Dame in Eleganz, wonach sie das Gefieder plusterte. Anschließend trippelte sie auf dem Sitzstänglein hin und her. Gekonnt stieß sie sich davon ab und flatterte zielgenau aus dem Käfigtürchen. Sie drehte einige Flugrunden durch die Werkstatt und landete auf Ruprechts Filzkappe, die er siegessicher mit seinen Händen bereits zum Nest vorgeformt hatte. Wenig später stimmte er ungeniert und herzoffen in den erbaulichen Vogelgesang ein, und man konnte ihm ansehen, dass sich mit den hohen Tonlagen, die er sich abrang, auch seine Stimmungslage hob.
Unter diesem Schaustück verflog Maximilians leise Eifersucht in Windeseile und es kostete ihn Beherrschung, nicht schallend aufzulachen.
„Hach, dieses exotische Wesen“, beendete Ruprecht sein Gepiepe, nach-

dem seine Stimmbänder streikten und er husten musste. „Es erinnert mich daran, wie ich einst in heißen Landen umherpilgerte."
„Ihr meint Eure Reise ins Heilige Land, mit unserem Fürsten, wo Ihr einem Krokodil begegnet seid, wie Ihr mir einmal erzählt habt."
Ruprecht schob seine Näharbeit von sich. In Gedanken versinkend zog er seinen Fingerhut ab und legte ihn neben sich. Wohl behielt er seinen gewohnten Schneidersitz bei, aber er lehnte sich mit dem Rücken gegen die nahe Wand. Und dann, zu Maximilians Verblüffung, begann er zu erzählen: „Genau die meine ich. Was Ottheinrich damals bewog, hat er nie verlauten lassen. Die Triebfeder seiner Reise ins Heilige Land war wohl die Weltsehnsucht seines jugendlichen Alters. Nun ja, frommgläubig war unser Fürst damals, noch viel zu unfertig, um sich Gedanken über den Inhalt des uns allen anerzogenen Glaubensbekenntnisses zu machen. Und ich stand vor der Wahl, ein Schneidergeselle zu bleiben oder auf Wanderschaft zu gehen, um mir damit die Anwartschaft auf einen Meistertitel zu erkämpfen. So fand ich mich in Ottheinrichs Reisegesellschaft wieder, der eben in unserer Zunft einen Schneider als Begleiter erbeten hatte." Behutsam nahm Ruprecht seine Filzkappe ab, in der das Vögelchen kuschelte, und er winkte Maximilian, ihn von der Kopfbedeckung zu erleichtern. Demgefolgt überzog Versonnenheit seine Miene und er fuhr fort. „Es sollte eine Reise auf Leben und Tod werden, immerhin lag unser Ziel jenseits der Höhle des Löwen. Ich spreche vom Reich der Türken. Doch, wie Ottheinrich stets betonte, würde nur gewinnen, wer auch wagte. Und der hohe Gewinn dieser Wagnis lohne den besonderen Einsatz. Er wäre ein Gewinn für die Seele, ausgelobt von Gott im Himmel, vom schönen jungen Heiland und seiner jungfräulichen Mutter. Der Erlass aller Sünden! Der begangenen und der künftigen! Wer wollte darob nicht reisen?! Wie wenig wogen dagegen Geld, Mühe und Gefahr! So heftete ich das Kreuz an die Mäntel unseres Fürsten Gefolgschaft, die da waren Reinhard zu Neuneck, dem getreuen Ritter zu Glatt. Dazu drei Alterskameraden, namens Jörg von Wemding, Bert von Hürnheim und Georg Wilhelm von Leonrod." Abermals unterbrach sich Ruprecht. „Drei von ihnen kennst du", sah er auffordernd zu Maximilian, der nickte und antwortete.
„Reinhard von Neuneck war der Turniermeister des Ritterspiels auf Grünau im vergangenen Februar. Georg Wilhelm von Leonrod ist der Vater des auf der Kampfbahn verunglückten jungen Reiters. Und Jörg von Wemding ist Neuburgs Hofrichter."
„Stellvertretender Hofrichter", verbesserte Ruprecht. „Aber ein sehr gerechter, schließlich hat er deinen fahrenden Frauen eine gesicherte Zukunft zugesprochen."
„Es sind nicht meine fahrenden Frauen." Maximilian widersprach in leisem Trotz, wobei er errötete. *Wie konnte sein Meister ahnen, dass er, seit*

seiner ersten Begegnung mit Alvinia Weidenstein, seit jener ungekannten, sinnlichen Berührung, heimliche Träume hegte? Die er mit der Ausrede nährte, er wolle die alte Kräuter-Agnes in Baring besuchen? Obwohl er jedes Mal, wenn er sich dorthin aufmachte, hoffte, Alvinia zu begegnen? Verrieten ihn die Bettlaken, trotz seiner Mühen, seine schier unersättlichen Triebe zu zügeln? Wider aller Vorsätze, der Weiblichkeit zu entsagen?

Ruprecht feixte, keinesfalls weidete er sich aber an Maximilians Scham. Zu gut war ihm dessen traumatisches Weinen gegenwärtig. Außerdem liebte er ihn wie einen Sohn und er nahm Anteil daran, dass Maximilian zum Manne heranreifte. „Freilich gab es auch einen Koch", führte er weiter aus. „Sein Name war Stephan. Er diente in zweierlei Dingen. Er kochte nicht nur. Er war auch der welschen Sprache mächtig... Nun, außerdem reist kein Fürst ohne Bartbetreuer. Der war Gilg, der Barbier." Den letzten Satz hatte Ruprecht in verschmitztem Tonfall gesprochen, was Maximilian in sein Kichern einstimmen ließ. „Hensel war der Dolmetsch. Eigentlich hieß er Johann Hitstetter. Aber da man ihn ständig brauchte, rief ihn niemand so. Das wäre viel zu umständlich gewesen. Na ja, oder auch nicht. Hen-sel. Jo-hann. Kommt irgendwie aufs Selbe hinaus. Ist mir damals nie aufgefallen. Jedenfalls war ich der Schneider. Ach ja, und in Venedig kam ein Kellerknecht dazu, der den Wein zu warten hatte. Um aber in Venedig anzukommen, hieß es, den Brenner zu überwinden, zu Pferd. Dieses überstanden, ritten wir durch die weite Poebene bis nach Padua, dann das letzte Stück in die Lagunenstadt. Allein diese Unternehmung dauerte fast einen halben Monat. Mitte April waren wir aufgebrochen, Anfang Mai erreichten wir Venedig."

„Venedig." Maximilian flüsterte. Den Namen dieser Stadt verband er mit etwas Märchenhaftem, und fast entzog es sich seiner Vorstellung, dass sein Meister wahrhaftig dortgewesen war.

„Ja, Venedig. Zwei Tage blieben wir da, wegen des Schiffs, auf das wir warteten." Ruprecht griff den Fingerhut und bewegte ihn durch die Luft wie ein Boot, das auf den Wellen schaukelt. Dabei schloss er seine Augen, um sich die Erinnerungen haarklein in sein Gedächtnis zu holen. Gespannt beobachtete Maximilian seinen Meister.

„Der 5. Mai war es, an dem wir uns mit mehr als 100 Pilgern auf der Barke zusammenfanden. Deutsche Edelleute, Niederländer, Franzosen und Hispanier, Ungarn. Und ein Fettwanst." Ruprecht grinste. „Ach, wie viele Kleinigkeiten! Alle vergessen! Oder auch nicht? Wer war er... Der Probst von Brügge! Genau!" Ruprecht freute sich ob seiner Erinnerung. „Ein voller, reicher Bruder! Mit Schlemmen und Prassen hatte er den lieben langen Tag zu tun. Nein, was sage ich. Er fraß auch in der Nacht. Der musste nicht sparen. Und sich nicht übergeben. So wie ich. Das erste Mal auf einem Schiff. Mein armes Gedärm. Die Reling war mein Lieblingsplatz." Ruprecht verzog sein Gesicht und demonstrierte, wie sich sein heftiges Erbrechen angehört haben musste. „Jedenfalls ging es von Chioggia aus gen Istrien. Fünf Tage später ankerten wir in Rovingo, dann passierten wir die Enge von Otranto hin zur Insel Zante. Bis dato zwei Wochen zu Schiff. Vor Rhodos, inmitten einer unbeschreiblich schönen Inselwelt gab sich mein Magen endlich geschlagen und ich konnte nicht mehr aufhören, zu staunen. Über das Meer, so blau, schillernd wie die herrlichste venezianische Seide. Über den Himmel, so durchflutet von den Strahlen der Sonne, sie deuchten mir wie Goldfäden. Dazu der leise Wind, das gleichmäßige Schlagen der Wellen, auf der Zunge jener salzige Geschmack der Meeresfeuchte, die sich auf allem und jedem niederschlug... Auch beobachtete ich Delphine, jene seltsamen Meeresbewohner, die gleich Spatzenhaufen um unser Schiff aus dem Wasser heraus aufflatterten und sich fröhlich dorthinein zurückfallen ließen. Wie seltsam sie sich artikulierten, in einer Art von Gegacker."

Auch diese Laute wurden Maximilian demonstriert, bevor sich die Geschichte fortsetzte. „An einem Montag, es war der erste im Monat Juli, ankerten wir vor Rhodos. Donnerstag brachen wir zu meiner Freude wieder auf, und nur sechs Tage später endete vor Jaffa unsere Reise zur See. Doch es sollte abermals sechs Tage dauern, bis man uns endlich an Land ließ. Jeden Namen von uns Pilgern schrieben die Türken auf, als ob dies etwas bedeutet hätte. Sicherheitshalber wollte unser Fürst unerkannt reisen, weshalb er sich als Knecht ausgab. Hernach nächtigten wir in regelrechten Löchern, die man uns wies, bis endlich unser Geleit eintraf."

Ruprecht seufzte. „Nein, diese Tage muss ich nicht noch einmal erleben. Endlos lange zogen sie sich hin. Die Weiterreise auf Eseln hingegen war zwar beschwerlich", rieb er demonstrierend an seinem Rücken, „aber wiederum interessant und aufregend. Über azur und Lydda gelangten wir nach Ramlah. Am 19. Juli ritten wir in die Heilige Stadt ein. Dort führte man uns sogleich auf den Berg Zion, jenem Ort, an dem unser Herr Jesus sich seinen Jüngern anvertraute und mit ihnen das letzte Abendmahl feierte. Mich ergriff da eine große Trauer, im Nacherleben dessen, was dem folgte. So beschritten wir den schweren Weg, auf dem der Heiland das Kreuz zu tragen bekam. Eine reinigende Nacht im Tempel ward uns dafür gewährt. Später besahen wir den Ölberg und mein Trübsinn fand Trost, stand ich doch auf der Himmelfahrtskuppe. Auch auf seinem Ritt nach Bethlehem nahm Ottheinrich mich mit. Doch hieran erinnere ich mich nicht mehr so genau, zu überlagernd sind die vorangegangenen Erlebnisse in der Heiligen Stadt. Was ich nicht vergessen habe, ist jene Nacht in der Grabeskirche, in der man unseren Fürsten zum ‚Ritter vom Heiligen Grab zu Jerusalem' schlug. Wie er dastand, mit gerade neunzehn Jahren, geschmückt mit goldenen Ketten, Sporen und Schwert! Auch erinnere ich mich gut unseres Weiterrittes an den Jordan, nach Jericho, nicht nur wegen der unsäglichen Hitze, der wir uns da auslieferten. Ich entsinne mich vor allem einer der Pilger. Er wagte sich zu weit in die heiligen Wasser des Jordan. Hilflos mussten wir zusehen, wie er ertrank. An diesem Unglückstag sehnte ich mich entsetzlich nach dem Meer, und um ehrlich zu sein, begann das Heimweh zu nagen. So war ich sehr erleichtert, als wir uns tatsächlich auf den Heimweg machten, nach gut zwei Wochen, die wir im Heiligen Land verweilten. Schon sah ich mich wieder in Venedig, nur noch den Landweg gen Norden vor uns. Doch, es sollte anders kommen. Die Türken wurden ungemütlich. In Ramlah prügelten sie uns von unseren Eseln hinein ins Pilgerhaus, in dem wir bei unserer Anreise übernachtet hatten. Dort hielt man uns mehrere Tage fest. Des Angsteinflößens nicht genug, warfen sie uns in Jaffa abermals in jene Hundelöcher, in denen wir bei unserer Anreise sechs Tage aushalten mussten. Wie uns die Ungewissheit plagte! War uns doch zugetragen worden, dass unser Schiff zum Ankerlichten bereitlag! In sprichwörtlich letzter Sekunde, schon fast Mitte August, eilten wir an Bord, denn, irgendeine verschreckte Seele hatte verlauten lassen, dass sich ein fürstlicher Pilger unter uns befände."

Ruprecht legte eine Sprechpause ein und schüttelte sich. Auch Maximilian spürte, wie die Schilderungen ihn anspannten.

„Unsere Rückfahrt berührte Zypern", hörte er wenig später. „Es geschah aus Not, da viele Reisende auf unserem Schiff erkrankten. Das Wasser faulte in den Fässern. Eigentlich hätte dies nach der kurzen Reisedauer nicht geschehen dürfen. Man kann sich denken, wer Schuld daran trug... Jedenfalls verweilten wir auf Zypern. Die Schönheit dieser Insel mutete uns paradiesisch an, nach den vorangegangenen Ereignissen. Wir fühlten uns auf diesem königlich großen und fruchtbaren Eiland in Venedigs Machtbereich sicher, im Angesicht der dortigen Fortifikation Famagusta. Dass Venedig fürs Stillhalten an die Türken schweren Tribut zahlte, war mir zu dieser Zeit jedenfalls nicht bewusst. Ich staunte nur, vor allem über die sonderliche Art der Salzgewinnung in Larnaka. Wie bizarre Eisschollen wuchs das Mineral, das man aushaute. Auch lockte eine Kirche mit einem Wunder: Zu Zeiten des Kaisers Aurelian gab es einen Hirten namens Mamas, auf dem Berg Argaios in Kappadokien. Man klagte ihn wegen seines Bekenntnisses zum Christentum an und er wurde hingerichtet. Die Seinigen übergaben ihn als Märtyrer dem Meer, in einem steinernen Sarg. Doch dieser Sarg sank nicht. Deswegen ließ der heidnische König ein Loch hineinbohren, damit er sich mit Wasser fülle und unterginge. Nichts dergleichen geschah und der Sarg trieb bis nach Zypern. Wir haben ihn gesehen, in der Kirche von Morfou. Und wir haben auch gesehen, wie dem Loch im Sarg ein schmalziges Wasser entstieg. Alle von uns füllten sich etwas davon in Fläschchen, um es mitzunehmen. Zu vielem Unheilbarem sollte das Wasser heilsam sein." Des Schneidermeisters Gesicht verzog sich ironisch. „Damals haben wirs alle geglaubt. Nun ja. Insgesamt ließen wir uns zum überlangen Aufenthalt verführen und die Strafe für diese Ausschweifung zu unpassender Zeit folgte auf dem Fuße. Quälende Windstille lähmte unser weiteres Vorwärtskommen, nachdem wir endlich wieder ein Schiff bestiegen und Zypern verlassen hatten. Vier Pilger starben auf dieser Passage. Drei Leichname musste man im Meer versenken. Zwei Priester und den Rentmeister zu Mechel. Gott sei ihren Seelen gnädig und barmherzig! Der vierte Tote konnte für ein christliches Begräbnis an Land gebracht werden... Erst Mitte September kamen wir schlussendlich auf Rhodos an. Zügigst rüstete das Schiff zur Weiterfahrt gen Istrien und trotzdem holte uns die Gefahr abermals ein: Türken in Sicht! Beim Ablegen von Rhodos tauchte höchst bedrohlich, 17 Segel stark, ein türkischer Korsar auf. Man nannte ihn Cartobale. Zu unserem großen Entsetzen waren die Kanonen unseres Schiffes nicht kampfbereit, des feuchten Schwarzpulvers wegen. Rettung in der Not brachte die rhodesische Flotte. Ottheinrich wurde angetragen, auf eine größere Nave umzusteigen. Indes, er lehnte ab. Er wolle mit den anderen Pilgern auf dem Schiff bleiben und sich Gottes Wille fügen. Welche Achtung er sich damit erwarb! Tja, wir waren alle jung und aus heutiger Sicht ungestüm. Jedenfalls segelten wir im Schutze rhodesischer Kriegsschiffe aus der türkischen Gefahrenzone. 80 Meilen begleiteten uns die gastlichen Ritter, bevor sie wendeten."

Nach diesen Worten seufzte Ruprecht schwer auf. „Doch ihnen half niemand. Auf verlorenem Posten waren ihre Tage gezählt. Nur ein Jahr später entlud sich über ihnen die türkische Gewitterwolke. Unser Leben haben sie gerettet. Dank ihrer Hilfe entkamen wir, wenn auch nicht mehr bis Venedig. Schon in Parenzo gingen wir gemäß Ottheinrichs dringendem Wunsch an Land. Da wechselten wir unerkannt auf eine schlichte Barke und segelten gen Triest. Zu Pferd überquerten wir die Alpen, gerade noch rechtzeitig vor dem Wintereinbruch. Im Dezember war ich wieder in Neuburg."

„Das klingt aber alles eher traurig, mein Meister." Maximilians und Ruprechts Blicke hingen gedankenschwer ineinander.

„So du ein Schneidermeister werden willst", schickte Ruprecht nach einigen Atemzügen zu Maximilian, „musst auch du auf Wanderschaft. Wenn auch nicht ins Heilige Land."

Nein! Davon wollte Maximilian ganz und gar nichts hören! Abenteuer lockten ihn nicht, und der Gedanke an Wanderjahre bescherte ihm einen Beigeschmack von Paules Leidensjahren. Deshalb war er froh, dass der Tag seiner Freisagung noch in der Ferne lag... Nach einer kleinen Liebkosung seines Vögelchens rückte er seinen Hocker näher an den schummerigen Kachelofen und widmete sich, gleich Ruprechts, wieder seiner Näharbeit. -

Wider Erwarten fand Else bei ihrer Heimkehr die beiden Männer in trauter Einigkeit plaudernd in der Werkstatt. Ruprecht zeigte keine Spur von schlechter Laune und auch Maximilian wirkte offen und entspannt. Trotzdem schob sie ihm den extragroßen Zuckerkringel zu, den sie als vermeintlichen Trost gekauft hatte. - Ruprecht sah es. Wie beiläufig stand er auf und bewegte sich in Richtung des Kringels. Dann, in greifbarer Nähe, stibitzte er sich das Backwerk und stopfte es in einem Stück in seinen Mund. Er schickte Else, die ihre Hände kämpferisch an die Hüften gestützt hatte, ein triumphierendes Grinsen und ging mampfend zurück an sein Fenster.

Residenz zu Neuburg an der Donau, den 22. August 1544

„Bankrott. Exil. Bankrott. Exil."
Immer wieder sprach Ottheinrich jene Worte vor sich hin, denen er sich ab heute zu beugen hatte. Er war insolvent. Der Stand seiner Schulden lag bei 1.137.500 Gulden. Deshalb erwartete man seine Abdankung.
Im Wissen, dass ihm eine schlaflose Nacht bevorstand, in der er sich von Qualen getrieben in den Kissen wälzen würde, war er gar nicht erst zu Bett gegangen. Stattdessen saß er in jenem Saal der Neuburger Residenz, in dem sich die letzten Tage seiner Landesherrschaft unaufhaltsam abgespult hatten wie ein zu Ende gehender Faden von einer Garnrolle.
Nicht einmal Kerzen hatte er mit dem Einbruch der Dunkelheit anzünden lassen, weil die Finsternis seiner Gemütslage entsprach. Gedankenschwer schweiften seine Blicke durch den nächtlichen, menschenleeren Saal. Noch vor wenigen Stunden war er, so wie an den vergangenen fünfzehn Tagen, von Menschenlärm angefüllt gewesen: Gläubiger, Bürgen, die Neuburger Stände, kurpfälzische Abgesandte, kaiserliche Kommissare, seine engsten Vertrauten und Hofbeamten... Alle waren sie gekommen, um der Tagung hohen Rechnung Reverenz zu erweisen. Nur aus München hatte sich niemand auf den Weg nach Neuburg gemacht. Dabei hatte der hiesige Ständeausschuss im Mai dort unter Vorlage dreier kaiserlicher Mandate um nochmalige Zustimmung zum Gebietsverkauf an die Fugger ersucht. Kurz zuvor, im diesjährigen Reichstag zu Speyer nämlich, hatten der Kaiser und dessen Bruder, König Ferdinand I., unter anderem einen Anstandsbrief verfasst, in welchem Neuburgs Gläubiger zur Maßhaltung, und München zur Zustimmung von Landesverkäufen ermahnt wurden.
Einzig zu einer Verlautbarung hatte München sich herabgelassen. Genauer gesagt, kam diese von Leonhard von Eck. *Von wem sonst.* Man könne nicht gegen König Rudolfs Erbreichsplan von 1280 und die bayerische Erbeinigung der Herzöge Stephan III., Friedrich und Johann II. vom 19.11.1392 verstoßen. Ausdrücklich untersagten jene Resolutionen jegliche Art von Landesverkäufen. Dazu erinnerte Leonhard von

Eck höflich an die zu Nürnberg aufgerichtete Erbeinigung zwischen Bayern und der Pfalz einschließlich Pfalz-Neuburgs vom 15.03.1524, mit der man die alten Verträge einvernehmlich bekräftigt hatte. So bliebe nur, wie vertröstend hintenangefügt war, den nächsten bayerischen Landtag abzuwarten, den man als einzige Möglichkeit ersähe, über das Neuburger Anliegen zu entscheiden.
Auch die intensiven Bemühungen Onkel Friedrichs II., des neuen Kurfürsten von der Pfalz, waren an Münchens juristischem Bollwerk abgeprallt.
Ottheinrich atmete schwer. Freilich wusste er um den Grund, weswegen sich sein Onkel und früherer Vormund derart ins Zeug gelegt hatte, um eine gütliche Einigung mit den bayerischen Vettern zu erwirken: Es war sein eigenes juristisches Bollwerk, von dem er abzulenken versuchte. Es war jener Heidelberger Hausvertrag, den er und Philipp als unmündige, unwissende und vertrauensselige Jugendliche vor vielen Jahren unterzeichnet hatten. Spielend könnte er gegen das hinterlistige Pamphlet vorgehen. *Doch, was wäre das Resultat?* Gegenüber der Pfalz würde er selbst auf die alten Erbreichspläne drängen. *Gegenüber München sollten diese dann aber zeitgleich nicht gelten?... Außerdem, wem nützte es, wenn sich Wittelsbach wieder gegen Wittelsbach stellte, so, wie einst im Landshuter Erbfolgestreit?* Habsburg böte sich ein willkommener Tummelplatz, schließlich war die Kurpfalz ein begehrenswertes Fleckchen... *Nein. Auch wenn es ihm zuwider war*: Er würde nichts gegen die eigene Verwandtschaft unternehmen. Er würde seinen Groll gegen Onkel Friedrich im Zaume halten. Stattdessen würde er Heidelberg als Ort seines Exils wählen. Für sein geliebtes Neuburg würde er auf seine Getreuen und die Neuburger Stände hoffen und ihnen vertrauen. Engagiert und voller Tatendrang waren sie in den vergangenen Tagen dafür eingetreten, das Erbland ihres Fürsten zu entschulden und den Fürstenhof zu erhalten. Schließlich, im Endeffekt, profitierten alle von ihm, nicht nur wegen ihrer überwiegend protestantischen Gesinnung. *Außerdem, vielleicht... kehrte Philipp alsbald mit guten Nachrichten vom Hof des englischen Königs heim.*
Ottheinrich nickte in die ihn einhüllende Dunkelheit und seine Gedanken schweiften zurück zum Anbeginn der heute beendeten großen Ständeversammlung: Zur Vermeidung von bereits hochköchelndem Gläubigeraufruhr hatte er dazu geladen, obgleich ihm die Pflicht zur Beköstigung der 600 Teilnehmer zusätzliche, unter Mühen aufgebrachte 2.500 Gulden kostete. Eröffnet hatte er diese Zusammenkunft mit einem resümierenden Vortrag, in dem er die Gründe der hohen Verschuldung, hier vor allem die brüderliche Landesteilung von 1535, erläuterte. Auch kam er nicht umhin, die bayerische Hinhaltetaktik als Verursachung der aktuellen Situation zu benennen. Im Endergebnis musste er sich aber dem beugen, was die kaiserlichen Kommissare mit Nachdruck vorgeschlagen und die

Gläubigerseite angenommen hatte: Das Fürstentum war per heute mit aller Fahrnis an die Gläubiger, Bürgen und Stände zu übergeben, damit sie ohne seine Einflussnahme den vollständigen Schuldenabbau vornehmen könnten. Seine Herrschaftsgewalt ging für diese Zeit an eine ständische Landesverwaltung über. Vor seinem Rückzug ins Exil wurde ihm eine Frist eingeräumt, in welcher er persönliches Eigentum nach seiner Wahl und in eigener Person veräußern, und die Gelder hernach auszuhändigen hatte. *Der Saal, in dem er gerade saß, gehörte seit heute also nicht mehr zu seinem Eigentum...*

Ottheinrich erinnerte sich seines Gesprächs mit König Ferdinand im Jahre 1530, in dem er von seinem enthusiastischen Bauvorhaben, nämlich des Überbaus der alten, aus römischer Zeit stammenden Bergauffahrt mit einem neuen Schlossflügel, berichtet hatte. Von 1534 bis 1538 kam es zur Umsetzung dieser Pläne und nun saß er in eben dem prunkvollsten Saal dieses Bauwerks, dem sich seine Privatgemächer anschlossen: Zwei mächtige Kalksteinsäulen, eine zwölfeckig und die andere mit diamantiertem Rautenmuster verziert, stützten diese Halle, in der in großer Gesellschaft getafelt wurde oder er sie als Ort großer Empfänge genutzt hatte. Am Material des Fußbodens, roter Marmor, wie auch an der umlaufenden hölzernen Wandvertäfelung mit Pilastergliederung, hatte er nicht geknausert. In seiner Bewunderung für die Kunstfertigkeit des Neuburger Schreiners Hans Pihel, der die Vertäfelungen ausführte, hatte er dessen Kreativität für feinste Holzschnitzereien nicht gezügelt. Die immensen Kosten für die einzigartige Holzvertäfelung der Decke in ihrem ausgefallenen Eschenholzfurnier, das von vergoldeten Rosetten gehalten wurde, verursachten in ihm gleichfalls keinerlei Gedanken an finanzielle Zurückhaltung. Ebenso durfte der Augsburger Maler Jörg Breu d. J.* die Wandfresken nach eigenem Einfallsreichtum ausmalen. *Wie hatten sie alle gelacht, als er mit der Darstellung einer Dame, nebst Hofnarren, aufwartete, die ungeniert ihren Rock rafft und dem Betrachter so ihr nacktes Hinterteil vorzeigt!* Seinem Bedürfnis nach fürstlicher Repräsentation gewährte er sogar soweit freien Lauf, dass er einen Erker integrieren ließ, der mit Wappenfresken und einem erhöhten Thronbaldachin ausgestattet wurde. *An genau dieser Stelle saß er jetzt.*

Ottheinrichs Herz krampfte und seine Augen starrten auf den leeren Platz neben sich. *Es war der Platz der Fürstengemahlin gewesen...* Im Nachempfinden von Susannas Berührungen legte er eine Hand auf die Armstütze des Damensessels. Dazu schloss er seine Augen. *Wie seine große Liebe wohl auf seinen Bankrott reagiert hätte? Ob sie sich auch in dieser schweren Zeit gegenseitig gestützt hätten? Oder ob er doppelte Sorge tragen müsste, weil Susannas Kräfte nicht ausreichten?*

Um seiner aufsteigenden Qual einen Riegel vorzuschieben, öffnete Ottheinrich schnell seine Augen. Er maß kurz ab, ob er sich ohne Kerzen-

licht in der Dunkelheit zurechtfinden würde. Weil ihm dies sicher schien, stand er auf und ging in langsamen Schritten hin zu seinem Schlafgemach. Auch dort mochte er kein Licht. Im Wissen, dass er fortan auf Dienerschaft größtenteils verzichten musste, entkleidete er sich ohne die übliche Beihilfe. Anschließend wusch er sich noch kurz an der bereitstehenden Waschschüssel. - Bevor er aber zu Bett ging, öffnete er ein Fenster. Dort lauschte er nach den sommerlichen Nachtgeräuschen und spähte hinauf in den Sternenhimmel. *Von wo würde wohl seine Susanna jetzt auf ihn herabblicken? Welche Worte würde sie ihm schicken?*
Urplötzlich schwanden Ottheinrichs eisern zusammengehaltenen Kräfte. Mit aufsteigenden Tränen schloss er das Fenster und beeilte sich, unter die üppige Eindeckung seines Säulenbettes zu kriechen.
„Susanna“, flüsterte er ins Dunkel. „Oh, meine Susanna. Wie unendlich fehlst du mir...“
In Gnade übermannte ihn eine bleierne Müdigkeit und im Einschlafen entglitten ihm seine Gedanken hin in eine Traumwelt, in der er seine geliebte Gattin fest in die Arme schloss. Mit einem letzten Aufwallen seines Bewusstseins fand er Trost darin, dass ihm nichts und niemand verwehren könnte, seine Träume fortan zu seiner verlorenen Realität zu machen...

Residenz zu Neuburg an der Donau, im Frühherbst 1544

Eigentlich war Vinzenz Prechtl der Vorsitz des herzoglichen Kammermeisteramts seit dem 20. August entzogen. Trotzdem stand er seinem Fürsten beim Verkauf persönlichen Eigentums getreu zur Seite. Daher hatte er sich auch an diesem Herbstmorgen mit einem seiner früheren Gehilfen auf den Weg ins Schloss gemacht, um Stapel an Rechnungsbüchern durchzusehen und daraus Verkaufsverzeichnisse nebst angemessenen Verkaufspreisen anzufertigen. Hernach galt, in Absprache mit Ottheinrich, das zu verkaufende Gut herzusuchen und zur Veräußerung vorzubereiten.
Ottheinrich stellte sich dieser unangenehmen Aufgabe aus zweierlei Gründen. Zuerst verschaffte sie ihm Beschäftigung und Ablenkung. Obenauf nahm er die Wiederbegegnung mit einzelnen, nicht selten infolge der Vielzahl vergessenen, Besitztümer als Anlass zur Erinnerung an vergangene Zeiten seines Wohlergehens. Verlustgefühlen versperrte er sich konsequent. Das Engagement nämlich, mit dem die pfalz-neuburgischen Landstände an die Bewältigung der Finanzkrise herangingen, löste in ihm Bewunderung, Dankbarkeit und vor allem Hoffnung aus. *‚Mit der Zeit‘ ginge es wieder bergauf!*
Getreu seines Wahlspruches unterstützte er deshalb auch heute die Bemühungen seines früheren Beamten. Als erstes widmete er sich einer

Liste von Einzelstücken seiner Garderobe, zu deren Veräußerung er um Zustimmung gebeten wurde: „Ein leberfarbenes Wams von Sammet mit goldenem Tuch unterfüttert für 200 Gulden", las er leise und holte sich das Kleidungsstück vor Augen. „Ein rosinfarbenes aus Samt mit Silber unterfüttert, für ebenso 200 Gulden. Ein rotbrauner Karmesin mit Goldfutter für 200 Gulden. Ein goldener Rock mit leberfarbenem Sammet unterfüttert für 300 Gulden. Ein goldgelbes Stück mit karmesinrotem Atlas unterfüttert für 150 Gulden. Ein schwarzer ungarischer Rock mit vergoldeten Knöpfen für 15 Gulden. - Nur 15 Gulden?", sah er auf. „Ach, meinetwegen", verwarf er einen Atemzug später seine Frage und las weiter. „Ein blauer Rock von Atlas mit Futter von Luchsfell 50 Gulden. Ein roter damastener Rock mit Leopardenfutter 100 Gulden. Ein Hermelinfutter 20 Gulden. Ein blauer Damast mit goldenem Tuch verbrämt 50 Gulden. Drei samtene Reitröcke 100 Gulden. Ein aschefarbener Sammetrock mit silbernem Tuch verbrämt und Taft unterfüttert 80 Gulden. Ein schwarzer Damast 50 Gulden. Ein schwarzer Biberpelz 50 Gulden..."

Ottheinrich hatte immer schneller gelesen, ohne sich überhaupt noch an die Kleidungsstücke erinnern zu wollen. „All diese Wämser, Röcke, Pelze! Werter Prechtl, verkauft, was Ihr für richtig haltet!" Er schob die Liste von sich.

Wenig später verfolgte er, wie ein Rechnungsbuch des Jahres 1541 gesichtet wurde. Ein Eintrag daraus stach Vinzenz Prechtl offensichtlich dermaßen ins Auge, dass ihm ein Unmutslaut entfuhr.

„Was schnauft Ihr so, mein lieber Prechtl?", erkundigte sich Ottheinrich nach dem Anlass der Gefühlsaufwallung.

„Nun, ich sehe gerade auf eine Summe, die Ihr an Desiderius Kolman anweisen ließet." Der Finger des ehemaligen Kammermeisters lag auf einem fünfstelligen Betrag in Goldgulden.

Ottheinrich neigte sich über das Rechnungsbuch und las. „Ach ja", kommentierte er trocken. „Der Preis für den Prachtharnisch. Ich erinnere mich. Den können wir aber nicht verkaufen, denn ich habe ihn verschenkt. An Cosimo de Medici, der mir dafür..." Er brach mitten im Satz ab. *Wann hatte er eigentlich Maximilian nebst dem Königsvogel zuletzt gesehen?? -*

In heller Aufregung eilte Maximilian wenig später einem Hofbediensteten hinterher. Der hatte ihm Ottheinrichs Befehl überbracht, sofort und unter diskreter Mitführung des Vögelchens bei Hofe zu erscheinen.

Ottheinrich blieb fast der Mund offen, als Maximilian in den Saal eintrat. Kein Jüngling war es mehr, der, mit dem Königsvogel auf der erhobenen Hand, auf ihn zuschritt: Ein schöner, anmutiger junger Mann stand nun vor ihm. Sein Haar trug er noch länger als früher. Bis weit über die Schul-

tern ergoss es sich in schillernden, blonden Locken. Sein Gesicht zeigte nicht mehr die Weichheit des Knaben, sondern die Festigkeit eines Mannes, der gerade die Schwelle des Erwachsenenlebens übertreten hatte. Seine blauen Augen leuchteten wie ehedem, sie widerspiegelten für Ottheinrich den noch immer unbescholtenen Charakter. Sein Mund hingegen verhieß pure Sinnlichkeit. Auch die Geschmeidigkeit seines Körpers, mit der er sich unverstellt und wie selbstverständlich bewegte, faszinierte seinen Betrachter. *Wie wohl die Blicke der Weiblichkeit ihn abmaßen? Wie sie seine breiten Schultern und seine muskulösen Schenkel heimlich veraugenscheinlichten? Wie sie sich der Berührung seiner schlanken Hände entgegenträumten?*
Trefflich hatte sich Maximilian auch heute in Blautönen gekleidet. Unverkennbar in ausgesuchtem Geschmack, verstärkte er mit der Bestimmung seines Gewands die Wirkung auf seine Umgebung. *Ob er dies ganz bewusst machte? Ob er sich am Mögen seines eigenen Wesens erfreute und damit die feinen Schichten seiner Aura wie magisch zum Erleuchten brachte? Wie alt war er jetzt eigentlich??*
Ottheinrich begrüßte Maximilian auf das Herzlichste. „Wie lange haben wir uns nicht gesehen, Maximilian? Wie alt bist du jetzt eigentlich?"
„Vor wenigen Tagen vollendete ich mein zwanzigstes Lebensjahr", verneigte sich Maximilian. Angesichts der Freundlichkeit seines Fürsten legte sich seine Aufregung.
„Also wirst du in einem Jahr großjährig! Wie die Zeit dahinrennt!"
Ottheinrich setzte sich in einen der wuchtigen Lehnstühle in Fensternähe und winkte Maximilian, es ihm gleichzutun. Dort, im besseren Lichtschein, kam er wiederum nicht umhin, den schönen jungen Mann zu betrachten. Dabei übermannten ihn schmerzliche Gefühle. *Welch unvorstellbares Glück, einen solchen Sohn zu haben! Wie wohl ihr Leben verlaufen wäre, wenn Susanna und ihm ein solcher Nachkomme geschenkt worden wäre? Zu welcher Festigkeit sich wohl ihre Vater-Sohn-Beziehung versponnen hätte? Wie er wohl einen solchen Sohn, allein schon mit seiner Geburt gottbegnadete Pracht in die Wiege gelegt, zum Manne ausgeformt hätte? Welche Bildung hätte er ihm angedeihen lassen? Wie sein Hof von jenem jungen Fürsten beleuchtet würde...*
Ottheinrich straffte sich. Sein Schicksal war anders verlaufen. Weniger glücklich. Aber dies bedeutete nicht, dass er sich nicht erfreuen dürfte. *Auch in den finstersten Zeiten. Vor allem in diesen! Die die Sinne für das schärften, was er früher, in Jahren des sich selbst genehmigten Überflusses, gar nicht oder nur am Rande wahrgenommen hätte!* „Mit Freude sehe ich, dass es dir und deinem Vögelchen gutgeht!", rief er, sich selbst ermutigend, aus. „Und, wie steht es in der Schneiderwerkstatt? Ist Ruprecht dir ein guter Meister?"
„Oh, er ist mir sehr wert, fast wie ein Vater. Gestreng lehrt er mich sein hohes Handwerk. Dank Euch."
„Dann sehe ich dich glücklich."
„Glückselig." Seine Antwort unterstreichend, warf Maximilian das Vögel-

chen sanft in die Luft. Beide Männer verfolgten dessen Aufflattern, das Ziehen einiger Flugrunden durch den raumgreifenden Saal und seine Landung auf einem Fenstersims. Dort begann der Vogel zu singen. - Ottheinrich fühlte sich doppelt bezaubert. Er versank Schweigen und genoss im Höchstmaße.
Tief bewegt von der Gemütslage seines Fürsten wagte sich Maximilian etwas Zutraulichkeit. „Meister Ruprecht singt immer mit dem Vögelchen, oft bis zur Heiserkeit“, lächelte er zu Ottheinrich.
„Ruprecht singt?“ Ottheinrich wunderte sich. „Ich kann mich nicht erinnern, ihn jemals singen gehört zu haben.“
In der Annahme, dass sich nun ein Gespräch zwischen ihnen anspinnen würde, begann Maximilians Herz zu pochen. Doch zu seiner leisen Enttäuschung verharrte Ottheinrich in seinem Schweigen. „Sprecht Ihr von Eurer Reise ins Heilige Land?“, schickte er deshalb behutsam nach. „Wohin er Euch vor vielen Jahren begleitete? Vor einiger Zeit erzählte er mir davon.“ - Sein Versuch glückte.
Ottheinrich sah nun direkt zu ihm, nicht mehr in stiller Versonnenheit zum Vögelchen. „Oh ja, genau davon sprach ich. Damals war ich ungefähr in deinem Alter. Nein, sogar etwas jünger. Was habe ich da nicht alles erlebt und gesehen! Unsere Abenteuer begannen in Venedig, wie du ja weißt. Und wenn mir jemand vorausgesagt hätte, was auf mich zukommt, ich hätte es wahrscheinlich nicht geglaubt.“
„Ihr habt Venedig gesehen...“ Maximilian hatte fast geflüstert.
Die Verträumtheit des jungen Mannes verfestigte einmal mehr Ottheinrichs Sympathie für ihn. Sie führte sogar dazu, in ihm erneute Wunschgedanken auszulösen, ohne damit seine Wehmut zu schüren. „Die goldenen Kuppeln von San Marco, den Palazzo Ducale, Rialto und den Canale Grande...“, lächelte er warm. „Ein guter Platz für einen, der ein großer Schneidermeister werden möchte. Ich bin sicher, Maximilian, eines Tages wirst du dies alles mit eigenen Augen sehen. Du bist jung und fleißig. Dir steht die Welt offen, du musst nur zugreifen.“
„Meint Ihr?“, hauchte Maximilian. *Wie es in seinem Bauch bei dieser Vorstellung kribbelte! Wie stark er sich fühlte! Der Fürst hatte Recht! Was stand dem entgegen, eines Tages...*
Ottheinrich gewährte Maximilian einen Moment des Gedankenganges, um dass sich dieser in ihm einnistete. Doch dann besann er sich dessen, weshalb er ihn vor allem zu sich befohlen hatte: „Ja, das meine ich wohl. Nur steht es deinem Fürsten leider nicht mehr zu, dich dabei zu unterstützen, wie du sicher weißt.“ - Maximilian bejahte und danach fuhr Ottheinrich fort. „Ich bin nicht nur außerstande, dir zu helfen. Es steht sogar nicht einmal mehr in meiner Macht, dich zu beschützen. Ich spreche von deinem Vögelchen. Ich stehe in der Pflicht, mein persönliches Eigentum zu verkaufen. Dazu gehört auch der Königsvogel als Gegenwert eines

Prunkharnisches, den ich nach Florenz verschenkte. Sein Preis... nun ja... Der Preis des Hauses deines Meisters dürfte nicht den zwanzigsten Teil der Ausgaben für jenes Geschenk ausmachen.“ Ottheinrich seufzte schwer. Im Wissen, mit seinen Worten in Maximilian einen Schock ausgelöst zu haben, beeilte er sich, weiterzusprechen. „Habe keine Angst, nicht deshalb bist du hier. Der Vogel gehört zu dir, nirgendwo anders hin. Aber ab heute wirst du ihn noch sorgsamer verstecken müssen, mein Sohn.“

Maximilian hatte Mühe, seine heftigen Emotionen, die Ottheinrichs unerwartete Äußerungen in ihm auslösten, zu ordnen.

„Bald gehe ich ins Exil nach Heidelberg und Neuburg wird auf sich gestellt sein. Aber ich möchte dir noch etwas anderes mit auf den Weg geben.“ Bevor Ottheinrich weitersprach, wartete er, bis Maximilians flatternde Blicke sich beruhigten und er sicher war, dass ihm wieder zugehört wurde. „Bleibe der aufrichtige, herzoffene Charakter, der du bist. Stehe für die ein, die dich um Hilfe bitten, ganz gleich, wer es sein mag. Erinnere dich stets daran, wie du einst selbst um Hilfe gebeten hast und man sich dir öffnete.“ - Weit aufgerissene blaue Augen hingen an ihm.

„Die fahrenden Frauen“, schickte Ottheinrich lächelnd zu ihnen. „Ich weiß davon. Man hat dich beobachtet. Zweimal am Tag wurdest du am Rathaus gesehen, beim Studieren der Aufrufe des Hofgerichts, nachdem die Bittschrift der Augsburgerinnen in den Briefkasten eingeworfen worden war. Bis zu dem Tag, an dem jene ungewöhnliche Supplikation zur Verhandlung kam. Von da an bist du nicht mehr gekommen.“

Rathaus zu Neuburg a. d. Donau, 34. Ständetagung am 02.12.1544

Natürlich ließ Leonhard von Eck sich äußerlich nichts anmerken. Aber innerlich erübrigte er für die anwesenden pfalz-neuburgischen Vertreter der Sequesterverwaltung nur Häme. *Ständekorporation! Dass er nicht lachte! Wie sich diese protestantischen Selbsternannten in gutem Glauben an den Kaiser für den abgedankten ‚Landesvater‘ einsetzten... Geradezu lächerlich! Weil sie nicht einmal durchschauten, was Karl V. wirklich bezweckte...*

Heute trat er offiziell als bayerischer Rat auf, eingeladen von Vertretern eben jener Sonderverwaltung, die sich dafür im September persönlich nach München aufgemacht hatten. *Was dachten sich diese Ständischen? Dass man ihnen mehr entgegenkäme, als ihrem uneinsichtigen Bankrotteur?!* Ansonsten nämlich würde er künftig als Landsasse an den Ständetagungen in Neuburg teilnehmen, solange es diese überhaupt noch gäbe. Jedenfalls war er als Inhaber von in die Gütermatrikel eingetragenem Grundbesitz, seit diesem Jahr mit der Liegenschaft Holzheim am Forst, dazu berechtigt. Nicht von ungefähr, fast schon in diebischer Freude, war er dem Landerwerb nachgegangen. *Bare Münze war dafür aus seinem gut gefüllten Geldsäckel gerollt. Wer also wollte ihm den Kauf verwehren??* Er hingegen würde Neuburg die Gesundung verwehren, so er gleich zu Wort gebeten würde. *Auch Habsburg würde damit leer ausgehen! Mächtig waren die altväterlichen Verträge Bayerns!* Nicht einmal Karl V. hätte auf geltendes Recht beruhende Handhabe dagegen, ohne sich bei Nichtanerkennung noch mehr Feinde unter den deutschen Fürsten zu machen... Leonhard von Eck frohlockte innerlich und lauerte auf den Moment seines großen Auftritts vor den 165 Anwesenden. -

„Es gefällt mir nicht! Es gefällt mir ganz und gar nicht!"
Am Ende des zweiten Tages der Ständeversammlung ging Hans Kraft von Vestenberg* mit hinter dem Rücken verschränkten Armen auf und ab. Dabei glich er in seiner ehrwürdig-schwarzen Aufmachung einem Raben, der unentwegt umherschritt. Doch diesmal war er nicht in seiner Funktion als Landrichter zu Burglengenfeld im Amte, sondern als Statthalter von Pfalz-Neuburg. Sofort hatte man ihn als offiziellen Vertreter Ottheinrichs gewählt: Einst, in den beiden verfeindeten Lagern des Landshuter Erbfolgekriegs, standen die Vestenbergs an der Seite Münchens. Gemäß dem Feindesbrief des Herzogs Albrecht IV.* stellten sie sich in treuer Ergebenheit gegen Ruprecht von der Pfalz. Später, nach Kaiser Maximilians Kölner Spruch zur territorialen Teilung der umstrittenen Gebiete, fanden sie sich als Angehörige des pfalz-neuburgischen Adels wieder. Ungeachtet der Tatsache, dass ihr Stammsitz im Fränkischen lag, setzten sie sich dennoch engagiert auch auf Neuburgs Adelsbank. Begonnen mit dem Onkel und Vormund der beiden minderjährigen Söhne Ruprechts, beugten sich Ottheinrich und Philipp nach ihrem Regierungsantritt ebenso der ‚Ottonischen Handfeste', dem Fundament der bislang bayerischen ständischen Freiheiten. So gab es keinen Grund, den jungen Fürsten nicht zu huldigen... „Freilich könnten wir auf Bayerns Angebot eingehen! Eine Million Gulden für die Tilgung von Neuburgs Schulden und den Heimfall des gesamten Fürstentums an Bayern! Das Haus Wittelsbach wieder vereint! Schlichtweg durch finanzielle Misswirtschaft. Unblutig im Vergleiche zum unseligen Landshuter Erbfolgekrieg. Dem Adel könnts gleich sein!"
„Aber unser aller Ehre nicht!", widersprach Jörg von Wemding zu Fünfstetten. „In welcher Selbstüberhebung sich Leonhard von Eck uns gegenüber aufbaute! Wie er aussprach, keine Landesverkäufe zu dulden! Als ob er selbst ein Münchner Herzog wäre! Auch scheint er Kurfürst Friedrich völlig zu vergessen! Und mit welcher Geringschätzigkeit er des Kaisers Anstandsbriefe überging! Nein, und nochmals nein! Für Ottheinrich und Philipp! Für unsere Würde! Stellen wir uns dieser Arroganz entgegen!"
„Ihr sprecht mir aus der Seele, verehrter Jörg von Wemding! Und daher gedenke ich, so das Ständeregiment zustimmt, zwei Dinge zu tun: Erstens

bitten wir Kurfürst Friedrich II. um Schutz und Schirm. Freiwillig wollen wir uns unter die Erbherrschaft der Pfalz begeben."
„Vorbehaltlich unserer erworbenen Freiheiten."
„Selbstverständlich. Doch ich gehe davon aus, dass Friedrich uns dies in keiner Weise verwehrt. Wie er ebenso wenig die tatsächliche Landesherrschaft in Pfalz-Neuburg antasten und uns den Schuldenabbau mit allen Kräften und ohne Eigeninteresse selbst überlassen wird."
„Heidelberg: Ein treffliches Gegengewicht zu München. Und was schwebt Euch zum Zweiten vor?"
„Die kaiserliche Bekräftigung der Übergabeurkunde Ottheinrichs bei seiner Abdankung. Karl V. soll die pfalz-neuburgischen Stände zur Garantiemacht einer selbständigen Landesherrschaft erheben, um weitere Eingriffe Bayerns zu verhindern. Schließlich drückten er, wie auch König Ferdinand, mit insgesamt drei Anstandsbriefen ihren Unwillen gegenüber Bayerns Hinhaltetaktik aus."
„Einmal mehr verwerflich und unehrenhaft die Ausnutzung von Neuburgs Krisensituation durch die bayerischen Herzöge."
„Durch Wilhelms durchtriebenen, machthungrigen Rat Leonhard von Eck", verbesserte Hans Kraft von Vestenberg. „Treten wir ihm entgegen."

Barbara Martini Weylundt, des hochgeehrten Herrn
Johann Königs von Offenburg der Rechte Doktor seligen
Hausfrau, verkauft für sich und alle ihre Erben mit Namen
Katharina Anna und Eva Königin von Offenburg an
Ottheinrich ihre eigene mütterlich ererbte Behausung zu
Heidelberg gegenüber dem Spitalbrunnen gelegen, oben an
die Grafen von Hohenloe, unten an das Rathausgässlein
und hinten an das Hintergehäuse der Herberge zum Hirsch
stoßend um Elfeinhalbhundert Gulden rheinischer Münze
und 15 Batzen, die Barbara Martini vor dato dieses Briefes
von Ottheinrich bezahlt wurden
und zwar auf Freitag Santi Steffani (26. Dec.)1544.

Ungeachtet der Eiseskälte und der dicken Schneeflocken, die ihren Weg vom Himmel herab in den Innenhof des Neuburger Schlosses fanden, tätschelte Ottheinrich zwei dort aufgebaute gewaltige Doppelkartaunen, wie wenn sie Kinder wären. Obwohl nicht einmal ihr Name etwas Kindliches suggerierte. Er gedachte damit wohl eher der dahingegangenen, jugendlichen Unschuld, mit der er und sein Bruder die bronzenen Kanonenrohre einst als Geschenk für ihren hochverehrten Vormund und Onkel in Auftrag gegeben, und ihre Fertigstellung gleich einer Geburt zweier Persönlichkeiten angesehen hatten:
„Adam und Eva“[38].
Anders als die beiden menschlichen Paradiesbewohner, hatte sich die Unschuld der schlachttauglichen Vorderladergeschütze erhalten. Sie trugen nicht an der Sünde, der Verlockung einer runden Frucht erlegen zu sein. Wobei jenes bäckige Apfelrund hier 76 Pfund schwere Eisenkugeln gewesen wären, die die Unverderbtheit der Kolosse in Stücke zerfetzt hätten...
Als ihren Schöpfer durfte sich Sebald Hirder* bezeichnen. Meisterlich hatte er in seiner Neuburger Gießhütte in den Jahren 1524 und 1525 zwei Zeugnisse seiner hochangesehenen Geschützgießkunst geliefert:
Adam wog stolze 9.690 Pfund. In reicher Ornamentierung zeigte sich auf ihm ein Mann mit Lendenschurz und Helm, der mit einem Krummschwert in seiner Rechten zum Schlag ausholt, während seine Linke einen Schild führt. Im Zentrum des Stoßbodens der Kanone war ein Relief mit dem Profil Onkel Friedrichs eingegossen. Dieses Bildnis umrundeten im Wechsel die Brustbilder von ihm, Ottheinrich, und seinem Bruder, neben den bayerischen Rauten, dem Pfälzer Löwe und Rosenmotiven. Nahe der Mündungsöffnung schlummerte das Pfälzer Wappentier, das mit einem Spruch warnte:
„Weck mich nicht auf.“
Für Eva hatte Sebald Hirder 9.393 Pfund Bronze vergossen. Auf ihr postierte ein nacktes Weib mit einer Kanonenkugel in der erhobenen Hand. Auch sie trug einen Schild, den eine Inschrift verzierte.
Ottheinrich wischte den frischen Schnee beiseite, der Evas unbekleidete Kämpferin mittlerweile sittsam bedeckte. Mit seinen Fingern zeichnete er die Buchstaben auf dem Schild nach und von seinen Lippen konnte man den zu Worten zusammengefügten Spruch ablesen:
„Lieber Mann hab festen Mut und schieß mit deinem Scheere gut. Ich will dir helfen, Türen und Mauern niederwerfen.“
Damit verabschiedete sich Ottheinrich auch von diesen Besitztümern, so,

[38] ausgestellt in: Bayerisches Armeemuseum, Paradeplatz 4, 85049 Ingolstadt

wie er sich in den vergangenen Monaten von vielem Liebgewonnenen verabschiedet hatte. Sein einziger Trost in diesem Falle war, dass der Augsburger Rat die zwei Scharfmetze für den geforderten Preis von 26.355 Gulden erworben hatte. Außerdem war ihm gegenüber seitens der Käufer geäußert worden, die bronzenen Kunstwerke an repräsentativem Platze aufzustellen. Damit wolle man Neuburg Ehre erweisen, denn schließlich trugen die Kanonen die Aufschrift ihrer Herkunft.
Bevor Ottheinrich ins Schlossinnere zurückging, klopfte er auch von seinem Gewand den reichlichen Schnee ab. In zwei Tagen, resümierte er dabei, endete das Jahr 1544. Die Aufbruchsstimmung, die sich früher an den letzten Tagen eines Jahres in ihm ausgebreitet hatte, war einer anderen Empfindung gewichen. Nun summierte er die Zeiträume, seit ihn seine geliebte Susanna verlassen hatte und er sich als Witwer bezeichnen musste. Obenauf begann in kaum 48 Stunden jenes Jahr, in dem er ins Exil zu gehen hatte. Noch konnte er sich nicht vorstellen, womit er sich dort seine Tage füllen würde, ohne landesherrliche Verpflichtungen, ohne den Freiraum seines Schlosses, ohne Gegenwart seiner Freunde und Vertrauten, ohne Hofstaat, ohne nennenswerte Gelder... *Still würde es um ihn werden.*

Kapitel 8

Stadtresidenz zu Landshut, den 22. April 1545

„Ich bin dessen so müde." Ludwig X. klammerte sich an die Hand seiner Schwester Sabina*, während seine trüben, halb geschlossenen Augen auf seinen engsten Berater gerichtet waren. „Ohne Safran geht nichts auf dieser Welt. Aber im Bayernlande geht nichts ohne Leonhard von Eck."
Sabina von Bayern spürte, wie der Händedruck ihres bettlägerigen Bruders nachließ. Schon seit Monaten pflegte sie ihn in Hingabe, und genauso lange lebte sie mit der Angst vor genau jenem Moment, den sie nun gekommen sah. *Die schwere Krankheit Ludwigs trüge heute den Sieg davon.* Unter aufsteigenden Tränen blickte auch sie zu Hans Weissenfelder, der an Ludwigs Bett herangetreten war, um seine leisen, letzten Worte zu vernehmen.
„Jetzt wird er Ober- und auch unser Niederbayern mit seinen klebrigen Fäden umspinnen, vergiftet von Eigennutz und Eigenmächtigkeit. Und Wilhelm wird dieser Gewissenlosigkeit weiter stattgeben, unempfänglich für jede Warnung. Gegenüber denen des kleinen Bruders sowieso... Zwei Leiber und ein Herz. Keine leeren Worte, stets haben wir daran festgehalten und uns untergeordnet, nicht wahr? Wie oft haben wir versucht, Wilhelm die Augen zu öffnen, mein getreuer Hans Weissenfelder? Haltet daran fest! Tut, was in Eurer Macht steht! Tut es für unsere Heimat! Ewig blühe Bayerns Land!"[39] Damit verschied Ludwig X. von Bayern.

Schlosskapelle in der Residenz zu Neuburg an der Donau, Sonntag, den 17. Mai 1545

Nur wenige Tage zuvor war Else mit der Neuigkeit nach Hause gekommen, dass Ottheinrichs bisheriger erster Hofprediger, Adam Bartholomaei, zu Ehren des soeben ins Exil gegangenen Fürsten einen Abendmahlsgottesdienst abhalten wolle. Und zwar in der bisher dem Landesherren vorbehaltenen, in den Jahren 1538 bis 1543 neu errichteten Kapelle des Neuburger Schlosses. Damit die Überbringung dieser Botschaft am Morgen vor dem Gottesdienst zum Ehezwist führte, hatte sie jedoch nicht vermutet. Doch, unerwartet wie zumeist, brach zwischen ihr und Ruprecht ein Streit vom Zaun. Nämlich deshalb, weil Ruprecht weit vor Beginn der Messe zum Aufbruch antrieb, was Elses Hang zu Geruhsamkeit zuwiderlief. Später jedoch, mit dem Betreten des Gotteshauses, war das Gezanke abrupt beendet, weil Else vor lauter Verblüffung der Mund offen stehen geblieben war. Ruprecht hatte genau gewusst, wes-

---

[39] Wahlspruch des Herzogs Ludwig X. von Bayern

halb er zur Eile mahnte: Er kannte die Schlosskapelle, sogar von innen. Allerdings nur während ihrer Bauzeit und auch nur durch einige kurze Blicke im Vorbeigehen. Ein ausgiebigeres Umsehen im regen Treiben der Baustelle, inmitten der etlichen hohen Gerüste, Mörtel-, und vor allem Farbkübel, war nicht möglich gewesen. Umso mehr freute er sich jetzt, rechtzeitig vor dem Gottesdienst, endlich seiner Neugierde nachgehen zu können. Denn die wenigen Einblicke, die er bislang erhascht hatte, versprachen pures Staunen.

Auch Maximilian staunte, als er in das Gotteshaus eintrat. Bei seinen Schlossbesuchen war er zwar schon einige Male an dem in wertvollem Rotmarmor eingefassten Portal in der Hofdurchfahrt vorbeigelaufen. Was sich allerdings dahinter verbarg, überstieg seine Vorstellungskraft: Er fand sich inmitten einer ungewöhnlich hohen, schachtartigen Halle mit allseits umlaufender Fürstenempore, die nur im Bereich einer Altarnische unterbrochen war. Zwei Rotmarmorsäulen stützten jene Galerie, indes nur an einer Seite. Ansonsten hielten reliefierte, ebenso rotmarmorne Konsolen die Empore, deren Brüstung reich mit Ranken, Tier- und Zwitterwesen sowie dem pfalz-bayerischen Wappen verziert war...

In der tonnengewölbten Altarnische, die drei Rundbogenfenster erhellten, befand sich gemäß der neuen Lehre nur ein einziger Altar, der die Kreuzigungsgruppe abbildete. Weitere zwei Rundbogenfenster gab es an der Nordseite der Kapelle. Sie ließen soweit Tageslicht ein, dass die herrlichen Deckenmalereien ihre Betrachter in den Bann ziehen konnten.

Maximilian hatte dergleichen noch nie gesehen. Unentwegt neigte er seinen Kopf in den Nacken und betrachtete die Abbilder. Daher bemerkte er kaum, wie Ruprecht ihn, nach seiner sprachlosen Gattin, emsig in eine der Kirchenbänke schob, um sich dann neben ihn zu setzen und ihm leise zuzuflüstern. „Sieh nur, dieses Farbspiel“, raunte er. „Ruhig und einheitlich wirkt es, fast kühl, nur wenige Farben sind bestimmend. Gelb- und Grautöne, dabei von Braun und Ocker dominiert. Das Inkarnat[40] der Mädchen und Frauen weiß-bräunlich, das der männlichen Gestalten stets dunkler. Die Gewänder und anderen Bildelemente in kräftigem Grünblau, Rot oder wiederum Weiß klar hervorgehoben. Hügelketten und Wege leiten in die Tiefe der Bilder, in verschwimmender Kontur und zusehend hellerem Ton, der die weitentfernten Motive nur noch als lichte Tupfen erkennen lässt.“

„Aber da, in den kleinen Gewölben, scheinen grüne Tücher gespannt zu sein.“ Maximilian wies mit einer Hand hin zu den Stichkappen am Gewölberand.

„Der Stoff ist nur vorgetäuscht, eine meisterliche Illusion aus Farbe, gleich den anderen Bogenfeldern“, bekam er zur Antwort. „Man meint,

[40] von lat. „carnis“ (Fleisch) für die menschliche Hautfarbe in der Kunst

man sitze unter einem vielschichtigen Gewölbe, aber so ist es nicht. Doch schauen wir uns zuerst das Hauptgemälde an. Die Himmelfahrt Christi. Aufsehenerregend, nicht wahr?"
Maximilian nickte, unterdessen sich Ruprecht durch sein näheres Hinsehen zur Darstellung des schwebenden Christus in direkter Gesellschaft mehrerer Putten zunehmend skeptisch zeigte. „Oder doch keine Auferstehung? Stattdessen seine Wiederkehr?", rätselte er. „In seiner Linken hält Christus die Kreuzesfahne. Demnach wäre er als der bereits Auferstandene zu verstehen. Dem widersprechen aber die Randfiguren, also Maria und die zwölf Apostel. Sie stehen für das Pfingstwunder, für die Aussendung des Heiligen Geistes."
„Nach meinem Eindruck sieht Christus zu uns herunter", äußerte Maximilian. „Und die Engel stützen ihn an Hüften und Ellbogen, ganz so, als ob sie einen kostbaren Gegenstand behutsam absetzen möchten."
„Trefflich beobachtet! Ein unentschiedenes Schweben! Meisterlich! Der auferstandene Herr ist zugleich der Wiederkehrende. Unser Salvator."
Ruprecht und Maximilian nickten sich einander zu.
„Dann wollen wir mal schauen, wie gut sich mein Geselle weiter auskennt. Also, welche biblischen Themen entdeckst du noch, in dieser regelrechten Bilderpredigt?" Ruprecht schmunzelte, denn er schätzte ab, dass sich das Deckenfresko aus ungefähr vierzig Einzeldarstellungen zusammensetzte. - Maximilian analysierte. Zuerst entschlüsselte er die vier großen Deckenmedaillons oberhalb und unterhalb der Darstellung Christi. „Ich sehe die Taufe in Alexandria, daneben den Zug der Juden durchs Rote Meer. Das Passahmahl und noch ein Opfermahl."
„Das Opfermahl zur Zeit von Cyprian", meldete sich Else zu Wort. Ihr Ärger war verraucht, und, um neuerlicher Missstimmung, weil Ruprecht sie nicht ins Gespräch einbezog, entgegenzuwirken, erteilte sie sich selbst das Mitspracherecht.
„Mein schlaues Weib", stichelte Ruprecht, bedachte seine Else aber mit einem versöhnlichen Blick. Immerhin saß man gemeinsam in einem Hause Gottes... „Und weiter?", forderte er sie auf.
Elses Blick wanderte durch jenes Ensemble, welches die Stichkappen füllte. „Ich sehe die Erschaffung Evas", wies ihre Hand zuerst auf das Gemälde links über dem Altar, um anschließend nach rechts weiterzuwandern. „Gefolgt vom Sündenfall. Die Vertreibung aus dem Paradies. Dann..." Im Begriff, ihre Hand in Uhrzeigerrichtung weiterwandern zu lassen, hielt sie inne. „Nein, das macht keinen Sinn. Die Verwandlung von Wasser in Blut folgt nicht auf die Vertreibung aus dem Paradies."
„Richtig erkannt", schulmeisterte Ruprecht und wies auf die drei Gemälde direkt über ihnen, die sich der ‚Erwachsenentaufe zu Alexandria' und dem ‚Gang durch das Rote Meer' nach außen hin anschlossen.

„Adam und Eva bei der Arbeit", begann Else jetzt von rechts her aufzuzählen. „Das Opfer von Kain und Abel. Kains Brudermord."
„Und rechts und links von Christus je fünf der ägyptischen Plagen", ergänzte Ruprecht. „Stimmts, Maximilian?"
„Die Verwandlung des Wassers in Blut", zeigte Maximilian nach rechts. „Die Froschplage. Die Stechmückenplage. Die Ungezieferplage. Die Pest. Dann die Blatternplage", wandte er sich jetzt nach links. „Das Sterben der Erstgeborenen. Die Hagelplage. Die Heuschreckenplage. Die ägyptische Finsternis."
Blieben noch die halbrunden Malereien über dem Altar und den Emporenwänden sowie in den Fensternischen und Türlaibungen, die sie zu dritt und in trauter Einigkeit im Uhrzeigersinn entschlüsselten: „Die Mannalese", begann man mit der Darstellung links neben dem Altar. „Moses mit den Gesetzestafeln", wanderten die Blicke zur Fensternische über dem Altar. „Der Tanz um das Goldene Kalb", verließ man die Altarnische und wandte sich nach rechts. „Die eherne Schlange. In der Türlaibung Moses vor dem brennenden Dornbusch. Die beiden Kundschafter. In der rechten Ecke die Schlacht gegen die Amalektiter. Gideon führt das Volk ans Wasser."
Jetzt mussten sie sich umdrehen, denn jenes Fresko, wie auch die zwei folgenden, lagen in ihrem Rücken. „Der Walfisch speit Jonas an Land. Die Sintflut."
„Loth und seine Töchter", drehten sie ihre Köpfe im Anschluss nach links. „Bileams Esel. Habakuk wird von dem Engel entführt. Daniel in der Löwengrube. Isaaks Opferung. Abraham verstößt Hagar und Ismael. Elias' Himmelfahrt. Joseph und Potiphars Weib. Joseph in der Zisterne." Damit waren sie wieder am Altar angelangt.
„Heilsgeschichte und Heilslehre", raunte Ruprecht zu Maximilian und Else, während sie auf der Kirchenbank enger zusammenrückten, um den mehr und mehr herbeidrängenden Kirchenbesuchern einen Sitzplatz anzubieten.
„Vom Alten hin zum Neuen Testament. Vom Sündenfall zur Erlösung und Wiederkehr Christus. Abendmahl und Taufe als die beiden Sakramente, die Luther..." Ruprecht brach mitten im Satz ab, denn in diesem Moment betrat der Pfarrer Adam Bartholomaei in feierlichem Ornat und in Begleitung zweier Geistlicher, dem Diakon und dem Subdiakon, die mittlerweile brechend volle Kapelle. Die Menschen drückten sich jetzt nicht mehr nur in den Sitzreihen aneinander, sie standen auch dichtgedrängt an den Wänden.
[41]Adam Bartholomaei eröffnete den Gottesdienst damit, dass er andäch-

[41] Schilderung dieser Abendmahlsfeier erfolgt gemäß der Kirchenordnung Pfalz-Neuburg von 1543, die Andreas Osiander und Ottheinrich verfassten

tig zum Altar schritt. Er kniete davor nieder und sprach ein Schuldbekenntnis: „Christus ist um unser Missetat willen verwundet. Und um unser Sünden willen zerschlagen. Barmherziger ewiger Gott, der Du Deinen eigenen Sohn nicht verschonet, sondern für uns alle dahingegeben hast, dass er unser Sünde am Kreuz tragen solle. Verleihe uns, dass unser Herz in solchem Glauben nimmermehr erschreckt noch verzaget. Die Straf liegt auf ihm, auf dass wir Frieden hätten. Und durch seine Wunder sind wir geheilet. Allmächtiger Vater, ewiger Gott, der Du für uns hast Deinen Sohn des Kreuzes Pein erleiden lassen, auf dass Du von uns des Feindes Gewalt wegtreibest. Verleihe uns, seinem Leiden zu danken, dass wir dadurch der Sünden Vergebung und vom ewigen Tod Erlösung erlangen.[42]“

Nach diesen Worten richtete er sich auf und mit zum Kreuze erhobenem Kopf rief er aus: „Kyrie, eleison! Erhöre uns, lieber Herre Gott! Christe, eleison! Oh Jesu Christ, Gottes Sohn! Kyrie, eleison! Erhöre uns, lieber Herre Gott!“

Adam Bartholomaei's energische Eröffnung des Gottesdienstes ließ die vielen, noch vor wenigen Momenten raunenden und sich zuzischelnden Anwesenden restlos verstummen. Kein Sterbenslaut war seitens der Kirchgemeinde mehr zu hören. Auch Else, die soeben ihrer Banknachbarin zugetuschelt hatte, dass ihr Gatte des Priesters Ornat Hersteller sei, verschlug es die Sprache.

In ungeteilter Aufmerksamkeit lauschte man nun dem gesungenen Vers, den Adam Bartholomaei seinem Ausruf nachsandte: „Gloria in excelsis Deo et in terra pax hominibus bonae voluntatis! Ehre sei Gott in der Höhe und Friede auf Erden bei den Menschen seines Wohlgefallens!“ Er folgte dem Schall seines mit voller Stimme ausgesandten Gesanges, der, einem Echo ähnlich, aus der Altarnische heraus in der Kapelle widerhallte. Danach wandte er sich vom Altar ab und drehte sich ein erstes Mal zu den Kirchgängern um. „Der Herr sei mit uns allen.“

„Amen“, ertönte darauf aus den vielen Kehlen der Kirchgemeinde.

„Lasset uns beten.“ Adam Bartholomaei drehte sich wieder zum Altar, faltete seine Hände und neigte seinen Kopf. Ehrfürchtig schloss man sich seiner Geste an: „Oh allmächtiger Gott, der Du bist ein Beschützer aller, die auf Dich hoffen, ohne welches Gnade niemand etwas vermag, noch etwas vor Dir gilt. Lass uns Deine Barmherzigkeit reichlich widerfahren, auf dass wir durch Dein heiliges Eingeben gedenken, was recht und gut ist, und durch Deine Kraft dasselbige auch vollbringen. Amen.“

Nachfolgend, unterdessen man die gefalteten Hände löste und die Köpfe wieder anhob, trat der Subdiakon nach vorn. „Höret und vernehmet mit

---

[42] nach: „Christus ist um uns“ und „Kyrie, eleison“ ; entnommen: Geistliche Lieder. Auffs new gebessert. Zu Wittemberg. Mar. Luth. 1540

Fleiß das erste Kapitel der Epistel Pauli zu den Römern", verkündete er. Damit öffnete er seine mitgeführte Bibel...
Mit dem Ende seines Vorlesens verneigte er sich und trat zurück an seinen Platz nahe dem Altar, woraufhin Adam Bartholomaei weiterzelebrierte. „Nun lasset uns singen."
Nicht nur Else kramte eifrig nach ihrem Gesangbüchlein in Gespanntheit, welches Lied sogleich angestimmt würde, ob es eines sei, dass sie auswendig kannte, oder ob sie nach dem Text blättern müsste. - Sie musste blättern. Und sie musste ihr Büchlein mit Ruprecht teilen, der nach der ersten Strophe fordernd an ihrem Arm gezupft hatte:
„[43]Komm heiliger Geist Herre Gott, erfüll mit Deiner Gnaden Gut. Deiner Gläubigen Herz, Mut und Sinn, Dein brünstig Lieb entzünd in ihn'. Oh Herr, durch Deines Lichtes Glanz zu dem Glauben versammelt hast das Volk aus aller Welt Zungen. Das sei Dir, oh Herr, zu Lob gesungen. Halleluja! Halleluja!..."
Die beiden ‚Halleluja', die sich der letzten Strophe anschlossen, hatte Ruprecht so inbrünstig geschmettert, dass Else erschrocken ihr Gesangbüchlein zuklappte. Maximilian, der sich mit dem Finden der richtigen Töne von Haus aus schwertat und deshalb eher lauschte anstatt zu singen, musste sich ein Grinsen verkneifen. - Der nach vorn tretende Diakon brachte jedoch zeitgleich den Ernst zurück.
„Höret und vernehmet mit Fleiß aus dem Evangelium des Mattheus", begann er sein Vortragen. Damit öffnete er keine Bibel, sondern ein Wittenbergisches Gesangbüchlein: „Da der Herr wieder ausging von der Gegend Tyri kam er durch Sidon an das Galileisch Meer mitten in der Gegend der zehn Städte. Und sie brachten zu ihm einen Tauben und Stummen und baten ihn dass er die Hand auf ihn leget. Und er nahm ihn von dem Volk besonders und legte ihm die Finger in die Ohren und er spie aus und rühret seine Zungen und sahe auf gen Himmel, seufzete und sprach zu ihm: Ephera das ist, tu Dich auf.
Und also bald taten sich seine Ohren auf und das Band seiner Zungen ward los und redet recht. Und er verbot ihnen sie sollens niemand sagen. Je mehr ers aber verbot, je mehr sie das ausbreiteten und wunderten sich über die Maßen und sprachen: Er hat allen Dingen wohlgetan. Die Tauben hat er hörend gemacht und die Sprachlosen redend. - Dies aus dem Evangelium des Mattheus."
Unterdessen der Diakon beiseite ging, stellte sich Adam Bartholomaei wieder direkt vor den Altar. Dort richtete er sich auf und man konnte ihm ansehen, wie er seine Lungen mit Luft vollpumpte, um offensichtlich sogleich kraftvoll vorzusingen.

---

[43] nach: „Komm heiliger Geist" und „Da der Herr wieder" entnommen: Geistliche Lieder. Auffs new gebessert. Zu Wittemberg. Mar. Luth. 1540

„Heiliger Jesus", lag angesichts dessen stimmlos auf Elses Lippen. Erwartungsvoll presste sie ihr Gesangbüchlein auf ihren Schoß. Kurz darauf, obwohl Adam Bartholomaei gemäß der pfalz-neuburgischen Kirchenordnung nun auf Lateinisch sang, wusste sie trotzdem, dass er das ‚Nicaeno', jenes uralte konstantinopolitanische Glaubensbekenntnis, darbot. Die Akustik der Schlosskapelle steigerte die Klangkraft und Wirkung des ohnehin passionierten Gesanges. Wegen der Entzückung, in die der Geistliche die Anwesenden damit schickte, wünschte sich ein jeder von ihnen, dass er weitersänge, als ein ‚Amen' sein Singen beendete. Doch auch ihm konnte man ansehen, dass er einige Momente brauchte, um sich aus der tiefen Emotion zu lösen, mit der er das Bekenntnis vorgetragen hatte. Denn nun stand seine nächste Aufgabe an: Die Predigt. Dazu betrat er die Kanzel.

„[44]Vom freien Willen." Mit dem Leitspruch der Predigt wanderte sein Blick über die Gemeinde, die gespannt zu ihm aufsah.

„Es reden viele in unbescheidener Weise vom freien Willen. Darum hört, was ich hierzu geschrieben habe: Der Mensch hat aus eigener Kraft einen freien Willen, äußerliche Werke zu tun oder zu lassen. Derhalben vermag er auch weltliche Ehrbarkeit und gute Werke aus eigener Kraft zu tun, die Gott ihm eingebe und erhalte. Paulus nennt dies die Gerechtigkeit des Fleisches. Erwirkt nun der Mensch aus eigener Kraft eine Gerechtigkeit, so hat er dazu die Wahl und Freiheit, Böses zu fliehen und Gutes zu tun. Gott fordert solche äußerliche oder weltliche Gerechtigkeit sogar von uns. Doch dem Gerechten gibt er kein Gesetz, sondern er gibt es den Ungerechten und Ungehorsamen, den Gottlosen und Sündern. Sankt Paulus sprach dazu: Wir können das Herz aus eigener Kraft nicht ändern, aber äußerliche Übertretung mögen wir verhüten. - Gott hat keinen Gefallen an einem wüsten, heidnischen Leben, sondern er fordert Gerechtigkeit von jedermann. Wird der Mensch hingegen von Gott nicht beschützt, so treibt ihn der Teufel zu Sünden. Solches ist nötig zu wissen, damit die Menschen lernen, wie schwach und elend diejenigen sind, die nicht in wahrhaftigem Glauben und in herzlicher Liebe bei Gott Hilfe suchen. Etliche reden auch unbescheiden von christlicher Freiheit, dadurch sie vermeinen, sie seien frei und ohne Obrigkeit und dass sie fürder auch nichts schulden. Andere wiederum meinen, christliche Freiheit sei nichts anderes, denn Fleisch zu essen, nicht zu beichten und nicht zu fasten... Die Wahrheit ist, die christliche Freiheit besteht in der Vergebung der Sünden durch Christus um unseren eigenen Verdienst in Eingebung durch den Heiligen Geist. Eben diese Freiheit, so sie recht ausgelegt wird, birgt großen Trost und reizt zur Liebe Gottes und zu christ-

[44] formuliert nach: Kirchenordnung Herzog Ottheinrichs Pfalzgrafen etc., Der erst Theyl, Seite 96 ff.

lichen, guten Werken. - Das Verderben des menschlichen Geschlechts hingegen birgt das Teuflische. Unermüdlich wachet es danach, uns um Leib und Seele zu bringen. Doch auch dagegen steht die christliche Freiheit in der göttlichen Zusage des Heiligen Geistes. So spricht Christus selbst: Dann werdet Ihr recht frei sein, wenn Euch der Sohn befreien wird. Die Pforten der Hölle werden nichts darwider vermögen... Ein anderes Stück christlicher Freiheit ist, dass uns Christus an die Zeremonien und Gerichtsordnungen des Gesetzes Mose nicht bindet. Sondern die Christen mögen die Gerichtsordnungen aller Länder gebrauchen: die Engländer das englische Recht, die Franzosen das französische, die Römer das römische etc.. Alle solche Ordnungen, so sie nicht wider Gott und der Vernunft seien, billigt und bestätigt unser Vater im Himmel: Alle Gewalt ist von Gott! Seid untertan aller menschlicher Ordnung! - Genauso ist die menschliche Kirchenordnung ein Stück christlicher Freiheit. Hier ist vonnöten zu wissen, dass das Halten der Ordnung von Fasten, freitags kein Fleisch zu essen, an sieben Tageszeiten zu beten, an bestimmten Tagen zu feiern und dergleichen, nicht hilft, Ehrbarkeit vor Gott zu erlangen. Auch wenn all das angeblich gemacht sei, um Gnade zu erwerben! Christus, unser Herr, der die ewige Wahrheit ist, spricht hierzu selbst: Vergeblich dienen sie mir, dieweil sie lehren solche Lehr, die nichts denn Menschengebote sind! - Derlei Kirchenordnungen soll man also nicht einhalten, weil sie wider Gott sind. Paulus nennt es Teufelslehre, jenen Ordnungen zu gehorchen, die fordern, dass nur mit ihnen Gnade erworben werde! Gott soll man mehr gehorsam sein, denn dem Menschen! Dieweil die Welt mit so mancherlei unerträglichen oder verführerischen Menschenlehren überschüttet ist, erfordert die Not, die Gewissen rechtens zu unterrichten und davon ledig zu machen. Denn wer darin verstrickt ist, kann Christus‘ Wohltaten weder verstehen noch begreifen. Damit nun solches verhütet werde, sollen wir Pfarrherren, Prediger und Kirchendiener darum wissen und aufklären. Wo nämlich Menschenlehren regieren und überhandnehmen, da erblindet man. Da versteht man Gottes Wort nicht mehr und man verfolgt es als höchsten Irrtum und als Ketzerei, wie man in dieser Zeit in der Welt erkennen und erfassen muss.
Doch unsere Seligkeit besteht darin, dass uns Gott, der Herr, und Jesus Christus, sein eigener Sohn, uns zu erkennen gibt: Das ist das ewige Leben, dass sie Dich, den einzig wahren Gott, und dass sie den, den Du gesandt hast, Jesum Christum, erkennen! Diese Erkenntnis erneuert und verändert uns nach dem Bilde Gottes, wie wiederum Paulus bezeugt und spricht: Es spiegelt sich in uns die Klarheit des Herrn mit aufgedecktem Angesicht. Darum ist dort, wo man Gott recht erkennt, allerlei geistliche Weisheit und Verstand. Wenn aber Gott durch Menschenlehre anders vorgetragen und eingebildet wird, nämlich, als wolle er dies oder das und es gefalle ihm wohl, so ist das Wort Gottes verfälscht. Solch falsches Bild

verklärt uns seine Herrlichkeit. Es macht uns Ungestalt und unser Herz, unsere Seele und unser Geist werden durch falsche Lehre geändert. Dies alles ist eine greuliche Abgötterei, weil wir Betrug und blauen Dunst für Gott halten und sie mit falschem, erdichtetem Gottesdienst noch steigern. Wie könnte da der Heilige Geist sein oder bleiben? Wie könnte eigener, göttlicher Verstand oder geistliche Weisheit in solchen Herzen gedeihen und leuchten? - Genau dies hören und sehen wir zu unseren Zeit: Alle, die derart steif an Menschensatzungen hängen, von Gott und allen göttlichen Dingen weniger als die Kinder, ja weniger als die Türken und Heiden verstehen und wissen, schelten uns der Ketzerei und Teufelslehre. Dazu sind sie so bitterböse, dass sie die rechte, reine Lehre mit Lügen verunglimpfen und mit Blutvergießen auszutilgen gedenken. - Kein solcher Gott ist weder am Himmel noch auf Erden! All dies soll nicht bedeuten, dass alle Menschenlehre, die Gott nicht selbst geordnet hat, schädlich sei. Er hat zwar die weltliche Obrigkeit eingesetzt und bestätigt, doch er hat gar wenig geboten, wie sie regieren sollen. Aber er hat ihr fleißig und eindringlich befohlen, dass sie sich seinem Worte und geistlichem Reiche, und dass sie sich seinem eingeborenen Sohn, dem Herrn aller Herren, beugen sollen! Jesus Christus spricht: Seid klug, ihr Könige! Lasset Euch züchtigen, ihr Richter im Lande! Dienet dem Herrn und fürchtet und freut Euch mit Zittern! - So hat Gott ihnen auch befohlen, dass sie die Frommen beschützen und die Bösen strafen sollen. Aber wie sie dies ausrichten, hat er ihnen nichts geboten, sondern ihrem Verstand heimgesetzt. Was ein König im weltlichen Reich mit wohlbedachtem Rat und jeder Zeit, jeder Sache und Gelegenheit vornimmt, ist nicht wider Christum, sondern Gottes Ordnung! Und wir sollen gehorsam sein. Paulus spricht: So dann die Obrigkeit tut und ordnet, wie ihr Gott befohlen, so sollen wirs keine schädliche Menschensatzung nennen, sondern es eine gottgegebene Ordnung bleiben lassen und gehorsam sein. - Wenn aber die weltliche Obrigkeit etwas vornehme, das wider der Christen wäre, so gilt das Wort Actorum am 5.,29: Man muss Gott mehr gehorsam sein denn den Menschen! Wir sollen nicht der Tyrannei mit Lob huldigen oder ihr behelfen. Immer, wenn die Obrigkeit nicht getreu dem Worte Gottes handelt, dann ist es eitel Eigendünken. Es kann nicht sein im Reiche Gottes. Auch die Obrigkeit ist Gott selbst vorbehalten, wie der Prophet Jesajas bezeugt: Der Herr ist unser Richter. Der Herr ist unser Meister. Der Herr ist unser König, der uns hilft. Und Christus selbst sagt: Ihr sollt Euch keinen Meister auf Erden nennen, denn es ist nur einer Euer Meister: Christus im Himmel. - Obschon er in seinem Reiche der Amtsleute bedarf und sie eingesetzt hat als Apostel, Bischöfe, Prediger, Älteste etc., so hat er ihnen doch keine Herrschaft oder Obrigkeit gegeben, wie Christus klar und deutlich lehret und Luce spricht: Die Könige der Welt herrschen und die Gewaltigen heißt man gnädige Herren. Ihr aber nicht so, sondern der größte unter Euch sei der jüngste, und der vornehmste sei der Diener. Christus hat den Königen auch nicht befohlen, zu predigen, was sie für gut ansähen. Er hat ihnen geboten, das Evangelium allen Kreaturen zu predigen, wie Paulus bezeugt: Wir predigen nicht uns selbst, sondern Jesum Christum, dass er der Herr sei, wir aber Eure Knechte um seines Willens. Und uns hat er nicht befohlen, dass wir den Königen gehorsam sein sollen, wenn sie ihre Träume gebieten und aufrichten. Er hat uns befohlen, uns vor falschen Propheten oder Predigern zu hüten! Wir sollen in unserem Gewissen keinen Menschen auf Erden Meister sein lassen! Nur einer sei unser Meister: Jesus Christus... Aus dem allen ist offenbar, dass die schädlichen Menschensatzungen, die Christus verwirft und uns davor warnet, in seinem Reiche nicht gefunden werden! Sie binden nur das Gewissen! Auch im im weltlichen Reiche sind sie nicht zugelassen! Befohlen ist uns bei Lob, aus eigenem Rate und aus eigener Weisheit gute und nützliche Ordnung zu finden und aufzurichten! - Schlicht und einfach geht es um zwei Worte: ‚Muss' und ‚Sünde'. Wo man also spricht: ‚Das muss ein Christ tun! Tut ers aber nicht, so tut er Sünde!' Oder ‚Das muss ein Christ lassen! Lässt ers aber nicht, so tut er Sünde!', so hat das Gott nicht befohlen. Auch so man spricht ‚Ein Christ muss alle seine Sünden dem Priester sagen! Tut ers aber nicht, so können sie ihm nicht vergeben werden, sondern er muss verdammt sein!', so spricht hier nichts als schädliche Menschensatzung. Nirgendwo hat Gott es selbst geboten und befohlen. Auch soll man Solches nicht annehmen: ‚Es soll kein Christ am Freitag Fleisch essen, tut ers aber, so tut er Sünd und ist ein Ketzer!', so hat doch Gott durch Paulum gesagt, dass den Reinen alles rein sei. Und Christus hat gesagt, wir sollen essen, was man uns vorsetze. Keine Speise sei uns zu keiner Zeit verboten. Darum ist es gewisslich nichts als schädliche Menschenlehre, der kein Christ folgen soll! Klar angezeigt ist also, was Menschenlehren sind, die unser aller Seelenheil schädigen. Nach der wahren, heilsamen Lehre sind wir Christen durch Jesus unserer Sünden entledigt. - Damit sei die Freiheit unseres Willens stattlich bewiesen."

Mit diesen Worten endete die Predigt.

Maximilian hatte ihren Anfang, dass der Mensch aus eigener Kraft und freiem Willen zu handeln imstande und gefordert sei, hochaufmerksam verfolgt. Jene Worte durchdrangen ihn abgrundtief. Sie holten ihm die Erinnerung an die Momente mit der alten Kräuter-Agnes vor Augen. Sie hatte ihm gleichsam gepredigt, seine Träume aus eigener Kraft zu erkämpfen und... sie hatte Recht behalten. Er hatte seine Träume verwirklicht, weil er... auf gute Menschen gestoßen war. *Oder war er nicht darauf gestoßen, sondern man hatte ihn geleitet? - Gott hatte ihn geleitet!* Maximilian lief ein Schauer über den Rücken und seine Hände zitterten: *Ja, er wurde behütet. Von allen Seiten empfand er sich von Händen umgeben, die ihn führten und*

schützten... und mit Gutem belohnten. Mit dieser Erkenntnis, die ihm die Predigt einmal mehr aufschlussreich vergegenwärtigt hatte, fühlte er sich überglücklich. Und er spürte große Dankbarkeit: *Er würde, wie Ottheinrich ihm geboten hatte, weiter nach seinem freien Willen handeln, um Gutes zu tun...*
Während Adam Bartholomaei von der Kanzel stieg und vor den Altar trat, stimmten der Diakon und der Subdiakon ein Lied an. Sie taten es so, dass den Anwesenden genug Zeit blieb, eifrig in ihren Gesangbüchlein zu blättern, und in das Singen einzustimmen: „[45]Mit Fried und Freud ich fahr dahin in Gottes Wille. Getrost ist mir mein Herz und Sinn sanft und stille. Wie Gott mir verheißen hat, der Tod ist mein Schlaf worden..."
„Vermahnung vor dem Abendmahl!", hallten im Anschluss an den gemeinsamen Gesang des Pfarrers entschiedene Worte vom Altar her durch die Schlosskapelle. Damit bündelte er alle Aufmerksamkeit, deren Verschwimmen sich in Raunen und Flüstern angesichts des Andauerns des Gottesdienstes ankündigte. „Ihr Allerliebsten in Gott! Jetzt wollen wir das Heilige Abendmahl unseres Herrn Jesus Christus halten!"
Die Wirkung seiner Worte kontrollierend hielt er kurz inne, um dann zufrieden in weicherem Tonfall weiterzusprechen. „In diesem Abendmahl gab er uns sein Fleisch zu einer Speise und sein Blut zu einem Trank, den Glauben damit zu stärken. Mit dem Ziele, dass wir fröhlich in seinem Willen leben."
Unter einem leisen Gebet richtete Adam Bartholomaei Hostien und einen Weinkelch auf dem Altar zurecht. Noch während er damit beschäftigt war, schloss er seiner Fürbitte einen Gesang an: „Unser Herr Jesus in der Nacht, da er verraten ward, nahm er das Brot..." Ohne sein Singen zu unterbrechen, fasste er die besondere, etwas größere Priesterhostie und drehte sich in Richtung der Kirchgemeinde. Er hob die Hostie in die Höhe, seinen Kopf aber neigte er demütig. „„...und brachs. Er gabs seinen Jüngern und sprach: Nehmet hin und esset. Das ist mein Leib, der für euch gegeben wird. Das tut zu meinem Gedächtnis." Damit wandte er sich wieder dem Altar zu. Er legte die Hostie zurück und griff den Weinpokal. „Desgleichen nahm er auch den Kelch", begleitete sein Gesang das Vorzeigen des Kelchs, „und sprach: Trinkt alle daraus. Das ist mein Blut des Neuen Testaments, das für euch vergossen wird zur Vergebung der Sünden."
Als auch der Kelch wieder auf dem Altar stand, stimmte der Diakon ein Lied an, welches die ganze Gemeinde mitsingen sollte. Diesmal musste aber niemand in den Gesangbüchlein blättern. Bekannt war, was nun gesungen wurde:
„[46]Jesajas dem Propheten das geschah, dass er im Geist den Herren

[45] nach: Geistliche Lieder. Auffs new gebessert. Zu Wittemberg. Mar. Luth. 1540
[46] aus: Geistliche Lieder. Auffs new gebessert. Zu Wittemberg. Mar. Luth. 1540

sitzen sah auf einem hohen Thron in hellem Glanz. Seines Kleides Saum den Chor füllet ganz. Es stunden zween Seraph bei ihm daran. Sechs Flügel sah er einen jeden han. Mit zween verbargen sie ihr Antlitz klar. Mit zween bedeckten sie die Füße gar. Und mit den andern zween sie flogen frei. Gen andern ruften sie mit großem Geschrei: Heilig ist Gott der Herre Zebaoth! Dein göttlich Macht und Herrlichkeit gehet über Himmel und Erden weit. Heilig ist unser Gott!"
Während dieses gemeinsamen Singens hatte Adam Bartholomaei geschwiegen. Mit dem Ausklingen des letzten Verses jedoch hob er allein zu singen an. Erneut energiegeladen, laut und deutlich:„[47]Vater unser, der Du bist im Himmel, geheiligt wird Dein Name. Zukomm Dein Reich. Dein Will' geschehe, als im Himmel auch auf Erden. Unser täglich Brot gib uns heut. Und vergib uns unser Schulde, als wir vergeben unseren Schuldigern. Und führ' uns nicht in Versuchung sondern erlös' uns vom Übel. Denn Dein ist das Reich und die Kraft und die Herrlichkeit. Amen."
Wie beschwörend hob er seine Arme und sandte seinen Schlussvers direkt zur Gemeinde: „Der Friede des Herren sei mit euch allen. Amen."
Damit sanken seine Arme, sein Gesang hingegen endete nicht. Im Gegenteil. So, wie er seine Arme senkte, so steigerte sich die Intensität seines Gesanges, den er gemäß der Kirchenordnung in lateinischer Sprache in das Gewölbe der Schloßkapelle entsandte. Wiederum sang er kraftvoll. Aber in hoher Kunst färbte er seine Stimme mit einem warmen, liebevollen, gar tröstlichen Klang. Keiner der Anwesenden konnte sich der Hingabe entziehen, mit der der Priester alle überschüttete: „Agnus die, qui tollis peccata mundi, miserere nobis. Agnus die, qui tollis peccata mundi... Deus per omnia secula seculorum. Amen."
Einfühlsam verharrte Adam Bartholomaei im Anschluss an seinen Gesang, um ihn auf die Anwesenden nachwirken zu lassen. Else gehörte zu denjenigen, die nach einem Schnupftuch kramten und sich verstohlen die gekullerten Tränen aus dem Gesicht wischten. Ruprecht hatte nicht geweint. Aber in seiner Ergriffenheit benötigte auch er die vom Priester eingeräumte Pause, um sich hernach, ohne zu straucheln, von seinem Platz erheben und nach vorn zum Empfangen des Sakraments gehen zu können. Maximilian hielt seine Augen geschlossen. Seine reichlichen Tränen wollte er dadurch nicht zurückhalten. Aber seinen tiefen Emotionen wollte er auf diese Weise verwehren, seinen Körper zu verlassen. Er tat dies instinktiv, genau so, wie er es vor langer Zeit als Kind getan hatte, zwischen den trauten Rockfalten der hochschwangeren Mutter...
Irgendwann, nachdem sie zu dritt in der langen Reihe der Wartenden angestanden hatten, knieten sie nacheinander vor Adam Bartholomaei

---

[47] Text nach der Kirchenordnung von Pfalz-Neuburg

nieder. Ohne aus der Ruhe zu kommen, legte der einem jeden eine Hostie auf die Zunge: „Nimm hin und iss. Das ist der Leib Christi, der für dich gegeben ist.“
Den Weinkelch, den der Subdiakon andächtig nachfüllte, offerierte der Diakon: „Nimm hin und trink. Das ist das Blut des Neuen Testaments, das für deine Sünden vergossen ist.“
Nachdem das heilige Sakrament erteilt war, konnte man vielen der Kirchgänger ansehen, dass die Intensität des Gottesdienstes an ihren Kräften zehrte. Deshalb war man froh, dass sich die Abendmahlsfeier mit des Priesters Schlussgebet dem Ende neigte.
„Lasset uns beten. Wir danken Dir, Herr Jesu Christe... Immer und ewiglich. Amen.“ Die Kirchgemeinde wiederholte das ‚Amen‘ und Adam Bartholomaei setzte sein Gebet fort: „Barmherziger, himmlischer Vater! Wir bitten Dich, sei gnädig unserem Landesfürsten und Herrn Ottheinrich, damit er auch in dieser schweren Zeit das weltliche Schwert, das Du ihm gegeben hast, in unseren Herzen und Gedanken recht führen möge. Umgib ihn mit Deiner Kraft und lass ihn nicht verzagen. Erhalte ihm seine Weisheit und sein friedliches Regiment. Regiere ihn in Deiner Wahrheit und Gerechtigkeit, auf dass er uns in demselben erneut regiere. Gib, Herr, dass Dein Wort unter uns allen laufe und wache mit aller Freudigkeit, damit wir uns der Rückkehr unseres Fürsten bald erfreuen dürfen. Segne und behüte uns Gott, der Vater und der Sohn und der Heilige Geist. Amen.“
Mit diesem Segen verließ Adam Bartholomaei in Begleitung seiner beiden Diakone die Kapelle. Zeitgleich sah Nikolaus Stockhamer, der Sohn des Neuburger Hofkapellmeisters Christoph Stockhamer, seinen Moment gekommen. *Endlich durfte er sein Können zeigen! Vor der gesamten Kirchgemeinde!* Das erste Mal saß er allein an der prächtigen Orgel der Schlosskapelle, denn freilich hatte Ottheinrichs finanzieller Ruin nach sich gezogen, die kostspielige Hofkapelle umgehend aufzulösen. Auch er würde Neuburg gezwungenermaßen alsbald verlassen, um in Tirol eine neue Anstellung anzutreten. Deswegen war er überglücklich, die heutige besondere Abendmahlsfeier mit einem Orgelspiel zu krönen. Obenauf wäre es sein stiller Abschied, der doch klanggewaltiger nicht sein könnte... *Wie sein Herz zu schlagen begann!* Ein letztes Mal spannte er seine Hände und Füße. Dann entlud er der Orgel den ersten Akkord.
Die Kirchgänger, nach dem Weggehen der drei Geistlichen im Begriff, die Kapelle zu verlassen, standen wie versteinert. Niemand hatte damit gerechnet, dass ein Orgelspiel folgen würde. Wie ein Gewittersturm aus tosender Harmonie brach es über die Köpfe der Menschen herein. - Keiner ging nach draußen. Keiner wollte auch nur einen Ton dieser Klangeuphorie versäumen. Im Gegenteil. Gleich einem zutiefst ersehnten Regenguss reckte man sich den Orgelklängen entgegen. *Welche Kraft und*

Herrlichkeit von diesem Orgelspiel ausging! Wie diese sich in den Herzen der Menschen bündelte! In welcher Innigkeit man des geliebten Fürsten gedachte...
Jene besondere Abendmahlsfeier hinterließ in Neuburgs Glaubensgemeinde große Hoffnung, Zuversicht und Schaffenskraft. Und keiner unter ihnen hätte auch nur geahnt, welcher Schicksalsschlag sie bald ereilen würde.

Spanischer Hof zu Madrid im Frühsommer 1545

Karl V. hielt seinen Weinpokal gegen ein Fenster und drehte ihn hin und her. Auf diese Weise erreichte er, dass die in das metallene Gefäß üppig eingearbeiteten Edelsteine das einfallende Tageslicht soweit durchscheinen ließen, dass ihm der schwere, samtige Wein, den er sogleich zu genießen gedachte, blutrot entgegenschimmerte. Er nippte am Wein und resümierte:
In gleichem Rot würde sich auch bald die Erde färben. In dem Teil seines riesigen Reiches, in dem man ihn unterschätzte, anstatt zu durchschauen, dass er sich bislang lediglich Vorrangigerem hatte widmen müssen... bedauerlicherweise stets aufs Neue. Und dass deshalb Jahre ins Land gezogen waren, in denen er längst hätte losschlagen sollen.
Er war der Kaiser, der Enkel Maximilians I. von Habsburg. Sein Vater war dessen einziger Sohn aus der Ehe mit Maria von Burgund*, seiner auf tragische Weise früh verunglückten, großen Liebe, der er zeitlebens nachtrauerte. Aus diesem dramatischen Umstand heraus, angeheizt durch die Wahl seines Vornamens, beanspruchte er für sich, dass das machtergreifende burgundische Blut Karls des Kühnen* in ihm koche.
„Plus, ultra[48]!“, lautete sein Wahlspruch, unter dem er das ‚zum Schatten verkommene Römische Reich‘ mithilfe der großmächtigen Lande und gottgegebenen Verbindungen wieder zu alter Glorie verhelfen wollte. Seinen weiteren Namensvetter, Karl den Großen, nahm er dafür als Leitfigur...
Seine deutsch-habsburgische Abstammung hingegen spürte er wenig. Oder er wollte sie nicht spüren. Erst in seinem zwanzigten Lebensjahr reiste er in das großväterliche Stammland, das ihn mit unfreundlichem Klima empfing... So, wie jene geografisch gegebene Unwirtlichkeit in seine Knochen geschlichen war, so manifestierte sich dieses Unwohlsein auch in seinen Sinnen. Jedenfalls fühlte er sich seit jeher im Land der deutschen Fürsten fremd, und er fühlte sich auch nicht geneigt, deren Sprache zu erlernen.
Damit er ein frommer, eifriger Katholik war, schrieb er dem Blut der Mutter zu. Johanna von Kastilien war schließlich die Tochter des streng

[48] „Mehr, weiter!“

katholischen Königspaars, das den Kampf gegen die jahrhundertelange muslimische Herrschaft auf spanischem Boden konsequent, und unter Einführung der Spanischen Inquisition, zu Ende führte. Obgleich er selbst die Alhambra, jenen sagenumwobenen Palastbau aus der Blütezeit der maurischen Herrschaft auf Granada, in derart großem Maße verehrte, dass er dort den Bau eines Palastes in Auftrag gegeben hatte.

Vorrangig betrachtete er es trotzdem als seine vornehmste Aufgabe, ‚unseren heiligen katholischen Glauben zu erhöhen und zu mehren', wie er stets zu sagen pflegte. Darin sah er eine Herzenssache, zugleich jedoch auch eine politische Notwendigkeit: Der spanischen Regierung hatte er ans Herz gelegt, die Inquisition als Hauptstütze des Glaubens in jeder Weise zu ehren und zu begünstigen. Unter keinen Umständen solle geduldet werden, dass irgendeine Person direkt oder indirekt etwas zu tun wage, was dem heiligen Offizium zum Nachteil gereiche. Und derjenige, der dies dennoch täte, sei streng zu bestrafen. - Er war überzeugt, dass ihm dafür der Lohn Gottes in Erhaltung und Vermehrung seiner Person und seines Reiches zuteilwerde.

Unter seinem Zepter lebte ein buntes Völkergemisch, für dessen Zusammenhalt ihm die ungeteilte Religion ein fester Kitt schien. Würde er die Ketzerei begünstigen, versiegten ihm die reichen Hilfsquellen der Kirche, vor allem die des spanischen Klerus. Außerdem lehnte er die deutsche Reformation deshalb ab, weil sie ihm unheimlich war, weil sie ihm als wuchtige Volksbewegung entgegentrat. Wäre er nur der deutsche König geblieben, ohne seine Kaiserkrone, hätte es ihn vielleicht gelockt, aus der von Luther aufgerührten Bewegung Vorteile zu ziehen und eine deutsche Nationalkirche zu gründen. Aber er war eben der Herrscher über ein Weltreich und er betrieb Weltpolitik, die ihn zu den deutschen Wünschen in krassen Widerspruch setzte.

Eben jene Weltpolitik hatte ihn oft und für längere Zeit von Deutschland abgelenkt und genötigt, den religiösen Auswüchsen dort freien Lauf zu lassen. Am liebsten hätte er freilich dem päpstlichen Bann sofort die Verhängung der Reichsacht über Luther, diesen ‚Teufel in Menschengestalt und Todfeind von Kirche und Staat', nachgeschickt. Nie würde er vergessen, wie sich dieser penetrant-schlichte Mann in Worms anno 1521 zu voller Heldengröße aufrichtete und ihm sein ‚Gott helfe mir! Amen!' entgegenschleuderte.

Aber die Verhältnisse in Deutschland zwangen ihn zu gelindem Verhalten. Zu hoch ging dort, wo ‚Steine und Bäume nach Luther schrien', schon die Erregung des gemeinen Mannes. Außerdem wog ihm für die Verfolgung seiner eigenen politischen Ziele die finanzielle Beihilfe der deutschen Stände bislang schwerer. Obendrein hatten ihm die deutschen Lande, neben Spanien, immer als vornehmstes Rekrutierungsgebiet gedient. Die deutschen Landsknechte standen den spanischen in ihrer

schweizerisch-geschulten Art und ihrer Tapferkeit und Genügsamkeit in nichts nach. Als Fußsoldaten zeigten sie sich den härtesten Entbehrungen und Strapazen gewachsen. Die deutschen Adeligen, die vom Ertrag ihrer zersplitterten Güter nur kärglich leben konnten, fanden in seinem Reiterdienst Verwendung und sie stellten ihm das Offizierskorps...
Für seine intensive, kriegerische Eroberungspolitik gab es eine weitere, nimmermüde Triebfeder. Was sich nämlich aus väterlicher und mütterlicher Erbsubstanz massiv in ihm vermischte, war der abgrundtiefe Hass auf Frankreich. Alter Reichsbesitz, dessen sich der Erzfeind bemächtigt hatte, war ihm wieder zu entreißen. Tiefstes Begehren bestand zuvorderst in der Rückgewinnung Burgunds, des alten Stammlandes seiner Dynastie. Das mit dem Tode seines Urgroßvaters, eben Karls des Kühnen, untergegangene Großburgund würde neu entstehen, nur diesmal als Teil eines Weltreiches... Genua und Mailand hatten sich die Franzosen ebenso einverleibt. Stünde ihm dieser norditalienische Besitz, zusätzlich zu seinem Herrschaftsgebiet in Süditalien, zu, würde er selbstredend auch Herr über das in seinen Augen sittenverkommene Papsttum werden.
Was ihn zudem furchtbar zusetzte, war die Tatsache, dass der französische König über mehr staatliche Machtmittel verfügte, als er selbst, obwohl er an Gebietsumfang und Bevölkerungszahl hinter Habsburg weit zurücklag. Sogar Spaniens Eroberungen in der Neuen Welt -im Jahr 1521 der Sieg über das Aztekenreich in Mexiko und im Jahr 1536 die unter dem spanischen Joch untergegangenen Inka in Peru- hatten daran nichts geändert. In keinem anderen Staat als in Frankreich war die königliche Gewalt so wenig begrenzt. Außerdem lebte das Bürgertum mit der Krone auf bestem Fuße. Der Adel, in seiner Armut zu politischer Opposition unfähig, stürzte sich zu seiner Versorgung auf geistliche und militärische Ämter, deren Verleihung ebenso vom König abhing. Die Stände hatten keinerlei Bedeutung mehr, weil deren Steuerbewilligungsrecht im Grunde nicht mehr existierte. Der gemeine Mann hingegen, den Frankreichs fruchtbarer Boden auskömmlich ernährte, hatte es nicht nötig, sich im Soldatendienst zu verdingen. Rief der König nach Infanterie, floss ihm aus diesen Reihen ausreichend Geld zu, um fremde Söldnerheere anzuheuern. Früher genügten dafür die dem schwersten Geldsäckel nachlaufenden Schweizer Söldner. Doch zunehmend bevorzugten auch die deutschen Landsknechte Geld aus Paris anstatt aus Madrid...
Sein einziger militärischer Erfolg gegen Frankreich war zügig wieder verblasst. Fast in kürzerer Zeit, als er ihn sich erkämpft hatte, in den Kriegen zwischen den Jahren 1521 bis 1529. Mailand und Genua konnte er Franz I. damals entreißen. Auch seine Freiheit verlor der französische König in der gewaltigen Schlacht bei Pavia, in der sein Heer vernichtet und er gefangengenommen wurde. Weidlich hatte Habsburg sich am Recht des Siegers gelabt. Frankreich musste in einem Friedensvertrag seinen

Gebieten in Italien, Flandern und Artois entsagen, die Abtretung Burgunds versprechen und für einen Zug gegen Rom und die Türken sein Landheer und seine Flotte zur Verfügung stellen. Franz I. beugte sich sogar der geforderten Verlobung mit seiner verwitweten Schwester Eleonore. Ihre Witwenschaft dauerte damals bereits 5 Jahre an, nachdem er sie 1519 zur Strafe mit dem 30 Jahre älteren, buckeligen König von Portugal verheiratet hatte. Jene Repressalie ereilte sie, weil sie sich erdreistet hatte, mit Friedrich II., dem neuerlichen Kurfürst von der Pfalz, eine romantische Liebesaffäre eingegangen zu sein, die er als unstandesgemäß ansah... Obenauf demütigte er Franz I. damit, dass er zwei seiner Kinder, die ihm seine verstorbene Gattin Claudia von Frankreich* geboren hatte, als Geisel einforderte. Erst nachdem der Dauphin und sein kleiner Bruder an der spanisch-französischen Grenze übergeben worden waren, hatte er ihn freigelassen. Das war im März 1526 gewesen. In genau diesem Monat vereinigten sich die evangelischen Kräfte in Deutschland im Bündnis zu Torgau unter dem Landgrafen Philipp von Hessen* und dem sächsischen Kurfürsten Friedrich dem Weisen: Höchste Zeit für ihn selbst, sich der unchristlichen deutschen Umtriebe anzunehmen.

Indes, Frankreich durchkreuzte. Kaum in Freiheit, erfüllte Franz I. keine der Vereinbarungen. Abgepresst worden seien sie ihm, konnte er dreist behaupten, denn seine durch Habsburg erlittene tiefe Erniedrigung hatte ihm die hohe Sympathie gewichtiger Herrscher eingetragen. Diese verbündeten sich mit ihm, im Ansinnen, Habsburgs errungene und offen ausgespielte Übermacht zu schwächen. Und zwar schon im Mai 1526. Dem Medici-Papst Klemens VII., der den französischen Vertragsbruch öffentlich legitimierte, folgten Florenz, Venedig und Mailand. Englands Monarch Heinrich VIII. übernahm das Protektorat[49].

Für Habsburg hieß es also, wieder in den Krieg zu ziehen. Spanien behauptete erneut seine Vormacht, auch weil sich Heinrich VIII. nicht wirklich militärisch beteiligte. Der Papst büßte mit der Plünderung Roms durch die kaiserlichen Söldnerscharen. Sie verwandelten die Hauptstadt der Christenheit in eine Wüstenei und, in Todesängsten, gab sich Klemens VII. in die Hände Habsburgs. Das erschöpfte Frankreich beugte sich und verriet seine italienischen Verbündeten. 1529 schloss man Frieden.

Doch fast zeitgleich zog eine neue Gefahr herauf. Von Osten her. In Gestalt des Sultans Suleiman I., der zu einem Zug gegen das Abendland rüstete. Dem Herrschaftsgedanken Habsburgs stellte sich die Idee eines osmanischen Imperiums entgegen. Schnell wusste Franz I. die Wege in östlicher Richtung einzuschlagen, schließlich beschien seine beiden Söhne noch immer Spaniens Sonne. Das Jahr 1529 sollte damit zum ‚Türken-

[49] Schirmherrschaft

jahr' werden. Suleiman fiel mit einem gewaltigen Heer in Ungarn ein, zu dessen Verteidigung dem österreichischen Habsburg, in Person seines kleinen Bruders Ferdinand I., Geld und Truppen fehlten. - Ungarn küsste des Sultans Hand und die osmanische Woge wälzte sich ein erstes Mal auf deutschen Boden, bis vor Wien. Mit dessen Fall hätte sich die türkische Macht auch über das geschwächte, religiös zerrissene Deutschland ergossen. Diese Gefahr wurde dort wohl erkannt. Sie mobilisierte ungeahnte Kräfte. In Einigkeit trotzte man der türkischen Belagerung solange, bis der Sultan unverrichteter Dinge abzog.
Nach diesen Aufregungen gönnte er sich Zeit und Geld für persönliche Angelegenheiten. Mit seiner Kaiserkrönung zu Bologna im Februar 1530 verlieh er seiner Machtstellung den gebührenden Rang. Frankreichs Thronfolger kehrten heim und seine Schwester avancierte zur Königin der Franzosen. Doch die Ruhe währte nicht lange.
Im Juni 1530 präsentierten ihm die Lutherischen ihr ‚Augsburger Glaubensbekenntnis' auf dem dortigen Reichstag. Seiner kaiserlichen Aufforderung, sie sollen sich ihm im Glauben beugen, wiesen sie in Luthers dreistem Tenor zurück. Erbost verpflichtete er daraufhin das Reichskammergericht. Die ersten Prozesse folgten. *Wie gerne hätte er damals jene ‚Confessio Augustana' dem Feuer übereignet und den Evangelischen gehörig Respekt eingeflößt!*
Die Sorge vor einem neuen Angriff der Osmanen und das andauernd gespannte Verhältnis zu Frankreich behinderten ihn auch diesmal. Leider führte seine Schwester am Pariser Hof nur ein Schattendasein, da Franz I. ungeniert und öffentlich seine Mätresse vorzog, und er mit seinem Gebaren Habsburg mehr beleidigte denn achtete. Jedenfalls erreichte er mit dem gerichtlichen Vorgehen gegen die Lutheraner das Gegenteil des Angedachten:
Im Dezember 1530 verbündeten sich protestantische Fürsten und Städte im Schmalkaldischen Bund und gingen in Abwehrstellung. Im Oktober 1531 schlossen sogar die Herzöge von Bayern ein förmliches Bündnis mit den Schmalkaldenern. Franz I. umschlich Bayern, Sachsen und Hessen im Mai 1532 mit einem Bündnisvertrag. Habsburgs Feinde begannen, den deutschen Protestanten Beachtung zu schenken.
Zeitgleich marschierte Sultan Suleiman mit gewaltiger Heeresmacht gegen die deutschen Grenzen, und er propagierte, dem ‚König von Spanien', wie er ihn herabwürdigend betitelte, in offener Feldschlacht begegnen zu wollen. Nur einem Menschen auf der Welt gebühre der Titel des Kaisers, und das wäre er, Suleiman, selbst.
Aus dieser Zwangslage heraus kam er den evangelischen Ständen im Juli 1532 mit dem ‚Nürnberger Abkommen' entgegen. Bis zum allgemeinen Konzil bzw. dem nächsten Reichstag solle im Reiche Frieden herrschen und alle Gerichtsprozesse sollten ruhen. Allerdings gab er diese Zusagen

nur insgeheim, ohne Kenntnis der Katholischen. Trotzdem gewährten die Protestanten die zugesagte Türkenhilfe. Überreichlich taten sie ihre Pflicht. Mit einem derart stattlichen Heere konnte er dem Sultan entgegenziehen, dass der, ohne Schlacht, den Rückzug antrat.
Ein Leichtes wäre es nun gewesen, für seinen Bruder Ferdinand auch Ungarn zurückzuerobern. Indes, ihn zog es nach Italien, um dort weiter Ordnung zu schaffen. - Eine Fehlentscheidung. Die italienischen Söldner verweigerten den Kampf auf Heimatboden und die deutschen Kriegshauptleute erklärten, nur gegen den Türken verpflichtet zu sein. *Wer auch in Deutschland hätte zur weiteren Mehrung habsburgischer Macht beitragen mögen?!* Ferdinand, auf sich allein gestellt, erkaufte sich daher in einem Vertrag voller Zugeständnisse einen teuren Frieden vom Sultan. Dennoch kehrte keine Ruhe ein. Gleich nach dem Rückzug der Türken folgte die nächste Herausforderung der christlichen Welt durch den Islam: Ein kühner Korsarenhäuptling hatte in Algier einen Raubstaat gegründet. Angeheizt durch des Sultans Admiralsernennung, versetzte er mit seinen blutigen Raubzügen Spanien und Unteritalien nicht nur in Angst und Schrecken. Er bedrohte Habsburg im Herzen seiner Macht. So blieb ihm wieder nichts anderes übrig, als sich dieser Gefahr zu widmen. Wie ein kreuzfahrender Herrscher zog er 1535 mit einer Flotte gen Afrika. Tunis wurde erstürmt, 10.000 Christensklaven obenauf befreit, was ihn lockte, gen Konstantinopel weiterzuziehen. Doch ein weiteres Mal war es Frankreich, das seine Kräfte umlenkte.
Während er nämlich seine Blicke nach Afrika richten musste, nutzte Franz I. die Gunst der Stunde für antihabsburgische Bündnisse. Durch Englands Abfall von der Papstkirche, die Heinrich VIII. die Scheidung verweigert hatte, sah sich der Heilige Vater in Rom zusätzlich geschwächt, denn nach wie vor musste er sich Habsburgs Machtstellung beugen. Was lag dem Medici-Papst daher näher, als sich auf Frankreichs Seite zu schlagen? Indem er der Verlockung folgte, seine Nichte Katharina de Medici mit Frankreichs zweitem Thronfolger verheiratet zu sehen? Nicht einmal jene Doppelzüngigkeit, dass Franz I. zuvor Heinrich VIII. seinen Schutz zugesagt hatte, falls Rom gegen seinen Religionsbruch einschreiten würde, hielt ihn davon ab. Infolgedessen verweigerte der Papst sogar das zugesagte allgemeine Konzil zur Klärung der Religionsfrage. Bestärkt hetzte Frankreich die Osmanen zum neuen Angriff gegen Habsburg, was indirekt, wegen des ausbleibenden Konzils, die Glaubenskonflikte in Deutschland verschärfte.
Eigentlich hätte er sich zu diesem Zeitpunkt den Lutherischen gegenüber wohlwollend verhalten müssen. Nicht nur wegen der treulich gewährten Türkenhilfe. Auch wegen der Haltung der Protestanten gegenüber Franz I. und Heinrich VIII. In Ehrgefühl hatten sie sich, anders als der Papst, den französischen und englischen Annäherungsversuchen verweigert.

Luther graute es vor dem ehebrecherischen Herrscher Englands, der dem wahren Protestantismus aberweit entfernt stand. Franz I., der in Frankreich die Protestanten eisern als Ketzer hinmetzelte, auf deutscher Seite aber um Allianz warb, scheiterte aus ähnlichem Grunde. Die Mehrzahl der protestantischen Reichsstädte und Fürsten erklärte sogar ein Bündnis mit auswärtigen Mächten als unvereinbar mit ihren Pflichten gegenüber dem Kaiser!

Für ihn grenzte das Verhalten der Deutschen an Naivität, anstatt dass es ihn zur ebenso aufrichtigen Erwiderung dieses Treuebeweises bewogen hätte. *Wie konnten sie bloß annehmen, er würde sie dafür mit Glaubensfreiheit belohnen? Hatte er nicht oft genug verdeutlicht, wie himmelhoch ihm der katholische Glaube stand?!*

Nach dem gescheiterten Annäherungsversuch an Deutschland und dem Tod des Medici-Papstes, der seinen Schulterschluss mit Rom jäh beendete, ging Franz I. im Folgejahr einen Schritt weiter. Er schloss mit den Osmanen nach außen hin einen Handelsvertrag, der in Wirklichkeit ein Angriffsbündnis gegen Habsburg darstellte. - Der nächste Krieg folgte. Er zog sich bis zum Jahre 1538 hin und endete auf Bestreben des neuen Papstes Paul III. mit einem, für Habsburg unbefriedigenden, 10-jährigen Waffenstillstand. Infolgedessen löste sich die zwischen Habsburg, Venedig und dem Papst geschlossene ‚Heilige Liga' auf, was 1539 einen erneuten Einfall der Osmanen befürchten ließ...

Indem so die allgemeine Spannung fortdauerte, musste er mit zermürbender Unruhe die reißenden Fortschritte des Protestantismus mitansehen: Obwohl die bayerischen Wittelsbacher streng über die Erhaltung des alten Glaubens wachten, so war Süddeutschland mittlerweile fest in evangelischer Hand. In Norddeutschland fiel Kurbrandenburg als eine der Hauptstützen der katholischen Kirche. Schwerin, Magdeburg, Halberstadt und Quedlinburg wurden evangelisiert, der Herzog von Braunschweig-Lüneburg vertrieben, und schon bedrohte die lutherische Bewegung auch die katholische Hochburg am Niederrhein und in Köln...

Was hingegen leise Genugtuung in ihm züngeln ließ wie ein Flämmchen, war die ausbleibende politische Weitsicht der Evangelischen: Die früheren Bauernaufstände hatten in Luther schwere religiöse und sittliche Bedenken der Obrigkeit gegenüber ausgelöst. Die durch ihn deshalb allzu weit getriebene Vorsicht und naive Vorstellungen von des Kaisers Harmlosigkeit verhinderten, dass die Protestanten die ihnen zu Füßen liegenden Machtmöglichkeiten ausnutzten. *Im Unterschied zu seiner Staatskunst waren die Deutschen in seinen Augen politische Stümper!* Nur aufgrund der beständig drohenden Weltlage zog er mit dem Regensburger Reichstag von 1541 noch eine friedliche Lösung der Glaubensfrage in Betracht, wobei er sich zeitgleich einen gewichtigen Trumpf in den Ärmel schieben konnte:

Ausgerechnet einer der ungestümen Vorreiter der Reformation, Philipp von Hessen, beging einen katastrophalen Fehler. Nämlich den einer Doppelehe. Zähneknirschend hatten Luther und Melanchthon schlussendlich in die doppelte Eheschließung eingewilligt. Doch aus Sicht der weltlichen Gerichtsbarkeit war und blieb Bigamie ein Verbrechen, das mit dem Tode bestraft wurde. Für ihn war es ein Kinderspiel gewesen, sich angesichts einer drohenden Hinrichtung den hessischen Landesfürsten gefügig zu machen. Umso mehr Genugtuung verschaffte ihm Philipps Lapsus, da der sich obendrein im Jahr 1527 erdreistet hatte, mit säkularisiertem Kirchengut in Marburg eine weltliche Universität zu gründen und 1534 Württemberg aus Habsburgs Hand zu reißen! Noch auf dem Regensburger Reichstag, im Juni 1541, zwang er ihn zur Unterzeichnung eines Geheimvertrages, mit dem er hessische Loyalität und das Agieren gegen den Schmalkaldischen Bund abpresste. Ansonsten scheiterten seine Bemühungen auf dem Regensburger Reichstag 1541 auf ganzer Linie, was seine Abneigung gegen beide deutsche Lager aufkochen ließ. Auch die sture Unvernunft der deutschen Katholiken untereinander hatte ihn bis zur Weißglut gereizt und ihn Fehler begehen lassen. Nur, weil seine alten Gegner in Ost und West eben zum nächsten Schlage ausholten, verschob er die Lösung der religiösen Frage, die eine endgültige und unversöhnliche sein würde.

Nach dem missglückten Reichstag scheiterte auch sein hochfliegender Kriegszug gen Algier, und zwar schlicht an den von Oktoberstürmen aufgepeitschten Wellen im Mittelmeer. Seine Wut darüber lenkte er auf die deutschen Fürsten, weil er sich in Regensburg von ihnen zu viel Zeit hatte stehlen lassen. Auch im Kampf mit Sultan Suleiman traf ihn ein Schlag nach dem anderen:

Franz I. hatte sich, neben seinem französisch-osmanischen Militärpakt, derweil mit Dänemark und Schweden verbündet. Während so die halbe Welt gegen den Kaiser in Waffen stand, äußerte Papst Paul III. gelassen, dass er Mailand lieber in französischer, als in spanischer Hand sähe...

Karl V. unterbrach für einen Moment sein Resümee, weil er seinem Kopf nicht verwehrte, sich angesichts des Verhaltens der ‚Schmalkaldischen' zu schütteln. *Wie schwach er zu dieser Zeit dastand! Wie einfach es gelungen wäre, ihn in der Glaubensfrage in die Knie zu zwingen!*

Indes - die Naivität der deutschen Protestantenfürsten ließ sie tatsächlich an den in Regensburg von ihm unterzeichneten Vertrag glauben. Aus seiner Sicht war er jedoch nicht das Papier wert, auf dem er geschrieben stand. Außerdem bauten die Fürsten fest auf seine vorgegaukelte friedfertige Gesinnung und das Zerwürfnis zwischen ihm und dem Papst... Luthers Anhänger begnügten sich mit seinen faulen Zugeständnissen. Sie bewilligten ihm erneut Reichshilfe in Bezug auf Frankreich und die Osmanen... und eröffneten ihm damit die Aussicht, später, sobald sich eine für Habsburg günstigere politische Lage ergeben würde, die Waffen gegen sie zu richten.

1543 wendete sich das Blatt und nur der Straßburger Bürgermeister namens Jakob Sturm von Sturmeck, einer derjenigen, die 1541 in Regensburg seine Taktik durchschaut und mit der Ausarbeitung jenes elendigen Vertrages vereitelt hatten, erhob auch jetzt warnend seine Stimme: „Es werden wenige Fürsten in Deutschland erfunden, die einsehen, dass an dieser Fehde zwischen dem Kaiser und den Franzosen der Deutschen Freiheit und wahre Religion gelegen wäre."

Diese Warnung ging nicht nur in den Wind, die Schmalkaldener ebneten sogar den Weg, auf dem er gedachte, sie ins eigene Verderben zu stürzen: Mit Erfolg vermittelten sie zwischen ihm und Dänemark, was ihn bestärkt auf Heinrich VIII. zugehen ließ. Auch der Tudor erlag Habsburgs Blendwerk. Geschickt wuste er, Karl V., den englischen Traum, Schottland zu unterjochen, auszunutzen... So tobte jener Krieg gegen Franz I. auf französischem Boden: Mit englischer Unterstützung gelang es, bis vor Paris zu ziehen. Frankreichs König unterlag. Im September 1544, also vor kaum einem Jahr, wiederholte er seinen Verzicht auf Italien und die Niederlande, nur Savoyen überließ man ihm. Vorerst. Gnädigerweise. Denn Frankreich war in doppelter Hinsicht geschlagen, weil sich des Sultans Interessen geändert hatten. Nicht mehr das Abendland stand auf der Liste seiner Begehrlichkeiten, sondern Persien. Trotzdem war der im vergangenen Dezember vom Osmanen erkaufte Waffenstillstand teuer. Niemals hätte er einen so unehrenhaften Frieden geschlossen. Aber die Lösung des religiösen Problems stand jetzt an vorderster Stelle:

Zum ersten Mal seit über zwanzig Jahren hatte er die Hände gegen die deutschen Ketzer frei. Zudem waren in dieser Zeit zwei junge Fürsten im Reich herangewachsen. Anders als die ältere, harmlose Generation setzten sie sich, angetrieben von glühendem Ehrgeiz, skrupellos über Treu und Glauben hinweg. Brauchbare Werkzeuge sah er in ihnen. Deshalb hatte er bereits in freundlich-väterlichem Werben seine Schlingen um sie gezogen, und sich in seinem itzo erfolgreichen Feldzug gegen Franz I. eine Kostprobe ihrer Kriegsdienste zugebilligt. Ihre Namen lauteten:
Moritz von Sachsen* und Albrecht Achilles von Brandenburg-Kulmbach.

Rathaus zu Neuburg an der Donau, am 25. Juli 1545

„Dafür brauchte der Kaiser mehr als sieben Monate?! Um uns mitzuteilen, dass er jede Behinderung der Neuburger Landstände und ihrer Regenten durch andere weltliche und geistliche Territorialherren mit einer Strafe von 100 Mark lötigen Goldes ahndet??!!" Entgeistert ließ Hans Kraft von Vestenberg das Schreiben Karls V. sinken, das man ihm

soeben überbracht hatte: Monate des Wartens waren verstrichen, in denen man in zunehmender Sorge der kaiserlichen Zubilligung harrte, dem Neuburger Ständeregiment volle Legitimität zuzuerkennen, um so vor Leonhard von Ecks Schachzügen geschützt zu sein...
„Dies ist nicht nur lächerlich, sollte man es überhaupt mit Humor nehmen wollen", äußerte sich Jörg von Wemding zu Fünfstetten, der Tatsache ins Auge sehend. „Lasst mich Lügen strafen, aber ich sehe dies als böses Vorzeichen, mein verehrter Hans Kraft. Weshalb sonst sollte Karl V. sich derart in Häme uns gegenüber äußern? So Habsburg nicht längst an Pfeilen schnitzt, die alsbald über Neuburgs protestantische Köpfe herabprasseln?"
„Dabei folgten wir in vollem Umfange dem, was die kaiserlichen Kommissare uns Ständischen antrugen! Nämlich die Bereitschaft zur kompletten Schuldenübernahme und das Drängen darauf, dass Fürst Ottheinrich seine Abdankung erklärt und ins Exil geht!"
„Nun. Es war wohl nichts als Kalkül, wie wir jetzt feststellen müssen. Auch Kurfürst Friedrichs Schutzbrief wird uns nicht vor des Kaisers Intentionen beschirmen. Damit sind wir auf uns gestellt", schob Jörg von Wemding seine letzten Worte zutiefst bedrückt nach.
„Ja, das sind wir", entgegnete Hans Kraft in festem Ton. „Darum sollten wir uns der Landwehr bedienen und alsbald eine Musterung einberufen."
„Gott behüte uns." Beide Männer hatten gleichzeitig geflüstert.

Schneiderei des Meisters Ruprecht zu Neuburg an der Donau, im August 1545

„Das ist die Kehrseite der Medaille, Maximilian. Will meinen, die Innenseite der Stadtmauer, die uns beschützt." In nie dagewesenem, todernstem Ton sprach Ruprecht zu ihm.
Else, die die Nachricht des Aufrufes zur Landwehr soeben heimgebracht hatte, schlug die Hände vor ihrer Brust zusammen.
„Wer glaubt, die allgemeine Landesbewaffnung, die Aufstellung von Geschwadern und die Anschaffung der Waffen und Rüstungen sei nur Aufgabe des Landesherrn, der irrt. Bloß weil wir uns hier Jahren des Friedens erfreuen, ist dies keine Selbstverständlichkeit. Draußen tobt der Sturm, mein lieber Junge." Ruprecht sah Maximilian mit väterlichem Blick fest in die Augen. „Und überhaupt", korrigierte er sich. „Weshalb nenne ich dich noch Junge? Du wirst in wenigen Tagen 21 Jahre alt sein. War ich in diesem Alter nicht schon verheiratet, als Ehemann mit Pflichten beschwert?" Er bedachte Else mit einem nachdenklichen Blick.
„Warst du nicht," folgte Elses trockene Antwort, die aber eine tiefbesorgte Miene begleitete.
Maximilian stand ganz still zwischen den beiden. Sogar das Vöglein

schien die Tragweite der Neuigkeit an diesem Tage zu spüren, denn auch es schwieg.
„Rüstungen und Wehren sind Gegenleistung der Bürgerschaft, vor allem derer, die in der Stadt ein Haus besitzen, so wie ich. Es betrifft aber auch allerlei Menschen vor dem Stadttor, nämlich diejenigen, die dem Rechtsschutz des Landgerichts unterstehen. Also, lass uns unsere Pflicht tun und dem Aufruf der Musterung folgen." Ruprecht hatte sich wieder Maximilian zugewandt.
„Aber weshalb Maximilian?!", entfuhr Else in ihrer Besorgnis. „Er ist kein Bürger Neuburgs! Er ist noch nicht einmal großjährig!"
„Aber beinahe. Und ihm wurden hier Rechte zuteil, die ihm normalerweise nicht zugestanden hätten", widersprach Ruprecht mit Blick auf seine Gattin. „Und daher sehe ich es als seine Pflicht, für diese Rechte im Ernstfall, der hoffentlich nicht eintritt, eine Gegenleistung zu erbringen. Außerdem", drehte sich Ruprecht erneut zu Maximilian, „du wirst deine Rechte, nämlich dasjenige auf Ausübung eines hohen Handwerks, doch auch verteidigen wollen? In kaum einem halben Jahr endet deine Lehrzeit. Dann wird dich unser Zunftmeister freisprechen und du kannst auf Wanderschaft..." Ruprecht beendete seinen Satz nicht, weil ihn ein anderer Gedanke durchfuhr. *Konnte Maximilian wirklich auf Wanderschaft gehen? So, wie er damals die Gelegenheit nutzte, mit Ottheinrich ins Heilige Land zu ziehen? Welche Chancen böten sich dem jungen Mann überhaupt, angesichts der besorgniserregenden Lage? Wäre es nicht besser, nach der Freisprechung ein Dankesjahr hintanzufügen, das der Lehrling bei seinem Meister zusätzlich ableistet? Er wusste von derartigen Vereinbarungen, die freilich auf Ausbeutung abzielten. Aber in diesem Falle ja wohl nicht...*
Maximilians Augen hingen an seinem Meister, unterdessen ihm seine Sinne die Vorstellung verweigerten, was auf ihn zukäme. *Er wollte nicht daran denken, dass sich für ihn etwas änderte, er auf Wanderschaft gehen musste... Oder ein anderer Ernstfall einträte...*
„Ach, was rede ich", verwischte Ruprecht seine urplötzliche Aufgewühltheit. Er trat zu Maximilian und fasste ihn fest bei den Schultern. „Das Ende deiner Lehrzeit steht noch nicht an. Jetzt heißt es, zur Einmusterung zu gehen. Oder nicht, junger Mann?"
Maximilian rang sich ein zustimmendes Nicken ab.
„Gut. Folgen wir dem Befehl der Stadtregenten. Ich werde nachsehen, was an Rüstzeug im Haus ist. Wo muss man sich melden, Elselein?"
„Auf dem Platz gegenüber vom Schloss." Else seufzte tief.

Schon von weitem hörte man vielfaches metallenes Klirren und Scheppern, dazwischen immer wieder Aufrufe. Maximilian lief eine Gänsehaut über den Rücken, als er zu den Geräuschen auch die Verursacher zu sehen bekam: Es gab eine größere Ansammlung von Menschen, die

darauf warteten, ihre mitgebrachten Waffen vorzuzeigen, um hernach registriert zu werden. Diese Aufgabe erfüllten mehrere Stadtschreiber unter Aufsicht eines ganz offensichtlich in Kriegsdingen erfahrenen Mannes, der eine Uniform am Leib und einen eisernen Helm auf dem Kopf trug. Seine Knie begannen zu zittern und beinahe wäre er über den sperrigen Langspieß gestolpert, den Ruprecht ihm zu Tragen befohlen hatte. Aber am meisten machte ihm zu schaffen, dass sich dieses für ihn furchteinflößende Schaustück unweit des Schlosstores abspielte. Er sah sich selbst auf das Tor zugehen, im Wissen, dass Fürst Ottheinrich ihn zu sehen wünschte... *Wie fragil ihm dieser Glücksmoment nun erschien!* In seiner ureigenen Gewohnheit schloss er die Augen, um jenem gedanklichen Glücksmoment zu verwehren, sich durch seine geöffneten Augenlider zu verflüchtigen... - Diesmal verließ ihn seine kindliche Einbildung, an der er eisern festhielt. Stattdessen hallte ihm Kanonendonner in den Ohren, der das ihn real umgebende Waffenklirren noch überdröhnte. Schnell öffnete er seine Augen wieder. Vertrauensvoll suchte er Ruprechts Blick, um sich an dessen Lebenserfahrung festzuhalten.
Sein Meister verstand ihn ganz offensichtlich. Er drückte ihn aufmunternd an der Schulter... und irgendwann später waren sie an der Reihe.
Ruprecht trat an einen der Tische, zu dem sie gerufen wurden. Dort nahm er seinen Beutel von der Schulter, in dem er die Teile eines Brustharnisches verstaut hatte.
„Name? Beruf?“, ertönte die Frage des am Tisch sitzenden Schreibers.
Ruprecht antwortete. Der Schreiber notierte die Angaben in eine Liste, währenddessen jener waffenkundige Stadtdiener die Rüstungsteile begutachtete, um sie dann dem Schreiber einzeln zu benennen, damit er sie in seine Liste eintrüge.
„Wie schätzt Ihr Eure Kampftauglichkeit ein, Meister Ruprecht?“, fragte der Beamte, der die Rüstungsteile fachmännisch einzuordnen gewusst hatte.
„Zum Rennen und Spießen sollte es reichen. Aber mehr sicher nicht, halte ich ja Nadel und Faden in den Händen, den ganzen Tag herumsitzend.“ Ruprecht scherzte ein kleinwenig.
Des Schreibers Blick blieb daraufhin trocken wie das vor ihm liegende Papier. Der Waffenbedienstete hingegen lächelte verständnisvoll. „Ihr meint wohl mit diesem Spieß hier?“, wandte er sich Maximilian zu. „Was ist mit seinem Träger?“
„Name? Beruf?“ Des Schreibers gleichförmige Frage folgte wie auf Kommando.
„Dies ist mein Lehrbursche Maximilian Echter“, antwortete Ruprecht zuerst dem Schreiber an Maximilians Stelle, woraufhin er sich dem Waffenbediensteten zuwandte. „Er trägt den Spieß nur für mich. Er selbst hat keine Waffe.“

„Der Name lässt darauf schließen, dass er nicht Euer Sohn ist, richtig?", folgte die nächste Frage des Beamten, der Maximilians Kriegstauglichkeit mit prüfenden Blicken abmaß.
„Richtig. Er kommt vom Land draußen, aus Kreut. Sein Vater ist dort der Kerzenzieher. Maximilian zeigte Begabung für mein Handwerk und er lernt es auf ausdrücklichen Wunsch unseres Fürsten." Ruprecht war sich, angesichts Maximilians unübersehbarer Verstörtheit, seines Entschlusses, ihn zur Neuburger Landwehr einmustern zu lassen, unsicher geworden. Die raue Wirklichkeit fuhr ihm in die Glieder und Aufgewühltheit, die ihn schon zu Hause ereilt hatte, meldete sich doppelt zurück. *Es geht hier nicht um Heldenmut oder Feigheit! Es geht hier um das Schicksal eines jungen Menschen, der sich nicht eignet für Krieg und Blutvergießen!*
Ruprechts Blitzeinsicht teilte wohl auch der Waffenbedienstete:
„Also, wenn Ihr nicht sein Vater seid, und auch nicht sein Vormund, so frage ich Euch, ob der junge Mann hier überhaupt schon großjährig ist. Wenn nicht, steht es Euch nicht zu, für ihn zu entscheiden. Und ihm steht ebenso keine eigene Entscheidung zu, denn er ist nicht großjährig. Auf Befehl der Stadtobersten verzeichnen wir hier Neuburgs Wehrfähigkeit, verehrter Meister. Wir befinden uns nicht im Krieg und wir rekrutieren hier keine Soldaten ungeachtet ihres Alters. Euer Pflichtbewusstsein in Ehren. Aber den jungen Mann bewaffnet in Eurer Werkstatt mit Nadel und Faden. Auch dort wird er der Stadt Dienst erweisen, wenn das eintritt, wovor uns Gott behüten möge. Schreiber", erging sein Befehl an den Tisch, „nimm also einen Maximilian Echter aus Kreut als Uniformschneider auf. Und Ihr", wandte er sich erneut an Ruprecht, „benennt eine Summe, die Ihr in Neuburgs Wehrkasse einzuzahlen in der Lage seid. Falls Ihr mögt."
„Es gibt einige Witwen in der Stadt, die Häuser besitzen, aber kein Geld", wusste der Schreiber jetzt tatsächlich andere Worte, als seine eintönigen Fragen. „Doch ihr Eigentum verpflichtet sie zu Ersatzleistung für die Landwehr. Ich führe ein Verzeichnis über ausstehende Summen. Ich würde eine Zahlung von Euch, so wie von anderen Bereitwilligen, gegenrechnen." - Ruprecht bejahte sofort.

Auf dem Rückweg zur Schneiderei schwieg Ruprecht. Maximilian ebenso. Gefühlszerrissen vermochte er nicht zu urteilen, ob er feige, oder ob er doch in der Lage wäre, sich aus eigenem Willen auf ein Schlachtfeld zu wagen. Dass Ruprecht ihm dies abverlangt hätte, trug er ihm nicht nach. Er war nicht mehr der kleine Junge, der zwischen den Rockfalten der Mutter Schutz suchte. Er war auch nicht mehr der Jüngling, der ein Vögelchen aus den Donaufluten rettete. In Kürze war er großjährig und das eigenverantwortliche Leben näherte sich ihm in riesen Schritten. *Nichts anderes hatte Ruprecht ihm vor Augen geführt...* Maximilian umfasste seines Meisters Langspieß mit fester Hand, und ein Stück weit reicher an Lebenserfahrung schritt er neben ihm her.

Am Kornmarkt zu Heidelberg, den 01. Dezember 1545

So war also der erste Tag des letzten Monats dieses unseligen Jahres eingeläutet. Ottheinrich hatte sich seinen Lehnstuhl in die Nähe des prasselnden Kaminfeuers rücken lassen, da ihm kalt war. Nicht nur wegen der ungemütlichen Temperaturen, die das Hausinnere auskühlten. Auch sein Gemüt machte ihn frösteln:

Bis in den späten Oktober hinein ertrug er halbwegs die Tage herber Entsagung in seinem unfreiwilligen Exil. Im November begann seine Stimmung zu kippen und das nahende Jahresende schlug ihm jetzt vollends aufs Gemüt: Nicht, dass ihm das Anblasen der Jagdhörner in Grünaus Auen fehlte, die vergnüglichen Herbstjagden, die damit eröffnet wurden. Er vermisste auch nicht die üppigen Festmahle, die Tanzabende, die Ausritte, die zu dieser Zeit üblichen Kirchfahrten über Land... All diesen Freuden hatte Susannas früher Tod bereits ein Ende gesetzt, nicht seine Geldnot... Was ihm jetzt fehlte, war zuvorderst die Freude über die geistigen Besitze dieser Zeit und das Teilen derselben. Als Mäzen und Brotgeber der Künste bedurfte er der Erbauung an seltenen, schönen und interessanten Dingen. Es war sein Genussanspruch gegenüber sich selbst. Es waren seine Besitzfreude und die alles überragende persönliche Zweckfreiheit... Unbelehrbar war er gewesen, was er nun auszukosten bekam. Schwer büßte er für seine verschwenderische Hand, die die Einnahmen des Landes auch für seine kühnen Bauten und fürstlichen Amüsements ausgestreut hatte. Sogar sein enger Freund, der Straßburger Martin Butzer*, hatte es, wenn nicht ohne aufrichtiges Bedauern, so doch offen und unbarmherzig ausgesprochen. Es sei seine eigene Schuld, darum er jetzt so darben müsse, weil er nie auf den Rat seiner besten Freunde, namentlich des Rentmeisters Gabriel Arnold, gehört hätte.

Zudem machte sich Ottheinrich selbst die größten Vorwürfe, dass er nicht wenigstens sein Exil in guter Überlegung vorbereitet hatte. In seinem von Trotz befeuerten Eigensinn war es ihm zuwider gewesen, ausreichend persönliche Fahrnis aus Neuburg mitzunehmen. Entgegen der eindringlichen Warnungen, wiederum von Gabriel Arnold, war er im Grunde mit leeren Händen gen Heidelberg gezogen. *Was hatte er erwartet? Dass ihn Vormund-Onkel Friedrich ins Heidelberger Schloss bitten würde, damit er dort mit ihm unter einem Dach lebe??* Mitnichten. Jedenfalls überschüttete ihn deshalb sogar seine hiesige Dienerschaft mit Vorhaltungen. Um sich wenigstens nicht mit seinem kleinen Hofstaat, den er sich starrsinnig leistete, zu überwerfen, hatte er kürzlich eine wenig fürstliche Hofordnung erlassen, die einer Abbitte gleichkam: Man möge den Fürst sonderlich in dieser Zeit doch mit Geduld ertragen und mit dem, was er zum Lohne reichen könne, zufrieden sein. Auch seien ihm zu Ehren die steten Zänkereien zu vermeiden, damit man ihm nicht noch mehr Beschwerliches zumute und er sich von Uneinigkeit umgeben sehen müsse...

Eines hingegen ertrug er. Es war Gabriel Arnolds treue Berichterstattung. Obschon ihm die betrüblichen Neuigkeiten das Andauern seines Exils verkündeten, setzte er sich tapfer mit der angespannten Lage der Neuburger Sequesterverwaltung auseinander. Aktuell musste er hören, dass man in München nicht davon abließ, auch der Ständeregierung Probleme zu bereiten. So gab es Zuwiderhandlungen gegen Zölle, die die Neuburger auf ein Gesuch beim Kaiser für die Dauer von sechs Jahren an diversen Grenzorten erheben durften, um sie zur Schuldentilgung zu verwenden. Zudem war eine Klage dagegen eingereicht worden, dass überschüssige Erträge von Kirchen, Klöstern und geistlichen Pfründen ebenso dafür eingefordert wurden. Aber auch Neuburger Landsassen missachteten die Selbstauflagen der Stände, Landsteuer und Ungeld abzuliefern. Dazu gab es aus deren Reihen nicht wenige Stimmen, welche die angeblich überzogene Gewaltausübung des Statthalters und der Regenten ankreideten. Das alters- und krankheitsbedingte Entlassungsgesuch Jörgs von Wemding zu Fünfstetten, seines Jugendgefährten und späteren stellvertretenden Hofrichters und landesherrlichen Rats, gab dem ganzen Wasser auf die Mühlen. Wenn auch nicht ohne Wehmut, so hätte Ottheinrich diesen Getreuen gerne in den wohlverdienten Ruhestand entlassen. Dementgegen wurde darüber jedoch abschlägig entschieden, um dem Argument des vorgeblichen Abschiebens von Vertretern des erfahrenen Adels aus der Neuburger Regentschaft entgegenzuwirken...

Missmutig grummelnd zupfte Ottheinrich an seinem langen Hausmantel, der mittlerweile zu seinem Hauptkleidungsstück avancierte. „Hausmantel statt leberfarbenes Wams von Sammet mit goldenem Tuch unterfüttert. Gedankenwelt statt Außenwelt...“

In einer Mischung aus Frust und Langeweile erhob er sich aus seinem Lehnstuhl. Er fasste nach einem Schürhaken und stocherte in der Glut des Kaminfeuers herum. Eben, als er nach einem Holzscheit angelte, den er ins Feuer werfen wollte, klopfte es an der Tür.

Wenig später saß er wieder am Kamin, ein Bänkchen unter seine Füße geschoben, damit er entspannter sitzen und lesen konnte. Voller Interesse öffnete er einen Brief seines Bruders, den der Hausdiener ihm gebracht hatte. Zeitgleich umschlich ein dumpfes Gefühl seine Wissbegierde, unter dem er sich eingestand, dass die Außenwelt durchaus auch ein verzichtbares Gut war. Zumindest für eine gewisse Zeit... bis er zu seinem wesenhaft-unerschütterlichen Optimismus zurückgefunden hätte, der ihm momentan entglitten schien...

London, den 19. November 1545.

Geliebter Bruder! In heller Aufregung berichte ich Dir, womit mich der englische König, der prachtvolle, gnädige Heinrich VIII., soeben protegierte:

Gemäß einer Bestallungsurkunde, die mir heute, zusammen mit 10.000 Gulden und einigem vergoldeten Silbergeschirr zu meiner persönlichen Erbauung, ausgehändigt wurde, wähne ich mich im Range eines Obersts im Dienste der englischen Krone. Anlass hierzu gab des Königs Interesse an einer ‚anglo-schmalkalcic Alliance'. Dafür soll ich auf dem Festland Truppen rekrutieren. Obenauf mit 1.000 Gulden Reisegeld ausgestattet, werde ich mich mit Jahresbeginn von England verabschieden, um die Anwerbungen einzuleiten.

Doch nicht nur diese Erfreulichkeit gibt es zu berichten. Stell Dir vor, während der Unterredung mit Heinrich, betreffend seines Interesses an einem protestantischen Bündnis unter meiner Mithilfe, kam er auf den 1539 ausgehandelten Heiratsvertrag zwischen mir und seiner Tochter Maria zurück. Bekanntermaßen hat er sie im vorigen Jahr wieder in die Erbfolge aufgenommen. Niemals hätte ich mir deshalb gewagt, ein weiteres Mal um ihre Hand anzuhalten. Vor allem nicht in Erinnerung des Desasters bei meinem letzten Aufenthalt am englischen Königshof vor zwei Jahren. Du weißt, dass ich damals in Hoffnung auf Marias Hand, der zu dieser Zeit gemäß Heinrichs Willen keine königliche Nachfolgschaft zustand, nach London reiste. Ungnädig wurden meine angebotenen Dienste abgewiesen, mit denen ich mir Gunst zu erwerben gedachte. Auch davon habe ich Dir berichtet. Wovon ich Dich allerdings nicht in Kenntnis setzte, war, dass Heinrich sogar die Brautgeschenke, die er mir 1539 als künftigem Schwiegersohn machte, in sehr unschöner Weise zurückforderte... Nun, ich hatte ihn verärgert. Ungestüm war ich, angesichts meines unbedingten Vorhabens, an Dir und Pfalz-Neuburg wieder gutzumachen... Heinrich durchschaute damals meine Hoffnung auf den englischen Thron... In seiner Launenhaftigkeit bestand ja die Chance, dass er seiner erstgeborenen Tochter ihr Geburtsrecht wieder zuerkennt, nachdem er sie im Zuge der Scheidung von ihrer Mutter für illegitim erklären ließ. Deshalb hatte ich in Überredungskunst versucht, er möge einer Heirat zwischen mir und Maria zustimmen. Ungeniert behauptete ich, unser Onkel Ludwig hätte

mich seinem Bruder Friedrich als auch Dir, Ottheinrich, per Testament in der Erbfolge der Pfälzer Kurwürde vorgezogen, und Maria wäre damit finanziell bestens abgesichert... Als ich mich in meinem Enthusiasmus vergriff und lautstark verkündete, wir hätten einander versprochen, wurde ich offiziell des Landes verwiesen. In meiner Finanznot händigte man mir sogar 1.500 Gulden aus, damit ich abreisen konnte!
All diese Unschönheiten berichte ich Dir jetzt nur, da sich das Blatt gewendet hat. Heinrich bietet mir die Hand Marias unter zwei Bedingungen an. Erstens verlangt er die Zusage unseres Onkels Friedrich als Kurfürsten von der Pfalz, die Maria Tudor ein Witwengeld von 20.000 Gulden garantiert. Und zweitens wünscht er seine Einführung bei den protestantischen Fürsten.
So bereite ich mich nun in bester Hoffnung auf meine Rückreise vor, doch nicht, ohne Dir, mein geliebter Bruder, von dieser frohen Botschaft Kunde zu geben...

Ottheinrich ließ den Brief aus seiner Hand gleiten, denn Philipps Überschwang ergriff ihn nicht. Im Gegenteil. Er erschien ihm als trügerisches Strohfeuer, mit dem Heinrich VIII. herumzündelte. Er sah es kurz aufleuchten und hernach nichts als tiefe Schwärze hinterlassen. *Wo war nur sein Optimismus abgeblieben?!*

Frankfurt am Main, im Dezember 1545

Unterschiedlicher konnten die drei Männer nicht sein, die sich nach dem enttäuschenden Ausgang der Frankfurter Versammlung des Schmalkaldischen Bundes zu einem Summarium zusammengefunden hatten:
Da war zunächst Landgraf Philipp von Hessen, der ‚Großmütige' Landesherr jenes Fürstentums, das, neben Sachsen, bei Einführung der Reformation eine Vorreiterrolle eingenommen hatte. Schon im Jünglingsalter, nach dem Versterben des Vaters, von Kaiser Maximilian I. für mündig erklärt, bewies er seit Jahren von Milde und Umsicht geprägten politischen Sachverstand. Nicht, dass er nicht konsequent und kraftvoll wäre, in seinem mitunter ungestümen Temperament, so leitete ihn dennoch stets eine soziale Gesinnung. In den 1525er Bauernaufständen, zum Beispiel, war er einer der wenigen Fürsten gewesen, der den Aufruhr zwar niederzwang. Aber anschließend fragte er nach Missständen und nahm darauf Einfluss. Frei von Fehlern war der stattlich-stolze Adelige jedoch nicht. Mit Schließung seiner sinnesfreudigen Doppelehe stieß er Luther und Melanchthon in tiefe Bedrängnis. Dem Todesurteil wegen Bigamie

entkam er nur, weil Karl V. seinen Nutzen aus dieser Verfehlung zog. Seit dem Regensburger Reichstag von 1541 existierte ein Geheimvertrag zwischen Philipp und dem Kaiser, der ihn zum Agieren gegen Habsburgs Feinde, so auch gegen das eigene schmalkaldische Lager, verpflichtete. Nur... wusste der hessische Landesfürst dies geschickt zu umgehen.
Der zweite Anwesende war Jakob Sturm von Sturmeck. Er entstammte einer alten Straßburger Patrizierfamilie, die ihn an den Universitäten Heidelberg und Freiburg zum Juristen hatte ausbilden lassen. Mit hoher Intelligenz engagierte er sich als gewandter und aufrechter protestantischer Politiker im Stadtrat seiner elsässischen Geburts- und Heimatstadt. Mittlerweile gereift und einen üppigen Vollbart tragend, entsprach sein Auftreten dem eines Edlen, was aber seinem bürgerlichen Selbstbewusstsein entsprang. Seine große Sympathie in der Gesellschaft brachte ihm seine herzwarme Freundlichkeit ein, mit der er seinen Patrizierstolz paarte.
Den Dritten im Bunde gab Sebastian Schertlin von Burtenbach*, ein hochgewachsener Condottiere in großer Liebe zum Kriegshandwerk. Als Sohn eines Forstmeisters trat er in Kaiser Maximilians Söldnerheer ein. Für seine jahrelangen militärischen Verdienste unter Habsburgs Flagge erhob ihn Karl V. in den Ritterstand. Trotzdem fand er auf die Seite der Protestanten, nämlich in seinem Amte des Stadthauptmannes von Augsburg, das er seit 1530 vollblütig innehatte. Die Ungnade von Kaiser und König, die er sich mit den treuen Diensten für die reformierte Stadt einhandelte, scherte ihn wenig. Draufgängerisch, doch nicht ohne gesunden Menschenverstand, verfolgte er als Tafelgenosse der Fugger und Welser seinen Anspruch auf Ehre und Reichtum. Dafür wurde er nicht müde, in der Stellung eines Feldherren von kühler Strategie, Leib und Leben auf dem Schlachtfeld einzusetzen.

„Zehn Monate habe ich in Worms vergeudet“, erklärte Jakob Sturm von Sturmeck bitter. „Und wofür? Diese ermüdenden Reichstage unter Karl V.!“
„Nun, mein lieber Freund Sturm“, erwiderte Philipp von Hessen in gütlichem Tonfall, wenn auch nicht ohne leisen, spöttischen Unterton. „Wir wussten doch vorher, dass dieses nette Zusammensein mit Kaiser und König wiederum bloße Zeitverschwendung sein würde. Was brauchen wir Deutschen eigentlich noch, bis wir uns endlich den Zeichen der Zeit stellen?!“
„Einen blutigen Krieg, ganz offensichtlich“, brummte Sebastian Schertlin dazwischen. „Diese sich niemals leerende Schreibsandbüchse der deutschen Fürsten...“
„...die ihre rieselnde Uneinigkeit streut und streut und streut... Am Ende über die Tinte eines Vertrags, den uns ein siegreicher Kaiser aufzwingt,

ich weiß", fiel ihm der hessische Landgraf ins Wort. „Leider vermag auch unser Schmalkaldischer Bund nicht, dieses ‚Streusal' zu besiegen, wie wir auf unserer jetzigen Bundesversammlung ein weiteres Mal feststellen mussten."
Sebastian Schertlin nickte. Er umfasste den Griff seines Schwertes, das er wie oft umgeschnallt trug, und knirschte mit den Zähnen.
„Würden die Kurfürsten die freien Städte nicht immer nur als nachrangig erachten und ihnen ein Mitspracherecht versagen, wären wir einen riesen Schritt weiter." In der Funktion eines Stadtvertreters sprach Jakob Sturm eines der großen Hauptübel aus, mit dem die Deutschen aus seiner Sicht ihre Stärke unentschuldbar verspielten. „Aber fassen wir die vergangenen Ereignisse zusammen, damit wenigsten wir hier im kleinen, geeinten Kreise die Notwendigkeiten der Gegenwart abwägen. Also..."
Wie erwartet, folgte kein Widerspruch und so begann er seinen Bericht: „Ich befand mich unter den ersten, die in Worms eintrafen, im Oktober des vorigen Jahres. Johann von Naves, der zeitgleich ankam, machte dieselbe Erfahrung wie ich, nämlich die des großen Wartens. Bis alle Geladenen eintrudelten, hatte man das Jahr 1545 eingeläutet."
„Darin war man sich also einig, trotz der Mahnungen der kaiserlichen Kommissare, die eifrig allerlei unnütze Vorberatungen erledigt wissen wollten, vor dem Eintreffen ihres werten Oberherrn." Philipp von Hessen spöttelte offen dazwischen.
„Nun ja, zugegebenermaßen war ich nicht ganz unschuldig, was die Verspätungen betrifft. Unser aller Zeit ist kostbar und ich vermeldete, dass mir die Erkrankung des Kaisers zu Ohren gekommen wäre, wegen der seine Ärzte rieten, die Reise nach Worms aufzuschieben."
„Das liebe Podagra, die Gicht, die Karolus sticht. Leider sind wir die Pikser nicht." Der nächste hessische Spott.
„Jedenfalls", fuhr Jakob Sturm nach einem Schmunzeln fort, „beeilte sich auch König Ferdinand keineswegs, nachdem ihm die Vertretung aufgetragen war. Erst am 24. März eröffnete er mit der Verlesung der kaiserlichen Proposition den Reichstag, wobei er zu schleunigster Beschlussfassung drängte. Der abermaligen Verschiebung der Klärung der Religionsfrage sollte zugestimmt werden, da der Kaiser den Gang des Trienter Konzils abwarten wolle..."
„...wobei wir uns die Hervorhebung der jahrelangen ernsthaften Bemühungen, die er dem Zustandekommen des Konzils zukommen lasse, dauernd anhören dürfen."
„*Philipp von Hessen, lass mich ausreden!*", dachte Jakob Sturm auf den erneuten Einwurf bei sich. Zuviel stand aus seiner Sicht der Dinge auf dem Spiel, und wenigstens sie, als die drei engagiertesten Köpfe des protestantischen Lagers, mussten unbedingt zu einem entschlossenen Handeln zusammenfinden. Deshalb maßregelte er seinen leisen Unmut,

bevor er also weitersprach. „Der nächste Hauptpunkt, dem wir schnell zustimmen sollten, war die angeblich außerordentlich dringende Gewährung der Türkenhilfe, deren schleunigste Einsammlung wir vorantreiben sollten. Man hätte meinen können, diese Forderung versetze uns in die Lage, Gegenforderungen zu stellen."
Angesichts dessen, was in Worms wenig später durchgesickert war und woran er sogleich erinnern würde, schüttelte Jakob Sturm bedrückt seinen Kopf. „Direkt lächerlich wirkt die Gegenäußerung der, ich betone, katholischen UND evangelischen Stände. Der Proposition gemäß wolle man sofort in die Beratung der Türkenhilfe eintreten. Aber die versprochene Religionsverhandlung erhoffe man mit ebenso höchster Begierde, und diese möge doch bitte nicht aufgeschoben werden."
„Was König Ferdinand im Namen seines Bruders ablehnte. Er argumentierte, dass die Kirchenspaltung schließlich seitens der Deutschen veranlasst sei, der Kaiser dennoch beim Papst mehrfach um die Abhaltung eines Konzils gebeten habe. Rom wünsche nun ebenso die endgültige Beilegung des Konflikts. Das Konzil sei in Vorbereitung, was noch ein wenig Geduld erfordere... Richtig?" Philipp von Hessen war Jakob Sturm diesmal nicht ins Wort gefallen. Er hatte in Sachlichkeit weiter erörtert, was dem Straßburger Stadtvertreter Gelegenheit zum Durchatmen verschaffte.
„Richtig. Nun ja. So begann das übliche ergebnislose Hin und Her, bis der Kaiser im Mai in Worms eintraf."
„Und bis die aus Venedig einlaufenden Nachrichten das Gerücht bestätigten, dass mit den Türken nicht nur über einen Waffenstillstand verhandelt würde, sondern dass dieser just abgemacht sei." Sebastian Schertlin hatte Jakob Sturms Verschnaufpause verlängert. „Genau dies meldeten meine ungarischen Kundschafter."
Philipp von Hessen ballte seine Fäuste. „Welche Infamie! Oder nicht? Für mich erweckt das habsburgische Geldgedränge den Anschein, der Kaiser benutze den Türkenkonflikt nur, um Geldmittel in die Hand zu bekommen, um sie sodann gegen die deutschen Protestanten zu verwenden! Man sehe doch nur in die niederländischen Provinzen! Dort hat Karl V. verfügt, dass der Papst alleiniger Oberherr der Kirche sei! Und wie nutzt jener Schiedsrichter seine uneingeschränkten Befugnisse, in kaiserlichem Einvernehmen? Zu Prozessen der Inquisition, zu Folter, Hinrichtungen, zu lodernden Scheiterhaufen!"
„So ist es. Erschütternde Realität." Jakob Sturm nahm den Gesprächsfaden wieder auf. „Soweit zu des Kaisers Toleranz. Was die angeblichen Wünsche des Papsts nach Frieden auf deutschem Boden angeht, blicke ich ein weiteres Mal über die Grenzen. Wem entginge nicht, was der französische König vor aller Welt im Piemont unter den Waldensern für Blutbäder anrichtet. Für wen metzelt er jene Andersgläubigen in den

abgelegenen Alpentälern dahin, wenn nicht für das Buhlen um die Gunst Roms? Die Waldenser tun niemandem etwas, außer Armen und Kranken gegenüber barmherzig zu sein!"

„In dieser unabweisbaren Logik der Tatsachen füge ich ein weiteres Argument hinzu: War es nicht auffällig, dass der junge Farnese*, den sein Großvaterpapst Paul III. zum Kardinal kreiert hat, wenige Tage nach seiner Ankunft in Worms nach Rom zurückeilte? Welche gewichtige Botschaft er wohl gen Süden mitführte? Wir wissen, dass dieser Papst familiäre Begehren über die der Kirche stellt. Ich spreche vom Anspruch der Farnese auf Parma und Piacenza. Was, wenn sich Karl V. mit Verheißungen auf diese Gebiete einen Bundesgenossen an seine Seite lockt?"

„Dann hätte er, wenn sich ansonsten im Machtgerangel die beiden Oberhäupter der Christenheit auch feindselig gegenüberstehen, für den Zweck des endlichen Verderbens der Ketzer eine nicht zu verachtende finanzielle Unterstützung."

„...derer man seine Gunst hernach wieder entzieht. Aber 100.000 Dukaten sind Karl V. sicher, die brachte der Farnese nämlich mit. Und dafür, anders kann ich es mir in der Geldknappheit Habsburgs nicht erklären, werden wohl schon Truppen angeheuert. Meine Beobachter melden Zusammenrottungen herrenloser Knechte in Niederdeutschland. Auch vom Norden her fluten immer mehr Gerüchte über Anwerbungen zu uns."

„Dann waren die Vermittlungen des Kurfürsten Friedrich II. von der Pfalz in Worms nur ein Schaustück?!"

„Nun, was uns Protestanten betrifft, verhält er sich mit einem offenen Beitritt zögerlich. Typisches Fähnlein im Wind. Aber ich glaube nicht, dass Friedrich, auch wenn er die Nichte des Kaisers ehelichen durfte, soweit sinkt, dass er sich zu dessen Werkzeug machen lässt. Dafür hat er genügend enttäuschende Erfahrungen in Habsburgs Diensten sammeln dürfen. Auch glaube ich nicht, dass Karl V. ihn in seine wirklichen Pläne eingeweiht hat. Er handelte sicher in guter Absicht, aber eben in gefährlicher Kurzsicht. Ich bin sicher, Karl V. spielt wegen Kriegsvorbereitungen auf Zeit."

„Ja, das erklärt, weshalb er auf Friedrichs Vorschläge einging, wo doch von deren Erfolglosigkeit ein jeder eigentlich überzeugt sein dürfte. Es muss ihm geradezu wie ein Geschenk vorgekommen sein, im kommenden Januar eine Nationalversammlung in Regensburg abhalten zu sollen, in der die Spaltung der Religion in Deutschland beigelegt werde. Und, falls diese nicht fruchte, sich ein nächster Reichstag anschließen könne. Vor unser aller Augen, eingelullt durch seine gnädige Bereitschaft zu unserem Wohle nichts unversucht zu lassen, wie er in seiner Vorschlagsannahme scheinheilig verkündete, gewänne er Monate an Vorbereitungszeit!"

„Was nach sich zöge, dass nicht nur er unter uns weilen würde, sondern auch seine zwei ausgekochten Berater, die ansonsten keinen Grund hätten, sich in deutschen Landen zu bewegen. Ich spreche von Granvella und Naves. Ich habe es bisher noch nicht offengelegt, aber diese beiden haben mich, unter dem Siegel der Verschwiegenheit, in Worms zu einer Unterredung gebeten."
„Was Ihr nicht sagt, werter Jakob Sturm! Berichtet uns davon!"
„Nun", setzte Jakob Sturm an, „im Juni wurde ich zu ihnen gerufen. Zuerst schmierte man mir Honig ums Maul, erinnerte mich an das Vertrauen, das der Kaiser stets in mich gesetzt hat..."
„Ha!", fuhr Philipp von Hessen auf. „Wers glaubt! Schließlich wart Ihr einer der beiden, die anno 1541 auf dem Regensburger Reichstag die Formulierungen in seiner geheimen Deklaration uns Protestanten gegenüber so göttlich verschachtelt, und ihn damit in die Enge getrieben habt! Ich glaube nicht, dass er Euch jene tiefe Schmähung mit Vertrauen belohnt!"
„Freilich nicht", nickte Jakob Sturm. „Jedenfalls haben Naves und Granvella mich aufgefordert, ihnen vertraulich anzuzeigen, auf welche Weise meiner Ansicht nach der Sache der Protestanten abgeholfen werden könne. Sie hätten vergeblich auf Mittel und Wege gesonnen, aus dem Zwiespalt herauszukommen. Ich antwortete, dass ich als Abgesandter Straßburgs nur mit Einverständnis der anderen Stände unterhandeln dürfe. Doch ich versicherte, ich würde mich Gott, dem Kaiser und jedermann für verpflichtet halten, falls ich ein christliches Mittel zur Beseitigung der Konflikte wüsste. Aber angesichts der herrschenden Lage wäre ich selber ratlos. Daraufhin bedrängte man mich mit Vorwürfen, die Protestanten würden das Trienter Konzil verwerfen wollen. Ich ließ mich nicht beirren und benannte die Verfolgungen in den Niederlanden und Frankreich als bedenkliche Vorzeichnen, was ihnen schließlich nicht zu verübeln sei. Und dann rückten die beiden mit einem merkwürdigen Vorschlag heraus: Wir Protestanten sollen ihnen umgehend diejenigen Artikel vorlegen, deren Bewilligung wir vom Konzil begehren, und was wir um des allgemeinen Friedens willen aufgeben könnten. Sie würden damit versuchen, sich in unserem Sinne besonders einzusetzen. Wieder lehnte ich ab. Es wäre eine Zumutung, den in Worms vertretenen Ständen abzuverlangen, solche Artikel aufzusetzen, denn die Gelehrten, die dazu in der Lage wären, seien in Worms nicht anwesend. Damit entließ man mich, doch nicht, ohne mich nochmals besonders zu ermahnen, dass die gesamte Unterredung in größter Vertraulichkeit erfolgt sei."
„Es ist unglaublich, wie Karls Geschwader versucht, uns zu entzweien! Wäret Ihr gutgläubig, so wie zu viele von uns, wäre ein neuer Zwist entstanden! Einmal mehr hätte es Befürworter und Gegner gegeben!", ächzte Philipp von Hessen.

„Unser Schmalkaldischer Bund stellt eine Kriegsmacht dar, deren Bezwingung das Aufgebot sehr beträchtlicher Streitkräfte erfordern würde“, knüpfte Sebastian Schertlin sachlich an das Vorgetragene an. „Um diese zu sammeln, müssten sie über weite Entfernungen, von Nord und Süd her, zusammengezogen werden. Das kostet. Nicht nur Zeit. Das würde den Kaiser in seiner jetzigen Geldverlegenheit überfordern, was uns...“

„...zum entscheidenden Vorteil gereichte!“ Auch dem Condottiere fiel Philipp von Hessen ins Wort, nunmehr aufbrausend: „Aber mir klingen noch die Ohren, wie die Unsrigen betonten, dass man sich vor Übereilung hüten möge! Nicht bloß, um Kosten zu vermeiden, sondern besonders wegen des Scheins, selbst der angreifende Teil zu sein! Warum zum Himmel nicht?! Wie unmännlich! Lau und hinfällig sind wir! Der Herrgott verhelfe uns zur Einsicht, bevor es zu spät ist!!“

„Wie steht es mit Eurem Schwiegersohn? Moritz von Sachsen pflegt das Luthertum löblich in seinen Landen“, versuchte Jakob Sturm zu beschwichtigen.

„Aber er ist nicht gewillt, unserem Bund beizutreten, so oft ich ihn auch darum bitte! Wir wissen, weshalb. Nämlich bestimmt nicht, weil er unsere Sache nicht vertritt oder Auseinandersetzungen scheut. Aber er verweigert eben deshalb, weil ihm sein Ehrgeiz nicht gestattet, in ein Verhältnis der Unterordnung zu seinem Großcousin und Nebenbuhler Johann Friedrich von Sachsen* zu treten. Mich ängstigt, dass der Kaiser auch dieses für sich ausnutzt, jung und ungestüm wie Moritz ist. Er gehört einer anderen Generation an, als wir.“

„Ja. Die Generation ist neu. Der Streit hingegen ist der alte. Sachsen gegen Sachsen. Die Ernestiner gegen die Albertiner. Eine weitere unsägliche Landesteilung! Hören wir auf! Zu deprimierend ist die Uneinigkeit in unseren Reihen, egal, wohin man schaut. Klägliche Zerrissenheit in einer Unzahl widerstrebender Interessen. Jämmerlich. Ich wage zu behaupten, dass die Protestanten hier und jetzt in Frankfurt ihr eigenes Geschick besiegelt haben.“ Jakob Sturm stand am Rande der Resignation.

„Vielleicht. Aber ein Siegel ist dazu da, es zu brechen.“ Erneut zeigte sich der Condottiere in Entschlossenheit. „Verfolgen wir ab sofort nicht mehr nur des Kaisers Absichten. Ich lasse meine Kontakte spielen, um Landsknechte anzusprechen.“

„Und ich habe Mittel für die Bestallung von ungefähr eintausend Berittenen. Es wäre immerhin ein Anfang“, ergänzte der hessische Landgraf.

„Und ich intensiviere Straßburgs Briefwechsel in die Schweiz und nach Italien, damit wir alle verdächtigen Bewegungen aufspüren. Sicher steht auch Köln bereit, die Niederlande, Norddeutschland und die Rheingegenden im Auge zu behalten...“

Kapitel 9

Regensburg, den 12. März 1546, Martin Butzer an den Strassburger Rat der XIII.[50]

...Weiterhin übersende ich zum Verlauf der Regensburger Religionsgespräche die Akten und Kopien der kaiserlichen Schriften. Bedauerlicherweise ist in Worms übel versäumt worden, das Colloquium bedachtsam und in rechter Form zu beschließen. Deswegen warfen uns die Katholischen vor, wir würden des Kaisers Befehl nicht gehorsam nachkommen. Insgesamt lassen sich die Tatsachen seltsam ansehen:

Vor zwei Tagen waren wir zum Bischof von Eichstätt geladen. Dort haben uns die Präsidenten[51] nur schwache Hoffnung gegeben. Wir sollen selbst bei Karl V. mit unseren Begehren vorsprechen, sobald Seine Kai. Majestät hier ankomme. Sie haben auch vernehmen lassen, dass sie nun eine Zeitlang wegreiten würden. ??

Nun liegen wir alle hier mit ganz schweren Kosten und wir werden nichts Fruchtbares mehr ausrichten können. Vor allem entbehrt man hier Gelehrte, die sich der Sache mit Ernst annehmen, und nicht allein solche Auditoren, wie die jetzigen. Die zwei Mönche, ein Carmeliter aus Köln und ein Augustiner aus Colmar, visitieren hier die freien Klosterfrauen. Sie tanzen mit ihnen, sind leichtsinnig und meinen, ihr Amt sei nur, unsere Wahrheit zu verkehren und zu verhöhnen. So geartet blicken der Malvenda* auf seine hispanische Inquisition, und der kaiserliche Beichtvater de Soto auf unsere wahre Religion, die er strengst ablehnt. Cochläus* ist ein armer alter Mensch, dessen sich sogar seine Mitcolloquenten schämen.

...Herr Balthasar Altieri* hat nun zum anderen Mal geschrieben, dass der Papst für die Kai. Majestät. 12.000 zu Fuß und 1.000 zu Pferd wider uns bereithält. Darüber hinaus will er zweimal 100.000 Kronen geben, wovon er eins schon zu Venedig, das andere zu Augsburg erledigt habe. Er schreibt auch, dass

---

[50] gemäß dem Brief vom 12. März 1546, der über den ergebnislosen Abbruch des Regensburger Religionsgesprächs am 10. März 1546 berichtet

[51] Präsidenten der katholischen Seite waren Graf Friedrich von Fürstenberg und der Fürstbischof von Eichstätt Moritz von Hutten

der Papst sich sehr anstrenge, das Konzil von Trient nach Rom oder Bologna, also zu unserer Gefahr noch weiter weg, zu verlegen.
Die Nürnberger haben gewisse Kundschaft aus Siebenbürgen, dass das Evangelium und die christliche Reformation in Ungarn unter den Türken täglich fortschreiten. So hat der Pascha zu Ofen Gericht gehalten, weil Päpstliche die Bürger hart belagerten. Der Pascha habe zugunsten der evangelischen Bürger entschieden, ohne sich durch seine italienischen Räte (die auch Päpstliche sind), beeinflussen zu lassen. Es ist auch gewiss, weil des Königs Gesandte dies bezeugten, dass man das Evangelium unseren Leuten zu Constantinopel frei predigt und die Sakramente rechtens reichet.
Weitere Neuigkeiten haben wir hier nicht. Wie ich mich halten und wann ich von hinnen solle, wolle man mir zu verstehen geben. Die Regenten zu Neuburg an der Donau haben uns angeboten, uns sicher mit ihnen zu geleiten…

Regensburg, an einem Abend im März 1546 nach Abbruch der Regensburger Religionsgespräche

Heute fand Juan Diaz* einfach nicht in den Schlaf. Von seinen Gedanken aufgewühlt, wälzte er sich im Bett seiner Regensburger Herberge: *Wie glücklich er, ein protestantischer Spanier, darüber war, einen Mentor wie Martin Butzer gefunden zu haben!* Nichts hatte er sich sehnlicher gewünscht, als er vor nicht allzulanger Zeit in das Land einreiste, in dem das evangelische Leben seinen Anbeginn genommen hatte. Und seine Bitten waren erhört worden. Sogar zu den Regensburger Religionsgesprächen wurde er in die Abgesandtschaft der Straßburger Stadtvertreter aufgenommen. Obgleich diese Gespräche eine einzige Enttäuschung darstellten. Nicht nur seinem erfahrenen Förderer, auch ihm war schmerzlich zu Bewusstsein gelangt, dass man seit Januar, seit dem Anbeginn der theologischen Zusammenkunft, sich einer Hinhaltetaktik der Katholiken ausgesetzt hatte. - Aber diese ernüchternde Tatsache war es nicht vorrangig, weswegen er nicht einschlafen konnte. Die wiederholten Gespräche mit einem Landsmann, dem spanischen Theologen Pedro de Malvenda, machten ihm immens zu schaffen. Der war von päpstlicher Seite als Colloquent nach Regensburg beordert, doch dazu wenig bis gar nicht fähig. Anstelle von Gelehrtheit trug er den Stolz der Spanier über ihre weltliche Macht nach außen, in gleicher Weise die Geringschätzigkeit gegenüber den Protestanten. Eine seiner lauthalsen Äußerungen war, dass sie sich wegen eines einzigen Spa-

niers, den sie auf ihre Seite gezogen hätten -damit meinte er ihn-, mehr rühmten, als wenn zehntausend Deutsche ihnen beigetreten wären.
Trotz dieser Herablassung war er auf ein Gespräch mit ihm eingegangen. *„Prüfet alles, und das Gute behaltet.“* Mit den Worten des Apostels Paulus begründete er gegenüber Malvenda seinen Aufenthalt in Deutschland. Nach seinen langjährigen theologischen Studien in Paris, während der er sich dem Evangelium geöffnet habe, könne er nun mit gutem Gewissen verkünden, dass die neue Glaubenslehre rechtschaffen und der Lehre der alten Kirchenväter keineswegs zuwider sei. Zumal er extra das Hebräische gelernt hatte, um auch die alten Texte lesen zu können. Jedoch, als ob er gegen eine Wand gesprochen hätte, bekam er zur Antwort, dass er durch seinen Übertritt die Ehre seiner spanischen Heimat beflecke. Außerdem befände er sich mit Leib und Seele in größter Gefahr, denn längst seien die Lutherischen vom Papst mit dem Bann belegt. Daher möge er sich auf den Ruhm seines spanischen Vaterlandes besinnen. Dieses habe sich bis jetzt durch seine Beständigkeit in der Befolgung der Satzungen der Mutterkirche vor allen Nationen ausgezeichnet und als feste Glaubensburg bewiesen. Es sei unsinnig, sich in Religionsdingen für erleuchteter zu halten, als abertausend Menschen in abertausend vergangenen Jahren. Entschlösse er sich zur Rückkehr, könne er auf seinen Beistand zählen. Er bräuchte sich nur dem kaiserlichen Beichtvater reumütig vor die Füße zu werfen, und ihm würde vergeben. Darauf gab Malvenda ihm sein Wort. - In der Abneigung, die jenes heuchlerische Anerbieten in ihm erzeugte, hatte er sich, eigentlich ungewollt, fest aufgerichtet und mit den Worten des Gottessohnes geantwortet: „Wer mich nicht bekennt vor den Menschen, den will auch ich nicht bekennen vor meinem Vater im Himmel.“ Damit hatte er Malvenda den Rücken gekehrt. Seither fühlte er sich von lauernden, feindseligen Blicken verfolgt, was ihn zunehmend ängstigte.
Eben diese Gedanken hetzten Juans Atem, weshalb er nicht zur Schlafensruhe fand. Nur mit gutem Zureden, dass er mit Martin Butzer im Gefolge der Neuburger Abgesandten Regensburg alsbald verlassen, und im geschützten Umfeld der pfalz-neuburgischen Protestanten vorerst einen weiteren Aufenthalt in deutschen Landen finden würde, blieb er wenigstens im Bett liegen.

Neuburg an der Donau, wenige Tage später

Welchen wunderbaren Menschen er auch in der Residenzstadt des glaubensfesten Pfalzgrafen Ottheinrich begegnete! Juan Diaz fühlte sich in Neuburg nicht nur sicher. Ihm wurde sogar eine Aufgabe übertragen: Vor seiner Weiterreise hatte Martin Butzer dafür gesorgt, dass er bei einem der Neuburger Stadtpfarrer wohnen durfte. Und zwar solange, wie es die Drucklegung einer religiösen Abhandlung seines Mentors erfordere. Vertrauensvoll solle er die Erstellung eines Buches über die wahre und die falsche Verwaltung des Herrenmahls begleiten.

So stand Juan Diaz an diesem Tag ein erstes Mal in der Druckerei des Hofbeamten Hans Kilian*. Jener war vor fast einem Jahrzehnt als Rentschreiber unter Gabriel Arnold in des Landesfürsten Dienste getreten. Sein Engagement, und vor allem sein breites Interesse über die bloße Rechnungsschreibung hinaus, hatte ihm das Augenmerk seines Vorgesetzten eingetragen. Als Ottheinrich es nach Einführung der Reformation in Neuburg für notwendig erachtete, wissensverbreitende Schriftstücke in eigener Werkstätte zu fertigen, war er für den Aufbau der Druckerei ausersehen worden. Leidenschaftlich trat er seither für dieses segensreiche Handwerk ein...

„Meint Ihr nicht auch, diese Lettern eignen sich vortrefflich für Martin Butzers ‚De vera et falsa dominicae'?" Hans Kilian hatte ein in Leder eingebundenes Büchlein geöffnet und zu einer mit einer Zeichenübersicht angefüllten Seite geblättert.

„Was ist das?" Juan Diaz bewunderte die wunderschön geschwungenen Kursive, neben geradlinigen, gut lesbaren Buchstaben.

„Dies ist das Schreibmeisterbuch des Palatino*, das er im Jahre 1540 von Rom aus publizierte. Wunderschön, diese cancellaresca, oder nicht?"

„Dies steht außer Frage!"

„Eure Begeisterung bestätigt mir, weshalb ich in eigener Entscheidung Kosten und Mühen nicht scheute. Ich beauftragte nämlich unseren Schriftgießer, diesen Zeichensatz anzufertigen, obwohl kein entsprechender Auftrag vorlag", zwinkerte Hans Kilian. „Nun kämen die Lettern hier ein erstes Mal aufs Papier." Er legte das Palatino'sche Buch aus der Hand und schob Juan Diaz an ein Gestellpult. Dieses enthielt eine erkleckliche Anzahl kleiner, sauber beschrifteter Schubkästchen. „Wir sehen hier die Werkzeuge zu Verewigungen vor uns", erklärte er feierlich, bevor er ein Kästchen aus der Halterung herauszog. „Grobe Metalle liefern uns Abdrücke von unseren unbildbaren Gedanken auf dem Papier. Unter der Vermittlung einer sanften Feile, einer Presse und etlicher anderer Werkzeuge bereichern jene kostbaren Dinge unseren Geist. Sie unterrichten ihn und bringen ihn in Bekanntschaft mit einer grenzenlosen Ewigkeit." -

Juan Diaz fühlte sich von dieser Erläuterung derart erbaut und beflügelt, dass er sich noch am selben Abend in der Neuburger Pfarrei hinsetzte und mit Feuereifer eine eigene Schrift verfasste. Auch sein ‚Summarium der christlichen Religion' sollte in jener Druckerei, in Palatino's Lettern, und unter den Händen des Druckers Hans Kilian zu Greifbarem hervorgehen.

Königsberg, den 23. März 1546, Albrecht von Preussen an Albrecht Achilles, Markgraf von Brandenburg-Kulmbach

Unseren Gruß zuvor. Albrecht, lieber Besonderer!
Große Besorgnis nicht nur im Frankenland Euretwegen! Bis nach Königsberg trug sich das Gerücht, Ihr seid mit zwei Tonnen kaiserlichen Goldes zur Werbung eines ansehnlichen Reiterhaufens beauftragt! Bestätigt von den uns zugeschickten Kopien Eurer Bestallung erfuhren wir zwar, dass die angeworbenen Berittenen außerhalb des Reichs gebraucht werden. Auch vernimmt man eidliche Versicherungen Granvellas, Karl V. sei zu Ruhe und Friede geneigt und werde die Reichsstände nicht angreifen... Trotzdem sehe ich mich in der Pflicht Eurer ernstlichen Anmahnung. Lasset Euch, mein geliebter Neffe, im Dienste des Kaisers zu einem guten Plan gebrauchen, und nicht zu einem, der vor uns Fürsten der protestantischen Partei unverantwortlich und mit Eurem eigenen religiösen Bekenntnis unvereinbar wäre! Dass Ihr dem Kaiser dienen wollt, kann ich Euch nicht widerraten und auch nicht missbilligen. Jeder Fürst ist dem Kaiser zu dienen schuldig. Allein, ich hoffe, Ihr werdet Euch nicht zu einer feindlichen Unternehmung gegen unsere Reihen gebrauchen lassen! Als Euer getreuer Vetter bin ich verpflichtet, Euch freundlich zu warnen. In väterlicher Weise gebiete ich Euch, dass Ihr Euch nicht zu verräterischem Spiele verführen lasst! Verliert nicht den guten Namen, den die Markgrafen von Brandenburg erworben und bisher auch löblich erhalten haben!
Wo mir aber Euer Liebden[52] nicht folgen, so sollt Ihr gewiss sein, dass ich vorzöge, Euch nie gekannt zu haben.
Ihr gebt vor, Schutz, Schirm und Rat beim Kaiser zu suchen? Ich will meinerseits lieber um Gottes Wort und der Wahrheit willen Land und Leute und alle zeitliche Wohlfahrt hintansetzen, mein Kreuz auf meinen Rücken nehmen und meinem Herrn und Meister Christo folgen. Denn das Kreuz ist vergänglich. Aber die Seligkeit ist ewig, wie auch das Heilige Wort ewig bleiben wird. Dringend ersuche ich Euch, nicht ohne Eure markgräflichen Räte derart

[52] Abstractum, mit dem sich fürstliche Personen anzureden pflegten

Wichtiges zu vollführen, was zum Kriegsdienste wider die Bekenner des Göttlichen Worts hinleitet! Gelte es Frankreich, England oder dem Türken, so schlagt dem Kaiser Euren Dienst nicht ab. Obgleich ich Euch lieber in Eurem Lande sähe, wo Ihr genug zu regieren und zu arbeiten habt. Weil ich aber weiß, dass Ihr bitteren Gemüts wider unserer Oheime und Schwäger Sachsen und Hessen seid und diese wegen der aufgerichteten Reformation in Ungnade des Kaisers stehen, so fürchte ich, Ihr könntet Euch gar leicht gegen sie in Habsburgs Dienste einlassen. Dies alles wollten wir Euch nicht verbergen.

Albrecht von Preußen

Druckerei des Hans Kilian zu Neuburg an der Donau, den 24. März 1546

„Nun, der Schriftgießer ist der erste in unserer Reihe. Er erschafft die metallenen Schriftzeichen, mit denen hernach gedruckt werden kann. Will er Buchstaben gießen, muss er sich dazu jeweils einen stählernen Stempel, den Schriftbunzen, schmieden. Damit schlägt er eine Matrize als Mutterform in ein Stück Kupfer, mit der er den Buchstaben etliche Male abgießen kann."

Gespannt lauschte Juan Diaz den Erläuterungen Hans Kilians. Heute, schon am frühen Morgen, war er ein zweites Mal zu dessen Druckerei gegangen. Soeben hatte er sein eigenes Manuskript mit Bitte um Druck vorgelegt und dazu den Wunsch geäußert, erfahren zu dürfen, mit welchen Arbeitsschritten sein Werk gedruckt werden würde. Um jedes Detail wollte er wissen, damit er hernach, wenn er sein fertiges Büchlein in der Hand hielte, sich mit doppelter Freude daran erfreuen könnte.

Gerne erfüllte Hans Kilian diesen Wunsch, denn noch hatte das Tagesgeschäft in der Werkstatt nicht begonnen. Außerdem begeisterte ihn sein eigenes Können, das er sich, weil er nie eine Druckerlehre absolviert hatte, mit viel Energie und nicht ohne Misserfolge selbst angeeignet hatte.

„Der Schriftgießer übt also ein eigenes Handwerk aus", schlussfolgerte Juan Diaz.

„Genau. Ohne ihn kein Druck. Hier in der Stadt gibt es einen hervorragenden Meister, der mir all meine Wünsche erfüllt." Hans Kilian schmunzelte. „Der erste unter dem Dach der Druckerei, der hier sein Können zeigen muss, ist der Schriftsetzer. Bitte, seht. Dies ist eine fertige Kolumne." Hans Kilian war an eben jenes Gestellpult getreten, an dem er tags zuvor das Schubkästchen mit den Palatino'schen Lettern vorgezeigt hatte. Heute holte er jedoch keines dieser Fächer hervor. Er zog stattdessen in Hüfthöhe, unterhalb der Buchstabenfächer, eine geräumige Schublade aus dem Gestell. „Das ist der Arbeitstisch des Setzers", erklärte er. „Hier legt er sich das Manuskript des Autors zurecht. Der Urheber hat ja sein Schriftstück nach seiner Fasson geschrieben, und nicht nach der des Setzers. Also ist es dessen Aufgabe, jede einzelne Seite der Druckbilder zu entwerfen. Hierbei ist ein geübter Blick vonnöten, denn er muss dies im Spiegelbild tun. Nur in seiner Vorstellung sieht er die später gedruckte Seite vor sich. Das zu beherrschen, grenzt für mich an Kunst. Jedenfalls wählt der Setzer die Schriftgrößen für Überschriften und Textbereiche, legt den Platz für Illustrationen fest etc.. Danach beginnt er mit dem Setzen der Zeilen in das sogenannte Schiff, das eine spätere Blattseite, die Kolumne, darstellt. Je nach vorgegebenem Papierbogen schraubt er sie, so sie fertig gesetzt ist, in einen eisernen Formrahmen. Den übergibt er dem Drucker." Hans Kilian lächelte und fasste nach Juan Diaz' Manuskript. Er hob es gegen das noch spärliche Tageslicht und übersah es prüfend. „Wenn irgendeine Person in ihrem Geschäft alle Gedanken in der Gewalt haben muss, so ist es gewiss der Setzer. Wie leicht kann er bei einer unleserlichen Handschrift Fehlgriffe tun. Da lässt er die Hunde die Teuffel in der Erde suchen anstatt die Truffel." Beide Männer lachten.

„So. Und jetzt kommt Ihr ins Spiel."

„Ich?"

„Ja Ihr, denn Euch kommt die Aufgabe des Correctors zu." Juan Diaz wurde weiter durch die Werkstatt geschoben. Diesmal hin zur Druckerpresse. „Hier ist die Form der ersten Seiten des Buches von Martin Butzer", zeigte Hans Kilian auf einen ausgefüllten Formrahmen von nicht unbeachtlicher Größe, der auf einem der Tische neben der Druckerpresse bereitlag. „Zwei Arbeiter braucht es, um den Tisch unter die Presse zu winden. Doch zuvor müssen die Lettern mit der Druckfarbe betupft werden. Auch hierbei sind Erfahrung und Aufmerksamkeit vonnöten. Dies ist die Aufgabe des Ballenmeisters. Beidhändig beschwärzt er die Formen mit Farbballen. Sobald er damit fertig ist, ruft er den Pressmeister. Der überwacht das Einschieben des Papierbogens und die Betätigung der Presse mit dem richtigen Druck. Jedes Mal, wenn der Tisch mit der Druckform unter der Presse verschwindet, ist man gespannt, wie er bedruckt wieder hervorkommt. Am Erfolg dieses Zusammenspiels trägt ein weiterer Handgriff großen Anteil. Nämlich der, der das Papier vor dem Druck anfeuchtet. Auch dieser Arbeitsgang erfordert gutes Fingerspitzengefühl. Frisches, reines Brunnenwasser ist hierfür erforderlich, was einer unserer Knechte laufend herbeischafft."

Juan Diaz nickte verständig, sah er doch, da das Pfarrerhaus, sein Domizil, am Marktplatz gelegen war, den großen Stadtbrunnen vor sich, um den von früh bis spät reges Treiben herrschte.

„Das Anfeuchten geschieht nicht etwa in einem kurzen Moment. Nein. Es braucht hierfür einen Tag und eine Nacht, um einen gut gewählten Vorrat an Papieren zwischen Feuchtspänen ruhen zu lassen. Des Weiteren muss ich Euch sicher nicht erklären, dass die abgedruckten Formen auf das Gründlichste gereinigt werden müssen, um sie solange benutzen zu können, bis die Auflage fertiggedruckt ist. Oder der Corrector Fehler findet und der Setzer erneut daran arbeiten muss. Also. Wie Ihr nun wisst, ist das Druckergeschäft ein Zusammenspiel vieler Hände, um feines Druckwerk, und nicht nur Makulatur, also Ausschussbögen, zu fabrizieren. An dem zuletzt der Buchbinder auch noch seine Freude findet. So. Genug der Worte", schloss Hans Kilian beinahe feierlich. Er dirigierte Juan Diaz an einen ausladenden Arbeitstisch direkt unter einem Fenster. „Diesen Bogen haben wir gestern gedruckt und Ihr werdet ihn korrekturlesen. Nehmt einen Stift für Ausbesserungen und Randbemerkungen, falls Ihr einen Fehler findet oder Euch die Ausgestaltung nicht zusagt. Dann kommt wieder zu mir. Ich muss mich jetzt unserem Tagesgeschäft widmen. Meine Helfer werden alsbald zum Dienst erscheinen, um Martin Butzers, und auch Euren, Auftrag zu erfüllen..."

Die Tagesstunden waren an Juan Diaz vorübergezogen, ohne dass er es bemerkt hätte. Höchstwahrscheinlich würde er seine konzentrierte, freudige Arbeit in der Druckerwerkstätte bis in die Nacht hinein fortgesetzt haben, wenn nicht des Pfarrers Bruder erschienen wäre. Aufgeregt überbrachte der die Meldung, dass ein Dr. Alfonso Diaz nebst Begleiter im Pfarrhaus angekommen sei und nach ihm verlange.
„Mein Bruder?! Hier?!" In völlig unerwarteter Wiedersehensfreude ließ Juan Diaz seine Arbeit sofort fahren.

Wenig später im Pfarrhaus

Alfonsos Heuchelei bedurfte keiner Anstrengung, denn diese Verhaltensweise war ihm in den Jahren seines Dienstes als Anwalt an einem römisch-geistlichen Gerichtshofe in Fleisch und Blut übergegangen. Nicht einmal die Wiederbegegnung mit seinem Bruder konnte dies überlagern. Außerdem hasste er Juan. Die Wurzel dessen lag nicht etwa im Religiösen, weil der sich eben der Lutherischen Lehre zugewandt hatte. Seine tiefe Abneigung rührte auch nicht daher, dass er sich ihm an Intelligenz unterlegen fühlte. Sie waren beide sehr intelligent. Aber Juan hatte Charakterstärke, die ihm völlig fehlte. Juan trat offen und mutig auf. Mit guter, nicht von der Hand zu weisender Logik vertrat der die Sache der Protestanten, auch in Situationen, die für ihn nachteilig sein konnten. Was Alfonsos Hass noch steigerte, war, dass Juan in seiner ehrlichen Liebenswürdigkeit auf Menschen stieß, die ihn in gleicher Weise in ihre

Reihen Zutritt gewährten. - Er dagegen diente in Rom. Er hatte sich zu seinem jetzigen Posten mühsam hinheucheln müssen. In Rom gab es viele derer, die rein aus niederem Eigennutz buckelten und dienerten. Aber anders war in jenem Umfeld kein Lob und Lohn zu ernten. Nicht in Rom. Schon gar nicht am Papsthofe. Dort gab es kein offenes Feld für reinen Geist und unverfälschten Glauben. Dort regierten Scheinheiligkeit, Verlogenheit, Unzucht, niedere Unehre... *Wie es ihn anekelte!* Trotzdem würde er niemals seine gesicherte, bequeme Existenz aufgeben, und seine Selbstverachtung leitete er auf diejenigen, über die er Recht zu sprechen hatte: Hierbei ging es nie um Gerechtigkeit. Ganz so, wie es auch jetzt nicht um Gerechtigkeit ging, sondern darum, dem ihm angetragenen Rechtsakt wunschgemäß nachzukommen. *Rechtsakt? Nein, Racheakt. Rache dafür, dass sein Bruder Juan um so vieles höher stand, als er im Sumpfe Rom's...*

„Mein geliebter Bruder! Wie kann es sein?! Was treibt dich von Rom nach Neuburg?!"
„Oh, Juan, wie lange ist es her! Lass dich in die Arme nehmen!" Alfonso spürte des Bruders Herzschlag an seiner Brust. Dieses Pochen klopfte an sein Gewissen. Fast schauderte ihn, was des Kaisers Beichtvater, auf Veranlassung von Pedro de Malvenda, ihm aufgetragen hatte. Er wusste um dessen übersteigerteren Hanges zur spanischen Inquisition. Jenes perfide Verlangen trug für ihn Züge abartiger Triebhaftigkeit. *Auf welche Weise Malvenda wohl seine Triumphe hinter den Vorhängen seines Prachtalkovens auskostete? Oder brauchte es dafür nicht einmal einen schwersamtenen, abschottenden Bettvorhang? Genügten gar seine kostspieligen Gewänder als Deckmantel, unter den er seine sich an Unschuldigem und Reinem besudelnden Finger schob??* Würde er nun jener Ruchlosigkeit, die ihm abverlangt wurde, nicht nachkommen, wäre es ein kurzer Weg bis zur Folterbank. Ein Dissident wäre er. Weil er nicht einer bekanntgewordenen Ketzerei mit aller Schärfe entgegengetreten war. Ungeachtet dessen, dass er seinen eigenen Bruder...
„Man beorderte mich nach Trient, zum Konzil, von dem du sicher weißt. Dort berichtete man mir von deinem Zerwürfnis mit Pedro de Malvenda, was mir derart Kummer bereitete, dass ich hierher eilte."
„In Trient weiß man von meinem Aufenthalt hier? Aber wer..."
Alfonso spürte die plötzliche Aufgewühltheit seines Bruders. Schnell steuerte er dagegen. „Man macht sich große Sorgen um dich. Du bewegst dich hier auf dem Boden der falschen Lehre, unter deren dreisten Verfechtern. Da alle bisherigen guten Ratschläge im Sande verliefen, soll ich als dein Bruder dich bitten, mich nach Trient zu begleiten. Dort wird dir in Gnade alles vergeben werden, weil man weiß, dass du dich in guter Absicht nur hast verblenden lassen. Doch die Heimführung zur Mutter Kirche tilgt deine Versündigung." Tief in seinem Herzen spürte Alfonso, dass hinter seiner handfesten Lüge die Hoffnung aufloderte, sein Bruder

würde einlenken und unsägliches Gräuel abwenden. Deshalb löste er sich aus der festen brüderlichen Umarmung und sah Juan eindringlich in die Augen. Aber die Antwort, die er zeitgleich hörte, katapultierte die Gewissheit in seine Sinne, dass dies der letzte aufrichtige Blick in des Bruders Augen gewesen sein würde:

„Deine Sorge rührt mich, Alfonso. Aber sie ist unbegründet. Ich bin nicht verblendet. Ich fühle mich erleuchtet. Von der Erkenntnis um die wahre Lehre der heiligen Propheten und Aposteln, die Gottes Wort, nicht verkehrte Menschenlehre, verkünden. Ach, ich wünschte mir von ganzem Herzen, du würdest dich entschließen, Zeit und Kraft auf die Erforschung des göttlichen Willens zu verwenden!" Juans Augen strahlten Alfonso entgegen, wie wenn im Raum die Sonne aufginge.

Alfonso entzog sich diesem Leuchten. Er kniff seinerseits die Augen zusammen. Auf diese Weise verbarg er sein Hasslodern, von dem er sich von diesem Moment an steuern ließ. Andernfalls hätten seine Knie zu zittern begonnen und er wäre derjenige gewesen, der sich vor jemands Füße warf im Flehen um Vergebung... einer Bluttat... „So muss ich deine Worte als Ablehnung des Wohlgemeinten auslegen?", hörte er sich selbst sprechen.

„Ich bedaure zutiefst den Abgrund zwischen uns, der uns so sehr voneinander trennt. Jedoch, weshalb öffnest du dich nicht wenigstens der Toleranz, beide Lehren nebeneinander zu dulden? Entspräche es nicht dessen, weshalb du nach Trient geschickt wurdest? Oder zeugt dieses Konzil nicht von ehrlicher Vergleichung der Religion? So, wie es die fruchtlosen Gespräche in Regensburg verdeutlichten?"

Alfonso fühlte sich von des Bruders Worten in die Enge getrieben. Um sich nicht zu verheddern, vor allem, um nicht seinem Verstand die Oberhand über seine Hasslenkung einzuräumen, wurde er kühl und abweisend. „So gibt es für mich nichts weiter, als mich von dir mit wehem Herzen zu verabschieden. Noch heute verlasse ich diese Stadt des falschen Glaubens. Gottes Zorn, Elend und Bann wird euch die Einsicht bringen. Doch dann wird es zu spät sein. Lebe wohl, Juan."

„Lebe wohl!" - Wie nahe ihm sein Tun nun zuleibe rückte... Schnell kehrte Alfonso seinem Bruder den Rücken, dessen Mund offenstand. Auf dem Weg nach draußen winkte er seinem Begleiter, der sich in einer Nische des Hauseinganges still aufgehalten hatte. Beide Männer nickten sich in stummer Übereinkunft zu und eilten aus dem Pfarrhaus.

Neuburg a. d. Donau, in der Morgendämmerung des 27. März 1546

„Juan, bitte wacht auf", klopfte es leise an seine Tür. „Hier ist ein Herr mit einer Nachricht Eures Bruders, wie er sagt!"

Juan, aus dem Schlaf aufgeschreckt, brauchte einen Moment, um wach zu werden. Nachdem er jedoch verstanden hatte, was des Pfarrers Sohn vor seiner Tür wisperte, war er hellwach. „Alfonso, Gott sei Dank!“, beeilte er sich, einen leichten Mantel überzuwerfen. Seit der fluchtartigen Abreise des Bruders drückte ihn sein Gemüt, was der Grund dafür gewesen sei. Viel zu gut kannten sich die beiden Brüder, als dass der eine nicht des anderen Emotionen einzuordnen vermochte. Und das Alfonso nicht ehrlich zu ihm gesprochen hatte, wurde ihm, umso mehr er darüber nachsann, immer klarer...

Mit dem Betreten des Raumes im ansonsten noch nachtstillen Haus, in den der verschlafene Pfarrerssohn den Boten gewiesen hatte, erkannte Juan den Begleiter seines Bruders. Freundlich trat er auf ihn zu und ließ sich jenen angekündigten Brief reichen. Um ihn, der Morgendämmerung geschuldet, besser lesen zu können, ging er ans Fenster. - Juan kam nicht dazu, den Brief, der sich später als leeres Blatt Papier entpuppte, zu lesen. Unterdessen er sich nämlich darüberbeugte und es auffaltete, vernahm er ein klatschendes, krachendes Geräusch hinter sich. Zeitgleich durchfuhr ihn ein unbeschreiblicher Schmerz, der einen instinktiven, unartikulierten Schrei aus seiner Kehle jagte. Und schon, als er zusammensackte, wurde es um ihn dunkel.

Alfonso, der sich nahe der Hauseingangstür versteckt hatte, hörte den Todesschrei seines Bruders. Wenige Atemzüge später sah er wie in Trance den gedungenen Henker, den man ihm in Rom zum Begleiter bestimmt hatte, aus dem Gemach hetzen. Sein erster Blick galt dessen Händen, doch diese waren leer. „Die Axt?“, hauchte er.

Geantwortet wurde ihm mit einer Geste, die andeutete, dass jenes Beil im gespaltenen Hinterkopf seines Bruders steckte. - Seine Mission war erledigt. Gott würde ihn für die Richtung eines Ketzers belohnen...

Wie eine Marionette, an deren Fäden fremde Hände nach Belieben zogen, jagte Alfonso dem Henker in Richtung des Stadttores hinterher.

Kaiserliche Herberge zu Regensburg, den 28. März 1546

Du willst mit diesen widrigen Deutschen einfach nur fertig werden! Ein für alle Mal! Es wird Dich etwas kosten, aber umso mehr kostest Du hinterher Deinen Sieg aus! Mit diesen Gedanken durchschritt Karl V. den halbdunklen Vorsaal hin zu einem Gemach, das er während des alsbald beginnenden Regensburger Reichstages für Audienzen zu nutzen gedachte. Er hatte diesen kahlen, eher abgelegenen und wenig repräsentativen Raum mit besonderer Sorgfalt ausgewählt, denn die meisten seiner Empfänge wären geheim. *Es musste nicht an die Öffentlichkeit gelangen, wen er zu sich befahl und wie lange seine Unterredungen dauern würden...*

Als Hauptzweck dieses Reichstages sah er den unauffälligen Abschluss

von allerlei Verträgen an. Die Verhandlungen, die er daneben, an offenerem Orte, mit seinen Gegnern führen würde, wären durchweg nicht ernst gemeint. Ebenso wie die vorausgegangenen Religionsgespräche, deren katholische Besetzung er ganz bewusst ausgewählt hatte, bezweckte er auch mit dem Reichstage lediglich die Gelegenheit des ungestörten Aufenthalts auf deutschem Boden für sich und seine Berater.
Karl V. ließ sich die Tür öffnen. Nach seinem Eintreten in den noch menschenleeren Raum lenkte er seine Schritte hin zu einem einfachen Lehnstuhl. Dort nahm er Platz, um auf seinen Bruder Ferdinand zu warten, den er nach ihrem Wiedersehen in der Donaustadt zu einem ersten Zwiegespräch gebeten hatte. Während seines Wartens, ohne es zu merken, nestelte seine linke Hand an einem Dolch, den er, so er in Deutschland weilte, neuerdings immer bei sich trug. Seine Gedankengänge, die er dem Bruder gegenüber bereits stimmlos aus halb geöffnetem Mund in Worte ausformulierte, bewegten seine dickliche Unterlippe. Noch mehr als ihm schon angeboren, schob sie sich mitsamt seinem Unterkiefer nach vorn, was ihm sein Gesicht mit unkaiserlicher Hässlichkeit quittierte.
Mit dem Erscheinen seines Bruders wurde er sich seiner entglittenen Mimik bewusst. Sie erfüllte ihn mit neuem Ingrimm gegen die Nation, in der er gerade weilte. In der er sich untergraben fühlte, wie sonst nirgendwo in seinem Weltreich. Alle seine übrigen Lande beugten sich ihm in unbedingtem Gehorsam. - Nur hier geschah dies nicht. Hier fühlte er sich verletzt. Doch sein Genesungsplan stand. Er umfasste nicht nur das Ausrotten des deutschen Ketzertums. Ein dahingehender Glückstropfen, den er sich besonders auf der Zunge hatte zergehen lassen wollen, war mit Luthers Tod im vorigen Monat zwar versiegt. Aber im Endeffekt hätte, durch sein Eingreifen, jenes in Wittenberg angegangene frevlerische Aufrührertum nicht einmal eine Menschengeneration überlebt... Für die entgangene Labsal boten die deutschen Lande jedoch einem anderen Kräutlein reichlich Nährboden. Dessen Anzucht galt es nun ebenso in Angriff zu nehmen, damit sich Habsburg ein Elixier ewiger Jugend daraus würde brauen können. Den Deutschen hingegen füllte das Gewächs künftig einen nimmerleeren Kelch mit einem gallbitteren Sud des Leidens: Seit einiger Zeit beschäftigte Karls V. Seele der Gedanke an einen deutschen Reichsbund... zur Mehrung seiner Macht... -
„Damit die äußere politische Lage so günstig ist, dass wir gegenüber den ketzerischen Fürsten nun alsbald alle Schranken fallen lassen können, darüber sind wir uns einig“, hörte sich Karl V. kurz darauf zu seinem Bruder sprechen.
Ferdinand nickte. Obgleich seine Zustimmung wortlos ergangen war, wandelte diese Geste Karls V. bislang in sein Inneres gerichteten Blick in Augenmerk auf das äußere Erscheinungsbild seines kleinen Bruders: Auf-

recht stand er, hochgewachsen dank königlicher Dreingabe des Schicksals. Kraftvolle Ruhe und Gesetztheit strahlte er aus, was sein dunkler Vollbart und seine schwarz-samtene Kleidung betonten. Auch wenn sich Ferdinand wiederholt osmanischer Konkurrenz ausgesetzt sah, so behauptete er sich gleichwohl als Beherrscher des Donauraumes und um seine Nachfolge musste er sich nicht sorgen. Natürlich war seine Ehe durch Kaiser Maximilian I. per Vertrag ausgehandelt worden. Trotzdem war Anna von Böhmen und Ungarn ihm nicht nur eine treu ergebene Gattin. In ehelicher Liebe und Zuneigung hatte sie ihm bereits vierzehn Kinder geboren. Zwar beklagte man den frühen Tod zweier Töchter und eines Sohnes, doch noch immer erfreute sich Anna guter Gesundheit und die Ärzte bezeugten ihr die Aussicht auf weitere Schwangerschaften...

„So meine ich, wir könnten auch eine Fortentwicklung der deutschen Reichsverfassung angehen“, ergänzte Karl V. Er ließ vom Mustern seines Bruders ab und konzentrierte sich endgültig nur noch auf das, was ihm am Herzen lag.

„Der deutschen Reichsverfassung? Gerade jetzt?“ Ferdinand merkte überrascht auf.

„Nun, die Deutschen streben doch nach neuen Entwicklungen in ihrem Land. Gut, wenn auch nicht in gleichem Tenor. Aber die Mehrheit von ihnen lässt unverkennbar eine Triebkraft zu Tage treten, die nach Neugestaltung drängt. Dies sollte ihnen ihr Kaiser nicht abschlagen.“ In Karls V. Ton schwang Sarkasmus.

„Ich kann dir nicht folgen, Karl. Nicht in dieser Zeit, in der wir uns bald auf deutschem Boden in einem Kriege wähnen müssen.“

Ferdinands Äußerungen machten Karl zwischen Unmut und Herablassung gegenüber seinem Bruder schwanken. *Aber deshalb war ja auch er der Oberste im Reich und nicht Ferdinand.* Obgleich sie beide nach dem Tode Kaiser Maximilians gleichermaßen erbberechtigt gewesen waren, hatte Ferdinand sich mit einer auf die österreichischen Besitzungen beschränkten Landesteilung begnügt. Die damit einhergegangene Spaltung des Hauses Habsburg in eine spanische und österreichische Linie lief der habsburgischen Tradition der Regierung zu gesamter Hand zwar zuwider. Doch mit Karls Versicherung, die Krönung Ferdinands zum römisch-deutschen König, zusätzlich zur kaiserlichen Vertreterstellung bei Abwesenheit und die Aussicht auf Nachfolge ins Kaiseramte, hatten ihn in den ungleichen Teilungsvertrag einwilligen lassen.

„Ich spreche vom Schwäbischen Bund“, drängte Karl V. sein Missfallen zurück, denn es war nicht an der Zeit, Bruderzwist aufkommen zu lassen. Er brauchte Österreich jetzt an seiner Seite. Nicht nur der deutschen Sprache wegen, zu der Ferdinand ihm die familiäre Brücke schlug. Zudem besaß er von ihnen beiden das größere Vertrauen der Deutschen. Schlussendlich kannte er sie auch besser.

„Aber er fand 1533 sein Ende wegen...“ Ferdinand konnte seinen Einwurf nicht beenden. Karl V. entglitt nun doch die Beherrschung. Aufgebracht fiel er ihm ins Wort. „Wegen Rangstreitigkeiten und der eingetretenen religiösen Uneinigkeit! Dies ist mir bekannt! Aber erinnere dich der Herrlichkeit dieses Bundes!“

Ferdinand überging die Überheblichkeit seines Bruders. Daran gewöhnen würde er sich nie. Aber er ertrug seine Schattenstellung. In Momenten wie diesen linderte das lautlose Flüstern seines Wahlspruches seine Aversion: *„Fiat iustitia et pereat mundus. - Es solle Gerechtigkeit geschehen, und gehe darüber die Welt zugrunde.*“

„Derer erinnere ich mich wohl“, entgegnete er daher in unverändert liebenswürdigem Ton. „Ursprünglich noch auf den einfachen Formen eines alten Ritterbündnisses aufgebaut, wuchs sich dieser Bund bald zu stolzer Höhe aus. Nach und nach fanden sich darin die meisten süddeutschen Fürsten, Grafen, Prälaten, Städte und eben die Ritter zusammen. In Huld erhob ihn unser Haus Habsburg zu einem Machtfaktor.“

„Das vornehmstes Ziel des ‚löblichen Bundes im Lande der Schwaben‘ waren die Aufrechterhaltung der öffentlichen Sicherheit und die Einhaltung eines geordneten Rechtsganges bei allen Streitigkeiten. Mit den anerkannten Befugnissen der Bundesrichter schlichteten diese nicht nur die Streitfälle unter den Mitgliedern. Ihr Richterstuhl ordnete auch rechtliche Ansprüche gegen nicht bundesverwandte Stände. Gegen alle Friedensstörer und Feinde der staatlichen Ordnung fruchtete jener Bund. Wo immer die schwerfällige Reichsgewalt zu versagen drohte, trat er in die Schanze und brachte den gewünschten Erfolg.“ Karl V. redete sich in Eifer.

„In den meisten Fällen jedenfalls“, stellte sich Ferdinand I. in Selbstbewusstsein nun verbal auf die Stufe seines Bruders. „Die Vollmacht seiner Räte beseitigte zwar nicht das Hintersichbringen von Beschlüssen auf unendlich hinausgeschobenen Reichstagen, aber er schränkte dieses leidige Hemmnis zumindest ein.“

„Aus dem Scheitern dieses Bundes sollten wir gelernt haben, Ferdinand,“ gewährte Karl V. seinem Bruder die ihm nicht entgangene angemaßte Gleichstellung. Sie kam ihm aber recht, denn auch Ferdinand gegenüber galt es, die Karten unter dem Tisch zu halten. Offenheit führte hier nicht zum Ziele. Nicht bei dem, was er gegen die Deutschen beabsichtigte. Und auch nicht bei dem, was er Habsburgs Österreich davon abzugeben gedachte. „Ich gestehe dir“, ließ er sich Ferdinand weiter in seiner Position wähnen, „dass ich nicht nur die Ordnung der religiösen Frage im Sinne habe. Ich erwäge eben die Aufrichtung eines neuen Bundes nach dem bewährten Vorbilde des ‚Schwäbischen‘. Er soll die Lösung aller politischen Aufgaben auf lange Sicht bringen, nämlich, die Bewahrung der Ruhe im Reich, die wir alsbald militärisch wiederherstellen werden.

Doch daneben gilt es, durch eine starke Waffengewalt auch nach außen zu imponieren."
„Es ist nicht von der Hand zu weisen, dass immer neuer Hader um Rechts- und Machtbefugnisse ein wirklich gedeihliches Zusammenwirken der Stände mit dem Kaiser verhindert", resümierte Ferdinand I. „Durch die Zwietracht seiner obersten Gewalten wird der allmählich drohende, schmähliche Verfall des ganzen Heiligen Römischen Reichs Deutscher Nation seinen Lauf nehmen."
„Zu verhindern durch eine Reichsgewalt des Kaisers. Durch die Wiederherstellung der alten Rechte unserer Vorfahren."
Die letzten Worte seines Bruders durchfuhren Ferdinand I. gleich einem Schwert. *Unserer Vorfahren? Etwa zurück ins Mittelalter? - Du willst die Alleingewalt, Karl! Über die Köpfe der Fürsten und Stände hinweg!?* Er schärfte seine Sinne und begab sich auf die Stellung eines bloßen Zuhörers zurück, um die Absichten seines Bruders zu durchschauen. *Eine Ungeheuerlichkeit schien hier am Werden, deren ganzes Ausmaß ihm sein verschlossener Bruder mit Sicherheit nicht darlegen würde.* Desto mehr hörte er von nun an in höchster Konzentration zu...
„Zuerst gilt es, die Nachfolge in der Kaiserwürde für die künftigen Wahlen zu sichern, um Habsburgs Position vor Fürsten und Volk zu stärken. Doch nicht nur moralisch, sondern auch finanziell. Eine Reichsrente zu unseren Gunsten gehört deshalb eingerichtet." Karl V. verlieh sich einen Tonfall, der Ferdinand suggerieren sollte, er plane für das ganze Haus Habsburg. *Was er selbstredend nicht bezweckte! Seine kühnen Ambitionen galten der spanischen Linie! Ungeachtet der Tatsache, dass ihre beiden erstgeborenen Söhne, Philipp und Maximilian, im gleichen Jahr das Licht der Welt erblickt hatten. Selbstredend gebührte Philipp, seinem Erstgeborenen, Habsburgs Nachfolgschaft!*
„Mit dieser Reichsrente ist ein stetes Kammergericht zu unterhalten. Auch die Umsetzung seiner Urteile zum Gehorsam gegenüber dem Kaiser ist aus diesen Mitteln zu gewährleisten. Zur Ausschaltung der Gefahr, dass jene Rente in anderen Fürstenhäusern das Begehren nach der Kaiserkrone weckt, gehört ihr Bezugsrecht allein dem Kaiser und seinen Nachfolgern persönlich zuerkannt. Was Habsburg natürlich abfordert, seine Herrschaft so gut auszuführen, dass niemals der Gedanke an einen Dynastiewechsel Anklang findet." Karl V. beendete seine Ausführungen und durchbohrte seinen Bruder mit Blicken.
„Und diese Herrschaft geht nur von Spanien aus, vergaßest du, hinzuzufügen!" Ferdinand I. kostete es Mühe, seine Empörung gegen des Bruders Pläne zu verbergen. Am liebsten hätte er ihm entgegengeschmettert, welche Vorschläge er denn bitteschön zur Aufbringung der Reichsrente machen könnte! Nur die Hoffnung, dass allein schon daran diese Pläne zu einer bloßen übersteigerten Machtphantasie verkamen, nötigte ihm Beherrschung ab. „Eine hoher Anspruch an Habsburg", gab er sich anerken-

nend. „Vielleicht sollte man mit den deutschen Fürsten zunächst ein Wahlversprechen für zwei...drei Generationen aushandeln, dessen Wortbruch die Auszahlung einer Rente sühnt."
Karl V. überging diese Äußerung. *Diplomatie stand nicht auf seiner Tagesordnung.* Für ihn war die Zeit gekommen, in der eine konsequente Änderung der bestehenden Verhältnisse möglich war. Deshalb lenkte er auf ein anderes Thema um - zum Regensburger Reichstag und die notwendigen Bündnisse, die zur Vorbereitung des Krieges gegen die deutschen Protestanten noch ausstanden. „Wann wird Königin Anna mit den Prinzessinnen anreisen? Der Kaiser gedenkt, in Regensburg zwei seiner lieben Nichten zu vermählen", äußerte er liebenswürdig.
„Um den 10. Juni herum."
„Dann bezeigen wir zwei deutschen Fürsten unsere Anerkennung für Treue und Gehorsam zum Zeichen von Habsburgs Verbundenheit mit dem Reiche?" Karls V. Frage war freilich abermals nur eine vorgeschobene Geste. *Nach dynastischen Erwägungen wurde geheiratet und der Kaiser füllte die Waagschalen! Niemand sonst stand hier ein Entscheidungsrecht zu! Auch nicht seinem Bruder!*
Ferdinand I. verbeugte sich lediglich auf Karls V. stelzige Frage.
„Gut. So feiern wir alsbald zwei glänzende Hochzeiten. Mit besonders prachtvoll ausgerichtetem Beilager." Karl V. rieb sich die Hände. Nichts kam ihm in der aktuellen Lage mehr gelegen, als mittels neuer Familienbande weitere Fürsten für seine kriegerischen Rüstungen zu gewinnen. Obenauf bescherten sie dem Regensburger Reichstag ein augenwischerisches Ablenkungsmanöver: Ferdinands zweite Tochter Anna würde also Bayerns Erbprinz Albrecht* ehelichen. Zwar gab es bereits einen Ehekontrakt zwischen Habsburg und Wittelsbach. Doch dieser war vor mehr als einem Jahrzehnt nur lose abgefasst worden, und nichts passte besser, als nun die Gelegenheit zu nutzen, um neben der Heiratsabrede weitere konkrete Abmachungen mit Bayern zu treffen. Längst lag nämlich der Entwurf eines Geheimvertrags bereit, der München in enge verwandtschaftliche und vertragliche Bande mit dem habsburgischen Haus schlagen sollte... Maria, seines Bruders fünftes Kind, passte zu Wilhelm „Dem Reichen". Jener Herzog von Jülich-Kleve-Berg* schwankte zwischen beiden Glaubenslagern, und die vor nicht allzu langer Zeit erzwungene Abtretung des Herzogtums Geldern an Habsburg könnte ausschlaggebend sein, diesen deutschen Fürsten ganz an die Gegenseite zu verlieren. Dem galt es gegenzusteuern. Wilhelms vom Papst vor wenigen Monaten annullierte, weil nie vollzogene Ehe mit der Nichte des französischen Königs bot haargenau die Gelegenheit dazu. Mit dem Anerbieten einer ehelichen Verbindung ins Kaiserhaus würde Habsburg in gönnerischer Weise hohe Gunst erweisen...

Strassburg, den 11. April 1546, Martin Butzer an Ottheinrich von Pfalz-Neuburg[53]

Werter Fürst! Trost in meiner unermesslichen Trauer bereitet mir Euer Dank dafür, dass Euch des so feige ermordeten Juan Diaz' Abhandlung erreicht hat, die ich mir erlaubte, zu publizieren und Euch nach Heidelberg zu senden. Juan war mein Schützling, den ich in diesen unguten Zeiten nicht zu schützen vermochte. Aber beschreibt er in seinem kleinen Werke nicht wunderbar, dass der Mensch wisse, wie man Gott recht diene? Und wodurch und von wem er das ewige Leben erlange? - Dass er diesen höchsten Lohn empfangen hat, dessen bin ich mir sicher.

Vom Fortgang jener Gräueltat kann ich Euch das Folgende berichten:

Auf dem Trienter Konzil kursieren Hohnreden der Spanier, welche Öl ins Feuer gießen. Sie finden es ganz gerecht, einen wegen des falschen Glaubens ‚Bannisierten' getötet zu haben. So liegt es auf der Hand, wenn von protestantischer Seite verlautet, die in Trient tagenden ‚Väter' haben zu dieser Kainstat aufgehetzt. In verständlicher Reaktion darauf bleibt man dem Konzile fern.

Dank des Fleißes der Neuburger Regenten wurden die beiden Meuchler nahe Augsburg in Haft gebracht. Wie jedoch zu erwarten war, forderte der Kaiser ihre Auslieferung und Überstellung vor das habsburgische Gericht in Innsbruck.

Aus Augsburg hört man, dass sogar Anton Fugger, als Katholik, sich mit Äußerungen seines Unwillens darüber nicht zurückhält. Mit großem Interesse lässt er sich aus Innsbruck über die Prozessierung informieren, und was ihm zu Ohren kommt, widerstrebt ihm aufs Höchste. Kein gebührendes Recht geschehe, woran man sähe, was von diesen Leuten zu halten ist. Ich wiederhole seine Worte: „Sind aber das nicht unchristliche Sachen und Handlungen? Ich wüsste kein gerechteres Urteil über diese zu Trient versammelten Gottlosen, als dass man sie in einen Stadel sollt einsperren, Schwefel und Pech genug zutragen, samt Büchsenpulver, um sie alle auf einem Haufen im Rauch gen Himmel zu schicken."

Ich sage: Gott wird seinen Preis einfordern…

---

53 u.a. in Anlehnung: München, Hauptst. Arch. Pfalz-Neuburg, Kriegssachen Nr. 1 ½, 19/2. Or. – Gedr. Bei Hasenclever, Kurpf. Pol., S. 51, Anm. 113.

Auf der Plassenburg bei Kulmbach, am Osterabend, 25. April 1546, Albrecht Achilles von Brandenburg-Kulmbach an Albrecht von Brandenburg-Ansbach, Herzog zu Preussen

Unsern freundlichen Gruß zuvor. Dem hochgebornen Herzog Herrn Albrecht von Preußen, unserm lieben Vettern!
Am heutigen Tage möchte ich mich auf Euer Schreiben vom 23. März diesen Jahres vertraulich über die Gründe aussprechen, die mich bewogen, des Kaisers Fahnen zuzuziehen. Mein Gemüt ist und soll es auch zu ewigen Zeiten nicht sein, wider Gott zu handeln. Sondern, was ich hierin tue, das geschieht allein, um meiner Voreltern Fußstapfen nachzufolgen. Gemäß Eurer Verwarnung ist mir wohlbekannt, wozu die Römischen Kaiser unsere Ahnen erhoben und zu was Gutem ihnen ihre Dienste gerieten. Warum sollte ich dies, neben dem pflichtigen Gehorsam gegenüber Ihrer Majestät, nicht ebenso bezeigen?
Es ist mir unbewusst, welch Vorhabens der Kaiser sein mag. Wiewohl ich es als der Wenigere nicht verstehe, vermeine ich, dass es nicht um die Religion gehe. Sondern darum, dass im Schein der Religion zur Schmälerung der kaiserlichen Hoheit und des heiligen Reichs Nachteil praktiziert werde. Außerdem sagt man glaublich, dass sich die Praxis dahin lenkt, den Franzosen, unserer Religion heftigsten Blutsfeind, ins Schmalkaldische Bündnis zu bringen.
Nichtsdestoweniger kommt das Reich durch gewisse Leute und ihre Mithelfer in große Gefährlichkeit. Die kaiserliche Hoheit wird, wie noch nie dagewesen, verachtet, gleichwohl sie sich gegen das Reich Deutscher Nation väterlich, friedlich und christlich erzeigt. So hat man jüngst im Sachsenland gehört, wie der Kaiser vom gemeinen Gebete ausgemustert ist. Und wir sollen dennoch evangelische Fürsten heißen? Ich sorge mich leider. Wir spielens in deutschen Landen jetzt zu seltsam, weshalb sich der Kaiser und auch andere Nationen von uns abwenden werden. Was wir dann für ein Regiment untereinander führen, wie lange es bestehen wird und ob wir nicht bald dem Türken die Hände reichen müssen, ist leider vor Augen.
Daher will ich mich zu meinem Haupte, zu meinem Gewissen und Gottes Ehre unverletzt, halten. Desgleichen will ich in Gehorsam dienen, anstatt mich zu einem unordentlichen Haufen begebe, der doch

nicht lange bestehen kann. Dass ich damit Gottes Wort entgegen sein soll, ist mir fern. Obgleich es etliche verdrießen möchte, die derart geistlich wurden, dass sie den Kaiser nicht gerne nennen oder ihm gehorchen. Dies alles wollten auch wir Euch nicht verbergen.

Datum Plassenburg, ut supra,

Albrecht Achilles von Brandenburg-Kulmbach

Meldung des Alvise Mocenigo* an den Dogen von Venedig. Regensburg, 06. Juni 1546

Serenissimo Principe. Dapoi le ultime nostre de ultimo preterio intendessemo da uno amico nostro, degno di fede, che il Reverend di Trento...
Der Kardinal von Trient sollte schon am 2. Juni nach Rom reisen. Er soll den Papst überzeugen, den Kaiser auch dann zu unterstützen, falls er den Krieg nur gegen den Landgrafen von Hessen als Ungehorsamen des Reichs eröffne. Bei einem gegen alle Protestanten erklärten Krieg wäre nämlich der größte Teil Deutschlands zu bekämpfen. Seine Reise scheint sich aber verzögert zu haben, weil sich der Baiernherzog nur zu geringer und geheimer Hilfeleistung bereit findet. Außerdem scheint König Ferdinand eher für einen Ausgleich anstelle eines Krieges sein. • Ein Spanier namens Alfonso Diaz ließ vor zwei Monaten seinen Bruder, welcher der neuen Lehre ergeben war, ermorden. Er wurde auf dem Weg nach Rom in Innsbruck verhaftet. Vorgestern haben sich Beauftragte der Protestanten beim Kaiser über die in diesem Falle geübte Justiz beklagt und ein ihre Wünsche in religiösen Fragen enthaltenes Büchlein überreicht. • Gestern wurde der Reichstag eröffnet. Der Baiernherzog, der anscheinend an Wassersucht leidet, empfing mich sehr freundlich. Er ließ über einen Dolmetscher die Freundschaftsversicherungen Venedigs erwidern.

Reichstag zu Regensburg, den 08. Juni 1546

Soeben war des Kaisers Befehl an Wilhelm IV. von Bayern überbracht worden: Er solle sich in einer Stunde in einer gewissen Herberge zum geheimen Gespräch einfinden. - Da selbstredend Leonhard von Eck für Wilhelm sprechen würde, ging er mit ihm nochmals die auszuhandelnden Forderungen durch.
„Zuallererst werde ich betonen, dass es Bayern unmöglich ist, sich ohne das Wissen seiner Landstände in Bündnisse zu verschreiben oder eine Kriegsführung zu bewilligen."
„Sehr wohl, mein verehrter von Eck", stimmte Wilhelm zu. „Und doch

sind wir geneigt, dem Ganzen in gutem Glauben für das Reich zuzusagen, wenn der Kaiser sich mit uns und unseren Forderungen vergleichen will."
„Und diese Forderungen auch einhalten wird", ergänzte von Eck.
„Aber ja doch. So gebt mir nun eine Zusammenfassung dessen, worüber es zu verhandeln gilt."
Leonhard von Eck richtete seine Notizen zurecht und begann aufzuzählen:
„Punkt 1. Wie viel Kriegsvolk zu Ross und zu Fuß ist anzunehmen.
Punkt 2. Welcher Nation soll jenes Kriegsvolk sein und über welche Straßen soll dasselbige geführt werden.
Punkt 3. Wider welcher feindlichen Aufstellung soll der Kampf anzufahren sein.
Punkt 4. Welchen Geschützes bedürfe es.
Punkt 5. Wo sind Ross, Pulver, Kugeln und Büchsenmeister zu bekommen.
Punkt 6. Wie viel Geld soll bei der Hand zu halten sein.
Punkt 7. Woher ist solches Geld zu nehmen.
Punkt 8. Was will der Papst bei diesem Handel tun.
Punkt 9. Welche und wie viele Proviantmeister müssen vorhanden sein und von wo ist der Proviant zu beschaffen."
Leonhard von Eck beendete seine Aufzählung. Er löste sich von seinen Aufzeichnungen, sah zu Wilhelm und erläuterte, wobei er mehr zu sich selber sprach: „Die Frage nach dem Kriegsvolk resultiert vor allem aus der Tatsache, dass sich eine größere Anzahl guter deutscher Knechte nicht bewerkstelligen lässt. Jedenfalls nicht in kurzer Zeit. Außerdem, angesichts der Geheimhaltung, muss gut bedacht sein, an welchem Ort und zu welcher Zeit der ganze Haufen zusammengeführt werden möge. Obenauf verlangt es nach einem geschickten Kriegshauptmann, dessen Wahl freilich beim Kaiser liegt, daher auch seine Besoldung. Des Weiteren, so Gott den Sieg gäbe und die Protestanten die Kriegskosten zu erstatten haben oder sogar darüber hinaus, soll Bayern daran gebührenden Anteil haben. Wie Bayern auch in Beratungen zu allen Kriegshandlungen nicht ausgeschlossen werden darf... Den Papst bringe ich ins Spiel, weil er ein alter Mann ist. Was, wenn er im Kriegsverlauf stürbe? Was gilt dann noch das Anerbieten seiner Hilfe? Wird sein Kriegsvolk weiter gegen die ziehen, die zu diesem Krieg die Ursache gaben, ohne anderen Schaden anzurichten? Es ist unabdingbar, dass uns der Kaiser von seiner weitergehenden Planung für diesen Fall Gewissheit gibt und wir uns nicht ungewünscht verstrickt sehen. An letzter Stelle gehört in den Geheimvertrag Euer ausdrücklicher Einwurf, dass eine derartige Verschreibung gegenüber den Landständen untunlich ist."
„Trefflich. Genauso sei es, ich habe keinerlei Einwände", pflichtete Wilhelm erwartungsgemäß bei. „Ich ergänze lediglich die Betonung darauf,

dass allein für das Einlassen auf all jene Gefährlichkeiten Bayern die Pfälzer Kurwürde zusteht. Pfalz-Neuburg Land eingeschlossen. Machen wir keine Kompromisse! Was sagt die Uhr?“

Wenig später in des Kaisers Herberge

„Eure Forderung, dass die Pfälzer Kur und des bankrotten Fürsten Ottheinrichs Land Euch schon wegen Eurer Beteiligung am Kriege zuerkannt wird, kann ich Euch beim besten Willen nicht zubilligen“, knirschte Karl V. zu dem ihm verhassten Leonhard von Eck. Viel zu viele Zugeständnisse, die von Habsburgs Seite niemals in den Geheimvertrag mit Bayern aufgenommen worden wären, hatte jener listige Münchner Rat ihm schon abgenötigt.
„Dann erlaubt mir den Vorschlag, dass im Fall der gewaltsamen Unterwerfung der Pfalz deren ganzer Besitz, neben der Kur, an Bayern übergeht“, verneigte sich von Eck.
„Ich verstehe Wittelsbachs Motive“, wandte sich Karl V. nun direkt an Wilhelm, denn er ertrug von Ecks Schlangenzüngigkeit nicht länger. „Die Zusammenführung des altväterlichen Stammlandes ist ein ehrenwertes Streben. Deshalb sei die Kurwürde unter diesen Umständen Euer. Aber über Landbesitz und Fürst Ottheinrich ist ein anders Mal zu beschließen, nicht heute. Heute gilt es, noch über die Vermählung Eures Sohnes mit meiner Nichte Anna zu verhandeln.“

Meldung des Alvise Mocenigo an den Dogen von Venedig. Regensburg, 10. Juni 1546

Serenissimo Principe. Dapoi scritte le alligate indagando noi quanto potemo...
Ein zuverlässiger Gewehrsmann meldet, dass der Krieg beschlossen sei (worauf auch andere Umstände schließen lassen). Vier Oberste sind zur Truppenwerbung beauftragt. Befehle zu Geld- und Truppenleistungen nach Spanien, Neapel, Genua, Ungarn und in die Niederlande sind abgegangen. • Die Gesandten hören von der Absicht des Kaisers und des Papstes, auf dem Konzil in Trient beschließen zu lassen, damit ein jeder christliche Fürst zu diesem Kriege beisteuern solle. • Königin Anna mit Erzherzog Max und zwei Erzherzoginnen sind angekommen.

Meldung des Alvise Mocenigo an den Dogen von Venedig. Regensburg, 15. Juni 1546

Serenissimo Principe. Il duca d’Alba sarà capitano generale di questa impresa...
Der Herzog von Alba soll in diesem Krieg das Oberkommando erhalten. Füssen ist Werbeplatz. 20.000 Piken sind im Passauer Gebiete. Die

Geworbenen erhalten je einen halben Dukaten Handgeld, Sold gibt es erst nach Musterung. Der Kaiser soll in den Niederlanden 16.000 Mann sammeln lassen. König Ferdinand wird Artillerie, besonders aus Innsbruck, herbeischaffen, Erzherzog Max 3.000 Reiter, darunter 2.000 ungarische. Markgraf Albrecht Achilles soll außer anderen deutschen Truppen noch 7.000 bis 8.000 Reiter befehligen. • Es besteht die Meinung, die Protestanten würden, um ihre Vernichtung zu vermeiden, allen Widerstand aufgeben. • Granvella eröffnete, dass der Kaiser und König Ferdinand erfuhren, ein protestantischer Abgesandter sei zu Verhandlungen nach Venedig geschickt worden. Beide hoffen aber, dass man ihm kein Gehör schenken werde. Außerdem verspricht sich Granvella viel von der Uneinigkeit der Protestanten.

Regensburg, den 24. Juni 1546[54]

**Wir, Carl der Fünfte,
von Gottes Gnaden erwählter Römischer Kaiser,
zu allen Zeiten Mehrer des Reichs,
König in Germanien, zu Castilien, Arragon, Legion,
Sicilien, Hierusalem, Hungern, Croatien, Navarra,Granaten,
Tolleten, Valentz, Gallicien, Majoricarum, Hispalis, Sardiniæ,
Cordubæ, Corficæ, Muricæ, Giennis, Algarbien, Algeziræ,
zu Gibraltaris & der Insulen Canariæ,
auch der Insulen Indiarum & Terra firmæ,
des Meeres Oceani ecc.,
Erzherzog zu Oesterreich, Herzog zu Burgund, Lotterich,
Braband, Steyer, Kärndten, Krain, Limburg, Geldern, Würtenberg,
Calabrien, Athenarum & Neopatriæ,
Graf zu Habsburg, Flandern, Tyrol, Görtz,
Parsiloni, Arthoys & Burgundi,
Pfalzgraf zu Hänigau, Holland, Seeland, Pflerth,
Kyburg, Namur, Rossilion, Ceritan & Zytphen,
Landgraf in Elsaß, Markgraf zu Burggau, Oristani, Gotiani,
des Heil. Röm. Reichsfürst zu Schwaben, Catalonia, Asturia ecc.,
Herr in Friesland, auf der Wendischen Marck, zu Portenau,
Biscaja, Molin, Salins, Tripoli & Mecheln ecc.
bekennen und tun kund allermänniglich[55] mit diesem Brief,**

[54] nach: Aller des Heiligen Römis. Reichs gehaltenen Reichs=Tage Abschiede und Satzungen Samt anderen Kayserlichen und Königlichen CONSTITUTIONEN, Franckfurt am Mayn, In Verlegung Joh. Martin Schönwetters seel. Wittib, Im Jahr Christ 1720. (Seiten 441 bis 443)

[55] gegenüber jedermann

was wir auf nächstem in Unser und des Heil. Reichs Stadt Worms fürgenommenen Reichstag anhero[56] in Unserer und des Heil. Reichs Stadt Regensburg verrichtet haben:

Wir wollten auf diesem Reichstag, vermittelt von Gottes Gnaden und in eigener Person, mit Zutun der Gemeinen Reichsstände zur Erledigung und Abwendung des Heil. Reichs Beschwerden, zur Handhabung des Friedens, der Ruhe und Einigkeit und des Rechts dienlich sein. Demnach wären Wir wohlgeneigt gewesen, Uns nach dem heiligen Dreikönigstag zu verfügen, ungeachtet aller anderen hochwichtigen Obliegen Unserer anderen Erbkönigreiche und Lande. Der Schwachheit Unseres Leibes wegen sind Wir aber daran eine Zeitlang gehindert worden.
Mit Unserem Herziehen haben Wir dann allhie eine gute Zeit in gnädiger Zuversicht verharret, dass auch Churfürsten, Fürsten und Stände des Reichs in eigener Person erscheinen.
Dementgegen ist von den Churfürsten nur einer, und von den anderen Fürsten & Ständen nur eine kleine Anzahl erschienen. Nichtsdestoweniger haben Wir aus väterlicher Zuneigung zum Heiligen Reich Teutscher Nation die Sachen mit den Erschienenen in die Hand genommen. Dieweil Wir aber in des Reichs Sachen zu große Wichtigkeit sahen, haben Wir aus Mangel der Anwesenheit nicht handeln mögen.

Vom Anfang Unserer Kaiserlichen Regierung an haben Wir für das Heil. Reich Teutscher Nation, Unserem Vaterland, allweg Frieden, Ruhe und Einigkeit begehrt und mit merklichen Unkosten gesucht. An all unserer Vermöglichkeit haben Wir nichts erwinden[57] lassen. Doch allem jetzt Obenerzähltem nach haben Wir Unser Kaiserliches Gemüt dazu bewegt, diesen Reichstag, wie den vorigen zu Worms, hiermit zu verschieben.

Auch auf diesem Reichstag kam es wegen der Besetzung Unseres Kaiserlichen Kammergerichts zu keinem Vergleich. Damit aber niemand im Reiche rechtlos gelassen werde, sind Wir gnädiglich bedacht, unerledigte Rechtssachen der täglich vorfallenden Irrungen zu erledigen. Diejenigen unerörterten Streitfälle, die ohne Nachteil nicht verschoben werden können und ein Endurteil erfordern, wollen Wir aufrufen. Wir werden mittels der Verordnungen Unserer Vorfahren die Gerechtigkeit fördern, wie es von des Reichs Römischen Kaisern und Königen gebräuchlich ist. Nach Übergebung eines jeden an die Befehlsgewalt wollen Wir nach genugsamer Verhörung aller Teile mit dem Rat der Churfürsten, Fürsten und gemeinen Stände gebührliche Erledigung tun.

---

[56] nunmehr

[57] an nichts mangeln lassen

Die Churfürstlichen Räte, Fürsten und Stände, die auf Unser gnädiges, zu Beginn dieses Reichstages bestehendes Gesinnen hin sich ihrer Stimme halber gefälliglich und ungefährlich gehalten haben, sollen in keinem Wege nachteilig, übergriffig oder schädigend belangt werden. Aber dieser Stände Beschwerden möge abgeholfen werden, damit desto besserer Wille und Freundschaft unter ihnen allenthalben gepflanzt und erhalten werden möge!

Dessen zur Urkunde haben Wir Unser Kaiserliches Insiegel an diesen Abschied gehangen.
Gegeben in Unserer und des H. Reiches Stadt Regensburg auf den vierundzwanzigsten Tag des Monats Juni, nach Christum Unseres lieben Herrn Geburt fünfzehnhundertsechsundvierzigsten, Unseres Kaisertums sechsundzwanzigsten, und Unseres Reichs einunddreissigsten Jahr.

Zufrieden überlas Karl V. den Text des Regensburger Reichstagsabschieds, den er soeben einem Schreiber diktiert hatte:

„So, Ihr elenden Aufrührer! Jetzt habt Ihr Eure Kriegserklärung!"

Rathaus zu Neuburg an der Donau, den 30. Juni 1546

Der Antwortbrief des Kurfürsten lag ungeöffnet vor Gabriel Arnold. In seiner großen Unruhe hätte er ihn am liebsten sofort aufgerissen und sich auf Friedrichs Anweisungen gestürzt. Sicherlich hätte ihm dieses eigenmächtige, ungeduldige Vorgehen auch niemand nachgetragen. Aber er beherrschte sich in seinem Respekt gegenüber Neuburgs ehrwürdigem Statthalter Hans Kraft von Vestenberg, der noch nicht im Rathaus eingetroffen war.

Wie wohl Kurfürst Friedrich II. auf Neuburgs Hilferuf reagierte? Schwankte er in seiner Haltung auch weiterhin so unsäglich??

Vor zwei Wochen hieß es, Friedrich würde um persönliche Audienz beim Kaiser ersuchen... Doch nach dem erschütternden Regensburger Reichstagsabschied, besser gesagt der unverblümten Kriegserklärung gegenüber den protestantischen Fürsten, war nichts dergleichen geschehen. Deshalb hatten Neuburgs Statthalter und die Regenten umgehend nach des Kaisers Kampfansage bei ihm nachgefragt, ob ein etwaiges Angebot der protestantischen Stände, Neuburgs Donaupässe im Falle der Not zu besetzen, anzunehmen sei... *Wo blieb nur Hans Kraft von Vestenberg?!*

Gabriel Arnold nahm erneut den versiegelten Brief in die Hände. Nur wenige Momente zuvor hatte er ihn auf einem Schreibpult abgelegt, aber er verspürte den Drang, sich an etwas festzuhalten. Denn nicht nur die Ungewissheit über Heidelbergs Haltung machte ihm Sorgen. Obenauf

fürchtete er um seine eigene Sicherheit wegen des Kaisers zu Tage getretener Tücke:
Den kürzlich in der Neuburger Gegend begonnenen Werbungen um Landsknechte für das kaiserliche Heer war er so gut als möglich entgegengetreten. Natürlich hatte man dies dem Kaiser zugetragen. Karl V. reagierte umgehend mit einem Unmutsschreiben, in dem er ihn bat, nach Regensburg zu kommen. Die betont liebenswürdige Anmerkung, er müsse sich um seine Sicherheit nicht sorgen, gab Anlass genug, eben nicht dorthin aufzubrechen. Stattdessen herrschte unter den Neuburger Regenten Einigkeit, lediglich ein höfliches Entschuldigungsschreiben an den Kaiser zu senden.
Was seine Befürchtungen zusätzlich befeuerte, waren die bitteren Klagen hessischer Agenten über die Haltung des Pfälzer Kurfürsten, die ihm zu Ohren gekommen waren... Sie ließe den Hund hinken, wurde schmählich geäußert, weil schließlich klar sei, dass Karls V. Krieg der Religion gelte. Friedrichs gesuchte Unterhandlungen, mit denen er beim Kaiser die Neutralität der Pfalz unter Zusicherung des freien Durchzugs der kaiserlichen Truppen zu erreichen versuchte, stieß auf die schwersten Vorwürfe. Als unzuverlässig wurde Friedrich abgeurteilt. - Diese hessische Gesinnung teilte man in Neuburg. Doch dagegen etwas zu unternehmen, hieße, sich gegen Kurfürst Friedrich aufzulehnen. So lastete dessen Unentschlossenheit wie ein Bleigewicht auf Gabriel Arnold. Denn sie zog nach sich, dass Neuburg seitens der Schmalkaldischen, vor allem in Person des kraftvollen Landgrafen Philipp von Hessen, auf wenig Gegenliebe und Unterstützung im Notfalle rechnen durfte... Nicht nur Gabriel Arnold selbst fühlte sich ungeschützt. Er fürchtete auch um seine geliebte Stadt und das Fürstentum, was er Ottheinrich in seinem Sinne zu behüten geschworen hatte. -
Das Verlesen von Friedrichs Antwortschreiben linderte seine Ängste nicht. Im Gegenteil. Es schürte unbändige Wut in ihm:
Man solle zur Verhütung von Nachteil desto besser auf Neuburg achten und auf eine bevorstehende Notzeit vermahnen. Ansonsten aber solle man still sitzen. Niemands Unwillen sei zu verursachen in der Zuversicht, dass nichts gegen Neuburg vorgenommen werde. Die Donaupässe seien zum eigenen Besten in guter Ordnung zu halten. Besondere Vorkommnisse dort seien gemäß kaiserlicher Aufforderung eilends an die Majestät zu melden. Befolge man dies, und unternehme auch anderweitig keine Bemühungen um Kriegsrüstung, Besetzung oder dergleichen, so habe der Kaiser versichert, Pfalz-Neuburg werde weder Gefahr noch Nachteil ereilen.

Königsberg, den 07. Juli 1546, Brief des Albrecht von Brandenburg-Ansbach, Herzog von Preussen an Kurfürst Johann Friedrich I. von Sachsen

Hochgeborener Churfürst! Meiner Liebden!
Meine Beipflichtung zu Eurer Auffassung mit diesem Brief! Wen der Kaiser mit den ‚Ungehorsamen' meine, sagt man nicht öffentlich, wiewohl jedermann es versteht. Umso mehr hoffte ich bisher, den Markgrafen Albrecht Achilles von seinem Vorhaben des Dienstes am Kaiser abzubringen. Uns könnte in Wahrheit nichts Betrüblicheres auf der Welt begegnen, als dass wir erfahren sollten, dass unser lieber Vetter ein der von uns widersetzigen Teils vornehmster Kriegsbefehlshaber sein sollte... Wir wollen daher auf Euer Ansuchen hin unser Liebden durch ein erneutes Schreiben zum Höchsten und Äußersten appellieren, in Hoffnung, er werde sich nun gefolgig erzeigen. Dies alles zu Eurer Kenntnis.

Albrecht von Brandenburg-Ansbach, Herzog zu Preußen

Meldung des Alvise Mocenigo an den Dogen von Venedig. Regensburg, 09. Juli 1546

Serenissimo Principe. Ne è stato affirmato da Persona degna di fede che Cesare era avvisato che lanthgravio...

Der Kaiser soll unterrichtet sein, dass Landgraf Philipp von Hessen in seinem Lande bleiben und seine Städte befestigen werde, um die wahren Motive des Krieges und der päpstlichen Unterstützung zu enthüllen.

Eintrag ins Tagebuch des Sebastian Schertlin von Burtenbach am 10. Juli 1546[58]

Heute, den 10. Juli 1546 werde ich gegen der Nacht mit 12 Fähnlein[59] Knechten, 4 Cartaunen[60], 4 Singerinnen[61]

[58] in Anlehnung: Lebensbeschreibung des berühmten Ritters Sebastian Schärtlins von Burtenbach. (S. 84-87)

[59] Unterordnung eines Landsknechteregiments, uneinheitlich, ein Fähnlein umfasst ca. 400 Landsknechte

[60] schweres Geschütz

[61] auch Sängerin, Kanonentyp, eine Art von Feldschlange

und 8 Falconetten[62] mein geliebtes Augsburg verlassen. Mein Plan ist, Tag und Nacht gen Tirol zu marschieren, um des Kaisers Landsknechte auf ihrem Musterplatz, der Ehrenberger Klause, zu überfallen, sie zu schlagen oder zu trennen. Klause und Schloss will ich einnehmen, um den Spaniern und Italienern den Pass nach Deutschland zu verwehren und damit das Vaterland zu retten. Diesen ersten Kriegsdienst nehme ich mit Ehre, so, wie man mich hoch geehrt hat: Ich bin zum Obersten erwählt worden. Insgesamt 84 Fähnlein Landsknechte wurden mir anvertraut. Von diesen 84 habe ich selbst, innerhalb von 8 Tagen, 16 Fähnlein zusammengebracht. Anlass gab die Botschaft Seiner Kai. Majestät an die Fürsten von Sachsen, Hessen und Württemberg. Er ließ anzeigen, dass ihm 13.000 deutsche und welsche Reiter neben 50.000 Mann Fußvolk unterstünden, und er nicht willens sei, eine Religionsänderung anzuerkennen. Er sei auch keines anderen Vorhaben willens, außer dem, die ungehorsamen Fürsten und dergleichen etliche Stände zu strafen.

Auch mir wurde durch einen Herold ein grausames Schreiben aus Habsburgs Feder überbracht. Der Röm. König schrieb mir, ihm wäre vermeldet, ich hätte wohl viele Knechte vergardet[63]. Weil eben iezunder[64] die Kai. Majestät allenthalben Kriegsvolk werbe, solle ich es bei Verlierung meiner Lehnsfreiheiten, Leibs und Lebens, mich der Werbung Kriegsvolks enthalten. Ich antwortete mit Bescheidenheit, dass ich nicht gesinnt wäre, wider Ihrer Kai. Majestät zu kriegen, sondern allein dieses Kriegsvolk in der Stadt Augsburg verwahre, um das Vaterland zu retten, falls des Kaisers Anwerben wider diesem gelten solle.

---

[62] leichte Kanone

[63] versammelt

[64] jetzt (rein zeitlich), gegenwärtig oder nachfolgend

Eintrag ins Tagebuch des Sebastian Schertlin von Burtenbach am 20. Juli 1546[65]

Heute, den 20. Juli 1546, werde ich gemäß eilender Post der Kriegsräte mit allem Kriegsvolk eilends nach Günzburg ziehen. Dieser Befehl erging nach meinem folgenden Bericht:

Als ich also den 10. Juli gen Tirol zog, wurde der Feind dessen gewahr. Zu Füssen versammelte er 16 Fähnlein und von Regensburg zogen 400 zu Pferd herauf. Den 12. Juli gegen Mitternacht zogen wir auf im Willen, Füssen zu beschießen und zu stürmen. 1.000 Bauern hatten wir mit Schaufeln und Hacken zum Schanzen verordnet. Gegen 3 Uhr morgens, als ich mit 60 Reitern aufbrach, meldete man mir, die 16 Fähnlein würden gen Baiern abziehen. Mit etlichen Falconetten wünschte ich Füssen einen guten Morgen und reichlich St. Johannes' Segen. Alsbald darauf schickte ich in die Stadt, und es kamen der Bürgermeister und einige Ratsmitglieder heraus. Sie baten um Gnade, die nach einiger Unterhandlung gewährt wurde...

Wenig später traf ein Schreiben über das andere ein, ich solle dem feindlichen Haufen nicht nach Baiern folgen und meinen Fuß nicht auf baierischen Boden setzen, um aus einem Freund keinen Feind zu machen.

Selbigen Abends schickte ich 2.000 Hackenschützen[66] samt meinem Lieutenant Theodor von Schankwitz und reichlich Hauptleuten endlich gen Schloss Ehrenberg. Dort waren zur Besatzung unter Hauptmann Jakob von Thun 150 feindliche Schützen eingekommen. Gegen Mitternacht begann der Beschuss von Burgtor und Burgwall und von Thun ergab sich. Samt seinem Kriegsvolk, Leibs, Lebens und Guts versichert, ließ man ihn mit Wehr und Harnisch abziehen. Unter Balthasar Fugger wurde das Haus

---

[65] in Anlehnung: Lebensbeschreibung des berühmten Ritters Sebastian Schärtlins von Burtenbach. (S. 87-91)

[66] mit „Hacken" (Feuergewehre) ausgestattete deutsche Landsknechte

mit 50 Hackenschützen und etlichen Büchsenmeistern besetzt.

Mir dagegen fiel am 18. Tag des Juli der volle Sack eines niedergeworfenen Postboten zu, darinnen ich einen Brief fand, wie stark der Papst Italiener und Spanier aus Tirol herausschicke. Auf diesen Brief schickte ich eilends 12 Fähnlein durch die Klause Ehrenberg, zu verkünden, dass ich nicht willens wär, die Landschaft dort zu beleidigen. Allein vor dem gewaltigen Durchzug des Feindes und des EntChrists[67] wolle ich schützen. Andern Tags rüstete ich mich mit allem Zugs und Geschütz, um hernach zu ziehen. Ich war entschlossen, das Concilium zu Trient, besetzt mit vielen Cardinälen und Bischofen, heimzusuchen, und den Feinden das Loch, so sie nicht herauskämen, zu verleiden.

In Tirol fand ich keinen Widerstand. Es kamen Weib und Mann, uns freundlich zu empfangen. Auch die Regierung in allen Gerichten mochte niemand gegen mich aufbringen. Kein Mensch war wider uns lästig.

Dies Vernehmen habe ich den Kriegsräten nach Ulm geschrieben, worauf ich, wie vermerkt, nach Günzburg anstatt nach Trient befohlen bin.

Gegend um das Benediktinerinnenkloster zu Baring, den 20. Juli 1546

Auf einer kleinen Anhöhe, von der aus Gabriel Arnold nicht nur das Kloster zu Baring, sondern auch die ganze Umgegend überblicken konnte, stoppte er sein Pferd. Das Morgenrot der am wolkenlosen Himmel aufgehenden Sonne verkündete einen Sommertag, der wundervoll zu werden schien. Nur nicht für ihn angesichts der Pflicht, die er sich für heute zur Erfüllung vorgenommen hatte. Bevor er sich also gleich dem Unschönen stellte, wollte er etwas von der bezaubernden Morgenstimmung für sich einfangen. Unter versonnenen Blicken lauschte er zuerst dem munteren Vogelgezwitscher, wonach er sein Hören auf das leise Rauschen der ihn umgebenden Waldstücke ausdehnte. Die dazwi-

[67] schlechter Christ, auch übermenschlicher Widersacher Christi ; ursprünglich verschieden vom Teufel, später mit diesem vermischt

schen liegenden Getreidefelder hingegen, die der kühle Morgenwind streifte, wogten in seichten, aber tonlosen Wellen. Dafür boten sie den Augen des Betrachters eine andere Erquickung: Die Farbe der reifenden Ähren wechselte von hellem Grün bis hin zu schillerndem Zartgelb. Diese Bemalung wussten die noch ungemähten Wiesen mit ihren zahllosen Blumentupfen in üppigere Farbnuancen aufzufächern, wobei auch sie sich den sanften Liebkosungen des Windes fügten.
Das Potpourri der landschaftlichen Düfte vermochte Gabriel Arnold jedoch nicht zu ergründen. Zu sehr dominierten die Ausdünstungen seines schwitzenden Pferdes und des ledernen Sattelzeugs seinen Geruchsradius. Obendrein unterwarf sich das Ross, dem er bis dato einen straffen Galopp abverlangt hatte, nicht länger seinem Innehalten. Voller Ungeduld kaute es auf dem Trensengebiss. Dabei riss es durch heftiges Kopfwerfen immerfort an den Zügeln, wovon schäumender Pferdespeichel zu ihm spritzte.
Als das Tier unter Gabriel Arnold zu tänzeln anfing, wollte er jenem Vorwärtsdrang stattgeben. Doch zeitgleich durchfuhr ihn ein derart schmerzvoller Gedanke, dass er es noch einmal beruhigte. Im Bruchteil eines Moments war ihm nämlich bewusst geworden, dass jenes wundervoll friedliche Naturschauspiel alsbald einem hässlichen Kriegsgetümmel zum Opfer fallen könnte: Nicht nur die Hufe eines einzelnen ungeduldigen Rosses, sondern die von vielen hundert Schlachtrössern würden das Land zertrampeln, neben abertausenden Tritten der unberittenen Söldner und Landsknechte. Die Räder von Geschützwägen würden die Wege und Fluren zerfurchen, so, wie die Zelte des lagernden Kriegsvolks das Wachsen und Gedeihen der Vegetation zum Niederliegen brächte. Die Stille der Landschaft würde durchbrochen von Marschbefehlen, von Schlachttrommeln und Aufbruchsfanfaren, von Schießbefehlen und vom Donner und Widerhall der Kanonen.
Wie viele menschliche Entsetzens- oder gar Todesschreie würde dann der Wind beklagen müssen? Wie viel Blut würde die Erde tränken? Wie viele zurückgelassene Leichen wären zu begraben... Wer wollte dann auf jenen besudelten Äckern neue Saat ausbringen? Wer wollte sein Vieh mit den von Todesgeschmack durchzogenen Gräsern füttern? Wie lange würde es überhaupt dauern, bis dieser sich auf sie unausweichlich zuwälzende Krieg überstanden wäre? Und wer wäre der Sieger, wer der Besiegte? Gäbe es Ruhm oder Niederlage??
Gabriel Arnold lockerte die Zügel. Er tippte seinem Pferd in die Flanken und preschte auf dem galoppierenden Ross durch die Landschaft, die ihn plötzlich Schaudern machte. -
„Zuerst sperrte man uns auf des Fürsten Geheiß ein wie Aussätzige. Hernach mussten wir, bis itzo, dem Prädikant und der Gemeinde an allen gebotenen Tagen unser Kapitelhaus öffnen, dem Volke da nach der neuen Lehre zu predigen und zu taufen die Kinder. Zehn Malter Korn

hatten wir kürzlich beim Vogt abzuliefern und 24 Malter Hafer haben uns seine Rösser weggefressen. Der Probst verlangt von uns 50 Gulden laufende Besoldung, neben 2 Neuburger Schaff Korn. Der ausgemusterte Probst durfte sich ein Ross seines Gefallens auf unsere Kosten kaufen, und mit zweimal Jahressold aus unserem Säckel von dannen ziehen, obwohl er nur ein Jahr hier weilte. Ohne Speis und Trank und ohne das Ross gerechnet, verschlang dies mehr als 130 Gulden. Das Behaltendürfen unserer silbernen Monstranz kostete uns 100 Gulden. Die Landschaft verlangte 1.000 Gulden als Darlehen, die uns daselbst um Zins leihen mussten. Den ersten Zins haben wir schon entrichtet, und zwar ganze 50 Gulden." Euphemia Pirkheimer musste ihre Saalbücher nicht aufschlagen, um Gabriel Arnold des Klosters Einbußen nacheinander und in energischem Tonfall vorzuhalten.

„Ich weiß, ich weiß!" Gabriel Arnold hob abwehrend die Hände. „Und genau dafür steht Euch und Euren Nonnen Neuburgs Schutz zu. Also, bitte..." Er ließ seine Hände sinken, faltete sie wie zum Gebet und wiederholte sein bereits mehrfach vorgetragenes Anerbieten. „Hört auf mich! Ein einziges Mal nur! Packt ein, was Ihr an Persönlichem auf die nächste Zeit braucht und besteigt heute Abend die Fuhrwerke, die ich Euch kommen lasse."

„Nimmermehr!!", schmetterte Euphemia. „In keinem Wege lassen wir uns treiben! Von niemand! Man lasse uns bei dem Unsern bleiben! Komme Verderblichkeit über unser Kloster, dann sei es Gottes Wille und unsere Prüfung! Zeige er das der Landschaft an, Herr Rentmeister!" Damit schickte sie sich an, den Raum zu verlassen. Gabriel Arnold vertrat ihr den Weg.

„Ich weiß wohl, dass Ihr hier gern ein ruhiges Leben habt. Aber wer..."

„Ein ruhiges Leben?! Seit Ihr uns Augsburgs Huren schicktet?!", blitzte die Äbtissin ihn an.

Gabriel Arnolds Geduldsfaden riss. „Nicht ich!", gab er entschieden zurück und änderte seine bittstellerische Körperhaltung hin zu einer gebieterischen. „Das Neuburger Gericht beschloss zum Wohle aller! Und mir ist bekannt, wie getreulich die Augsburgerinnen der ihnen auferlegten Pflichten nachkommen. Niemand erleidet dadurch Schaden, auch Ihr nicht. Also. Heute Abend, gegen die neunte Stunde, seid Ihr abfahrbereit und öffnet dem Fuhrmeister Euer Tor! Kein Widerwort will ich mehr von Euch hören!" Daraufhin, ohne jeden Gruß, ließ er seinerseits die Äbtissin stehen und ging. Er hatte wahrlich genug Sorgen.

Im Freien, heraus aus dem muffigen Halbdunkel, das ihm durch die Ordenstracht der Klosterfrau umso drückender erschienen war, gierte er nach frischer Luft. Dann, noch immer emotionsgeladen, stapfte er hin zu dem Gebäudetrakt, in dem er die Augsburger Frauen wusste.

Nach nur wenigen Schritten durch das Klostergelände fühlte sich Gabriel

Arnold in eine andere Welt versetzt. Lachen empfing ihn, inmitten munteren Treibens. Bald wäre der nächste Markttag und dafür wurde emsig gewerkelt...

„Oh, welche Freude Euch zu sehen!“, unterbrach Alvinia Weidenstein das Bemalen einiger Stücke irdenen Geschirrs. Freundlich lächelnd kam sie auf ihn zu, unterdessen sie ihre mit Farbe bekleckstenHände an einem Lappen abwischte.

Gabriel Arnold verneigte sich, obgleich es seinem Stande nach nicht geboten gewesen wäre. Doch Alvinias warmer, intensiver Blick und ihre Nähe lösten dieses Ehrerbieten ihn ihm aus: Schon als er ihr ein erstes Mal während der Gerichtsverhandlung in Neuburg begegnete, hatte ihn ihre Aura erfasst. Auch wenn das Schicksal nicht geneigt gewesen war, Alvinias Mutter bei ihrer Geburt edles, blaues Blut in blütenweißes Linnen vergießen zu lassen, so war sie für ihn dennoch eine Königin ihres Geschlechts. *Welch glücklicher Mann, dem sie eines Tages das Haus bekrönte!* Nicht wenige hofften auf sie seit der Gerichtsverhandlung, seit man sie in Neuburgs Umgegend sehen konnte, auf den Märkten, während der Gottesdienste eben im Kapitelhaus des Klosters, denen die Frauen stets beiwohnten, beim Unterweisen der Dorfkinder im Lesen und Schreiben, bei der Fürsorge der Kranken, der Säuberung und Aufbahrung der Toten... Bislang hatte sie keinem Eheersuchen nachgegeben. Stattdessen blieb sie ihrer Position als Vorderste der Frauen treu und behauptete gegenüber der Äbtissin ihr Bleiberecht inmitten der sie ablehnenden Benediktinerinnen. Jedenfalls gab es für diese engstirnige Haltung der Ordensfrauen keinen wirklichen Grund. Auch der Verpflichtung, sich in einheitlich graue, schlichte Gewänder ohne jede Zier zu kleiden, folgten die Augsburgerinnen. Ebenso wurde das lange Frauenhaar mit Schleiern und Hauben den Blicken entzogen... Eines jedoch unterband Alvinia nicht. Und zwar, in ihrem Auftreten jene Weiblichkeit auszustrahlen, die auch das gröbste Gewand nicht eindämmte. Fern jeglicher Aufdringlichkeit beschleunigte allein ihre Gegenwart den Pulsschlag eines Mannes. Es war ihr Wesen, von Kopf bis Fuß, mit dem sie die männlichen Sinne in Wallung brachte.

So erging es auch Gabriel Arnold an diesem Tag. Für ihn schimmerten ihre nackten Schultern, ihr schlanker Hals und ihr Dekolleté durch das graue Gewebe hindurch. Der Duft ihres Haars schien unter ihrem Schleier hervorzuströmen, direkt in seine Nase, die geradezu danach lechzte... gleich seinem Mund, den dürstete, weil er Alvinias Lippen Kirschgeschmack andichtete... Würde sie ihn jetzt berühren - er würde erzittern und flammendes Begehren wäre augenblicklich in ihm entfacht... *Welch göttliche Wesen Frauen in ihrer Natürlichkeit sein konnten... und zu welchen reizlosen Schachteln jene menschgemachte, angebliche Göttlichkeit sie verkommen ließ... Welche Schmähung der himmlischen Schöpfung...*

Sein stummer Vergleich entlockte ihm ein Schmunzeln und damit holte er sich aus seiner kurzen Träumerei. „Auch mir ist es jedes Mal eine Erbauung, Euch zu sehen“, gab er freundlich zurück. „Obgleich der Grund meines Besuchs kein erbaulicher ist.“
„Dann erbaut Euch an Essen und Trinken. Mit scheint Eure Kehle ist trocken nach einem staubigen, eiligen Ritt?“
„Das auch, aber vor allem von trockenen, vergeblichen Worten“, seufzte Gabriel Arnold und nahm die Einladung, mit der ihn Euphemia nicht beehrt hatte, dankend an. -
Gestärkt kam ihm sein bitteres Ersuchen kurz darauf etwas leichter von der Zunge. „Diesem Kloster Schutz und Schirm zu bieten hat mich hergeführt. Neuburgs Räte und Regenten fürchten den baldigen Durchzug kaiserlicher Truppen. Was dies für ein ungeschütztes Frauenkloster bedeuten kann, muss ich Euch wohl nicht näher erläutern.“
„Entehrung, Raub und Plünderung.“
„Und Verschleppung, erbaulich das Mitführen von Feldhuren. Bitte entschuldigt meinen Ausdruck.“
Alvinia lächelte und schüttelte leicht mit ihrem Kopf. „Und die Äbtissin verweigert den wohlgemeinten Schutz.“
„Ihr kennt sie mittlerweile gut.“
„In der Tat. Trotzdem ist sie um Himmelreiche leichter zu ertragen, als der Augsburger Henker und ein Los auf dem Schindanger. Also, was wünscht Ihr von uns? Sprecht aus, was Euch die Seele drückt. Wir stehen in Eurer Schuld.“
„Euch vermag ich solch privilegierten Schutz leider nicht zu bieten, aber für die Nonnen sind zum heutigen Abend mehrere Fuhrwerke herbeordert, um sie hinter sichere Stadtmauern zu bringen. Sollte dieses Hilfsangebot abgelehnt werden, was mir die Äbtissin auf meine Order vorhin starrsinnig ankündigte, bitte ich Euch und Eure Frauen um ein großes Opfer. Unentschuldbar Eurer Ehre gegenüber. Seid dessen versichert. Aber mir wurde die Verantwortung für die Nonnen übertragen und ich wüsste keine andere Lösung.“ Gabriel Arnold senkte seinen Blick zu Boden, bevor er weitersprach. „Ihr seid versiert im Umgang mit Männern“, zwang er sich ab. „Und darum bitte ich Euch. Welch grauenhafte Vorstellung, die Söldner würden sich der Nonnen bedienen. Blutige Jungfräulichkeit zu kurzgeschorenem Haar. Hysterisches Bittgeschrei gen Himmel, roh genossen oder mit roher Gewalt unterdrückt. Zerrüttete Wesen in ihrer lämmerhaften Einfalt...“
Angesichts Gabriel Arnolds Theatralik, zu der ihn sein Unwohlsein gedrängt hatte, musste Alvinia herzhaft auflachen. „Hört auf! Ich verstehe, was Ihr von uns wollt! Wir sollen die Nonnen beschützen!“
Alvinias Lachen verstummte, doch todernst wurde sie nicht. Sie reagierte auch nicht entsetzt oder überhäufte Gabriel Arnold mit Vorwürfen,

wessen er sich ängstigte. Nein. Sie spöttelte: Die Finger einer ihrer Hände bogen sich ins Halbrund und mit ihrem Daumen schloss sie sie zu einer Röhre. In dieser Haltung führte sie die Hand vor ihren Schoß. „Sorgt Ihr für genügend Weinvorrat hier im Kloster und wir sorgen für Weib und Gesang und verdummen dumme Männer. So gut es geht, wofür der Herrgott sorgen möge. Dabei passen wir auf uns auf. Also sorgt Euch nicht länger! Ich rede mit den Nonnen. Die meisten von ihnen sind verständig, sobald Euphemia außer Reichweite ist. Sie sollen sich im Ernstfalle in der Krypta verstecken und wir schlüpfen in deren Habit. Die Äbtissin mag beten, so ihr bei einfallenden Söldnern danach ist."
„Nein, bitte, bezieht sie ein!" Gabriel Arnold flehte.
„Freilich tun wir das, ich scherzte doch nur."
„Euer Scherzen stimmt mich zuversichtlich. Ich lasse Wein zur Eurer Verfügung anliefern. Und ich werde dafür sorgen, dass man Euch eines Dankes würdigt. So es mir möglich sein wird..."

Am selben Abend

„Wer da?" Auf ein Klopfen hin steckte eine Nonne ihren Kopf durch das kleine, ins wuchtige Klostertor eingelassene Guckfensterchen.
„Der Fuhrmann mit Befehl von Gabriel Arnold Euch zu ihm zu geleiten."
„Wartet einen Moment, ich hole unsere Äbtissin." Der Kopf verschwand und das Fensterchen wurde geschlossen.
Der Fuhrmann brummelte. Ihm behagte die befohlene Fuhre des Nachts durch die Wälder nicht und er wollte umgehend aufbrechen. Doch er musste sich gedulden. Trotz seines immer heftigeren Pochens am Klostertor dauerte es, bis sich die Torluke erneut öffnete.
„Wer da?", kam die gleiche Frage, nur von einer anderen Stimme.
„Macht Ihr Scherze? Jetzt öffnet das Tor, damit wir laden und uns auf den Weg machen können! Uns steht eine Fahrt durch das Dunkel bevor!" Anstatt dass sich das Tor öffnete, schob sich eine kleine Laterne aus dem Fensterchen. Dahinter erschien das Gesicht einer betagten Ordensfrau. „Dann macht Euch auf den Weg! Aber ohne Fracht! Wie ich Eurem Befehlsgeber bereits mitteilte, hätte er Euch nicht losschicken müssen!"
„Davon bin ich in Kenntnis gesetzt worden", gab der Fuhrmann zurück. „Deshalb wurde mir die Erlaubnis erteilt, mir notfalls mit Gewalt Zutritt ins Kloster zu verschaffen, um Euch zur Mitfahrt zu bewegen. Also öffnet das Tor und besteigt mit Euren Frauen hernach unsere beiden Wagen." Zur Bekräftigung seiner Worte trat er ganz nahe an das Fensterchen heran und ehe Euphemia Pirkheimer es sich versah, war ihr die Laterne aus der Hand genommen. Der Fuhrmann hielt sich das Licht direkt vors Gesicht, sah zu ihr und zog eine grimmige Miene.

Euphemia erschrak. Schnell zog sie ihren Kopf zurück. Aus sicherer Entfernung begann sie zu zetern. „Treulich habe ich darum gebeten, dass man uns bei dem Unseren lasse und es der Landschaft anzeige! Wir lassen uns von nichts und niemand wegkarren!“ Damit schloss sich das Fensterchen.

„Aber gute Frau!“, beschwor der Fuhrmann über die Klostermauer. „Niemand will Euch wegkarren! Man sorgt sich um Euer Wohl! Zu Eurem Besten ist beschlossen worden! So folgt doch der Fürsorge, die man Euch angedeihen lässt! Wollt Ihr, dass das Kriegsvolk über Euch herfällt? Ihr in Schande und Laster eingeführt werdet?“

„Wir haben uns Gott ergeben und der wird uns wohl behüten. Will er etwas über uns verhängen, so wollen wir es hier und nicht außerhalb erleiden. Geschehe uns Schaden, so werden wir ihn tragen und keinen treffe die Schuld dafür. Niemand will hier hinaus und dergestalt werden wir unser Tor nicht öffnen“, kam bestimmt zurück. „Und jetzt stört uns nicht weiter in unserer Nachruhe!“ Kies knirschte unter davonschlurfenden Schritten.

Des Fuhrmanns guter Wille war aufgebraucht. Er schwenkte die Laterne zum zweiten Fuhrmann und der kleinen Gefolgsschar. Gemeinsam wurde einer der beiden Fuhrwagen direkt an die Klostermauer gesteuert, über diese der Fuhrmann dann mittels der in Vorausschau mitgeführten Leiter kletterte.

Euphemia, jenes geräuschvolle Szenario im Rücken, beschleunigte ihre Schritte. - Vergeblich. Sie fühlte sich an ihrer Schulter gefasst, was sie laut aufschreien ließ.

„Was Ihr in Lieb nicht tut, müsst Ihr in Unlieb erdulden, wie ich es Euch sagte“, kommentierte der Fuhrmann lakonisch. „Also händigt mir den Torschlüssel aus.“

Euphemia schlug nach des Fuhrmanns schwerer Hand. „Die Porten werdet Ihr aufhauen müssen!“, krakeelte sie dabei aus voller Kehle. „Uns mit Gewalt daraus ziehen! Mit gewaffneter Hand, mit Büchsen und anderen Wehren! Worauf wir armen Frauen uns beim Höchsten beschweren werden!“

Entgeistert ließ sie der Fuhrmann los. „Aber ehrwürdige Mutter!“, flehte er. „Der Herrgott lässt mich nie in sein Reich, so ich Euch Zwang antue! Versteht mich doch! Wie soll ich es vor der Landschaft verantworten, Euch einem schlimmen Schicksal überlassen zu haben?!“

Euphemia war mit der Wirkung ihres Gebärdens hochzufrieden, vor allem auch deshalb, weil sich auf ihr Geschrei hin die anderen Nonnen mit Laternen näherten. „So lasst uns in unseren geheiligten Mauern unter dem Schutze unseres Herrn“, sprach sie feierlich. „Auch für Euer Wohl werden wir alle beten. Gute Nacht.“

Mit offenem Mund stierte der Fuhrmann den Nonnen nach, die geschlossen und schweigend zu den Klostergebäuden zurückgingen. Sie muteten ihm an wie eine Schar davonschwebender Nachtgespenster. Schnell eilte er darum zurück zur Klostermauer, wo er sich ins Freie zurückhelfen ließ. Unverrichteter Dinge gab er Befehl zur Rückfahrt nach Neuburg.

Am Kornmarkt zu Heidelberg, den 22. Juli 1546

„*Essen.*" Das einzige, was Ottheinrich als Freude verblieb, war gutes Essen. Genossen mit genügend Wein. Ein üppiges Mahl verschaffte ihm einen vollen Magen und ein weinseliges Gemüt, was ihn ausgiebig schlafen ließ, denn ansonsten bescherten ihm die Nächte unsägliche Torturen des Wachseins und Grübelns.

Rührte nicht daher auch der Ausdruck ‚Kummerspeck'? - Er würde sich Kummerspeck zulegen. Und zwar in dem Maße, in dem ihn Kummer ereilte. Und dieser war immens angesichts der letzten Briefe, in denen Gabriel Arnold ihn über die Geschehnisse in Neuburg informiert hatte. Sein ‚Vormund-Onkel Friedrich', wie er ihn seit einiger Zeit nur noch spöttisch bezeichnete, fühlte sich dazu nicht verpflichtet. Doch es war auch besser so. Würde es nämlich, etwa im Heidelberger Schloss, persönliche Aufeinandertreffen geben, würde er wahrscheinlich seine Beherrschung verlieren und Friedrich mit voller Wucht an den Kopf werfen, was ihm bleischwer auf der Seele lastete. Auch würde er spätestens jetzt zum Wohle Neuburgs mit Sicherheit gegen Friedrichs Erschleichen der Pfälzer Kurwürde vorgehen... *Wenn er nur nicht den vom Kaiser geforderten Verzicht auf Titel und Erbansprüche geleistet hätte! Aber tragischerweise standen ihm nicht einmal die finanziellen Mittel für einen Rechtsstreit zur Verfügung...*

Jedenfalls äußerte sich Gabriel Arnold nur noch in energischen, bis aufs Höchste verärgerten Worten über des Kurfürsten Handhabe in der brenzlichen Lage nach des Kaisers offener Drohung im Regensburger Reichstagsabschied: Friedrich sei wohl entsetzt über die Kriegsbesorgnisse, zitierte er ihn. Deshalb möge man Maßregeln zur Sicherung der Neutralität treffen. Im Übrigen müsse man die Lage Gott anbefehlen und sich nach den Gelegenheiten richten, da es nun einmal nicht wäre, wie man gerne wolle. Aber er habe den Kaiser schon ‚vor der Zeit', wie er sich beweihräucherte, ersuchen lassen, ‚unser Land und Leut am Rhein und zu Baiern' mit Durchzug und anderen Beschwernissen zu verschonen, ‚dieweil wir Seiner Kai. Majestät zu einem solchen nicht Anlass geben'... Obenauf rühmte sich Friedrich, er habe es nicht, wie ihm bekannt sei, dem Bayernherzog Wilhelm gleichgetan, der dem Kaiser freien Pass gewähre. Und ihm wäre auch nicht lieb, wohin man ihn mit Gewalt gedrängt hätte...

Den Anmarsch kaiserlicher Truppen fürchtend, hatte Gabriel Arnold in einem weiteren Schreiben in Worte gefasst, die auch Ottheinrich ausschmettern würde, so er Friedrich gegenüberstünde: „Auf dem Weg, darauf wir stehen, müssen wir samt der Pfalz zum Scheitern gehen an Leib und Seele, kurfürstlicher Würde, Land und Leuten. Es ist in summa aus. Und falls man in gesuchter Unterhandlung teutsch und fremds Kriegsvolk zusammenbringt, werden wir wie die alten Badehuren in unmännlicher Weise entweichen müssen."

Daraufhin hatte Ottheinrich eiligst nach Neuburg befohlen, die Schmalkaldischen aufzusuchen, was Kurfürst Friedrich dem Statthalter Hans Kraft von Vestenberg ebenso eilig verboten hatte: „Das Ersuchen", so zitierte Gabriel Arnold des Kurfürsten Gegenbefehl, „das wir bei der Kai. Majestät um des Friedens willen auf das Heftigste erbitten, darf nicht verhindert oder umgestoßen werden." - Dem zum krassen Widerspruch sei gleichzeitig bekannt geworden, dass der Kaiser im Gebiet um Amberg, immerhin Friedrichs zweitem Regierungssitz mit kurfürstlicher Kanzlei nebst Hofhaltung, 1.500 Schanzgräber und eine große Anzahl von Berittenen erwarte...

Ottheinrich fühlte unbändigen Zorn in sich aufsteigen. Vervielfacht durch sein Gefühl von Ohnmacht, vermochte er kaum noch zu atmen.

„*Essen!*" Sein Lebensdrang rebellierte. Nachdem er wieder Luft in die Lunge bekam, rief er nach seinem Koch.

Meldung des Alvise Mocenigo an den Dogen von Venedig. Landshut, 06. August 1546

Serenissimo Principe. Heri dapoi mezzo giorno gionsi de qui ; trovai che Cesare alloggiava fuori della città...

Gestern habe ich den Kaiser und sein Heer außerhalb der Stadt lagernd gefunden. Er wollte am Tage seiner Ankunft nach München gehen, da er sich hier vor den Feinden nicht sicher glaubte. Die Kaiserlichen urteilen über München wegen angeblichen Geld- und Lebensmittelmangels aber eher ungünstig.

Meldung des Alvise Mocenigo an den Dogen von Venedig. Landshut, 10. August 1546

Serenissimo Principe. Hora si intende che Protestanti non in Tonavert, ma in un loco lunato da quello lega una chiamato Rans...

Man hört, dass die Protestanten sich bei Rain verschanzen werden, weil man glaubt, dass bei der regnerischen und vorgerückten Jahreszeit wenig Zeit zur Kriegsführung bleibt, hierfür eventuell der Winter benützt werden wird. Vom Kaiser wird immer bestimmter behauptet, dass er nach Ankunft der italienischen und spanischen Truppen gen Regensburg ziehen und dort das Heer mustern werde. • Der Blitz schlug in ein

Pulvermagazin, die Explosion war furchtbar. Das Ereignis wurde von den Protestanten als Gottesurteil gedeutet. Königin Maria* verweigerte unter Hinweis auf den großen Pulververlust dem englischen Gesandten die Erlaubnis, Pulver nach England auszuführen.

Meldung des Alvise Mocenigo an den Dogen von Venedig. Regensburg, 18. August 1546

Serenissimo Principe. Non si senta altro tra soldati che lamentationi per causa di mancamento di pane et di vino...
Von den Soldaten hört man nichts als Klagen über den Mangel an Brot, Wein und die Nichtzahlung des Soldes, besonders von den Spaniern und Italienern.

Meldung des Alvise Mocenigo an den Dogen von Venedig. Regensburg, 19. August 1546

Serenissimo Principe. Il Conte Palatino Friedrich II. se ben si dichiari Lutherano, come scrissi all'Hora a V. Sert^{à}...
Der Kaiser hat Kurfürst Friedrich II. ermahnt, seine Truppen nicht dem schmalkaldischen Lager zu bewilligen. Dem Papst hat er mitteilen lassen, dass er seine Kriegshilfe benötige. Deshalb will der Papst seine Prälaten aus Trient abziehen und er bittet den Kaiser um Zustimmung, das Konzil zu beenden.

Am Kornmarkt zu Heidelberg, den 21. August 1546, Ottheinrich an Gabriel Arnold

Unsern Gruß zuvor! Treuer Gabriel Arnold!
Mit Bestürzung vernahm ich Eure Schilderung, der Kaiser habe den Regensburgern die Stadtschlüssel genommen und die Donau gesperrt! - Auch von mir, wie könnt es anders sein, gibt es nichts Erbauliches zu berichten: Anfang des Monats vermeinte ich, ein Schwanken am Heidelberger Hofe wahrzunehmen. Mir schien, als dass sich S. Kf. G.[68] anschicke, von seiner Neutralität abzulassen und sich auf eine Seite zu schlagen. Unter Ausdruck meiner Anerkennung erbat ich bei S. Kf. G. die Erlaubnis, mit den zum Herzog

[68] übliche Abkürzung für Seine Kurfürstliche Gnaden

Ulrich von Württemberg* abgehenden pfälzischen Reitern ziehen zu dürfen, die das Herannahen des niederländischen Heeres behindern wollen.
Die zu meiner übergroßen Freude erteilte Erlaubnis wurde wenige Tage später wieder zurückgenommen. Als Begründung musste ich verwinden, man habe zur Vermeidung des Nachteils meines Wohlergehens so entschieden! Ich solle fürstliche Wartung haben, wie sich's wohl gebührt! - Klagen will ich darüber ausstoßen, was man allerlei handelt und mich nichts davon wissen lässt, als wär's für mich bloß Spiegelfechterei! - Was blieb mir, als Gehorsam zu leisten?! Worin ich aber widersprach, war des ‚Vormund-Onkels Friedrich' Anerbieten, an der Spitze von einhundert Reitern die linksrheinischen Pfälzer vor den Räubereien der Truppen des Markgrafen Albrecht zu schützen... Welch enttäuschendes Wiedersehen mit meiner geliebten, seligen Susanna's erstgeborenem Sohn, der uns Schande bereitet!

MELDUNG DES ALVISE MOCENIGO AN DEN DOGEN VON VENEDIG. LAGER BEI NEUSTADT, 22. AUGUST 1546

Serenissimo Principe. Il Duca d'Alva mandava per dire a Sua M[tà] esserli gionti avisi ch'el campo de Protestanti marchiava verso Norimberg...
Der Herzog von Alba ließ mitteilen, dass die Protestanten gen Nürnberg marschieren. Der Kaiser wird nach Ingolstadt ziehen. Was er weiter vorhat, ist ungewiss, da er seine Beschlüsse nach den eingehenden Nachrichten fortwährend ändert. • Die Soldaten rauben Lebensmittel, wo sie sie finden. Wegen Mangels an solchen sind 400 Italiener abgereist.

MELDUNG DES ALVISE MOCENIGO AN DEN DOGEN VON VENEDIG. LAGER BEI INGOLSTADT, 28. AUGUST 1546

Serenissimo Principe. Intendendosi che li inimici haveano fatto lo alloggiamento suo lega una oltra Englestat...
Auf die Meldung, dass die Feinde oberhalb Ingolstadts lagern und Brücken bauen, brach der Kaiser früh auf mit der Absicht, ihnen beim Donauübergang zu schaden. Als er nach mehreren falschen Nachrichten

erfuhr, dass die Feindlichen ihr Lager gar nicht verlassen hatten, ließ er das Heer trotz der vorgerückten Stunde weiterziehen und um Mitternacht an einem gesicherten Ort lagern. Ein feindlicher Angriff wäre bei der großen Verwirrung und Unordnung sehr gefährlich gewesen, aber er blieb aus.

Meldung des Alvise Mocenigo an den Dogen von Venedig. Lager bei Ingolstadt, 02. September 1546

Serenissimo Principe. Heri alla hora terza di giorno scrissi l'ultime mie a V. Sub^{ta}; et di poi sul mezzo di l'uno et l'altro esercito...

Das heute bis Sonnenuntergang andauernde Artilleriefeuer richtete weniger Schaden an, als tags zuvor. Spanische und italienische Soldaten, welche allein zu gefährlichen Aufträgen verwendet werden, drangen unter großen Verlusten bis in die Nähe der feindlichen Gräben vor. • Selbst das katholische Deutschland ist dem Kaiser nicht ganz ergeben. Die Ingolstädter versagten ihm ihre Hilfeleistung. Sie beriefen sich auf einen Vertrag zwischen dem Baiernherzog und den Schmalkaldischen, welcher den Protestanten freien Durchzug gestattet. Wahr ist, dass der Kaiser 700 bairische Reiter ins Lager befehligte, und die Feinde, deren Artillerie fünffach überlegen ist, von der Stadt aus beschossen werden. Zwei Bastionen werden errichtet, Faschinen[69] herbeigebracht. Alle Zelte sind durch Erdaufwürfe, und die Soldaten durch Gräben geschützt. Kugeln trafen die Zelte des Erzherzogs Maximilian und des Kaisers. • Evtl. reisen keine weiteren italienischen Soldaten ab, da Geld aus Rom angekommen ist.

Meldung des Alvise Mocenigo an den Dogen von Venedig. Lager bei Ingolstadt, 04. September 1546

Serenissimo Principe. Scrissi heri a V. Ser^{tà} quanto mi occoreva. Dapoi al tardo s'intese che alcuni del campo inimico fatti priggioni...

Gefangene sagten gestern aus, dass der Landgraf von Hessen einen neuen Angriff vorbereite. Frauen und Kinder wurden zur Herbeischaffung von Faschinen verwendet, ein Brückenbau begonnen. Heute früh aber zogen die Feinde ab, nachdem sie ihr Lager in Brand gesteckt hatten. Einige meinten, wegen Wassermangels, andere, weil der Kaiser aus seinem festen Heerlager nicht hervorbreche. Die feindliche Cavallerie ist sehr gefürchtet, da sie der kaiserlichen durch ihre guten Pferde und die Bewaffnung der Reiter mit drei Pistolen sogar auf der Flucht überlegen sei.

---

[69] Reisigbündel zur Böschungsbefestigung

Meldung des Alvise Mocenigo an den Dogen von Venedig. Lager bei Ingolstadt, 06. September 1546

Serenissimo Principe. Dapoi partito il detto campo de Protestanti, de qui si è ragionato molto che fra loro vi sia qualche discordia...

Man erfährt über die Uneinigkeit der feindlichen Führer. Der Kurfürst Johann Friedrich von Sachsen wolle seine Truppen nicht vom Landgrafen Philipp von Hessen kommandieren lassen. Auf Sebastian Schertlin von Burtenbachs Äußerung, dass man eine Schlacht zu liefern habe, erklärte der hessische Landgraf, er wolle eine bessere Gelegenheit abwarten. Ein großsprecherischer Brief von ihm an Nürnberg wurde abgefangen.

Meldung des Alvise Mocenigo an den Rat der Zehn von Venedig. Ingolstadt, 08. September 1546

Excellentissimi Domini. La referente Signoria li disse che l'oratore in Roma di V. Ser^{tà} haveva pur dimostrato una gran passione...

Kardinal Alessandro Farnese zeigte sich über den venezianischen Gesandten in Rom ungehalten, weil derselbe zu mehreren Kardinälen gegangen sei, um den Krieg zu verhindern.

Meldung des Alvise Mocenigo an den Dogen von Venedig. Ingolstadt, 09. September 1546

Serenissimo Principe. Furono mandati hersera alcuni leggeri verso Tonavert che è luntano de qui sei leghe,..

Weil die gestern Abend ausgesandte Reiterei zum allgemeinen Verdruss die Tätigkeit der Feinde nicht aufdecken konnte, wurde der Condottiere Cesare da Napoli zur Recognoscirung[70] beauftragt. Von ihm vernimmt man, dass 4 Fähnlein Schweizer nach Neuburg an der Donau geschickt wurden. • Gestern sind, dem Kaiser sehr genehm, 70.000 Scudi aus Neapel angekommen. • Vom Grafen von Büren und seiner zweiten Kaiserlichen Armee, die er in den Niederlanden gebildet hat, kam die Nachricht, dass er eine Meile von Nürnberg entfernt lagere.

Meldung des Alvise Mocenigo an den Dogen von Venedig. Ingolstadt, 10. September 1546

Serenissimo Principe. Hoggi Cesare ha atto proclamare che quelli del campo suo, che sono in questa città, debbano tutti uscire...

Der Kaiser hat die Truppen zur Pestverhütung aus der Stadt komman-

---

[70] Erkundung

diert. Er will das Lager morgen an das andere, von ihm bereits erkundete, Donauufer verlegen. Von dort aus beabsichtige er Neuburgs Eroberung.

Meldung des Alvise Mocenigo an den Dogen von Venedig. Lager bei Ingolstadt, 14. September 1546

Serenissimo Principe. Heri il Duca d'Alva et molti altri capitani con 400 leggeri furono per veder un colle...

Gestern hat der Herzog von Alba einen von Neuburg gegenüberliegenden Hügel besichtigt, von dem aus ein wirksames Artilleriefeuer gegen die Stadt eröffnet werden kann. Zur Constatierung der Heeresstärke beginnt alsbald die Musterung. • In einer Flugschrift versagen die Gegner dem Kaiser und dem König ihre Titel und erklären deren Anhänger als Rebellen gegen das Reich. • Ein Pfälzer Abgesandter erhielt gestern Abend Audienz. Im Namen Kurfürst Friedrichs II. entschuldigte er sich aufs Höchste mit der Erbringung jener 500 Reiter, die vordem in der Auflage standen, das Herannahen des Grafen von Büren zu hindern. • Zweihundert italienischen Soldaten, die eigenmächtig aus dem kaiserlichen Lager abgereist waren, wurde nachgesprengt. Viele von ihnen wurden niedergehauen und gehängt.

Meldung des Alvise Mocenigo an den Dogen von Venedig. Lager bei Ingolstadt, 17. September 1546

Serenissimo Principe. Heri mattina all'Alba Cesare con questi signori andò verso Neumburg, sì come heri scrissi a V. Ser^{ta},...

Von kaiserlichen Truppen, welche in der vorletzten Nacht vor Neuburg erschienen, wurde viel weidendes Vieh erbeutet. • Der Kaiser, angeblich unterrichtet, dass sich die Stadt bei seinem Erscheinen ergeben würde, zog persönlich vor dieselbe, griff sie aber nicht an. Nachdem er einen künftigen Lagerplatz ausgesucht hatte, kehrte er am Abend zurück. • Die kaiserliche Artillerie hat die Überquerung der Donau begonnen.

Residenz zu München, am Abend des 17. September 1546

„Derjenige Pfennig ist gut, der einen Dukaten gewinnt." Mit einem italienischen Sprichwort eröffnete Leonhard von Eck das abendliche Gespräch, zu dem der Bayernherzog ihn angesichts der sich überschlagenden Ereignisse um Neuburg gebeten hatte. „Aus vielerlei Ursachen kann der Kaiser die Einnahme der Stadt genau jetzt nicht außer Acht lassen."

„Mir fällt da der Nachschub von Proviant ein, den wir in diesem Falle nicht besorgen müssen," resümierte Wilhelm IV. von Bayern.

„Dies sei ein Grund“, verneigte sich von Eck leicht, um seine sich in Grenzen haltende Wertschätzung dem Herzog gegenüber zu kaschieren. „Ein weiterer wäre der, dass umherschleichende Seuchen den Kaiser aus Ingolstadt vertreiben. Bedenkt, dass Kardinal Farnese darniederliegt und auch Markgraf Albrecht Achilles an der Roten Ruhr leidet. Die Zelte im Feldlager taugen nicht zur Genesung.“
„Ein leerstehendes Schloss schon eher, wollt Ihr damit ausdrücken.“
Diesmal reagierte Leonhard von Eck mit einem zustimmenden Kopfnicken. „So ist es. Wie Euch Bonacursius von Gryen* vermeldete, hat die uneinige schmalkaldische Besatzung die Stadt verlassen, um dem Heer des hessischen Landgrafen zu folgen. Wann, wenn nicht jetzt wäre es dem Kaiser deshalb bequemlich, die Stadt einzunehmen? Niemand außer dem Landvolk weilt dort. Bei der Ausforschung des Richters von Reichertshofen sickerte durch, dass lediglich vier Fähnlein in Neuburg liegen. Und bei des Herzogs von Alba persönlicher Erkundung der Stadt vom linken Donauufer aus wurden einige Knechte aufgegriffen, die jene Aussage bestätigten. Ein Fähnlein gehöre zu Sachsen, eines zu Hessen und eines zur Neuburger Landschaft. Das vierte Fähnlein wäre eines von Schertlin von Burtenbach, der in seiner Sorge um die Stadt obenauf dreihundert Berittene losschickte. Da aber nach deren Inaugenscheinnahme für Neuburg keine Gefahr bestünde, zog er sie wieder ab.“
„Und an einen Sinneswandel und weiteren Aufmarsch der Schmalkaldener ist nicht zu denken?“
„Nein. Abgesehen von ihrer Unstimmigkeit untereinander zieht die Bedrohung durch das heranahende Heer des Grafen von Büren ihre Aufmerksamkeit an. Nicht das kleine, unbedeutende Neuburg des Kurfürsten Friedrich, der sich in seiner wankenden Haltung die Sympathie Hessens und Sachsens mehr und mehr verspielt.“
Leonhard von Eck und Wilhelm IV. tauschten ein vielsagendes Lächeln.
„Indes, ob man eine Aussage des Kaisers gegenüber Kardinal Farnese wirklich ernst nehmen kann, darin bin ich mir nicht sicher. Jedenfalls informierte mich von Gryen, der Kaiser habe auf Farneses Bemerkung, Neuburg müsse erobert werden, geantwortet, er wolle dies wohl tun. Auch deshalb, weil er bei Kapitulation der Stadt diese seinem Vetter Wilhelm von Bayern zuzustellen gedenke.“
„Was Ihr nicht sagt!“, rief Wilhelm VI. aus. „Weshalb habt Ihr mich nicht sofort darüber informiert?!“
„Weil wir zur Genüge um des Kaisers Sprunghaftigkeit wissen“, wehrte Leonhard von Eck ab. „Und weil sich die Ereignisse schon wieder überschlagen haben. Aber seid versichert, dass ich auf diese Meldung sofort reagierte. Ich ließ dem Kaiser über Gryen mitteilen, dass ich im Falle eines Angriffs auf Neuburg dafür sorgen werde, dass es zügig erobert werden könne. Der Kaiser dankte für dieses Anerbieten und versicherte,

mir eigenhändig zu schreiben und nichts zu verschweigen. Momentan plane er, nach Aufstellung der Geschütze, die Stadt an einem Tage zu stürmen. Die Überquerung der Donau jedenfalls wurde heute angeordnet. Zur Befeuerung des Kaisers Entschlussfreude sandte ich ihm ein Gutachten über Neuburg."
„Ihr habt ein Gutachten über Neuburg erstellen lassen? Auch davon habt Ihr mich nicht in Kenntnis gesetzt."
„Nun", machte sich von Eck keine große Mühe, sich zu verteidigen. „Ich hielt es für eine rein vorsorgliche, verwalterische Aufgabe ohne Wissen, wie schnell dieses Verzeichnis an Wichtigkeit gewänne. Bedenkt doch, wie sich die Vorkommnisse in den letzten Tagen überschlagen haben. Wer konnte mit der, nun nehmen wir es doch in den Mund, also mit der unverzeihlichen Dummheit der Schmalkaldischen Heerführer rechnen?! Welche Chancen vor Ingolstadt verspielt wurden! Des Kaisers Heer könnte zermalmt vor der Stadt liegen, das zweite Kaiserliche Heer unter von Büren nun im Fokus! Doch was geschah stattdessen? Zank und Streit unter Sachsen und Hessen, die Mahnungen des erfahrenen Schertlin von Burtenbach in den Wind geschlagen!"
„Gut, gut", beschwichtigte Wilhelm den sich ereifernden von Eck. „Also, was geschah weiter mit Eurem Gutachten über Neuburg?"
„Der Kaiser und der Herzog von Alba haben es sich übersetzen lassen und sich hernach sehr zufrieden darüber geäußert."
„Aber die von Euch in Aussicht gestellte Unterstützung wurde nicht angefordert."
„Nein. Von Gryens heutige Abendmeldung enthielt die Aussage, der Kaiser habe alles Kriegsvolk in Schlachtordnung aufstellen lassen, um es in einem Umritte zu mustern. In summa seien es 12.000 zu Fuß, 8.000 zu Pferd und 1.500 Spanier und Italiener, allesamt Hackenschützen. Neben 1.200 Wagen. Was für den Moment als ausreichend befunden wurde."
Wilhelm pfiff auf seines Beraters Aussage hin durch die Zähne. „Neuburg. Morgen also."
„Ja, morgen." Von Ecks letzte Verbeugung an diesem Tage war tief. Doch sie galt nicht seinem Herzog. Sie galt vielmehr ihm selbst.

Neuburg an der Donau, den 18. September 1546

Als sich an diesem Morgen die ersten Herbstnebel, die die Donau übers Land schickte, verzogen hatten, erstarrte den Neuburgern das Blut in den Adern. In Sichtweite der Stadt waren mehrere Geschwader kaiserlicher Reiter aufmarschiert, denen zügig tausende Fußsoldaten nachfolgten.

„...ich stelle also fest, dass sich weder der Statthalter, noch die Regenten oder Vertreter der Neuburger Landschaft innerhalb der Stadtmauern

befinden", resümierte Simprecht Link, der Richter von Burgheim in seiner Funktion als einer der Hauptleute der zum Schutz der Stadt verordneten Fähnlein.
„Das ist richtig", bestätigte Klas Erlbeck. Er gehörte zu den wenigen Adeligen, die nicht aufs Land geflohen waren.
„Wer will es Hans Kraft von Vestenberg, so wie allen anderen, verdenken, die Stadt verlassen zu haben", ergänzte Veit Ritter von Augsburg, auch er Hauptmann eines der Fähnlein, zerknirscht. „Mehrmals hatten die Stadtobersten in den letzten Tagen um Beistand ersucht, beim Kurfürsten ebenso wie bei den Schmalkaldischen. Doch nie erhielten sie Antwort. Kurz gesagt: Neuburg wird von allen Seiten für wenig erachtet."
„Aber auch Gabriel Arnold..."
„Gabriel Arnold flieht um sein Leben, nachdem ihn gewisse Neuburger Kreise vor dem Kaiser als Rädelsführer bezichtigten, was dessen Forderung um offizielle Auslieferung nach sich zog."
„Dann vergeuden wir keine weitere Zeit. Die Entscheidung über Neuburgs Wohl und Wehe liegt in unserer Hand. Wie reagieren wir demnach auf den Trommelschläger, der uns vorhin verkündete, der Kaiser begehre Sprache? Dass der Stadt eine Belagerung bevorsteht, ist unübersehbar."
„Versuchen wir, diese friedlich abzuwenden", mischte sich der bislang in Schweigen gehüllte Stadtvogt Hans Heckel in das Gespräch ein. „Wobei ich mir einer Belagerung gar nicht sicher bin. Weshalb sollte der Kaiser für Neuburg, militärisch völlig unrelevant und quasi bankrott, diesen Aufwand betreiben? Kurfürst Friedrich hat sich dem Kaiser zugewandt und Pfalz-Neuburg fügte sich bislang allen seinen Anweisungen. Gut, abgesehen vom Auftreten Gabriel Arnolds. Aber wegen einer flüchtigen Person... Vielleicht sollten wir versuchen, den Kaiser milde zu stimmen in Erinnerung an unseres Fürsten Philipp großen Verdienste bei der Abwehr der Türken vor Wien in 1529."
„Einen Versuch ist es wert", war man sich einig. „Versichern wir dem Kaiser den Abzug der Fähnlein von Hessen und Sachsen bei freiem Durchzug des kaiserlichen Heeres durch Pfalz-Neuburg. Und bitten wir ihn, unseren Fürsten Ottheinrich und Philipp und der Landschaft das ihrige zu lassen."

Wenig später im kaiserlichen Feldlager bei Weichering

Hans Heckel hatte sich sofort bereiterklärt, als städtischer Abgesandter das Anerbieten Neuburgs ins kaiserliche Lager zu überbringen.
Umso näher er, in Begleitung eines Sprachkundigen, der des Spanischen und Französischen mächtig war, sich jedoch dem Heerlager näherte, desto mehr steigerte sich seine entsetzliche Beklommenheit. *Noch nie hatte er sich einer derartigen Menschenmasse gegenüber gesehen, die nur zum Zwecke einer*

einzigen Kriegsmaschinerie zusammengekommen war! Nicht nur deren Anblick, die unüberschaubare Anzahl an Landsknechten, Pferden, Geschützen und der allgegenwärtige Geruch von Schwarzpulver machten ihn schaudern. Vor allem deren Geräusche waren es, so das Scheppern der geharnischten Leiber, das Klirren von Schwertern und Lanzen, die Ausrufe der Befehlshaber, das Hufescharren und Wiehern der Schlachtrösser... *Was, wenn diese Heerschar über Neuburg herfiele?!* Er tauschte einen stummen Blick mit dem Dolmetscher und beschleunigte seine Schritte.

Karl V. schwieg auf das Neuburger Gesuch hin. In nachdenklicher Pose, das Kinn von gefalteten Händen gestützt, ging sein Blick ins Leere. „Nein, ich tus nicht", antwortete er nach einer Weile versonnen wie zu sich selbst, ohne einen Blick auf Hans Heckel und in französischer Sprache. „Neuburg muss sich auf Gnade und Ungnade ergeben. Geschieht dies nicht, so werde ich aufs Allerschärfste gegen die Stadt vorgehen." Mit dieser Drohung verstummte er. Niemand im Zelt wagte ein Wort. Erst auf seinen herablassenden Fingerzeig hin übersetzte der Dolmetscher des Kaisers Ablehnung.
„Überlegt und handelt weise", fügte Karl V. der Übersetzung hintan. „In einer Stunde überbringt dem Herzog von Alba Antwort. Andernfalls, so richtet es aus, wird Neuburg noch heute seine Mauern und Häuser zur Erde sehen müssen." -
Wie in Trance verließ Hans Heckel in Begleitung des Dolmetschers das Zelt des Kaisers. Draußen sah er sich suchend nach ihren Pferden um, die man mittlerweile in die Obhut des kaiserlichen Stallmeisters gegeben hatte. Von Gryen, der bayerische Botschafter, der der Unterredung beigewohnt hatte, nutzte diesen kleinen Moment. „Beeilt Euch und schickt die beiden Fähnlein aus der Stadt, bevor Ihr hierher zurückkommt", raunte er unauffällig im Vorbeigehen. Diese Warnung gab er nicht etwa aus Untreue dem Bayernherzog gegenüber, dem Pfalz-Neuburg im Falle der Kapitulation vom Kaiser schließlich versprochen worden war. Er machte es aus Ehrgefühl, weil er längst Karls V. Befehl kannte. 1.500 berittene Spanier und Italiener waren nach Neuburg beordert, die bekanntermaßen ihre Befehle besonders rigoros ausführten. Für von Gryen bedeutete dies ein niederträchtiges Vorgreifen gegenüber Neuburg, infolgedessen auch gegenüber München. Dessen Interesse bestand nicht darin, Wittelsbacher Erbland blutgetränkt und in Trümmer zerlegt zu sehen. Vor allem nicht dieses schmucke Residenzstädtchen und Herzstück des Pfalzgrafen Ottheinrich, den er als aufgeschlossenen, kunstsinnigen Geist schätzte. Und vor allem auch nicht jener zauberhafte Landstrich, in dem ein Fluss mit der Natur wetteiferte, wer von ihnen beiden wohl hübscher sei. Kurzum: Neuburwar München als Anerkennung für getreue Kriegsbeihilfe in Aussicht gestellt... -

„Bevor Neuburg sich auf Gnade oder Ungnade ergibt, wird man die Fähnlein an Landsknechten wie Rüden auf einer Schweinehatz anführen und die eigene Haut daransetzen. Dies überbringe ich Euch als Antwort."
Kaum eine Stunde später verneigte sich Hans Heckel vor dem Herzog von Alba. War er auf seinem Ritt zurück in die Stadt noch in restloser Furcht gewesen, so hatte die dort in Einigkeit geäußerte Entrüstung über des Kaisers Anmaßung in ihm souveränen Tatendrang entfacht. Sein entschlossener Tonfall, wohl auch seine schnelle Rückkehr, beeindruckten offensichtlich des Kaisers obersten Befehlshaber. Jedenfalls gab der an, zum Kaiser zu eilen, um Neuburgs Entscheidung vorzutragen.
Wenig später meinte Hans Heckel, seinen Ohren nicht zu trauen: „Der Kaiser gewährt Neuburg seine Gnade", übersetzte ihm der Dolmetscher. „Er ist willens, der Pfalz nichts zu nehmen. Wie unter Kriegsvolk üblich, dürfen die Fähnlein unbehelligt und mit Hab und Gut abziehen." Unter diesen Worten legte der Herzog von Alba eine Hand an die Brust. „Dies spricht der Kaiser mit klaren Worten", fuhr er in erhabener Haltung fort. „Und ich bezeuge Euch deren Vollziehung bei meiner Ehre. Zum Beweis begleiten Euch zwei meiner Hauptleute auf Eurem Rückweg in die Stadt. Gebt uns den Gegenbeweis und ladet sie mit Euren Befehlshabern heute zu einem gemeinsamen Nachtessen. Der Kaiser selbst nimmt morgen friedliches Quartier in der fürstlichen Residenz."
Diese völlig unerwartete Antwort kam für Hans Heckel irgendwie zu überraschend. Und zu schnell. Und vor allem zu überschwänglich. Ihm schwante nichts Gutes.

Neuburg an der Donau, am Morgen des 19. September 1546

Das Nachtessen mit den beiden Kaiserlichen, einem Giovanni Gaudenzio Madruzzo und einem Gian Giacomo de' Medici di Marignano*, war zu einer durchzechten Samstagnacht ausgeufert. Vor allem der Medici, ein Mailänder Condottiere, hatte trunken und in Feierlaune begehrt, dass man ihn mit seinem Spitznamen ‚Il Meneghino' - ‚Der Mailänder', anspräche...
Angesichts dessen verstand Simprecht Link, übernächtigt und noch halb betrunken, den frühen Befehl nicht, den man ihm soeben überbrachte:
Er solle die vier Fähnlein an Landsknechten umgehend auf die Mühlschlacht[71] bringen. 200 berittene Italiener stünden bereit, um den Befehl ausführen zu helfen. Würde man sich dem nicht fügen, zögen nochmals 1.300 Berittene aus des Kaisers Lager nach, um seinem Wunsche Nachdruck zu verleihen.
„Auf die Mühlschlacht?", murmelte Simprecht vor sich hin, während er

[71] Donauinsel vor Neuburg, heute „Leopoldineninsel"

sich aus dem Bett quälte und ankleidete. „Wieso auf die Insel? Wo ihnen doch freier Abzug nach Kriegsrecht zugesichert ist?“ *Wollte man den Truppen vor ihrem Abzug etwa salutieren??* Simprecht verwarf seinen Gedankengang sofort als abwegig. Aber eine schlüssige Erklärung fand er nicht.

Schneiderei des Meisters Ruprecht zu Neuburg an der Donau, den 20. September 1546

Else traute sich nicht, auf ein Klopfen hin die Haustür zu öffnen. Erst nachdem sie Ruprecht und Maximilian hinter sich wusste, sperrte sie auf. „Siegbert!“, begrüßte sie den durch den Türspalt ausgemachten Nadlermeister. Schnell wurde er ins Haus gezogen.

„Ich bringe Neuigkeiten und bitte um Hilfe, so Ihr noch nichts davon wisst“, eröffnete Siegbert.

„Dass man hunderte Landsknechte auf der Mühlschlacht kampieren lässt, davon wissen wir“, knirschte Ruprecht.

„Ohne ihnen zu Essen zu geben“, ergänzte Siegbert. „Aushungern will man sie, bis sie dem Kaiser einen Treueeid leisten. Andernfalls, so das Gerede, würden sie von den Welschen nacheinander abgestochen.“

„Um Himmels willen!“ Else entfuhr ein Stoßgebet.

„Dieser elende Verräter, der sich unser Kaiser nennt! Dieser Mensch gewordene Satan! Erinnert ihr euch der Predigt in Ottheinrichs Hofkapelle? Dass man den Oberen nur folgen solle, so sie nicht wider Gottes handeln?!“ Ruprechts Hände ballten sich zu Fäusten.

„Das soll man nicht, aber wir sind keine Kriegsleut. Dennoch können wir als Bürger beitragen. Nämlich mit Geld. Deshalb kam ich her.“

„Geld?“, wiederholte Else.

„Unseren Hauptmann, den Simprecht Link, hält man feige als Gefangenen. Geschätzt haben sie ihn, wie ein Stück Vieh auf dem Markt. Bringt er die Summe auf, geben sie ihm einen Freibrief und lassen ihn laufen.“

„Und wenn nicht?“

„Darüber denken wir nicht nach, denn wir werden ihm alle helfen. 500 Gulden braucht es. Wie viel kannst du beisteuern, Ruprecht?“

Ruprecht gab, was er konnte, und am selben Abend überbrachte Siegbert die Nachricht, dass Burgheims Richter auf das Lösegeld hin freigelassen worden war. Auch die Landsknechte hatten abziehen dürfen. Jedoch erst, nachdem sie sich einer demütigenden Forderung gebeugt hatten: Sie mussten ihre Fahnen zerreißen und den Schwur ablegen, fortan nie wieder gegen und auf Verlangen sogar für den Kaiser zu fechten.

„Neuburger Schmach“, brachte Ruprecht auf den Punkt, was der Kaiser sich Neuburg gegenüber erlaubt hatte.

„Schmach der Kriegsleut“, verbesserte ihn Siegbert. „Warte ab, womit er uns erniedrigt.“

[72]Römischer Kaiserlicher Majestät Ordnung und Abschied in Einnehmung der Stadt Neuburg. Der gemeinen Bürgerschaft daselbst gegeben. Darin unter anderem die Ursachen, warum Ihre Majestät zu solcher Handlung bewegt sei.

Die Kai. Majestät, unser aller gnädigster Herr, nimmt die Stadt Neuburg samt ihrer Bürger und Einwohner zu seinen Gnaden auf. Unangesehen, dass dieselben ihrer Obrigkeit wohl ein anderes verdient hätten. Aber aller guten Taten wegen, welche die gemeine Landschaft, im Besonderen die gewählte Regierung, in mehrerlei Wegen erzeigt und bewiesen hat, sei dies in Vergessenheit gestellt.

Wird jedoch der Pflichten aufgrund Ihrer Kai. Majestät Deklaration der Acht und AberAcht über die beiden ungehorsamen Rebellen

Johann Friedrich Herzog zu Sachsen &
Philipp Landgraf zu Hessen

verstoßen, wird dies bei höchster Pein und Strafe geahndet. Darin eingeschlossen sei, sich denselben Achtern weder anhängig zu machen, noch ihnen einich[73] Hilf, Fürderung[74] oder Fürschub[75] zu leisten.

Nichtsdestoweniger sieht die Kai. Majestät es als erwiesen an, dass hier mitsamt denselben Achtern und ihren Anhängern in offener Kriegshandlung gegen Ihre Kai. Majestät gestanden ward. Angesichts der Aussichtslosigkeit einer Wendung durch Entschuldigung -trotz Warnung- ist die Kai. Majestät zum Schluss getrieben worden, mit aller Kriegsrüstung, Kriegsgewalt und höchsten Unkosten Schloss und Stadt Neuburg einzunehmen. Durch die Ihrer Kai. Majestät Widersachern erzeigte Hilfe aus der Stadt heraus war Ihr genügend Ursache gegeben, gegen Neuburgs Bürger und Einwohner -samt Leib, Hab und Gut- mit gebührlicher Strafe zu handeln und sich des zugefügten Schadens der aufgewendeten Kriegskosten wegen bei ihnen zu erholen.

Wegen Ihrer Kai. Majestät gnädigsten väterlichen Liebe und Zuneigung dem Heiligen Reiche Teutscher Nation und allen gehorsamen Ständen und Gilden gegenüber will Ihre Kai. Majestät jedoch Milde und Gütigkeit der Schärfe und dem Ernst voransetzen. Bürgern und Einwohnern zu Neuburg wird deshalb alle Strafe, die sie um obberührter Handlung willen wohl verdient haben, hiermit gnädiglich erlassen.

Schloss & Stadt Neuburg -samt aller Zugehörung- will Ihre Kai. Majestät aber in Gewalt und Händen behalten, bis es Ihr ratsam erscheint, ein

---

[72] in Anlehnung: Neuburger Kollektaneen-Blatt 93. Jahrgang 1928, Seiten 32-34

[73] irgendeine

[74] Unterstützung

[75] Beihilfe

anderes zu verordnen. Alle Bürger und Einwohner der Stadt Neuburg sollen fortan der Pflichten gemäß ihrer Huldigung gegenüber ihren vorigen Obrigkeiten als Untertanen oder Schirmsverwandten[76] entbunden sein. Dafür ist Ihrer Kai. Majestät von neuem Huldigung zu tun. Ihr ist hinfüran[77] getreu, gehorsam und gefällig zu sein. Als Gegengabe wird Ihre Kai. Majestät die Stadt Neuburg schützen und schirmen.
Aus dieser Begnadung sind jene ausgeschlossen, die sich -im Zuwiderhandeln Ihrer Kai. Majestät gegenüber- zu dieser Zeit außerhalb der Stadt Neuburg befinden. Ihr Hab und Gut betreffend wird die Kai. Majestät ihrem Verdienste nach verfahren.
Desgleichen soll denen, die Forderungen oder Klageansprüche gegen die Stadt Neuburg haben, vorbehalten sein, dass ihnen abgeholfen werde. Dies geschehe vor Ihrer Kai. Majestät -oder wen sie dazu befugt- an gebührendem Ort und nach Recht und Billigkeit.

Dies alles zur Beurkundung
hat die Hochgeachtete Kaiserliche Majestät
diesen Rechtsabschied unter Ihrem Insiegel verfertigt.
Allem, wie es oben steht, soll treulich und unverbrüchlich
nachgekommen und gelebt werden.
Actum im Feldlager bei Neuburg
am 21. Tag des Monats Septembris. Anno 1546.

Gedruckt zu Ingolstadt durch Alexander Weissenhorn.

Neuburg an der Donau, den 23. September 1546

„Sie plündern das Schloss! Sie plündern das Schloss!“ Schreiend kam Else vom Bäcker zurück. Sie hetzte in die Küche, wo sich Ruprecht und Maximilian soeben einen Apfel teilten.
Maximilian schickte seinem Meister einen auffordernden Blick, den Ruprecht jedoch mit den Händen abwehrte. Unter Elses Protest erlaubte er ihm aber, aus dem Haus gehen zu dürfen.
„Geh in Gottes Namen, doch achte auf dich. Nicht, dass die Söldner auch dich plündern und du dich zwangsrekrutiert auf dem Schlachtfeld wiederfindest. Und dein Vöglein an Einsamkeit verendet“, schob Ruprecht ihm ein letztes Apfelstück zu, woraufhin Maximilian eilig zulangte. Danach stürmte er aus der Küche. Schnell warf er sich noch eine Gugel

[76] hier ist Kurfürst Friedrich II. von der Pfalz gemeint, der nach Ottheinrichs Bankrott den Ständen von Pfalz- Neuburg gegenüber erklärt hat, Schutz und Schirm zu bieten
[77] künftig

über, um unter der Kapuze sein auffälliges Haar zu verbergen, und schon eilte er durch Neuburgs Gassen hin zur Residenz.

Bereits in Sichtweite des Schlosses hörte man das Hantieren von Hämmern und Brecheisen, unterbrochen vom Schallen von Zurufen, die im Schlosshof echoten.

Maximilian suchte sich eine Mauernische, in der er sich verbergen, das Geschehen ums Schloss dennoch ausreichend beobachten konnte. Dort stand er nicht lange, bis sich das mächtige Tor der Zufahrt in die Residenz öffnete, und es vom Schlosshofe her noch lauter wurde: Zum Dröhnen von Hufschlägen auf dem Kopfsteinpflaster mischte sich Trompetenschmettern. Wenige Momente später kamen jene Fanfarenbläser durch das Schlosstor geritten. Ihnen folgten flaggentragende, geharnischte Reiter, in deren Mitte sich ein schwarz gekleideter Nobler befand. Maximilians Augen hefteten sich an diesen Mann: Obwohl er den Kaiser noch nie gesehen hatte, so verrieten ihm dessen markante Gesichtszüge, wer da soeben Ottheinrichs Schloss verließ. Im Vergleich mit dem Antlitz des Königs, das er seit seiner Begegnung im Schutze der Rockfalten seiner Mutter in seinem Gedächtnis lebendig hielt, traf ihn gallbittere Ernüchterung. Sie zertrümmerte seine kindliche Illusion.

Maximilian schüttelte sich aus seiner Glanz und Glorie verheißenden, naiven Erinnerung, die sich daran machte, seine realen Blicke zu vernebeln. Auch wenn ihm dabei sein Herz furchtbar schmerzte, weil es einem Verlust des Gedenkens an einen glücklichen Kindsmoment im Beisein der Mutter gleichkam, verwehrte er sich diesem Emotionsschub nicht. Fast war ihm wie Wegsehen, wie Ignorieren der Anwesenheit jenes Menschen, der sich schier über jeden und jedes hinwegsetzte im Vermeinen, ein von Gott eingesetzter allmächtiger Weltherrscher zu sein. Doch er stellte sich der Wahrnehmung jener glanzlosen Gestalt, deren schwarze Kleidung ihr blass-düsteres Erscheinungsbild zusätzlich negativ inszenierte. - Karl V. hinterließ in ihm nicht die kleinste Spur von Respekt oder gar hingebungsvoller Liebe, die ein Untertan seinem Kaiser gegenüber normalerweise empfand. Er spürte Welten zwischen den tiefgehenden Gefühlen liegen, die er im Gegensatz dazu für Ottheinrich hegte. Dessen hoheitsvolle, respekteinflößende und doch herzwarme Güte hatten jene Verehrung in ihm ausgelöst: - Sein geliebter Fürst, dem er die Erfüllung seiner innigsten Wunschträume verdankte. Ein Fürst im Exil, dessen Eigentum soeben im Höchstmaß an Geringschätzung zerstört oder hinweggeschleppt wurde. Schmerzlich und im Gefühl großer Hilflosigkeit beobachtete Maximilian, wie nach dem Abzug des Kaisers etliche vollbeladene Planwagen aus dem Schlosstor rumpelten.

Irgendwann wagte er den Zutritt in den Schlosshof. Ohne weiter nachzudenken, wie von einem Faden gezogen, durchschritt er die Tordurchfahrt. Die offenstehende Tür der Schlosskapelle ließ ihn hineingehen. Staub-

geruch umfing ihn dort. Es war der Dunst von abgeschlagenem Putz, der den Boden übersäte. Sein Herz krampfte furchtbar, als er gewahr wurde, wie den prachtvollen Wandgemälden zugesetzt worden war.
„Die Kelche und Messgewänder gehen auf kaiserlichen Befehl nach München", hörte er ein Rufen von der Balustrade herunter, woraufhin etliche dieser Gegenstände von einer Seitentür her aus der Kapelle hinausgeschafft wurden.
Maximilian verließ die Kapelle. Unbehelligt, wie ein unsichtbar umherschwebender Geist, bewegte er sich durch das von unzähligen Landsknechten in Chaos verwandelte Schloss. Jede offenstehende Tür nahm er zum Anlass, die dahinterliegenden Säle und Gemächer zu betreten. Doch nirgends begegnete ihm ein anderes Bild als das von Raub und ungezügelter Zerstörungswut.

„Nicht einen Nagel haben sie an der Wand gelassen", klagte er später in tiefster Niedergeschlagenheit im Schneiderhaus. „Es ist alles weggebrochen oder weggenommen."
Ruprechts Wutanfall auf das Gehörte hin war unbeschreiblich. Noch nie hatte Maximilian seinen Meister dieserart gesehen.
Else blieb halbwegs gefasst, und so bekam Maximilian auf seine Frage, ob es eine Möglichkeit gäbe, Ottheinrich einen Brief zu schicken, eine ermutigende Antwort.
Später, in seiner Dachkammer, schrieb sich Maximilian nicht nur von der Seele. Nachdem sein Brief fertig war, ging er mitsamt seinem Vögelchen hinunter in die Schneiderstube. Dort suchte er nach dem Reststück eines Seidenstoffes. Davon schnitt er ein Lesezeichen zu, das er einsäumte und hernach in Hingabe mit der Silhouette des Königsvogels bestickte.

Meldung des Alvise Mocenigo an den Dogen von Venedig. Lager bei Marxheim, 01. Oktober 1546

Serenissimo Principe. La peste va pur continuando et crescendo in questo campo, et si dice che già tutte le nationi sono infettate...
Die Pest fordert viele Opfer. Als die deutschen Truppen dem Kaiser erklärten, während der anstehenden kalten Witterung nicht mehr dienen zu können, ließ er ihnen sagen, dass er bis dahin vorgesorgt haben werde. Für den morgen anstehenden Marsch ist jeder mit Brot auf 3 bis 4 Tage versehen.

Kloster zu Baring, um den 13. Oktober 1546

„Der heilige Edwardus hat uns erhörtet! An seinem Tage! Der allerdurchlauchtigste, großmächtige Kaiser naht mit seiner Heereskraft unserem Kloster!“, rief Euphemia Prikheimer aus und faltete kurz die Hände gen Himmel. Hernach fasste sie noch schnell ein Kruzifix, damit eilte sie ins Freie.

„So wartet doch!“, rief sie aus, als sie es vom Klostertor her laut krachen hörte. *Weshalb öffnete niemand?! Am Ende steht der Kaiser vor dem Tor und begehrt Einlass! Sind nicht genug der Menschen hier im Kloster?!*

Indes. Niemand ließ sich sehen und demnach war es sie selbst, die den schweren Torriegel beiseiteschob. Zeitgleich wurde das Tor von außen heftig aufgestoßen. So gut es ihre fast siebzigjährigen Knochen zuließen, sprang sie eben noch beiseite. Danach ging alles rasend schnell und ihr in die Höhe gehobenes Kreuz verkam zur lächerlichen Bagatelle.

In den folgenden Tagen verrückte sich Euphemias Weltbild, doch niemandem außer ihrem Diarium vertraute sie dies an:

Ich sehe mich umgeben von großer Not. Ich habe von dem einen Menschen nicht Hilf und Rat noch Warnung annehmen wollen, der jetzt selbst um seines Lebens willen auf der Flucht ist. So weiß ich oft nicht, was ich tun soll, und dann lege ich die Entscheidungen in andere Händ. Wohl sind wir in unseres Klosters Mauern geblieben, doch boten sie uns keinen Schutz.

Habe ich mich mit Schuld beladen, da ich das Tor in verirrtem Glauben öffnete? Hernach der Schrecken über uns hereinbrach? Oder wäre das Tor eh zerschmettert worden? – Der Herrgott gibt mir keine Antwort auf meine drückendsten Fragen. Mir bleibt nur, das Leid mit den vielen, die in unserem Kloster Obhut suchen, in Demut zu teilen:

Nicht der Kaiser stand vor unserem Tore, es war eine Anzahl seiner Söldner. Sie rannten herein und plünderten, was ihnen nutzbar oder essbar war. Sie fragten nicht nach uns, außer in der Weise, die da hohnlachend lautete ‚...wollen Betschwestern reiten...‘. Sie stürmten nicht nur in unsere Zellen. Sie stürmten in die hintersten und untersten Winkel unserer Gemäuer in der Gier nach Notzucht und Entehrung.

Satanische Brut, zu der sich das weibische Laster gesellte! – So dachte ich. So irrte ich ein weiteres Mal! Der Herr vergebe mir:

Meinen Anweisungen grob zuwiderhandelnd, verbargen sich die Nonnen, die mir anvertraut sind, rechtzeitig in Krypta und Grüften, sogar in den Ziehbrunnen quetschten sich welche von ihnen. Zur Bemäntelung dieser Verstecke traten Augsburgs Huren auf. In unsere Habits gehüllt, boten sie den ehrlosen Landsknechten ein Schaustück. Sie machten sich zu uns. Was hörte ich für Lügen, wer sie seien, das nicht genommene lange Haar vom Bischof mit Minne erkauft, als man das Ablegen der Schleier

verlangte, zum Anbeginn einer Sodomischen Nacht unter unserem Dach... Erst nach dem Abzuge jener marodierenden Horde begriff ich, wovor uns die Augsburgerinnen bewahrt hatten, nämlich in dem Moment, als die Freisinger Terziarinnen hilfesuchend hierher gefunden hatten, die meisten von ihnen schwer geschändet... Doch nicht nur aus Freising, auch anderswo ließen die Dorfleut ihre Häuser, oder was davon überhaupt noch da ist, öd zurück und flohen in Schrecken und Verwirrung zu uns.
Jetzt haben wir als Erbe des Kriegsvolks, das ich als Beschützer wähnte, die Stuben voll von deren zurückgelassenen Verwundeten und Kranken. Desgleichen zeigen sich Kapitelhaus und Refektorium, sogar im Kreuzgange wird notdürftig gelagert. Alles ist voller Leut, die wir, auch ihre Kinder, speisen sollen. Aber womit? Unsere Speicher sind ausgeraubt. Wären sie noch angefüllt von Korn, so könnten wir es nicht mahlen, denn unsere Mühle hat man zerschlagen. Das mitgebrachte, der Plünderung entronnene Vieh der Dörfler rennt allenthalben hungrig in unserem Garten herum und frisst von Beet und Baum. Schlachten wir es, gäbe es weder Milch noch Eier. Schlachten wir es nicht, schweben wir in der Gefahr der erneuten Heimsuchung umherziehender, gewissenlos plündernder Kriegstruppen...
Was für Schrecken, Unruhe, Angst und Not wir leiden, das kann ich nicht beschreiben. Allein der Barmherzigkeit Gottes zu hoffen, reichen soeben meine Kräfte.

Schneiderei des Meisters Ruprecht zu Neuburg an der Donau, gegen Ende Oktober 1546

„Zuletzt wüteten die Kaiserlichen im Schwäbischen. Von Brand und Notzucht hört man. Welche Orte insgesamt heimgesucht wurden, ist ungewiss. Aber sicher weiß man von Alerheim, Burgmagerbein, Mauren, Schaffhausen, Bissingen, Diemantstein und Lierheim." Der Nadlermeister Siegbert war auch an diesem Abend zu Ruprecht gekommen, um vertraulich düstere Nachrichten zu überbringen.
„Weshalb, weshalb nur schlagen die Schmalkaldischen nicht zurück?! Ich verstehe es nicht!" Ruprecht schwankte zwischen Wut und Verzweiflung.
„Uneins sind sie, wie man aus Augsburg hört. Schertlin von Burtenbach kehrte vor einigen Tagen dorthin zurück, nachdem er sich mit dem Landgrafen von Hessen wegen dessen Zögern furchtbar überworfen hatte. Und nachdem ein Mordanschlag auf ihn gescheitert war."
„Ein Mordanschlag? Auf Schertlin von Burtenbach?"
„Durch einen armen Teufel. Er soll aus Lindau gewesen sein, gedungen

von Schulden wegen. Verkleidet als einer seiner Trabanten, hatte er sich in Schertlins Lager geschlichen."
„Und, was ist mit ihm geschehen?"
„Das willst du nicht wissen, Ruprecht."
„Doch. Ich will."
„Das Urteil lautete: Ihn zu hauen in vier Stücke. Auf sein Flehen hin schlug man ihm aber zuvor den Kopf ab. Zur Warnung wurden seine Körperteile an Straßenbäumen aufgehängt. Der Kopf ging auf einem Spieß gen Donauwörth."
Ruprecht rang schwer nach Atem. „Wie friedlich unser Leben war."
„Und für wie selbstverständlich wir dies nahmen. Sorglos wie die Kinder waren wir, im Nachhinein betrachtet."
„Niemals beuge ich mich des Kaisers Schmach. Ich kann diesem ganzen Übel nicht mehr tatenlos zusehen, Siegbert. Ich kann einfach nicht mehr stillsitzen, hier, fast ohne Arbeit. Oder Arbeit, die ich anzunehmen gezwungen bin. Des Kaisers Statthalter, also Neuburgs neuer Oberherr, war bei mir. Einen gefütterten Rock für den Winter gab er hochmütig in Auftrag. Für einen entwürdigenden Lohn. Mir dreht sich der Magen um."
„Aber, was gedenkst du zu tun? Du bist kein Soldat."
„Lieber einen Spieß zwischen den Rippen, als an einem Magengeschwür verreckt."
„Weißt du, was du da eigentlich redest? Und, weiß deine Else davon?"
„Mein Weib bekommt meinen Groll ab. Und der Maximilian auch. Ich kann mich selber nicht mehr leiden."
„Mache mir später keine Vorwürfe, Ruprecht..."
„Aber weswegen denn?"
„Weil ich dir sage, dass die Augsburger in Neuburg heimlich um Hilfe ersucht haben. Eben für Schertlin von Burtenbach. Wenn nicht für eine große Schlacht, die vor dem Winter höchstwahrscheinlich nicht mehr ausgetragen wird, so will er den kaiserlichen Horden erschweren, sich Wintervorrat zu erplündern."
„Damit die kalte Jahreszeit von denen so viele wie möglich hinwegrafft."
Ruprecht ballte seine Fäuste. „Bist du dabei?"
„Nein", kam entschieden von Siegbert zurück. „Ich habe Weib und Kinder, wie du weißt. Ich möchte sie nicht auf der Straße sehen, draußen, vor der Stadt, in Eis und Schnee, weil man sie des Vaters wegen verjagt hat. Du kennst des Kaisers Erlass. Man wird auch dich enteignen, Ruprecht. Was wird dann aus deiner Else?"
Ruprecht gab seinem Freund recht. Aber wenn jeder so dachte...

„Des Statthalters Auftrag erledigst du, Maximilian. Die Stoffteile habe ich schon zugeschnitten", wies Ruprecht an. „Und fragt jemand nach mir, so äußert ihr, ich sei auf des Fürsten Wunsch hin nach Heidelberg gereist.

Schließlich weiß ein jeder, dass ich sein Leibschneider war. Und kehre ich nicht zurück, dann entgeht des Schneidermeisters Witwe der Enteignung, indem sie den Gesellen ehelicht, der damit ein Anrecht auf die Meisterwürde erlangt. Ich wüsste nicht, was daran falsch sein sollte."
Else wusste, dass jedes Widerwort jetzt sinnlos wäre. Außerdem, wenn auch unausgesprochen, hatte sie nach den wiederholten leisen Zwiegesprächen zwischen ihrem Gatten und dem Nadlermeister bereits etwas Derartiges befürchtet. Ihr blieb also nur, hinter Ruprecht die Haustür abschließen, nachdem er in die Finsternis hinausgeschlichen war.

Maximilian verwand seinen Schock in dieser Nacht nicht mehr. Wie versteinert war er mit dem Vögelchen die Treppe zu seiner Kammer hinaufgestiegen. Dort lag er so lange wach, bis ihn in der Morgendämmerung ein Tiefschlaf übermannte.

Meldung des Alvise Mocenigo an den Dogen von Venedig. Lager bei Sontheim, 28. Oktober 1546

Serenissimo Principe. La luna ha fatto con pioggia et con freddo assai piú del solito, et è caduta ancor della neve...

Es herrscht nasskaltes Wetter. Vorbereitungen wie zu einer Überwinterung werden getroffen. • Die Feinde wurden jede Nacht alarmiert, sie erlitten in einem Hinterhalt Verluste. • Der Kaiser hat seinen Unwillen über die Desertierung italienischer Truppen ausgedrückt. Er ist auch wegen des Papstes verstimmt, weil der seine Zusagen nur schlecht erfülle. Einige Italiener kehrten zurück, um unterwegs nicht ausgeplündert zu werden. Farnese hat seine Truppen freundlich angesprochen und baldige Soldzahlung verhießen. Trotz seiner Zusicherung, auch die Heimkehr zu gestatten, ließ er etliche Deserteure verfolgen und einige von ihnen hinrichten.

Meldung des Alvise Mocenigo an den Dogen von Venedig. Lager zwischen Lauingen und Dillingen, 05. November 1546

Serenissimo Principe. Con dui fatti priggioni di quelli che li faceano scorta, li quali esaminati affirmano l'esercito loro...

Ein Gefangener sagt aus, dass die Feinde Winterquartiere beziehen würden, ein zweiter, dass sie dies nicht früher als der Kaiser tun wollen. • Das kaiserliche Lager wird verschanzt. Morgen wird mit der Befestigung der umliegenden Orte begonnen, da der Kaiser der Bevölkerung nicht traut. • Der von den Augsburgern beabsichtigte Fang des Farnese misslang. • Granvella ist noch immer fieberkrank.

Meldung des Alvise Mocenigo an den Dogen von Venedig. Lauingen, 05. November 1546

Serenissimo Principe. Ogni giorno si fa qualche scaramuzza, ma succendo cose di così poca importanza...

Täglich finden unbedeutende Scharmützel statt. Die Feinde seien ebenso müde wie die Kaiserlichen.

Meldung des Alvise Mocenigo an den Dogen von Venedig. Lauingen, 23. November 1546

Serenissimo Principe. Levatosi il campo de nimici, Cesare con la cavallaria et li Spagnoli, sì come scrissi, si misse a seguirlo...

Der Kaiser gab die Verfolgung der Feinde, welche die ganze Nacht marschiert und daher weit entfernt waren, auf. Auch hatte sich sein Heer wegen des Schneefalls zerstreut. Alba befahl, für reichlich Vorrat an Lebensmitteln zu sorgen.

Meldung des Alvise Mocenigo an den Dogen von Venedig. Lauingen, 28. November 1546

Serenissimo Principe. La nuova del fuggire de lanthgravio et della dissolutione di quel'esercito si è dapoi in questo modo...

Der Kaiser teilte vertraulich mit, er lasse in den Niederlanden für einen im Frühjahr zu unternehmenden Angriff auf den Landgrafen von Hessen Truppen werben und solche auch in Tirol bereithalten.

Kapitel 10

Dörfchen Kreut, gegen Ende Januar 1547

Die Winterkälte machte wenig Lust auf einen klammen, stacheligen Strohsack im eiskalten Bett. Dies war der Grund dafür, obwohl es schon spät und ihre Arbeit längst beendet war, dass Helmut und Paule noch in der halbwegs warmen Werkstatt saßen und ein Pläuschchen hielten.
„Hat es eben geklopft?“, unterbrach Paule ihre Plauderei und lauschte in Richtung der Haustür.
„Um diese Zeit? Wer mag da draußen herumlungern?“ Helmut hatte nichts gehört. Außerdem behagte ihm der Gedanke nicht, dass sich jemand vor seinem Haus herumtrieb. Bislang, in diesen kriegszerfahrenen Notzeiten, hatte ihnen nämlich ein Einfall Paules Diebe und Plünderer weitestgehend vom Halse gehalten. Ihm war die Idee gekommen, die nach dem Talgkochen verbleibenden Schlachtabfälle nicht zu entsorgen, sondern in ihrem Hof vor sich hin verwesen zu lassen. Die Sicherheit, die ihnen jene Taktik bescherte, überwog den schauderlichen Gestank. Nur das Ungeziefer galt es in Schach zu halten. Aber dies war das kleinere Übel, als sich ausgeplündert zu sehen. Außerdem brauchten die Menschen auch jetzt Kerzen, die Paule, wo immer es möglich war, gegen noch kleinere Münze oder zunehmend schenkungsweise verteilte. Aber - im Vergleich zu der Not, die andere litten, ging es ihnen halbwegs gut. Vor allem dank Maximilian...
„Kleine verstoßene Buben“, zwinkerte Paule. Er stand auf und trat an die Tür, denn soeben hatte es wieder geklopft. Diesmal etwas lauter, sodass auch Helmut es hörte.
„Nur das Oberlicht. Und lass die Kette vor“, warnte er und folgte Paule mit einer brennenden Kerze in der Hand.
Das fahle, abgehärmte Gesicht, in das er kurz darauf hineinleuchtete, erkannte er nicht sofort. Erst, als der Mann fragte, ob er der Kerzenzieher zu Kreut und Maximilians Vater sei, wusste er, wer an seiner Haustür stand. Daraufhin öffnete er schnell. „Heilige Mutter Gottes, Meister Ruprecht!“, rief er aus und zog den verdreckten, dürftig gekleideten und vor Kälte bibbernden Mann in die Werkstatt.
Auch Paule reagierte. Ungefragt richtete er sein geliebtes Kuschellager am Ofen zurecht. Dorthin wurde Ruprecht dirigiert und er bekam einen Becher mit heißem Kräutertee in die eisigen Schmutzhände gedrückt.
Niemand sprach ein Wort. Nur stumme Blicke wanderten zwischen Helmut und Paule, die den Überraschungsgast beäugten: Dass der Schneidermeister sich freiwillig zum Kriegsdienst gemeldet hatte, war ihnen bekannt. Erschüttert hatte Maximilian jene Nachricht vor einigen

Monaten überbracht. Was hernach mit ihm geschehen war, wusste dagegen niemand mehr. Nur Gerüchte kursierten... Ganz offensichtlich litt Ruprecht an einer Verletzung, denn sein Kopf war dick eingewickelt. Sein unangenehm riechender Körper entbehrte mit Sicherheit schon seit längerem eine Waschgelegenheit. Strähnige Haare klebten dort an seiner unrasierten Gesichtshaut, wo sie nicht vom Kopfverband verhüllt war. Auch die Füße schienen ihn weit getragen zu haben. Sein Schuhwerk war zerschlissen und aus den teils losgelösten Sohlen drängten sich klägliche Fußlappen ins Freie.

„Bitte entschuldigt meinen nächtlichen Überfall", begann Ruprecht langsam zu sprechen, nachdem er den Tee ausgeschlürft hatte. „Ich wusste nicht, wohin ich sonst gehen könnte. Nach Neuburg traue ich mich nicht, erwartet mich dort zweifelsohne des Kaisers Ungnade. Wisst Ihr etwas von Eurem Sohn?"

„In Eurem Haus ist soweit alles gut", beruhigte Helmut. „Erst vor wenigen Tagen war Maximilian hier. Er versorgt uns sogar mit Lebensmitteln. Und Euch wähnt man offiziell in Heidelberg. Vor allem, weil ein Brief unseres Fürsten vor einiger Zeit eintraf, den man seitens der Behörden, oder sagen wir besser der Spione und Zuträger, registriert hat."

„Ein Brief des Fürsten?" Ruprecht riss seine Augen auf, woraufhin er jedoch aufstöhnte und sich sein Gesicht schmerzverzerrte.

„Ihr dürft Euch nicht aufregen", sprang Paule zu dem Mann, der ein Stück weit mehr in sich zusammensackte. Fürsorglich animierte er ihn, sich zu entspannen und hinzulegen. „Schlaft jetzt. Oder mögt Ihr vorher etwas essen? Eine Hafergrütze könnten wir Euch richten. Oder ein bisschen Brühe und ein Eckchen Brot?"

„Nein, schlafen." Mit diesen Worten fielen Ruprecht die Augen zu. Wenige Momente später hörte man seinen gleichmäßigen, leise aus der Brust rasselnden Atem.

„Du hättest ihn sehen sollen, wie er mich demütigte, weil ich mich traute, ihn um eine Lehrstelle für Maximilian zu bitten", flüsterte Helmut kopfschüttelnd zu Paule. „Gehen wir zu Bett. Lassen wir uns morgen berichten, was ihm widerfahren ist. Und danken wir Gott, dass er lebt."

„Und dass er hierher gefunden hat", ergänzte Paule leise. „Oder nicht?"

„Aber sicher."

Am anderen Morgen

Rumoren ließ Ruprecht die Augen öffnen. Die Geräusche kamen von Paule, der sich am Werkstattofen zu schaffen machte, um ein neues Feuer zu entzünden. „Guten Morgen", hörte er die freundlichen Worte des jungen Mannes, der ihm zulächelte. Erst jetzt wurde er gewahr, wie sehr ein schielendes Auge dessen eine Gesichtshälfte entstellte.

„Guten Morgen. Du bist Paule", erwiderte Ruprecht mit gemischten Gefühlen. Schließlich hatte er nicht vergessen, wie sehr Helmut einst von ihm gedemütigt worden war, ohne dass es hernach eine persönliche Entschuldigung gegeben hätte. Bislang sah er seine Vergeltung im Tun Maximilian gegenüber... *Ob dies jetzt ausreichte? In der Erwartung, dass ihm geholfen würde? Sicher war die Not auch unter dem Dach des Kerzenziehers in diesen Kriegszeiten nicht weniger denn sonst schon...* „Maximilian spricht immer wieder von dir. Störe ich hier?" Ruprecht richtete sich auf.
„Aber nein. Ihr stört nicht. Nur wird es Euch hier sicher gleich zu heiß", wies Paule auf die ersten hochzüngelnden Flämmchen.
„Dann wollen wir uns mit der Grütze beeilen! Guten Morgen! Wie geht es Euch?", rief Helmut fröhlich aus, unterdessen er einigen Hausrat herantrug.
In trauter Einigkeit und wie in täglicher Routine umwuselten Helmut und Paule den verlegen dreinblickenden Ruprecht, der wenig später mit Grütze, Brot und Tee verköstigt wurde.
Noch während sie aßen, brachte das Herdfeuer Waschwasser in einem wuchtigen Kessel zum Köcheln. -
Auch wenn die sauberen Kleidungsstücke, die Ruprecht an diesem Tage in Selbstverständlichkeit zum Anziehen hingelegt bekam, nur schlicht waren, so fühlte er sich darinnen selig und wie neugeboren. Die große Dankbarkeit, die er deshalb aussprechen wollte, wurde jedoch übergangen. Nachdem man ihm fürsorglich den Kopfverband gewechselt und sich versichert hatte, dass es ihm halbwegs gut ging, widmeten sich Helmut und Paule ihrem Tagwerk. Ruprecht bekam in der Werkstatt etwas abseits ein Lager gerichtet, wo er, ungeachtet des Talggeruchs, unter dem friedlichen Zusammenspiel und der leisen Scherze der beiden Männer abermals einschlummerte. -
Ohne Zeitgefühl ließ ihn ein vertrauter Geruch die Augen wieder öffnen. Zuerst dachte er noch, er träume, aber dem war nicht so: Maximilian beugte sich über ihn. „Meister Ruprecht! Ihr lebt!", hörte er dessen gebrochenes Flüstern. Tränen tropften auf ihn herab.
Ruprecht war kein Mann, der weinte. Aber er war eben auch nicht der Heroe, den die schlimmen Erlebnisse der vergangenen Monate nicht in seinen Grundfesten erschüttert hätten. Daher verschwamm sein Blick hinter einem Tränenschleier. Tastend suchte er nach Maximilians Händen, um sie innig zu drücken.

„Zuerst kamen wir in das verlassene kaiserliche Lager bei Sontheim, wo es dermaßen trostlos aussah, dass ich es nicht geglaubt hätte, wenn ich nur davon gehört hätte. Auch fällt es mir schwer, jenes Grauen zu beschreiben. Das Lager brannte an vielen Stellen, zwischen denen unzählige Kranke lagen. Niederländer vor allem, wie man ihrem Wehklagen entnehmen konnte. Wie einer nach dem anderen von ihnen verbrannte, haben sie mitansehen müssen, weil sie sich, selber todkrank in Pest und Fieber, nicht mehr retten konnten. Ein entsetzliches Sterben hatte Gott ihnen beschert, in einer Schlacht mit dem Sensenmann. Dies also zu Beginn. Schon da bröckelte mein Selbstbewusstsein. Aber es half nichts. Ich hatte meine Zusage gegeben. Anschließend begannen Schertlins nimmermüden Streifzüge. Tag und Nacht durchkämmten wir die Gegend zwischen Dillingen und Donauwörth, stets mit dem Ziel, den Plünderungen der Kaiserlichen zuvorzukommen, die die gesamte Region in Angst und Schrecken versetzten. Oft gerieten wir in Kämpfe mit ihnen. So auch an Sankt Martin, gegen Abend. Da sah ich mich, bei Zusmarshausen in den Reihen von 400 Bauern, einem Ansturm der Truppen des Markgrafen Albrecht Achilles gegenüber. Verzweifelt versuchten wir, einen Stadel voller Proviant zu verteidigen. Umsonst. Ein gutes Dutzend Tote mussten wir auf unserer Flucht zurücklassen. Mehrere wurden verwundet, wie auch ich durch einen Hieb auf den Kopf. Es war mein Glück, dass ich einen Eisenhelm trug. Ein weiteres Glück war, dass wir uns nicht allzu weit von Burtenbach befanden. Freilich hatte Schertlin dafür gesorgt, seinen Stammsitz gut zu bewehren. Auch steht ihm dort die gesamte Bevölkerung zur Seite, Adel wie Bauern. Neben der Bewehrung und Verschanzung sorgte auch ein Drohbrief an die Kaiserlichen dafür, dass man sich von dieser Gegend fernhielt. Verbrenne man ihm ein Haus, verbrenne er ein feindlich gesinntes Dorf. Verbrenne man ihm einen Markt, verbrenne er ein ganzes Bistum... In Burtenbach widmete man sich meiner schlimmen Kopfwunde. Auch erhielt ich das Anerbieten, meinen Kriegsdienst zu beenden. Aber es dauerte, bis ich soweit genesen war, mich auf den Heimweg zu machen, was angesichts der ganzen Wirren und der allgegenwärtigen Gefahren bedeutete, dass ich mich zumeist allein durchschlagen musste. Zum Stadttor von Neuburg getraute ich mich freilich nicht. Als der Stadtstreicher, der ich nach meinem Aussehen war, hätte man mich nicht eingelassen. Und dem aus Heidelberg heimkehrenden Schneider Ruprecht entsprach mein Äußeres wiederum nicht. In Erklärungsnot wäre ich geraten..."

„Mir blieb nur Kreut", lag Ruprecht auf der Zunge, was er sich in seiner Beschämung nicht auszusprechen wagte. -

Jene Beschämung dauerte an, bis man seine angebliche Heimkehr aus Heidelberg inszenieren konnte. Doch eines nahm er nach diesen in Kreut verbrachten Tagen und Wochen mit sich. Es war die Erkenntnis, dass arme Leute irgendwelche Besitztümer eben nicht in Schatullen und Truhen aufbewahrten, sondern, dass sie ihren Reichtum in ihren Herzen trugen.

Keinesfalls waren des Kaisers mit dem 1546er Regensburger Reichstag gefassten Pläne zur Errichtung eines Reichsbundes in Vergessenheit geraten. Lediglich das winterliche Kriegsdurcheinander und laufende Gichtanfälle hatten ihn davon abgehalten, ernstlicher tätig zu werden. Doch nun war es an der Zeit, und es waren seine Gegner selbst, die das Vorhaben der Errichtung jenes Bundes neu befeuerten. Vor allem, weil sicher bekannt geworden war, dass Frankreichs König den Protestanten Aussicht auf baldige Unterstützung zugesichert hatte.
Ein ganzes Zukunftsprogramm schwelte mittlerweile in des Kaisers Gedanken. Es umfasste die Richtlinien habsburgischer Politik auf lange Sicht hinaus. Jenes Bundesprojekt im Reiche Deutscher Nation war für ihn damit nur noch eine Vorbedingung für die Aufrechterhaltung seiner Autorität als Reichsoberhaupt. Zur Erreichung dieses hohen Zieles bedurfte es jedoch fein ausgeklügelter und diplomatischer Kalküle, neben besten Kenntnissen der deutschen Verhältnisse. Praktisch umgesetzt wäre dies eine Instruktion, mit der seine Vertrauenspersonen geschickt bei den Ständen für sein ehrgeiziges Unterfangen werben sollten.
Aus diesem Grund hatten sich auf kaiserlichen Wunsch hin sein enger Berater Antoine Perrenot de Granvella, der Abt von Weingarten Gerwig Blarer von Giersberg, Augsburgs Bischof Otto Truchseß von Waldburg* und Vizekanzler Johann von Naves zu einer Beratung zusammengefunden.

„Um von vornherein jeden Widerspruch gegen einen Reichsbund unmöglich zu machen, erinnern wir die Stände zuerst an ihre strikte Pflicht zur Hilfeleistung. Schließlich hat der Kaiser den gegenwärtigen Krieg gegen die Geächteten nur im Interesse des Reiches unternommen“, äußerte Granvella. „Das religiöse Moment muss hinter die derzeitigen Notwendigkeiten zurücktreten.“
„Genau“, folgte Zustimmung. „Es braucht einen schnellen Sieg über die Aufrührer, damit deren Aufstand durch Frankreichs Einmischung nicht zu immer größeren Dimensionen auswuchert.“
„Bitte, wie lautet des Kaisers genaue Anordnung?“, erkundigte sich der Abt von Weingarten, der für ihn überraschend und kurzfristig nach Ulm gebeten worden war.
„Es sind Gesandte an die süddeutschen Stände auszuschicken, um sie binnen Monatsfrist zu einer Versammlung hierher zu beordern. Dann wird ein Antrag auf sofortige Geldunterstützung gestellt, neben der Zustimmung zur Neuerrichtung eines Reichsbundes.“
„Eines Reichsbundes?“, gab der Weingartener Abt seiner Verwunderung Ausdruck.

Granvella hätte diese knappe Frage ausführlich beantworten können. Nämlich unter anderem damit, dass der Kaiser mittels dieses Bundes vor allem ein ihm unterstelltes Gerichtswesen aufzurichten plante. Er würde aber hier und heute nichts davon preisgeben. Zunächst war die Zustimmung zur Errichtung jenes Bundes überhaupt durchzusetzen...

„Nun“, belehrte an seiner Stelle Johann von Naves den deutschen Geistlichen. „Wie der Kaiser die Stände, so müssen nun auch sie den Kaiser schützen. Trotz laufender Anmahnungen, wie wir wissen, haben nicht wenige von ihnen den Krieg hinausgezögert, der doch zuallererst in ihrem und im Reichsinteresse liegt. Unmöglich können sie die Kosten, vor allem die für diesen unnötigen Aufschub, dem Kaiser allein zumuten. Die Leistungsfähigkeit seiner Erbländer, die bislang die Hauptlast der Kriegskosten tragen, ist erschöpft. Darum ist es nur recht und billig, wenn der Kaiser fordert, dass die Stände beisteuern. Wie sonst soll das Reich wieder zu Ruhe und Frieden finden? So nur der Kaiser Leib und Leben einsetzt? Er muss wenigstens erwarten dürfen, dass die Stände Gut und Geld nicht scheuen und mit einer ansehnlichen Summe vergelten. Außerdem sollten auch die Geistlichen zu den Kosten des Krieges beisteuern.“ Naves erprobte mit Nachdruck seine Überzeugungskraft. Gerwick Blarer seinerseits schwieg.

„Christlich-nachbarliches Verständnis und ein Bund, wie der Schwäbische es einst gewesen war, sind eine wirksame Abhilfe gegen jede weitere Ausweitung des ketzerischen Aufruhrs“, milderte der Bischof von Augsburg ab, dessen Erwägungen im Religiösen verharrten.

„Mehr noch“, bekräftigte Granvella die ihm willkommene Gesprächsrichtung. „Dies wäre ein Garant zur Vermeidung künftiger aufrührerischer Wiederholungen. Deshalb ist es unsere Aufgabe, mit stichhaltiger Werbung zum Gedeihen der kaiserlichen Pläne beizutragen, damit nicht noch mehr wertvolle Zeit unnütz verstreicht.“

„Ich bin im Bilde“, gab sich Gerwig Blarer nun gewichtig. „An wen richten wir die Instruktionen?“

„Zuerst an die schwäbischen Stände, denn die Erinnerung an ihren einstigen machtvollen Bund wird keine ablehnenden Meinungen aufkommen lassen. Ich selbst trete an den Bayernherzog heran. Dann bleiben noch die fränkischen Stände und die rheinischen Fürsten“, antwortete Otto Truchseß.

„Und die Städte bleiben außen vor?“ Wieder eine Frage aus Richtung Weingarten.

„Eure Frage ist berechtigt. Ja, das bleiben sie“, kam Granvella dem Vizekanzler zuvor. Normalerweise kannte er Johann von Naves als besonnenen Vermittler. Aber heute, oder auch wegen der Person des Gerwig Blarer, schien er ungnädig. „Religiöse Bedenken geben den Ausschlag hierfür“, äußerte er daher liebenswürdig, „Nürnberg und Straßburg sind die

Hoffnungsträger der Protestanten in Süddeutschland. Auch die anderen, starken wie schwachen Kommunen sehen sich Bewegungen hin zum Luthertum ausgesetzt. Wollen wir aus dieser Richtung zum jetzigen Zeitpunkt etwa Erregung schüren?"

„Es liegt doch auf der Hand", ereiferte sich Naves nun doch, „dass die Städte bei der Werbung für einen neuen Bund sofort die religiöse Frage aufrollen werden! Von den überwiegend katholischen Fürsten und dem Adel Süddeutschlands ist ein solches Ansinnen nicht zu erwarten!"

Gerwig Blarer ließ sich nicht beirren. Freilich stand er dem Kaiser vorbehaltlos zu Diensten. Aber er begehrte, informiert zu werden, damit er hernach Karls V. Wünsche so nach außen tragen konnte, dass niemand dessen Beweggründe näher hinterfragte. Schließlich bestanden unter den katholischen Fürsten oft weltliche Interessen, die Habsburg zuwiderliefen, trotz der Einigkeit in der Glaubensfrage... „Was also die Unterstützung in puncto der Kriegskosten angeht, fordert der Kaiser ausschließlich Geldmittel", stellte er beharrlich fest und untermalte mit einem gefälligen Lächeln in Naves' Richtung.

„Auf Geld, und nicht auf Volk solle veranschlagt werden. Der Kaiser stützt diese Forderung auf seine Erfahrungen, dass die Stände schon mit kriegsuntauglichen Mannschaften aufgewartet hätten. Außerdem wurden Truppen entfernungsbedingt in manchem Falle verspätet geschickt."

Naves' Erwiderung erfolgte jetzt in gemäßigterem Tonfall. Er wusste nämlich sofort, worauf der Abt von Weingarten hinauswollte.

„Steuern die Stände nur in Geldbeträgen bei, fällt dem Herrscher die Aufgabe zu, von den einlaufenden Summen die Truppen anzuwerben. Und zwischen den Mannschaften und dem, der besoldet, knüpft sich ein viel engeres Band, als wenn die Truppen einzeln und von den Ständen selbst beordert würden. Diejenigen, die also in kaiserlichem Sold stehen, verdanken dies allein dem Willen des Monarchen. Jenem Führer in treuer Untergebenheit, erzieht er sich das Heer zu einer rein kaiserlichen Truppe. De facto der Anbeginn eines stehenden habsburgischen Heers, so die geforderten Gelder fließen." Blarer's Argument saß. Jedoch widersprach ihm keiner der Anwesenden, denn ebenjene stechende Schlussfolgerung galt es, durch geschickte Instruktionen den Ständen gegenüber nicht aufkommen zu lassen. Obschon man, mit etwas politischer Weitsicht, des Kaisers Strategie eher unschwer durchschaute.

„Daher die große Eile, mit der aus der gegenwärtigen Kriegszeit heraus gehandelt werden soll." Granvella sprach des Kaisers Anweisung unverblümt aus.

Gerwig Blarer rechnete diese herausgelockte Äußerung wohlgefällig für sich an. „Wenn sich die einberufenen Stände also über die letztendlichen Ziele der kaiserlichen Politik hinwegtäuschen lassen, was ist dann mit dem König?", warf er die nächste Frage auf. Diese kam nicht von

ungefähr, denn ihm schwante allmählich, weshalb der ferdinandsche Berater Dr. Gienger heute hier fehlte...
Granvella war freilich auch über die Korrespondenz zwischen Kaiser und König informiert. Diese zeugte von Karls V. Absicht, eine tiefere Einmischung Österreichs und seiner Berater zu umgehen. „König Ferdinand betrachtet die Beseitigung der religiösen und reichsrechtlichen Streitigkeiten sowie die Gewährleistung des Friedens durch einen neuen Bund als ein ‚recht christliches, kaiserliches und gutes Werk', um mit König Ferdinands Worten zu sprechen", verlieh er seiner Antwort deshalb absichtlich einen beiläufigen Klang, der brüderliche Einigkeit suggerieren sollte. Damit gab Granvella nicht einmal halbe Wahrheit preis:
Die Selbstverständlichkeit nämlich, mit der sich Ferdinand für eine Realisierung des ‚guten Werkes' auf einem dafür üblich gewesenen, nächsten Reichstag aussprach, verschwieg er. Auch sprach er nicht von der Auffassung der österreichischen Staatsmänner, dass ein Reichstag sogar abgehalten werden müsste, weil sie die Zeit für gekommen hielten, wo der Kaiser alles seit 30 Jahren „Verschüttete" wieder in Ordnung bringen könne, und er dabei viel Milde erweisen solle... womit man auf religiöse Toleranz abzielte... Nichts lag dem Kaiser ferner. - Granvella spürte, dass er dem heutigen Gespräch ein Ende setzen sollte: „Gut", resümierte er, bevor neue Argumente aufgeworfen würden. „Ich meine uns in den Hauptpunkten ausreichend im Bilde. Nun können wir im Sinne der kaiserlichen Diplomatie die ersten einleitenden Schritte tun. Details zum Ausbau des Bundesprojekts hat der Kaiser uns für heute nicht zu erörtern befohlen."
Er erntete Zustimmung. Trotzdem hegte jeder der Anwesenden im Stillen seine Zweifel daran, ob die Stände dem Kaiser tatsächlich so treu ergeben waren, seinem Bundesprojekt zuzustimmen.

Indes. Die Aufrichtung der Instruktionen wurde jäh unterbrochen, weil des Kaisers Pläne wieder einmal durchkreuzt wurden. Diesmal von immer bedrohlicheren Nachrichten aus Sachsen.

Schloss zu Rochlitz, den 24. Februar 1547

Elisabeth von Hessen* stand am Fenster und sah von Schloss Rochlitz aus zur Mulde hinunter. Obwohl das Fenster an diesem Februarmorgen geschlossen war, meinte sie, das Flussrauschen in den Ohren. Jenes unaufhaltsame Fließen mutete ihr an, wie das Vorbeirauschen der jüngsten Ereignisse um sie herum: Alles begann mit den Plünderungen des Vogtlands durch tschechische und ungarische Söldner unter König Ferdinand im vergangenen Herbst. Seitdem, um dem Kriegsgräuel zu entgehen, huldigten Kursachsens Städte und Dörfer reihenweise dem Gegenspieler des Kurfürsten - dem Herzog Moritz von Sachsen. *Wie sie*

den jungen Mann, dem sie sich als kinderlose Witwe einst wie einem eigenen Sohn zugewendet hatte, mittlerweile hasste! Auf keine ihrer Warnungen war er eingegangen! „Der Kaiser will uns alle nur entzweien", hatte sie ihm eindringlich geschrieben. „Er wird tun, was der Fuchs getan hat, als er das eine Huhn fraß, während er mit dem anderen spielte! Wer das nicht merkt, der muss albern sein!"
Alles war umsonst gewesen. Auch ihr Bruder, der Landgraf Philipp von Hessen und Schwiegervater Moritzens, hatte nicht verhindern können, dass der junge Dresdner Herzog den Verheißungen Kaiser Karls V. erlegen war. *Leidige Leipziger Teilung von 1485!!* In diesem Jahre spaltete sich das Haus Wettin in die Linien der beiden Brüder Ernst und Albrecht... Seitdem herrschte Rivalität unter den ‚Ernestinern' und ‚Albertinern', wie sich deren Nachkommen nannten. Nicht einmal Sachsens gemeinsame Vorreiterrolle bei der Einführung von Luthers Lehre hatte ein Gefühl von Zusammenhalt erzeugt! Johann Friedrich war Ernestiner und protestantischer Kurfürst von Sachsen. - Moritz war protestantischer Albertiner und begehrte von Dresden aus die sächsische Kurwürde für sich. Karl V. verhieß sie ihm als Gegenleistung, so er sich als Vollstrecker der Reichsacht verdient machte, die der Kaiser über seine zwei Hassfiguren verhängt hatte - eben gegen den eigenen Vetter Johann Friedrich von Sachsen und den eigenen Schwiegervater Philipp von Hessen.
Elisabeth ballte die Fäuste, denn jene Ungeheuerlichkeit trat mittlerweile wahrhaftig zu Tage. Im Moment lagerte Moritz mit selbst angeworbenen und kaiserlichen Truppen vor Chemnitz. Er harrte der Verstärkung durch König Ferdinand, um, wie schon in Süddeutschland der Kaiser persönlich, in weiterer Front gegen die Protestanten loszuschlagen. Zu ihm hatte sich kürzlich Albrecht Achilles von Brandenburg-Kulmbach hinzugesellt, auch er ein junger protestantischer Fürst, auch er mit Verheißungen vom Kaiser verblendet.
Im Range einer Herzogin, die man die ‚Herzogin von Rochlitz' nannte, sah sie sich selbst nicht nur als an die Hand eines standesgemäßen Adeligen gegebene Gattin. Zum einen, weil ihr Gatte Johann von Sachsen vor fast genau zehn Jahren verstorben war, und sie damit zur Erbprinzessin von Sachsen avancierte. Zum anderen hatten sie die bitteren Erfahrungen ihrer Kinderjahre an der Seite ihrer verwitweten, um ihre Rechte kämpfen müssenden Mutter zu einer selbstbewussten Persönlichkeit geformt. Ihre eigene frühe Witwenschaft trug diesem Wesenszug bei, was sich in ihrer Umsicht zeigte, mit der sie ihren Lebenskreis genau beobachtete bzw. genau beobachten ließ. Aus diesem Grunde war sie darüber informiert, dass eben jener Kampfgefährte von Moritz, der ungestüme Albrecht Achilles, noch heute an der Spitze von 1.500 Reitern neben zehn Fähnlein an Landsknechten in Rochlitz einmarschieren würde. *Weshalb gerade das eher unbedeutende Rochlitz mit seinen engen Gässchen und bescheidenen Bürgerhäusern?* Weil es Albrecht strategisch geeignet schien, mittig zwischen

Chemnitz und Leipzig.
„Wie unter die Hunde werde ich auf euch schießen lassen, kommt ihr mir als lose, plündernde Rotte!“, drohte Elisabeth gegen die Fensterscheibe, die von ihrem Atem beschlug. „Die Furcht vor Büchsen ist mir ganz vergangen! Ach, wenn ich nur zweitausend Reiter und zehntausend zu Fuß hätte! Ich wollte etlichen hier im Lande ihren Stolz zurückerobern! Hier, wo zu viele Männer verzagen! Sind wir Weiber beherzter als die, die sich wehren und nicht krümmen sollten?!“
Sie kippte ihre Wut gleich einer Zutat in einen gedanklichen Tiegel. Stolz goss sie hinzu, ihr Selbstbewusstsein und ihren Hass. Diese Mischung ließ sie solange köcheln, bis sie zu ihr zischelte: *„List und Tücke.“*
Sie leerte den Tiegel in einen Kelch und schwenkte ihn dem Tageslicht entgegen. Doch das Giftgrün, was zu ihr funkelte, entbehrte noch etwas. Also fasste sie abermals in den Vorrat ihrer Emotionen und würzte... mit ihrem ungestillten Verlangen nach Leidenschaft und Genuss.

Schloss zu Rochlitz, den 01. März 1547

Albrecht Achilles ließ den Brief seines Kampfgefährten aus der Hand gleiten. Wiederum hatte ihn Moritz von Sachsen vor der Herzogin von Rochlitz gewarnt... Nicht, dass er leichtsinnig wäre, schließlich weilte er im Hause der Schwester des geächteten Landgrafen Philipp von Hessen. Aber er konnte hier beim besten Willen nichts Verdächtiges ausmachen. Dass ihm die Stadttore kampflos geöffnet wurden, gab keinen Anlass für Misstrauen. Es entsprach dem, was ihm des Öfteren begegnete, seit er als kaiserlicher Befehlshaber mit seinen gut ausgestatteten Truppen und Geschützen aufmarschierte. Als er dann für sich und seine Hauptleute die Unterbringung im Schloss verlangte, war er dort von einer gefassten Herzogin empfangen worden. Mit ruhigen Worten hatte Elisabeth erbeten, dass man auf ihren Besitz achtgeben solle, woraufhin sie befahl, ausreichend Gemächer zu richten. - Seither observierten seine Kundschafter die Stadt am Tage wie in der Nacht, ebenso die Vorstadt, wo er wegen der Enge des Stadtinneren den Großteil von Mannschaft und Pferden untergebracht hatte. Auch die Umgegend wurde pausenlos durchstreift. Doch nichts Auffälliges wurde ihm gemeldet.
„Familienzwistigkeiten“, raunte er als Erklärung für Moritz‘ Warnungen vor einem weiberlistigen Komplott zu sich. Damit überdachte er seine Pläne für diesen Tag: Seit genau einer Woche weilte er nun hier. Kurz nach seiner Ankunft war er voller Eifer zum Schloss Colditz gezogen. Auch da stieß er auf keine Gegenwehr, die Brücke über die Zwickauer Mulde ließ er trotzdem niederwerfen. Aber seither war er dem Müßiggang erlegen. Elisabeth, obwohl eine Frau von Mitte vierzig, war von einer angenehmen Frische, die vielleicht von der Schar ihrer jungen, hübschen

Hofdamen auf sie abstrahlte. Zwar zeigte sie sich zurückhaltend, so er sie nicht zu sich rufen ließ. Aber tat er dies im Suchen eines Gesprächs mit ihr, begegnete sie ihm freundlich. Er konnte unverfänglich mit ihr plaudern, wobei er stets nicht sicher war, ob ihre Augen ihm nicht ein anderes suggerierten. Oder er bildete es sich ein, in ihrer feinen Rätselhaftigkeit, die ihm mehr und mehr unter die Haut drang... *Doch ein Grund für Misstrauen??* Albrecht schüttelte seine aufgekeimte Unruhe ab. Er wusste sich von einer erklecklichen Anzahl seiner Hackenschützen umgeben, in einem unbewehrten Schloss voller Frauen. Außerdem bereitete Moritz von Sachsen seinerseits den Marsch nach Rochlitz vor, von wo aus man gemeinsam gen Altenburg ziehen wollte. Deshalb verwarf er auch heute seinen bereits gefassten Plan. Bald müsste er den Annehmlichkeiten auf Schloss Rochlitz entsagen, und darum genehmigte er sich einen weiteren Tag des Genießens. Obwohl es eigentlich eher geboten wäre, vor dem Zug auf Altenburg das von protestantischer Seite besetzte Grimma zurückzuerobern...

Wäre sein Entschluss für diesen Tag nicht schon festgestanden, hätte er sich in gleicher Weise entschieden, nachdem es an seiner Tür geklopft und man ihm überraschend eine Einladung überbracht hatte. Eine von Elisabeths Hofdamen würde heute vermählt, was man am Abend gebührlich feiern wollte: Albrecht durchfuhr ein begehrliches Kribbeln.

Etwa zur gleichen Zeit auf dem Schloss zu Altenburg

Johann Friedrich I. von Sachsen rieb sich die Hände. Er war mit den Neuigkeiten aus Rochlitz mehr als zufrieden. Emsig berichtete ihm Herzogin Elisabeth nämlich von der Arglosigkeit jenes fränkischen Markgrafen, der normalerweise dem einstigen Ruf seines Vaters in dessen Kampffreude ganze Ehre machte. Doch in Rochlitz erlag er wohl dem Zauber einer in ihrer Schlauheit restlos unterschätzten Witwe... die sogar in einer Geheimschrift kommunizierte... angstfrei vor Entlarvung...

Sachsens Kurfürst lächelte selbstgewiss, in Gedanken an seinen Schachzug mit der Strategie, eine gewichtige Figur vom Schachbrett zu holen, um sie hernach in einer neuen Partie einzusetzen. Sein Abmarschbefehl stand. Noch heute würden 2.000 Berittene und 18 Fähnlein Landsknechte von Altenburg aufbrechen, um im Schutz der Nacht vor Rochlitz anzukommen.

Nahe Rochlitz, den 02. März 1547 gegen 3 Uhr nachts

„Leise, leise!“

Kalt zeigte sich diese Nacht, ungestüm und ungemütlich mit Sturm, Regen und Schneegestöber. Aber, davon abgesehen, war sie ideal für ein

heimliches Herannahen an die Stadt. *Wie wollte man sie einnehmen? Wenn auch ohne Schutzgraben, umgaben sie doch recht starke Mauern...*
Ein Vortrupp belegte die nahen Anhöhen, ein anderer arbeitete sich zum Wald hinter dem Schloss. Aber insgesamt wartete man noch auf die Postierung der Geschütze. - Dann stand alles bereit. In kleiner Anzahl verließ man also die Deckung, womit man auf einige markgräfliche, zur Kundschaft ausgeschickte Reiter stieß. Ein paar von ihnen bekam man in die Hände. Anderen gelang die Flucht zurück in die Stadt, aus der man wenig später heftiges Lärmschlagen und Alarmblasen hörte.

Wie vom Blitz getroffen fuhr Albrecht Achilles aus dem Bett, jedoch nur, um mit einem Aufstöhnen in die Kissen zurückzusinken. In seinem Kopf dröhnte es. Alles um ihn herum drehte sich und er fühlte sich wie zerschlagen... Gefeiert hatte er, mitsamt seinen Hauptleuten, jenes fröhliche Hochzeitsfest. Erst wurde geschmaust, dann getrunken, dann getanzt, dann war er der Herzogin nähergekommen. Unerwartet anschmiegsam wurde sie, gewährte ihm Nähe... Und so kam er ihr näher und näher... Hinter den Vorhängen eines Himmelbetts lag sie in seinen Armen, wo sie ihn in Sinnlichkeit dahin brachte, ihr gänzlich zu erliegen... und er sich verausgabt hatte, wie er jetzt feststellen musste.
Als er endlich aus dem Bett und nach draußen kam, war es im Grunde bereits zu spät. Trotz der Dunkelheit war in der Stadt alles wüst in Bewegung. Noch eben hörte er Schreie vermelden, dass man einige hundert Schützen nahe Rochlitz vermute. Wenige Atemzüge später übertönten feindlicher Trommelschlag und Trompetenschall das Rufen. Dazu breitete sich Brandgeruch aus, der mit der Windrichtung seinen Weg durch die Stadt nahm.
Im Ankämpfen gegen seinen unsäglichen Kopfschmerz schrie Albrecht nach seinen Hauptleuten, um mit ihnen die Lage zu sondieren: Die Brücke über die Mulde, deren passierbare Furt und die gesamte Umgegend von Rochlitz schienen vom Feind besetzt, was bedeutete, dass ihnen der Weg zu einem Kampf auf freiem Felde wohl bereits abgeschnitten war. Demnach blieb nur die Flucht nach vorn, bevor die Schützen von draußen direkt gegen die Stadtmauern vorrücken konnten.
An der Spitze einiger Reiter sprengte Albrecht aus der Stadt, währenddessen er in Hetze nach der kalten Nachtluft gierte, um seinen vernebelten Verstand zu klären. - Seine Aufregung legte sich. In der einkehrenden Wahrnehmung, dass sie von völliger Finsternis umgeben waren, stoppte er seine Begleiter. Langsam, durch das Dunkel spähend, arbeiteten sie sich von jetzt an vorwärts. *Schlichen dort nicht schwarze Gestalten umher?*
Bevor Albrecht halbwegs sicher erkennen konnte, wer sich in ihrer Nähe bewegte, beging einer seiner Begleiter einen folgenschweren Fehler. Ohne einen Befehl abzuwarten, feuerte er einen Schuss auf die Silhouetten ab.

Daraufhin hörte Albrecht ein Herangaloppieren aus mehreren Richtungen. Sofort riss er sein Pferd herum und stürzte zurück in die Stadt. Er ließ hinter sich das Stadttor verrammeln, kam zeitgleich aber auf die Idee, dass noch ein zweites, etwas kleineres Tor aus Rochlitz hinausführte. Um eben nicht im Mauseloch zu enden, versuchte er dort einen erneuten Ausfall. Neben seinen Reitern befahl er einer Mannschaft von Landsknechten, ihn zu begleiten. Mit niederschmetterndem Ergebnis: Die kurfürstlichen Truppen waren auch da so gut positioniert, dass sie mit ihren Schüssen seine Landsknechte in wahllosem Kugelhagel aufrieben. Nur mit Mühe rettete er sich, neben einem Teil seiner Reiter, in die Stadtmauern zurück. -

Mit der Morgendämmerung begann ein erbittertes Gefecht. Johann Friedrichs Geschütze wurden in Stellung gebracht. Die abgefeuerten Kanonenkugeln zerlegten Rochlitz' Häuser in Trümmer, und wer sich auf die Straße flüchtete, dem pfiffen die Kugeln aus den Büchsen um die Ohren.

Albrecht schrie nach Gegenoffensive. Was seine heillos zersplitterte Mannschaft in den engen Gassen der Stadt jedoch ablieferte, glich eher einem Akt der Verzweiflung. Zwei seiner Kanoniere verschlimmerten die um sich greifende Panik. Mit ihren brennenden Lunten kamen sie Pulverwagen zu nahe. Diese flogen in die Luft und das entstandene Feuer fand in den hölzernen Dächern willkommene Nahrung. Infolgedessen wälzte sich nicht nur der von den kurfürstlichen Truppen gelegte Stadtbrand über die Vorstadt, sondern in der Stadt selbst brannte es nun ebenso lichterloh...

In diesem unüberschaubaren Wirrwarr blieb unbemerkt, dass sich einige beherzte Rochlitzer gewagt hatten, feindlichen Soldaten das Überklettern der Stadtmauer zu ermöglichen. Jenen Schützen wurde dabei geholfen, sich in der Stadt zu verteilen. Von Hinterhalten aus beschossen sie Albrechts Krieger, bis man der Mutigen habhaft wurde und sie massakrierte.

Für diejenigen, denen das Schießpulver ausging, hatte Albrecht es geschafft, auf dem Marktplatz einen weiteren Pulverwagen herbeischaffen zu lassen... und das Unglück wiederholte sich. Abermals hantierte einer der Soldaten unvorsichtig mit einer Lunte... was die Umstehenden mit ihrem Leben bezahlten. Außerdem besiegelte diese Explosion den Kampf in der Stadt. Albrechts Truppen verfügten über keine Munition mehr. Sein Fußvolk war damit unbrauchbar. Er überließ es sich selbst. Mit seinen verbliebenen Reitern unternahm er nur noch den Versuch, sich aus der Stadt und über die Mulde zu retten. Einigen Berittenen glückte dieses Ansinnen. Sie schafften es bis in die Wälder, wo sie das Dickicht verschluckte. Den anderen, so auch ihm, war jenes Glück nicht vergönnt: Eingeholt von der kurfürstlichen Reiterschar, wurden ihnen ihre Fahnen entrissen. Albrecht bewerkstelligte lediglich, zur Rettung seiner Ehre, sich

der Schmach einer Gefangennahme durch gewöhnliche Reiter zu entziehen. Er ergab sich einem Hauptmann, den er unweit ausgemacht hatte. Nach vier Stunden unrühmlichen Gemetzels hatte Albrecht seine gesamten Truppen, neben 14 schweren Geschützen, eingebüßt. Die überlebenden Soldaten ließ man waffenlos abziehen, nachdem sie dem Kurfürsten ein feierliches Versprechen geleistet hatten, sich in den nächsten sechs Monaten einer kaiserlichen Truppenwerbung zu enthalten.
Albrecht selbst wurde in ein Gefängnis gebracht, dessen Ort nur den Vertrautesten von Johann Friedrich bekannt war.
Die Herzogin von Rochlitz zog im Schutze des abrückenden kurfürstlichen Heeres mit nach Altenburg, wo sich der Kurfürst hinter den dicken Mauern für seinen überwältigenden Erfolg mit Lustbarkeiten belohnte.

Moritz von Sachsen hatte an eben diesem Morgen sein Lager vor Chemnitz abgebrochen. Auf seinem Marsch gen Rochlitz kam er in den Stunden des dortigen Gefechts der Stadt so nahe, dass er den Kanonendonner hören konnte. Was er und seine Berater indes von den verstörten, entkommenen Reitern aus Albrechts Gefolge erfuhren, hielt sie vom Eingreifen in das ungemäße, verlustreiche Durcheinander ab.

Karl V. war außer sich. *Wie einfältig war diese junge Frankengraf eigentlich?! Sich von einem Weib überlisten zu lassen! Damit seine Truppen zu verlieren! Wer war sie?! - Aha! Die Schwester von...!! Verheiratet an...!!* Des Kaisers Wut auf jene beiden Demagogen steigerte sich ins Unermessliche:
Auch wenn das Rochlitzer Scharmützel in seinen Augen im Grunde lächerlich war und für seinen Protestantenkrieg rein gar nichts bedeutete, entfaltete es doch für den Augenblick die Wirkung eines Zündfunkens. Der nämlich ließ im feindlichen Lager Flammen kriegerischer Begeisterung hochschlagen, nachdem sie im Laufe des Winters für ihn so verheißend nur hi und da vor sich hin flackerten. Nun erreichten ihn flehende Briefe seines Bruders und sein kaiserliches Ansehen im Reich stand auf dem Spiel, wenn er nicht sofort den Kampfplatz betrat und gegen Sachsen einschritt.
Zähneknirschend beschloss Karl V., von der persönlichen Teilnahme an der Ständeversammlung anlässlich der Gründung des neuen Reichsbundes abzusehen, zu der auf den 25. März nach Ulm geladen worden war. Eigentlich hatte er es sich, trotz wiedergekehrter Gichtanfälle, felsenfest vorgenommen, um angesichts der Tragweite seines Vorhabens dies nicht bloß in die Hände seiner Kommissare zu legen.
Dafür, zur Vergeltung, würde er jetzt den Krieg gegen Kursachsen mit allen ihm zu Gebote stehenden Mitteln aufnehmen. Und was den Hessen anging... den bekäme er auch noch in die Finger. Und wenn er sich dazu der gleichen Mittel bedienen müsste, wie jenes Frauenzimmer...

Meldung des Alvise Mocenigo an den Dogen von Venedig. Nördlingen, 10. März 1547

Serenissimo Principe. Questi giorni sono venute lettere di Sassonia de 3 et 4 del presente...

Die Nachricht von der Niederlage und Gefangennahme des Markgrafen Albrecht Achilles von Brandenburg-Kulmbach hatte zur Folge, dass der Kaiser unwiderruflich beschloss, persönlich nach Sachsen zu ziehen.

Meldung des Alvise Mocenigo an den Dogen von Venedig. Nördlingen, 14. März 1547

Serenissimo Principe. Oggi si è detto che la partita di Cesare di questa terra si prolongherà anchora per qualche giorno,...

Der Kaiser verschob seine Abreise, weil er schwer krank ist. Man sagt auch, er verlasse Schwaben ungern wegen der ungünstigen Stimmung der Städte, besonders Augsburgs. Er hat von ihnen über eine Million in Gold erhalten und er erwartet von den Cortes eine reichliche Geldbewilligung.

Residenz zu München in der zweiten Hälfte des März 1547

Diesmal würde er anders vorgehen. - Nein. Diesmal müsste er anders vorgehen!

...denn in heimlicher Wühlarbeit hatte er in Erfahrung gebracht, dass bislang keiner der deutschen Fürsten die wirklichen Ambitionen des Kaisers durchschaute, die hinter seinem Plan der Errichtung eines neuen Reichsbundes lauerten: Harmlos schilderte Karl V. seine Pläne zur Aufrichtung einer neuen Liga, als nicht im Geringsten außergewöhnlich, bloß zum Wohle des Reichs Deutscher Nation... Eben dieser Einschläferungsversuch, denn als nichts anderes deutete Leonhard von Eck jene Unverfänglichkeit, ließ seine Alarmglocken schrillen. Er war ein viel zu gewiefter Staatsmann. Deshalb beschloss er, entgegen seiner sonst so ungemein vorsichtig angewandten Staatskünste, in diesem Falle mit Offenheit vorzugehen. Selbstredend aber in Vielgewandtheit... Alles, was nur irgendwie gegen den Nutzen eines solchen Bundes vom Standpunkt der bayerischen Landespolitik aus sprach, würde er mit großem Geschick verwerten. Er würde so lange an einer ablehnenden Gegenäußerung auf des Kaisers Einladung nach Ulm feilen, bis dessen Staatsmänner Bayerns überzeugende Gründe nicht widerlegen könnten.

Sich konzentrierend spitzte er eine neue Schreibfeder an. Dann rückte er einiges Papier zurecht und begann mit einer Auflistung an Argumenten, die er hernach zu einem Brief an den Kaiser ausformulieren würde:

1. Gemäß der bayerischen Erbeinung erübrigt sich ein neues Bündnis mit der Pfalz und Brandenburg von Haus aus.

2. Einer Verbindung mit den rheinischen und allen anderen weiter entfernten Fürsten spräche die räumliche Distanz praktisch entgegen.
3. Der religiöse Zwiespalt zwischen Katholiken und Protestanten mache ein Bündnis unmöglich. Dadurch würden die Altgläubigen gezwungen, jener Clerisei[78] ruhig zusehen zu müssen. Ein Ausschluss der Protestanten würde die Gefahr der Gründung eines Gegenbündnisses heraufbeschwören, was abermals Rebellion nach sich zöge.
4. Unbedingte Vorbedingung einer fruchtbaren Verhandlung sei die vorherige Beratung der Stände, die überhaupt willens wären, einen neuen Bund einzugehen. Mit diesen Elementen wäre dann, in einem weiteren Schritt, gemeinsam auf einem Reichstage zu konferieren.

Nachdem Leonhard von Eck seine Argumente spontan niedergeschrieben hatte, schob er das Dokument etwas von sich. In der Vorstellung, er wäre der Kaiser, kam er zu dem Urteil, dass diesem ins Gesicht spränge, was er -also Wilhelm IV.- von seinen überzogenen Plänen halte. Daher formulierte er auf einem neuen Blatt einige unverbindliche, einleitende Phrasen, die jene herbe Absage durch Untertänigkeit abmilderten: Auch ohne Bündnis könne sich der Kaiser doch Bayerns Herzog als einem der gehorsamsten Fürsten sicher sein. Durch Bande treuer Freundschaft und Verwandtschaft wären die Fürstenhäuser Habsburg und Wittelsbach derart eng miteinander verknüpft, dass Österreich und Bayern einander nicht verlassen sollten... „Alle seine Einwendungen gegen den neuen Bund mache Bayern darob nicht aus Widerwillen, sondern nur darum, dass Euer gnädige Majestät Ihr Vorhaben desto stattlicher erhalten möge."

Seinen letzten Satz ließ sich Leonhard von Eck genüsslich auf der Zunge zergehen. Ohne es zu merken, las er ihn sich selbst immer und immer wieder vor. - Seine Formulierung kam einer Verhöhnung gleich.

Indes, genauso wollte er es haben. Der Kaiser solle wissen, woran er mit dem Hause Bayern war. *Niemals würde sich Wittelsbach zum Segment habsburgischer Knechtschaft herabwürdigen lassen!* Genau diese Machtlosigkeit überkäme nämlich das Reich der deutschen Fürsten, so jener Reichsbund zustande käme.

Ob man ihm diese, fast waghalsige, Hintertreibung habsburgischer Machttendenzen einst anrechnen würde? Im Laufe späterer Jahrhunderte? Leonhard von Eck fühlte sich beflügelt wie nie zuvor: Nicht nur aus dem Blickwinkel Münchens -im Durchschauen von Karls V. Bundesgedanken- sah er sich diesmal auf politischer Augenhöhe mit ihm. Von dieser Position aus wäre er von nun an sein gefährlichster Gegner. Auf alle nur mögliche Weise würde er nach Vereitelung jenes heuchlerischen Projekts streben. Bliebe nur, seine bayerisch-staatsmännische Diplomatie gut zu verbreiten, um sich Gleichgesinnte an die Seite zu holen...

---

[78] Geistlichkeit

Kaiserliches Heerlager zu Nürnberg, den 26. März 1547

Feiner Hass zischte zwischen den Zeilen des Münchner Antwortschreibens, mit dem die Einladung nach Ulm abgelehnt wurde. Für Karl V. begleitete jenes Zischen ein giftiger Speichel, der direkt auf seine gichtgeplagten Gelenke troff. Schnell ließ er daher das Schriftstück aus seinen Fingern gleiten, als sich ihm die gesamte Tragweite von Leonhard von Ecks ausgeklügelter Diplomatie erschloss, trotz dessen streng katholischen Eifers, dem der sich bediente. Hätte er nicht, bevor er sich an diesem Morgen seinen Pflichten widmete, einen Gichtanfall erlitten, wäre es sicherlich nun ein entsetzlicher Wutanfall gewesen, mit dem er auf jene Eck'sche Unverfrorenheit reagiert hätte. So sank er nur in sich zusammen, in Anbetracht dieser zweiten unheilvollen Kunde, die zur Botschaft aus Rochlitz hinzukam.
Aber, wie sich seine Herrschertugenden am glänzendsten im Unglücke entfalteten, hielt seine Bedrückung nicht lange an. *Er würde sich von einem Leonhard von Eck nicht beirren lassen! Im Gegenteil!* Dieser alles ausspionierende Münchner hatte doch im Grunde nur seinen Fuchsbau verlassen, worauf er sich als Kaiser schlicht einstellen würde.
Freilich sah er dem entgegen, dass auch dazu aus der Höhle geschlichen worden war, um offene Gegnerschaft anzuzetteln... bei den deutschen Fürsten, den ausländischen Gesandten... bis hin zum Papst. Umso mehr galt es, jedem Feinde mit ausreichender Kriegsmacht entgegenzutreten:
Einem siegreichen Kaiser zu widersprechen, würde sich niemand mehr wagen!!

Meldung des Alvise Mocenigo an den Dogen von Venedig. Nürnberg, 28. März 1547

Serenissimo Principe. Cesare che, non essendo presto soccorso, di necessità conveniva render partito alle cose sue,...
Der Kaiser, zur Eile gemahnt, hat sich entschlossen, morgen gen Eger aufzubrechen. • Zwischen den sächsischen Herzögen Johann Friedrich und Moritz finden Waffenstillstandsverhandlungen statt.

Strassburg, den 30. März 1547, Martin Butzer an Hans Kilian[79]

Lieber Herr und Gönner,
Euer großer Schaden und Verlust, an dem ich zu meinem großen Bedauern mit meinem Buch beigetragen habe, ist mir herzlich leid. Der liebe Gott möge Euch dessen allen entschädigen und auch ich wollte

[79] Wortlaut nach: der Kanzlei-Abschrift im Neuburger Kopialbuch des Münchener Hauptstaatsarchivs, Pfalz-Neuburg 203, Bl. 125 a-126 a.

gern meinen Anteil dazutun und Euch erstatten helfen. Deshalb habe ich allerorts bei den deutschen Bibliotheken nachgefragt, doch leider liegt in diesen betrüblichen Zeiten aller Bücherkauf darnieder. Keines Vertriebs konnte man mich vertrösten. Ein Welscher aber will sich umsehen, ob er nicht in seinem Land eine rechte Anzahl verkaufen könne. Er wills mich in Kürze wissen lassen. Zu Basel will ich ebenso anhalten. Sobald ich in Erfahrung bringe, wohin etwas feilgeboten werden könne, teile ich es Euch mit.

Auch sage ich Euch großen Dank um das gar schöne Kleinod des lieben Pauli. Noch nie sah ich einen so kleinen Druck, der dabei so sauber und heiter zu lesen ist. Solche herrlichen Gaben Gottes, die er mit seinem lieben Evangelium gibt, müssen nun dermaßen jämmerlich verachtet und verwüstet werden, damit sie dem Widerchrist dienen. Unser Herre Christus wolle helfen, zur Rettung seines Namens seinen Feinden zu widerstehen!

Mir ist es ein großes Kreuz, nicht zu hören, dass den durchlauchtigen hochgeborenen Fürsten, unserem gnädigen Herrn Ottheinrich und seinem Bruder, doch das ihrige wieder zugebilligt und ihre Regierung wieder eingesetzt werde. Ich bitte Euch dringlich, falls Euch Botschaft erreicht, Ihr möget mir davon schreiben, auch wie es den Eurigen Männern gehe, dem Rentmeister, seinem Bruder und den anderen Mitregenten. Alle soll der liebe Gott trösten und ihnen ihr Leiden und ihren Schaden belohnen! Wie er es gewiss tun wird, zur rechten Zeit!

Unsere Leut hier haben nun auch eine Aussöhnung erlangt, doch viel leidlicher als andere Städte - mit einer Unsumme Geldes. Der Herr gebe und helfe, damit ein Solches der Ansehung Christus, unseres Herrn, nicht schade und sein Reich bei uns auch jetzt nicht abbrüchlich sei.

Straßburg den 30. Martij Anno 1547.

Euer dienstwilliger Mart. Bucerus.

Meldung des Alvise Mocenigo an den Dogen von Venedig. Eger, 8. April 1547

Serenissimo Principe. Heri gionsi qui, dove ho ritrovato Cesare, il Re di Romani et Duca Maurizio di Sassonia...

Die Majestäten werden nach Zwickau ziehen. • Man urteilt, der Tod des französischen Königs Franz I. am 31. März 1547 verzögere jede von ihm beabsichtigte Unternehmung gegen Karl V. Der neue König Heinrich II.* habe aber gleich dem Vater nie freundliche Gesinnung gegen Habsburg gehegt.

Ernst, in spanisch-düsterer Feierlichkeit betrat Kaiser Karl V. die monumentale dreischiffige Halle des Doms zu Eger mit seinen 14 Altären. Neben ihm schritt sein Bruder Ferdinand I., dem die Ritter des Goldenen Vlieses folgten. *Und wer, wie die Gesandten der katholischen Länder später mit Spott und Triumph nach Hause vermeldeten, folgte in diesem Einzuge? Verräterisch wie Judas??* Es war der 27-jährige protestantische Herzog Moritz von Sachsen. Mit einer geweihten Kerze in der Hand, mit an das Klingen der Monstranz angepasstem Schritt, ging er andächtig hin zum fürstlichen Gestühl, um anschließend der Ostermesse beizuwohnen...

Moritz war es gleichgültig, ob er eine Kerze in der gleichen Manier trug, in der Karl V. es tat. Auch dass er einer katholischen Ostermesse beiwohnte, die des Kaisers Minister, der Bischof von Arras, abhielt, hinterließ bei ihm keinerlei Gewissensbisse. Schließlich machte er nichts anderes, als er in seiner Jugend schon getan hatte: Bei den Eltern in Freiberg besuchte er den heimlichen lutherischen Gottesdienst. Beim Oheim Georg* in Dresden war es die katholische Messe gewesen. Und hernach, beim Vetter-Kurfürst in Wittenberg, lauschte er wiederum der protestantischen Predigt.

Das Heranwachsen zwischen einem gealterten Vielfraß, den er in Vater Heinrich, genannt ‚Der Fromme'*, sah, und einer machtversessenen, intriganten Mutter, geborene Katharina zu Mecklenburg*, hatte in ihm das Suchen nach einem Ausweg, heraus aus der Enge des Freiberger Hofes, verursacht. Das Schicksal, wie es ihm erschien, hatte ihm dabei helfen wollen: Der albertinischen Linie des Hauses Sachsen war trotz der zehn Kinder von Onkel Georg am Ende nur der schwachsinnige Friedrich als Erbprinz verblieben. Gemäß der Hausgesetze war Friedrich wegen seines Geisteszustandes jedoch regierungsunfähig. Also gebührte Moritzens Vater das Erbe, und nach dessen Tode Moritz selbst. Bloß, Georg dachte nicht daran, der eigenen Blutlinie das Erbe entgehen zu lassen:

„Lieber einen blöden, als einen gescheiten Herrn", hatte Moritz während der Landtagsverhandlungen mitangehört, in denen er um sein Erbe geprellt wurde... Als Reaktion darauf trat sein Vater offen zum Luthertum über, was dem streng katholischen Georg ein Gräuel gewesen war. Diese Trotzreaktion gereichte Moritz zum Guten, denn die Eltern schickten ihn an den kurfürstlichen Hof nach Wittenberg.

Mit gespannten Sinnen war er dort nicht nur durch eine neue Welt, die Welt Friedrichs des Weisen, jenes beherzten Beschützers von Martin Luther, gegangen. Nein. Wittenberg brauchte ihn sogar. Sobald nämlich

[80] heutiges Cheb im äußersten Westen von Tschechien, die Kirche St. Nikolaus ist noch heute das Wahrzeichen dieser Stadt

Onkel Georg in Dresden zu Grabe getragen würde und sein schwachsinniger Sohn die Regierung begehrte, ruhte auf Moritz Wittenbergs Hoffnung: Er sollte auch Dresden für das Evangelium gewinnen... Damit hatte er beizeiten begriffen, dass er als Gegenstand der Politik angesehen wurde. - Sein Verstand reagierte mit Misstrauen.
Und noch etwas manifestierte sich in seinem jungen Wesen: Verdienste um das Evangelium, so die Meinung der Protestanten, sichern Gottes Schutz, den in gleicher Weise die Altgläubigen für sich beanspruchen. Also war es für die Seligkeit egal, ab man lutherisch oder katholisch sei...
Eines schicksalsträchtigen Tages hatte er den Landgrafen Philipp von Hessen kennengelernt. Das war jener Fürst, der einst den wüsten Franz von Sickingen nebst seiner Ritterschaft besiegt hatte. Mit der ganzen Liebe eines einsamen und lernbegierigen Jünglings gegenüber seinem Meister hängte er sich an diesen Philipp. Sein Idol erwiderte die Zuneigung. Philipp von Hessen offerierte ihm sogar familiäre Bande durch die Verheiratung mit seiner kleinen Tochter Agnes. Gevatter Tod beschleunigte dieses Anerbieten:
Im Februar 1539 starb der schwachsinnige Friedrich noch vor seinem Vater, den man zwei Monate später in Dresden zu Grabe trug. So trennte Moritz von der Herzogswürde, nach seinem Verständnis, lediglich der eigene Vater. Dabei vergaß er die Herrschsucht und Habgier seiner Mutter, die alles in Gang gesetzt hatte, um den trotzigen Sohn zu enterben. Moritz hatte sich zu wehren gewusst:
Er verband sich mit Hessen. Er überging die mütterlichen Drohungen gegen seine angestrebte Eheschließung. Ohne eine Bitte um Erlaubnis hatte er dem siechen Vater einen freundlichen Brief gesandt, in dem er sich für seine spontane Reise nach Marburg entschuldigte, wo er ohne zu Zögern für vollendete Tatsachen sorgte. Im Januar 1541 kniete er neben der 14-jährigen Agnes von Hessen* vor dem Traualtar. Die Vollziehung der Ehe folgte auf dem Fuße.
Hessens Druck war die Mutter freilich nicht gewachsen, und, nach dem Tod des Vaters im August 1541 war für das Evangelium der Weg nach Dresden freigeräumt. Danach hatte er die Gunst des Schicksals in vollen Zügen ausleben wollen, doch unerwartet schnell, noch vor Jahresende 1541, fehlte ihm etwas:
In ihm regte sich das kämpferische Blut seines Großvaters Albrecht, der einst nach Flandern gezogen war, um dort Maximilian I. aus den Händen von Brügges Bürgern zu befreien. - Auch Moritz sehnte sich nach Ruhm. Der säbelrasselnde Sultan Suleiman bot ihm die Gelegenheit dazu. Voller Eifer hatte er ein Treffen mit dem Schwiegervater, mit Großcousin Johann Friedrich I.* und dem Brandenburgischen Hohenzollern Joachim II.* iniziiert. Aber er wurde bitter enttäuscht:
Johann Friedrich lehnte ab, da der Türke angeblich das Winterlager

bezogen hätte. Der Schwiegervater beabsichtigte, dem Kaiser die geforderte Türkenhilfe nur gegen Gewährung des Religionsfriedens zu leisten, worin Moritz und Joachim schlussendlich zustimmten. - Trotzdem war er bei seiner Auffassung geblieben:

Die Verteidigung gegen die Osmanen schien ihm bedeutsamer als das Festhalten an der Religionsanerkennung. Aus dem Glaubenszwist resultierte für ihn nur, dass sich die Deutschen blockierten und um ihre eigene Kraft betrogen. Aus dieser Einstellung heraus ließ er sich auch nicht, gemäß dem innigen Wunsch des Schwiegervaters, auf die Seite des Schmalkaldischen Fürstenbundes ziehen. Er verfolgte weiter seine Sehnsüchte nach ruhmesreichen Taten... und Karl V. öffnete ihm dafür die Tore. So betrat er entschlossen die Bühne der habsburgischen Politik, die an diesem Tag im Dom von Eger Inszenierung fand...

Einsetzender Orgeldonner rüttelte Moritz aus seinen Gedanken hin zur Realität. Diese war ihm freilich nicht die katholische Ostermesse. Sie war ihm lediglich ein ruhiger Moment, in dem er das bevorstehende Kriegsgeschehen überdenken konnte:

Kurfürst Johann Friedrich I. von Sachsen, sein Großcousin, war nach seinem Blitzerfolg in Rochlitz so naiv gewesen, sich auf einen Waffenstillstand einzulassen. Er hatte nicht durchschaut, dass Moritz damit nur Zeit gewinnen wollte, um Albrecht Achilles' Truppenverlust auszugleichen.

Aktuell standen mehr als 6.000 Reiter und 23.000 Landsknechte bereit, um gen Kursachsen zu marschieren... *Schlichen sich nicht spätestens jetzt Bedenken in sein Gewissen?* Nein. Nicht mehr. Nicht mehr seit der Wurzener Fehde. Damals hatte Johann Friedrich in Hochmut das unter ihrer beider Schutzherrschaft stehende Wurzen mit einer Reiterschar überrumpeln, und eine Steuer eintreiben lassen. Trotz der Vermittlungsversuche seines Schwiegervaters wurde Sachsens Kurfürst damit sein erbitterter Feind.

Was diese ganze Angelegenheit als noch tiefere Schmähung in Moritzens Herzen einbrannte, war Luthers Einmischung. Niemals zuvor hatte er dem Reformator Anlass zu derartig ungerechtem Hass gegeben. Der Satan selbst stecke hinter Moritz, äußerte Luther jedoch öffentlich. Und dass die ‚Meissnischen Scharhansen', das Leipziger Gift und Ungeziefer, nur betrügerische, untreue und erdichtete Liebhaber des göttlichen Wortes seien...

In Erinnerung jener tiefen Verletzung begannen Moritzens Hände zu zittern und er war fast froh, dass er sie just in diesem Moment zum Gebet falten konnte.

Am Kornmarkt zu Heidelberg, Mitte April 1547

Die große Wiedersehensfreude, mit der sie aufeinander zuliefen, trübte sich mit jedem ihrer Schritte. Philipp erschrak sich an dem fettleibigen

Mann, der in einem überweiten Hausmantel auf ihn zueilte, soweit sein massiger Körper schnellere Bewegungen überhaupt noch zuließ.
Ottheinrich erschrak sich an Philipps ausgemergelter Gestalt und seinem totenblassen Gesicht mit dunklen Augenringen und hervorstehenden Wangenknochen. Trotzdem war er es, der den Bruder innig an sein Herz drückte, genauso, wie es seit jeher zwischen ihnen geschah. „Philipp, mein Bruder!“, wiegte er ihn. „Endlich sehen wir uns wieder!“
Philipp lächelte und erwiderte mit einem Kuss auf Ottheinrichs vom Vollbart überwucherte Wange. „Ich freue mich auch“, sprach er in des Bruders Ohr. „Obgleich ich nicht mit den Neuigkeiten aus England zurückkehre, mit denen ich dich so gerne erfreut hätte.“
„Aber was redest du!“, rief Ottheinrich tröstend aus. „Schon dich zu sehen, ist mir die größte Freude!“ Er entließ Philipp aus seiner Umarmung. Beide setzten sich.
„Als ich hörte, dass dich die Spanier in den Niederlanden festhielten, machte ich mir die allergrößten Sorgen. Der Kaiser ist mittlerweile so unberechenbar, dass man sich nur noch fragt, wo dies alles hinführt.“
„Mir war auch sehr unwohl“, bekräftigte Philipp. „Aber Heinrich VIII. kam mir mit seinem heftigen Protest zu Hilfe. Daraufhin ließ man mich meine Reise gen England fortsetzen.“ Er machte eine kleine Pause, um durchzuatmen. „Es stand so gut, in London“, fuhr er fort. „Der König empfing mich freundlich. Sogar mit einer jährlichen Pension wurde ich von ihm ausgestattet, neben dem Sold für meine Dienste im Militär. Bestimmt wäre es mir gelungen, die Eheverhandlungen zu Ende zu bringen. Wiederholt erinnerte er nämlich daran, wie er mich einst, als künftigen Schwiegersohn, in den englischen Hosenbandorden aufgenommen hatte. Und dann... stirbt er.“
Unter diesen Worten erschlaffte Philipps magerer Körper, was Ottheinrich einen Stich ins Herz versetzte. Er konnte die Resignation nachfühlen, die Philipp mit der Todesnachricht Heinrichs VIII. ergriffen haben musste. Damit zerbarsten zwangsläufig seine langgehegten Träume auf eine eheliche Verbindung mit Maria Tudor...
„Nach der Thronbesteigung Edwards VI. war ich dem Königshause kein Begriff mehr. Sein Thronrat verweigerte mir sogar Sold und Pension. Mir blieb nur die Abreise. Ach, Ottheinrich, weshalb war ich 1539 so zögerlich? Weshalb habe ich nicht meine Chance ergriffen, als mich König Heinrich VIII. zum Schwiegersohn auserkor? Könnte ich doch nur die Uhren zurückdrehen!“ Philipps verzweifelte Blicke trafen Ottheinrich.
„Wir haben beide einen großen Fehler gemacht, Philipp“, schickte Ottheinrich tiefernst zu seinem Bruder. „Wir haben unserem ‚Vormund-Onkel Friedrich‘ zu viel Vertrauen geschenkt.“
„So nennst du ihn?“
„Ja. Er ist mir zuwider. Jeden Tag mehr. Aber, ich trage selbst Schuld

daran. Nicht nur dir, auch mir, also uns beiden, hat er genommen. Und ich habe es zugelassen, war verliebt in mein Neuburg, in meine Susanna. Dabei hätte ich weiter denken müssen. Und zwar bis hierher."
„Nach Heidelberg." Philipp nickte leicht. Er wusste, worauf Ottheinrich abzielte, und da Ottheinrich nicht weiterredete, sprach er es aus: „Er hat uns Onkel Ludwigs Erbe abgeschlichen."
„Du weißt es?! Wir haben nie darüber gesprochen! Siehst du? Wir haben nicht einmal darüber gesprochen!", fuhr Ottheinrich auf, verwundert und verbittert zugleich.
„Und jetzt ist es zu spät. Und ich wollte doch in England alles wieder gutmachen, was ich an dir verbrochen habe, Ottheinrich. Mit diesen Plänen reiste ich nach England. Wie anders könnten wir jetzt dastehen, so ich Maria geehelicht hätte!" Philipps Augen leuchteten auf.
„Aber nein, Philipp!", widersprach Ottheinrich sofort. „England hat einen neuen König, der seiner Halbschwester ganz und gar nicht wohlgesonnen ist!"
„Ein Kinderkönig, Ottheinrich. Ein kränkliches Wesen! Maria dagegen..."
„Das kränkliche Wesen ist aber schlau genug, einen machtvollen Kronrat um sich zu scharen!", fiel Ottheinrich Philipp ins Wort. Er wollte nicht, dass sich Philipp, gemäß seinem ureigenen Wesenszug, in unrealistische Träumereien hineinsteigerte, die stets in schlimmen Depressionen ausuferten. Obwohl er Philipp insoweit beipflichtete, dass dies ein Grund für seine Ausweisung aus England gewesen sein könnte, weil man ihn aus dem Lande haben wollte, weil man ihn als potentiellen Unterstützer Marias ansah, die sich vielleicht gegen die Thronfolge auflehnen könnte. Schließlich war sie das erste Kind, das Heinrich VIII. von Königin Katharina geboren worden war. - Ottheinrich überlegte, auf welches andere Thema er hinlenken könnte... Philipp war in Neuburg gewesen, was ihn brennend interessierte. Aber er verbiss sich eisern, danach zu fragen. Schließlich wäre Philipps Bericht nur ein weiteres niederschmetterndes Zeugnis ihrer beider gegenwärtigen trostlosen Lebenslage.
„Warten wir ab, Philipp", sprach er dafür. „Es kommen bessere Zeiten. Und, mit dieser Hoffnung stehe ich nicht allein. So viele flammende Briefe bekomme ich. Hochmut stand schon immer vor dem Fall. Und wenn sich das Blatt wieder wendet, dann stehen wir beide vor neuen Aufgaben. Nichts anderes bedeutet diese Zeit für uns. Es ist eine Wartezeit. Mehr nicht. Wir machen das Beste daraus, mein lieber Bruder. Wir haben immer noch uns."
„MIT DER ZEIT habe ich NICHTS UNVERSUCHT gelassen", verband Philipp ihrer beider Wahlspruch und rang sich ein kleines Lächeln ab.
Ottheinrich schmunzelte. „Und das wirst du auch weiterhin nicht. Übrigens, man stelle sich vor, wie man meint, wie rechtlos unsereiner ist",

frotzelte er. „Da nenne ich hier eine Häuserzeile mein eigen, brav zusammengekauft. Und doch werde ich dir wohl vorerst weder Dach noch Bett anbieten können. Der werte Kurfürst nämlich schickt mir laufend Anordnungen, wo ich mich hinzubegeben habe. In Heidelberg jedenfalls duldet er mich nicht länger. Wegen des Umstandes, ich sei ein ‚in des Kaisers tiefster Ungnade Stehender'. Bislang weigere ich mich mit Erfolg, aber wie lange noch..."

„Ich weiß davon und mir geht es nicht anders", überging Philipp Ottheinrichs Humor. „Ich dachte, in Heidelberg bleiben zu können, bei dir, wohin sollte ich auch sonst. Doch ‚Vormund-Onkel Friedrich' verweigert. Mit eintausend Gulden jährlichem Zehrgeld schickt er mich nach Neustadt an der Haardt."

Auf seine Worte presste Philipp eine Hand vor seine Magengegend. Dabei verzerrte sich sein Gesicht vor Schmerz, was Ottheinrich mit Bestürzung aufnahm.

Kaiserliches Lager bei Lommatzsch, den 23. April 1547 gegen 17.00 Uhr

Gestern hatten ihn seine Kundschafter genau über die feindlichen Stellungen jenseits der Elbe, nahe Meißen, unterrichtet. Dennoch hatte Karl V. es nicht gewagt, Johann Friedrich I. von Sachsen die Stirn zu bieten. Nach tagelangem Marschieren schienen ihm seine Truppen zu erschöpft, weshalb er einen Ruhetag angeordnet hatte.

Heute hingegen stand sein Plan, gen Meißen zu ziehen und die ersehnte Schlacht herauszufordern, weshalb ihn die Meldung des soeben zurückgekehrten Recognoscirungstrupps die Entscheidung des Rastens am Vortage fast bereuen ließ: Das Lager zu Meißen war verlassen, die Brücke über die Elbe abgerissen und in Brand gesetzt. Aus den Bewegungen des kursächsischen Vortrupps und der Gepäckwagen lasse sich schließen, dass der Feind bei Mühlberg lagern werde. - Sofort berief Karl V. seinen Kriegsrat ein.

„Von Mühlberg aus ist es nicht weit bis zum gut befestigten Torgau." Karl V. wies auf die vor ihnen ausgebreitete Landkarte. „Schafft der Kurfürst es bis dorthin, wendet sich das Blatt zu unseren Ungunsten, nicht weit dann nämlich auch Wittenberg. Indes, überraschen wir ihn, ermüdet vom jetzigen Marsch, können wir hoffen."

„Dies verlangt uns einen Nachtmarsch ab, Euer Majestät! Unnütz kräftezehrend!", folgte des Herzogs von Alba lebhafter Widerspruch.

„Richtig. Trotzdem bin ich dafür, dass wir augenblicklich aufbrechen."

„Ich bin dagegen", hielt Alba an seiner Ablehnung fest. „Allein schon der Abmarsch zur Nacht stiftet Verwirrung und Durcheinander. Außerdem

bewegen wir uns zwischen mehreren Elbzuflüssen. Denkt an unsere Geschütze, denkt an die Kavallerie! Und bedenkt, dass Mühlberg am rechten Elbufer liegt und wir uns der Flussüberquerung stellen müssen!"
„Folgender Vorschlag", wurde wegen des Kaisers sich verdüsternder Miene eingelenkt. „Schicken wir die Wagen mit den Brückenschiffen und ausreichend Furiere[81] sofort los. Die Armee soll bis Mitternacht ruhen, danach erfolgt der Aufbruch." - Karl V. gab seine Zustimmung.

Auf dem Weg gen Mühlberg, den 24. April 1547

Den Anfang der Marschformation des kaiserlichen Heeres, das sich befehlsgemäß gegen 1 Uhr nachts in Bewegung setzte, bildeten 800 Husaren, 200 spanische und 400 italienische Schützen zu Pferde. Ihnen folgten 1.500 Schützen- und Spießreiter unter sächsischer Führung, 300 neapolitanische Kürassiere[82] und der 400 Mann zählende Rest der Schützenreiter des Albrecht Achilles. Inmitten dieser Scharen ritt Karl V. mit den Fürsten. Im rechten Flügel der Formation marschierten Garde und Hofgesinde des Kaisers vor den berittenen Hundertschaften König Ferdinands. Auch der linke Flügel umfasste mehrere hundert Reiter, sodass die kaiserliche Reiterschar zusammen um die 6.300 ergab. An Fußvolk wurden seit der Aufmusterung in Eger 23.000 Mann mitgeführt, bestehend aus deutschen Fähnlein und einem Regiment von 7.000 Spaniern. -
Runde 8 Stunden später, gegen 9 Uhr vormittags, stieß das Heer zwischen Schirmenitz und Paussnitz auf die vorausgeschickten Furiere, die bereits ein Lager abgesteckt hatten. Keine 15 Gehminuten entfernt lag jetzt das linke Elbufer. Die Mannschaft war müde und gedachte, sich mit einer Morgenmahlzeit auszuruhen, was der Herzog von Alba jedoch untersagte: „Keine Lagerfeuer! Bei Todesstrafe! Ein jeder sei so leise, wie es nur geht! Und haltet euch bereit!", zischte er nach allen Seiten, die Reihen der Truppen durchreitend. Nach seinen straffen Anweisungen begann er seinen Erkundungsritt.

„Gott ist uns hold", wies Karl V. mit einer Hand zufrieden in den dichten Morgennebel, der über der Landschaft lag und die Sichtweite auf wenige Schritte begrenzte. „Wie aus dem Nichts werden wir vor dem Feind auftauchen. Also sollten wir keine Zeit verlieren! Kommt!", lud er seinen Bruder und Moritz von Sachsen in eines der eilig aufgestellten Zelte ein. „Das Frühstück wartet. Danach lassen wir uns die Harnische anlegen und reiten los. Ich bin schon zu gespannt, wo wir eine Furt durch den Fluss finden werden..."

[81] Quartiermacher (Feldlager)
[82] schwere, brustbepanzerte Kavallerie

Angestrengt spähte der Herzog von Alba hinüber zum anderen Elbufer. „Vortrefflich, die feindliche Position“, murmelte er vor sich hin, nachdem sich ihm die Silhouetten der Landschaft erschlossen. Jenseits des Flusses, der ihm breit und tief anmutete, entdeckte er ein höher gelegenes Ufer als das, an dem er sich befand. Dort schmiegte sich die Mühlberger Stadtmauer, die von Dächern und Türmen eines Schlosses überragt wurde, ans Elbufer... „Wie diesen Fluss überqueren?“, flüsterte er vor sich hin. Von Alba wendete sein Pferd, um im Lager von seinen Beobachtungen zu berichten.

„Wer hier wohnt, der weiß auch, wie er über den Fluss kommt“, entgegnete Karl V. der Skepsis seines von der Erkundung zurückgekehrten Oberbefehlshabers. „Schafft mir einige Einwohner herbei... Bauern... die werden am besten wissen, wo es Furten gibt. Denn ich glaube nicht, dass sie mit ihren Hühnern auf dem Kopf zur Stadt hinüberschwimmen, wo sie sie verkaufen können. Also beordert eine Reiterschar, aber leise!“ Gestärkt vom Frühstück, im Gefühl des Gepanzertwerdens, mit der Aussicht, den ersten seiner beiden Erzfeinde heute anzutreffen, gar zu besiegen, hob sich des Kaisers Stimmung ungemein.

„Zwei meiner Pferde haben mir die Kurfürstlichen gestern weggenommen, ohne sie mir zu lohnen.“ Einer der aufgegriffenen Bauern, die Moritz von Sachsen in einer Reihe vor sich aufzustellen befohlen hatte, trat einen Schritt nach vorn. „Gerne will ich daher den gnädigen Herren die Furt weisen,“ verneigte er sich.
„Wer ist er?“ Misstrauisch musterte der Herzog von Alba den jungen Mann, nachdem Moritz von Sachsen gedolmetscht hatte.
„Barthel Strauchmann, hiesiger Ackerbürger.“
„35 Gulden, falls die Furt taugt“, folgte Alba’s Antwort. „Weiß er auszusagen, wie lange der Nebel anhält?“
„Bestimmt bis gegen die Mittagsstunde.“

Am anderen Elbufer bei Mühlberg gegen 8 Uhr morgens

Sachsens Kurfürst lauschte gerade der Sonntagspredigt, als zwei Reiter von der Wache Meldung machten. Sie meinten, dass Truppen am anderen Elbufer herangezogen seien, was sie aus Geräuschen schlössen. Allerdings, dem dichten Nebel geschuldet, könnten sie nicht angeben, ob der Schall vom diesseitigen oder jenseitigen Ufer käme und wie groß die Anzahl der Verursacher sei.
Johann Friedrich I. brachte diese Meldung nicht aus der Ruhe. Er fühlte sich in Mühlberg sicher. Schließlich war seine Stellung trefflich. Stadt und Schloss waren von seinen Truppen besetzt. Dazu kam, dass jenseits der

kleinen Wiese, die die Stadtmauer von der Elbe trennte, das an sich schon höher gelegene rechte Elbufer ein Damm begrenzte, der seinen Schützen Deckung bot. Das andere Flussufer war also völlig unter seiner Kontrolle. Und dieses lag nicht nur tiefer. Obenauf zeigte sich die Landschaft drüben als offenes und flaches Feld, das sich weit hinstreckte. Wenn feindliche Truppen also heranzögen, mussten sie dieses, abgesehen von etwas Gebüsch am Ufer, keinen Schutz bietende Areal passieren, was sie zu Kursachsens Zielscheiben machte... Außerdem war da auch noch der Fluss... Insgesamt, falls er sich von einem feindlichen Heer am anderen Elbufer bedroht sähe, genügten seine Position und die 21 Geschütze, um sich auch gegen eine Übermacht so lange zu verteidigen, bis Torgaus Armee in einem straffen Marsch herangezogen wäre. Vom starken Wittenberg her bräuchte es zwar einen Gewaltmarsch, bis es jedoch soweit käme... müsste schon eine mehrfache Übermacht... *Nein, nein. Weshalb in Unruhe verfallen?* Johann Friedrich sah keinerlei Grund dafür.

Freilich war ihm bewusst, dass er seine Truppenstärke um 600 Reiter und 4.000 Mann zu Fuß vermindert -also quasi halbiert- hatte. Jene Mannschaft verharrte an Böhmens Grenze, da er sich von den dortigen Verbündeten Zuzug erhoffte, was er unterstützen wollte. Auch ankerten seine Boote noch im Fluss, die, zusammengekoppelt, als Schiffbrücke nutzbar waren. *Sollte er nicht wenigstens dieses Risiko ausschalten??* „Auch dafür bleibt noch genug Zeit", flüsterte ihm sein Phlegma zu und wiegte ihn in Seelenruhe.

Allein dem Argument, dass die Strömung gerade nicht sehr stark war und man in Mühlberg um mehrere Furten wusste, gab er nach. Er befahl einigen Reitern, am Elbufer zu patrouillieren bis sich der Nebel verzöge und man ihm Genaueres melden könne... Diese Wartezeit würde er sich, nach der herzerbauenden Predigt, mit einer wohligen Stärkung seines Leibes verkürzen.

Zeitgleich am linken Elbufer

Um jeder Eventualität zu entgegnen, war eine erkleckliche Anzahl von ungarischen Leichtberittenen zur Beobachtung gen das nur drei Meilen entfernte Torgau entsandt. Die Hauptmasse des Heeres blieb bei Paussnitz in Reserve, eintausend spanische Hackenschützen hingegen rückten im Schutz des dicken Nebels ungehindert bis ans Elbufer vor. Ebenso war es dem Zeugmeister gelungen, sechs Geschütze im Ufergebüsch zu postieren.

Karl V. mochte es fast selbst nicht glauben. Doch als er geharnischt und zu Pferd das Flussufer erreichte, ward der dicke Morgennebel wie von Geisterhand beiseitegeschoben und der Kriegsschauplatz präsentierte sich ihm gleich einer offenen Bühne...

...auf der sich sofort ein heftiges Gefecht entspann.
Im Wissen der Geschütze in ihrem Rücken, trieben erste spanische Schützenreiter ihre Rösser todesmutig in die Elbe, ungeachtet dessen, dass die Tiere bis über die Brust im Wasser versanken.

Panische Schreie ließen die kursächsische Lethargie binnen Minuten zerbersten. Augenblicklich erkannte man die Gefahr um die Schiffbrücke. Obgleich man zu ihr stürzte, war es bereits zu spät. Der nachfolgende Kampf von Johann Friedrichs Heer verkümmerte zu einem verzweifelten Rückzugsgefecht.

Im Feldlager vor Mühlberg, den 25. April 1547, Moritz von Sachsen an seinen Schwiegervater Philipp von Hessen[83]

Unser Freundlichster!
Wir wollen Euer Liebden nicht verschweigen, dass wir aufseiten der Kaiserlichen und der Königlichen Majestät nebst unserem Kriegsvolk gestern aus dem Feldlager bei Paussnitz aufzogen, um unser Nachtlager vor Mühlberg, diesseits der Elbe, aufzuschlagen. Ferner lag in unserer Absicht, dort dem Feinde zu begegnen. Als aber etliche von uns an die Elbe vorrückten, bekamen wir Kunde, dass Herzog Johann Friedrich mit seinem Kriegsvolk zu Ross und Fuß in stattlicher Anzahl daselbst in und um Mühlberg lagerte. Darauf haben die Majestäten beschlossen, sich ihrer noch an diesem Tage anzunehmen.
Obwohl uns der Elbstrom vom Feinde trennte, haben die Unseren eine Furt gefunden, durch die die ersten über den Fluss hinüberkamen. In Scharmützeln ließen sie sich mit dem Feinde ein. Stücke seiner Schiffbrücke wurden ihm auf dem Wasser abgerungen, was ihm Anlass zum Verlassen seines Lagers gab. Daraufhin setzten ihm die Unseren zu Ross in großer Zahl durch die Elbe hinterher, dieweil ein Brückenbau zu lange gedauert hätte. Gott zum Lob sind alle glücklich hinübergekommen!
Weil wir das Fußvolk nicht eilends über das Wasser bringen konnten, hängte sich die Reiterei an den Feind. Später, nicht weit von Torgau, begegnete er uns in etlichen Scharmützeln.

[83] Wortlaut nach: „Die Schlacht bei Mühlberg. Mit neuen Quellen. von Dr. Max Lenz. Gotha. Friedrich Andreas Perthes. 1879“, S. 37-39

Doch durch göttliche Fügung wurde das Heer mit all seinem Volke geschlagen. Herzog Hans Friedrichen von Sachsen, Herzog Ernst von Braunschweig, Graf Ernst von Gleichen und andere Hauptleute und Rittmeister, dero Namen man uns noch nicht angezeigt hat, wurden gefangen. Das Geschütz, die Hauptfahnen mitsamt dem Tross und allen Kriegszubehörs sind erobert. - Für dies alles wollen wir Gott dankbar sein.
Und so wir dann hieraus verhoffen, dass durch fernere Verleihung des Allmächtigen nunmehr ein guter, beständiger Friede, Ruhe, Recht und gebührlicher Gehorsam im Heiligen Reich folge, so hoffen wir zuvorderst, Euer Liebden werden sich mit der Kaiserlichen Majestät vertragen. Dazu fordere ich Euer Liebden auf! Alsbald möget Ihr Euch zum Vertragsschlusse herbewegen. Meines besten Beistands seid versichert.
P.S. Nachdem ich erfuhr, dass Herzog Johann Friedrich in Mühlberg weilte, fürchtete ich, was daraus erfolgen könne. Mit dem besten Willen habe ich, in einem ungefährlichen Moment, vor dem Angriff Euren Gesandten Heinrich Lersner* mitsamt einem Trompeter zu ihm geschickt. Ich habe den Herzog ermahnen wollen, dass er in Abwägung der Umstände sich an die Kai. Majestät ergeben solle, mit der Vertröstung auf die Hoffnung, bei Ihrer Majestät Gnade zu finden. Diese Sache zu fördern, erbot ich mich des größtmöglichen Fleißes. Ich bin aber ohne Antwort gelassen worden. Dazu erhielt ich die Kunde, dass unser Trompeter von des Feindes Leuten umgebracht wurde. Des Lerners Zukunft ist auch gegenwärtig noch ungewiss. Wir wissen nicht, wie es um ihn stehen mag. So uns zukommt, dass Lerner am Leben ist, will ich ihn zu mir bringen.

Meldung des Alvise Mocenigo an den Dogen von Venedig. Kaiserliches Lager bei Paussnitz, 25. April 1547

Serenissimo Principe. Passate che furono Sue M^{tà} con tutta la cavallaris de là dal fiume...
Die kaiserliche Reiterei ereilte nach einem Galoppritt von drei Meilen die Feindliche vor einem Wald. Sie ergriff nach kurzem Widerstand die Flucht. Sie brachte die eigene Infanterie in Unordnung und 1.500 Mann

wurden getötet. Johann Friedrich von Sachsen, von den Seinen verlassen, ward gefangen vor Karl V. geführt. Der erklärte, dass er ihn nach Verdienst behandeln werde. Er übergab ihn dem Herzog von Alba.

Meldung des Alvise Mocenigo an den Dogen von Venedig. Kaiserliches Lager bei Wittenberg, 30. April 1547

Serenissimo Principe. Alle quali esso signor ambasciator disse che non haveva potuto tenersi che non rispondesse alcune parole...

Einige Spanier äußerten öffentlich, kein Fürst könne nunmehr dem Kaiser widerstehen. Alle müssten ihm gehorchen und die Monarchie der Welt überlassen. Der englische Gesandte bemerkte zum französischen und zu den venezianischen Gesandten: Die Fürsten müssten sich bei Zeiten vorsehen, wenn sie ihre Länder bewahren wollten.

Kassel, den 01. Mai 1547, Philipp von Hessen an Moritz von Sachsen[84]

Mein Schwiegersohn!

Dass nun unser Herrgott des Kurfürsten wegen die Sachsen dermaßen niedergeschmettert hat, ist also sein göttlicher Wille gewesen. Hätte er gewollt, dass wir die Folgen vor etlichen Jahren und Monaten erahnten, so sollte es Euer beider Liebden halber dahin nicht gekommen sein. Dieweil es aber ohne Zweifel um unser aller Sünde willen dazu gekommen ist, muss der göttliche Wille seinen Fortgang haben. Wir bitten Euch aber freundlich, Ihr möget gegen die Kaiserliche Majestät untertänige Verwendung tun, dass der Kurfürst zu Gnaden komme. Das wird Euer Liebden löblich nachgesagt werden und gegen dem Überwundenen rühmlich sein. Obschon es der Kurfürst gegen Euch nicht verdient haben möcht, so solls doch Gott belohnen, als er da spricht, man sollt vergeben, darauf er uns wieder vergebe.

[84] Wortlaut nach: „Die Schlacht bei Mühlberg. Mit neuen Quellen. von Dr. Max Lenz. Gotha. Friedrich Andreas Perthes. 1879“, S. 39-40

Meldung des Alvise Mocenigo an den Dogen von Venedig. Kaiserliches Lager bei Wittenberg, 20. Mai 1547

Serenissimo Principe. Acciochè potessero sicuramente uscire della città quelli che haveano a venire, per abbocarsi col Duca priggione...

Auf einem für neutral erklärten Boden wurde am 19. Mai mit dem Bruder und dem Sohn des gefangenen Sachsenherzogs sowie vier Stadträten unterhandelt. Der geschlossene Vertrag entscheidet das Schicksal des Markgrafen Albrecht von Brandenburg-Kulmbach. Die Sachsen mussten versprechen, den Markgrafen nicht nur ohne Lösegeld in Freiheit zu setzen, sondern ihm auch seine Fähnlein, sein Geschütz und alles, was sie ihm an Gütern genommen haben, wieder überliefern. Johann Friedrich selbst muss sich als Gefangener des Kaisers Willen unterwerfen und auf sein Kurfürstentum für sich und seine Nachkommen Verzicht leisten.

Am Kornmarkt zu Heidelberg, den 10. Juni 1547

Selbstredend versorgten Ottheinrichs Getreue ihn mit allen Informationen zu den sich überschlagenden Ereignissen im Land. Ihn beseelte, dass man ihn nicht vergaß oder einfach ausklammerte, schließlich konnte er auf das aktuelle Geschehen keinerlei Einfluss nehmen. Aber die Kehrseite der Medaille war, dass er fast platzte, weil er das unbedingte Bedürfnis verspürte, sich mit jemandem darüber auszutauschen.

‚Vormund-Onkel Friedrich' war ihm kein Gesprächspartner. Umso mehr freute er sich, dass Philipp seiner Bitte um einen erneuten Besuch nachgekommen war. *Heute war es soweit. Heute würde er bei ihm eintreffen!*

Außerdem war sein Besuchswunsch ergangen, weil er nicht wusste, wie lange er sich noch gegen Friedrichs Druck widersetzen und in Heidelberg bleiben konnte.

Natürlich wollte er mit seinem Bruder auch gediegen mahlzeiten. *Endlich würde er einmal nicht allein am Tisch sitzen müssen!* Allerdings hatte er den Speiseplan auf Philipps anhaltende Magenprobleme, von denen der Bruder ihm laufend berichtete und die ihn sehr besorgten, ausgerichtet. Demgefolgt lautete sein Auftrag an seinen Koch, eine kräftige Rindsbrühe mit gemüsegefüllten Teigtäschlein zuzubereiten. Als Nachtisch gäbe es den von ihnen beiden gleichermaßen heißgeliebten Apfelkuchen mit Zimtzuckerkruste.

Ob er sich für seinen Gast umziehen sollte? Ottheinrich sah an sich hinab. Ewig trug er nun diese kuttenähnlichen Hausmäntel am Leib, lederbesohlte Strümpfe an den Beinen, eine Filzkappe auf dem Kopf... Aufseufzend machte er eine abweisende Handbewegung. *Diese permanent zunehmende Leibesfülle!* Keiner seiner Wämser passte ihm noch, geschweige denn, dass er seine Hosen zugeknöpft bekam... *Ein Schneider müsste her!*

Mit diesem Gedankengang nahm er sich vor, alsbald Maximilians letzten Brief zu beantworten. Der Briefwechsel mit dem jungen Mann hatte sich nämlich, zu seiner großen Freude, inzwischen als schöne Gewohnheit eingebürgert.

„In Anbetracht all dessen erscheint mir mein Bankrott nur noch wie eine Bagatelle", schickte Ottheinrich über den Tisch und angelte nach einem weiteren Eckchen Apfelkuchen. Eigentlich hatte er mit dem zweiten Stück aufhören wollen. *Aber dieser karamellisierte Zimtzucker, der so herrlich auf der Zunge zerschmolz! Dazu dieser feine Apfelduft des ofenfrischen Gebäcks!* Großzügig genehmigte sich Ottheinrich zum Kuchen noch eine ansehnliche Portion frisch geschlagener Sahne obenauf, die ihm aus einer feingeschliffenen Glasschale cremigweiß zuschmeichelte...
„Unser Bankrott", verbesserte Philipp. Obgleich ihre Gesprächsthemen eigentlich keinen Anlass zum Lächeln gaben, lächelte er dennoch. Wie stets hatte sein großer Bruder das Talent, jeder Situation ein Gutes abzugewinnen. *Und wenn es bloß von einem Stück Kuchen ausging*! Er beneidete Ottheinrich um jene Gabe der kleinen großen Freuden. Ihm selbst waren es immer die hohen Taten gewesen, denen er nachgehangen war. *Nichts unversucht!* Nach den Sternen hatte er gegriffen, im Anspruch auf Ruhm in Schlachten unter Habsburgs Flagge, der ihm nicht zuerkannt wurde, im Begehren um Maria Tudors Hand, die er nicht gereicht bekam...
„Nun ja. Da lobe ich mir doch, dass, also wir beide, das Geld nach unserem Willen und zu unserer Erbauung ausgegeben haben. Und nicht unter dem Druck des Kaisers für dessen Kriegsgelüste. Unfassbar, was den deutschen Fürsten gerade geschieht!"
„Nicht nur den Fürsten. Auch den Städten, Ottheinrich. Sie stehen vor der Wahl, sich freizukaufen, oder sich in Schutt und Asche gelegt wiederzufinden."
„Das stimmt. Aus Augsburg hörte ich, dass die Stadt um mehr als eine Million Gulden leichter ist."
„Und dabei erkauft man sich nur, dass man sich selbst den Ast absägt, auf dem man sitzt."
„Ich weiß nicht, wie du es siehst, Philipp. Aber aus meiner Sicht der Dinge, also aus der Ferne des bloßen Betrachters, scheinen die Stände durchweg die gefährliche Lage für unsere Nation und die tiefangelegten Pläne des Kaisers nicht zu durchschauen."
„Da bin ich mir nicht sicher. Einer, so mein Eindruck, weiß sehr wohl, was sich hinter der Bühne abspielt", widersprach Philipp wegen seiner Grübeleien, an denen er trug: Irgendwie identifizierte er sich mit dem jungen Sachsenherzog Moritz. Weil der ihn an seine eigenen Kriegsdienste für Habsburg erinnerte, vor Wien, im Türkenjahr 1529. Mit heroischem Einsatz, in der Gutgläubigkeit seines jungen Alters, hatte er für

Kaiser und König Leib und Leben riskiert. *Und wofür? Dass man ihm Honig ums Maul schmierte und als Statthalter von Württemberg auf verlorenen Posten setzte!* Wo er sich Habsburgs Gegnern, die das in Anmaßung okkupierte Fürstentum schlaggewaltig zurückerkämpften, allein gegenübersah. Einzig die Wunde, die ihm damals eine Feldschlange gerissen hatte, hatte er als Lohn davongetragen. Noch heute litt er an der Beinverletzung, die nie mehr richtig abgeheilt war... „Ich glaube, dass es alsbald zwischen dem Kaiser und Moritz von Sachsen zu Differenzen kommen wird", sprach er also aus.

„Du meinst, Karl V. hat sich, wieder einmal, einen jungen Heißsporn mit falschen Versprechungen auf seine Seite gezogen?" Ottheinrich sah in Gedanken Susannas Erstgeborenen Albrecht Achilles vor sich, der zu seinem allergrößten Entsetzen in Habsburgs Dienst plündernd und brandschatzend durchs Land zog. Auch durch sein Land...

„Ich sehe Moritz einer riesen Selbsttäuschung unterlegen", holte ihn Philipp aus seiner Bekümmertheit. „Die Konflikte im Hause Sachsen sind uns nicht unbekannt."

Die Brüder tauschten ernste Blicke. Ohne Worte gedachten beide gleichzeitig der blutigen Spaltung ihrer eigenen, der Wittelsbachschen, Linie.

„Nun, Moritz hat jetzt im Grunde das, was er wollte. Ein offenes Geheimnis, sein Streben nach der sächsischen Kurwürde, dem verhassten Vetter Johann Friedrich der Kurhut vom blutenden Kopfe gerissen."

„Ja, aber ohne das zugehörige Land. Kaum die Hälfte der Besitzungen hat der Kaiser Moritz zuerkannt", ergänzte Philipp. „Nichts als eine bedeutungslose Schutzherrlichkeit."

„Ja, damit hast du recht."

„Und genauso wird es Moritz sehen. Er ist nicht dumm. Er ist nur verblendet."

„Und er ist in einer Zwangslage, in einem feinen Gespinst, mit dem der Kaiser ihn umwoben hat: Moritz, der Verräter seines Glaubens. Der feige Scherge des Kaisers. Der Judas."

„Johann Friedrich dagegen stellen die Flugblätter in den Vergleich zur Passion Christi."

„Also, was mir Jakob Sturm von dessen Gefangennahme schrieb, legt diesen Vergleich nahe. Hilflos, seine Panzerung mit Riemen zusammengezurrt, tauschte ein Kaiserlicher demütigend seinen Helm gegen einen lächerlichen Hut. Blutüberströmt von der Wunde an der linken Wange, der er ohne freie Hand nicht abhelfen konnte, führte man ihn auf einem schwerfälligen Zugpferd vor den Kaiser. Dem Gespött begegnete er trotz allem in würdiger Haltung. Ohne Jammern. Ohne kriecherisches Bitten. Als besiegter Fürst, der um fürstliche Behandlung ersucht, trat er dem Kaiser gegenüber. Karls V. geringschätzige Abweisung quittierte er mit umso größerer Gefasstheit. Wie ein Lauffeuer verbreitete sich dieses

Szenario, welches Johann Friedrich nun die Sympathien einbringt. Warte", erhob sich Ottheinrich vom Tisch. „Dazu will ich dir etwas vorlesen." Leicht schlurfend ging er an ein Schränkchen, um sich dann mit einem Brief wieder zu Philipp zu setzen. „Hör zu: ...Dass bemelter[85] Johann Friedrich, über den die Acht verhänget, zur Bestrafung und Anderen zum Exempel durch das Schwert gerichtet und vom Leben zum natürlichen Tode gebracht werden soll. Aus oben erzählten Ursachen befehlen wir mit diesem Urteil unseren Kommandierenden, es dergestalt zu vollziehen, dass im Feldlager eine Richtstatt für ihn aufgestellt und unser Richtspruch an ihm vollstreckt werde." Ottheinrich ließ den Brief sinken. „Das vom Kaiser verkündete Todesurteil", schickte er zu seinem Bruder, der schwieg.

„Dieses eigenartige Gemisch von Unkenntnis der Gefahr und unerschütterlicher Gemütsruhe", fuhr Ottheinrich kopfschüttelnd fort. „Dieses Gottvertrauen, das unfähig macht, zu energischen Taten, in Sachsen wie auch anderswo..."

„Das sich aber nicht minder groß in zäher Standhaftigkeit im Unglück und im Festhalten am guten Glauben zeigt." Philipp beendete den Satz seines Bruders, der sich, so wie er sich selbst ein Stück weit in Moritz von Sachsen sah, offensichtlich mit Wesenszügen des sächsischen Kurfürsten verglich.

„Wohl wahr. Ich versetze mich in Johann Friedrichs Lage: Man verliest mir mein Todesurteil. Aber man vollstreckt es nicht wie angekündigt. Stattdessen wiederholt man dessen Verlesung. Wieder und wieder. Als Druckmittel. Aber so oft man es mir auch vorträgt, verweigere ich, was man mir unter Androhung meiner Hinrichtung abpressen will. Ruhig nehme ich auf mich, was ich zu hindern nicht fähig bin. Auch in der vorstellbar schwersten Zeit lasse ich mich von nichts abbringen, was gegen mein Gewissen spricht."

„Glaubenstreue und Glaubensstärke, wurzelnd im Bewusstsein einer gerechten Sache. Ich verfügte über diese sicherlich nicht", fügte Philipp leise hintenan.

„Nun ja, Johann Friedrich wird darauf gebaut haben, dass er dem Kaiser lebendig mehr wiegt, denn geköpft", äußerte Ottheinrich als Gegengewicht zu Philipps betrübtem Eingeständnis. Er nahm seinen eigenen Kopf zwischen die Hände und wiegte ihn, auch, um sich aus seiner grausigen Vorstellung wieder zu lösen. „Jedenfalls ließ er sich am Ende doch soweit einschüchtern, dass er Wittenberg und Gotha zur Kapitulation aufforderte und für sich und seine Nachkommen auf alle Rechte am Kurfürstentum verzichtete."

„Aber bestimmt nicht ohne die stille Hoffnung auf einen späteren

[85] besagt, erwähnt, angezeigt, genannt

Umschwung zugunsten der Gerechtigkeit. Jedenfalls wette ich, dass Moritz von Sachsen nicht lange Freude am Tragen des Kurfürstenmantels verspüren wird."

„So er überhaupt Freude daran hat. Man berichtete mir nämlich weiter, dass der Kaiser schon wieder umschwenkt. Er ist dabei, Johann Friedrich offen zu bevorteilen, und zwar immer dann, wenn er Moritz von Sachsen damit treffen kann."

„Eben das wandert mir dauernd durch den Kopf!" Bitternis quoll aus Philipps Mund. „Zuerst bringt er Moritz mit falschen Versprechungen in einen derartigen Gegensatz zu den Protestanten, dass ihm der Rückweg zu den Schmalkaldischen verrammelt ist. Dann behält er die durch die verhängte Reichsacht freiwerdenden Güter, die er Moritz versprochen hat, zurück, mit der Begründung, es gäbe andere, die Habsburg gegenüber willfähriger wären, als er. Womit er den jungen Sachsen fein am Gängelbändchen hält."

„Mehr noch, Philipp. Karl V. hat Moritz nicht nur auf das Gründlichste mit dem ernestinischen Hause verfeindet. Das Odium[86] ganz Deutschlands lastet auf ihm, weil alle Reichsfürsten gleichsam Johann Friedrichs entwürdigende Gefangenhaltung empört."

„Wir sind nicht der deutsche Michel, für den uns der Kaiser hält", reihte sich Philipp unter die empörten Fürsten ein. „Wir machen Fehler, das stimmt. Jedes Volk hat seine Eigenheiten, und der Deutsche ist eben nicht von der heißblütigen, losgaloppierenden Art. Außerdem ist unsere Nation restlos zersplittert. So meine ich, es ist nur eine Frage der Zeit, bis sich Widerstand regt, der in der Erkenntnis ufert, dass nur Einigkeit gegen einen dreisten Herrscher wie Karl V. abhilft."

„Und jede Demütigung dieses Kaisers verkürzt diese Zeit? Und Moritz von Sachsen trägt einstweilen nur eine Maske?"

„Du verstehst mich, Ottheinrich. Daran klammere ich meine Hoffnungen auf Besserung. Stelle dir vor, die deutschen Fürsten holen zum Gegenschlag gegen den Kaiser aus. Gemeinsam. Ich wäre dabei. Für Neuburgs Schmähung. So meine Gesundheit dies zulässt."

„Ach, Philipp, du bist doch noch jung! Und nicht so fett wie ich! Vielleicht sollte ich mit dieser Fresserei aufhören." Ottheinrich fühlte nach seinem Bauch unter dem Hausmantel und setzte eine säuerliche Miene auf. Er tat dies jedoch vor allem zur Ablenkung. Ihn durchfuhr nämlich die Angst, die von Philipp geschürte Hoffnung könne in einen schlimmen Herzschmerz umschlagen, weil eben des Bruders gesundheitliche Verfassung keine Heldentaten mehr zulassen würde...

„Leicht wird es nicht für den jungen Sachsen", sprach Philipp, der von des Bruders Ängsten nichts mitbekommen hatte, versonnen weiter. „Ich

[86] Hass, Abneigung, übler Beigeschmack

sehe die Landkarte vor mir, so, wie der Kaiser sie zweifelsfrei vor sich sah, als er ihm seine Besitztümer zuteilte. Inmitten zweier eifersüchtiger Nachbarn liegen sie."

„Damit man sich untereinander immer schön aufreibt, nicht zu mächtig und Karl V. eines Tages gefährlich wird."

„Fein ausgeklügelt. Moritz der Düpierte[87]. Gerne würde ich ihn persönlich kennenlernen. Ich sehe ihn nicht als Judas, so, wie im Grunde alle. Und ich bin davon überzeugt, dass auch die anderen Anhänger Habsburgs alsbald erkennen, welches gefährliche Spiel sie für sich selbst gespielt und Habsburgs Macht auf nie geahnte Höhe emporzuheben geholfen haben."

„Im Moment unterwerfen sich jedoch alle des Kaisers Druck, sein mächtiges Heer mitten in unserer Nation, jener zuchtlose Schrecken. Hochmut, Erpressung, Gewalttat." Ottheinrich ballte seine Hände zu Fäusten.

„Als Folge die Erkenntnis, was Fremdherrschaft bedeutet. Auf protestantischer, wie auf katholischer Seite", blieb Philipp bei seiner Überzeugung. „Moritz von Sachsen müsste sich nur neue Verbündete suchen, zusammen mit seinem Schwiegervater. Der sächsisch-hessische Hoffnungsschimmer. Schade, dass unser Bayern nicht mitleuchtet."

„Oh, so sehe ich es nicht, Philipp. Obgleich ich sie hasse, diese ewige Zipfelmütze, so geht auch von ihr ein Aufleuchten aus. Hast du nicht gehört, dass von Eck als einziger des Kaisers Pläne für einen neuen Reichsbund durchschaute? Er in seiner Durchtriebenheit seine Erkenntnisse verbreitet, wie ein Eichhorn die gemopsten Nüsse?" Ottheinrich musste lachen. Ihm war einfach danach. Wenngleich die Erinnerung an jene Zipfelmütze eigentlich nichts Erheiterndes an sich hatte, weil man ihr im Grunde Neuburgs Bankrott verdankte. Aber dieser Umstand trat eben schlicht in den Hintergrund, denn auch München war, in Sachen Neuburg, der Verlogenheit und Wortbrüchigkeit Habsburgs gleichsam unterlegen. Wofür Leonhard von Eck sich nun rächte. Emsig, eben wie ein Eichhörnchen, sah Ottheinrich neuerdings jenen durchtriebenen Münchner Rat, der die Aufschlüsse seines politischen Feinsinns umtrug. In alle Himmelsrichtungen. Hin zu den deutschen Fürsten, bis hin zum Papst oder dem französischen König.

Auf Ottheinrichs Spöttelei hin schimmerten Philipps blasse Wangen rosa. Sein Gesichtsausdruck blieb jedoch ernst. „Ein Meilenstein, ungemein wichtig. Aber der Kaiser wird ihn zu umgehen wissen, um an sein Ziel zu gelangen. Auch fürchte ich, dass er längst nach einem Weg sucht, Philipp von Hessen auszuschalten. Moritz von Sachsen wird ganz auf sich gestellt sein." Das rosa Wangenleuchten verschwand.

„Also, mein geliebter Bruder", sorgte Ottheinrich mit Nachdruck für

[87] der Überlistete, der vor den Kopf gestoßene

neue Wangenröte. „Dann schließe ich mich deiner Ansicht an: Moritz von Sachsen, der gelehrige Schüler der spanisch-falschen Diplomatie, wird seinen Lehrmeister überflügeln. Hochmut kommt vor dem Fall, und umso höher der Kaiser sich nun aufschwingt, desto tiefer wird er fallen.“

Neue Residenz zu Halle an der Saale, in den frühen Morgenstunden des 20. Juni 1547

Moritz von Sachsen fühlte sich wie gerädert. Noch nie, nicht einmal auf den Schlachtfeldern, hatten ihn je Erlebnisse dermaßen aus der Bahn geworfen, wie die Vorkommnisse der letzten Nacht:

Als vergangenen Monat im Feldlager vor Wittenberg die Verhandlungen mit dem gefangenen Kurfürsten Johann Friedrich im Gange waren, äußerte sich Karl V. auch zum Landgrafen Philipp von Hessen. Entschiedener denn je forderte er dessen Ergebung auf Gnade und Ungnade. Weil aber der Kaiser zeitnah das Todesurteil Johann Friedrichs zunächst in ewiges Gefängnis, dann sogar in bloße Haft mit der Aussicht auf baldige Freilassung umgewandelt, und es auch nach außen hin propagiert hatte, entstand in ihm die Hoffnung, seinem Schwiegervater würde ebenso Gnade zuteil. *Wenn er doch nur geahnt hätte, dass dies alles bloß eine niederträchtige List war, um Philipp heranzulocken!! Abermals hatte er sich vom Kaiser missbrauchen lassen!!* Jedenfalls, mit dieser Hoffnung, schlug er dem Schwiegervater ein Treffen vor, das Ende Mai tatsächlich stattfand.

Philipp von Hessen kam nach Leipzig, wo Moritz ihm die Bedingungen des Kaisers darlegte, um die verhängte Reichsacht aufzuheben und seine Lande zu verschonen: Ergebung auf Gnade und Ungnade durch Fußfall und Abbitte. Herausgabe von Hessens Festungen samt Geschütz und Munition. - Der Schwiegervater hatte abgelehnt. Ergebung auf Gnade und Ungnade könne er nur leisten, wenn er dies seiner Ehre gegenüber verantworten könne, was nicht der Fall wäre. Auch sei er nicht geneigt, seine Festungen zu schleifen. Wie ein Bauer auf dem Dorfe würde er hernach sitzen, in täglicher Gefahr, an Leib und Leben unsicher zu sein. Erst wenn der Kaiser mildere Forderungen stelle, ließe er wieder mit sich reden. Moritz hatte daraufhin versucht, auf ihn einzuwirken. Er legte ihm eindringlich dar, dass Karl V. fest entschlossen sei, Hessen mit aller Macht zuzusetzen. So er deshalb den Fußfall tue und einige Festungen schleife, so könne er sie später doch wieder aufbauen... Ein Kriegszug dagegen sei verderblich und schädige nicht nur Hessen, sondern auch seine Nachbarn. Außerdem hätte der Kaiser der Religion halber keine Forderung gestellt, nicht einmal vom gefangenen Johann Friedrich... Alles war umsonst gewesen. Ohne eine Verständigung ging man auseinander.

Doch dann, auf seinem Heimritt durch die von des Kaisers Truppen verwüsteten Lande, setzte beim Schwiegervater ein Umdenken ein. Er begriff, welchen schweren Zeiten Hessen entgegenginge und er beschloss, sich den Fußfall vor Karl V. abzuringen. Was die zu schleifenden Festungen anging, blieben ihm immer noch seine Verbündeten... und eines Tages könnte man für alle Schimpflichkeiten Vergeltung verlangen... Wenn er also, wie er Moritz schrieb, durch des Kaisers Brief und Siegel versichert bekäme, dass sein Fußfall ihm weder zum Nachteil oder Schaden an Leib, Ehre, Land und Leuten, noch zu Gefängnis gereiche, sei er dazu bereit.

Auf diese Mitteilung, die Moritz im kaiserlichen Lager vor Wittenberg erreichte, hatte er alle Hebel in Bewegung gesetzt. Leider spürte dabei deutlich die Abwesenheit König Ferdinands, der wegen Unruhen nach Böhmen geeilt war. Nicht nur dessen Sprachkenntnisse fehlten, denn seitens der Kaiserlichen wurde stur auf Latein verhandelt. Zuvorderst mangelte es an seiner stets ausgleichenden Vermittlerrolle... Jedenfalls nahm damit das Unheil seinen Lauf, ohne dass Moritz Verdacht geschöpft hätte: Unter Mitarbeit des jungen Granvella*, der vom Vater mittlerweile in Habsburgs Dienste eingeführt worden war, wurde der von Hessen geforderte Vertrag ratifiziert und zu Papier gebracht. In Halle an der Saale müsse sich der hessische Landgraf dem Kaiser für sich selbst und sein Land auf Gnade und Ungnade ergeben und den Fußfall zur Abbitte tun. Dafür wurde ihm Verzeihung in Aussicht gestellt, für die er sich besonders dankbar zu erzeigen habe. Daneben habe er sich von allen Bündnissen, zuvorderst vom Schmalkaldischen, loszusagen. Die zugehörigen Bündnisbriefe seien dem Kaiser auszuhändigen. Auch wäre eine Strafsumme von 150.000 Florin[88] zu leisten. Alle Festungen, außer wahlweise Ziegenhain oder Kassel, seien zu schleifen. Hauptleute und Kriegsvolk der erwählten Burg hätten dem Kaiser unwandelbare Treue zu schwören. Geschütze und Munition seien unverzüglich und ausnahmslos auszuliefern. Der unter Hessens Arrest stehende Herzog Heinrich von Braunschweig-Lüneburg und sein Sohn seien zum Kaiser mitzubringen, deren Ländereien zurückzugeben. Für die ordnungsgemäße Vertragsvollziehung hätten die beiden Schwiegersöhne Philipps, Moritz von Sachsen und der protestantische Fürst Wolfgang von Zweibrücken*, neben dem gleichsam evangelischen Kurfürst Joachim II. von Brandenburg* ausreichend Bürgschaft zu versichern. Jene drei Garanten sollten Philipp von Hessen, so er dem Vertrage nicht vollumfänglich nachkomme, mit Heereskraft und Gewalt dazu zwingen, oder ihn ergreifen und dem Kaiser ausliefern.

Nachdem Moritz dem Kaiser seine Bereitschaft hinsichtlich dieser Bürgschaft versichert hatte, bekam er von ihm am gleichen Tag Sachsens Kurwürde verliehen. Dies geschah direkt im Feldlager vor Wittenberg. Es war am 04. Juni. Zu diesem Datum ereignete sich noch etwas anderes:

---

[88] Goldgulden

Moritz hatte sich heimlich mit den zwei Mitbürgen zum Verfassen eines Briefes an Philipp von Hessen zusammengefunden. Sie baten ihn auf das Innigste, anzureisen und dem kaiserlichen Kontrakt zuzustimmen. Ausdrücklich verbürgten sie sich auch ihm gegenüber, dass sie dafür einstünden, dass er weder an Leib und Gut, noch mit Gefängnis beschwert würde, so er erscheine. Sie verpflichteten sich sogar feierlich, falls ihm ein derartiges Unbill träfe, sich persönlich und mit aller Kraft für ihn einzusetzen. Zuletzt versprachen sie ihm sicheres Geleit durch habsburgisch besetztes Gebiet gemäß des Kaisers Bewilligung... Moritz war sich im Klaren, dass man sich mit diesen Zusicherungen weit aus dem Fenster lehnte. Aber es war im Sinne Hessens ehrlich gemeint gewesen...
Diesmal antwortete der Schwiegervater zustimmend. Gemäß Empfehlung seiner Räte würde er in Halle erscheinen, lediglich Herzog Heinrich von Braunschweig nebst Sohn würde er, entgegen des Kaisers Anspruch, später ins Hoflager bringen lassen. Vom angebotenen Geleit mache er gerne Gebrauch.. und so geschah es:
Nach einem feierlichen Einzug in die Stadt stieg der Kaiser am 10. Juni in der Halleschen Residenz ab, wohingegen der gefangene Johann Friedrich beim Kriegsvolk vor den Stadttoren verblieb. Auch Markgraf Albrecht Achilles, aus der Gothaer Haft entlassen, traf an der Saale ein. Moritz selbst nahm am Markt Herberge im „Goldenen Ring“. Von dort aus verabredete er sich mit dem Schwiegervater hinsichtlich eines Geleits ab Naumburg.
Drei Tage später warf sich der in Mühlberg mitgefangene Herzog von Braunschweig-Grubenhagen* dem Kaiser zu Füßen und leistete Abbitte. Karl V. nahm ihn wieder in Gnaden auf. Er reichte ihm die Hand zur Versöhnung, was sich wie ein Lauffeuer verbreitete, natürlich gleichfalls bis nach Hessen. *Wie konnte danach auch nur irgendjemand zaudern, sich der kaiserlichen Milde und Güte anzuvertrauen?!*
Als am Morgen des 18. Juni das Herannahen Philipps von Hessen gemeldet wurde, eilten Moritz und Joachim II. zum Kaiser. Gemeinsam eröffneten sie ihm, dass der Schwiegervater auf Treu und Glauben komme und auf ein Gleiches hoffe. Karl V. versicherte, Philipp von Hessen werde nicht über die vereinbarten Artikel hinaus beschwert. Es sei nicht seine Sitte, jemanden wider einer Abrede zu belasten.
Beruhigt ritt Moritz also nach Naumburg, um gegen 3 Uhr nachmittags mit Philipp und seinem stattlichen Gefolge in Halle einzuziehen. Eine Stunde später trafen auch der in Freiheit gesetzte Herzog Heinrich von Braunschweig-Lüneburg nebst seinem Sohn Karl Viktor* ein.
Am Vormittag darauf erfolgten im Beisein des jungen Granvella die Unterzeichnung und Besiegelung des Vertrags neben der Abgabe der Bürgschaften. Dabei, so die Meldung an den Kaiser, trat Philipp von Hessen, was die Vertretung seiner Interessen anging, so leidenschaftlich

auf wie eh und je. Er hinterließ den Eindruck, als sei er auf einem Reichstag und keinesfalls im kaiserlichen Lager, um sich auf Gnade und Ungnade zu ergeben... Bevor man sich trennte, wurde für 18 Uhr der Fußfall im Großen Saal der Residenz vereinbart...

In Majestätskleidung nahm Karl V. auf einem mit Goldstoff überworfenen, leicht erhöhten Thron Platz, über den ein Baldachin gespannt war. Erhaben richtete er dabei seine Füße auf ein Bänkchen, unter dem ein hochfloriger Teppich zusätzlich vor dem kalten Steinboden schützte.
Die dem Anlass gemäß prächtig gekleideten Fürsten und hohen Würdenträger reihten sich zu beiden Seiten des Saales auf. Unter ihnen erblickte man König Ferdinands Sohn Maximilian, die Herzöge von Braunschweig, die Markgrafen von Brandenburg, die Bischöfe von Naumburg und Hildesheim, den Herzog von Alba, den jungen Granvella als Bischof von Arras und den Reichsvizekanzler Georg Sigmund Seld. Außerdem waren die päpstlichen, die römisch-königlichen, klevischen und seestädtischen Gesandtschaften und zahlreiche deutsche, spanische und italienische Standesherren zugegen, sodass der Saal am Ende fast überfüllt war.
Draußen, vor der Residenz, drängte sich eine unüberschaubare Menschenmenge zusammen, um so viel wie möglich von der Demütigung des stolzen Landgrafen zu erhaschen.
Philipp von Hessen selbst genehmigte sich eine leichte Verspätung. Von seinen beiden Schwiegersöhnen in die Mitte genommen, durchschritt er den Saal in einem samtschwarzen Rock, über dem er zu Ehren des Kaisers eine von der linken Schulter zur rechten Hüfte hin gewundene, in Österreichs Rot gehaltene Feldbinde[89] trug. Ihnen voran ging der Herzog von Braunschweig-Grubenhagen, begleitet von einem Teil des hessischen Hofstaates.
Unter des Kaisers von oben auf ihn herabgerichteten Blick kniete der Landgraf von Hessen nieder. Er tat dies vor jenem Teppich, auf dem bloßen Steinboden. Gleich Philipp, ihm zur Seite, ging auch sein Kanzler auf die Knie, um in dieser Haltung die Abbitte laut vorzulesen. In Philipps Namen erbat er demütig, dass der Kaiser ihm vergebe, die Reichsacht aufhebe, ihn in seinen fürstlichen Rang wieder einsetze und Hessens Land und Leuten als seinen Untertanen Gnade angedeihen lasse. Für diese Wohltat versprach er, zeitlebens dankbar, gehorsam und dienstwillig zu sein.
Des Kaisers Antwort folgte aus dem Munde seines Vizekanzlers, allerdings bei weitem nicht so laut. Wer hören wollte, dass die Majestät zufrieden sei, die Reichsacht aufgehoben und die wegen Rebellion wohl verdiente Strafe erlassen werde, musste seine Ohren spitzen. Auch dass Phi-

---

[89] Schärpe als schmückendes Erkennungszeichen militärischer Kleidung

lipp weder mit ewigem Gefängnis, noch mit der Entsetzung von Gütern über den bewilligten Vertrag hinaus beschwert werde, ließ sich nur schwer verstehen. Mit gespanntem Schweigen erwarteten die Anwesenden daraufhin, dass dem knienden Landgrafen ein kaiserliches Zeichen gegeben werde, sich erheben zu dürfen. - Es blieb jedoch aus. Nach kurzem Abwarten stand Philipp von Hessen trotzdem auf.
Worauf er ebenso vergeblich wartete, war des Kaisers eigentlich übliche Handreichung. Zur allgemeinen Verwunderung unterblieb auch die freundliche Anrede, mit der der Kaiser eine derartige Unterwerfung normalerweise honorierte. Stattdessen ging der Herzog von Alba auf Philipp zu. Er fasste nach seiner rechten Hand und lud ihn samt seinen Schwiegersöhnen zum Abendessen auf das nahe Schloss Moritzburg ein.
Damit endete die Audienz. Der Große Saal leerte sich und das Volk ging wieder auseinander.
Nicht nur Moritz irritierte die Distanziertheit des Kaisers. Aber die Einladung, im kleinen Kreise mit ihm zu tafeln, verwischte den aufgekeimten Argwohn. Gleichsam nahm wenig später auch niemand Anstoß daran, dass der Kaiser während des Essens ebenso wortkarg blieb. *Aber wer hatte den habsburgischen Monarchen außerhalb seiner spanischen Lande schon einmal laut und ausgelassen erlebt??* So schmauste und trank man ausgiebig. Geiz stand nicht auf dem Speiseplan des Gastgebers... Bevor Karl V. sich nach dem Mahl verabschiedete, ermunterte er seine Gäste, sich an den in diversen Gemächern vorbereiteten Brett- oder Kartenspielen zu erfreuen. Gerne folgte man dieser überraschenden Offerte, denn jene Kurzweil bot obenauf die Gelegenheit, an der Tafel begonnene Plaudereien bei einem guten Gläschen fortzusetzen. Gelassen schlenderte man also durch die Gemächer, in denen je ein Spieltischchen stand. Was Moritz daran nicht gefiel, war, dass diese Tische jeweils nur auf ein Spielerpaar warteten. Zu sehr zerstreute man sich auf diese Weise... dementsprechend hatte er kein gutes Gefühl, als sein Schwiegervater den Leipziger Magister Franz Kram unterhakte und mit ihm in einem Gemach verschwand. Am liebsten wäre er ihm gefolgt. Nur die Tatsache, dass er sich in Gegenwart des protestantischen Rechtsgelehrten befand, ließ ihn sich ebenso ein Spieltischchen auswählen... Gegen die Mitternachtsstunde machten sich Moritz und Joachim auf den Weg zum Schwiegervater, um mit ihm in ihre Hallesche Herberge zurückzureiten. Mit dem Betreten des Gemachs fanden sie ihn in eine Partie Schach vertieft. Geistesabwesend sah er vom Schachbrett zu ihnen auf. Moritz und Joachim wiederholten ihre Bitte, doch erst die Stimme, die sich hinter den beiden erhob, holte ihn gänzlich aus seiner Schachpartie:
„Philipp von Hessen! Der Kaiser befiehlt, dass Ihr im Schloss bleibt!“
Keiner von ihnen hatte bemerkt, dass auch der Herzog von Alba in das Gemach gekommen war.

„Ohne die Kurfürsten!", ergänzte er mit Blick auf Moritz und Joachim. *Die fehlende Handreichung!! Wir hätten es wissen müssen!!* Beinahe hätte sich Moritz von Sachsen mit der flachen Hand vor die Stirn geschlagen, doch für eine Erkenntnis war es zu spät. Mit dem Befehl sah sich Philipp von Hessen von spanischen Bewaffneten umringt, seine Schwiegersöhne von ihm abgedrängt.
„Ich bitte Euch, uns gemeinsam in die Herberge ziehen zu lassen!!" Fast flehte Moritz zum Herzog von Alba, obwohl er zeitgleich von der Hoffnungslosigkeit seiner Bitte überzeugt war. - Alba's Miene blieb ungerührt. „Es ist des Kaisers Wunsch", gab er nur knapp zurück. „Und jetzt entfernt Euch."
Moritz und Joachim wurden von den Wachen aus dem Gemach geführt.
„Philipp von Hessen! Ihr seid Gefangener der Kaiserlichen Majestät!", war das Letzte, was ihnen zu Ohren kam. Danach fiel die Tür in ihrem Rücken schwer ins Schloss. Gleich erstarrten Salzsäulen standen Moritz und sein Schwager im Korridor. Erst Poltern und Schreie hinter der verschlossenen Tür katapultierten sie in die Realität.
„Schnell, Joachim! Eile nach Halle! Gib den Unsrigen Bescheid, was hier vor sich geht!"
„Und du, Moritz?"
Für eine Antwort blieb keine Zeit. Die Tür öffnete sich.
„Geh!!", versetzte Moritz seinem fassungslos gegen die Tür starrenden Schwager einen Stoß, der daraufhin loseilte, ohne dass jemand Notiz davon genommen hätte.
Wild um sich schlagend und schreiend wehrte sich Philipp von Hessen gegen die Bewaffneten, die ihn abführten. Spanische Ausrufe folgten und kurz darauf musste Moritz mit ansehen, wie man seinen Schwiegervater gewaltsam in Ketten zwang. Derenthalben waren die Wachen wohl der Annahme, ihren Gefangenen gebändigt zu haben. Sie irrten. Blitzschnell war es Philipp, trotz seiner in Ketten gelegten Hände, gelungen, einem der Spanier den Dolch vom Gürtel zu reißen. Blut floss...
Moritzens Knie wurden weich, vor allem auch, weil der Schwiegervater sich zu ihm drehte. „Judas-Mahl!", schrie er ihn an. „Treu und Glauben, Moritz! Treu und Glauben! Ich..." Schweigen folgte. - Philipp von Hessen war auf den Kopf geschlagen worden, wovon er zusammensackte und man ihn fortschleifte.
Die einzige Erlaubnis, die Moritz dem Herzog von Alba abrang, war, dass er in dieser Nacht, Todesängste um den Schwiegervater ausstehend, in dessen Nähe bleiben durfte. Ihn zu sehen oder zu sprechen wurde ihm jedoch eisern verwehrt. Mit der Morgendämmerung wies man ihm die Tür. Moritz fügte sich schweigend. Aber eines ließ er auf Schloss Moritzburg zurück: Seine Ergebenheit dem Kaiser gegenüber.

Meldung des Alvise Mocenigo an den Dogen von Venedig. Kaiserliches Lager bei Halle, 23. Juni 1547

Serenissimo Principe. Il Duca d'Alba con li fanti spagnoli et cavalleria italiana partì heri di Halla...

Der Herzog von Alba brach gestern mit den beiden hohen Gefangenen auf. Der Landgraf von Hessen wurde nach hartnäckiger Weigerung gezwungen, sich gebunden zu Pferde führen zu lassen. Die spanische Wache erhielt Befehl, ihn bei einem Fluchtversuch sofort zu töten. Der Kaiser erklärte, eher Reich und Erbländer verlieren zu wollen, als ihn gegenwärtig freizulassen. Außerdem äußerte er, wenn die beiden jungen deutschen Fürsten ihn nicht verstanden hätten, so sei es ihr Fehler, er jedenfalls habe stets deutlich gesprochen.

Im kaiserlichen Gefolge auf dem Ritt von Halle nach Süddeutschland gegen Ende Juni 1547

Noch immer unter Schock wegen der unfassbaren Heuchelei des Kaisers und seiner Berater, leierte Moritz von Sachsen die Bestimmungen jenes heuchlerischen Vertrages zwischen seinem Schwiegervater und Karl V. gleich einer Litanei in seinen Gedanken herauf und herunter. Ohne es zu merken, taktete sein Verstand mit der Schrittfolge seines Pferdes, Schritt für Schritt, Stunde um Stunde, auf dem Ritt von Halle gen Augsburg.

Irgendwann fiel es ihm wie Schuppen von den Augen. In der Anstrengung des Verstehens des Latein der spanischen Räte hatten sie alle etwas übersehen: Es fehlte eine Vereinbarung. Eine eigentlich abwegige, und doch die alles entscheidende. Mit keiner Silbe war in den Vertrag aufgenommen worden, dass Philipp von Hessen nicht unter Arrest gesetzt werden konnte. Seine Verpflichtungen waren vereinbart, eben wie die Aussicht auf des Kaisers Gnade. Aber die Versicherung, dass er nicht ins Gefängnis käme, hatte Karl V. ihm gegenüber nur mündlich zugesagt, bevor er dem Schwiegervater nach Naumburg entgegeneilte... Genau damit argumentierten nun der Kaiser, Alba und Granvella in schamloser Gelassenheit.

Moritz spähte zu seinem Schwiegervater, der, erniedrigend gebunden, dazu ungepflegt und unrasiert, auf einem Pferd saß, dessen Zügel von spanischen Soldaten geführt wurden. *Wie schwer er den Anblick des Gedemütigten ertrug! Wie ihn dieser übertriebene Triumph seiner Macht erzürnte, den Karl V. so selbstherrlich zur Schau stellte!*

Zutiefst schmerzte ihn der Gedanke, dass sich Philipp bald neuer Nachkommenschaft erfreuen durfte, die hessische Herzogin Christine in guten Umständen war... und man ihm Papier und Tinte verweigerte, als er bat, seiner schwangeren Gattin schreiben zu dürfen. Obenauf versagte man ihm auch seinen Leibarzt, damit der seine Verwundung behandelte... Was in Moritz schlussendlich schier Wut auslöste, waren die Nächte, die Philipp von Hessen bereitet wurden. Stets musste er unter einem Dutzend spanischer Soldaten schlafen, die nachts die Vorhänge seines Schlaflagers beiseitezogen. Deren Lust und Laune ausgeliefert, zwang man ihn oft zum Kartenspiel mit hohem Geldeinsatz, den Moritz notgedrungen herbeischaffte... Und dies alles mit dem Einverständnis des Kaisers!

Indes, was könnte er jetzt noch tun? Nicht einmal Philipps Söhne, geschweige denn andere Fürsten, schenkten ihm mehr ihr Vertrauen! War darauf zu hoffen, dass die deutschen Reichsfürsten, egal welchen Glaubens, sich jener entwürdigenden Behandlung zweier deutscher Landesherren empörten? Offen? Vereint? Wo sich doch im Moment einer nach dem anderen von ihnen des Kaisers Übermacht beugte?! Und Freunde?? Hatte er überhaupt noch Freunde?? Er, den man den sächsischen Judas nannte?!

Moritz‘ schwere Blicke aus tiefen, dunklen Augenhöhlen verhakten sich an Albrecht Achilles. Er lenkte sein Ross zu ihm und ritt ein Stück weit schweigend neben ihm her. Irgendwann wies er mit seiner Hand zum Schwiegervater, anfangs ohne Worte. Doch hernach sprach er es leise aus: „Mit der Freiheit der deutschen Fürsten ist es bald vorbei. Die Steigbügel werden sie den spanischen Granden halten.“

„Das mögen Gott und deutsche Schwerter verhindern!“ In des Markgrafen Augen flackerte Zorn.

Moritz neigte sich zu ihm und schlug in die dargebotene Hand ein.

Meldung des Alvise Mocenigo an den Dogen von Venedig. Bamberg, 3. Juli 1547

Serenissimo Principe. Et tutto il viaggio di quella giornata fu per monti et selve grandissime, alcuni passi stretti...

Man fand enge Wald- und Gebirgswege durch Verhaue verrammelt, welche von 3.000 bewaffneten Bauern stammten. Der Herzog von Alba befahl auf dem Marsch mehrmals Gefechtsbereitschaft. Der Landgraf von Hessen lachte darüber, was Drohungen gegen ihn zur Folge hatte. Die Spanier sollen Befehl haben, ihn bei ernstlichem Anlasse zu töten.

Fuggerscher Stadtpalast zu Augsburg, den 24. Juli 1547

Endlich konnte er sich wieder seinen Plänen für den neuen Reichsbund widmen!

Mit diesem Gedankengang ging Karl V. im Fuggerhause zu Tisch, wo ihm, während er sich setzte, ein livrierter Diener den Stuhl zurechtrückte. Ansonsten nahm niemand an der prächtig eingedeckten Tafel Platz, denn seinem Wunsch gemäß wollte er allein essen. Auf sein Winken hin begann das Auftragen der Speisen. Vier Gänge zu je sechs Gerichten hatte er sich auserbeten. Diese wünschte er nacheinander dargeboten,

indem man die Deckel jedes einzelnen Tabletts aus schwerem Silber kurz lüpfte. Diejenige Speise, die ihm zusagte, würde er hernach stillschweigend zu sich ziehen.
Das in Fuggers Küche meisterlich zubereitete Menü, abgerundet durch erlesene Weine, mundete ihm doppelt, da er sich dazu genussvollen Gedanken hingab. Vor allem nach den für ihn so außerordentlich positiv verlaufenen Kriegsereignissen in Sachsen sah er sich in viel besserer Machtposition als zu Jahresbeginn. Damit würde er, angesichts des bislang nur zögerlich-erfolglosen Vorgehens seiner Kommissare und der negativen Stimmungsmache Bayerns, mit fester Entschlossenheit handeln. Dies hatte schon mit seinem pomphaften Einzug in die Stadt angefangen, wo er länger zu logieren gedachte. Die Abhaltung eines Reichstags schien ihm nämlich jetzt geboten, um seinen Sieg über den Schmalkadischen Bund mit einem Reichstagsabschied in Gesetzestafeln zu meißeln. Ganz bewusst hatte er sich für Augsburg entschieden: Frisches Geld für seine Truppen war vonnöten, um seine neue Macht zu festigen. Fugger und Welser standen zur Zahlung bereit, allerdings nicht ohne Erwartung einer Gegenleistung, nämlich die Aufhebung der machtvollen Zunfthäuser, die ihnen allzu oft ihre Geschäfte erschwerten. Dieser Forderung würde er gerne nachkommen. Und zwar nicht nur in Augsburg, sondern bei der Gelegenheit auch in allen anderen Reichsstädten. Die Entmachtung der Zünfte verhieß mehr kaiserliche Macht und die Veräußerung enteigneten Zunftvermögens bescherte willkommene Geldzuflüsse... Nicht einmal von der Pest, von der man hörte, dass sie in Augsburgs Gassen umherzuschleichen begann, ließe er sich von seinen Vorhaben abhalten. *Keinesfalls würde er seine weitreichenden Pläne hintanstellen! Nicht schon wieder! Auch nicht wegen Gottes Wille in Gestalt der Seuche! Dann würde er eben zuerst eine Pestordnung für Augsburg erlassen, bevor er den Reichstag einberief!* Karls V. Entschluss stand unverrückbar fest: Augsburg würde zur Geburtsstadt seines neuen Reichsbundes. Und gerade in Augsburg bescherte er den Protestanten jene neue alte Glaubensnorm, womit ihre ‚Confessio Augustana' das Papier nicht mehr wert wäre, auf dem sie gepinselt stand.
In sich hineinlächelnd hob Karl V. seinen leeren Weinpokal, den man ihm zum dritten Male wortlos nachfüllte.

Meldung des Alvise Mocenigo an den Dogen von Venedig. Augsburg, 26. August 1547

Serenissimo Principe. Considerando io che questa lega che Sua M^{tà} hora procura di fare sia di quella tante importantia...
Dem Kaiser liegt die Stiftung eines Bundes sehr am Herzen, durch welchen er Deutschland zur Verteidigung Böhmens, Burgunds, der Nieder-

lande, ferner Mailands und sogar Neapels verpflichten will. Der Baiernherzog, der abgereist ist, erklärte, dass diese Verpflichtung finanziell unerfüllbar sei. Er bereitet dem kaiserlichen Vorhaben Schwierigkeiten. • Der Kaiser besteht auf der Rückkehr des Concils nach Trient. Er erklärte feierlich, dass er sich Christus gegenüber zur Ordnung der religiösen Wirren verpflichtet halte. • Ein ungehaltener Brief König Ferdinands an den Kaiser beschuldigt Venedig, die vertragsgemäße Zahlung von 75.000 Ducaten bisher verweigert zu haben. Granvella bedauert gegenüber Venedig den Tonfall des Briefes. Er meinte, man solle ihn übergehen, weil die königlichen Ratgeber nicht zu verhandeln verstünden. Anlass des Ärgers seien wohl die Mahnungen der Fugger, denen diese Summe kreditbedingt angewiesen worden sein soll. • Frau und Töchter des Landgrafen von Hessen werden mit anderen Fürstinnen um seine Freilassung bitten. Der Baiernherzog hat es schon. getan. • Gegen die Rädelsführer der letzten Meuterei wird mit Ertränken und Folter vorgegangen, ein Fluchtversuch des Landgrafen wurde vereitelt.

Neuburg an der Donau, den 14. September 1547

Mit dem Einmarsch Karls V. sah man sich in Pfalz-Neuburg zum alten Glauben zurückgezwungen. Die vormaligen, katholischen Priester waren überall dorthin zurückgekehrt, wo sich die protestantischen Prediger der Forderung des kaiserlichen Statthalters Jörg Zorn von Pullach widersetzten: Ihre Eheweiber seien zu verstoßen, der Ketzerei sei abzuschwören und nach einem öffentlichen Widerruf sei gebührende Buße zu tun. Infolgedessen, auf Almosen angewiesen, irrten die standhaften lutherischen Geistlichen mitsamt ihren Ehefrauen und Kindern durch das vom Krieg zerriebene Land...

Es war wahrlich nicht Siegberts Absicht, vor allem nicht, weil er jenes Datum längst aus seinem Gedächtnis gestrichen hatte. Doch wie es der Zufall wollte, kreuzte sich an diesem Tag sein Weg durch Neuburgs Gassen mit dem der Prozession zum Fest der Erhöhung des Heiligen Kreuzes... Zuerst drangen nur Wortfetzen an seine Ohren. Sie brachen sich in den Häuserreihen, was ihn seine Schritte in Richtung des Schneiderhauses beschleunigen ließ. Doch dann stieß er förmlich mit einem Zug von Kirchgängern zusammen, der aus einer Gasse herausflankierte. Allen voran schritt der ihm verhasste, ebenso in Amt und Würden zurückgeholte Stadtpfarrer von St. Peter. Mit allergrößter Erhabenheit und unübersehbarer Genugtuung trug er ein Kruzifix, wobei er in Abständen immer wieder seine Arme streckte, um das Kreuz gen Himmel zu heben. Zu diesen Bewegungen stieß er laut und in beschwörerisch-drohendem Tonfall Verse eines Psalms aus:

„Da schickte der Herr Feuerschlangen unter das Volk! Sie bissen das Volk und viel Volk aus Israel starb!“
Siegbert erzürnte der Anblick jener Heuchler, die nach seinem Empfinden nur des eigenen Vorteils wegen in den Schoß der katholischen Kirche zurückgekrochen waren. Sein Unmut darüber entlud sich in einer hämischen Äußerung:
„Da schickte der Kaiser Feldschlangen unter das Volk. Sie zerrissen das Volk und viel Volk seither darbt.“ Kaum, dass er diese Worte ausgesprochen hatte, fühlte er sich gepackt und fortgezerrt.

Einige Tage später...

„Eine Prügelstrafe und Ausweisung aus Neuburg!!“ Mit dieser schlimmen Neuigkeit, den Nadlermeister betreffend, war Else aus der Stadt zurückgekehrt. Diesmal ohne Zuckerkringel, denn ihr war der Appetit gehörig vergangen. Resigniert sackte sie auf einen Schemel in der Schneiderstube. Ruprecht, der wie immer auf seinem Fensterbrett kauerte, kostete es Mühe, nicht aufzuspringen. Er wandte seinen Kopf zur Fensterscheibe, von wo aus er zur Kirche St. Peter hinüberschauen konnte. In genau diese Richtung ballte er seine Fäuste.
„Aber er hat Frau und Kinder!“ Maximilian ergriff Fassungslosigkeit.
„Und du meinst, das interessiert diesen Pfaffen? Und diese elendigen verkommenen Speichellecker?! Oh, wenn ich nur könnte, wie ich wollte!!“
„Nicht wieder in den Krieg, Ruprecht“, bremste Else ihren wutschäumenden Gatten. „Wir müssen hier in der Stadt zusammenhalten. Wir müssen Siegberts Familie unterstützen, dafür sorgen, dass man sein Haus nicht beschlagnahmt. Er wird irgendwo unterkriechen, draußen vor der Stadt. Wie alle anderen, die man schon verjagt hat.“
Ruprechts Augen hefteten sich an Maximilian. Sein geistiger Blick hingegen hing in der Kreuter Kerzenzieherwerkstatt, wo er in seiner Not zu Jahresbeginn so offenherzigen Unterschlupf gefunden hatte. „Ja, du hast recht, mein Weib“, wurde er deshalb fast sanft. *Wie seine Kriegserlebnisse ihn verändert hatten...* „Ich kümmere mich“, fuhr er fort. „Wir Neuburger Handwerker werden auch diesmal Geld zusammenwerfen, nicht nur, um die Mäuler von Siegberts Familie zu stopfen. Wir werden damit auch die Beamten bestechen, falls sie die Finger nach der Nadlerwerkstatt ausstrecken. Das ganze Pack ist doch käuflich.“
„WIR kümmern uns, Meister Ruprecht“, betonte Maximilian. „Weshalb klammert Ihr mich aus?“
„Weil du weggehst, und zwar alsbald! Und solange du noch hier bist, will ich dich nicht mehr draußen sehen! Weder bei Tag noch bei der Nacht! Vor allem nicht nachts, mit dem Vogel, an der Donau!“ Ruprecht sprach nun in Maximilians Gegenwart aus, was er mit Else längst erörtert hatte.

„Ihr schickt mich weg..." Maximilian verkrampfte seine Hände.
„Es muss sein, Maximilian", bekräftigte Else. „Weißt du, wie oft ich nachts vor Sorge wachliege? Weil ich dich denunziert sehe? Von Nepomuk, dieser verfluchten Ausgeburt der Hölle? Allerorten treibt er sein Unwesen! Dauernd umschleicht er wieder unser Haus! Hast du ihn noch nicht bemerkt? Erinnere dich! Was, wenn unser Fürst dich damals nicht beschützt hätte? Als man dir andichtete, du seist mit dem Teufel im Bunde? Das Vöglein ein Diener Satans?" Else faltete die Hände. „Angebunden sehe ich dich, an einen Pfahl auf einem Scheiterhaufen. Flammen züngeln an deinen Beinen, dann deinen Leib hinauf. Hin zu deinem Haar, das die Hitze versengt. Deine Schreie dringen mir durch Mark und Bein, sehe ich auch das Vöglein in einem Käfig in Todesangst flattern, bei dir im Feuer..." Else begann zu zittern und Tränen schossen ihr aus den Augen.
„Nicht doch, Frau Meisterin!" Eigentlich wollte Maximilian zu ihr springen, aber er saß wie angenagelt.
„Auch ich sehe dich in Gefahr", trat dafür Ruprecht zu Else. Er nahm sie in seine Arme und wiegte sie. „Noch heute gehe ich zum Zunftmeister, wegen deiner Freisprechung. Und dann gehst du als Schneidergeselle auf Wanderschaft. Schnurstracks nach Heidelberg. Zu Ottheinrich. Wie oft schon hat er dich zu sich gebeten?"

Kapitel 11

Kurfürstliches Schloss zu Weinheim, im Oktober 1547

„Gar nicht. Hab mich ganz dem Handwerk verschrieben.“ Wahrheitsgemäß beantwortete Maximilian die Frage Ottheinrichs, wann er denn gedenke, eine Familie zu gründen. Allerdings widmete er seinem Fürsten dabei nur die halbe Aufmerksamkeit. Er war nämlich erst vor wenigen Stunden in Weinheim eingetroffen und das zauberhafte Schlösschen, in dem er sich nun befand, belegte die andere Hälfte seiner Sinne. Vor allem auch deshalb, weil Ottheinrich ihm mit seiner Ankunft ein Gemach hatte weisen lassen, welches nur für ihn hergerichtet worden war.
„Aber du hast doch wenigstens eine Schlaffrau.“ Ottheinrich neigte seinen Kopf zur Seite. Aus dieser Schräglage heraus musterte er seinen ersehnten Gast, der abermals verneinte, unterdessen sein Gesicht jedoch einen leisen Rotton annahm. Trotz Ottheinrichs schleichender Schwermut, die im Laufe der vergangenen Monate zu seinem Hauptgemütszustand ausgewachsen war, musste er über Maximilian schmunzeln. Der versuchte soeben, seine Schamesröte zu verbergen, indem er zu Boden blickte. *Welches weibliche Wesen der bildschöne junge Mann dort wohl vor sich sah? Welche heftigen Wunschträume ihn wohl des Nachts seinen Schlaf raubten? Paradiesische Zeit der jungen Jahre...*
„Der Mutter wegen hab ich mir‘s abgeschworen. Weil sie doch starb, bei der Geburt vom Brüderchen.“ Leise Klagelaute holten Ottheinrich aus seiner Schwelgerei. Maximilian hatte jene Worte hervorgepresst, in Angst, sein Kindheitstrauma würde ihn, wie damals in Gegenwart Ruprechts und Elses, übermannen und ihn seine Beherrschung verlieren lassen. - Indes, nichts dergleichen trat ein. Kein Sturm brach in ihm los. Ruhig und gefasst konnte er zu Ottheinrich aufsehen.
„Das verstehe ich“, hörte er in väterlichem Ton. „Aber Gott hat Mann und Frau genauso erschaffen. In Liebe und Leid. Also verwehre dich seinem Willen nicht. Wobei ich nicht behaupten möchte, dass es kein ehrenwertes Ansinnen sei, so du dich in Leidenschaft deinem Handwerk widmest.“ Ottheinrich fühlte, dass er von seiner neugierigen Ausfragerei ablassen, und das Gespräch mit seinem jungen Gast eine andere Richtung lenken sollte. „Hier gibt es jedenfalls genug für dich zu tun. Sieh dir nur deinen Fürsten an. Ewig in Hausmänteln. Wie ich es leide.“ Gerne hätte Ottheinrich sein Eingeständnis mit einem Seufzen betont, was jedoch misslang. „Du wirst jetzt sicherlich denken, dass es an einem jeden selbst liegt, sich fettzufressen“, verzog sich stattdessen sein Gesicht süßsäuerlich, sogar eher selbstbelustigt anstatt selbstmitleidig.
Maximilian wusste nicht, ob es ihm zustand, das fürstliche Bekenntnis mit

einem Lächeln zu erwidern. Es entschlüpfte ihm dennoch. Jedenfalls war er jetzt mit voller Konzentration bei Ottheinrich, denn freilich war ihm dessen äußerliche Veränderung nicht nur sofort ins Auge gestochen. Sie hatte dazu Betroffenheit in ihm ausgelöst. „Ihr habt Sorgen“, korrigierte er sein Lächeln in mitfühlenden Worten.

„Oh ja“, kam jetzt das Seufzen. „Freilich wohne ich in einem Schloss, fürstliche Bleibe. Aber schwer erkämpft habe ich sie mir, nachdem man mich in Heidelberg nicht mehr zu sehen wünschte. Gelte ich doch dem Kurfürsten in seiner Unterwürfigkeit zum Kaiser als verdächtiges Element, gefährlicher Umtriebe nachgehend. Zuerst sollte ich auf irgend so einen Berg umsiedeln. Den Namen weiß ich schon nicht mehr. Nun, man dachte wohl, ich würde nur einmal hinauf- aber nie wieder hinuntersteigen.“ Ottheinrich fasste sich mit vollen Händen in seine Fettpolster am Bauch und atmete schwer. „Hernach hieß es, nach Dirmstein zu gehen, doch dort wollte mich der werte Bischof von Worms nicht haben. So kam Lindenfels ins Gespräch, dann Deidesheim bis hin in das ferne Selz im Elsass. Die ganzen Orte sagen dir wahrscheinlich nichts, in jenem Selz jedoch regiert allzu oft das Fieber. So bin ich hier. Gnädig geduldet, wie ich mir anhören muss. Aber auch hier wurde letzthin mein Briefgewölbe aufgebrochen und inspiziert. Demnach bleiben nur die Tafelfreuden.“

„Blieben“, verbesserte Maximilian bestimmt. Es war höchste Zeit, sein Brustbeutelchen zu lüften. Er sah sich kurz prüfend um, dann holte er das Vögelchen hervor.

Mit dessen Aufflattern klatschte Ottheinrich in die Hände. *Welche Freude! Wie gelöst er plötzlich auflachen konnte! Wie er ein Stück Leben in sich zurückkehren fühlte!* „Einen Schlossgarten werde ich hier anlegen!“, brach aus ihm heraus, seinen Sinnen unvermittelt Flügel wachsend. „Schöne Wiesen mit Wegen zum Lustwandeln, vorbei an Statuen, mit Bänken zum Verweilen bei Wasserspielen, im Schatten von Bäumen, Atlaszedern, hier in diesem begnadeten Klima. Duftsträucher, Blumenrabatten, Rosenranken...“ Als sich das erste Jubilieren des Königsvogels in himmlisches Gezwitscher wandelte, wich jedwede Anspannung aus Ottheinrichs Körper. Er genoss in vollen Zügen, diesmal einen Ohrenschmaus.

Maximilian hingegen versank in Gedanken. Für einen Moment dachte er an Neuburg, an Alvinia Weidenstein, wann er beide, die Stadt und die Frau seiner Träume, wiedersehen würde. Doch dann übermannte ihn pure Freude und Neugierde, was ihn in Weinheim alles erwartete.

Kurfürstliches Schloss zu Weinheim, Mitte November 1547

Einen vollen Monat weilte Maximilian nun schon in Weinheim, wo seine Hände allerlei zu tun bekamen. Allerdings waren es, völlig unerwartet, nicht nur Nadel und Faden, die seine Finger hielten. Als ‚Fürst ohne

Land', wie sich Ottheinrich selbst bezeichnete, fing er nämlich an, sich anderen Liebhabereien hinzugeben, als bloß der Völlerei. Dabei bezog er Maximilian mit ein, für den sich auf diese Weise eine ganz neue Welt eröffnete...

„Gesammelt habe ich ja schon immer gerne, wie du im Neuburger Schloss bestimmt gesehen hast. Kunstvolles, Waffen, Rüstungen, Gemälde. Fürstlicher Luxus eben", hatte Ottheinrich einleitend erklärt, als er Maximilian seine Absichten darlegte, denen er von nun an emsig nachgehen wollte. „Aber da gibt es noch eine Leidenschaft. Nämlich die der Bücher. Diese Liebe vererbten mir bestimmt meine Ahnen, die lesefreudigen pfälzischen Fürsten. Und seit einiger Zeit schon erfahre ich fleißige Aufmunterung, diesen Büchersinn zu steigern. Wofür ich auf deine Unterstützung baue. Ja?"

In seiner Verblüffung hatte Maximilian zustimmend genickt, obgleich ihm in dem Moment die Vorstellung fehlte, was er wohl beitragen könnte. Ottheinrich seinerseits wusste scheinbar ganz genau, wie er ihn einbeziehen wollte, denn nach Maximilians Bejahung sprudelte er regelrecht über: „Fein! Jedenfalls, als begeisterter Bücherfreund, hatte ich ja schon immer schöne und kostbare Bücher um mich. Aber als bildungsbewusster Fürst sollte ich dafür sorgen, dass jenes in Lettern und Bilder gebannte Wissen vielen Menschen zugänglich wird." Ottheinrichs Blicke ruhten auf Maximilian, dessen Augen zu glänzen begonnen hatten. „Kaspar Hedio* mahnte mich zu dieser Verpflichtung schon vor Jahren", fuhr er, erfreut von dem Interesse des jungen Mannes, fort. „Doch nicht in Strenge, sondern in Ehre tat es der hochgelehrte Reformator. Vor gut einem Jahr widmete er mir seine deutsche Übersetzung von Platinas* ‚Historia von der Päpste und Kaiser Leben'. Darin betonte er, dass es nach Anzeige der Historien und Zeitbücher ein recht fürstliches Tun sei, Bibliotheken aufzurichten. Jederzeit seien die alten Könige, Fürsten und Herrn damit derartig umgegangen. Ich möge mich dem anschließen und eine Sammlung theologischer, juristischer, medizinischer und geschichtlicher Werke in den drei gelehrten Sprachen anlegen. Doch solle ich dies als gemeinnütziges Werk tun, als eine deutsche Bibliothek für Bürger und Laien an einem Ort, wo sie jungen Mannspersonen und Handwerksgesellen zum Nutzen zugänglich sei. Beredt führte er mir dies als christliches Werk vor Augen. So will ich endlich diese Mahnung ihren Eindruck nicht verfehlen lassen." -

Seitdem verbrachte Maximilian viel Zeit am Schreibpult. Er entlastete seinen Gastgeber im regen Briefwechsel, dessen Ziel es war, eben jene Büchersammlung anzulegen. Auch ohne Geldmittel. Die waren schließlich nicht vorhanden, aber dafür gedieh umso mehr Ottheinrichs pfiffiger Ideenreichtum.

Maximilian zehrte von des Fürsten sprudelnder Energie, und so gerieten ihm die ungezählten Stunden zwischen Papier und Tinte zu einer lehrreichen Vergnüglichkeit...

Ottheinrich warf noch einen kurzen Blick auf seinen Merkzettel, bevor er ihn in eine Ledermappe zurücklegte. Anschließend verschränkte er die Hände hinter dem Rücken, und unübersehbar konzentriert begann er, in der Schreibstube auf und ab zu gehen. Diese Geste war Maximilian, der seinerseits hinter dem Schreibpult postierte, mittlerweile Signal, ein Blatt Papier zurechtzulegen und nach der Schreibfeder zu greifen. In Erwartung des Diktats hielt er sie über das geöffnete Tintenfass.
„An Theobald Billicanus* zu Marburg."
Maximilian tunkte die Feder ein und schrieb die Worte in jener geschwungenen Handschrift, die Ottheinrich ihm nahegelegt und die er sich freudig angeeignet hatte. Sie erinnerte ihn sehr an sein kindliches Legen der Kerzendochte in des Vaters Werkstatt. Diese Erinnerung rief in ihm jedoch keine Wehmut hervor, sondern pure Freude über das Glück, mit dem ihn das Schicksal erneut belohnte.
„Hochgeehrter, meinen Gruß vorab! Dieweil Ihr uns berichtet habt, dass in der Librarey des Klosters Fulda alte, gute Bücher und darunter vornehmlich Missalia, genannt ‚libri sacramentorum Gregorii' aus dem ‚attentico cubiculi pontificis' geschrieben, neben Agenden der Sacramente sein sollen, ist unser gnädiges Begehren, Ihr wollet abermals Fleiß tun, solche alten Bücher für uns zu bekommen. Die vor über einhundert Jahren Niedergeschriebenen erfreueten uns am meisten, da wir Eure Auffassung teilen, dass man, je weiter man in der Kirchengeschichte zurückschreite, man umso reinere Sichtweisen der Sakramente auffinde. Dabei seid versichert und heget keine Angst, ich lasse etwa eine Messe daraus lesen." Ottheinrich unterbrach sein Auf- und Abgehen. Er sah zu Maximilian, der zeitgleich sein Schreiben beendete und wusste, dass der Fürst das Diktierte nun vorgelesen haben wollte. „Sehr gut", folgte kurz darauf Zustimmung. „Dann wie immer noch Datum und Gruß."
„Hach", fügte er seinen zuvor rein sachlichen Äußerungen nun emotional an. „Welche Erbauung brächten mir solche alten Messbücher mit ihren wundervollen Illuminationen! Diese geheime Lust an der Fantasiewelt der Apokalypse! Keine Mühen werde ich scheuen, in den Besitz illuminierter Prachtcodices zu gelangen!" Emsig öffnete er erneut seine Ledermappe, um seinen Merkzettel hervorzuholen. „Wollen wir mal sehen, was heute noch anstünde. So du noch Lust hast?"
Maximilian bejahte und neigte darauf seinen Kopf zur Schulter. Dort hatte sich soeben das Vögelchen niedergelassen, um mit seinem Schnabel eine kleine Zärtlichkeit von seinen Lippen einzufordern.
„Sehr gut", ließ Ottheinrich seine Liste fahren und näherte sich den beiden. Auch er neigte sich, spitzte seinen Mund und tschilpte. Damit

gewann er die Aufmerksamkeit des Tierchens. Mit ihm auf seiner filzenen Kappe schritt er andächtig und hochzufrieden zurück zu seiner Ledermappe. Um die kleine Persönlichkeit, die es sich gerade inmitten seiner Kopfbedeckung gleich einem Nest gemütlich machte, nicht zu stören, hielt sich Ottheinrich seine Liste nun direkt vors Gesicht.
„Also... An die Fugger haben wir geschrieben. Noch ohne Antwort. Was dauert da so lange, mir eine Liste ihrer Bücherbestände zuzuleiten?!"
Instinktiv wollte Ottheinrich seiner Ungeduld freien Lauf lassen. Maximilians Geste zum Vögelchen hin verhinderte dies gerade noch. „Ach ja, ja", schmunzelte er infolgedessen. Er beschränkte sich darauf, seine Augen nach oben zu verdrehen. „Der Königin schuldet ein jedermann zu jeder Stund' unbedingten Gehorsam." Damit wandte er sich wieder seiner Liste zu. „Der Bischof von Worms, unser werter Onkel Heinrich*, bezichtigt uns auf unsere Bitten hin der Bibliomanie. Er gibt an, er hätte den Schlüssel zu seiner Bibliothek unauffindbar verloren. Ich würde sagen", verzog er seine Miene, „ein typischer Fall von Verwandtschaft. Man kann sie sich nicht aussuchen. Wohl aber von der Liste streichen."
Unter dieser Spöttelei war er zu Maximilian ans Schreibpult getreten. Er reichte ihm seine Liste, wies mit dem Finger die entsprechende Zeile, und Maximilian tunkte die Feder ins Tintenfass und strich den Namen des Pfälzer Fürstbischofs durch.
Ottheinrich, zuerst im Begriff die Liste an sich zu nehmen, schob sie dann doch wieder Maximilian zu. „Lies du mir vor", richtete er zur Begründung einen Finger zum Vögelchen, dessen schwarze Knopfäuglein von oben herab leuchteten.
„Christoph Arnold. Verbleib der Bibliothek des Erasmus von Rotterdam", verlas Maximilian den nächsten Eintrag.
„Genau! Hochinteressant! Kennst du Christoph Arnold?"
„Der Bruder Eures Rentmeisters." Mit seiner Antwort tauchte nicht nur Gabriel Arnold vor Maximilians Augen auf. Vor allem sah er Alvinia Weidenstein, die sich am Neuburger Hofgericht ihrer Haut erwehrte...
„Ich bin so glücklich, dass Christoph in Basel gastliche Unterkunft gefunden hat, die ich ihm hier nicht bieten kann! Wenn ich nur von Gabriel ein Gleiches wüsste! Niemand kennt seinen Aufenthaltsort! Möge Gott geben, dass ich ihn wohlbehalten wiedersehe!"
Die gefühlsbeladene Äußerung Ottheinrichs verwischte Maximilians Traumbilder. „Was ist mit der Bücherei des Erasmus?", lenkte er sich ab.
Ottheinrich ließ sich, unter sorgenschwerem Atem, für seine Antwort etwas Zeit. „Erasmus von Rotterdam* war ein großer Gelehrter, wenn auch aufseiten der katholischen Kirche. Doch trat er Irrtümern mit Ironie entgegen, was mich ihn hoch verehren lässt. Jedenfalls lebte er zuletzt in Basel, wo er vor gut zehn Jahren verstarb. Dorthin hatte er einst Bücher mitgenommen, die er sich, wie mir zugetragen wurde, hier aus dem nahen

Kloster Lorsch ausgeliehen und niemals wieder zurückgegeben hat... Aber", rieb er sich nachdenklich am Kinn, „Christoph Arnold schreibe ich später persönlich."

Maximilian nickte und auf Ottheinrichs Geste hin las er den nächsten Eintrag vor. „Hans Morolt, Hof von Trier."

„Ah... genau!", geriet Ottheinrich ins Schwärmen. „Er soll dort Nachforschungen anstellen. Mir ist nämlich zu Ohren gekommen, dass sich im Kloster Cues Bücher befänden, die auf Birkenrinde geschrieben seien! Welche Rarität!" -

Das letzte Schreiben an diesem Tage war der Auftrag an den fränkischen Söldnerführer namens Willibald von Wirsberg. Der solle, so er während seiner vielen Unternehmungen in Klöstern übernachte, sein Augenmerk auf alte Messbücher richten. Scherzhaft diktierte Ottheinrich, er möge die Büchlein um Geld erobern, oder sie sich, besser noch, auf anderem Wege verschaffen.

Meldung des Alvise Mocenigo an den Dogen von Venedig. Augsburg, 2. Dezember 1547

Serenissimo Principe. Questi passati giorni li Elettori haveano proposto nella dieta che saria bene che tutti insieme...

Der Reichstag wollte sich auf einen Vorschlag der Kurfürsten beim Kaiser für die Freilassung des Landgrafen von Hessen einsetzen. Der Kaiser verhinderte es. Er erklärte, er habe das Recht, ihn gefangenzuhalten. Außerdem habe derselbe auch in seiner Haft Ursache zum Verdruss gegeben. Herzog Moritz von Sachsen entgegnete darauf, er betrachte seine Ehre solange als verletzt, wie sein Schwiegervater eingesperrt sei.

Meldung des Alvise Mocenigo an den Dogen von Venedig. Augsburg, 15. Dezember 1547

Serenissimo Principe. Havemo ben inteso che Cesare non manca di sollicitare...

Der Kaiser konnte den Baiernherzog, selbst durch das Angebot von Neuburg und anderen Orten, nicht für den Deutschen Bund gewinnen. Er beschwerte sich bei ihm über Dr. Eck, den er als angestifteten Urheber aller bisherigen Schwierigkeiten bezeichnete. Er wollte ihn damit, wie man mutmaßt, aber nur schrecken.

Meldung des Alvise Mocenigo an den Rat der Zehn von Venedig. Augsburg, 15. Dezember 1547

Excellentissimi Domini. Aggiongeremo queste poche righe alle publice per far intendere a Vre Eccellentie che il dottor Echo...

Dr. Eck äußerte wiederholt, daß der Kaiser bloß die Größe seines Hauses anstrebe.

Augsburg, den 21. Dezember 1547, Dr. Claudius Pius Peutinger an Pfalzgraf Ottheinrich[90]

Gnädiger Herr. E. F. G. Schreiben, am vierten diesen Monats eingegangen, belangend etliche Bücher laut beigesandtem Verzeichnis, habe ich in Untertänigkeit empfangen. Dazu sollen E. F. G. gewiss sein, dass bemelte Bücher, die meines Vermögens wären, Euch von mir unversagt sein sollten.
Leider, seines großen Alters halben, liegt aber mein Vater gar zu Bett und er hat von seinen Sachen nicht mehr so eigentliches Wissen. Auch wurde seine Bibliothek vergangenes Jahr zertrennt, an mehrere Orte verteilt und noch nicht wieder zusammengebracht. So ist es mir unmöglich gewesen, E. F. G. diesmal willfährig zu sein. Ich will mich aber der angeregten Bücher halben fleißig erkundigen, und im Falle des Erfolgs, die Bücher oder den Bericht davon E. F. G. alsdann ohne Verzug zuschicken. Das wollte ich E. F. G. nicht verhalten. Derselben tue ich mich E. F. G. ganz untertäniglich empfehlen.
Datum Augspurg den 21. Dezembris Anno 1547.

E. F. G. Diener Claudius Pius Peutinger Doctor.

Augsburg, den 26. Januar 1548, Dr. Claudius Pius Peutinger an Pfalzgraf Ottheinrich[91]

Gnädiger Herr. Der Bücher halben, wegen derer E. F. G. mir das letzte Mal geschrieben haben, schicke ich E. F. G. hiermit eines, das ich mit Mühe bekommen habe,

90 nach: Kanzlei-Abschrift Hauptstaatsarchiv München, Pfalz-Nbg. 1288, Bl. 30.
91 nach: Kanzlei-Abschrift Hauptstaatsarchiv München, Pfalz-Nbg 1288, Bl. 30b.

'Onus Ecclesie' intituliert.
Nach den anderen will ich mit der Zeit suchen. Meines lieben Vaters selige Librarey ist in dieser Zeit nicht besonders beschaffen. Wegen der gewesenen Kriegsläufe befindet sie sich in grosser Unordnung, und itzo, durch meines Vaters Absterben, geriet sie gar in Zerrüttung. Bis dieselbe wieder in Ordnung gebracht sein wird, ist es unmöglich, darunter etwas zu finden.
Damit tue ich mich E. F. G. untertäniglich empfehlen.
Datum Augspurg den 26. Januar Anno 1548.

E. F. G. Diener Claudius Pius Peutinger Doctor.

KURFÜRSTLICHES SCHLOSS ZU WEINHEIM, DEN 29. JANUAR 1548

„Zu Unserem Bedauern kann Eurer Bitte vom 17. Januar 1548 nicht gewillfahrt werden, zuvörderst infolge der Zeitläufe. Auch vermöget Ihr sicher selbst ermessen, welcher Nachteil entstünde, wenn die Bücher ausgehändigt würden und, so die Befürchtungen der Mönche, ihren Weg nicht mehr dorthin zurückfänden."
Ottheinrich hatte jene Antwort seines kurfürstlichen Onkels, auf die er seit fast zwei Wochen wartete, laut vorgelesen. Schon nach den ersten vorgetragenen Worten hatte Maximilian beobachten können, wie seine Hände dabei zu zittern begannen und sein Gesicht eine rötliche Färbung annahm. Jetzt zerknüllte er das Schreiben zähneknirschend. Er schleuderte er es ins lodernde Kaminfeuer, um dann furchtbar zu schimpfen. „Zeitläufe!", zitierte er wütend. „Was meint der mit ‚Zeitläufen'? Dass er dem Kaiser in den Hintern kriecht? Die eigene Familie wie Aussatz behandelt?! Kein bisschen Rückgrat! Nichts tut er für sein Erbland! Nur sein eigenes Wohlsein hat er im Sinne!! Und überhaupt! SEIN Erbland!! UNSER Erbland ist es! Meines und Philippens!! Verfluchter Heidelberger Hausvertrag!!"
Maximilian konnte seines Fürsten Wutausbruch nachvollziehen. Schließlich hatte er das zuvor ergangene Ersuchen an Friedrich II. niedergeschrieben: Ottheinrich hatte aus dem neuen Predigerkloster in Heidelberg einige Bücher entleihen wollen. Doch man hatte ihn dort mit der Bemerkung abgewiesen, dass ohne Vorwissen oder Befehl des Kurfürsten keine Bücher abgegeben werden könnten. Zudem sei angeblich auch nicht viel sonderlich Gutes mehr vorhanden. Deshalb möge ihm der Kurfürst zu den gewünschten Büchern verhelfen... Und als ob die schmallip-

pige herablassende Antwort nicht schon genug der Demütigung wäre, hatte sich der ‚Vormund-Onkel' hierfür noch generös Zeit zugestanden. Diese Behandlung, der sich Ottheinrich ausgeliefert sah, empörte Maximilian nicht bloß. Sie tat ihm in seinem Herzen weh.
Das mittlerweile hochrot angelaufene Gesicht Ottheinrichs, der mit einer Hand dazu an seiner Herzgegend krampfte, ängstigte ihn. Ohne Umschweife rief er daher nach dem Hausdiener, damit der etwas zum Trinken herbeischaffte. Er selbst geleitete seinen Fürsten hin zu einem Lehnstuhl. Anschließend eilte er aus dem Gemach, um wenig später mit einem fertig genähten Umhang wieder zurückzukehren: Es war kein fürstlicher Pelz, der Ottheinrich an diesem Januartag wärmen könnte, wenn er nun mit ihm nach draußen ginge. Aber es war ein bis zu den Füßen reichender, mit einem hohen Kragen versehener Umhang aus doppelt gelegtem Wollfilz, der seinen Zweck gleichsam erfüllen würde.

„Ist es der Dame nicht zu kalt?", kommentierte Ottheinrich das Aufflattern des Königsvogels, der, eben im Freien aus dem Brustbeutel entlassen, in den klaren Januarhimmel hinaufflatterte.
„I wo!" Maximilian lächelte und bot Ottheinrich seinen angewinkelten Arm. Sofort wurde sich daran untergehakt, um dann dicht nebeneinander durch die schlossnahen Waldstücke zu spazieren.
In ihrer Vertrautheit, in der sie inzwischen miteinander umgingen, hegte der Fürst weder Standesdünkel, noch ließ sich der Schneidergeselle von Berührungsängsten hemmen: Ottheinrich bedurfte der emotionalen Nähe eines Vertrauten, und die Unverdorbenheit, die sich Maximilian so bewundernswert bewahrt hatte, war ihm Balsam auf seine seelischen Wunden, die ihm das Schicksal gnadenlos schlug. Zudem vitalisierte ihn das Äußere des jungen Mannes. Wie oft nicht beobachtete er ihn, vergleichend, den einstigen Jüngling in ihm suchend. Besonders dieses Resümee der zarten Reife Maximilians reinen Wesens war ihm ein einziger Genussgedanke. Die Geheimnisumwobenheit um dessen unentschleierte Herkunft steigerte sein Wohlgefallen bis hin zu einer Gespanntheit, die ein ungelüftetes Geheimnis hinterlässt. Und ganz zum Schluss bescherte ihm der bloße Anblick Maximilians jene ansonsten vermisste Sinnesfreude, mit der ihn das Betrachten eines Meisterwerkes von einem begnadeten Maler beglückte. *Wäre er noch der begüterte Fürst - an keinen anderen als Tizian würde sein Auftrag ergehen, den jungen Mann zu porträtieren! Schon sah er den großen Meister, vor einer frisch aufgespannten Leinwand stehend, Maximilian mit den Augen abtastend, in seiner Vorstellung das spätere Kunstwerk vorwegnehmend, um es dann, Pinselstrich für Pinselstrich, zu vollenden...* Ottheinrich schweifte in seinen wohligen Gedanken so weit ab, dass er die Zeit völlig vergaß... und seine Wut restlos verraucht war, als sie zum Schloss zurückkehrten.
Maximilian hingegen hatte jeden Schritt ihres schweigsamen Spazier-

ganges ganz bewusst gelenkt. Obschon nicht mit dem tiefen Heimatgefühl wie bei seinen Ausflügen an der geliebten, leise dahinrauschenden Donau, so entschädigten ihn doch die stillen, ihren ganz besonderen Duft ausströmenden Wälder um Weinheim herum für sein stetig wachsendes Heimweh. Trotzdem würde er seinen Fürsten nicht darum bitten, alsbald nach Neuburg zurückkehren zu dürfen. Vor allem deshalb nicht, weil er deutlich spürte, wie Ottheinrich seiner bedurfte. Wenn er sich am Beginn seines Aufenthaltes in Weinheim dem Fürsten wohl in großer Ehrfurcht und Dankbarkeit gab, so tat er dies zunehmend einfach in Herzenswärme zu einem Menschen, den er zutiefst und vorbehaltlos mochte.

Meldung des Alvise Mocenigo an den Dogen von Venedig. Augsburg, 9. Februar 1548

Serenissimo Principe. Mandamo qui anessa la copia del mandato per la prohibitione che alcun germano...
Drei Hauptleute, die für Frankreich Truppen warben, wurden auf speyerischem Gebiet verhaftet, nach Augsburg gebracht, gefoltert und enthauptet. Einer von ihnen, Sebastian Vogelsberger*, erklärte auf dem Blutgerüst, er sterbe unschuldig. Das Dienstnehmen bei auswärtigen Fürsten sei in Deutschland bisher üblich und er war schon früher in französischen Diensten gewesen. Vogelsberger galt als tapfer und war bei den Soldaten sehr beliebt. Man äußert, solche Justiz sei die strengste, seit Karl V. Kaiser sei.

Kurfürstliches Schloss zu Weinheim, den 10. Februar 1548, Pfalzgraf Ottheinrich an Dr. Claudius Pius Peutinger[92]

Hochgelehrter, lieber Besonderer!
Wir haben Euer Schreiben samt dem Buch ‚Onus Ecclesie' empfangen und Euer ferneres Erbieten vernommen. Wir sagen Euch darum gnädigen Dank mit dem Begehr, uns zu verständigen, was dieses kostet, eingeschlossen auch Euren Fleiß, uns die anderen gewünschten Bücher zu beschaffen und zuzuschicken. Was aber Eures seligen Vaters Librarey anbelangt, würde uns ein Indicem[93], ohne Zweifel vorhanden, dienen. So begehrten wir nicht schon vorhandene Bücher,

---

[92] nach: Kanzlei-Abschrift Hauptstaatsarchiv München, Pfalz-Nbg 1288, Bl. 30b.
[93] Sachregister

sondern allein die Namen und Titel, die zu bekommen wir wünschen. Das sind wir mit Gnaden gegen Euch zu erkennen schuldig.
Datum Weinheim den 10. Februarij Anno 1548. O.H.

MELDUNG DES ALVISE MOCENIGO AN DEN DOGEN VON VENEDIG. AUGSBURG, 7. MÄRZ 1548

Serenissimo Principe. La serenissima Regina Maria partirà de qui, come si dice, fra dui giorni per andare...
Die Rückreise der Königin Maria steht bevor. Der französische Gesandte erklärte dazu, dass eine Zusammenkunft der Königin mit ihrer Schwester Eleonore* nicht stattfinden werde. Der Kaiser habe dem französischem König den Vogelsberger genommen, doch böten hundert andere ihre Dienste an. Er hat sich auch über die schlechte Behandlung französischer Kuriere sowie des Kardinals von Guise* beschwert. Der sei nämlich zu einem Eide aufgefordert worden, auf seiner Reise nach Rom nichts zum Schaden des Kaisers zu sprechen oder zu tun. Der Kardinal habe aber den Eid durch einen als Kardinal verkleideten Diener leisten lassen.

MELDUNG DES ALVISE MOCENIGO AN DEN DOGEN VON VENEDIG. AUGSBURG, 7. MÄRZ 1548

Serenissimo Principe. Pare che sia uscita voce che'L Duca Maurizio di Sassonia vogli far certa protestatione sopra esso Interim...
Man vernimmt, dass Herzog Moritz von Sachsen gegen das vom Kaiser beabsichtigte Interim[94] protestieren wolle. Hans und Albrecht von Brandenburg sowie einige Reichsstädte seien ebenfalls unzufrieden.

Abschied des Reichstags zu Augsburg Anno 1548[95]
Wir, Carl V.,
von Gottes Gnaden erwählter Römischer Kaiser,
zu allen Zeiten Mehrer des Reichs,

---

[94] hier: Zwischenregelung der Religionsfrage bis zum Trienter Konzil die Protestanten betreffend, fand Niederschlag im Augsburger Reichstagsabschied vom 30. Juni 1548

[95] nach: Aller des Heiligen Römis. Reichs gehaltenen Reichs=Tage Abschiede und Satzungen Samt anderen Kayserlichen und Königlichen CONSTITUTIONEN, Franckfurt am Mayn In Verlegung Joh. Martin Schönwetters seel. Wittib, Im Jahr Christ 1720. (Seiten 444 bis 461)

König in Germanien, zu Castilien, Arragon, Legion, Sicilien, Hierusalem, Hungern, Croatien, Navarra, Granaten, Tolleten, Valentz, Gallicien, Majoricarum, Hispalis, Sardiniæ, Cordubæ, Corficæ, Muricæ, Giennis, Algarbien, Algeziræ, Gibraltaris, der Insulen Canariæ, Indiarum, Terra firmæ & des Meeres Oceani ecc.,

Erzherzog zu Oesterreich, Herzog zu Burgund, Lotterich, Braband, Steyer, Kärndten, Krain, Limpurg, Geldern, Würtenberg, Calabrien, Athenarum, & Neopatriæ,

Graf zu Habsburg, Flandern, Tyrol, Görz, Parsiloni, Arthoys & Burgund,

Pfalzgraf zu Hennigau, Holland, Seeland, Pfierth, Kyburg, Namur, Rossilion, Ceritan & Zütphen,

Landgraf im Elsaß, Markgraf zu Burgau, Oristani, & Gotiani, des Heil. Röm. Reichsfürst zu Schwaben, Catalonia, Asturia ecc., Herr in Friesland, auf der Wendischen Marck, zu Portenau, Biscaja, Molin, Salins, Tripoli &Mecheln ecc.

bekennen und bekunden hiermit jedermann:

Wir haben erwogen, den hochnachteiligen, sorglichen Mängeln, dem gefährlichen Zwiespalt, Mißverstand und anderen Unrichtigkeiten, so sich im Heiligen Reich Teutscher Nation vielfältiglich zugetragen, aus Uns auferlegtem Amt, darzu Wir vom Allmächtigen Gott berufen sind, auch sonderlich väterlicher Lieb, Treu und Zuneigung zur Teutschen Nation, unserem geliebten Vaterland, mit zeitigem Rat zu begegnen. Wir auferlegen Uns, beständige Ruhe, Frieden, Einigkeit, Recht und alle Wohlfahrt treulich zu befördern, zu pflanzen und zu erhalten.

Wiewohl Uns nun allerhand vielfältige Verhinderungen wider unserem Willen begegnet sind, dadurch Wir das Ende des Angedachten Unseres Gemüts und Willens nicht erlangen konnten, welches nun zu nicht geringer Beschwerung gereicht. So haben Wir doch bedacht, dass Uns nicht destoweniger gebühren solle, durch Göttliche Gnade die Teutsche Nation in Ruhe, Frieden, Einigkeit und Wohlfahrt zu bringen.

Auf diesem Reichstag sind Wir, auch **Kurfürsten, Fürsten und andere Stände** des Heil. Reichs in guter Anzahl, eigener Person und etliche durch ihre Botschafter **gehorsam erschienen**.

Wir haben den **Punkt der streitigen und zwiespältigen Religion** als den wichtigsten Articul für ratsam bedacht. Darin sehen Wir **Wurzel und Hauptursache allen Übels** der Teutschen Nation. Daraus resultiert nicht allein viel Unrichtigkeit, sondern auch alles Misstrauen, Unfreundschaft und Unwille, was den beständigen Frieden dieser löblichen Nation

verursachet. Zu gnädigstem Gefallen haben Wir verstanden, daß die Erörterung der Religionsstreitigkeiten für das **Allgemeine Christliche Concilium gen Trient** indiciert sei. Derhalben wollen Wir uns zu allen Ständen samt und sonderlich allergnädigst versehen, daß sie sich solchem Concilio anhängig und unterwürfig machen, es gehorsam erwarten und den Fußstapfen der Heiligen Väter und Eltern in Glaubenssachen gutwillig nachfolgen.
Kurfürsten, Fürsten, gemeine Stände und der Abwesenden Botschafter, Räte und Gesandten **unterwerfen sich** dessen jetzt. Sie haben sich mit Uns einmütig verglichen, Uns untertänigst gebeten und Uns gehorsam heimgestellt, auf christliche und gebührliche Wege bedacht zu sein. Bis zur Austragung des Concilio wollen sie in gutem, friedlichem Wesen beieinander leben, was Wir als unvermeidliche Notwendigkeit erachten.
Andere christliche Potentaten und sonderlich die Erzbischöfe, Bischöfe und Prälaten (wegen derer solche Spaltung entstanden) persönlich, oder im Fall ihrer Verhinderung durch ihre bevollächtigten Gewalthaber, desgleichen diejenigen, **die der Confessia Augustana anhängig Gewesenen, versichern ihr Erscheinen** in solchem Concilio, daß alle unrechte Lehren und Mißbräuche abgestellt werden. Der Verstand ist nach Besserem zu richten und den viel eindringenden, widerwärtigen Sekten ist nicht länger zuzusehen, sondern sie sind zu verhindern. Haben die Stände des Reichs bisher die Satzungen und Ordnungen gemeiner Kirchen gehalten und gnädiglich begehrt, so sollen sie dieselben auch hinfüro[96] halten und davon nicht abweichen. Dies soll bei **Vermeidung ernstlicher Strafen** verkündet sein. Wo aber jemands wider solchem Unserem Kaiserl. Landfrieden handelt, wollen Wir einander treulich Rat, Hilfe und Beistand tun, damit die **Ungehorsamen gestraft** und Unser Kaiserl. Landfrieden erhalten werde. In Maßen werden Wir uns dazu der **Execution der Acht**[**] in einer erneuerten Kammer-Gerichts-Ordnung bedienen.

Dieweil ein beständiger Friede und Einigkeit im H. Reich ohne ein **gleichmäßiges, ausdrückliches Recht** nicht erhalten werden mag, haben Wir als unvermeidliche Notwendigkeit erachtet, Unser **Kaiserliches Kammer-Gericht** nicht länger unbesetzt zu lassen. Aus diesem Grund haben Wir die gemeinen Stände gnädiglich ersucht, Uns die Besetzung Unseres Kammer-Gerichts vollkommen anheimzustellen. Darauf haben die gemeinen Stände Uns aus besonderer Liebe und untertäniglicher Treue gehorsam gemeldet, daß Wir Unser Kammer-Gericht in ihrem Namen besetzen. Obgleich Uns als Römischem Kaiser zusteht, einen **Kammer-Richter zu verordnen,** so wollen Wir doch einen geschickten und ansehnlichen Richter, in Teutscher Nation geboren, auch dieser

---

[96] weiterhin

Nation zum löblichen Gebrauch bestimmen. **Gelehrige und verständige Beisitzer** aus Teutscher Nation sollen, in Eid und Pflicht, Unser Kammer-Gericht unterstützen.
Die Kurfürsten, Fürsten und Stände sollen Unserem Kammer-Gericht **Gehorsam** leisten und demselbigen seinen **freien, unverhinderten Lauf** gewähren. Auf Unser gnädiges Ersuchen haben sie Uns zu untertänigsten Ehren und Wohlgefallen **aus gutem, freien Willen die Unterhaltung Unseres Kammer-Gerichts** ganz auf sich genommen. Ohne Beschwerden gelte dies aus vorgefallenen Bewegnissen bis zur nächsten Reichsversammlung. In gleicher Weise haben die Kurfürsten, Fürsten und Stände Uns bewilligt, **zehn Beisitzer drei Jahre lang mit je 50 Gulden** zu unterhalten.
Damit künftiglich im Heil. Reich Friede und Recht desto stattlicher erhalten seien, und damit sich ein jeder seines Rechts erfreue, so haben Wir Uns mit Kurfürsten, Fürsten und Ständen dazu einmütig verglichen, **erlangte Acht und gesprochenes Urteil auch zu exequieren**[97].
Ferner wollen Wir Unserem vorigen Erbieten nach auf die gehorsame und untertänige Bitte der **entwehrten**[98] **Geistlichen** Jurisdiction ihrer Güter halben durch Unsere Commissarien gütliche Unterhaltung pflegen und dadurch gebührliche Ordnung geben.

In hiervor oft publizierten Reichstags-Abschieden wurde die Hilfe des **Gemeinen Pfennigs wider den Türken** bewilligt. Dementgegen haben etliche Fürsten und Stadtherren jedoch die Gebote ihres Landesfürsten mißachtet und ihren Gemeinen Pfennig weder eingefordert noch geleistet. Von Uns aus ist dies ein der Obergerechtigkeiten nachteiliger Abbruch und Entzug des schuldigen Gehorsams, wovon sie sich nun unterstehen möchten. Der Gemeine Pfennig soll jetzt ernstlich eingebracht und in die Kästen der Kurfürstentümer eingeworfen werden.

Wir haben Uns mit den Kurfürsten, Fürsten und Ständen des Heil. Reichs sowie der Räte und Botschafter der Abwesenden darauf geeinigt, **Unsere Burgundischen und Niederländischen Erblande neben Geldern, Zütphen und den Utrichischen Landen** in einer gnädigen und untertänigen Handlung **unter des H. Reichs Schutz und Schirm** zu stellen. Eingeschlossen derselben Verwandten, bleiben alle Satzungen, Ordnungen und eingesiegeltes Vermögen hingegen unberührt.

Auf Unserem Reichstag in Augsburg anno 1530 hatten Wir Uns mit Kurfürsten, Fürsten und Ständen einer **Ordnung guter Polizei** zur Abstel-

---

[97] vollstrecken
[98] wegnehmen, versagen (Besitz), entziehen, berauben

lung sträflicher Gotteslästerung, wucherlicher Contracte und anderer Laster verglichen. Demnach verordnen Wir, daß **ein jeder, ganz gleich weß Stands oder Wesens**, im H. Reich dieser Ordnung unterworfen sei. Darwider zu handeln werde mit **unnachläßlicher Strafe** geahndet.

Ferner haben Wir aus gnädiger Zuneigung, Liebe und Treue zur Teutschen Nation von den Kurfürsten, Fürsten und Ständen begehrt, daß sie sich gefallen lassen wollen, **einen namhaftigen, ansehnlichen und erschließlichen Vorrat an Geldes** förderlich[99] zusammenzubringen. Dieser soll dergestalt verwahrt werden, daß sich im Falle eines Betrübens des gemeinen Friedens innerhalb und außerhalb des H. Reichs davon bedient werden kann, was in diesen sorglichen und gefährlichen Zeiten **eine unvermeidliche Notwendigkeit** darstellt.
Wiewohl Wir die Kurfürsten, Fürsten, Stände, auch der Abwesenden Räte, Botschafter und Gesandten an das beschwerliche Anliegen des Wormser Reichstags erinnert haben, bewilligten sie Uns zu untertänigem Gefallen nun den **Zug auf Rom**. Ein jeder Stand gebe gebührlich **je Fußknecht monatlichen Sold von vier und für eines Reysigen[100] zwölf Gulden**, jeder Gulden zu fünfzehn Batzen oder sechzig Kreuzern gerechnet.
Alles oben gemeldete, der Regierungshandlung halber, **gelte unabbrüchig künftiger Zeit.** Dieses **christliche Werk soll nicht allein im Heil. Reich** sprießen, sondern **auch bei desselben Verwandten und Einwohnern**, um ihnen Ruhe und friedliches Wesen zu erhalten. Dazu soll eine jede Obrigkeit die Macht haben, ihre Untertanen, Geistliche und Weltliche, gefreit und ungefreit, **mit Steuern zu belegen**. Es soll auch Unser Kaiser hiermit Befehl haben, gegen jeden Ungehorsamen vor Unserem Kammer-Gericht zu procediren.

Unser freundlicher, lieber Bruder, der Römische König Ferdinand I., berichtet hier, daß er **mit dem Türken einen friedlichen Anstand zu Wasser und Land auf fünf Jahre lang beschlossen** hat. Dem gedankt sitzt die Christenheit, zuerst die des H. Reichs Teutscher Nation, derwegen in guter Verfassung. Um den Türken zur Unterbrechung desselben keine Ursache zu geben, sei **die in bewilligte Hilfe in Geldes auch zur Rettung des fünfjährigen Anstands** gefasst. **Auch zur Erhaltung der Christlichen Grenze** wolle man eine gemeine Hilfe bewilligen. Die Kurfürsten, Fürsten und Stände verpflichten sich gegenüber Unserem lieben Bruder, **dem Röm. König, für seine Lande zu christlicher, nachbarlicher Hilfe und Trost, zur Erbauung und Befestigung etlicher Orte**

[99] hier: unverzüglich
[100] berittener Söldner

und zur Erhaltung derselbigen auf fünf Jahre. **Nach des Kammer-Gerichts Veranschlagung** sind Gulden zu geben und **auf die nächstkommenden Weihnachten fortan** darzubringen. Überständige Gelder sollen verwahrlich gehalten und niemands anders herausgegeben werden.
Weil jeder Obrigkeit, wie hergekommen, rechtens ist, ihren Untertanen, Geistlichen und Weltlichen, gefreit oder ungefreit und niemand ausgenommen, Beugung abzuverlangen, und die Untertanen hierin gehorsam und schuldig sein sollen, haben sich des H. Reichs Kurfürsten, Fürsten und gemeine Stände zu folgendem entschlossen: **Uns und Unserem geliebten Bruder in seinen Königreichen und Landen zum Gefallen, auch gegenüber der gemeinen Christenheit zu ersprießlicher Wohlfahrt**, ist **ein gemeiner Pfennig** einzubringen.
Gleichwohl es ihnen höchst beschwerlich sei, wird diese Hilfe dergestalt eingebracht, dass der gemeine Pfennig **jederzeit eingezogen und anderweitig verwendet** werden kann. Bei Säumigkeit soll auch hier durch das Kaiserl. Kammer-Gericht gebührend vorgegangen werden.

Als sich am Anfang dieses Reichstages etliche Fürsten, Prälaten und andere Stände in der Session irrten, so haben sie sich auf diesem Reichstag darin auf leidlichem Weg zu vertragen, wie Wir derwegen **etliche Unserer Commissaren** zu solchem verordnet haben.
Solches alles und jedes, so oben geschrieben steht, und Uns als **Kaiser** anrührt, versprechen Wir bei Unseren Kaiserlichen Würden und Worten fest und unverbrüchlich zu halten, zu vollziehen und dem stracks und unweigerlich nachzugehen. Dessen **zur Beurkundung** haben Wir **Unser Kaiserliches Insiegel** an diesen Abschied gehangen.

Gegeben in Unser Kaiser Carls V. und des Heil. Reichs Stadt Augsburg auf den letzten Tag des Monats Juni nach Christi Unseres Herrn Geburt im Jahre 1548.

Wir Kurfürsten, Fürsten, Prälaten und Herren, auch der Kurfürsten, Fürsten, Prälaten, Grafen und des Heil. Röm. Reichs Frei- und Reichsstädten Gesandten, Botschafter und Gewalthaber, hernach einzeln benannt, bekennen öffentlich mit diesem Abschied, daß alle und jede obengeschriebenen Puncte und Articuln mit unserem guten Wissen, Willen und Rat vorgenommen und beschlossen seien. Wir willigen in diese allesamt und sonderlich in Kraft dieses Briefs ein und versprechen in rechter, guter und wahrer Treue, fest, stetig und unverbrüchlich uns daran zu halten, zu vollziehen und dem mit allem unserem Vermögen nachzukommen und davon zu geben.
Subscription der anwesenden Stände und Botschaften: ...

Wie genoss er seine Rechte als Sieger über diejenigen, die ihm einst hohen Wegzoll für die Kaiserkrone abverlangten, damit sie Habsburg, und nicht Frankreich, zufiel! Jeden Pfennig holte er sich nun zurück! Dachte man im Heiligen Reich Deutscher Nation etwa, man wäre seiner Zähigkeit gewachsen?! All seine Begehren hatte er dem Lande aufgezwungen, vor allem auch jene, von denen man sich anmaßte, sie nicht zu erfüllen: Der Forderung nach einem Reichsbund wurde sich bauernschlau widersetzt. - Dem heutigen Reichstagsabschied, der im Vergleiche dazu regelrecht demütigte, beugten sich die Häupter: ER, Karl V., war der Kaiser!

Kurfürstliches Schloss zu Weinheim, den 05. Juli 1548

Ottheinrich fuhr es durch Mark und Bein, als ihm sein Diener vermeldete, dass ihn der Prediger Magister Wolfgang Calisti aus Heidelberg zu sprechen wünsche. Seine Knie wurden ihm butterweich... Er kämpfte dagegen an, indem er sich in einen Lehnstuhl setzte. Anschließend bat er den Prediger mit fester Stimme zu sich. Gefasst hörte er zu, was man ihm überbrachte:
„Die Magenmedizin, die Eurer seliger Herr Bruder aus Augsburg mitbrachte, ging leider fehl. Der Magen schlug ihm wider und er litt schlimme Schmerzen. Hinzu kam die Leber, entzündet, und der Harn sperrte sich in der Blase, Gries kam dazu. Tag für Tag wurde er schwächer und schwächer, aber der Kopf und die Vernunft sind geblieben. Nur gesprochen hat er nicht mehr, an den vier letzten Tagen. Wohl aber vernommen, was ich ihm zum Trost gebetet habe. Alles hat er verstanden, hat gut Zeichen gegeben nun zu sterben, was er auch tat, gestern Abend zur achten Stund. Christenlich ist er in Gott verschieden. Der Herr verleihe ihm eine gnädige Urstend[101]."

Nach dieser Botschaft blieb Ottheinrich zwei Tage allein in seinem Gemach, ohne zu essen. Nur durch sein lautes Weinen wusste man, dass er im Schloss anwesend war.

Kurfürstliches Schloss zu Weinheim, den 08. Juli 1548

„Ich wollte nicht, dass Philipp nach Augsburg zum Reichstag reist, ‚Vormund-Onkel' schickte ihn jedoch. Um Gnade solle er beim Kaiser ersuchen, für mich, den Abtrünnigen. Und er solle ihm versichern, dass er selbst zuletzt nicht in Ränkesucht und Rachegedanken in England gewesen sei, sondern im Eheersuchen um Maria Tudor." Todunglücklich kauerte Ottheinrich in seinem Lehnstuhl.
Maximilian war dennoch froh. Endlich, nach zwei langen, sorgenvollen

[101] Auferstehung

Tagen, hatte sein Fürst ihn wieder zu sich gerufen. Trotzdem sprach Maximilian nicht. Für sein Mitgefühl fand er keine Worte. - Indes, diese wurden von ihm auch nicht erwartet. Ottheinrich genügte, dass jemand bei ihm war, der ihm zuhörte.
„Am 12. Mai kehrte Philipp zurück aus Augsburg, wo er sich vor Kaiser und König demütigte. Nichts erlangte er damit, außer, dass er seine Krankheit verschlimmerte und sein Leiden steigerte, körperlich und seelisch. Dies schrieb er mir. Auch schrieb er Onkel Friedrich. Eine Bitte wars, in seinen Qualen. Ein wenig mehr Geld erbat er, für kleines, alltägliches Angenehmes. Doch, wie stets, wurde er kalt und rau abgefertigt. Friedrich schrieb, er könnt und wollt ihm nicht mehr geben." Ottheinrich sank noch mehr in sich zusammen. „Nicht einmal die Not eines Todkranken, der ihm zuvor gehorcht und sich die sinnlose Reise zum Kaiser angetan hatte, erweichte diese ruchlose, erbschleicherische Seele. Ein Wunder fast, dass er ihn in Heidelberg sterben und beisetzen ließ."
Nach einigem Schweigen erhob sich Ottheinrich schwer. Er schlurfte zu einem Schrank, von wo er mit Schreibzeug zurückkam. „Von der Seele müßt ich mirs schreiben", setzte er sich wieder. „Bitte, Maximilian, zünde mir eine Kerze an. Meine Augen sind gar zu trübe."
Maximilian folgte. Er fasste einen Kerzenleuchter, trug ihn zu Ottheinrich an den Tisch und entzündete die Lichter. Derweil öffnete Ottheinrich das Tintenfass. Er tunkte eine Schreibfeder ein, starrte dabei jedoch ins Leere. Auf das Papier, dass er sich zurechtschob, rollten lediglich dicke Tropfen: Tintenkleckse waren es. Sie fielen von der eingetauchten Gänsefeder nieder, die mit zitternden Fingern bloß übers Papier gehalten wurde, anstatt mit ihr zu schreiben. Und heiße Tränen waren es, die über Ottheinrichs Wangen herabrannen.
Jener Todtraurigkeit stand Maximilian hilflos schweigend gegenüber. Banal erschien ihm jede Silbe, die er hätte sprechen können. Deshalb lüpfte er seinen Brustbeutel. Behutsam ließ er das Vögelchen auf seinen Finger steigen. In vertrauter Geste küsste er es aufs Köpfchen, um es dann in Ottheinrichs Richtung zu halten. - In leisem Tschilpen stieß sich das Tier von Maximilians Finger ab. Mit gleichem Ton landete es auf Ottheinrichs Tisch. Dort trippelte es emsig umher, ungeachtet des nahen Kerzenleuchters, dessen Lichtschein sich in den schwarzen Knopfäuglein widerspiegelte. Ottheinrichs Augen hefteten sich an den Vogel, als der sich ihm weiter näherte. Um ihn besser sehen zu können, wischte er sich die Tränen ab und in völliger Verwunderung verfolgte er das Gebaren des Vogels: Unentwegt pickte der Vogelschnabel in das Gemisch aus Tinte und Tränen, um damit kringelig auf dem Papier zu zirkeln.
Maximilians Herz begann zu pochen. Aus Ottheinrichs Körper hingegen löste sich ein tiefes Ausatmen: Jetzt konnte er sich sein arges Leid von der Seele schreiben:

Philippens Klag.

I. Dass er anno 1503 zu Heidelberg geboren sei vom Pfalzgrafen Ruprecht und Elisabeth, einer Herzogin von Baiern, des Reichen Jörgens Tochter.
II. Dass er Vater und Mutter und den ältesten Bruder nicht im Leben gesehen hat, weil alle drei in sechs Wochen gestorben sind.
III. Dass der Bairische Krieg ihn in der Wiege ergriff.
IV. Dass der Kölner Spruch anno 1505 ihm nur ein Spähnlein zuteilte, von dem Haufen, der ihm zugestanden wäre.
V. Dass er wohl erzogen war, studiert zu Freiburg im Breisgau, auch in Padua, das Lernen ihm wohl anschlug, bei den großen Herren aber nicht zu seinem Nutzen.
VI. Dass ihn 1520 in Padua das Unglück morbus gallicus[102] einholte.
VII. Dass er anno 1524 zu Heidelberg, von der Kur ohne Vorzeigung der alten Verträge gedrungen, sich verschreiben musste, sein väterliches Erbe nicht fordern zu dürfen.
VIII. Dass er anno 1529 von sich aus mit 60 Pferden gen Wien kam, das Kriegsvolk ihn zu einem Obersten in der Stadt machte, und, so Gott und er nicht gewesen wären, der Türke sich an Wien erfreute, wofür ihn nicht Belohnung noch Verehrung ereilten.
IX. Dass ihm anno 1532 der Kaiser sein Goldenes Schaf[103] angehängt, ihm aber dabei, wie der Orden ausweist, keine Gnade wegen seiner Armut erzeigt, sondern sein eigenes Geld verzehrt hat.
X. Dass er anno 1532 vom König das Statthalteramt vom Lande Wirtemberg bekommen hat, es aber die Räte regierten und sie den Nutzen hatten.
XI. Dass anno 1534 im Lande Wirtemberg die Regenten dem König nicht folgten, sondern mit 4.000 zu Pferd und 18.000 zu Fuß gegen ihn ins Feld zogen, dass Philippen bloß 400 zu Pferd und 9.000 zu Fuß gegeben wurden, dass sein Schenkel von einer Schlangenkugel zerfetzt und sein Hengst unter ihm erschossen wurde.
XII. Dass man ihn darnach als einen Toten auf einen Wagen lud, die Balbierer ihm den Schenkel wollten abschneiden, weil er so entzündet war, doch man ihm seines Fürsten Bluts wegen das Bein ließ, es nur aufschnitt, woraus übler Wust floss und Philippen darüber die Augen wieder öffnete.
XIII. Dass er anno 1535 die Landesteilung wollte haben, im falschen Sehnen eigener Regierung, dass mit großer Schuld beladen er anno 1541 sein Land gänzlich verlor.

---

[102] Syphilis
[103] hier: Orden des Goldenen Vlieses

XIV. Dass seine Züge nach England im Werben um des Königs Tochter ihn nicht an den Traualtar führten, trotz des königlichen Heiratsbriefs, den ihm der Kurfürst wegen des verlangten Witwengeldes immer wieder abschlug, bis der König von England starb.
XV. Dass er nicht in England bleiben konnte, wo er als Schwiegersohn gut empfangen, gehalten und verehrt gewesen wäre.
XVI. Dass er im 44. Lebensjahr so elendiglich starb, wie in vielen Jahren kein Fürst so elend aufs Totenbrett gekommen ist.

Dass ihm sein Bruder in seiner Trübsal nicht helfen konnt, wie der es gern getan hätt für diesen frommen, verständigen, gottesfürchtigen, mannhaften, gelehrten, kunstliebhabenden, aufrichtigen, von List und Tücke freien, rechtschaffenen, freundlichen, demütigen und holdseligen

Fürsten Philipp von Pfalz-Neuburg[104].

[104] in Anlehnung nach: München. Reichsarchiv. Fürstensachen. Nr. 995. Fol. 71-101. (Philippi comitis Palatini vita ab Ottone Henrico el. Pal. fratre breviter delineata et a Joh, Oefelino notis illustrata.)

Kapitel 12

Residenzschloss zu Dresden, Mitte August 1550

Moritz von Sachsen ließ das Schreiben seiner Räte, die auf dem Augsburger Reichstag weilten, aus der Hand gleiten: Man berichtete ihm, dass der Kaiser am 26. Juli die neuerliche Reichsversammlung in feierlicher Form eröffnet hatte. Diesmal war sein Ziel, die vorangegangenen Reichstagsbeschlüsse weiter in Exekution umzusetzen, damit das, was ‚einmal stattlich und wohl bedacht ward, nicht wiederum umgestoßen oder geändert werde', wie er sich ausgedrückte. Obenauf wurde Moritzens Anwesenheit von Karl V. ausdrücklich erwünscht...
Nein! Er wollte nicht auf dem Reichstag erscheinen! Er konnte nicht auf dem Reichstag erscheinen! Alle Welt hielt ihn für DEN kaiserlichen Vertrauten unter den deutschen Kurfürsten! Doch, war er dies überhaupt noch? Nein! Dies war er ganz und gar nicht mehr! Weshalb? Was war geschehen, dass er mittlerweile nicht einmal mehr unter des Kaisers Augen treten wollte?
Den Auslöser dazu gab Philipp von Hessen. Zuckersüß, so Moritzens Räte, hätte Karl V. verlauten lassen, wenn er nach Augsburg käme, würde sich der Kaiser mit ihm über des Schwiegervaters Angelegenheit beraten.
Noch immer schmachtete Philipp in Habsburgischer Gefangenschaft. Trotz den bis zur Erniedrigung hinreichenden Bitten und Zugeständnissen. Bis zur Unerträglichkeit wurde seine Haft sogar gesteigert, nachdem sein Fluchtversuch gescheitert war. Seine Misshandlungen mehrten sich und die letzte Nachricht, die Moritz erreicht hatte, war grauenhaft: Man hatte den ihn in ein nur zehn Schuh langes Behältnis eingezwängt, die Öffnung vernagelt und ihn nur einmal hinausblicken lassen. Nämlich für die Zeit, in der ein Spanier, der ihm gefällig gewesen war, durch den Spieß geschickt wurde. ‚Das Schauspiel des Padillo' werde ihm geboten, höhnten seine Peiniger, unterdessen der arme Spanier dieses Namens Todesqualen litt.
Moritz wusste, was der Kaiser bezweckte und wozu er ihn diesmal mit Philipp von Hessens Unfreiheit nötigen wollte: Im Kaiserhause tobte der Erbfolgestreit. Freilich nicht offen, aber dennoch für alle Welt sichtbar. Karl V. begehrte die Nachfolgschaft selbstredend für seinen Abkömmling Philipp. Bruder Ferdinand stand mit seinem Sohn Maximilian dagegen, und jener junge Österreicher wusste die Sympathien der Deutschen auf seiner Seite. Nicht nur, dass er die deutsche Sprache als seine Muttersprache ansah, er war auch weltoffener und verständiger als der spanische Thronfolger. Moritz hatte Maximilian in ehrlicher Absicht die Freundschaft angetragen, was er aus Wien erwidert bekam.
Demzufolge scheute er sich umso mehr, durch grausige Szenen, wie man

sie ihm ebenso aus Augsburg geschildert hatte, zur Stellungnahme genötigt zu werden. Da war zum Beispiel der Affront, dass man den spanischen Prinzen bei Verlesung der Proposition zum Reichstag auf die Fürstenbank gewiesen hatte, anstatt an die Seite des Kaisers. Der dadurch entfachte spanische Groll entlud sich hernach in einer Augsburger Kirche. Während die Augsburger zu St. Ulrich ihrem protestantischen Brauch gemäß der Predigt lauschten und die Sakramente gereicht bekamen, drangen Spanier ein. Sie zerschlugen, was ihnen unter die Fäuste kam. Mehrere Diener der Stadtvogtei wurden verwundet und sogar der Stadtvogt bekam einige Streiche ab. Noch in derselben Nacht richtete man den Predigtstuhl wieder auf, doch tags darauf wurde er abermals eingerissen. Verhaftungen folgten. Dieses spanischen Hochmuts und Frevels halber murmelte nun die Einwohnerschaft in Verbitterung und der Erkenntnis, dass man daraus sehen und spüren könne, was es bedeute, dem Kaiser zuwiderzuhandeln. *Dies zur Vergleichung der Religion? Auf dem angepriesenen Konzil zu Trient?! Während obenauf in den Niederlanden auf des Kaisers Edikt hin die Inquisitionsmaßregeln auswucherten?!* Auch in Italien stieg die Zahl der Missvergnügten und von England aus schaute man mit Anteilnahme auf die protestantischen Angelegenheiten... *Und Frankreich?* Des verstorbenen Vaters Eifersucht auf Karl V. blühte auch im jungen König Heinrich II., der sich von Diana von Poitiers, seiner um zwanzig Jahre älteren Mätresse um die Fünfzig, regieren ließ. Unermüdlich arbeiteten seine Sendboten gegen Habsburgs Größe in Venedig wie in Brüssel, in Rom wie in Istanbul... In einem Punkte jedoch eiferte er dem ererbten Erzfeinde nach: So er aus der Messe kam, ließ er hin und wieder zur Lust mal eben 1...2 Lutherische verbrennen...

Die deutschen Fürsten, die Stände und auch die Städte hatten seit der Schlacht bei Mühlberg zur Genüge erfahren, was die wahren Absichten des Kaisers der Nation gegenüber waren. Nämlich nichts als die Erhöhung seines Hauses. Diese unzweifelhafte Erkenntnis verbreitete sich in beiden Glaubenslagern, nicht nur auf protestantischer Seite. Wohin es im Reiche kommen könne, verkündete die andauernde Gefangenschaft Philipps von Hessen und Johann Friedrichs I. von Sachsen... Der Letztere galt ungebrochen, so die Stimmung auch in Augsburg, als der Märtyrer der Reformation. Sein Unglück umhüllte ihn mit Glorie, sein uneigennütziges, standhaftes Benehmen erzeugte blanke Verehrung. Nur wenige wussten, dass er sich längst vertragsmäßig in des Kaisers Händen befand, der ihn als Werkzeug seiner Politik in petto hatte. Kaum mochte der Ernestiner noch einmal die Waffen gegen ihn erheben. Vielmehr war Moritz nun derjenige, der den sächsischen Vetter fürchten musste, wenn er sich nicht mehr Habsburgs Interessen beugte.

Würde er sich am Ende doch in alles einfügen, was Karl V. von ihm begehrte? Aus Furcht wegen des Schwiegervaters? Aus Furcht wegen der Rachegedanken Johann

Friedrichs? Was könnte er nur tun, damit dieses ungute Blatt sich wendete? Er bräuchte einen Anknüpfungspunkt... und einen guten Grund, sich von Augsburg fernzuhalten...
Gleich einem jungen Mädchen, das sich in Träumerei versunken ihr Haar zu einem Zopf windet, flocht sich Moritz von Sachsen gedankenversunken seinen Kinnbart... bis ihn urplötzlich ein Gedanke auffahren ließ:

Magdeburg!

Hoher Dom zu Augsburg am Sonntag, den 27. Juli 1550

12 Schritte! Unglaublich!! Die schon im Dom anwesenden Gläubigen reckten ihre Hälse. Jeder von ihnen wollte im Halbdunkel des Gotteshauses erspähen, für wen sich der Kaiser aus seiner Kirchenbank erhoben, und wen er mit einer derartigen Ehrerbietung bedacht hatte:
Es war der junge Herzog von Bayern, der Schwiegersohn seines Bruders Ferdinand, dem Karl V. entgegengegangen war. Auf sein Geheiß hin hatte man den Erstgeborenen des Hauses Wittelsbach damals auf dem Regensburger Reichstag 1546 an König Ferdinands zweite Tochter Anna verheiratet. Obwohl wie in gewohnter Manier mit politischem Kalkül, so war Karls V. Wahl doch nicht von ungefähr auf Albrecht gefallen. Schon als Zehnjähriger kam er auf die Universität Ingolstadt, um dort die Rechte zu studieren. Sieben Jahre später, mit dem Ende seiner Studien, zeichnete Karl V. ihn durch die Verleihung des Ordens des Goldenen Vlieses aus. Diese Auszeichnung war vor ihm noch keinem Prinzen, außer denen des kaiserlichen Hauses, zuteilgeworden. Und eben ein Jahr darauf, mit seiner Großjährigkeit, band Karl V. Bayern durch Heirat an Habsburg. Kurz nach der Hochzeit allerdings verließ Albrecht seine junge Gattin, um gen Italien zu reisen. Jener Aufenthalt, das epochale Kunstleben der Renaissance, formte seine ganze Gemüts- und Denkungsart in anderer Weise, als sie seines so plötzlich verstorbenen Vaters Wilhelm IV. von Bayern gewesen war...

„Ich danke Euer Majestät für die Anteilnahme wegen meines Vaters Ableben.“ Albrecht V. von Bayern ging vor dem Kaiser auf die Knie und neigte seinen Kopf.
„Ich freue mich über dein Erscheinen auf dem Reichstag, dem leider so viele fernbleiben“, reichte ihm Karl V. die Hand zum Kuss. „Erhebe dich, mein lieber Albrecht. Und komme alsbald zu mir, damit wir reden. Aber jetzt lasse uns gemeinsam die Heilige Messe feiern.“
Albrecht folgte. Kurz darauf trat der Dominikaner Johann Fabri* vor den Altar, und jener im Vorjahr durch den Kaiser nach Augsburg zurückbeorderte katholische Domprediger ließ beim Zelebrieren der Sonntagsmesse

seiner flammenden Leidenschaft gegen Wiedertäufer und Lutheraner freien Lauf.

Fuggerscher Stadtpalast zu Augsburg, wenige Tage später

Karl V. musterte den jungen Wittelsbacher, dem kurz nach seinem 22. Geburtstag die Herrschaft über das Herzogtum Bayern zugekommen war. Albrecht sah seinem Vater wie aus dem Gesicht geschnitten. Seine weichen, gefälligen Gesichtszüge lagen auf einem warmen Teint bei brünettem Haar und braunen Augen. Die Form seiner Lippen war einem gütigen Lächeln entnommen und jener feine Linienschwung wiederholte sich an seinen Augenbrauen. Sein Antlitz spiegelte hohe Intelligenz bei wachem Geist. Seine Körperhaltung und seine Bewegungen zeugten von unverbrauchter Jugend. Dabei wirkte er keineswegs ungestüm, eher von einer Art zur Fähigkeit von Genuss und Sinnesfreude. - Fraglos würde dieser junge Herrscher die Sympathien auf sich ziehen, was Karl V. für sich zu beschlagnahmen gedachte... Und, das Beste daran war: Genau zehn Tage nach Wilhelm IV. war ihm der allseits verhasste Ränkeschmied Leonhard von Eck ins Grab nachgefolgt. Ganz so, als ob der eine nicht ohne den anderen...

„Bitte vergebt mir mein verspätetes Erscheinen auf dem Reichstag", holte Albrecht den Kaiser aus seinen Gedankenkanälen, in denen er soeben gefischt hatte. „Aber Euer Majestät werden wissen, in welcher beschwerlichen Verlegenheit ich mich jetzt, nach dem Tode des Vaters, befinde, ohne meine Schuld in Folge der gefährlichen Zeiten und Kriege."

„Aber nein, was redest du. Du bist hier. Wie geht es dem kleinen Ferdinand?", gab sich Karl V. liebenswürdig.

„Er ist gesund und munter, ein halbes Jahr alt."

„Und Anna?"

„Oh, mit meiner Abreise erhielten wir frohe Kunde." Albrecht lächelte, leicht verlegen, doch nicht ohne Stolz.

Auch Karl V. konnte sich ein Lächeln nicht verkneifen. „Nun, dann wünsche ich München eine nächste segensreiche Niederkunft." Damit wurde er sachlich. „Du kommst doch sicher der Treue deines Vaters nach? Seiner Ehre und, vor allem, seinem Glauben?" Karl V. forschte in Albrechts Gesicht.

„Das tue ich", entgegnete Albrecht arglos und offen. „Andernfalls würde ich dem letzten Wunsche des Vaters zuwiderhandeln. Zwei Tage vor seinem Tod schrieb er genau dies in sein Testament, auf mich hoffend. Nichtsahnend weilte ich bei meinem alten Lehrer in Wasserburg, als mich die Todesnachricht ereilte. Wenn ich es doch nur geahnt hätte..." Albrecht rang um Fassung.

Karl V. erhob sich. Er ging auf den mit tiefem Kummer hadernden Herzog zu und drückte ihm die Hände. - Die Anteilnahme half. Albrecht schüttelte sich und atmete tief durch. Unterdessen er fortfuhr, ging der Kaiser zurück zu seinem Lehnstuhl. „Unter Abstellung von allerlei Unordnung lasse ich gerade die Hofordnung neu einrichten. Städte und Einwohner habe ich jedoch noch nicht in die Pflicht nehmen können. Zu viele Obliegenheiten gibt es. Auch solche, über die ich Euer Majestät Mitteilung machen möchte."

„So beginne jetzt damit. Deshalb bist du hier."

„München drückt ein Schuldenberg, angehäuft in Jahren merklicher Unkosten im Krieg und zur Erhaltung der Religion." Auch Albrecht fand jetzt zur Sachlichkeit. Vor allem regte sich in ihm die noch fremde, aber ihn keinesfalls abschreckende Last der Verantwortung. - An Karl V. ging in diesem Moment nicht vorbei, wie Albrecht sich aufrichtete. Spannung bemächtigte sich seiner.

„Allen vom Vater aufgerichteten Vergleichungen werde ich mich bemühen, nachzukommen." Albrecht sprach nicht aus, dass er die Unzahl an Arrangements zwischen seinem Vater, dem Kaiser und auch König Ferdinand meinte... „Aber Mangel erscheint mir auf der anderen Seite", ergänzte er jedoch selbstbewusst.

Karl V. kniff die Augen zusammen. *Hatte er den jungen Wittelsbacher etwa unterschätzt? Ihn formbar ohne den Widerhaken eines Leonhard von Eck gewähnt?*

„Werde er deutlich, Albrecht", forderte er in aufgestiegener Distanz.

Albrecht ließ sich nicht beirren. Aber er verneigte sich, bevor er weitersprach. „Des merklichen Schadens wegen war dem Vater die Pfälzer Kur in Aussicht gestellt. Im Mai wandte ich mich daher an Jörg Zorn von Pullach, den von Euer Gnaden eingesetzten Statthalter zu Neuburg."

„Dies ist auch nicht aus der Hand."

„Daran zweifele ich nicht, Euer Majestät. Indes, vergebt mir meinen Widerspruch. Von Pullach übersandte mir einen Bericht, gemacht für den Vater. Um die einst veranschlagten 800.000 Goldgulden wird Neuburg seit den Ereignissen in 1546 nicht mehr zu bekommen sein."

„Sondern? Ich weiß von keinem Bericht." Karl V. konnte nicht aus seiner Haut. Er wurde eisig. *Kritik? Nein! Auch nicht von Albrecht V. von Bayern!*

„Der Vater hätte Euch alsbald darum angesprochen", fuhr Albrecht uneingeschüchtert fort. „Ich ersuche bei Euch den Erwerb für erschwingliche Mittel. Auch ist die Zeit des Rosszolls nach sechs Jahren ausgelaufen. Bitte, erstreckt ihn, denn von Pullach nannte den Zufluss daraus als nicht unerheblich."

„Gut. Wollen wir Neuburgs wegen handeln. Jedoch nicht jetzt, Räte und Schatzmeister sind dazu zu beordern", zog sich Karl V. aus der Affäre. „So es aber deine Gelegenheit nicht mehr ist, werde ich mich mit Anderen einlassen." *Gleich in die Schranken, das junge Blut!* - Damit beginn Karl V. einen Fehler:

Albrecht wusste, dass Neuburg seines Vaters Passion gewesen war. Dass er sich dafür verausgabt hatte. Dass er sich dafür vom Kaiser gefügig hatte machen lassen. Stets hatte sich Karl V. des Vaters Hang zu Pfalz-Neuburg und der Aussicht auf die Kurwürde zunutze gemacht. *Er selbst würde anders handeln, trotz des Vaters Testament und seiner Treue zu Kaiser und Kirche.* Aber genau deswegen hatte er Neuburg hier und heute ohne Umschweife angesprochen, als einen entscheidenden Wegweiser... den der Kaiser ihm unmissverständlich aufzeigte.
Abermals verneigte sich Albrecht. „Gemäß Eurem Wunsche, Majestät. Auch den Papst möchte ich um Entgegenkommen bitten", griff er nun ausweichend in seinen Vorrat an Diplomatie. „Gestern ersuchte ich bei Julius III. um den Zehnten für Zwecke der Ingolstädter Universität. Die Jesuiten dort zu unterstützen, ist mir ein großes Anliegen."

Auf der Plassenburg bei Kulmbach, den 29. September 1550, Albrecht Achilles von Brandenburg-Kulmbach an Albrecht von Brandenburg-Ansbach, Herzog von Preussen

Freundlicher lieber Vetter und vertrauter Bruder!
Ich kann Dir nicht verhehlen, dass es mir scheint, als sollten der Kurfürst von Sachsen und ich beim Kaiser in grossem Argwohn und Verdacht sein. Und, hier besonders, als sollte gegen den Kurfürsten tätlich vorgegangen werden, auf dass er von Landen und Leuten komme.
Derenthalben bitte ich dich zum Höchsten und Freundlichsten, Du wolltest mir vertraulich mitteilen, ob etwas daran sei oder nicht. Danach würde ich mich verhalten und desgleichen Kurfürst Moritz anzeigen. - Was hätten wir beide bei Kaiser und König nicht alles verdient!
So kommen wir bald wahrscheinlich in andere Händel. Davon sollst Du von mir erfahren, sei also unbeschwert.
Daneben bitte ich Dich, wenn Dir das Schreiben zu beschwerlich sein sollte, Du wollest mir mündlich berichten lassen, inwieweit ich Dein Vertrauen geniesse. - Mein Leib und Gut für Dich, so verdiene ich Deine Zuneigung auch jetzt.
Dein allzeit dienstwilliger

Albrecht Achilles von Brandenburg-Kulmbach

Moritz von Sachsens Plan war aufgegangen. Soeben hatte man ihm die Antwort des Kaisers hinsichtlich Magdeburgs überbracht...
Sollte er nun, am Anbeginn seines großen Vorhabens nicht besser seine Räte offen einbeziehen? Doch, wem konnte er überhaupt noch vertrauen?? Niemandem würde er vertrauen. Lediglich vor Albrecht Achilles von Brandenburg-Kulmbach würde er die Karten offenlegen. Sie beide einte, vom Kaiser schwer betrogen worden zu sein, und seit ihrer Annäherung im Juli 1547 hatte ihm der Kulmbacher seine Dienste immer wieder angetragen. Stets hatte Albrecht Kontakt zu ihm gesucht, seine Augen und Ohren für ihn in alle Richtungen offengehalten. Bislang gab es für Moritz keinen ausreichend triftigen Grund, Albrechts Hilfe anzunehmen. Er wusste um dessen Schulden, auch um seinen ungezügelten Charakter, was ihn in ungutem Bauchgefühl von ihm abhielt. *Ein derartiger Bundesgenosse konnte schnell zur Last werden!* Doch jetzt brauchte er ihn, denn er würde ohne zu zögern angehen, was er im August ersonnen hatte:
Karl V. hatte seinem Vorschlag, die nach der Mühlberger Schlacht über Magdeburg verhängte Reichsacht nun endlich zu vollziehen, nicht nur zugestimmt. Er hatte ihn sogar dazu angespornt. Generös dürfe er in des Kaisers Namen Kriegsvolk gebrauchen und sich hernach der Stadt bemächtigen, um die Rebellen zu schuldigem Gehorsam zu bringen. Was er Magdeburg an Gütern abgewinne, solle ihm gehören, auch, um seine eventuellen Verauslagungen zu decken. Zwar wolle er nichts lieber, als dass Moritz in Augsburg anwesend wäre, aber so sei sein Nichterscheinen auf dem Reichstag damit in gnädigem kaiserlichem Wille entschuldigt. *Was hatte ihn dazu bewogen, sich abermals auf Karls V. Seite zu stellen und ihm zu Gefallen zu sein, wo doch Magdeburg der einzig verbliebene Lichtblick im Reich war?* Nun, es lag auf der Hand. Magdeburg wehrte sich vehement gegen des Kaisers Regeln seit dem erniedrigenden Augsburger Reichstag im Jahr 1548. Mutig focht man für das lutherische Glaubensbekenntnis. Unverdrossen vertrat man noch immer offen den Schmalkaldischen Bund, und auch Fremde fanden dort Zuflucht: Wer den Kaiser hasste, oder wer sonst seine Macht fürchtete, dem öffneten sich Magdeburgs gut befestigte Stadttore...
Schon die ganze Zeit über sah es Moritz nicht ungern, dass es in deutschen Landen einen Ort gab, der der Macht des Kaisers trotzte. Obwohl er dies, gemäß eines kaiserlichen Befehls, eigentlich aus der Gegenrichtung zu betrachten hatte. Zum Schutzherren der verlassenen und herrenlosen katholischen Stifte war er bestimmt worden, so eben auch des Domkapitels von Magdeburg... von wo aus just ein Hilfegesuch an ihn ergangen war. *Nichts kam ihm mehr gelegen als Deckmäntelchen eines Doppelspiels! Was, wenn sich aus den Widerständen Magdeburgs eine größere, ja eine große*

Bewegung entwickelte?! Diese Gelegenheit konnte und durfte er sich nicht entgehen lassen! Daher hatte er des Kaisers Einwilligung zum Einschreiten gegen Magdeburg erbeten. Geschickt würde er versuchen, die Reichsacht so milde wie möglich zu vollziehen, so sich die Stadt nicht vielleicht sogar zum Kniefall vor dem Kaiser überreden lasse und damit die Ächtung aufgehoben würde. Vor Karls V. Augen träte er auf diese Weise mit den Magdeburgern zusammen. Vorsichtig ausloten könnte er, woraus sich Kontakte ergäben und ob sich Verbündete für sein geheimes, großes Vorhabens fänden...

Wenige Tage später rückte er mit einem Truppenaufgebot dem Schauplatz seiner künftigen Taten nahe und für den 13. Oktober forderte er Abgeordnete des Magdeburger Stadtrates auf, zu Verhandlungen bei ihm im Kriegslager zu erscheinen.

Wittenberg, den 24. November 1550

All seine Bemühungen, Magdeburg mit dem Kaiser zu versöhnen, waren an der Halsstarrigkeit der Magdeburger zerborsten. Deshalb hatte sich Moritz von Sachsen vorerst aus dem Kriegslager verabschiedet und nach Wittenberg zurückgezogen. - Freilich war er enttäuscht. Aber gescheitert fühlte er sich nicht, denn er hatte während seiner Verhandlungen zwei vielversprechende neue Kontakte knüpfen können, nämlich zu Johann von Heideck* und Christoph Arnold*:

Johann entstammte einer sehr alten fränkischen freiherrlichen Familie, deren Stammschloss im pfalz-neuburgischen Nordgau gelegen war. Auch dessen Karriere nahm ihren Anfang im Militärdienst des Kaisers. Im Schmalkaldischen Krieg allerdings ließ er sich vom gegnerischen Württemberg als General über drei Regimenter anwerben. Aus dieser Stellung heraus eroberte er 1546 die Städte Dillingen und Donauwörth für das protestantische Lager. Mit der verlorenen Schlacht bei Mühlberg verhängte Karl V. die Reichsacht über ihn, woraufhin er in die Schweiz geflohen, kürzlich aber nach Magdeburg gekommen war.

Im Schweizer Exil traf Johann von Heideck auf Christoph Arnold. Der ehemals Oberste Sekretär des Pfalzgrafen Ottheinrich war ebenso dorthin geflohen, nachdem mit der Einnahme der Stadt Neuburg durch die Kaiserlichen in 1546 per Befehl seine Auslieferung angeordnet wurde. Jetzt stand er Johann von Heideck in seinem Engagement um Magdeburg zur Seite.

Die Annäherung an jene beiden Hoffnungsträger war nicht einfach gewesen. Doch Moritz folgte seinem Bauchgefühl, was ihn nicht getäuscht hatte. Johann von Heideck schenkte ihm das Vertrauen. Diese Geneigtheit uferte im Vorschlag eines Geheimvertrages mit Magdeburg, den Johann und Christoph ausgearbeitet hatten:

Zuerst sollte der Markgraf Johann von Brandenburg-Küstrin* ins Boot geholt werden, da auch er Abneigung gegen die 1548er Reichstagsabschlüsse erkennen ließ. Ihm und Moritz sollte die Stadt huldigen. Dafür würde Magdeburg die Zusicherung der beiden Fürstlichen erlangen, bei der Augsburgischen Konfession bleiben und ihre Privilegien behalten zu dürfen. Festung, Glaube, Leib und Gut würde ihnen durch Sachsen und Brandenburg beschirmt. Im Anschluss würde sich Moritz beim Kaiser verwenden, um folgende Bedingungen zur Versöhnung auszuhandeln: Der Fußfall vor Karl V. sei zu tun, obenauf seien 16 Stück Büchsen auszuliefern und 100.000 Gulden zu bezahlen. Dem Domkapitel seien Renten und Zinsen wieder einzuräumen und bis zur Aussöhnung sollten die Magdeburger eine Besatzung auf Moritzens Kosten dulden.
Leider misstrauten Magdeburgs Bürger der Uneigennützigkeit jener Auflagen. Infolge des verfehlten Einigungsversuchs verstärkten sich sogar die Feindseligkeiten und Moritz sah sich als kaiserlicher Befehlshaber der Achtsexekution gezwungen, nach außen hin ernster aufzutreten. Er musste dies auch deshalb tun, da mittlerweile in Fülle Gerüchte kursierten, zur Unterstützung Magdeburgs sammele sich Kriegsvolk in Mecklenburg und Niedersachsen. Größere Verwicklungen schienen sich damit anzudeuten und aus einem ruhigen Abwarten konnten nur Nachteile entspringen. Rasche und wirksame Schritte waren unerlässlich. Daher warnte Moritz persönlich die Herzöge von Preussen, Mecklenburg und Pommern vor Einmischung in die Magdeburgische Angelegenheit. Ausführlich erklärte er die offizielle Sachlage und er beschwor eindringlich, den aufwieglerischen Nachrichten seiner Gegner keinen Glauben zu schenken. Zuletzt erbat er, ihm freundlichst anzuzeigen, was eines neuen Bündnisses halber an die Herzöge gelange, obgleich er wenig Hoffnung hegte, dass man ihn einweihte.
Mehr konnte Moritz nicht tun, bevor er nun die fruchtlos verlaufene gütliche Vermittlung mit Zwang durchsetzen musste. Im Vertrauen auf Johann von Heidecks und Christoph Arnolds zugesagten Verhandlungseifer brach er am gleichen Tag ins Kriegslager auf.

Feldlager bei Diesdorf, am Abend des 28. November 1550

Gegen 20.30 Uhr ließ Moritz von Sachsen zum Scheinangriff auf Magdeburgs Sudenburgtor blasen. Seine Landsknechte liefen darauf zu, warfen Pechkränze über die Mauer und wechselten eine Anzahl von Schüssen. Danach zogen sie sich wieder zurück. Zwei Stunden später, als es im Felde still geworden war, glückte ein trefflich geplanter Anschlag gegen die Neustadt, die nur Graben, Wall und Mauer von der Altstadt trennte. Klammheimlich wurden die Stadtmauern erstiegen, die Wachen überrumpelt und die Tore gebrochen. Bevor die überraschten Bürger zu irgend-

welcher geregelten Gegenwehr gelangten, war die Neustadt erstürmt. In wildem Straßenkampf flohen diejenigen Einwohner, die der Gefangennahme entkamen, in die Altstadt. Von dort aus erfolgte noch in der Nacht der Versuch, die vom Feind eroberte Neustadt dem Feuer preiszugeben, was allerdings misslang. Die Flammen verzehrten bloß einen kleinen Stadtbereich. Der Großteil der Neustadt wurde von den standhaften Belagerern, bestehend aus 18 Fähnlein Landsknechten und 800 Reitern, in eine regelrechte Festung umfunktioniert. -
Später, während seines mehrtägigen Aufenthaltes vor Magdeburg, ordnete Moritz von Sachsen den Bau von Schanzen an. Diese sollten die bereits errichteten Blockhäuser untereinander verbinden, um die Geächteten mehr und mehr von der Außenwelt abzuschotten...

Magdeburg, den 24. Januar 1551

Die Tage waren vergangen und aus einem alten, war man in ein neues Jahr eingetreten. Von den geheimen Verhandlungen während dieser Tage wusste niemand, denn offen und vor aller Welt sichtbar hatte man agiert...

„Was schreibt Euch der Kaiser auf Euren detaillierten Bericht vom Kriegsgeschehen vor Verden?“, erkundigte sich Johann von Heideck in verschmitztem Tonfall bei Moritz von Sachsen, der einen soeben überbrachten Brief Karls V. in Händen hielt.
„Oh“, schmunzelte Moritz. „Trotz eines Gichtanfalls hat er mit großer Freude von der Zertrennung der feindlichen Truppen Kenntnis genommen. Er ist ganz fröhlich über jenen glücklichen Zug und dankt mir verbindlich für meinen erwiesenen Eifer. Aber hier, lest selbst.“
„Kanzler, lies er!“ Auf Johann von Heidecks gespielt strengem Befehl hin fasste Christoph Arnold an seiner Stelle das kaiserliche Schriftstück. „Seine Majestät lobt Sachsens Neigung zum Frieden im Heiligen Reiche. Er gedenkt, den Kurfürsten hinfüro mit weiteren Gnaden bedenken zu wollen. Auch der König lasse seine Gratulation zur Verd’schen Viktoria ausrichten.“
Nach diesen Worten mühte sich keiner der drei Männer mehr, sich das Lachen zu verkneifen. Herzhaft wurde losgeprustet.
„Nicht nur 6.000 Landsknechte und 250 Reiter“, quetschte sich Moritz von Sachsen zwischen seinen Lachern ab. „Auch der aufrührerische Feldhauptmann Johann von Heideck hat sich mir ergeben! Was so ein Mangel an Proviant, Geld, Geschütz und Munition in der lästigen Winterzeit doch ausrichten kann! Mehr als jede offene Schlacht! Ihr seid ein großer Praktikant, mein werter von Heideck!“
Der Gelobte dankte mit einer Verbeugung. „Nun“, richtete er sich wieder

auf, „mein Schachzug gelang aber nur, weil Ihr ihn ins rechte Licht gerückt habt. Schließlich war der Plan gefährlich und das Eis unter unseren Füßen dünn.“

„Das stimmt“, pflichtete Moritz bei. „Mir war schon nicht geheuer, dem kaiserlichen Kommissar die Belagerung Magdeburgs zu überlassen, um plötzlich Truppen gen Verden abzuziehen, die dann dort doch nur in festem Lager ausharrten, um vorgeblich einen christlichen Kriegshaufen, eine Keimzelle noch größeren Widerstands, zu berennen.“

„Der Kriegshaufen wurde dafür aber trefflich ausspioniert und auf diese Weise glaubhaft in die Knie gezwungen. Womit Ihr Euer, also des Kaisers, Kriegsvolk geschont habt. Und der geächtete Feldherr, im Angesicht Eurer Übermacht, gelobt nun Besserung unter Eurer Führung, damit sich des Kaisers Unwille bald in Gnade und Achtsaufhebung wandle.“

Mit dieser schelmischen Äußerung Johann von Heidecks verstummte das Lachen. Ernst kehrte in die Antlitze der Männer zurück.

„In drei Monaten endet meine kaiserliche Bestallung,“ sprach Moritz von Sachsen weiter. „Ich bin fest entschlossen, meinen Dienst nicht zu verlängern und mich von Karl V. loszusagen. Offizielle Gründe gibt es reichlich, aber freilich muss ich mit größter Vorsicht handeln. Doch es ist unabdingbar, frei und zur rechten Zeit über die angesammelten Truppen, und zwar über die Verdischen und die der Magdeburger Belagerung, verfügen zu können. Bloß, dazu muss ich mich auch verständigen können.“

Moritz unterbrach sich kurz. „Nichts Beschwerlicheres, denn das große Misstrauen“, seufzte er auf. Seine Blicke wanderten zwischen den beiden Anwesenden. „Wird dem nicht abgeholfen, so wollte ich wohl sagen: Gott gebe unserer Nation gute Nacht. Wird man mir nicht trauen, bin ich nicht viel nütze beim großen Werk, dessen Scheitern an alten Fehlern mich ängstigt.“

„Euer Vorhaben gegen Magdeburg wird Euch entschuldigt, Ihr werdet sehen“, entgegnete Johann von Heideck der Besorgnis. „Die unerträgliche Kappe, die Euch von Euern Widersachern aufgesetzt ward, werden wir herunterreißen. Nicht wahr, lieber Christoph?“

„Mit verstärkten Truppen, in der Würde eines Obersten Feldherrn, führt Moritz von Sachsen alsbald des Reiches Schwert als schneidige Waffe.“

Auf Christoph Arnolds theatralische Äußerung hin nickten die drei Männer einander zu. - Es war an der Zeit, den nächsten Schritt zu tun.

Residenzschloss zu Dresden, den 20. Februar 1551

Dank der Unterhandlungen Johann von Heidecks und Christoph Arnolds, und dank sicherem sächsischen Geleits, erschien Johann von Brandenburg-Küstrin an diesem Tage in Dresden. Der Hauptzweck seiner Anreise war die Errichtung eines geheimen Fürstenbundes gegen

Karl V., nach außen hatte man jedoch verkündet, sich in der Magdeburgischen Angelegenheit verständigen zu wollen...

„Sind wir auch wirklich unter uns?" Markgraf Johann von Brandenburg-Küstrin sah sich in dem Gemach um, in das man ihn geführt und ihm einige Erfrischungen serviert hatte.
„Nur vier Augen und vier Ohren", nickte Moritz von Sachsen und presste hernach seine schmalen Lippen aufeinander.
Die beiden Männer musterten sich. Moritz tat dies aus klaren, grünblauen Augen. Er war heute noch blasser als sonst und sein kupferblondes, eher dünnes Kopfhaar, dessen Farbe auch sein Vollbart aufwies, betonte diesen blutarmen Teint. Fast schon gespenstisch leuchtete seine Haut im Halbdunkel des Raumes. Die Farben seiner Kleidung verstärkten dieses Wechselspiel von hell und dunkel. Auf seinem Haupt trug er ein schwarz-rot gemustertes Barett. Diese Farbtöne wiederholten sich an seinem Gehrock, unter dem ein helles Hemd hervorschimmerte.
Auch die Haut von Johann von Brandenburg-Küstrin schimmerte, einem deutschen Fürsten entsprechend, in hellem Ton. Sein Haar, neben seinem standesgemäßen Vollbart, präsentierte sich hingegen in gefälligem Braun. Seine Lippen waren voll, lebendig blutrot. Seine Augen waren groß und dunkel, womit sie den Eindruck hinterließen, mit einem Blick seine Umgebung in Gänze zu erschauen. Über seiner etwas fülligen Figur trug er Schwarz, die einzige Ausnahme bildete ein edler weiß-gefältelter Halskragen. Insgesamt wirkte Johann behäbig, was er aber ganz und gar nicht war. Als Angehöriger des Hochadels aus dem Hause Hohenzollern füllte Tatendrang sein Wesen, angetrieben von politischem Sachverstand aus dem Blickwinkel eines standhaften Protestanten, Ökonomen und Militärs... Dass er nun, nach vielfachen Beteuerungen und Erbietungen Moritzens schlussendlich gen Dresden gereist war, resultierte nicht nur aus den Bemühungen von Heidecks und Arnolds. Vor allem ein Schreiben des Kaisers hatte ihn mobilisiert:
Unter Androhung schwerer Ungnade hatte der Kaiser ihn im vergangenen Monat abgemahnt, weil man ihm von geheimen, aufrührerischen und landfriedbrüchigen Praktiken berichtet hätte. Gehorsam, wie in weltlichen, so auch in geistlichen Dingen, wurde streng eingefordert.
Nach dieser unheilverkündenden Botschaft sah sich Johann, gleich den beiden gedemütigten Fürsten Hessens und Sachsens, schon in Habsburgs Kerkern. Diese unerquickliche Aussicht wog schwerer als sein Misstrauen gegen Kursachsen und deshalb war er heute hier.
Von beiden Seiten ganz vorsichtig, entspann sich ein umso angeregteres Zwiegespräch über die Verteidigung der Religion und der Freiheiten des Reichs, über die Befreiung der gefangenen Fürsten und die Beilegung der Magdeburgischen Angelegenheit. Die Unterredung endete in Handels-

einigkeit und dem Vorhaben, dass ein jeder bis zum nächsten Morgen einen besiegelten Eid zu Papier brächte, den man hernach austauschte.
Moritz von Sachsen war an diesem Abend dermaßen beflügelt, dass seine Schreibfeder übers Papier rauschte, als sei sie noch an der Gans verwachsen, die durch die Lüfte gleitet. Und zwar nicht allein, sondern in einer Formation aus denen ihrer Art, denn... *Von heute an stand er nicht mehr allein in seinem Vorhaben, sich gegen Habsburg aufzulehnen!* Dafür verpflichtete er sich mit Hab und Gut, mit Leib und Seele zu Folgendem: Er würde dem Augsburger Bekenntnis treu bleiben und gegen das Trienter Konzil protestieren. Er würde sich zum Schutze der wahren Religion und der deutschen Freiheit in ein Bündnis einlassen. Er würde den kaiserlichen Dienst, der in sechs Wochen endete, nicht verlängern. Er würde sich weder dem Kaiser, noch dem römischen König weiter verpflichten, vorausgesetzt, die Söhne seines ernestinischen Vetters Johann Friedrich und dessen Anhänger würden ihre zerstörerischen Irrungen gegen ihn unterlassen und ihre Differenzen gebührlich austragen.
Diesen Anspruch Moritzens fand er tags darauf in Johanns Erklärung wieder. Der nämlich verpflichtete sich vor allem dazu, die Ernestiner und Albertiner auszusöhnen, um dass sich beide im neuen Fürstenbund entfalteten. Weiter würde er mit den Herzögen von Mecklenburg, Preussen, Pommern und anderen verhandeln, damit auch sie Moritz von Sachsen ihr Vertrauen aussprachen. Johann von Heideck solle dabei als Unterhändler fungieren. Um Frankreichs Beistand solle jetzt geworben werden. Dazu schicke man den Ritter Friedrich von Reiffenberg*, genannt 'Reiff' zu König Heinrich II. nach Frankreich. Außerdem sollten seine und Moritzens Räte umgehend auf die Magdeburger einwirken, dass diese in die von Johann von Heideck im vergangenen Herbst ausgearbeiteten offiziellen Kapitulationsvorschläge einwilligten. -
Nach diesen Abmachungen verließ Johann von Brandenburg-Küstrin am 22. Februar Sachsens Residenzstadt. Er verabschiedete sich mit den Worten, dass Moritz seine Probe deutscher Bundesgesinnung aber erst dann bestehe, wenn er an Ostern dem kaiserlichen Dienst offiziell entsage.
Moritz versicherte daraufhin, genügend Argumente für seine Dienstquittierung anführen zu können, als da wären die unzuverlässige Besoldung aus Mitteln des Kaisers, die Säumigkeit hinsichtlich seiner eigenen Bestallung und die Höhe seiner vorgestreckten Gelder. Ohne Betonung des Ausbleibens der Freilassung seines Schwiegervaters würde schon Vorgenanntes ausreichen, um sich dem Beugen weiterer einseitiger Verpflichtungen gegenüber Karl V. zu entziehen.

Indes, Moritz sollte diese Probe nicht bestehen. Als nämlich sein entsprechender Brief am 25. März beim Kaiser eintraf, lag der Monarch vom

Podagra geplagt darnieder und ließ niemand zu sich. Auch sein Vertreter Granvella war vieler Geschäfte halber nicht zu sprechen... Doch angesichts der sorgenvollen Entwicklung der Dinge war niemand mehr froh darüber, als der Markgraf von Brandenburg-Küstrin selbst...

Küsterin, den 12. Juni 1551, Johann von Brandenburg-Küstrin an Moritz von Sachsen

Hochgeborener Fürst! Freundlicher und lieber Herr!
Glaubensmut und Eifer nähren Magdeburgs Zuversicht, Gott werde es nicht verlassen. Angesichts erfolgloser Verhandlungen seht Ihr mich in großer Verbitterung. Habt daher gute Achtung! Bevor der ‚Reiff' nicht kommt, kann man auf nichts Gewisses schließen! Bis dahin, aus allerlei Gründen, die sich nicht schreiben lassen, möget Ihr mit der Magdeburgischen Handlung zögern. Nichts Erwünschteres kann uns in der jetzigen sorgenvollen Zeit begegnen, als vor allen anderen Kurfürsten, Fürsten und Ständen mit ‚so ehrlichem Titel' auf des Reichs Unkosten ein Kriegsvolk in Händen zu haben!
Am Pfingsttage soll sich der junge Granvella öffentlich geäußert haben, er hätte nicht die Meinung, wie man vorgebe, unter den Herren von Sachsen werde Friede gemacht. Sondern man wüsste wohl, dass sich die Fürsten von Neuem zu einem Haufen gegen das Trienter Konzil verbinden würden. Geschehe ein Solches, so müsste Deutschland im Blute schwimmen.
Auch fällen des Kaisers Kämmerer allerlei Urteile, weil Euer Liebden den Heideck nicht nur im Lande duldet, sondern ihn sogar zum Oberhauptmann in Leipzig, und seinen Sekretär Christoph Arnold als Verwalter von Eilenberg bestellt habt. Jedenfalls sei es mit Heideck so, dass der Granvella von ihm ein Zeichen zu fordern gedenkt, wodurch der erkennen lasse, dass er des Kaisers würdig sei. Er solle einen angesehenen Rebellen fangen oder Magdeburg zur Ergebung bereden. Man verdächtigt ihn, dass er mehr französisch

denn kaiserlich sei, und dass er Euer Liebden betrüge. - Ich glaube, der junge Granvella trompetet nur gern gegen eine hohe Person. Ihr werdet Euch danach zu verhalten wissen.
Auch auf Augsburg muss man ein Auge haben. Dort lobt man die Geächteten von Magdeburg und ich mag nicht schreiben, was für Reden über Euch fallen. Gott sei's gedankt, dass man wenigstens Eure Lande achtet, weil Ihr die Religion nicht geändert habt. Man hoffe, dass dies so bleibt, bei dem, was Hans Jakob Fugger im Auftrage des Kaisers ausführt: Persönlich muss er die Schulmeister Augsburgs kontrollieren und examinieren. Der Abschaffung der Prädikanten wegen ist die Stadt ein großes Klagen, Heulen und Trauern. Man meint, so man nach Augsburg kommt, man betrete ein großes Haus, in dem der Herr oder die Frau oder sonst wer Vornehmes gestorben sei und man deswegen mit hängendem Kopf in Trauerkleidern geht. Ungetauft lassen die Leute ihre Kinder liegen und sie kommen in keine Kirche nicht. Sollte dieser Zustand andauern, so werden Paganismus[105] *und verklärte Schwärmereien daraus folgen...*
So nur der ‚Reiff' da ist, so ist die Sache bald richtig und der Markt wird den Kauf lernen. Viele gute Leute wird es nicht brauchen, viele aber werden sich ohne Wartegeld nicht aufhalten lassen. Gott gebe, dass es gut werde!

Residenzschloss zu Dresden, gegen Ende Juni 1551

Über die Information aus Küstrin war Moritz dankbar, gleichzeitig jedoch zutiefst besorgt. Einer Mahnung zur Verzögerung der Magdeburgischen Sache hatte es nicht bedurft, denn fern lag ihm jede Übereilung. Offiziell gab es auch keinen Grund dazu. Der Kaiser hatte nämlich, nach seinem Entlassungsgesuch von Ende März, ihm mit einem Brief am 25. Mai geantwortet. Zum Ausharren vor Magdeburg hatte Karl V. eindringlich aufgefordert mit der Versicherung, das Mögliche zu tun, um die Bezahlung zu erzielen. Den Bau von Blockhäusern solle Moritz fördern, weil

[105] Religionslosigkeit

mit ihnen Kosten gespart und die Belagerung beschleunigt werden könne...
Im Wissen um die bedrohlichen Verlautbarungen des jungen Granvella hatte Moritz, entgegensteuernd, genau dies getan, hierüber freilich an den Kaiser auch Bericht erstattet. Jedenfalls war nun die Einschließung Magdeburgs vollendet. Ein langer Laufgraben mit Schutzwall umschloss die Stadt. Herbeigeschaffte große Schiffe lagen, mit Geschützen bestückt, im Elbstrom vor Anker. Zwei Schiffbrücken waren geschlagen, auf denen zwei Blockhäuser errichtet und mit je 100 Landsknechten besetzt waren. Auch am Elbufer befanden sich nun zwei weitere, mit je zwei Fähnlein Landsknechten versehene Blockhäuser. Zwischen diesen Häusern waren starke Pfähle ins Erdreich des Ufers getrieben worden. Von Pfahl zu Pfahl hingen lange Flossbäume, durch schwere Ketten verknüpft, quer übereinander, sodass zwischen den Blockhäusern und den verankerten Schiffen nichts durchkommen und die Elbe völlig beherrscht werden konnte. Weitere Truppen standen zu Scharmützeln bereit, falls sich jemand an der Herbeischaffung von Proviant für die Belagerten versuchen wollte.
Auf diese Weise war die Stadt zu Wasser und zu Lande eingeschlossen und Moritz glaubte fest daran, dass die Magdeburger Sache zur rechten Zeit unblutig ihren Weg fände.

Am Kornmarkt zu Heidelberg, den 18. Juli 1551

„Nein! Oder doch? Ihr seid es!! Wahrhaftig!!“ Unter seinen Ausrufen hatte sich Ottheinrich die Augen gerieben. Jetzt riss er nur noch seine Arme auseinander, damit er Gabriel Arnold fest an seine Brust drücken konnte.
Maximilians Gesicht, der gerade anwesend war, als man den unerwarteten Besucher ankündigte, überzog ein intensives Lächeln. Das Vögelchen jedoch, angeregt durch Ottheinrichs Gefühlsausbruch, umflatterte jubilierend die beiden Männer, die sich soeben in die Arme fielen.
„Lasst Euch ansehen, Totgeglaubter! Der Ihr Euch hierhertraut!“ Ottheinrich entließ Gabriel Arnold aus der Umarmung, um ihn mustern zu können. „Nun ja“, resümierte er unterdessen. „Ich traue mich ja auch wieder hierher, nach Heidelberg.“ Seine Augen wanderten zwischen Gabriel Arnold, Maximilian und dem Königsvogel. „Also, wir trauen uns hierher, nach endlos langen Monaten auf Schloss Weinheim. Nicht wahr, Maximilian? Ihr kennt doch Maximilian?“
Gabriel Arnold nickte. „Vom Neuburger Gericht. Und vom Kloster zu Baring.“ Er schmunzelte und reichte Maximilian die Hand, der daraufhin leicht errötete. Nun schmunzelte auch Ottheinrich, und er fuhr fort, seinen ehemaligen Rentmeister zu beäugen: Gabriel Arnold war über-

mäßig gealtert. Unübersehbar lagen mit Angst und Entbehrung angefüllte Zeiten hinter ihm. Von seinem stets kraftvollen Auftreten kündeten nur noch seine klaren, offenen Augen, die umso mehr aus einem von Falten durchzogenen Gesicht hervorstachen. Sein volles Haar war schütter geworden, seine Statur insgesamt eher mager. *Ging er nicht sogar gebeugt? Oder wirkte er nur so, da er sehr schlicht gekleidet war, im Gegensatz zu früher??*
„Dünn seid Ihr anzuschauen, mein lieber Gabriel. Dennoch lebt Ihr. Wo wart Ihr denn nur? Niemand wusste um Euch, so lange Zeit." In Erinnerung seiner großen Sorgen um den ehemals engsten Vertrauten fasste Ottheinrich nach Arnolds sehnigen Händen.
„In Basel war ich", antwortete Gabriel Arnold und verbarg seine Bestürzung über Ottheinrichs übermäßige Körperfülle. „Bloß, fragt mich nicht, wie ich es geschafft habe, dorthinzugelangen. Aber von da an war ich nicht mehr allein. Auch mein Bruder fand, einige Zeit nach mir, in die Schweiz. Und Johann von Heideck. Und deshalb bin ich heute hier."
„Johann von Heideck. Ich weiß um ihn. Man berichtete mir, er stehe Moritz von Sachsen zu Diensten, in der Magdeburger Sache. Oh, Ihr macht mich neugierig! Wie klein ist die Welt! Oder, nein! Was rede ich! Wie groß ist unser Neuburg! Recht so! Heckt Ihr etwas aus mit dem kleinen Bruder meines einstigen Hofmeisters?!" Ottheinrichs erneut aufgeflammte Begeisterung übertrug sich auch diesmal auf das Vögelchen. „Maximilian!", rief er überschwänglich aus, bevor Gabriel Arnold überhaupt antworten konnte. Dabei haschte er spielerisch nach dem Königsvogel. „Es wird interessant! Wir graben nicht mehr nur nach verstaubten Büchern und gucken in die Sterne oder Quacksalbern auf die Finger!"
„Hochvertraulich möchte ich mit Euch sprechen, mein Fürst." Gabriel Arnold hatte in leisem Ton gesprochen. Maximilian deutete dies als Zeichen, dass er sich entfernen sollte.
„Wo habe ich nur meinen Kopf, vor lauter Freude", mäßigte Ottheinrich seine Begeisterung. „Sicher habt Ihr Hunger? Ich schlage vor, wir nehmen etwas zu uns und erst dann wird geredet." -
Später, nach einem Mittagessen, hielt Maximilian sich fern und man sprach unter vier Augen.
„So alle Kurfürsten auf ein Blatt geschrieben hätten, könnte man handeln, vermeine ich. Andernfalls nicht", eröffnete Ottheinrich das Gespräch.
Gabriel Arnold ließ diese Andeutung unkommentiert. Von dem nämlich, was gemäß seines Bruders vertraulichen Informationen Moritz von Sachsen tatsächlich im Schilde führte, würde er in direktem Wort nichts aussprechen. Er war sich aber sicher, dass er dies auch nicht musste. Zu gut kannte er seinen Fürsten. Er spürte, dass der ahnte, was im Reich gerade seinen Anbeginn nahm und weswegen man ihn gerade zu ihm geschickt hätte... Nämlich, um auszuloten, ob man einen gewichtigen Verbündeten

gewänne: Ottheinrich war nicht bloß ein kaltgestellter, bankrotter Fürst im Exil. Er war ein protestantischer Hochadeliger, schwer durch Karl V. geschädigt, gedemütigt und vor allem entrechtet. Obenauf gebührte ihm, jenseits aller infamen Machenschaften, die Würde des Kurfürsten von der Pfalz, mit der, gemäß der Goldenen Bulle, das Stimmrecht bei der Königswahl und die Stellung eines der beiden Reichsvikare[106] einhergingen. So lag nahe, dass Moritz von Sachsen gerade Ottheinrich in seine Pläne einbezogen wissen wollte. Jedenfalls rannten Johann von Heideck und Christoph Arnold bei ihm offene Türen ein, in ihrem Bestreben, auf Pfalz-Neuburg hinzulenken...

Ottheinrich respektierte, dass Gabriel Arnold auf seine Andeutung nicht sofort und konkret reagierte. Gespannt überließ er ihm das Wort.

„Aufrecht habe ich Euch dank Gottes Hilfe wiedergetroffen und hochvertraulich möchtet Ihr mir jetzt zuhören", formulierte Gabriel Arnold seine wohlüberlegten Worte in Sätze. „Ich wollte, der Kurfürst von Sachsen wäre hier, denn er wünscht nach der Goldenen Bulle zu handeln. Darwider will er sich nicht bewegen lassen, worauf er setzt, auch wenn man ihn deshalb verjagt, verdirbt oder er sterben müsste."

Stehenden Fußes verstand Ottheinrich, welche Hochbrisanz Gabriel Arnold mit diesen Worten umriss: Den Umsturz im Reiche. Die Wiederherstellung der alten Ordnung. Machtverlust des Kaisers. Machtgewinn der deutschen Fürstenhäuser. - Sein Rückweg nach Neuburg.

„Wider dieser Pflicht solle sich niemand gewinnen lassen", ergänzte Ottheinrich wissend. „Für der Kurfürsten gemeines Gehör sei sich hart zu halten."

„Ihr versteht."

„Ja, ich verstehe. Damit sei zwischen Moritz von Sachsen und mir ein großer, vertraulicher Grund gelegt."

„So hab ich Wunder zu sagen?"

„Das habt Ihr, mein lieber getreuer Gabriel. Richtet dies aus. Und lasst in meinem Namen bitten, der sächsische Kurfürst möge in Magdeburgs Angelegenheit als frommer Christ handeln und guten Befehl haben."

„Ich würde meinen", wünschte Ottheinrich Maximilian an diesem Abend eine extra gute Nacht, „du beginnst, für dich ein feines Gewand zu nähen. In dem Königsblau, von dem du mir schon so oft erzählt hast. Dem unseres Königs Ferdinand. Mir deucht, es naht der Tag, an dem du es brauchen wirst."

Gabriel Arnold hatte sich nach dem Abschied von Ottheinrich zwingen

---

[106] Vertreter des römisch-deutschen Königs bei Abwesenheit oder in Zeiten der Thronvakanz nach dessen Tod

müssen, nach Basel zurückzukehren. Viel lieber hätte er direkt den Weg in Richtung seines kleinen Bruders und Johann von Heidecks eingeschlagen. Allein, es wäre eine große Leichtsinnigkeit gewesen. In mehrfacher Hinsicht. Nicht nur sein eigenes Leben brächte er in Gefahr. Noch immer stand er ganz oben auf des Kaisers Liste der Geächteten. Vor allem aber hätte er durch sein bloßes Auftauchen in Sachsen riskiert, den sich formierenden Widerstand gegen den Kaiser zu gefährden. Außerdem hatte man ihn auserkoren, von Basel aus die Verbindung nach Frankreich zu unterstützen... Aber noch heute würde sich ein unscheinbarer Vertrauter auf den Weg zu Johann von Heideck machen, um ihm folgende Nachricht zu überbringen: „Gnädiger Herr! In guter Hoffnung kann ich Euch schreiben, was ich beim Pfalzgrafen Ottheinrich vorgefunden habe. Dem Kurfürsten von Sachsen ist nicht nur ein Tor geöffnet. Gern wird mein Fürst die Erhaltung der Libertät[107] fördern helfen wollen. Hiervon gebührt, zu gegebener Zeit, zu reden."

Fuggerscher Stadtpalast zu Augsburg, den 04. Oktober 1551

Karl V. wäre gerne in Augsburg geblieben. Aber die Stadt hatte durch seine und die Anwesenheit seines Hofgefolges bereits enorme Belastungen getragen. Würde er auch den anstehenden Winter hier ausharren wollen, müsste er außerdem zu seiner Sicherheit anderweitige Streitkräfte rekrutieren, denn seine eingeschworenen Spanier hatte er zum Abmarsch gen Italien beordert: Dort tobte der Konflikt um Parma und Piacenza, den Ottavio Farnese* vom Zaun gebrochen hatte. Ein Familienzwist war diese Auseinandersetzung, denn er selbst hatte Ottavio vor Jahren mit seiner unehelichen Tochter Margarethe* verheiratet. Damals meinte er noch, es wäre ein kluger Schachzug, familiäre Bande zu den Farnese, also zum päpstlichem Adel, zu knüpfen, was sich als Fehler herausstellte. Die Farnese verfolgten eisern ihre eigenen Interessen und Ottavio war nun sogar so weit gegangen, sich dafür mit Frankreichs König gegen Habsburg zu verbünden... Insgesamt gesehen bräuchte er ein sicheres Quartier, wo er den Ausgang des Trienter Konzils, das seit Mai tagte, in Ruhe abwarten könnte.
Des Kaisers Augen schweiften gedanklich über eine Landkarte. Bei Innsbruck verharrten sie. *Wieso nicht dort?* In Innsbruck wäre er nicht nur seinem kleinen Bruder, dem Römischen König, nahe, sondern auch Trient... Wenngleich ihm das Tiroler Klima im Winter etwas zu rau anmutete, so fände er inmitten der Bergwelt bestimmt genügend Ruhe, um Entschlüsse für die endgültige Ordnung der religiösen Verhältnisse zu fassen...

---

[107] auch Libertet: Freiheit und Unabhängigkeit der Stände

Der junge Granvella lächelte zufrieden. Gestern war er nach Innsbruck vorausgeeilt, währenddessen Karl V. in Hall in Tirol Nachtquartier nahm. Aber noch heute würde er dem Kaiser vermelden, dass man ihm seine Sänfte richte, um in Innsbruck einzuziehen.
Trotz der Jammerei des hiesigen Stadtrats war nun alles für den kaiserlichen Hofstaat mit seinen hohen spanischen Ansprüchen gerichtet. Dem Kaiser und seiner nächsten Umgebung würde für die kommenden Monate die alte Burg überlassen, wofür König Ferdinands Familie ihrerseits nach Hall in das landesfürstliche Schloss Hasegg umgezogen war. Zur Unterbringung des Hofgefolges hatte der Stadtrat die gesamte Bürgerschaft Innsbrucks aufgefordert, Zimmer und Betten bereitzuhalten. Für die Beherbergung und Verköstigung einer Garde bzw. Kriegsvolks war keine Sorge zu tragen, denn dergleichen begleitete Karl V. nicht. Um dem Hofprofoss hingegen genügen zu können, hatte Granvella Druck ausüben müssen. Dessen Aufgabe als höfisches Vollstreckungs- und Polizeiorgan war es, Übertretungen am Hofe zu verfolgen und zu ahnden. Als hierfür notwendiges Gefängnis taugte in der kleinen Stadt nur ein einziger Turm. ‚Kräuterturm' nannten ihn die Innsbrucker, und sie verweigerten ihn anfangs mit der Begründung, ihn angesichts der Zeitläufe für eigene Zwecke zu brauchen. Letztendlich hatten sie sich des Kaisers Willen jedoch gebeugt. Granvella hatte diesen Disput hernach für sich zu nutzen gewusst, denn umso bereitwilliger polierte der Stadtrat kommunale Einrichtungen auf. So waren per Befehl die Passagen der Stadttore von Wägen und Fässern freizuhalten, die diese in schlechter Angewohnheit und Trägheit immer wieder den Durchgang blockierten. Auch die Straßen mussten von Unrat befreit und gereinigt werden. Auf die Dächer war ausreichend Löschwasser zu tragen. Die Kühe waren auf spitze Hörner hin zu überprüfen, und, falls vorhanden, waren diese abzufeilen. An diejenigen Häuser, an denen Pechpfannen zur Stadtbeleuchtung angebracht waren, wurde großzügiger Pechvorrat ausgeteilt. Die Torwachen hatte Granvella höchstpersönlich ausgewählt. Obenauf hatte er Ermahnungen ausgesprochen, nicht nur gegen die Spanier artig und höflich zu sein, sondern auch überflüssige Geräusche zu unterlassen, da am Hofe des Kaisers alles in hohem Ernste und in feierlicher Stille gehalten werde. Bettler und Müßiggänger wurden ausgetrieben, Tänze und Mummereien waren von den Kanzeln her laufend zu verbieten. Ebenso wurde den Wirten verboten, ihren Gästen übermäßig auszuschenken. Bittgesuche, Klagen und Beschwerden waren vom Kaiser fernzuhalten, jedweder Posteingang war immer zuerst an ihn persönlich auszuhändigen.
Obwohl Granvella selbst davon überzeugt war, dass die kursierenden

Nachrichten über gewisse kaiserfeindliche Umtriebe bloße französische Erfindungen waren, mutmaßte er, dass der Kaiser seine Gemächer auf der alten Burg nicht verlassen würde. Deshalb lautete ein weiterer seiner Befehle, dass niemand, außer ihm, Zutritt zum Kaiser zu gewähren sei. Auch er selbst würde zu den Innsbruckern keinen, über einen unvermeidbaren hinausgehenden, Kontakt suchen, denn den Rat dieser Gebirgsstadt hielt er weder für ausreichend vornehm, noch für genügend klug. Schon jetzt, mit dem Abschluss der Vorbereitungshandlungen, widerten ihn das zutrauliche Zugehen auf ihn und die damit verbundenen Äußerungen über den Kummer der Innsbrucker an. Als weiteres Argument seiner Ablehnung nahm er, dass sich die Tiroler mit der Gefahr eines angeblichen Überfalls beschäftigten, ohne jeglichen politischen Weitblick, mit dem er die Dinge zu betrachten in der Lage war...
Noch heute konnte also der Kaiser nach Innsbruck kommen. Bis zu seiner Ankunft würde sich Granvella, als Bischof von Arras und dem Datum gemäß, der Andacht der Seelen im Fegefeuer widmen.

Magdeburg, den 09. November 1551

Moritz von Sachsen hatte es geschafft! Heute sollte sich erfüllen, woran er vor mehr als einem Jahr fast nicht zu glauben wagte:
Johann von Heideck und Christoph Arnold hatten im Laufe der vergangenen Wochen in Magdeburg volle Überzeugungsarbeit geleistet. Endlich, freilich auch unter dem bleiernen Druck der Belagerung und dem bevorstehenden Winter, war die Stadt zu fruchtbringenden Verhandlungen bereit gewesen. Moritz selbst hatte beim Kaiser erreicht, einer gemäßigten Kapitulation zuzustimmen. Anstatt der zuvor geforderten 200.000 Gulden betrug die Strafsumme jetzt nur noch 50.000 Gulden, die zudem zugunsten der Reichskasse einzuzahlen waren. Dem beugte sich die Elbstadt und auch Moritzens Geheimvertrag kam zum Abschluss.
Vorgestern hatte man begonnen, das Kriegsvolk der Magdeburger, rund 2.000 Fußknechte und 130 Berittene, auf dem Neumarkt aufmarschieren zu lassen. Johann von Heideck verlas ein Geleit, woraufhin die Soldaten abdankten. Danach zogen sie ab, mit Wehr und Waffen, die Flaggen zusammengerollt aber ohne Spiel und Klang. Nachdem jene Besatzung die Stadt verlassen hatte, marschierten fünf kurfürstliche Fähnlein in Magdeburg ein. Im Nachgang entließ man, ohne ein Lösegeld, die mitgeführten Gefangenen. Mit sechzehnfachem Trompetengeschmetter wurden die Freigelassenen begrüßt. -
Heute nun war Moritz an der Reihe. Gegen die Mittagsstunde sollte er vor der Stadt erscheinen. Dort würden ihn Vertreter des Stadtrats erwarten, um ihm die Stadtschlüssel zu überreichen. Hernach, bei seinem feierlichen Einzug durch das Stadttor, würden Trompeter aufblasen. Von

der Stadtmauer herunter würden Hackenschützen Salvenschüsse abfeuern und einige Kanonen donnern. Alle Glocken würden läuten, während er zum Rathaus zöge, vor dem Magdeburgs Einwohner seiner harrten, um ihm zu huldigen. Er würde dieser Lobpreisung öffentliche Ehre erweisen, indem er sein Haupt entblößte und jeder Ratsperson die Hand reichte. Schlussendlich galt es, gemeinsam ins Rathaus zu gehen, wo im Beisein kaiserlicher Kommissare die Gelobung getan würde, fortan gemäß der Kapitulation zu leben. Am Ende dieses denkwürdigen Tages würde Moritz die Trompeten zum Frieden blasen lassen... Und nach dem Ganzen... stand an, den bevorstehenden Winter für die Festigung der geheimen Bündnisse zu nutzen, um mit dem Frühjahr ins offene Licht zu treten... Moritz von Sachsen schüttelte sich aus seinen Gedanken und rief nach den Bediensteten, damit man ihm an diesem denkwürdigen Tage zu seiner Prachtkleidung noch einen glänzenden Brustharnisch anlegte.

Residenzschloss zu Dresden, den 23. Dezember 1551

„Gut, dass Ihr da seid, mein lieber von Heideck! Ich weiß nämlich kaum noch, womit ich anfangen soll!" Moritz von Sachsen wies auf einen Stapel von Dokumenten, der sich auf seinem Schreibpult türmte. „Und, wie ich sehe, habt Ihr noch mehr Papier dabei. Aber, bitte, setzt Euch doch."
Johann von Heideck verneigte sich, wobei er beim anschließenden Aufrichten spürte, wie ihm noch das Blut in den Adern rauschte und das Schlagen der Hufe seines Pferdes in den Ohren trommelte. Ohne Umschweife war er nämlich mit dem Eingang eines Schreibens von Sebastian Schertlin von Burtenbach nach Dresden geeilt. „Bitte, sprecht zuerst Ihr, mein Fürst", folgte er der Aufforderung und nahm Platz.
„Nun, dann zu des Kaisers Ansuchen, was er mir extra schickte", fasste Moritz von Sachsen in seinen Papierstapel. Er zog ein Dokument hervor, das mit einem dicken, wachsroten Siegel versehen war. Obwohl diese Siegelung schon gebrochen war, faltete er das Schreiben nicht auseinander. Er wedelte nur damit. „Nachdem bereits Stände der Augsburger Konfession in Trient vertreten sind, solle auch ich das Konzil besuchen", erklärte er lakonisch den Inhalt des Schreibens.
„Aber Ihr werdet nicht dorthin reisen!" Große Besorgnis schwang in Johann von Heidecks Worten, was nicht dazu beitrug, dass sich sein aufgeregter Herzschlag beruhigte.
„Natürlich nicht. Dies ist bloß ein weiterer dieser zuckersüßen Versuche, mich persönlich zu greifen, damit es mir wie dem Landgrafen von Hessen ergehe", schickte Moritz mit einem Zähneknirschen zurück und angelte nach einem weiteren Schreiben, aus dem er Karls V. Worte zitierte:
„Die Befreiung des Landgrafen von Hessen wartet nur auf Eure persönliche Ankunft, um mit Euch über die nötige Sicherheit zu verhandeln..."

„Dreist gelogen“, kommentierte Johann von Heideck.

„Ja, ja, kennen wir mittlerweile“, pflichtete Moritz bei. „Jedenfalls wird Philipp Melanchthon auf meine Bitte hin morgen, am Christabend, in Nürnberg sein, um mit anderen Theologen nach Trient weiterzuziehen.“

„Gut.“ Johann von Heideck entspannte sich etwas. „Also ist dieser Punkt im Grunde abgehakt. Niemand glaubt doch wirklich an durchgreifende Ergebnisse dieses Zusammentreffens.“

„So ist es.“ Beide Briefe segelten in einen Korb, der neben dem Schreibpult auf dem Boden stand. „Durchgreifen werden wir. Aber zuvor müssen wir Steine aus dem Weg räumen. Gewaltige Steine. Felsbrocken. Nichts läuft, wie von Euch und Gabriel Arnold so trefflich angedacht.“

Auf diese Worte hin schweiften Moritzens Blicke ab und er redete wie aus einer Gedankenferne weiter. „20.000 zu Fuß, 6.000 zu Pferd. Geteilt in vier Haufen mit je acht Feldgeschützen und vier Kartausen. Ein Ausschreiben, dass man damit allen Reichsständen zum Besten handele und Kaiser und König als höchste Feinde des Reichs im Herzen angreife. Dass man damit den Antichristlichen verwehre, Gottes Glorie und der Deutschen Freiheit niederzuhalten. Dass man damit möglichst vielen Kaiseranhänglichen die Hand reiche, um sie unter Eid zu bringen. Dass man damit nicht nachlasse, bis des Feindes Macht abgestrickt ist. Dass man damit die Pässe gen Süden und die Zugänge zum Wasser verrammele. Dass man damit den Feind zu einer Schlacht zwinge. Dass man damit Pfaffengüter und Geldes erobere und Rechenschaft und Verantwortung darob tue. Dass man damit erfahrene, aufrichtige Kriegsräte bestelle, die sogleich darauf bedacht sind, mit vernünftigen Leuten die Beilegung des Krieges zu beratschlagen. Dass man damit zu besten Dingen den Frieden bringe und das Gewonnene zu gemeiner Wohlfahrt erhalte und mehre.“

Dasjenige Schreiben, was ganz oben auf Moritzens Papierstapel gelegen war, ruhte nun in seinen Händen. Er hatte es, unterdessen er sprach, auseinandergefaltet, ohne allerdings daraus vorzulesen. Zweifelsohne kannte er auch diesen Inhalt auswendig. „Zu schön, nicht?“, fuhr er fort. „Wäre da nicht Johann von Brandenburg-Küstrin. Der Initiator des neuen Fürstenbundes. Unser Hoffnungsträger. Ich darf mich nicht an jenen Oktoberabend erinnern. Endlich gelingt uns ein Treffen mit Frankreichs Abgesandten, nachdem eine Verbindung zu meinem Schwiegervater glückte und er Vertreter aus Hessen bestimmte. Johann erscheint mit Vollmachten Albrechts von Preußen, Heinrichs V. von Mecklenburg[*] und der jungen Herzöge von Braunschweig-Lüneburg...“ Moritz unterbrach sich und schüttelte seinen Kopf. „...und mit diesem Vertrauensvorschuss in Händen legt er einen Defensivvertrag vor, auf dem er sturköpfig beharrt, entgegen der gegebenen Vollmachten.“

Moritz von Sachsens Blicke kehrten in seine Gegenwart zurück. „Defen-

sive!!“, wechselte sein Tonfall vom Halbträumerischen ins Erboste. „Bloße Verteidigung der Glaubensfrage! Anstatt dass wir konsequent Frankreichs Bedingungen einer Offensive gegen den Kaiser aushandeln! Mir liegen die vor Magdeburg angesammelten Truppen auf der Tasche! Ihr wisst, dass Karl V. seiner Geldzusage nicht nachkommt und nun durchklingen lässt, dass er eine baldige Zerstreuung des Kriegsvolks von mir fordert!“ Jenes Schreiben, das eben noch in seinen Händen ruhte, lag nun wieder auf dem Schreibpult. Stattdessen hatte er ein nächstes, kaiserlich gesiegeltes Schriftstück hervorgezogen. Er stieß einen verächtlichen Ton aus und auch dieses Stück landete im Papierkorb.
Johann von Heideck nickte mit ernster Miene. „Ja, ich weiß. Die Zeit drängt. Ich verstehe Euren Unmut. Vor allem, weil der Markgraf nun eine Sicherheitslücke darstellt, nach seinem peinlichen Abgang, seinen an den Haaren herbeigezogenen überspitzten Unterstellungen. Aber, bedenkt, dass Frankreichs Forderungen nicht erfüllbar gewesen wären. Der Gesandte schlug restlos über die Stränge. Ich sage: Vom Regen in die Traufe! Der Besetzung und Aneignung der französischsprachigen Städte Verdun, Metz, Cambrai und Toul kann man wohl zustimmen. Fremdheit liegt über diesen Gebieten aus Sicht der deutschen Reichsfürsten. Aber nicht Umsturz und Neuordnung! Von wegen, Heinrich II. - unser neuer Reichsvikar...“
„Die Verteidigung der Goldenen Bulle ist unser Ziel!“, fuhr Moritz zwischen Johann von Heidecks zunehmend erboste Worte. „Die Wiederaufrichtung der vom Kaiser umgestürzten Rechte! Die Verhinderung einer habsburgischen Erbmonarchie!“ Moritz rang nach Luft. Um sich zu beruhigen, rief er nach einem Diener, der wenig später zwei Pokale mit Wein füllte.
„Pro patria! Für das Vaterland!“ Nach ihrem Zuprosten widmeten sich die Männer wieder dem Papierstapel.
„Der letzte Brief von Albrecht Achilles aus Frankreich“, schwenkte Moritz von Sachsen ein weiteres Schreiben. „Oh, schon vom 22. November!“ Er stieß einen Seufzer aus.
„Was schreibt er?“
„Nichts Erfreuliches. Bislang bringt er kein Geld aus Frankreich mit. Im Gegenteil. Er verlangt welches von mir.“ Moritzens Gesicht sprach Bände. *Er wusste, weshalb er um Albrecht Achilles von Brandenburg-Kulmbach so lange einen Bogen gemacht und auf ihn auch jetzt nur im Angesicht höchster Not zurückgegriffen hatte!* Wegen der Verhandlungen, die an Markgraf Johann von Brandenburg-Küstrins Starrsinn gescheitert waren, hatte sich König Heinrich II. laut und abfällig über die deutschen Fürsten geäußert. Albrecht Achilles schien für die Wiederaufnahme der ins Stocken geratenen Gespräche der am meisten geeignete Unterhändler zu sein, da er über zahlreiche Kontakte nach Frankreich verfügte. Neben ihm hätte es zwar

einen weiteren, eigentlich geeigneteren Mittelsmann gegeben, nämlich den Condottiere und Augsburgs vormaligen Stadthauptmann Sebastian Schertlin von Burtenbach. Er stand Frankreich sogar noch näher. Ihm waren, schon vor dem Scheitern des Krieges 1546/47, Anwerbungsgesuche von Heinrich II. zuteilgeworden, aber erst als Augsburg vor dem Kaiser kapitulierte, floh Schertlin nach Frankreich. Karl V. vergalt ihm dies mit Verhängung der Reichsacht... Weshalb sich Moritz dennoch für Albrecht Achilles eingesetzt hatte, lag auf der Hand: Er gehörte als Angehöriger der Hohenzollern zum Hochadel. Schertlin hingegen war, obschon ein hervorragender, so doch nur ein käuflicher, nicht im Adelsstande geborener Kriegsmann.
„Gott gebe, dass es nur gerate“, begann Moritz nun, aus Albrecht Achilles‘ Brief vorzulesen. „Damit Du von mir erfahren magst, was ich seithero in etlichen Händeln ausgerichtet..., so durfte er mich nicht für einen Kaufmann halten..., so hätte ich in etlichen Artikeln gemessenen Befehl, etc., etc..“ Moritz überflog einige Zeilen und wendete den mehrseitigen Brief. „Zum Ersten wollte ich Deine Entschuldigung vorgebracht haben“, las er nun fortlaufend vor, „damit der König sich Euer aller Beständigkeit vergewissere. Denn, obgleich ein Teil von Euch auch abgewichen wäre, so versteht Ihr Euch doch darauf, dieser Teil wird sich wieder zu Euch geleiten lassen. Deshalb solle sich der König nicht so hoch erschrecken.“
Hier unterbrach Moritz von Sachsen kurz. Er sah zu Johann von Heideck auf, weil der ihm mit einer Geste signalisiert hatte, etwas sagen zu wollen.
„Also, hier hat Albrecht sich wahrlich gut und gelinde ausgedrückt“, kommentierte Johann von Heideck. „Angesichts dessen, was Sebastian Schertlin an Gabriel Arnold schrieb, wie ausfällig sich der König geäußert hat.“
Moritz nickte und vertiefte sich wieder in den Brieftext. „Als ich auf die ‚Heiratssumme‘ zu sprechen kam“, las er weiter, „antwortete der König, dass er sich entschlossen habe, seine Hilfe bei diesem Werk beizutun. Aber die Summa von 100.000 Florentiner Gulden sei zu groß. Derenthalben solle ich etwas nachlassen. Ebenso wäre ihm eine Rechnung in Goldgulden fremd, die doch in Deutschland ungebräuchlich und eine verbotene Münze seien. Ich antwortete, keinen Befehl zu haben, um abzuweichen oder nachzulassen. Aber ich bat, dass die Heirat sich keineswegs an diesem Artikel stoßen sollt. Und ich bat auch, die Sache in schleuniger Förderung zu halten. Hernach wartete ich zwei Tage vergeblich auf eine Antwort.“ Wiederum unterbrach sich Moritz, doch diesmal, um Atem zu schöpfen und einen großen Schluck Wein zu trinken. „Dass wir nachlassen sollten, was ich nicht anrate, so wird doch nicht viel zu holen sein. Des Königs Leute sind hochmütig. Sie lassen hohen Zaum tragen, wenn es aber ans Rennen geht, sieht es anders aus. Als es dann

nämlich ihr Brauch ist, schlagen sie die Sachen alle geringer an. Ich möchte grau darüber werden. Jedenfalls wolle man die Sache wieder an Dich gelangen lassen. Ich solle auf Deinen Bescheid warten. Damit ist der König hinweg, zu einer Kindstaufe und um auf ein Lustschloss zu reiten. So hoffe ich, Du werdest tun, was Dir möglich ist..."
Moritz sah kurz zu Johann auf. „Achtung, jetzt kommt es. Hört, was er von mir fordert: Nun liege ich hier und versäume das Meinige. Ich hätte in meinen Geschäften weiterzureiten, was ich nicht kann, da ich mich nach des Königs Vortrag halten muss. Dir zu gefallen, verlasse ich alles, was ich habe. Doch so verhoffe ich, Du wirst mich in dem nicht stecken lassen. Ich bitte Dich, Du wolltest auf meine Bauern schauen, dass sie nicht etwa umgekehret werden. Hilf, um Gottes Willen! Mache es kurz! Es geht die alte Gans um und scheißt von einer Wand an die andere! Ich bitte Dich nochmals: Schicke mir Deinen Dolmetscher, denn man ist hier sehr karg und genau! Ich fürchte den Verzug! Und ich leide übel! Dazu versäume ich meine Reiter, die mir am Ende woanders abgeworben werden! Darnach stehe ich bloß und kann Dir nicht dienen, wie ich es wohl soll! In summa bitte ich Dich freundlich und aufs höchste Vertrauen, Du wollest meinen Diener zu Dir schicken lassen und ihm XXtausend Taler darleihen. Dieses Geld soll Dir bald wieder hingelegt werden, es soll Dir zu vierfachem Nutzen reichen. Ich verdiene es wieder mit Leib und Gut. Alles, was wir miteinander oftmals redeten, wird hernach gehen. Ich acht, nur der Anfang sei allerwegen am schwersten. Aber itzund ist die beste Zeit. Alles, was du jetzt nachlegst, kann wieder hereingebracht werden. Wir müssen uns nur nicht säumen. Auch darf keiner dem anderen dreinreden, noch ihn hindern. Auf das alles harre ich Deines weiteren Befehls, dem ich getreulich nachsetzen will. Ich tue Dich hiermit dem Allerhöchsten empfehlen. Dat. Sonntag den XXII Novembris im LI. jar."
Im Gegensatz zu den beiden kaiserlichen Schreiben warf Moritz diesen Brief nicht sofort in den Papierkorb. Aber man konnte ihm ansehen, dass er dies gern getan hätte.
„Ich sehe Euch nicht begeistert", äußerte sich Johann von Heideck.
„Nun, sagt mir, was haltet Ihr von diesem Schreiben?"
„Zweierlei. Zuerst, dass Frankreich kein guter Verbündeter sein wird. Nichts als Eigennutz steht da im Vordergrund."
„Und zweitens?"
„Dass Albrecht Achilles uns durch die Blume erkennen lässt, dass er ebenso auf seine eigene Rechnung zu handeln gedenkt. Ich zitiere: Auch darf keiner dem anderen dreinreden, noch ihn hindern."
„Genauso sehe ich es. Vor allem, weil er unserem Bund in freier Stellung, also unverpflichtet, beitrat. Zuerst dachte ich, diese Distanzierung sei eine gute Lösung, um uns nicht zu sehr an seine Probleme und Schulden zu

binden. Doch mehr und mehr schleicht sich in mir eine böse Vorahnung ein." Moritz von Sachsens Gesicht verdüsterte sich. „Und trotzdem müssen wir ihn im Boot lassen", resümierte er. „Uns bleibt nur, ihn aufs Genaueste zu beobachten."
„Um dann darauf zu reagieren", ergänzte Johann von Heideck.
„So sei es." Als schöbe man eine düstere Wolke beiseite, rückte auch Moritz von Sachsen jenen Brief von sich, womit sich seine Miene wieder aufhellte. „Berichtet mir jetzt, was der Schertlin Euch schreibt. Anschließend gleichen wir ab, was mein Schwager Wilhelm* mitsamt dem Herzog Johann Albrecht von Mecklenburg* hinsichtlich Frankreichs von mir ersucht." Moritz sortierte zwei Schreiben aus seinem Stapel und schwenkte sie kurz. „Zweimal haben sie mir geschrieben. Gestern und vorgestern. Und danach erarbeiten wir die neuen Instruktionen an Albrecht Achilles."
Johann von Heideck konnte sehen, wie Moritz sich hinter seinem Schreibpult anschickte, zusammensacken zu wollen. Augenblicklich vergaß er darüber die Anstrengung seines flotten Herritts. Beflügelt durch die anstehende Herausforderung verhinderte er es. „Jawohl", antwortete er prompt. „Ich fasse mich kurz." Er faltete Sebastian Schertlins Brief auseinander.
„Gnädiger Herr Gevatter!" Nach diesen drei Worten ließ Johann von Heideck das Schreiben wieder sinken, um Moritz zuzulächeln. „So nennt er mich", kommentierte er verschmitzt. „Aber, entschuldigt, ich lese weiter. Also..."
Moritz von Sachsen erfuhr, dass Sebastian Schertlin zusammen mit Gabriel Arnold in Bern, Solothurn, Schaffhausen und Zürich Truppen für Heinrich II. angeworben hatte. Schertlin selbst beabsichtige, mit 20 Fähnlein Landsknechten und 1.000 Pferden gen Augsburg zu ziehen und er hoffe, dass man ihm dort die Stadttore öffne. Hernach seien alle Stände zusammenzubringen und wer nicht willig wäre, dem sei ‚das Kreuz zu holen'. Der französische König wolle in eigener Person, in Reihen von 20.000 Mann, durch Lothringen ziehen, um dem Kaiser einen etwaigen Truppenzuzug aus den Niederlanden abzuschneiden. Das alles auf den ersten Februar. Aber die Geldforderung aus Moritzens Lager sei zu groß. Dieser werde Heinrich II., vertraulich gesagt, nicht nachkommen. Der König fühle sich vor den Kopf gestoßen. Was daraus den Deutschen für Nachteil entstehe, würde man wohl zu ermessen wissen. Darum sei er, Sebastian Schertlin, der ‚Gute Egkart', der sich zugunsten beider Seiten teile. Den Kurfürsten Sachsens bitte er, ein ‚Kleins' nicht anzusehen. Albrecht Achilles würde nämlich, nach seinem Eindrucke, so hart fordern, dass er sich ängstige, der Markgraf würde den ganzen Handel zerschlagen. Daher solle nicht unterlassen werden, Heinrich II. eilends zu schreiben. Auch hoffe Sebastian Schertlin, der Kurfürst und die anderen deut-

schen Fürsten würden ihn wohl leiden, wenn er mit besagtem Heer vor Augsburg zöge. Denn auch den französischen König befremde nämlich, dass die Fürsten seinethalben nie ein Wort verlören. Schertlin sei jedoch guter Hoffnung, dass man ihn nicht als Feind ansehe. Er erböte sich jeglicher Untertänigkeit. Trotzdem weiche er nicht aus Frankreich, bis alles geregelt wäre. Aber hernach sei er bereit, den ersten Angriff, also den schwersten, zu tun. Die etwaige Kriegserklärung möge man ihm in diesem Falle bitte zuvor zusenden, damit er hierfür im Volke werbe. Und den Gabriel Arnold behalte er derweil zu dessen Sicherheit bei sich...
Mit dieser letzten Aussage faltete Johann von Heideck den Brief wieder zusammen.
Moritz von Sachsen schwieg noch einen Moment, in welchem er sich seinen Bart zwirbelte. „Gut", ließ er sich anschließend vernehmen. „Im Grunde schreibt uns der Schertlin nichts Neues, außer, dass wir auf ihn bauen dürfen, was mir dringend notwendig erscheint. Vergelte es Gott!"
Johann von Heideck bekräftigte. „Obschon Sebastian Schertlin käuflich ist, so ist er doch nicht weniger treu. Sein Herz hängt an Augsburg."
„Dann sorgen wir dafür, dass er so bald wie möglich an die Tore seiner geliebten Heimatstadt pochen darf. Und dass er auch die Genugtuung bekommt, die Kaiserlichen von dort davonzujagen. So. Was also wünschen mein Schwager und Johann Albrecht..."
Moritz wurde in deren beiden Briefen eindringlich gebeten, dem französischen König in gutem Fleiß willfährig zu sein. Man solle auf seine Forderungen eingehen und bekräftigen, dass ihm sein Zutun tausendfach gelohnt werde. In Gottes Namen solle man den Handel zum Schluss bringen. Am 25. Januar solle Moritz unbedingt bei ihnen in Hessen sein. Er solle seine ‚Privatsach' liegen lassen, dieweil ‚alle Leut' ihn erwarten. Das Moritzens ‚Sach' an jenem Orte ausbricht, soll nicht länger verborgen bleiben, damit auch König Heinrich II. ‚ihrer aller Gemüt entdecke' und ‚gute Leut zur Hochzeit' an der Hand halte. Dem allen beizutun sei er von ihnen versichert, und dies alles in ihrem Namen zu instruieren, bevollmächtigt...

„Dein williger Bruder Numitor. Hector, Dein bekannter guter Bruder. Dein ungenannter, doch nicht unbekannter Bruder." Moritz las laut vor, mit welchen Pseudonymen, anstelle eigenhändiger Unterschriften, seine Instruktion an Albrecht Achilles endete. „Soll bedeuten: Kurfürst Moritz von Sachsen. Landgraf Wilhelm von Hessen. Herzog Johann Albrecht von Mecklenburg. Also die drei Geeinten des neuen Fürstenbundes."
Daraufhin wurde an diesem späten Abend eine letzte abgenutzte Schreibfeder aus der Hand gelegt und mit dem Schütteln der Streusandbüchse über ein folgenschwer beschriebenes Papier endete dieser lange, schaffensreiche Tag.

[108]Vertrag von Chambord
Von Gottes Gnaden wir, Moritz, Herzog zu Sachsen,
des Heiligen Römischen Reichs Erzmarschall,
Churfürst, Landgraf in Dohringen & Markgraf zu Meißen ;
von wegen auch unsers unmündigen Vetters,
Herrn Georg Friedrich, Markgraf zu Brandenburg etc.* ;
und derselben Gnaden wir,
Johann Albrecht, Herzog zu Mecklenburg etc. ;
und wir, Wilhelm, Landgraf zu Hessen, Graf zu Katzenbogen etc.

tun hiermit kund und offenbaren vor uns, unseren Erben und Nachkommen:

Wir erleben die List, die geschwinden Praktiken und Taten, durch welche unsere Widersacher vermeinen, je länger desto mehr, unsere christliche Religion, die wir für wahr und frei von Zweifeln halten, einzuzäunen und zuletzt gar auszutilgen. Wir haben uns zu Gemüte geführt, was die Röm. Kai. M.[109] in vielen Wegen praktiziert, heimlich und zum Teil öffentlich, und wonach sie fürderhin trachtet. Nicht allein die Kur- und Fürsten, sondern auch die Grafen, Herren vom Adel, die ehrbaren Städte und gemeinen Untertanen unseres hochgeliebten Vaterlands, der Teutschen Nation, werden ungeachtet ihrer Libertäten zu einem viehischen, unerträglichen und ewigen Servitut[110] Hispaniens gemacht. Auch unser Schwieger-, Vater und Freund, der Landgraf Philipp von Hessen, wurde trotz aufgerichteter Kapitulation und beschiedener Zusagen unbillig in Gefangenschaft gebracht und darin, im fünften Jahr, uns allen zu Schimpf und Spott gehalten.

So haben wir erwogen, dass wir lieber Tod und Not ertragen, als dieser Infamie länger unterwürfig zu sein. Die Abwendung aller Bedrängnis, nach der wir trachten, sehen wir trotzdem vornehmlich als Gottes Belang, dem wir uns nach seinem Gefallen beugen.

Zur Förderung unserer Entscheidung haben wir uns mit dem christlichen König Heinrich II. von Frankreich eingelassen. Mit Heereskraft und gewaltiger Hand wollen wir das beschwerliche Joch des zuvor geschilderten viehischen Servitus von uns werfen. Wir wollen die alte Libertät unseres Vaterlandes vindiciren[111] und erretten. Gleichergestalt wollen wir die, wider aller Völker Recht und Glauben geschehene, Gefangennahme des Philipp von Hessen zu beenden suchen. Darin verleihe uns Gott im

---

[108] nach: 902. Abschluss des Bündniss-Vertrags von Chambord. Im Anhang. bei: Druffel, Beiträge zur Reichsgeschichte 1552. Bearbeitet von August von Druffel. München. 1880.

[109] übliche Abkürzung für Kaiserliche Majestät

[110] Recht zur Nutzung, zum Gebrauch, zur Grunddienstbarkeit (siehe Meyers Großes Konversationslexikon, 6. Auflage 1905-1909)

[111] rächen

Himmel durch seinen geliebten Sohn, den wahren Tröster, und dem Heiligen Geist Gnade, Glück und Heil. Amen!
Welche Stände des Heiligen Reichs uns hierin nun beipflichten, uns ihre Hand reichen und ihr Vermögen zuwenden, die wollen wir freundlich aufnehmen. Diejenigen aber, die sich uns entgegensetzen und die sich mit Geld, Geschütz und Leuten, heimlich oder öffentlich mit der Kai. M. einlassen, seien es Geistliche oder Weltliche, die wollen wir mit Schwert, Feuer und Blut heimsuchen. Für ihre Untreue zur Teutschen Nation sollen sie Gottes Lohn empfangen. Mit jenem Widertheil[112] wollen wir ohne Willen und Wissen des Königs von Frankreich keinen Frieden und Anstand eingehen. Dergleichen will und soll der König von Frankreich auch keinen Frieden und Anstand mit der Röm. Kai. M. oder seinen Erben und Anhängern annehmen. Dies geschehe mit unser aller Willen und Wissen.
Es soll sich auch keiner ohne den anderen in einen Vertrag particulariter[113] begeben. Sondern wir alle wollen vor einem Mann und beieinanderstehen, bis dasjenige ausgerichtet ist, weshalb dieser Krieg angefangen hat.
Wir wollen mit unserem Kriegshaufen zum König von Frankreich stoßen und uns dergleichen freundlich versehen, dass seine Königliche Majestät auch zu uns stoße. Mit unserem Kriegsvolk wollen wir zu Anbeginn gegen die vorgehen, die uns an unserem Werke hindern wollen. Fürtter[114] wollen wir gegen des Kaisers Person vorrücken.
Zur Unterhaltung unseres Kriegsvolks soll uns die Kön. M. von Frankreich allen Monats 70.000 Goldkronen -für die ersten drei Monate je 80.000 Goldkronen beginnend zum 25. des Monats Februarij- liefern. Da wirs empfangen, bringen wirs zu sicheren Händen und unserer Gewalt.
Zu Ross wollen wir uns 7.000 nehmen, von ihnen soviel wie möglich von außerhalb unserer Lande, um der Röm. Kai. M. die fremden Reiter abzuschneiden. Unsere eigenen Berittenen sollen im Land bleiben, auf dass der eine auf den anderen sehe und bei einer Offension zur Errettung zuziehe. Weiter wollen wir ein Kriegsvolk zu Fuß und ein Grob- und Feldgeschütz mit uns nehmen. Wir wollen es in einer Stärke unterhalten, mit der wir dem Feinde vermittels göttlicher Verleihung stark genug unter die Augen kommen und auf einen Tag, den Gott uns gebe, Schlagens genug tun.
Insonderheit haben wir uns auch dessen verglichen, da Herzog Johann Friedrichs des Älteren zu Sachsen Söhne nicht mit zu diesem Werke zu bringen waren. Wir wollen von ihnen eine Erklärung erlangen, dass sie

---

112 Gegner

113 Particularhandel: Eigengeschäft ; Particularnutz: Eigennutz ; hier also eigennütziger Vertrag

114 ferner

mit Brief und Siegel nicht gegen uns sein werden. So werden auch wir sie vor dem Feinde achten und anerkennen. So uns also die jungen Herren ihre Hilfe ausreichend erklären und wir zum Hauptwerk in den offenen Krieg kämen, so wollen wir uns auch ihres gefangenen Vaters annehmen.
Wir, Landgraf Wilhelm IV. von Hessen, wollen vor unserem Auszuge die Forderung nach des Kaisers Kapitulation aufschreiben. Gleichergestalt soll dies unser Herr Vatter tun, so seine Sache erledigt ist, wie eben auch Herzog Johann Friedrich der Ältere von Sachsen es tun solle.
Wir, Kurfürst Moritz von Sachsen, wollen zu rechter Zeit vor unserem Auszuge dem Kaiser unseren Dienst[115] ankündigen.
Wo man dann mehr als ein Haupt, das Kriegsvolk, Reiter, Landsknechte und Artalarei[116] im Felde hat, so soll hierzu nicht mehr als ein Oberster Feldhauptmann über den ganzen hellen Haufen bestimmt werden. Hierzu ist der Kurfürst bequemlich erachtet und durch uns anderen zum Obersten General erwählt worden. Was uns allerseits zum Besten, zu Wohlfahrt und gutem Gelingen gereichen mag, dies soll er nach seinem Verstand und Vermögen tun. Wo er aber begehre, oder man es sonst für nötig erachten würde, so möge man ihm vier verständige Kriegsleut zuordnen, mit dero Rat er im Felde handele.
Was aber die Brandschatzung, die Aussöhnung der Feinde oder die Vertragsaushandlung anbelangt, solls mit unser aller Wissen und Willen geschehen. Würde darüber einer von uns mit dem Feinde heimlich praktizieren, soll er dessen alsbald verklagt und als meineidig ohne jeglicheGnade vor aller Gegenwart gestraft werden. Auch solches Kriegsvolk soll gleiche Strafe erhalten.
Sollte sich dieses Werk in die Länge ziehen und jemands Hilfe erschöpft sein und er Gefahr des Verarmens laufen, so soll er darum nicht ausgeschlossen werden. Dasjenige, was wir anderen genießen, solle auch er genießen und nicht abgesondert sein.
Diesem zur Richtigkeit folgende Stimmen:
Der Kurfürst von Sachsen soll, vonwegen des jungen Vetters Georg Friedrich, zwei Stimmen, Herzog Johann Albrecht eine Stimme und Landgraf Wilhelm auch eine Stimme haben. Kommen mehr Fürsten oder andere Stände hinzu, so soll denselben auch ihre Stimme gelassen werden. Reiter und Landsknechte sollen uns allen zugleich schwören.
Was im Anzuge oder Abzuge, ungesehen von wem, gewonnen werde, soll in billiger Gleichheit und Veranschlagung der jeweils geleisteten Hilfe geteilt werden. Was in Brandschatzung gewonnen werde, soll ein eingeschworener Brand- und Dingmeister allen zum gleichen Teil zuweisen.
Um unseres Ansehens willen, haben wir bedacht, fürstliche Personen als

[115] gemeint ist hier die Kriegserklärung
[116] Artillerie

Geisel zu geben. Dies soll besichern, das hier Zugesagtes auch gelebt werde. Unsererseits wollen wir dem König Frankreichs die hochgeborenen Fürsten Christoph oder Karl, Herzöge zu Mecklenburg, und Ludwig oder Philipp, die jungen Landgrafen zu Hessen, übergeben. Wir werden sie inwendig des 25. Februarij gen Basel schicken. Der König von Frankreich soll uns einen Tag benennen und uns seine Geisel von gleicher Dignitet[117] nebst dem zugesagten Gelde nach Ziegenhain zur besten Verwahrung bringen. Wie lange die Geiseln auf beiden Seiten gehalten werden, ist abgeredet. Sobald mit dem Gegenteil Frieden gemacht und unser Kriegsvolk aus dem Felde abgezogen ist, so sollen auch die Geiseln wieder absein.
Die Städte, die von Alters her zum Reich gehören, aber nicht teutscher Sprache sind, nämlich Chamerich, Toll in Lothringen, Metz, Verdun und was derselben wären, nähme die Kön. M. zu Frankreich ein und behalte sie. Der Kön. M. zu Frankreich den Titel eines Vicarius[118] des Heiligen Reichs zu verleihen, wollen wir künftig geneigt sein. Desgleichen dafür, dass die Kön. M. in den Niederlanden ein sonder Feuer anzünde, auf dass der Feind an vielen Orten löschen und seine Macht teilen muss.
Wenn auch wir etwas, dass uns im Wege läge, hinwegräumen oder zu unseren Händen gelangen lassen, so soll dies der Kön. M. nicht zuwidergehandelt sein. Und dieweil der christlichste König bei uns Teutschen nicht allein wie ein Freund, sondern wie ein treuer Vater zu diesem Werke beisteht, so wollen wir -wenn Gott uns Gnade und Glück verleihe- seine Kön. M. in der künftigen Erwählung eines Kaisers die Masse halten, die seiner Kön. M. wohl gefalle, und keinen wählen, der seiner Kön. M. kein guter Freund und Nachbar sei. Nähme die Kön. M. diese Dignitet selbst auf sich, wollen wir es ihm wohl zutragen und gönnen. Sobald es die Gelegenheit gibt, wollen wir uns seiner Kön. M. zu ewiger Beschützung von Land und Leuten, die wir jetzt haben oder künftig gewinnen, und zur Erhaltung unserer Freiheiten gegenseitig anerbieten. Auch für den Markgrafen Johann von Brandenburg-Küstrin, der sich über unsere Zuversicht zur Zeit noch von uns absondert, soll dieser Vertrag abgeschlossen sein.
Dies alles zu wahren, haben wir diese Vereinbarung mit unseren eigenen Händen unterschrieben, unser Secrett[119] darauf gedrückt und mit handgebenden Getreuen in einem leiblichen Eide bekräftigt.
Nachdem wir,
Heinrich, von Gottes Gnaden König zu Frankreich etc., unseren Oratorem, Rat und lieben Getreuen Johannem Fraxineum, Bischof zu Bayon-

117 persönlicher oder institutioneller Status
118 Reichsverweser, Reichsvikar
119 Siegel des regierenden Herrn

ne, nach Teutschland schickten, um jenen Vertrag aufzurichten, haben wir den Inhalt verstanden. Wir wollen uns denselben wohl gefallen lassen. Soviel es uns belangt, wollen wir alles königlich halten und erfüllen. Hierauf haben wir unser königliches Secrett gedrückt und mit eigener Hand unterschrieben und gegenüber des hochgeborenen Fürsten, unseres lieben Oheims Herrn Albrecht Achilles Markgraf zu Brandenburg etc., einen leiblichen Eid geschworen. Geschehen zu Chambord am funfzehnsten Tag des Monats Januarij Anno Christi ut supra, regni nostri quinto.

„*Verrat am Kaiser. Rache für Philipp von Hessen.*" Moritz von Sachsen ließ sich diese Worte nicht nur einmal auf der Zunge zergehen. Wie ein süßes Konfekt legte er sie sich wieder und wieder zwischen die Lippen, die erst nachspürten, bevor sie dem Mund den Genuss überließen... Nachdem sich jener behagliche Schmelz zerteilt hatte, verwies er sein Triumphgefühl hinter sein eisiges Kalkül: *Noch war kein Sieg errungen. Aber der Boden war bereitet und so, wie der Frühling ins Land zöge, so würden auch er und seine Verbündeten es tun.*

Wien, 12. Februar 1552, König Ferdinand I. an Moritz von Sachsen[120]

Hochgeborener lieber Oheim, Schwager und Kurfürst! Ich bin mir dessen ganz sicher, dass Euer Liebden wohl erkennt, dass ich Euch gegenüber allein Freundschaft gezeigt habe. Ebenso unterstützte ich Euch gegenüber der Kai. M., und auch sonst. Ungespart meiner Person, meinen Kindern, meinem Land und meinen Leuten, habe ich Euch zu großer Reputation[121] verholfen. Dies allwegs als ein recht guter Freund in Liebe und Treue zu tun, bin ich auch weiterhin entschlossen. Was Euch schade und zum Nachteil gereiche, davor werde ich Euch mit Gottes Hilfe warnen, um es zu wenden.

Deshalb fühle ich mich jetzt gerufen, Euer Liebden anzuzeigen, dass es meines Erachtens nicht zu Ehre und Wohlfahrt gereicht, sondern zu Gefährlichkeit, Schande und Nachteil, wenn Ihr mir nicht folget, was Gott gnädig verbieten möge:

Aus vielen Orten, sogar aus Frankreich, kommt mir großes Geschrei

[120] Wortlaut nach: 982. König Ferdinand an Kurfürst Moritz. bei: Druffel, Beiträge zur Reichsgeschichte 1552. Bearbeitet von August von Druffel. München. 1880.

[121] Achtung, Anerkennung, Hochschätzung

zu Ohren. Euer Liebden sei, samt Eurem Bruder und anderen Fürsten, in Praktiken um Reiter und Landsknechte mit dem Ziele, neue Kriegsführung aufzurichten, zum Teil den Franzosen zur Güte, dem Kaiser in vielerlei Wege zuwider und der Teutschen Nation zur Beunruhigung. Für geheime Praktiken verwendet Ihr den von Heideck, auch Franzosen sollen darob im Lande gewesen sein. So rühmen sich Französische, die Kai. M., deren und auch meine Lande sollen, unter dem Scheine der Religion und der Angelegenheit des Landgrafen von Hessen, angegriffen werden. Was sonst alles überall geschrien wird, könnte ich noch weitläufiger ausführen.

Wenn dem also so wäre, wenn ein starker, gemeiner Ruf umgehe, was ich nicht glaube, wäre es meines schlechter Verstand und wider aller Billigkeit und Vernunft, dies nicht sehen zu wollen. Aber aus folgenden Gründen möchte ich es nicht sehen:

Wäre es also wahr, so wäre es zum Ersten wider Gottes, denn ihm dienet man durch Ruhe und Einigkeit, nicht durch Krieg. Er ist die Mutter allen Übels in Totschlag, Mord, Brand, Raub und dem Zwange der Frauen und Jungfrauen. Auch ist es wider der Schickung des Allmächtigen, die die Kai. M. berief, so auch wider mich, da ich der Römische König bin.

Dies möge Euer Hochverstand erkennen, denn Ihr müsstet gegenüber Gott verantworten, ein Stifter großen Übels zu sein. Außerdem verschafftet Ihr dem Türken Gelegenheit, Nutzen für sich zu ziehen. Der gesamten Christenheit würde es zum Schaden gereichen! Der Teutschen Nation und meinem Reiche an erster Stelle! Erinnert Euch des heiligen Schwurs, den Ihr dem Evangelium getan habt! Vergegenwärtigt Euch, dass Ihr zum Schaden Eures Vaterlandes und zum Wohle Frankreichs handelt! Vergegenwärtigt Euch, dass Ihr zum Gefallen der Türken handelt, deren Ziel die Vertreibung und Austilgung der Christenheit ist! Alle Welt weiß um der Türken Betragen und Zwang gegenüber Weibern, Töchtern und Verwandten, die Ihr dem preisgebt! Nicht nur Gott wird Euch dafür aburteilen! Auch jeder andere, der Ehre und Vernunft an sich hat!

Vielleicht möge es bei Euch dazu beigetragen haben, wie dem Landgrafen von Hessen zugegangen, und wie er wider der Zusagen an Euch im Gefängnis gehalten wird. Ich will Euch wohl versichern, alles zu dieser Erledigung zu tun. Doch Ihr möget Euch entsinnen, welche Warnungen Euch der Kaiser zum Landgrafen von Hessen gab und welche Eure Pflichten gegenüber der Kai. M. und dem Reiche sind. Bedenkt der Gnaden, die Euch die Kai. M. gewährte, und die Euch auch weiterhin zuteilwerden. Baut nicht auf die große Macht der Franzosen! Sie ist nichts als Einbildung und Betrug! Seht Ihr nicht, dass noch niemand wider des Kaisers gewann? Nicht der Franzose, nicht der Papst, nicht der Venezianer oder ein anderer Potentat. Wie mächtig wähnten sich der Landgraf von Hessen und der gewesene Kurfürst von Sachsen! Und wohin hat sie ihre Stärke gebracht? Auch wenn sie sagen mochten, Gott wird der Religionssache helfen! Wie es aber Gott tatsächlich gefallen hat und wie er ihnen half, das weiß man wohl!

Aus allen diesen Ursachen und noch anderem mehr ersuche ich Euer Liebden ganz freundlich, treulich und herzlich, Ihr möget dies alles bedenken und Euch nicht verführen lassen. Folget meinem Rat! Steckt nicht unversehens tiefer als Euer sächsischer Vetter! Verbrennt nicht diesen Brief, sondern lest ihn mehrfach! Seid mit ihm daselbst allein!

Und ich bitte Euch, mir meine Worte nicht zu verübeln. Euer Reputation ist meines Herzens Wunsch! Auch wenn ich mich jetzt meines Königreiches wegen vorrangig Böhmen und Hungaren zuwenden muss, so möchte ich nicht weniger mit Euch freundlich und vertraulich reden! Euch Freundschaft und Gnaden zu erzeigen, bin ich gänzlich gemacht.

Datum Wien am 12. Februarij Anno 1552. Ferdinand.

Colmar, den 25. Februar 1552, Sebastian Schertlin von Burtenbach an die Verbündeten[122]

An X. Ich wurde für den 3. von Hildebrand abgefertigt. Ich hätte gern, dem Bescheide gemäß,

[122] Wortlaut nach: Druffel II, 1014., S. 156, 157 ; Bedeutung der unter den Verbündeten üblichen Pseudonyme: Hildebrand - König Heinrich II. ; Raffzahn - Kaiser Karl V. ; Hauptmann Paul Rumensattel - Albrecht Achilles von Brandenburg-Kulmbach ; Scipio - Johann von Heideck ; der Alte - Friedrich von Reiffenberg ; Numitor - Moritz von Sachsen ; Stedin Mundlein - Ottheinrich ; Knebelbart - Sebastian Schertlin von Burtenbach

den 15. abgewartet. Da ich aber Raffzahns geheime Anschläge erfuhr, der einen Teil seiner Kaufmannsware auf März 15 nach Donauwörth führen lässt, will ich dies verhindern. Ein anderer Teil solle nach Constanz, und ein dritter nach Augsburg geworfen werden. Um auch jene Ware wertlos zu machen, wartete ich nicht auf die festgesetzte Zeit. Stattdessen besann ich mich auf März 4. Hildebrand, Hauptmann Paul Rumensattel, Scipio und anderen Gesellen habe ich geschrieben, dass auch sie nicht säumen. Würde man länger zögern, ließe sich hier nicht viel Geldes lösen. So aber hoffe ich, die erste Ware in Donauwörth zu zerrütten. Ich scheue keine Kosten und so werden auch die anderen Märkte wenig nutz sein. Auf 25 dieses Monats ist verabredet, hier Geld gegen Ware zu geben und die Kaufleute gegeneinanderzustellen[123]. Das Geld mit dem Manne ist hier, die anderen zwei kommen morgen oder übermorgen. Hildebrand will den März 20 wach sein, der Alte mit den alten Gänsen kommt vorher. Deren sind so viele, sie könnten den Rhein austrinken. Man möge dem Numitor dies alles anzeigen.

Das alt Stedin Mundlein würde gerne Gutes tun, wenn unsere Ware gültig ist. Die Verwandten tun mir alle Gutes, sie werden auch Euch gern helfen.

Ich schrieb Euch dies alles aus Notdurft, damit gleich gehandelt werde. Für Numitor und seinesgleichen meinen Dienst! Ich hoffe, Ihr alle kommt bald und helfet mir, guten Elsässer Wein zu kosten.

Gott bewahre Euch!

Datum Colmar, den 25. Februarij anno 1552,

Knebelbart.

---

[123] siehe den Vertrag von Chambord vom 15. Januar 1552, Austausch der Geiseln

Residenz zu München, den 01. März 1552

„...sende ich Dir Lazarus Schwendi* Angelegenheiten halber, daran uns und dem Reiche trefflich und viel gelegen ist, wie Du von ihm weiter vernehmen wirst. Ich hoffe, Du wirst Dich darauf gutwillig und willfährig zeigen. Gegeben zu Innsbruck am letzten Tag des Monats Februarij anno etc..“ Albrecht V. von Bayern ließ des Kaisers Eilnachricht aus der Hand gleiten, die man ihm soeben gebracht, und die er sofort gelesen hatte.
„Aha“, murmelte er. „Gutwillig und willfährig soll ich also sein. Wenn nur auf des Kaisers Seite ebensolche Gutwilligkeit bestünde.“
Er erinnerte sich an seine letzte Begegnung mit ihm, auf dem Augsburger Reichstag im vergangenen August. Wo er von ihm vor den Kopf gestoßen wurde, als er das Thema Pfalz-Neuburg ansprach. Und weswegen er, einige Zeit später, beschlossen hatte, sich aus der ganzen Misere zurückzuziehen, auf die sein Vater und Leonhard von Eck so verbissen und rücksichtslos hinintrigiert hatten: Er würde nicht nur den Streit mit dem jetzigen Kurfürsten von der Pfalz, sondern auch gegen alle Pfalzgrafen dieser Linie, die künftig nach der Goldenen Bulle zur Kur gelangten, fallen lassen und dieselben als Kurfürsten anerkennen. Was nach sich zog, dass er sich auch mit Pfalzgraf Ottheinrich aussöhnen würde, sobald sich die Gelegenheit dazu böte.
Dass Karl V. nun einen seiner Diplomaten persönlich nach München abordnete, geschah sicherlich nicht wegen Pfalz-Neuburg. Höchstwahrscheinlich schickte er ihn wegen der allerorts kursierenden Gerüchte um eine kaiserfeindliche Bewegung seitens mehrerer deutscher Fürsten.
Welche Position würde er einnehmen, falls diese dunklen Wolken tatsächlich aufzögen? Entlüde sich aus ihnen ein zerstörerisches Unwetter? Oder eher ein reinigendes Gewitter?? Albrecht ging an ein Fenster. Der Himmel über München präsentierte sich ihm im geliebten Weiß-Blau.

Residenz zu München, den 06. März 1552

„Nach dem Fall Magdeburgs und Bezahlung dessen Kriegsvolks hoffte der Kaiser auf Ruhe und Frieden im Reich, um einem etwaigen Angriff der Türken mit Erfolg zu begegnen“, leitete Lazarus von Schwendi die Unterredung mit Albrecht V. von Bayern gemäß seiner Instruktionen ein. „Stattdessen gelangten Nachrichten über vielfältige Praktiken und Kriegsgewerbe an ihn. Daher war er bemüht, Erkundigungen einzuziehen, um nicht mit unnützen Rüstungen zusätzliche, am Ende unbegründete Unruhe zu verbreiten.“ Des Diplomaten Augen ruhten auf Albrecht.
„Wenn Ihr von mir wissen wollt, welche Informationen mir vorliegen“, legte Albrecht jene festen Blicke als Aussageaufforderung aus, „kann ich Euch nur versichern, daß auch ich nur von Gerüchten weiß.“

„Nein, nein“, widersprach von Schwendi. „Ich bin nicht bei Euch, um Euch auszuhorchen. Der Kaiser weiß um Münchens Treue. Aber der König von Frankreich versucht, ihn mit falschen Anklagen verhasst zu machen. Die Deutsche Nation den Türken zum Fraß vorzuwerfen ist sein Ziel. Deshalb schildert er den von den Deutschen erwählten, aus deutschem Blute geborenen Kaiser als Feind der gemeinen Wohlfahrt und als Unterdrücker der wohlhergebrachten deutschen Freiheit. Es mag ja sein, dass er denjenigen, die er auf seine Seite zu ziehen bedacht ist, allerlei große Versprechungen gibt. Doch in seiner unersättlichen Gier strebt er gewisslich nach nichts anderem, als durch innere Zerrüttung und Verwüstung unserer Nation seinen Fuß selbst darein zu setzen oder sie sich mit dem Türken zu teilen.“
Obwohl Lazarus von Schwendi abermals innehielt und den jungen Wittelsbacher fest ansah, blieb der still. Albrecht schwieg aber nicht deshalb, weil er etwa eine gegenteilige Ansicht vertrat. Momentan vertrat er gar keinen festen Standpunkt. Er würde sich erst äußern, wenn er angehört hätte, worauf des Kaisers Diplomat wirklich hinauswollte. Doch eines war ihm augenblicklich aufgestoßen. Nämlich, dass der Kaiser die plötzliche Ansicht vertrat, ‚*aus deutschem Blute geboren*‘ zu sein...
„Wiewohl Ihre Kaiserliche Majestät insbesondere an Euer fürstlichen Gnaden keinen Zweifel hegt“, fuhr von Schwendi fort und verneigte sich leicht, „so liegt ihm doch am Herzen, zu erfahren, ob Ihr Euch nicht etwa solch falsch verblümtem Schein wider dem eigenen Vaterland, also wider Euer selbst, verführen und von der rechten Bahn abbringen lasst.“
Abermals dieser Blick. Abermals Schweigen von Albrechts Seite.
„Ihre Kaiserliche Majestät sorgt sich in diesen gefährlichen Zeiten um Euch“, legte von Schwendi nach. „Nicht nur, dass Ihr Euch von ihm abwenden, sondern dass Ihr ihm nicht mit Eurer ganzen Kraft in schuldigem Gehorsam beistehen werdet. Aus freundlichem Willen möchte er nicht unterlassen, dies Euch gegenüber zu verkünden.“
Auch jetzt wartete von Schwendi vergeblich auf eine Reaktion. Albrecht saß ganz still. Von Schwendi kramte in seinem Geduldskasten.
„Nicht nur Ihrer Kaiserlichen Majestät sollet Ihr getreulich helfen, sondern auch bei allen Euern benachbarten Fürsten, Ständen und Städten möget Ihr Euch verwenden, dass diese sich gehorsam halten und sich zu verderblichen Praktiken nicht verführen lassen.“ Schwendi ging nun aufs Ganze. Er schöpfte nur kurz Atem, dann sprach er aus, wessen er vom Kaiser instruiert worden war. „Bei Frieden, Recht, und Einigkeit, nach allem und äußerstem Vermögen, in keiner Sache mit Gewalt, sondern mit der Stände und des Reiches Rat, ganz so wie Ihre Kaiserliche Majestät, so mögt auch Ihr zu handhaben sein. Erfahrt Ihr hierin etwas Näheres, soll meinen, darnach sich Ihre Kaiserliche Majestät zur Erhaltung des gemeinen Friedens richten könne, mögt Ihr es ihm sofort mitteilen. Es

wird dem Vaterlande, wie auch Euch selbst, zu Nutzen gereichen. Ein solches wollt Euch Ihre Kaiserliche Majestät mit allen Gnaden anerkennen und nimmermehr vergessen."

„*Nimmermehr vergessen.*" Die letzten beiden Worte schallten in Albrechts Ohren. „*Nimmermehr nicht vergessen*", änderte sich jener Schall in einen Widerhall. Angesichts der Realität wollte Bitterkeit in Albrecht aufsteigen. *Wohin hat des Kaisers Politik das vorgebliche Vaterland gebracht?!* Er war ein junger Fürst und in seiner Brust schlug ein junges Herz. Der Kaiser hingegen schien ihm in seiner Denk- und Handlungsweise mehr als festgefahren... Albrecht überlegte, aber nur kurz. In Gewissheit, dass sich über seine Gegenäußerung die richtigen Worte eigenmächtig aneinanderspinnen würden, begann er zu sprechen:

„Eure Worte beschweren mein Gemüt darin", knüpfte er einen Faden an, „dass sich Ihre Kaiserliche Majestät als milder, friedliebender Herrscher an des französischen Königs und anderer im Reich schwebenden Praktiken um Kriegserwerb keine Schuld zumisst."

Von Schwendis Gesicht fiel auseinander. Albrecht fasste eine andere, gefälligere Fadenspule auf. „Dennoch bedenkt er wohl, zu welchem Schaden und Verderben die Deutsche Nation durch König Heinrich II. und die Türken gebracht werde. Mich empört dies ebenso. Allenthalben durch Einigkeit, besonders in der Christenheit unserer Nation, ist der Friede im Reich der Deutschen zu erreichen. Das werde ich befördern. Ich werde mich nicht gegen den Kaiser bewegen lassen, sondern mich als gehorsamer, blutsverwandter Fürst verhalten." Genug von dieser Spule. Albrecht wechselte noch einmal. „Schon seit geraumer Zeit gelangen Gerüchte über Empörungen im Reich an mich, doch erst vor zwei Tagen erfuhr ich konkreter, dass etliche Fürsten und Stände sich gegen unverhofften Überfall um Kriegsvolk bewerben. Niemandem gereicht zur Unbilligkeit, sich schützen zu wollen. Hätte ich ein Anderes vernommen, hätte ich nicht unterlassen, Ihre Kaiserliche Majestät sofort zu unterrichten." Mit diesen Worten war es Albrecht, der nachlegte. „Belangend Ihrer Kaiserlichen Majestät Begehren, ich solle im Falle der Not auf Mittel und Wege bedacht sein, wie diesem Unrat zuvorzukommen sei, bin ich dies mit meinem Verstand und Vermögen zu tun begierig." Albrechts Fadenspule flitzte. „Aber ich zweifle gar nicht daran, dass Ihre Kaiserliche Majestät sich umsichtig und mildtätig jenen Sachen zutue. Und so ich Ihrer Kaiserlichen Majestät von Aufrührerischen melde, so gehe ich davon aus, dass Ihre Kaiserliche Majestät unverzüglich Botschaft an dieselben sendet, um zu erfahren, aus welchen Ursachen diese Rüstungen vorgenommen werden. Und dass Ihre Kaiserliche Majestät sich auf die Unterhandlung etlicher unparteiischer Kurfürsten und Fürsten einlasse, um eingerissene Missverständnisse auszuräumen. Gehorsam entbiete ich mich persönlich Ihrer Kaiserlichen Majestät zu diesem gemeinen Nutzen und gutem

Wesen, aber nicht ohne die gute Hoffnung, auf beiden Seiten Fruchtbares auszurichten.“

Fadenende. Albrecht knotete ein Lächeln hintenan und von Schwendi reagierte mit einer Verneigung. „Ganz so werde ich es ausrichten. Und zweifelt nicht, dass Ihre Kaiserliche Majestät das gleiche Ersuchen auch an andere Fürsten und Stände richtet, die sich ebenso gehorsam halten wie Euer Gnaden.“

Lazarus von Schwendi beeilte sich mit seiner Verabschiedung. Der Grund dafür war seine Furcht davor, dass die Zündschnur, die Albrecht zwischen seine Worte gelegt hatte, in seinen -von Schwendis- unbedingten Gehorsam eine Kluft sprengen könnte, die dann seinen Verstand zerteilte, Albrechts Botschaft an den Kaiser richtig auszulegen.

Albrecht seinerseits lächelte dem mit wehenden Fahnen davoneilenden Botschafter hinterher. Anschließend vertiefte er sich in den Brief des Markgrafen Albrecht Achilles, der die ganze Zeit während des Gesprächs auf seinem Schreibpult gelegen war:

„Hochgeborener Fürst, freundlicher lieber Vetter und vertrauter Bruder!

Dein Schreiben habe ich empfangen und verlesen und ich bitte Dich freundlich, Du wollest mir nicht für ungut halten, dass ich Dir so lange nicht geantwortet habe. Derzeit war ich nicht daheim gewesen und nun sehe ich, dass sich die Leute seltsam anlassen. Deshalb habe ich mich mit zwanzig Fähnlein Landsknechten und 2.500 Reitern gefasst gemacht.

Soviel Dein Bitten anbelangt, ich möge Dir im Geheimen mitteilen, wie alles vorgehe, wollte ich dies, so ich dürfte, gerne tun. - Indes, ich darf es nicht. Aber ich versichere Dir, dass ich auf Dein Land und Deine Leute gerne achte. Da jedoch der geschwinden Läufe und der Schreibfedern wenig vertraut werden kann, muss ich mich deswegen entschuldigt halten. Ich bitte Dich, Du wollest einen Deiner geheimen Räte, einen von Adel, zu mir schicken. Dem würd ich mehr sagen, als ich schreiben darf. Auf eines aber darfst Du Dich getrost verlassen: Das Werk wird sich um Ostern zu erkennen geben.

Dein Ansinnen, Dich mit Pfalz-Neuburg auszusöhnen, habe ich mit größter Freude vernommen. Als Dein lieber Vertrauter bin ich Dir zu dienen willig.“

Anfang März 1552, vor Ausbruch des Fürstenaufstandes

„Man fahr‘ nur fort! Man wird alles erlangen!“

Johann von Heidecks Werbungen gingen gut. Von 9 Fähnlein waren die Hauptleute gekommen, der eines zehnten jedoch ausgeblieben. Aber auch das wolle er bald aufgerichtet haben, denn die ‚Vögel‘ streiften weidlich. Die besten Knechte würden jedoch noch sitzen, um zuvorderst zu sehen, wo es hinausginge. Aber er hege keinen Zweifel, sie an die Hand

zu bekommen. Noch eine Woche, dann wäre sein Regiment komplett und es fehlte nur der Befehl, wohin er ziehen solle.
Für den König von Frankreich wurde in Basel geworben, es würde hernach wohl Sebastian Schertlin von Burtenbachs Regiment sein.
Zu Strassburg waren Kaiserliche erschienen, per Befehl ein Haussuchen nach französischen Knechten und Oberleuten vorzunehmen. Der Stadtrat warnte jedermann und erlaubte erst dann des Kaisers Leuten, in den Wirtshäusern suchen zu lassen. Niemand wurde gefunden.
Von Philipp Melanchthon kam die Meldung aus Trient, im Konzil würde am 19. März die letzte Session gehalten. Von der sei aber nichts mehr zu erwarten. Das Konzilium hatte bereits angezeigt, dass in keinem Artikel nachgelassen werde. Die württembergischen Theologen seien deshalb schon abgereist.
„*Keine Stund' mehr Zeit zum Feiern! Geschrei geht heraußen, es werde ein großer Krieg anfangen! Und die, die mit dem Kaiser ziehen, wollen uns beim Kopfe nehmen!*"
Albrecht Achilles zu Brandenburg-Kulmbach hatte des Kurfürsten Moritz Schwester, Markgräfin Aemilia zu Brandenburg-Ansbach*, aufgesucht. Auch sie wolle alles tun, was man von ihr begehre, obgleich nicht ohne Angst. Anschließend richtete er seine Musterplätze ein. Ebenso brachte er in Erfahrung, dass aus Tirol viel Volk herauskomme und bei Donauwörth ein großer Haufe ungemustert liege, den es dringend zu zerteilen galt.
Heinrich von Salza meldete, der Kaiser habe in den Niederlanden sechs Regimenter Knechte und 10.000 Pferde in Bestallung. Zudem hätten sich die geistlichen Kurfürsten, Fürsten, Stifter und Städte ihm zur Hilfe verpflichtet und er beabsichtige den Erlass eines Ausschreibens, dass bei Leibesstrafe den Dienst wider ihm verbiete. Alle, die bei ihm bleiben, werden einen stattlichen Anhang machen.
„*Seit des Kaisers Sieg werde nur gestrebt, die deutschen Fürsten ihrer Freiheit zu berauben! Man gibt Geld, die Leute heimlich zu ermorden! Wie es dem Martinuzzi* ergangen, so solle es Sachsens Kurfürsten ergehen!*"
Wolf von Vellberg gab Mitteilung, der Kaiser wüsste wohl um die Praktiken der Rebellen. Daher rüste er ernstlich in Ober- und Niederland, um zuerst Mainz zu besetzen, damit man nicht über den Main käme. Deshalb wolle er, Wolf von Vellberg, lieber mit einem halben Volke bei Moritzen, als mit einem ganzen Heere beim Kaiser stehen.
Der junge Granvella ließ Kursachsens Berater wissen, dass Karl V. seinen Sieg anno 1547 nicht missbrauche. Die Stände hätten ihm die Beobachtung im Reiche angetragen und er wäre dabei mit Briefen vorgegangen, ohne Blut zu vergießen. Gleichsam würde auf ständischen Wunsch hin das Trienter Konzil erneut ausgetragen, was ebenso der Kaiser befördert hätte. Und nun würde man ihm dies zum Vorwurf machen. Genauso, wie man ihm die noch nicht erfolgte Freilassung des Landgrafen von Hessen

vorhalte, die doch längst erfolgt wäre, wenn nur der Kurfürst Moritz sich beim Kaiser eingefunden hätte. Auch könne Granvella einfach nicht glauben, dass die deutschen Fürsten zu eigenem Schaden den Franzosen ins Reich bringen.

„*Gott möge dem Kurfürsten Moritz den Sinn auf Erhaltung des Friedens lenken!*"

Die nach Trient zum Konzil gereisten Sächsischen Räte bekundeten, man erwarte einen erbärmlichen Krieg, bei dem sich die Potentaten leicht vertragen, Moritz aber im Bade stecken bleibe. Allhie wisse man nämlich, dass der Franzose mit dem Türken im Bündnis stehe. Auch hat man seitens der Franzosen ein sehr unchristliches, lästerliches Ausschreiben herumgezeigt, das wider der wahren Religion verwarnte. Desgleichen hätte man nie zuvor gesehen, was kein gutes Vorzeichen sei. An der guten Bestellung ihrer Briefe hegten sie Zweifel, anders können sie sich nicht erklären, weshalb sie ohne Antwort bleiben: Was sollen sie hier in Trient noch anfangen??

Kurfürst Friedrich II. von der Pfalz hörte seit etlichen Tagen von Rüstungen im Deutschen Reich, besonders auch in Hessen. Er instruierte deshalb zu einer mündlichen Mitteilung an den jungen Landgraf zu Hessen. Er fürchte einen inneren Krieg, wo doch das Reich schon mit allerlei Anfechtungen beladen sei. Der Landgraf solle ihm die Ursache der Rüstungen mitteilen, besser noch, die Rüstungen sollen eingestellt werden. Er wolle gerne Unterhändler sein. Wilhelm von Hessen ließ ihm antworten, dass er am liebsten Ruhe und Frieden hätte. Aber alle Welt wisse, wie ungerecht sein Vater in Gefangenschaft gekommen sei und darin gehalten werde. Nichts, auch keine Verwendung von Königen, Kurfürsten und Fürsten, hätte dagegen geholfen. Mithilfe der Consilia der gelehrtesten Männer des In- und Auslandes hat der Vater seine wichtigsten Rechte aus dem Gefängnis heraus verteidigen müssen. Trotzdem habe man gesehen, wie der Vater um Leib, und sie, die Kinder, völlig um ihr Gut und an den Bettelstab gebracht werden würden. Vom Anschluss an Sachsen und Brandenburg habe der Kaiser sie mit grausamen Drohungen abgeschreckt. Deswegen habe er sich an Könige, Potentaten und Stände wenden müssen, um die Befreiung des Vaters und die Erhaltung deutscher Freiheiten zu erreichen. Dessen ungeachtet hätte er gerne von Friedrichs angebotener Unterhandlung gehört. Seine Kriegserklärung sei noch nicht ganz fertig, aber mit Fertigstellung sende er sie umgehend auch nach Heidelberg. Mit einem Gruße empfehle er sich und seine armen verwaisten, betrübten und unmündigen Geschwister, nebst Land und Leuten der Treue des Kurfürsten von der Pfalz.

Kardinal Otto von Augsburg* schrieb an Albrecht Achilles im Vertrauen, man wisse um allerlei Rüstungen des Markgrafen, teils wider der Kai. M., teils wider der Geistlichen und letztlich für den König aus Frankreich. Er wäre darüber wegen des geliebten Vaterlandes herzlich erschrocken, besonders, da von noch größeren Rüstungen in Sachsen und Hessen die Rede sei. Aus den Kriegsrüstungen könne nur das Verderben der Beteiligten folgen, wegen der großen Macht des Kaisers. Nur deutsches Blut werde geopfert. So sollte Albrecht Achilles ihm seine Beschwerden über den Kaiser kundtun, er würde sich gerne hierfür verwenden. Er schwor Albrecht bei Gott und allen Heiligen, dass er es ernst meine und er bat, dass sein armes Stift geschont werde.

Herzog Christoph von Württemberg* schrieb an den Kaiser, dass er bereits über Kriegswerbungen und Versammlungen im Elsass berichtet hätte. Er bedauerte sie besonders deshalb, weil etliche Jahre hindurch innere Kriege gewütet hätten. Die Stände seien sehr erschöpft, was einen Türkenkrieg umso gefährlicher mache. Umlagen auf den gemeinen Mann seien nicht mehr aufzubringen. Seine Untertanen haben durch spanisches Kriegsvolk 800.000 Gulden Schaden gehabt. 77.000 Gulden an Reichsbeschwerden mussten an des Kaisers Fiscale bezahlt werden, weshalb nun nicht einmal der Herzog selbst bezahlt werde. Trotzdem wäre er als gehorsamer Fürst bemüht, sich nach des Kaisers Wunsch mit den benachbarten Fürsten zu unterreden. Erfolge wollte er melden.

Johann Friedrich I. von Sachsen zweifelte in einem Brief an seinen erstgeborenen Sohn Johann Friedrich* nicht, dass dieser im Bilde sei, was proklamiert werde. Er selbst habe von Frankreichs kriegerischem Ansinnen erfahren, und da er um Moritzens unstetes Gemüt wisse, der von einer in die andere Untreue wechsele, so sei doch dessen ganze Sache auf einen bösen Grund gesetzt. Als Vater beharre er scharf darauf, dass sich sein Sohn mit dem Kaiser vertrage. Die Banditen, den von Heideck und die Arnold-Brüder, die die Franzosenhandlung paktiert hätten, sähe er am liebsten auf der Fleischbank. Ihm sei bewusst, was er unter dem Kaiser gelitten habe, aber nach dem bösen Wetter mochte ihrem Haus Sachsen wieder die Sonne scheinen. Alles stünde in der Hand Gottes und deshalb mahnte er seinen Sohn Johann Friedrich und dessen Bruder, sie sollen sich mit ihrem eigensinnigen Kopf in nichts ein- oder gar bei der Hand greifen lassen, denn dann wäre alles aus. Welch gnädige Antwort die beiden vom Kaiser bekommen, sendete er in einem Nebenschreiben. Man solle deshalb auf den Vater hören!

Heinrich IV. von Plauen* hatte zwei Briefe von König Ferdinand erhalten, wegen der er, trotz seiner körperlichen Schwäche, umgehend nach Pressburg[124] eilen wollte. Dafür erbat er frische Reitpferde...

Pressburg, den 10. März 1552

„...bei Markgraf Albrecht Achilles sollen es 2.000 Berittene sein, ebenso

[124] heutiges Bratislava

bei Herzog Johann Albrecht von Mecklenburg und bei den jungen Landgrafen von Hessen. Bei Graf Christoph von Oldenburg* sind es 1.500, neben 30 Fähnlein Landsknechten. Wolf von Anhalt* scharte 1.500 Berittene um sich." Auf seine Aussage hin schüttelte Heinrich IV. von Plauen tief betroffen mit dem Kopf.
König Ferdinand schlug die Hände vors Gesicht. „Moritz, Moritz, was tust du nur?!", schickte er durch seine Finger. „Keine Antwort erhielt ich von ihm auf mein wohlgemeintes Schreiben. Vor fast einem Monat bot ich ihm Beistand. Umsonst. Aber, sagt mir, verehrter Heinrich, wie erfuhrt Ihr von alledem?"
„Der Landtag zu Torgau. In Sachsens Landschaft billigt nicht jeder ihres Kurfürsten Tun."
„Was könnt Ihr mir noch berichten?"
„Nun, die Regimenter werden sich alsbald vereinigen, wohl am Main, dessen Pässe um Frankfurt man zuerst einnehmen will."
„Regimenter?!" Der König raufte sich die Haare.
„Sicherlich wissen Euer Majestät um das Bündnis zwischen Frankreich und etlichen Fürsten im Reich. Es ist nicht nur aufgerichtet, es wird nun vollzogen, so die Vorzeichen. Frankreich gibt eine große Summe dafür, dass man ihm zum Kaisertum verhelfe. Vor oder nach dem Ableben unseres jetzigen Kaisers. Und er versichert den Kurfürsten, dass sie bei allen ihren Freiheiten bleiben werden. Keiner wird mit Steuern oder Hilfsgeldern belegt und ein jeder darf seiner Religion nachgehen, egal ob katholisch oder protestantisch. Die Wahl des Römischen Königs erfolgt auch künftig nach der Goldenen Bulle, wie es seit jeher geschehen ist. Auch wird kein Fürst oder anderer Stand wider ordentlichen Rechts geächtet, verjagt oder gefangen gesetzt."
Unter seines Oberstkanzlers Worten löste sich Ferdinands Gesicht aus seinen Händen und seine eben noch tief besorgte Mine verdüsterte sich.
„Bitte, vergebt mir, wenn ich jetzt ganz offen zu Euch spreche", redete Heinrich von Plauen weiter. „Aber seitens der rebellischen deutschen Fürsten wird vorgebracht, dass Habsburg der Deutschen Reich eigentümlich gemacht hat. Was seine Kaiserliche Majestät auch immer wollte, mussten alle Stände tun. Niemand durfte sich dessen widersetzen. Genau so wurden auch die Kurfürsten und Stände am Kaiserlichen Hof gehalten: Schlecht und leichtfertig. Man achtete derselben gar nichts. In keiner billigen Sache konnten sie ihr Recht erlangen, und wer nicht Geld und großes Geschenk gab, der konnte nicht vorwärtskommen. Man sagt, ich zitiere: Allein ein Ausländer, der im Reich nichts hat und der vom Recht weder Wissen trägt, geschweige denn es gebraucht, regiert das Reich der Deutschen wie nie zuvor und noch von keinem Kaiser geschehen." Mit diesen Worten verneigte er sich. „Ich würde gerne fortfahren, so Euer Majestät erlauben", schickte er aus seiner Verbeugung.

„Aber natürlich, natürlich, mein lieber Heinrich. Ihr wisst doch um meine Meinung."
„Nun, meine nächsten Worte werden Euch aus der Seele sprechen. Und, bedenkt, es sind die Worte der Deutschen. Sie knüpfen an meine vorherige Aussage an, dass der Kaiser in Anmaßung regiert. So will er seinen Sohn Philipp nach seinem Ableben zum erblichen Römischen König haben, wessen er die Kurfürsten nötigt. Wenn sie dem nicht folgen, drohte er ihnen, würde er mit Ungnade gegen sie vorgehen. Das Reich, eingeschlossen Eure Erblande, sind ihm Nutz und Aufnehmung[125]. Für das Reich selbst wird nichts bedacht oder vorgenommen."
„Ich kann dem nichts entgegensetzen. Fahrt fort."
„Dagegen musste man sich zur Wehr setzen, nach Meinung der Fürsten und Stände. Alle sind gefasst und bereit zur Empörung. Der Kaiser praktiziere auf das Eifrigste mit solchen, von denen er sich ein Gutes verspricht. Im Gegenzug habe man gegen ihn ebenso fremde Potentaten zu Hilfe gerufen. Nicht zum ersten Mal würde ein Kaiser auf diese Weise enthoben und an dessen Stelle ein Beschützer der Freiheit gesetzt... Trotz allem kann ich auch ein anderes berichten."
„Ein Hoffnungsschimmer?"
„So ist es. Moritz von Sachsen, Ihr schriebt ihm. Ohne Antwort. Aber nicht ohne Wirkung. Wie mich dünkt, befindet sich sein Gemüt Euch gegenüber aufgeschlossen. Er würde gerne abhelfen, damit man sich der ganzen Sache halber vertrage. Der Kurfürst setzt seine Schritte anders, als sein Herz schlägt. Viel Gutes kann er bewirken, glaubt mir."
„Oh, Ihr müsst mich nicht überzeugen! Seht meine Freude und Hoffnung! Moritz liegt mir am Herzen! Daher mein großes Entsetzen, mich in ihm getäuscht zu haben! Oh, Ihr bringt mir Hoffnung!"
„Derwegen habe ich mit Euer Majestät so dringend sprechen wollen, damit der König den Kaiser verständigen kann. Moritz von Sachsen und Albrecht Achilles von Brandenburg-Kulmbach wieder in des Kaisers Dienst zu nehmen, ist das beste Mittel, Frieden zu bewahren. Vieles wäre verhütet worden, hätte der Kaiser einige zehntausend Gulden in die Hand genommen. Hunderttausende hätten gespart werden können."
„Ja und nein." König Ferdinands Meinung entsprach nicht der, die Heinrich von Plauen vertrat. Sie brächte nicht die Lösung der tiefsitzenden Probleme. Aber, in Anbetracht der sich überschlagenden Ereignisse...
„Misstrauen würde gesät, wenn Kurfürst Moritz und Markgraf Albrecht vom Bunde abgerissen würden", gab Heinrich von Plauen seiner Überzeugung weiter Ausdruck. „Indes, wenn Euer Majestät es für dienlicher halten, mache ich mich gerne auf den Weg nach Leipzig."
„Um was zu tun?"

[125] Einnahmequelle

„Um in Eurem Namen Verhandlungen anzubieten. Moritz kann nicht über die Zustimmung seines Landtages hinaus handeln. Vielleicht ist er auf diese Weise von seinem Vorhaben abzubringen. Dessen bin ich einiger Zuversicht."
„Trefflich! Geht nach Leipzig! Aber, versucht, auch den Markgrafen Albrecht Achilles zu uns zu bringen!" Ferdinand klammerte sich an jeden Strohhalm. Obwohl er wusste, dass es einzig und allein an der Einsicht seines großen Bruders lag, die Gemüter zu besänftigen und Leid zu verhindern. So der sich endlich bewusst würde, wie sehr er die deutschen Fürsten unterschätzte...

Leipzig, den 16. März 1552, Heinrich IV. von Plauen und Burggraf zu Meissen an König Ferdinand I.

Euer Majestät! Aus Leipzig weiß ich zu berichten, dass hier etliche meine Ankunft nicht gerne sahen. Man gab sich Mühe, den Kurfürsten zu bewegen, er möge meine Abreise befehlen. Dementgegen hat er sich mir erboten. Er ging dabei aber nicht so weit, einen Stillstand herbeizuführen. Er könne dies nicht ohne der Anderen Vorwissen und ich solle nicht glauben, der Krieg stehe nur in seiner Hand. Aber einer Zusammenkunft mit Euer Majestät stimmte er zu. Allerdings widersprach er Wien als vorgeschlagenem Treffpunkt. Er verlangte nach Regensburg, wir einigten uns auf Linz und sobald als möglich, was der Wunsch des Kurfürsten wegen der großen Kriegskosten war. Noch kann ich selbst nicht glauben, dass ich dies erreicht habe. Näheres in Prag.

Datum Leipzig den 16. Martii 52.

Heinrich von Plauen, Burggraf zu Meißen.

Am Kornmarkt zu Heidelberg, den 06. April 1552

„Potzblitz! Was Ihr nicht sagt! Maximilian, komm her! Setze dich und höre zu! Jetzt wird endlich wieder Geschichte geschrieben!"
Gabriel Arnold lächelte über Ottheinrichs Begeisterung. Er nickte

Maximilian zu, der sich, das Vögelchen auf der Schulter, soeben zu ihnen setzte.

„Am 17. März also war Kurfürst Moritz von Leipzig aus zum Feldzug aufgebrochen", wiederholte Ottheinrich. Er tat dies nicht nur, weil auch Maximilian vom Anbeginn des Feldzuges erfahren sollte. Seine Euphorie sprudelte einfach über.

„Genau so war es", knüpfte Gabriel Arnold seine Schilderungen an diesem Punkt wieder an. „Er zog über Weißenfels, Naumburg, Weimar und Erfurt durch den Thüringer Wald. Unterwegs sammelte sich sein Fußvolk und auch die Reiterei fand sich ein. Der junge Landgraf Wilhelm von Hessen war jedoch schon einige Tage früher aufgebrochen, nachdem das Regiment unter Johann Albrecht von Mecklenburg bei ihm in Kassel eingetroffen war. Gemeinsam zogen sie über Frankfurt zum Stift Würzburg, wo Friedrich von Reiffenberg mit seinen Truppen und Johann von Heideck mit Söldnerzügen und Geschütz auf sie warteten. Vereint bewegten sie sich in die Rhön, um sich dort, am 23. März, mit Moritz zusammenzuschließen. In voller Truppenstärke, ein weißes Armband, zehntausendfach als Zeichen der Zusammengehörigkeit, marschierte man im Laufe der nächsten fünf Tage nach Schweinfurt, das ohne irgendwelche Kriegshandlungen kapitulierte und die Stadttore öffnete. Zwei Tage später das gleiche Szenario um Kitzingen, und schon am Tag darauf konnte man die Ergebung der Stadt Rothenburg ob der Tauber entgegennehmen. Dort schloss sich ihnen Albrecht Achilles an. Er war der einzige und erste unter ihnen, der schon in offener Feindseligkeit aufgetreten war. Am 16. März nämlich hatte er in einem gelungenen Handstreich des Kaisers Musterungsplatz bei Donauwörth gewaltsam zerteilt."

„Davon haben wir gehört", unterbrach Ottheinrich Gabriel Arnolds flammende Schilderungen. „Angst und Schrecken verbreiteten er und seine Reiter schon während seines Zuzugs dorthin."

Ottheinrich sah den Erstgeborenen seiner geliebten Susanna vor sich, damals, als er nach ihrem Tod ihren Nachlass abholen kam. Er erinnerte sich auch des Gesprächs mit Susanna in Grünaus Auwäldern, wo sie ihm von ihren Sorgen über Albrecht Achilles erzählte, von seiner Unbändigkeit in Kindheit und Jugend, das Kind angestachelt vom charakterlosen Vater, der Heranwachsende vernachlässigt vom trägen Onkel, der ihr als Witwe die Kinder streitig machte... Nun schien jenes ungezügelte Temperament noch mehr auszuarten... Ottheinrich gab sich Mühe, sich nicht in seinem aufgestiegenen, dumpfen Unbehagen zu verlieren. - Gabriel Arnold, der dies wohl realisierte, half ihm dabei mit weiteren erbaulichen Neuigkeiten:

„Am 29. März war man bereits vor Dinkelsbühl", sprach er weiter, „am 30. in Nördlingen. Auch da kapitulierte man kampflos, ebenso wie mit dem letzten Märztag in Donauwörth selbst. Noch in der folgenden Nacht ging es bis vor die Tore Augsburgs, die sich für die Kapitulationsverhandlungen öffneten. Ausgehandelt wurden die Wiedereinsetzung der alten Obrigkeit und die Wiederherstellung der reichsstädtischen Verfassung. Die den Protestanten verwehrten Kirchen sollen zurückgegeben und die Geistlichen in die vorigen Ämter wieder eingesetzt werden. Und gestern, so meine letzten Informationen, hielt Moritz in Begleitung des jungen Landgrafen von Hessen und Johann Albrecht von Mecklenburg mit drei seiner Fähnlein unter kriegerischen Ehren seinen Einzug in die Stadt."

„Augsburg aus des Kaisers Hand entrissen! Ohne Blutvergießen!", rief Ottheinrich aus. „Oh, wenn es doch nur schon Neuburg wäre! Nicht wahr, mein lieber Arnold?! Und du, Maximilian, willst du nicht auch endlich nach Hause?!"

Drei Herzen schlugen höher. Die Aufbruchstimmung, die Gabriel Arnold mit seinen Neuigkeiten unter ihnen angefacht hatte, war ungemein.

„Dann bekräftigt Euren Wunsch in einem Schreiben an Moritz! Bevor die Verbündeten ihr Augenmerk auf ihr nächstes Ziel, die Stadt Nürnberg, richten! Genau jetzt ist es an der Zeit, auf Johann von Heidecks und meines Bruders Schreiben an Euch zu reagieren!", presste Gabriel Arnold unter seinem galoppierenden Herzschlag hervor. „Damit sich der mir zur Verfügung stehende Bote noch heute nach Augsburg aufmacht!"

Wie auf Kommando stand Maximilian auf. Sanft nahm er das Vögelchen von seiner Schulter, um es auf Ottheinrichs Hand abzusetzen, die sich gleichsam wie auf Befehl erhoben hatte.

Gabriel Arnold lächelte über jenes stille Einvernehmen und kurz darauf hörte man eine Schreibfeder in Maximilians Hand emsig über ein Blatt Papier kratzen[126]:

„Freundlicher Herr, Kurfürst Moritz von Sachsen!

Es haben uns der Johann von Heideck und Christoph Arnold mit folgendem Begehren geschrieben: Sie haben sich bei Euch wohl oftmals erboten, unsere Angelegenheit nicht vergessen zu lassen, vor allem angesichts der jetzigen Kriegsläufe. Deshalb habe ich nun nicht umgehen mögen, meinen Diener zu Ihnen zu schicken. Durch ihn soll Ihren Kriegsherren unser Dienst angesagt werden. Mit viel guten Wünschen erbitte ich Ihr Nachdenken, uns wieder zu Land und Leuten zu versetzen und uns auch des erlittenen Schadens wegen ergetzen[127] zu lassen.

Dazu haben Sie, neben freundlicher Danksagung und des Ehrerbietens, die auf unsere Haltung schließende Aussage: In eigener Person werden wir uns Ihnen verfügen. Sollen wir das Land hingegen selbst einnehmen, so möchten wir alsdann von einer Vergütung unseres erlittenen Schadens absehen und uns vorsehen, wie wir uns selbst der Lasten abhelfen

[126] Wortlaut nach: Druffel II Anmerkung zu 1445., S. 508-509

[127] hier: entschädigen, damit er seinen Verlust vergesse

können. Dazu sei uns dann jedoch gute Förderung und Hilfe zu tun, neben dem, dass Sie uns nicht verlassen wollen.
Wo wir aber Vorgenanntes nicht täten, so möchten Sie das Land nicht minder einnehmen. Mit Bedacht würden wir dem folgen und zustimmen, dass ein anderer das Land in besonderem Gefallen annähme.
Heidelberg, den 06. Aprilis 1552,
Ottheinrich, von Gottes Gnaden Pfalzgraf bei Rhein"

Stunden später, in den Nachtstunden des 06./07. April 1552

Nach den Aufregungen dieses Tages fand Ottheinrich nicht in den Schlaf. Unentwegt flimmerte ihm das Bild der rebellischen Heerführer vor Augen, die sich kraftvoll und vereint gegen des Kaisers entwürdigende Politik auflehnten. Jeden dieser Mutigen holte er sich einzeln ins Bewusstsein: Moritz von Sachsen, der junge Albertiner, kaum in das dritte Lebensjahrzehnt eingetreten. Johann Albrecht von Mecklenburg, 27 Jahre alt. Wilhelm von Hessen, der sein junges Leben von gerade einmal 20 Jahren für den inhaftierten Vater aufs Spiel setzte. Wie gut, dass zwischen diesen Dreien der im Waffenhandwerk geübte Ritter Friedrich von Reiffenberg, Ende dreißig, und Johann von Heideck im 44. Lebensjahr, ihren Teil an Lebenserfahrung einbrachten... *Wie stolz er gerade auf seine Landsleute war! Johann von Heideck! Und die Gebrüder Arnold, die zwar nicht in erster Linie auf dem Schlachtfeld standen, so aber doch im Hintergrund wichtigste Fäden zogen! Ach, wenn er nur jünger wäre! Er ritte in erster Reihe! In seinen jungen Jahren war ihm nur ‚vergönnt' gewesen, gegen die unseligen Bauernaufstände losziehen zu müssen. Nichts als entsetzliche Gräueltaten hatte er mitangesehen, jenes tausendfache Abschlachten aufständischer Landbevölkerung...* Aufgewühlt wuchtete Ottheinrich seinen massigen Körper im Bett umher. *Träume! Mit seinem verfetteten Leib würde er nicht einmal mehr ein Pferd besteigen können! Und, wenn dies gelänge, würde jeder Gaul, so er nicht ein schwerer Ackergaul wäre, unter ihm jämmerlich zusammenbrechen! - Und Maximilian?? Was hatte es ihn für Mühen gekostet, Maximilian dazu zu bringen, dass er wenigstens das Reiten lernte!*
Ottheinrich sah auch ihn vor sich. Maximilians Jünglingsalter lag längst hinter ihm. Mit seiner Großjährigkeit mochte er ihn noch so gesehen haben. Aber im Laufe der mittlerweile fast fünf Jahre, in denen er bei ihm lebte, war er zum Manne gereift. Seinen 28. Geburtstag würden sie in diesem September feiern!
War Ottheinrich ihm gegenüber egoistisch gewesen? Dass er ihn in Selbstverständlichkeit über Jahre hinweg in seiner Nähe wünschte? Hatte er ihn eigentlich nach seinen Herzenswünschen gefragt? Er konnte sich nicht daran erinnern...
Ja, Maximilian war, wie vorauszusehen, äußerlich zu einem bemerkenswert schönen Mann geworden. Hochgewachsen, schlank, gediegen in seinen Bewegungen. Seine Stimme scholl in weichem Bariton und sein goldblondes Haar war ihm ein Schatz, dem er sich ganz bewusst pflegend

widmete. Auch seinen Kleidungsstil hatte er vervollkommnet, besonders die blaue Farbe für sich auserkoren, was Ottheinrich mit Stoffen und Nähzeug unterstützte, so gut es seine beschränkten Geldmittel zuließen. Jedenfalls saß Maximilian Tag um Tag an seinen Näharbeiten, ersann fantasievolle Muster, die er in Stickereien umsetzte... Die Fadenlegung seiner Stickerei hatte er auch in seiner Handschrift umgesetzt. Zu Beginn seines Aufenthalts in Heidelberg war sein Führen einer Schreibfeder eher noch schlicht und zögerlich gewesen. Doch diese Zurückhaltung hatte er aufgegeben. Maximilian schrieb in schwungvollen Lettern, und, so er eigene Briefe verfasste, unterzeichnete er mit seinem Namenszug direkt in herrschaftlicher Fasson. Gerade dies nahm Otteinrich als Spiegelbild von Maximilians Selbstbewusstsein, das er ansonsten in Stille in sich trug. Auch wenn er sich in Bücher vertiefte und las, nachfragte, so er etwas nicht verstand... realisierte Ottheinrich mit Herzerbauung, wie sich jener Mann zu einer Persönlichkeit formte, die er schlichtweg nur als edel bezeichnen mochte. Alles in allem schlussfolgerte Ottheinrich zweifelsohne, dass Maximilians Mutter von nobler Herkunft gewesen sein musste. Genau deswegen war er der festen Überzeugung, dass Maximilian bei ihm am besten aufgehoben wäre... Die Briefe, die mehrmals im Jahr zwischen ihm und den Schneidersleuten gewechselt wurden, bestärkten diese Auffassung. Ruprecht nämlich schrieb zumeist von Alltagsgrau, durch das sich die Neuburger schleppten, was Maximilian mit seinen feinsinnigen Berichten erhellte...
Von seinem Vater erfuhr Maximilian über jenen Waisenjungen Paule. Auch der mittlerweile erwachsen, so berichtete Paule dennoch stets in jugendlich-fröhlicher Art und Weise. Nur in einer bestimmten Periode hatte sich jener bewundernswert humorvolle Ton gewandelt, was sich auch bei Maximilian in Aufgewühltheit und Unruhe widerspiegelte. Zwei Jahre lag dies nun zurück. Es war jene Zeit gewesen, in der Paule seine Großjährigkeit erlangte. Zu diesem Zeitpunkt gedachte er, wie Ottheinrich von Maximilian erfuhr, seine Arbeit in der Kreuter Kerzenzieherwerkstatt zu beenden. In seine Heimatstadt Mainz wollte er zurückgehen, um dort sein Geburtsrecht und die Buchdruckerwerkstatt seines verstorbenen Vaters einzufordern. Dieses Vorhaben war jedoch in unerreichbare Ferne gerückt, nach des Kaisers Siegeszug in deutschen Landen. Ganz abgesehen davon, dass Mainz dem papstanhänglichen Erzbischof Sebastian von Heusenstamm* unterstand, hatte der Kaiser obenauf das Zunftwesen entmachtet und enteignet. *Demnach, an wen sollte sich Paule wenden, wo es doch keine Zunft mehr gab, in der er seine Herkunft nachzuweisen gedachte??* Gerade deshalb, in Ottheinrichs Leidenschaft für den Buchdruck, rührte ihn das unerledigte Schicksal des jungen Mannes an, der nach wie vor in der Kerzenzieherwerkstatt von Maximilians Vater schuftete. *Ein weiterer*

Grund. Auch diesem jungen Mainzer würde er beistehen, sobald er wieder die Macht dazu hätte...

Alte Burg zu Innsbruck, am gleichen Tag, den 06. April 1552, einige Stunden zuvor

Augsburg war in der Hand der Rebellen!! Soeben hatte man Karl V. die niederschmetternde Neuigkeit überbracht. Er fühlte sich dadurch wie von einem heftigen Schlag getroffen. Sein empfindlicher Stolz war zutiefst verletzt und er musste sich fragen, wie es dazu hatte kommen können: Den ganzen Winter hatte er in regem Briefwechsel mit Moritz von Sachsen gestanden. Seit der Belagerung Magdeburgs war ihr Verhältnis in eine seiner Meinung nach treffliche Richtung gelaufen. Auch im Zusammenhalten der Truppen nach Magdeburgs Einnahme hatte Moritz ihm getreulich versichert, dies geschähe, abgesehen vom ausstehenden Sold, den der Kaiser schulde, angesichts der unsicheren Zeiten. Es wäre doch besser, zu verhindern, dass der Feind die entlassenen Truppen anwürbe und daher stelle Moritz sie fortan auf seine Kosten unter seinen Befehl... So lud Karl V. ihn zu sich und lockte mit der Aussicht auf weitere Verwendung in Habsburgs Diensten. In dieser Hoffnung, dass Moritz erscheine und er ihn so in seine Hände bekäme, verhedderte er sich in verhängnisvollem Unwissen über seine eigene Lage.
Einige seiner Berater kamen vor ihm zur Erkenntnis, dass sich brodelnder Widerstand zu formieren begann. Der junge Granvella hingegen, dem er gleich dem im August 1550 verstorbenen Vater sehr vertraute, verhehlte zwar nicht, dass Moritz voller Ehrgeiz und Kriegslust sei. Aber er bezweifelte, dass Sachsens Kurfürst es schaffte, Frankreich und andere mit sich fortzureißen. - Karl V. glaubte ihm, den anderen warnenden Stimmen aber nicht: Seiner festen Überzeugung nach brächten es diese untereinander zerstrittenen Deutschen niemals fertig, sich zu vereinen und sich mit ihm, dem Beherrscher eines Weltreichs, zu messen. Nicht nach seinem Sieg über die Schmalkaldener, mit dem er sich auf sicherem Fundament seiner Macht wähnte. Erst auf das Mahnen seiner kleinen Schwester Maria, deren Klugheit und politischen Sachverstand er hoch schätzte, ging er nach und nach ein. Seit Januar diesen Jahres drängte sie zu Gegenrüstungen, und im Februar sah sie den Losbruch eines Fürstenaufstandes unmittelbar bevorstehen. Zeitgleich traf Moritzens Nachricht, dass er nicht nach Innsbruck komme, ein. Dies war ihm der Auslöser, zu handeln. Nur, seine Lage war bereits höchst misslich: Jetzt, wo sich die Notwendigkeit der Rekrutierung von Kriegsvolk mit wachsender Schnelligkeit zeigte, kam zu Tage, dass seine Finanzkraft hierfür nicht ausreichte. Spanische Anleihen zeichnen zu wollen, führte nicht zum Erfolg. Just jetzt rächte sich nämlich Habsburgs rücksichtslose Finanzpolitik: Franzö-

sische Anleihen waren gefragt, nicht die spanischen. Frankreich akzeptierte höhere Schuldzinsen und, vor allem, flossen diese auch in vertragsgemäßen Zahlungen an die Gläubiger... Demzufolge sah sich Karl V. einer entschiedenen Zurückhaltung der großen Kaufleute und Geldgeber gegenüber. Auch sein gottgeschenkter Geldquell, die an Gold und Silber reichen Kolonien in der Neuen Welt, waren bereits zum guten Teil an die Fugger verpfändet... Im Ergebnis des Ganzen erklärte ihm der junge Granvella nun für den Fall eines ausbrechenden, offenen Krieges, dass infolge der mangelnden Geldmittel eine kaiserliche Gegenoffensive ausgeschlossen sei... Dem nicht genug, drangen seit kurzem Gerüchte von geplanten Zusammentreffen zwischen Moritz, König Ferdinand und dessen Sohn Maximilian zu ihm. Und weil er wusste, wie widerwillig Ferdinand und Maximilian auf seine Pläne eingegangen waren, seinem Sohn Philipp die Kaiserkrone zu verschaffen, bezweifelte er diese Gerüchte nicht. In der Erkenntnis solcher Ohnmacht wünschte er, wenigstens für die eigene Sicherheit einige Regimenter zusammenbringen. Doch nicht einmal dafür genügten seine Mittel. Karl V. fühlte sich eingeengt, wie nie zuvor. Er treidelte zwischen Furcht und Ungewissheit. Von Wut und Ermattung fühlte er sich zerrieben wie zwischen zwei Mühlsteinen. Insgesamt war er unfähig, klare Entscheidungen zu treffen: An einem Tag schien ihm das Androhen der Hinrichtung von Philipp von Hessen geeignet, Moritz in die Knie zu zwingen, und er schrieb seinem Bruder Ferdinand, falls Moritz die Freilassung des Schwiegervaters mit Gewalt erzwingen wolle, würde er dem Hessen den Kopf abschneiden lassen. Anderntags drohte er seiner Schwester Maria, sie solle gegen Schaden und Schande erreichen, dass man ihn unterstütze. Dann wieder ergab er sich der Ausflucht, die Gegner würden sich allein durch ihre Rüstungen selbst verzehren, was er ihnen gönnte, weil sich gerade diejenigen gegen ihn wendeten, die ihm am meisten Dank schuldeten... Am Ende verfiel er in seine müde Vertrauensseligkeit, Moritz werde zu ihm kommen und alles würde gut... Das einzige, was er zustande gebracht hatte, waren schriftliche Werbungen bei diversen Fürsten und Ständen. Mit dem Ziele, irgendwie Zeit zu gewinnen, beschwor er diese, sie sollen sich nicht durch Verleumdungen gegen ihn aufbringen lassen. Des Weiteren gab er die Zusicherung, das Trienter Konzil zu fördern und ansonsten das Reich in Ehre, Frieden und Gerechtigkeit zu schützen. Betont freundlich und gnädig bat er, dass jeder auf Mittel sinne, ihn zu unterstützen. - *Mit welchem Resultat?* Die Fürsten befleißigten sich in Versicherung ihrer guten Absichten, die zuallererst in Friedensbemühungen bestünden. Aber bindende Zusagen zu seiner Unterstützung bzw. Verteidigung erhielt er nicht. - Und heute, zur Krönung der ganzen Misere, meldete man ihm, Augsburg hätte sich Moritz und seinen Verbündeten ergeben. *Augsburg! In jener Stadt, wo er so oft Reichstage abgehalten hatte, schien ihm nun sein kaiserliches Ansehen vernichtet.* Karl V. sah sich ohne Truppen und ohne Geld, hilflos, in Tirol, das sich selbst bedroht fühlte und überall um Hilfe rief. Den Anlass dazu gab der gefangene Johann Friedrich I. von Sachsen, dessen gewaltsame Befreiung man befürchtete. Auf das Hilfegesuch der Tiroler an ihn, auch wegen deren Sorge um des Königs Töchter auf Schloss Hasegg, hatte Granvella in seinem Namen in lakonischer Kürze geantwortet: Es läge im eigenen Ermessen der Tiroler Landesregierung, ausreichende Vorsehung zu tun. - Jene regelrecht hochmütige Verantwortungslosigkeit, Tirol sich selbst zu überlassen, lag mit heute gerade einmal vier Tage zurück. Infolgedessen müsste Karl V. sich nicht wundern, wenn man auch ihn sich selbst überließ... Der einzig erreichbare Ort außerhalb Spaniens, der Karl V. in diesem Moment noch sicher erschien, waren die Niederlande. Dort liebte man seine Schwester Maria, die Statthalterin: Sie bescherte dem Land eine Blütezeit, im Fördern von Handel, Handwerk und Kunst. Mit Feingefühl berücksichtigte sie die Interessen der Niederländer, harmonierend mit ihrer Treue zu Habsburg... Was Karl V. im Moment aber umso wichtiger erschien, war die Tatsache, dass sie einige Truppen angeworben hatte, zur Abwehr der heranziehenden Franzosen... *Nur, wie könnte er dorthin gelangen?? Von Tirol aus? Ohne Schutztruppen??* Durch Flucht! Heimlich! Noch heute Nacht!

In der selben Nacht

„Nach reifer Betrachtung des Ganzen habe ich mich Gott anbefohlen und in seine Hände gegeben. Lieber habe ich eine solche Entschließung fassen wollen, als mich später einen alten Toren nennen zu lassen, mich in meinen alten Tagen ins Verderben zu stürzen, anstatt zu tun, was an mir ist."

Gegen Mitternacht, und obgleich er kurz davor war, sich in heilloser Aufregung zu verlieren, faltete Karl V. seine Nachricht an Granvella gemächlich zusammen. Ebenso betont bedächtig hielt er einen Stumpen Siegelwachs ins flackernde Kerzenlicht, bis sich ein Wachstropfen löste, den er dann aufs Papier niederfallen ließ und seinen Siegelring hineindrückte.

Nachfolgend verfasste er ein weiteres Schreiben an einen seiner engsten Vertrauten. In diesem befahl er, die kommenden Vorgänge um ihn geheimzuhalten, da es sich um eine Sache handele, in der sein Leben im Spiele sei. Schon fasste er die Glocke, um einen Diener zu rufen, um die Aushändigung der Schreiben für den nächsten Tag anzuweisen... Doch er läutete nicht. Denn wenn er dies tat, würde er ein weitreichendes Vorhaben einläuten: *War er tatsächlich so weit gesunken, dass er, verkleidet als ein Gewöhnlicher, durch sein eigenes Reich floh? Geschützt nur durch eine Kostümierung? Was, wenn man ihn entlarvte? Ihn, den Kaiser! Dem Hohn und Spott seiner Untertanen ausgeliefert, die ihm Gehorsam und Treue schuldeten!!*

Karl V. spürte eine unbändige Wut in sich aufsteigen. Am liebsten hätte er die beiden Schreiben zerfetzt und ins Kaminfeuer geworfen, das Tintenfass hinterhergeschleudert... Doch er besann sich: *Seine Stunde würde noch schlagen. Er würde sich diese Schmach von denen bezahlen lassen, die ihn jetzt dazu nötigten. Wenn er erst sicher in den Niederlanden wäre. Er fände neue Verbündete, es gab derer nicht nur in Frankreich!*
Bevor er also tatsächlich läutete, ging er seinen Plan nochmals in Gedanken durch: Mit zwei seiner vertrauten Hofleute, zwei Dienern und seinem Barbier bräche er sogleich zu Pferd auf. Er würde die Straße nach Oberinnthal einschlagen, in dieser bereits angebrochenen Nacht jedoch nur bis Pettenau reiten. Dort würde er Herberge in einem Wirtshaus nehmen, um sich zu Beginn seiner Flucht nicht zu sehr zu ermüden. Den ganzen Tag würde er zum Ausruhen nutzen und erst am Abend nochmals zwei Meilen zurücklegen, dann wiederum übernachten. In solch erträglichen Etappen hoffte er, über Ehrenberg nach Füssen zu gelangen. Von da aus ginge es weiter an den Rhein... Karl V. läutete.

Nassereith, den 08. April 1552 gegen 8 Uhr am Morgen

Sechs starke Meilen lagen hinter ihm. Mit sich zufrieden, streckte sich Karl V. auf einem Bett aus, das ihm die Magd eines abseits gelegenen Bauernhofes zurechtgemacht hatte. Bis gegen zwei Uhr nachmittags wollte er hier ausruhen, um dann seine Reise fortzusetzen. - Der bisherige Verlauf seiner Flucht stimmte ihn zuversichtlich: In der ersten Nacht nämlich, nach seinem heimlichen Aufbruch in Innsbruck, war er nicht nur bis Pettenau geritten. Weil er dort schon bei Tagesanbruch ankam, ohne ermüdet zu sein, hatte er noch jene zwei für den Folgetag eingeplanten Meilen hinter sich gebracht. Damit erreichte er einen Ort namens Barwies, in den er einen seiner Vertrauten hineinschickte. Der sollte in Erfahrung bringen, ob er dort nicht etwa Gefahr liefe, erkannt zu werden. Dem war so. Kriegsleute logierten in Barwies. Aber er umging sie problemlos, indem er sich erst durch einen Wald schlug, dann weiter hinauf in die Berge ritt, wo er eben nach einem Bauernhof Ausschau hielt, den er ohne Schwierigkeiten fand...
Karl V. äugte noch kurz durch das kleine Fensterchen, das ihm einen Ausblick in Tirols Bergwelt bot. Er atmete tief von der klaren Bergluft, dann war er auch schon eingeschlafen. -
Als man ihn am Nachmittag weckte, hatte er Mühe, sich zurechtzufinden. Aus dem bequemen Bett, wenn auch mit grober Wäsche bezogen, aufzustehen, kostete ihn große Überwindung. Auch schmerzte sein Körper. *Vielleicht war es doch ein Fehler, direkt die zweite, an die erste Etappe hintanzuhängen. Zwanzig Stunden hatte er zu Pferd gesessen...* Mithilfe des frischen Wassers, das in einer Waschschüssel bereitstand, kam er halbwegs wieder auf die

Beine: Die nächsten vier Meilen warteten auf ihn. Noch heute wollte er sie bewältigen, um am Folgetag die Ehrenberger Klause zu passieren. An sein nächstes Etappenziel, den Bodensee, könnte er dort denken und von da aus wäre auch der Rhein eine schon ins Auge zu fassende Destination... Mit dieser Aussicht motivierte er sich. Wenig später stieg er in den Sattel und ließ den idyllischen Bauernhof hinter sich. -
Weit waren sie noch nicht geritten, als ihnen deutsche Wortfetzen in die Ohren drangen. Diese stammten von einer Gruppe Entgegenkommender, die teils zu Pferd, teils zu Fuß unterwegs waren.
„Reitet Ihr vor", raunte Karl V. einem seiner beiden Vertrauten zu. „Ihr sprecht deren Sprache. Bringt in Erfahrung, was hier vor sich geht." Unauffällig winkte er den anderen zu, damit sie mit ihm vom Weg abritten. In geschütztem Dickicht wartete er angespannt.
„Das war der Bürgermeister von Kaufbeuren", erstattete jener Vertraute später aufgeregt Bericht. „Mit einigem Gefolge. Er antwortete mir auf meine Frage um das Kriegsgeschehen, dass die Armee Moritz von Sachsens von Augsburg aufgebrochen sei und in zwei Abteilungen über Landsberg gen Füssen marschiere. Füssen, Euer Majestät!!"
Karl V. ließ sich von der Aufgeregtheit nicht anstecken. „Wir reiten weiter wie besprochen", gab er sich entschieden. „Vier Meilen für heute. Morgen erreichen wir so die Klause. Dort sorgen wir uns, auf welchem Wege wir den Bodensee erreichen können." Damit tippten seine Fersen in die Flanken seines Pferdes. Unbeirrt lenkte er das Tier zurück auf den Weg, um schweigend weiterzureiten. Doch seine Gedanken arbeiteten. Mit jedem Hufschlag schienen sie angetrieben wie ein tickendes Uhrwerk. *Klack, klack. Klack, klack. - Moritz von Sachsen marschiert nach Füssen. - Klack, klack. Klack, klack. - Rebellion gegen dich. - Klack, klack. Klack, klack...* Ungehalten wehrte sich Karl V. gegen seine eigenen Gedanken, indem er dem Pferd seine Hacken unsanft in den Leib stieß, damit es galoppiere. Diesen straffen Ritt hielt er indes nicht lange durch, auch schien er ihm zu auffällig.
Nach zwei, in einzelne Hufschläge quälend zerteilten Meilen erreichten sie die inmitten der Alpen gelegene Poststation von Lermoos. Karl V. fühlte erschöpft und restlos missgelaunt. Dementsprechend unfreundlich fiel sein Befehl aus, in der Umgegend nach einem angenehmen Nachtquartier für ihn zu suchen. - Umsonst. Auf die Vermeldung der erfolglosen Suche lud Karl V. seinen Unmut doppelt auf seine Untergebenen ab. Notgedrungen zwang er sich, weiterzureiten. *Klack, klack. Klack, klack.* Für die herrliche Bergwelt um ihn erübrigte er keinen Blick.
Nach einer halben Meile kam Büchelbach in Sichtweite. Obwohl jener Ort nur noch eine einzige Meile von der Ehrenberger Klause entfernt lag, wollte Karl V. auf keinen Fall weiterreiten. Ganz gleich, wie bescheiden ein Nachtquartier in dem Dorfe auch wäre - er wollte nur noch ausruhen.

Erneut schickte er seine Begleiter vor, um für ihn den Ort auszukundschaften.
Während er ermüdet und niedergeschlagen wartete, näherte sich ihm ein Mann. Sofort wollte er sich abwenden, doch zeitgleich erkannte er dessen Gesicht: Es war sein eigener Metzger Abraham, der von Günzburg zurückkehrte, wohin er von ihm vor einigen Tagen zum Einkaufen von Schafen geschickt worden war... Um sich keine Blöße zu geben, kratzte Karl V. seine letzten Kräfte zusammen. In hoheitsvoller Pose ignorierte er die restlose Überraschung des Metzgers, seinen Kaiser hier anzutreffen. Wie beiläufig erkundigte er sich über Abrahams Unternehmung. Was er erfuhr, schmetterte ihn ein weiteres Mal nieder: In Günzburg wäre Abraham einem Vortrupp von Moritzens Truppen begegnet, die in drei Kolonnen heranmarschierten. Ein zweiter Vortrupp hätte wohl schon Memmingen erreicht, der dritte ritt gegen Landsberg.
Um sich auch jetzt nichts anmerken zu lassen, verabschiedete sich Karl V. eilig mit der Begründung, er sähe einen seiner Begleiter aus Büchelbach heranreiten. Kurz darauf, in dem kleinen Dorf angekommen und noch nicht einmal vom Pferd gestiegen, entdeckte er den Postmeister Christoffel von Taxis. Schnell verbarg er sich zwischen einigen Häuschen, bis er seine Begleiter tatsächlich vorbeireiten sah. Wieder bei ihnen, erfuhr er die Neuigkeit, die der von Taxis zu verkünden wusste: Die Rebellen hätten ihr Heerlager bei Augsburg vor wenigen Tagen geräumt. Schon morgen würden sie in Füssen eintreffen, wo sechs städtische Repräsentanten sie mit den Stadtschlüsseln empfangen würden. Auf die Frage von Karls V. Bediensteten, wie denn der Weg gen Konstanz zu beurteilen sei, vernahmen sie des Postmeisters Warnung. Man müsse dazu Kempten flankieren, was gefährlich sei, weil in der ganzen Gegend Moritzens Reiter zum Fouragiren[128] umherstreiften.
Ohne Rücksicht darauf, wie ermüdet auch seine Begleiter waren, befahl er auf diese erschreckenden Nachrichten hin einen von ihnen zur Klause Ehrenberg. Er selbst fiel wenig später in der Kammer des Wirtshauses von Büchelbach erschöpft und entmutigt ins Bett.
Tags darauf verwarf Karl V. seine Fluchtpläne: Der Hauptmann der Klause hatte angegeben, dass die feindlichen Truppen in großer Anzahl acht Meilen von Füssen entfernt lägen. Diese niederschmetternde Botschaft nahm Karl V. jegliche Kraft für seine Weiterreise. Durch die Anstrengungen der beiden vergangenen Tage ohnehin angegriffen, fühlte er sich wie gelähmt, und er beschloss, nach Innsbruck zurückzukehren.

[128] Beschaffung von Pferdefutter und Truppenproviant

Innsbruck, den 09. April 1552

Mit dem Eintreffen in Innsbruck verpuffte Karls V. Sorge, wie er seinen gescheiterten Fluchtversuch wohl verbergen könne. Dort ereilte ihn nämlich die nächste Hiobsbotschaft: Ohne irgendeinen Befehl, auch nicht den König Ferdinands, abzuwarten, hatten die Tiroler die österreichischen Prinzessinnen von der einsamen Burg Hasegg eigenmächtig abgeholt und nach Bruneck übergesiedelt. Infolgedessen war auch deren Hof in mehreren Wägen gen Brenner abgereist. So geriet er in ein einziges Durcheinander, denn sein eigenes Hofgefolge hatte ebenso Hab und Gut zusammengerafft, um nach Bruneck zu fliehen... Infolgedessen fand des Kaisers Flucht am selben Tag unerwartet Fortsetzung: Karl V. zögerte keinen Moment, seinem Hof hinterherzueilen.

Regensburg, den 12. April 1552, Heinrich IV. von Plauen und Burggraf zu Meissen an König Ferdinand I.[129]

Allergnädigster König! Mir wurde berichtet, dass der Neuburger Statthalter Jörg Zorn von Pullach gewisse Kundschaft hat, dass die Stadt noch nicht eingenommen sei. Die Befehlsleute aber haben ihm anzeigen lassen, dass er in 14 Tagen 6 Leut vom Adel und 12 von der Stadt zu ihnen schicken solle, denn man wäre willens, Herzog Ottheinrich wieder in das Fürstentum einzusetzen. So dies aber nicht geschehe, so wollten sie's mit Schwert und Feuer angreifen. Darnach solle er sich richten.

Nun befürchten die armen Leute, man werde auch gegen sie vorgehen. Sie haben mich gebeten, wie E. M.[130] noch gnädigst vernehmen werden. - Ich vermeine, dass die armen Leut gerne Treue halten wollen. Allein die Religion drückt sie, nämlich, dass Ihre Kai. M. ihnen verböte, ihre Kirchen wieder zu öffnen und ihre eigenen Predikanten zuzulassen. Solches wird großes Geschrei machen und meines Erachtens wird man daran festhalten! Darum wolle

[129] Wortlaut in Anlehnung: Druffel II, 1274. II. S. 379

[130] Euer Majestät

E. M. gnädigst darauf bedacht sein und Gnade erzeigen. Es würde E. M. zu großem Lob gereichen, denn so, wie die Dinge jetzt stehen, kann man sonst gar nichts erhalten. Würden E. M. dem zuwiderhandeln, so trage ich Sorge, E. M. werden auch um diese Stadt kommen.
Ich bitte untertänigst, E. M. wollen keinen ungnädigen Gefallen tragen, denn man muss jetzt wahrlich allerlei Gelegenheiten ansehen, so man nichts wider das Gegenteil ausrichte. Wo nämlich keine Gegenwehr geschieht, und E. M. in Eurem Königreich eine solche Gnade nicht vornähme, so werden täglich viele Leut an sich gezogen.
Darum ist es wahrlich groß vonnöten, die Kai. und E. M. seien der Angelegenheit zuträglich. Sonst würd's gar überhandnehmen und durch eine Ungnade werden sie die Pfalz auch noch an sich ziehen.
Hiermit empfehle ich mich E. M. untertänigst zu Gnaden.

Regensburg, den 12. Aprilis 1552,

Heinrich IV., Burggraf von Meissen

Vor den Toren der Stadt Ulm, am 13. April 1552

„*Mit Ulm wird es nicht viel Disputierens kosten.*“
Der Herzog von Mecklenburg irrte mit diesen Worten. Der gestrige Tag nämlich, der Tag, an dem sich die Truppen unter Moritzens Führung der Stadt näherten, bekundete es ihnen anders: Ulms Bürgerschaft wies die Aufforderung zur Ergebung entschieden zurück und betonte bei ihrer Ehre das Festhalten an der Pflicht gegenüber dem Kaiser.
Deshalb gab Moritz an diesem Morgen den Befehl, dass sich das gesamte Bundesheer Ulms Stadtmauer nähere und diese in drei Lagern umzingele. Von allen Seiten begann anschließend der starke Beschuss, zwanzig Mauerbrecher rückten der Stadtmauer zu Leibe. Die Ulmer antworteten mit Geschütz auf Türmen und Mauern in einer Art, die keine Ergebung erwarten ließ... Auf diesen unerwarteten Widerstand hin ließ Moritz den Beschuss der Stadt einstellen. Stattdessen sandte er eine zweite Aufforderung zur Übergabe in die Stadt, die jedoch ebenso zurückgewiesen wurde. Auch der dritte Versuch, den Markgraf Albrecht friedlich unternahm,

indem er sich mit einigen Abgeordneten und einem Verhandlungsgesuch der äußeren Stadtwache näherte, scheiterte. Bereits die Wachposten verweigerten den Zutritt in die Stadt. Hierauf erfolgte ein letzter Versuch: Einige anwesende Augsburger schafften es, in die Stadt eingelassen zu werden. Aber auch deren Bemühung, die Übergabe Ulms zu vermitteln, wurde seitens der Stadtvertreter im Keim erstickt.

Mit jener niederschmetternden Antwort erschienen die Augsburger soeben in Moritzens Zelt, das man im Heerlager für die Obersten eilig errichtet hatte. Ob dieser Botschaft raufte sich Moritz von Sachsen die Haare. Er wollte kein Blutvergießen. Der ebenso anwesende Albrecht Achilles hingegen erlaubte sich einen Wutausbruch.

In dieses Szenario platzte die Meldung, eine Gesandtschaft aus Nürnberg wünsche den Kurfürsten von Sachsen zu sprechen.

„Wenn die jetzt auch nicht parieren, dann marschiere ich noch heute nach Franken und lehre denen Respekt!", zischte Albrecht Achilles böse und drohte mit Fäusten zum Zelteingang. - Moritz ärgerte sich furchtbar darüber, obwohl er sich im Klaren war, dass Albrechts Feldzüge von Beginn an wenig mit denen des Fürstenbundes gemein hatten und er lediglich seine eigenen Ziele verfolgte. *Was hatte Albrecht sich eigentlich gedacht? Dass man ihnen allerorten zu Füßen läge? Dass man ihnen die Stadttore öffnete, in Huld die Schlüssel überreichte und die Geldsäckel herbeischleppte??* Ja, auch Nürnberg war, nach ihrem ehrenvollen Einmarsch in Augsburg, eine Enttäuschung gewesen. Zwar hatte man sich dort nicht gegenseitig mit Geschützfeuern begrüßt, aber die Verhandlungen waren gleichsam fruchtlos verlaufen. Moritzens ernste Aufforderung nämlich, dass man Abgeordnete der Stadt erwarte, die erklären sollten, ob man sich dem Fürstenbund anschließen und die Kriegsführung unterstützen wolle, führte nicht zum Erfolg. Zwar erschienen einige Abgesandte, sogar prompt. Aber sie überbrachten Nürnbergs Auffassung, die Verpflichtung zur Anschließung an den Fürstenaufstand sei unvereinbar mit Nürnbergs Pflichten gegen Kaiser und Reich. Die Stadt könne und dürfe sich nimmermehr in derartige Zusagen einlassen, so gering sie auch sein mögen. Aus diesem Grund erfolgte der umgehende Fortzug gen Ulm in der Hoffnung, dort ein Anderes vorzufinden. Was sich ja auch erfüllte, bloß in entgegengesetzter Richtung...

Moritz drängte seinen Unmut zurück. Er straffte sich und bat Albrecht um Mäßigung, obwohl er ihn am liebsten des Zeltes verwiesen hätte. *Kein Zerwürfnis mit Albrecht Achilles! Nicht jetzt! Am Ende wäre deshalb alles umsonst!!*

Im Anschluss daran ließ er den jungen Landgrafen von Hessen herbeirufen. Bis dieser zu ihnen kam, nutzte er die Zeit, um noch einmal auf Albrecht einzuwirken, dass der auch sein Gemurre unterlasse. Mit Wilhelms Eintreten bat er, die Nürnberger ins Zelt zu führen.

Wenig später war er sich über seine Beherrschung, einen Streit zwischen ihm und Albrecht nicht ausarten zu lassen, unendlich dankbar. Ihm missfiel zwar wiederum, dass Albrechts Augen jetzt leuchteten wie blankpolierte Geldstücke. Aber genau damit hatte Nürnberg sie überraschenderweise beehrt: Nach nochmaligen Beratungen überbrachten städtische Abgesandte 100.000 Gulden zur finanziellen Unterstützung des Fürstenbundes. Moritz hatte daraufhin sofort seinen Schreiber gerufen. Angetrieben von Albrecht Achilles kriegslustigen Gebarens hatte er in Abstimmung mit Wilhelm eine Zusicherung niederschreiben lassen: Nürnberg und dessen Gebiete würden fortan weder durch Brand, Plünderung und Raub oder in sonst einer Weise geschädigt. Die dorthin führenden Handelsstraßen würden durch Moritzens Truppen frei und sicher gestellt. Werde das Kriegsvolk des Fürstenbundes genötigt, in Nürnbergs Gebiet eindringen zu müssen, so wolle man Sorge tragen, dass dies möglichst ohne Beschwerde und Schaden geschähe. Die verlangte Erklärung, dass Nürnberg sich dem Fürstenbunde anschließe, blieb ohne Erwähnung.

Bestärkt und ermutigt suchte Moritz am Ende dieses Tages noch eine Gelegenheit, ungestört mit seinem Schwager Wilhelm von Hessen zu sprechen. Er instruierte ihn hinsichtlich des weiteren Vorgehens gegen Ulm. - Wilhelm ängstigte sich etwas über diese große Verantwortung. Moritz ermutigte ihn, weil es höchste Zeit war, nach Linz aufzubrechen. Vereinbarungsgemäß erwartete ihn dort König Ferdinand zu persönlichen Gesprächen. *Vielleicht..., ja vielleicht kehrte er in wenigen Tagen ins Feldlager zurück und alles wäre gut.*

Regensburg, den 15. April 1552, Heinrich IV. von Plauen und Burggraf zu Meissen an König Ferdinand I[131]

Allergnädigster König!
Mein untertäniger Gehorsam befahl mir ernstlich folgende Verordnung: Wider derzeit geltende Bestimmung hat der Kurfürst Moritz von Sachsen die Stadt Neuburg an der Donau vor zwei Tagen von etlichen Reitern einnehmen lassen, um sie Pfalzgraf Ottheinrich wieder einzuräumen. Dessen erfreuen sich seine Untertanen sehr.
Darum habe ich gestern ein Fähnlein guter Knechte, die dem Bischof von Bamberg dienten, herkommen lassen. Ich habe ihnen 1.000 Gulden auf die Hand gegeben und damit

[131] Wortlaut in Anlehnung: Druffel II, 1293. S. 392 und 1302. S. 397

allhie in die Vorstadt gebracht. Auch habe ich zwischen dem Bischof und der Stadt einen Vergleich ausgehandelt, dass die Gemeinde ihre Kirchen aufsperren und ihre Predikanten darin zum Predigen zugelassen werden.
Itzt werden die Knechte in die Stadt gelassen und ich verhoffe, wie der Stadtrat selbst, dass man bei der Kaiserlichen Majestät bleibe.

Regensburg, den 15. Aprilis um 3 Uhr Nachmittag 1552,

Heinrich IV., Burggraf von Meissen

Stromabwärts auf einem Donauschiff zwischen Regensburg und Linz, den 18. April 1552

Wie Moritz von Sachsen diese Ruhe genoss! Dieses gleichmäßige Dahingleiten in trauter Einigkeit mit der leise rauschenden Donau! Mit dem Geruch des Flusswassers in der Nase, das in seinem Gemisch mit den Gerüchen der Landschaften wechselte, die man passierte... *Welch krasser Gegensatz zu den Eindrücken der vergangenen Wochen!* In denen er sich unsäglich viel auf dem Rücken seines Schlachtrosses durchschütteln ließ, umwabert vom Schweißgeruch des Tieres, vom Geruch des Lederfettes des Sattelzeugs, die Ohren der Ruhe entwöhnt vom Lärm tausender Landsknechte, Berittenen, Waffenklirren... und zuletzt sogar von Geschützdonner und in sich zusammenbrechenden Mauern...
Nur wenige Stunden noch, und das Schiff würde in Linz ankern. Also galt es, die Gedanken zu ordnen, die in den vergangenen beiden Tagen, die er bereits auf dem Donauschiff weilte, in Untätigkeit abgeglitten waren. Schon morgen nämlich stünde er König Ferdinand I. gegenüber... Dies bedeutete, die richtigen Worte zu finden und jede Äußerung in ihrer Tragweite fein abzuwägen. Moritzens Umstände lagen nicht eben einfach: Auf den ersten Blick mochte sein Verhalten widerspruchsvoll erscheinen. Aber alles, was er unternahm, wurzelte nicht in Unentschlossenheit, sondern in weitem Ausschauen der gegenwärtigen Verhältnisse und der Zukunftsaussichten. Der Schwierigkeiten, die sich im Krieg gegen den Kaiser auftürmen würden, war er sich vollends bewusst gewesen, angesichts dessen, dass der Fürstenbund leider auf nur wenige Anhänger beschränkt geblieben war. Zu diesem enttäuschenden Umstand gesellte sich die Gefahr, dass im eigenen Lager Streit und Unfrieden ausbrach. Markgraf Albrecht Achilles gab hierzu das beste Beispiel... Insgesamt stand der geringen Anzahl seiner Verbündeten eine ganze Reihe von

Reichsständen gegenüber, die am Kaiser festhielten, so Bremen, Frankfurt, der jugendliche Prinz von Oranien, der Graf von Nassau, und, und, und... Die außenpolitische Lage bot in gleichem Maße Grund zur Besorgnis: Dänemark war nicht zum Anschluss an den Fürstenbund gewonnen worden. In England hatte Somerset seinen Einfluss bei König Edward VI. zugunsten der deutschen Protestanten zwar geltend gemacht. Aber nach seinem Sturz vor wenigen Monaten verlor der junge Monarch sein Interesse an den Deutschen... Das Bündnis mit Frankreich, so unentbehrlich es für den Moment auch war, barg größte Gefahr in sich. Moritz wusste, dass sich König Heinrich II. bei erster passender Gelegenheit in die inneren deutschen Angelegenheiten einmischen würde, in seinem engen Kontakt zu den Türken. Moritz war nämlich zu Ohren gekommen, dass ein französischer Gesandter in Konstantinopel weilte. Der ermutigte auf Heinrichs II. Wunsch hin den Sultan, jetzt, im Zuge des Fürstenaufstandes ebenso gegen Habsburg vorzugehen. *Undenkbar, gerade jetzt ein osmanischer Angriff auf Ferdinands Ungarn!!* Deshalb musste Moritz, so er ihm morgen gegenüberstand, jeden Anschein vermeiden, der vermuten ließ, wie eng sie mit Frankreich im Bunde standen! Andernfalls liefe er Gefahr, sich den König zum Feind zu machen. *Wo dieser sich doch so sehr um wirkliche Annäherung und Frieden bemühte!!* Dies war auch der Grund gewesen, weshalb Moritz sofort auf Heinrichs von Plauen Werbung um ein persönliches Treffen mit ihm eingegangen war...

Jenes Datum, an dem er erwiderte, symbolisierte sein gespaltenes Tun: Der 16. März war nicht nur der Tag gewesen, an dem er einem Treffen in Linz zugestimmt hatte. An diesem Tag, wenige Stunden später, war er auch zum Feldzug gegen Karl V. aufgebrochen! *Weshalb er das getan hatte?* Seiner Auffassung nach konnte bei den Verhandlungen zwischen Habsburg und dem Fürstenbund kein ersprießlicheres Resultat erzielt werden, als wenn nicht kriegerische Erfolge die Basis dafür bildeten. Nachgiebigkeit war von Karl V. nur zu ernten, wenn die Macht der Bundesfürsten ihm Furcht einflößten! Kühn war daher sein Griff nach den Aufbauten, mit denen sich der Kaiser seine Herrschaft in die deutschen Lande gemauert hatte... Leider überschätzten seine Bundesgenossen jene Anfangserfolge. So brüstete sich zu seinem Leidwesen der junge Landgraf von Hessen ihrer bisherigen Errungenschaften. Schier zügellos hatte er sich in den vergangenen Tagen dieser Freude hingegeben. Was Moritz besonders beunruhigte, und weswegen er seine Abreise nach Linz verschoben hatte, war der Umstand, dass sich Wilhelm den Abgesandten der besorgten rheinischen Fürsten gegenüber überheblich zeigte, als sie ins Kriegslager gekommen waren. *Gerade ihnen war mit allergrößter Behutsamkeit zu begegnen!* Das französische Heer rückte in bedeutender Stärke ostwärts vor und drohte die rheinischen Lande zu überrennen...

Er selbst verbarg auf das Sorgfältigste seine eigenen Gedanken, wie er es seit jeher gehalten und sich damit seine diplomatischen Befähigungen anerzogen hatte. Besonders belehrte ihn seine kürzliche Zusammenkunft mit Albrecht V. von Bayern: Dieser selbstbewusste junge Herzog verdeutlichte ihm mit Nachdruck, dass er auf die Forderungen von Moritzens Fürstenbund nur unter der Voraussetzung friedlicher Unterhandlungen eingehen werde. Und genau denselben Standpunkt vertraten die rheinischen Kurfürsten. *Wies man also wegen der Anfangserfolge jenes Ansinnen leichtfertig zurück, so riskierte man den Verlust dieser großen Partei der vermittelnden Fürsten!* Abermals würde, wie dazumal unter den Schmalkaldischen, Entfremdung zwischen ihnen allen einkehren, was der Kaiser mit Sicherheit abermals für sich auszunutzen wüsste. Seinen Briefwechsel führte er daher im Ton des jeweiligen Adressaten: Einem Fürsten erklärte er einleuchtend, falls man sich dem Kriegszug gegen den Kaiser zuneige, welcher persönliche Nutzen für ihn damit einherginge. Dem Missmut der Stände über die ungebührlichen Eingriffe des Kaisers in die jahrhundertealten Gepflogenheiten der Goldenen Bulle hingegen begegnete er mit der Zusicherung, diese Libertät zurückzuerobern... Und... König Ferdinand würde er schon morgen versprechen, dass er mit Freuden an seiner Seite gegen die Türken zu Felde zöge, wenn nur erst Frieden und Einigkeit im Lande herrschte...

Am Kornmarkt zu Heidelberg, den 20. April 1552

„Maximilian! Maximilian!" *Wo war er nur wieder?! Wahrscheinlich draußen. Der Frühling hielt so herrlich Einzug...* Also würde er selbst an Moritz von Sachsen schreiben. Keinen Moment länger konnte er sich, angesichts der unfasslichen Glücksbotschaft, die ein restlos abgehetzter, verschwitzter Bote ihm soeben überbracht hatte, gedulden... Ottheinrichs Hände zitterten, als er die Feder ins Tintenfass eintauchte und zu schreiben begann[132]:

Allerfreundlichster Herr! Meinen tiefsten Dank vorab! Unser Glück vermögen wir nicht in Worte zu fassen! Nachdem Sie verstanden haben, dass wir Neuburg dieser Zeit in Ihrem Namen einzunehmen wohl leiden mögen, haben Sie es mit einer Anzahl Volks getan!

Der Pfalz zur Freundschaft und zur Vermeidung armer Leuts Schaden sind die Bürgerschaften jetzt willens, Ihnen zu huldigen. Dazu werden sich etliche der Landschaft am 22. diesen Monats dort einfinden, wie ihnen aus dem Lager der Ihrigen aufgegeben. Alsdann werden sie, bis auf unsere Ankunft oder Erklärung, die Huldigung vornehmen und vorerst Christoph Arnold, einem Diener des Landgrafen Wilhelm und einem Vertreter der Neuburger Landschaft die Regierung verordnen. Obwohl

[132] Wortlaut nach: Druffel II Anmerkung zu 1445., S. 508-509

uns lieber wäre, das Land zur Zeit in Ihren Händen zu belassen, folgen wir Ihrer Meinung, dass Sie uns dasselbe, nachdem wir uns Ihnen verfügt haben, es uns nach unserem Gefallen wiederum zustellen. Zur Zeit unserer Ankunft, so ein Schreiben der Landschaft, wolle man auch uns die Huldigung tun und, vor allen Dingen die Schuldenlast betreffend, handeln und beschließen.

Es ist uns, in Sonderheit von Johann von Heideck und Christoph Arnold, entboten worden, dass wir keineswegs unsere Wohlfahrt durch unser momentanes Ausbleiben versäumen und sich deswegen niemand fürchten solle. Alle Dinge seien durch Sie derart angestellt und vorgesehen, dass es nicht Kinderwerk, sondern ein beharrliches Vorhaben sei. Dieweil uns diese großwichtigen Sachen dermaßen unter die Augen gehen, folgt an Euer Liebden unsere Bitte, Sie möchten uns Ihren wohlmeinenden und vetterlichen Rat erteilen, was wir zu tun und zu lassen haben. Das wollen wir uns um Eures freundlichen Fleißes verdienen..."

Ottheinrich setzte eben seine Unterschrift unter das Schreiben, als er von draußen Schritte hörte. Auf Maximilians kurz darauf ergangene Frage, was denn sein Begehr wäre, antwortete Ottheinrich gespielt knapp und trocken: „Wir müssen packen. Es geht zurück nach Neuburg."

Augsburg, den 03. Mai 1552

Was hatte Moritz von Sachsen für einen Scherbenhaufen vorgefunden, als er aus Linz zurückkehrte! Die Lage um den Fürstenbund hatte sich während seiner Abwesenheit erheblich zu Ungunsten verändert: Nach sechs Tagen vergeblicher Belagerung Ulms waren die Truppen unter Wilhelms Führung unverrichteter Dinge abgezogen. Die Kunde über diesen Misserfolg verbreitete sich wie ein Lauffeuer und Moritzens Hoffnung, die Hansestädte alsbald an seine Seite zu ziehen, war dahin. Selbstredend schöpften auch die Anhänger des Kaisers neuen Mut und Moritz erfuhr, dass diese sich über die Truppenstärke seines Heeres informierten und hernach verbreiteten, sie sei gar nicht so bedeutend...

Von noch größerer Tragweite war allerdings eine andere Neuigkeit, die nicht von ungefähr kam: Schon mit seiner Abreise, so der Bericht des jungen hessischen Landgrafen, hatte sich Albrecht Achilles abfällig über Moritz geäußert. Weil er sich mit König Ferdinand träfe, wäre er ein verräterischer Lump. Und, wo Sachsen nicht Farbe halten wolle, so würde er dies auch nicht tun. Daraufhin hatte er sich vom Heer des Fürstenbundes getrennt. Nun führte er Krieg auf seine Weise, und zwar der, dass er ins Felde zog, um große Reichtümer zu erbeuten... Aktuell hatten seine Soldaten im Württembergischen Donaukreis grausig gebrandschatzt und geplündert. Schloss Helfenstein war erobert, das Zisterzienserkloster Königsbronn niedergebrannt und nun war er auf dem Weg gen Franken...

Was diese Misere verschlimmerte, war, dass Karl V. unumwunden versuchte, Albrecht durch Versprechung hoher Geldzahlungen auf seine Seite zu ziehen!
Was Frankreich betraf, war aktuell ein großer Teil des linken Rheinufers vom französischen Heer besetzt. Heinrich II. hatte sich nicht gescheut, kurpfälzische Gebietsteile zu occupieren und bis Speyer vorzurücken. Auch dieses Vorgehen schürte die Abneigung der Reichsstädte gegen den Fürstenbund. Vor allem hatte sich die Lage der rheinischen Kurfürsten, um die er sich doch vor seiner Reise nach Linz gesorgt hatte, verschärft! Hinzu kam, dass König Heinrich II. durch sein Vorgehen in Metz die Gefühle der protestantischen Deutschen schwer verletzt hatte: Nach seinem Einzug in die Stadt, ließ er den Einwohnern ihre lutherischen Schriften entreißen und öffentlich verbrennen...
Zu all diesen Widrigkeiten kam Moritzens tiefe Besorgnis, dass Karl V. die Lage weiter ausnutzte, indem er seinen ernestinischen Vetter Johann Friedrich aus der Gefangenschaft entließ. Unverändert bemühte sich Moritz vergeblich um die jungen Sachsenherzöge und es lag nahe, dass sie mit ihrem freigelassenen Vater und einer Heeresmacht gegen den Fürstenbund aufmarschierten!
Das einzig Erfreuliche, was Moritz anrührte, war eine Instruktion des Pfalzgrafen Ottheinrich, mit der der sich bei ihm für die Einnahme Neuburgs erkenntlich zeigte: Eindringlich hatte der Pfalzgraf an die Stadt Ulm appelliert. Ihretwegen, so seine Worte, haben ihre und andere umliegende Herrschaften großen Schaden erlitten, noch mehr wäre zu erwarten. Deswegen sei er bemüht, Mittel der Beruhigung zu befördern: Des Fürstenbundes offenes Ausschreiben hätte doch erklärt, dass ihr Werk alle Deutschen, die niederen wie die oberen Stände, beträfe. Aus diesem Grunde solle man in Ulm den Augsburger Gesandten die Bitte um Unterhandlungen nicht derart stur abschlagen. Die allerwichtigste Ursache dazu läge auf der Hand. Es wäre wider der Natur und Gottes Ehre, dass die deutschen Stände in jene Kleinmütigkeit gerieten, sich in spanisches Servitut zu begeben. Wollen die Ulmer etwa, dass Habsburgs Monarchie sich als erblich ins Land einniste? Womit die eigenen Nachkommen des lieben Vaterlands in Schmach und Verderben gerieten? Dagegen habe man in deutschen Landen beieinanderzustehen, und nicht gegeneinander!
Wie könnte es in Anbetracht all dieser Umstände weitergehen? Moritz resümierte: Sein Kriegsvolk lagerte vor Gundelfingen. Damit müsste er baldmöglichst den Frieden herbeiführen. Denn, falls er dies nicht binnen der nächsten Wochen schaffte, trüge er die Schuld daran, wenn Deutschland wirklich zu Grunde ginge. Die Vereinbarungen, die er in Linz mit König Ferdinand getroffen hatte, würden ihn nicht daran hindern: Im Großen und Ganzen war die Zusammenkunft in Linz leider ergebnislos verlaufen. Ferdinand hatte zwar verkündet, von Karl V. zur Aushandlung der Frei-

lassung seines Schwiegervaters ermächtigt zu sein. Sie war aber seitens des Kaisers mit unannehmbaren Gegenforderungen verbunden. Zuvor sollte Moritz die Waffen niederlegen und sein Heer in der Weise auflösen, dass es nicht dem Franzosenkönig zuliefe. Dazu wurde verlangt, alle Namen seiner Verbündeten offenzulegen. Und, was die Religion betreffe, verharre der Kaiser auf seinem bisherigen Standpunkt. - Moritz konnte diese typisch kaiserlichen Forderungen selbstredend nur ablehnen, weil deren Erfüllung einer bedingungslosen Kapitulation gleichkäme und er der angeblichen Freilassung des Schwiegervaters misstraute... Ferdinand reagierte, indem er einen Gesandten mit der inständigen Bitte, er möge einlenken, zum Kaiser schickte. - Nichts dergleichen geschah. Deshalb folgte ein geheimes Gespräch zwischen Moritz und Ferdinand. Der König lehnte sich damit weit aus dem Fenster. Er verhehlte seine ablehnende Haltung gegenüber den Auffassungen des Kaisers nicht. Angesichts der politischen Lage wäre sein dringendster Wunsch, Frieden zu stiften. Moritz ließ seinerseits durchklingen, dass ihm das Bündnis mit Frankreich mehr als lästig sei, und er es nur in Anbetracht der übergroßen Angst um seinen Schwiegervater eingegangen war. - Wie von Moritz erhofft, hatte man sich sofort verstanden. Zur Umsetzung ihres stillen Einverständnisses wurden hernach vor aller Öffentlichkeit neue Verhandlungen anberaumt. Sie sollten am 26. Mai in Passau unter breiter Teilnahme der Reichsfürsten ihren Anfang nehmen, um Beschlüsse von reichsrechtlicher Bedeutung auszuhandeln. Den sofortigen Waffenstillstand, den Ferdinand wünschte, versagte Moritz allerdings. Er begründete, dass er nicht über die Köpfe des Fürstenbundes hinweg allein entscheiden könne. Ferdinand akzeptierte und formulierte die Bestimmung, Moritz möge mit äußerstem und bestem Fleiß auf seine Verbündeten einwirken, dass die Waffen ab dem 11. Mai bis zum Abschluss der Passauer Verhandlungen ruhten...
Mit dem, was er nun in Gang setzte, widersprach Moritz seiner Zusicherung um Bemühungen hinsichtlich eines Waffenstillstandes. Er handelte sogar komplett gegensätzlich, was jedoch der Haltung seiner Bündnispartner entsprach: In einer gemeinsamen schriftlichen Erklärung behielten sie sich bis zum 26. Mai völlige Handlungsfreiheit vor. Erst danach würden die Waffen ruhen.
Dieses Zeitfenster musste genügen, dem Kaiser eine empfindliche Niederlage zu bereiten, um ihn in Passau endlich zum Einlenken zu zwingen! Deshalb war keine Zeit zu verlieren, um jenen Feldzug auszusinnen und sich dafür zu wappnen! Ferdinands Enttäuschung würde er zu mildern wissen. Er würde etwas tun, was er nicht mit ihm vereinbart, was ihn aber mehr als versöhnlich stimmen würde: Noch heute schrieb er einen Absagebrief an König Heinrich II. Dessen Überbringer wäre Gabriel Arnold, denn er verfügte über jenes Feingefühl bei staatsmännischer

Sicherheit, um jene hochheikle Angelegenheit zu einem guten Ende zu bringen:

Euer Königliche Majestät,
durch dieses Schreiben möchte ich Euch zu erkennen geben, was der Römische König Ferdinand I. mir vermelden ließ:
Er empfing von der Rö. Kai. Mj.[133] *Befehl und Gewalt, der gegenwärtigen, meiner und meiner Mitverwandten Kriegsrüstung und deren ursächlichen Beschwerden halber zu verhandeln. Aus diesem Grunde habe ich mich mit Ihrer Kö. Mj.*[134] *zu Linz verglichen. Zur Erreichung dieser Einigung legte ich dar, weswegen ich Eure Kö. Mj. um Hilfe ersuchte, Ihr dieses Gesuch angenommen und Euch mit unserem Fürstenbund eingelassen habt.*
Ich bin mir bewusst, dass es mir nicht gebührt, ohne Euer Kö. Mj. Vorwissen anderweitige Vertragshandlungen einzugehen. Nur ist mir jetzt ein solches Anerbieten begegnet, daraus ich die Hoffnung schöpfe, dass unseren Beschwerden ohne Krieg und Blutvergießen abgeholfen werden kann.
Was aber Euer Kö. Mj. Sachen, darum Ihr mit dem Kaiser dieser Zeit irrig seid, anbelangt, begehrte der Kaiser mein schriftliches Erkunden. Ich soll in Erfahrung bringen, auf welche Vorschläge und Mittel hin Euer Kö. Mj. zum Friede mit dem Kaiser zu bewegen wäre. Er hat mir versichert, er sei willens, sich unverzüglich in gütliche Verhandlung mit Euch einzulassen, zum Wohle der Christenheit, aber vor allem der Deutschen Nation. Nichts wäre mehr gewiss, als der ganzen Deutschen Nation Verderb und ihr Untergang, so man den Krieg fortführe und damit letztlich dem Türken ein Einbrechen in unser Land begünstigte. Auch setzte ich das Leben meines Schwiegervaters auf Spiel, denn diese Erledigung wurde mir ebenso gütlich angetragen. Darüber hinaus würde ich den äußersten Unwillen der Kurfürsten, Fürsten und aller anderen deutschen Stände auf mich laden, so ich des Kaisers gereichte Hand

[133] übliche Abkürzung für Römisch Kaiserliche Majestät
[134] übliche Abkürzung für Königliche Majestät

ausschlage und die Erledigung der Beschwerden im Reiche verhindere. - Auch an Euer Kö. Mj. bliebe Verunglimpfung haften, was nicht geschehen soll!
Aus dem allen habe ich erwogen, der gütlichen Handlung durch Gottes Gnade nachzufolgen. Mit diesem Vorsatz zog ich ins Lager meiner Kriegsverwandten. Sie stehen mit mir einig. Weil uns aber ein solches Tun ohne das Mitwissen Euer Kö. Mj. nicht ziemen will, habe ich zuerst Euch Kunde geben wollen.
So, wie die Ursachen der gemeinsamen Kriegsrüstung itzo hinweggenommen werden können, so mögen auch die erbetenen Hilfen Euer Kö. Mj. zum Ende kommen. Des allzeit gnädigen und freundlichen Willens Euer Kö. Mj. habe ich mich des Höchsten zu bedanken. Daneben stehe meine Bitte, Euer Kö. Mj. wolle dem Ganzen nicht entgegen, sondern darauf einzugehen geneigt sein. Derenthalben ist ein erster Verhandlungstag auf den 26. Mai zu Passau angesetzt. Zu dieser Zeit sollen auch Euer Kö. Mj. Begehren auf das Förderlichste ausgehandelt werden. Damit dies geschehen kann, mögen Euer Kö. Mj. mir zuvor die gewünschten Mittel und Wege zur Aussöhnung mit dem Kaiser mitteilen. Des Kaisers Vorschläge Euch zu verkünden, wird ebenso meine Aufgabe sein.
Wenn auch die Kriegshandlung itzo glücklich für Euer Kö. Mj. steht, wollet Ihr dennoch bedenken, dass sich kaiserliches Kriegsvolk zweifelsfrei dagegen sammeln wird. - Möge mir Euer Kö. Mj. mein jetziges Vorgehen nicht verdenken!"

Heerlager der Bundesfürsten in Gundelfingen an der Donau, den 04. Mai 1552, Johann von Heideck an Kurfürst Moritz von Sachsen

Mein Fürst, ich ersuche dringend Eure Rückkehr, damit die Herde nicht ohne Hirte sei. Nachteil kann sonst eintreten! Auch fehlen dem Haufen ortskundige Knechte zur Proviantbeschaffung, diese zu suchen, habe ich Christoph Arnold befohlen...

Auf dem Weg nach Frankreich am 13. Mai 1552, Gabriel Arnold an Johann von Heideck und Christoph Arnold

Indem man sich mit guten Worten aufhalten und von Verträgen reden lässt, erlebe ich hier, wie die Burgunder Trier einnehmen. Auch sah ich auf meinem Weg, wie Köln und Mainz durch Kaiserliche gestärkt werden. Morgen komme ich in Frankreich an und werde mich höchst bemühen, für den Kurfürsten von Sachsen bei König Heinrich anzuhalten, denn er hegt wohl großen Verdruss und Abzugssorgen.

Vor der Ehrenberger Klause in den Morgenstunden des 19. Mai 1552

Ob ihr heutiger Tag ebenso siegreich endete, wie der gestrige? In der Morgendämmerung spähte Moritz von Sachsen hinüber zur Ehrenberger Klause, die Sebastian Schertlin von Burtenbach anno 1546 für den Schmalkaldischen Bund so glorreich eingenommen hatte. Jener Erfolg war jedoch nur von kurzer Dauer gewesen, denn mit dem Scheitern des protestantischen Fürstenaufstandes und dem Siegeszug Karls V. war auch die Ehrenberger Klause von den Kaiserlichen zurückerobert worden. Nicht ohne heftigen Widerstand, von dem jedoch nun nichts mehr zu sehen war: Habsburg hatte die Anlage wieder aufbauen lassen. Zwei Gewerke umfasste Ehrenberg, nämlich das auf einem hohen Felsen gelegene Schloss und eben die Festung unterhalb, welche die am westlichen Fuße des Schlossberges vorbeiziehende Heerstraße absperrte. *Warum stand er heute genau an diesem Ort?* Moritz hatte es wie einen Wink des Schicksals empfunden, als man ihm vor wenigen Tagen ins Feldlager bei Gundelfingen meldete, dass ein Haufen Kaiserlicher zwischen Füssen und Reutte als vorgeschobener Posten zum Schutz des wichtigsten Tiroler Alpenpasses entsandt worden sei. Diese Stellung erscheine durch Verhaue und einige Feldgeschütze gut gesichert. - Damit war die Entscheidung gefallen, wo er zum kräftigen Schlag gegen den Kaiser ausholen wollte. Jener Vorposten gab das erste Ziel eines Zuges gen Ehrenbergs Klause, unweit Innsbrucks...
...wo man des Kaisers habhaft werden könnte?? Jedenfalls hatte Moritz ohne Umschweife Befehl gegeben, das Gundelfinger Lager zu räumen und gen Füssen zu ziehen.

Gestern dann war der Vorstoß auf jenen Vorposten erfolgt, der sich anfangs tapfer verteidigte. Moritzens Aufgebot wurde mit lebhaftem Feuer aus Geschützen und Hackenbüchsen empfangen. Dem ungestümen Andrang seiner weit überlegenen Truppen vermochten die Kaiserlichen aber nicht standzuhalten. Aus ihrer Schanze geworfen, wichen sie eilig nach Reutte zurück. Dort lagerte das verbliebende Hauptregiment von Kaiser und König, etwa 3.000 Mann stark. Diesem Regiment fehlten, wie Moritzens Kundschafter ebenso vermeldeten, Oberst und Kommandant. Der Kaiser brauche sie für andere Obliegenheiten, so die Kunde. Wer an ihrer Stelle den Oberbefehl gab, war nicht zu ermitteln. *Vielleicht kommandierte dort nun die Kopflosigkeit??* Jedenfalls war der furchteinflößende Eindruck, den seine Truppen bestimmt auf die geflohenen Kaiserlichen gemacht hatten, ganz nach Moritzens Geschmack. Unbedingt wollte er davon profitieren. Deshalb ließ er sein in Hochstimmung befindliches Heer umgehend gen Reutte weitermarschieren, nachdem sie die vom Vorposten verlassene Schanze gänzlich überrannt hatten.
Im Bewusstsein eigener Übermacht gab er gestern, also noch am selben Tage wie bei Füssen, auch in Reutte einen Befehl zum Angriff... und seine Mutmaßung bewahrheitete sich: Anstatt sich in die nahe Festung zurückzuziehen, oder den Feind aus sicherer Höhe von dort zu attackieren, bevorzugte es der führungslose Gegner, sich vor Reutte auf offenem Feld mit Moritzens Übermacht schlagen zu wollen. Besser gesagt, sich schlagen zu lassen. In einem gezielten Manöver zerteilte Moritz die Kaiserlichen. Nur wenigen von ihnen gelang es, die Ehrenberger Klause zu erreichen. Der Hauptanteil der Truppe wurde gefangen, in den Lech gejagt oder schlichtweg niedergemacht.
Nach diesem zweiten Tagessieg ordnete Moritz sein Kriegsvolk und zog bis vor die Ehrenberger Klause. Da er jedoch diese Festungsanlage nicht im Detail kannte, ließ er unterwegs nach Ortskundigen fahnden. - Man fand einen willigen Spion. Moritz geizte nicht bei dessen Bezahlung. Mit seinem Wissen und dem Zusammenrufen einer Schar auserlesener Schützen planten er und der junge Herzog von Mecklenburg mit der hereinbrechenden Nacht den entscheidenden Handstreich... Jetzt, wenige Stunden später, im Morgengrauen des folgenden Tages, wartete Moritz auf ein Zeichen des Mecklenburgers. Der war nämlich, in Begleitung des Spions und der ausersehenen Schützenschar, noch in der Nacht aufgebrochen, um heimlich auf einen Berg nahe dem Schloss zu schleichen. Moritzens Truppen warteten gespannt und sturmbereit nur auf seinen Befehl, um vom Rücken der Ehrenberger Klause aus loszuschlagen.
Johann Albrecht wusste ihm später zu berichten, dass man die verbliebenen Verteidiger im Schlummer um ihre im Tagesanbruch erloschenen Lagerfeuer vorgefunden hätte. Die Aufmerksamkeit der wenigen Wachen war ausschließlich auf Moritzens etwas entfernt liegendes Heer gerichtet...

So fielen, urplötzlich für die Kaiserlichen, die ersten Schüsse. Allein in jener Überrumpelung fand eine Großzahl von ihnen den Tod.
Moritz nahm jenes Schießen als Signal. Kaum, dass sich die Kaiserlichen in den Verteidigungszustand versetzen konnten, erstürmte Moritz Ehrenbergs Mauern und Pforten in einem gewaltigen Angriff. Der schreckgelähmte Feind war nach kurzer, diffuser Gegenwehr niedergeworfen. Wen man lebend greifen konnte, ging in Gefangenschaft. Einigen wenigen von ihnen gelang die Flucht in die Bergwelt...
Obgleich man das Schloss selbst, auf dem der Pfleger von Ehrenberg sich versteckte, nicht eroberte, erschien Moritz dieser Angriff wie ein regelrechter Traum. Auch Johann Albrecht, den er nach dem Einstellen des Feuers im Getümmel ihrer Kriegsleute antraf, wirkte auf ihn wie in Trance. Mit überglücklichem Gesicht wankte der junge Herzog auf ihn zu, um ihm dann kraftlos in die Arme zu fallen. Moritz konnte seinen Zusammenbruch nachfühlen, nach seinem Heldenmut und seiner Überanspannung der vergangenen Stunden. Er geleitete ihn zu einem Wagen, wo man ihm ein Schlaflager richtete. Mit dem kurzen Moment des Beobachtens des Herzogs, der über sich selbst hinausgewachsen war, wurden auch Moritzens Knie weich: Noch vor dem Wagen, zum Erstaunen aller, fiel er auf die Knie. Er faltete seine Hände zum Himmel und dankte Gott für die Gnade ihres Sieges, der ihm übernatürlich vorkam: Keiner von ihnen hatte gewagt, daran zu glauben, innerhalb von nur zwei Tagen, im Grunde ohne wesentliche Verluste, jene ersehnte Entscheidungsschlacht zu gewinnen. *Welche übergroße Schmach für den Kaiser! - Der Kaiser!! Auf nach Innsbruck, den Fuchs in seiner Höhle zu suchen...*

Stunden später traf Moritz in Innsbruck ein. Auch dort hatte man mit keinem derart überraschenden Sieg über Ehrenbergs Klause gerechnet. Man erwartete eher eine Belagerung, die die Kaiserlichen nach allen Regeln solider Kriegskunst abzuwehren verstünden. Daher konnte Innsbruck dem Einzug des Fürstenbundes wenig bis nichts entgegensetzen. Wohl war ein eiligster Rundruf ergangen, dass die Bauern mit Spießen und Hellebarden ausmerzen sollten, was die Besatzung der Ehrenberger Klause trotz eingelagertem Pulver und Blei sträflich verdorben hatte. Auch nach Kufstein wurde ein Hilfegesuch abgesandt, im Laufmarsch heranzuziehen, obschon es auf der Hand lag, dass die verbleibende Zeit hierfür nicht ausreichen würde...
Ungeachtet all dieser aussichtslosen Mühen zog Moritz also ungehindert mit 18 Fähnlein an Fußknechten und 400 Reitern bis vor Innsbruck, wohingegen Johann von Heidecks Regiment und die übrige Reiterei in Ehrenberg blieben. Die einzigen, die sich ihm vor Innsbrucks Stadttoren entgegenstellten, waren der Bürgermeister und einige Ratsherren: Sie äußerten sich ihm gegenüber mit den Worten, dass sie als getreue Unter-

tanen König Ferdinands beieinanderbleiben und sich gegen jeden Feind erwehren wollten. Aber sie gaben auch an, dass in der Stadt große Aufregung herrsche, weil die Bürger sich des Schadens an Leib und Leben ängstigten. Schlussendlich erbaten sie von Moritz einen Rat, wie man sich ihm gegenüber verhalten solle. Moritz antwortete, indem er eine weiße Armbinde, das Zeichen des Fürstenbundes, überstreifte. Johann Albrecht von Mecklenburg und Wilhelm von Hessen folgten seiner Geste, ebenso wie später die gesamte Truppe, an deren Spitze sie gemeinsam in die Stadt einritten.

Eilig wurde den drei Kriegsfürsten in der Neustadt beim Postmeister Taxis Quartier gerichtet. Die Reiter fanden Unterkunft bei der Innbrücke. Das Fußvolk marschierte durch die Stadt hin zum Kloster Wilten, wo es auf den Wiesen ein Lager aufschlug. Wie an die Einwohner von Innsbruck und Hall, so erging auch an die umliegenden Dörfer die Anweisung, die Truppen mit Proviant zu versorgen. Moritz reagierte darauf mit einem Befehl, dass den Kriegsknechten der Eintritt nach Innsbruck und Hall verboten sei. Zu diesem Zweck verstärkte er die Stadtwachen mit eigenen Soldaten. Den beutelustigen Söldnern vor den Stadttoren allerdings wurde er nicht Herr. Sie, neben anderen die Gelegenheit nutzenden ‚Malefizigen'[135], belohnten sich mit einträglichen Landausflügen in die Umgegend.

Doch auch die Innsbrucker und Haller sannen auf Entschädigung des Erlittenen. Sie erbaten die Erlaubnis, nach spanischem Gut zu stöbern, das des Kaisers Gefolge wegen der überstürzten Flucht zurückgelassen hatte. Unter des Mecklenburgischen Herzogs Entscheidungsgewalt, der sich nicht selten über das Aufgefundene wunderte, wurden die ehemaligen Wohnstätten der Spanier durchkämmt. Angestachelt von der interessanten Konfiszierungsaktion, suchte man hernach sogar in der Hofburg nach aparter Beute. Schon in den ersten Zimmern wurde man fündig und Johann Albrecht sah sich als Eigentümer nicht nur eines vergoldeten ‚Espada ropera'[136]. Auch ein mit Samt bezogenes Sattelzeug schickte er sich an, hinwegzutragen... Der junge Landgraf von Hessen entschädigte sich erst beim Abzug aus Innsbruck. Sein Herz schlug für drei Kanonen aus dem Bestand König Ferdinands nebst einigen tausend Kugeln und etlichem Schießpulver. Geschütz aus Eigentum des kaiserlichen Umfelds, das teils aus verratenen Erdverstecken ausgegraben wurde, eroberte gleichfalls sein junges Kriegerherz. Der Herzog von Alba sollte sich später furchtbar beschweren, dass der Hesse zehn seiner Falkonetten an sich gebracht hatte. Sein Leid über den Verlust, der das Leid wegen ‚des Kaisers schmähliche Flucht' überstieg, teilten der kaiserliche Hofmeister

[135] Verbrecher

[136] Schwert, das zur jeweiligen Garderobe passt

und der Bischof von Augsburg: Auch sie waren von Wilhelm um einige Kolubrinen[137] erleichtert worden.
Moritz hingegen verlor sich nicht in Zerstreuungen derartiger Eroberungen. Er besann sich stattdessen seiner Pflichten gegenüber den Gefangenen an der Ehrenberger Klause. In einem Schreiben kündigte er den besiegten Hauptleuten, Fähnrichen und Landsknechten an, dass sie sich auf ein Lösegeld in Höhe eines Monatssoldes gefasst machen sollen. Um dass sie dies von ihrem Kriegsherrn oder anderswem erhielten, dürften sie Gesandte benennen, die damit ihre Gefangenschaft und ihre Eide nicht verletzen würden. Weiter vermerkte er, dass unter deutschem Kriegsvolk nach spanischer Sitte eingerissen sei, die Hauptleute und Knechte schwören zu lassen, dass sie einige Zeit oder sogar lebenslang nicht gegen die siegreichen Kriegsherren dienen. Auch werde danach mehr als ein Monatssold Ranzion[138] gefordert. Er hingegen wolle sich nach altem deutschen Kriegsbrauch verhalten und sie zu nichts weiter verpflichten. - Mit dem Siegeln dieses Bescheids flogen Moritzens Gedanken... nach Passau.

Augsburg, den 22. Mai 1552,
Christoph Arnold an Moritz von Sachsen

Hochgeehrter Fürst! Mein Bruder ist heute vom französischen König zurückgekehrt. Eiligst gebe ich Euch daher Bericht über seine Verrichtung. Ihr werdet seine Angaben zu erwägen wissen, sonders des großen Abfalls, des Spotts und der Nachrede Eures Aufenthaltes in Linz wegen. Jedenfalls gehen aus Gabriels Kunde beschwerliche Dinge hervor. Er vermeldet, dass König Heinrich Euren Brief mit großer Beschwerde aufgenommen hat. Er war sehr zornig und unwillig. Anfangs wollte er von Euch weder wissen noch hören. ‚Der Krieg sei beschwerlich, aber das Vertrauen noch beschwerlicher', grollte er. Und er sei dem Kaiser gegenüber stark genug, auch ohne Euch. Daher sah er besonders ungern, dass Ihr Euch anbietet bzw. anmaßt, zwischen ihm und dem Kaiser verhandeln zu wollen.
Gabriel erfuhr auch, dass Sebastian Schertlins Sohn einen

[137] Kanonentyp des Mittelalters und der frühen Neuzeit
[138] Lösegeld

Brief seines Vaters leichtfertig herumzeigte, in dem er sich mit offenen Worten über König Heinrich äußerte. Man brachte ihn deswegen eiligst zu deutschen Fürsten, um größeren Schaden zu vermeiden.
Wie von Euch ersucht, machte er auf seiner Rückreise dem Kurfürsten Friedrich von der Pfalz seine Aufwartung. Der gab an, unlängst erfahren zu haben, dass Ottheinrich aus Heidelberg abgereist sei. Er habe wohl Neuburg wieder eingenommen und sich dort huldigen lassen. ‚Mit was Geding und welcher Gestalt' (so seine Worte) Ottheinrich dazu gekommen sei, entzöge sich seiner Kenntnis. Auch ob sich Ottheinrich mit Euch und den anderen Kriegsfürsten eingelassen habe, trage er ebenso wenig zu wissen, als ‚wie wenig Ottheinrich sich mit seinem Rate oder Zutun hieraus auf die Reise und zu solchem Werke begeben habe'. Der Kurfürst hätte jedoch auch gehört, dass Ottheinrich von Euch aufgefordert worden sei, nach Neuburg zu gehen, weil, falls er dies nicht täte, Ihr Pfalz-Neuburg in andere Hände kommen ließet! So gedenke Friedrich nicht, jenen Tagen zu Passau beizuwohnen. Er sei anderweitig beschäftigt, der Einigung mit Herzog Albrecht V. von Bayern aber nicht entgegen. Wohl wünsche er das Gesamtwohl der Häuser Pfalz und Bayern und er wolle auch niemands Recht kränken. Die Hauptursache seines Ausbleibens von Passau ist, dass sich ein minderer Fürst dafür einsetzen solle. Seine eigene Person dazu zu verwenden, stünden allerlei Begehren entgegen, worauf er aber nicht näher einginge, weil es sich nicht gebühren würde.
Gabriel erbittet von Euch, nach Passau gehen zu dürfen. Er ersucht Euch weiter, dass Ottheinrich in Eure Vertragsdinge miteinbezogen werde. So verhofft er in dem Zuge, Ihr würdet Albrecht V. von Bayern zu Eurer Hand bringen…

Voller Unruhe war Moritz von Sachsen gestern, zwei Tage später als zum vereinbarten 26. des Monats, in Begleitung Johann Albrechts von Mecklenburg in Passau eingetroffen. Trotzdem gehörte er zu den ersten, die sich am Ort der hoffnungsvollen Verhandlungen eingefunden hatten, die da waren der Bischof von Eichstätt und die Würzburgischen und Kurbrandenburgischen Gesandten. Auch Herzog Albrecht V. von Bayern kam gestern an, jedoch erst spät am Abend. Der Briefwechsel zwischen ihm und Moritz hatte sich in den vergangenen Wochen intensiviert, was Anlass gab, sich am heutigen Morgen sehr freundlich zu begrüßen.
Ansonsten geschah an diesem Tag nichts Wesentliches, außer, dass man auf weitere Teilnehmer hoffte und wartete. Bis in die Abendstunden hinein ließ sich Moritz in seiner Aufgeregtheit vermelden, wann mit der Ankunft König Ferdinands gerechnet werden könne, der per Schiff auf dem Inn gen Passau unterwegs war. Seinen Gemütszustand verursachte zuvorderst ein Brief von Ferdinand. Der hatte ihm nach seinem Vormarsch gegen Reutte, die Ehrenberger Klause und dem Einmarsch in Innsbruck geschrieben und mit Verweisung auf ihre Vereinbarungen in Linz seine enorme Unzufriedenheit ausgedrückt. Des Weiteren beschäftigte ihn eine überraschende Wendung der Ereignisse an der Westgrenze des Reichs. *Der französische König hatte tatsächlich deutschen Boden verlassen!* Die Wirkung seines Briefes an Heinrich II. war nämlich mit einem weiteren Umstand zusammengetroffen: Der rauflustige geldrische Feldhauptmann Martin von Rossem* war auf Betreiben von Karls V. Schwester Maria plündernd in Nordfrankreich eingefallen. Ein Großteil Lothringens war von ihm im Sturm erobert, weshalb sich Heinrich II. in seinem Rücken ernstlich bedroht sah. Weil er obenauf wegen Moritzens Brief nicht mehr mit einer Unterstützung der deutschen Fürsten rechnen konnte, entschied er sich für Rückzug...

Trotz vorgerückter Stunde eilte Moritz dem König entgegen, nachdem dessen Schiff endlich vor Passau ankerte. Zu seiner leisen Enttäuschung fehlte der junge Erzherzog, auf den Moritz besonders gehofft hatte: „Ungarn bedarf Maximilians Anwesenheit“, gab Ferdinand knappe und kühle Antwort auf Moritzens dahingehende Frage. „Ich gab Euch keinen Anlass für Euren Angriff auf Ehrenberg“, schloss sich sofort Ferdinands Vorwurf in bitterem Ton an. „Die Besatzung der Klause diente nur ihrem Schutz, wie Ihr aus den fehlenden Kommandierenden hättet schließen können. Auch wenn man feindlich gegen Euch gehandelt hätte, so hättet Ihr es mir mitteilen können, anstatt die Männer anzugreifen.“
Moritz äußerte sich nicht dazu. Er zog es vor, zu schweigen. Seine Resolution, die er für Passau vorbereitet hatte, würde ihn entlasten.

Außerdem verbuchte er für sich im Stillen, dass er zum Rückzug des französischen Königs einen entscheidenden Beitrag geleistet hatte. - Er verhielt sich damit richtig, denn Ferdinand lenkte tatsächlich ein:
„Nun gut", fuhr er in versöhnlicherem Ton fort. „Es ist geschehen. Sehen wir nach vorn. Ihr seid nach Passau gekommen, und auch ich bin hier, um mich für Ruhe und Frieden in unserem Vaterland einzusetzen. Bin ich der letzte, der hier ankommt? Oder warten wir noch auf wen?"
„Die Gesandten der rheinischen Kurfürsten lassen noch auf sich warten, ebenso wie die von Mainz, Köln, Trier, Pfalz, Jülich, Württemberg, Braunschweig, Pommern und auch Brandenburg-Küstrin", zählte Moritz auf.
„Oho, und ich dachte, ich bin der letzte, neben dem Erzbischof von Salzburg, der auf mein Schiff zustieg", begleitete jetzt sogar ein Lächeln des Königs Worte.
Auch Moritz lächelte. „Sollte es anders sein, als auf den Reichstagen?", kommentierte er, nun ebenso mit einem Lächeln. „Aber, ich vergaß aufzuzählen, dass Wolfgang Graf von Salm*, der Fürstbischof von Passau, eine Nachricht hergesandt hat. Er versicherte sein umgehendes Erscheinen mit der Eröffnung der Verhandlungen unter der ausdrücklichen Bemerkung, dass er sich für einen Vergleich mit den Protestanten einsetzen möchte."
„Das ist gut. Obwohl ich es vorzöge, schon morgen in die Verhandlungen einzutreten, eröffnen wir diese erst, wenn die Mehrzahl der Stände anwesend ist. Bestimmt sind sie alle bereits unterwegs. Außerdem müssen wir auf die kaiserlichen Kommissare warten, weil ich in Passau, anders als in Linz, keine Vollmachten des Kaisers mehr habe. Ich bin also nicht Partei, sondern allenfalls ein Unterhändler. Aber ich gehe davon aus, dass Ihr die Eröffnungsrede halten wollt, auf deren Basis wir hernach beraten?" - Moritz bejahte.

Passau, den 01. Juni 1552

„Niemals war es meine Absicht, und sie ist es auch heute nicht, des Kaisers Hoheit vorsätzlich zu beleidigen! Hätte man den Beschwerden, über die ich und andere Fürsten allzuoft klagten, abgeholfen, so wäre es nie zu einem Fürstenaufstand gekommen! Noch jetzt wünsche ich mir nichts anderes, als die Herstellung des Friedens in der Christenheit, und besonders in der unserer Nation! Ich wünsche mir die Überwindung der im Reich eingerissenen Spaltungen! Und ich ersehne die Freilassung des Landgrafen von Hessen!"
Nach diesen einleitenden Worten verstummte Moritz von Sachsen. Seine Blicke schweiften über die vielen Anwesenden, deren Augen auf ihn gerichtet waren. Hoffnung las er in den meisten, neben aufgeregter

Gespanntheit. Freilich drang auch Feindseligkeit zu ihm, und zwar von denen, die ihre überzogenen Privilegien verlustig gehen sahen... Mancher Blick signalisierte Misstrauen, Skepsis und Reserviertheit. Hochmut bis Gelangweiltheit indes ließen nur die anwesenden Spanier durchblicken. Moritz konzentrierte sich wieder auf seine Notizen.

„Weil der König im Namen des Kaisers, wie auch ich für meine Kriegsverwandten, in Linz im Grunde nichts endgültig beschließen konnte, wurde dieser Tag zu Passau einberufen. So beginne ich nun, die zu beratenden Punkte aus der Sicht des Fürstenbundes vorzutragen. Allem voran fordern wir die Freilassung des Landgrafen Philipp von Hessen aus jener entwürdigenden Haft. Andernfalls können wir dem Frieden nicht zugeneigt sein. Das Heraufbringen seiner Person nach Passau wäre sehr wünschenswert gewesen. Dies ist nicht geschehen und wir verlangen daher seine umgehende Haftentlassung und Heimbringung. Mit dem gleichen Tag, an dem er sicher in seinen Landen weilt, wird auch unser Kriegsvolk ohne jeden Verzug nach Hause entlassen. - Zum zweiten Punkt, der Religion. Jedermann weiß, welcher Zwiespalt zwischen den Deutschen geschürt wurde. Obenauf gibt es vielfältigen Missbrauch, dessen gewisse Geistliche und anhängige Gläubiger frönen. Wir beharren darauf, dass kein Artikel unserer Glaubensrichtung für irrig oder unvereinbar mit dem Worte Gotte erklärt werde. Schon auf dem Reichstag zu Speyer im 1544er Jahr wurde uns zugestanden, dass unseren Artikeln rechtens nachgegangen und sich darüber friedlich und mit Gottes Gnade verglichen werde. Doch, was ist tatsächlich geschehen? Auf dem Reichstag zu Augsburg in 1548 wurde uns ein Interim aufgezwungen. Derhalben ist ein solcher Unwille entstanden, dass wir lieber alles, was Gott mit uns vorhabe, erleiden, denn uns dareinfinden mögen. Daher ersuchen wir, dass die Königliche Majestät anstatt des Kaisers einen gemeinen Frieden in der Religion machen wolle!“

An dieser Stelle unterbrach sich Moritz von Sachsen erneut, denn Ferdinands große Überraschtheit war nicht zu übersehen. Die Blicke der Männer trafen sich... Zwar nur kurz, dennoch sprachen sie in gleicher Weise zueinander, in der sie sich in Linz hinter verschlossenen Türen offenbart hatten...

König Ferdinands Herz begann heftig zu schlagen, weil er wie nie zuvor spürte, welche Hoffnungen auf ihm ruhten. *Hoffnungen, die, so sie erhört und in Gerechtigkeit erfüllt wurden, einem König vom Volk mit Liebe und Treue vergolten wurden!* Dieser eine Satz von Moritz, diese damit ausgelöste, ungekannte Empfindung katapultierte Ferdinand förmlich aus der Schattenstellung, in die er sich seit Jahrzehnten von seinem großen Bruder hatte zwängen lassen, heraus. *„Fiat iustitia et pereat mundus! - Es geschehe Gerechtigkeit, und gehe darüber die Welt zugrunde!”*

Moritz, im Wissen, mit seinen Worten zu einem immensen Befreiungs-

schlag im Hause Habsburg ausgeholt zu haben, fuhr in seiner Resolution fort.
„Es soll bewilligt werden, dass der Religion halber ein jeder Stand selbst entscheide und keiner deswegen verachtet oder belangt werde. Jeder soll friedlich nach seinem Glauben sitzen! Da vom Trienter Konzil, wie auch vom König vermeldet, keine Vergleichung zu erwarten ist, diese auch auf einem Reichstag wegen der Stände Streitigkeiten niemals fruchten wird, so möge in Autorität eine Nationalversammlung einberufen werden. Darinnen sollen sich die Gelehrten der Heiligen Schrift beiderseits anhören und sich mit gutem Verstand einigen. Daran halte man fest. Auch das Kammergericht muss dementsprechend urteilen. - Ein anderer Punkt. Was der Franzosen Friedensvorschläge betrifft, habe ich mich vergeblich bemüht, diese schriftlich zu erhalten. Ein Gesandter ist jedoch auf dem Weg hierher, so die Meldung. Er soll in seinen Vorgaben angehört werden. - Die Begnadigung der Geächteten, als nächste Forderung, muss sich auf alle Personen beziehen, die wegen des vergangenen Kriegs noch in der Ungnade des Kaisers stehen. Auch darauf möge sich der König erklären, wie dem abgeholfen werden kann. - Jetzt will ich nur einige der Reichsbeschwerden vortragen, um damit ein weiteres Nachdenken und Beratschlagen anzuregen. Ich bezweifele nicht, dass der König und die Stände es dahin befördern werden, um all dasjenige, was der gemeinen Libertät zuwider vorgenommen wurde, abgestellt wird. Das Vaterland wird damit wohl bedacht und die Reichsstände in den Ruhm gesetzt, mit dem sie ihre Freiheiten löblich erhalten und auf ihre Nachkommen vererben.“
Angesichts dessen, was Moritz sogleich vortragen wollte, ergriff ihn Feierlichkeit. Er atmete tief durch. Einmal mehr richtete er sich auf, und dann begann er:
„Das Heilige Römische Reich Deutscher Nation ist ein freies Reich! Es ist keiner anderen Nation unterworfen! Durch die Wahl der Kur- und Fürsten hat es ein weltliches Haupt zum Kaiser. Der soll es nach der Goldenen Bulle löblich und mit Willen, Wissen und Rat der Stände, insbesondere der sechs Kurfürsten, regieren. Ganz so, wie er sich zur Zeit seiner Wahl dazu verpflichtet hat. Diese Pflicht umfasst, das Reich und dessen Mitglieder bei Freiheit, Hoheit, Würde und Gerechtigkeit, und die Kurfürsten bei der Präeminenz[139] und freien Wahl bleiben zu lassen! Seit etlichen Jahren wird diese Freiheit beeinträchtigt und künftig droht ihr noch mehr Abbruch! Entgegen der Verpflichtung, die Reichsregierung mit geborenen Deutschen zu besetzen, haben Fremde unsere Reichssachen samt Verwaltung und Siegeln in ihren Händen! Wo bleibt des Kaisers Eid, in wichtigen Dingen nicht ohne die Kurfürsten, die Säulen unse-

[139] Vorrecht, Oberherrlichkeit

res Reichs, zu handeln? Ohne ihre Bewilligung ist vom Reich nichts zu veräußern! Einschließlich verwirkter Reichslehen oder alter Belehnungen! Indes ist es unverborgen, was sich nunmehr mit der Einziehung oder Verleihung etlicher Fürstentümer, Grafschaften, Herrschaften, Städte, sogar Bistümern wider oder ohne Rat der Kurfürsten zugetragen hat! Seit Jahren wird sich ungnädigen Worten über ihre Bedenken hinweggesetzt! Ihre Autorität wird laufend geschmälert! Auf den vergangenen Reichstagen drang der Kaiser auf die Errichtung eines neuen Reichsbundes, wobei die Kurfürsten gänzlich übergangen wurden! Übliche kurfürstliche Versammlungstage zur Erörterung der vielen Beschwerden wurden gar nicht mehr abgehalten! Audienzen bei Kaiser oder seinen Räten, welche die deutschen Sachen bearbeiten, sind nur schwer zu bekommen. Falls dies gelingt, erfolgt ein Bescheid nur langsam oder unergründlich wegen mangelnder Sprachkenntnisse. Das Vortragen wohlmeinender Fürbitten wird mit Ungnade vermerkt oder gar nicht erhört! Kaiserliche Verbote untersagen, außerhalb des Reichs zu dienen, wo Deutschland reich an Volk, und dies ein Herkömmliches ist. Die Ursache dessen liegt in Kriegereien des Kaisers, denen gegenüber die Deutschen nicht verpflichtet sind! Noch erdrückender ist das Verhängen von Strafen über Lehnsleute, Landsassen und Bedienstete, weil sie für Protestanten im Krieg dienten, was Pflicht gegenüber ihrem jeweiligen Herrn gewesen war! Daneben klagen die, die in jenem Krieg Kaisertreue erwiesen, nichtsdestoweniger über Schaden, Not und Drangsal. Etliche Summen an Geldes wurden ihnen abgefordert. Brachten sie diese nicht auf, erhöhte man die Summen! Ohne Bewilligung der Reichsstände, wenigstens der sechs Kurfürsten, darf kein fremdes Kriegsvolk ins Reich geführt werden! Dies ist mehrfach überschritten! Sogar in Friedenszeiten blieb spanisches Kriegsvolk in unserem Land! Unverhohlen rühmen sich jene Kriegsleute, Deutschland unters Joch gebracht und zu eigen gemacht zu haben! Aus dem Reich der Deutschen werde ein Erbreich und zu diesem Zwecke werde man Burgen und Festungen bauen! Den Deutschen wird bei jedweder Gelegenheit abverlangt, ihre Festungen zu schleifen! Auch pflegt man allerlei Praktiken, um zu erlangen, was immer man begehrt. Polizeiordnungen, einst von den Kurfürsten, Fürsten und Ständen mit des Kaisers Zustimmung gemacht, hält man nicht mehr ein, die Änderung der Kammergerichtsordnung schlicht befohlen, der Weg, Beisitzer, Advokaten oder Prokuratoren beizubringen, verschlossen! Kaiserliche Kommissare den Kurfürsten, Fürsten, ehrwürdigen Städten und allen Untertanen übergeordnet, wobei nach altem Brauch die Rechtssachen dem Landesherrn obliegen, weil der sie wohl zu regeln weiß... “

Längst musste Moritz nicht mehr von seinen Notizen ablesen. Längst sprach er sich, entgegen seines verschlossenen Wesens, innigst von der Seele, und - sein Reden zündete! Im Versammlungssaal wurde es immer

lauter, weshalb er seine Schlussworte fast ausschrie:
„So bitte ich, die Kaiserliche Majestät wolle allen von mir vorgebrachten oder von anderen noch vorzubringenden Beschwerden gnädigst abhelfen! Er möge die Deutsche Nation bleiben lassen, was sie seit der Zeit der Vorväter! Die Kaiserliche Majestät möge Gerechtigkeit walten lassen, Schutz und Schirm bieten und nicht erlauben, dass unsere Nation von seinen Dienern verspottet wird! Dann werden alle, denen ihres Vaterlands Freiheit, Ehre und Wohlfahrt am Herzen liegt, zweifelsfrei zu Treue und Gehorsam bereit sein!"

Passau, den 10. Juni 1552

Heute, am 10. Verhandlungstag, waren sie an der Reihe! Eigentlich müsste Maximilian nicht aufgeregt sein, schließlich kannte er den Text, den er gemäß Ottheinrichs Wunsch vor den Versammelten für Pfalz-Neuburg verlesen sollte, fast auswendig. Auch das öffentliche Auftreten war ihm nichts neues mehr, denn dieses hatte er in den vergangenen Wochen ebenso zur Genüge getan:
Seitdem er und Ottheinrich Heidelberg verlassen und sie wieder in Neuburg waren, erkannte er seinen Fürsten nicht wieder. Er war aktiv wie kein Zweiter! Mit seinem Eintreten in den Fürstenbund um Moritz von Sachsen hatte Ottheinrich mit diversen Ständen, die sich dem Fürstenaufstand verweigerten, intensiv verhandelt. Im Zuge dessen war er jedoch auch in eigener Angelegenheit unterwegs. Christoph Arnold hatte für ihn nämlich eine Ausschreibung nach Neuburg mitgebracht, die ihm Moritz von Sachsen nach seiner Rückkehr von Linz ausgestellt hatte. Sie beinhaltete, dass Pfalz-Neuburg nach der Einnahme durch den Fürstenbund wieder an Ottheinrich zurückgegeben werde. Zur allgemeinen Verkündung dieser Ausschreibung und zur Einberufung einer Versammlung der Landschaft, in der Ottheinrich gehuldigt werden sollte, war man quer durch die Grafschaft, von Flecken zu Flecken, geritten. Und Maximilian war nicht nur dabei gewesen. Nach Trommelwirbel hatte er die Bekanntmachung jedes Mal laut verlesen und zu Ottheinrichs Huldigung aufgerufen... Wegen jenes Umherziehens hätte er es beinahe nicht geschafft, sein königsblaues Gewand fertigzustellen: Nicht, dass er mit seiner Näharbeit nicht rechtzeitig begonnen hätte. Mit Ottheinrichs überraschender Aufforderung, die auf Gabriel Arnolds Auftauchen in Heidelberg im vergangenen Sommer ergangen war, hatte er daran gewerkelt. Bloß, zu diesem Zeitpunkt war für ihn nicht absehbar gewesen, zu welch hohem Anlass er das Gewand tragen würde. Seitdem er es wusste, nämlich einer Verlesung vor der Passauer Versammlung, erschienen ihm die Kleidungsstücke nicht gut genug. Zuvorderst die Stickerei... Perfekt sollte sie sein, einzigartig in Muster und Fadenführung. Seine Kindheitserinnerung

gedachte er, mit ihr umzusetzen, jenen sternenübersäten Himmel, an dem ein Silbermond strahlte...
Heute trug er sein Gewand und daran gab es nichts, was er noch hätte verbessern können: Das hüftkurze, nachtblaue, überreich mit Silberfäden bestickte Wams war recht enganliegend, mit hochstehendem Krägelchen und einem in Fältchen angesetzten kurzen Schoß. Bei der Wahl der Form der Ärmel hatte er seine Fantasie spielen lassen. Mit Absicht hatte er sie etwas zu lang gemacht, um sie über den Unterarm schlagen zu können. Aus Schlitzen an Oberarm und Ellbogen durfte sich sein blütenweißes Hemd bauschen... Auch die Beinkleider, nicht königs- sondern himmelblau, schmiegten sich eng an seine Beine. Insgesamt betonte Maximilians Kleidung seine breiten Schultern, neben seinen schmalen Hüften, fast schon in sinnlicher Freizügigkeit. Jene Gewagtheit milderte sein halblanger Schultermantel zwar etwas ab, keinesfalls verbarg er jedoch seinen makellosen Körperbau... Dass er ohne Kopfbedeckung ging, geziemte sich nicht. Aber er trug nur ein unverziertes, königsblaues Barett, schließlich war sein langes, offenes Haar der Zierde genug. Seine Füße steckten in seitlich geschnürtem, knöchelhohem Schuhwerk aus feinweichem, ockerfarbenem Leder, in dem er meinte, fest und sicher auftreten zu können... wozu er in diesem Moment ganz und gar nicht in der Lage war. Ihm schwand nämlich genau jetzt der Boden unter den Füßen, nachdem Gabriel Arnold ihm zugeraunt hatte, dass er sogleich in Ottheinrichs Namen des Königs Zustimmung zur Wiedererlangung von Titel und Erbanspruch öffentlich erbitten solle...
Maximilian hörte das vielfache Flüstern um sich herum, nachdem er es irgendwie geschafft hatte, vor die Versammlung zu treten. Lampenfieberglühend meinte er, kein Wort von dem vortragen zu können, was auf dem Papier in seinen zitternden Händen geschrieben stand. Mit aller Kraft versuchte er, gegen seine Zerfahrenheit anzukämpfen, was ein anderer für sich auszunutzen wusste: Geschickt hatte sich sein Vögelchen, das er selbstredend unter dem Gewand bei sich trug, hervorgewunden. Maximilian meinte, sein Herz bleibe stehen, und das Flüstern um ihn herum ging in ein Raunen bis hin zu erstaunten Ausrufen über.
Im Gegensatz zu ihm sonnte sich die Vogelkönigin in ihrem Auftritt. Mit grazilen Flügelschlägen umrundete sie Maximilian einige Male, um dann, fast in der Luft stehend und nur die überlangen Schwanzfedern schwingend, zu singen. - Zauber erfüllte den Saal...
Des Vögelchens Gesang, der mittlerweile von Maximilians Schulter aus erscholl, fixierte die Blicke aller einmal mehr an Maximilians Äußerem. *Wer er wohl war? Wer kannte diesen auffällig schönen jungen Mann? War er etwa aus Burgund, dem Stil seiner Kleidung nach? Für wen würde er sprechen? Ach, den Pfalzgrafen Ottheinrich? Das spräche wiederum gegen Burgund...*
Die zitternden, von tiefen Altersfurchen durchzogenen Hände, an deren

Fingern schwere, edelsteinbesetzte Ringe steckten, konnte Maximilian nicht sehen, denn der Mann hohen Alters, zu dem sie gehörten, hielt sich im Hintergrund. Dessen langes weißes Haar, das sich über seine von schwerem Samt bedeckten Schultern ergoss, hätte Maximilian vielleicht auffallen können, doch dem war nicht so. Auch das Flüstern drang nicht bis zu ihm, denn stimmlos kam es von bebenden Lippen: *Wie war es möglich?! Nach so vielen Jahren vergeblicher Suche... nach dem heimlich geborenen Mädchen, dem Zeugnis seiner Untreue... das in weiterer Generation fortbestand...*

Vertrautes Zupfen an Maximilians Ohrläppchen beendete sein unsicheres Zögern. Zeitgleich spürte er des Königs festen Blick, der auf ihm ruhte. Diesmal erwiderte er dessen Lächeln, ohne sich in die schützenden Rockfalten seiner Mutter zu verkriechen.

ENDE

Epilog

Stille lag über der Donau.
Maximilian saß an ihrem Ufer. Verträumt beobachtete er sein Vögelchen am Nachthimmel und ihm schien, als ob es seinen Schnabel gleich einem Pinsel in das Silberweiß des Mondes tunkte... um damit in ekstatischen Flügelschlägen eine Treppe an den Sternenhimmel zu malen... die Maximilian verzückt Stufe für Stufe emporstieg.
Aus der Sicht des Betrachters verlor sich dabei seine Silhouette im sternenübersäten Firmament, an dem sich die Silberlinien aus Mondlicht neu zu formieren wussten: Zu einem majestätischen Vogel, dessen Flügel ihn kraftvoll in die Höhe trugen.

Personenverzeichnis A - Z (Kennzeichnung *)

Vorab: Keinesfalls finden sich die vielen, im Folgenden aufgeführten Personen in diesem Buch als Romanfiguren wieder. Aber deren Namen werden wenigstens einmal erwähnt. Um dem interessierten Leser einen kleinen Überblick über die in der Geschichtsschreibung verewigten Charaktere jener spannenden Epoche deutscher Historie zu geben, wurde keine Mühe gescheut, dieses Personenverzeichnis zu erstellen. Berühmtheiten wie Martin Luther, Heinrich VIII. von England, Karl V. von Habsburg u.a. bleiben dabei ausgespart.
Fiktiv und hier nicht enthalten sind folgende Romanfiguren:
Maximilian Echter und seine Eltern, die Müllersleute von der Schiffsmühle, die Kräuter-Agnes, Mutter und Tochter Willmers, die Schankwirtin Frau Schattner, der Waisenjunge Paule, Opa und Enkelin am Neuburger Stadttor, die Schneidersleute Ruprecht und Else, der Nadlermeister Siegbert, Neuburgs Stadtstreicher Nepomuk, Augsburgs fahrende Frauen um Alvinia Weidenstein, der unerkannte betagte Edle am Romanende.
Agricola, Rudolf ; *1444 - 1485, Humanist:*
R. gilt als einer der bedeutendsten Vertreter des nordischen Frühhumanismus. Er studierte in Erfurt, ging nach Italien und wurde u.a. Privaterzieher am Hofe des Herzogs Ercole d'Este. Später lehrte er an der Universität in Heidelberg. R. vertrat als gebildete Persönlichkeit einen freien und harmonischen Lebensstil. In seiner Moralphilosophie erklärt er des Menschen Fähigkeit, Gott nachzuahmen.
Altieri, Balthasar ; *?? - ??:*
B. war ein italienischer Protestant, er wirkte in Venedig, Vicenza und Treviso.
Anhalt-Köthen, Wolfgang von „Der Bekenner" ; *1492 - 1566, Fürst zu Anhalt:*
Als 8-jähriger besuchte W. bereits die Universität zu Leipzig, als 16-jähriger starb sein Vater und er übernahm dessen Regierungsgeschäfte. 1521 lernte er auf dem Reichstag zu Worms Martin Luther kennen, 1525 führte er in seinem Fürstentum die Reformation ein. In ganz Anhalt berief er evangelische Geistliche und betrieb die Aufhebung von Klöstern und katholischen Stiftungen. Deren Vermögen verwendete er zur Förderung von Schulen, zur Aufbesserung der Pfarr- und Lehrergehälter, zur Ausreichung von Stipendien und zur Unterstützung der Armen, Siechen, Witwen und Waisen. Sein eigenes Vermögen war ihm hierfür ebenso nicht zu schade. 1531 gehörte er zu den protestantischen Fürsten, die sich unter Führung Kursachsens und Hessens gegen die Politik Karls V. im Schmalkaldischen Bund zusammenschlossen. Mit der verlorenen Mühlberger Schlacht im April 1547 verhängte Karl V. die Reichsacht über ihn und er verlor sein Fürstentum. Dem erneuten antihabsburgischen Fürstenbund unter Moritz von Sachsen gewährte W. seine Unterstützung. Mit Unterzeichnung des Passauer Vertrages 1552 erhielt er das Fürstentum zurück. W. entschied sich für die Ehelosigkeit und die Linie von Anhalt-Zerbst stellte seinen Nachfolger.
Arnold, Gabriel zu Rohrenfels ; *? - vor 1560:*
Seine Name erscheint 1517 erstmals in den Quellen. Mit seinem Bruder Christoph gehörte er zu den ersten Beamten Ottheinrichs. G. wurde Neuburgs wichtigster Finanzpolitiker und durch Landerwerb des Sedelhof Rohrenfels ab 1540 Landsasse von Pfalz-Neuburg.

Arnold, Christoph ; *? - 1564*:
C. begann seine Beamtenlaufbahn unter Ottheinrich 1522 als Schreiber. 1528 wurde er Kanzleisekretär, 1541 stieg er zum Obersten Sekretär auf. Unter Ottheinrich erwarb er die Hofmark Schweinspoint.
Bayern, Ludwig IV. von „Der Bayer" ; *1281/1282 - 1347, König und Kaiser*:
L. war ab 1314 Römisch-Deutscher König und ab 1328 Kaiser des Heiligen Römischen Reiches. Er suchte stets die Aussöhnung mit Habsburg, stand aber mit dem Papsttum auf Kriegsfuß. Er förderte die Reichsstädte, die seine Herrschaft mit ihrem Steueraufkommen stützten. Ebenso schützte er Geistesgelehrte vor der Amtskirche, womit er entscheidenden Einfluss auf das religiöse Leben späterer Jahrhunderte ausübte. L. verbesserte die Sicherheit der Straßen zur Förderung des Handels, er reformierte das Behörden- und Gerichtswesen und gilt als einer der tüchtigsten Herrscher des späten Mittelalters.
Bayern, Sabina von ; *1492 - 1564, Herzogin von Württemberg*:
S. war eine der vier Schwestern der Herzöge Wilhelm IV. und Ludwig X. von Bayern. Als Ehefrau des Ulrich VI. von Württemberg wurde sie Herzogin von Württemberg. Sie und ihr Ehegatte waren als aufbrausend bekannt. Die Ehe verlief derart unglücklich, dass Kaiser Maximilian I. wegen Sabians Behandlung über Ulrich VI. die Reichsacht verhängte und sie zu ihren Brüdern nach München floh.
Bayern, Albrecht IV. von „Der Weise" ; *1447 - 1508, Herzog*:
Er gehörte zur Wittelsbacher Linie Bayern-München, die im „*Landshuter Erbfolgekrieg*" der Linie Bayern-Landshut entgegenstand. Sein Schwager, Kaiser Maximilian I., schlichtete diesen blutigen wittelsbachschen Konflikt. Die Landshuter Linie endete und für die einzigen Nachkommen, Ottheinrich und Philipp, wurde die sog. „*Junge Pfalz*" geschaffen. Aus dieser Erfahrung heraus erließ A. das Primogeniturgesetz, wonach künftig der männliche Erstgeborene ungeteilt erben sollte. Hochgebildet gilt er als Förderer der Wissenschaft und er ließ in München die Renaissance einkehren.
Bayern, Albrecht V. von „Der Großmütige" ; *1528 - 1579, Herzog*:
A. wurde streng katholisch erzogen. Er wirkte aber am Passauer Vertrag von 1552 mit, der schlussendlich zur Anerkennung des Protestantismus führte, obgleich Bayern katholisch blieb. Der Zustand des Herzogtums Bayern war nach dem Tode seines Vaters Wilhelm IV. schlecht, die Finanzen erschöpft, die Verwaltung mangelhaft. Durch sein zielbewusstes Engagement erfuhr das Land Aufbau, der sich nach seinem Tod fortsetzte. Bayern nahm unter ihm seinen Anfang vom deutschen Kleinstaat hin zur politisch-kulturellen Macht von europäischem Rang. Daneben war A. eine naturliebende, musisch begabte Persönlichkeit. Er liebte die Musik und die Jagd, er sammelte Kunstwerke und Bücher. Unter ihm blühte die Münchener Hofkapelle. Die von ihm erworbenen Kunstwerke der Antike und des 14. und 15. Jahrhunderts begründeten die Bedeutung Münchens als Kunststadt, wo er die ersten Museen nördlich der Alpen eröffnete. Auch rief er die Hofbibliothek ins Leben.
Bayern, Heinrich XVI. von „Der Reiche" ; *1386 - 1450, Herzog*:
H. war der erste der „reichen" Herzöge der Wittelsbacher Linie Bayern-Landshut, die mit Ottheinrichs Mutter im „*Landshuter Erbfolgekrieg*" niederging. Unerbittlich und widerrechtlich brachte er das Erbe der wittelsbachschen Linie

Bayern-Ingolstadt an sich. Gattin und Sohn litten unter seiner bis zum Geiz ausartenden Sparsamkeit, infolge dieser er jedoch mit seinem Tode ein beträchtliches Vermögen und ein geordnetes Staatswesen hinterließ.

Bayern, Ludwig X. von ; *1495 - 1545, Herzog von Ober- und Niederbayern*:
L. war aufgrund der Primogenitur zunächst von der Herrschaft ausgeschlossen. Mithilfe der erstarkten Landstände zwang er seinen Bruder Wilhelm IV. dennoch zur Landesteilung, was sein einziges Behaupten gegenüber dem Bruder bleiben sollte. Gegen dessen Berater Leonhard v. Eck musste er sich geschlagen geben und unterordnen. Von diesem geschmälerten politischen Einfluss lenkte er sich durch einen üppigen Lebensstil und die Errichtung der Stadtresidenz in Landshut ab. Mit diesem kostspieligen Bauwerk eiferte er dem Baustil des *Palazzo del Tè* (Sommerresidenz des Herzogs Federico di Gonzaga in Mantua) nach. Damit bescherte er Landshut ein bedeutendes Baudenkmal der Renaissance nördlich der Alpen. L. starb kinderlos, da Kaiser Maximilians bzw. Karls V. dynastische Eheprojekte scheiterten.

Bayern, Wilhelm IV. von „Der Standhafte" ; *1493 - 1550, Herzog von Bayern-München*:
In seiner Jugend zeigte sich W. unreif und unbeholfen in seinen Umgangsformen, womit er sich sein Geburtsrecht als Erstgeborener, und zwar die alleinige Landesherrschaft, verspielte. Der erzwungenen Landesteilung durch den kleinen Bruder Ludwig X. wusste er sich mithilfe seines gewissenlosen Beraters Leonhard von Eck aber zu entziehen. Im Gleichklang mit v. Eck betrachtete er sich vornehmer als das Haus Habsburg, was in laufenden Konflikten schwelte. Obgleich er ein leidenschaftlicher Turnierer war, der ebenso Freude an Essen und Trinken fand, blieb sein Lebensstil aber sittlich. Der Reformation gegenüber war er konsequent feindlich eingestellt. Per Testament übertrug er dieses Anliegen auf seinen Sohn Albrecht, was vielleicht als Erklärung gelten kann, weshalb Bayern bis heute dem katholischen Glauben folgt.

Bayern-Ingolstadt, Ludwig VII. von „Der Gebartete" ; *1368 - 1447, Herzog*:
L.s Leben kennzeichneten die Auseinandersetzungen mit der Münchener Linie nach der wittelsbach'schen Landesteilung von 1392. Seine jungen Jahre allerdings verbrachte er als engster Vertrauter am Hof seiner Schwester Elisabeth, der Gattin von König Karl VI. von Frankreich. Bis 1415 verweilte er dort und entwickelte sich nach Sprache und Lebensart zu einem der Großen am Pariser Hof. Mit französischen Geldmitteln gelang ihm die Einlösung verpfändeter Herrschaften seines Vaters. Im Zuge dessen begründete er eine eigene Nebenherrschaft mit der Hauptstadt Neuburg an der Donau. Unter L. nahm das Ingolstädter Teilherzogtum rasch Züge eines frühmodernen Obrigkeitsstaates an. Er förderte das Berufsbeamtentum und straffte die Finanzverwaltung. Daneben entfaltete er eine rege Bautätigkeit, u.a. errichtete er in Ingolstadt ein neues Schloss. Trotzdem häufte er einen reichen Staatsschatz an, den er im unbekümmerten Zusammenleben mit einer Geliebten in Ingolstadt und Neuburg dem aus dieser Verbindung stammendem illegitimen Sohn, und nicht seinem leiblichen Sohn Ludwig, zuwendete. Ludwig VIII. wehrte sich gegen den Vater. Er besetzte das Land zwischen Donau und Lech, eroberte Neuburg an der Donau und setzte den Vater dort in Gefangenschaft. Auch der Pesttod der Geliebten und des illegitimen Sohnes brachte keine Lösung. Der plötzliche Tod des legitimen Sohnes

Ludwig VIII. ebenso nicht. Die junge Witwe behielt den Schwiegervater als Unterpfand für ihr Witwengut. Freilassungsbemühungen des französischen Königs scheiterten und Ludwig starb in der Feste Burghausen als Gefangener seines Erzfeindes und Vetters Heinrich XVI. von Bayern-Landshut, der nur darauf wartete, endlich das Ingolstädter Erbe anzutreten.

Bayern-Ingolstadt, Ludwig VIII. von „Der Bucklige" ; *1403 - 1445, Herzog:*
L. erhielt seinen Beinamen wegen einer Wirbelsäulenverkrümmung. Bis zum Tod seiner Mutter wuchs er in Paris auf, dann brachte man ihn zur Erziehung nach Bayern. Vor seinem 13. Geburtstag erhielt er von Vater Ludwig VII. die Grafschaft Graisbach, die jedoch im Bayerischen Krieg von 1420/22 an Brandenburg-Ansbach verlorenging. Die von ihm selbst gewünschten versöhnlichen Heiratsverbindungen mit Ansbach bzw. Landshut wusste der Vater zu verhindern. Damit kam es zum Bruch zwischen Vater und Sohn, der entartete, als Ludwig VII. die Hochzeit seines illegitimen, aber wohlgestalteten Sohnes Wieland mit einer Gräfin von Wertheim vorbereitete und dazu Barschatz und Kleinodien als Heiratsgut verschreiben wollte. Im Vertrauen auf Adel und Bürgerschaft ging L. trotz eines königlichen Friedensgebotes gewaltsam gegen den Vater vor. Sein früher Tod riss ihn aus seinen Bestrebungen. Der in Neuburg an der Donau gefangene Vater wurde von L.s junger Witwe an ihren Bruder Albrecht von Brandenburg ausgeliefert. Dieser verkaufte ihn für 32.000 Gulden an Heinrich XVI. von Bayern-Landshut. Mit dem Tod des Vaters erlosch die Linie Bayern-Ingolstadt.

Bayern-Landshut, Elisabeth von ; *1478 - 1504, Pfalzgräfin bei Rhein*:
Da Georg von Bayern-Landshut „Der Reiche" nur zwei Töchter hatte, setzte er eine davon, Elisabeth, und deren zukünftigen Gatten, Ruprecht von der Pfalz, unter Verstoß gegen Reichs- und Hausrecht per Testament als Erben ein. Mit dem Eintritt des Erbfalles wandte sich Bayern-München an Kaiser Maximilian I., der das Testament für ungültig erklärte. Elisabeth und Ruprecht rebellierten und der blutige Landshuter Erbfolgekrieg brach aus. Er endete mit Elisabeths und Ruprechts Niederlage, die zudem innerhalb weniger Wochen mitsamt ihrem erstgeborenem Sohn an der Ruhr verstarben. Ihre beiden überlebenden Söhne, Ottheinrich und Philipp, bekamen durch kaiserlichen Schiedsspruch das neu geschaffene Fürstentum „*Pfalz-Neuburg*", die „*Junge Pfalz*" genannt, zugewiesen.

Bayern-Landshut, Georg von „Der Reiche" ; *1455 - 1503, Herzog*:
Bis zu seinem 13. Lebensjahr wurde G. von seiner Mutter, Amalie von Sachsen, erzogen. Ab da jedoch bezog ihn sein Vater, Ludwig IX. „Der Reiche", in Regierungsgeschäfte ein. Am 14. November 1475 vermählte man ihn mit Hedwig, Tochter des Königs Kasimir IV. von Polen. Die Großzahl der Fürsten des mittleren und südlichen Deutschland wohnten der legendären, prunkvollen „*Landshuter Hochzeit*" bei. Mit dem Tod des Vaters im Jahr 1479 trat G. dessen Nachfolge an. Einer seiner ersten Erlasse verbot Amtsleuten, Geschenke anzunehmen. 1488 begründete er mittels einer Kriegssteuer ein stehendes Heer, wobei während seiner Regierungszeit keine bedeutenden Kriegsereignisse zu beklagen waren. Mit Kaiser Friedrich III. von Habsburg geriet er wiederholt in Zwiespalt. Nach den unheilvollen Konflikten im Hause Wittelsbach pflegte G. ein gutes Verhältnis zur Münchener Linie, das jedoch mit seinem Testament zugunsten

seiner Tochter Elisabeth und deren Gemahl Ruprecht von der Pfalz im Landshuter Erbfolgekrieg ein blutiges Ende fand.

Bayern-Landshut, Ludwig IX. „Der Reiche" ; *1417 - 1479, Herzog*:
L. war der Sohn Heinrichs XVI. von Bayern-Landshut, dem ersten der „Reichen Herzöge". Durch seine Mutter, Margarete von Österreich, erhielt er in Burghausen eine einfache und strenge, mehr ritterliche als wissenschaftliche Erziehung. Von den Regierungsgeschäften wurde er vom Vater bis zu dessen Tod im Jahr 1450 ferngehalten. Dennoch blieb seine Herrschaft von der väterlichen Manier geleitet und durch eine gute Finanzwirtschaft, strenge Kontrolle der Verwaltung und einsichtsvolle Fürsorge für die Landwirtschaft gekennzeichnet. Vor allem durch den in den Inntaler Alpen schwungvoll betriebenen Bergbau sorgte er für Wohlstand in seinem Herzogtum. Auch den bei seinem Regierungsantritt noch immer offenen Graben durch seines Vaters widerrechtliche Aneignung des Ingolstädter Erbes wusste er zu schließen, indem er München einige Ämter und Schlösser übereignete. Sein nachhaltigstes Lebenswerk besteht jedoch in der Gründung der ersten bayerischen Universität in Ingolstadt im Jahr 1472, der heutigen *Ludwig-Maximilians-Universität* in München.

Bayern-Landshut, Margarete von „Landshuter Muhme" ; *1481 - 1531, Äbtissin*:
Margarete war die jüngere Tochter von Herzog Georg, dem dritten und letzten von Bayern-Landshuts „Reichen Herzögen". Noch minderjährig wählte sie für sich den Lebensweg als Nonne im Augustinerinnenkloster Althohenau bei Wasserburg, von wo sie im Landshuter Erbfolgekrieg ohne Wissen ihrer Oberin floh. Dies brachte ihr den Kirchenbann ein, den Papst Julius II. jedoch wieder aufhob. Damit durfte sie in das Benediktinerinnenkloster in Neuburg an der Donau eintreten. Dort fungierte sie über ein Jahrzehnt als Äbtissin. Auch kümmerte sie sich um die beiden Kinder ihrer verstorbenen Schwester Elisabeth: Ottheinrich und Philipp von Pfalz-Neuburg.

Billicanus, Theobald ; *1491 - 1554, Rechtsgelehrter und Theologe*:
Nach dreijährigem Studium in Heidelberg wurde T. Magister artium. Beim dortigen Ordenskapitel der Augustiner begeisterte ihn Luther für die Reformation. Bis zu seiner Landesverweisung 1544 ist er in Heidelberg als Lehrender und Studierender an der juristischen Fakultät nachzuweisen. Ab 1547 wirkte er wahrscheinlich an der Universität zu Marburg.

Böhmen und Ungarn, Anna Jagjello von ; *1503 - 1547, Königin von Ungarn und Böhmen, Gemahlin von König Ferdinand I.*:
Sie war die Tochter von Wladislaus IV., des Königs von Ungarn und Böhmen. Nach Verhandlungen Kaiser Maximilians I. wurde sie mit Ferdinand I. von Habsburg vermählt. Sie galt als fromm und gelehrt. Nach dem Tod ihres Bruders, der in einer Schlacht gegen die Türken den Tod fand, fiel Ferdinand so ihr Erbe, nämlich Böhmen und Ungarn, zu. Sie gebar ihrem Gatten 15 Kinder, erlebte aber dessen Kaiserkrönung nicht. A. starb im Alter von 44 Jahren im Kindbett und liegt im *Prager Veitsdom* begraben.

Brandenburg, Joachim II. „Hector" von ; *1505 - 1571, Markgraf*:
J. gehörte zum Hause Hohenzollern. Schon mit 12 Jahren wurde er in die väterliche Politik verwickelt, als ihm in Dankbarkeit für des Vaters kurfürstliche Stimme bei der Königswahl eine Tochter des französischen Königs Ludwig XII.,

aber auch eine Enkelin Kaiser Maximilians I., als Ehegattin angeboten wurde. Er hingegen wählte sich Magdalene von Sachsen, eine Tochter des albertinischen Luthergegners Georg von Sachsen. Sie starb bei der Geburt ihres siebten Kindes und J. heiratete er in zweiter Ehe Hedwig von Polen, die ihm nochmals fünf Kinder schenkte. Im Alter von 30 Jahren trat er die Regierung an. Seine Politik war von geschicktem Lavieren gegenüber der kirchlichen Parteien gekennzeichnet. Gerne trat er als Vermittler für beide Glaubensrichtungen auf, um sich jedwede Vorteile zu sichern. Erst nach dem Augsburger Religionsfrieden von 1555 vertrat er öffentlich den protestantischen Glauben. Persönlich zeigte sich J. in hohem fürstlichen Selbstgefühl. Er war ein Freund der Lebensgenüsse, er liebte Glanz und Prunk in Veranstaltungen, Kleidung und Bauten. Er iniziierte den Umbau des Schlosses Köpenick im Stil der Renaissance und hinterließ bei seinem Tod Schulden in Höhe von 4,7 Millionen Gulden.

Brandenburg-Ansbach-Kulmbach, Georg Friedrich I. von ; *1539 - 1603, Markgraf von Brandenburg-Ansbach-Kulmbach, Herzog in Jägerndorf und in Preußen*:

G. war der einzige Sohn Georgs „Des Frommen“ und Angehöriger des Hauses Hohenzollern. Sein Vater starb, als er 4 Jahre alt war. Gemäß Testament kam das Fürstentum unter vormundschaftliche Verwaltung, was Albrecht Achilles von Brandenburg-Kulmbach vergeblich anfocht. 17-jährig übernahm G. die Regierung. Geschickt führte er im Fränkischen grundlegende Reformen der Verwaltung und Rechtspflege durch. Dazu nahm er sich der Bauern und Bürger an, um sie gegen Ausschreitungen des Adels zu schützen. Als Nachfolger des Herzogs von Preußen setzte er sich auch dort mithilfe des polnischen Königs gegen die preußischen Stände durch und realisierte die Neuordnung von Verwaltung und Wirtschaft nach fränkischem Muster. Lebhaft beteiligte er sich an den Einigungsbestrebungen der evangelischen Fürsten des Reiches. Da er, trotz seiner beiden Ehen, keine männlichen Nachkommen hinterließ, widmete er sich besonders der Nachfolge der brandenburgischen Hohenzollern in Preußen. Sein Lebenswerk liegt in der straffen, auf Sparsamkeit bedachten Verwaltungsorganisation, die finanzielle Blüte nach sich zog.

Brandenburg-Ansbach, Aemilia von ; *1516 - 1591*:

Sie war die dritte und deutlich jüngere Ehefrau des Georg von Brandenburg-Ansbach-Kulmbach, die ihm den ersehnten männlichen Erben schenkte. Sie galt als klug, tugendhaft und strenge Lutheranerin. Nach dem frühen Tod ihres Gatten erzog sie ihren Sohn Georg Friedrich I. fundiert und im humanistischen Sinne, lebte dann aber still an ihrem Witwensitz.

Brandenburg-Ansbach, Albrecht von „Der Ältere“ ; *1490 - 1568, Markgraf von Brandenburg-Ansbach, Hochmeister des Deutschen Ordens, erster Herzog in Preußen*:

Als Drittgeborener war A. für den geistlichen Stand bestimmt. Mit 16 Jahren wurde er Domherr in Köln und im Alter von 21 Jahren wählte man ihn zum Hochmeister des römisch-katholischen Deutschordens. Auf Betreiben Luthers legte er die Hochmeisterwürde jedoch ab. Er trat zum evangelischen Glauben über und unterstützte die Umwandlung des Deutschordenstaates in ein weltliches Herzogtum. Der polnische König Sigismund I. bestätigte dieses Ansinnen. A. legte vor ihm den Huldigungseid ab und wurde zum ersten Herzog Preußens, einem fortan in gerader männlicher Linie vererbbaren Herzogtum. Die Reichsacht, die Kaiser Karl V. deshalb gegen ihn verhängte, blieb wirkungslos.

Geschickt wusste sich A. mit anderen protestantischen Reichsfürsten zu verbinden. Obenauf betrieb er eine protestantische Ostseepolitik. Er vermählte sich in erster Ehe mit der Königstochter Dorothea von Dänemark und bemühte sich um ein gutes Verhältnis mit Schweden und der Hanse. A. gelang es auch, sein durch vorangegangene Kriege und Bauernaufstände in Mitleidenschaft gezogenes Land neu aufzubauen, was ihm allerdings Geldnöte bescherte und Zugeständnisse den Ständen gegenüber abzwang. Bedeutung erlangte seine Begründung der *Königsberger Albertus-Universität* im Jahre 1544. Sie diente nicht nur der Heranbildung der im Lande benötigten Beamten und Prediger, sondern sie übte eine starke geistige und kulturelle Anziehungskraft auf die Nachbarländer aus. A. liebte die Musik und förderte das rege musikalische Treiben an seinem Hof, womit die Renaissancekultur Einzug hielt. Unter seinem schon früh geisteskranken Sohn geriet das Herzogtum in die Hand der Stände, bis Georg Friedrich I. von Brandenburg-Ansbach-Bayreuth seiner Bitte folgte und sich zum Administrator von Preußen ernennen ließ. Per Erbvertrag kam Preußen infolgedessen an die kurfürstliche brandenburgische Linie.

Brandenburg-Ansbach-Kulmbach, Georg „Der Fromme" von ; *1484 - 1543, Markgraf von Brandenburg-Ansbach*:
Als viertes von siebzehn Kindern der fränkischen Hohenzollern hatte man G. zunächst für eine geistliche Laufbahn bestimmt, ihn dann aber an den Hof des väterlichen Schwagers, den König von Böhmen und Ungarn, in den Dienst geschickt. Hier erwarb er sich dermaßen Gunst, dass ihm die Erziehung des zehnjährigen Thronfolgers Ludwig II. anvertraut wurde. Die Geschichtsschreibung weiß dieses Vertrauen nur negativ zu beurteilen. Unter G. wurde Ludwig II. zwar ein guter Herr, dem aber zuerst Spiel und Tanz am Herzen lagen und in Genusssucht und Verschwendung ausarteten. Der gegenüber Georg gönnerisch eingestellte junge König Ludwig II. fiel im 20. Lebensjahr im Kampf gegen die Türken, und sein Nachfolger, König Ferdinand I. von Habsburg, duldete die Freizügigkeiten seines Vorgängers nicht. Schrittweise entzog er Georg die ausgedehnten Herrschaften, die ihm im böhmischen Reich zuerkannt worden waren. Wegen des verschwenderischen Lebensstils und der immer drückenderen Schuldenlast entmachteten G. und sein älterer Bruder Casimir den eigenen Vater und sperrten ihn bis zu seinem Tod auf der Plassenburg bzw. in Ansbach ein. Mit Casimirs Tod, der 1527 an der Ruhr verstarb, verwaltete er das Erbe für dessen minderjährigen Sohn, Albrecht Achilles von Brandenburg-Kulmbach, was auf dauernde Streitereien hinauslief. Zeitgleich trieb G. die 1524 begonnene Einführung der Reformation in Franken zügig voran. Auch bestärkte er seinen jüngeren Bruder Albrecht, dem Hochmeister des Deutschordens, jenen Ordensstaat in die weltliche Herrschaft Preußen umzuwandeln. G. starb im Alter von nicht einmal 60 Jahren. Er hinterließ aus dritter Ehe Georg Friedrich I., der ihm als Markgraf nachfolgte.

Brandenburg-Kulmbach, Albrecht Achilles II. von, später auch „Albrecht Alcibiades" genannt ; *1522 - 1557, Markgraf*:
Aus einem zügellosen Jugendlichen, von Vater Casimir und Onkel Georg mangelhaft erzogen, formte sich in Diensten Karls V. gegen Frankreich und die eigenen protestantischen Glaubensgenossen ein gefürchteter Söldnerführer. Obwohl für Habsburg tätig, meinte er sich mehr und mehr geschädigt. Er wech-

selte auf die antikaiserliche Seite unter Moritz von Sachsen. Getrieben von leidenschaftlichem Ehrgeiz folgte er seinem Anspruch, die Führung ganz Frankens zu erringen. In einem verheerenden Krieg zwischen den Jahren 1552 und 1554 presste er mit roher Gewalt den Bistümern Bamberg und Würzburg, aber auch der freien Reichsstadt Nürnberg, große Geldsummen ab. Die Mainzer und Trierer Stiftslande wurden grausam verwüstet. Karl V. verhielt sich in dieser Angelegenheit zweideutig, Heidelberger Vermittlungsversuche blieben erfolglos. Daher formierte sich unter Moritz von Sachsen in 1553 ein erneuter Fürstenbund, dem auch Maximilian, der Sohn König Ferdinands I., beitrat. In einer verlustreichen Schlacht bei Sievershausen besiegte man den „fürstlichen Mordbrenner". Dieser Sieg kostete, neben tausenden anderen, mehreren jungen Fürsten das Leben, so auch Moritz von Sachsen. In der Reichsacht büßte A. seine gesamten Besitzungen ein, seine heimatlichen Lande wurden verheert und die Plassenburg wurde zerstört. A. selbst floh zunächst nach Frankreich, verbrachte aber seine letzten drei Lebensjahre geschwächt und restlos gescheitert bei seiner Schwester Kunigunde. Sie war die ihm einzig verbliebene Person, die noch Mitleid für ihn erübrigte.

Brandenburg-Kulmbach, Casimir von ; *1481 - 1527, Markgraf von Brandenburg-Ansbach und Kulmbach*:
K. war der Erstgeborene des Hohenzollern Friedrich V. und der Tochter des polnischen Königs Kasimir. Er bewährte sich früh im Dienste Habsburgs, u.a. auf Kriegszügen gegen die Schweiz und Venedig, wo sich sein kriegerischer Sinn und sein kaltblütiges Draufgängertum offenbarten. Nach der gewaltsamen Entmachtung des Vaters durch ihn und seinen Bruder Georg übernahm er wegen andauernder Abwesenheit Georgs im Grunde allein die Regierung der zollerischen Markgrafentümer in Franken, was nach seinem Tod Steitigkeiten zwischen seinem Sohn Albrecht Achilles und Georg verursachte. Die rücksichtslose Niederschlagung der 1525er Bauernaufstände mit Massenblendungen stempelten ihn zum „Bluthund". Durch seine Vermählung mit Susanna von Bayern, Kaiser Maximilians I. Nichte, knüpfte er verwandtschaftliche Bande zu Habsburg, wegen derer er, trotz seiner bereits angeschlagenen Gesundheit, gegen den ungarischen Thronanwärter und Kontrahenten König Ferdinands ins Feld zog. Dort, vor Ofen, erlag er im Alter von 46 Jahren der Ruhr.

Brandenburg-Kulmbach, Kunigunde von ; *1523 - 1558*:
K. war die jüngste Tochter des Casimir von Brandenburg-Kulmbach und Susanna von Bayern. 28-jährig heiratete sie den fünf Jahre jüngeren Markgrafen Karl II. von Baden-Durlach. Mit ihm musste sie in bescheidensten finanziellen Verhältnissen leben. Sie schenkte ihm zwei Kinder, die allerdings kaum das Erwachsenenalter errreichten. Des Weiteren nahm sie Einfluß auf ihren Gatten, sich dem Protestantismus zuzuwenden, was 1556 öffentlich geschah.

Brandenburg-Kulmbach, Maria von ; *1519 - 1567*:
Maria war das erste Kind von Casimir von Brandenburg-Kulmbach und Susanna von Bayern. Im Alter von 18 Jahren wurde sie an den wohlerzogenen Friedrich III. von Pfalz-Simmern verheiratet, den Marias Stiefvater Ottheinrich zu seinem Nachfolger als Kurfürst von der Pfalz auserkor. Maria und ihr Gatte teilten die Leidenschaft für die Reformation. Ihr Eheleben war von Armut und finanzieller

Not geprägt. Dennoch verlief die Ehe glücklich. Aus ihr gingen elf Kinder hervor, von denen zwei Söhne und vier Töchter überlebten.

Brandenburg-Küstrin, Johann von ; *1513 - 1571, Markgraf*:

Schon 1535, als J. nach dem Tode des Vaters sein kleines hohenzollerisches Fürstentum übernahm, zeigte er einen seinem Körperbau entsprechenden kräftigen Geist. Hartnäckig und eifrig folgte er seinem auf Ordnung und Sparsamkeit ausgerichteten Sinn. Mithilfe einer strengen Polizei sorgte er für Ruhe. Zahlreiche Verordnungen regelten Pflichten und Befugnisse, verkleidet schlich er sich unters Volk, um zu ergründen, wie seine Untertanen über ihn urteilten. Als seine Residenz wählte er Küstrin. Er ließ sich dort einen Palast errichten und die Ufer der Oder durch Dämme sichern. Anders als der Vater, der ihn zur Beibehaltung des katholischen Glaubens durch Vermählung mit Katharina von Braunschweig an jenes altgläubische Haus band, verschaffte ihm die Mutter Zugang zu Martin Luther. Schon zwei Jahre nach des Vaters Tod wurde Brandenburg-Küstrin protestantisch, auch seine Gattin Katharina unterstützte ihn dabei tatkräftig. 1538 trat J. dem Schmalkaldischen Bund mit der Ansicht bei, man verbünde sich als Verteidigungs-, nicht als Angriffsbündnis gegen Habsburg. In dieser Erwartung wurde er restlos enttäuscht, als auf das Betreiben Philipps von Hessen hin das Haus Braunschweig als kaiserlicher Achtsvollstrecker angegriffen, das Land besetzt und Johanns Schwiegervater mitsamt dem Sohn gefangen genommen wurde. Er verließ daraufhin die Schmalkaldischen, sah in Philipp von Hessen fortan seinen Feind und wendete sich dem Kaiser zu. Schnell gelangte er infolge von Versprechungen in kaiserlichen Dienst, so bildete er u.a. als Heerführer in der Mühlberger Schlacht im April 1547 mit 250 Reitern den Rückhalt des kaiserlichen Fußvolkes. Erst mit dem Augsburger Reichstag von 1548 erkannte er seinen Irrtum und die wahren Absichten Karls V., vor allem, weil ihm mit Androhung von Strafe die Abkehr vom evangelischen Glaube abverlangt wurde. In Hinhaltetaktik sah er sich nach Bundesgenossen um, so u.a. bei Albrecht in Preußen, aber auch beim Kurfürst von Sachsen, der die Umsetzung der Augsburger Reichstagsbeschlüsse offen abgelehnt hatte. Unter Vermittlung Johanns von Heideck ließ er sich zu einem persönlichen Treffen mit Moritz von Sachsen in Dresden überreden. Seine anfängliche Offenheit gegenüber Moritz von Sachsen wurde jedoch bald von der alten Abneigung gegen Philipp von Hessen überschattet. Er vermochte an nichts anderes zu denken, als dass Moritzens Bestrebungen nur eigennützig, und vor allem auf die Befreiung des ihm zutiefst verhassten Philipp von Hessen gerichtet seien. In verhärtetem Vorurteil wendete er sich wiederum dem Kaiser zu. Ihm schenkte er Vertrauen, als er abermals das Versprechen für seine Glaubensfreiheit erhielt. Gegen lebenslange Pension ließ er sich zum kaiserlichen Rat ernennen, 1 $^{1/2}$ Jahre vor seinem Tod nahm er sogar eine Bestallung von Karls V. Nachfolger, dem Sohn Philipp II. von Spanien, an. Am Ende seiner Regierung war sein Land schuldenfrei und er hinterließ einen für seine Zeit ansehnlichen Schatz.

Braunschweig-Grubenhagen, Philipp I. von ; *1476 - 1551, Herzog zu Braunschweig*:

Mit dem Tod des Vaters musste sich P. die Landesherrschaft mit seinem streng katholischen Bruder Erich teilen. Auf dem Reichstag zu Worms im Jahre 1521 erlebte er den legendären Auftritt Martin Luthers vor Karl V., dennoch stand er der Reformationsbewegung zunächst teilnahmslos gegenüber. Der Landesverweisung der ersten lutherischen Prediger, die sein Bruder als Bischof von Osnabrück und Paderborn veranlasste, widersprach er nicht. Welche Einflüsse ihn dann doch für die evangelische Sache gewannen, liegen im Dunkeln. Jedenfalls schloss er sich 1530 dem Schmalkaldischen Bund an. Mit dem Tod des Bruders in 1532 führte er die Reformation energisch ein, verbunden mit der Säkularisierung der Klöster. 1546 beteiligte er sich am schmalkaldischen Feldzug, der vor Ingolstadt erfolglos endete. Damit handelte er sich die Ungnade des Kaisers ein, die ihm durch seinen Fußfall vor Karl V. im Juni 1547 in Halle wieder erlassen wurde. Ansonsten war P. ein friedlicher und für sein Fürstentum segensreicher Herrscher. Er verwaltete sorgsam und gut, wenngleich mehrere Brände große Schäden anrichteten. So fiel u.a. 1510 sein Schloss Herzberg den Flammen zum Opfer, 1540 fast die ganze Stadt Einbeck und 1545 Osterode. Trotz zweier Ehen und seiner zehn Kinder starb die Grubenhagener Linie bereits mit seinem jüngsten Sohn Philipp II. aus.

Braunschweig-Wolfenbüttel, Heinrich II. von „Der Jüngere“ ; *1489 - 1568, Herzog von Braunschweig-Lüneburg-Wolfenbüttel*:
H., der im Jahr 1514 die Regierung im Herzogtum Wolfenbüttel übernahm, gehört zu den auffälligsten deutschen Herrschergestalten im Zeitalter der Reformation. Er war ein Mann schroffen, machtbewussten Wesens und leidenschaftlichen Temperaments, scharfer Konsequenz und damit nicht selten bedenkenlos in der Wahl seiner Mittel zur Durchsetzung seiner Vorstellungen. So hielt er seinen Bruder Wilhelm 12 Jahre lang in Haft, um dessen Beugung unter die Primogeniturordnung zu erzwingen. Sein außereheliches Liebesverhältnis suchte er der öffentlichen Kritik zu entziehen, indem er seine Geliebte zum Schein begraben ließ. Die Entwicklung des Herzogtums zu straffer fürstenstaatlicher Organisation förderte er jedoch, vor allem durch eine Kanzleiordnung im Jahr 1548 und der Gründung eines Hofgerichts in 1556. Kaisertreue bildete ein weiteres bestimmendes Element seiner Politik. Die Reformation betreffend urteilte er am Vorbild Karls V., streng hielt er am katholischen Glauben fest. Luthers Schrift „*Wider Hans Worst*“ gibt dem Ganzen zeitgenössischen Ausdruck. Sein Festhalten an der alten Kirche brachte ihn zudem in schwere Konflikte mit Goslar und der mächtigsten Stadt seines Herzogtums, dem seit 1528 protestantischen Braunschweig. 1542 griff der Schmalkaldische Bund unter Philipp von Hessen in diese Konflikte ein. Heinrich verlor damit nicht nur sein Territorium, er und sein Sohn Karl Viktor wurden zudem Hessens Gefangene. Nach Karls V. Triumph in der Mühlberger Schlacht 1547 kam H. wieder frei, da der Kaiser als Gegenleistung für seine Freilassung heuchlerisch vorgab, den geächteten Philipp von Hessen wieder in Gnade aufzunehmen. Erneut an der Macht unternahm H. den Versuch einer Gegenreformation, wodurch Braunschweig sich zum Bündnis mit Albrecht Achilles von Brandenburg-Kulmbach gedrängt sah. H. bezahlte dies mit dem Leben seiner beiden katholischen Söhne Karl Viktor und Philipp Magnus, die in der Schlacht bei Sievershausen in 1553 umkamen. Sein Lebensende verbrachte er im Missverhältnis mit seinem ihm verbliebenen Sohn Julius, einem Anhänger Luthers. Er starb in der Einsicht, den Übergang seines Herzogtums zum evangelischen Glauben nur hinausgezögert, aber nicht verhindert zu haben.

Braunschweig-Wolfenbüttel, Karl Viktor von ; *1525 - 1553*:
siehe *Braunschweig, Wolfenbüttel, Heinrich II. von „Der Jüngere"*
Breu, Jörg der Jüngere ; *nach 1510 - 1547, Maler*:
J. war als Lehrknabe und Geselle bei seinem Vater in dessen Augsburger Werkstatt tätig, die er drei Jahre vor seines Vaters Tod übernahm. In den Jahren 1539/40/43 sind Lehrjungen bezeugt. Ottheinrich von Pfalz-Neuburg beauftragte ihn, die Fresken in Schloß Grünau zu erstellen. Gesichert ist auch, dass er 1538 im Augsburger Weberhaus die Amtsstube ausmalte. 1540 fertigte er den Holzschnitt „*Die Geschichte der Susanne*". Das Gemälde „*Artemisia erobert Rhodos*" aus dem Jahr 1535, welches sich in der *Bayerischen Staatsgemäldesammlung in München* befindet, wird ihm zugeschrieben.
Burgund, Karl von „Der Kühne" ; *1433 - 1477, Herzog*:
Von K. sagte man im Allgemeinen, dass ihn nichts als der Einsturz des Himmels hätte schrecken können. Und doch nahm sein Leben im Januar 1477 ein unrühmliches Ende, abseits eines Schlachtfeldes bei Nancy, von dem er panisch floh. Diese Flucht rettete ihn jedoch nicht. Nach tagelanger Suche fand man seinen Leichnam, mit bis an die Ohren gespaltenem Kopf, im Schmutz, von Tieren angefressen, identifizierbar nur an besonderen Körpermerkmalen. Zu weit hatte sich jener glanzvolle Herrscher in Ehrgeiz verrannt, Burgund als unabhängiges Königreich erheben und sich eine Krone aufs Haupt setzen zu lassen. Trotz seiner hohen Intelligenz und Kultiviertheit genügte ihm nicht, vom Schicksal am glänzendesten Hof seiner Zeit geboren worden zu sein, in Burgund, das der Vater bereits zu einem lehnsunabhängigen Staat ausgeformt hatte. K. stand über Jahre im Konflikt mit dem französischen König Ludwig XI., er paktierte mit England und überwarf sich in einer Reihe von Schlachten mit elsässischen Reichsstädten, der Schweizer Eidgenossenschaft und Österreich. Sein Erbe ging an seine einzige Tochter, Maria von Burgund, die mit ihrer Heirat des späteren Kaisers Maximilians I. den Aufstieg des Hauses Habsburg ermöglichte.
Burgund, Maria von ; *1457 - 1482, Herzogin von Burgund und Erzherzogin von Österreich, Gemahlin von Maximilian I.*:
M. verlor ihre Mutter, Isabell de Bourbon, im Alter von 8 Jahren. Nach der neuerlichen Heirat ihres Vaters, Karls des Kühnen, kam sie in die Obhut ihrer Stiefmutter Margarethe von York. Mit ihr verband sie ein inniges Verhältnis und unter ihr genoss sie eine sorgfältige Erziehung, die dem kulturell hochstehenden burgundischen Hof entsprach. Weil sich ihres Vaters Wunsch nach einem männlichen Nachkommen nicht erfüllte, verhandelte er mit vielen edlen Bewerbern um das Burgunder Erbe, so auch mit Kaiser Friedrich III. von Habsburg. Karls überzogene politische Forderungen ließen diese Verhandlungen scheitern. Erst nach schweren diplomatischen und militärischen Niederlagen kam es 1476 zur Vereinbarung einer Verlobung mit des Kaisers Sohn Maximilian. Im Folgejahr fand Marias Vater den Tod in der Schacht vor Nancy, und Frankreich versuchte, den burgundischen Staat zu zerschlagen. Sofort wurde Burgund besetzt und König Ludwig XI. verlangte von M. die Ehe mit dem 7-jährigen Dauphin, wessen sie sich widersetzte. Sie hielt an der Verlobung mit Maximilian von Habsburg fest, den sie acht Monate nach des Vaters Tod heiratete. Damit begann für Maximilian ein Verteidigungskrieg gegen Frankreich, der fünfzehn Jahre andauern sollte. Die Ehe selbst wurde eine glückliche Verbindung. Sie dauerte

jedoch nur wenige Jahre an, da M., eine leidenschaftliche Jägerin, im Frühjahr 1482 vom Pferd stürzte und drei Wochen später an ihren Verletzungen starb. Ihr Tod verschärfte die Staatskrise, aber der Fortbestand der Dynastie war durch ihre beiden Kinder gesichert.

Burtenbach, Sebastian Schertlin von ; *1496 - 1577, Condottiere*:
Vielleicht erhielt S. in Tübingen eine einfach Ausbildung, sicher weiß man aber, dass er 1518 im Dienste Maximilians I. von Habsburg stand und 1522 zwölf Fähnlein Landsknechte im Türkenkrieg befehligte. Damit stand sein Entschluss fest, Kriegsmann zu werden und auf diesem Wege Reichtümer zu erwerben. 1527 beteiligte er sich an der Erstürmung von Rom, zog bis Neapel, erkrankte, erreichte als Kaufmann verkleidet Venedig, von wo er mit guter Beute an Kleinodien und 15.000 Gulden nach Hause zurückkehrte. 1531 trat er als Stadthauptmann in Augsburgs Dienste. Er wurde ein Spielgenosse der Welser und Fugger. S. kaufte sich die Besitzung Burtenbach und führte ein behagliches Edelmannsleben. Er befasste sich mit Fischzucht und Holzbau und förderte den Wohlstand seiner Gemeinde. Zwischendurch focht er kleinere Fehden mit dem Adel seiner Gegend aus, in denen ab und zu Philipp von Hessen die Vermittlerrolle übernahm. Die Verbindung zu Hessen und der in Augsburg einkehrende Umschwung führten ihn dem Protestantismus zu. Habsburg entzog ihm die Gunst, Philipp von Hessen nahm ihn dafür 1542 beim Angriff auf Braunschweig in Dienst. S. brach alle Brücken seiner kaisertreuen Vergangenheit ab. 1546 nahm er Gut Burtenbach als Werbeplatz für Truppen des Schmalkaldischen Bundes, Habsburgs Drohungen beirrten ihn nicht. Unerschrocken focht er für die Sache der Schmalkaldischen, freilich auch für sich selbst. Er errang Siege, die an der Uneinigkeit zwischen Hessen und Kursachsen jedoch verpufften. Überdrüssig, vor allem wegen seiner ungehörten Sorgen um Augsburg, sah er die Schmalkaldischen scheitern - und Karl V. triumphierend siegen. Augsburg unterwarf sich dem Kaiser und S. blieb nur die Flucht. Er folgte dem Werben des französischen Königs und trat in dessen Dienste, allerdings in Basel, wo ein von Karl V. beauftragter Mordanschlag auf ihn misslang. S. siedelte ganz nach Frankreich, von wo aus er lebhaftesten Anteil an der Formierung eines antikaiserlichen Fürstenbundes unter Moritz von Sachsen nahm. Nach dem *Vertrag von Chambord* im Januar 1552 zwischen den aufständischen deutschen Fürsten und König Heinrich II. zog er an Frankreichs Seite in den Krieg. 1553 konnte er nach Burtenbach zurückkehren. Er hielt sich von nun an vom öffentlichen Leben fern und verbrachte seine Zeit mit dem Verfassen seiner „*Lebensbeschreibung des berühmten Ritters Sebastian Schärtlins von Burtenbach.*“, nach der Goethe ihn als Zeitgenosse des „*Götz von Berlichingen*“ benennt.

Butzer, Martin ; *1491 - 1551*:
M. wuchs in ärmlichen Verhältnissen auf, trotzdem, wegen seiner Lernbegierigkeit, ermöglichten ihm seine Eltern den Besuch der berühmten Humanistenschule in Schlettstadt im Elsass. Unter dem wohlmeinenden Einfluss des Großvaters trat er in den Dominikanerorden ein, um weiterhin Zugang zu gelehrten Schriften zu bekommen. Dies führte ihn an die Universität zu Heidelberg. Dort begegnete er im April 1518 Luther, woraufhin er sich der protestantischen Lehre zuwandte. Der Bruch mit den Dominikanern folgte. Da sich seine Entlassung aus dem Kloster hinzog, sah er sich zur Flucht veranlasst. Seine Zukunft fand er

in Straßburg, wo er über 25 Jahre lang wirkte und großen Einfluss auf die Reformation in der Stadt ausübte. Ab 1533 sorgte er als Präsident des Kirchenkonvents für die Organisation des Gemeindelebens. Aufgrund seines Verhandlungsgeschickes und seines wachen politischen Blickes griff man seitens Straßburgs außerdem gerne auf ihn als Unterhändler in auswärtigen Angelegenheiten zurück. M. wurde weit über die Grenzen seiner Wahlheimat hinaus bekannt. Er wirkte nicht nur in Ulm und Augsburg, in Hessen und in Kurköln. Sein Einfluss reichte bis nach Frankreich und Italien. Karls V. Siegeszug in 1547/48, dem sich auch Straßburg beugte, nahm ihm Heimat und Wirkungsfeld. 1549 folgte er einem Ruf aus England. Als Professor in Cambridge unterstützte er die Reform der englischen Kirche. Doch schon 1551 verstarb er nach kurzer, schwerer Krankheit. Sechs Jahre nach seinem Tod wurde er ein Opfer des englischen Glaubenskampfes, als ihn Maria Tudor exhumieren und seine Gebeine mitsamt seinen Schriften verbrennen ließ. Elisabeth I. sorgte später für seine würdevolle Rehabilitierung.

Cochlaeus, Johannes ; *1479 - 1552*:

J. (eigentlich Dobneck) gelangte als Bauernsohn unter schweren Mühen, zudem reichlich spät, nach einer Vorbildung in Nürnberg zum Universitätsstudium in Köln. Dort wurde er 1507 zum nicht gerade gut benoteten *Magister artium*. Sein Lebensweg nahm erst Fahrt auf, als er den Nürnberger Patrizier und Humanisten Willibald Pirkheimer als Gönner gefunden hatte. 1510 erhielt er dadurch das Rektorat der Lateinschule bei St. Lorenz. Während dieser Schaffenszeit veröffentlichte er Leitfäden der lateinischen Grammatik, der Figuralmusik (mehrstimmig ausgestaltete Musik), der Geographie und Geschichte. Im Frühjahr 1515 begab er sich als Mentor der Pirkheimischen Neffen nach Bologna. Dort studierte er selbst noch einmal die Rechte und stand in engstem Verkehr mit Ulrich von Hutten (Humanist und Kirchenkritiker). In dieser Periode entwickelte er sich zu einem gelehrten Entzifferer altlangobardischer Handschriften. 1517 erwarb er den Titel des *Dr. theol.* zu Ferrara. Der von Gestalt kleine, rastlos fleißige und gemütliche Mann galt damals als ausgesprochener Humanist. 1518/19 weilte er in Rom, wo er zum Priester geweiht wurde. Seit 1520 stand er in engen Beziehungen zur Kurie. Damit erntete er das Misstrauen seiner alten humanistischen Freunde. Man zog sich von ihm zurück. Als geheimer Berichterstatter und Materiallieferant für Rom (bis 1548) entfaltete J. eine eifrige Tätigkeit. Auf dem Wormser Reichstag von 1521 traf er auf Luther, den er vergeblich zur Umkehr bewegen wollte. Seit diesem Misserfolg wurde J. zum erbitterten Gegner Luthers bis zu dessen Tode. Für ihn war Luther ein das Reich, die Kirche und das Volk zerstörender Revolutionär. In hölzerner Schreibart polemisierte er gegen Luther, kam jedoch nicht an das Volk heran und die Wirkung seiner Polemik blieb gering. Luther selbst antwortete mit gröblichem Gespött „*wider den gewaffneten Mann Cocleum*“. So wertvoll seine Zuarbeit für Rom auch war, veranlasste die Schmähsucht seiner eilends, oberflächlich und massenhaft produzierten Flugschriften sogar Rom zur Zurückhaltung. Von ihm vorgenommene Übersetzungen deutscher Schriften Luthers und Huttens schlummern aber noch heute im Vatikanischen Archiv.

Dänemark und Norwegen, Dorothea von ; *1520 - 1580*:

D. war die „drei Königreiche schwere“ Nichte Karls V., der sie im Alter von 15 Jahren honorig an den bis dato unverheirateten 53-jährigen Friedrich II. von der

Pfalz verheiratete. Freilich war D. ohne Landbesitz und auch die kaiserliche Mitgift hielt sich in Grenzen. D. galt als leichtlebig. Unbekümmert feierte sie, zum Leidwesen ihres Ehegatten, protestantische Gottesdienste am Heidelberger Hof. Die Ehe mit dem Kurfürsten von der Pfalz blieb kinderlos.

Diaz, Juan ; *1510 - 1546*:

J. war ein spanischer Theologe, der über seine Studien in Paris zum Protestantismus gelangte. Sein wichtigster Förderer wurde Martin Butzer aus Straßburg. Mit ihm zusammen reiste er 1546 zum Regensburger Reichstag, wo er spanischen Geistlichen auffiel, die Alfonso Diaz, seinen leiblichen Bruder, zum Mord anstifteten. Diese Gräueltat kennt die Geschichtsschreibung als den „*Kainsmord zu Neuburg an der Donau*".

Eck, Dr. Leonhard von ; *1480 - 1550, Politiker und bayerischer Kanzler:*

Sein Geburtsjahr als Sohn eines altadeligen Pflegers aus Kelheim wird mit 1480 angegeben, was nicht stimmen dürfte, da sich L. im Jahr 1489 an der Ingolstädter Universität als Student einschrieb. Nach seiner dortigen Ernennung zum Magister in 1493 ging er nach Siena, von wo er nach einer Reihe von Jahren als Doktor des Rechts und Kirchenrechts mit dem Ruf gründlicher Gelehrsamkeit zurückkehrte. Anfangs der Lehrer des jungen Wilhelm IV. von Bayern, wurde er zu dessen engstem Berater. Ab 1519 führte er den Titel des Kanzlers. 30 Jahre lang übte er maßgeblichen Einfluss auf die bayerische Politik seines eher politikverdrossenen Herzogs aus. L. wusste sich, in inneren wie in äußeren Angelegenheiten Bayerns, unentbehrlich zu machen. Dabei vermischten sich seine Klugheit, Gewandtheit und Geschäftskenntnis zu grundsatzloser Schlauheit und Ränkelust. L. wurde zum intriganten, und wohl auch bestechlichen, Staatsmann. Konsequent unterdrückte er protestantische Bewegungen mit scharfer Verfolgung und Maßregelung. Kein Ketzerprozess wurde geführt, zu dem er nicht das Gutachten geschrieben hätte. Des Weiteren suchte er die Machtstellung des Hauses Wittelsbach gegenüber Habsburg zu heben. Geschickt fädelte er Intrigen in alle Richtungen ein, so auch in Richtung des Schmalkaldischen Bundes, aber auch Roms oder Frankreichs. Karls V. großspurige Pläne, das Heilige Römische Reich Deutscher Nation unter Spaniens Habsburg mittels eines neuen Reichsbundes zu zwängen, verhinderte sein emsiges Streben, was ihm historisch anzurechnen ist. Karl V. nennt ihn „*einen, der in Verrat und ehrlosen Künsten Judas übertreffe und für Geld Christus, Vaterland, das Reich und die ganze Welt verkaufen würde*". L. hinterließ Geld in Hülle und Fülle, als er keine zwei Wochen nach Herzog Wilhelm IV. verstarb. Ein eingeweihter Münchener Rat wusste dies zu begründen: L. sei seinem Herzog nur darum schon nach elf Tagen ins Grab gefolgt, damit er vor dem göttlichen Richterstuhl einen Fürsprächer vorfände.

Este, Ercole II. d' ; *1508 - 1559, Herzog von Ferrara*:

E. war der Erstgeborene des Herzogs Alfonso I. von Ferrara und seiner zweiten Frau Lucrezia Borgia. Aufgrund der politischen Erfahrungen des Vaters, dass gewaltsame Auseinandersetzungen in einem sich militärisch nicht durchsetzbaren Herzogtum durch geduldige, kluge Verhandlungen ersetzt werden sollten, erhielt E. eine humanistisch-kulturell geprägte Erziehung. Schon früh beherrschte E. Latein, las Vergil und stellte logische Fähigkeiten unter Beweis. Seine körperliche Ertüchtigung wurde dabei nicht vergessen, er konnte reiten, fechten und den Speer werfen. Seine musikalische Neigung förderte man, indem er das Flötenspiel erlernte. Im Zwang, zwischen Papsttum, Kaiserreich, Frankreich und Venedig zu jonglieren, übertrug der Vater ihm seine erste große Aufgabe im Jahr 1523. Damals reiste er nach Rom, um in des Vaters Namen dem neuen Papst Clemens VII. zu huldigen. Dass die Liebe etwas anderes ist und nicht in die Sphäre der für ihn arrangierten Hochzeit gehört, wusste er im Vorfeld seiner Ehe mit Renée de France, der Tochter König Ludwigs XII., die 1528 geschlossen wurde. Das Verlangen nach weiblicher Schönheit und Verführung stillte er bei einer Geliebten namens Diana Trotti, Mutter von zwei seiner illegitimen Kinder. Die Ehe erwies sich als Fehlschlag, nicht nur, weil die ausgelobte Heiratssumme von 250.000 Scudi nicht ausbezahlt werden konnte und mit diversen Adelstiteln auszugleichen versucht wurde. Renée führte einen kostspieligen Hofstaat von über 160 Personen, wenngleich sie damit das Leben am Hofe Ferraras prägte und glanzvoller gestaltete. Daneben zeigte sich Renée dem Luthertum zugeneigt. Unmut, Meinungsverschiedenheiten, Verdächtigungen und Missverständnisse schlichen sich unter den Ehegatten ein, was für E. Motiv war, sich von Frankreich zu entfernen. Kinder wurden dennoch geboren, nämlich zwischen 1531 und 1538 zwei Söhne und drei Töchter. 1534 starb Alfonso I. und E. übernahm das Herzogtum. 1535 reiste E. zu Karl V., der ihm seine Zufriedenheit mit dem Hause Este bestätigte. 1537 ging er nach Venedig, um sich des Wohlwollens der Venezianer zu versichern, da er sich den Unmut des Papstes zugezogen hatte. In seiner Weigerung, für die Türkenhilfe aufzukommen, ging Paul III. so weit, ihn mit dem Kirchenbann belegen zu wollen. Karl V. schlichtete. E. bekam die Investitur Ferraras zugewiesen, was seinem Bruder Ippolito einen Kardinalshut und Karls V. Kasse 180.000 Dukaten einbrachte. Papst Paul III. zeigte sich erkenntlich, indem er Gattin Renée später eine aus Diamanten gefertigte Blume schenkte, obwohl er um ihre ketzerische Betätigung wusste. Mit dieser heuchlerischen Gunsterweisung entzog er sich der Verpflichtung, Renée der Inquisition zuzuführen, was ihm abverlangt worden war, er aber aufgrund ihrer Abstammung vom französischen Königshaus nicht riskierte. E. sah dies anders. Seine Frau war ihm mittlerweile eine Feindin. Er begann, sie zu bekämpfen. Anhänger der Reformation, denen sie Zuflucht bot, wurden ausspioniert, verhaftet und der Inquisition übergeben. Parallel dazu rieben die Mühlen um den Schmalkaldischen Krieg, die E. in seinen Verflechtungen zwischen Frankreich und Spanien diplomatisches Verhalten abforderten. Ab 1551 sah sich das Haus d'Este kaiserlichen Spitzeln ausgesetzt, da es unter Verdacht stand, sich mit Protestanten und Frankreich gegen den Kaiser zu verbünden. 1554 uferte dieses politische Debakel, das Renée dem Herzogtum bescherte, darin, dass sich E. das Einverständnis des französischen Königs Heinrich II. einholte, seine Frau als Ketzerin erklären, enteignen und einsperren zu lassen. Als Druckmittel entzog man ihr obenauf den Kontakt zu ihren Töchtern, was sie schlussendlich einlenken ließ. Renée beugte sich, hörte die Messe und empfing die Kommunion. 1556 schloss sich E. der antihabsburgischen Liga von Papst Paul IV. und Heinrich II. an. Die Regierungszeit von E. war trotz aller Wirren dieser Epoche zuvorderst von der Aufrechterhaltung seines Herzogtums geprägt, was auch bau- und landschaftsbauliche Zeugnisse verkünden. So wurde Brescello in eine fünfeckige Festung umgewandelt, Copparo erlebte zwischen 1540 und 1547 die Errichtung eines Palastes, Ferrara erhielt eine Straßenpflasterung und zwei neue Bastionen. Der

Wasserlauf des Po, der oft Sorgen bescherte, wurde kontrolliert, genauso wie sein Nebenfluss Secchia. 1558 wurde der Kanal von Cento gebaut, mit dem man Wasser aus dem Po ableitete. Die angestrebte Trockenlegung und Urbarmachung von 23.000 Hektar Land in der Poebene hingegen wurde erst von seinem Nachfolger, seinem Erstgeborenen Alfonso II., realisiert. Eine weitere, herausragende Leistung E.s war seine Toleranz gegenüber den Juden. Wo man sie anderswo vertrieb, hieß man sie, schon unter seinem Vater und Großvater, in Ferrara willkommen. Gleichgestellt mit christlichen Kaufleuten und Handwerkern blühte das Leben einer jüdischen Gemeinde. Man begrüßte jüdisches Bankwesen und erfreute sich an üppigem Mäzenatentum. 1554 wurde in Ferrara ein rabbinischer Kongress abgehalten. Mahnungen aus Rom wegen eines bildenden, jüdischen Instituts wurden mit der Behauptung umschifft, dass sich Untertanen wie Ausländer einer oder mehrerer Lehren jüdischer Wissenschaft widmen müssten, was doch nur zu Ehre und Zierde gereiche.

Fabri, Johann ; *1504 - ?*:

J., geboren in Heilbronn, trat im benachbarten Wimpfen dem Dominikanerorden bei. Von dort aus schickte man ihn zum Studium nach Köln. Danach lebte er lange Zeit in Augsburg als bischöflicher Theologe und Prediger. Gleichzeitig war er eifrig als polemischer Schriftsteller tätig. Dasselbe Amt versah er einige Zeit in Prag. Auch dort wirkte er unermüdlich gegen die Lutheraner und für die Befestigung der Katholiken im alten Glauben. Im Jahr 1552 erwarb er zu Ingolstadt das Doctorat der Theologie. Sein Hauptwerk „*Gründliche und Christliche Anzeigungen aus der heil. Schrift und heil. Kirchen-Lehren, was die evangelische Messe sey*" erschien 1558 in Dillingen. 1579 erfolgte seine letzte Veröffentlichung. Sein Todesjahr ist unbekannt.

Farnese, Alessandro ; *1520 - 1589*:

Seine Kindheit und Jugend verbrachte A. im Sonnenschein der aufsteigenden Familie Farnese, einer alten und einflussreichen italienischen Adelsfamilie. 1531 schickte man ihn nach Bologna, um dort ein humanistisches, juristisches und theologisches Studium zu absolvieren. Die Wahl seines Großvaters und Namensvetters Alessandro zum Papst Paul III. im Jahr 1534 riss ihn aus einer geordneten Lebensbahn hinein in den Strudel familiärer Interessen, die über öffentliche Ämter Verwirklichung finden sollten. So löste er mit 14 Jahren den eben zum Papst aufgestiegenen Großvater als Kardinal der reichen Diözese von Parma ab. Das durch sein jugendliches Alter erregte Misstrauen wurde noch verstärkt, als er schon 1535 zum Leiter der Päpstlichen Kanzlei berufen wurde. Geschützt durch die politische Präsenz des Großvaters wagte er sich bald aufs politisches Parkett, wenn zunächst auch unbeholfen und naiv. Trotzdem entwickelte er sich im Laufe der Jahre zu einem ausgereiften Kirchen- und Staatsmann, der nach dem Ableben des Großvaters das lange Konklave zur Wahl des neuen Papstes beeinflußte. Auch unterstützte er Kaiser Karl V. zunächst im Kampf gegen den Protestantismus, um sich dann, abgestoßen durch das Ungestüm des Kaisers und dessen dem Papsttum gegenüber wankende Haltung, als Bindeglied zwischen Frankreich und der päpstlichen Politik zu etablieren. Nach den Wirren des kurzen Pontifikats von Julius III., gefolgt von Marcellus II. und Pauls IV., löste sich A. mehr und mehr vom aktiven politischen Leben. Seine Aufmerksamkeit galt nun sich selbst, der Aufrechterhaltung seines Ansehens und der Vermehrung seines Vermögens. Mithilfe seines weitverzweigtes Netzes aus florentinischen Bankiers verfügte er über eine beachtliche Liquidität. Damit ließ er den *Palazzo Farnese* in Rom weitestgehend fertigstellen. Außerdem betrieb er, intensiv und fürstlich, eine ausgeprägte Imagepolitik karitativer Aktivitäten. Er verstarb nach langjährigem Gicht- und Augenleiden.

Farnese, Ottavio ; *1524 - 1586*:
O. wurde im nördlichen Latium, einem Gebiet in dem die verzweigten Farnese seit dem 14. Jahrhundert zu finden waren, geboren. Noch bevor er zehn Jahre alt war, schickte man ihn zu humanistischen Studien nach Bologna. Gleich seinem großen Bruder Alessandro, riss ihn die Wahl des Großvaters zum Papst Paul III. schon kurz darauf aus diesem Studium wieder heraus. Im Bestreben, die Familie Farnese durch kirchliche Ämter zu privilegieren, wurde er in die Politik des Großvaters hineingezogen. O. wohnte nun im Vatikan und das politische Machtspiel fing an. Sein Bruder Alessandro wurde Kardinal und für O. begannen die Eheverhandlungen des Großvaters mit Habsburg. Sie uferten 1538 in der Vermählung mit Margarete, der unehelichen Tochter Karls V. und Witwe des Herzogs Alessandro de' Medici. Die reichliche Mitgift der Braut umfasste das Herzogtum Penne (Provinz Pescara) und andere Lehen in den Abruzzen sowie diverse Steuereinnahmen des Königreichs Neapel. Diese Ehe zwischen einer 16- und einem 14-jährigen nahm einen stürmischen Anfang, besonders O. zeigte sich unreif. 1540/1541 versuchte Margarete offen aber vergeblich, die Verbindung wieder zu lösen. O. hingegen suchte den Kontakt zum Schwiegervater und begleitete ihn nach dessen Rückkehr vom Regensburger Reichstag 1541 nach Algier. Zwischen 1541 und 1543 offerierte O., ihm gegen eine Zahlung von 1.200.000 Goldscudi das Herzogtum Mailand als Lehen zu übertragen, was jedoch scheiterte. Trotzdem festigte sich das Band zum Kaiser. Sein Vater wurde zum Herzog von Parma und Piacenza ernannt und O. rückte in des Vaters Position als Herzog von Castro und Ronciglione nach. 1546 befehligte O. 12.000 Infanteristen und 800 Berittene, mit denen Paul III. den Kaiser im Kampf gegen die Schmalkaldischen unterstützte. Bald jedoch drifteten die kaiserlichen und die päpstlichen Intererssen auseinander. 1547 rief der Papst seine Truppen zurück, und ein weiteres Ereignis brachte O.s eingeschlagenen Weg zwischen Papst und Kaiser durcheinander: Der Adel von Parma hatte sich gegen seinen Vater verschworen und ihn ermorden lassen. Piacenza, nun im Interesse Karls V., wurde mithilfe kaiserlicher Truppen von den Gonzaga besetzt. Paul III. versuchte sich an Frankreich als Bündnispartner, um Parma und Piacenza unter die Herrschaft des Apostolischen Stuhls zu bekommen. O. brach mit dem Schwiegervater und wandte sich dem Großvater-Papst zu. Dessen Tod eröffnete den Farnese, ihren Einfluss auf das Konklave geltend zu machen. Julius III., der neue Papst, erfüllte O.s Forderung nach Parma und Piacenza. Der Kaiser hingegen rüstete gegen den ungehorsamen Schwiegersohn und es folgte Krieg. 1552 fand dieser in der geschwächten Position des Kaisers im Reich, aber auch wegen finanzieller Schwierigkeiten des Papstes, ein Ende. In der Folgezeit erhielt O. die gewünschten Territorien zuerkannt, so Parma, Piacenza, Novara und auch die Gebiete der Mitgift seiner Gattin Margarete. O. verlies danach die politische Bühne. Dafür erfuhren die Städte Parma und Piacenza erhebliche bauliche Neuerungen. In Parma begannen die Renovierungsarbeiten am alten Schloss der Visconti-Sforza

und in Piacenza wurde ein neuer Herzogspalast entworfen. Dazu verbesserte O. seine Finanzen und stärkte das Gerichtswesen. In Parma gewann er die Sympathien der Patrizier, wohingegen der Adel Piacenzas auf Distanz blieb, was O. nicht tangierte, da sich dessen Feudalherrschaft bereits im Abstieg befand. O. erwies sich als ein Liebhaber und Förderer der Künste, so in Musik, wie auch im Theater, der Bildhauerei und Malerei. Er sammelte Kunstgegenstände und liebte Wandteppiche. In den *Städtischen Museen von Piacenza* ist eines seiner Porträts zu bewundern, ein anderes von Tizian im *Palazzo Pitti* in Florenz. Seine Büste wird im *Museum für Antike Kunst des Castello Sforzesco* in Mailand aufbewahrt.

Feige, Johann ; *1482 - 1543*:
J. war einer der hervorragenden hessischen Staatsmänner in der Zeit der Reformation. An der Universität zu Erfurt erwarb er Kenntnisse des weltlichen und kirchlichen Rechts, neben einer humanistischen Bildung. Er lernte Luther kennen, trat in den Dienst der Mainzer Diözese, wurde Kanzleischreiber in Marburg und wechselte nach dem Tode des Landgrafen Wilhelm II. von Hessen nach Würzburg. 1514 rief ihn die Witwe des Landgrafen und Mutter des noch unmündigen Philipp nach Hessen zurück. Bis an sein Lebensende sollte er dort das uneingeschränkte Vertrauen des Fürstenhauses genießen und sich zu einem vorzüglichen Juristen, aber auch zu einem getreuen Anhänger der Reformation entfalten. Zügig wurde er zu einem der kenntnisreichsten und gewandtesten Politiker, der die protestantischen Fürsten im Kampf um Anerkennung unterstützte. Seine feine Handschrift findet sich in ungezählten Akten des Archivs um Philipp von Hessen. Auch um die 1527 in Marburg gegründete Universität hat er sich als deren erster Kanzler Verdienste erworben.

Frankreich, Claudia von ; *1499 - 1524, Gemahlin Franz I. von Frankreich*:
C. war eine Tochter König Ludwigs XII., die man auf Betreiben Luises von Savoyen mit ihrem Sohn Franz verheiratete, der durch diese Ehe an die französische Königskrone gelangte. Sie gebar ihrem Gatten acht Kinder in neun Jahren, bevor sie mit ihrem 24. Lebensjahr starb.

Frankreich, Franz I. von ; *1494 - 1547, König von Frankreich*:
F. entstammte einer Seitenlinie des Hauses Valois. Mit seiner Heirat der Tochter des Königs von Frankreich im Jahr 1514, die ihm aber bereits in 1506 versprochen worden war, erwarb er das Anrecht auf den Thron, den er 1515 bestieg. Sein erster Feldzug führte ihn nach Mailand, wo er einen von Ludwig XII. ererbten Streit zu seinen Gunsten ausfocht. Der Versuch, die Nachfolge Kaiser Maximilians I. anzutreten, scheiterte an Karl V., seinem Erzfeind. Kriege zwischen Habsburg und Frankreich folgten, die, abgesehen von Waffenstillständen, sein ganzes Leben andauern sollten. Mailand ging schon 1521 wieder verloren, und 1525 geriet F. bei Pavia in habsburgische Gefangenschaft. Nach Madrid gebracht, unterzeichnete er einen demütigenden Friedensvertrag, den er, nachdem er wieder in Freiheit war, widerrief. Weitere Auseinandersetzungen folgten ebenso wie weitere Einigungsversuche und Bündnisse, bis hin zum Osmanischen Reich. 1530 heiratete der mittlerweile verwitwete F. die Witwe des Königs von Portugal, Eleonore von Kastilien. Sie war die Schwester Karls V., der diese Eheschließung von F. verlangt hatte. Einigung trat deshalb dennoch nicht ein, auch führte jene zweite Gattin am französischen Hof nur ein Schattendasein. 1544, im Frieden von Crépy, verzichtete F. auf alle Ansprüche in Italien und Karl V. auf

das ersehnte Burgund Karls des Kühnen. Obwohl F. die Reformation in seinem Land eisern verfolgte, suchte er in der Folgezeit den Kontakt zu den deutschen Protestanten als Verbündete gegen den Kaiser, der zum Schlag gegen die rebellischen Fürsten ausholte. Sein früher Tod durchkreuzte weitere Kriegspläne gegen Habsburg. Im eigenen Land etablierte F. den königlichen Absolutismus. Man nannte ihn den „*Ritterkönig*". Er war ein glänzender Kunstmäzen und Sammler von Gemälden und antiken Statuen.

Frankreich, Heinrich II. von ; *1519 - 1559, König von Frankreich*:
H. war der zweitgeborene Sohn Franz I., der seinem in 1536 verstorbenen Bruder als Thronfolger nachrückte. Drei Jahre zuvor, in 1533, hatte man ihn, als Herzog von Orléans und nicht als Frankreichs Thronfolger, mit Katharina de Medici verheiratet. Zeit seines Lebens, dass nur vierzig Jahre andauern sollte, übte jedoch die weit ältere Diana von Poitiers ihren Einfluss auf H. aus. Nach seiner Thronbesteigung im Jahr 1547 setzte er den Kampf gegen Habsburg fort. Er verbündete sich mit den Fürsten unter Moritz von Sachsen und vergrößerte sein Reich um Nancy, Toul, Verdun und Metz. Ebenso engagierte er sich gegen die Spanier im Piemont. Er half dem aufständischen Siena, finanzierte die florentinischen Exilanten und griff mit türkischer Unterstützung Korsika an. Die Niederlage von San Quintino zwang ihn jedoch zum Friedensvertrag von Cateau-Cambrésis im Jahr 1559, seinem Todesjahr infolge eines Turnierunfalles. Das politische Leben Frankreichs wurde während seiner Regierungszeit von den Gegensätzen zwischen der katholischen Familie Guise, die den Krieg gegen England und die Einmischung in italienische Angelegenheiten befürwortete, und Herzogin Anna von Montmorency, die eine pro-habsburgische Außenpolitik vertrat und die calvinistische Fraktion am Hof anführte, beherrscht. Im religiösen Bereich leitete H. vor allem in den letzten Jahren seiner Herrschaft die von den Guise lang ersehnte harte Politik der Unterdrückung der Hugenottenbewegung ein.

Fugger, Anton ; *1493 - 1560*:
Die Führung des Fuggerhauses, die A. Ende 1525 übernahm, fiel ihm nicht von selbst zu. Sie wurde in scharfem Wettbewerb mit den nächsten männlichen Verwandten und nach harter Ausbildung in den Fuggerschen Filialen Nürnberg, Breslau, Budapest, in Italien und Tirol errungen. Das erste bedeutsame Resultat seiner Geschäftsführung war die Aussöhnung mit der ungarischen Krone in 1526. Die Beziehungen zum Kaiserhaus wurden hiervon nicht getrübt, weil man die Fugger gegen den Sultan benötigte. Die Erhebung in den Reichsgrafenstand gedachte A. mit einer finanziellen Unterstützung der ungarisch-böhmischen Thronpläne Ferdinands I. zu honorieren, jedoch bevorzugte der den Augsburger Rivalen Höchstetter. A. betrieb im Laufe der nächsten Jahre dessen Ruin. Die Verbindung zu Karl V. hatte Bestand, mit ihm erschloss man sich zwischen Buenos Aires, Westindien und Mexiko einen neuen Wirtschaftsraum. 1527 betrug A.s Kapital 1,6 Millionen Gulden, das für die Verteidigung der deutschen Wirtschaft in Italien und zur Finanzierung der kaiserlichen Politik eingesetzt wurde. Die Türkenabwehr 1529 einschließlich der Befreiung Wiens erfolgte durch Kredite und Warenlieferungen der Fugger. Danach keimte in A. der Wunsch zum Aufbau einer den eigenen Wirtschaftsinteressen angepassten, von der Krone stärker distanzierten Finanzpolitik. Der Augsburger Reichstag von

1530 zerstörte diesen Wunsch. A. wurde von Habsburg bedrängt, Ferdinands Krönung zusammen mit den Welsern zu finanzieren, wofür gemeinsam 1,5 Millionen Dukaten zusammengetragen wurden. 1534 finanzierte A. den Feldzug gegen Württemberg, was ihm Karl V. mit dem Recht zur Münzprägung vergalt. Am Ziel, nicht sein gesamtes Vermögen von der Politik beanspruchen zu lassen, hielt A. fest und er erweiterte seinen schwäbischen Herrschaftsbesitz, so z.B. um Babenhausen. Das mangelnde wirtschaftliche Interesse der nächsten Fuggerschen Generation und der Rückgang der kaufmännischen Begabung im Kreise seiner Helfer erwogen ihn, sich vom Geschäft zurückzuziehen. Aber wieder forderten kriegerische Wirren, so 1540 in Ungarn, seine finanzielle Unterstützung. 1542/43 beanspruchte Habsburg all seine verfügbaren Mittel zur Stärkung kaiserlicher Unternehmungen gegen Frankreich und die Osmanen. Das Bewusstsein, die neuerliche Finanzhilfe an den Kaiser im Folgejahr diene der Vorbereitung eines Krieges gegen die deutschen Protestanten, war in A. noch nicht erwacht. Ebenso fehlte ihm die Einsicht in die Unvereinbarkeit des Wirkens zugunsten der Habsburger mit der anschwellenden Intensität geschäftlicher Beziehungen zu Heinrich VIII. von England hinsichtlich der unterschiedlichen Haltung der Monarchen gegenüber der Reformation und den Schmalkaldischen. Erst die heimliche Aussprache mit Karl V. in 1546 zerstörte A.s Illusion, der Kaiser würde seine gesamten Kräfte gegen die Osmanen bündeln. Umso mehr bemühte er sich nun um konfessionellen Ausgleich und Frieden. Nur noch widerwillig brachte er zusammen mit den Welsern die geforderten Unsummen auf. Nach dem Ausbruch der Feindseligkeiten zog sich A. auf neutralen Boden in Bayern und Tirol zurück. Von dort aus dämpfte er den Krieg durch verzögerte Zahlungsleistungen. 1547 kehrte er nach Augsburg zurück, um seiner Heimatstadt durch diplomatische und finanzielle Hilfe gegen die Forderungen des Kaisers beizustehen. Daher war es seinen Zeitgenossen unverständlich, dass er sich für die Finanzierung der Schlacht bei Mühlberg abermals von Karl V. heranziehen ließ. Doch die Entfremdung zwischen A. und dem Kaiser trat ein, beschleunigt durch das Verhalten spanischer Sekretäre dem Hause Fugger gegenüber. Im Ergebnis leistete A. nun Wirtschaftshilfe für den gefangenen Kurfürsten von Sachsen. Zu dieser Zeit musste A. es ertragen, dass der Kaiser in seinem Hause residierte. So mied er das eigene Haus und Zahlungen, die er weiterhin leistete, wurden ihm von Habsburg nur noch abgepresst. A. knüpfte jetzt andere Beziehungen, so u.a. in England, Russland und Portugal. 1549/50 versuchte er, seinen Antwerpener Waren- und Geldhandel an den englischen Hof zu verlagern, was ihm jedoch seine zu engen Verflechtungen mit Habsburg unmöglich machten. Zwischen 1550/53 mussten die kaiserliche Armee vor Magdeburg sowie die Front gegen Siena und die Franzosen in Italien bezuschusst werden. Nach 1552, als im Anschluss an den Fürstenaufstand unter Moritz von Sachsen wieder Ruhe einkehrte und Karl V. sich gerettet fühlte, hielt dieser sich wieder einmal für nicht gemüßigt, seine Schulden vertragsgemäß abzutragen. Trotzdem half A. 1553 wieder mit Krediten aus, diesmal für den Kampf gegen Albrecht Achilles von Brandenburg-Kulmbach, dessen Anhänger ihm nach dem Leben trachteten. Ab 1555, nach dem Rückzuge Karls V., bewohnte König Ferdinand I. das Fuggerhaus während des Augsburger Reichstages. 1556 versuchte der Sohn Karls V., Philipp II., die einschlummernden Verbindungen zu A. wieder aufleben zu lassen. Entgegen seinem eigentlichen Wunsch gewährte A. 1557 neue Kredite an Spanien. Zu dieser Zeit standen 1,7 Millionen Dukaten Forderungen gegen Habsburg aus, ohne Aussicht auf Rückzahlung. So gelang es A. 1558 nur mit Mühe, die Kreditwürdigkeit und das Image des Hauses Fugger an der Antwerpener Börse zu retten. Die durch alte Beziehungen ermögliche Freundschaft zu Königin Elisabeth I. erleichterte dies, wohingegen der Versuch einer Verständigung mit König Ferdinand I. scheiterte. Als letzte große Projekte wickelte A. Gewürzgeschäfte über Venedig, den Ochsengroßhandel auf dem Balkan und den Wiedereintritt ins ungarische Bergwesen ab. Hinter Darlehen an den jungen Habsburger Maximilian II. stand die Hoffnung, die deutschen Habsburger doch noch gewogen zu stimmen. 1560 starb A. nach langem Leiden, doch nicht ohne unternehmerische Energie und geschäftlichen Einfallsreichtum, trotz der Enttäuschung über die Interressenlosigkeit seiner Söhne und Neffen. Mit A. starb der „*König der Kaufleute*". Er war der letzte und vielleicht genialste Repräsentant der schwindenden Blütezeit schwäbischer Großwirtschaft.

Fürstenberg, Friedrich II. von ; *1496 - 1559, Graf*:
Der Stellung des Vaters als Hofmarschall unter Maximilian I. verdankte F. es als Knabe, dass er 1505 als Gesellschafter der um 4 und 7 Jahre jüngeren Prinzen Karl und Ferdinand an den königlichen Hof kam. Dort gewann er nicht nur fördernde Verbindungen, sondern auch den weiten geistigen Gesichtskreis und die überlegene Gewandtheit der Rede und Umgangsformen, die ihn später auszeichneten. Seine Interessen richtete er stets gen Habsburg, auf die Erhaltung von Reich und Kirche, aus. F. gehörte zu den namhaftesten Kriegsmännern seiner Zeit. 1521, im Feldzuge in der Champagne und der Picardie unter seinem Befehl, begann Sebastian Schertlin von Burtenbach seine Laufbahn als Condottiere. Im Bauernkrieg 1525 brachte er 3.000 Landsknechte auf, was ihm die Wut der Bauern einbrachte, die seine Schlösser niederbrannten. Von diesem Schaden erlöste ihn die Hochzeit mit Anna von Werdenberg im Jahre 1534. Die Grafschaft Heiligenberg und die Herrschaften Jungnau und Trochtelfingen nannte er nun sein eigen. F. bemühte sich, dem Vordringen des Protestantismus in Oberschwaben entgegenzutreten, und in fast allen Kriegen Karls V. bekleidete er hohe Befehlshaberstellungen. Auf dem Wormser Reichstag von 1544 wirkte er als kaiserlicher Kommissar, während der Regensburger Religionsgespräche 1546 ernannte ihn der Kaiser zum Zweiten Vorsitzenden. Seine Frau gebar ihm 15 Kinder, von denen er sieben überlebte. Zwei seiner Söhne verlor er auf Schlachtfeldern in Habsburgs Kampf gegen Frankreich. In sittlicher Beziehung verhielt er sich nicht anders als viele seiner Zeitgenossen. Er war ein lustiger Zecher, immer voll von guten Schwänken und abenteuerlichen Geschichten. F.s Rüstungen wurden später für die Waffensammlung von *Schloss Ambras* erbeten.

Furtenbach, Bonaventura I. von ; *1498 - 1564*:
Er war der Enkelsohn von Hans Furtenbach (geb. 1410), einem Kaiserlichen Oberst unter Friedrich III. von Habsburg. Als Witwer begab sich der Großvater mit seinem einzigen Sohn Hans 1477 nach Oberdeutschland. 1480 ließ er sich in Feldkirch nieder, wo er 1489 starb. Bonaventuras Vater, Hans II. von Furtenbach, wurde als Günstling Kaiser Maximilians I. Ratsherr zu Feldkirch. Adelsstand und Wappen wurden ihm am 01. Februar 1502 in Innsbruck bestätigt. Hans II. wurde mit seinen Söhnen zum Stammvater dreier Linien der Furten-

bachs, einer Feldkirchner, einer Reichenschwander und einer Gwickischen. Hans II. starb 1518 zu Feldkirch. Mit Bonaventura begann die Reichenschwander Linie ihren Aufstieg. Er lebte zunächst in Nürnberg, 1504 war er dank seiner Geldgeschäfte als Wucherer in der Lage, sich das Gut Reichenschwand und ein Lusthaus bei Nürnberg zu kaufen. In 1531 ließ er die Burg auf Reichenschwand abreißen und dafür ein Schloss im Stil der Renaissance erbauen. 1548 erhielt er von Karl V. die Erlaubnis, sich das Familienwappen um Reichenschwand aufzubessern. Jenes Schlösschen wurde innerhalb der Furtenbachs weitervererbt, überstand den 30-jährigen Krieg jedoch nicht.

Gertner, Peter ; *um 1495/1500 - nach 1541*:

P. war ein vielbeschäftigter Bildnismaler, der im Umkreis Dürers groß wurde und für den Markgrafen Casimir von Brandenburg-Kulmbach und für Ottheinrich von Pfalz-Neuburg tätig war. Von wo er kam, ist nicht bekannt, jedoch ist belegt, dass er am 12. Januar 1521 als Meister das Nürnberger Bürgerrecht erwarb. Mit einem Männerbildnis, dem des Nürnberger Kaufmannes Wolfgang Eysen, lenkte er 1523 erstmals die Aufmerksamkeit auf sich. Ab 1530 wirkte er am Neuburger Hof, ab 1536/37 wird er als Hofmaler genannt. Seine Schaffenszeit dürfte dort mindestens zwölf Jahre angedauert haben. In dieser Zeit porträtierte er mehrfach die Pfalz-Neuburgische Fürstenfamilie und andere Mitglieder des Hauses Wittelsbach. Die meisten dieser Gemälde befinden sich im *Bayerischen Nationalmuseum München*.

Giersberg, Gerwig Blarer von ; *1495 - 1567*:

Seit 1511 findet man G. im Kloster Weingarten. Er studierte die Kirchenrechte in Freiburg, Wien und Ferrara. 1520 erwählte man ihn zum Abt von Weingarten. 1530 erhielt er das Amt des Kaiserlichen Rats unter Karl V., auf dessen Betreiben er ab 1547 auch zum Abt von Ochsenhausen wurde. G. war eine glanzvolle Erscheinung. Lebhaft und beweglich, bekämpfte er die Reformation energisch. Während jener stürmischen Jahre der Glaubensspaltung beteiligte er sich führend an der Erhaltung des Katholizismus in Oberschwaben. Ottheinrich von Pfalz-Neuburg erlaubte sich wegen G.s fanatischem Auftretens auf dem Regensburger Reichstag von 1541 einen derben Spaß, der in der *Zimmerschen Chronik* niedergeschrieben wurde.

Gonzaga, Federico II. di ; *1500 - 1541, Herzog von Mantua & Markgraf des Monferrato*:

Gianfrancesco II., der Vater von F., war bei dessen Geburt so glücklich, dass er einer nahegelegen Kirche ein silbernes Bildnis mit dem Gewicht des Neugeborenen schenkte - ein Ausdruck der 10 Jahre, die er in seiner Ehe mit Isabella d'Este auf einen männlichen Nachkommen gehofft hatte. In das abenteuerliche politische Jonglieren des Vaters wurde F. im Sommer 1509 hineingezogen, als der in die Hände der Venezianer fiel, die für seine Freilassung den Knaben einforderten. Die Mutter wusste geschickt auszuhandeln, das F. in Rom bei Papst Julius II. als lebendiges Pfand dienen sollte. Nicht ohne die Empörung ihres Gatten brachte man F. nach Rom, wohin der Vater sofort nach seiner Freilassung eilte. Beruhigt konnte er dort feststellen, dass F. nicht nur in den päpstlichen Gemächern bestens untergebracht war, sondern, dass man sich außerdem intensiv seiner Bildung widmete. In seiner Liebenswürdigkeit verstand F., die Sympathien der Kardinäle so sehr auf sich zu ziehen, dass diese um seine Verwöhnung wetteiferten. Dabei erlernte er nicht nur das Griechische und die Mathematik, die Sprachgewandtheit und das logische Verstehen, er wurde ebenso in die Tricks und Ränke der Politik eingeweiht. Demnach glich es für ihn fast einem Verlust, als Julius II. 1513 starb und er nach Mantua zurückkehrte. 1516 diente er erneut als Faustpfand für seinen Vater, der ihn nach Frankreichs Triumph über Mailand zusammen mit einem Geschenk von vier Prachtrössern zu König Franz I. schickte. 1517 teilte der Jüngling seinen Eltern mit, dass er nach Hause käme, nach einer Zeit, die er in verschwenderischem Luxus am französischen Hof hatte verbringen dürfen. Mit seiner Rückkehr fand die zwischenzeitlich ausgehandelte Hochzeit mit der achtjährigen Maria, der ältesten Tochter des Markgrafen Guglielmo IX. del Monferrato, statt. Aufgrund ihres Alters wurde die Ehe jedoch nicht vollzogen, sondern bis zu ihrem 15. Lebensjahr hinausgeschoben. 1519 starb F.s von der Syphilis geplagte Vater. F. wurde unter die Vormundschaft von Mutter und Onkel gestellt. 1520 verkürzte sich F. die Wartezeit auf seine Ehefrau mit Isabella Boschetti, der Ehefrau des Höflings Giacomo Boschetti. Sie schenkte ihm im selben Jahr einen Sohn, Alessandro, in ihrem fortdauernden Verhältnis vier Jahre später eine Tochter. Herrschaftsgelüste erwachten in der Geliebten, die sogar versuchte, Isabella d'Este, F.s Mutter, beiseite zu drängen. F. dagegen suchte Ruhm und Anerkennung im Militärdienst des Papstes Leo X., unter dessen Banner er 1521 Parma belagerte und in Mailand einrückte, um dann das von Franzosen und Venezianern eingekesselte Cremona anzugreifen. Dort stagnierten die Kämpfe wegen des Ablebens von Papst Leo X. Im Frühjahr des Folgejahres setzten sich die kriegerischen Auseinandersetzungen fort und F. erhielt aufgrund seiner Verdienste um Pavia die kaiserliche Investitur über Piacenza und Parma. 1523 kehrte er nach Mantua zurück. 1526, nach dem Bündnis zwischen Frankreich, dem Papst, den Sforza, Florenz und Venedig mit dem Ziel der Rückgewinnung Mailands und Neapels, versicherte F. dem Kaiser gegenüber seine Neutralität. So entging Manuta der Verwüstung durch Habsburgs Truppen, die anschließend zum *Sacco di Roma* weiterzogen. Mutter Isabella, die, um Abstand zu den ewigen Auseinandersetzungen mit der Geliebten ihres Sohnes zu gewinnen, in Rom weilte, geriet in jenes blutige Chaos. Besonnen organisierte sie für sich und andere Adelige Schutz hinter Palazzomauern, bis Andrea Doria sie mit einer Flotte über den Tiber sicher nach Genua brachte. Maria, F.s Braut, wartete derweil sehnsüchtig auf ihren Bräutigam, der den Vollzug der Ehe mit der Begründung der erneut ausgebrochenen Pest in Mantua zu verzögern suchte. Maria und deren Mutter riss der Geduldsfaden. Sie organisierten einen Mordanschlag auf Isabella Boschetti, der jedoch fehlschlug. Damit erreichten sie das Gegenteil des Geplanten, denn nun hatte F. einen Grund, die Ehe aufzulösen, was alsbald geschah. Ungeachtet seiner steten Liebschaft erwachten Ehegelüste in F., der u.a. mit einer der Wittelsbachschen Töchter des Wilhelm IV. liebäugelte. An Julia von Aragon verhakte sich sein Blick, jedoch nicht, weil sie hübsch war. Sie war hässlich und alt, aber die Tatsache, dass sie die Tochter des letzten Königs von Neapel und Verwandte des Kaisers war, machte sie für ihn unwiderstehlich. Diese Ehe stimmte die Geliebte versöhnlich, denn niemals würde eine derart hässliche, außerdem bereits vierzigjährige und damit sicher gebärunfähige Frau F.s Herz für sich gewinnen. Der Ehevertrag trug zu ihrem Wohlwollen bei, denn er enthielt eine Klausel, dass bei Kinderlosigkeit F.s illegitime Kinder erbberechtigt wären. Karl V., der von dieser Klausel über F.s Mutter erfuhr, war außer sich. Der zufällige Tod des Bruders der verstoßenen Maria, der sie zur Erbin der wohlhabenden und einflussreichen Markgrafschaft des Monferrato machte, entzündete dann doch F.s Herz. Und nicht nur seines, denn auf einmal hörte man die Bürger Mantuas angeblich schreien, dass F. eine moralische Pflicht gegenüber Maria hätte. Der Kampf um die Auflösung seiner Ehe folgte. Papst Klemens VII. war schnell zu überzeugen. Bei Karl V. dauerte es so lange, bis auch Maria unerwartet starb und ihre Schwester Margherita nicht nur als Erbin des Monferrato, sondern auch in F.s Herz nachrückte. Karl V. gab nun der Auflösung der Ehe mit Julia von Aragon unter der Bedingung statt, dass F. ihr bis zu seinem Tode ein Jahresgeld von 3.000 Dukaten bezahlte. 1531 wurde im piemontesischen Casale del Monferrato geheiratet und Margherita schenkte F. im Laufe der kommenden Jahre fünf Söhne und drei Töchter. - F. war ein Staatsmann voller Fehler. Ihm fehlte der Sinn für Gerechtigkeit und Strenge. Er unterhielt einen auf 800 „gefräßige Mäuler“ angewachsenen Hof, und doch sorgte er für Maßnahmen, die eine Neuordnung vorwegnahmen: Er richtete ein Amt zur Unterdrückung des Schmuggels ein, förderte und schützte die einheimische Kunst der Wollverarbeitung und Seifenherstellung. Er zeigte Interesse fürs Schulwesen und gewährte, ähnlich Ferraras, Juden einen gewissen Schutz. Architektonisch wagte er sich an die Stallungen unweit der Sümpfe vor Mantuas Stadtmauern, woraus er den *Palazzo del Tè* erschuf, in dem Malerei und Architektur miteinander zu konkurrieren schienen. Mit Räumen in üppiger Schönheit ist der Palazze del Tè ein Bilderpalast, in dem sich F. seinem Müßiggang hingab. Für seine Gattin erweiterte er das herzogliche Schloss um einen Flügel, Kirchen ließ er restaurieren, Brücken und Stadtmauern erhielten eine Verstärkung und Mantuas Straßen eine Pflasterung. In Kunstliebhaberei und Mäzenatentum folgte er seiner Mutter Isabella d'Este. Flämische Malerei und die Kunst des Webens von Gobelins trafen seinen Geschmack im Besonderen. F. ließ sich von Tizian mehrfach porträtieren, wovon eines dieser Gemälde für seinen Brieffreund Ottheinrich von Pfalz-Neuburg bestimmt war. Seine Witwe Margherita sandte dies nach Neuburg, mit der Plünderung des Neuburger Schlosses verschwand es für lange Zeit, bis man es auf einer Kunstauktion im Jahr 1931 wiederentdeckte. Seither schmückt es Räumlichkeiten eines Privatsammlers in Pennsylvania.

Granvella, Antoine Perrenot de „Der Jüngere“ ; *1517 - 1586*:
Er war der Sohn Granvellas „Des Älteren“, der von dessen fünf Söhnen die bedeutendste Rolle als Nachfolger des Vaters im Hause Habsburg spielte. Er studierte in Padua, Paris und Löwen und wurde schon früh von seinem Vater in das politische Leben eingeführt, für das er Begabung zeigte. A. erwarb sich die Kunst, sich beliebt zu machen, jedoch nicht beim Volk, dessen Zuneigung er verschmähte. Mit 21 Jahren ernannte man ihn zum Bischof von Arras. Dieses Amt führte er jedoch nie aus. Er lebte in Brüssel und zeigte von Beginn an seine unerschütterliche Hingabe gegenüber den dynastischen Interessen der Habsburger. Karl V. schenkte ihm Vertrauen und ab 1545 findet man seine Spuren in den Staatshandlungen und Staatspapieren Karls V. Nach dem Tode des Vaters trat er in dessen Fußstapfen. Dabei war er ehrgeizig und strebsam, aber vor allem anmaßend und hochmütig. Über die väterliche Gabe der Mäßigung und Unter-

handlung verfügte er nicht. Ihm fehlte der politische Weitblick des Vaters, der sich als Staatskunst im Erzielen von Erfolgen zeigte. Nach der Abdankung Karls V. setzte ihn sein Sohn Philipp II. in den Niederlanden ein. A. wurde dort zu einem der wichtigsten Minister, ab 1556 zum Mitglied des Staatsrates. Seine Macht erregte die Eifersucht des Adels, der A. kategorisch ablehnte. Philipp II. beugte sich und erteilte A. im Jahr 1564 diplomatisch die Erlaubnis, seine Mutter zu besuchen. 1565 fand Spaniens König eine neue Aufgabe für ihn in Rom, die A. 1571 den Titel des Vizekönigs von Neapel einbrachte. A. bemühte sich dort um die Bewaffnung einer Flotte gegen die Türken. Mit 1579 wurde er bis zu seinem Tod in Madrid ein geschätzter Ratgeber.

Granvella, Nicolas Perrenot de „Der Ältere“ ; *1484 - 1550*:
N. wurde im Städtchen Ornans im Herzogtum Burgund geboren. In Dole studierte er die Rechtswissenschaften, danach ließ er sich als Advokat in seiner Geburtsstadt nieder. Er heiratete 1513 und seine Frau gebar ihm im Laufe der Ehe 14 Kinder. 1519 wurde er Mitglied des Gerichtshofes von Dole, wo Maria, die von ihrem Bruder Karl V. als Statthalterin der Niederlande eingesetzt war, auf ihn aufmerksam wurde. Ab 1521 zog sie ihn zu wichtigeren Staatsgeschäften heran. 1525 wurde er an den Hof des jungen Karls V. nach Spanien geschickt. 1530 trat N. in die Fußstapfen von Karls V. verstorbenen Kanzlers. Er empfing die Würde des Siegelbewahreres der Kronen von Sizilien und Neapel, hatte jedoch vornehmlich die Geschäfte im Reich der Deutschen zu besorgen. Zwei Jahrzehnte sollte dort die kaiserliche Politik auf seinen Schultern ruhen. Insgesamt ist über diese Zeit zu sagen, dass N. dem Kaiser stets die friedlichen Wege empfahl und von raschen Taten abriet. Da N. über diplomatisches Geschick verfügte, zog er Verhandlungen dem gewaltsamen Agieren vor. Obwohl es zweifelhaft ist, ob N. den kaiserlichen Unternehmungen im Krieg gegen die deutschen Protestanten wirklich abgeneigt war, bemühte er sich um Abmilderung. Ab 1543 führte er seinen Sohn Antoine vertraulich in des Kaisers Nähe ein. Ab 1547 nötigte ihn sein schlechter Gesundheitszustand, Antoine seine Vertretung zu übertragen. In Augsburg, wo er am Reichstag des Jahres 1550 teilnehmen sollte, verstarb er. N. war ein zuverlässiger und bestens unterrichteter Ratgeber in allen europäischen Fragen, aber ihm haftete eine Schwäche an: Er liebte Reichtum, und er liebte es, seine Familie reich zu machen. Gern und von allen Seiten nahm er Geschenke und Ehrengaben an und verschaffte Mitgliedern seiner Familie ansehnliche Ämter.

Gryen, Bonacursius ; *? - 1564*:
B. war ein fremdsprachenkundiger Sektretär, dessen sich Bayern als Diplomat bediente. Er starb 1564 in Freising.

Lorraine-Guise, Charles de ; *1524- 1574*:
Ch. war ein französischer Kardinal und Diplomat. Unter König Heinrich II. und dessen Sohn Franz II. nahm er Einfluss auf die französische Politik. Gegenüber den Hugenotten zeigte er eine unerbittliche Haltung, mit der er in Frankreich die Inquisition einführen ließ.

Habsburg, Ferdinand I. von ; *1503 - 1564, Römisch-Deutscher König und Kaiser des Heiligen Römischen Reichs*:
F. war der zweite Sohn des Erzherzogs Philipp von Österreich und seiner Frau Johanna der Wahnsinnigen. Seine Jugend verlebte er in Spanien, umgeben von

einem spanischen Hofstaat, erzogen und unterrichtet von spanischen Lehrern. Der spanische Großvater sah in ihm sein Ebenbild und liebte ihn. Der in Gent geborene größere Bruder Karl weilte in den Niederlanden, wo er für die Nachfolge in diesen Erblanden erzogen wurde. Zu dieser Zeit herrschte Einigkeit, dass die deutschen Lande des Großvaters, Kaiser Maximilians I., mit der gesamten Masse von Besitzungen und Erwerbungen der Vorfahren in Spanien, Italien und jenseits der Meere auf das Brüderpaar gemeinsam übergehen musste. Nur über die Verteilung des unermesslich großen Gebiets war man uneins. Kaiser Maximilian I. entschied zugunsten Karls und Ferdinand wurde mit den fünf österreichischen Herzogtümern abgefunden. Einen ausschlaggebenden Grund hierfür lieferte F. selbst, da er 1516 öffentlich kundtat, Anna, die Tochter des Königs von Böhmen und Ungarn, ehelichen zu wollen. 1521 feierte er die Hochzeit und bekam zur Abrundung seiner Besitzungen das nunmehr habsburgische Württemberg zuerkannt, das Herzog Ulrich entrissen worden war. Vom Gefühl fürstlicher Souveränität erfüllt, trat F. seine Regierung an. Anfangs war er in seinem Reiche unbekannt, auch der deutschen Sprache unkundig. Aber mit Umsicht und Energie erwarb er sich zügig Ansehen und Achtung. Dennoch blieb er über viele Jahre lediglich Sprachrohr und Handlanger des großen, kaiserlichen Bruders. Aus dessen Sicht war es F.s Aufgabe, bei den deutschen Reichstagen die kaiserliche Politik, nicht zuletzt die Kirchenpolitik, zu vertreten. F. fügte sich, auch hinsichtlich der gegen Frankreich geführten Waffen. In voller Eintracht zeigte er sich dem großen Bruder, ohne dass er diese für seine Lande hätte erwidert bekommen. Bis zum Jahr 1526, in dem der große Angriff des Sultans Suleiman erschütterte. F.s Schwiegervater, König Ludwig II. von Böhmen und Ungarn, fiel in der Schlacht am 29. August. Ungarn lag offen, zwei Throne waren unbesetzt. Entgegen der Bewerbung des bayerischen Herzogs Wilhelm IV. krönte man wenige Monate später F. zum böhmischen König. In Ungarn jedoch versuchte sich die national-ungarische Partei zu behaupten. Erst mit Waffengewalt setzte F. sich durch und dafür handelte er sich die Pflicht ein, sich fortan gegen Sultan Suleimans Angriffe wehren zu müssen. 1529 zogen die Türken bis vor Wien, erst nach drei Wochen Belagerung wurden sie zurückgedrängt. Trotzdem blieb F. von der allgemeinen Politik seines großen Bruder abhängig. Er war das gefügige Organ, durch das Karl V. mit den deutschen Fürsten, Ständen und Theologen im Konflikt der gespaltenen Religion verhandelte. Aus diesen Umständen, denen in Österreich und denen im Deutschen Reich, erwuchs in ihm das Bedürfnis, eine vom kaiserlichen Bruder abweichende Politik zu vertreten. Immer dringlicher trat F. für die Herstellung und Erhaltung des Friedens ein. Auch wenn er sich Karl V. noch fügte, so war der Zusammenstoß der Gegensätze nur noch hinausgeschoben. Rückschläge manifestierten F.s abdriftende Haltung. Württemberg wurde von protestantischer Seite zurückerobert, der Türkenfriede war nicht von langer Dauer und der französisch-kaiserliche Krieg hemmte. F. musste sich glücklich preisen, wenigstens einen fünfjährigen Waffenstillstand von den Osmanen erhandelt zu haben. Der Schmalkaldische Krieg 1546/47 und auch die Durchsetzung des Augsburger Reichstagsabschieds von 1548, der die deutschen Fürsten erniedrigte, sahen F. noch an der Seite des Bruders. Aber der Fürstenaufstand 1552, neben Karls V. Absichten, seinen Sohn Philipp als Nachfolger zu etablieren, brachten die endgültige

Wende. F. traf mit Moritz von Sachsen eine Geheimabsprache, die Stillstand bescherte. Von diesem aus konnte im Sommer 1552 der Passauer Vertrag geschlossen werden, der zum Augsburger Religionsfrieden 1555 führte. Karl V. zog sich daraufhin zurück und überließ F. die Verantwortung. F. war arbeitsam, voller guter Auffassung und Einsicht. Seine Lebensgewohnheiten galten als einfach, wobei er bei vorkommender Gelegenheit nicht verschmähte, Würde und Pracht zu repräsentieren. Mit seiner jung geehelichten Frau Anna führte er eine über 25 Jahre andauernde glückliche und von Treue gekennzeichnete Ehe, die mit fünfzehn Kindern gesegnet war. Nach Annas Tod im Jahr 1547 lehnte F. jeden Gedanken an eine Wiederverheiratung ab. Sein ältester Sohn Maximilian II. trat 1564 die Nachfolge jenes Herrschers an, der sich aus dem Nationalspanier seiner Jugend zu einem für die deutschen Ideen und Bedürfnisse zugänglichen Monarchen entwickelt hatte.

Habsburg, Friedrich III. von ; *1415 - 1493, Kaiser des Heiligen Römischen Reichs*: F. verwaiste früh, was ihm Zähigkeit abverlangte, die er sich unter einer strengen Vormundschaft aneignete. Todesfälle machten ihn mit 24 Jahren zum Oberhaupt einer Dynastie, der Gebiete prestigeverlustig entrissen worden waren. Obenauf sorgten Intrigen, Fehden und zügellose Söldnerbanden für weiteren Abstieg seiner Erblande. Missernten, Krankheiten, Hungersnöte und erste osmanische Einfälle trieben die verzweifelte Bevölkerung in Hass, den sie gegen ihren Kaiser F. richteten. Trotzdem verwehrte sich F. dem Ansinnen Karls des Kühnen, der mit dem Angebot lockte, seine Tochter Maria von Burgund möge F.s Sohn Maximilian ehelichen, um so für sich eine eigene Königskrone zu erlangen. Zu dieser Eheschließung sollte es dennoch kommen, jedoch ohne eine derartige Gegenleistung, nämlich, als Karl der Kühne sich später in Schlachten verzettelte, die ihn das Leben kosteten. Die Geschichtsschreibung benennt F. aufgrund seines Phlegmas und der Unempfindlichkeit gegenüber Notständen als „Des Heiligen Römischen Reiches Erzschlafmütze". In seiner größten Schlichtheit der Lebensführung galt er als Egoist, herzloser Geizhals und pflichtvergessener Herrscher. Mangel an Initiative kann man ihm nicht nachsagen, jedoch führten ihn seine kühlen Berechnungen stets zu kampflosem Rückzug. Er war schwach und in Hilflosigkeit fielen seine Entscheidungen radikal aus. Seine Mittelalterlichkeit und seine Unzulänglichkeit für neues Wissen standen im krassen Gegensatz zu seinem Nachfolger Maximilian I., der den Aufstieg des Hauses Habsburg begründete.

Habsburg, Maximilian I. von ; *1459 - 1519, Kaiser des Heiligen Römischen Reichs*: M. gilt als der Begründer der habsburgischen Universalherrschaft und der Donaumonarchie, die eine weltgeschichtliche Wende von jahrhundertelanger Nachwirkung einleitete. Jedenfalls sah man ihn für lange Zeit derart übersteigert, was zu relativieren ist: M.s Kindheit und Jugend standen unter dem Eindruck der geringen Macht seines Vaters, die in ihm Verächtlichkeit auslöste. Seine früh verstorbene Mutter hingegen glorifizierte er. Die gestrenge, nicht immer gelungene väterliche Erziehung war auf die geistige, religiöse und körperliche Ertüchtigung des begabten, aber spätentwickelten Knaben bedacht. M. unterstand Lehrern der alten Schule, die ihm ein schlechtes Latein lernen ließen. Das Hofgesinde steuerte slovenisch bei, die Niederländer später flämisch und französisch. Seine Sekrätere brachten italienisch, die Landsknechte englisch und spanisch. Größtes

Interesse zeigte er gegenüber Waffenhandwerk, Turnier und Jagd. Die Zusammenkunft des Vaters mit Karl dem Kühnen endete zwar nicht mit einer direkten Eheabsprache, aber sie löste in M. Bewunderung für den Herrscher des Hauses Burgund aus. Nach dessen Tod heiratete er Maria von Burgund. Darauf gründeten sich der Aufstieg Habsburgs neben einem 15-jährigen Erbfolgekrieg mit Frankreich, der eine langwierige, über Generationen andauernde Rivalität zwischen Habsburg und Valois in die Welt setzte, und sich vor allem in der Italienpolitik der beiden Großmächte aufzeigte. Gleich Karls des Kühnen wollte M. die große Politik durch militärisches Eingreifen gestalten, burgundische Strukturen dienten ihm als Vorbild für seine Erblande: Hofkultur, straffe Verwaltung und Finanzordnung neben Kriegswesen. Doch auch M.s Hofakademie, Bibliothek, Literatur- und Kunstpflege wären ohne dieses Vorbild kaum denkbar. Als M. die Nachfolge des Vaters antrat, sah er in der Kaiserkrone das Symbol des universalen Reiches der römisch-deutschen Kaiser, welches er wiederherzustellen gedachte. Damit geriet er allerdings in Streit mit den Ständen, die ihre Machtstellung zu sichern gedachten. Auch scheiterte er letztendlich am Widerstand der Fürstenstaaten, obwohl er sich unter jungen weltlichen Fürsten allmählich eine Mächtegruppe aufbauen und mit weitsichtiger Heiratspolitik sein Haus fördern konnte.

Hedio, Kaspar ; *1494 - 1552*:
K. gehört als Doktor der Theologie zum Kreis der Mitbegründer der Reformation in Straßburg. Er war ein Weggefährte Martin Butzers, der sich der lutherischen Schriften annahm und in nahe Beziehungen zu den Wittenberger Reformatoren trat. 1523 berief man ihn zum Domprediger in Straßburg. An der Seite Johann Sturms von Sturmeck widmete er sich dem Schulwesen wie der Heranbildung junger evangelischer Geistlicher und der Organisation der Armenpflege. Kaiser Karls V. Siegeszug der Jahre 1547/48 über die deutschen Protestanten traf ihn schwer. Martin Butzer sah sich zur Flucht nach England gezwungen, er selbst verlor seine Dompredigerstelle. Am 17. Oktober 1552 wurde er Opfer eines Pestausbruches in Straßburg.

Heideck, Johann Freiherr von ; *1500 - 1554*:
Er ist der kleine Bruder von Jörg von Heideck (1487/88 - 1551, Ottheinrichs Hofmeister und Hofrichter in den Jahren 1535 - 1544, Linie in 1558 erloschen). Die Brüder entstammten einer alten fränkischen Adelsfamilie, die seit dem 11. Jahrhundert belegt ist. Das Stammschloss derer zu Heideck stand in der heutigen Oberpfalz. Johann begann seine Laufbahn im Heeresdienst Karls V. Im Schmalkaldischen Krieg 1546 wurde er von Herzog Ulrich zum Oberbefehlshaber der württembergischen Truppen ernannt. Wie bekannt ist, errang das unter Hessen und Kursachsen vereinigte Heer wegen Uneinigkeit der Anführer keinen Sieg über den Kaiser. Nach der verlorenen Mühlberger Schlacht im April 1547 verhängte Karl V. die Reichsacht über J., der daraufhin in die Schweiz flüchtete. 1550/51 wusste Moritz von Sachsen J. auf seine Seite zu ziehen. Von nun an stand er in kursächsischen Diensten und setzte seine ganze Energie für den Fürstenaufstand ein, der 1552 mit dem Passauer Vertrag endete. 1553 kämpfte er abermals an der Seite Moritz von Sachsens, diesmal gegen den entarteten Albrecht Achilles von Brandenburg-Kulmbach. Nach der sieg-, aber verlustreichen Schlacht bei Sieverhausen, in der Moritz von Sachsen sein Leben verlor, endete

auch J.s kriegerische Laufbahn. Er starb wenige Monate später auf dem Schloß zu Eilenburg. Seine Linie erlosch um 1626/27.

„Herzog von Alba", Toldedo, Fernando Álvarez de ; *1507 - 1582*:
F. war spanischer Militär und Politiker. Er galt als der fähigste General Karls V., war dabei aber nicht nur tapfer. Sein Vorgehen galt zuweilen als brutal. Als Heerführer im Schmalkaldischen Krieg leitete er die kaiserlichen Truppen zum Sieg. Unter Philipp II., Karls V. Sohn, entwickelte er sich zu einem einflussreichen Berater. 1555/56 erlangte er die Position des Gouverneurs von Mailand, 1556/58 die des Vizekönigs von Neapel. 1567 folgte er Karls V. Schwester Maria als Statthalter der Niederlande, wo er so blutig gegen die Calvinisten vorging, dass er eine Massenflucht auslöste und hernach in Spaniens Ungnade fiel. In einem Portugalfeldzug erhielt er die Gelegenheit zur Wiedergutmachung, starb aber später infolge eines Gichtleidens.

Hessen, Agnes von ; *1527- 1555, Herzogin von Sachsen*:
A., eine Tochter des Landgrafen Philipp von Hessen, heiratete im Jahr 1541 Moritz von Sachsen, den sie allerdings aufgrund seines Einsatzes zuerst im Militärdienst aufseiten des Kaisers, später als Anführer des Fürstenbundes gegen Habsburg, nicht allzu oft zu sehen bekam. A. war still und liebte ihren Gatten sehr. Sie gebar ihm zwei Kinder, wobei der Sohn im Kindesalter verstarb. Nach dem frühen Tod Moritzens holte man sie auf Geheiß des einstigen Erzfeindes, dem Vetter Johann Friedrich I. von Sachsen, an den ernestinischen Hof. Dort ging sie eine zweite Ehe mit dessen Sohn ein. Diese Ehe währte nur sechs Monate, da Agnes am Fieber litt und verstarb.

Hessen, Elisabeth von „Die Herzogin von Rochlitz" ; *1502 - 1557, durch Heirat mit Johann von Sachsen Erbprinzessin von Sachsen*:
E. verlebte infolge der Auseinandersetzungen der verwitweten Mutter mit den hessischen Ständen eine bewegte Kindheit. Durch die Ehe mit Johann von Sachsen wurde sie zur Erbprinzessin und verbrachte 20 Jahre am gestrengen Hof des Georg von Sachsen in Dresden. Trotz der lutherfeindlichen Haltung des Schwiegervaters reifte sie zur entschiedenen Protestantin. Oft vermittelte sie zwischen dem gespaltenen Haus Sachsen, den verfeindeten Albertinern und Ernestinern. Trotz mächtiger Gegenspieler gewann sie Einfluß auf Moritz von Sachsen, allerdings nur in der Zeit zwischen 1534/37. Nach dem Tode ihres Gatten regierte sie ein Jahrzehnt uneingeschränkt über ihr Wittum in Rochlitz, wo sie sich den Ruf der „Herzogin von Rochlitz" erwarb. Nach dem Dresdner Vorbild erhöhte sie durch Ordnung und Wachsamkeit die Einkünfte ihrer Ämter und führte 1537 die Reformation ein. 1538 erwirkte ihr Bruder, Philipp von Hessen, ihre Aufnahme in den Schmalkaldischen Bund. 1542 vermittelte sie zwischen Jonann Friedrich I. und Moritz von Sachsen in der Wurzener Fehde. Ihre eifrigste Tätigkeit entfaltete sie hernach im Schmalkaldischen Krieg. Unermüdlich aber vergeblich rang sie darum, Moritz von Sachsen von Habsburgs Seite abzubringen. Nach dem Kampf um Rochlitz wurde sie des Verrats beschuldigt (den sie allerdings auch begangen hatte). Habsburg entzog ihr ihre Güter und sie ging nach Kassel zu ihrem Bruder Philipp. Nach dessen Gefangennahme durch Karl V. betreute sie seine Kinder und wahrte, so gut es ging, seine Rechte. Der Tod Moritz von Sachsens ging ihr so nahe, dass sie für zwei Monate ihr Augenlicht verlor. E. war eine wachsame Hüterin des Protestantismus und gehörte zu den einflussreichs-

ten Fürstinnen der Reformationszeit. Durch ihren erst spät entzifferten aber umfangreichen Briefwechsel, den sie eben verschlüsselt führte, eröffnete sie der Nachwelt ein besseres Verständnis der drei Fürsten der Reformation Philipp von Hessen, Johann Friedrich I. von Sachsen und Moritz von Sachsen.

Hessen, Philipp von „Der Großmütige" ; *1504 - 1567, Landgraf*:
Durch den frühen Tod des Vaters wurde der vierjährige P. zum Alleinerben der Landgrafschaft Hessen. Infolge der Auseinandersetzungen der Mutter mit den hessischen Ständen erlebte er mitsamt seinen Geschwistern eine bewegte Kindheit. In teilweise blutigen Konfliktaustragungen zwischen Landesherrschaft und Ständen kam P. wohl keine sorgfältige Erziehung zu. Aber er entwickelte schon früh ein ausgesprochenes Selbstbewusstsein. Mit 14 Jahren wurde er durch Kaiser Maximilian I. für großjährig erklärt und er trat seine Regierung an. Mit diesem Antritt sah er sich durch Fehden des Franz von Sickingen und dessen Anhängern bedroht. P. meisterte diese Herausforderung mithilfe des Schwäbischen Bundes. 1523 konnte er den Ritter militärisch niederwerfen. Bald jedoch geriet P. in Widerspruch zum Schwäbischen Bund, da unter diesem Herzog Ulrich aus Württemberg vertrieben wurde. P. suchte Rückhalt bei den Wettinern. Er heiratete Christina, eine Tochter Georg des Bärtigen aus der albertinischen Linie. P. sah seine Aufgabe als Fürst in der durchgreifenden Reformierung seines Landes. Er wandte sich Luther zu und legte die Grundzüge einer neuen Kirchen- und Sozialordnung fest. Armen-, Krankenfürsorge und Bildungswesen unterstanden fortan der landesherrlichen Leitung. Er gründete Landeshospitäler und die heutige *Philipps-Universität zu Marburg* (1527), der fortan die Ausbildung von Pfarrern und Beamten zustand. Die Finanzierung erfolgte durch das Vermögen aufgelöster Klöster und Stifte. Der Festigung des landesherrlichen Kirchenregiments standen der Kaiser nebst den altgläubigen Fürsten entgegen, weshalb P. Anlehnung an das ebenso bedrohte ernestinische Kursachsen suchte. Nach dem Augsburger Reichstag von 1530 und der schroffen Zurückweisung der protestantischen Konfessionsschrift formierte sich unter seiner Mitwirkung der Schmalkaldische Bund mit dem Ziel des defensiven Widerstands gegen Karl V. und der Fortsetzung der Reformation. P., der in länderübergreifenden Dimensionen dachte, stellte sich bewusst in die erste Reihe der Bundesfürsten. Mit Frankreichs Unterstützung konnte P. dem geächteten württembergischen Herzog Ulrich im Jahr 1534 in seine Lande zurückverhelfen, womit er sich Habsburgs Hass einhandelte. Diesen vermehrte er, als er in den 1540er Jahren den protestantischen Städten Braunschweig und Goslar zu Hilfe eilte und den katholischen Herzog Heinrich von Braunschweig entmachtete und mitsamt einem seiner Söhne gefangen setzte. Durch seine Zweitehe, mit der er Luther in starke Bedrängnis brachte, schränkte er seinen Handlungsspielraum selbst ein, da er sich Karl V. gegenüber in einem Geheimvertrag zur Untergrabung des Schmalkaldischen Bundes verpflichten musste. Dies änderte jedoch nichts daran, dass P. im Jahr 1546 mit den Schmalkaldischen Anfangserfolge gegen Karls V. Religionskrieg feiern durfte, die jedoch durch die Uneinigkeit zwischen ihm und Kursachsen in einer Niederlage und des Kaisers Triumphzug und seiner eigenen, in Hinterlist erreichten Gefangenschaft endeten. Erst durch den Fürstenbund unter seinem Schwiegersohn Moritz von Sachsen erlangte er nach 5-jähriger Gefangenschaft, in der man ununterbrochen um sein Leben bangte, die Freiheit

zurück. Nach seiner Rückkehr nach Hessen hielt er an den Grundzügen seiner Politik fest. Er sorgte für eine durchorganisierte Finanzverwaltung und den Erlaß einer neuen Kirchenordnung. Die Geschlossenheit von Hessens Territorium zerstörte er allerdings selbst wieder, indem er in seinem Testament die Landesteilung verfügte, um auch die Kinder seiner Zweitehe abzusichern. P. war, neben seinem Schwiegersohn Moritz von Sachsen, ein gewichtiger Gegenspieler Karls V. Er war wagemutig, tapfer und entschlussfreudig. Sein analytischer Verstand führte jedoch auch zu Eigensinn bis hin zu Selbstgewissheit und Egoismus.

Hessen, Wilhelm IV. von „Der Weise" ; *1532 - 1592, Landgraf:*
W. war der erstgeborene Sohn Philipps von Hessen und Schwager von Moritz von Sachsen. Bis zum achten Lebensjahr stand er vorwiegend unter weiblicher Aufsicht, was ihn nach Ansicht des Vaters etwas verweichlichte. Seine Ausbildung war, dem Charakter der Zeit entsprechend, eine theologisch-lateinische, wobei er die Kenntnis des Griechischen später nachholte. Auch an die Naturwissenschaften, in denen er Großes leisten sollte, trat er erst später heran. Beim Beginn des Schmalkaldischen Krieges im Juli 1546 vertraute der Vater den Vierzehnjährigen der Fürsorge der Stadt Straßburg an, wo er auf Jakob Sturm und Martin Butzer traf. Mit der Wende des Krieges zuungunsten der Schmalkaldischen und der Gefangennahme seines Vaters im Jahr 1547 eilte W. nach Hessen zurück. Standhaft versagte er sich den kaiserlichen Drohungen, obgleich er 1549 den Tod seiner Mutter zu verkraften hatte. Mit umso mehr Feuereifer betrieb er an der Seite seines Schwagers, Moritz von Sachsen, die Aufrichtung eines antihabsburgischen Fürstenbundes. An der Spitze seines hessischen Heeres zog er ins Feld, und mit dem Passauer Vertrag 1552 kehrte auch der Vater nach Hause zurück. Von da an begab er sich widerstandslos in die Stellung eines Untertanen, der Vater bezog ihn jedoch in alle wichtigen Fragen seiner Regierung ein. 1562 erhielt er von Kaiser Ferdinand den Ritterschlag. 1566 heiratete er die Tochter des württembergischen Herzogs Ulrich, dem sein Vater einst in sein Herzogtum zurückgeholfen hatte. Die nach des Vaters Tod durchgeführte Landesteilung verhinderte, dass W. eine gleich hervorragende politische Rolle einnehmen konnte, wie sein Vater. Wenn auch mit mehr Vorsicht und Bedächtigkeit, hielt W. an der Ausbreitung und Sicherung des Protestantismus fest. Den Mut seiner Jugend, der ihn um die Befreiung des Vaters willen in den offenen Kampf gegen den Kaiser trieb, fand er nicht mehr. Trotzdem stellte er sich entschieden wider die ersten Regungen der Gegenformation. Aber er gehörte auch zu denen, die Luther kritisierten, vor allem, weil der des Vaters Doppelehe legitimiert hatte. W. befürwortete die Duldung Andersdenkender, abgesehen von den Wiedertäufern. Die Juden schloss er nicht aus. Jeder Versuch, die Protestanten religiös zu einigen, fand seine Unterstützung. Als Regent seines Landes nahm W. unter den Fürsten seiner Zeit einen hervorragenden Rang ein. In großer Arbeitskraft und Freude verband er einen scharfen Blick fürs Praktische mit einer glücklichen Hand bei der Wahl seiner Diener und Beamten. Eine Kirchen-, Kanzlei-, Rentkammer- und Feuerlöschordnung regelten die verschiedenen Gebiete des öffentlichen Lebens. Einer weiteren Teilung seiner Lande wurde durch Einführung der Primogenitur vorgebeugt. Zu einer Zeit, in der ganz Deutschland unter dem Übel der Münzverfälschung litt, sorgte er für Prägung und Umlauf vollgewichtigen Geldes in seinem Lande. Die wirtschaftlich Schwachen unterstützte er in

Notzeiten durch Ausfuhrverbote, Verteilung von Getreide und den Verkauf billigen Brotes. Die wirtschaftlichen Stützen seines Landes wie Waldungen, Bergwerke und Glashütten wusste er mithilfe tüchtiger Fachleute zu entwickeln. Neben dem Ausbau des fürstlichen Schlosses errichtete er das Schloss zu Rothenburg und die Wilhelmsburg bei Schmalkalden. Kunst und Kunsthandwerk erfreuten sich seiner Pflege und die Kasseler Landesbibliothek verdankt ihm ihre Anfänge. Sein größtes Interesse galt jedoch der Astronomie. Er errichtete die Sternwarte auf dem Zwehrer Tor und im Laufe von 30 Jahren und der Unterstützung weiterer Astronomen katalogisierte er 900 Sterne. Vom astrologischen Aberglauben seiner Zeit ließ er sich nicht beirren. Mit seiner Gemahlin Sabina verlebte er fünfzehn glückliche Ehejahre, und als sie starb, war er zu einer Wiederverheiratung nicht zu bewegen. W. war ein trefflicher Fürst und Gelehrter, weshalb ihm die Nachwelt den Beinamen *„Der Weise“* verlieh.

Heusenstamm, Sebastian von ; *1508 - 1555, geistlicher Kurfürst und Erzbischof von Mainz, Erzkanzler des Heiligen Römischen Reichs*:
Die Quellen lassen S.‘ Ausbildung nur lückenhaft erkennen, sicher ist, dass er 1531 zum *Dr. iur. utriusque* promovierte. 1531 erhielt er die Priesterweihe in Mainz, womit er in das einflussreiche, dem Adel vorbehaltene Domstift Zutritt bekam. 1541 berief man ihn zum Mitglied einer kirchlichen Reformkommission, 1545 konnte er sich in der Wahl zum Erzbischof und Kurfürst von Mainz durchsetzen. Der kirchlich, finanziell und politisch äußerst geschwächte Zustand des Erzstifts nötigte ihn 1546/47 im Schmalkaldischen Krieg zu politischer Zurückhaltung. Reserviert gegenüber den militärischen Bündnisplänen des Kaisers, verkündete er 1548 das als Reichstagsabschied erlassene Augsburger Interim, wobei für ihn der innerkirchliche Erneuerungswille im Vordergrund stand. Als Folge der belasteten Beziehung zu Karl V. begegnete S. dessen monarchischen Reichsreformzielen mit Skepsis. Er zielte stattdessen auf eine verfassungsrechtliche Stärkung der Reichsstände und die Neubelebung des Landfriedens. Beides hielt er nur durch einen Ausgleich in der Religionsfrage für möglich. Er ließ sich von der Legitimität eines politischen Religionsvergleiches zwischen den Reichsständen überzeugen, allerdings ohne an eine Anerkennung zweier christlicher Konfessionen zu denken. In diesem Sinne verfaßte S. seine Instruktion für die Mainzer Gesandten beim Augsburger Reichstag 1555. Den erzielten Reichsreligionsvergleich hat S. nicht mehr erlebt.

Hirder, Sebald d. Ä. ; *1482 - 1556*:
S. stand als Glocken- und Stückgießer von etwas 1522 bis 1550 im Dienst Pfalz-Neuburgs, bevor er nach Nürnberg ging. Werke dieses bedeutenden Kunsthandwerkers am Hof Ottheinrichs sind der Ottheinrich-Brunnen (heute in *Schloss Berchtesgaden*), die bronzenen Türklopfer der Neuburger Schlosstore (heute im *Neuburger Schlossmuseum*), die Glocken der Schlosskapelle (heute im *Neuburger Schlossmuseum*), die Bronzegruppe des Hl. Martin (Original im *Bayerischen Nationalmuseum*, Replik im *Schlossmuseum*) sowie die beiden Geschützrohre *„Adam und Eva“* (im *Bayerischen Armeemuseum Ingolstadt*).

Jülich-Kleve-Berg, Wilhelm V. von „Der Reiche“ ; *1516 - 1592, Herzog*:
Im Jahr 1539 übernahm W. als einziger Sohn die Nachfolge des Vaters. Kurz nach seinem Regierungsantritt stürzte er sich in jugendlichem Wagemut in den Geldrischen Erbfolgekrieg. Dieser endete für ihn in 1543 mit einem Fußfall vor

Karl V., der ihn obenauf verpflichtete, niemals zur Augsburgischen Konfession überzutreten. Diese Unterwerfung bekam er jedoch belohnt: Auf dem Regensburger Reichstag von 1546 verheiratete man ihn pompös mit König Ferdinands I. zweiter Tochter Maria. Dessen ungeachtet duldete W. die Ausübung und Verbreitung des evangelischen Bekenntnisses in den jülich-clevischen Landen, weshalb sich Karl V. im Sommer 1548 gegenüber W. zu den ernstesten Beschwerden veranlasst sah. Dies geschah zu jener Zeit, in der W. sich mit großem Eifer, aber vergeblich, um die Freilassung des gefangenen Schwagers Johann Friedrich I. von Sachsen bemühte. Die auf Reformen gerichtete Tätigkeit des Herzogs beweist die Errichtung des humanistischen Gymnasiums in Düsseldorf im Jahr 1545. Nach dem Passauer Vertrag und dem sich unter König Ferdinand I. anschließenden Religionsfrieden berief W. evangelische Hofprediger. Seine beiden Schlaganfälle im Jahr 1566 machten aus ihm jedoch einen gelähmten und geistig kranken Fürsten, dem ein Siechtum von mehr als einem Jahrzehnt bevorstand. Den Gegnern kirchlicher Neuerungen kam im Jahr 1567 ein weiterer Umstand gelegen: Es war die Niederschlagung der religiösen Unruhen in den nahen Niederlanden mit der drohenden Haltung des Herzogs von Alba, W. wegen Geistesschwäche und der ihm deshalb angelasteten Schuld an der Religionsveränderung samt Haus und Land unter spanische Vormundschaft zu stellen. Mit seinem Tod hinterließ W. ein zwischen den Religionen schwankendes Land, das unter seinem Nachfolger weiter absank. Zu seinen Kindern aus der Ehe mit Maria von Österreich ist anzumerken, dass seine zweite Tochter Anna jenen Philipp-Ludwig aus dem Hause Wittelsbach ehelichte, auf den im Jahr 1569 das Fürstentum Pfalz-Neuburg überging.

Kilian, Hans ; *um 1515 - 1595*:
H. stammte allem Anschein nach aus Neuburg und wurde, nach der Angabe auf einer Portraitmedaille etwa im Jahre 1516/17 geboren. Ist sein Vater, wie man aus alten Urkunden schließen kann, jener Namensvetter, so entstammte H. aus angesehenen Verhältnissen. Schon frühzeitig wurde er Rentschreiber unter Ottheinrich. Mit der Einführung der Reformation reifte in Ottheinrich der Entschluss, eine eigene Hofdruckerei zu besitzen, und der vielseitig interessierte H. schien dem Fürsten für diese verantwortungsvolle Aufgabe geeignet. Er blieb auch im unter Karl V. besetzten Neuburg, kehrte aber, im Warten auf einen Wandel, zum katholischen Glauben zurück. Aus dieser Zeit ist bekannt, dass H. durch den Kaiser eine Standeserhöhung nebst Wappen in Neuburgs Stadtfarben weiß-blau-rot erhielt. Dazu weiß man, dass Ottheinrich ihn vom Exil aus im Jahr 1550 zum Diener auf Lebenszeit bestallte und ihm die Druckerei nebst Gebäude überließ. Der Statthalter Jörg Zorn von Pullach, im Dienste des Kaisers, bestätigte diese Schenkung. Nach Ottheinrichs Rückkehr ins befreite Neuburg im Frühjahr 1552 deuten die Zeichen allerdings darauf hin, dass die Druckerei auch im Jahr 1553 noch nicht wieder funktionsfähig war. 1556 jedoch gab Ottheinrich, nun Kurfürst von der Pfalz, von Heidelberg aus zwei Drucke bei H. in Auftrag. 1557 sind zum letzten Male Drucke aus H.s Werkstatt bezeugt. 1561 gründete der neue Landesherr, Pfalzgraf Wolfgang von Zweibrücken, eine neue landesherrliche Druckerei in Lauingen. Zerwürfnisses zwischen ihm und Hans Kilian könnten die Ursache dafür gewesen sein. Von H. weiß man nur noch, dass er im Jahre 1569 unter einer großen Schuldenlast litt und er sein ganzes Hab und

Gut an die Gläubiger abtreten musste. H. war verheiratet und hatte wenigstens zehn Kinder. Er war vielseitig begabt, bis dahin, dass er auch dichtete und komponierte. Wie aus seiner in der Neuburger Spitalkirche gehaltenen Leichenpredigt hervorgeht, verstarb er am 29. Dezember 1595. Das künstlerisch-musische Talent setzte sich in seinem Sohn Mang (1567 - 1625) fort. In welchen Gebäuden sich die Kilian'sche Druckerei in Neuburg befand, ist bekannt und dokumentiert.

Kolman, Desiderius ; *1513 - 1575*:

D. war der letzte Vertreter der berühmten Augsburger Plattnerfamilie Kolman. 1534 arbeitete er noch neben dem Stiefvater im Hause am Mauerberg, das er 1546 übernahm. Wie einst sein leiblicher Vater erfreute er sich höchster, kaiserlicher Kundschaft. Als ‚Leibharnischmacher' Karls V. sei der bei Mühlberg getragene Harnsich genannt (verewigt im Reiterporträt *‚Kaiser Karl V. nach der Schlacht bei Mühlberg*', *Tizian, 1548*, heute im *Museo del Prado in Madrid*). Unter den Harnischen König Philipps II. von Spanien nimmt der getriebene Harnisch von 1549, eine der reichsten und zugleich elegantesten Plattnerarbeiten des *‚Manierismus*', eine herausragende Rolle ein (heute in der *Armeria reale* im Königspalast in Madrid ausgestellt). Eine größere Anzahl seiner Arbeiten registriert das Musterbuch seines Neffen, des Augsburger Ätzmalers Jörg Sorg der Jüngere (heute *Landesbibliothek Stuttgart).* D.s Gesichtszüge veranschaulicht eine Medaille von 1555. Sein hohes Ansehen, das er offenbar auch in der Augsburger Bürgerschaft als mehrfaches Ratsmitglied genoss, nahm gegen Ende der 1550er Jahre ab. Er verließ die Stadt und beschloss als Beamter des Herzogs von Bayern seine Tage. Mit ihm endete nach rund 150 Jahren die Augsburger Plattnerwerkstatt der Kolmans. Sie gilt als die überragendste deutsche des 15./16. Jahrhunderts.

Ungarn, Maria von ; *1505 - 1558, Königin von Böhmen und Ungarn und Statthalterin der Niederlande*:

Sie war die jüngere Schwester Karls V., die ihre ersten Kinderjahre in den Niederlanden verbrachte. Mit der Verheiratung an den Sohn des Königs von Böhmen und Ungarn wurde sie früh in die familienpolitischen Pläne Kaiser Maximilians I. einbezogen. 1521 kam M. nach Ungarn, was ihre Krönung zur Königin nach sich zog. Zeitgenossen schätzten die geistigen und politischen Fähigkeiten der jungen Königin, die einen Kreis von Humanisten um sich sammelte, höher ein, als die ihres Gemahls Ludwigs II., der 1526 im Kampf gegen die Osmanen sein Leben verlor. Ihre umfangreichen Besitzungen, ihre große Gefolgschaft und ihre politische Erfahrung wurden danach zur Stütze ihres Bruders Ferdinand I. bei der Durchsetzung seiner Ansprüche auf die ungarische Krone eingesetzt. Plänen ihrer Brüder, sie mit Jakob V. von Schottland bzw. mit Friedrich II. von der Pfalz zu verheiraten, widersetzte sie sich mit Erfolg. 1531 ernannte sie Karl V. zur Statthalterin der Niederlande. Ihre 25-jährige Regentschaft ist durch Bemühungen um eine Vereinheitlichung der niederländischen Provinzen und durch die kriegerischen und finanziellen Belastungen, verursacht von der europäischen Politik Karls V., gekennzeichnet. Die Niederlande in den Auseinandersetzungen zwischen dem französischen König und Karl V. zu neutralisieren, gelang ihr nicht. Stattdessen gehörte zu M.s wichtigsten Aufgaben, in den reichen niederländischen Provinzen Geld für die Kriegszüge des kaiserlichen Bruders aufzubringen. Als Ratgeberin nahm M. Einfluß auf die Politik ihrer Brüder Karl und Ferdinand, so vermittelte sie zwischen beiden, als Karl V. den Verbleib der Kaiserwürde im spanischen Zweig Habsburgs plante. Als Karl V. im Oktober 1555 die Regierung an seinen Sohn Philipp II. übergab, legte M. die Statthalterschaft nieder. 1556 verließ sie die Niederlande. Ihre letzten beiden Lebensjahre verbrachte sie in Spanien. M. wird in der Geschichtsschreibung als bedeutende politische Persönlichkeit beurteilt. Besonders ihre organisatorischen Fähigkeiten werden hervorgehoben. Sie las Schriften Luthers, und dieser widmete ihr nach der Schlacht bei Mohács ‚*Vier tröstliche Psalmen an die Königin von Ungarn*'. Ihre religiöse sowie ihre politische Arbeit ordnete sie jedoch den Interessen des Hauses Habsburg unter.

Leib, Kilian ; *1471 - 1553 Prior des Augustiner-Chorherrenstiftes Rebdorf bei Eichstätt*:
Nach Schulbesuchen in Ochsenfurt, Schweinfurt und Eichstätt trat K. im Herbst 1486 in das Augustinerchorherrnstift Rebdorf ein. 1503 wählte man ihn zum Prior in Rebdorf. Dieses Amt hatte er bis zu seinem Tod inne. Als guter Wirtschafter mehrte er das Einkommen des Stifts derart, dass es den Eichstätter Bischöfen und anderen Fürsten Geld leihen konnte. Umsichtig ließ er überkommene Rechte und Privilegien von Päpsten, Bischöfen und Kaisern bestätigen und eifersüchtig wachte er über die Freiheit von der bischöflichen Gerichtsbarkeit. Als Ordensoberer sorgte er für einen guten religiösen Geist, für Disziplin und Ordnung unter seinen Chorherren. K. stand in Briefwechsel und Gedankenaustausch mit bedeutenden Persönlichkeiten seiner Zeit. Er beschäftigte sich besonders mit Fragen der Bibel, studierte Griechisch und Hebräisch. Er interessierte sich für juristische und kanonistische Probleme und vergaß auch die antike Literatur nicht, aus der er gern zitierte. Seine Wetterbeobachtungen und der daraus folgenden Überprüfung von Bauernregeln hielt er in seinem „*Wettertagebuch*" (1513-31) fest. K. betätigte sich als begnadeter Landwirt. Trotz eigener Kritik an den Mißständen seiner Kirche bekämpfte er Martin Luther. K. ist der bedeutendste aller Chorherren, die je in Rebdorf gelebt haben. Als Prior vermittelte er dem Stift religiösen Geist, wirtschaftliche Sicherheit und Ansehen.

Lersner, Heinrich ; *1506 - 1576*:
H. war einer der langjährigsten Beamten unter dem Landgrafen Philipp von Hessen. Er studierte in Heidelberg und Erfurt, wonach er in der fürstlichen Kanzlei diente. Ebenso erschien er in diplomatischen Missionen, z. B. 1532 als Gesandter nach Dänemark oder auch im Zuge der umfassenden Vorbereitungen zum Feldzug gegen Württemberg. 1540 bezeichnete Martin Butzer ihn als einen geschickten, frommen und erfahrenen Mann, auf den sich der Landgraf in seiner Regierung verlassen könne. Nach der Vertreibung des Herzogs Heinrich von Braunschweig 1542 war H. mehrere Jahre Kanzler in der Regierung des eroberten Fürstentums. Trotz der Rangerhöhung ertrug er nur schwer, mit Frau und Kindern fern von der Heimat bleiben zu müssen. Philipp von Hessen versüßte mit Gehaltserhöhungen und besonderen Gnadengeschenken aus dem braunschweigischen Gut. Ab 1546 fand er sich in der schwierigen Rolle, die Versöhnung seines Herrn mit dem Kaiser zu betreiben. Dafür reiste er über Monate zwischen Hessen, Quartieren und Residenzen hin und her. Im April 1547 kam er ins kaiserliche Lager nach Eger, zog von da mit dem habsburgischen Heer nach Mühlberg und geriet hier ins Schlachtgetümmel. Als die Kugeln bereits pfiffen, übernahm er im Auftrag des Moritz von Sachsen, heimlich und ohne Wissen des

Kaisers, zum sächsischen Kurfürsten Johann Friedrich I. zu reiten, um ihn zur Aufgabe zu bewegen. Als die kursächsische Seite seinen Begleiter tötete, blieb ihm nur die Flucht. Dank für diese Strapazen erhielt er von Hessens Seite nicht. Verbittert aber treu ergeben, verhandelte er mit derselben Unermüdlichkeit und Erfolglosigkeit weiter um die Begnadigung des mittlerweile in habsburgischer Gefangenschaft schmachtenden hessischen Landgrafen Philipp. Er nahm an den Passauer Verhandlungen 1552 teil und stand nach der Befreiung Philipps noch mehrere Jahre als Kanzler an der Spitze von dessen Regierung. Um 1560 zog er sich nach Marburg in die Stellung eines Beisitzers am Hofgericht zurück. Jedoch wurde er auch dann noch mehrmals zu politischen Aufträgen herangezogen, bis er sich aus Alters- und Krankheitsgründen dagegen verwehrte.

Malvenda, Pedro de ; *um 1505-1561*:

P. war Spanier, katholischer Theologe, Kaplan am kaiserlichen Hof und einer der katholischen Colloquenten während der Regensburger Religionsgespräche zu Beginn des Jahres 1546.

Margarethe ; *1522 - 1586, Herzogin von Parma*:

Sie war eine uneheliche Tochter Karls V. aus dessen Begegnung mit einer Zofe. Karl V. erkannte diese Tochter nicht nur bald an, sondern er bezog sie auch sehr früh in dynastische Überlegungen ein, was seine Heiratsprojekte mit oberitalienischen Adelsfamilien bezeugen. Auf Veranlassung Karls V. übersiedelte sie 1533 nach Florenz. 1536 kam es zur Vermählung mit Alessandro de Medici unter persönlicher Anwesenheit ihres Vaters. Die damals kaum vierzehnjährige Braut wurde jedoch schon im folgenden Jahr Witwe, als ihr Gatte im Machtkampf des Hauses Medici ermordet wurde. Die von den Verschwörern erwartete Machterhebung blieb aus und uferte in der Ausrufung von Cosimo de Medici zum Nachfolger des Ermordeten. Nun sah sich Karl V. zu ihrer Verheiratung mit Ottavio Farnese, dem Enkel des Papstes Pauls III., veranlasst, um sich mit der Kurie auszusöhnen. M. verachtete ihren Bräutigam, gab aber dem Drängen ihres Vaters nach, die Ehe aufrechtzuerhalten. Diese Ehe trug auch für Karl V. nicht die erwünschten Früchte. Die Beziehungen zwischen den Farnese und Habsburg blieben aufgrund des Streits um die Übertragung von Parma und Piacenza angespannt. 1551 wechselte Ottavio auf die Seite Frankreichs. Erst 1556/57 normalisierte sich das Verhältnis zu Habsburg, als Philipp II. Ottavio als rechtmäßigen Herrn von Parma, Piacenza und Novara anerkannte. Ottavio trat als General in die Dienste des Königs von Spanien und M. selbst erhielt von ihm die Statthalterschaft der Niederlande. Bei der Ausübung dieses Amtes war sie allerdings auf die Mitwirkung von Antoine Perrenot de Granvella angewiesen. Somit besaß sie wenig Spielraum für eigene Entscheidungen. Außerdem stand sie deshalb in Opposition zum niederländischen Hochadel. 1564 setzte M. die Entlassung von Granvella durch, was sich nicht als Erfolg zeigte, sondern den Adel bestärkte. Ausschreitungen folgten, die König Philipp durch Truppenentsendungen unter dem Herzog von Alba niederschlagen ließ. Dies war der Beginn jener Militärherrschaft, die zum Abfall der Niederlande von Spanien führen sollte. Vor dem Hintergrund dieser neuerlichen machtpolitischen Zuspitzung erschien M. der Rücktritt vom Statthalteramt als einzig mögliche Lösung. Im Dezember 1567 reiste sie nach Italien, um sich in Piacenza und Aquila in den Abruzzen niederzulassen, was ihr seitens Philipp II. erst 1583 endgültig erlaubt wurde.

Marignano, Gian Giacomo de' Medici di „Il Medeghino" ; *1495 - 1555*:
Genannt ‚*Der kleine Medici*' im Mailänder Dialekt, enstammte er als Erstgeborener eine Mailänder Seitenlinie der Medici. Nachdem er einige militärische Unternehmungen im Auftrag von Francesco II. Sforza durchgeführt hatte, erhielt er 1523 die Burg von Musso am Comer See. Diese machte er zur Basis seiner ehrgeizigen Ziele territorialer Eroberungen. 1525 kämpfte er dafür gegen diverse Adelige, bis ihn der Gouverneur von Mailand zur Räson brachte. 1530 musste er Musso zurückgeben. Von da an begnügte er sich mit der Markgrafschaft von Marignano und diente verschiedentlich unter Karl V., zuletzt in der Schlacht um Siena in seinem Todesjahr 1555.
Martinuzzi Utiešenović, Georgius ; *1482 - 1551*:
G. war Frater und siebenbürgischer Staatsmann. Wegen angeblicher Paktierungen mit Sultan Suleiman wurde er auf Habsburgs Betreiben hin ermordet.
Mecklenburg, Heinrich V. von „Der Friedfertige" ; *1479 - 1552, Herzog von Mecklenburg-Schwerin*:
Mit dem Jahr 1503 regierte H. gemeinsam mit seinen beiden Brüdern Erich und Albrecht und dem Onkel Balthasar. 1520, als Überlebende, übernahmen H. Mecklenburg-Schwerin und Albrecht VII. Mecklenburg-Güstrow, aber nur in bedingter Teilung. Die von den Landständen bereits in 1523 geschlossene Union wahrte die Einheit und begründete die ständische Verfassung Mecklenburgs (gültig bis 1918). Ab 1526 engagierte sich H. im Bündnis zwischen Kursachsen und Hessen gegen die katholischen Reichsstände. Der ihm von Luther empfohlene Superintendent Johann Riebling verfasste 1540 in H.s Auftrag eine protestantische Kirchenordnung. Im Gegensatz zu seinem Bruder führte H. in seinem Landesteil die Reformation ein, was später, trotz des Augsburger Reichstagsabschieds von 1548, des Bruders Nachfolger Johann Albrecht I. fortführte. 1549 wurde für die mecklenburgischen Herzogtümer die lutherische Lehre beherzt zur Landesreligion erklärt.
Mecklenburg, Johann Albrecht I. von ; *1525 - 1576, Herzog*:
J. regierte zu Mecklenburg-Güstrow zwischen 1547 und 1555, und zu Mecklenburg-Schwerin seit 1552. Von seinem Studium an der Universität zu Frankfurt/ Oder kehrte er als Anhänger des Protestantismus zurück. Er fügte sich aber der Forderung seines streng katholischen Vaters, Albrecht VII. zu Mecklenburg-Güstrow, 1546 im Schmalkaldischen Krieg aufseiten des Kaisers gegen die Protestanten zu kämpfen. Mit dem Tod des Vaters im Jahr 1547 folgte er der Konfession des Onkels, Heinrich V. von Mecklenburg-Schwerin. So wurde auch Mecklenburg-Güstrow evangelisch. 1552 nahm er unter Moritz von Sachsen an dessen siegreichem Kriegszug gegen Karl V. teil. Nach dem Passauer Vertrag reorganisierte er die mecklenburgische Kirche ebenso wie die Rostocker Universität. Erbstreitigkeiten und Fehden mit den Seestädten behinderten seine künstlerischen Bestrebungen und Schulgründungen. 1572 übernahmen die Stände teilweise die von seinem Vater bei dem Versuch der Errichtung einer Ostseeherrschaft hinterlassenen Schulden. J. galt als moderner, aufgeschlossener Renaissancefürst.
Mecklenburg, Katharina zu ; *1487 - 1561, Herzogin zu Sachsen, geborene Herzogin zu Mecklenburg*:
K. war die treibende Kraft zur Einführung der Reformation im albertinischen

Sachsen. Seit Ende 1523 neigte sie zu Luthers Lehre, aber heimlich, aus Furcht vor ihrem streng katholischen Schwager Georg von Sachsen. Mit Beharrlichkeit und List beeinflusste sie ihren Gemahl Heinrich und richtete es ein, dass er in Torgau und Wittenberg Luther selbst predigen hörte. Nach 12 Jahren eifrigster Bemühungen gab Heinrich 1536 die Erlaubnis zum evangelischen Gottesdienst. Um gegen des Schwagers Protest geschützt zu sein, überredete sie ihren Gemahl zum Aufnahmeantrag in den Schmalkaldischen Bund. Trotz ihres evangelischen Glaubens zeigte K. eine besondere Anhänglichkeit an das Kaiserhaus. Sie beabsichtigte, ihren Sohn Moritz mit einer Tochter König Ferdinands I. zu vermählen. Heinrich lehnte wegen des Glaubens empört ab, aber ihr Ehrgeiz setzte das Schreiben an den König durch, der jedoch ausweichend antwortete. Mit dem Ableben Heinrichs kam es wegen der Wittumsverschreibung zur Entzweiung mit ihrem Sohn Moritz. Da ihr die Bewirtschaftung des ihr als Witwensitz bestimmten Wolkensteins nicht lag, erbat sie von Moritz je ein Wohnhaus in Freiberg, Dresden und Torgau. Für Wolkenstein ließ sie sich mit Geld abfinden. Nun reiste sie bis zu ihrem Lebensende ständig umher, nicht nur zwischen den drei Städten. Sie begab sich auch auf Kur, zu ihren Brüdern nach Mecklenburg, zu ihren drei verheirateten Töchtern, bis hin zum Kaiser nach Gent wegen der unglücklichen Ehe ihrer jüngsten Tochter Sidonie. Ihren jüngeren Sohn August bevorzugte sie besonders in ihrem Stolz, eine Ehe mit Prinzessin Anna von Dänemark und Norwegen für ihn arrangiert zu haben. K. hinterließ eine große Bücherei reformatorischer Schriften. Trotz mancher Widersprüche ihres komplizierten Charakters darf man nicht an der Echtheit ihrer evangelischen Gesinnung zweifeln. Sie hat die Reformation im albertinischen Sachsen angeregt, eingeleitet und schützend überwacht.

Melanchton, Philipp ; *1497 - 1560, Humanist und Reformator*:

P. wuchs als ältester Sohn in einer wohlhabenden bürgerlichen Familie im Badischen auf. Sein Vater soll 1504 aus einem vergifteten Brunnen in Monheim getrunken haben, was ihm ein langes Siechtum bescherte, nach welchem er 1508 verstarb. P. erlebte den Vater nur als kranken Mann. Dessen fromme Haltung beeindruckte ihn. 1509 wurde er in Heidelberg immatrikuliert, 1512 wechselte er nach Tübingen. Er beschäftigte sich mit den Schriften des Erasmus von Rotterdam, die ihm die humanistische Bildungswelt weiter erschlossen. 1514 wurde er Magister und lehrte seitdem in Rhetorik und Dialektik. Wichtig wurde für ihn der Freundeskreis, der sich damals um ihn sammelte. So empfahl man ihn in 1518 auf eine Anfrage des Kurfürsten von Sachsen, der einen griechischen Sprachgelehrten für seine Universität suchte. Damit gelangte P. nach Wittenberg, wo er 42 Jahre lang wirken sollte. Luther zeigte sich von P. beeindruckt. Ihm erschien es als Fügung, dass er einen so tüchtigen Kollegen erhalten hatte. Als er sich im Oktober 1518 vor Kardinal Cajetan verantworten musste, setzte er P. zu seinem Stellvertreter ein, der sein Werk fortsetzen sollte, falls er nicht wiederkehrte. Dadurch ergab es sich, dass P. außer Vorlesungen über klassische Autoren auch solche über biblische Schriften hielt, und sich aus dem Humanisten Melanchton mehr und mehr ein Theologe entwickelte. P. begann, auf der Grundlage seiner Römerbrief-Vorlesung eine Zusammenfassung der reformatorischen Lehre zu schreiben, die er ‚*Loci communes*‘ (Hauptbegriffe) nannte. Diese erste evangelische Dogmatik erschien im Dezember 1521. In den ersten Auflagen war P. im

Wesentlichen der Auffassung Luthers gefolgt. Das sollte sich ändern, denn die *Loci* bestimmten P.s theologisches Schicksal. Dreimal hat er sie bearbeitet, in 1535, 1543 und 1559. Die verschiedenen Bearbeitungen zeigen seine theologische Entwicklung. Im Jahr 1524 besuchte er ein erstes Mal wieder seine badische Heimat. Auf der Rückreise begegnete er dem Landgrafen Philipp von Hessen, der eine Ausarbeitung zum ‚*Grundriss der evangelischen Lehre*' von ihm erbat. Jener Kontakt festigte sich. Seit Anfang der 1520er Jahre wurde P. immer häufiger in die kirchliche Praxis gerufen. Als ihm der Rat von Wittenberg ein Predigtamt antrug, lehnte er es jedoch wegen seiner ‚schnarrenden Sprache' ab. Dafür besaß er den Blick für kirchliche Notwendigkeiten. Er legte Luther nahe, das Neue Testament ins Deutsche zu übersetzen. Auch war er es, der Luther von der Wartburg nach Wittenberg zurückrief. Daneben galt er als der Ansprechpartner, wenn es um Schulfragen ging. Entsprechende praktische Erfahrungen hatte er im 10 Jahre andauernden Betrieb seiner Privatschule erworben, in der er Jugendliche auf ihr Studium vorbereitete und begabte Schüler förderte. Seine Stellung an der Fakultät behielt er zeitlebens. In seinen Vorlesungen behandelte er die aristotelische Philosophie, die er wegen ihrer Klarheit und Bestimmtheit bewunderte, und zu deren Verständnis er Kommentare erarbeitete. P. sah den Menschen dahingehend geschaffen, um den Willen Gottes in der Schöpfung zu erkennen und das zum Leben Nützliche auszuwählen. Daher solle sich der Mensch nicht mit der Beschreibung äußerer Erscheinungen begnügen, sondern ihre Ursachen zu erfahren suchen. Im Alter von 32 Jahren beschritt P. die politische Bühne. Hier vertrat er die Auffassung, so die Obrigkeit ihrer Pflicht entsprechend ‚vernünftige Gesetze' erließe, jedermann ihnen auch gehorche. Als Kaiser Karl V. den Augsburger Reichstag zu 1530 ausschrieb, kam P. die Aufgabe zu, die protestantische Auffassung seines Landesherrn schriftlich darzulegen. Drei Monate arbeitete P. hernach an der ‚*Confessio Augustana*'. Im Juni 1530 wurde sie vor Kaiser und Reich verlesen, was die katholische Seite zur Widerlegung mit der ‚*Confutatio Augustana*' aufstachelte. Ausgleichsverhandlungen zwischen beiden Glaubenslagern folgten. Sie blieben erfolglos, denn längst hatte Karl V. die Glaubensspaltung zum Mittel kaiserlicher Politik ausersehen. Als Luther starb, musste P. dessen Aufgaben übernehmen. Dabei fehlte ihm dessen Autorität in jener Zeit, in der für die Protestanten schwere Zeiten anbrachen: Der Schmalkaldische Krieg. Mit tiefer Bestürzung musste P. erfahren, wie fehlender theologischer und politischer Zusammenhalt der evangelischen Seite Karl V. zu einem triumphalen Sieg verhalf. Karl V., auf dem Höhepunkt seiner Macht, demütigte den deutschen Fürstenstaat mit dem Augsburger Reichstagsbeschluss von 1548. Der evangelischen Seite versagte er jedes Recht und er verlangte sogar Melanchtons Auslieferung. Deprimiert schrieb P. an den Kanzler des Moritz von Sachsen einen kompromissbereiten Brief, der an die Öffentlichkeit gelangte und ihm schwer schadete. Von nun an sah er sich sogar von den streng lutherischen Kreisen bekämpft. Auf Verlangen Moritz von Sachsens sollte P. zur Zweiten Periode des Konzils nach Trient reisen. Dafür erarbeitete P. die ‚*Confessio Saxonica*', die von fast 3.000 Theologen unterschrieben wurde. Moritzens Fürstenaufstand 1552 erübrigte allerdings P.s bereits angetretene Reise. Nach dem Passauer Vertrag 1552 und dem Augsburger Religionsfrieden 1555 ging P. daran, für die innere Sicherung der evangelischen Kirche einzutreten. Er trat für die bekenntnismäßige Verpflichtung der Prediger ein und sorgte für die Abgrenzung von den Methoden der Inquisition. Ermüdet kam P. in 1557 nach Heidelberg, wo ihn die Universität feierte. Dort erfuhr er, dass inzwischen seine Frau in Wittenberg gestorben war. Er reagierte mit den Worten: ‚*Fahr wohl, bald folge ich dir nach*'. Seine letzten, darauffolgenden drei Lebensjahre benutzte er zum Abschluss seines wissenschaftlichen Werkes und der Abgrenzung von der in Bayern einsetzenden Gegenreformation. Kurz vor seinem Tod notierte er, was ihm dieser bedeutete: ‚*Du wirst von der Sünde erlöst, von den Sorgen und von der Wut der Theologen. Du kommst zum Licht, du wirst Gott schauen und seinen Sohn. Du wirst die wunderbaren Geheimnisse erkennen, die du in diesem Leben nicht begreifen konntest: Warum wir so geschaffen sind und nicht anders...*'

Mocenigo, Alvise ; *1507 - 1577, Diplomat und späterer Doge von Venedig*:
A. entstammte einer wohlhabenden venezianischen Familie. Von 1545 bis 1548 entsandte man ihn als venezianischen Botschafter zu Karl V., von wo er scharfsinnig aus selbst Miterlebtem berichtete und logisch schlussfolgerte. Nach seiner Rückkehr setzte man ihn ab 1549 als ‚*Savio di Terraferma*', als Sachverständigen und Verwalter von Venedigs Festungsanlagen auf dem Festland, ein. 1554 wurde er ein Mitglied in Venedigs Zehnerrat. In dieser Position verlas man 1560 seinen Bericht über den Kirchenstaat des Papstes, der insgesamt negativ ausfiel. 1570 bestimmte man ihn zum Dogen von Venedig. Die Jahre seiner Dogenherrschaft waren nicht glücklich: Der Konflikt mit den Türken verschärfte sich. Auf den Fall Zyperns folgte der Sieg der von Venedig mit Pius V. und Philipp II. von Spanien gebildeten antitürkischen Heiligen Liga bei Lepanto, der jedoch das Gleichgewicht im östlichen Mittelmeer nicht veränderte. Im März 1573 schloss Venedig einen kostspieligen Frieden mit Konstantinopel. Auf die Kriege folgten der Brand des *Palazzo ducale* und die Pest. A. wurde zur Hassfigur: vom Patriziat wegen seines Reichtums und seiner Herrschsucht, und vom Volk, weil es ihm die Schuld an den schwierigen Zeiten gab.

Naves, Johann von ; *um 1500 - 1547*:
J. wurde in einer angesehenen Luxemburger Adelsfamilie geboren, über die man, ebenso wie über seine Kindheit, Jugend und Ausbildung, nur wenig weiß. Er studierte vermutlich um 1520 in Mainz. 1524 war er in Straßburg, wo er in Beziehung zu den protestantischen Kreisen der Stadt trat. 1525-1539 war J. für die inneren Angelegenheiten Luxemburgs zuständig, wurde aber im Auftrage der Statthalterin der Niederlande, Königin Maria von Ungarn, auch zur Schlichtung von am Reichskammergericht anhängigen Prozessen nach Speyer geschickt. Im Sommer 1538 traf er in Kassel ein erstes Mal auf den Landgrafen Philipp von Hessen. Weitere Treffen dieser Art erlangten für J. weitreichende Bedeutung: Durch seine unmittelbaren Verbindungen zu den Führern der Protestanten wurde er ein wichtiger Ansprechpartner am Kaiserhof. Bis zu seinem plötzlichen Tod blieb J. katholisch, doch er respektierte auch andere Glaubensüberzeugungen. Als Reichsvizekanzler Karls V. trat er stets für einen Ausgleich der Konfessionen ein. Dies machte ihn für die Evangelischen, aber auch für die Befürworter einer konfessionsneutralen Reichspolitik, zum idealen Vermittler.

Ochsenkun, Sebastian ; *1521 - 1574, Lautenist*:
Nach seiner Lehrzeit bei Hans Vogel in München oder Nürnberg diente S. als Lautenist unter Ottheinrich von Pfalz-Neuburg. Mit 1546 ist er als Mitglied der

Neuburger Hofkapelle nachgewiesen. Er folgte Ottheinrich nach Heidelberg, wo er auch nach dessen Tod weiterhin als kurfürstlicher Hoflautenist tätig war. S.s einzige erhaltene Veröffentlichung, sein *Tabulaturbuch von 1558*, entstand auf Wunsch und mit Unterstützung Ottheinrichs. Es umfasst Lautenarrangements von Vokalwerken aus dem Repertoire der Heidelberger Hofmusik. Typisch dafür ist die Mischung aus älteren niederländischen Meisterstücken und bekannten deutschen Komponisten um und nach 1500. Auch Werke von selten belegten Zeitgenossen aus dem Neuburger und Heidelberger Umkreis fanden darin Eingang. Das Buch tröstet als Teil-Ersatz für die verlorengegangene, im *Heidelberger Kapellinventar von 1544* dokumentierte, große Hofmusiksammlung.

Oldenburg, Christoph von ; *1504 - 1566, Graf*:
Schon als Kind, im Jahr 1515, wurde Ch. Domherr zu Bremen. Zwischen 1518 und 1521 erhielt er eine humanistische Ausbildung. Mitte der 1520er Jahre, nach dem Tod des Vaters, förderte er die Einführung der Reformation in Oldenburg. 1524 wurde er Domherr zu Köln, mit dem Scheitern der dortigen Reformationsversuche verlor er seine Stellung. 1529 säkularisierte er das Kloster Rastede, das ihm fortan als Wohnsitz diente. In den Folgejahren verdingte er sich als Söldnerführer. Zwischen 1533 und 1536 verhedderte er sich in der Grafenfehde in Dänemark, mittels der er wegen eines gemeinsamen Urgroßvaters den dänischen Thron für seinen Cousin Christian II. von Dänemark einfordern wollte. 1546 trat er mit einem selbst geworbenen Heer in den Schmalkaldischen Krieg ein, 1552 sammelte er Truppen für Moritz von Sachsen, folgte jedoch dem Markgrafen Albrecht Achilles von Brandenburg-Kulmbach in dessen Raubzügen. Die Zerstörung Fulda's ist seinem Söldnerheer anzulasten. 1562 bot er Elisabeth I. von England vergeblich seine Dienste an. Aufgrund des allgemein einkehrenden Friedens schwand sein Betätigungsfeld als Söldnerführer. Die Versuche, seine Domherrenstellung wieder zu erlangen, scheiterten.

Osiander, Andreas ; *1496 oder 1498 - 1552, Reformator*:
A. wurde als Sohn eines Schmieds geboren. 1515 wurde er in Ingolstadt immatrikuliert, wo er sich gute Kenntnisse im Griechischen und Hebräischen aneignete. Nach seiner Priesterweihe 1520 kam er als Hebräischlehrer im Nürnberger Augustinerkloster mit Luthers Schriften in Berührung. In den folgenden Jahren entwickelte er sich zum Reformator der Stadt Nürnberg. Er erarbeitete die Brandenburgisch-Nürnbergische Kirchenordnung als Vorbild für viele evangelische Kirchen und seine Gutachten reformierten die Predigt. Auch verteidigte er das Luthertum gegen Tendenzen in Richtung Zwingli und den Wiedertäufern. Weil er bei den Religionsverhandlungen nicht immer den Wünschen des Rates der Stadt Nürnberg folgte, büßte er ab 1530 seinen Einfluss auf Kirche und Stadt deutlich ein. Daraufhin widmete er sich verstärkt seinen theologischen und sonstigen Studien. 1543 betraute ihn Ottheinrich mit der Reformation des Fürstentums Pfalz-Neuburg. Während des Interims 1547/48 zog ihn der Nürnberger Rat wieder verstärkt als Ratgeber heran, nahm dann aber das Augsburger Interim Karls V. an. Danach verließ A. die Stadt und begab sich nach Königsberg zu Herzog Albrecht von Preußen, dessen Hinwendung zur Reformation er mitbestimmt hatte. 1552, schon von Krankheit gezeichnet, predigte er ein letztes Mal. Zwei Wochen später verstarb er.

Palatino, Giovanni Battista ; *1515 - 1575*:

G. war ein Kalligraph und Literat. Ab 1538 findet man ihn in Rom. Er war der Autor der bekanntesten und erfolgreichsten Abhandlung über das Schrifttum im Italien des 16. Jahrhunderts (erschienen 1540), das als „*Schriftenbuch des Palatino*" in die Geschichte einging. Das mehr als 100 Seiten umfassende Werk besticht durch seine zahlreichen Beispiele von antiken und kryptographischen Schriften. Des Weiteren wird ihm die Inschrift auf dem mittleren Bogen der *Porta del Popolo* in Rom zugeschrieben.

Pfalz, Friedrich II. von der ; *1482 - 1556, Kurfürst*:
Er entstammte der wittelsbachschen Linie der Pfalzgrafen bei Rhein und der von Bayern-Landshut. Er war der vierte Sohn von insgesamt vierzehn Kindern. Im Jünglingsalter schickte man ihn an den burgundischen Hof Philipps des Schönen, des Sohnes von Kaiser Maximilian I. Dort durfte er sich zum lebenslustigen Höfling und Kavalier entwickeln. Damit betrat er als wichtige Figur das politische Schachbrett der Habsburger. Er wurde zum Freund und Reisebegleiter Philipps des Schönen, Gefolgsmann Kaiser Maximilians im Krieg gegen Venedig, Regent des unmündigen Erzherzogs Karl sowie dessen geschickter und erfolgreicher Agent bei der Kaiserwahl von 1519. Auch für die Königswahl Ferdinands im Jahr 1531 griff man wieder auf ihn zurück. Habsburgs Dank, mit dem man ihn immer wieder zu ködern wusste, ließ indes auf sich warten. Wegen einer Liebelei mit Karls V. Schwester Eleonore, die F. gerne geehelicht hätte, fiel er in Ungnade und wurde des Hofes verwiesen. Jahre später, 1535, durfte er als 53-jähriger die 15-jährige Prinzessin Dorothea von Dänemark und Norwegen, Karls V. Nichte, zum Traualtar führen. Aber mehr als einen verheißungsvollen Titel brachte die verschwenderische, mit dem Luthertum liebäugelnde, Gattin nicht mit in die kinderlos bleibende Ehe. Den Titel und die Geldmittel verschaffte sich F. auf anderem Wege: Auf dem Sterbebett hatte ihn seine Schwägerin, Elisabeth von Bayern-Landshut, zum Vormund ihrer kleinen Söhne Ottheinrich und Philipp bestimmt. Diese Aufgabe nahm er zwischen 1505 und 1522 wahr. Hinterlistig erschlich er sich in dieser Zeit das kurfürstliche Erbe, das seinen Mündeln zugestanden hätte. Mit dem Tod seines Bruders im Jahre 1544 residierte er also in Heidelberg. Im Jahr 1545 unternahm er erste Ansätze, die Reformation im Kurfürstentum zuzulassen. Als sich jedoch die Situation ab 1546 um den Schmalkaldischen Bund und Karl V. zuspitzte, bezog er keine einheitliche Stellung. Indirekt bestätigte er damit, weswegen die Habsburger ihn eben doch nicht für eine wirklich bedeutende Rolle in ihrer Weltpolitik ausersehen hatten. Jedenfalls war sein Anteil am Schmalkaldischen Krieg keiner Rede wert, schwächlich bemühte er sich um Neutralität. Ebenso unehrenhaft verhielt er sich gegenüber den in finanzielle Not und kaiserliche Ungnade geratenen Brüdern Ottheinrich und Philipp von Pfalz-Neuburg, trotz des Wissens um das ihnen abgeschlichene Erbe. F. gründete 1546 in Heidelberg eine Lehranstalt, aus der später das heutige *Kurfürst-Friedrich-Gymnasium* wurde, ansonsten hinterließ er in der Geschichte wenig Nennenswertes.

Pfalz, Heinrich von der ; *1487 - 1552, Fürstbischof von Worms, Utrecht und Freising*:
Er entstammte der wittelsbachschen Linie der Pfalzgrafen bei Rhein und der von Bayern-Landshut. Er war der sechste Sohn von insgesamt vierzehn Kindern. H. verdankte seine Wahl als Fürstbischof von Utrecht im Jahr 1524 Kaiser Karl V., dem er blindlings ergeben war. Allerdings war er dieser Wahl in jener aufrühreri-

schen Stadt nicht gewachsen. Darum gab er 1528 dem Kaiser die Regierung des Stifts zurück. Ein Jahr später verließ er es gänzlich, um sich in dem ruhigeren Worms zu erholen. Später, nach dem Tod seiner Brüder, übernahm er als Nachfolger das Amt des Bischofs von Freising, wo er 1552 starb. H. verdient nur darum in der Geschichte überhaupt Erwähnung, weil mit dem Ende seiner Regierung die politische Selbstständigkeit des Stiftes Utrecht aufhörte.
Pfalz, Ludwig V. von der „Der Friedfertige" ; *1478 - 1544, Kurfürst*:
Er entstammte der wittelsbachschen Linie der Pfalzgrafen bei Rhein und der von Bayern-Landshut. Er war der erste Sohn von insgesamt vierzehn Kindern. Die Jugendjahre des Kurprinzen fielen in die Blütezeit des Heidelberger Humanismus, von dessen geistiger Regsamkeit L. eher unberührt. blieb. Auch der zweijährige Aufenthalt am französischen Hof von 1502 bis 1504 prägte ihn kaum. Die vorsichtige Bedächtigkeit des wortkargen, zurückhaltenden, wenn auch genussfrohen, bau- und jagdlustigen Kurfürsten hielt ihn in deutlicher Distanz zu den großen geistigen Bewegungen seiner Zeit. Dafür ließ sich in seiner Regierungsweise oft ein ausgeprägter Ordnungssinn beobachten, der jedoch noch im spätmittelalterlichen Denken verhaftet war. L. fühlte sich dem Hausinteresse der Kurpfalz verpflichtet, hier mit seinem Regierungsantritt in 1508 in der schwierigen Aufgabe, die territorial und wirtschaftlich fatalen Folgen des verlorenen Streites um das Landshuter Erbe auf ein erträgliches Maß zu reduzieren. Seine Heirat mit Sibylle von Bayern war dabei förderlich. Im Bauernkrieg war er zur Anerkennung bäuerlicher Beschwerden zunächst bereit. Erst als offenkundig wurde, dass seine Abmachungen kein Ende der Unruhen bringen würden, entschloss er sich zur militärischen Aktion. Mit den geschlagenen Bauern verfuhr er aber vergleichsweise glimpflich. Rein politisch motiviert, unter Einräumung eines gewissen Spielraums, war auch sein Verhalten gegenüber den Anhängern der Reformation in seinen Territorien. Selbst war er durchaus empfänglich für die Kirchenkritik, auf Reichsebene bemühte er sich stets um eine friedliche Lösung des Religionsproblems. ‚Friede und Ordnung' waren aus L.s Sicht strikt verbindliche Handlungsnormen, denen das konfessionelle Anliegen beider Religionsparteien unterzuordnen sei.
Pfalz, Ruprecht von der „Der Tugendhafte" ; *1481 - 1504, Pfalzgraf bei Rhein, Vater Ottheinrichs und Philipps von Pfalz-Neuburg*:
Er entstammte der wittelsbachschen Linie der Pfalzgrafen bei Rhein und der von Bayern-Landshut. Er war der dritte Sohn von insgesamt vierzehn Kindern und für eine geistliche Laufbahn bestimmt. Schon in seinem Knabenalter verstand der Vater, lohnende Stellungen für ihn zu ergattern, so 1491 die des Pfarrers von Hofheim und des Domherren zu Würzburg, 1492 des Domherren zu Freising. 1493 benennt man R. als einen Propst in Mainz, sogar zum Bischof von Freising war er bereits gewählt. Seine wirkliche Neigung jedoch ging in eine andere Richtung, und zwar in die eines kampfeslustigen Jungadeligen. Das Antragen einer Ehe förderte jene Tendenz: Der kinderlose Georg von Bayern-Landshut, einer der „Reichen Herzöge", beabsichtigte, seine ältere Tochter Elisabeth an ihn zu verheiraten. R. verzichtete auf alle seine geistlichen Würden, und diese Ehe zwischen Cousin und Cousine wurde im Jahr 1499 nicht nur geschlossen: Georg adoptierte obenauf seinen Schwiegersohn. Da Georg entgegen der Wittelsbacher Hausverträge Elisabeth als seine Erbin bestimmt hatte, meinte er, diesen Verstoß

mit der Adoption zu beheben. Stattdessen löste er damit den ‚*Landshuter Erbfolgekrieg*' aus, denn Bayern-München sah sich mit Georgs Tod im Jahr 1503 in seinem Erbrecht übergangen. In blutigen Auseinandersetzungen, die sowohl R. als auch seine verwegene Gattin Elisabeth nicht überlebten, endete die Wittelsbacher Linie Bayern-Landshut durch den Kölner Spruch Kaiser Maximilians I. von Habsburg. Mit diesem wurde die sog. „*Junge Pfalz*" geschaffen, jenes kleine, nicht einmal territorial zusammenhängende Fürstentum, das den beiden verwaisten Söhnen Ottheinrich und Philipp als Existenzgrundlage dienen sollte.

Pfalz-Neuburg, Ottheinrich von ; *1502 - 1559, Pfalzgraf bei Rhein und Pfalz-Neuburg, Kurfürst von der Pfalz:*

Nach dem Landshuter Erbfolgekrieg und dem frühen Tode ihrer beider Elternteile wurde für O. und seinen Bruder die Grafschaft Pfalz-Neuburg geschaffen, die sich aus verstreuten Territorien an der oberen Donau, in der Oberpfalz und in Franken zusammensetzte. Bis zu ihrer Volljährigkeitserklärung unterstanden sie ihrem Vormund und Onkel Friedrich II. von der Pfalz, ab 1522 regierten sie gemeinsam, bis auf die Jahre zwischen 1535 und 1541, in denen Philipp eine zeitweilige, unselige Landesteilung begehrt hatte. Von der Kindheit der beiden Brüder ist wenig bekannt, außer, dass sich die Schwester der toten Mutter, Margarethe „Die Landshuter Muhme" um die beiden Waisenjungen kümmerte. O.s Jugendjahre waren von Sorglosigkeit geprägt. Von 1519 bis 1521 hielt er sich wiederholt am Hof Karls V. auf und reiste neugierig durch Spanien, Burgund und Italien. 1521 unternahm er eine Pilgerfahrt ins Heilige Land. In den 1520er Jahren lehnte er sich politisch an die Onkel in Heidelberg an, ohne ein eigenes Profil zu entwickeln. Der Kontakt zu den gleichaltrigen Münchner Verwandten, deren Vorfahren sich nur eine Generation zuvor im blutigen Erbfolgekrieg selbst geschadet hatten, konnte ebenso als entspannt bezeichnet werden. Obenauf heiratete O. Susanna von Bayern. Ab 1534, im Hineinwachsen in seine fürstlichen Aufgaben, entfernte sich O. schrittweise vom katholischen Glauben. Aus Rücksicht auf seine geliebte, aber streng katholische Gattin, bekannte er sich erst nach ihrem Tod in 1543 zum Protestantismus. Aufgrund der erdrückenden Schuldenlast, die vor allem aus der geteilten Landesregierung seines Bruders Philipp stammte, musste O. unter Einflussnahme Habsburgs die Regierungsgewalt auf die Neuburger Landstände übertragen und ins Exil nach Heidelberg gehen. 1546, im Schmalkaldischen Krieg, zog Karl V. Pfalz-Neuburg ein. Machtlos mußte O. die Wiedereinführung des katholischen Glaubens durch kaiserliche Statthalter und der für Pfalz-Neuburg wiederum zuständigen Bischöfe hinnehmen. Erst infolge des Fürstenaufstandes unter Moritz von Sachsen konnte er 1552 nach Neuburg zurückkehren. Danach vertrat O. eine geradlinig-protestantische Reichspolitik. Unnachgiebig ging er gegen altgläubige Relikte in den Kirchen vor, wobei er gleichzeitig für eine bessere Ausbildung der Prediger sorgte. Seine 1543 begonnenen Bemühungen, durch eine leistungsfähige Kirchenverwaltung den Einfluss des Landesherrn auf die Kirche zu verstärken, setzte er ebenso fort. Während der Verhandlungen über die Kaisererhebung König Ferdinands I. quittierte er die früheren habsburgischen Anmaßungen mit einem herausfordernden Auftreten Habsburgs gegenüber. 1556 trat er endlich jenes ‚*Wartend Erb*', wie er die Pfälzer Kurfürstenwürde nannte, an, die ihm schon mit dem Tod seines Onkels Ludwig V. im Jahr 1544 zugestanden hätte.

Aufgrund seiner Kinderlosigkeit ernannte er Wolfgang von Zweibrücken zu seinem Nachfolger in Pfalz-Neuburg. Heidelbergs Kurfürstenwürde hingegen ging an Friedrich III. von Pfalz-Simmern, der mit Maria, der ältesten Tochter seiner geliebten Susanna aus ihrer ersten Ehe, verheiratet war. O. vertrat als Landesherr in Neuburg und Heidelberg seinen Willen zur Neuausrichtung von Kirche, Verwaltung und nicht zuletzt der Heidelberger Universität durch die Berufung von hervorragenden Gelehrten. Sein großzügiger Lebensstil überforderte zwar seine finanziellen Möglichkeiten, dafür hinterließ er ein reiches kulturelles Erbe. Seine Bauten prägten den Stil der Renaissance nördlich der Alpen, und seine Büchersammlung erlangte Berühmtheit mit der Universitätsbibliothek in Heidelberg. O. sah sich als erhabener Fürst, welcher der Lebensfreude der Renaissance Freiraum ließ, doch nicht ohne gewissenhafte Aufgeschlossenheit der Reformation gegenüber. Damit steht er als spannender Charakter, der ihm weit über seinen Tod hinaus eine lebendige Beliebtheit sichert.

Pfalz-Neuburg, Philipp von „Der Streitbare" ; *1503 - 1548, Pfalzgraf bei Rhein und Pfalz-Neuburg*:

P. ist der jüngere Sohn aus der Ehe Ruprechts von der Pfalz mit Elisabeth von Bayern-Landshut, welche beide binnen sechs Wochen mitten im „*Landshuter Erbfolgekrieg*" an der Ruhr starben (21. Juli und 14. September 1504). Nach einer Kindheit in Neuburg (sh. *Ottheinrich*) wurde er im Alter von 13 Jahren zu Studien nach Freiburg im Breisgau geschickt. Da in Freiburg die Pest ausgebrochen war, verbrachte er den Sommer 1518 auf dem Schlosse zu Glatt bei Reinhard von Neuneck, einem alten, getreuen Diener Bayern-Landshuts. Wegen der anhaltenden Seuche kehrte er 1519 von dort nach Neuburg zurück. Im selben Jahr reiste er für juristische Studien und dem Erlernen des Latein nach Padua. Noch nicht 17 Jahre alt, zog er sich dort die Syphilis zu, an der er sein ganzes Leben zu leiden hatte. Wegen seiner Geschäfte als Statthalter des Kaisers beim Reichsregiment in Nürnberg beschloss Vormund Friedrich, ihn und seinen Bruder Ottheinrich vorzeitig für mündig erklären zu lassen. Dies geschah 1522 auf dem Landtag zu Burglengenfeld und damit begann für beide die Regierungszeit. Weil jedoch der Ertrag des Fürstentums nicht für zwei Fürsten ausreichte, trat P. 1523 in den Dienst König Ferdinands. Das hierfür ausgelobte Gehalt war jedoch so gering, dass P. schon im Folgejahr an den Hof des Onkels und früheren Vormund Friedrich ging. Dort musste er gegen die aufständischen Bauern Mittelfrankens ziehen. Bis 1529, dem ‚*Türkenjahr*', blieb P. in Neuburg, zog aber dann als Freiwilliger gegen die Türken gen Wien. Bereitwillig wurde ihm dort der Befehl über zwei Regimenter und die Bewachung der Stadtmauer zwischen dem Roten Thurmtor am Donaukanal und dem Kärntner Tor übertragen. Tapfer wehrte er hier den zweiten türkischen Sturm ab, der am 11. Oktober durch die von einer Mine gerissene Mauerlücke gewagt worden war. Sein entschlossener Mut, den er gezeigt hatte, wurde weder von König Ferdinand, noch vom Kaiser anerkannt. Als er 1530 im Auftrag des Kurfürsten Ludwig V. von der Pfalz als dessen Vertreter und einziger deutscher Reichsfürst dem Kaiser bei der Krönung zu Bologna das Reichsschwert vortrug, erhielt er von Karl V. zwar den Ritterschlag, aber keinerlei finanzielle Belohnung. Zwei Jahre später ernannte ihn König Ferdinand zum Statthalter von Württemberg mit 4.000 Gulden Gehalt und Wohnsitz im Schloss zu Stuttgart nebst Naturalbezugsrecht von Holz, Wein,

Getreide und Hafer. 1533, mit der Auflösung des schutzbietenden Schwäbischen Bundes, stürmten Kriegstruppen unter Philipp von Hessen gen Württemberg, um Habsburgs widerrechtliche Aneignung zu beenden. Von Habsburg alleingelassen, zerschmetterte eine Kanonenkugel den Leib des Hengstes, auf dem Philipp aufsaß. Ihn selbst traf die Kugel einer Feldschlange am Bein. Damit fiel die Entscheidung: Habsburg verlor jene Schlacht. P. brachte man schwerverwundet erst nach Laufen, dann auf einem Wagen auf den Asberg, wo er ohnmächtig ankam. Wegen der Hemmschwelle, einem Fürsten ein Bein zu amputieren, entging P. diesem Schicksal. Wochen später kehrte er nach Neuburg zurück. Sein Bein hatte er behalten, aber an der offenen Wunde litt er, neben der Syphilis, ebenso bis an sein Lebensende. Ohne eine Aufgabe begehrte P. alsbald die Landesteilung, der Ottheinrich nur widerwillig zustimmte. P. regierte nun von 1535 an für vorerst sechs Jahre allein über die nördlichen, am bayrischen und böhmischen Wald gelegenen Flecken des Fürstentums: Lengfeld, Kallmüntz, Schmittmühlen, Hemau, Laber, Regenstauff, Schwandorf, Flossenbürg, Vohenstrauß, Parkstein, Weiden und Sulzbach, die einen Ertrag von 8.815 Gulden jährlich abwarfen. Viel zu wenig, was sich nach Ablauf der Frist der Landesteilung im Jahr 1541 in knapp einer halben Million Gulden an Verbindlichkeiten aufzeigte. Ottheinrich übernahm bekannterweise diesen Schuldenberg, der ihn selbst in den Bankrott trieb. Zu der Unsumme an Schuldverschreibungen hatte vor allem P.s Versuch beigetragen, Maria Tudor, die Tochter Heinrichs VIII., zu ehelichen. 1539 schien ihm das Glück gewogen, jene Heiratsabrede wurde unterzeichnet. Da die Zustimmung des Pfälzer Kurfürsten ausblieb, verlor die Abrede ihre Gültigkeit. P. gab deshalb nicht auf, aber weitere Versuche in den Folgejahren erwiesen sich als erfolglos. So blieb ihm nur das Wohlwollen des Onkels., mittlerweile Kurfürst, was ihm jedoch, ebenso wie seinem Bruder, verwehrt wurde. Karls V. Abneigung gegen den protestantischen Ottheinrich, die auf Philipp abfärbte, war Friedrich II. genug, um seine beiden Neffen eisern von sich fernzuhalten. Bis 1548, als Onkel Friedrich ihn, ungeachtet seiner angegriffenen Gesundheit, zum Augsburger Reichstag schickte. Dort sollte P. seinen Einfluss gegen die Machtintentionen der Münchner Verwandschaft geltend machen, die ihre Finger nach der Pälzer Kurwürde ausstreckte. Nachdem er sich vier Monate lang vergeblich auf dem Reichstag abgemüht hatte, kehrte er krank in das ihm gewiesene Neustadt an der Haardt zurück, von wo aus er dem Kurfürsten sein Klagen über die Unzulänglichkeit der 1.000 Gulden jährlichem Zehrgeld zukommen ließ. Darauf erhielt er die knappe Antwort, er möge sich einschränken, der Kurfürst wisse, könne und wolle ihm nicht mehr geben. P.s Körper reagierte mit einem schweren Magenleiden, zu dessen Linderung er sich nach Heidelberg wagte. Dort wurde ihm das Totenbett gewährt, auf dem er wenige Wochen später sein Leben beendete. P. war ein Opfer der Undankbarkeit der Habsburger, denen er mit Hingabe gedient hatte, aber auch der Unfähigkeit der Fürsten seiner Zeit, sich nach denjenigen finanziellen Mitteln einzurichten, die ihnen ihre Fürstentümer erlaubt hätten.

Pfalz-Simmern, Friedrich III. von ; *1515-1576, Kurfürst von der Pfalz:*

Der streng katholische Vater sorgte für eine ebensolche Erziehung seines Erstgeborenen, u.a. am Hof Karls V. Seine Frau, Maria von Brandenburg-Kulmbach, die älteste Tochter Susannas von Bayern aus ihrer ersten Ehe, bekehrte ihren

Gatten jedoch zur Reformation. Offen bekannte F. sich dazu aber erst nach dem Tode des Vaters. F. führte eine harmonische und mit elf Kindern gesegnete Ehe unter ärmlichen Verhältnissen. Die Statthalterschaft in der Oberpfalz, die er 1556/57 von Ottheinrich übertragen bekam, änderte daran wenig. Erst der Titel des Pfälzer Kurfürsten, den ihm Ottheinrich in seiner Kinderlosigkeit nach seinem Tod zugedachte, brachte Erleichterung. Auf F. geht die Einführung des ‚*Heidelberger Katechismus*' zurück, der sich von Luthers Lehre abwendete und ihm bis ins eigene Haus Auseinandersetzungen bescherte. Auf das Erscheinen eines Buches im Jahr 1577, das als eines der ersten die Hexenverfolgung kritisierte, reagierte F., indem er ab diesem Zeitpunkt Folter und Todesstrafe für angebliche Hexen abschaffte. F. stand im Ruf, ein Gönner der Wissenschaften zu sein. Er war der lateinischen Sprache mächtig, sein Französisch bezeichnete man als vollendet. Sein nüchternes, phantasieloses Wesen hingegen war der Kunst nicht in der Weise zugetan, mit der Ottheinrich in Heidelberg seinen Neigungen gönnerisch nachgegangen war. Dennoch vollendete er den unfertigen ‚*Ottheinrichsbau*' am Heidelberger Schloss.

Pfalz-Zweibrücken, Wolfgang von ; *1526 - 1569, Herzog von Pfalz-Zweibrücken und Pfalz-Neuburg*:
Als W.s Vater 1532 starb, wurde er als Sechsjähriger und dessen einziger Erbe zunächst unter die Vormundschaft seiner Mutter und des ältesten Bruders väterlicherseits gestellt. Jener Onkel zeigte sich als entschiedener Förderer der Reformation und gab schon 1533 durch Einführung einer evangelischen Kirchenordnung der Reformation im Zweibrücker Gebiet die notwendige Organisation. Zum Erzieher von W. berief er zeitgleich einen mildgesinnten Lutheraner, welchem W. vollends vertraute. In seinem 14. Lebensjahr kam W. zur Ausbildung in höfischer Sitte und Vorbereitung auf die Führung der Regierung an den Hof des Kurfürsten Ludwig V. nach Heidelberg, 1541 an den des Kurfürsten von Trier. Ab 1544, im 18. Lebensjahr, erscheint er als selbständiger Regent. Seine Mutter, welche 1539 mit dem Pfalzgrafen Georg von Simmern in eine neue Ehe getreten war, unterstützte ihn zunächst noch, vor allem darin, ihm eine geeignete Braut zu suchen. W. folgte und vermählte sich im März 1545 mit Anna, der kaum sechzehnjährigen Tochter des Landgrafen Philipp von Hessen. Die Ehe wurde glücklich, von dreizehn Kindern überlebten fünf Söhne und fünf Töchter. Alsbald nach Regierungsantritt nahm W. an wichtigen politischen Verhandlungen teil. So beteiligte er sich z.B. an der Versammlung der pfälzischen Wittelsbacher in Heidelberg, welche das Verbleiben der Kurwürde bei der pfälzischen Linie zu sichern bemüht waren. Er blieb fest auf der Seite der Pfälzer, auch als Herzog Wilhelm IV. von Bayern ihm vorschlug, die Kur zwischen Zweibrücken und München wechseln zu lassen, was seinen Nachkommen auf Kosten der übrigen pfälzischen Wittelsbacher Vorzüge verschafft hätte. In religiösen Fragen nahm W. seine Stellung entschieden auf Seiten der protestantischen Stände ein. Dem Schmalkaldischen Bund trat er, obwohl er wiederholt von seinem Schwiegervater dazu gedrängt wurde, nicht bei. Während des Schmalkaldischen Krieges bewahrte er Neutralität. Nach dessen unglücklichem Ausgang trat er aber bei Karl V. für seinen gefangenen Schwiegervater Philipp von Hessen ein, für den er mit den Kurfürsten Joachim von Brandenburg und Moritz von Sachsen auf Verlangen des Kaisers bürgte. Eine anerkennenswerte Standhaftigkeit bewies W. in

Sachen des Augsburger Interims. Schon auf dem Augsburger Reichstag 1548 ließ er durch seine Vertreter erklären, dass er den Beschlüssen nicht zustimmen könne. Danach schrieb er dem Kaiser, er könne von der Religion, in der er geboren, erzogen und von deren Wahrheit er überzeugt sei, nicht abstehen. Karl V. nahm diese Erklärung ungnädig auf. Er drohte mit Gewalt und verweigerte W., als der sich dennoch entschloss, persönlich nach Augsburg zu reisen, so lange jede Audienz, bis er eine befriedigendere Antwort gegeben habe. In dieser Zwangslage entschloss sich W. zu der schriftlichen Erklärung, er sei zur Vollstreckung des Interims bereit, soweit dies mit unverletztem Gewissen geschehen könne. Er erbat aber, ihm dazu die notwendige Zeit zu lassen. Die Geistlichen Zweibrückens erklärten daraufhin einmütig, sie könnten um des Gewissens willen das Interim nicht ausführen. W. berichtete dem Kaiser, der inzwischen neue Mahnungen gesandt hatte, er habe das Interim verkünden lassen. Aber dessen Umsetzung scheitere, weil er keine willigen bzw. tauglichen Prediger habe. Die Zeit arbeitete, der Kaiser behelligte W. nicht weiter, und so blieb das Interim im Herzogtum Zweibrücken unausgeführt. Als 1552 W.s Schwager Moritz von Sachsen in einem kaiserfeindlichen Bündnis zusammen mit Frankreich zu den Waffen griff, bewahrte W. wiederum Neutralität, aber er begrüßte König Heinrich II. höflich, als der im Mai durch Zweibrücken zog. Auch an den Verhandlungen zu Passau 1552 und an denen zu Augsburg 1555 nahm W. keinen persönlichen Anteil. Für ihn stand jetzt das Fortbestehen der pfälzischen Kurlinie im Vordergrund, deren Aussterben durch Ottheinrichs Kinderlosigkeit vorauszusehen war. In erfreulicher Eintracht verhandelten die pfälzischen Fürsten deswegen. Im November 1553 kam es zur Unterzeichnung des Heidelberger Erbfolgevertrags, wonach sämtliche Kurlande ungeteilt an den Mannesstamm derer von Simmern fallen sollten. W.s Linie würde durch Geld und andere pfälzische Gebietsteile abgefunden werden. Gute Früchte trugen W.s hohe Darlehen an Ottheinrich. Der machte ihm im November 1553 ‚wegen sonderlicher Liebe, Diensten und Freundschaft' für den Fall seines Ablebens sein Fürstentum Neuburg erbeigentümlich zum Geschenk, wozu er die Genehmigung des Kaisers und der Neuburger Landstände mitlieferte. Besondere Fürsorge widmete W. den kirchlichen Angelegenheiten. In Zweibrücken schritt er, nachdem der Augsburger Religionsfriede die rechtliche Grundlage dazu gegeben hatte, 1557 zur Einführung einer unter dem Beirat von Melanchthon ausgearbeiteten Kirchenordnung, die diejenige von 1533 ersetzte. Im Januar 1560 ließ er sie auch in Neuburg verkünden. W.s Verhältnis zu Kurfürst Friedrich III. von Pfalz-Simmern verlief nicht so positiv. Besonders die Einführung des Calvinismus in der Kurpfalz verschlechterte den Kontakt zueinander. Um das Vordringen jener Lehre in seine Gebiete zu verhindern, erließ W. 1564 eine scharfe Verwarnung. Diese steigerte die bestehenden Spannungen. Glücklicherweise fanden jene Differenzen, trotz aller Abneigung gegen den Calvinisumus, bei den übrigen evangelischen Fürsten keinen Anklang, da ein derartig scharfes Vorgehen den protestantischen Interessen zuwiderlaufe. 1565 versöhnte man sich wieder. Seinen Eifer für die Sache des Evangeliums lenkte W. in andere Richtungen. Im gleichen Jahr schloss er mit König Philipp II. von Spanien einen Dienstvertrag ab, in dem er sich gegen ein jährliches Dienstgeld von 4.500 Gulden verpflichtete, Spanien nicht nur Werbungen in seinen Landen zu gestatten, sondern auch selbst Truppen zuzuführen. Obwohl W. sich in dem Vertrag ausdrücklich vorbehielt, gegen den Kaiser, die Kurfürsten von Sachsen und der Pfalz und überhaupt gegen die Religion der Augsburger Confession nicht dienen zu müssen, blieb dies mit Blick auf die Konflikte in den Niederlanden sehr bedenklich. Als dort 1567 die ersten Kämpfe ausbrachen, bewahrte nur der Umstand, dass Philipp schon über genügend Truppen verfügte, W. vor einem Debakel. Das Bekanntwerden seines Verhältnisses zu Spanien führte zu W.s Isolation im Reich. Als zudem ein übereifriger katholischer Geistlicher im seiner Residenz Neuburg nahen Dillingen von der Kanzel W.s baldige Rückkehr zum Katholizismus triumphierend verkündete, wurde ihm bewusst, daß seine Politik unhaltbar geworden war. 1567, als der Herzog von Alba ihn aufforderte, 2.000 Reiter in die Niederlande zu schicken, kündigte W. bei König Philipp II. seinen Dienst. 1568, als in Frankreich erneut ein Religionskrieg ausbrach, verpflichtete sich W. gegenüber den Hugenotten, ein Heer von 6.000 Reitern, 16.000 Fußknechten, 600 Schanzengräbern und 34 Geschützen gegen späteren Kostenersatz zu werben und anzuführen. Niemand, auch nicht seine Gattin Anna, konnte ihn von diesem Vorhaben abbringen. Die notwendigen Mittel dazu verschaffte er sich besonders bei Kurfürst Friedrich III., dem er dafür im Februar 1569 große Teile seiner Gebiete verpfändete. In der Gewissheit, dass er für eine gute Sache kämpfe und Gott ihm beistehe, zog er gen Frankreich. Einen Monat später traf ihn die schlimme Nachricht einer verlorenen Schlacht der Hugenotten, in der ihr Anführer sein Leben verloren hatte. Dennoch entschloss er sich, trotz erster Fieberanfälle, zum Weitermarsch, um sich mit dem verbliebenen Heer der Hugenotten zu vereinigen. Am 11. Juni 1569 wäre es soweit gewesen, doch als man W. entgegeneilte, um ihn zu begrüßen, lag er im Fieber auf dem Sterbebett. Eine Woche danach wurde er bestattet. Erst zwei Jahre später brachte man seinen Leichnam über den Seeweg zuerst nach Lübeck, anschließend in die Heimat, wo er im September 1571 zu Meisenheim seine letzte Ruhestätte fand. Gemäß seines Testaments kam es zur Landesteilung. Das Fürstentum Neuburg hatte W. seinem ältesten Sohn Philipp Ludwig, Zweibrücken seinem zweiten Sohn Johannes zugewiesen. Eine weitere Aufteilung hatte er untersagt, weshalb sich seine drei jüngeren Söhne mit Entschädigungen begnügen mussten. W. steht als einer der merkwürdigen Fürsten seiner Zeit, was jedoch nicht bedeutet, dass sein Andenken, was er sich durch eine vorbildliche Ordnung des Kirchen- und vor allem des Schulwesens erworben hat, nicht gewürdigt wird.

Pirkheimer, Euphemia ; *1486 - 1547*:

Von E. weiß man nur, dass sie seit 1530 Äbtissin des ehemaligen Klosters der Benediktinerinnen ‚*Zum heiligen Kreuz*‘ in Bergen (umgangssprachlich Baring) bei Neuburg a. d. Donau war.

Sacchi, Bartolomeo, genannt „Platina“ ; *1421 - 1481*:

P. wurde in Piadena, in der Nähe von Cremona, um 1421 geboren. Er stammte aus einer bescheidenen Familie, sein Pseudonym ‚*Platina*‘ resultiert aus dem lateinischen Namen seiner Heimatstadt. In jungen Jahren verdingte er sich als Söldner unter den Sforza. Um 1449, als Erwachsener, begann er seine humanistischen Studien in der ‚*Casa Giocosa*‘, einer unter den Gonzaga eröffneten Schule in Mantua. Bereits 1453 übernahm P. selbst die Leitung der Schule und wurde damit zum Hauslehrer der Kinder des Markgrafen von Mantua, Ludovico Gonzaga. 1457 ging er nach Florenz, wo er eine zweite Studienperiode begann. Dort traf er auf die Medici und kam in Kontakt mit Florentiner Humanisten. Um 1462 folgte er dem jungen Kardinal Francesco Gonzaga nach Rom, wo er sich der römischen Akademie von Pomponio Leto anschloss. Für eine Anstellung in der päpstlichen Kanzlei bezahlte er stolze 100 Gulden, aus der man ihn noch im selben Jahr wieder hinauswarf. P. rebellierte dagegen, was ihm einen Winter im Gefängnis einbrachte. Bis 1468 blieb er geduldeter Gast unter den Gonzaga in Rom, als man ihn erneut verhaftete. Diesmal warf man ihm vor, als Ketzer an einer Verschwörung gegen den Papst beteiligt gewesen zu sein. Er wurde gefoltert, verhört und wieder freigelassen. Abermals unter dem Schutz der Gonzaga, durfte er sich von diesen Strapazen erholen. 1471 wurde er unter Papst Sixtus IV. rehabilitiert und zur Neuordnung der Vatikanischen Bibliothek gerufen. Die folgenden Jahre verliefen für ihn eher ruhig. P. starb 1481 in Rom, wahrscheinlich an der Pest. Als Humanist mit starkem Temperament war P. der Autor von Biographien, Lobreden, philosophischen und historischen Werken. Er verfasste das erste gedruckte Kochbuch ‚*De honesta voluptate et valitudine*', wahrscheinlich in den Jahren 1466-67 geschrieben und um 1470 in Rom veröffentlicht. Der Text war ein großer Verlagserfolg mit zahlreichen Nachdrucken und Übersetzungen. Er hat bis heute zum Ruhm seines Autors beigetragen. Obwohl im Grunde ein Rezeptbuch, betrachtete P. es aufgrund der darin enthaltenen medizinisch-moralischen Ratschläge eher als philosophisches Werk. Als Moralist missbilligte Platina die profanen Verhaltensweisen und die Korruption in der Kirche. In seinem Hauptwerk, der ‚*Vitae pontificum*', einer zwischen 1471 - 1475 verfassten Papstchronik, stützte er sich auf weltliche als auch auf kirchliche Historiker. Somit war er der erste Autor, der die allgemeine Geschichte der Kirche aus ihrer klerikalen Isolierung herausholte. Dabei lag sein Interesse darin, eine Sammlung von Biographien zu erstellen, in der moralische Belehrung und elegante Präsentation im Vordergrund stehen. Seine kritische Auseinandersetzung mit den ihm zur Verfügung stehenden Quellen vertiefte er nicht, obwohl seine Skepsis gegenüber bestimmten mittelalterlichen Legenden (z.B. der Fall der Päpstin Johanna) von späteren Historikern manchmal als Vorbild genommen wurde. Auch Protestanten schätzten dieses Buch wegen seiner offenen Kritik an der kirchlichen Moral. Seit Beginn des 16. Jahrhunderts wurden Übersetzungen der ‚*Vitae*' in fünf Volkssprachen publiziert (Französisch 1519, Italienisch 1543, Deutsch 1546, Niederländisch 1650, Englisch 1685). Von diesen wurde die italienische Version 1592 unter Zensur veröffentlicht. Der lateinische Text hingegen unterlag keiner Zensur, wurde aber ab 1568 nur noch nördlich der Alpen gedruckt, zuletzt im Jahr 1664.

Plauen, Heinrich IV. von ; *1510-1554*:

H. war ab 1548 reichsfreier Fürst von Hartenstein, Herr zu Plauen, Burggraf zu Meißen mit Sitz und Stimme auf den Reichstagen. Ab 1550 beherrschte er obenauf Gera, Schleiz, und Saalburg. Er diente als Oberstkanzler im Königreich Böhmen und König Ferdinand I. ernannte ihn zu seinem königlichen Rat und Kämmerer.

Plieningen, Doktor Dietrich von ; *1453/54 - 1520*:

D. stammte aus einer ab 1142 erwähnten edelfreien Familie niederen Adels. In den Jahren 1471 - 1479 durfte er in Freiburg (Breisgau), Pavia und Ferrara

Rechtswissenschaft studieren. Während dieser Zeit befreundete er sich mit Rudolf Agricola. 1482 bestellte ihn Kurfürst Philipp I. von der Pfalz als gelehrten Rat an seinen Hof, der sich unter ihm, aber auch Rudolf Agricolas, zu einem Zentrum des frühen Humanismus entwickelte. 1494 holte Kaiser Maximilian I. ihn an das Reichskammergericht. Seit 1499 fand man ihn als Rat in den Diensten Herzog Albrechts IV. von Bayern, vor allem in der Schlichtung des Landshuter Erbfolgekrieges. Durch den Erwerb von Schloss Eisenhofen wurde er 1506 bayerischer Landsasse. Seine literarische Tätigkeit ist ab 1510 nachweisbar. D.s Erstübersetzungen lateinischer und griechischer Autoren (u. a. Seneca, Sallust, Cicero, Juvenal, Horaz, Lukian) wurden prachtvoll illustriert. Rechtshistorisch wichtig ist seine Sammlung der ‚*Landesfreiheitserklärungen*' in Bayern und eine zweibändige, mit Vorwort und Registern versehene Edition (1514) der diversen kaiserlichen und fürstlichen Privilegien für bayerische Stände und Orte. Diese Sammlung bildete fortan das, worauf die bayerischen Herzöge schwören mussten. In den Auseinandersetzungen von 1514 zwischen Landständen und Herzog vertrat D. die Position der Stände gegenüber dem ungestümen jungen Wilhelm IV., wobei er sich auf das aus der Naturrechtslehre übernommene Prinzip des Widerstandsrechts der Untertanen gegenüber der Obrigkeit in Notsituationen berief.

Preußen, Albrecht von:
siehe *Brandenburg-Ansbach, Albrecht von „Der Ältere"*

Reiffenberg, Friedrich von ; *um 1515 - 1595*:
F. gehörte dem im 13. Jahrhundert erstmals auftretenden, weitverzweigten Rittergeschlecht an, welches sich nach Burg Reiffenberg auf dem nördlichen Abhang des Taunus benannte. Von seiner Jugend ist nichts bekannt, wohl muss er sich früh im Waffenwerk geübt und im Dienst des Kaisers Ansehen erworben haben. Jedenfalls begehrte 1545 König Heinrich VIII. von England den dreißigjährigen Mann als Anführer im Krieg gegen Frankreich. Die just zu dieser Zeit zwischen dem Herzog Heinrich von Braunschweig und dem Landgrafen Philipp von Hessen ausbrechende Fehde verhinderte seine rechtzeitige Abreise, bis er ankam, war Friede geschlossen. Philipp von Hessen nahm ihn in den Dienst wegen des bevorstehenden Krieges mit dem Kaiser. F. erhielt den Auftrag, den kaiserlichen General Graf Maximilian von Büren, der aus den Niederlanden 7.000 Berittene und 10.000 Fußknechte nach der Donau führen sollte, am Rheinübergang zwischen Mainz und Bingen zu hindern. Diese Mission scheiterte am Verrat der Mainzer Domherren, die ihn am entscheidenden Tag zu einem Schmaus einluden. So gelang es Büren, ungestört den Rhein zu überschreiten und seinen Weg gen Ingolstadt zu nehmen. Nachdem der Krieg im Frühjahr 1547 für die Schmalkaldischen verloren war, flüchtete F. mit anderen Obersten, um nicht wie die Häupter des Schmalkaldischen Bundes in Gefangenschaft zu geraten. Gemeinsam mit Sebastian Schertlin von Burtenbach konnte er sich bei König Heinrich II. von Frankreich verdingen, so auch als Vermittler zwischen dem König und Moritz von Sachsen, der für seinen antikaiserlichen Fürstenbund ab 1550/51 Verbündete suchte. Anfangs griff Moritz von Sachsen auf ihn zurück. Zu den weiteren Verhandlungen, die zum *Vertrag von Chambord* führten, entzog man ihm das Vertrauen, weil er zu diplomatischer Tätigkeit nicht gut taugte. Der Passauer Vertrag holte ihn aus der Reichsacht, aber F. verschmähte

den Frieden. Er schloss sich Albrecht Achilles von Brandenburg-Kulmbach und dessen blutigen Raubzügen an. F. wurde abermals geächtet. Auf seine Auslieferung wurden 4.000 Gulden, und auf seine Tötung wurden 3.000 Gulden ausgesetzt. So flüchtete F. erneut nach Frankreich. Mit dem Frieden zwischen Habsburg und Frankreich im Jahr 1559 konnte F. in die Heimat zurückkehren, und auch er wurde friedlich. 1565 heiratete er, gründete einen Hausstand und führte ein ruhiges Leben. Nur einen Rückfall erlitt er noch: Um einen Sitz in der Stammburg Reiffenberg zu gewinnen, griff er zu diversen Mitteln, auch zum Schwert, bis er zuletzt durch einen reichsgerichtlichen Spruch abgestraft wurde. F. starb kinderlos und hochbetagt.

Rossem, Martin von ; *1478 - 1555*:

M. war geldrischer Feldhauptmann aus einem angesehenem Adelsgeschlecht. Durch seine barbarischen Überfälle und verheerenden Kleinkriege erwarb er sich den Ruf eines gefürchteten Condottiere, aber auf diese Weise auch große Reichtümer. Sein prächtiges Wohnhaus ist heute ein Denkmal der Baukunst im niederländischen Arnheim.

Rotterdam, Desiderius Erasmus von ; *1467 - 1536*:

E. war der größte Humanist im Übergang vom Mittelalter hin zur Neuzeit. Als Kind blieb ihm das Aufwachsen in einer glücklichen Familie versagt. Sicher ist, dass für ihn der Besuch von Schulen der ‚*Brüder vom Gemeinsamen Leben*' wegweisend wurde. Dieser Orden, eine freiwillige, nicht durch ein Mönchsgelübde gebundene Gesinnungsgemeinschaft, widmete sich vor allem der Jugenderziehung mittels pädagogisch brauchbarer Mittel. Ihr Ideal war die Neubestimmung des christlichen Strebens nach Vollkommenheit. Autodidaktisch orientierte er sich u.a. an Rudolf Agricola, nahm aber die Antike nicht als ethische Norm. Damit geriet er in Konflikte mit seiner Umgebung. Während seines Pariser Universitätsstudiums, das ihm der Bischof von Cambrai ab 1495 ermöglichte, brachte er seine Studien nicht zum Abschluss. Den Doktortitel erwarb er erst 1506 in Turin. Während seines Italienaufenthaltes erschloss sich ihm eine bessere Anschauung des hellenistischen Altertums. 1511 hatten sich seine italienischen Eindrücke zu einem literarischen Kunstwerk verdichtet, das D. Weltgeltung verschaffte. Seine über den Humanismus hinausführende Erkenntnis verkündete, dass der ‚Weise' in den Büchern nur tote Formeln fände, während der ‚Tor' im Leben die wahre Klugheit der Erfahrung lerne. 1517 erschien die erste Ausgabe eines von allen Zusätzen bereinigten Neuen Testaments, was als Vollendung der humanistischen Bewegung galt. Dieses Werk wurde noch mehrfach aufgelegt (1519, 1522, 1527, 1535). Dessen hohe Wertschätzung für die Reformation verdeutlichte sich daran, dass Luther D.s Auflage von 1519 für seine Übersetzungen zugrunde legte. In dieser Zeit stand D. auf dem Höhepunkt seines Lebens. Seine Gedanken fanden ein raumgreifendes Echo. Man sah ihn als ersten großen Autor der Opposition, und der Buchdruck gab seinen Schriften eine bis dahin unerreichte Verbreitung. Von nun an verband ihn ein umfangreicher Briefwechsel mit den Oberen der Gesellschaft und der literarischen Welt, und vor allem auf die deutschen Humanisten und die um Reformen Bemühten übte er eine große Anziehungskraft aus. Erst recht scharte sich die jüngere Generation um ihn, so u.a. Martin Butzer und Philipp Melanchton. Obwohl der bald fünfzigjährige D. sein großes Bedauern ausdrückte, den deutschen Fürstenstaat erst so spät kennengelernt zu haben, erwiderte er die Zuneigung seiner deutschen Freunde - jedoch unter Vorbehalten. Deren Wildheit nämlich erschreckte ihn. Er fürchtete einen, einer ruhigen Umbildung zuwiderlaufenden Tumult. Nach dem öffentlichen Auftreten Luthers im Ablassstreit sah er ein neues Mönchsgezank, wo er das Mönchstum doch so deutlich ablehnte. Trotzdem nahm er Luther anfänglich in Schutz und suchte zu vermitteln. Das Motiv hierfür war für ihn, dass eine Vernichtung Luthers den Triumph der Altgläubigen bedeutete, die nicht zögern würden, mit Luther auch ihn und die humanistische Bildung auszulöschen. Außerdem sah auch er im verweltlichten Papsttum die ‚Pestilenz der Christenheit'. Auf seine eigene Art ließ er erklären, dass Luthers Verbrechen darin bestünde, dem Papst an die Krone und den Mönchen an den Bauch gegriffen zu haben. Dazu verurteilte er das unduldsame, rechtlich anfechtbare Vorgehen der Kirche, durch welches Luther erst vorwärtsgetrieben worden sei. Die humanistische Überzeugung, dass im Kampf um die Wahrheit Feuer und Schwert die ungeeignetsten Waffen seien, kam Luther zugute. D. hatte das Christentum in seiner tiefsten Gesinnung zu erneuern getrachtet, und erst von da aus die Kirche. Dabei lag seine Idee auf der Bewährung des wahren Christentums in Liebe und Toleranz, nicht im Streit. Aus dieser Anschauung heraus, und seiner eigenen Natur entsprechend, wollte er sich zu keiner der zwei streitenden Parteien bekennen. Aber der Notwendigkeit, sich auch öffentlich mit der Reformation auseinanderzusetzen, konnte er sich auf Dauer nicht entziehen, weil er von beiden Seiten in verschiedener Absicht mit Luther in Verbindung gebracht wurde. 1524 verteidigte er seine humanistische Position, in der er sich tief von Luther geschieden wusste und zugleich im Prinzip mit der Lehre der alten Kirche übereinstimmte. Zu den äußeren strittigen Fragen bezog er aber keine Stellung. Luthers Antwort, die 1525 folgte, legte den unterschiedlichen Ausgangspunkt von Humanismus und Reformation unerbittlich dar. So fanden sich alte Freunde, z.B. Melanchton, auf Luthers Seite. Als in Basel die Reformation eingeführt wurde, wich D. nach Freiburg (Breisgau) aus. Dort zog er sich ganz auf seine literarische Arbeit zurück. Obwohl Reformation und Gegenreformation sein Werk verschüttet haben, blieb D. im Untergrund des europäischen Denkens eine lebendige Kraft.

Sachsen, Georg von „Der Bärtige" ; *1471 - 1539, Herzog, Linie Albertiner*:
G. verbrachte als Kind einige Jahre am kaiserlichen Hof in Wien. Man erzog ihn zum Geistlichen, im Alter von 13 Jahren wurde er Domherr zu Mainz. Als 17-jähriger endete diese Laufbahn. Im Amt des Regierungsvertreters vom Vater überraschte er durch seine praktischen Regierungsvorschläge und zügig war er zu einem verantwortungsbewussten Träger der landesfürstlichen Verwaltung des albertinischen Sachsens herangereift. Obwohl G. zwei Jahrzehnte warten musste, bis ihm die teilweise noch aus seines Vaters Regierungszeit herrührende, inzwischen auf 308.000 Gulden angewachsene Schuld von den Habsburgern abbezahlt war, hielt er treu zum Kaiserhaus. Seinen Hof führte er in Umsicht. Er wachte streng über die Befolgung seiner vielen Mandate. Fleißig trieb er seine Räte an. 1502 erließ er eine Hofordnung - ein Zeugnis seiner Sparsamkeit. Durch seine Wirtschaftspolitik verdoppelte sich die Einwohnerzahl von Dresden und Leipzig. Auch das Vermögen der Handwerker und Kaufleute mehrte sich. Im Ergebnis konnte er sich eine rege Bautätigkeit leisten: Er errichtete neue Universitätsge-

bäude in Leipzig, gestaltete Dresden zur Residenzstadt aus, erweiterte und verstärkte die Befestigungen, erneuerte die Elbbrücke und wurde der Erbauer des Residenzschlosses (Georgenbau) im Renaissancestil. Ebenso förderte er den Kirchenbau. Er sorgte für einen zügigen Wiederaufbau der abgebrannten Kreuzkirche, den Umbau der Dreikönigskirche und den Weiterbau am Dom zu Meißen. Mit regem Interesse versuchte er, seine Universität Leipzig durch mehrere Reformen zu verbessern, wissenschaftlich angeregt durch seinen Briefwechsel mit Erasmus von Rotterdam, der ihm aber in der Religion zu tolerant war. G. ermunterte ihn, gegen Luther zu schreiben, und er begründete den hebräischen und griechischen Lehrstuhl. Wie er seiner Mutter versprochen hatte, galt seine eifrige Fürsorge den Klöstern und der Geistlichkeit. Er mühte sich energisch um die Hebung der Klosterzucht, seine Bischöfe wurden von ihm durch immer neues Aufspüren von Verfehlungen angetrieben. G.s Eifer ging so weit, dass er gegen den Papst heftige Beschwerden einreichte und ein Konzil forderte, denn die Reformation durch einen ‚gebannten meineidigen Mönch' lehnte er strikt ab. Der Kampf gegen Luther und seine Anhänger sah G. als eine wichtige Lebensaufgabe an. Luthers Übersetzung des Neuen Testaments verbot er in seinem Land. Als seine Frau, Barbara von Polen, nach 38-jähriger Ehe gestorben war, ließ er sich zum Zeichen seiner Trauer den Bart wachsen, was ihm seinen Beinamen bescherte. Barbara hatte ihm zehn Kinder geschenkt, von seinen Söhnen überlebte jedoch nur der schwachsinnige Friedrich. Diesen ließ er in seiner Verzweiflung unter Beiziehung von 24 Vertretern der Landstände für regierungsfähig erklären, er vermählte ihn sogar. Jener Versuch der Erhaltung des katholischen Glaubens misslang, denn auch Friedrich starb kinderlos vor ihm. So trat ein, was er zu verhindern versucht hatte: Das albertinische Sachsen wurde mit seinem Nachfolger, dem Bruder Heinrich, protestantisch.
Sachsen, Heinrich von „Der Fromme" ; *1473 - 1541, Herzog, Linie Albertiner*:
H. erlangte Bedeutung durch die Einführung der Reformation im albertinischen Sachsen. 1498, noch im alten Glauben, unternahm er eine Wallfahrt nach Jerusalem, später eine weitere nach Compostela. Nach dem ‚Brüderlichen Vertrag' bezog er 1505 seine Residenz auf dem Schloss in Freiberg mit einer Jahresrente von 12 500 Gulden. H. lag die Verwaltungsarbeit nicht, er lebte in enger Verbundenheit mit Kriegsmännern, Handwerkern und Bergleuten, bei denen er sehr beliebt war. Er war eigenwillig, aber offen und aufrichtig, fröhlich und freigiebig. Seine größte Freude war seine wachsende Sammlung von Handwaffen und Geschützen, die er später dem Schmalkaldischen Bund anbot. Die Geldnot am Freiberger Hof stieg mit dem Wachstum der Familie. Die Herzogin zu Rochlitz, die ernestinischen Verwandten und auch der Rat zu Freiberg halfen aus. Nach Erschließung der Berggruben bei Wüstenschlette gründete er 1521 die Bergstadt Marienberg, deren Entwicklung er geschickt förderte. Seiner klugen und energischen Gemahlin, Katharina von Mecklenburg, gelang es in jahrelanger Überzeugungsarbeit, H. für Luthers Lehre zu gewinnen. Trotz seiner Abhängigkeit von seinem lutherfeindlichen Bruder Georg, der ihn von Dresden aus überwachen ließ, war er 1536/37 bereit, die Reformation einzuführen, zuletzt noch bestärkt vom ernestinischen Verwandten, dem Kurfürsten Johann Friedrich I. von Sachsen. Die altgläubige Freiberger Geistlichkeit, der Bischof von Meißen und der Adel protestierten gegen die Einführung der Reformation. Bruder Georg sperrte

die Zinsen seiner Untertanen für die Freiberger Klöster, sodaß die Mittel zur Bezahlung der evangelischen Geistlichen fehlten. Im Herbst 1538 verzieh Georg den Übertritt zu Luthers Lehre und versprach, wenn H. sich verpflichte, das Land beim alten Glauben zu belassen, die Bezahlung seiner Schulden und das Heiratsgeld für die Tochter. Doch weder die harten Maßnahmen noch die verführerischen Lockungen beeinflussten H. Innerlich überzeugt, hielt er an der Reformation fest. Seine zweijährige Regierungszeit als Nachfolger des verstorbenen Georg brachte H. später so viele Widerwärtigkeiten, daß er sich nach Freiberg zurücksehnte. Dennoch erlebte Leipzig die Einführungsfeier der Reformation an Pfingsten 1539 unter Mitwirkung von u.a. Luther, Melanchthon und Kurfürst Johann Friedrich I. H. starb, nachdem er auf Wunsch der Stände elf Tage zuvor seinen Sohn Moritz als Mitregenten eingesetzt hatte.

Sachsen, Johann Friedrich I. von „Der Großmütige" ; *1503 - 1554, Kurfürst und Herzog, Linie Ernestiner.*

J. war der letzte Kurfürst von Sachsen aus dem ernestinischen Hause. Er erhielt eine sorgfältige Ausbildung an den Höfen zu Torgau und Weimar. Von deren humanistisch-gelehrten Inhalten fühlte er sich aber weniger angesprochen, als von den ritterlich-höfischen. Denn während sich seine lateinischen und französischen Sprachkenntnisse in bescheidenen Grenzen hielten, war der hochgewachsene, kräftige J. in den ritterlichen Turnierkünsten geschickt und in der Trinkfestigkeit ein Beispiel. Seine Ehe mit Sybille von Jülich-Kleve-Berg war ausgesprochen glücklich. Von seinen vier Söhnen starb nur einer im Kindbett. Schon früh erwachten seine theologischen Interessen, seit etwa 1520 galt er als ein entschiedener Anhänger Luthers, der sich in seinen Auseinandersetzungen mit radikaleren Kräften wie z.B. Karlstadt oder Thomas Müntzer auf J. verlassen konnte. Mit seinem Regierungsantritt trat er auch politisch stark hervor. Stets verteidigte er die Interessen seines Hauses und seiner Konfession mit Nachdruck, setzte aber zugleich die um Bewahrung des Friedens und Ausgleich bemühte Reichspolitik des Vaters fort. Im Schmalkaldischen Bund drang er auf Mäßigung. An der gewaltsamen Rückeroberung Württembergs zugunsten Herzog Ulrichs im Jahr 1534 nahm er nicht teil. Die folgenden Jahre sind durch J.s wiederholte Schwankungen und politische Richtungswechsel charakterisiert. Territorialpolitische Unternehmungen von zweifelhafter rechtlicher Vertretbarkeit folgten, wie z. B. die Okkupation des Wurzener Stiftslandes, durch die er mit seinem albertinischen Verwandten Moritz von Sachsen in offene Feindschaft geriet. Das Bekanntwerden der Rüstungen Karls V. auf dem Regensburger Reichstag 1546 klärte J.s politische Haltung. Den Zug der Schmalkaldischen Bundesgenossen nach Süddeutschland leitete er persönlich. Sein Ausruhen auf Anfangserfolgen und die Uneinigkeit mit Philipp von Hessen bescherten ihm im April 1547 in der kläglich verlorenen Schlacht bei Mühlberg eine demütigende Gefangennahme durch kaiserliche Truppen. Zum Schein wurde er zum Tode verurteilt, unter Verzicht auf die Kurwürde sowie weite Teile seines Herrschaftsgebietes und bedeutender Rechtsansprüche begnadigt. Seine Freilassung jedoch erwirkte erst Moritz von Sachsen im Fürstenaufstand von 1552, gegen den J.s Gefangenschaft ihn soweit gebracht hatte, sich zum Werkzeug Karls V. machen zu lassen. Die Umsetzung dieser Infamie verhinderte der Lauf der Geschichte glücklicherweise. Noch zu seinen Lebzeiten kam es zum Ausgleich mit den

Albertinern, der soweit reichte, dass er auf seinen Sohn und Nachfolger Johann Friedrich II. einwirkte, die junge Witwe des Moritz von Sachsen zu ehelichen. Im Alter war J. korpulent, schwerfällig und von Krankheiten geplagt. J.s Bekenntnistreue und Gewissenhaftigkeit, sein Gleichmut in schwersten Lagen, seine Hartnäckigkeit und Sittenstrenge brachten ihm die Bewunderung von Zeitgenossen und Nachwelt ein. Seine politischen Fähigkeiten allerdings bleiben umstritten.

Sachsen, Johann Friedrich II. „Der Mittlere" von ; *1529 - 1595, Herzog, Linie Ernestiner.*

J. zeigte als Kind eine gute Auffassungsgabe, die man in einen gründlichen und vielseitigen Unterricht zu leiten wusste. Vor allem erlernte er eifrig Latein, was er bei feierlichen Gelegenheiten im Halten lateinischer Reden öffentlich vorzuweisen hatte. Dazu musste er auch griechisch und hebräisch soweit beherrschen, um selbstständig die Bibel durchforschen zu können. In die Staatsgeschäfte wurde er nach ernestinischer Sitte dadurch eingeführt, dass er schon in jungen Jahren den Sitzungen des Hofrats beiwohnte. Ritterliche Übungen ergänzten die geistigen Beschäftigungen. Seine dabei gerühmte Tapferkeit wurde ihm schon bald, im Alter von 17 Jahren, im Schmalkaldischen Krieg abverlangt. Als der Vater nach der verlorenen Schlacht bei Mühlberg in Gefangenschaft geriet, versuchte J. den Widerstand gegen Karl V. neu zu organisieren, was ihm aufgrund fehlender finanzieller Mittel nicht gelang. Außerdem wies ihn der Vater an, sich dem Kaiser zu unterwerfen, anstatt sich Moritz von Sachsen, dem verhassten, ihm die Kurwürde raubenden Albertiner, anzuschließen. Mit dem Passauer Vertrag 1552 kehrte der Vater zurück und nun folgten Jahre der Regierungszeit, in denen sich das ernestinische Sachsen, nach den Verlusten der Gebiete, die Karl V. an Moritz von Sachsen gewiesen hatte, neu ausrichteten musste. Was besonders schmerzte, war der Verlust Wittenbergs und der Universität. So ging man daran, in Jena einen neuen Mittelpunkt geistiger Bewegung zu eröffnen, was aber nicht gelang. Zum einen blieb der dorthin gebetene Melanchthon in Wittenberg. Und zum anderen verweigerte Karl V. hartnäckig die Genehmigung zur Begründung einer Universität in Jena. (Erst 1557, unter Ferdinand I., glückte dieses Vorhaben. Bedauerlicherweise fanden sich dort alsbald Lutheraner zusammen, die in engherzigem Eifer zur Reinhaltung der Lehre in Streit mit anderen Protestanten gerieten.) 1553 unternahm der Vater einen nochmaligen Versuch, die an Moritz von Sachsen verlorenen Länder und die Kurwürde wiederzuerlangen. Ohne Erfolg starb er im Jahr darauf. In seinem Testament hatte er verfügt, dass die drei Söhne das Land nicht teilen, sondern es gemeinschaftlich regieren sollten. So sah man die Brüder mit der Konsolidierung der neuen Verhältnisse beschäftigt, aber auch die Erbverbrüderung mit Kursachsen, Kurbrandenburg, Hessen und Böhmen erneuern. Während alle diese Handlungen auf eine besonnene Politik hinzuweisen schienen, die sich in das Geschehene hineingefunden und mit der Vergangenheit ausgesöhnt hat, so zeigte sich bald, dass jene gemäßigte Politik nur Schein gewesen war. Besonders seitens J.s wurde mit Sehnsucht der Tag erwartet, da man den verlorenen Kurhut wiedererlangen könne. 1555 heiratete J. gemäß dem Wunsch des verstorbenen Vaters die Tochter des Landgrafen Philipps von Hessen und junge Witwe des Kurfürsten Moritz von Sachsen. Agnes verstarb aber noch im selben Jahr am Fieber. 1558 ging er eine zweite Ehe mit Elisabeth von Pfalz-Simmern, der Tochter des pfälzischen Kurfürsten Friedrich

III., ein. Bei dem starrköpfigen, zum Grübeln neigenden, so oft enttäuschten J. verdrängte bald ein Wunschdenken die politische Vernunft, was den Abstieg des ernestinischen Hauses in die kleinfürstliche Existenz nachzog. Immer stärker geriet J. in den Bann obskurer Personen und phantastischer Projekte. Die völlige Verkennung seiner Möglichkeiten brachten ihn, zuletzt durch sein Zusammengehen mit dem fränkischen Reichsritter Wilhelm von Grumbach, in die Reichsacht. 1567 erfolgte durch ein Reichsaufgebot unter Kurfürst August von Sachsen, dem Bruder und Nachfolger Moritz von Sachsens, die Belagerung der Festung Grimmenstein bei Gotha. Nach der Meuterei von J.s völlig ungenügenden Truppen zwang man ihn nicht nur zur Aufgabe, sondern auch zum Verzicht auf die Landesherrschaft für sich und seine Söhne. J. wurde verhaftet und in Österreich eingesperrt. Ab 1572 teilte seine Gattin freiwillig mit ihm das Leben im Gefängnis, nachdem ihre unzähligen Gnadengesuche fruchtlos geblieben waren. Sie verstarb 1594, ein Jahr vor ihrem Gatten, der nie wieder die Freiheit erlangte, sondern nach 28-jähriger Gefangenschaft sein Leben unfrei beendete.

Sachsen, Moritz von ; *1521 - 1553, Herzog und Kurfürst, Linie Albertiner*:
M. war der erstgeborene Sohn Heinrichs des Frommen in dessen Freiberger Ländchen und Katharina, einer Prinzessin von Mecklenburg. Er wuchs in den engen Verhältnissen des väterlichen Hauses mit nur dürftigem Unterricht auf. In seiner Jugend pendelte er zwischen dem Dresdner Hof des katholischen Onkels und dem des protestantischen Kursachsens. Dem folgte, dass er in die Streitigkeiten unter den sächsischen Verwandten früh Einblick erhielt. Der Dresdener Hof verhieß ihm zukunftsfrohe Hoffnung, da Georgs Familie dahinstarb und er selbst als Erbe des Vaters dahingehend liebäugelte. Dabei folgte er aber dem Luthertum, zu welchem sich der Vater 1536 bekannt hatte. Andererseits blieb die katholische Haltung Georgs nicht ohne Eindruck auf seinen ehrgeizigen Sinn. Jedenfalls lebte sich M. schon früh in jene Gegensätze ein. Mit dem Tod Onkel Georgs 1539 vereinigte M.s Vater die albertinischen Länder wieder. Die Verhältnisse der herzoglich-sächsischen Regierung gerieten in des Vaters kraftloser Hand jedoch in völlige Verwirrung. Mittels M.s rascher Eheschließung mit Agnes von Hessen im Jahr 1541 hebelte er die Ambitionen der ehrgeizigen Mutter hinsichtlich Dresdens aus. Gelassen nahm er sein Zerwürfnis mit ihr in Kauf, denn nun lag seinem Regierungsantritt als zwanzigjährigem Herzog von Sachsen nichts mehr im Wege. Hochaufgeschossen und voller Leidenschaft, mit scharfblitzendem Auge, als Reiter, Jäger und Trinker beschritt er seinen Lebensweg. Weiterhin gehörte der Protestantismus zu seiner Regierung, obwohl er keine religiösen Neigungen verspürte. Er gehörte der jüngeren Generation protestantischer Fürsten an, die der politischen Seite der reformatorischen Bewegung ihre Sinne öffneten und nach diesen Motiven ihre Schritte setzten. M. galt es vor allem, vorwärts zu kommen und an politischer Macht und fürstlichem Besitz hinzuzugewinnen. Selbständig und eigenwillig, rücksichtslos und energisch traf er seine Entscheidungen mit kühnem Handgriff und kühler Berechnung. Zweifelsfrei stand in der Wurzener Fehde von 1542, die der ernestinische Johann Friedrich I. vom Zaun gebrochen hatte, das Recht auf M.s Seite. Trotzdem erklärten sich die protestantischen Führer für Johann Friedrich. Ganz besonders Luther ließ seinem alten Hass freien Lauf, der in M. tiefe Verbitterung hinterließ. So war er einmal mehr offen für Habsburgs Lockungen, die ihn in die Dienste des Kai-

sers, und seinen kleinen Bruder August an König Ferdinands Hof brachten. Dabei hielt er sich über Jahre mit großer Nüchternheit und Selbstbeherrschung den politischen Spielraum in beide Richtungen offen. Habsburg versprach Ehre und Macht, die protestantische Seite hingegen Schutz für sein evangelisches Sachsen. Sein Doppelspiel endete mit der verräterischen Gefangennahme seines Schwiegervaters Philipp von Hessen im Jahr 1547. Von nun an gab es für ihn kein anderes Ziel, als Karl V. in seinem, den deutschen Fürstenstaat entwürdigenden Machtspiel Einhalt zu gebieten. Dies gelang nach mehreren Jahren mit dem militärisch erkämpften Passauer Vertrag von 1552. Sein früher, beklagenswerter Tod schon ein Jahr später, als er in der Schlacht bei Sievershausen gegen seinen früheren Bundesgenossen Albrecht Achilles von Brandenburg-Kulmbach sein Leben verlor, änderte dennoch nichts daran, dass das in seinem Kampf gegen Karl V. Erreichte unumkehrbar blieb. Mit seinem energischen Einschreiten gegen des Kaisers intoleranter, absolutistischer Politik bereitete M. den Ausgleich in der Religions- aber auch in der Verfassungsfrage vor. Er ebnete damit den Weg, auf dem sich die deutschen Fürstentümer zu frühmodernen Staaten innerhalb des Reiches entwicklen konnten.

Salm, Wolfgang Graf von ; *um 1514 - 1555, Bischof von Passau*:
W.s Erziehung scheint eine außerordentlich sorgfältige gewesen zu sein, denn sein Wissen in der antiken Philosophie, in den heiligen Schriften und seine Kenntnisse in alten und neuen Sprachen wurden gerühmt. Auch hörte man von einer Reise des Jünglings nach Italien. 1540 wurde er Bischof von Passau, vor allem auf Empfehlung König Ferdinands I., der ihn hoch schätzte und mehrfach mit wichtigen Missionen betraute. Beim Abschluss des Passauer Vertrags 1552 war W. neben Herzog Albrecht V. von Bayern als erfolgreicher Vermittler tätig. Den Wunsch des Bayernherzogs, dass er sich um die Kardinalswürde bewerbe, kam er nicht nach. Er widmete sich viel lieber der Kunst und den Wissenschaften. Unter seiner Regierung entwickelte sich Passau zu einem Sammelpunkt geistigen Lebens. Gerne suchten Literaten und Gelehrte die Stadt für längere oder kürzere Zeit auf. W.s Räte und Beamten waren nicht selten angesehene Gelehrte. In dieser Umgebung fühlte er sich am wohlsten. Lob erfuhren auch seine Bibliothek und die Schule zu Passau, in der zahlreiche Söhne des österreichischen Adels unterrichtet wurden. Dem Geiste dieser Schule geschuldet, mauserten sich viele dieser Adligen zu Wegbereitern der Reformation in Österreich. Der Grund dafür liegt aber nicht in einer protestantischen Richtung dieser Schule und ihres Herrn, W. ist zu Unrecht als heimlicher Protestant angesehen worden. Seine katholische Gesinnung steht außer Zweifel. Aber er sah eben vorurteilsfrei die Missstände des alten Kirchentums. Des Weiteren neigte seine ganze Natur zur Versöhnlichkeit und nicht zur Schärfe der Gegenreformation. Mit dieser Einstellung galt seine stete Sorge der kirchlichen Erneuerung seines Bistums. Durch Heranziehung guter Prediger und durch das eigene gute Beispiel versuchte er zu wirken. Man darf W. zu den besten Bischöfen seiner Zeit rechnen, er genoss großes Ansehen bei Katholiken wie bei Protestanten.

Schlieben, Eustachius von ; *um 1490 - 1568*:
E. war Herr von Zossen und Vetschau sowie als studierter Rechtsgelehrter kurfürstlicher Rat unter Joachim II. „Hector“ von Brandenburg. 1540 ermöglichte

ihm sein Vermögen, die alte Wasserburg von Vetschau in ein Schloss umzubauen.

Schwendi, Freiherr Lazarus von ; *1522 - 1583, Diplomat unter Karl V.*:

L. wurde als unehelicher Sohn eines schwäbischen Niederadligen geboren, 1524 erfolgte seine Legitimation. Die finanzielle Absicherung durch den früh verstorbenen Vater erlaubte ihm ab 1536 ein Studium in Basel, 1538 wechselte er nach Straßburg. 1544 eröffnete sich ihm die Möglichkeit, eine diplomatische und militärische Karriere unter Karl V. zu beginnen. Im Schmalkaldischen Krieg 1546/47 war er mit organisatorischen Aufgaben betraut, die er loyal, aber bedenkenlos in der Wahl seiner Mittel ausführte. In den Folgejahren rief ihn die Regierung der Spanischen Niederlande zu Hilfe. Später, gegen 1564, diente er ausschließlich im österreichischen Habsburg. Als Berater Kaiser Maximilians II. verfasste er eine Reihe politischer und militärischer Schriften, die auf eine grundlegende Reichsreform abzielten. Zum Druck gelangte damals jedoch nur sein „*Kriegs Discurs*", in dem er die Mängel des Söldnerwesens analysierte und alternative Modelle einer Heeresverfassung vorschlug. Letztlich fehlten L. aber Geduld und taktisches Geschick, um seine weitreichenden Konzepte in der Tagespolitik durchzusetzen.

Sturm von Sturmeck, Jakob ; *1489 - 1553*:

J. gilt als Straßburgs größter Staatsmann und einer der hervorragendsten Förderer und Leiter der deutschen Reformation. Er entstammte einem hochangesehenen Patriziergeschlecht, das sich seit Mitte des 13. Jahrhunderts in Straßburg nachweisen läßt. Er wuchs in glücklichen Verhältnissen auf. Als aufgeweckten, fleißigen 12-jährigen schickte man ihn an die Universität Heidelberg, wo er sich eifrig mit dem Studium der Logik und lateinischen Grammatik beschäftigte. 1504 wechselte er nach Freiburg, wo er als Magister artium bald selbst Vorlesungen über die Ethik des Aristoteles hielt. Gleichzeitig ließ er sich in die theologische Fakultät aufnehmen. Über die folgenden Entwicklungsjahre ist wenig bekannt, aber es ist anzunehmen, dass er sich der Rechtswissenschaft widmete. Zwischen 1517 und 1524 trat er als Bibliothekar und Sekretär des Heinrich von der Pfalz, dem Fürstbischof von Worms, Utrecht und Freising, in Erscheinung, wo man ihn auch mit diplomatischen Missionen betraut sah. Anlass für seinen Weggang vom streng katholischen Heinrich waren die zunehmenden reformatorischen Bestrebungen der Bürgerschaft seiner Geburtsstadt Straßburg. Noch 1524 wählte man J. zum Mitglied des Großen Rats der Stadt. Seine geistige Gewandtheit, verbunden mit Rednergabe und diplomatischem Geschick verhalfen ihm bald zu bestimmendem Einfluss. Mit ruhiger Entschiedenheit wurde nun die Einführung der Reformation in Angriff genommen, und J. fand verständnisvolle und tatkräftige Unterstützung beim Theologen Martin Butzer. 1525 bestimmte man ihn zum Mitglied des ‚*Fünfzehner-Collegiums*', das die Verfassung und Verwaltung der Stadt zu überwachen hatte. 1526 wünschte man ihn in das ‚*Dreizehner-Collegium*'. Damit war er verfassungsmäßig auf Lebenszeit zu einem der leitenden Staatsmänner bestimmt, denn in den Händen der ‚*Dreizehner*' (auch ‚*Kriegsverordneten*') lag die gesamte Vertretung und Verteidigung der städtischen Interessen nach außen. Erste persönliche Beziehungen zum jungen Landgrafen Philipp von Hessen begannen, sich in ein engeres Verhältnis fortzuentwickeln. 1529 wagte sich Straßburg den verwegenen Schritt, die katholische Messe abzuschaffen.

Damit schien J. eine engere Verbindung sämtlicher protestantischer Stände geboten, was er auch nachdrücklich umsetzte. Seit dem Augsburger Reichstag von 1530 und der Überreichung der ‚*Confessio Augustana*' an Karl V. verfocht J. in Glaubenssachen mit zäher Beharrlichkeit die protestantische Forderung der Duldung der evangelischen Lehre bis zur Entscheidung des religiösen Streits durch ein freies christliches Konzil. Freilich war er jedoch praktischer Staatsmann genug, um einzusehen, daß die Erreichung dieses Ziels nicht sofort und ohne Einschränkungen möglich war. Schmähliches Verhalten des Kaisers und fortgesetzte gerichtliche Plackereien gegen Protestanten verdeutlichten ihm diese trübe Einsicht. Straßburg versuchte deshalb, sich mit der Verweigerung der Türkenhilfe ein Druckmittel gegen Habsburg zu verschaffen. Auch stand J. stets in vorderster Reihe, wenn es galt, die Gleichberechtigung der Reichsstädte zu den anderen Ständen auf den Reichstagen zu verfechten. Die Klugheit und Festigkeit, mit der er dazu zwischen 1530 und 1545 vorging, wurde seitens der Städte freudig anerkannt. Diese Anerkennung konnte ihm aber nicht über seine Verbitterung hinweghelfen, die die beginnende Zerfahrenheit der protestantischen Politik und der Verfall des Schmalkaldischen Bundes in ihm hinterließen. Mit Recht erkannte er den Grund des Übels in der Verblendung, mit der die einzelnen Stände zunehmend ihre Sonderinteressen in den Vordergrund stellten. Allein, seine Mahnungen fanden kein Gehör. Schlimm war auch, dass der hessische Landgraf Philipp, bisher die zuverlässigste und kraftvollste Stütze des Protestantismus, sich infolge seiner Doppelehe genötigt sah, sich den Kaiser geneigt zu stimmen. Ihren Höhepunkt erreichte J.s Verbitterung, als die Häupter des Schmalkaldischen Bundes den großen Fehler begingen, dem Kaiser die Hilfe der Protestanten gegen Frankreich zuzusagen, ohne dafür auf religiösem Gebiet etwas anderes als leere Versprechungen hinzunehmen. Diesen groben Missgriff büßten die Evangelischen mit dem Ausbruch des Schmalkaldischen Krieges schwer. In schmerzlicher Resignation verharrte J. infolgedessen vorerst untätig in Straßburg, bis man ihn bat, auf dem Kriegsschauplatz zu erscheinen. Als er sich aufraffte und Philipp von Hessen zu einer entscheidenden Schlacht vor Ingolstadt drängte, blieb er abermals ungehört. Damit geriet Straßburg in eine schleichende Isolierung. Mit des Kaisers Triumph nach der Mühlberger Schlacht hielt die Mehrheit der Straßburger Bevölkerung und des Stadtrats am Widerstand gegen Karl V. fest. Von Nachgiebigkeit wollte man nichts wissen, und man war bereit, es auf eine Belagerung ankommen zu lassen. Mühsam errang J., neben anderen bedächtigen Politikern, die Einsicht, dass es nach Lage der Dinge für die Stadt ganz unmöglich sei, dem Kaiser auf Dauer mit Erfolg die Stirn zu bieten. Mit Selbstüberwindung folgte J. den inständigen Bitten, im Februar 1547 persönlich zur Einleitung der Unterhandlungen in das kaiserliche Hoflager nach Ulm zu reiten. Es war, wie er niederschreibt, der schwerste Ritt seines Lebens. Im Endergebnis musste Straßburg dem Bund mit den protestantischen Fürsten entsagen und Karl V. spielte seine Macht obenauf darin aus, dass er Huldigung und fußfällige Abbitte verlangte. Für letztere Zeremonie fanden sich in Straßburg nur schwer die geforderten drei Gesandten aus Angst, sich dadurch Hass und Ungunst der Bürgerschaft zuzuziehen. So blieb es wieder an J., sich auch für diese demütigende Mission aufzuopfern. Zu Nördlingen erfolgten also Fußfall und Abbitte. Des Kaisers zugesagte freie Religionsausübung erwies sich mit dem

Augsburger Interim als wertlos. J.s Bemühungen, die Einführung des Interims in Straßburg abzuwenden, scheiterten. Er errang beim Kaiser lediglich die Vergünstigung, dass den Protestanten wenigstens in einigen Kirchen der Stadt die Ausübung ihres Gottesdienstes gestattet blieb. Nach all diesen Enttäuschungen und traurigen Erfahrungen beschied das Schicksal J. an seinem Lebensabend noch eine Gelegenheit, seine Umsicht und Tatkraft in einer Art zu bewähren, die ihm weit über Straßburgs Grenzen hinaus ehrenvolle Anerkennung eintrug: Seine Verdienste um die Sicherung Straßburgs vor den Eroberungsgelüsten Frankreichs im Jahr 1552. Seine vorsichtige, dennoch entschlossene Haltung bewahrte Straßburg davor, wie Metz von den Franzosen überrumpelt zu werden. Aber dies war sein letztes politisches Auftreten. 1553 verstarb der ansonsten stets rüstige Mann im Alter von nur 64 Jahren. Unter Beteiligung des gesamten Stadtregiments geleitete man ihn zur letzten Ruhestätte. Weder früher noch später genoss Straßburg jemals wieder eine derart Achtung gebietende Stellung unter den Mächten des Reichs wie zu J.s Lebzeiten. Wie eng diese Errungenschaft mit seiner Persönlichkeit verknüpft war, beweist der nach seinem Tode eintretende jähe Niedergang der Straßburger Politik.

Vestenberg, Hans Kraft von ; *? - 1564*:
Von H. weiß man heute nur noch gemäß eines Grabsteines in der Stadtpfarrkirche *St. Jakob in Schwandorf*, dass er am 19. Mai 1564 verstorben, und dort begraben ist.

Vogelsberger, Sebastian ; *1505 - 1548*:
Von S.s Herkunft ist nichts bekannt. Über seine Kriegsdienste in Frankreich informieren die zwischen 1539 und 1543 mit seinem früheren Gönner, Graf Wilhelm von Fürstenberg, gewechselten Streitschriften. Nach Karls V. Sieg im Schmalkaldischen Krieg wurde S. auf dessen Befehl ergriffen und zu Augsburg am 7. Februar 1548 öffentlich hingerichtet. Auf dem Schafott beklagte S. einem weiten Kreis von Zuschauern sein Schicksal und die Hinterlist seines Häschers Lazarus von Schwendi. S. war aus geringen Verhältnissen zum Kriegsobersten emporgestiegen. Er gehört in den Kreis derjenigen Persönlichkeiten des 16. Jahrhunderts, die ihrem volkstümlichen Wesen und Geschick eine weit über das Maß ihrer Bedeutung hinausgehende Berühmtheit verdanken.

Waldburg-Trauchburg, Otto Truchseß von ; *1514 - 1573, Kardinal von Augsburg*:
Als dritter Sohn einer schwäbischen Adelsfamilie studierte O. ab seinem zehnten Lebensjahr neben den *studia generalia* insbesondere Rechtswissenschaft, Sprachen und Theologie in Tübingen, Dôle, Padua, Bologna und Pavia. 1525 erhielt er in Augsburg ein Domkanonikat. Auf Empfehlungen König Ferdinands I., für den er ab 1541 zahlreiche Missionen durchgeführt hatte, und durch Papst Paul III., dessen Kämmerer und apostolischer Nuntius er gewesen war, wurde O. 1543 zum Bischof von Augsburg gewählt. 1544 wurde er zum Kardinal erhoben. Als Landesherr in der Residenzstadt Dillingen setzte er 1549 die Gründung eines *Collegium litterarum* durch und sorgte für die Etablierung von Seminaren und Jesuitenkollegien. 1551 erhob Papst Julius III. das Collegium in den Rang einer Universität, Kaiser Karl V. bestätigte 1553 die Privilegien. 1563 übertrug O. die Universität dem Jesuitenorden, doch wegen Widerständen konnte er für den Ausbau der Fakultäten keine keine ausreichende Finanzierung gewährleisten. O.

blieb einer der Hauptvertreter des strengen Katholizismus. Er lehnte sogar den Augsburger Religionsfrieden von 1555 ab, da er dem Reichstag das Recht absprach, religiös-konfessionelle Angelegenheiten zu regeln. Die Verwaltung des Augsburger Fürstbistums überließ er wegen seiner zahlreichen Missionen für Papst, Kirche und Kaiser und seiner Ambitionen um eigene Pfründenmehrung häufig Stellvertretern. Sein Handeln führte zu einer starken Überschuldung des Augsburger Stifts. Seine Bemühungen um den Kölner Erzbischofsstuhl und damit die Kurfürstenwürde blieben erfolglos.

Württemberg, Christoph von ; *1515 - 1568, Herzog*:
Nach der Vertreibung seines Vaters Ulrich I. und der Übernahme Württembergs durch Habsburg wuchs Ch. in der Obhut Habsburgs überwiegend in Innsbruck auf. Einer Mitnahme nach Spanien entzog er sich durch die Flucht zu seinem Onkel, Herzog Wilhelm IV. von Bayern. Dieser unterstützte ihn auch zur Durchsetzung seiner Ansprüche auf Württemberg gegen die Absicht König Ferdinands I., das Land als verwirktes Reichslehen einzuziehen. Der Vater, Herzog Ulrich I., der den selbständigen Sohn argwöhnisch beobachtete und von sich fernhielt, sandte ihn nach der Wiedererlangung seines Landes 1534 zur politischen und militärischen Ausbildung an den Hof des französischen Königs Franz I. 1542 sicherte ein Vertrag Ch.s Nachfolge in Württemberg unter Verpflichtung der Beibehaltung der evangelischen Lehre, der er sich in tiefer Überzeugung zuwandte. Die ersten Jahre seiner in 1550 angetretenen Regierung standen ganz im Zeichen der Bemühungen, seinem Haus die Herrschaft zu erhalten, was ihm erst mit dem Passauer Vertrag 1552 gelang. Zuvor, im Fürstenaufstand unter Moritz von Sachsen, hielt sich Ch. trotz der dringenden Aufforderungen der Kriegsfürsten fern, zumal er noch an den Folgen des für seinen Vater so unheilvollen Schmalkaldischen Krieges und dem Prozess mit König Ferdinand I. zu tragen hatte. Er bemühte sich aber gemeinsam mit Kurfürst Friedrich II. von der Pfalz, den Erzbischöfen von Mainz, Köln und Trier und Herzog Albrecht V. von Bayern in einer achtunggebietenden Neutralität um Vermittlungen. Seine innerstaatlichen und kirchlichen Einrichtungen bewiesen Gültigkeit und Dauer: Durch Einbeziehung der Stände in die Landesverfassung gab er dieser eine über Jahrhunderte gültige Rechtsform. Maße und Gewichte wurden vereinheitlicht, das Schulwesen neu geordnet und die Kirchenverfassung endgültig festgeschrieben. Auf dem Grundsatz der Einheit von Kirche und Staat erfolgte die Reformation der Klöster, ihre Besetzung mit landesherrlichen evangelischen Äbten und ihr Ausbau zu Anstalten für künftige Geistliche. Zudem schuf Christoph eine Behörde, aus der sich der Kirchenrat entwickelte. Einzigartig war die Zusammenfassung aller Güter und Einkünfte der Kirchen, Klöster und geistlichen Stiftungen zum Unterhalt von Gotteshäusern und Schulen. Ch. gilt als einer der bedeutendsten Regenten Württembergs. Er war eine ausgeprägte Persönlichkeit von tiefer religiöser Überzeugung und Friedensliebe. Für eine Dauer von 250 Jahren hat er den Charakter seines Landes weitgehend bestimmt.

Württemberg, Ulrich I. von „Der Vielgeprüfte" ; *1487 - 1550, Herzog*:
U.s Mutter verstarb bei seiner Geburt im Kindbett. Da sein Vater geistig gestört war, brachte dessen Cousin, Eberhart I. im Bart, den Knaben zur Erziehung nach Stuttgart. Nach dem Tod Eberharts I. überließ sein Nachfolger, Eberhard II., U. sich selbst, ebenso wie die Regimentsräte, die sich wenig um seine Bildung

scherten, ihn jedoch am Anfang seiner Regierung bevormundeten. Im Ergebnis zügelte niemand das Temperament des Heranwachsenden, der sich in prächtigem Auftreten gefiel. Misstrauen erfüllte ihn, genauso wie eine gewisse Wildheit und Halsstarrigkeit als Grundzüge seines Charakters. Auf Veranlassung Kaiser Maximilian I. trat U. im Jahr 1498 die Nachfolge seines Vaters an, jedoch nun im für unteilbar erklärtem Herzogtum. Des Weiteren sorgte der Kaiser dafür, dass er mit seiner Nichte, der sechsjährigen Sabina von Bayern, verlobt wurde. Dieser Akt beabsichtigter Staatsklugheit entwickelte sich unglücklich. U. empfand von Beginn an eine starke Abneigung gegen die ihm aufgezwungene Braut, deren Wesen seine Charakterzüge spiegelte. Am Ende von U.s erstem Regierungsjahrzehnt setzte eine Entwicklung ein, die 1519 in seiner Vertreibung aus dem Herzogtum uferte. U. zeigte nämlich deutlich Bestrebungen, sich von seinem bisherigen kaiserlichen Gönner zu emanzipieren, der doch mit der Hebung Ulrichs I. seine kaiserliche Machtposition im Südwesten des Reichs zu steigern gedacht hatte. Mit seiner adelsfeindlichen Politik schaffte er sich Feinde, die sich zu organisieren wussten. Als Ende 1515 seine Frau Sabina aus ihrer unglücklichen Ehe zu ihren Brüdern nach Bayern floh, sie ihre beiden Kinder, die noch nicht einmal zweijährige Anna und den Säugling Christoph jedoch zurückließ, wurde dieser in Schrift und Gegenschrift öffentlich verhandelte Ehekonflikt zum Politikum. Als U. 1517 überdies Angehörige der bürgerlichen Führungsschicht des Landes wegen Hochverrats hinrichten ließ, brach U.s Herrschaft zusammen. Das Herzogtum ging an das österreichische Habsburg unter König Ferdinand I. U. wurde verbannt und sein Sohn Christoph musste als Edelknabe an Karls V. Hof. Seine Gattin hingegen kehrte nach Württemberg zurück. Erst 1534 gelang U., militärisch unterstützt durch den Landgrafen Philipp von Hessen, die Rückeroberung seines Landes. Danach ging U. behutsamer und umsichtiger vor. 1534 wurde in Stuttgart der erste evangelische Gottesdienst gefeiert. Eine intensive Gesetzgebung legte rasch und konsequent die Grundlagen für das neue landesherrliche Kirchenregiment, der die Eingliederung von kirchlichem Besitz folgte. Die daraus resultierenden größeren finanziellen Handlungsspielräume nutzte U. zur Schuldentilgung, dem Ausbau der Landesfestungen und auch der Umgestaltung des Bildungswesens. U.s Reformationspolitik drohte am Ende seines Lebens wieder zu zerbrechen. Als Mitglied im Schmalkaldischen Bund und dessen Niederlage von 1546/47 strengte Karl V. einen Prozeß gegen U. an. Erst der Fürstenaufstand unter Moritz von Sachsen sowie der Passauer Vertrag von 1552 bannte die erneute Bedrohung durch Habsburg. U.s Wirken wird kontrovers beurteilt. Der zielstrebigen Anpassung des württembergischen Gemeinwesens an die sich rasch wandelnden Erfordernisse der Zeit steht seine Grausamkeit bei der Verfolgung vermeintlicher und tatsächlicher Widersacher gegenüber. Letztlich hinterließ U. seinem Sohn aber ein wesentlich vergrößertes, reicheres und besser organisiertes Land, als er es selbst vorgefunden hatte.

Zweibrücken, Wolfgang von:

siehe *Pfalz-Zweibrücken, Wolfgang von*

Widmung

Dieses Buch widme ich
Frau Ludovika Mohr
(† 2015).

Liebe Lu,
Du kannst dieses Buch nicht mehr lesen.
Aber ich bin mir sicher:
Es hätte Dir gefallen.

Auf ewig!

Quellenverzeichnis

1. *Abbildung der Gemein-Nützlichen Haupt-Stände*, Christoff Weigel, Regensburg 1698
2. Adelmann, F. Gräfin von, „*Plieningen, Dietrich von*" in: Neue Deutsche Biographie 20
3. (2001), S. 542 f. [Online-Version] ; URL: https://www.deutsche-biographie.de/pnd118595067
4. *Alessandro Farnese*: https://www.treccani.it/enciclopedia/alessandro-farnese
5. *Aller des Heiligen Römis. Reichs gehaltenen Reichs=Tage, Abschiede und Satzungen, Samt anderen Kayserlichen und Königlichen CONSTITUTIONEN* ; Franckfurt am Mayn / In Verlegung Joh. Martin Schönwetters seel. Wittib, Im Jahr Christi 1720.
6. *Allgemeine Encyclopädie der Wissenschaften und Künste* in alphabetischer Folge von genannten Schriftstellern bearbeitet und herausgegeben von J. S. Ersch und J. G. Gruber. Leipzig: Zweite Section H-N. Herausgegeben von A. G. Hoffmann. Einundzwanzigster Theil. J. H. Brockhaus. 1872
7. *Andreas Osiander d. Ä.* Gesamtausgabe Band 7 - Schriften und Briefe 1539 bis März 1543, Herausgegeben von Gerhard Müller und Gottfried Seebaß, Gütersloher Verlagshaus Gerd Mohn, Güersloh 198, ISBN 3-579-00131-0
8. *ARCHIV FÜR REFORMATIONSGESCHICHTE* - In Verbindung mit dem Verein für Reformationsgeschichte herausgegeben von Walter Friedensburg. - V. Jahrgang 1907/1908. - Leipzig Verlag von M. Heinsius Nachfolger 1908.
9. Artikel „*Granvelle, Nicolaus Perrenot, Herr von*" von Wilhelm Maurenbrecher in: Allgemeine Deutsche Biographie, herausgegeben von der Historischen Kommission bei der Bayerischen Akademie der Wissenschaften, Band 9 (1879), S. 580–584
10. *Augsburgs Reformationsgeschichte* Dritter Band 1539-1547, bzw. 1548 von Friedrich Roth - München. Theodoer Ackermann. Königlicher Hof-Buchhändler. 1907
11. Aulinger, Rosemarie, „*Naves, Johann von*" in: Neue Deutsche Biographie 19 (1999), S. 1-2 [Online-Version]; URL: https://www.deutsche-biographie.de/pnd137999100
12. *Baierns politische Geschichte* von Andreas Sebastian Stumpf - Ersten Bandes zweite Abtheilung. München, 1817. Gedruckt bey Franz Seraph Hübschmann.
13. *Bayerische Geschichte*, Benno Hubensteiner, Sonderausgabe Verlag Wittelsbacher Ausgleichsfonds, 1980 Süddeutscher Verlag GmbH, München
14. *Bayern, Sabina von*: https://www.ingolstadt.de/stadtmuseum/scheuerer/ausstell/1516-235.htm
15. *Bayerns auswärtige Verhältnisse seit dem Anfang des sechzehnten Jahrhunderts.* Aus gedruckten und ungedruckten Quellen dargestellt von C. M. Freiherrn von Arentin, Königl. bayer. Rittmeister à la suite der Armee, Oberstlieutenant und Bezirksinspector der Landwehr von Niederbayern. Erster Band. Passau. Druck und Verlag von Friedrich Winkler. 1839.
16. *Beiträge zu einer Biografie Ottheinrichs* von R. Salzer, Heidelberg Buchdruckerei von G. J. Scholz, vorm. G. Mohr, 1886
17. *Beiträge zur Reichsgeschichte 1546-1551* von August von Druffel. Auf Veranlassung und mit Unterstützung seiner Majestät des Königs von Bayern Maximilian II. Herausgegeben durch die Histor. Comission bei der Königl. Academie der Wissenschaften. München. M. Rieger'sche Universitätsbuchhandlung. (Gustav Himmer.) 1875.
18. *Beiträge zur Reichsgeschichte 1546-1552.* Bearbeitet von August von Druffel. Auf Veranlassung und mit Unterstützung seiner Majestät des Königs von Bayern Maximilian II. Herausgegeben durch die Histor. Comission bei der Königl. Academie der Wissenschaften. München. M. Rieger'sche Universitätsbuchhandlung. (Gustav Himmer.) 1882.
19. *Beiträge zur Reichsgeschichte 1552.* Bearbeitet von August von Druffel. Auf Veranlassung und mit Unterstützung seiner Majestät des Königs von Bayern. Herausgegeben durch die Historische Comission bei der Königlichen Academie der

Wissenschaften. München. M. Rieger'sche Universitätsbuchhandlung. (Gustav Himmer.) 1880.

20. *Bekleidungskunst und Mode*, Max von Boehn, Delphin Verlag 1918

21. Bernd-Ulrich Hergemöller, *Goldene Bulle*, 1356, publiziert am 08.03.2010; in: Histor.Lexikon Bayerns, URL:https://www.historisches-lexikon-bayerns.de/Lexikon/Goldene_Bulle

22. *Bewahrte Schätze - Von Denkmälern, Funden und Brauchtum im Neuburg-Schrobenhausener Land*, herausgegeben vom Landkreis Neuburg-Schrobenhausen 2002

23. Brandi, „*Vogelsberger, Sebastian*" in: Allgemeine Deutsche Biographie 40 (1896), S. 158 [Online-Version]; URL: https://www.deutsche-biographie.de/pnd13034236X

24. *Casimir, Markgraf von Brandenburg*, Artikel von Theodor Hirsch in: Allgemeine Deutsche Biographie, herausgegeben von der Historischen Kommission bei der Bayerischen Akademie der Wissenschaften, Band 4 (1876), S. 43–53

25. Christof Paulus, *Heideck, Adelsfamilie*, publiziert am 13.07.2010; in: Histor. Lexikon Bayerns, URL:http://www.historisches-lexikon-bayerns.de/Lexikon/Heideck,_Adelsfamilie

26. *Christoph, Graf von Oldenburg* von Johann Friedrich Ludwig Theodor Merzdorf in: Allgemeine Deutsche Biographie, herausgegeben von der Historischen Kommission bei der Bayerischen Akademie der Wissenschaften, Band 4 (1876), S. 241–243

27. *Churfürst Moritz gegenüber der Fürstenverschwörung in den Jahren 1550-51.* von C. A. Cornelius in: Abhandlungen der historischen Classe der Königlich Bayerischen Akademie der Wissenschaften. Zehnter Band. München, 1867. Verlag der Akademie, in Commission bei G. Franz.

28. *Collectaneen=Blatt für die Geschichte Bayerns*, insbesondere für die Geschichte der Stadt Neuburg a. d. D. und des ehemaligen Herzogtums Neuburg, bearbeitet von Mitgliedern des historischen Filial=Vereins zu Neuburg. Neununddreißigster *Jahrgang 1875.* Neuburg 1875. Grießmayersche Buchdruckerei.

29. *Collektaneen=Blatt für die Geschichte Bayerns*, insbesondere für die Geschichte der Stadt Neuburg a.d.D. und deren Umgegend von Mitgliedern des histor. Filial=Vereins zu Neuburg a.d.D. - Elfter Jahrgang *1845.* IItes Heft des IVten Bandes. Druck und Verlag der Grießmayerschen Buchdruckerei und Buchhandlung in Neuburg a.d.D.

30. *Collektaneen-Blatt für die Geschichte Bayerns*, insbesondere für die Geschichte der Stadt Neuburg a. d. D. und deren Umgegend von Mitgliedern des histor. Filial-Vereins zu Neuburg a. d. D. - Zehnter Jahrgang *1844* Ites Heft des IVten Bandes.

31. Constantin von Wurzbach: *Habsburg, Anna* (Königin von Ungarn und Böhmen). In: Biographisches Lexikon des Kaiserthums Oesterreich. 6. Theil. Kaiserlich-königliche Hof- und Staatsdruckerei, Wien 1860, S. 150 f.

32. *D. Franz Dominicus Häberlins Teutsche Reichs=Geschichte.* XII. Band. Halle, bey Gebauers Wittwe und Joh. Jac. Gebauer. 1774.

33. *Das häusliche Leben der europäischen Kulturvölker vom Mittelalter bis zur zweiten Hälfte des XVIII. Jahrhunderts* von Dr. Alwin Schultz, München und Berlin. Druck und Verlag von R. Oldenburg. 1903

34. *Das Religions-Gespräch zu Regensburg i. J. 1541*, M. Karl Theodor Hergang, Cassel 1858, Druck und Verlag von Theodor Fischer

35. *Das Schloss zu Neuburg a. d. Donau - Der Bauzustand um 1550 und die späteren Veränderungen*, herausgeg. am 16. Oktober 1987 vom Heimatverein - Historischen Verein Neubaug a. d. Donau

36. *Das Zeitalter der Reformation und Gegenreformation von 1517 - 1660*, Von Kurt Kaser, Verlag Friedrich Andreas Perthes A.-G. Stuttgart-Gotha 1922

37. *Der Einfall des Churfürsten Moritz von Sachsen in Tirol 1552.* Von Dr. David Schönherr. INNSBRUCK. Verlag der Wagner'schen Universitäts-Buchhandlung 1868.

38. *Der Reichstag zu Worms vom Jahre 1545* - Ein Beitrag zur Vorgeschichte des Schmakaldischen Krieges von Dr. Paul Kannengiesser Oberlehrer am

Protestantischen Gymnasium zu Strassburg i. E., Strassburg J. H. ED. Heitz (Heitz & Mündel) 1891

39. *Der Waffenschmied*, Alexander Freiherr von Reitzenstein, Prestel Verlag München 1964

40. *Des Viglius van Zwichem Tagebuch des Schmalkaldischen Donaukriegs*, Nach dem Autograph des Brüsseler Staatsarchivs herausgegeben und erläutert von August von Druffel. München, 1877. M. rieger'sche Universitäts-Buchhandlung. (Gustav Himmer.)

41. *Deutsche Geschichte im Zeitalter der Reformation, der Gegenreformation und des Dreißigjährigen Krieges 1493-1648*. Ein Handbuch für Studierende von Georg Mentz. Tübigen, Verlag von J. C. B. Mohr (Paul Siebeck) 1913

42. *Deutsche Turniere, Rüstungen und Plattner des XVI. Jahrhunderts*, Cornelius Gurlitt, Gilbersche Königl. Hof-Verlagsbuchhandlung J. Bleyl, Dresden 1889

43. *Die evangelisch-lutherische Kirche der ehemaligen Pfalzgrafschaft Neuburg*, G. W. H. Brock, Nördlingen. Druck und Verlag der C. H. Beck'schen Buchhandlung, 1847

44. *Die Frauenfrage im Mittelalter* von Karl Bücher, Zweite verbesserte Auflage, Tübingen, Verlag der H. Laupp'schen Buchhandlung 1910

45. *Die Gefangennahme des Landgrafen Philipp von Hessen 1547*. Von S. Issleib. In: Neues Archiv für Sächsische Geschichte und Altertumskunde. Herausgegeben von Dr. Hubert Ermisch, K. Archivrat. Elfter Band. Dresden 1890. Wilhelm Baensch Verlagsbuchhandlung.

46. *Die gute alte Zeit geschildert in historischen Beiträgen*, Erster Band herausgegeben von J. Scheible, Stuttgart 1847. Verlag des Herausgebers

47. *DIE INSZENIERUNG EINES TURNIERS Ritterspiele im 15. Jahrhundert*, Inaugural-Dissertation an der Philosophischen Fakultät der Universität Wien, vorgelegt von Andrea Ruis, Wien, im März 1987

48. *Die Kriegswaffen in ihren geschichtlichen Entwicklungen* - Eine Encyklopädie der Waffenkunde von August Demmin, Leipzig P. Friesenhahn, 1893

49. *Die Kunstbestrebungen am bayerischen Hofe unter Herzog Albert V.* und seinem Nachfolger Wilhelm V., von Dr. J. Stockbauer, Wien 1874, Wilhelm Braumüller K. K. Hof- und Universitätsbuchhändler

50. *Die Neuburger Zünfte aus*: Beiträge zur Stadtgeschichte von Roland Thiele

51. *Die Ostbauten des Neuburger Schlosses zur Zeit Ottheinrichs*, Neuburger Kollektaneenblatt 127/1974 S. 022-027

52. *Die Reformation im Fürstentum Pfalz-Neuburg unter Pfalzgraf und Kurfürst Ottheinrich 1542-1559*, Neuburger Kollektaneenblatt 110 / 1957

53. *Die Residenz in Neuburg, wie sie war und ist*, Monatliches Collectaneen-Blatt für die Geschichte der Stadt Neuburg a/D. und deren Umgegend, Erster Jahrgang 5. Mai 1835

54. *Die Schlacht bei Mühlberg*. Mit neuen Quellen. Von Dr. Max Lenz. Gotha. Friedrich Andreas Perthes. 1879

55. *Die Verhandlungen zu Linz und Passau und der Vertrag von Passau im Jahre 1552*. Von Dr. phil. Hermann Barge. Stralsund. Verlag von Karl Meincke's Buchhandlung (E. Warnke). 1893.

56. *Die Wittenberger Kapitulation von 1547*. Vom Oberlehrer Wilhelm Mohs. Wissenschaftliche Beilage zum Jahresbericht des Gymnasiums Fridericianum zu Schwerin für das Schuljahr 1904/05.

57. Dorfmüller, Kurt, „*Ochsenkun, Sebastian*“ in: Neue Deutsche Biographie 19 (1999), S. 414 f. [Online-Version]; URL: https://www.deutsche-biographie.de/pnd122002717

58. *Dr. Martin Luthers Briefwechsel*, Dr. C.A.H. Burkhardt, Leipzig 1866, Verlag F. C. W. Vogel

59. Edel, Andreas, „*Ottheinrich*“ in: Neue Deutsche Biographie 19 (1999), S. 655 f. [Online-Version]; URL: https://www.deutsche-biographie.de/pnd118738712

60. *Ercole II. d'Este*: https://www.treccani.it/enciclopedia/ercole-ii-d-este

61. *Ettmannsdorf 1010 - 2010* Tausend Jahre Dorfgeschichte dürfen nicht vergessen werden, Hans Weingärtner, 2010

62. *Examples of ornamental METAL WORK* Drawn and engraved of Henry Shaw LONDON. Published by W^{am} , 57. Chancery Lane 1836.

63. Feger, Otto, „*Blarer von Giersberg, Gerwig*“ in: Neue Deutsche Biographie 2 (1955), S. 288 [Online-Version]; URL: https://www.deutsche-biographie.de/pnd127419950

64. Ferdinand Hahn „*Heinrich IV., Burggraf von Meißen*“ in: Allgemeine Deutsche Biographie, herausgegeben von der Historischen Kommission bei der Bayerischen Akademie der Wissenschaften, Band 11 (1880), S. 577–579

65. *Franz I. von Frankreich*: https://www.treccani.it/enciclopedia/francesco-i-di-valois-re-di-francia

66. *Freydal. Des Kaisers Maximilian I. Turniere und Mummereien*, Quirin von Leitner, Wien, 1881, Druck und Verlag von Adolf Holzhausen

67. Fuchs, Peter, „*Friedrich II. der Weise*“ in: Neue Deutsche Biographie 5 (1961), S. 528-530 [Online-Version]; URL: https://www.deutsche-biographie.de/pnd118535714

68. Fuchs, Peter, „*Friedrich III.*“ in: Neue Deutsche Biographie 5 (1961), S. 530-532 [Online-Version]; URL: https://www.deutsche-biographie.de/pnd118535722

69. *Gebaute Herrschaftsgeschichte Das Residenzschloss zu Neuburg a.d. Donau*, herausgegeben vom Freundes- und förderkreis Schloss Neuburg, Neuburg a.d. Donau 2005

70. *Geistli=| |che Lieder.| | Auffs new gebessert/ | | zu Wittemberg.* | | Mar. Luth.| | 1540, VD15 digital, PPN863517536, Staatsbibliothek zu Berlin Preußischer Kulturbesitz ; PURL: http://resolver.staatsbibliothek-berlin.de/SBB0001D9E100000000

71. *GENEALOGIE des erlauchten Stammhauses Wittelsbach* von Dr. Christian Häutle, München, Hermann Manz'sche Hofkunsthandlung und Buchhandlung, 1870

72. *Geschichte des Passauer Vertrages 1552.* Von Walter Kühns. Am 13. Juni 1906 von der hohen philosophischen Fakultät der Georg-August-Universität zu Göttingen gekrönte Preisschrift. Göttingen 1906. Druck der Dieterichschen Univ.-Buchdruckerei (W. Fr. Kaestner).

73. *Geschichte des Rittertums* von Dr. Otto Henne am Rhyn, Leipzig. P. Friesenhahn

74. *Geschlechts und Wappenbeschreibungen zu dem tyroffischen neuen adelichen Wappenwerk*, Ersten Bandes erster Abschnitt, Nürnberg im Verlag des Conrad Tyroffschen Wappencomtoirs, 1805

75. *Geschlechtsregister des Patriciats der vormaligen Reichsstadt Nürnberg bis zum Jahre 1854* herausgegeben von Christoph Friedrich Wilhelm von Volckamer. Nürnberg, 1854. Im Selbstverlage

76. *Gießer und Gießkunst in Neuburg an der Donau*, R. Fitzek, Nbger Kollektaneenblatt 141/1993

77. Goetz, Walter, „*Albrecht V.*“ in: Neue Deutsche Biographie 1 (1953), S. 158-160 [Online-Version]; URL: https://www.deutsche-biographie.de/pnd118647571

78. Goetz, Walter, „*Wolfgang zu Salm-Neuburg*“ in: Allgemeine Deutsche Biographie 44 (1898), S. 117 [Online-Version]; URL: https://www.deutsche-biographie.de/pnd13162542X

79. Grimm, Heinrich, „*Cochlaeus, Johannes*“ in: Neue Deutsche Biographie 3 (1957), S. 304-306 [Online-Version]; URL: https://www.deutsche-biographie.de/pnd118521330

80. *Großes Kriegswörterbuch oder Encyklopädie aller in das Gebiet der Kriegswissenschaften einschlagenden Wörter und Materialien*, bearbeitet von Carl Ad. Loehr, Hauptmann im

königl. bayer'schen Infanterie-Regiment Seckendorff. Erster Band. Mannheim, Verlag von J. Bensheimer. 1846.

81. Guttenberg, Erich Freiherr von, „*Albrecht Alkibiades*" in: Neue Deut. Biographie 1 (1953), S. 163 [Online-Version]; URL: https://www.deutsche-biographie.de/pnd118647776

82. Hans Kilian Buchdrucker im Dienste Ottheinrichs und der Reformation, Katalog zur Ausstellung der Staatlichen Bibliothek vom 09. September bis 30. Oktober 1994 in der Städtischen Galerie im Rathausfletz, Neuburg an der Donau, Verlag Benedikt Bickel, Schrobenhausen 1994

83. Harleß, „*Wilhelm V.*" in: Allgemeine Deutsche Biographie 43 (1898), S. 106-113 [Online-Version]; URL: https://www.deutsche-biographie.de/pnd118807358

84. Haug-Moritz, Gabriele, „*Ulrich I.*" in: Neue Deutsche Biographie 26 (2016), S. 600-601 [Online-Version]; URL: https://www.deutsche-biographie.de/pnd118625357

85. Heidelberger Abhandlungen zur mittleren und neueren Geschichte, Herausgegeben von Karl Hampe, Erich Marcks und Dietrich Schäfer, 4. Heft: Friedrich II. von der Pfalz und die Reformation von Hans Rott, Heidelberg 1904, Carl Winter's Universitätsbuchhandlung

86. Heinemeyer, Walter, „*Feige, Johann*" in: Neue Deutsche Biographie 5 (1961), S. 55 f. [Online-Version]; URL: https://www.deutsche-biographie.de/pnd118532243

87. Heinrich II. von Frankreich: https://www.treccani.it/enciclopedia/enrico-ii-re-di-francia

88. Heiß, Gernot, „*Maria*" in: Neue Deutsche Biographie 16 (1990), S. 207-209 [Online-Version]; URL: https://www.deutsche-biographie.de/pnd119170531

89. Hessen, Philipp Landgraf von, in: Hessische Biografie https://www.lagis-hessen.de/pnd/11859382X

90. Hiereth, Sebastian, „*Georg der Reiche*" in: Neue Deutsche Biographie 6 (1964), S. 199-200 [Online-Version]; URL: https://www.deutsche-biographie.de/pnd118690434

91. Hirder, Sebald d. Ältere: https://www.schloesser.bayern.de/deutsch/presse/archiv05/neuburg/tor.htm

92. Historische Studien veröffentlicht von Dr. Phil. E. Ebering Heft XXXI. *Melanchtons Haltung im Schmalkaldischen Kriege.* Von Dr. Curt Christmann. Berlin 1902.

93. Historischer Verein Neuburg a.d. Donau - Archiv 61-15 *Die Harnischkammer des Neuburger Schlosses 1628*

94. Historisches Helden= und Heldinnen=Lexicon, herausgegeben von Johann Friedrich Gauhen. Leipzig, bey Joh. Friedrich Gleditsch und Sohn, Anno 1716

95. http://www.*weingärtner-schwandorf*.de/Wappen%20Ettmansdorf.html

96. https://www.historisches-lexik on-bayerns.de/Lexikon/*Wittelsbachische_Primogeniturordnung* _(1506)#Der_Erbfall_von_1503

97. https://www.treccani.it/enciclopedia/*alba-fernando-alvarez-de-toledo*-terzo-duca-di/

98. https://www.treccani.it/enciclopedia/*alvise-mocenigo*

99. https://www.treccani.it/enciclopedia/*federico-ii-go nzaga-duca-di-mantova-e-marchese-del-monferrato*

100. https://www.treccani.it/enciclopedia/*giovanni-battista-palatino*

101. https://www.treccani.it/enciclopedia/*medici-di-mar ignano-gian-giacomo-detto-il-medeghino/*

102. https://www.treccani.it/enciclopedia/*ottavio-fa rnese-duca-di-parma_*(Dizionario-Biografico)/

103. https://www.treccani.it/enciclopedia/*sacchi-bartolomeo-detto-il-platina*

104. https://www.treccani.it/enciclopedia/*sacchi-bartolomeo-detto-il-platina*

105. https://www.treccani.it/enciclopedia/*theobald-billikan*/

106. Hubatsch, Walther, „*Albrecht*" in: Neue Deutsche Biographie 1 (1953), S. 171-173 [Online-Version]; URL: https://www.deutsche-biographie.de/pnd118637673

107. Hüttl, Ludwig, „*Ludwig VIII.*" in: Neue Deutsche Biographie 15 (1987), S. 363-365 [Online-Version]; URL: https://www.deutsche-biographie.de/pnd102507600

108. IOHANNES SICHARDVS VND DIE VON IHM BENVTZTEN BIBLIOTHEKEN VND HANDSCHRIFTEN von Paul Lehmann München 1911 C. H. Becksche Verlagsbuchhandlung Oskar Beck

109. Johann Albrecht I., Herzog von Mecklenburg von Ludwig Schultz in: Allgemeine Deutsche Biographie, herausgegeben von der Historischen Kommission bei der Bayerischen Akademie der Wissenschaften, Band 14 (1881), S. 239–243

110. Johann Samuel Hallens Werkstätte der heutigen Künste, Erster Band, Brandenburg und Leipzig, bei Johann Wendelin Halle und Johann Samule Halle, 1761

111. Johann Samuel Hallens Werkstätte der heutigen Künste, Vierter Band, Brandenburg und Leipzig, bei Johann Wendelin Halle und Johann Samuel Halle, 1765

112. Johann Samuel Hallens Werkstätte der heutigen Künste, Zweeter Band, Brandenburg und Leipzig, bei Johann Wendelin Halle und Johann Samuel Halle, 1762

113. Jürgensmeier, Friedhelm, „*Sebastian*" in: Neue Deutsche Biographie 24 (2010), S. 108-109 [Online-Version]; URL: https://www.deutsche-biographie.de/pnd118550535

114. K. Löcher: *Peter Gertner - ein Nürnberger Meister als Hofmaler des Pfalzgrafen Ottheinrich in Neuburg an der Donau.* (Neuburger Kollektaneenblatt CXLI) Neuburg an der Donau 1993

115. Kampf, Waldemar, „*Georg Friedrich*" in: Neue Deutsche Biographie 6 (1964), S. 205 f. [Online-Version]; URL: https://www.deutsche-biographie.de/pnd118958410

116. Karl der Kühne, Herzog von Burgund. Biographie. von Rupert Bekker. Prag und Leipzig 1792. In der A. G. Meißnerischen Buchhandlung.

117. Karl V. und die deutschen Protestanten am Vorabend des Schmalkaldischen Krieges ; 1.Teil: Die Reichstage der Jahre 1541 - 1543, Dr. Phil. Paul Heidrich, Josef Baer & Co. Frankfurt a. M. 1911

118. Karls V. Plan zur Gründung eines Reichsbundes, Ursprung u. erste Versuche bis zum Ausgange des Ulmer Tages 1547 von Dr. phil. O.A. Hecker, Leipzig, Verlag von Quelle & Meyer, 1906

119. Kellner, Heinrich, „*Faber, Johannes*" in: Allgemeine Deutsche Biographie 6 (1877), S. 494-495 [Online-Version]; URL: https://www.deutsche-biographie.de/pnd104057408

120. Kilian Leib Prior von Rebdorf. Ein Lebensbild aus dem Zeitalter der Reformation. Von Dr. phil. Josef Deutsch. In: Reformationsgeschichtliche Studien und Texte, Heft 15 und 16. Münster i. W. Druck und Verlag der Aschendorffschen Buchhandlung. 1910

121. Kilian Leibs Briefwechsel und Diarien. Herausgegeben von Jospeh Schlecht. In: Reformationsgeschichtliche Studien und Texte, Heft 7. Münster i. W. Druck und Verlag der Aschendorffschen Buchhandlung. 1909

122. Kindscher, Franz, „*Wolfgang*" in: Allgemeine Deutsche Biographie 44 (1898), S. 68-72 [Online-Version]; URL: https://www.deutsche-biographie.de/pnd120849461

123. Klein, Thomas, „*Johann Friedrich II.*" in: Neue Deutsche Biographie 10 (1974), S. 530 [Online-Version]; URL: https://www.deutsche-biographie.de/pnd100031900

124. Klein, Thomas, „*Johann Friedrich*" in: Neue Deutsche Biographie 10 (1974), S. 524 f. [Online-Version]; URL: https://www.deutsche-biographie.de/pnd118712373

125. Kohler, Alfred, „*Margarethe*" in: Neue Deutsche Biographie 16 (1990), S. 161 f. [Online-Version]; URL: https://www.deutsche-biographie.de/pnd118544225

126. Kollektaneenblatt des Historischen Vereins der Stadt Neuburg a. d. Donau 141/1993 S. 5-133: *Peter Gertner - ein Nürnberger Meister als Hofmaler Ottheinrichs in Neuburg an der Donau*

127. *Kollektaneen-Blatt für die Geschichte Bayerns insbesondere des ehemaligen Herzogtums Neuburg* herausgegeben von dem Historischen Verein Neuburg a. Donau. 85. Jahrgang, *1920*

128. Künast, Hans-Jörg; Müller, Jan-Dirk, „*Peutinger, Conrad*" in: Neue Deutsche Biographie 20 (2001), S. 282-284 [Online-Version]; URL: https://www.deutsche-biographie.de/pnd118740652.html#ndbcontent

129. *KURFÜRST OTTHEINRICH* Sonderdruck aus „Ruperto-Carola", Mitteilungen der Vereinigung der Freunde der Studentenschaft der Universität Heidelberg e.V., 8. Jahrgang - Band 20 - Dezember 1956, Herausgegeben von Gerhard Hinz, Senatsassistent der Universität Heidelberg

130. *LANDESHERR UND LANDSTÄNDE IM FÜRSTENTUM PFALZ-NEUBURG*, Michael Cramer-Fürtig, C. H. Beck'sche Verlagsbuchhandlung, München 1995

131. *Landgraf Philipp der Großmütige* von Dr. Gottlob Egelhaaf, Oberstudienrat, Rektor des Karlsgymnasiums in Stuttgart. Halle a. S. 1904. Verein für Reformationsgeschichte

132. Landmann, Karl Johann Casimir von, „*Heideck, Johann Freiherr von*" in: Allgemeine Deutsche Biographie 11 (1880), S. 294 [Online-Version]; URL: https://www.deutsche-biographie.de/pnd1047786753

133. Laschinger, Johannes, „*Ludwig IX.*" in: Neue Deutsche Biographie 15 (1987), S. 365 f. [Online-Version]; URL: https://www.deutsche-biographie.de/pnd119398613

134. Laschinger, Johannes, „*Ludwig X.*" in: Neue Deutsche Biographie 15 (1987), S. 366-367 [Online-Version]; URL: https://www.deutsche-biographie.de/pnd11872939X

135. *Le origini del riso in Asia e la sua diffusione nel Mediterraneo e in Italia* (https://www.beniculturali.it/mibac/multimedia/MiBAC/minisiti/alimentazione/sezioni/origini/articoli/riso.html)

136. *Lebensbeschreibung des berühmten Ritters Sebastian Schärtlins von Burtenbach.* Aus dessen eigenen und Geschlechts-Nachrichten vollständig herausgegeben und mit Anmerkungen und Beylagen versehen. Frankfurt und Leipzig, 1777.

137. Lenk, Leonhard, „*Eck, Leonhard von*" in: Neue Deutsche Biographie 4 (1959), S. 277-279 [Online-Version]; URL: https://www.deutsche-biographie.de/pnd118528718

138. Lenz, Max, „*Lersner, Heinrich*" in: Allgemeine Deutsche Biographie 18 (1883), S. 433-435 [Online-Version]; URL: https://www.deutsche-biographie.de/pnd136659144

139. Lhotsky, Alphons, „*Friedrich III.*" in: Neue Deutsche Biographie 5 (1961), S. 484-487 [Online-Version]; URL: https://www.deutsche-biographie.de/pnd118535773

140. *Libro di M. Giovambattista Palatino Cittadino Romano Nel qual s'insegna à Scriver ogni forte lettera*, Antica, & Moderna, di qualunque natione (Schreibmeisterbuch von Palatino, Rom, 1540)

141. *Ludwig X.*, in: Allgemeine Deutsche Biografie (1884), S. (Onlinefassung) ; http://www.deutsche-biografie.de/.html

142. Luttenberger, Albrecht, „*Ludwig V. der Friedfertige*" in: Neue Deutsche Biographie 15 (1987), S. 412 f. [Online-Version]; URL: https://www.deutsche-biographie.de/pnd119272334

143. Marcus Prell, *Neuburgs Donaubrücken im Wandel der Zeiten Teil 1*: Von den Anfängen bis ins 18. Jahrhundert, Sonderdruck aus: Neuburger Kollektaneenblatt Jahrbuch 150/2002 hrsg. vom Historischen Verein Neuburg a.d. Donau Seite 129-195

144. *Markgraf Albrecht Alcibiades von Brandenburg-Kulmbach.* Von Johannes Voigt. Erster und Zweiter Band. Berlin. Verlag der Deckerschen Geheimen Ober-Hofbuchdruckerei.1852.

145. *Martinuzzi, Frater Georgius* in: Meyers Großes Konversations-Lexikon, Band 13. Leipzig 1908, S. 371-372.

146. Maurenbrecher, „*Granvelle, Nicolaus Perrenot von*" in: Allgemeine Deutsche Biographie 9 (1879), S. 580-584 [Online-Version]; URL: https://www.deutsche-biographie.de/pnd118718452

147. Michael Masson: *Das Königshaus Bayern*: genealogisch bearbeitet und mit historisch-biographischen Notizen erläutert, Verl. des Hrsg., 1854

148. *Moritz von Sachsen als evangelischer Fürst 1541 - 1553*, Von Prof. Dr. S. Issleib, Leipzig, Verlag von Johann Ambrosius Barth 1907

149. *Moritz von Sachsen Der Gegenspieler Karls V.*, Hans Baumgarten, 1943, Paul Neff Verlag

150. *Moritz von Sachsen gegen Karl V. 1552.* Von S. Issleib, in: Neues Archiv für Sächsische Geschichte und Altertumskunde. Heruasgegeben von Dr. Hubert Ermisch, K. Archivrat. Siebenter Band. Dresden 1886. Wilhelm Baensch Verlagsbuchhandlung.

151. *Moritz, Herzog und Churfürst zu Sachsen.* Eine Darstellung aus dem Zeitalter der Reformation von Dr. Friedrich Albert von Langenn. Erster Theil. Leipzig, Verlag der J. C. Hinrichs'schen Buchhandlung. 1841.

152. Müller, Pieter Lodewijk, „*Heinrich II.*" in: Allgemeine Deutsche Biographie 11 (1880), S. 625 f. [Online-Version]; URL: https://www.deutsche-biographie.de/pnd124541496

153. Müller, Pieter Lodewijk, „*Rossem, Martin von*" in: Allgemeine Deutsche Biographie 29 (1889), S. 257-258 [Online-Version]; URL: https://www.deutsche-biographie.de/pnd121637018

154. *Neuburg a. d. Donau und Umgebung in Geschichte und Gegenwart*, Dr. Josef Heider, 8. neubearbeitete Auflage, Verlag Joh. Prechter Neuburg/Donau

155. *NEUBURG AN DER DONAU Das Landgericht Neuburg und die Pfleggerichte Burgheim und Reichertshofen* von Markus Nadler, Kommission für bayerische Landesgeschichte München 2004 ISBN 3 7696 6852 9

156. *Neuburg an der Donau: Von der Spitalkapelle zur heutigen Stadtpfarrkirche Hl. Geist*, Wolfgang Kaps, Stand Juni 2017

157. *Neuburger Kollektaneenblatt 043/1879*, Seiten 55-117

158. *Neuburger Kollektaneenblatt 125/1972*: „Die Schloßkapelle"

159. *Neuburger Kollektaneenblatt 132/1979*, Seiten 235-239

160. *Neuburger Kollektaneen-Blatt 93. Jahrgang 1928*, Seiten 32-34

161. *Neuburger Wochenblatt 1827*, Seite 119

162. *Neuneck, Reinhard von*: Kindler von Knobloch, Julius ; Badische Historische Kommission [Hrsg.]: Oberbadisches Geschlechterbuch (Band 3): M - R, Heidelberg 1919

163. Newald, Richard, „*Billicanus, Theobald*" in: Neue Deutsche Biographie 2 (1955), S. 238 [Online-Version]; URL: https://www.deutsche-biographie.de/pnd118510894

164. Ney, „*Wolfgang*" in: Allgemeine Deutsche Biographie 44 (1898), S. 76-87 [Online-Version]; URL: https://www.deutsche-biographie.de/pnd101953399

165. Nicklas, Thomas, „*Schwendi, Lazarus Freiherr von*" in: Neue Deutsche Biographie 24 (2010), S. 65-66 [Online-Version]; URL: https://www.deutsche-biographie.de/pnd118760130

166. *Ottheinrich und die Kunst.* Von Hans Rott. In: Mitteilungen zur Geschichte des Heidelberger Schlosses. Herausgegeben vom Heidelberger Schloßverein. Band V. - Heft 1/2. ; Heidelberg, Buchhandlung von Karl Groos. 1905.

167. *Ottheinrich von der Pfalz*, Alexander von Reitzenstein, Angelsachsen-Verlag / Bremen 1939

168. Otto, Friedrich, „*Reiffenberg*“ in: Allgemeine Deutsche Biographie 27 (1888), S. 687-690 [Online-Version]; URL: https://www.deutsche-biographie.de/pnd138450307

169. *Peutinger, Claudius Pius*, Indexeintrag: Deutsche Biographie, https://www.deutsche-biographie.de/pnd138888256.html [09.03.2021].

170. *Pfalz Neuburg und seine Fürsten*, Hans Rall, Neuburger Kollektaneenblatt 109 / 1955

171. *Pfalzgraf Ottheinrich und das Buch* von Dr. Karl Schottenloher, Münster in Westf. 1927, Verlag der Aschendorffschen Verlagsbuchhandlung (PURL https://digi.ub.uni-heidelberg.de/diglit/Schottenloher1927/0001)

172. *Pfalzgraf Ottheinrich*, herausgegeben von der Stadt Neuburg an der Donau 2002, Verlag Friedrich Pustet Regensburg, ISBN 3-7917-1802-9

173. Pfeiffer, Gerhard, „*Georg*“ in: Neue Deutsche Biographie 6 (1964), S. 204 f. [Online-Version]; URL: https://www.deutsche-biographie.de/pnd118716905

174. *Philipp Der Streitbare*, herausgegeben von Tobias Appl, Margit Berwing-Wittl und Bernhard Lübbers im Auftrag der Stadt Burglengenfeld, Verlag Friedrich Pustet Regensburg, 2003, ISBN 3-7917-1862-2

175. *Plauen, Heinrich IV. von*: http://d-nb.info/gnd/104254041

176. Pölnitz, Götz Freiherr von, „*Fugger, Anton Graf*“ in: Neue Deutsche Biographie 5 (1961), S. 714-719 [Online-Version]; URL: https://www.deutsche-biographie.de/pnd118694170

177. *Publikationen aus den K. Preussischen Staatsarchiven* 48. Band, F. Küch, Politisches Archiv d. Landgrafen Philipp des Grossmütigen von Hessen. Erster Band, Leipzig Verlag S. Hirzel 1904

178. Rall, Hans, „*Albrecht IV.*“ in: Neue Deutsche Biographie 1 (1953), S. 157 f. [Online-Version]; URL: https://www.deutsche-biographie.de/pnd118644327

179. *Reformationsgeschichtliche Studien und Texte. Heft 7.* Kilian Leibs Briefwechsel und Diarien. Herausgegeben von Joseph Schlecht. Münster i. W. , Druck und Verlag der Aschendorffschen Buchhandlung. 1909.

180. Reindel, Kurt, „*Heinrich XVI.*“ in: Neue Deutsche Biographie 8 (1969), S. 346 [Online-Version]; URL: https://www.deutsche-biographie.de/pnd129432466

181. Reiter, Ernst, „*Leib, Kilian*“ in: Neue Deutsche Biographie 14 (1985), S. 115 [Online-Version]; URL: https://www.deutsche-biographie.de/pnd118890298

182. Reitzenstein, Alexander Freiherr von, „*Helmschmied, Desiderius*“ in: Neue Deutsche Biographie 8 (1969), S. 505 [Online-Version]; URL: https://www.deutsche-biographie.de/pnd133803597

183. Ribbeck, Walther, „*Wilhelm IV.*“ in: Allgemeine Deutsche Biographie 43 (1898), S. 32-39 [Online-Version]; URL: https://www.deutsche-biographie.de/pnd118632922

184. Rieckenberg, Hans Jürgen, „*Karl II.*“ in: Neue Deutsche Biographie 11 (1977), S. 220 f. [Online-Version]; URL: https://www.deutsche-biographie.de/pnd130875554

185. Riezler, Sigmund Ritter von, „*Fürstenberg, Friedrich II. Graf zu*“ in: Allgemeine Deutsche Biographie 8 (1878), S. 219-220 unter Friedrich II. [Online-Version]; URL: https://www.deutsche-biographie.de/pnd131551787

186. Riezler, Sigmund Ritter von, „*Ruprecht*“ in: Allgemeine Deutsche Biographie 29 (1889), S. 726-728 [Online-Version]; URL: https://www.deutsche-biographie.de/pnd100659381

187. Riezler, Sigmund Ritter von, „*Wilhelm IV.*“ in: Allgemeine Deutsche Biographie 42 (1897), S. 705-717 [Online-Version]; URL: https://www.deutsche-biographie.de/pnd118632868

188. *Rittertum und Ritterschaft*, Alexander Freiherr von Reitzenstein, Prestel Verlag München 1972

189. Roland Thiele in: „*Hofapotheke Neuburg*“, Selbstverlag 1991, Copyright by: M. Bartl, Druck: Buchdruckerei Loibl, Neuburg

190. *Rossem, Martin von*: von Pieter Lodewijk Muller in: Allgemeine Deutsche Biographie, herausgegeben von der Historischen Kommission bei der Bayerischen Akademie der Wissenschaften, Band 29 (1889), S. 257–258

191. *Sachsen, Agnes Herzogin und Kurfürstin von*, in: Hessische Biografie <https://www.lagis-hessen.de/pnd/104173815> (Stand: 15.4.2021)

192. Salzer, „*Philipp*" in: Allgemeine Deutsche Biographie 26 (1888), S. 18-27 [Online-Version]; URL: https://www.deutsche-biographie.de

193. *Schertlin von Burtenbach*, Sebastian von Alfred Stern in: Allgemeine Deutsche Biographie, herausgegeben von der Historischen Kommission bei der Bayerischen Akademie der Wissenschaften, Band 31 (1890), S. 132–137

194. *Schlieben, Eustachius von*: Katalog der Deutschen Nationalbibliothek, idn=1147620814

195. Schmidt, Heinrich, „*Heinrich der Jüngere*" in: Neue Deutsche Biographie 8 (1969), S. 351 f. [Online-Version]; URL: https://www.deutsche-biographie.de/pnd119024918

196. Schottenloher, Otto, „*Erasmus von Rotterdam, Desiderius*" in: Neue Deutsche Biographie 4 (1959), S. 554-560 [Online-Version]; URL: https://www.deutsche-biographie.de/pnd118530666

197. Schuhmann, Günther, „*Kasimir*" in: Neue Deutsche Biographie 11 (1977), S. 315 f. [Online-Version]; URL: https://www.deutsche-biographie.de/pnd102374090

198. Schultze, Johannes, „*Joachim II.*" in: Neue Deutsche Biographie 10 (1974), S. 436-438 [Online-Version]; URL: https://www.deutsche-biographie.de/pnd118557556

199. Schultze, Johannes, „*Johann*" in: Neue Deutsche Biographie 10 (1974), S. 476 f. [Online-Version]; URL: https://www.deutsche-biographie.de/pnd102111553.html#ndbcontent

200. Schultze, Johannes, „*Johann*" in: Neue Deutsche Biographie 10 (1974), S. 476 f. [Online-Version]; URL: https://www.deutsche-biographie.de/pnd102111553

201. Schütz, Alois, „*Ludwig*" in: Neue Deutsche Biographie 15 (1987), S. 334-347 [Online-Version]; URL: https://www.deutsche-biographie.de/pnd118574957

202. Seebaß, Gottfried, „*Osiander, Andreas*" in: Neue Deutsche Biographie 19 (1999), S. 608-609 [Online-Version]; URL: https://www.deutsche-biographie.de/pnd118590375

203. Seidlmayer, Michael, „*Agricola, Rudolf*" in: Neue Deutsche Biographie 1 (1953), S. 103-104 [Online-Version]; URL: https://www.deutsche-biographie.de/pnd118501089

204. Sigmund Ritter von Riezler „*Albrecht V., Herzog von Baiern*" in: Allgemeine Deutsche Biographie, herausgegeben von der Historischen Kommission bei der Bayerischen Akademie der Wissenschaften, Band 1 (1875), S. 234–237

205. Storkebaum, Werner, „*Christoph*" in: Neue Deutsche Biographie 3 (1957), S. 246-247 [Online-Version]; URL: https://www.deutsche-biographie.de/pnd118736191

206. Straub, Theodor, „*Ludwig VII.*" in: Neue Deutsche Biographie 15 (1987), S. 360-363 [Online-Version]; URL: https://www.deutsche-biographie.de/pnd118729381

207. Stupperich, Robert, „*Bucer, Martin*" in: Neue Deutsche Biographie 2 (1955), S. 695-697 [Online-Version]; URL: https://www.deutsche-biographie.de/pnd118516507

208. Stupperich, Robert, „*Hedio, Kaspar*" in: Neue Deutsche Biographie 8 (1969), S. 188-189 [Online-Version]; URL: https://www.deutsche-biographie.de/pnd118547615

209. Stupperich, Robert, „*Melanchthon, Philipp*" in: Neue Deutsche Biographie 16 (1990), S. 741-745 [Online-Version]; URL: https://www.deutsche-biographie.de/pnd118580485

210. *Sturm, Jakob* von Otto Winckelmann in: Allgemeine Deutsche Biographie, herausgegeben von der Historischen Kommission bei der Bayerischen Akademie der Wissenschaften, Band 37 (1894), S. 5–20

211. Thierfelder, Hildegard, „*Heinrich V.*“ in: Neue Deutsche Biographie 8 (1969), S. 372 [Online-Version]; URL: https://www.deutsche-biographie.de/pnd102111871

212. Thierfelder, Hildegard, „*Johann Albrecht I.*“ in: Neue Deutsche Biographie 10 (1974), S. 499 [Online-Version]; URL: https://www.deutsche-biographie.de/pnd100363237

213. Uhland, Robert, „*Christoph*“ in: Neue Deutsche Biographie 3 (1957), S. 248-249 [Online-Version]; URL: https://www.deutsche-biographie.de/pnd100089003

214. Urkunden und Akten der Stadt Strassburg - Zweite Abteilung - Politische Correspondenz der Stadt Strassburg im Zeitalter der Reformation - Heidelberg Carl Winters Universitätsbuchhandlung 1931

215. Venetianische Depeschen vom Kaiserhofe (Dispacci di Germania), Herausgegeben von der Historischen Commission der Kaiserlichen Akademie der Wissenschaften. Erster Band. Wien, *1889.* In Commission bei F. Tempsky

216. Venetianische Depeschen vom Kaiserhofe (Dispacci di Germania), Herausgegeben von der Historischen Commission der Kaiserlichen Akademie der Wissenschaften. Zweiter Band. Wien, *1892.* In Commission bei F. Tempsky

217. Wandruszka, Adam, „*Ferdinand I.*“ in: Neue Deutsche Biographie 5 (1961), S. 81-83 [Online-Version]; URL: https://www.deutsche-biographie.de/pnd118532502

218. Wartenberg, Günther, „*Moritz*“ in: Neue Deutsche Biographie 18 (1997), S. 141-143 [Online-Version]; URL: https://www.deutsche-biographie.de/pnd118584138

219. Wegner, Wolfgang, „*Breu, Jörg der Jüngere*“ in: Neue Deutsche Biographie 2 (1955), S. 605 [Online-Version]; URL: https://www.deutsche-biographie.de/pnd118515209

220. Werl, Elisabeth, „*Elisabeth*“ in: Neue Deutsche Biographie 4 (1959), S. 451 [Online-Version]; URL: https://www.deutsche-biographie.de/pnd13669523X

221. Werl, Elisabeth, „*Georg*“ in: Neue Deutsche Biographie 6 (1964), S. 224-227 [Online-Version]; URL: https://www.deutsche-biographie.de/pnd118716921

222. Werl, Elisabeth, „*Heinrich der Fromme*“ in: Neue Deutsche Biographie 8 (1969), S. 391-393 [Online-Version]; URL: https://www.deutsche-biographie.de/pnd115821872

223. Werl, Elisabeth, „*Katharina*“ in: Neue Deutsche Biographie 11 (1977), S. 325-326 [Online-Version]; URL: https://www.deutsche-biographie.de/pnd119240165

224. Wiesflecker, Hermann, „*Maximilian I.*“ in: Neue Deutsche Biographie 16 (1990), S. 458-471 [Online-Version]; URL: https://www.deutsche-biographie.de/pnd118579371

225. Wiesflecker-Friedhuber, Inge, „*Maria*“ in: Neue Deutsche Biographie 16 (1990), S. 188 f. [Online-Version]; URL: https://www.deutsche-biographie.de/pnd11857776X

226. Wilhelm IV., in: Allgemeine Deutsche Biografie (1897), S. (Onlinefassung) ; http://www.deutsche-biografie.de/.html

227. Winckelmann, Otto, „*Sturm, Jakob*“ in: Allgemeine Deutsche Biographie 37 (1894), S. 5-20 [Online-Version]; URL: https://www.deutsche-biographie.de/pnd11875758

228. Wolff, Fritz, „*Philipp I.*“ in: Neue Deutsche Biographie 20 (2001), S. 376-379 [Online-Version]; URL: https://www.deutsche-biographie.de/pnd11859382X

229. Wolfgang, Fürst zu Anhalt von Franz Kindscher in: Allgemeine Deutsche Biographie, herausgegeben von der Historischen Kommission bei der Bayerischen Akademie der Wissenschaften, Band 44 (1898), S. 68–72

230. Wüst, Wolfgang, „*Otto*“ in: Neue Deutsche Biographie 19 (1999), S. 667-669 [Online-Version]; URL: https://www.deutsche-biographie.de/pnd118805967

231. Zeitschrift für Geschichte und Politik. Herausgegeben unter Verantwortlichkeit der Verlagsbuchhandlung von H. v. Zwiedineck-Südenhorst. *Fünfter Band.* 1888. Stuttgart. Verlag der J. G. Cotta'schen Buchhandlung

232. Zimmermann, Paul, „*Philipp I.*“ in: Allgemeine Deutsche Biographie 25 (1887), S. 762-764 [Online-Version]; URL: https://www.deutsche-biographie.de/pnd139290907

233. *Zimmersche Chronik. Band II.* (S. 572, 573), Herausgegeben von K. A. Barack, akademische Verlagsbuchhandlung von J.C.B. Mohr, Freiburg 1881

234. *Zu den Kunstbestrebungen des Pfalzgrafen Ott Heinrichs.* Von Hans Rott in: Heidelberger Schlossverein, Mitteilungen zur Geschichte des Heidelberger Schlosses - 6.1912; https://digi.ub.uni-heidelberg.de/diglit/mitthdschloss6/0199

Bildnachweis:

1. *Wappen der Herzöge Ottheinrich und Philipp von Pfalz-Neuburg aus der Familie der Wittelsbacher von Hans Burgkmair der Ältere - Template:Zeno.org/nid/20003912191, Gemeinfrei, https://commons.wikimedia.org/w/index.php?curid=22861787 ; bearbeitet von der Autorin*

2. *Hintergrund „Barbara Martini Weylundt...: „<ahref="https://de.freepik.com/fotos-kostenlos/grunge-bescheinigung-mit-weinlese-ornamentalfeld_6732532.htm#query=alte%20schriftrolle&position=24&from_view=keyword&track=ais">Bild von kjpargeter</a> auf Freepik*

Inhalt

AUF VIELEN STRAßEN DIESER WELT

Autor: Hans Bollinger
ISBN 978-3-88778-608-3
288 Seiten
Format: 17,5 x 24,5 cm
1. Auflage / Hardcover
Sprache: deutsch

TE MERAU - ICH SCHWÖRE BRUDER

Autor: Andrzej Wisniewski
ISBN 978-3-88778-592-5
104 Seiten
Format: 14 x 22 cm
1. Auflage / Softcover
Sprache: deutsch

RÖMISCHE GESCHICHTEN

Autor: Ulrich von Dobschütz
ISBN 978-3-88778-610-6
136 Seiten
Format: 12,5 x 20,5 cm
Sprache: deutsch
1. Auflage / Softcover

IM WESTEN - GEGEN DEN STROM

Autor: Natascha N. Hoefer
ISBN 978-3-88778-614-4
336 Seiten
Format: 14 x 20 cm
Sprache: deutsch
1. Auflage / Hardcover

WOANDERS - AM ENDE DER WELT

Autor: Natascha N. Hoefer
ISBN 978-3-88778-556-7
523 Seiten
Format: 14 x 20 cm
Sprache: deutsch
3. Auflage / Hardcover

SPURBUCHVERLAG

www.spurbuch.de